Sa Min's

# JUNIOR CROWN

English-Chinese Dictionary

# 三民皇冠英漢辭典

主編／謝國平
編譯／張寶燕

特別紀念版

三民書局

SANSEIDO'S JUNIOR CROWN ENGLISH-JAPANESE DICTIONARY [NINTH EDITION]
edited by Jujiro Kawamura
revised by Shingo Tajima
Copyright © 1959, 1996 by Sanseido Co., Ltd.
Original Japanese edition published by Sanseido Co., Ltd.
Chinese translation rights arranged with Sanseido Co., Ltd.
through Japan Foreign-Rights Centre

Hudson Bay
Newfoundland
Labrador Pen
Island of Newfoundland
anitoba
Quebec
Gulf of St. Lawrence
Prince Edward I.
Ontario
New Brunswick
Winnipeg
Quebec
Fredericton
Halifax
Nova Scotia
Montreal
Augusta
OTTAWA
Montpelier
Concord
St. Paul
Toronto
Boston
Minneapolis
Albany
Providence
Milwaukee
Buffalo
Hartford
Lansing
Detroit
Madison
Cleveland
New York
Des Moines
Harrisburg
Trenton
Chicago
Pittsburgh
Philadelphia
Omaha
Annapolis
Baltimore
Dover
Indianapolis
Columbus
Cincinnati
Jefferson City
Kansas City
Springfield
WASHINGTON,D.C.
Louisville
Charleston
Topeka
Frankfort
Richmond
St. Louis
Lexington
AMERICA
首都
地方首府
重要城市
Raleigh
Nashville
Appalachian Mts.
Memphis
Columbia
Little Rock
Birmingham
Atlanta
Dallas
Jackson
Montgomery
Baton Rouge
Austin
Tallahassee
New Orleans
Houston
Cape Canaveral
Disney World
Atlantic Ocean
Mississippi R.
Palm Beach
Gulf of Mexico
Miami
NASSAU
BAHAMA
Rio Grande
Bahama Is.
HAVANA
West Indies
DOMINICAN REPUBLIC
Yucatan Channel
CUBA
HAITI
SANTO DOMINGO
Hawaii I.
PORT-AU-PRINCE
Hilo
JAMAICA
KINGSTON
0
1000km

## ◎漢譯新版序

辭典的修訂是經常性的工作，1988 年我們以日本三省堂出版的《初級クラウン英和辭典》第七版爲藍本，編纂了《三民皇冠英漢辭典》．由於解釋精闢、例句豐富，出版後即廣受英語初學者的喜愛． 不到十年的時間，三省堂又於 1996 年末完成原書第九版的修訂，將版面重新規劃，更大幅修正解釋、更新例句，使這本英語學習工具書更方便初學者查閱與研讀． 看到這樣的改變，我們也迫不及待想把這本工具書譯介給臺灣的讀者．

新版《三民皇冠英漢辭典》針對版面的易讀性下了極大的功夫． 首先，我們用粗框把國中生必學的 507 個單字明顯標示出來，並且把音標與詞條上下並列，讓發音與拼字的關係一目了然，這種安排對初學者來說，眞的是非常實用． 另外我們在例示的部分，把學生易犯的錯誤用符號「×」標出，讓讀者一面學習新字，一面改正錯誤的文法觀念．同時，我們用套色的箭號指引出重要的句型與用法，提醒讀者特別注意． 此外還有內容豐富的「參考」與「印象」欄，讓讀者除了字面的意義外，也能感受到這些字對於以英語爲母語者所具有的「弦外之音」． 除了上述精采的特色外，輕鬆的插圖有助於提昇英語初學者的閱讀興趣，清晰的印刷與細心處理的版面構成，會讓您發現，原來查閱辭典是一件如此愉快的事！

的確，找到一本好的工具書是學好英文的必要條件，但選擇適當合宜的辭典才是眞正的入門之道，而學校英文教材的單字表卻顯然無法滿足英語初學者的需要． 在本辭典新版的編譯過程中，所有人員都時時刻刻謹記這是一本特別針對中學生所設計的辭典，所以在用字遣辭上無不力求簡潔與口語，避免拗口與艱澀的文辭，如此一來，方能無損於原著的精神．

我們從 1997 年初便著手進行改版工作，歷時一年有餘，承蒙每一位參與編輯工作的同仁兢兢業業的精神，鉅細靡遺地檢視每一個細節，讓本書成爲一本最適合初學者使用的辭典． 希望這本書能陪伴您更上一層樓．

1998 年 6 月　　　　三民書局編輯部

## ◎漢譯版前言

日本三省堂出版之《初級クラウン英和辭典》是專爲中學生及社會人士學習英語而編寫的工具書. 其基本目標爲「簡明實用, 釋義切實」, 以期對學習英語者有所裨益. 自從 1935 年初版以來, 歷經七次修訂, 多次印刷發行, 自始迄今均深受該國的中學生喜愛. 而近一甲子歲月的暢銷, 正是這本字典質優實用的明證.

環顧國內坊間, 專爲中學生及社會人士編寫的英漢辭典, 有如此成就者堪稱闕如. 有鑑於我國英語教學之環境與鄰國日本相若, 三民書局特選定此優良辭典, 與三省堂洽商在臺灣出版其漢譯版本, 以供我國中學生及社會人士使用. 本漢譯版除極少數因國情不同而修改之文辭、用語以外, 盡量保留辭典之原有風貌. 經譯成中文以後, 本辭典具有如下的特色:

一、字義之解釋簡明、扼要、切實.
二、重要單字加強其基本字義之注釋, 以利學生對其衍生或比喻字義之理解.
三、語詞及片語之文法說明簡單易懂.
四、例句淺顯衆多, 並按照學習之步驟安排.
五、最主要之基本詞彙以及次要之常用詞彙分別以不同字體排印, 前者並套色加框線, 醒目標示, 以利初學者學習.
六、插圖生動有趣, 適合青少年趣味, 且能見圖思義, 增強學習效果.

雖然將既有辭典譯爲中文版本比起編一本全新辭典要容易, 但是三民書局爲求慎重, 在人力物力上也作了相當大的投資. 編譯方面, 參與者包括對英漢辭典編輯工作富有經驗的張寶燕教授(輔仁大學)及蘇克立、張光明、呂金枝、蔡惠玲、陳黎珍、洪世眞諸先生; 編校工作則動員三民書局編輯部外文組全程投入, 以求漢譯版之盡善. 辭典之整體訂正及規劃方面, 亦蒙張寶燕教授之協助. 在全部編輯過程中, 全體工作同仁努力不懈, 以期內容精確, 並保存原著之高品質. 然而, 辭典編譯, 實非易事, 雖兢業盡心, 疏漏謬誤之處, 恐仍難免, 尚祈學者方家及讀者不吝指正, 多予賜教爲感.

**謝國平**　師大英語系
1991 年　夏・臺北

## ◎第九版序

若您認爲學習語言只需了解其字面含意便足矣，則各位所使用的英文教科書書末單字表即能滿足所需．這些表中僅列出各詞彙裡符合教科書文意的解釋，煞是簡單方便．然而學習英文若僅止於此，不再深究，則英文造詣恐永無長進之一日．語言就好比一棵樹，有根、有幹、有枝、有葉．單瞧一片葉、一枝芽，自然無法了解整棵樹．唯有窺得樹的全貌，這棵樹方能根植於心中．

比方說 run 這個字有「跑」的意思，「跑」這個意義就如同樹幹，但樹幹會衍生枝條，枝條復生葉片．本辭典在 run 這個單字中載入 13 項字義，可以說樹幹、大樹枝、小枝條兼而有之．至於高中生所使用的辭典則勾勒出更細微的枝節，約收入 30 個左右的字義．大學程度的字典增爲 60 個，更詳盡的《大英和辭典》則多達 80 個字義．

倘使各位從國中時期便能確實養成查閱英和辭典的習慣，將字彙一一植入心中，那麼，這棵樹便會與學習到的英文數量成比例地成長茁壯，終而茂然成蔭．這本《初級皇冠英和辭典》便是基於此目的而編纂的．本辭典在重要詞條的右側用黑體字載明字義，將相當於該字詞的樹幹、大樹枝部分的意義列出．接著在各分項意義之後舉出各種饒富變化的適當例句．使讀者藉由例句理解英文的文法結構，並體會字詞的使用場合，領悟其中的微妙差異．本辭典還闢有「參考」欄，從該欄中，您既可觸及語言的根部，同時亦能吸收相關的文化訊息．辭典的確是語言的寶庫．

辭典不是裝飾品，應隨時置於案頭，並且最好攤開擺置，以利隨手翻閱．將當天在學校中學到的英文單字及片語，經由再次查閱辭典加以確認，此習慣之養成是很重要的事情．這雖然只是舉手之勞，卻能讓您獲益匪淺．您還可以在學校用的英文筆記本下面留一辭典欄，將辭典中的說明及例句記下，俾能增加課堂所學的深度與廣度．辭典是最好的家庭老師，但這位家庭老師卻不會主動賜教，必須由我們親自求教才行．因此，若遇不解之處，便向這位家庭老師請教吧！相信辭典會成爲您既親切又值得信賴的家庭老師．

至於本辭典的改版工作乃合諸多人士之力而成．其中大石晃一、石井晃、小高祐子諸君從內容的檢討乃至校訂都盡心盡力，付出甚鉅．在英文例句方面則承蒙東京純心女子大學的 A. Wainwright 做徹底的斟酌審視．此外，幸賴三省堂外文辭典編輯部玉虫寬先生所做的萬全安排，本辭典才能如此充實完備．在此對以上諸位人士謹致最大謝忱．

1996 年 9 月 10 日　　　　田　島　伸　悟

## ◎初版序

本書主要是爲滿足國中學生的自修需要而編纂，爲適合初學者的自習用辭典，不是內容充實詳盡的高級辭典，亦非內容極端精簡壓縮的袖珍型辭典. 至於單純的字彙書或英語教學讀本，更是違背了自學進修的目的.

如何擺脫高級辭典和袖珍型辭典的舊有模式，編成一本眞正切合國中學生自修時實際需要，且從任何角度來看都有利於教學的辭典，正是此次編纂過程中最煞費苦心的地方.

首先，詞條是以 Thorndike, Palmer 等學生辭典編纂大家所調查的重要基本詞彙爲基礎架構，然後再調查我國現行數十種教科書中使用的詞句做爲補充材料，設定約 11,000 個左右的詞條. 其中包括學習上重要的地名、人名和通俗的 Christian names，以及縮略語等.

因考慮到本書是學習用辭典，所以重點是加強讀者對詞彙基本意義的印象，至於衍生或者比喩的詞義，則儘量誘導讀者從基本意義，自然地推測、理解. 爲使讀者能充分理解和應用重要的基本詞彙，我們列舉了豐富的例句，使學習更加徹底. 這些例句主要是從現行教科書收集而來，以正確指導學習爲立場，考慮到學習效果，注意排列順序，同時也爲學生留下廣闊的思考空間.

本書是由二十五年前，即昭和十年(1935 年)初版的《學生英和辭典》修訂而成. 現今執教的老師們，以及國中學生的父兄長輩中，想必有很多人昔日都曾以《學生英和辭典》來輔助學習. 若能承蒙各位推薦此修訂版予後進子弟，對編者而言更是無上的光榮. (摘錄)

1959 年 3 月 1 日　　　　　　　　河　村　重　治　郎

## ◎英文字母的書寫方式

英文字母起源於古代埃及的象形文字. 本辭典在各字母首頁的地圖上標示出該字母的演變過程，比如說 D 原代表門，E 原爲舉起雙手的人，H 原爲蓮花等.

英文字母原本並沒有像國字一樣有所謂筆順. 但爲了能書寫順暢流利，下面列出了大致上最爲一般人接受的印刷體書寫筆順.

▶大寫字體的筆順(字母書寫於上面兩行)

注意 字形相似的 b 和 d，p 和 q，r，n 和 h，要特別注意其不同之處.

# ◎發音的方法

人類嘴部的構造爲何？首先，請先參照右圖 1，以確定自己嘴部的結構.

我們幾乎都是在無意識的情況下，從嘴巴發出各種不同的聲音. 其實，這些聲音皆是由我們嘴巴裡的這些器官，共同合作所發出的. 首先是聲帶——看看聲帶有否振動. 再來是舌頭——看看舌面是高還是低. 然後是嘴唇——看看是閉合還是打開，呈圓形還是扁平. 若用英語的發音來說的話，那就是看看舌尖是否抵住上牙床，是否夾於上下齒列之間，上齒列是否輕觸下嘴唇等等.

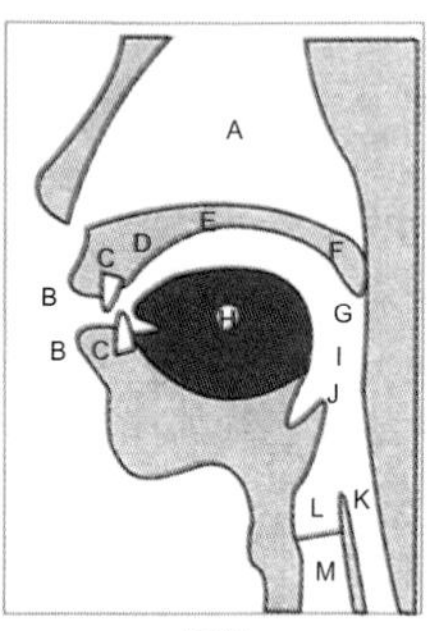

圖 1

A 鼻腔　B 嘴唇
C 齒　　D 牙齦
E 硬顎　F 軟顎
G 小舌　H 舌
I 喉頭
J 喉頭蓋(蓋住氣管防止食物進入)
K 食道　L 聲帶
M 氣管

英語的發音裡有許多國語所沒有的音. 要像國語一般，正確而無意識地發出這些英語的發音，就必須一再地反覆練習.

## ⊙母音的發音

母音是指通過聲帶的「聲」(振動聲帶所發出的聲音) 或「氣」(未振動聲帶所發出的聲音)，未受舌頭或嘴唇的干擾，所發送出的聲音. 就國語來說即是指「ㄚㄟㄧㄛㄨ」. 那麼，這些母音發音的不同之處在哪裡呢？即在舌面的位置.

請參閱下方圖 2 至圖 4. 舌面可區分爲嘴部前方(圖 2)、後方(圖 3) 及中央(圖 4) 三個部位，每一個部位皆因舌面高低位置的不同而發出不同的聲音.

此外，有些母音是由二個音組合而成. 此種母音被稱爲雙母音. 例如 [ɔ] 與 [ʊ] 組合成 [o].

接下來要說明每個母音的發音方法，請一邊參考圖 2～4，一邊遵照指示練習發音.

圖 2

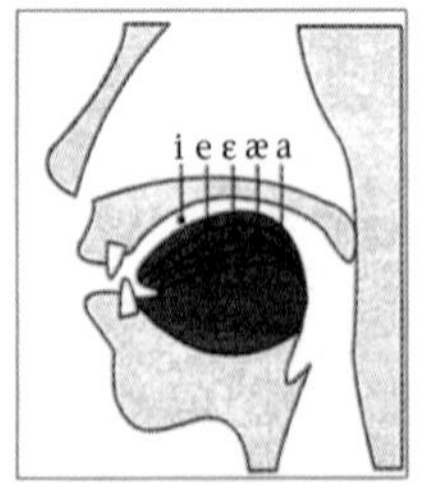


圖 3

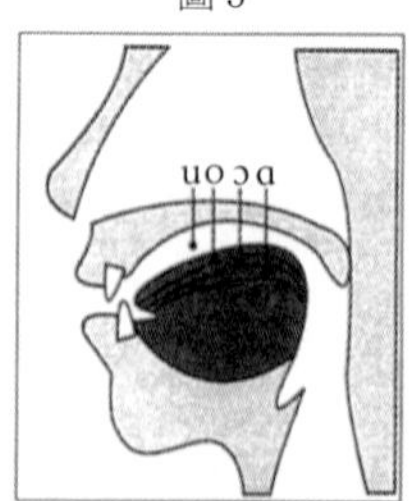


圖 4

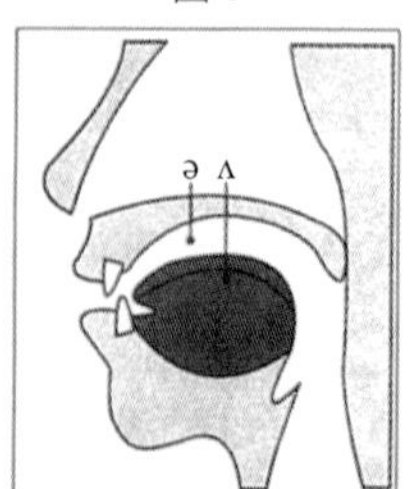

▶ [ɑ]
例 star
嘴形與國語的「ㄚ」音相似，但嘴巴張開的程度較大(→圖 3).

▶ [ʌ]
例 sun
嘴巴張開的程度中等，發此音時嘴形略圓(→圖 4).

▶ [æ]
例 map
如微笑一般，使嘴巴向左右兩側張開，然後從口腔的後部發音. 以發 [e] 時的嘴形來發「ㄟ」音，即能發出與這個音相近的音(→圖 2).

▶ [ɚ] [ɝ]
例 labor earth
幾乎不需張開嘴巴，舌面的高度亦順其自然，然後輕輕地發「ㄜ」音，即能發出 [ɚ] (→圖 4). 保持這個嘴形，拉長發音，即能發出其長母音 [ɝ]. 這是英語中重要的發音.

▶ [ɪ] [i] [ɪr]
例 finger bean hear
只要用和國語的「一」音相同的嘴形，即可發出 [ɪ]. 拉長其發音即可發出長母音 [i](→圖 2). [ɪ] 之後再輕輕地發 [r]，即形成 [ɪr].

▶ [ʊ] [u] [ʊr]
例 good school poor
發 [ʊ] 時，嘴唇大致上和發國語的「ㄨ」音一樣圓. 拉長其發音，即能發出長母音 [u](→圖 3). [ʊ] 之後輕發 [r] 即形成 [ʊr].

▶ [ɛ] [e]
例 best take
只要用和國語「ㄟ」音相同的嘴形，即可發出 [ɛ] (→圖 2). [ɛ] 之後輕發 [ɪ] 即形成 [e].

▶ [ɔ] [ɔɪ]
例 walk boy
用比國語「ㄛ」大一點，圓一點的嘴形，即可發出 [ɔ](→圖 3). [ɔ] 之後輕發 [ɪ] 即形成雙母音 [ɔɪ].

▶ [aɪ] [aʊ]
例 mind now
把舌面的位置較發 [ɑ] 時稍稍向前移，然後再短促地發音，即能發出 [a] (→圖 2). 在英語中，[a] 這個音通常並不單獨存在，而是在其後接 [ɪ] 或 [ʊ] 形成雙母音 [aɪ], [aʊ].

▶ [ɛr]
例 hair
只要用和國語「ㄟ」音相同的嘴形，即可發出 [ɛ](→圖 2). 在 [ɛ] 其後輕發 [r] 即形成 [ɛr].

▶ [o]
例 road
發 [o] 時，嘴形要較發 [ɔ] 時稍稍收攏(→圖 3). 可以先發出 [ɔ] 後，再將嘴唇收攏發出 [ʊ]，即爲雙母音 [o].

## ⊙子音的發音

子音是指通過聲帶的「聲」(振動聲帶後所發出的聲音)或「氣」(未振動聲帶所發出的聲音)，受到舌頭、牙齒或嘴唇的干擾所發送出來的聲音. 以下將說明子音的發音方法，請一面參考口形圖一面練習發音.

▶ [p] [b] [m]

緊閉雙唇後，再吐「氣」衝破嘴唇緊閉的狀態，即能發出 [p] 音，若是發「聲」來衝破嘴唇緊閉的狀態，則會發出 [b] 音. 此外，若一直緊閉雙唇，僅讓「聲」在鼻腔發出聲音，則會發出 [m] 音.

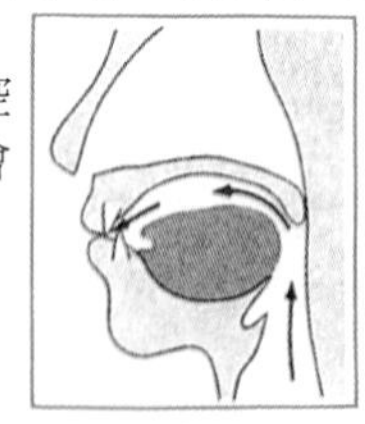

rip [rɪp]
rib [rɪb]
rim [rɪm]

▶ [t] [d] [n]

舌尖輕抵上牙齦內側以阻絕空氣的流通，然後再吐「氣」衝破舌尖所形成的阻絕狀態，即能發出 [t] 音. 此時若是發「聲」來衝破此一阻絕狀態，則會發出 [d] 音. 此外，若一直以舌尖輕抵上牙床內側，僅讓「聲」在鼻腔發出聲音,則會發出[n]音.

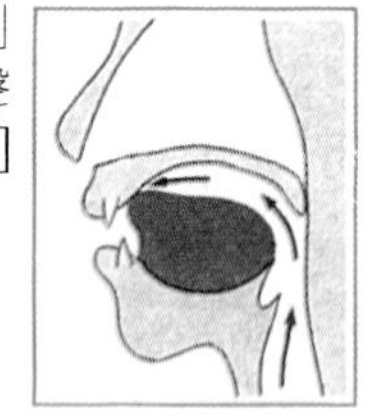

mat [mæt]
mad [mæd]
man [mæn]

▶ [k] [g] [ŋ]

舌根輕抵住上顎的軟顎部分以阻絕空氣，然後再吐「氣」衝破此一阻絕狀態，就可發出 [k] 的音；而發「聲」來衝破此一阻絕狀態，則會發出 [g] 音. 再者，舌根一樣輕放在軟顎的部分，從鼻腔中發出聲音，就形成 [ŋ] 音.

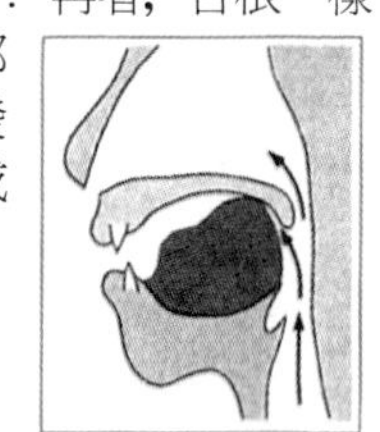

back [bæk]
bag [bæg]
bang [bæŋ]

▶ [f] [v]

上齒輕觸下唇，在唇齒之間發出如摩擦般的「氣」，就形成 [f] 的音；而發出如摩擦般的「聲」，就形成 [v] 的音.

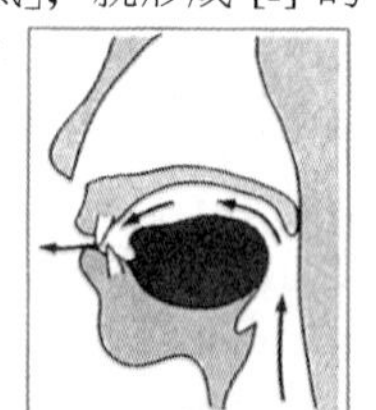

face [fes]
very [`vɛrɪ]

▶ [θ] [ð]

上、下齒列輕夾著舌尖，然後發出如摩擦般的「氣」，即形成 [θ] 的音；而發出如摩擦般的「聲」，則形成 [ð] 的音.

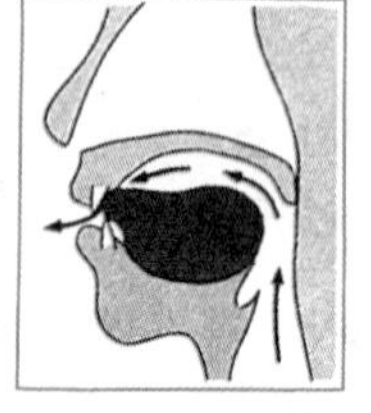

bath [bæθ]
smooth [smuð]

▶ [s] [z]

把舌頭的前部輕靠著上牙齦，從齒間發出如摩擦般的「氣」，即

形成 [s] 的音;而發出如摩擦般的「聲」,則形成 [z] 的音.

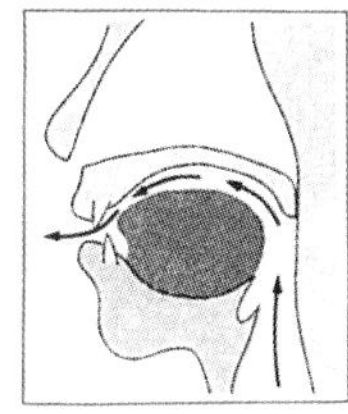

advice [əd`vaɪs]
advise [əd`vaɪz]

▶ [ʃ] [ʒ]

舌面輕靠近上顎, 縮短舌及上顎間的通道以發出如摩擦般的「氣」,即形成 [ʃ] 的音; 而發出如摩擦般的「聲」, 則形成 [ʒ] 的音.

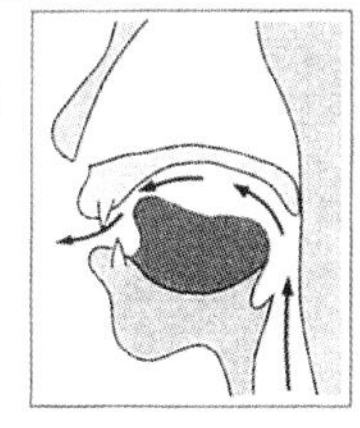

shape [ʃep]
measure [`mɛʒɚ]

▶ [ts] [dz]

[ts] 是將 [t] 和 [s] 發成一個音. 舌尖輕靠著上牙齦, 從齒間發出如摩擦般的短「氣」, 即形成 [ts] 的音; 而發出如摩擦般的短「聲」, 則形成 [dz] 的音.

boots [buts]
goods [gudz]

▶ [tʃ] [dʒ]

[tʃ] 是將 [t] 和 [ʃ] 發成一個音. 在發音時舌尖比發 [ʃ] 的時候更靠近上牙齦內側, 以發出如摩擦般的短「氣」, 即形成 [tʃ] 的音; 而發出如摩擦般的短「聲」, 則形成 [dʒ] 的音.

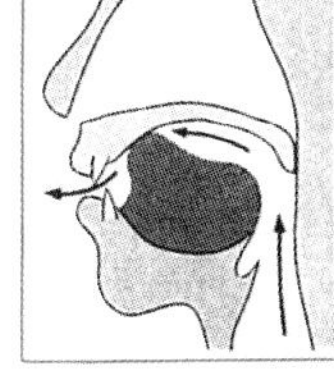

teach [titʃ]
page [pedʒ]

▶ [h]

牙齒和舌頭不碰到嘴唇, 嘴巴自然張開, 在喉頭發出如摩擦般的「氣」, 即形成 [h] 音.

home [hom]

▶ [l]

舌尖輕抵在上牙齦的內側, 發出「聲」, 即形成 [l] 的音. 這是英語發音中極重要的音. 爲了和接下來的 [r] 做區別, 多練習幾次吧!

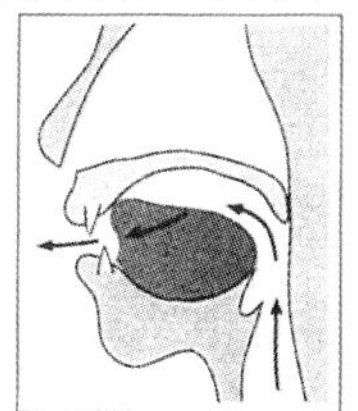

light [laɪt]

▶ [r]

舌尖輕微的往內捲, 靠近上牙齦的內部, 如此所發出的「聲」即是 [r] 音.

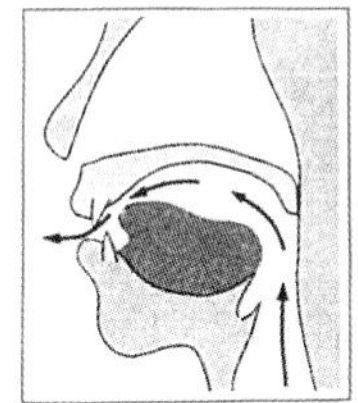

right [raɪt]

▶ [j]

因爲 [j] 不論是在口形上或是在聲音上, 都和母音 [ɪ] 的發音非常相似, 所以稱之爲「半母音」. 發音時舌頭要比發 [ɪ] 的時候更高. 因爲它是接著後面的母音來變化的, 所以不會出現在字尾.

yellow [`jɛlo]

▶ [w]

因爲 [w] 不論是在口形上或是在聲音上, 都和母音 [u] 的發音非常相似, 所以稱之爲「半母音」. 發音時嘴唇要比發 [u] 音時來的用力些, 成小圓形. 由於它是接着後面的母音來變化的, 所以不會出現在字尾. wood [wud]

# ◎本辭典的用法

**詞條：** 以粗體字依英文字母(abc)的順序排列.

**again** 國中必學的語彙(507字)

**against** 國中的基本語彙

**發音：** 本辭典採用K.K.音標注音，讀法請見「K.K.音標的讀法」.
特別是最常用的507字，在拼法的正下方標記音標，以使拼法和發音的關係一目了然，因此雖然音標之間間距不等，但發音時須一氣呵成.

**關於詞條中的·：** **bed** 在發音時無中斷而須一氣呵成，然 **bed·room** 則分作兩個單位發音，這種發音單位稱爲「音節」，音節的間斷用·表示.
在書寫英文或打字時，若須在行末截斷單字而移至下行時，則應在此音節間斷處切斷，並加注連字號(-).

**詞性和略語符號：** 單字在句中有何種作用，即單字的功能分類，謂之詞性. 在本辭典中，詞性及其他說明用下列略語符號來表示.

| | | | |
|---|---|---|---|
| 名 | ＝名詞 | 複 | ＝複數 |
| 代 | ＝代名詞 | 形 | ＝形容詞 |
| 冠 | ＝冠詞 | 動 | ＝動詞 |
| 助動 | ＝助動詞 | 副 | ＝副詞 |
| 介 | ＝介系詞 | 連 | ＝連接詞 |
| 感 | ＝感嘆詞 | 《口》 | ＝口語 |

專有名詞＝專有名詞
➜＝文法、語法、其他說明
《美》＝美式用法　《英》＝英式用法
× 注意不要用錯
**—**：一個單字以多種詞性使用時，表示其詞性的轉變.

**例示：** 表明某個單字如何與其他單字結合使用的句子稱爲例示.
基本 ＝最基本的例示

---

**a·gain** [ə`g ɛn]
▶再一次，另一次
▶恢復原狀

副 ❶再一次，另一次；《否定句》再也不.
Try again. 再試一次.

**a·gainst** [ə`gɛnst] 介 ❶《敵對》逆，對著～(打擊).

**bed·room** [`bɛd͵rum] 名 臥室.
➜在英美臥室常設在二樓.

**air** [ɛr] 名 ❶空氣.
fresh air 新鮮空氣 ➜ ×a fresh air, ×fresh
**—** 動 晾，曬，使乾燥.

**big** [bɪ g]
▶大的
⊙用於形容給人沉重而巨大的感覺的物體，有時還含有「了不起的，偉大的」等感覺

形 ❶大的.
基本 a big mountain 大山 ➜ big＋名詞.

**ab·sent** [ˋæbsn̩t] 形 缺席的，未到的，不在的.

會話> Who is **absent** this morning? —Bob is absent. The rest of us are all **present**. 今天早上誰缺席? —鮑勃缺席，我們其他人都出席了. ◁反義字

Bob is absent **from** school with a cold. 鮑勃因為感冒而沒來上學.

**ac·ci·dent** [ˋæksədənt] 名 ❶ 事故.

a car 〔train, plane〕 accident 汽車〔火車，飛機〕事故

**act** [ækt] 動

❷扮演(戲劇、電影等的角色)；作戲，假裝.

act (the part of) Cinderella 扮演灰姑娘

**a·fraid** [əˋfred] 形 擔心的，害怕的.

idiom

***I am* 〔*I'm*〕 *afráid* ~** 很遺憾~〔真抱歉~〕. ➜委婉而文雅地表示所發生之事對人對己都不稱心時的說法.

I'm afraid I can't help you. 真抱歉，我沒辦法幫你.

**way** [we] 名

❻ (*do one's* **way**) 邊~邊前進.

I **felt** my way **to** the door in the dark. 我在黑暗中摸索著走到門邊.

**ask** 動

❶(向某人)詢問(某事)，問.

基本 ask him the time 向他問時間 ➜ ask+(代)名詞 〈O′〉 +名詞 〈O〉

**are** 動

❶(我們〔你(們)，他們〕)是(~).

基本 **We are** Chinese. 我們是中國人. ➜ We 〈S〉 +are 〈V〉 +形容詞 〈C〉.

會話> ＝編成對話的例示

特別常與詞條單字連用之語詞在例句中以粗體字表示. 例句中並常出現詞條的反義字、同義字和相關語等，以便使用者同時學習.

表示此例句中 **absent** 和 **present** 是反義字的關係.

為了列出更多的例句而使用( )和〔 〕.

原則上

( )是「( )內的字可以省略」

〔 〕是「〔 〕可與前面的語詞互換」的意思.

＝ { a car accident 汽車事故 / a train accident 火車事故 / a plane accident 飛機事故 }

act (the part of) Cinderella 扮演灰姑娘

＝the part of 可省略

idiom 由二個以上單字構成，與原詞條意義不同的語群稱為慣用語、成語或片語，用粗斜字體依字母順序排列.

*do* 泛指動詞，表示後面之語詞可與動詞連用，實際使用的動詞如例句所示.

*one's* (自己的)及 *oneself* (自己)在實際應用時須與句中主詞相呼應而變化，如此例.

S＝主詞

V＝動詞

O＝(直接)受詞

O′＝間接受詞

C＝補語

## ◎ K.K.音標的讀法

★母音：聲帶顫動，氣流在口腔的通路上不受到阻礙而發出的聲音，如國語語音的 ɑ, e, o, i, u（ㄚ, ㄝ, ㄛ, 一, ㄨ）等．也叫元音．

子音：發音時氣流通路受阻礙的音，如國語語音的 b, t, s, m, l（ㄅ, ㄊ, ㄙ, ㄇ, ㄌ）等．也叫輔音．

★[ˋ]：主重音符號．★[ˏ]：次重音符號．

| 母音 | 例 |
|---|---|
| [i] | **E** [i]; **B** [bi]; **eat** [it]; **heat** [hit] |
| [ɪ] | **ink** [ɪŋk]; **hit** [hɪt] |
| [ɛ] | **egg** [ɛg]; **pen** [pɛn] |
| [æ] | **apple** [ˋæpl̩]; **bat** [bæt]; **ask** [æsk] |
| [ɑ] | **father** [ˋfɑðɚ]; **on** [ɑn]; **not** [nɑt] |
| [ɔ] | **all** [ɔl]; **talk** [tɔk]; **dog** [dɔg] |
| [ʊ] | **pull** [pʊl]; **book** [bʊk] |
| [u] | **pool** [pul]; **food** [fud] |
| [ʌ] | **up** [ʌp]; **cup** [kʌp] |
| [ɝ] | **early** [ˋɝlɪ]; **girl** [gɝl] |
| [ɚ] | **letter** [ˋlɛtɚ]; **teacher** [ˋtitʃɚ] |
| [ə] | **moment** [ˋmomənt] |
| [e] | **A** [e]; **cake** [kek] |
| [o] | **O** [o]; **go** [go] |
| [aɪ] | **ice** [aɪs]; **eye** [aɪ] |
| [aʊ] | **out** [aʊt]; **cow** [kaʊ] |
| [ɔɪ] | **oil** [ɔɪl]; **boy** [bɔɪ] |
| [ɪr] | **ear** [ɪr]; **here** [hɪr] |
| [ɛr] | **air** [ɛr]; **there** [ðɛr] |
| [ɑr] | **art** [ɑrt]; **far** [fɑr] |
| [or, ɔr] | **four** [for, fɔr] |
| [ʊr] | **poor** [pʊr]; **your** [jʊr] |

| 子音 | 例 |
|---|---|
| [p] | **up** [ʌp]; **put** [pʊt]; **papa** [ˋpɑpə] |
| [b] | **job** [dʒɑb]; **book** [bʊk] |
| [t] | **it** [ɪt]; **two** [tu]; **potato** [pəˋteto] |
| [d] | **hand** [hænd]; **do** [du]; **dad** [dæd] |
| [k] | **book** [bʊk]; **cook** [kʊk] |
| [g] | **egg** [ɛg]; **good** [gʊd] |
| [f] | **half** [hæf]; **food** [fud]; **photo** [ˋfoto] |
| [v] | **have** [hæv]; **very** [ˋvɛrɪ] |
| [θ] | **bath** [bæθ]; **three** [θri]; **thank** [θæŋk] |
| [ð] | **with** [wɪð]; **that** [ðæt] |
| [s] | **bus** [bʌs]; **soon** [sun]; **son** [sʌn]; **sense** [sɛns] |
| [z] | **as** [əz]; **zoo** [zu] |
| [ʃ] | **fish** [fɪʃ]; **shoe** [ʃu] |
| [ʒ] | **measure** [ˋmɛʒɚ]; **leisure** [ˋliʒɚ] |
| [tʃ] | **teach** [titʃ]; **chin** [tʃɪn]; **church** [tʃɝtʃ] |
| [dʒ] | **page** [pedʒ]; **judge** [dʒʌdʒ] |
| [ts] | **its** [ɪts]; **cats** [kæts] |
| [dz] | **goods** [gʊdz] |
| [h] | **what** [hwɑt]; **hope** [hop]; **hat** [hæt]; **he** [hi] |
| [m] | **M** [ɛm]; **moon** [mun]; **camp** [kæmp] |
| [n] | **channel** [ˋtʃænl̩]; **noon** [nun]; **an** [ən]; **none** [nʌn] |
| [ŋ] | **song** [sɔŋ]; **ink** [ɪŋk] |
| [l] | **L** [ɛl]; **look** [lʊk]; **lace** [les] |
| [r] | **rule** [rul]; **red** [rɛd]; **race** [res] |
| [j] | **yes** [jɛs]; **you** [ju] |
| [w] | **win** [wɪn]; **wood** [wʊd]; **want** [wɑnt] |
| [hw] | **what** [hwɑt] |
| [l̩] | **apple** [ˋæpl̩] |
| [m̩] | **keep'em** [ˋkipm̩]（爲 keep them 的縮寫） |
| [n̩] | **sudden** [ˋsʌdn̩] |

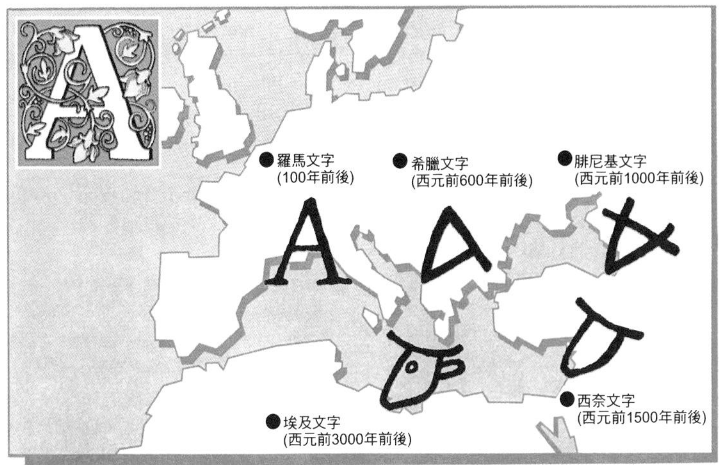


**A, a** [e] 名 (複 **A's, a's** [ez]) ❶英文字母的第一個字母.
❷(**A**)(成績的)甲等, A. ➡最高的評價.
I **got an** A in the test today. 今天測驗我得了A.
❸《音樂》A音, A調.

| **a** [ə] | ▶一(個)<br>▶一個人的<br>▶每一(個) |
|---|---|

冠 ❶一(個), 一個人的.
基本 a ball 一個球 ➡a+單數名詞.
a boy 一個男孩
a cat 一隻貓
a book 一本書

**a** lemon and **an** apple 一個檸檬和一個蘋果 ➡像apple這樣以母音開頭的單字, 為使發音之連接更趨自然, a要變為an; → an.
基本 a big ball 一個大球 ➡有形容詞時, 語序為a+形容詞+名詞; 不用×*big a* ball.
a very small boy 一個很小的男孩
基本 a glass 〔a bucket〕 of water 一杯〔桶〕水 ➡water(水)沒有固定形態, 不可數, 因此不用×*a* water, 而以盛水的容器(glass)為單位, 說成「一個有(盛著)水的杯子」.
a pound of sugar 一磅糖 ➡sugar也是不可數, 所以不用×*a* sugar, 而用可數的重量單位(pound)來計算, 說成「一磅糖」.
I have a ball. 我有一個球.
Alan is a small boy. 艾倫是個小男孩.
基本 I have **a** dog. **The** dog is white. His name is Black. 我有一隻狗, 這隻狗是白色的, 牠的名字叫Black. ➡例句中初次出現時為a dog, 從第二次開始用the dog; 像人名、地名那樣可看作是獨一無二的名詞(=專有名詞), 前面不加a, 因此不用×*a* Black.
Don't say a word. 一句話也不要

A

說.

Lend me a hundred〔thousand〕dollars, please. 請借給我一百〔千〕美元. ➡ one hundred 等, 若用 one 則有生硬、呆板之感.

❷《表示某一種類之全體》稱為～的動物(植物等). ➡多數場合以不譯為佳.

A cat can see well in the dark. 貓(這種動物)在黑暗中能淸楚地看見東西. ➡《口》通常為Cats can see ～.

A dog is a clever animal. 狗是一種聰明的動物.

❸每一(個).

once a week 每週一次

one hour a day 每天一小時

We have four English lessons a week. 我們每週有四節英文課.

❹(**a**＋專有名詞)叫～的人; ～家的人; (**a**＋名人的名字)像～一樣的人, ～的作品〔產品〕.

A Mr. Smith came to see you yesterday. 昨天有個叫史密斯先生的人來拜訪你.

a Smith 史密斯家的人(一個人) ➡「史密斯全家人」用 the Smiths.

a Picasso 像畢卡索那樣(偉大)的人; 畢卡索的作品

**@** 《略》＝at ➡主要當作商業及電腦用語, 讀作 at.

@ 500 dollars 單價五百美元

**ab·a·cus** [ˋæbəkəs] 名 (複 **abacuses** [-ɪz] *or* **abaci** [ˋæbəˏsaɪ]) 算盤.

count **on** the abacus 用算盤計算

**a·ban·don** [əˋbændən] 動 拋棄, 遺棄(沈船、家人等); 放棄, 中止(計畫等) (give up).

**ab·bey** [ˋæbɪ] 名 大修道院; 教堂, (**the Abbey**)倫敦西敏寺大教堂(Westminster Abbey).

**ABC** [ˋeˋbiˋsi] 名(常用**the ABC('s)**) ❶英文字母(the alphabet). ❷初步, 基礎, 入門.

**a·bil·i·ty** [əˋbɪlətɪ] 名 (複 **abilities** [əˋbɪlətɪz]) ❶(能做某事的)**能力**.

Only man has the ability **to** speak. 只有人才具有說話的能力. ➡不用ˣability *of speaking*.

❷(常用 **abilities**) **才能**.

a man of many abilities 多才多藝的人

Mozart showed musical ability very early. 莫札特很早就表現出音樂才能.

**a·ble** [ˋebḷ] 形 ❶(**be able to** *do*)**能做某事**(can *do*).

Cats are able to see in the dark. 貓在黑暗中也能看得見東西.

Ken was able to read at the age of three. 肯三歲的時候就能識字了.

The baby will be able to walk soon. 這小孩不久就會走路了. ➡ will 等助動詞後面不能接助動詞 can, 不能用ˣwill *can*, 而要用 be able to.

She is **more able** to swim **than** I am.＝She is able to swim better than I am. 她比我更會游泳. ➡表示比較時, 將 **more**; **most** 置於 able 之前, 表示❷的意思時, 則通常使用 **abler**; **ablest**.

❷**有能力的, 能幹的, 出色的.**

an able pilot 一個出色的飛行員

**the ablest** teacher in our school 我們學校最能幹的教師

**a·board** [əˋbord] 副 (乘坐)**在船〔飛機、火車、公車〕上, 在船裡〔機上、車內〕.**

**go** aboard 上(船等)

**All aboard!** (出發啦!)請各位上車; 全體上車〔上船〕, 可以開車了.

**Welcome aboard.** 歡迎各位乘坐, 感謝各位乘坐這班船〔這班車〕.

**—** 介 (乘坐)在(船、飛機等上面).

Welcome aboard China Airlines. 歡迎搭乘中華航空.

The passengers are all aboard the ship. 乘客已全部登船.

**A-bomb** [ˋeˏbɑm] 名 原子彈(atom(ic)

A

bomb). → H-bomb.

**ab·o·rig·i·nal** [ˏæbəˋrɪdʒənḷ] 形 自遠古的; 土著的.
—名 原住民(aborigine).

**ab·o·rig·i·ne** [ˏæbəˋrɪdʒəˏni] 名 ❶原住民; (**Aborigine**)澳洲原住民. ❷(**the aborigines**)(某地區特有的)土生動物〔植物〕羣.

**a·bound** [əˋbaʊnd] 動 ❶充滿～, 有很多～.
Oil abounds in Saudi Arabia. 在沙烏地阿拉伯有很多石油.
❷(某地)富有～.
Saudi Arabia abounds **in** oil. 沙烏地阿拉伯盛產石油.

**a·bout** [əˋbaʊt]
▶關於
▶四周
▶大約

介 ❶關於～(的).
基本 about him 關於他(的) ➡ about＋(代)名詞; 不用 ×about *he*.
基本 talk about fishing 談談關於釣魚 ➡動詞＋about＋名詞.
基本 a book about fishing 一本關於釣魚的書 ➡名詞＋about＋名詞.
"I Am a Cat" is a story about a cat. 《我是貓》是關於一隻貓的故事.
Will you tell us about you and your family? 你能跟我們談談你和你的家庭嗎?
What is the story about? 這是關於甚麼的故事?
The lovers had a lot of things to talk about. 這對戀人有好多話要說. → to ❿ ②
❷在～附近; 四處, 到處. ➡此義通常使用 around.
He **looked** about him. 他環顧四周.
Is there a post office somewhere about here? 這附近甚麼地方有郵局?

idiom

***Hów* 〔*Whát*〕 *abòut ～?*** 對於～你覺得怎麼樣? → how idiom, what 代 idiom
How 〔What〕 about do**ing** the homework together? 一起做家庭作業好嗎?
—副 ❶附近, 周圍, 四處.
walk 〔run, fly〕 about 在附近走動〔奔跑, 飛翔〕, 四處走動〔奔跑, 飛翔〕
He looked about, but there was no one about. 他環顧四周, 但附近一個人也沒有.
❷大概, 大約, 大致.
基本 about fifty people 大約五十人
about six o'clock 六點鐘左右
a man about sixty (years old) 約莫六十歲的男子
He is about my age. 他和我差不多一樣年紀.
Ken is about as tall as Roy. 肯和羅伊差不多一樣高.
Well, that's about all. 嗯, 那大概是全部了.

idiom

***be abòut to dó*** 正要做(某事). ➡表示比 be going to *do* 更近的將來.
The sun is about to sink. 太陽眼看著就要下山了.

**a·bove** [əˋbʌv] 介 ❶於～之上(的), 比～高. → on 介 ❶
fly above the clouds 在雲端上飛行
the mountaintop above the clouds 高出雲彩的山巔
There is a picture above the fireplace. 壁爐的上方掛著一幅畫.
Anne sleeps in the bed **above** Ken.
Ken sleeps in the bed **below** Anne.
安睡在肯上面的床. 肯睡在安下面的床. ◁反義字
Shall I write my address **above** or **on** or **below** the line? 地址寫在線的上方, 或寫在線上, 還是寫在線的

A

下方? ◁相關語

The mountain is 2,000 meters above sea level. 這座山高海拔二千公尺.

❷在～的上游.

a waterfall above the bridge and a mill below it 這座橋上游的瀑布和下游的磨坊

❸《數目、地位等》較～爲高(的), 在～以上(的).

a man above fifty 一個五十多歲的男子

He is (a little) above fifty. 他已經五十出頭了.

My grades are above (the) average. 我的成績在平均分數以上.

idiom

***abôve áll*** 最重要的, 特別.

He is strong, brave, and above all, honest. 他強健、勇敢, 更重要的是他誠實.

—副 ❶在上(方)(的); 在上游(的).

the sky above 上空

in the room above 在上面的房間

Birds are flying above. 鳥在頭上飛.

❷(書本等的)前面部分(的).

See Chapter 6 above. 參照前面第六章.

—形 上述的.

the above facts 以上的事實

**A·bra·ham** [ˋebrəˏhæm] 專有名詞 亞伯拉罕. ➜《舊約聖經》中出現的以色列民族的始祖; 順從上帝, 被稱爲「信仰之父」.

**a·broad** [əˋbrɔd] 副 **到國外**, 在國外.

**go** abroad 出國 ➜不用ˣgo *to* abroad.

**live** abroad 在國外生活〔居住〕

my friends abroad 我的外國〔海外〕友人 ➜名詞＋abroad.

at **home** and **abroad** 在國內外 ◁反義字

**from** abroad 從國外〔海外〕 ➜介系詞＋abroad.

Is your uncle still abroad? 你的叔父還在國外嗎?

We are going abroad **to** France on vacation. 我們將去法國度假.

Please tell me about your trip abroad. 請跟我談談你的海外旅行.

**ab·rupt** [əˋbrʌpt] 形 突然的, 出其不意的(sudden); 粗率無禮的.

**ab·sence** [ˋæbsṇs] 名 缺席; 不在, 離開, 沒到.

Please look after my cat **during** my absence. 我不在的期間, 請幫我照顧我的貓.

Tell me the reason for your absence **from** school yesterday. 告訴我你昨天缺課的原因.

Ken came to school today **after** a long absence 〔after two days' absence〕. 缺席了好久〔兩天〕之後, 肯今天回到學校.

**ábsence nóte** 請假條.

**ab·sent** [ˋæbsṇt] 形 **缺席的**, 未到的, 不在的.

absent pupils 缺席的學生們

會話 Who is **absent** this morning?—Bob is absent. The rest of us are all **present**. 今天早上誰缺席? —鮑勃缺席, 我們其他人都出席了. ◁反義字

Bob is absent **from** school with a cold. 鮑勃因爲感冒而沒來上學.

**ab·so·lute** [ˋæbsəˏlut] 形 絕對的, 完全的.

**ab·so·lute·ly** [ˋæbsəˏlutlɪ] 副 ❶絕對地, 完全地.

You are absolutely right about that. 那件事你完全正確.

❷[æbsəˋlutlɪ] 《口》(回答)對極了(certainly), 當然.

會話 Are you going to the ball game tonight? —Absolutely! 今晚你會去看球賽嗎? —當然!

**ab·sorb** [əbˋsɔrb] 動 ❶ 吸收.

The black hole absorbs everything. 黑洞吸收所有的東西.
❷使專心，使全神貫注；(**be absorbed in** ～)熱中於，對～入迷.
He is absorbed in play**ing** an adventure game on his personal computer. 他沈溺於在個人電腦上玩的歷險遊戲.

**ab·stract** [ˋæbstrækt] 形 抽象的.
an abstract painting 抽象畫
Sweetness is **abstract**; a candy is **concrete**. 甜是抽象的，而糖果則是具體的. ◁反義字
**ábstract nóun** 抽象名詞.

**ab·surd** [əbˋsɝd] 形 愚蠢的，荒謬的，可笑的.

**a·bun·dant** [əˋbʌndənt] 形 豐富的，充裕的.

**a·ca·cia** [əˋkeʃə] 名 ❶金合歡樹. ➡原產澳大利亞，喬木，春天開黃色花. ❷刺槐. ➡原產美洲，喬木，初夏開白花，枝繁葉茂，栽種用來遮蔭. 在英、美、日 acacia 即指此；亦作 **false acacia** 或 **locust tree**.

**ac·a·dem·ic** [ˏækəˋdɛmɪk] 形 學術的；大學的.

**a·cad·e·my** [əˋkædəmɪ] 名 (複 **academies** [əˋkædəmɪz]) ❶學院. ➡主要用於專科學校名. ❷學院，藝術學院. ➡爲文學、藝術或科學之進步而設立的最高學術團體.

**ac·cent** [ˋæksɛnt] 名 ❶(發音的)重音，語調；重音符號(ˋ).
❷腔調，口音.
speak with an Irish accent 講話帶愛爾蘭腔
—[ækˋsɛnt] 動 重讀.

**ac·cept** [əkˋsɛpt] 動 ❶接受；(樂意地)領受，答應.
accept a gift 接受禮物
accept an invitation 接受邀請
I **receive**d this by mail yesterday, but I can't **accept** such an expensive gift from you. 昨天收到你郵寄來的東西，但我不能接受那麼貴重的禮物. ◁相關語
❷相信(是眞的)，承認.
My teacher accepted my reason for being late. 老師相信了我遲到的理由.

**ac·cept·a·ble** [əkˋsɛptəbl̩] 形 可接受的，値得接受的.

**ac·cess** [ˋæksɛs] 名 接近(人、場所)，接近的方法〔機會〕.

**ac·ces·so·ry** [ækˋsɛsərɪ] 名 (複 **accessories** [ækˋsɛsərɪz]) 服飾配件，附屬品. ➡女性衣著的裝飾用品，如皮包、手套、帽子、圍巾等；汽車附件，如立體音響、空調等.

**ac·ci·dent** [ˋæksədənt] 名 ❶事故.
a car〔train, plane〕accident 汽車〔火車，飛機〕事故
Jimmy **was in**〔**had, met with**〕a traffic accident and broke his leg. 吉米發生交通事故並折斷了腿.
James Dean was killed **in** a car accident. 詹姆斯・狄恩死於車禍.
❷偶然，意外事件，沒想到的事.
Our meeting at the bus stop was a happy accident. 我們在車站的相逢是一次令人愉快的不期而遇.
idiom
***by áccident*** 偶然，忽然.

**ac·com·pa·ny** [əˋkʌmpənɪ] 動 ❶和某人一起去，伴，陪. ➡有生硬之感，常用 go with.
May I accompany you to church? 我可以和你一起去教堂嗎?〔我可以陪你去教堂嗎?〕
A high fever often **accompanies** this disease. 高燒常伴隨著這種疾病而來. ➡accompanies [əˋkʌmpənɪz] 爲第三人稱單數現在式.
◆ **accompanied** [əˋkʌmpənɪd] 過去式、過去分詞.
The President is always accompanied by secret service men.

總統總是由秘密安全人員陪伴著.
❷(爲歌、歌手等)伴奏.
Iris sang, and John accompanied. 艾麗斯唱歌，約翰伴奏.
He accompanied her **on** the piano. 他用鋼琴爲她伴奏.

**ac·com·plish** [əˋkɑmplɪʃ] 動 做成功，實現，完成.

**ac·cord·ing** [əˋkɔrdɪŋ] 副 (**according to** ～)根據；按照.
According to today's newspaper, there was a big earthquake in Brazil yesterday. 據今天的報紙說，昨天巴西發生了一場大地震.

**ac·cor·di·on** [əˋkɔrdɪən] 名《樂器》手風琴.
play **the** accordion 拉手風琴

**ac·count** [əˋkaunt] 名 ❶帳單，(收支的)計算，算帳.
**keep** accounts 記帳
❷銀行帳戶，存款餘額.
**have** 〔**open**〕 an account **with** 〔**at**〕 the bank 在銀行有〔開〕戶頭
❸(事件等的)報告(書)，報導，描述；說明.
Mary **gave** her parents an account **of** her class trip. 瑪麗向她父母講述她們全班出去旅遊的情況.
There is a full account of the accident in the newspaper. 報上登載了這次事故的詳細經過.

idiom

***on accóunt of ～*** 因爲～.
The baseball game was put off on account of rain. 棒球比賽因下雨而延期了.

—動 (**account for** ～)說明，解釋.
Can you account for your coming late? 你能解釋你爲甚麼遲到嗎?〔請說說你遲到的理由.〕
諺語 There is no accounting for tastes. 人的好惡無法解釋. →相當於「鐘鼎山林各懷其志」.

**ac·coun·tant** [əˋkauntənt] 名 會計師；會計員.

**ac·cu·rate** [ˋækjərɪt] 形 正確的.

**ac·cuse** [əˋkjuz] 動 控告，申訴；責難，責備(blame).
He was accused **of** murder. 他被依殺人罪起訴.

**ac·cus·tom** [əˋkʌstəm] 動 使慣於～，使習慣.
**be** 〔**get, become**〕 **accustomed to** ～ 習慣於～，對～習以爲常
The new boys soon **accustomed themselves to** the school. 新入學的男孩子們很快就習慣學校生活了.
I'm not accustomed to stay**ing** up so late. 我不習慣那麼晚睡覺.

**ace** [es] 名 ❶(紙牌、骰子的)一點，么點.
the ace of hearts 紅心A
❷《口》專家，首屈一指的人，第一流，第一.
an ace **at** tennis 〔**with** a rifle〕 優秀的網球〔神槍〕手
❸(打網球、排球時)發出對手無法回球的球；因此所獲得的一分，發球得分.

**ache** [ek] 動 (不間斷地)疼痛.
My head 〔tooth〕 aches. 我頭〔牙〕痛.
—名 疼痛. →headache(頭痛)，toothache(牙痛)，stomachache(胃〔腹〕痛)等持續不斷的疼痛；同義字 突然的劇烈「疼痛」謂之 **pain**.

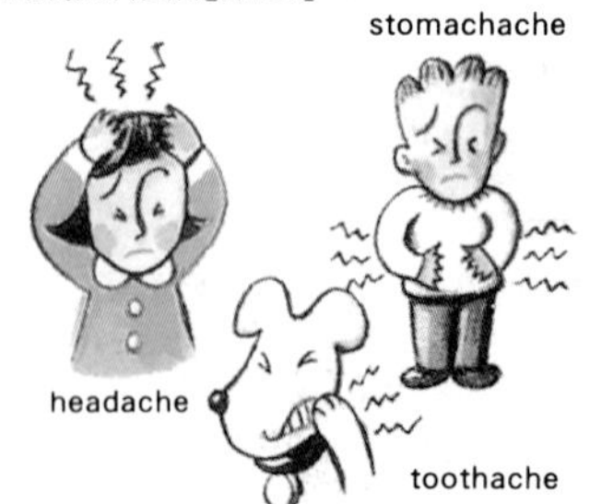


**have** an ache **in** the right knee

A

右膝疼痛

**a·chieve** [əˋtʃiv] 動 (經過努力而)完成，達到(目的、目標)；得到(聲譽等).
My brother has achieved his hope of becoming a doctor. 我的哥哥達成了他當醫生的心願.
She achieved fame as an opera singer. 作爲一名歌劇演唱家，她贏得了聲譽.

**a·chieve·ment** [əˋtʃivmənt] 名 ❶(目的的)達成，成功. ❷完成的事，(卓越的)業績，偉業，成果.
**achíevement tèst** 學習能力測驗.

**A·chil·les** [əˋkɪliz] 專有名詞 阿奇里斯. ➡希臘詩人荷馬歌頌特洛伊戰爭的敘事詩《伊里亞德》中的希臘英雄.
**Achílles' héel** (像阿奇里斯的脚後跟一樣的)弱點，唯一的致命弱點.

> 參考 阿奇里斯的母親特蒂斯爲了使兒子成爲不死之身，就把他浸入具有魔力的冥河中，但由於那時她抓著他的腳後跟，那一處就成爲不死之身的阿奇里斯的唯一弱點，在特洛伊戰爭中他因腳後跟被射中而死亡.

**ac·id** [ˋæsɪd] 名 酸.
—形 酸(性)的；有酸味的.
**ácid ràin** 酸雨. ➡工廠或汽車所排放出的二氧化硫及氮氣與氧氣的化合物，在空氣中與雨滴混合後所形成的水滴，會導致森林枯萎.

**ac·knowl·edge** [əkˋnɑlɪdʒ] 動 ❶承認.
He is acknowledged as an expert in his field. 他被公認爲該領域的專家.
❷告知已收到(信等物)；答謝.
As soon as Mary received the invitation, she acknowledged it. 一收到請柬，瑪麗馬上就發了答謝信函.

**a·corn** [ˋekɔrn] 名 橡子，橡木(oak)的果實.

**ac·quaint** [əˋkwent] 動 (**be acquainted with** ～)知道～.
I am acquainted with him. 我認識他.

**ac·quaint·ance** [əˋkwentəns] 名 ❶熟人，相識的人.
He is not a **friend**, only an **acquaintance**. 他不是朋友，只是相識而已. ◁相關語
❷習知，認識，知識.
**make** his acquaintance 和他相識
I **have** some acquaintance **with** French, but I do not know it well. 我稍微知道一點法語，但不是很精通.

**ac·quire** [əˋkwaɪr] 動 (經過努力而)成爲自己的東西，(花費時間逐漸)得到(get)，獲得；學會，掌握.
acquire wealth 獲得財富
acquire the art of painting 學會繪畫的技術

**ac·quired** [əˋkwaɪrd] 形 (經由努力所)習得的；(後天)獲得的.

**a·cre** [ˋekɚ] 名 英畝. ➡面積單位，約 4,047 平方公尺.

**ac·ro·bat** [ˋækrə͵bæt] 名 (走鋼索、高空盪鞦韆等的)特技演員，雜技演員.

**A·crop·o·lis** [əˋkrɑpəlɪs] 專有名詞 (**the Acropolis**)(雅典的)護衛城. ➡古希臘城市要塞，著名的巴特農神殿遺址就在這裡.

| **a·cross** [əˋkrɔs] | ▶橫過<br>▶在～對面，～對面的<br>⊙表示橫越而行的動作，橫越(交叉)的狀態，橫越的位置等 |
|---|---|

介 ❶橫過～，橫越～，(由這一側)向～的對面去，(由遠的另一側)向～的這一側來.
基本 **go** across a street 穿過馬路，到馬路對面 ➡動詞＋across＋名詞.
**swim** across a river 游過河，游到河對岸
**sail** across the sea (用船)渡海

A

基本 a bridge across the river 橫跨這條河的橋 ➜名詞+across+名詞.
take a trip across Canada 進行一次橫越加拿大的旅行
She **walk**ed across the street **to** the supermarket. 她越過馬路朝超級市場走去.
A tall man **came** across the street. 一個高個子的男人從馬路對面走來.

Clouds sail across the sky. 雲朵在天空中飄浮.
A shadow **moved** across her face. 不安的陰影從她臉上掠過.
She **help**ed the blind man across the street. 她幫助盲人穿越馬路.
We can communicate across cultures with gestures. 我們可以超越文化上的差異以手勢相互溝通.
❷在～對面，～對面的.
the house across the street 馬路對面的房子
His house **is** across the street. 他家在馬路對面.
Ken **lives** across the street **from** Ben. 肯和班隔街而住.
❸與～(成十字)交叉.
The pen is lying across the pencil. 鋼筆和鉛筆交叉放著.
Lay the napkin across your lap. 把餐巾攤在膝上.

idiom

***cóme acròss*** ～ 橫穿(→ ❶)；偶然遇到，意外發現.
I came across an old friend today. 今天我與一位老朋友不期而遇.

**—**副 ❶橫穿，橫穿～到達對面.
swim across 游泳渡過
run across 跑過，(道路等)交叉
The bridge is safe; you can drive across. 這座橋是安全的，你可以把車開過去.
❷寬度，直徑.
The river is a mile across. 這條河寬一英里.
We dug a hole 5 meters across. 我們挖了一個直徑五公尺的洞.

**act** [ækt] 動 ❶行動，舉動；(**act as** ～)充當.
act well〔badly〕 舉止端莊〔粗魯〕
Think well before you act. 三思而行.
act **as** chairman 擔任主席
Carol sometimes acts as her father's secretary. 卡羅有時充當她父親的秘書.
❷扮演(戲劇、電影等的角色)；作戲，假裝.
act (the part of) Cinderella 扮演灰姑娘
She doesn't really hate him. She is only acting. 她不是真的討厭他，她只是在裝模作樣.
❸(機械、藥等)起作用，生效.
The brake doesn't act well. 煞車不太靈.
This medicine acts very quickly. 這種藥很有效〔藥效快〕.
**—**名 ❶(一時的)行為，舉止.
a kind act＝an act of kindness 善行
❷(戲劇的)第～幕. → scene ❷
*Hamlet*, Act I, Scene ii 《哈姆雷特》第一幕第二場
This comedy has three acts. 這齣喜劇有三幕.
❸演戲，外表.
She doesn't really hate you. It's only an act. 她並不是真的討厭你，只不過作作樣子罷了.
❹法令.

idiom

***in the àct of ～ing*** 正在做(壞事)時; 正要做某事時.
He was caught in the act of stealing. 他正在偷東西時被逮個正著.

**ac·tion** [ˋækʃən] 名 ❶行動; (一時的)行為(act), 舉動; (日常的)舉止.
Stop talking. Now is the time for action. 不要再高談闊論, 現在該是行動的時候了.
❷(演員等的)動作, 表演.
Action! 《電影導演的指示》表演開始.
❸機能, 活動(方法), 作用.
Tennis needs a good wrist action. 網球的手腕動作必須靈活自如.
Let's study the action of sunlight **on** plants. 讓我們來研究一下陽光對植物所起的作用.

idiom

***in áction*** 實行, 在活動中, 在戰鬥中.
***òut of áction*** 不能活動, 故障.
***tàke áction*** 採取行動.

**ac·tive** [ˋæktɪv] 形 ❶活躍的, 能行動〔活動〕的, 生動活潑的, 在活動著的.
an active volcano 活火山
My grandfather is still very active at 80. 我的祖父八十歲還很活躍.
❷積極的; 《文法》主動語態的.
反義字 passive(消極的, 被動語態的).

**áctive vóice** 《文法》主動語態.

> 參考 像 Ken **loves** Mary. (肯愛瑪麗.)這樣的句子中, 主詞(＝肯)進行某一行動(＝愛)時的動詞形態稱作主動語態; 與此相對, 像 Ken **is loved** by Mary. (肯被瑪麗愛上了.)這樣的句子中, 主詞受到他人動作的影響(＝被愛)時, 其動詞形態稱作被動語態.

**ac·tiv·i·ty** [ækˋtɪvətɪ] 名 (複 **activities** [ækˋtɪvətɪz]) ❶(常用 **activities**)活動, 社團活動, 行動. →學習、工作以外的興趣活動.
club activities 社團活動
school activities (音樂、戲劇、體育運動、文藝等的)校內課外活動
❷處於活動中, 活潑, 生動活潑的熱鬧景象.
a man of activity 活潑的人
There is a lot of activity on our school ground after classes. 放學後學校的操場上呈現一片生動活潑的熱鬧景象.

**ac·tor** [ˋæktɚ] 名 (男的)演員, 男演員; 演員; 廣播劇演員, 配音員. → actress.

**ac·tress** [ˋæktrɪs] 名 (女的)演員, 女演員; 廣播劇女演員, 女配音員. → actor.

**ac·tu·al** [ˋæktʃuəl] 形 現實的, 實際的.

**ac·tu·al·ly** [ˋæktʃuəlɪ] 副 實際上, 眞實地, (以為也許不可能, 但是卻是)眞的.
It was not a dream; it actually happened. 這不是夢; 這件事眞的發生過.
He said he was going to school, but actually he went to the movie. 他說要去學校上課, 但實際上他是去看電影.

**a·cute** [əˋkjut] 形 ❶(感覺等)靈敏的.
Dogs have an acute sense of smell. 狗有靈敏的嗅覺.
❷(疼痛等)劇烈的, 強烈的; (疾病)急性的.
Ken got an acute pain in his side when (he was) running a marathon. 肯在跑馬拉松時腹側突然劇烈疼痛起來.
❸(前端)尖銳的, 尖的; 《數學》(角度成)銳角的.

**A.D.** [ˋeˋdi] 西元〔基督紀元〕. →拉丁語 Anno Domini(吾主之年)的縮寫;

A

在年代跨越西元前(B.C.)與西元後，以及西元初年時都需加 A.D.；像西元一九九八年這樣的情況不加.

in A.D. 20＝in 20 A.D. 在西元二十年

**ad** [æd] 名 廣告. ➜原爲 advertisement 的縮寫.

put an ad in the paper 在報紙上刊登廣告

**ad.** adverb(副詞)的縮寫.

**Ad·am** [ˋædəm] 專有名詞 《聖經》亞當. ➜上帝用地上的塵土造的第一個人〔男人〕；並用亞當的一根肋骨造了第一個女人夏娃(Eve).

**Ádam's àpple** (男子的)喉結. ➜據說亞當聽從夏娃的話，在吃伊甸園中的蘋果時，由於天使的出現，慌忙中吞下，不愼卡在咽喉中而形成的.

**a·dapt** [əˋdæpt] 動 ❶使適應(新的環境等)，爲使適合～而加以改變，適應.

I **adapted** (**myself**) quickly **to** my new school. 我很快適應〔習慣〕了新的學校.

❷變爲合乎～，改造，改編，(把小說等)改寫〔編〕成戲劇〔電影〕.

adapt *one's* car **for** camping trips 把某人的汽車改造爲露營車

The story was adapted for the movie. 這個故事被改編成電影.

**add** [æd] 動 ❶增加，加；做加法.

add 6 **and** 4 〔6 **to** 4〕 6 加 4

❷又說，附言，補充.

She added a few words at the end of the letter. 她在信末又補充了幾句.

idiom

***ádd to ～*** 增加～，增添～.

Books add to the pleasures of life. 書籍增添了生活的樂趣.

***àdd úp*** 合計.

Add up these figures 〔Add these figures up〕 on the pocket calculator. 把這些數字用袖珍計算機加起來.

***àdd úp to ～*** 總計達～.

The figures added up to 10,000. 這筆數字合計達一萬.

**ad·di·tion** [əˋdɪʃən] 名 加法；增加，追加.

**do** a quick addition 做快速加法

idiom

***in addítion*** (***to*** ～) 加於～之上，除～外.

He speaks French well, in addition to English. 他除了英語，法語也說得很好.

**ad·dress** [ˋædrɛs, əˋdrɛs] 名 ❶住所，地址，(公司等的)所在地；(信的)收件人住址. ➜不包括對方姓名；作此解釋時《美》常發音爲 [ˋædrɛs].

**What**'s your address? 你的住址在甚麼地方? ➜不用 ×*Where* is your address?

Write the name and address clearly on the envelope. 在信封上清楚地寫上收信人的姓名和地址.

❷《文》演講. ➜一般用 speech.

an opening 〔a closing〕 address (會議)開幕〔閉幕〕辭

the Gettysburg Address (林肯的)蓋茨堡演說

The president **gave** an address to the nation by 〔on〕 television. 總統經由電視向全體國民發表演說.

—動 [əˋdrɛs] (在信上)寫收件人姓名、住址；發信給～.

Address the envelope correctly. 在信封上正確無誤地寫上收件人的姓名、住址.

A

I addressed the letter **to** my aunt. 我發了封信給姑媽.

**ad·e·quate** [ˋædəkwɪt] 形 足夠的; 適當的, 能勝任的.

**ad·he·sive** [ədˋhisɪv] 形 立刻黏著的, 有黏性的.
adhesive tape 膠帶, 透明膠帶《商標名》; 自黏膠帶
—名 (漿糊、骨膠等的)黏著劑; 膠帶, 自黏膠帶.

**adj.** adjective(形容詞)的縮寫.

**ad·jec·tive** [ˋædʒɪktɪv] 名《文法》形容詞. ➡表示人、物、事是怎麼樣的, 即表示其性質的語詞, 如 a *blue* sky(藍天), The sky is *blue*. (天空是藍的.)中的 *blue* 等.

**ad·just** [əˋdʒʌst] 動 調節〔調整〕, 使適應(新的環境等) (adapt).
Please adjust the television picture. 請調整一下電視影像.
You can adjust this desk **to** three heights. 這張書桌能夠調整三種高度.
The children adjusted quickly to the new school. 孩子們很快便適應了新的學校.

**ad·min·is·tra·tion** [əd͵mɪnəˋstreʃən] 名 ❶(學校等組織的)管理, 營運, (公司的)經營, (國家等的)行政.
the administration of a school 〔a big business, a summer camp〕 學校〔大企業, 夏令營〕的管理
❷管理〔經營, 行政〕人員; (**the Administration**)《美》政府.

**ad·mi·ra·ble** [ˋædmərəbl̩] 形 可佩的, 值得讚賞的, 應受稱讚的; 極佳的, 極好的, 出色的.

**ad·mi·ral** [ˋædmərəl] 名 海軍上將; 海軍將官(包括中將和少將). → general 名

**ad·mi·ra·tion** [͵ædməˋreʃən] 名 ❶讚賞〔感嘆〕之情, 欽佩, 憧憬.
look at the beautiful picture **in** 〔**with**〕 admiration 讚嘆不已地觀賞美麗的畫作
We were filled with admiration **for** the courage of Nathan. 我們對內森的勇氣感到欽佩.
❷讚賞〔憧憬〕的對象.

**ad·mire** [ədˋmaɪr] 動 欽佩, 讚賞; 羨慕; (欽佩地)看著〔聽著〕, 認爲極佳的, 稱讚.
I admire you. 我羨慕你.
The children admired the beautiful view from the mountaintop. 孩子們讚美從山頂連綿而下的美景.

**ad·mir·er** [ədˋmaɪrɚ] 名 讚美者, 崇拜者.

**ad·mis·sion** [ədˋmɪʃən] 名 ❶進入(的許可), 入場, 入會, 入學.
her admission **to** college 〔**into** the hospital〕 她獲准進入大學〔住院〕
告示 No admission (without ticket). (無票者)不得入場〔禁止入場〕.
❷入場費, 入會費.
Admission to the baseball game was two dollars **for** children. 這場棒球比賽的入場費小孩是二美元.
告示 Admission free. 免費入場.

**ad·mit** [ədˋmɪt] 動 ❶讓～進入(會場、會、學校等), 准許進入.
◆ **admitted** [ədˋmɪtɪd] 過去式、過去分詞.
He admitted the old man **into** the house. 他讓老人進入屋裡.
The boy **was** admitted **to** the school. 這位少年獲准入學.
◆ **admitting** [ədˋmɪtɪŋ] 現在分詞、動名詞.
❷承認.
I admit that I was wrong and I am sorry. 我承認是我錯了, 很抱歉.

**A·don·is** [əˋdonɪs] 專有名詞《希臘神話》阿多尼斯. ➡據說爲美之女神愛芙羅黛蒂(＝維納斯)所傾心的美少年; 於狩獵途中死於野豬的獠牙之下, 愛芙羅黛蒂便把他變成銀蓮之

A

花.

**a·dopt** [əˋdɑpt] 動 ❶收為養子或養女.

an adopted son 〔daughter〕 養子〔女〕

My uncle and aunt adopted a girl from the orphanage. 我的叔父和嬸嬸從孤兒院領養了一個女孩.

❷採用, 引用(他人的做法).

I liked his idea and adopted it. 我喜歡他的主意就採用了.

**a·dore** [əˋdɔr] 動 ❶崇拜(上帝、太陽等)(worship). ❷敬愛(雙親、戀人等), 欽慕, 崇拜(明星等); 《口》極為喜愛(滑雪、巧克力等).

**a·dult** [əˋdʌlt, ˋædʌlt] 形 大人的, 成人(用)的.

an adult person 〔dog〕 發育成熟的人〔犬〕, 成年人〔成犬〕

an adult ticket 成人票

—名 大人, 成人.

This movie is for **adults** only; **children** cannot go in. 這部電影僅適合成人觀賞, 兒童禁止入內. ◁反義字

adult child

**adv.** adverb(副詞)的縮寫.

**ad·vance** [ədˋvæns] 動 ❶前進, 推進; 使前進, 使進步.

The soldiers advanced **towards** the enemy. 士兵們朝敵軍推進.

❷晉級, (階級等)高升; 使晉級, 使高升.

—名 前進, 發展; 進步.

**make** a slow advance **through** the jungle 在叢林中緩慢前進

idiom

***in adváncе*** 預先; 預付.

buy a ticket in advance 買預售票

**ad·vanced** [ədˋvænst] 形 走在前面的, (思想等)前進的; (程度)高等〔高級〕的.

**ad·van·tage** [ədˋvæntɪdʒ] 名 ❶優點, 長處; 利益.

the advantages of movies **over** television 電影優於電視之處

The long arms of the boxer are a great advantage **for** 〔**to**〕 him. 那名拳擊手的一雙長臂對他而言無疑是很大的優勢.

**There is no advantage in** stay**ing** here. 留在這兒毫無益處.

❷《網球》領先. ➡平局後的最初得分.

idiom

***tàke advántage of ～*** 善用～; 趁機利用～.

We took advantage of the fine weather and went on a picnic. 我們利用這好天氣去野餐.

He takes advantage of her kindness and borrows her CDs too often. 他見她好心就經常向她借CD.

**ad·ven·ture** [ədˋvɛntʃɚ] 名 ❶冒險; (**adventures**)探險(故事).

**go** 〔**set out**〕 **on** an adventure 去探險

❷興奮〔不安〕的體驗, 奇遇.

Going to the zoo 〔a circus〕 was an adventure **for** us. 去動物園〔馬戲團〕對我們來說是件讓人興奮的體驗.

**ad·ven·tur·er** [ədˋvɛntʃərɚ] 名 冒險家.

**ad·verb** [ˋædvɜb] 名《文法》副詞. ➡修飾動詞、形容詞和其它副詞的語詞; 在run *very* *fast*(跑得很快), a *very* fast runner(飛毛腿)兩例中, 前一例的 *very* 與 *fast* 為副詞, 但後

一例的 fast 爲形容詞.

**ad·ver·tise** [ˋædvɚ͵taɪz, ͵ædvɚˋtaɪz] 動 登廣告, 宣傳; (**advertise for** ～)登徵求～的廣告, 登廣告以徵求～.

advertise the new car **in** newspapers 〔**on** television〕 在報紙〔電視〕上爲新車做廣告〔宣傳〕

He advertised **for** a baby-sitter in the town newspaper. 他在市報上登廣告招聘一名保姆.

**ad·ver·tise·ment** [͵ædvɚˋtaɪzmənt, ədˋvɜtɪzmənt] 名 (透過報紙、海報、電視等的)廣告, 宣傳. ➜《口》有時縮寫爲 **ad**; 廣播、電視中的廣告也稱作 commercial.

**put** an ad(vertisement) **in** the paper 在報上登廣告

Have you seen the advertisement **for** that new camera in today's paper? 你看了今天報上登的新型相機的廣告嗎?

**ad·vice** [ədˋvaɪs] 名 忠告, 建議, 勸告.

**give** 〔**ask**〕 advice 提出〔徵詢〕意見

ask (him) **for** advice (向他)徵詢意見

go to ～ **for** advice 去徵求意見

Let me give you **some** 〔**a piece of**〕 **advice**. 讓我給你提幾個〔一個〕建議. ➜advice是不可數名詞, 不用 ×some advices, ×*an* advice 等.

**Take** 〔**Follow**〕 the doctor's advice and go to bed. 聽從醫生的勸告, 快去睡覺.

My advice **to** you is to 〔that you should〕 go and see a doctor. 我對你的忠告是去看醫生.

**ad·vise** [ədˋvaɪz] 動 忠告, 建議, 勸告. ➜注意和 advice 在拼寫、發音上的不同.

advise him **on** his future 爲他的前途提出忠告

advise (**to** have) a good sleep = advise hav**ing** a good sleep 建議好好睡一覺

advise him **against** smoking = advise him **not to** smoke 勸他戒菸

The teacher advised us to read these books. 老師建議我們閱讀這些書.

Please advise me **which** I should buy 〔**which to** buy〕. 請替我出個主意該買哪一個.

**ad·vis·er** [ədˋvaɪzɚ] 名 ❶忠告者, 建議者, 商談者; 顧問, 勸告者. ❷《美》(協助學生學習人生, 思考未來出路的)指導教師.

**ae·ri·al** [ˋɛrɪəl] 名《英》(無線電、電視所用的)天線(《美》antenna).

**aer·o·bics** [ɛˋrobɪks] 名 有氧健身運動. ➜體操、游泳、跑步等促進血液循環, 提高氧氣消耗量的健康保養方法.

**aer·o·gram(me)** [ˋɛrəgræm] 名 航空郵簡(air letter). ➜航空郵件專用信箋, 把信箋摺疊起來即可掩住所寫文字, 而成信封狀.

**aer·o·plane** [ˋɛrə͵plen] 名《英》飛機(《美》airplane).

**Ae·sop** [ˋisɑp] 專有名詞 伊索. ➜據說西元前六世紀前後創作《伊索寓言》(**Aesop's Fables**)的希臘人.

**AET** Assistant English Teacher (英語助教)的縮寫.

**af·fair** [əˋfɛr] 名 ❶(常用 **affairs**)該做之事, 與～有關的事(件), 工作, 事務.

my (own) affair 我應該做的事, 只與我有關的事

business affairs 工作上該做的事, 業務

Go away. This is my affair, not yours. 走開. 這是我的事, 與你無關.

❷事件, 事.

The birthday party was a happy

A

affair for Mary. 對瑪麗來說，生日派對是件愉快的事.

**af·fect** [ə`fɛkt] 動 ❶對～產生(不良)影響，危害(健康).
Too much rain will affect the crops. 過多的雨會影響到農作物.
His health was affected by the great heat. 酷熱危害了他的健康.
❷使～感動，激起悲傷〔同情〕的情緒，使～痛心.
I was deeply affected by the sad movie. 我被這部悲傷的電影深深地感動.

**af·fec·ted** [ə`fɛktɪd] 形 ❶裝腔作勢的，令人作嘔的. ❷受影響的.

**af·fec·tion** [ə`fɛkʃən] 名 情愛，(對動物等的)情感，(對物品的)摯愛.
同義字 多用於表現對家人、朋友等的情愛，與**love**相比，顯得和緩而持久.

**af·fec·tion·ate** [ə`fɛkʃənɪt] 形 摯愛的；深情的，慈愛的.
Your affectionate son Ken 你親愛的兒子肯敬上 ➜與Affectionately yours同.

**af·fec·tion·ate·ly** [ə`fɛkʃənɪtlɪ] 副 深情地，慈愛地.
idiom
***Afféctionately yòurs*** = ***Yòurs afféctionately*** 再見. ➜用於父子、兄弟等間書信之結束語.

**af·ford** [ə`fɔrd] 動 (**can afford** ～) 有足夠的錢購買某物，有充裕的錢〔時間〕做某事，安排得出(錢、時間等). ➜常用於否定句、疑問句.
I **cannot** afford (**to** buy) a new bicycle; I don't have enough money. 我買不起新的腳踏車，我沒有足夠的錢.
會話> Why don't you buy a car; can't you afford the **money**? —Yes, I have enough money, but I can't afford the **time** to use it. 你爲甚麼不買輛汽車；難道你湊不出足夠的錢嗎? —不，錢倒是夠的，只是我沒有充裕的時間來用車.

**a·fraid** [ə`fred] 形 擔心的，害怕的.
會話> I'm afraid. There is a snake over there. —Don't be afraid. That is not a snake. It's just a stick. 我害怕，那裡有一條蛇. —別怕，那不是蛇，那不過是一支木棍.
會話> Were you afraid in the airplane? —Yes, very (much). 在飛機上你害怕嗎? —對，很怕.
Frogs are afraid **of** snakes. 青蛙怕蛇.
The girl is afraid of (go**ing** out in) the dark. 這女孩怕黑(不敢在暗處行走).
Don't be afraid of making mistakes. 別怕犯錯.
The wall is very high and I am afraid **to** jump 〔of falling〕. 牆很高，我不敢跳下來〔擔心掉下來〕.

> 參考 像「害怕」jump(跳)這種「出於自己意志的行爲」，afraid to jump與afraid of jumping都可用；像「擔心」fall(跌落)這樣「不出於自己意志的意外行爲」，只能用afraid of falling.

She is afraid **that** he doesn't like her. 她擔心他不喜歡她.
idiom
***I am* 〔*I'm*〕 *afráid*** ～ 很遺憾～〔眞抱歉～〕. ➜委婉而文雅地表示所發生之事對人或對己不稱心時的說法.
I'm afraid I can't help you. 眞抱歉，我沒辦法幫你.
I'm afraid it's going to rain. = It's going to rain, I'm afraid. 恐怕要下雨了.
I'm afraid I must go now. 眞抱歉，我現在必須走了.
會話> Can you come to the party? —No, **I'm afraid not.** (=I'm afraid I can't come.) 你能來參加舞會嗎? —不，恐怕不能吧.

A

[會話]>Are we late? —**I'm afraid so.** (=I'm afraid we are late.) 我們遲到了嗎? 一怕是如此吧.

**Af·ri·ca** [ˋæfrɪkə] [專有名詞] 非洲.

**Af·ri·can** [ˋæfrɪkən] [形] 非洲(人)的.
—[名] 非洲人.
**the** Africans (全體)非洲人

**Af·ro-A·mer·i·can** [ˋæfroəˋmɛrəkən] [形] 非洲裔美國人的.
—[名] 非洲裔美國人.

| **af·ter** [ˋæf t ɚ] | ▶在～之後(的)<br>▶在(做了～)之後<br>▶追趕～<br>▶由於～ |
|---|---|

[介] ❶在～之後, 在～之後的, 以後(的).
[基本] after school 放學後 ➡ after+名詞.
after him 在他之後 ➡不用ˣafter *he*.
[基本] play after school 放學後玩耍 ➡動詞+after+名詞.
[基本] club activities after school 放學後的社團活動 ➡名詞+after+名詞.
**long** after sunset 日暮已久
**soon** after the war 戰後不久
(the) **day after tomorrow** 後天
**the week** 〔**month, year**〕 **after next** 下下週〔月〕, 後年
Please read after me. 請跟著我唸.
Close the door after you. 請隨手關門.
It's ten minutes after six. 六點十分. ➡《英》 past six.
We were tired after our long journey. 長途旅行後我們感到很疲勞.
After think**ing** for a while, he said yes. 考慮片刻後, 他答應了. ➡介系詞 after+動名詞 thinking(思考).
❷追趕, 追求.
A dog was running after a cat. 一隻狗正在追逐一隻貓.
He is after a job. 他正在求職. (=He is looking for a job.)
What is he after? 他在追求甚麼?
❸依照, 與～有關聯.
**name** a boy after his uncle 以其叔父之名給男孩命名
He was called 〔named〕 Robert after his uncle. 他以他叔叔之名取名爲羅伯特. ➡被動語態.

[idiom]

***àfter áll*** 最終; 畢竟.
I waited, but he didn't come after all. 我等啊等, 但他最終還是沒來.
***Àfter yóu!*** 您先請! ➡謙讓順序時的客套話.
***dày after dáy; nìght after níght; yèar after yéar;*** *etc.* 日復一日; 一夜又一夜; 年復一年(等). ➡表示「反覆、連續」.
Night after night the same thing happened. 相同的事每夜都發生.
Leaf after leaf fell to the ground. 樹葉紛紛落在地上.
***òne after anóther*** 一個接一個地, 相繼地. → one [代] [idiom]
***òne after the óther*** 一個個, 相繼. ➡用於只有二者之場合.
She lost her parents one after the other. 她相繼失去了雙親.

—[連] 在(S′+V′)之後.
He came after you left. 你走後他才來. ➡ 〈S〉+〈V〉+after+〈S′〉+〈V′〉.

After I came home, it began to rain. 我回到家裡後，就開始下雨了.
I received a letter from him two weeks after he left Japan. 在他離開日本兩星期後，我收到了他的來信.
We will have dinner after you come home. 你回家後我們再吃飯.
➜ after ～ 即使表示未來情況時仍用現在式.
—副 以後，之後.
two weeks after 兩週後
a few days after 幾天後
soon〔long〕after 隨〔久〕後

**af·ter·glow** [ˋæftɚ͵glo] 名 晚霞.

| **af·ter·noon** [͵æftɚˋnun] | ▶下午<br>⊙指從正午到傍晚的這段時間；天一開始轉黑即稱 evening，其區分並不十分嚴密 |
|---|---|

名 下午. → evening.
基本 **in** the afternoon (在)下午
early in the afternoon 午後，過午
late in the afternoon 下午較晚時分〔接近傍晚〕
基本 **on** Sunday afternoon 星期天下午 ➜在星期天、聖誕節、寒冷的日子等特定日子的「下午」，其介系詞用 on.
on a cold winter afternoon 在一個寒冷冬天的下午
基本 **this** afternoon (在)今天下午 ➜前接 this, that, tomorrow, yesterday, one 等時，不需要加介系詞.
**tomorrow** afternoon (在)明天下午
**all** afternoon 整個下午
**one**〔**next**〕Sunday afternoon (在)一個〔下個〕星期天的下午
He came at three in the afternoon. 他下午三點來.
He cut all the afternoon classes. 他整個下午都蹺課.
He is always busy on Sunday **afternoons**. 星期天下午他總是很忙.
➜ afternoon 一般不用複數，但在表示「下午總是」這樣的習慣時會變為 afternoons.

**áfternoon téa** 《英》下午茶，午後茶點. ➜在午餐與晚餐之間，下午四點至五點左右，一邊喝紅茶與咖啡，一邊吃小點心；亦可僅用 tea.
idiom
***Gòod afternóon!*** 午安！你好！➜午後的問候語.

**af·ter·ward** [ˋæftɚwɚd] 副 以後，後來.
long afterwards 很久以後
We studied during the morning and went fishing afterward. 我們上午讀書，之後去釣魚.

**af·ter·wards** [ˋæftɚwɚdz] 副＝afterward.

| **a·gain** [əˋgɛn] | ▶再一次，另一次<br>▶恢復原狀 |
|---|---|

副 ❶再一次，另一次；《否定句》再也不.
Try again. 再試一次.
See you again on Monday, Bob. 鮑勃，星期一再見.
He never said it again. 他再也沒說第二次.
❷回到原來的地方，回復原本的狀態，恢復原狀.
I walked to town and back again. 我走到城裡而後又回來了.
He went abroad last July, but he is home again. 他七月份出國，但現在又回來了.
idiom
***agàin and agáin*** 屢次，再三.
***ònce agáin*** 再一次.
***óver and òver agáin*** 反覆多次.

**a·gainst** [əˋgɛnst] 介 ❶《敵對》逆，對著～(打擊).

**swim** against the current　逆流而游
**fight** against the enemy　與敵人戰鬥
She married against her will.　她違背自己的意願而結婚.
He threw the ball against the wall.　他把球往牆上扔.
We **play**ed against the strongest team and won. 我們和最強的隊對抗，並且贏得了比賽.
The rain is **beat**ing against the windows.　雨打在窗上.
Differences in languages often **work** against understanding between nations.　語言的不同常常妨礙國家之間的相互瞭解.
❷《反對、禁止》**反對**；《違反》與～相反.
I want to have a dog.　Are you **for** it or **against** it?　我想養條狗. 你們贊成還是反對? ◁**反義字**

Smoking in underground stations is against the rules.　在地下鐵車站裡抽菸是違法的.
❸《防衛、準備》預防；防備.
This drug acts against headaches. 這藥能治頭疼.
Ants store up food against the winter.　螞蟻爲冬天貯藏食物.
❹《緊密接觸》倚，靠.
Watch out, Ken! Don't **lean** against the wall! I've just painted it.　當心，肯！不要靠牆！我剛油漆過.
**Stand** your umbrella against the wall.　把你的傘靠在牆上.
He **press**ed his ear against the wall.　他把耳朵貼在牆上.
❺《對照》以～爲背景，與～兩相對照.
The earth looks really beautiful against dark space.　地球在漆黑太空的映襯之下，顯得非常美麗.

**age** [edʒ] 名 ❶(人、動物、物品的)**年齡，壽命**.
old age　老年
the age of this tree　這棵樹的樹齡
**at the age of** fifty　在五十歲時
Turtles live **to a great age**.　海龜壽命很長.
She is just my age.　她剛巧與我同年.
We are (**of**) the same age.　我們同年.
He looks young **for his age**.　他看起來比他的實際年齡還年輕.
He has a son (of) your age.　他有個像你這麼大的兒子.
❷**時代**.
the space age　太空時代
the Ice〔Stone〕Age　冰河〔石器〕時代
**in** this atomic age　在這原子能時代
the Middle Ages　中世紀
❸(**an age** 或 **ages**)《口》長時間.
I haven't seen you for ages.　好久沒有見到你了〔久違了〕.

idiom

***be*〔*cȍme*〕*of áge***　成年.　➜美國滿二十一歲、英國滿十八歲爲成年.

**a·ged** [ˋedʒɪd] 形 ❶年老的(old).
an aged man　老人
❷ [edʒd] ～歲的.
a boy aged twelve　一個十二歲的少年

**a·gen·cy** [ˋedʒənsɪ] 名 (複 **agencies** [ˋedʒənsɪz]) 代理店，經銷店；介紹所；(政府)機關.
an advertising agency　廣告代理商

**a·gent** [ˋedʒənt] 名 代理人；代理商.

**ag·i·tate** [ˋædʒə͵tet] 動 ❶擾亂(人心)，使(人)不安.　❷煽動，鼓動.
agitate **for** a strike　煽動罷工

A

**ag·i·ta·tion** [ˏædʒəˋteʃən] 名 ❶動搖，興奮. ❷煽動.

**a·glow** [əˋglo] 副形 閃著紅光地〔的〕；(臉)紅而熱地〔的〕.

**a·go** [əˋg o]

▶在～之前
⦿表示距今多久之前

副(距今)～之前. ➜表示「(從過去的某一時間到)～之前」或者指籠統的「以前」時用 before.

基本 three years ago 三年前 ➜表示時間長短的字(片語)＋ago.

a few days ago 二、三天前

years ago 幾年前

many years〔a long time〕ago 從前

long ago 很久以前

not long ago 不久前

some time ago 前些時候

Grandma Ann was so beautiful 50 years ago. 安奶奶五十年前是如此地漂亮.

Long, long ago an old man lived near the woods. 很久以前，森林附近住著一位老人.

**ag·o·ny** [ˋægənɪ] (複 **agonies** [ˋægənɪz]) 名 極大的痛苦，苦惱.

**a·gree** [əˋgri] 動 ❶(意見)一致，同意，贊成.

I agree **with** you〔your opinion〕. 我同意你〔你的意見〕.

I agree **to** this plan. 我贊成這項計畫.

I cannot agree with you **on** this point. 在這一點上我不能同意你.

We all agreed **to** keep the dog. ＝We all agreed **on** keeping the dog. ＝We all agreed **that** we would keep the dog. 我們一致同意飼養這條狗.

❷(氣候、食物等)**適合體質**；**性情投合**.

The food in that country didn't agree **with** me. 我不適應那個國家的食物.

Brothers and sisters don't always agree. 兄弟姐妹未必總是融洽相處(有時也會意見相左). ➜not always＝未必總是.

> 參考「agree＋介系詞＋名詞」時，會根據名詞的內容，使用不同的介系詞，如下所列：
> agree **with** （人、意見、行爲）
> agree **to** （提議）
> agree **on** （應當決定的事項）

**a·gree·a·ble** [əˋgriəbḷ] 形 ❶愉快的，(感覺、心情)好的，快樂的. ❷合適的；贊成的；感興趣的.

**a·gree·ment** [əˋgrimənt] 名 (意見等的)一致，同意；協議(書).

come to an agreement 達成協議

**ag·ri·cul·tur·al** [ˏægrɪˋkʌltʃərəl] 形 農業的.

agricultural products 農產品

**ag·ri·cul·ture** [ˋægrɪˏkʌltʃɚ] 名 農業.

**ah** [ɑ] 感 啊！呀！ ➜表示驚訝、喜悅、痛苦、憐憫等.

**a·ha** [ɑˋhɑ] 感 啊哈！ ➜表示驚訝、喜悅、滿足等.

**a·head** [əˋhɛd] 副 **向前，在前頭.**

look ahead 向前看；展望未來

**go** ahead 向前進 →idiom

go ahead **with** *one's* work 繼續工作下去

Go straight ahead along this road. 沿著這條路一直往前走.

There is danger ahead. 前面有危險.

He shouted, "Iceberg ahead!" 他喊道：「前面有冰山！」

idiom

***ahéad of ～*** 在～之前，在～之先.

I could see traffic lights (100 yards) ahead of my car. 我可以看到在我車子前面(一百碼)的交通號誌燈.

He is ahead of us **in** English. 他英語比我們好.

***gò ahéad*** (催促對方進行尚未完成的動作、言語)繼續, 接下來呢?; (接線生所說的話)請講.

**aid** [ed] 動 幫助, 援助. ➡一般用help.

—名 幫助, 援助; (輔助)器具.

a hearing aid 助聽器

They **came to** our aid at once. 他們立刻前來幫助我們.

**fírst áid** 急救.

**give** first aid **to** ~ 對某人進行急救

**AIDS** [`edz] 名 愛滋病, 後天免疫不全症候羣.

**aim** [em] 名 準頭; 目的.

—動 ❶(**aim at** ~)瞄準~; (**aim** O **at** O′)把O對準O′, 用O瞄準O′.

He aimed **at** the target. 他瞄準靶子.

He aimed his gun at the target. = He aimed at the target **with** his gun. 他用槍瞄準靶子.

This TV show is aimed at children. 這個電視節目是給兒童看的.

❷(**aim to** *do*)想做某事, 打算做某事.

I aim **to** become a professional baseball player. 我想成為職業棒球選手.

**Ai·nu** [`aɪnu] 名 (複 **Ainu** *or* **Ainus** [`aɪnuz]) 愛奴人(日本北海道, 庫頁島等地的少數民族); 愛奴語.

—形 愛奴人的; 愛奴語的.

**air** [ɛr] 名 ❶空氣.

fresh air 新鮮空氣 ➡不用×a fresh air, ×fresh airs.

mountain air 山上的空氣

**put** air **in** a tire 給輪胎打氣

**The** air is not clean. 這裡的空氣不清淨.

**áir gùn** 空氣槍.

❷(常用 **the air**)大氣, 天空(sky).

**in the** open air 在野外

high up **in** the air 在高空

fly up **into** the air 飛上天

It could be seen only from the air. 那只有從空中才能看到.

**áir fòrce** 空軍.

**áir hòstess** 空中小姐((air) stewardess).

❸樣子, 模樣, 態度; (**airs**)裝模作樣.

put on airs 裝腔作勢

The town has a European air. 這座城市具有歐洲風格.

idiom

***a chànge of áir*** (為療養而)換地方.

go to a village near the sea for a change of air 去海邊的村子療養

***by áir*** 搭飛機, 以空運.

travel by air 搭飛機旅行

***on the áir*** (透過電視、廣播)播放.

An interesting program will be on the air at eight this evening. 有個有趣的節目將在今晚八點播放.

—動 晾, 曬, 使乾燥.

**air-con·di·tioned** [`ɛrkən`dɪʃənd] 形 有空調的, 裝有冷暖氣設備的.

**air con·di·tion·er** [`ɛrkən`dɪʃənɚ] 名 空調, 冷暖氣設備.

**air·craft** [`ɛr͵kræft] 名 飛行器. ➡複數亦作**aircraft**; 飛機、直升機、飛船等的總稱.

This airline has many **aircraft**. 這家航空公司擁有很多飛機.

**air·field** [`ɛr͵fild] 名 《美》(機場的)起飛降落地; (軍用等的小)飛機場.

**air·line** [`ɛr͵laɪn] 名 ❶航線. ❷(常用**airlines**)航空公司.

**air·lin·er** [`ɛr͵laɪnɚ] 名 (大型的)定期飛航的客機.

**air·mail** [`ɛr͵mel] 名 航空郵件.

send a letter by airmail 航空郵寄信件

**air·plane** [`ɛr͵plen] 名 《美》飛機(《英》aeroplane). ➡口語中常略作**plane**.

A

travel **by** airplane　搭飛機旅行

**air·port** [ˋɛr͵port] 名 **機場，** 航空站.

**CKS Internátional Áirport**　中正國際機場.

**Néw Tókyo Internátional Áirport**　新東京國際機場(成田機場).

**Tókyo Internátional Áirport**　東京國際機場(羽田機場).

**air·ship** [ˋɛr͵ʃɪp] 名 飛船.

**air·ways** [ˋɛr͵wez] 名 複 (用於公司名)(…)航空公司.

**aisle** [ˋaɪl]　➜ s 不發音.

名 (教室、劇場、客運車、教堂等的座椅中的)通路，走道.

**AK**　Alaska 的縮寫.

**a·kim·bo** [əˋkɪmbo] 副 兩手叉腰.

She stood with (her) arms akimbo, glaring at me.　她兩手叉腰，站在那裡瞪著我.

**AL**　Alabama 的縮寫.

**Al·a·bam·a** [͵æləˋbæmə] 專有名詞 阿拉巴馬. ➜美國東南部的州，簡稱**Ala., AL**(郵政用).

**A·lad·din** [əˋlædɪn] 專有名詞 阿拉丁.

> 參考《天方夜譚》中〈阿拉丁神燈〉的主角；阿拉丁是一個裁縫鋪裡的貧苦少年，無意中得到能滿足人一切願望的神燈(**Aladdin's lamp**)，成爲大財主，並與公主結婚.

**a·larm** [əˋlɑrm] 名 ❶(以話語、鈴聲、蜂鳴器等方式發出的)警報，警報器；鬧鐘(alarm clock).

a fire alarm　火災警報〔警報器〕

**give** the alarm　發出警報

**alárm clòck**　鬧鐘.

❷(突然的)驚嚇，恐懼.

The birds flew away **in** alarm when they saw the cat.　鳥兒們看到貓驚慌地飛走了.

—動 使恐慌；(**be alarmed**)驚慌不安.

Reports of an approaching storm alarmed the ship's passengers.　風暴逼近的報告使船上的乘客驚惶不安.

Don't be so alarmed.　不要那麼慌張.

**a·las** [əˋlæs] 感 哎呀！哎！➜表示悲痛、遺憾等的情緒.

**A·las·ka** [əˋlæskə] 專有名詞 阿拉斯加. ➜北美洲西北端的大半島，美國最大的州，簡稱**Alas., AK**(郵政用).

**A·las·kan** [əˋlæskən] 形 阿拉斯加的，阿拉斯加人的.

—名 阿拉斯加人.

**al·bum** [ˋælbəm] 名 ❶**簿，冊.** ➜相簿、集郵簿、簽名冊、唱片收集本等.

a photo album　相簿

an autograph album　簽名冊

**make** an album **of** a trip　製作旅遊相簿

❷(CD等形式的)專輯；(附有唱片封套的)合輯.

**al·co·hol** [ˋælkə͵hɔl] 名 ❶ 酒精.

❷含有酒精的飲料，酒.

**al·co·hol·ic** [͵ælkəˋhɔlɪk] 形 酒精的，含酒精的.

alcoholic drinks　含有酒精的飲料，酒類

**ale** [el] 名 麥酒. ➜一種啤酒.

**a·lert** [əˋlɝt] 形 ❶警覺的(watchful)，沒有疏漏的. ❷機靈的，敏捷的.

—名 警戒；警戒期間.

**Al·ex·an·der** [͵ælɪgˋzændɚ] 專有名詞 亞歷山大. ➜西元前四世紀希臘國王，被稱爲 **Alexander the**

Great(亞歷山大大帝).

**Al·fred** [ˋælfrɪd] 專有名詞 阿佛列德. ➜英國國王(849-899), 被稱爲 **Alfred the Great**(阿佛列德大帝).

**al·ge·bra** [ˋældʒəbrə] 名 代數.

**A·li Ba·ba** [ˋælɪˋbɑbə] 專有名詞 阿里巴巴.

> 參考《天方夜譚》中〈阿里巴巴與四十大盜〉的主角; 阿里巴巴是住在波斯的一個貧苦的樵夫, 有一天看見盜賊們唸著「芝麻開門! (Open sesame!)」而開啓岩洞禁門的情形, 他也唸著這句咒語進入洞中, 發現了盜賊隱藏的珍寶而成爲大富豪.

**al·i·bi** [ˋæləˌbaɪ] 名 不在場證明.

have an alibi **for** the day of the murder 有發生殺人事件那一天不在場的證明

**al·ien** [ˋeljən, ˋelɪən] 形 外國的(foreign); 異質的(different).

—名❶(僑居國內的)外國人. ❷外星人.

**a·like** [əˋlaɪk] 形 相像的, 相同的.

The twin sisters are very much alike. 這對孿生姐妹非常相像. ➜只使用動詞+alike 的形式, 不可用於名詞前.

Those two words sound alike to me. 這兩個單字我聽起來都一樣.

—副 相同地, 同樣地.

treat all pupils alike 對所有的學生一視同仁

**a·live** [əˋlaɪv] 形 活著的, 有生氣的, 熱鬧的. ➜不用於名詞之前.

The snake is still alive. 這條蛇還活著. 相關語「活的蛇」不用ˣan *alive* snake 而用 a **live** snake.

They **caught** a bear **alive**. 他們活捉了一頭熊.

Is the bird **alive** or **dead**? 這隻鳥活著還是死了? ◁反義字

The streets are alive **with** shoppers. 街上滿是買東西的人, 熱鬧非凡.

| **all** [ɔl] | ▶所有的, 全部的<br>▶所有的東西<br>▶所有的人 |
|---|---|

形 ❶所有的, 全部的.

基本 all boys 所有的男孩, 少年們 ➜all+複數名詞; 相關語 表達「全體」中的每一個時用 **each**, **every** 等.

**all my** friends 我所有的朋友 ➜不用ˣ*my all* friends.

**all the** boys of our school 本校全體少年 ➜不用ˣ*the all* boys.

基本 all my money 我所有的錢 ➜all+不可數名詞.

基本 all (the) year 全年 ➜all+表示年、月、日等的單數名詞.

all (the) morning 整個上午

all day (long) = all the day long 一整天

all-Japan team 完全由日本人組成的隊伍

All men are equal. 人人平等.

He was silent all the time. 他始終保持沉默.

We spent happy days there all the summer. 整個夏天我們在那兒度過了愉快的每一天.

❷(在有 **not** 的句子中)不是全部的, 不一定都是.

All books are **not** good books. = **Not** all books are good books. 不是所有的書都是好書(其中也有不好的書). ➜部分否定的說法.

A

I did not buy all the books. 我沒有把所有的書都買下.
—代 所有的東西, 所有的人, 全部.
基本 **all of the** pupils 全體學生, 所有的學生(=all the pupils) →不用×all of *pupils*.
all of us 我們所有的人〔大家〕 →不用×*all us*.
**all** (**that**) I have 我所有的東西 →關係代名詞 that 之後的字用來修飾 all; that 爲受格可省略.
All I have is this small bag. 我所有的東西就只有這個小皮包.
**All are** silent. 大家都沉默不語. →all 用於 all people(所有的人)之意時視爲複數.
**All is** silent around. 周圍一切都靜悄悄的. →all 用於 all things(所有的東西)時視爲單數.
We all 〔All of us〕 like him. 我們大家都喜歡他. →We 與 all 同格, 但不用×*all we*.
I hope to meet you all again. 我希望能再次見到大家.
會話 Are you all ready? —Yes, we are all ready. 大家都準備好了嗎? —是的, 我們都準備好了. →you 與 all, we 與 all 皆同格; 若把 all 當副詞使用, 表「完全」之意時, 整句話的意思即轉變爲「完全準備好了」; →副 會話
諺語 All that glitters is not gold. 發亮的東西不一定都是金子. →部分否定的用法; →形 ❷
idiom
***abòve áll*** 首先, 特別. →above 介 idiom
***àfter áll*** 最終, 畢竟. →after 介 idiom
***àll in áll*** ①全體地; 完全地. ②最喜愛〔最棒〕的東西.
***at áll*** 即使一點點(even a little).
Do you know him at all? 你到底了解他嗎?
I'll come in the afternoon if I come at all. (很可能來不了)如果能來的話, 我將在下午來.
***fĭrst of áll*** 首先, 最先.
***in áll*** 總共, 一共.
There were ten questions in all. 一共有十個問題.
***nòt (~) at áll*** 一點也不~.
I did not sleep at all last night. 我昨晚根本都沒睡.
會話 Thank you. —《英》**Not at all.** 謝謝你. —別客氣. (《美》You are welcome.)
***Thát's áll.*** 就此結束; 僅此而已.
That's all for today. 今天就到這兒爲止.
—副 完全, 全部.
all around 周圍
all together 全部一起, 一道
all alone 完全孤獨一人地
all through the night 通宵, 整夜
The sky was all dark. 天空一片漆黑.
會話 Are you ready, Bob? —Yes, I'm all ready. 鮑勃, 準備好了嗎? —是, 都準備好了.
idiom
***àll at ónce*** ①突然(suddenly). ②同時.
***àll óver*** 到處, 全部; 全部結束.
I feel itchy all over. 我渾身發癢.
The party is all over. 派對結束了.
***áll òver ~*** 表示在整個區域或範圍.
all over the country 在全國
Players from all over the world are talking to one another. 來自世界各地的選手們正在相互交談.
***áll òver agáin*** 一再地, 多次地.
***àll ríght*** (回答)行, 好; (健康狀況)良好. →right 形 idiom

**al·ley** [ˋælı] 名 ❶小巷, 胡同, 小徑. ❷(保齡球的)球道.

**All Fools' Day** [ˋɔlˋfulz,de] 名 愚人節. →April Fools' Day.

**al·li·ga·tor** [ˋælə,getɚ] 名 短吻鱷.

➜產於美洲及中國的一種鱷魚; 相關語 吻部沒有 **crocodile** 那麼尖.

**al·low** [əˋlaʊ] 動 ❶允許, (**allow** O **to** *do*) 准許 O 做～.
allow him **to** enter 允許他進來, 任由他進來〔不阻擋他進來〕
You must not allow the children to play here. 你不可以任由孩子們在這兒玩.
Dad doesn't allow smok**ing** in this room. 爸爸不准(任何人)在這間房間抽菸.
Smoking is not allowed in this room. 不准在這間房間抽菸.
No one is allowed to smoke in the car. 在汽車裡誰也不許抽菸.
❷給予(零用錢等)(give); 允許(時間).
allow him two hundred dollars a month for pocket money 每個月給他二百美元零用錢

**al·low·ance** [əˋlaʊəns] 名 (定期的)津貼, 零用錢, ～費.

**All Saints' Day** [ɔlˋsentsˏde] 名 萬聖節. ➜十一月一日, 天主教的節日之一; 雖為祭祀聖人之靈的日子, 但在一般家庭不舉行特別的儀式; → Halloween.

**al·ma·nac** [ˋɔlməˏnæk] 名 ❶曆書. ➜除日曆外還記載有氣候、日出日落的時刻、潮汐、一年中例行的活動或儀式等. ❷年鑑.

**al·might·y** [ˏɔlˋmaɪtɪ] 形 全能的, 萬能的.
—名 (**the Almighty**) 全能者, 上帝, 天主(God).

**al·mond** [ˋæmənd, ˋɑmənd] 名 杏樹, 杏仁.
chocolate bars with almonds 杏仁巧克力棒

**al·most** [ˋɔlˏmost] 副 幾乎, 大概, 差不多; 差一點.
**almost all** (the books) 幾乎所有(的書) ➜不用 ×*almost the* books.
almost every book 差不多每本書
almost always 幾乎總是
almost the same 幾乎相同
I've spent almost all my money. 我差不多花光了所有的錢. ➜不用 ×*almost my* money.
It is almost ten o'clock. 快十點了.
Bob is almost as big as his father. 鮑勃差不多和他父親一樣高大.
I almost caught the fish. 我差一點就抓住那條魚.
Grandpa has almost finished the jigsaw puzzle. 爺爺差不多已經拼好了拼圖.

**a·lo·ha** [ɑˋlohɑ] 感 你好, 歡迎(hello); 再見(good-by). ➜夏威夷語「愛」之意.

**a·lone** [əˋlon] 形 ❶獨自, 單獨.
Cinderella **was** (**all**) **alone** in the house all day. 灰姑娘整天一個人孤零零地待在家裡. ➜ alone 不能用於名詞前面, 因此「孤單的小孩」不能用 ×an *alone* child, 而用 a lonely child.
I am alone with nature in the mountains. 我在山中獨自一人與自然相伴.
We were alone in that hall. 那個大廳裡只有我們.
❷((代)名詞+**alone**) 只有, 僅僅.
Mom alone can make this cake. 只有媽媽會做這種蛋糕.

idiom

***lèt*** 〔***lèave***〕 ～ ***alóne*** 不理會, 不予干涉, 聽其自然.
Leave me alone. 別管我.
Leave that alone. It's mine. 不要動它, 那是我的.

***lèt alóne*** ～ 更不用說, 當然不用說.
I don't have a fur boa, let alone a fur coat. 我連毛皮的圍巾都沒有, 更不用說毛皮大衣了.
—副 獨自地, 單獨地.
She lives alone in the house. 她獨

A

自住在那間房子.
The old man and his wife worked alone. 老人和他的妻子獨自工作著.

**a·long** [ə`lɔŋ] 介 沿著(道路、河川). 相關語 across (橫越~).
**walk** along the river 沿著河走
walk along the street 沿著街走
trees along the road 沿路的樹木
Cherry trees are planted along the street. 沿街種著櫻桃樹.
—副 ❶(一直)向前. ➜表示沿著道路(等)「移動的方向」.
**walk** along 向前走
**come** along 走過來
**ride** along 騎著(馬、自行車等)去
Come along, children. 來吧, 孩子們.
"**Move** along, please!" said the policeman. 警察說:「(不要停下)請向前走!」
❷(與人)一道, 帶著(東西).
He **took** his daughter along on this voyage. 他帶著女兒一起去航海.
Take your umbrella along. 帶雨傘去.
idiom
***gèt alóng*** 繼續(生活、學習、工作、與他人的關係).
How are you getting along **with** your work? 你的工作進展得如何?
***gò alóng with ~*** 與~一同前往; 與~同一步調, 贊成~.
go along with him 與他一同前往
go along with his proposal 贊成他的提議.

**a·loud** [ə`laud] 副 出聲地.
read aloud 大聲讀, 朗讀
think aloud 說出所想的事, (不知不覺地)自言自語

**al·pha** [`ælfə] 名 希臘文的第一個字母 ($\alpha$, A).

**al·pha·bet** [`ælfə͵bɛt] 名 字母. ➜英語的二十六個字母; 非指單個字母, 而是指全部的二十六個字母.
learn all the letters of the English alphabet 學習全部的英文字母

**al·pha·bet·i·cal** [͵ælfə`bɛtɪkl̩] 形 字母(表)的.
in alphabetical order 按字母順序(的)

**Alps** [ælps] 專有名詞 (**the Alps**)阿爾卑斯山脈. ➜橫跨法國、義大利、瑞士、奧地利的山脈; → **Mont Blanc**.

| **al·ready** [ɔl`rɛdɪ] | ▶已經<br>⊙使用於在某時點之前已發生的狀態或行爲, 或是(在疑問句中)比預期的時間更早發生的行爲 |
|---|---|

副 已經.
基本 It's already dark. 天已黑了.
➜ already 通常使用於肯定句.
I have already finished my homework. 我已經做完家庭作業.
The bus has already gone. 公車已經開走了.
Are you leaving already? 你已經要離開了嗎? ➜ already 用於疑問句時通常表示出乎意料地早, 對此感到驚訝; 相關語 一般的疑問句中用 **yet**.

| **al·so** [`ɔlso] | ▶也<br>⊙使用於進一步補充說明時 |
|---|---|

副 也, 並且.
You must read this book also. 這本書你也得讀.
I also think so. 我也這樣想. (=I think so, too.) ➜口語中多用too, as well; 在「~也不~」的否定句中用 either, 如 I don't think so, either. (我也不這麼認爲.)
French is also used in Canada. 加拿大也說法語.
idiom
***nòt ónly Á but (àlso) B́*** 不僅 A

而且 B，既 A 又 B. → only 副 idiom

**al·though** [ɔlˋðo] 連 (S′+V′)**雖然**(though).

Although it is snowing, I must go. 雖然下著雪，但我仍必須去.

**al·ti·tude** [ˋæltə͵tjud] 名 高，高度，標高.

**al·to·geth·er** [͵ɔltəˋgɛðɚ] 副 ❶ 完全，根本，徹底.

The plan was altogether spoiled by the rain. 計畫因下雨而被徹底破壞.

❷總體上，總共(in all).

We are eight altogether. 我們總共八個人. ➡注意與 all together(全部一起，一道)的區別.

**a·lu·mi·num** [əˋlumɪnəm] 名 鋁.

| **al·ways** [ˋɔlwez] | ▶**總是，永遠**<br>▶(not always)**並非總是～** |
|---|---|

副 ❶**總是，永遠.**

She is always cheerful. 她總是高高興興的. ➡ always 的位置爲 be 動詞+always.

Always be cheerful. 要永遠快快樂樂的. ➡祈使句中強調 be 動詞時用 always+be 動詞.

Ken always wears a red cap. 肯總是戴著一頂紅帽子. ➡ always+一般動詞.

**Yours always** (原意爲「我永遠屬於你」，用於關係親密的朋友之間的書信結束語)那麼再見，多保重.

Bob **always** sleeps during class; Ken **often** sleeps; Sue **sometimes** sleeps; Kay **seldom** sleeps; Ben **never** sleeps. 鮑勃上課時總是睡覺，肯經常睡覺，蘇有時睡覺，凱很少睡覺，班從不睡覺. ◁**相關語**

❷(在有 **not** 的句子中)**不一定總是～，不是永遠的.**

It is **not** always cold in Paris. 巴黎並不一直是寒冷的. ➡部分否定的用法.

I do not always go to the sea in summer. 夏天我不一定總是去海邊.

| **am** [əm] 弱 [æm] 強 | ▶**是～**<br>▶**在～**<br>▶(am+現在分詞)**正在做～**<br>▶(am+過去分詞)**被～** |
|---|---|

動 ❶**是～.** ➡ am 是 I(我)作主詞時 be 的現在式.

**基本** I am a student. 我是學生. ➡ I 〈S〉+am 〈V〉+名詞〈C〉.

**基本** I am fine. 我很健康. ➡ I 〈S〉+am 〈V〉+形容詞〈C〉.

I am Bob. **I'm** Tom's brother. 我是鮑勃，是湯姆的哥哥〔弟弟〕. ➡自我介紹時一般用 **My** name is Bob. I am 在口語中一般略作 I'm.

I am thirteen. 我十三歲.

會話 Are you really Tom's brother? —Yes, I am. 你眞的是湯姆的哥哥〔弟弟〕? 一是的. ➡省略 I am 之後的單字時，必須加強 am 的發音，並且不能使用×*I'm* 這種縮寫.

When I am a man, I will be an engineer. 等我長大了，我想成爲工程師.

**Am I** wrong? 我錯了嗎?

**I am not** a teacher. 我不是教師.

會話 Are you happy? —No, I'm not! I'm very sad. 你快樂嗎? 一不，我很悲傷.

I'm right, aren't I? 我說的沒錯吧. ➡～, aren't I? 爲附加問句的用法，相當於「～吧」或「不是嗎?」. 因無

A

×*amn't* 的形式，故使用 are not 的縮寫形式 aren't.

❷在～.

基本 I am at home. 我在家. ➜ I am＋表示地點的副詞(片語).

I am red. I am in the garden. I am in a sandwich. What am I? 我是紅的，我在菜園裡，我被夾在三明治裡，我是甚麼呢? ➜謎語.

會話 Where are you, Bob? —I'm here, Mother. 鮑勃，你在哪裡? —我在這兒，媽媽. ➜ here 意爲「在這兒」而不是「這兒」.

Where am I? 我在哪兒〔這是甚麼地方〕?

◆ **was** [wəz 弱, wɑz 強] 過去式. → was.

◆ **been** [bɛn 弱, bɪn 強] 過去分詞. → been.

◆ **being** [ˋbiɪŋ] 現在分詞、動名詞. → being.

— 助動 ❶ (**am**＋現在分詞) **正在做～；將要做～.** ➜現在進行式.

I am playing the piano now. 現在我正在彈鋼琴.

I am leaving next week. 我下週出發. ➜ go(去)，come(來)，leave(出發)，arrive(到達)等表示「來、去」之意的動詞，其現在進行式常表示「即將」.

會話 Are you going out? —Yes, I am. 出去嗎? —是呀，我正要出去.

❷ (**am**＋過去分詞) 被～. ➜被動語態.

I am loved by my parents. 我爲父母所愛.

❸ (**am**＋**to** 不定詞) 應當～，預定做～.

What am I to do? 我該做甚麼?

I am to meet him at the station. 我預定在火車站與他見面.

**a.m., A.M.** [ˋeˋɛm] 《略》上午. 相關語 p.m.(下午).

6:30 a.m. (讀法: six-thirty a.m.) 上午六點三十分

the 6:30 a.m. train 上午六點三十分的火車

**am·a·teur** [ˋæməˏtʃʊr] 名 外行人，業餘愛好者，非專業人員. 相關語 professional(專業人員，專家).

**a·maze** [əˋmez] 動 使大爲吃驚，使驚嘆；(**be amazed**)驚嘆.

The whole world was amazed **by** the astronaut's landing on the moon. 全世界都爲太空人登上月球而驚嘆.

**a·maze·ment** [əˋmezmənt] 名 驚奇.

**in** amazement 驚愕，發愣

**a·maz·ing** [əˋmezɪŋ] 形 令人驚奇的，驚人的.

an amazing sight 令人驚訝的景象

It is amazing that so many young people are doing volunteer work nowadays. 現今有這麼多年輕人參與義工活動眞是令人驚訝.

**Am·a·zon** [ˋæməˏzɑn] 專有名詞 ❶ 亞馬遜族女戰士. ➜傳說中古代居住於希臘北方勇猛的女子部落的一位族人.

❷ (**the Amazon**) 亞馬遜河. ➜南美第一大河(約 6,200 km)；十六世紀時，居住在這條河流域的印第安婦女，像亞馬遜族女戰士(→❶)一樣，勇敢地與西班牙人戰鬥，河名由此而來.

**am·bas·sa·dor** [æmˋbæˏsədɚ] 名 大使. 相關語 embassy(大使館).

**am·bi·tion** [æmˋbɪʃən] 名 雄心，野心，企圖.

**am·bi·tious** [æmˋbɪʃəs] 形 胸懷大志的，有野心的，積極的.

an ambitious plan 野心勃勃的計畫

Boys, be ambitious! 小伙子們，提起勁來!

**am·bu·lance** [ˋæmbjələns] 名 救護車.

**a·men** [ˋemɛn] 感 阿門. ➜基督教徒在祈禱結束時說的話，「誠心所願」之意.

A

**a·mend** [ə`mɛnd] 動 改正(行爲等)，修改，修正(法律等).

**A·mer·i·ca** [ə`mɛrɪkə] 專有名詞 ❶美利堅(合眾國)，美國. ➜美國人一般稱自己的國家爲 the States.

**the Uníted Státes of América** 美利堅合眾國，美國. → united 參考

❷(南北)美洲大陸.

**A·mer·i·can** [ə`mɛrɪkən] 形 **美國的；美國人的；美洲的；美洲人的.**

an American boy　美國男孩

He is American.　他是美國人. ➜比 He is an American. 更爲普遍的說法.

—名 **美洲人，美國人.**

**an** American　(一個)美國人

**the** Americans　(全體)美國人

**Américan Énglish** 美式英語，美語. → British English.

**Américan fóotball** 美式足球. ➜最受美國人喜愛的體育運動，球季從九月起至次年一月止；在美國亦可僅作 football.

**Américan Índian** 美洲印第安人. ➜美洲原住民；→ Indian.

**Américan Léague** 美國聯盟. ➜美國職棒大聯盟之一；美國聯盟的冠軍隊伍，將與國家聯盟(National League)的冠軍隊伍，爭奪全美第一的王座.

**the Américan Dréam** 美國夢. ➜美國人對自由與平等之理想社會所懷抱的夢想；在這個社會中，任何人皆可憑藉著努力與機運，邁向成功之路.

**the Américan Revolútion** 美國獨立戰爭. ➜北美十三個殖民地爲爭取獨立而與英國進行的戰爭(1775-1783)；在這場戰爭中殖民地軍隊獲得勝利，建立了美利堅合眾國.

**a·mi·a·ble** [`emɪəbḷ] 形 性情溫和的，和藹可親的.

| **a·mong** [ə`mʌŋ] | ▶在～中間<br>⊙指位於三個以上的人〔物〕之中 |
|---|---|

介 在～之間(的)，在～之中(的).

基本 sit among the five boys　坐在五名男孩子中　➜動詞＋among＋表示三個以上的人或物的名詞；相關語「兩者之間」用 **between**.

基本 a tent among the trees　樹林中〔森林中〕的帳篷　➜名詞＋among＋名詞.

The actress was standing among her fans.　那個女演員站在她的影迷之中.

Divide the cake among you three.　你們三個人把蛋糕分了.

He **is among** the greatest poets in China.　他躋身於中國最偉大的詩人之列〔是中國最偉大的詩人之一〕.(＝He **is one of** the greatest poets in China.)

Choose one **from among** these.　從這些中任選一個.

idiom

***amòng óthers*** 〔*óther* ～〕　(在其他眾多的人或事物之中)特別地，尤其.

**a·mount** [ə`maunt] 動 (總計)等於～，總共達～.

amount **to** a million dollars　總額達一百萬美元

—名 總計；數量，數額.

a large 〔small〕 amount of money　很多〔少〕錢

A

**am·ple** [ˋæmpl̩] 形 寬廣的，廣大的；豐富的，充分的.

**Am·ster·dam** [ˋæmstɚ͵dæm] 專有名詞 阿姆斯特丹. ➜荷蘭首都；→ Netherlands.

**A·mund·sen** [ˋɑmʊnsn̩] 專有名詞 (**Roald Amundsen**)阿孟森. ➜最早到達南極極點的挪威探險家(1872-1928).

**a·muse** [əˋmjuz] 動 使歡樂，逗樂，使發笑；(**be amused**)對～感到有趣.
He amused us **with** funny stories. 他講有趣的故事引我們發笑.
The boys **amused themselves** by throwing stones into the water. 男孩們往水中扔石子當遊戲玩.
We were amused **by** the comedian's jokes. 我們被那個喜劇演員所說的笑話給逗笑了.

**a·muse·ment** [əˋmjuzmənt] 名 樂趣，娛樂；感到有趣的事，可笑，趣味.
I watch movies on the video **for** amusement. 我看電影錄影帶消遣.
**amúsement pàrk** 遊樂場.

**a·mus·ing** [əˋmjuzɪŋ] 形 有趣的，可笑的.
an amusing joke 有趣的玩笑
It is amusing to watch the monkeys. 看這些猴子挺有趣的.

| an [ən] | ▶一個的<br>▶一人的<br>▶每一～ |
|---|---|

冠 **一個的，一人的.** ➜ an 用於發音以母音開始的單字前，用法與 a 相同，例句參照 a.
基本 an apple (一個)蘋果
an elephant (一頭)象
an Indian (一個)印度人，(一個)美洲印第安人
an orange (一個)柑橘
an umbrella (一把)雨傘
an old man (一位)老人
an ugly duckling (一隻)醜小鴨
an LP (一張)慢轉唱片(每分鐘33⅓轉的唱片).
5 dollars an hour 每小時五美元➜由於 hour 的 h 不發音所以冠詞用 an.

**an·a·lyse** [ˋænl̩͵aɪz] 動《英》= analyze.

**a·nal·y·sis** [əˋnæləsɪs] 名 (複 **analyses** [əˋnælə͵siz]) 分析.

**an·a·lyze** [ˋænl̩͵aɪz] 動 分析.

**an·ces·tor** [ˋænsɛstɚ] 名 祖先.

**an·chor** [ˋæŋkɚ] ➜ ch 例外地發[k]音. 名 ❶錨.
A tanker is **at** anchor in the harbor. 油輪下錨停泊在港口.
❷(接力賽中)最後一棒的跑者〔游泳選手〕.
**—**動 使(船)停靠；停泊.

**An·chor·age** [ˋæŋkərɪdʒ] 專有名詞 安克拉治. ➜阿拉斯加(Alaska)南部的港市.

**an·cient** [ˋenʃənt] 形 古代的；古老的，遠古的.
in ancient times 遠古，很久很久以前

| and [ənd]弱 [ænd]強 | ▶和，與，及，同<br>▶而，又，而且<br>▶《用於祈使句之後》那麼 |
|---|---|

連 ❶ **和，與，及，同；而，又，而且.**
基本 Bob and Susan 鮑勃和蘇珊

→名詞＋and＋名詞.

you〔he〕and I 你〔他〕和我 →代名詞＋and＋代名詞；按「第二人稱 — 第三人稱 — 第一人稱」的順序.

the sun, the moon(,) and the stars 太陽、月亮和星星 →三個以上的人或物排列時通常爲 A, B, and C 或 A, B and C.

two and a half $2\frac{1}{2}$

three hundred and ten 310 →百位數與十位數之間用 and 連接爲英式用法；美式用法爲 three hundred ten.

**基本** sing and dance 又唱歌又跳舞，載歌載舞 →動詞＋and＋動詞.

husband and wife 夫婦 →用and連結表示成雙成對時，前面不加×*a*, ×*the*.

day and night 日以繼夜

a cup and saucer 一副杯碟，帶茶托的茶杯 →相互間關係緊密，可看作一個整體時，只在第一個字前加 a.

a knife and fork 一副刀叉

bread and butter 塗上奶油的麵包 →上例的情形，不把麵包與奶油分開考慮而視爲一個物體以單數看待時，and 輕讀爲 [ˋbrɛdn̩ˋbʌtɚ].

bacon and eggs 培根蛋

**基本** a black and white dog 黑白相間的狗 →形容詞＋and＋形容詞；a black and a white dog 意爲「黑狗與白狗」.

One and one is〔are〕two. 一加一等於二〔1＋1＝2〕.

It was dark and cold in the room. 房間裡又暗又冷.

Dinner is ready, boys and girls. 孩子們，晚餐準備好了.

**基本** I am twelve, and my brother is ten. 我十二歲，我弟弟十歲. →句子＋and＋句子.

〔會話〕How are you, Bob? —Fine, thank you. **And you**? 你好嗎，鮑勃？—很好，謝謝，你呢？

❷ (亦作 **and then**) 於是，然後. → 〔idiom〕

I said "Good night" to my parents and went to my bedroom. 我對父母說了聲「晚安」，然後進去自己的臥室.

❸《表示結果》(亦作 **and so**) 因此，所以. →〔idiom〕

He fell down on the ice and broke his arm. 他摔倒在冰上，因而折斷了手臂.

It's cold, and we can't swim. 天冷，所以我們無法游泳.

❹《接在命令句等之後》那麼. →重讀爲 [ænd]；→ or ❷

Come here, and you will see better. 到這兒來，那麼你就會看得更清楚.

One more step, and you are a dead man. 再走一步就宰了你.

❺《口》(**come**〔**go, try**〕**and** *do*) 爲了做～.

Come (and) see our new house. 請來看看我們的新家. (＝Come to see our new house.) →美式用法有時省略 and.

〔idiom〕

***～ and ～*** →表示「反覆或強調」.

again and again 再三

for days and days 日復一日

He cried and cried. 他哭了又哭〔哇哇地哭個不停〕.

It grew larger and larger. 愈長愈大.

***and Có.*** [ənˋko] ～商行，～公司. →一般略作 **& Co.**, & 爲and之意，是把拉丁語圖案化的符號.

A

Jones & Co. 瓊斯商行

***and só*** 因此，所以.

He is old, and so he can't work so hard. 他年紀大了，不能工作的太過勞累.

***and só òn*** 〔***fòrth***〕 ～等等.

He asked me my name, my age, my address, and so on. 他問了我的姓名、年齡和地址等等.

***and thèn*** 然後，於是.

She usually watches TV for two hours and then does her homework. 她通常先看二小時電視，然後才做家庭作業.

***and yét*** 儘管如此，然而.

It was raining hard, and yet he went out. 儘管雨下得很大，他仍舊出門去.

**An·der·sen** [ˋændɚsn̩] 專有名詞 (**Hans Christian Andersen**) 漢斯・克里斯琴・安徒生. ➡丹麥童話作家、詩人(1805-75)，著有《美人魚》、《醜小鴨》等名作.

**An·des** [ˋændiz] 專有名詞 (**the Andes**) 安地斯山脈. ➡縱貫南美大陸西部的山脈.

**an·ec·dote** [ˋænɪk͵dot] 名 軼事. ➡不太爲人所知的事跡、趣事.

**a·nem·o·ne** [əˋnɛmə͵ni] 名 秋牡丹. ➡春天開的花，希臘語爲「風的女兒」，風吹花開之意；→ Adonis.

**an·gel** [ˋendʒəl] 名 天使；天使般的人.

**an·ger** [ˋæŋgɚ] 名 怒氣，生氣.

**in** anger 生氣

衍生字 形 angry(生氣的).

**Angle** [ˋæŋgl̩] 名 盎格魯人；(**the Angles**) 盎格魯族. ➡西元五世紀時與撒克遜族(Saxons)、朱特族(Jutes)等相繼移居於現今德國北部及英國等地的日耳曼民族的一支；England 乃 Angle-Land(盎格魯之國)的訛音；→ Anglo-Saxon.

**an·gle**[1] [ˋæŋgl̩] 名 ❶(由二條線、二個面形成的)角(度).

a right 〔an acute〕 angle 直角〔銳角〕

**at** right angles 成直角

The two lines cross each other **at an angle of** 30 degrees. 這二條線交叉成三十度角.

❷《口》(觀察事物的)角度，觀點.

**an·gle**[2] [ˋæŋgl̩] 動 釣魚.

angle for trout 釣鱒魚

**an·gler** [ˋæŋglɚ] 名 釣魚者. 相關語 fisherman(漁夫).

**An·glo-Sax·on** [ˋæŋgloˋsæksn̩] 名 盎格魯撒克遜人. ➡西元五世紀時從現今德國北部地區移居英國的盎格魯撒克遜族(**the Anglo-Saxons**)，現代英國人的祖先.

**an·gri·ly** [ˋæŋgrɪlɪ] 副 發怒，生氣.

**an·gry** [ˋæŋgrɪ] 形 發怒的，生氣的. → anger.

an angry look 憤怒的表情，怒容

an angry sea 怒海

angry words 粗暴的言語

**am** 〔**are, is**〕 angry 生氣

**get** 〔**become, grow**〕 angry 發怒

**look** angry 看起來面有怒色

She is angry **with** 〔**at**〕 me **for** breaking her doll. 因爲弄壞了她的洋娃娃，所以她在生我的氣. ➡be angry with 〔at〕(人).

Ben often gets angry **about** foolish things 〔**at** my words〕. 班經常因一些蠢事〔我的話〕而生氣. ➡angry about＋事物〔at＋言行〕.

When (you get) angry, count to ten. 生氣的時候就數到十.

◆ **angrier** [ˋæŋgrɪɚ] 比較級.

◆ **angriest** [ˋæŋgrɪɪst] 最高級.

| **an·i·mal** [ˋænə m l̩] | ▶動物<br>⊙可指包含人類在內的所有動物，亦可指人類除外的所有動物 |
|---|---|

名 (複 **animals** [ˋænəml̩z]) ❶ (相對於植物、礦物的)動物. ➡人、馬、昆蟲、鳥、魚、蛇等.
Man is a social 〔political〕 animal. 人是社會性的〔政治性的〕動物. 人是創造社會〔進行政治活動〕的動物.
❷ (人以外的)動物，(特指四足的)獸 (beast).
wild animals 野生動物，野獸
domestic animals 家畜
I like animal books. 我喜歡看關於動物的書.
Be kind to animals. 要愛護動物.

**an·i·mat·ed** [ˋænə͵metɪd] 形 生氣勃勃的；栩栩如生的.
an animated cartoon 動畫，卡通影片

**an·i·ma·tion** [͵ænəˋmeʃən] 名 動畫片(的製作).

**an·kle** [ˋæŋkl̩] 名 腳踝.
**sprain** *one's* ankle 扭傷腳踝

**an·ni·ver·sa·ry** [͵ænəˋvɝsərɪ] 名 (複 **anniversaries** [͵ænəˋvɝsərɪz]) (每年的)週年紀念日，週年紀念.
our tenth wedding anniversary 我們的結婚十週年紀念日
This year **marks** the twentieth anniversary of the foundation of our school. 今年是我校創立二十週年紀念.

**an·nounce** [əˋnaʊns] 動 (正式)發表，通知.

**an·nounce·ment** [əˋnaʊnsmənt] 名 發表，公布，通知.

**an·nounc·er** [əˋnaʊnsɚ] 名 (廣播、電視的)播音員；宣布者.

**an·noy** [əˋnɔɪ] 動 (短時間的)使煩躁，使厭煩，打攪，使生氣；(**be annoyed**)煩躁.
I was annoyed **with** him for keeping me waiting. 我因他讓我久候而對他感到生氣.
I am annoyed **at** his carelessness. 我對他的粗心大意感到苦惱.

**an·noy·ing** [əˋnɔɪɪŋ] 形 令人生氣的，煩人的，惱人的.

**an·nu·al** [ˋænjuəl] 形 一年的，年度的；每年的，每年一次的，常年的.
an annual income 年收入
an annual event 每年慣例舉辦的事情〔儀式〕
—名 ❶年報，年鑑. ❷一年生植物.

**an·o·rak** [ˋænə͵ræk] 名 滑雪裝，溜冰裝；防水防風登山衣. ➡登山、滑雪用，附風帽的防寒夾克，原爲愛斯基摩人(Eskimo)穿的衣服.

| **an·oth·er** [əˋnʌðɚ] | ▶另一個的，另一人的<br>▶另一物，另一人 |
|---|---|

形 另一個的，另一人的，別的.
**基本** another pen 另一支鋼筆 ➡ another＋單數名詞；another 即 an (一個)＋other (別的東西)，因已包含 an (一個)，故前不加 a, the, 不用 ×*an* another pen, ×*the* another pen；→ other.
another boy 另一個男孩
I want another cup of tea 〔coffee〕. 我想再喝一杯茶〔咖啡〕.
Another day passed. 又一天過去了.
The next day was another fine day. 第二天又是一個晴朗的日子.
Let's do it **another time**. 我們另找時間做吧.
會話 You will have a test tomorrow. —Another one? 明天有個測驗. —又是測驗?
—代 另一物，另一人，別的東西〔人〕.
from **one** person to **another** 從一個人到另一個人
from one place to another 從一個地方到另一個地方
**in one way or another** (用某個或別的方法⇨)以某些方法

A

I don't like this hat. Please show me **another**. 這頂帽子我不喜歡，請給我看看別的. 相關語 Show me **the other**.(兩頂帽子中)給我看看另一頂.

A week went by and then another (went by). 一週過去了，另一週又過去了.
Soon they had a child and then another the next year. 他們不久就有了孩子，第二年又生了一個.
Saying is **one thing** and doing (is) **another**. 說是一回事，做又是另一回事.

idiom

***òne after anóther*** 一個接一個地，接連地. → one 代 idiom

***òne anóther*** 互相. → each 代 idiom

All countries must help one another to maintain world peace. 世界各國必須爲維護世界和平而互相幫助.

| **an·swer** [ˋænsɚ] | ▶回答<br>▶答案<br>⊙以言語、書信、動作等回答對方(的問題、來信、電話等) |
|---|---|

動 (以言語、書信、動作等對～)**作出回答**. → reply.

基本 answer the question 回答問題 ➜ answer＋名詞〈O〉.
answer him 回答他
answer a letter 回信
answer the telephone 接電話
answer the doorbell 聽到門鈴響出來應門
Please answer in English. 請用英語回答.
She always **answers** the teacher's questions in a small voice. 她總是小聲地回答老師的問題. ➜ answers [ˋænsɚz] 爲第三人稱單數現在式.

◆ **answered** [ˋænsɚd] 過去式、過去分詞.

She answered yes. 她回答「是」.
I knocked and knocked on the door, but no one answered. 我敲了幾次門，但沒人應門.
The man answered **to** the police **that** he had nothing to do with the case. 這個男人回答警察說他和這案件沒有任何關係.

◆ **answering** [ˋænsərıŋ] 現在分詞、動名詞.

He is always slow **in** answer**ing** my letters. 他總是不馬上給我回信. ➜ 介系詞in＋動名詞answering(答覆).

idiom

***ànswer báck*** 回嘴，頂嘴.

—名 (複 **answers** [ˋænsɚz]) (透過言語、書信、動作而作的)**回答，回音；解答.**

**give** an answer (**to** ～) 回答
I don't know the answer **to** your question. 我不知道怎麼回答你的問題.
He gave no answer to my letter. 他沒有回我的信.
I knocked on the door, but there was no answer. 我敲了門，但沒人應門.
A wink was his only answer. 他眨了眨眼算是回答.
He answers the teacher's questions first, but his answers are always wrong. 他最先回答老師的問題，但他的答案總是錯的. ➜前面

的 answers 是 動.

**ant** [ænt] 名 螞蟻.

**ant·arc·tic** [ænt`ɑrktɪk] 形 南極的; 南極區的. 相關語 arctic (北極的).
an antarctic expedition 南極探險(隊)
**the Antárctic Cóntinent** 南極大陸.
**the Antárctic Ócean** 南極海, 南冰洋.
— 名 (**the Antarctic**) 南極區. 相關語 the South Pole (南極).

**Ant·arc·ti·ca** [ænt`ɑrktɪkə] 專有名詞 南極大陸(the Antarctic Continent).

**ant·eat·er** [`ænt,itɚ] 名 食蟻獸. ➡ 美洲熱帶地區的動物, 沒有牙齒, 用長舌捕食螞蟻等.

**an·te·lope** [`æntḷ,op] 名 羚羊. ➡ 生活在非洲、亞洲的草原地區的動物; 似鹿, 善跑.

**an·ten·na** [æn`tɛnə] 名 ❶ (複 **antennas** [æn`tɛnəz]) 《美》(收音機、電視的) 天線 (《英》 aerial). ❷ (複 **antennae** [æn`tɛni]) (昆蟲等的) 觸角 (feeler).

**anti-** 字首 表「相反」「敵對」之意.

**an·tique** [æn`tik] 形 骨董的, 古玩的.
an antique vase 骨董花瓶
an antique shop 古玩店, 骨董店

**ant·ler** [`æntlɚ] 名 (樹枝狀的) 鹿角.

**an·to·nym** [`æntə,nɪm] 名 反義字. ➡ 意義相反的字, 如 big (大的) 與 small (小的) 等.

**anx·i·e·ty** [æŋ`zaɪətɪ] 名 ❶不安, 擔心.
She was waiting for her son **with** great anxiety. 她非常焦慮地等待著她的兒子.
❷渴望, 熱切盼望.
his anxiety **for** success 他對成功的渴望

**anx·ious** [`æŋkʃəs] 形 ❶擔心的.
an anxious look 焦急的神情
Mom will be anxious **about** us. 媽媽會擔心我們的.
❷ (**be anxious for** ～ [**to** *do*]) 渴望(做某事).
We are anxious **for** your success. 我們期望你的成功.
He is anxious **to** go with you. 他很想跟你去.

| **any** [`ɛnɪ] | ▶(有)一些(嗎?)<br>▶一點也(不)<br>▶無論～也 |
|---|---|

代 形 ❶ 《疑問句、條件句》一些, 幾人, 若干; 《否定句》一個也(不, 沒), 一個人也(不, 沒), 一點也(不, 沒).
基本 會話 Do you have **any** brothers and sisters? —I have **some** brothers, but I don't have **any** sisters. 你有兄弟姐妹嗎? —我有幾個兄弟, 但姐妹一個也沒有. ➡ any + 複數名詞; any 為表示數目、數量之「有、無」時的用法; 相關語 肯定句中用 some.
基本 會話 Is there any **water** in that bottle? —No, there isn't any (water) in it, but there is some (water) in this bottle. 那個瓶子裡有水嗎? —不, 裡面一點水也沒有, 不過這個瓶子裡有一些. ➡ any + 不可數名詞; 下接名詞時 any 為形容

詞，單獨時爲名詞.

**If** you want any money, here's some. 你要錢的話，這裡有一些.

會話 **Are there** any eggs〔apples, cups, tomatoes〕on the table? —No, **there aren't** any. 桌上有雞蛋〔蘋果，杯子，番茄〕嗎? —不，一個也沒有.

會話 **Is there** any milk〔bread, coffee, sugar〕in the kitchen? —No, **there isn't** any. 廚房裡有牛奶〔麵包，咖啡，糖〕嗎? —不，一點也沒有.

❷《肯定句》**無論～也，不管哪個也，無論誰都.**

基本 Any child can do this game. 不管哪個孩子都會這個遊戲. ➡ any＋單數名詞；此句的否定句不是 ×*Any* child *cannot* do ～，而是 No child can do ～.

Choose any apple from this tree. 這棵樹上的蘋果隨便摘哪個都可以.

You may come (at) any time on Friday. 你星期五隨時都可以來.

Mt. Jade is higher than **any other** mountain in Taiwan. 玉山比臺灣其它任何一座山都要高. (＝Mt. Jade is the highest mountain in Taiwan.) ➡作比較的山同爲臺灣的山時，如不加 other，則玉山就包括在與它相比較的山之內，所以此例用 any other ～；而在與他國之山相比時，無需加 other，如下例:

Mont Everest is higher than any mountain in Taiwan. 聖母峯比臺灣任何一座山都高.

idiom

***ány òne*** (～) 任一(的)，任何一個人.

***at ány ràte*** 無論如何.

***if ány*** 若有的話；即使有.

Correct the errors, if any. 有錯就改.

There are few, if any. 即使有，也微乎其微.

***in ány càse*** 不管甚麼情況下，無論如何.

**—**副《疑問句》**稍微，一些**；《否定句》一點也(不).

Are you any **better** today? 你今天好些了嗎? ➡ any＋比較級.

She could **not** work **any longer**. 她不能再工作了.

會話 Do you want any more? —No, I don't want any more. 你還要一點嗎? —不，我一點也不要了.

**an·y·bod·y** [ˋɛnɪˏbɑdɪ] 代 ❶《疑問句、條件句》**有個人，某人**；《否定句》**無論誰.** ➡意義、用法與 **anyone** 同；→ anyone, somebody.

❷《肯定句》**任何人.**

**an·y·how** [ˋɛnɪˏhaʊ] 副 ❶**無論如何，**不管怎樣(anyway).

It may rain, but I will go today anyhow. 可能會下雨，但我今天無論如何也要去.

❷《否定句》怎麼也(不)，無論如何也(不).

I can't do it anyhow. 我怎麼也不會做.

---

**an·y·one** [ˋɛnɪˏwʌn]
▶有誰，某人
▶誰也，任何人也
▶任何人

代 ❶《疑問句、條件句》**有誰，某人**；《否定句》**誰也，任何人也.** ➡有時分開寫作 any one，根據情況指「人」或「物」.

Can anyone answer this question? 有誰能回答這個問題?

基本 會話 I heard **someone** shouting at the gate. Did you see **anyone** there? —No, I didn't see **anyone.** 我聽見有人在門口喊叫，你有看到誰在那裡嗎? —不，我誰也沒看到. 相關語 肯定句中用 someone.

Is anyone **else** coming? 還有人會來嗎?

**If** anyone comes, ask him to wait.

如果有誰來的話，叫他等一下.
❷《肯定句》**誰也，任何人也.**
Anyone can answer such an easy question. 那樣簡單的問題誰都能回答. ➡此句的否定句不是×*Anyone cannot* answer ~. 而是 Nobody can answer ~; → any 代 形 ❷
Anyone who lives in this town can swim in the town pool. 住在這個鎮的任何人都可以去鎮立游泳池游泳.

**an·y·thing** [ˋɛnɪˏθɪŋ]
▶甚麼
▶甚麼也
▶甚麼都

代 ❶《疑問句、條件句》**甚麼；**《否定句》**甚麼也.**
基本 會話 Do you want anything (**else**)? —No, I don't want anything (**more**). 你(還)要甚麼東西嗎? —我甚麼也不要(了).
Can I do anything for you? 我能爲你做點甚麼嗎?
I want **something** to eat. Is there **anything** to eat? 我想吃點東西，有甚麼可以吃的嗎? 相關語 肯定句時用 something.
Is there anything like **Wei Chi** or **Shiang Chi** in America? 美國有圍棋或象棋之類的東西嗎?
❷《肯定句》**甚麼都.**
基本 I will do anything for you. 爲了你我甚麼都肯做.
He likes anything sweet. 他喜歡任何甜的東西. ➡「甜的東西」不用×*sweet anything*; 形容詞修飾 anything, something, nothing 時，置於其後.
idiom
***ánything but ~*** 除了～以外甚麼都；絕不是～.
I will give you anything but this ring. 除了這戒指，別的我甚麼都能給你〔只有戒指不能給你〕.
She is anything but beautiful. 她根本不漂亮.

**an·y·way** [ˋɛnɪˏwe] 副 =anyhow.
Thanks anyway. (雖然你的好意對我沒甚麼幫助，但是)不管怎麼說我都很感謝你.

**an·y·where** [ˋɛnɪˏhwɛr] 副 ❶《疑問句、條件句》**哪裡，甚麼地方；**《否定句》**哪裡都(不)，甚麼地方也(不).**
會話 Did you go anywhere yesterday? —No, I didn't go anywhere. 昨天你去了甚麼地方嗎? —不，我甚麼地方也沒去.
I left my umbrella **somewhere** in the library yesterday. And I went there today, but I couldn't find it **anywhere**. 我昨天把傘忘在圖書館的某個地方了，但是今天去那裡，卻哪裡也找不到. 相關語 肯定句中用 somewhere.
❷《肯定句》**無論哪裡，甚麼地方都.**
You may go anywhere. 你可以去任何地方.

**a·part** [əˋpɑrt] 副 離開，分開；(分開)零散地.
The two houses are more than a mile apart. 兩家相距一英里多.
He **lives** apart **from** his family. 他與家人分開住〔分居〕.
John **took** the watch **apart**. 約翰把手錶拆開了.
idiom
***apárt from ~*** 暫且不管～，先把～擺在一旁.
Apart from the cost, it will take a lot of time. 暫且不說費用，這事恐怕很花時間.

**a·part·ment** [əˋpɑrtmənt] 名 ❶《美》一幢公寓房子(apartment house)中一個家庭所住的部分(《英》flat).
a building with 15 apartments 有十五間公寓的大樓
He lives **in** an apartment. 他住在公寓裡.
❷《美》公寓，公共住宅. ➡亦作**apartment house** 〔**building**〕.

A

**ape** [ep] 名 無尾猿，類人猿.

> 參考 大猩猩(gorilla)、黑猩猩(chimpanzee)、猩猩(orangutan)等無尾高等猿猴，一般稱爲類人猿；體形小，尾巴長者爲 **monkey**.
> 印象 因 ape 毛厚且善模仿人，故 hairy as an ape(像人猿一樣毛茸茸的)意爲「毛髮濃厚的」，play the ape 意爲「模仿」.

**Aph·ro·di·te** [ˌæfrəˋdaɪtɪ] 專有名詞 《希臘神話》愛芙羅黛蒂. ➡愛與美之女神，羅馬神話中稱維納斯.

**A·pol·lo** [əˋpɑlo] 專有名詞 阿波羅. ➡希臘、羅馬神話中的太陽神，掌管音樂、詩歌、預言等的俊帥男神.

**a·pol·o·gize** [əˋpɑləˌdʒaɪz] 動 道歉，謝罪.
George Washington apologized **to** his father **for** cutting down a cherry tree. 喬治・華盛頓因砍倒了櫻桃樹而向他父親認錯.

**a·pol·o·gy** [əˋpɑlədʒɪ] 名 (複 **apol·ogies** [əˋpɑlədʒɪz]) 道歉，謝罪.
**make** an apology **for** being late 爲遲到而道歉

**a·pos·tro·phe** [əˋpɑstrəfɪ] 名 撇號，省略符號. ➡表示省略、所有格等的符號(即 ’)，如 don’t (=do not)，I’m(=I am)，John’s(約翰的)，boys’(男孩們的)等.

**ap·pa·ra·tus** [ˌæpəˋretəs] 名 (全套)裝置，器械，用具.

**ap·par·ent** [əˋpɛrənt] 形 ❶明顯的，明白的. ❷表面上的，外觀上的.

**ap·par·ent·ly** [əˋpɛrəntlɪ] 副 ❶表面上看起來. ❷聽說，據傳.

**ap·peal** [əˋpil] 動 ❶懇求；要求；訴諸(理性、輿論等).
He appealed **to** us **for** help. 他懇求我們幫助.
❷引起(人的)興趣，吸引力.
This picture does not appeal **to** me. 這幅畫一點也不吸引我.
—名 ❶哀求，訴說. ❷魅力，感染力.

**ap·pear** [əˋpɪr] 動 ❶**出現**，(在電視、報導等中)露面，(書籍等第一次)出版. 相關語 disappear(消失).
The stars appear at night. 星星在晚上出來.
He did not appear until about noon. 他差不多到了中午才來.
He often appears **on** this program as a host. 他經常在這個節目中擔任主持人.
That film star has never appeared **in** TV commercials. 那位影星從未在電視廣告中露過面.
❷**看起來好像～**，像～似的.
He appears (**to be**) rich.＝**It appears that** he is rich. 他看起來很富有. ➡It 籠統地表示「狀況」.
She **seems** to be sick, because she **appear**s pale. 她好像病了，因爲她看起來臉色蒼白. 同義字 **seem** 指從心裡的感受、印象來判斷「看起來好像～」；**appear** 指眼睛所看到的外觀「看起來好像～」.

**ap·pear·ance** [əˋpɪrəns] 名 ❶出現. ❷外表，外觀.

**ap·pen·dix** [əˋpɛndɪks] 名 ❶(書後等的)附錄. ❷盲腸，闌尾.

**ap·pe·tite** [ˋæpəˌtaɪt] 名 ❶食慾，胃口.
**have a good** 〔**poor**〕 appetite 食慾旺盛〔不振〕，胃口好〔不好〕
❷(對～的)慾望.
a big appetite **for** reading 嗜好閱

讚

**ap·plaud** [əˋplɔd] 動 拍手喝采；讚賞.

**ap·plause** [əˋplɔz] 名 鼓掌，喝采，讚賞.

**ap·ple** [ˋæpl̩] 名 蘋果；(**apple tree**) 蘋果樹.

eat **an** apple　吃蘋果

> 參考 蘋果是美國人最愛吃的東西，被譽爲「美國水果之王」，可看作最具美國特色之物. 除了生吃，還可製成蘋果派(apple pie)、蘋果酒(cider)、蘋果蜜餞(candy apple)等食品. 美國人一說起蘋果，就會聯想起「蘋果佬」強尼(Johnny Appleseed)這一頗具傳奇色彩的人物. 他在美國拓荒年代，身上穿著只有能套入頭與手的洞孔的咖啡袋，頭上頂著代替帽子的大鍋，赤脚在荒野流浪，一邊播撒蘋果的種子(**apple seed**)，一邊到處宣揚神的啓示.

**ápple bòbbing**＝apple ducking.

**ápple dùcking**　咬蘋果遊戲. ➡一種用嘴銜取浮在盆裡的蘋果的遊戲，原爲萬聖節前夕(Halloween)的遊戲.

**ápple píe**　蘋果派. ➡最具美國特色的食物之一，(as) American as apple pie (與蘋果派一樣具有美國特色的)意爲「特具美國特色的」.

**the Bíg Ápple**　紐約市的暱稱.

**ap·pli·cant** [ˋæpləkənt] 名 申請人；請求者.

ten applicants **for** the job　十名求職的人

**ap·pli·ca·tion** [ˏæpləˋkeʃən] 名 ❶申請(書)，請求.

**make** an application **for** a job　提出工作申請

May I have **an application form**, please?　可以給我一張申請表嗎?

❷應用，適用；塗(藥等).

**ap·ply** [əˋplaɪ] 動 ❶申請，應徵.

apply **for** a job as a salesman　應徵做推銷員

❷適用；應用.

The law **applies to** everyone.　法律適用於任何人. ➡applies [əˋplaɪz] 爲第三人稱單數現在式.

You cannot apply this rule to every case.　你不能把這條規則應用於所有的場合(也有不適用的情況). → every ❸

❸塗(藥等)；放上(東西) (put).

◆ **applied** [əˋplaɪd] 過去式、過去分詞.

Mom applied a plaster to the cut.　媽媽在傷口上貼上藥膏.

**ap·point** [əˋpɔɪnt] 動 ❶任命(某人擔任某一職務或某項工作).

He was appointed captain of the team.　他被任命爲隊長. ➡表示職務、身份的字詞(captain)作補語時其前面不加冠詞.

❷指定(時間、地點等)，決定.

The teacher appointed a day for our meeting.　老師指定了我們開會的日子.

**ap·point·ed** [əˋpɔɪntɪd] 形 被指定的，約定的.

They met at the appointed time in the appointed place.　他們在約定的時間和地點見面了.

**ap·point·ment** [əˋpɔɪntmənt] 名 ❶(與人見面的)約會.

**keep** 〔**break**〕 an appointment　守〔爽〕約

**make** an appointment **to** meet him at six　約定在六點鐘和他見面

I have an appointment **with** 〔**to** see〕 the dentist at three.　我約好三點鐘去看牙醫.

❷任命，選派.

**ap·pre·ci·ate** [əˋpriʃɪˏet] 動 ❶充分瞭解(眞正的價值)；鑑賞(藝術作品等)；欣賞.

Many foreigners can appreciate Chinese opera.　許多外國人能欣賞

A

國劇.

❷感謝.

I deeply **appreciate** your kindness. 我非常感謝你的好意. (=**Thank** you very much for your kindness.)

[同義字] **appreciate** 以「親切、好意等」作受詞, **thank** 以「人」作受詞.

**ap·pre·ci·a·tion** [ə,priʃɪˋeʃən] [名] ❶(對於眞正價值的)理解, 認識; (藝術等的)鑑賞(眼光), 欣賞. ❷感謝.

**ap·proach** [əˋprotʃ] [動] 接近(come nearer (to)).

Our boat approached the small island. 我們的船靠近了小島.

Winter is approaching. 冬天快到了.

I heard steps approaching us. 我聽到腳步聲離我們愈來愈近了.

—[名] 靠近, 接近; (對問題的)研究方法, 步驟.

a new approach **to** English learning 英語學習的新方法

The falling of leaves tells the approach of winter. 樹葉的凋落顯示著冬天的臨近.

The approaches to large cities today are big expressways. 今日通往大都市的道路是大型高速公路.

**ap·prov·al** [əˋpruvl̩] [名] 承認, 贊成. ➜動詞爲 approve.

**ap·prove** [əˋpruv] [動] (**approve of** ～)贊成～; 中意～; 承認～. ➜名詞爲 approval.

approve (of) the plan 贊成計畫

**Apr.** April(四月)的縮寫.

**a·pri·cot** [ˋæprɪ,kɑt] [名] 杏(樹).

| **A·pril** [ˋe p r əl] | ▶四月<br>⊙據說本月含有希臘神話「愛與美的女神 Aphrodite(愛芙羅黛蒂)的月份」的意思 |
|---|---|

[名] 四月. ➜略作 **Apr.**; 詳細用法請參見 June.

**in** April 在四月

**on** April 8 (讀法: (the) eighth) 在四月八日

He graduated from high school **last** April. 他今年四月〔去年四月〕中學畢業.

**A·pril Fools' Day** [ˋeprəlˋfulzˋde] [名] 愚人節. ➜四月一日. 這一天即使被無傷大雅的謊言、玩笑所欺騙也不應生氣, 被騙之人稱爲受愚弄之人 (**April Fool**); 這一天也稱 **All Fools' Day**(萬愚節).

**a·pron** [ˋeprən] [名] 圍裙.

**apt** [æpt] [形] (**be apt to** *do*)易於～的; 有～傾向的.

He is apt **to** catch cold. 他很容易感冒.

**aq·ua·lung** [ˋækwə,lʌŋ] [名] 水中呼吸器; 水肺. ➜潛水員背在身上, 帶有呼吸軟管的壓縮氧氣瓶, 亦作 **scuba**.

**a·qua·ri·um** [əˋkwɛrɪəm] [名] ❶水族館. ❷(觀察水生動植物的)水族箱, (玻璃製的)魚缸.

**Ar·ab** [ˋærəb] [名] 阿拉伯人; (**the Arabs**)阿拉伯民族. ➜說阿拉伯語, 信奉伊斯蘭教的民族, 廣泛分布在摩洛哥、利比亞、埃及、黎巴嫩、敘利亞、伊拉克、沙烏地阿拉伯等北非、西亞的許多國家.

**the Àrab Repùblic of Égypt** 埃及阿拉伯共和國 ➜埃及的正式國名.

**A·ra·bi·a** [əˋrebɪə] [專有名詞] 阿拉伯半島. ➜介於紅海與波斯灣間的半島.

**A·ra·bi·an** [əˋrebɪən] [形] 阿拉伯的; 阿拉伯人的.

**the Arábian Níghts** 《天方夜譚》, 《一千零一夜》. ➜聞名於世的阿拉伯故事, 也稱爲 **The Thousand and One Nights**.

—[名] 阿拉伯人.

**Ar·a·bic** [ˋærəbɪk] [形] 阿拉伯的, 阿

拉伯人〔語〕的.
—名 阿拉伯語.

**Ar·bor Day** [ˋɑrbɚ͵de] 名 植樹節. ➜美國、加拿大各州規定的春季植樹的日子，主要由中、小學生、童子軍進行植樹活動.

**ar·cade** [ɑrˋked] 名 (兩邊排列著商店的)有屋頂的商店街，有拱頂的走道.

**arch** [ɑrtʃ] 名 ❶(用楔形的石、磚等把窗門的上部砌成弓形的)拱洞，拱頂；拱形〔弓形〕門.
❷拱形之物；(足部)不著地的部分.

**ar·chae·ol·og·y** [͵ɑrkɪˋɑlədʒɪ] 名 考古學.

**arch·bish·op** [ˋɑrtʃˋbɪʃəp] 名 (天主教會的)大主教，(英國教會的)大主教.

**arch·er** [ˋɑrtʃɚ] 名 ❶射箭者，弓箭手. ❷(**the Archer**)射手座.

**arch·er·y** [ˋɑrtʃərɪ] 名 箭術.

**Ar·chi·me·des** [͵ɑrkəˋmidiz] 專有名詞 阿基米德. ➜古希臘物理學家、數學家(287-212 B.C.).

**ar·chi·tect** [ˋɑrkə͵tɛkt] 名 建築師. 相關語 carpenter(木匠).

**ar·chi·tec·ture** [ˋɑrkə͵tɛktʃɚ] 名 建築；建築物.

**arc·tic** [ˋɑrktɪk] 形 北極的；北極區的. 相關語 antarctic(南極的).
the Arctic regions 北極地區
the Arctic Ocean 北極海
—名 (**the Arctic**)北極區. 相關語 the North Pole(北極).

**ar·dent** [ˋɑrdn̩t] 形 熱心的，熱烈的.

| **are**<br>[ər ] 弱<br>[ɑr ] 強 | ▶是<br>▶在，存在<br>▶(are＋現在分詞)正在～<br>▶(are＋過去分詞)被～ |
|---|---|

動 ❶(我們〔你(們)，他們〕)是. ➜當主詞爲 you, we, they 或複數名詞時，其 be 的現在式爲 are.

基本 **We are** Chinese. 我們是中國人. ➜ We 〈S〉＋are 〈V〉＋形容詞〈C〉.

基本 **You are** beautiful. 你(們)眞漂亮. ➜ You 〈S〉＋are 〈V〉＋形容詞〈C〉.

基本 **They are** 〔**They're**〕 brothers. 他們是兄弟. ➜They 〈S〉＋are 〈V〉＋名詞〈C〉；we are, you are, they are在口語中常略作**we're, you're, they're**.

基本 Tom and Huck are good friends. 湯姆和哈克是好朋友. ➜複數名詞〈S〉＋are 〈V〉＋名詞、形容詞〈C〉.

These flowers are very beautiful. 這些花眞漂亮.

基本 **Are you** happy? 你快樂嗎? ➜疑問句爲 Are 〈V〉＋〈S〉＋〈C〉?

基本 **You are not** a child. 你不是個小孩了. ➜否定句爲〈S〉＋are 〈V〉＋not＋〈C〉.

會話 Are you students at this school? —Yes, we are. 你們是這所學校的學生嗎? —是的，我們是. ➜省略掉 we are 後面的字後，必須加重 are 的發音，且不用縮寫×*we're*.

會話 Are they American? —No, they **aren't**. They are British. 他們是美國人嗎? —不，他們是英國人. ➜ aren't＝are not.

What are you going to be when you are a man? 你長大了想做甚麼?

You are lucky, aren't you? 你(們)很幸運，不是嗎? ➜～, aren't you? 爲附加問句的用法，與下例的～, are you? 用法相同.

You aren't a spy, are you? 你不是間諜吧，是嗎?

會話 I'm sick. —Oh, are you? 我身體不舒服. —喔，是嗎?

❷在，存在. → there ❷

基本 會話 Where are they? —They

A

are in London now. They are not in Paris any more. 他們在哪裡?—他們現在在倫敦, 已經不在巴黎了. ➜〈S〉+are〈V〉+表示地點的副詞(片語).
Your comic books are on the shelf. 你的漫畫書在書架上.
There are 50 comic books on the shelf. 書架上有五十本漫畫書.

◆ **were** [弱wɚ, 強wɝ] 過去式. → were.

◆ **been** [弱bɪn, 強bin] 過去分詞. → been.

◆ **being** [ˋbiɪŋ] 現在分詞、動名詞. → being.

— 助動 ❶(**are**+現在分詞)正在做～; 即將做～. ➜現在進行式.
會話 What are you doing here? —I'm waiting for Bob. 你在這裡做甚麼? —我在等鮑勃.
They〔We〕are leaving next week. 他們〔我們〕下週出發. ➜ go(去), come(來), leave(出發), arrive(抵達)等表示「去, 來」之意的動詞, 其現在進行式常表示「即將」.
會話 Are you going out? —Yes, we are. 你們要出去嗎? —是的, 我們要出去.

❷(**are**+過去分詞)被～. ➜被動語態.
We are loved by our parents. 我們爲父母所愛.

❸(**are**+不定詞 **to**)預定做〔成爲〕～; 應該～; 必須～; (**are to be**+過去分詞)能被～.
My wish is to be a professional soccer player. 我的夢想是成爲一名職業足球選手.
You are not to do that. 你不能做那樣的事.
We are to go on a company picnic tomorrow. 我們預定明天去參加公司的野餐.
No flowers are to be seen at this time of the year. (一年中)現在這個時候看不到花.

**ar·e·a** [ˋɛrɪə] 名 ❶面積.
❷(大小不同的)地區, 區域; (用於～的)場所; 領域.
a mountain area 山區
a picnic area 野餐區
a free parking area 免費停車區

**área còde** 《美》電話區域(dial code)(《英》dialling code).

**aren't** [ɑrnt] are not 的縮寫.
會話 Aren't you Bob's brothers? —No, we aren't. 你們不是鮑勃的兄弟嗎? —不, 我們不是.
會話 You are Bob's brothers, aren't you? —No, we aren't. 你們是鮑勃的兄弟, 不是嗎? —不, 我們不是.
I'm late, aren't I? 我遲到了吧?
➜無 ×*amn't* 一詞, 故代之用 aren't.

**Ar·gen·ti·na** [ˌɑrdʒənˋtinə] 專有名詞 阿根廷. ➜南美東南部的國家; 首都布宜諾斯艾利斯(Buenos Aires); 通用語爲西班牙語.

**ar·gue** [ˋɑrgjʊ] 動 ❶議論, 爭論; 聲明(贊成、反對), 主張.
argue **with** him **about**〔《英》**over**〕～ 與他辯論〔爭論〕～
argue **for**〔**against**〕～ 爲贊成〔反對〕～而辯論
❷說服～.
He argued me **into**〔**out of**〕going. 他說服我去〔不去〕.

**ar·gu·ment** [ˋɑrgjʊmənt] 名 辯論, 爭論, 爭吵; (贊成、反對的)論點, 理由.

**a·rise** [əˋraɪz] 動 出現, 發生.
Trouble often arises from misunderstandings. 麻煩常來自於誤解.

◆ **arose** [əˋroz] 過去式.

◆ **arisen** [əˋrɪzn̩] 過去分詞.

**Ar·is·tot·le** [ˋærəˌstɑtl̩] 專有名詞 亞里斯多德. ➜希臘哲學家(384-322 B.C.); 柏拉圖(Plato)的學生.

**a·rith·me·tic** [əˋrɪθmətɪk] 名 算術,

A

計算.

**Ar·i·zo·na** [ˏærəˋzonə] 專有名詞 亞利桑那. ➜位於美國西南部的州；本州有著名的 the Grand Canyon (→ Grand Canyon)；簡稱 **Ariz., AZ** (郵政用).

**ark** [ɑrk] 名 方舟. → Noah's ark.

**arm** [ɑrm] 名 ❶(從肩膀到手腕或指尖的)臂.

open 〔fold〕 *one's* arms 張開雙臂〔交臂〕

hang a basket **on** *one's* arm 胳膊上掛著籃子

take him **by** the arm 抓住他的手臂 → the ❻

a woman with a baby **in** her arms 抱著嬰兒的婦女

He was carrying an umbrella **under** his arm. 他的腋下挾著一把傘.

She threw herself **into** my arms. 她投入我的懷抱.

She threw her arms around her mother's neck. 她雙手抱住媽媽的脖子.

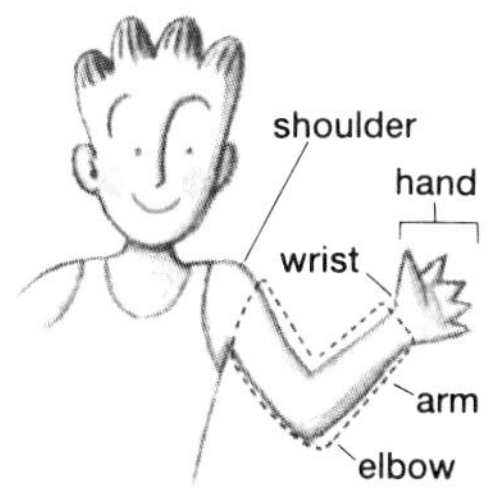


❷《形狀、用途與「臂」相似之物》(西服的)袖子，(椅子的)扶手，(唱機的)唱臂.

the arm of a chair 椅子扶手

The arms of this shirt are too long for me. 這件襯衫的袖子對我來說太長了.

❸《用手臂使用之物》(主要用 **arms**)(槍、刀、棍棒等的)武器，兵器.

**carry** 〔**take up**〕 arms 攜帶武器〔取槍〕

idiom

***àrm in árm*** 臂挽臂(地).

He was walking arm in arm with Ann. 他和安臂挽臂地走著.

**ar·ma·da** [ɑrˋmɑdə, -ˋmedə] 名 ❶艦隊(fleet of warships).

❷(**the Armada**)西班牙的無敵艦隊. ➜亦稱作 **the Spanish Armada**；一五八八年遭德雷克(Sir Francis Drake)所率領的英國船艦擊敗.

**arm·chair** [ˋɑrmˏtʃɛr] 名 扶手椅. ➜搖椅(rocking chair)，安樂椅(easy chair)等有扶手的椅子.

**armed** [ɑrmd] 形 武裝的；持有武器的.

the armed forces of a nation 一國的軍隊

**ar·mor** [ˋɑrmɚ] 名 ❶盔甲. ❷裝甲. ➜包裹在軍艦、戰車等外面的鋼板.

**ar·mour** [ˋɑrmɚ] 名 《英》=armor.

**ar·my** [ˋɑrmɪ] 名 (複 **armies** [ˋɑrmɪz])軍隊；(一般用 **the army**)陸軍. 相關語 navy (海軍).

**a·rose** [əˋroz] arise 的過去式.

**a·round** [əˋraʊnd] 介 ❶〔在〕～四周，〔在〕～周圍，環繞. ➜《英》較多使用 **round**，最近也開始使用 around；❷以下皆同.

sit around a fire 圍著火堆坐

go around a corner 繞過轉角往前走 ➜也可用於不轉 360°時.

put a rope around a tree 把繩子

A

纏繞在樹上
The moon moves around the earth. 月球繞著地球轉.
The toy train went around the room. 玩具火車在房間裡繞圈子.
She put her arms around her daughter. 她抱住女兒.
❷到處，各處.
travel around the world 到世界各地旅行，環遊世界
a trip around the world 環球旅行
I'll show you around the city. 我帶你到市內各處看看吧.
❸在～附近，在～一帶.
play around the house 在屋子附近玩
Is there a post office around here? 這一帶有郵局嗎?
idiom
***aròund the córner*** 在繞過轉角處，近在咫尺.
Christmas is just around the corner. 聖誕節近在眼前〔馬上就是聖誕節了〕.
—副 ❶四周，周圍.
turn around 改變方向
look around 環顧四周；回頭看
The merry-go-round went around. 旋轉木馬在轉動.
會話 How big around is this tree? = How big is this tree around? —It is seven meters around. 這棵樹有多粗? —樹圍七公尺.
❷各處.
walk around 到處走動，散步
travel around 周遊，到處旅行
❸在附近，在周圍.
gather around 聚集在四周
Be careful. There are big sharks around. 注意！附近有大鯊魚.
I saw nobody around. 周圍看不到一個人.
He shouted to anyone who was around to listen. 他對著四周的聽眾大聲說.
❹《口》～時候；～左右(about).
around noon 中午時分
It will cost around 10,000 (讀法: ten thousand) dollars. 這要花費一萬美元左右.
idiom
***àll aróund*** (在～)周圍.
***aróund and aróund*** 轉動不停地.
***còme aróund*** 轉回來，再度而來.
Christmas soon comes around again. 聖誕節又快到了.
***gò aróund*** 四處走動；(食物等)分給每個人.
There was not enough candy to go around. 沒有足夠的糖果分給每個人.

**a·rouse** [ə`raʊz] 動 ❶喚起(興趣等). ❷引起；喚醒. →一般用 awaken.

**ar·range** [ə`rendʒ] 動 ❶排列，備齊，整理.
arrange the names in alphabetical order 將姓名按字母的順序排列
Arrange the chairs around the table. 桌子四周擺上座椅.
She likes to arrange flowers. 她喜歡插花.
❷商定，商量，準備.
arrange the meeting **for** Monday 會議定於星期一舉行
arrange **for** a class reunion 為同學會作準備
I'll arrange **for** you **to** meet him. 我會安排你和他見面的.
❸改編(樂曲)，改寫(作品).
arrange the music for an orchestra 把音樂改寫為管弦樂曲

**ar·range·ment** [ə`rendʒmənt] 名 ❶(整齊的)排列，整頓；(**arrangements**)準備.
flower arrangement 插花
change the arrangement **of** the books on the shelf 改變書架上書的排列

**make arrangements for** a picnic 爲野餐作準備
❷編曲，改寫.

**ar·rest** [ə`rɛst] 動 逮捕，抓住.
He was arrested **for** murder. 他因涉嫌謀殺而被逮捕.
—名 逮捕.
**You are under arrest.** 你被捕了.

**ar·ri·val** [ə`raɪvl̩] 名 抵達；到達的人〔物〕. ➡動詞爲 arrive.
**on** (my) arrival 當(我)到達時
the arrival time of the plane 飛機抵達時間→ departure.
an arrival lounge 候客大廳
The arrival **of** Flight No. 745 was delayed due to a storm. 745 班機因暴風雨而延遲抵達.
The books on this shelf are all new arrivals from the U.S.A. 書架上的書都是從美國新近寄來的.

| **ar·rive** [ə`r aɪv ] | ▶到達，抵達<br>⊙到達都市、村落、家庭、車站、學校等與範圍之大小無關的某處所 |
|---|---|

動 ❶到達(某地)，抵達. ➡名詞爲 arrival.
**基本** arrive here〔home〕 到達這裡〔到家〕 ➡ arrive＋表示場所的副詞；不用ˣarrive *at* home 等.
**基本** arrive **at** school〔**in** New York〕 到達學校〔紐約〕 → 參考
The train will soon arrive at the Taipei terminal. 本次列車即將到達終點站臺北.
He will arrive in Paris tomorrow. 他明天抵達巴黎.
The circus will arrive **in** our village next week. 馬戲團下星期會到我們村裡.
The spaceship will arrive **on** Mars in a week. 太空船將在一星期內到達火星.
She usually **arrives** at school before eight. 她通常八點以前到達學校. ➡ arrives [ə`raɪvz] 爲第三人稱單數現在式.

> **參考** 原則上到達的地方若是車站、家庭等狹小的地方時用 at，反之若是國家或大都市之類的廣闊區域則用 in；但是，只要是自己居住的地方，即使是一個小村莊，也要用 in；像這種 in，at 的使用不全然與場所的大小相關，而是根據說話者的感覺而定的情形非常多見.

◆ **arrived** [ə`raɪvd] 過去式、過去分詞.
Your letter arrived yesterday. 你的信昨天到了.
Summer **has** arrived at last. 夏天終於來了. ➡現在完成式.

◆ **arriving** [ə`raɪvɪŋ] 現在分詞、動名詞.
The soldiers will **be** arriving here any minute. 士兵們馬上就會到這裡. ➡未來進行式.
❷(**arrive at** ～)得出(結論)，達成(協議).
arrive at a conclusion 作出結論

**ar·ro·gant** [`ærəgənt] 形 (人、態度)傲慢的，驕傲自大的.

**ar·row** [`æro] 名 ❶箭.
An **arrow** was shot from the **bow**. 一支箭從弓上發射出來. ◁相關語
Time flies like an arrow. 光陰似箭. ➡此爲中國諺語「光陰似箭」的英譯，英語諺語僅爲 Time flies. 而已.
❷箭號，箭頭標誌(→).
The boys **followed** the arrows on the wall and got out of the cave. 少年們沿着壁上的箭頭標誌走出了洞穴.

**art** [ɑrt] 名 ❶藝術，美術.
an art museum 美術館
an art gallery 畫廊，美術館
an art school〔teacher〕 美術學校〔老師〕
a work of art 藝術作品，美術品

A

study art at school 在學校學習美術 →不用 ×*an* art, ×art*s*.

諺語 Art is long, life is short. 藝術長存而人生短暫.

**fíne árt** (繪畫、雕刻、建築等的)美術, 美術〔藝術〕作品; (**the fine arts**) (包括美術、音樂、文學等的)藝術.

❷技術; 技巧, 技藝.

the art of conversation 說話技巧, 說話方式

**Ar·thur** [ˋɑrθɚ] 專有名詞 (**King Arthur**) 亞瑟王.

> 參考 傳說五、六世紀時名噪一時的英國國王, 自古被推崇爲武士的理想形象; 在亞瑟王的宮殿中, 爲了不因座席順序而使下屬的騎士們在地位上有高低之分, 故使用圓桌(round table), 因此他們也就被稱作圓桌武士(Knights of the Round Table).

**ar·ti·cle** [ˋɑrtɪkḷ] 名 ❶物品, (同類物品的)一件.

**an article of** clothing 〔furniture〕 一件衣服〔家具〕 → clothing(衣服)、furniture(家具)爲總稱, 故不用 ×*a* clothing, ×*a* furniture, 而用上面的形式.

A table is an article of furniture. 桌子是一種家具.

❷(報紙、雜誌等的)報導, 論文.

❸《文法》冠詞. →指 the, a, an.

**ar·ti·fi·cial** [ˏɑrtəˋfɪʃəl] 形 人工的, 人造的, 仿造的; 不自然的, 做作的.

an artificial flower 人造花

an artificial leg 義肢

an artificial satellite 人造衛星

an artificial smile 做作的微笑

**art·ist** [ˋɑrtɪst] 名 ❶藝術家; (尤指)畫家. ❷(歌手、演員等的自稱)職業藝人, 藝術家; (某方面的)名人.

**ar·tis·tic** [ɑrˋtɪstɪk] 形 藝術性的, 藝術(家)的, 美術(家)的.

**as**
[æz] 強
[ə z] 弱

▶同樣地～
▶像～一樣
▶當～的時候, 隨著～
▶作爲～

副 (**as** ～ **as** S′) (與 S′) 同樣地～. → 前一個 as 爲「與之相同地」之意, 當副詞; 後一個 as 爲「像(S′)～一樣地」之意, 是連接詞.

基本 I am **as** tall **as** he (is). 我的個子和他一樣高. →as+形容詞+as; 《口》說成 I am **as** tall **as him**.

I have as many books as he (has). 我和他有一樣多的書. →《口》說成 I have as many books as **him**.

The country is **twice** 〔four **times**〕 as large as Malaysia. 這個國家有馬來西亞的二〔四〕倍那麼大.

I am **not as** tall **as** he (is). 我沒有他那麼高. →亦可說成 I am **not so** tall **as** he (is).

基本 He ran **as** fast **as** he **could**.= He ran **as** fast **as possible**. 他盡可能地快跑. → as+副詞+as.

These roses smell just as sweet (as those). 這些玫瑰(與那些)聞起來同樣地芳香.

idiom

***as fár as*** ～ 如～一樣地遙遠, 直到～; 只限於(S′+V′). → far.

***às for*** ～ 《一般用於句首》至於～, 就～方面說.

as for me 至於我

***as íf*** (*S′* + *V′*) 好像(S′+V′)似的, 宛如(S′+V′).

He talks as if he knew everything. 他說起話來，好像甚麼都已經知道似的.
He talked as if he had known everything. 他說起話來，好像甚麼都已經知道似的.
I feel as if I were 〔《口》 was, am〕 dreaming. 我彷彿在做夢.
***as it ís*** 《用於句尾》保持原樣(→連 ❶例句六)；《用於句首》目前，實際上.
As it is, I cannot pay you. (如果有錢我會付給你的，但)目前沒錢付給你.
***as it wére*** 可以說是，似乎(so to speak).
***as lóng as*** ～ 與～一樣長久；只要(S′+V′)(之久). → long.
***as sóon as*** (*S′*+*V′*) (S′+V′)一～就. → soon.
***as thòugh*** (*S′*+*V′*)=as if (S′+V′).
***às to*** ～ 關於～，至於～.
***as úsual*** 像往常一樣，照例. →usual.
***as wèll as*** ～́ 與～一樣地出色；與～一樣，不僅～.
He can speak French as well as English. 他法語說得和英語一樣出色.
— 連 ❶ 像(S′+V′)一樣，照～一樣.
as you know 如你(們)所知
Do as I say! 照我所說的做!
Do as you like. 你喜歡怎麼做就怎麼做.
As I said in my last letter, I am taking the exam in March. 正如我在上一封信中所說的那樣，我將參加三月份的考試.
諺語 When in Rome, do as the Romans do. 在羅馬的時候就學羅馬人做. ➡相當於「入境隨俗」.
Leave it as it is. 保持原樣.
❷ 當(S′+V′)的時候，隨着(S′+V′)，一邊～一邊～.
They were leaving as I arrived. 當我到達的時候，他們正準備出發.
同義字 **as** 與 **when** 相比，as 用於兩個事件、動作接連發生，或幾乎同時發生之時，其同時性進一步增強時，譯爲「一邊～一邊～」.
I forgot about it as time went by. 隨着時間的過去，我已經淡忘了這件事.
As we climbed higher, it got colder. 愈往高處爬，愈感到寒冷.
We sang as we walked. 我們邊走邊唱.
❸因爲～(because, since)，由於～.
As I was sick, I did not go to school. 我因病沒去上學.
❹雖然～(though). ➡注意 as 的位置；在《美》也用 as ～ as 的形式.
Old as I am (=Though I am old), I can still fight. 我雖然老了，但還能戰鬥.
As interesting as the idea seems, there is no way to prove it. 這種想法雖然有趣，但卻無法證明它.
— 介 ❶作爲～；在～的時候.
His father is famous as an artist. 他父親以身爲畫家而有名.
Please wrap this as a gift. 請把這包裝成禮物.
I came here as a young girl. 在我還是個少女的時候，就來到了這裡.
❷(常用 **such** (～) **as** ～)像～這種的～，諸如～之類的～.
**such** fruits **as** pears and apples=fruits **such as** pears and apples 像梨和蘋果這樣的水果 → such.
— 代 (**such** N **as** S′+V′)像(S′+V′)這樣的 N，(**the same** N **as** S′+V′)與(S′+V′)相同的 N. ➡ as 作關係代名詞所引導的 S′+V′(子句)，修飾 as 前面的 N(先行詞).
I have **the same** dictionary **as** you (have). 我有一本和你一樣的辭典.

**ash** [æʃ] 名 (常用 **ashes**)灰；灰燼.
The house **was burnt to** ashes. 那間屋子被燒成了灰燼.

A

**a·shamed** [əˋʃemd] 形 感到羞恥，害臊. ➜不用於名詞前.
**feel** ashamed 感到羞愧
You should **be ashamed** (**of** yourself). 你該爲(自己)感到羞愧.

**a·shore** [əˋʃɔr] 副 在岸上；在淺灘上.
**go** ashore 登陸，上岸
**run** ashore (船)擱淺

**ash·tray** [ˋæʃˏtre] 名 煙灰缸.

**A·sia** [ˋeʒə] 專有名詞 亞洲(大陸).
Japan is **in** eastern Asia. 日本在東亞.

**A·sian** [ˋeʃən] 形 亞洲的，亞洲人的.
—名 亞洲人.

**a·side** [əˋsaɪd] 副 在旁邊，到(向)一邊.
**put** ～ aside 把～放在一邊，把～收拾起來；把～貯存起來
**step** aside 走〔躲〕到一邊

idiom

***asìde from*** ～ 《美》除了～以外；暫且不管～(《英》apart from ～).

| ask [æsk] | ▶詢問 ▶請求 ▶要求 ▶邀請 |
|---|---|

動 ❶(向某人)詢問(某事)，問.
基本 ask **about** his new school 詢問有關他的新學校的情況 ➜ask＋介系詞＋名詞〈O〉.
基本 ask the time 問時間 ➜ask＋名詞〈O〉.
基本 ask him the time 向他問時間 ➜ask＋(代)名詞〈O′〉＋名詞〈O〉.
ask him a question 向他提問題
He often **asks** silly questions. 他老是問些愚蠢的問題. ➜asks [æsks] 爲第三人稱單數現在式.
May I ask (you) some questions? 我可以問(你)幾個問題嗎?
If you don't know the way, ask a policeman. 如果你不知道路的話就問警察.
Ask **if** we may go with them. 問一下我們是否可以和他們一起去.
"Do I really believe it?" Bob asked himself. 鮑勃問自己:「我眞的相信它嗎?」

◆ **asked** [æskt] 過去式、過去分詞.
He asked me **about** my mother. 他問起我母親.
"Where does he live?" she asked. = She asked **where** he lived. 她問道:「他住在哪裡?」 ➜注意 where 後面詞序的不同.
She asked me **where to** sit 〔**when to** come again〕. 她問我該坐哪兒〔甚麼時候再來〕.

◆ **asking** [ˋæskɪŋ] 現在分詞、動名詞.

❷請求，尋求，(**ask** O **to** *do*)請求O做(某事).
ask his advice = ask him **for** advice 請他出主意 → idiom ask for ～.
Ask Ken. He will help you. 去求肯，他會幫助你的.
May I ask you a favor? 能不能請你幫個忙? ➜favor＝請求.
ask him **to** help 請求他幫助
The children asked their mother to read the book. 孩子們央求媽媽唸那本書給他們聽.
I was asked to wait there. 叫我在那裡等. ➜被動語態.

❸邀請(invite).
They asked me **to** tea 〔**for** dinner〕. 他們邀請我去喝茶〔吃飯〕.

idiom

***ásk àfter*** ～ 問候.
***ásk for*** ～ 請求～，向～要；請求會面～.
ask for an apple 要一粒蘋果
Usually boys ask girls for a date. 通常是男孩子約女孩子.
I asked for Mr. Stone at the office. 我要求在辦公室見史東先生.

**a·sleep** [ə`slip] 形 ❶睡着.

**am** 〔**are, is**〕 asleep　睡着　➜不用於名詞前;如「熟睡的嬰兒」爲a sleeping baby, 而不用ˣan *asleep* baby.

**lie** asleep　躺着睡著了

**fall** asleep　入睡

The baby was **fast** 〔**sound**〕 asleep. 嬰兒熟睡着.

Is she **awake** or **asleep?** 她醒着還是睡着? ◁反義字

❷(手腳等)麻木.

My left foot is asleep. 我的左腳發麻.

**as·par·a·gus** [ə`spærəgəs] 名 蘆筍. ➜嫩莖可食用.

**as·pect** [`æspɛkt] 名 (事件等的)情況, 局面.

**as·phalt** [`æsfɔlt, `æsfælt] 名 瀝青, 柏油. ➜用於鋪路.

lay asphalt　(在道路上)鋪柏油

**ass** [æs] 名 ❶驢. ➜一般口語爲**donkey**. ❷笨蛋.

**as·sem·ble** [ə`sɛmbḷ] 動 ❶聚集; 集合. ❷(集中零件)裝配.

**as·sem·bly** [ə`sɛmblɪ] 名 (複 **assemblies** [ə`sɛmblɪz]) ❶(正式的)集會, 集合.

a school assembly　全校的集會

the General Assembly of the United Nations　聯合國大會

Every Monday we have morning assembly at 8:30. 每星期一早上八點半我們舉行週會.

❷(機器的)裝配.

**as·sign** [ə`saɪn] 動 ❶分派(工作等). ❷指定(日期).

**as·sign·ment** [ə`saɪnmənt] 名 ❶(工作等的)分派; (日期、場所等的)指定. ❷分派的工作, 任務; 《美》(學校的)家庭作業(homework), 研究課題.

**as·sist** [ə`sɪst] 動 幫助, 幫忙(help).

**as·sis·tance** [ə`sɪstəns] 名 幫助(help), 助力, 援助.

**go to** his assistance　去幫助他

**as·sis·tant** [ə`sɪstənt] 名 助手, 助理; (**shop assistant**)店員.

—形 輔助的, 副手的, 助理的.

an assistant principal 〔《英》 headmaster〕 副校長

**as·so·ci·ate** [ə`soʃɪ͵et] 動 ❶(**associate** O **with** O′) (把 O 與 O′)聯繫起來考慮, (一說起 O 就)想起(O′).

We always associate snow with skiing. 我們總是一說起雪就聯想到滑雪.

❷(作爲朋友、同事)交往, 結交; (**be associated with** ～)加入～.

—[ə`soʃɪɪt] 名 形 ❶(工作上的)合作者(的), 同事(的). ❷準會員;準～.

**as·so·ci·a·tion** [ə͵soʃɪ`eʃən] 名 ❶社團, 協會.

the Young Men's Christian Association　基督教青年會　➜取大寫字母縮寫爲 Y.M.C.A.

**assóciation fóotball**　英式足球, 足球(soccer).

> 參考 十九世紀中期英國足球協會(the Football Association)把以往紛雜的規則統一爲現在每隊十一人的足球形式, 因此被稱作「協會式」足球, 一般取 as(soc)iation 的 soc 稱爲 **soccer**; → football.

❷交往, 交際. ❸聯想(的物〔事〕).

**as·sort·ed** [ə`sɔrtɪd] 形 各色各樣的.

assorted chocolates　什錦巧克力

A

**as·sure** [əˋʃur] 動 保證，使確信.
I can assure you **of** his honesty. = I can assure you **that** he is honest. 我可以向你保證他是誠實的.
He is innocent, I assure you. 我向你保證，他是清白的.

**as·ton·ish** [əˋstɑnɪʃ] 動 使驚訝，使吃驚；(**be astonished**)非常吃驚.
The beggar was astonished **by** 〔**at**〕 the gift of ten dollars.
乞丐對十美元的施捨感到驚訝.

**as·ton·ish·ing** [əˋstɑnɪʃɪŋ] 形 令人驚訝的，驚人的.

**as·ton·ish·ment** [əˋstɑnɪʃmənt] 名 驚訝，驚異.
**to** my astonishment 令我吃驚的是

**astro-** 表「星星的，天體的，宇宙的」之意.

**as·tro·naut** [ˋæstrə͵nɔt] 名 太空人.

**as·tron·o·mer** [əˋstrɑnəmɚ] 名 天文學家.

**as·tron·o·my** [əˋstrɑnəmɪ] 名 天文學.

| **at** [ət] | ▶在～(場所、時間)<br>▶向～，朝～(方向、目標)<br>▶聽到～，看到～ |
|---|---|

介 ❶《場所、時間的某一點》**在～；從～；屬於～的**. → arrive 參考
基本 at the door 在門口；從那扇門 ➜ at＋名詞.
at six (o'clock) 在六點鐘
wait at the station 在車站等候 ➜動詞＋at＋名詞.
the store at the corner 轉角處的商店 ➜名詞＋at＋名詞.
There is someone at the door. 有人在門口那兒.
We arrived at the station at five. 我們五點鐘到達車站.
School begins at eight (o'clock). 學校八點鐘上課.
At night I like to stay at home. 晚上我喜歡待在家裡.
Express trains don't stop at my station. 特快車不停靠我家那一站.
The thief entered at this back door. 小偷是從後門進來的. ➜這裡的 at 主要爲《英》，《美》用 by 或 through.
I am a student at this school. 我是這所學校的學生.
He died at (the age of) 80. 他八十歲時去世.
❷**在～方面，關於～**.
Ken is good 〔bad〕 at tennis. 肯網球打得好〔不好〕.
She is a genius at mathematics. 她是數學方面的天才.
❸**朝～**《方向、目標的某一點》，**向～**.
**throw** a stone at a cat 向貓扔石頭
**aim** at a tiger 瞄準老虎
**look** at the moon 望著月亮
**laugh** at him 嘲笑他
**smile** at a child 朝著孩子微笑
❹**以～**(價格、程度、比例、速度等).
I bought this dress at a low price. 我以便宜的價格買了這件衣服.
She bought two books at a dollar each. 她以每本一美元的價格買了二本書. ➜「每一(個)～」用 at，只說明金額時用 for.
The car took off at full speed. 這輛車以全速逃跑了.
❺(在某一地點)**正在做～，正在**(從事)～，在～中.
be at (the) table 在吃飯
He is at his desk 〔books〕. 他坐在書桌前〔正在讀書〕.
The children were at play 〔school〕 then. 那時孩子們正在玩〔上課〕.
My father is not at home; he is at work. 我父親不在家，去工作了. ➜前一個 at 爲❶
❻**聽到～，見到～，**(接觸)到～.

We were surprised at the news 〔the sight〕. 聽到這個消息〔看到這個情景〕我們感到很驚訝.
The birds flew away at the sound. 聽到響聲鳥兒都飛走了.
At that he stood up. 見此情景〔聽到這個〕他站了起來.
He did not stop his car at the red light. 紅燈時, 他沒停車.

idiom

***at áll*** 即使一點點. → all 代 idiom
***at fírst*** 起初, 剛開始的時候. → first 名 idiom
***at lást*** 最後, 終於. → last[1] 名 idiom
***at léast*** 至少. → least 代 idiom
***at (the) móst*** 至多, 充其量.
***at ónce*** 馬上, 立刻; 同時. → once 名 idiom
***nòt (~) at áll*** 一點也不. → all 代 idiom

**ate** [et] eat 的過去式.

**Ath·ens** [ˋæθənz] 專有名詞 雅典. ➜ 希臘首都; 西元前四～五世紀希臘全盛時期, 擁有世界上最高度的文化.

**ath·lete** [ˋæθlit] 名 選手, 運動員 (sportsman); 《英》田徑運動員.

**ath·let·ic** [æθˋlɛtɪk] 形 運動的, 體育的.
an athletic meet(ing) 運動會 ➜ 不是全校運動會, 而指校際競賽的田徑運動大會.

**ath·let·ics** [æθˋlɛtɪks] 名 複 ❶運動競賽, 體育(sports); 《英》田徑競賽. ➜一般視爲複數. ❷體育(科目). ➜ 一般視爲單數.

**At·lan·ta** [ətˋlæntə] 專有名詞 亞特蘭大. ➜ 美國喬治亞州(Georgia)的首府.

**At·lan·tic** [ətˋlæntɪk] 形 大西洋的.
**the Atlántic (Ócean)** 大西洋.
相關語 the Pacific (Ocean) (太平洋).

**At·lan·tis** [ətˋlæntɪs] 專有名詞 阿特蘭提斯島〔大陸〕. ➜據柏拉圖所述爲上古時代大西洋上的樂園, 因大地震與大洪水而在一日之間沉沒於海底.

**At·las** [ˋætləs] 專有名詞 阿特拉斯. ➜ 希臘神話中的大力巨神, 因違抗以宙斯爲中心的奧林匹斯山眾神, 被罰在地球的西端以雙肩擎天.

**at·las** [ˋætləs] 名 地圖集.

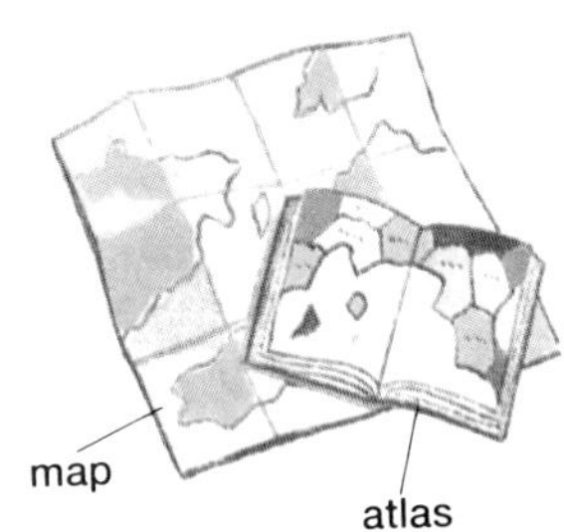


參考 把一張張地圖(map)收集起來裝訂成一冊的地圖集; 世界上第一本地圖集的卷首飾有阿特拉斯(Atlas)的圖案且題名爲阿特拉斯, 以後地圖集上飾有此圖成爲習慣, 地圖集本身也被稱作 atlas.

**at·mos·phere** [ˋætməsˏfɪr] 名
❶(**the atmosphere**)大氣. ➜ 包圍著地球的大氣層.
❷(某處的)空氣.
the damp atmosphere of the cellar 地下室潮濕的空氣
❸氣氛.
the quiet atmosphere of the library 圖書館靜謐的氣氛

**at·om** [ˋætəm] 名 原子.
**átom bómb**=atomic bomb.

**a·tom·ic** [əˋtɑmɪk] 形 原子(能)的.
**atómic bómb** 原子彈 ➜亦稱作 atom bomb, A-bomb.

**at·tach** [əˋtætʃ] 動 ❶安上, 附上, 裝上, 貼上, 繫上.
attach a chain **to** a dog's collar 給狗的頸圈繫上鏈子

❷(**be attached to** ～)依戀～，喜愛～，愛慕.
The captain is very〔deeply〕attached to his ship. 船長熱愛自己的船.

**at·tack** [ə`tæk] 動 ❶(用武器)攻擊，襲擊；(用言語)抨擊，非難；(疾病)侵襲，發作. ❷(對工作、問題等)毅然地加以挑戰，精力充沛地投入.
—名 ❶(用暴力、言語進行的)攻擊；(疾病的)發作，發病. ❷(對工作、問題等的)挑戰，投入.

**at·tain** [ə`ten] 動 (經由努力)完成，達成；達到(年齡等).
attain *one's* ambition 實現抱負

**at·tempt** [ə`tɛmpt] 動 試圖，嘗試(try)；(**attempt to** *do*)試圖～. ➜ 多含結果失敗之意.
The last question was very difficult and I didn't even attempt it. 最後一道題目非常難，我連做都不想做.
—名 嘗試，努力.
**make** an attempt **to** fly 試圖飛起來

**at·tend** [ə`tɛnd] 動 ❶出席，參加(集會等)，去(go to).
attend school 上學 ➜不用ˣattend *to* school.
attend a meeting 出席會議，參加集會
❷(醫生等)照料，護理.
The doctor attended (**on**) her sick child all night. 醫生整個晚上都在照料她的病童.

idiom

***attе́nd to*** ～ 注意～(pay attention to ～)，非常努力〔傾聽〕～；照顧～.
Is someone attending to you, Madam? ＝Are you being attended to, Madam? 有人〔店員〕在為您服務了嗎，夫人?

**at·tend·ance** [ə`tɛndəns] 名 ❶出席，前往；隨行照顧. ❷出席人數，觀眾人數.

**at·tend·ant** [ə`tɛndənt] 名 主管人員；侍者，隨從. → flight attendant (→ flight ❶).

**at·ten·tion** [ə`tɛnʃən] 名 ❶注意(力)，注目；照顧.
listen **with** attention 注意聽
**Attention, please!** 請大家注意. ➜ 機場、車站、百貨公司、餐廳等的場內廣播用語.
The magician **had** the children's attention. 魔術師吸引了孩子們的注意力.
❷立正!(的姿勢)
**Attention!** 立正!(口令)
**stand** (**at**〔**to**〕) attention 以立正姿勢站立

idiom

***pày attе́ntion*** (***to*** ～) 注意(～).
All the students paid attention to their teacher. 所有的學生都注意聽老師講課.

**at·ten·tive** [ə`tɛntɪv] 形 ❶聚精會神的，注意聽別人講話的. ❷留神的，體諒人的.

**at·tic** [`ætɪk] 名 閣樓(的房間). ➜以屋頂內側直接作天花板的房間；從屋頂的小窗採光，用作小孩的房間、出租房間、儲物室等.

**at·ti·tude** [`ætəˏtjud] 名 態度，想法，觀點，見解.

**at·tract** [ə`trækt] 動 ❶吸引(人或物).
A magnet attracts nails. 磁鐵吸釘子.
❷引起，招引(人的注意等).

**at·trac·tion** [ə`trækʃən] 名 ❶引力；誘惑力.
❷(吸引人的)精彩節目，有名的人或物.

**at·trac·tive** [ə`træktɪv] 形 吸引人

的，有誘惑力的.

**auc·tion** [ˋɔkʃən] 名 拍賣.

**au·di·ence** [ˋɔdɪəns] 名 《集合》聽眾，觀眾；(廣播、電視的)聽眾、觀眾.
There **was** a **large** 〔**small**〕 audience in the theater. 劇場裡觀眾雲集〔寥寥無幾〕. ➡把觀眾看作一整體，作單數.
The audience were mostly foreigners. 觀眾幾乎都是外國人. ➡把觀眾看作由個人組成的集體，《英》作複數，《美》仍用 was.

**au·di·o-vi·su·al** [ˏɔdɪoˋvɪʒuəl] 形 視聽的.
audio-visual aids 視聽教材 ➡錄音帶、錄影帶、電影、幻燈片等.

**au·di·to·ri·um** [ˏɔdəˋtorɪəm] 名 ❶禮堂，演講廳. ❷(劇場等的)觀眾席.

**Aug.** August(八月)的縮寫.

| **Au·gust** [ˋɔ gəst] | ▶八月<br>⊙由於羅馬第一位皇帝 Augustus(奧古斯都)出生於本月，因此仿其名，把八月命名爲 August |
|---|---|

名 八月. ➡略作 **Aug.**；詳細用法請參見 June.
I like August best. 我最喜歡八月.
I was born **in** August, 1985 〔in August of 1985〕. 我出生於一九八五年八月.
I was born **on** August 10. 我是八月十日生的.
We went to New York last August. 去年〔今年〕八月我們去了紐約.

**Auld Lang Syne** [ˋɔldˏlæŋˋsaɪn] 名 蘇格蘭詩人 Robert Burns 所作的詩名，意思爲 old long ago(令人懷念的往日)；其美妙的旋律爲全世界所傳唱.

| **aunt** [æ n t] | ▶姨 媽；姑 媽；伯 母；嬸嬸；舅媽<br>⊙父親或母親的姐〔妹〕，或是伯父、叔父、舅舅(uncle)的妻子；可與人名連用，也可單作稱呼使用 |
|---|---|

名 (複 **aunts** [ænts]) 姨媽；姑媽；伯母；嬸嬸；舅媽.
My **uncle** and **aunt** live in Shanghai. 我的伯父和伯母住在上海.
◁相關語
Aunt Polly is my mother's sister. 波莉姨媽是我母親的姐姐〔妹妹〕.
Take me to the zoo, Aunt (Anne)! (安)姑姑，帶我去動物園吧!
My sister had a baby yesterday, so I'm now **an** aunt. 昨天我姐姐〔妹妹〕生了小孩，所以我現在當阿姨了.
I have three aunts on my father's side. 我有三位姑媽.

**au·ro·ra** [ɔˋrɔrə] 名 曙光，晨曦，極光.

**Aus·tral·i·a** [ɔˋstreljə] 專有名詞 澳大利亞. ➡屬於大英國協的獨立國家；首都坎培拉(Canberra)，通用語爲英語；位於南半球，四季與我國正相反，六、七、八月寒冷(即冬季)，十二、一、二月炎熱(即夏季).

**Aus·tral·i·an** [ɔˋstreljən] 形 澳大利亞的，澳大利亞人的.
—名 澳大利亞人.

**Aus·tri·a** [ˋɔstrɪə] 專有名詞 奧地利. ➡歐洲中部的共和國；首都維也納(Vienna)，通用語爲德語.

**Aus·tri·an** [ˋɔstrɪən] 形 奧地利的，奧地利人的.
—名 奧地利人.

**au·thor** [ˋɔθɚ] 名 作者，作家.

**au·thor·i·ty** [əˋθɔrətɪ] 名 (複 **authorities** [əˋθɔrətɪz]) ❶權限，權

A

威，權力. ❷有權威的人〔物〕，權威人士，專家；(知識等的)根據.
an authority **on** American history 美國史的權威〔專家〕
This dictionary is a good authority on the meanings of words. 這本辭典是詞語意義的優秀(權威)典籍.
❸(**the authorities**) 當局(者). ➜有權力處理事情的人〔地方〕.
the city authorities 市政府

**au·to** [ˋɔto] 名 (複 **autos** [ˋɔtoz]) 《美口》汽車. ➜ automobile 的縮寫.

**au·to·bi·og·ra·phy** [ˏɔtəbaɪˋɑgrəfɪ] 名 (複 **autobiographies** [ˏɔtəbaɪˋɑgrəfɪs]) 自傳.

**au·to·graph** [ˋɔtəˏgræf] 名 (名人的)親筆簽名. ➜不用 ˣ*sign*; → sign 參考
May I **have** your autograph, please? 請問能否爲我簽名?

—動 親筆簽名.
autograph a book 爲(自己所寫的)書簽名

**au·to·mat** [ˋɔtəˏmæt] 名 《美》以自動販賣機銷售餐飲的自助餐廳. ➜二十四小時營業、無人服務的自助餐廳；從 automation 創造而來的商標名稱.

**au·to·mat·ic** [ˏɔtəˋmætɪk] 形 ❶自動化的. ❷機械的，無意識的.

**au·to·mat·i·cal·ly** [ˏɔtəˋmætɪklɪ] 副 ❶自動地. ❷機械地，無意識地.

**au·to·ma·tion** [ˏɔtəˋmeʃən] 名 自動操作，自動裝置.

**au·to·mo·bile** [ˏɔtəˋmobil] 名 《美》汽車(《英》**motorcar**). ➜一般英美都用 **car**.

**au·tumn** [ˋɔtəm] 名 秋天. ➜在美國一般用 **fall**；用法詳見 spring.
I like autumn best. 我最喜歡秋天.
We have **a** cold autumn this year. 今年秋天很冷.
**In** (the) autumn leaves turn red and yellow. 秋天樹葉變成紅色和黃色.
I went to Japan **last** autumn and **this** autumn I will go to the United States. 去年秋天我去了日本，今年秋天我準備去美國.
It was a lovely autumn evening. 這是個迷人的秋夜.

**a·vail·a·ble** [əˋveləbḷ] 形 可利用的，通用的，可得到的.
There were no rooms available in that hotel. 那家旅館沒有可住的〔空餘的〕房間.
Is gas available in this neighborhood? 這一帶有瓦斯嗎?
Are you available now? 你現在有空嗎?

**av·a·lanche** [ˋævḷˏæntʃ] 名 雪崩，(雪崩似的)突湧而至之事物.

**Ave.** Avenue(大街)的縮寫.

**av·e·nue** [ˋævəˏnju] 名 大街；林蔭大道.
Fifth Avenue (紐約市的)第五街

參考 在美國的大城市中，根據道路的走向分別使用 Avenue 和 Street；在紐約，貫通南北的道路稱 Avenue，東西走向的道路稱 Street.

**av·er·age** [ˋævərɪdʒ] 名 平均；(平均的)標準.
**above** 〔**below**〕 (the) average 水準以上〔以下〕
a good batting average (棒球選

手的)高打擊率

take 〔find, strike〕 the average (of ～) 取(～的)平均值

idiom

***on* (*the*) *áverage*** 平均而言.

—形 平均的, 一般的.

I'm of average height and weight. 我不胖不瘦, 身材中等.

**a·void** [ə`vɔɪd] 動 避開.

avoid crowds 〔the rush hour(s)〕 避開人羣〔尖峯時間〕

Avoid tak**ing** sides in a lovers' quarrel. 對於戀人間的爭吵, 不要站在任何一方. ➡不用 ×Avoid *to take* sides ～.

**a·wake** [ə`wek] 動 喚醒, 使醒來; 醒來.

◆ **awoke** [ə`wok], **awaked** [ə`wekt] 過去式.

◆ **awoken** [ə`wokn̩], **awaked** [ə`wekt] 過去分詞.

—形 醒著的, 不睡覺的. ➡不用於名詞之前.

Is he **asleep** or **awake**? 他睡著還是醒著? ◁反義字

He lay awake all (the) night. 他徹夜未眠.

**a·ward** [ə`wɔrd] 動 授與, 給與(獎賞等).

award him a prize 頒獎給他

He was awarded the 1998 (讀法: nineteen ninety-eight) Nobel Prize for Literature. 他獲頒一九九八年諾貝爾文學獎.

—名 獎, 獎品(prize).

He was given the People's Honor Award. 他被授與國民榮譽獎.

**a·ware** [ə`wɛr] 形 ❶意識到的, 知道的(conscious). ➡不用於名詞前.

I am aware **of** my faults. 我察覺到自己的缺點.

The thief was not aware **that** I was watching him. 小偷沒有發覺我在盯著他.

❷非常清楚～的, 對～有所認識的; 通情達理的.

Jane is a politically aware woman. 珍是個有政治意識的婦女.

**a·way** [ə`we]
▶離開
▶不在(這裡)
▶離去

副 ❶**離,** 在遠處.

**far away** 遠離, 在很遠的地方

The lake **is** two miles away **from** here. 那湖離這兒二英里.

**Stay** away from the fire. 離(暖爐的)火遠一點.

How far away is your school from here? 你的學校離這兒多遠?

The summer vacation is only a week away. 離暑假只有一星期了.

❷《離得很遠》不在(這裡).

My father **is** away **from** home today but he will be back tomorrow. 我父親今天不在家, 但他明天會回來.

She is away **on** vacation 〔business〕 **for** a few days. 她因休假〔公務〕離開兩三天. ➡「稍事外出」時用 out, 如 She's out for lunch. (她出去吃午飯了.)

諺語 When the cat's away, the mice will play. 貓兒不在老鼠跳樑. ➡相當於「閻王不在小鬼翻天」.

❸《離開某處》前往別處; (向遠處)離去, 消失(掉).

**go** away 離去, 到別處去

**run** away 跑開, 逃離

A

**fly** away 飛走，飛掉，飛去
**blow** away 刮走，吹散
The family went away for the summer. 這一家人到別處去避暑了.
The cat ran away from the dog. 貓從狗身邊逃走.
The echoes **died** away. 回聲漸漸消逝了.
❹《向旁邊偏離》朝別的方向，向旁邊.
**look** away 移開視線，朝旁邊看
**put**〔**take**〕away 整理，收拾
**throw** away 扔掉
She **turn**ed her face away from the horrible sight. 她轉過臉去，不看那可怕的情景.
❺繼續，不停地，接連不斷.
All night long he **work**ed away at his homework. 整個晚上他都在不停地做家庭作業.

idiom

***rìght awáy*** 立刻，馬上(at once).
He answered my question right away. 他立刻回答了我的問題.
會話 Come down for breakfast. —Right away. 下來吃早餐. —馬上就來.

**aw·ful** [ˋɔfḷ] 形《口》極度的，非常的；極壞的.
an awful pain 劇痛
I made an awful mistake in the test. 我在測驗中犯了個極大的錯誤.

**aw·ful·ly** [ˋɔfḷɪ] 副 非常，很.

**awk·ward** [ˋɔkwɚd] 形 笨拙的，不俐落的；尷尬的；麻煩的，棘手的.
an awkward silence 尷尬的沉默
The movements of this robot are awkward. 這臺機器人動作笨拙.
He **becomes**〔**feels**〕awkward whenever she is around. 只要她一在場，他就非常不自在.

**awk·ward·ly** [ˋɔkwɚdlɪ] 副 笨拙地，不俐落地；不好意思地，忸忸怩怩地.

**aw·ning** [ˋɔnɪŋ] 名 (入口處、窗戶等的)遮陽篷，雨篷.

**a·woke** [əˋwok] awake 的過去式.

**awoken** [əˋwokṇ] awake 的過去分詞.

**ax(e)** [æks] 名 斧.
chop down a tree with an ax 用斧頭把樹砍倒

**ax·es** [ˋæksɪz] 名 ax(e), axis 的複數.

**ax·is** [ˋæksɪs] 名 (複 **axes** [ˋæksiz]) 軸.
the earth's axis 地軸
the X axis and the Y axis (座標的)X 軸與 Y 軸

**ax·le** [ˋæksḷ] 名 車軸，輪軸.

**aye** [aɪ] 名 贊成；投贊成票(者).
the **aye**s and **no**es 贊成(票)與反對(票) ◁反義字

**Ayers Rock** [ˋɛrz͵rɑk] 埃亞斯巨岩. ➜位於澳洲北部的巨大岩石(高 348 公尺)；由於岩石的顏色會因為陽光照射之角度不同而改變，因而聞名於世.

**AZ** Arizona 的縮寫.

**a·za·le·a** [əˋzelɪə] 名 杜鵑花.

**Az·tec** [ˋæztɛk] 專有名詞 阿茲特克人；(**the Aztec**)阿茲特克族. ➜阿茲特克族於西元十五世紀到十六世紀的這段期間，在現今的墨西哥中部建立了強大的帝國，並具有高度的文明；西元十六世紀初西班牙人入侵後遭到消滅.

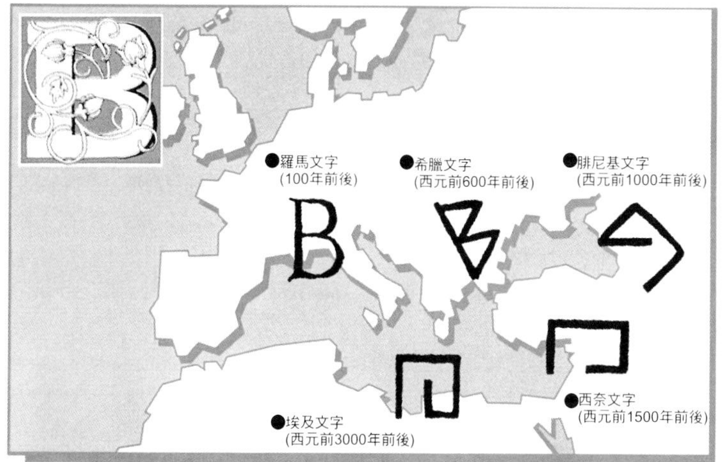


**B, b** [bi] 名 (複 **B's, b's** [biz]) ❶英文字母的第二個字母. ❷(**B**) (成績的) 乙等, B. ➜次於 A 的評價; → A.

I got a B on 〔for〕 the composition. 我作文得了 B.

❸《音樂》B 音; B 調.

**baa** [bæ, bɑ] 名 咩(山羊、羊等的叫聲).

**—** 動 「咩—」地叫(bleat).

**bab·ble** [ˋbæbḷ] 動 (幼兒) 牙牙學語, 喋喋不休地說.

**—** 名 模糊不清的話, 喋喋不休; (小溪等的) 潺潺聲.

**Ba·bel** [ˋbebḷ] 專有名詞 巴貝. ➜下述「巴貝塔」傳說中古代巴比倫王國的有名城市.

**the Tówer of Bábel** 巴貝塔(通天塔, 比喻空想的計畫).

參考 根據《舊約聖經》的記載, 諾亞的洪水之後, 人類違背上帝要人們分散到世界各地的命令, 聚集在巴比倫建造通天塔以傳揚人類之名. 上帝因此而發怒, 爲訓誡人類的驕傲自大, 遂擾亂了人類統一的口音, 使人類從此語言不通, 互不理解. 結果塔倒人散, 從此世界上出現了眾多的語言.

**Babe Ruth** [ˋbebˋruθ] 專有名詞 娃娃臉魯思. ➜指美國偉大的全壘打球員 **George Herman Ruth** (1895-1948), Babe (=Baby) 是人們因爲他長得一副娃娃臉而對他的暱稱.

**ba·by** [ˋbebɪ] 名 (複 **babies** [ˋbebɪz]) 嬰孩, 嬰兒.

a baby boy 〔girl〕 男〔女〕嬰

my baby sister 我剛生下來的小妹妹

a baby giraffe 剛出生的小長頸鹿

She is going to have a baby. 她快生孩子了〔臨近分娩了〕.

Don't be such a baby. 不要這麼孩子氣.

The baby is crying because it is sick. 嬰兒因生病而啼哭著. ➜不知性別或不考慮性別時, baby 的代名詞爲 it.

**báby bùggy** 《美》=stroller.

**báby càre** 育嬰.

**báby càrriage** 《美》嬰兒車(《英》pram). → stroller ❷

**ba·by-sit** [ˋbebɪˏsɪt] 動 (學生等在課餘時間替外出的父母臨時) 看顧嬰孩 ➜在英美, 夫婦一起外出的機會較

B

多，通常須把孩子托付給臨時保姆. 對英美的年輕人來說，這和修剪草坪一樣，是最普遍的一種打工方式；從名詞 baby-sitter 而來的動詞.
She asked me to baby-sit (**with**) her child. 她托我看顧孩子.
◆ **baby-sat** [ˋbebɪˏsæt] 過去式、過去分詞.
◆ **baby-sitting** [ˋbebɪˏsɪtɪŋ] 現在分詞、動名詞.

**ba·by-sit·ter** [ˋbebɪˏsɪtɚ] 名 (父母不在期間的)看孩子(的人)，臨時保姆.

**bach·e·lor** [ˋbætʃələr] 名 ❶未婚男子，單身漢.
He is a bachelor. 他是個單身漢.
❷學士. ➜完成大學課程獲得的學位.

| **back** [bæ k ] | ▶向後，回原處<br>▶後面<br>▶背部 |
|---|---|

副 ❶向後；**回原處**(或原狀)，回，作爲回答，作爲報復.
基本 look back 向後看，回頭看 ➜動詞＋back.
go 〔come〕 back 回去〔來〕
get back 回歸，取回
give the book back 還書〔把書放回原處〕
bring him back 把他帶回
throw back 扔回
write back to him 回信給他
on my way back 在我回來的路上
Stand back, please! 請往後站!
Go back to your seat. 回到你的座位.
He'll be back by five. 他五點以前會回來.
She is back in the United States. 她回到了美國.
Put the book back on the shelf. 把書放回書架.
She could not find her **way back**. 她找不到回來的路.
The trip back was very comfortable. 歸途很愉快.
❷**從前**(回溯)，**以前**.
several years back 幾年前
back in the 1870s 一八七〇年代那時
back then 當時

**—**名 (複 **backs** [bæks]) ❶(一般用 **the back**) **後面**，後部，**反面**；(球隊的)後衛. 反義字 front(前面)，forward(前鋒).
the back of the head 後頭部，後腦勺
the back of the hand 手背
the back of a card 卡片的反面
the back of a book 書背，書脊
**at** the back of a house 在屋後〔裡〕
**in** the back of a car 在汽車後部〔座〕
We sat at the back of the hall. 我們坐在禮堂的後面.
Move to the back. 到後面去.
❷(人、動物的)**背部**，背.
He carries a bag **on** his back. 他背著個袋子.
He lay on his back. 他仰臥著.
He can swim on his back. 他會仰泳.
I have a bad pain **in** my back. 我的背部很疼痛.
pat him on the back (以擁抱的姿態)拍拍他的背 ➜祝賀、道喜時的動作舉止.
Don't speak ill of others behind their backs. 不要在背後說別人壞話. ➜speak ill of ～「說～的壞話」.

**—**形 **後面的**，反面的.

a back seat 後面的座位
a back door〔garden, street〕 後門〔院, 馬路〕
—動 (亦作 **back up**) ❶使後退, 倒退.
He backed the car **into** the garage. 他把車倒開進車庫.
❷支援, 支持, 援助.
Everyone backed (up) his plan. 大家都支持他的計畫.

**back·bone** [ˋbæk,bon] 名 ❶ 脊骨. ❷中堅, 主力, 臺柱. ❸骨氣, 氣節.

**back·ground** [ˋbæk,graund] 名 ❶ (舞臺、繪畫等的)背景, 後景. ❷ (事件、人物等的)背景, 情景, 情況, 經歷.

**báckground mùsic** 襯托音樂, 背景音樂. ➜餐廳、商場等地方為製造氣氛而播放的音樂; 電影、廣播等的配樂.

**back·hand** [ˋbæk,hænd] 名 (網球等的)反拍或反手擊球. ➜擊打握拍反側球時的打擊方法; 手背(the back of the hand)朝向對方.

**back num·ber** [ˋbækˋnʌmbɚ] 名 ❶(雜誌等的)過期刊物. ❷過時的人〔物〕.

**back·seat driv·er** [ˋbæk,sit ˋdraɪvɚ] 名 坐在汽車後座對駕駛者開車方式頗有意見的人.

**back·stop** [ˋbæk,stɑp] 名 (棒球等的)捕手背後的擋球網.

**back·stroke** [ˋbæk,strok] 名 仰泳.

**back·ward** [ˋbækwɚd] 形 向後的, 畏縮的.
—副 向後, 倒, 逆.
walk backward 後退著走

idiom

***báckward and fórward*** 忽前忽後, 走來走去.

**back·wards** [ˋbækwɚdz] 副 =backward.

**back·yard** [ˋbækˋjɑrd] 名 屋後的空地, 後院, 後庭. → yard²❶

**ba·con** [ˋbekən] 名 培根. ➜醃薰的豬肉.
a slice of bacon 一片醃薰的豬肉 ➜不用×*a* bacon, ×bacon*s*.
Would you like (some) **bacon and eggs** for breakfast? 早餐吃培根和蛋好嗎?

**bac·te·ri·a** [bækˋtɪrɪə] 名 複 細菌, 病菌.

---

**bad** [bæd]
▶壞的
▶惡劣的
▶拙劣的

---

形 ❶壞的, 討厭的, 腐爛的, 有害的.
基本 a bad boy 壞孩子, 淘氣鬼; 品行不端的少年 ➜ bad+名詞.
a bad man 惡人
bad news 壞消息
a bad dream 噩夢, 不祥之夢
bad marks (考試等的)低分
a bad apple 壞〔爛〕蘋果
基本 The weather was bad. 天氣不好. ➜ be 動詞+bad 〈C〉.
Smoking is bad **for** the health. 吸菸危害健康.
This fish **smells**〔**tastes**〕bad. 這魚聞〔嚐〕起來壞掉了.
◆ **worse** [wɝs] 《比較級》**更壞的.**
◆ **worst** [wɝst] 《最高級》**最壞的.**
❷(疾病、事故等)**嚴重的, 厲害的,** 惡性的.
Bob has a bad cold. 鮑勃得了重感冒.
There was a bad accident there yesterday. 昨天那兒發生了一起嚴重的事故.
Is the pain very bad? 痛得很厲害嗎?
❸拙劣的(poor). 反義字 good(高明的).
a bad driver 差勁的駕駛員
I am bad **at** skating. 我不擅於溜

B

冰.

idiom

***fèel bád*** 後悔, 悶悶不樂; 心情不好.

I feel bad **about** making such a careless mistake. 我很後悔犯了那樣粗心大意的錯誤.

***nòt*** (***so***) ***bád*** 不壞; 《英》相當好, 非常好. ➜英國人特有的保守說法.

That's not (so) bad. 那不壞, 很好.

***Thàt's tòo bád.*** 那可不行, 那可不好辦了.

會話 I've had a bad cold. —That's too bad. 我得了重感冒. —那可麻煩了.

**badge** [bædʒ] 名 徽章.

wear a badge on the breast pocket 把徽章戴在胸前的口袋上

**bad·ly** [ˋbædlɪ] 副 ❶壞, 惡劣地; 拙劣地.

He did badly in the English test. 他的英語考得很糟.

My sister plays tennis very badly. 我姐姐〔妹妹〕網球打得很差.

◆ **worse** [wɝs] 比較級.

◆ **worst** [wɝst] 最高級.

❷《口》很, 非常, 厲害.

His leg was badly injured. 他的腿傷得很嚴重.

idiom

***be bàdly óff*** 生活不好, 窮的. → off 副 ❻

**bad·min·ton** [ˋbædmɪntən] 名 羽毛球. ➜十九世紀始於印度的體育活動, 因英國公爵在其領地 Badminton 舉辦第一次比賽而得名.

**bag** [bæg] 名 ❶袋, 包, (尤指婦女用的)手提皮包.

a paper bag 紙袋

a school bag 書包

a traveling bag 旅行包

❷一袋.

a bag of wheat 一袋小麥

**Bag·dad** [ˋbægdæd, bægˋdæd] 專有名詞 ＝Baghdad.

**bag·gage** [ˋbægɪdʒ] 名《美》(手提箱、皮箱、包等)隨身行李. →luggage.

a piece 〔two pieces〕 of baggage 一件〔二件〕行李 ➜不用ˣ*a* baggage, ˣ*two* baggage*s*.

a lot of 〔much〕 baggage 很多行李

a little baggage 一點點行李

Don't carry too much baggage when you travel. 旅行時不要帶太多的行李.

**bag·gy** [ˋbægɪ] 形 肥大的, 寬鬆下垂的.

baggy pants 寬鬆的褲子

**Bagh·dad** [ˋbægdæd, bægˋdæd] 專有名詞 巴格達. ➜伊拉克(Iraq)首都.

**bag·pipes** [ˋbæg͵paɪps] 名 複 風笛. ➜向皮囊中吹入空氣而發聲的樂器, 在蘇格蘭廣泛使用.

play the bagpipes 吹奏風笛

**bait** [bet] 名 (釣魚等用的)餌食.

**bake** [bek] 動 (在烤爐中)燒, 烤, 焙.

My mother bakes bread and cookies on (the) weekends. 媽媽在週末烤麵包和小餅乾.

The cake is baking in the oven. 蛋糕正在烤箱中烘烤著.

**bak·er** [ˋbekɚ] 名 麵包店(師). ➜烘烤麵包、蛋糕、小甜餅等出售的人.

buy some bread at a baker's (shop) 在麵包店買麵包

**bak·er·y** [ˋbekərɪ] 名 (複 **bakeries** [ˋbekərɪz]) 麵包坊, 麵包店.

**bake·shop** [ˋbek͵ʃɑp] 名《美》＝bakery.

**bal·ance** [ˋbæləns] 名 ❶(身心的)安穩, 平衡, 均衡.

**keep** 〔**lose**〕 *one's* balance 保持〔失去〕平衡, 保持鎮靜〔心慌意亂〕

❷天平；秤.

**bal·co·ny** [ˋbælkənɪ] 名 (複 **balconies** [ˋbælkənɪz]) ❶陽臺. ➡由二樓、三樓等窗戶或門口伸出的有扶手的走廊；→ veranda(h). ❷(劇院、電影院中)樓上的座位.

**bald** [bɔld] 形 ➡不要與 bold(大膽的)混淆. ❶(頭)禿的.
He has a bald head. = He is bald. 他禿頭.
❷(山、樹等)光禿的，無樹的，無葉的.

**ball**[1] [bɔl] 名 ❶球；球狀物.
a tennis ball 網球
a ball of wool 毛線團
a rice ball 飯糰
throw a nice〔low〕ball 投出好〔低〕球
**báll pén**＝ball-point pen (圓珠筆，原子筆).
❷球賽，(特指)棒球(baseball).
a ball game 棒球(比賽)，球賽
❸(與棒球的正球、好球相對)偏球，壞球.
three balls and two strikes 二好球三壞球 ➡英語中按壞球好球的順序計數.
idiom
***plày báll*** 投球，打棒球，開始球賽；玩球.

**ball**[2] [bɔl] 名 (身穿禮服舉行的)大型舞會. ➡簡略形式的稱作 dance.

**bal·let** [bæˋle, ˋbæle] 名 芭蕾舞；芭蕾舞劇團.
a ballet dancer 芭蕾舞者
dance ballet 跳芭蕾舞

**bal·loon** [bəˋlun] 名 ❶輕氣球.
❷(膠皮)氣球.
blow a balloon up＝blow up a balloon 吹氣球
❸(漫畫中)圈出人物講話內容的線條.

**bal·lot** [ˋbælət] 名 ❶(無記名的)投票用紙，選票.
cast a ballot 投票
❷投票.
decide by ballot 投票表決

**ball·park** [ˋbɔl͵pɑrk] 名 《美》棒球場；美式足球場.

**ball·player** [ˋbɔl͵pleɚ] 名 《美》棒球選手.

**ball-point pen** [ˋbɔl͵pɔɪntˋpɛn] 名 圓珠筆，原子筆(ball pen).

**bam·boo** [bæmˋbu] 名 (複 **bamboos** [bæmˋbuz]) 竹.
a bamboo shoot 竹筍

**ban** [bæn] 名 (尤指依照法律)禁止，禁令.
a nuclear test ban 禁止核子試驗
There is a ban **on** parking cars here. 這裡禁止停車.
—動 禁止(forbid).
◆ **banned** [bænd] 過去式、過去分詞.
◆ **banning** [ˋbænɪŋ] 現在分詞、動名詞.

**ba·nan·a** [bəˋnænə] 名 香蕉；香蕉樹.
a bunch of bananas 一串香蕉
peel a banana 剝香蕉(皮)

**band** [bænd] 名 ❶(捆物的)帶，皮帶，繩子，箍帶. 相關語 belt((繫褲子的)皮帶).
a rubber band 橡皮筋，橡皮圈

❷一夥，一隊.
a band of robbers 一夥盜賊
❸樂隊. ➡以管樂器、打擊樂器爲主

B

B

體的樂隊; → orchestra.
a brass band 吹奏樂隊, 銅管樂隊
a rock 〔jazz〕 band 搖滾〔爵士〕樂團

**band·age** [ˋbændɪdʒ] 名 繃帶.
put a bandage around his knee 在他的膝蓋上裹繃帶
—動 裹繃帶, 用繃帶包紮.

**B & B, b & b** [ˋbiənˋbi] 名 =bed and breakfast (→ bed).

**band·wag·on** [ˋbænd͵wægən] 名 (行進在遊行隊伍前列的)乘坐著樂隊的車, 音樂花車.

**bang** [bæŋ] 動 ❶砰地把(門等)關上; 砰地關上.
He banged the door shut. 他砰地把門關上了. ➜ shut 爲過去分詞形式, 作形容詞用.
The door banged shut. 門砰地關上了.
❷猛敲; 砰砰作響.
bang **on** the door 砰砰敲門
bang **down** the receiver 砰地一聲擱下話筒
—名 轟隆, 砰, 撲通; 重擊.
**with** a bang 隨著砰地一聲

**Bang·kok** [ˋbæŋkɑk, bæŋˋkɑk] 專有名詞 曼谷. ➜泰國首都.

**Ban·gla·desh** [ˋbæŋgləˋdɛʃ] 專有名詞 孟加拉. ➜脫離巴基斯坦獨立的共和國.

**ban·ish** [ˋbænɪʃ] 動 ❶流放(國外). ❷驅逐, 趕走.

**ban·jo** [ˋbændʒo] 名 (複 **banjo(e)s** [ˋbændʒoz]) 班卓琴. ➜五弦的樂器.
play the banjo 演奏班卓琴

**bank**[1] [bæŋk] 名 堤, 堤壩, 堤防; (河、湖的)岸.
The hotel stood on the right bank of the river. 旅館坐落在河的右岸. ➜右岸、左岸爲面向河的下游而言.

**bank**[2] [bæŋk] 名 ❶銀行.
a bank clerk 銀行職員
He put all the money in the bank. 他把錢全部存入銀行.
**bánk hóliday** 《英》(星期日以外的)銀行假日, 公休日.

> 參考 在英國 New Year's Day(元旦), Easter Monday(復活節翌日的星期一)等八天爲 bank holiday, 銀行、公司、商店、學校放假休息(在蘇格蘭和北愛爾蘭 bank holiday 的日數稍多); 在美國「法定假日」稱作 legal holiday.

❷小孩子用的存錢箱, 貯蓄罐(piggy bank).
❸保管珍貴物品的地方, ～庫.
a blood bank 血庫

**bank·er** [ˋbæŋkɚ] 名 銀行經營者, 銀行家.

**bank·rupt** [ˋbæŋkrʌpt] 形 破產的.
go bankrupt 破產

**ban·ner** [ˋbænɚ] 名 旗; 國旗; 軍旗.

**ban·quet** [ˋbæŋkwɪt] 名 宴會.

**bap·tism** [ˋbæptɪzəm] 名 洗禮(的儀式), 浸禮. ➜對成爲基督教信仰者, 爲清洗罪惡, 往頭上撒水或全身浸入水中的儀式.

**bar** [bɑr] 名 ❶棒, 壓延金屬條; 棒狀物.
a bar graph 柱狀圖
a bar of gold 金條
a bar of chocolate 一條巧克力
**bár còde** 條碼. ➜把不同粗細與間距的直線並列所形成的辨識符號; 用電腦讀取條碼的資料以做商品管理.
❷(有櫃臺的)簡便餐廳; 酒店, 酒吧間. ➜以前櫃臺沒現在這麼寬, 只以一條橫木(bar)作爲拴馬之用, 後來 bar 便用於指整個場所了.
a coffee bar 咖啡廳
a snack bar (沒有酒類的)快餐廳
at a sandwich bar 在三明治櫃臺

**bar·be·cue** [ˋbɑrbɪ͵kju] 名 ❶烤肉. ➜在野外燒烤的肉食. ❷燒烤野宴.

B

**bar·ber** [ˋbɑrbɚ] 名 理髮師.
I had my hair cut at the barber's. 我在理髮店理了髮.

**bar·ber·shop** [ˋbɑrbɚˏʃɑp] 名《美》理髮店(《英》barber's (shop)).

**bare** [bɛr] 形 (沒有覆蓋物)赤裸的, 完全露出的, 不掩飾的.
a bare floor 未鋪地毯等物的地板
with *one's* bare hands 光著手
He was bare to the waist. 他赤裸著上身.
The top of the hill was bare. 山頂上沒有草木(光禿禿).

**bare·foot(·ed)** [ˋbɛrˏfut(ɪd)] 形 赤腳的.
barefoot(ed) children 打赤腳的孩子們
—副 赤腳地.
walk barefoot(ed) 赤著腳走

**bare·head·ed** [ˋbɛrˏhɛdɪd] 形 不戴帽子(等)的.
a bareheaded woman 沒戴帽子的女人
—副 不戴帽子地.

**bare·ly** [ˋbɛrlɪ] 副 終於, 總算, 勉強 (just).
I barely escaped. 我總算逃脫了.

**bar·gain** [ˋbɑrgɪn] 名 ❶交易; 契約.
make a bargain with ～ 與～交易
❷便宜貨, 特價商品.
a bargain sale 特賣, 廉售
make a good 〔bad〕 bargain 買得便宜〔貴了〕
My new bike was a great bargain. 我的新自行車是很難買到的便宜貨.

**bark**[1] [bɑrk] 名 樹皮.

**bark**[2] [bɑrk] 名 (狗等的)吠叫聲.
give a bark 吠叫
—動 (狗等)吠叫.
The dog barked **at** the mailman. 狗朝著郵差吠叫.
相關語 bowwow(汪汪叫), growl(咆哮), howl(嗥叫), whine(嗚嗚叫), woof(低吠).

**bar·ley** [ˋbɑrlɪ] 名 大麥. ➜除食用外, 可作釀製啤酒、威士忌的原料; wheat(小麥)爲麵包、蛋糕等的原料.

**barn** [bɑrn] 名 ➜不要與burn(燃燒)的發音混淆. ❶(農家的)倉庫, 堆放物品的地方. ❷《美》牲口棚.

**barn·yard** [ˋbɑrnˏjɑrd] 名 倉庫(barn)前的空地〔庭院〕, 農家的院子.

**ba·rom·e·ter** [bəˋrɑmətɚ] 名 晴雨計, 氣壓表; (輿論等的)指標.

**bar·on** [ˋbærən] 名 男爵. ➜英國地位最低的世襲貴族; 作爲敬稱, 稱呼外國男爵, 對英國男爵用 Lord.

**bar·rel** [ˋbærəl] 名 ❶桶; 一桶.
a barrel of beer 一桶啤酒
❷槍管, 砲管.

**bar·ren** [ˋbærən] 形 (土地貧瘠)不長作物的, 不毛的; 不結果實的.

**bar·ri·cade** [ˏbærəˋked] 名 路障, 障礙物.

**bar·ri·er** [ˋbærɪɚ] 名 柵欄, 隔閡, 障礙(obstacle).

**base** [bes] 名 ❶基礎, 基部; 山腳, 根部.
The boys camped at the base of the mountain. 男孩們在山腳下露營.
❷根據地, 基地.
the base camp (登山的)前進基地
❸(棒球的)壘.
play first 〔second, third〕 base 守一〔二, 三〕壘 ➜不用ˣplay *the* first 〔second, third〕 base.
a base hit (棒球)一壘打(single)
a base on balls 四壞球保送上壘
The bases are full 〔loaded〕. 滿壘.
—動 基於～, 把基礎設在～.
The story is based **on** facts. 這故事有事實作依據.

B

**base·ball** [ˋbesˋbɔl] 名 棒球；棒球用球. → ball[1], American League, National League.
play baseball 打棒球 ➜不用×play *a* 〔*the*〕 baseball.
a baseball game 棒球比賽
a baseball team 棒球隊
a baseball park 棒球場
He is a good baseball player. 他是個優秀的棒球選手.

**base·man** [ˋbesmən] 名 (複 **basemen** [ˋbesmən]) (棒球的) 內野手.
a first 〔second, third〕 baseman 一壘〔二壘, 三壘〕手

**base·ment** [ˋbesmənt] 名 地下室. ➜用作娛樂室、洗衣間、鍋爐房、倉庫等; 電梯裡標示樓層的 B 即是 basement 的第一個字母; 相關語 **cellar** 爲專爲貯藏食物、燃料而建造的「地下室」, 有時也建於 basement 中.

**bases**[1] [ˋbesɪz] base 的複數.

**bases**[2] [ˋbesiz] basis 的複數.

**bash·ful** [ˋbæʃfəl] 形 靦腆的, 害羞的 (shy).
Don't be bashful. 不要害羞.

**bas·ic** [ˋbesɪk] 形 基礎的, 基本的.
**Básic Énglish** 基本英語. ➜設法以八百五十個基本單字表現的簡易英語.

**ba·sin** [ˋbesn̩] 名 ❶臉盆, 盆; (浴室的) 洗臉臺, (廚房的) 水槽.
❷一盆的量.
a basin of water 一盆水
❸盆地, 流域.
the Taipei Basin 臺北盆地
the basin of the Nile 尼羅河流域

**ba·sis** [ˋbesɪs] 名 (複 **bases** [ˋbesiz]) 基礎, 根據.
**On the basis of** this evidence I think he is guilty. 從這些證據來看, 我認爲他有罪.

**bas·ket** [ˋbæskɪt] 名 ❶籃, 筐, 簍.
a shopping basket 購物籃
a wastepaper basket 《英》廢紙簍 (《美》a waste basket)
❷=basketful (一籃〔簍、筐〕的量).

**bas·ket·ball** [ˋbæskɪt͵bɔl] 名 籃球; 籃球用球.
We often play basketball after school. 我們經常在放學後打籃球.
➜不用×play *a* 〔*the*〕 basketball.

**bas·ket·ful** [ˋbæskɪt͵fʊl] 名 一籃〔簍、筐〕的量.
a basketful of apples 一籃蘋果

**bass** [bes] 名 ❶低音部, 男低音. ➜男聲的最低音域. ❷男低音歌手; 低音樂器.

**bat**[1] [bæt] 名 (棒球等的) 球棒, (乒乓球的) 球拍.
swing a bat 揮動球棒
hit a ball with a bat 用球棒擊球
相關語 **racket** 指諸如網球、羽毛球等有網線的球拍.

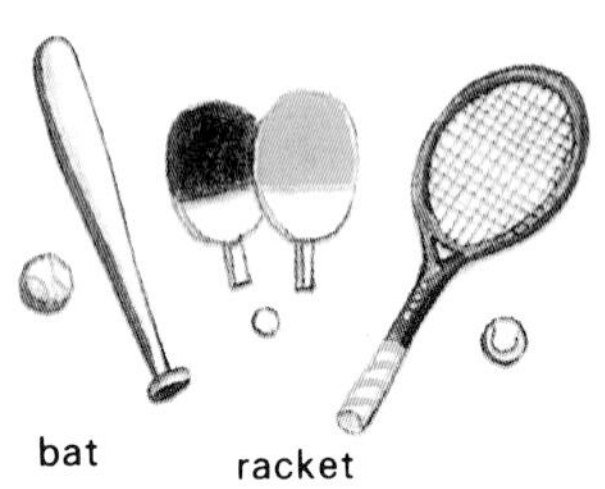


idiom
***at bát*** (在棒球比賽中) 輪到擊球, 正在擊球, 就打擊者位置.
Our side is at bat. 輪到我隊打擊〔我隊正在進攻〕.
Tom is up at bat. 湯姆正站在打擊者位置.
**—**動 (用球棒) 擊, 打.
Jim bats better than me. 吉姆打得比我好.
◆ **batted** [ˋbætɪd] 過去式、過去分詞.

He batted .345 (讀法: three-forty-five) last season. 他上一季打擊率三成四五.

◆ **batting** [ˋbætɪŋ] 現在分詞、動名詞. → batting.

Which team **is** batting now? 現在是哪個隊在打擊?

**bat**[2] [bæt] 名 蝙蝠.

> 印象 傳說是魔女的化身, 也常被繪成長了蝙蝠翅膀的惡魔, 是不祥之物的象徵; as blind as a bat 表示(瞎得跟蝙蝠一樣)「幾乎都看不見」的意思.

**bath** [bæθ] 名 (複 **baths** [bæðz] ➡注意th發[ð]音.) ❶洗澡, 沐浴; (洗澡用的)水. ➡「給～洗澡」爲 bathe.

**take** 〔**have**〕 a bath 入浴, 洗澡

get into 〔out of〕 the bath 入浴〔出浴〕

take a cold 〔sun〕 bath 洗冷水澡〔日光浴〕

give a baby a bath 給嬰兒洗澡

Your bath is ready. 你的洗澡水準備好了.

The bath is too hot. 洗澡水太燙了.

❷浴池(bathtub); 浴室(bathroom); (公共)澡堂(bathhouse).

a Japanese public bath 日本的公共澡堂

**bathe** [beð] 動 ❶淋浴, 游泳(swim); 沐浴(光等).

bathe in the sea 〔the sun〕 洗海水浴〔作日光浴〕

❷入浴; 給(幼兒等)洗澡; 用水清洗(手腳、痛處等).

idiom

***gò báthing*** 去游泳, 去沐浴.

**bath·house** [ˋbæθ͵haus] 名 公共澡堂. → bath ❷

**bath·ing** [ˋbeðɪŋ] 名 沐浴, 游泳.

a bathing cap 〔suit〕 (女性的)泳帽〔泳衣〕

bathing trunks (男性的)泳褲

**bath·room** [ˋbæθ͵rum] 名 ❶浴室. ➡歐美多將浴室設於二樓; 在美國幾乎都配備盥洗室與厠所, 而在英國、歐洲, 浴室與盥洗室、厠所分開的情況也很普遍.

❷《美》(在家庭、旅館、餐廳等地方委婉指)厠所. → toilet, rest room.

go to the bathroom 《美》上厠所

He is in the bathroom. 《美》他在上厠所. ➡「他在洗澡」爲 He is taking a bath.

會話 Where is the bathroom? —It's upstairs. 厠所在哪? —在二樓. ➡初次來訪的客人與家人間的對話.

**bath·tub** [ˋbæθ͵tʌb] 名 浴盆, 浴缸, 浴池.

**ba·ton** [ˋbætn̩] 名 ❶行進樂隊指揮用的指揮棒, 接力棒. ❷(音樂的)指揮棒. ❸(警察的)警棍.

**bat·ter** [ˋbætɚ] 名 (棒球的)打擊手.

**bat·ter·y** [ˋbætərɪ] 名 (複 **batteries** [ˋbætərɪz]) ❶電池(組). ➡由二個以上的 **cell**(電池)組合而成. ❷(棒球的)投手和捕手. ➡投手和捕手組成的一組.

**bat·ting** [ˋbætɪŋ] 名 (棒球的)擊球, 打擊.

a batting order 〔average〕 打擊順序〔率〕

He is good at batting but not so good at fielding. 他打擊很好, 但防守不怎麼樣.

**bat·tle** [ˋbætl̩] 名 戰役, 戰鬥.

the Battle of Waterloo 滑鐵盧戰役

fight a hard battle 激戰

win 〔lose〕 a battle 戰勝〔戰敗〕

**bat·tle·field** [ˋbætl̩͵fild] 名 戰場.

**bay** [be] 名 (小的)灣, 海灣. → gulf.

Tokyo Bay＝the Bay of Tokyo 東京灣

B

**ba·zaar** [bəˋzɑr] 名 慈善義賣會. ➜ 爲籌集教會、醫院、慈善事業等的援助資金而開設.

**B.B.C.** [ˋbiˋbiˋsi] (**the B.B.C.**) 英國廣播公司. ➜半官方半民營的廣播電視公司, 有四個廣播頻道和兩個電視頻道; **B**ritish **B**roadcasting **C**orporation 的縮寫.

**B̀BĆ Énglish**＝standard English (標準英語).

**B.C.** [ˋbiˋsi] Before Christ (西元前) 的縮寫. ➜「西元」爲 A.D.

in 450 B.C. (讀法: four (hundred and) fifty B.C.) 在西元前四五〇年

| **be** [bɪ] 弱 [bi] 強 | ▶有, 成爲<br>▶在<br>▶(be＋現在分詞) (正) 在～<br>▶(be＋過去分詞) 被～ |
|---|---|

動 ❶是; 成爲. ➜ be 根據時態、人稱等的不同變化如下表, 其形式變化參照各自的詞條.

| | 人稱 | 單數 | 複數 |
|---|---|---|---|
| 現在式 | 第一人稱<br>第二人稱<br>第三人稱 | am<br>are<br>is | are |
| 過去式 | 第一人稱<br>第二人稱<br>第三人稱 | was<br>were<br>was | were |
| 過去分詞 | | been | |
| 現在分詞、動名詞 | | being | |

基本 I will be fifteen years old next month. 我下個月滿十五歲. ➜ 助動詞 (will, can, may, must)＋be＋形容詞 (片語) 〔名詞 (片語)〕 〈C〉.

It may be true. 那也許是眞的.

He must be Bob's brother. 他一定是鮑勃的兄弟.

They can't be happy without money. 沒有錢, 他們就不會幸福.

基本 I want to be a doctor. 我想當醫生. ➜ to be ～(成爲～)是 want (希望) 的受詞.

What do you want to be in the future? 你希望將來成爲什麼樣的人?

Her wish is to be a movie star. 她的願望是成爲電影明星. ➜不定詞 to be ～(成爲～)是 is 的補語.

He grew up to be an engineer. 他長大後成爲一名工程師. ➜不定詞 to be 爲表示「結果」的用法, 「進行某事(其結果)成爲～」.

Be kind to others. 待人要親切.

Be a good boy. (要做好孩子⇨) 老實點.

Don't be a bad boy. (不要做壞孩子⇨) 幹壞事可不行.

You be "Hamlet", Bob. And you be "Juliet", Mary. 鮑勃你演「哈姆雷特」. 瑪麗你演「茱麗葉」. ➜ You, you 是在命令時, 爲引起被指名者注意而使用.

❷在.

I'll be at your house at eight. 我八點鐘將在你家裡〔到你家〕.

You cannot be in two places at the same time. 你不能同時身處兩地.

**There will be** a storm in the afternoon. 下午會有暴風雨.

To bé or nót to bé, thát is the quéstion. 生存還是死亡, 那才是問題所在. ➜莎士比亞作品《哈姆雷特》中的臺詞.

Don't touch it. Let it be. 別碰它, 隨它去吧.

Be here by six. 在這兒待到六點鐘〔六點鐘以前在這兒〕.

— 助動 ❶ (**be**＋現在分詞) 正在做～. ➜進行式.

They may be playing in the park. 他們也許正在公園裡玩.

**I'll be seeing you.** 再見. ➜ be seeing 是一種強調 see 的說法; 亦作 I'll see you.

B

Now we must be going. 我們該走了. ➡ be going 是強調 go 的一種說法.

❷ (**be**＋過去分詞) 被～. ➡ 被動語態.

That song will be loved by everyone. 這首歌將爲大家所喜愛.

Don't be worried. 別擔心. ➡ 被動語態 be worried (被使擔心) 譯爲「擔心」.

❸ (**be**＋不定詞 **to**) 是, 成爲 (→ 動 ❶); 應該～, 約定做～, 能夠～. → am 〔are, is〕 to *do*.

**beach** [bitʃ] 名 海濱, 海邊, 岸邊, 海灘.

swim at the beach 在海濱游泳

play on 〔at〕 the beach 在海灘玩

**béach umbrèlla** 海灘遮陽傘.

**béach vòlleyball** 沙灘排球; 沙灘排球用球. ➡ 在沙灘上進行的二對二排球賽 (用球).

**bea·con** [ˋbikən] 名 ❶ (作暗號、標記的) 烽火, 信號燈. ❷ (濃霧、暴風雨時引導艦船、飛機的) 標識, 無線電信號.

**bead** [bid] 名 ❶ 有孔玻璃珠, 串珠, 唸珠; 汗〔水(等)〕珠. ❷ (**beads**) 唸珠, 項鍊; 玫瑰唸珠. ➡ 在天主教堂向聖母瑪利亞祈禱時用的唸珠.

**beak** [bik] 名 (鷲等尖銳的) 嘴喙. → bill[1].

**bea·ker** [ˋbikɚ] 名 ❶ (化學實驗用的) 燒杯. ❷ (廣口的) 杯子.

**beam** [bim] 名 (太陽、月亮、電燈等的) 光線; 光輝.

a beam of sunlight 一道陽光

— 動 發光, 閃爍 (shine).

His face beamed with joy. 他的臉上散發著喜氣.

**bean** [bin] 名 豆. ➡ 扁豆、蠶豆、大豆等扁長的豆; 同義字 **pea** 豌豆等圓的豆.

coffee beans 咖啡豆

**bean·stalk** [ˋbinˏstɔk] 名 豆莖.

*Jack and the Beanstalk* 《傑克與魔豆》 ➡ 童話故事名.

**bear**[1] [bɛr] 名 熊.

a black bear 黑熊

a brown bear 棕熊

a polar bear 白熊, 北極熊

a teddy bear 絨毛玩具熊 →teddy bear.

**the Gréat 〔Líttle〕 Béar** 大〔小〕熊星座.

**bear**[2] [bɛr] 動 ❶ **生育; (樹) 結 (果實).**

bear a child 生孩子

These trees bear fine apples. 這些樹結出品質佳的蘋果.

◆ **bore** [bor] 過去式.

Our cat bore five kittens. 我家的貓生了五隻小貓.

◆ **borne, born** [bɔrn] 過去分詞. ➡ born 只用於 **be born** 之時, 其他場合全部用 borne.

She **has** borne three sons. 她已生了三個兒子.

She **was born** in Canada. 她出生在加拿大. ➡ be born 譯爲「出生」; → born.

❷《一般在否定句中》忍耐, 經得住; 支撐 (重量).

I cannot bear this toothache. 我牙疼得無法忍受.

She can't bear liv**ing** 〔**to** live〕 alone. 她忍受不了孤獨生活.

The ice is thin. It will not bear your weight. 冰很薄, 承受不起你的體重.

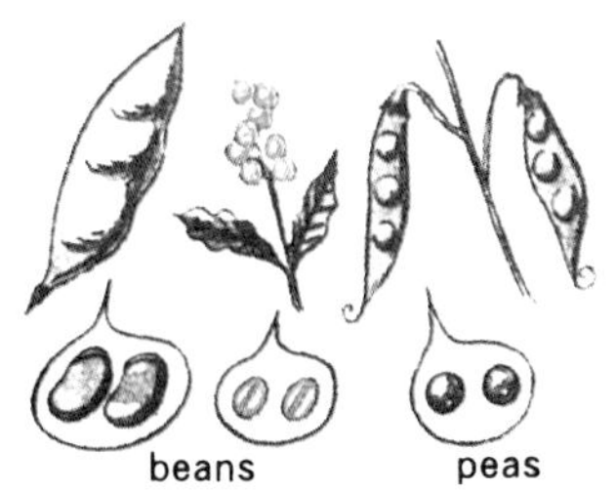

**beard** [bɪrd] 名 下巴的鬍鬚.
grow a beard　蓄鬍鬚
have a beard　蓄著鬍子
a man with a beard　留鬍子的人
相關語 m(o)ustache(嘴上的鬍子), whiskers(腮鬚, 連鬢鬍子), sideburns(鬢角).

**beast** [bist] 名 (體型大且有四足的)獸, 牲畜. → animal.

**beat** [bit] 動 ❶(連續的)打, 敲; 攪拌(蛋, 使其起泡沫).
beat a drum　擊鼓
Our hearts beat about seventy times a minute.　我們的心臟每分鐘大約跳動七十次.
The rain is beating (**against**) the windows.　雨不停地敲打著窗戶.
◆ **beat** 過去式. ➜注意與原形相同.
He beat a drum.　他擊鼓. ➜現在式的句子爲 He beats ～.
She beat the eggs and made an omelette.　她打蛋, 作了一個蛋捲.
◆ **beaten** [ˋbitn̩] 過去分詞.
He **was** beaten black and blue.　他被打得青一塊, 紫一塊.
❷擊潰(敵人), 打敗(defeat).
Bob beat John in the election.　鮑勃在選舉中擊敗了約翰.
You are beaten. Give in!　你敗了, 認輸吧!
—名 ❶敲打, 敲擊聲; 節拍, 拍子.
the beat of a drum　鼓聲
❷(警察、看守人等的)巡視區域.
The policeman was **on** his beat.　警察在巡邏中.
—形《口》筋疲力盡的(tired out).
I'm beat.　我累了.

**beat·en** [ˋbitn̩] beat 的過去分詞.

**Bea·tles** [ˋbitl̩z] 專有名詞 (**the Beatles**) 披頭四合唱團. ➜來自英國利物浦的四人搖滾樂團, 一九六二年組成, 一九七〇年解散.

**beau·ti·cian** [bjuˋtɪʃən] 名 美容師.

---

**beau·ti·ful** [ˋbju　tə f ə l]　▶美麗的 ▶極佳的

---

形 ❶美麗的, 漂亮的. 反義字 ugly(醜陋的).
基本 a beautiful face〔voice, picture〕　美麗的臉龐〔聲音, 圖畫〕 ➜beautiful＋名詞.
基本 Mt. Ali is very beautiful against the blue sky.　在藍空的映襯下, 阿里山非常美麗. ➜be 動詞＋beautiful 〈C〉.
How beautiful this flower is! = What a beautiful flower this is!　多美的花啊!
◆ **more beautiful**　《比較級》更美麗的.
She is more beautiful **than** her sister.　她比她姐姐〔妹妹〕漂亮.
◆ **most beautiful**　《最高級》最美麗的.
This is **the** most beautiful flower in the garden.　這是園中最美的花.
❷極好的, 絕妙的.
a beautiful dinner〔friendship〕　美味佳肴〔眞摯的友情〕
beautiful weather　極好的天氣
The basketball player made a beautiful middle shot.　這位籃球選手做了一個漂亮的中距離投籃.

**beau·ti·ful·ly** [ˋbjutəfəlɪ] 副 美麗地, 優美地, 漂亮地.

**beau·ty** [ˋbjutɪ] 名 (複 **beauties** [ˋbjutɪz]) ❶美麗.

B

the beauty of the music 〔the evening sky〕 音樂之美妙〔夜空的美景〕
the beauties of nature 自然的美
**béauty pàrlo(u)r** 美容院. 相關語 beautician (美容師).
**béauty shòp** = beauty parlo(u)r.
❷美人(a beautiful girl 〔woman〕).

**bea·ver** [ˋbivɚ] 名 《動物》海狸. ➡主要居住在北美、加拿大等地的河流、湖泊中, 用鋒利的牙齒咬下木片等堵水築成水庫, 在其中作巢.

印象 忙碌勤奮的勞動者形象, work like a beaver 即「拚命工作」之意.

**be·came** [bɪˋkem] become的過去式.

| **be·cause** [bɪˋkɔz] | ▶因爲<br>⊙說明某件事情或某種行爲的詳細原因、理由時使用 |
|---|---|

連 ❶原因是(S′+V′), 因爲(S′+V′).
基本 He is absent because he is ill. 他因病缺席. ➡ S + V + because + S′+V′.
She married him because she loved him. 因爲愛他, 所以她嫁給他.
Because I was very busy, I didn't go there. 因爲我很忙, 所以沒去那兒.
會話 Why are you so happy? —Because I passed the examination. 你爲何那麼高興? —因爲我通過考試了.
❷《接否定句後》不是因爲(S′+V′)而就～.
You should not be proud because you are rich. 你不要因爲有錢而就自傲.
She didn't marry Jim because she loved him. She married him for his money. 她不是因爲愛吉姆而和他結婚的, 她是爲了他的錢才嫁給他的.
❸(與 **only**, **simply**, **just** 等連用)只因爲(S′+V′).
I work only because I like to work. 我只因喜歡工作而工作.
idiom
***becáuse of*** ～ 因爲～.
He was late for school because of a railroad accident. 由於鐵路事故, 他上學遲到了.

**beck·on** [ˋbɛkən] 動 招手.
beckon (**to**) him to come near 招手叫他過來 ➡英美人招手時手掌向上.

| **be·come** [bɪˋkʌm] | ▶成爲～<br>⊙A 隨著時間推移、成長或因某種原因而變成 B |
|---|---|

動 ❶成爲～.
基本 become a cook 成爲廚師 ➡ become＋名詞〈C〉.
become a man 〔a woman〕 長大成人
基本 become rich 成爲有錢人 ➡ become＋形容詞〈C〉.
become angry 發怒
become tired 疲勞, 疲倦
Tadpoles become frogs. 蝌蚪變成青蛙.

The days become shorter in winter. 冬天白天變短.
When he **becomes** a college student, he will look for a part-time

B

job. 當他成爲大學生時，他就會去找兼職工作做. ➜ becomes [bɪˋkʌmz] 爲第三人稱單數現在式.

◆ **became** [bɪˋkem] 過去式.

He became a doctor. 他成了醫生.

◆ **become** 過去分詞. ➜注意與原形相同.

It **has** become much warmer. 天氣暖和多了. ➜現在完成式.

◆ **becoming** [bɪˋkʌmɪŋ] 現在分詞、動名詞.

It **is** becoming warmer and warmer. 天氣愈來愈暖和. ➜現在進行式；It 籠統地表示「氣溫」.

❷《文》適合～，與～相稱. ➜一般用 suit.

idiom

***becóme of ～*** ～情況怎樣(happen to ～).

What became of her? 她怎麼樣了? ➜因詢問過去發生之事情，用過去式.

What has become of your dog? 你的狗怎麼樣了? ➜現在完成式；詢問現在情況怎樣.

**be·com·ing** [bɪˋkʌmɪŋ] become 的現在分詞、動名詞.

**bed** [bɛd] 名 ❶床，床鋪，墊褥，床位.

**go to** bed 去睡覺 ➜ bed 用於其本來的使用目的(即睡覺)時不用 ×*a* bed, ×*the* bed；→ church, market, school.

**get into** bed 上床

**get** 〔**jump**〕 **out of** bed 下床〔從床上跳下來〕，起床〔從床上跳起來〕

**put** a child **to** bed 讓孩子上床睡覺

**make a** 〔*one's*, **the**〕 bed 理床；鋪床 ➜臨睡前、起床後整理床上的被褥.

She is **in** bed with a cold. 她因感冒而臥病在床.

I lay **on** my bed. 我躺在自己的床上.

She has been **ill in** bed for a week. 她臥病在床已一個星期了.

Don't jump on the bed! 不要在床上蹦跳!

The deer slept on a bed of leaves. 鹿兒睡在樹葉鋪成的窩裡.

**béd and bréakfast** 提供早餐的旅店. ➜在英國等地提供床位(bed)和翌日早餐(breakfast)的家庭旅店；因價格便宜且能感受家庭氣息而深受外國旅行者的歡迎；略作 B & B, b & b.

❷苗圃，花圃.

Mom planted tulips in the flower bed. 媽媽在花圃裡種了鬱金香.

❸(平的)底座，地基；河床.

a river bed 河底，河床

**bed·room** [ˋbɛdˏrum] 名 臥室. ➜在英美臥室常設在二樓.

**bed·side** [ˋbɛdˏsaɪd] 名 床邊；(病人等的)枕邊.

a bedside table 床邊的小桌子

I sat **at** 〔**by**〕 her bedside all night. 我整夜坐在她床邊(服侍她).

**bed·spread** [ˋbɛdˏsprɛd] 名 (床不使用時所罩的)床罩.

**bed·time** [ˋbɛdˏtaɪm] 名 就寢時間.

It's your bedtime. 該睡覺了.

**bee** [bi] 名 ❶蜜蜂(honeybee).

a queen bee 女王蜂

a worker 〔working〕 bee 工蜂

印象 蜜蜂辛勤地採蜜、築巢，因此而給人勤勉有序的印象，as busy as a bee(像蜜蜂一樣忙)意爲「極忙碌」；work like a bee (像蜜蜂一樣地工作)意爲「勤奮地工作」.

❷《美》(爲工作、競賽等而舉行的)聚會.

a husking bee 爲剝玉米殼而聚集在一起 ➜在美國農家，爲幫忙剝玉米殼，鄰近的人都聚集在一起.

a spelling bee 拼字比賽

**beech** [bitʃ] 名 山毛櫸(樹).

**beef** [bif] 名 牛肉. 相關語 chicken (雞肉), mutton(羊肉), pork(豬肉).

**beef·steak** [ˋbif͵stek] 名 厚牛肉塊; (烤)牛排. ➡日常用語爲 steak.

**bee·hive** [ˋbihaɪv] 名 蜂箱, 蜂房.

**bee·keep·er** [ˋbi͵kipɚ] 名 養蜂人.

**been** [弱 bɪn, 強 bin] be(是; 在)的過去分詞; **have** 〔**has**〕 **been** 表示「現在完成式」, **had been** 表示「過去完成式」.

❶(**have** 〔**has**〕 **been**＋形容詞或名詞)至今一直～.

He has been sick for a week. 他病了一星期了.

會話 Have you been busy this afternoon? —Yes, I have (been busy this afternoon). 今天下午忙嗎? —是呀(, 一直很忙).

I have been an English teacher since 1970. 從一九七〇年至今, 我一直擔任英語教師.

For centuries this city has been the center of learning in Europe. 幾個世紀以來這座城市一直是歐洲的學術中心.

❷(**have** 〔**has**〕 **been**＋表示地點的副詞(片語))至今一直在(某地); 曾經在(某地); (至今)去過(某地); 剛去了(某地)回來.

He has been **here** all morning, but I think he is now in the library. 他整個早上都在這裡, 但是我想他現在在圖書館.

會話 **Where** have you been? —I've been **in** the library. 你一直在哪〔到哪去了〕? —我一直在圖書館.

會話 Have you ever been **to** **Paris**? —No, I've never been **there**. 你曾經去過巴黎嗎? —不, 我從未去過那裡〔巴黎〕.

I have never been to Britain. 我從未去過英國.

I have been **to** the post office. 我正好從郵局回來.

❸(**had been**)(到那時爲止)一直是～; (到那時爲止)一直在～, 曾在～; (到那時爲止)曾去過～; (那時)剛(從～)回來. ➡可看作是以「過去的某一時間」爲基準時, ❶❷所對應的意義; → had.

He had been ill (for) two days when the doctor came. 當醫生來時他已經病了二天.

I knew the place very well, because I had often been there before. 我對那個地方很熟悉, 因爲我以前常去那兒.

— 助動 ❶(**have** 〔**has**〕 **been**＋現在分詞)**到現在爲止, 一直在做～**. ➡現在完成進行式.

I have been reading this book since three o'clock. 從三點鐘開始, 我一直在讀這本書.

It has been raining for a week. 雨持續下了一星期.

What have you been doing? 你一直在做甚麼?

❷(**have** 〔**has**〕 **been**＋過去分詞)已經被～了, 一直被～, 曾經被～. ➡現在完成式的被動語態.

The house has been sold. 房子已經賣掉了.

He has been loved by all. 他一直受到大家的愛戴.

I have often been spoken to by foreigners on the street. 在街上常有外國人和我說話.

**beep** [bip] 名 (警笛、電腦發出訊號時的)嗶嗶(聲).

—動 發出嗶嗶聲.

**beep·er** [ˋbipɚ] 名 呼叫器(pager).

**beer** [bɪr] 名 啤酒.

drink beer 喝啤酒

a glass 〔two glasses〕 of beer 一杯〔二杯〕啤酒 ➡《口》亦可僅用a beer, two beers.

a bottle〔a can〕of beer　一瓶〔一罐〕啤酒
Let's have a beer.　喝杯啤酒如何.
Waiter, four beers, please.　服務生，來四杯啤酒.

**beet** [bit]　➡與 beat(打)的發音相同.
名 甜菜，糖蘿蔔(sugar beet).
red beet　紅蘿蔔

**Bee·tho·ven** [ˋbetovən] 專有名詞 貝多芬.　➡德國音樂家(1770–1827).

**bee·tle** [ˋbitḷ] 名 甲蟲.　➡金龜子、銅花金龜、獨角仙等的總稱.

| **be·fore** [bɪˋfor] | ▶在(～的)前面<br>▶在以前<br>▶在做～之前 |
|---|---|

介《時間、順序》**在～的前面，～前面的，比～先.**
反義字 after, behind(在～之後).
基本 before six o'clock　在六點鐘之前　➡ before＋名詞.
before dark　在天黑以前，趁天還沒黑
before sunrise　黎明前
a few days before Christmas　聖誕節前幾天
shortly〔some years〕before the war　戰爭前夕〔在戰爭爆發的幾年前〕
It's ten minutes before six.　差十分六點；五點五十分.
A new teacher stood before the class.　新老師站在全班同學的面前.
➡在建築物、物體等的「前面」一般用 in front of ～.
It happened right before my eyes.　事情發生在我的眼前.
There was a long winter before them.　他們面臨漫長的冬天〔漫長的冬天即將開始〕.

idiom

***befòre lóng***　不久(soon).
He will come before long.　他不久就回來.
***the dáy befòre yésterday***　前天.
***the níght befòre lást***　前天晚上.
➡ last 爲「昨晚」(last night)之意.

**—** 連 **在(S′＋V′)之前，在沒有(S′＋V′)之時.**
反義字 after(在(做～)之後).
基本 I must go home before it gets dark.　我必須在天黑之前〔在天還沒黑的時候〕回家.　➡ S＋V＋before＋S′＋V′.
Do it right now, before you forget.　趁還沒忘記馬上做.
Bob went out before I knew it.　不知甚麼時候鮑勃已經出去了.
It was long before he knew it.　很久以後他才知道.
It was not long before he knew it.　他不久就知道了.

**—** 副 **以前；在(過去的某一時間)之前.**　➡尤指「時間關係」.　相關語 ago(距今～之前).
the day〔the night〕before　在前一天〔晚〕
two years before　在二年前
I saw that movie before.　我以前看過那部電影.
Come here at six, not before.　六點整來這裡，別提早到.

**be·fore·hand** [bɪˋforˏhænd] 副 預先，事先.

**beg** [bɛg] 動 ❶(常用 **beg for** ～)**乞求～，乞討～.**　同義字 比 **ask** 更爲謙虛地請求.
beg for money〔food〕　乞討錢財〔食物〕
◆ **begged** [ˋbɛgd]　過去式、過去分詞.
The boy **begged** (his mother) for a new bicycle.　這男孩央求(母親)給他買一輛新的自行車.
◆ **begging** [ˋbɛgɪŋ]　現在分詞、動名詞.
❷(**beg** O **to** *do*)**懇求 O 做～.**
I beg you to forgive me.　請寬恕我.

B

idiom

***I bèg your párdon.*** (道歉時)對不起，請原諒；(再問時)對不起，請再說一遍. → pardon.

**be·gan** [bɪ`gæn] begin 的過去式.

**beg·gar** [`bɛgɚ] 名 乞丐.

**be·gin** [bɪ`gɪn] ▶開始，著手

動 **開始；著手.** 反義字 end, finish (結束〔使結束〕).

基本 begin at eight o'clock 八點鐘開始 ➜ begin+副詞(片語).

基本 begin the lesson 開始上課 ➜ begin+名詞⟨O⟩.

基本 begin to cry 〔crying〕 開始哭起來 ➜ begin+不定詞〔動名詞〕⟨O⟩.

We'll begin the lesson **at** page 10. 我們從第十頁開始上(課). ➜不用 ×*from* page 10.

Begin each sentence **with** a capital letter. 各個句子都以大寫字母起首.

School **begins** at eight 〔in September〕. 學校八點鐘開始上課〔學校九月份開學〕. ➜ begins [bɪ`gɪnz] 爲第三人稱單數現在式.

Ken's name begins **with** K. 肯的名字以 K 開頭.

◆ **began** [bɪ`gæn] 過去式.

Our club began five years ago. Only three people began this club. 我們的俱樂部從五年前開始. 開始時只有三人.

It began to rain 〔raining〕. 開始下雨了.

◆ **begun** [bɪ`gʌn] 過去分詞.

The snow **has** begun to melt. 雪開始融化了. ➜現在完成式.

Well begun, well finished. 有了良好的開始，一切就好辦了〔好的開頭就會有好結果〕. ➜If it is well begun, it will be well finished. 的簡短說法.

◆ **beginning** [bɪ`gɪnɪŋ] 現在分詞、動名詞. → beginning.

She **is** beginning to play the piano. 她正開始彈鋼琴. ➜現在進行式.

It is beginning to rain. 雨滴滴答答地下了起來.

idiom

***to begín with*** 首先，第一.

**be·gin·ner** [bɪ`gɪnɚ] 名 生手，初學者.

**be·gin·ning** [bɪ`gɪnɪŋ] begin 的現在分詞、動名詞.

—名 **開始，開端.** 反義字 end (結束).

in the beginning 起初

at the beginning of June 在六月初

Good **beginnings** lead to good **endings**. 好的開始通向好的結局. ◁反義字

idiom

***from begínning to énd*** 從頭到尾，自始至終.

**be·gun** [bɪ`gʌn] begin 的過去分詞.

**be·have** [bɪ`hev] 動 舉動；有禮貌地舉動，舉止端正.

behave well 〔badly〕 行爲好〔壞〕

Did you behave today, Bob? 鮑勃，今天你守規矩嗎?

He does not know how to behave at the table. 他不知道飯桌上的規矩.

idiom

***beháve oneself*** 有禮貌地舉動；表現.

Behave yourself! (對孩子說)規矩點!

**be·hav·ior** [bɪ`hevjɚ] 名 舉止，態度，禮儀.

**be·hav·iour** [bɪ`hevjɚ] 名《英》= behavior.

**be·hind** [bɪ`haɪnd] 介 ❶在～之後，～

B

後面的，在～背面，～背面的. 反義字 in front of ～ (在～之前).
hide behind the curtain 躲在帘子後面

the boy behind you 你後面的男孩
from behind the door 從門後
The moon is behind the clouds. 月亮在雲後〔躲在雲裡〕.
His eyes were smiling behind his glasses. 他的眼睛在鏡片後微笑著(露出笑意).
Don't speak ill of others **behind their backs**. 不要在背後說別人壞話.
❷落後於～，晚於～，不如～. 反義字 ahead of ～ (在～之前).
behind the times 落後於時代，不合時宜
We are already behind time by five minutes. 我們已經晚了五分鐘. ➜ by five minutes 爲「僅僅五分鐘」.
The work is **far** 〔**much**〕 behind schedule. 工作遠落後於預定計畫.
The time here is three hours behind New York time. 當地時間比紐約時間晚三小時.
He is two grades behind me. 他比我低二個年級.
I am far behind him in English. 我英語遠不如他.
—副 ❶**在後面，**在後，向後. 反義字 ahead (在前).
from behind 從後面
look behind 回頭看
stay behind 留下來
He has left his camera behind. 他忘了拿照相機就走了.
She was left behind. 她被拋在後面.
❷落後，不如.
The train is ten minutes behind today. 今天火車誤點十分鐘.
If winter comes, can spring be far behind? 冬天來了，春天還會遠嗎?
I am far behind in English. 我的英語落後太多了.

**Bei·jing** [ˋbeˋdʒɪŋ] 專有名詞 北京. ➜ 中華人民共和國首都；以前寫成Peking.

**be·ing** [ˋbiɪŋ] be 的現在分詞、動名詞.
The house is being built. 房屋正在建築中. ➜ being 爲現在分詞；被動語態的進行式.
Don't be ashamed of being poor. 不要爲貧窮而感到羞恥. ➜介系詞of＋動名詞 being (是～).
—名 ❶存在(existence).
**come into being** 產生，出現
❷人，生物(creature).
a human being 人

**belch** [bɛltʃ] 動 打嗝.
—名 打嗝.

**Bel·gian** [ˋbɛldʒən] 形 比利時的；比利時人的.
—名 比利時人.

**Bel·gium** [ˋbɛldʒɪəm] 專有名詞 比利時. ➜歐洲西北部的國家；首都布魯塞爾(Brussels)；通用語爲法語和荷蘭語.

**be·lief** [bɪˋlif] 名 相信，信念，確信；信賴；信仰(faith).
I don't have much belief **in** his abilities. 我不太相信他的才能.

**be·lieve** [bɪˋliv] 動 **相信，**信以爲眞；認爲 ➜名詞爲 belief.
believe the news 相信報導
believe him 相信他的話 ➜不要譯爲「信任他」. → idiom believe in.
The policeman didn't believe the

B

thief. 警察沒有相信小偷的話.

He could not believe his eyes 〔ears〕. (因爲太不可思議了)他無法相信自己的眼睛〔耳朵〕.

會話 Bill has got full marks in the math test. —I don't believe it! He watched TV with me till late last night. 比爾數學考試得到滿分. —眞令人難以相信! 他昨晚跟我一起看電視看到很晚.

She believes (that) her son is still alive. 她相信她的兒子還活著.

They believed that the earth was flat. 他們相信地球是平的. ➡因主句的動詞(believed)爲過去式, 根據「時態一致」的要求, that 以下的動詞也爲過去式(was).

I believe he is honest.＝I **believe** him (**to be**) **honest**. 我相信他是誠實的.

I believe so 〔not〕. 我認爲〔不認爲〕是這樣.

諺語 Seeing is believing. 眼見爲信. ➡相當於「百聞不如一見」.

idiom

***believe in*** ～ 信奉～;信賴～; 信仰～, 相信～的存在.

believe in him 信任他(的爲人〔能力〕)

believe in democracy 信奉民主制度

***believe me*** 眞的.

***believe it or not*** 信不信由你.

believe in God 信仰上帝

***make believe*** 假裝, 裝扮.

The children made believe they were cowboys. 孩子們裝扮成牛仔.

**be·liev·er** [bɪˋlivɚ] 名 信仰者, 信徒.

**Bell** [bɛl] 專有名詞 (**Alexander Graham Bell**)亞歷山大‧格雷厄姆‧貝爾. ➡發明電話的美國科學家(1847–1922).

**bell** [bɛl] 名 **鐘, 鈴; 電鈴, 門鈴, 叫人的鈴.**

answer the bell (聽到門鈴聲)走到門口

ring a bell 按鈴

There goes the bell. 電鈴在響. → go ❼

The (church) bells are ringing. (教堂的)鐘聲響起.

**bell·boy** [ˋbɛl͵bɔɪ] 名《美》(飯店等的)服務生. ➡《英》稱作 page.

**bell·hop** [ˋbɛl͵hɑp] 名《美》＝bellboy.

**bel·ly** [ˋbɛlɪ] 名 (複 **bellies** [ˋbɛlɪz]) 《口》(有腸胃部分的)腹部, 肚; 胃 (stomach).

I have a pain in my belly. 我肚子痛.

**be·long** [bɪˋlɔŋ] 動 (常用 **belong to** ～)**是～之物, 屬於～.**

This racket belongs to me. 這個球拍是我的. (＝This racket is mine.)

I belong to the tennis club. 我是網球俱樂部的成員〔屬於網球俱樂部〕. ➡一般爲 I am a member of ～(是～的一員); 不能用進行式 ×I *am belonging*.

These books belong **on** the top shelf 〔**in** the library〕. 這些書是書架最上一層的〔圖書館的〕.

**be·lov·ed** [bɪˋlʌvɪd, bɪˋlʌvd] 形 鍾愛的, 親愛的, 心愛的.

my beloved son 我心愛的兒子

**be·low** [bəˋlo] 介 ❶**在～下面, 在～下面的.**

From the airplane we saw the sea below us. 從飛機上我們看見下面的大海.

The sun is sinking below the horizon. 太陽即將沒入地平線之下.

Bob's house is **below** Ken's house. There is a mole **under** Ken's house. 鮑勃家的房子位於肯家的下方. 肯家的地底下有一隻鼴鼠. ◁相關語

B

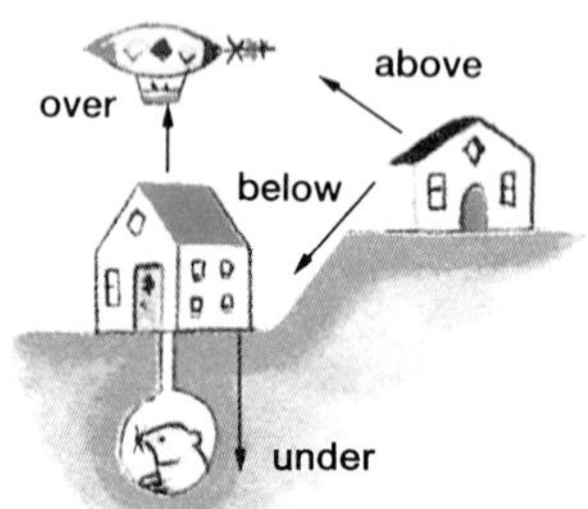


❷在～下游(的). ➡以築在河上的水壩、橋樑等爲基準，表示在此的下游之意；「在河的下游，河下游的」爲 'down the river.'

a mill below the bridge　在橋下游的磨坊

❸(年齡、能力等)在～以下(的).

10 degrees below zero　零下十度

He is (a little) below fifty.　他不到五十歲(他年近五十歲).

—副 **在下方(地).** 反義字 above(在上方(地)).

look down below　俯視下方

the room below　樓下的房間

from below　從下方

From the airplane we saw the blue sea far below.　從飛機上我們看見遙遠下方的藍色大海.

See the note below.　看下面的註解.

**belt** [bɛlt] 名 ❶ **帶，皮帶，安全帶，**(褲子的)腰帶，背帶. 相關語 band ((帽子等的)帶子).

loosen〔tighten〕*one's* belt　放鬆〔束緊〕腰帶

Fasten your seat belts, please.　請繫好座位上的安全帶. ➡ seat belt 爲飛機、汽車上的「安全帶」.

❷地帶，(產)區. ➡指具有共同特色的廣大地區.

the corn〔wheat〕belt　玉米〔小麥〕產區

**bench** [bɛntʃ] 名 ❶(木、石等製的) **長椅，長凳.** ➡能坐兩人以上，有靠背或沒靠背.

sit on a bench　坐在長椅上

❷(木工等的)工作臺.

**bend** [bɛnd] 動 ❶**使彎曲；彎曲.**

bend *one's* arm〔knee〕　曲臂〔膝〕

The road bends sharply **to** the right at this point.　路在此處向右急轉彎.

◆ **bent** [bɛnt] 過去式、過去分詞.

The strong man bent the iron bar easily.　這個力大的男子毫不費力地把鐵條折彎了.

❷彎下腰去，蹲，(樹等)彎曲.

He bent **over** the girl and kissed her.　他彎下身吻了那女孩.

He bent **down** and picked up the ball.　他蹲下身來揀球.

The tree bent **under** the weight of the fruit.　果實的重量使樹枝彎了下來.

—名 彎曲；拐彎；(路的)轉彎處.

a sharp bend in the road　道路的急轉彎處

**ben·e·fit** [ˋbɛnəfɪt] 名 利益，好處.

for the benefit of ～　爲～的利益，爲了～

I got a lot of benefit from his advice.　我從他的忠告中受益匪淺.

—動 得益.

**bent** [bɛnt] bend 的過去式、過去分詞.

**Ber·lin** [bɝˋlɪn] 專有名詞 柏林. ➡德國首都.

**ber·ry** [ˋbɛrɪ] 名 (複 **berries** [ˋbɛrɪz]) 漿果，草莓. ➡草莓、醋栗、櫻桃等食用的柔軟小果；→ nut.

**berth** [bɝθ] 名 (船、火車等的)臥鋪.

**be·side** [bɪˋsaɪd] 介 **在～旁邊，在～旁邊的.**

beside the river　在河邊

Sit beside me.　坐在我旁邊.

idiom

***besíde onesèlf***　忘我地，入迷地.

He was beside himself **with** joy〔grief〕.　他欣喜若狂〔悲痛欲絕〕.

B

**be·sides** [bɪˋsaɪdz] 介 除～以外.
We learn French besides English. 除了英語之外，我們還學習法語.
**—** 副 而且，還有.
This dress is too small; besides, it's old-fashioned. 這件衣服太小，而且樣式過時.

**best** [bɛst] 形 **最好的，**無上的，最佳的. ➜ good(好的)，well(健康的)的最高級；反義字 worst(最壞的).
**the** best book 最好的書
**my** best friend 我最好的朋友 ➜ 不用×my *the* best ～, ×*the* my best ～等.
This is the best camera **in** the store. 這是店裡最好的照相機.
Johnny is the best swimmer **of** us all. 強尼是我們之中最擅於游泳的.
What is the best way to learn English? 學習英語的最佳方法是甚麼?
His work is **good**. Her work is **better**. But your work is **best**. 他的作品不錯，她的更好，但你的最好.
◁**相關語** ➜ best 的後面沒有名詞時通常不加×*the*.
I feel best in the morning. 我早上心情最舒暢. ➜這個 best 是 well 的最高級.
**bést séller** (書、CD等)暢銷的東西.
**—** 名 **最佳(之物)，**最好(的東西)，最優秀(的人或物). 反義字 worst(最差).
We serve only the best in this restaurant. 本餐廳只供應最高級的餐飲.
The girl was dressed in her Sunday best. 女孩身著盛裝.
idiom
***at*** *one's* ***bést*** 處於最佳狀態.
Our roses are at their best now. 我家的玫瑰現在正值盛開的時候.
***dò*** 〔***trỳ***〕 *one's* ***bést*** 盡力.
I'll do my best. 我盡力而爲.
I did my best for him. 我爲他盡力了.
***màke the bést of*** ～ (在不利的條件下)盡量利用.
**—** 副 **最好地，最.** ➜ well(好)的最高級；反義字 worst(最壞地).
I like jazz best. 我最喜歡爵士樂.
會話 Which subject do you like best? —I like English best (of all subjects). 你最喜歡哪門課? —(在所有的科目中)我最喜歡英語.
John swims the best of us all. 在我們當中約翰游泳最棒. ➜《美》有加 the 的傾向，如 the best.
***bèst of áll*** 再好不過.

**best-known** [ˋbɛstˋnon] 形 最爲人熟知的，最有名的. ➜ well-known 的最高級.

**bet** [bɛt] 動 打賭.
I bet you a dollar (that) he will come. (我以你爲對象就他會來一事打賭一美元⇨)我和你打賭一美元他會來.
◆ **bet, betted** [ˋbɛtɪd] 過去式、過去分詞.
He bet 〔betted〕 (a lot of money) **on** that horse. 他在那匹馬上下了(一大筆錢的)賭注. ➜這個 bet 爲過去式；若是現在式，則由於主詞(He)爲第三人稱單數，句子應該爲 He bet*s* ～.
◆ **betting** [ˋbɛtɪŋ] 現在分詞、動名詞.
idiom
***I bét*** 《口》一定，必定，我敢斷定.
I bet he's coming. 他一定會來.
**—** 名 打賭，打賭的錢(或物).
I **made** a bet with her that he would come. But he didn't come, so I lost my bet. 我和她打賭他會來，可是他沒來，因此我賭輸了.

**be·tray** [bɪˋtre] 動 背叛.
She was betrayed by her best friend. 她被最要好的朋友出賣了.

**bet·ter** [ˋbɛtɚ] 形 ❶(品質、本領等)更好的，更高明的. ➜ good(好的)

B

的比較級; 反義字 worse(更壞的).

a better swimmer 更擅於游泳的人

This is better **than** that. 這比那好.

He is much 〔a lot〕 better than me at the high jump. 他跳高比我好多了.

This is better **than any other** camera in the store. 這比店中其他任何一架照相機都要好〔這是店裡最好的照相機〕. (=This is the best camera in the store.)

Let's try to make our world better. 讓我們努力把世界變得更美好.

❷(健康狀況) **較佳的, 好轉的.** ➜ well(健康的)的比較級; 不用於名詞前.

feel better 覺得舒服多了

get better (身體)好轉

I feel much better today. 我今天覺得好多了.

Do you feel any better today? 今天你覺得好些了嗎?

—副 **更好地,** 更高明地, 更. ➜ well(好, 高明地)的比較級; 反義字 worse(更壞地).

You speak English much better than we (do). 你英語說得比我們好多了. ➜《口》說成 You speak English much better than **us**.

會話 Which do you like better, coffee or tea? —I like coffee better (than tea). 你喜歡咖啡還是茶? —(比起茶來)我喜歡咖啡. ➜「更喜歡」不用×I like ～ *more*.

idiom

***had bétter dò*** 做～較好, 最好～. ➜ You had 〔You'd〕 better *do* 含有「不做～不行」的「忠告、命令」之意, 所以對長輩、上司等最好少用; 否定形爲 **had better not** *do* (還是不～較好, 最好還是不～).

We had better call the doctor. 我們還是叫醫生比較好.

I'd (=I had) better drive you home. 還是我開車送你回家比較好〔送你回去吧〕.

You'd better stay at home than go out on such a day. 這種日子你留在家裡比出去好.

You had better not go there again. 你最好不要再去那兒.

Hadn't we 〔Had we not〕 better go now? 我們現在就去不是比較好嗎? ➜否定形 had better not go 變爲疑問句時, not 移到 better 前.

***The sooner, the better.*** 愈快愈好. → the 副 ❶

| **be·tween** [bə `tw i n] | ▶在～之間, 在～之間的<br>⊙指在兩物〔兩人〕之間 |
|---|---|

介 在(兩個〔兩人〕)**之間, 在～之間的.** 相關語 among(在(三個以上的東西)之間).

基本 The train runs between Taipei and Taichung. 這列火車在臺北與臺中之間行駛. ➜動詞＋between＋名詞＋and＋名詞.

Would you come between two and three (o'clock)? 你能在兩點到三點之間來嗎?

Grandma is standing between her two grandchildren. 奶奶站在她的兩個孫兒中間.

Don't eat between meals. 不要在兩餐之間吃東西〔別吃零食〕.

They divided the money between themselves. 他們(兩人)把錢分了.

Buses run between the three cities. 公車行駛在這三個城鎮之間. ➜像這種情況, 即使三個以上之物, 如果其中任何兩個之間都爲同一關係時, 則用 between.

idiom

***betwèen oursélves*** 〔***yóu and mé***〕 只限於咱倆之間〔的〕, 我們之間〔的秘密〕.

**be·ware** [bɪ`wɛr] 動 (**beware of ～**)

注意～；當心～(be careful of).

告示 Beware of the Dog! 當心狗!

**be·yond** [bɪˋjɑnd] 介 ❶在(場所)的另一邊，～的另一邊的.

live beyond the river 住在河對岸

Look at the castle beyond the lake. 看湖那邊的城堡.

❷超過(時間、時期). ➜一般用於否定句.

Don't stay up beyond midnight. 不要熬夜超過半夜.

❸(程度)遠遠超出～，在～以上.

beyond imagination 超乎想像地，無法想像地

beyond comparison 比不上地(優秀)

The problem is beyond me. 這問題遠非我所能理解.

**Bi·ble** [ˋbaɪbḷ] 名 (**the Bible**)《聖經》.

> 參考 基督教的聖典，由《舊約聖經》和《新約聖經》組成，亦作 the Holy Bible；《舊約聖經》從上帝創造天地開始，敍述了猶太民族的歷史和信仰；《新約聖經》記述了耶穌基督(Jesus Christ)的一生和教義，以及他的門徒的活動.

**bi·cy·cle** [ˋbaɪsɪkḷ] 名 **自行車，腳踏車.** ➜亦作 **bike, cycle.**

go **by** bicycle 騎自行車去 ➜不用 ×by *a* 〔*the*〕 bicycle；→ by ❶

go **on** a bicycle 騎著自行車去

ride a bicycle 騎自行車

have a long bicycle ride 騎自行車遠行

He comes to school by 〔on a〕 bicycle. 他騎自行車上學.

相關語 monocycle(獨輪車)，tricycle(三輪車)，motorcycle(摩托車).

| **big** [bɪg] | ▶大的<br>⊙用於形容給人沈重而巨大的感覺的物體，有時還含有「了不起的，偉大的」等感覺 |
|---|---|

形 ❶**大的.**

基本 a big mountain (高聳的)大山

➜ big＋名詞.

a big man (又胖又重的)大個子，巨人 →❷

a big hole (很深的)大洞

a big fire (熊熊燃燒的)大火

a big business 大企業

New York is a big city. 紐約是大城市.

Don't cry, Mike, you're a big boy now. 邁克，不要哭，你已經是大男孩了〔不是小孩了〕.

I have one big brother and two little sisters. 我有一個哥哥和二個妹妹. ➜big brother (＝older 〔《英》elder〕 brother)主要爲小孩用語.

基本 The elephant is big. 象很大.

➜ be 動詞＋big 〈C〉.

Their house is very **big**; ours (＝our house) is **small**. 他們家的房子很大，而我們家很小. ◁**反義字**

◆ **bigger** [ˋbɪgɚ] 《比較級》**更大的.**

Canada is about 27 times bigger **than** Japan. 加拿大比日本約大二十七倍.

The balloon grew **bigger and bigger.** 這個氣球變得愈來愈大.

◆ **biggest** [ˋbɪgɪst] 《最高級》**最大的.**

A horse is a **big** animal, but a camel is **bigger** than a horse, and an elephant is **the biggest** of the three. 馬是大的動物，而駱駝比馬大，象則是三者中最大的. ◁**相關語**

❷了不起的；重要的(important). ➜只用於名詞前.

B

a big movie star 電影巨星
He is a big man in journalism. 他是新聞界的大人物.
Today is a big day for our school. 今天是我們學校的大日子. ➔指有重大活動的日子.

**Big Ap·ple** [ˋbɪgˋæpḷ] 專有名詞 (**the Big Apple**) 紐約市的暱稱.

**Big Ben** [ˋbɪgˋbɛn] 專有名詞 (**the Big Ben**) 大班鐘.

> 參考 英國倫敦國會議院塔上的大鐘, 或指整座塔; 負責這座大鐘的製作、安置工程的是當時的勞動部長班傑明・霍爾爵士(Sir Benjamin Hall), 他是一個彪形大漢, 其暱稱爲 Big Ben(大個子班), 鐘名即源於此.

**Big Dip·per** [ˋbɪgˋdɪpɚ] 專有名詞 (**the Big Dipper**) 北斗七星.

**big dipper** [ˋbɪgˋdɪpɚ] 名 《英》雲霄飛車(roller coaster).

**big·ger** [ˋbɪgɚ] 形 big 的比較級.

**big·gest** [ˋbɪgɪst] 形 big 的最高級.

**big toe** [ˋbɪgˋto] 名 腳的大拇指.

**bike** [baɪk] 名 ❶《口》自行車(bicycle). ❷摩托車(motorcycle).

**bi·lin·gual** [baɪˋlɪŋgwəl] 形 通二國語言的; 用兩種語言的.

**bill**[1] [bɪl] 名 (扁平的)鳥嘴. ➔主指小鳥、鴨子等的嘴; 同義字 肉食鳥的鉤形嘴爲 **beak**.

bill

beak

**bill**[2] [bɪl] 名 ❶帳單, 付款通知單. ❷《美》鈔票, 紙幣.
a five-dollar bill 五美元的鈔票

**bil·liards** [ˋbɪljɚdz] 名 複 撞球. ➔一般作單數.
play billiards 打撞球

**bil·lion** [ˋbɪljən] 名 十億.
ten billion 一百億
billions of years ago 幾十億年前

**bind** [baɪnd] 動 ❶捆, 綁, 包紮.
Bind the package **with** string. 用細繩把包裹捆起來.
◆ **bound** [baʊnd] 過去式、過去分詞.
❷拘束, 使承擔義務.
This contract binds you to pay him $500. 這份合約使得你必須支付他五百美元.

idiom

***be bòund to dó*** 具有做～的義務; 按理說應該〔一定〕會～.
That hardworking boy is bound to succeed. 那個勤奮的孩子一定會成功.

**bind·er** [ˋbaɪndɚ] 名 ❶ 綑綁〔裝訂〕者, 製書者; 綑綁〔裝訂〕物, 繩子, (收割機上的)綑縛器. ❷(用來裝入活頁紙的)活頁夾.

**bin·go** [ˋbɪŋgo] 名 賓果. ➔一種對照數字的賭博遊戲.
play bingo 玩賓果遊戲

**bin·oc·u·lars** [baɪˋnɑkjəlɚz] 名 複 雙筒望遠鏡.
a pair of binoculars 一副雙筒望遠鏡

**bi·og·ra·phy** [baɪˋɑgrəfɪ] 名 (複 **biographies** [baɪˋɑgrəfɪz]) 傳記.
read a biography of Lincoln 讀林肯的傳記

**bi·ol·o·gy** [baɪˋɑlədʒɪ] 名 生物學.

**bio·tech·nol·o·gy** [ˌbaɪotɛkˋnɑlədʒɪ] 名 生物工學. ➔運用改變基因之排序等技術進行品種改良, 用於藥品、糧食的生產及環境保護.

B

**bird** [bɜd] ▶鳥
⊙雖爲鳥類的通稱，但通常指「小鳥」

名 (複 **birds** [bɜdz]) 鳥.
a little bird 小鳥
a bird cage 鳥籠
a baby〔parent〕bird 雛鳥〔親鳥〕
The birds are singing in the trees. 鳥兒在樹林中歌唱.
諺語 The early bird catches the worm. 早起的鳥兒有蟲吃.
諺語 kill two birds with one stone 一石二鳥 ➜ 相當於「一箭雙鵰，一舉兩得」.
諺語 Birds of a feather flock together. 物以類聚.

印象「嬌小可愛」爲基本形象，同時也是「自由」的象徵，如 free as a bird (像鳥兒一樣自由) 等；另外，因鳥的食量小，故而 eat like a bird (像鳥一樣吃) 意爲「只吃一點點」.

**bird-watch·ing** [ˋbɜdˏwɑtʃɪŋ] 名 觀察野鳥.

**birth** [bɜθ] 名 ❶誕生，分娩.
*one's* date of birth 生日，出生日期
She has been deaf **from** birth. 她天生耳朵聽不見.
❷出身，門第.
a person of good birth 出身高貴的人
idiom
***by bírth*** 在血統上；生來，天生地.
She is Chinese by birth but Canadian by marriage. 她原是中國人，但結婚後入加拿大國籍.
***gìve bírth to ~*** 生產，分娩.
She gave birth to a healthy baby. 她生了一個健康的寶寶.

**birth·day** [ˋbɜθˏde] 名 生日.
a birthday card 生日卡
**on** my fifteenth〔next〕birthday 在我十五歲〔下一個〕生日時
She gave me something very nice **for** my birthday. 她送給我很好的生日禮物.
She gave me a watch **for**〔**as**〕a birthday present. 她送給我一隻手錶作爲生日禮物.
會話 **Happy birthday** (**to you**), Jane! —**Thank you**, Bob. 祝你生日快樂，珍！—謝謝你，鮑勃.
**bírthday càke** 生日蛋糕.
**bírthday pàrty** 生日宴會，慶生會.
give a birthday party 舉行慶生會

**birth·place** [ˋbɜθˏples] 名 出生地，故鄉；(事物的) 發源地.

**bis·cuit** [ˋbɪskɪt] 名 餅乾. ➜ 在英國指餅乾；在美國指加入發酵粉烘烤成小而軟的麵包，而餅乾則稱作 **cracker** 或 **cookie** 等.
bake biscuits 烘餅乾

**bish·op** [ˋbɪʃəp] 名 (英國國教的) 主教，(天主教的) 主教，(佛教的) 僧正.

**bi·son** [ˋbaɪsn̩] 名 (北美洲產的) 野牛，水牛 (buffalo). ➜ 複數亦爲 **bison**.

**bit**[1] [bɪt] 名 小片；一些，少量.
a bit of bread 一小片麵包
a bit of blue sky 淡藍的天空
Let me give you a bit of advice. 讓我給你一點忠告.
idiom
***a bít*** 一點兒；一會兒，稍微.
Wait a bit. 等一會兒.
***bít by bít*** 一點一點地，漸漸.
***nòt a bít*** 一點兒也不，完全不 (not at all).
I was not a bit tired. 我一點也不累.

**bit**[2] [bɪt] bite 的過去式.

**bite** [baɪt] 動 ❶咬，啃；咬住，咬上.
bite (into) an apple 啃蘋果
Don't bite your nails. 不要咬指甲.
◆ **bit** [bɪt] 過去式.
A dog bit her on the leg. 狗咬了她的腿.

B

◆ **bitten** [ˋbɪtn̩] 過去分詞.
His leg **was** bitten by a crocodile. 他的腿讓鱷魚咬了〔咬去了〕.
❷(蚊子等)螫，叮，吃. ➡蜜蜂螫人的「螫」用 sting.
— 名 咬；一口；(魚的)上鉤.
take a bite 吃一口
mosquito bites 被蚊子叮咬之處

**bit·ten** [ˋbɪtn̩] bite 的過去分詞.

**bit·ter** [ˋbɪtɚ] 形 ❶苦的. 反義字 sweet (甜的).
a bitter taste 苦味
This medicine is bitter. 這藥很苦.
❷痛苦的，厲害的；極，甚.
bitter experience 慘痛的經驗
bitter cold 刺骨的寒冷

**bit·ter·ly** [ˋbɪtɚlɪ] 副 厲害地，激烈地；悲痛地.

| black [blæk] | ▶黑的<br>▶黑<br>▶黑人 |
|---|---|

形 ❶ 黑的. 相關語 white (白的), dark ((肌膚或眼睛)黑的).
基本 a black cat 黑貓 ➡ black＋名詞.
a black belt 黑皮帶；(柔道、空手道等的)黑帶
a black and white photograph 黑白照片
He has a black eye. 他(被人打了)眼眶發青. ➡ He has dark 〔brown, black〕 eyes. 意爲「他的眼珠是黑色的」.
基本 The cat is black. 這隻貓是黑的. ➡ be 動詞＋black <C>.
A crow is as black as coal. 烏鴉像炭一般黑.

**bláck téa** 紅茶. ➡毋需與green tea (綠茶)等區別開來時，常只用 tea；不用×*red* tea.

**the Bláck Fórest** 黑森林. ➡德國西南部的森林地帶.

❷(沒有光照)漆黑的(very dark).
a black night 漆黑的夜晚
In the cave it was (as) black as night. 洞穴中漆黑如夜. ➡ it 籠統地表示「明暗」.
❸(咖啡)不放牛奶、奶精的.
black coffee (不放牛奶、奶精等的)黑咖啡，純咖啡
I drink my coffee black. 我喝純咖啡.

◆ **blacker** [ˋblækɚ] 《比較級》**更黑的.**

◆ **blackest** [blækɪst] 《最高級》**最黑的.**

— 名 (複 **blacks** [blæks]) ❶ 黑，黑色；黑衣服.
The widow was dressed in black. 寡婦穿著黑衣〔喪服〕. ➡不用×in *a* 〔*the*〕 black, ×in black*s*.
❷黑人(negro). ➡過去與 negro 一樣皆含有歧視的意味，現在則用作表示「黑人」的一般性用語.
About 11 percent of the population in the U.S. are blacks. 美國總人口中大約百分之十一是黑人.

**black·ber·ry** [ˋblækˏbɛrɪ] 名 (複 **blackberries** [ˋblækˏbɛrɪz]) 黑莓. ➡木莓的一種，夏初結酸甜的黑色果實，用於製作果醬、果凍、餡餅等.
When blackberries are red, they are still green. 黑莓紅色的時候還是未成熟的.

**black·bird** [ˋblækˏbɝd] 名 ❶山烏類. ➡美國產的一種鳥類，特別是雄鳥，除鳥嘴黃色外，遍體黑色. ❷烏鶇. ➡歐洲產的一種斑鶇，除鳥嘴外遍體黑色；在庭院等處婉轉啼鳴，與知更鳥、夜鶯同爲歐洲三大啼鳥.

**black·board** [ˋblækˏbord] 名 黑板. ➡綠色的一般也稱 green blackboard (綠色的黑板)；亦可僅用 **board**.
**on** the blackboard 在黑板上
**clean off** the blackboard (with an eraser) (用板擦)擦黑板

Look at the blackboard. 看黑板.

**black·smith** [ˋblæk͵smɪθ] 名 鐵匠, 馬蹄鐵匠.

**blade** [bled] 名 ❶葉片. ➡尤指麥、稻、羊胡子草等稻科植物的扁平細長葉子.
a blade of grass 草的葉片
❷(刀、劍等的)刃.
❸槳的扁平部分; 槳身.

**blame** [blem] 動 ❶把(事故等)歸咎於～, 推諉於～.
The policeman blamed the taxi driver **for** the accident. = The policeman blamed the accident **on** the taxi driver. 警察把事故歸咎於計程車司機.
❷責備, 非難.
I don't blame you for coming late. 我不責怪你遲到.
idiom
***be to bláme*** ～該受責備, ～應負責任, 是～不好.
I am to blame for this accident. 這次事故是我不對.
—名 (對事故等的)責任, 責難.

**blank** [blæŋk] 形 甚麼也沒寫的, 白紙的; 空的.
a blank page 空白頁
a blank tape 沒錄音的磁帶, 空白錄音帶
a blank look 茫然的神情
turn in a blank paper 交白卷
My mind became blank. 我的內心一片茫然.
—名 空白; 空地, 空着的地方, 空白欄; 空白表格.
fill in the blanks (試題等)塡空
Fill out this application blank. 塡好這張申請表.

**blan·ket** [ˋblæŋkɪt] 名 毛毯, 毯子.

**blast** [blæst] 名 ❶突然刮起的暴風.
a blast of wind 一陣風
❷(喇叭、警笛等的)聲音, 響聲.

**blaze** [blez] 名 (燃燒起來的)火苗, 火焰; (燃燒般的)光〔色彩〕.
in a blaze 呼地一下燃燒, 冒起火苗
—動 燃燒; 閃耀.

**blaz·er** [ˋblezɚ] 名 運動上衣. ➡不用 ˣblazer *coat*.

**bleach** [blitʃ] 動 漂白, 變白.
—名 漂白劑.

**bleat** [blit] 動 (羊、山羊等)咩咩地叫.
—名 羊、山羊等的叫聲.

**bled** [blɛd] bleed 的過去式、過去分詞.

**bleed** [blid] 動 出血, 流血.
bleed to death 流血過多而死亡
◆ **bled** [blɛd] 過去式、過去分詞.

**blend** [blɛnd] 動 攙混在一起; 攙混, 混合, (顏色互相)融合.
blend milk and butter 把牛奶和奶油混合在一起
The sky seemed to blend **into** the sea. 天空似乎融入了大海〔海天一色〕.
—名 混合; 混合物, 混成品.
Japanese culture is a blend of different cultures. 日本文化由許多不同的文化融合而成.

**bless** [blɛs] 動 ❶(上帝)賜福於～, 祝福, 保佑.
God bless you! 願上帝保佑你! ➡bless 以假設語氣中的「對現在之假設」的用法來表示「願望」.
❷祈神賜福, 祝福.
idiom
(***Gód***) ***bléss me*** 〔***you***〕***!*** 哎呀! 我的天哪! ➡表示驚訝、困惑、喜悅等; 另外(God) bless you! 還用於對打噴嚏的人表示「多加保重」之意; → sneeze. (見次頁圖)

**bless·ing** [ˋblɛsɪŋ] 名 ❶(上帝的)賜福, 幸福.
Good health is a great blessing. 健康就是莫大的幸福.

❷(祈求上帝賜福的)禱告.
The priest gave me his blessing. 牧師爲我祝福.
❸(飯前、飯後的)感恩禱告.
say a blessing=ask a blessing 飯前〔飯後〕禱告 → grace ❷

**blew** [blu] blow[1]的過去式.

**blind** [blaɪnd] 形 ❶眼睛看不見的，瞎的；爲盲人的.
a blind man 眼睛失明的人，盲人
the blind 眼睛失明的人們，盲人們
a blind school=a school for the blind 盲人學校
She is blind **in** the left eye. 她左眼失明.
❷無識別能力的，盲目的.
a blind guess 瞎猜
Most people are blind **to** their own faults. 大多數人看不見〔不知道〕自己的缺點.
❸(房間的牆等)沒窗的，沒門的；(道路等)走不通的. ➡只用於名詞前.
a blind alley 死胡同，死巷
—名 (一般用 **blinds**)《英》窗簾，遮簾，百葉窗. ➡用厚料子的亞麻布捲成，上有滾輪，用細繩拉上或放下；在美國稱(window) shade.
pull up〔down〕the blinds 拉上〔放下〕遮簾

**blind·fold** [ˋblaɪnd͵fold] 動 蒙住～的眼睛.
—名 蒙眼睛(的布等).
put a blindfold over his eyes 給他蒙上眼睛

**blind·ness** [ˋblaɪndnɪs] 名 ❶眼睛看不見，盲，失明. ❷無知；莽撞.

**blink** [blɪŋk] 動 眨眼睛；(星等)閃爍，明滅.

**blis·ter** [ˋblɪstɚ] 名 膿疱，燙腫；水疱.

**bliz·zard** [ˋblɪzɚd] 名 暴風雪，雪暴. ➡伴隨寒冷強風的暴風雪，常發生於俄羅斯、加拿大、美國的大平原上.

**block** [blɑk] 名 ❶(木、石等的方形)大塊，塊料，砌塊；積木，(厚木)平臺，砧板.
a chopping block (切肉等的)厚木砧板
Children play with blocks. 孩子們玩積木.
❷《美》(城市中四條街道合圍的地區)街區；(街角間的距離)街段.
They live in our block. 他們住在我們的街區.
The bank is three blocks away. 銀行在三條街前面.
Go three blocks along this street and turn left. 沿著這條街道走過三個街區後向左轉.
—動 阻止，阻礙
After the storm, the road was blocked **with** fallen trees. 暴風雨過後，道路被倒下的樹阻塞了.

**blond** [blɑnd] 形 金髮的. ➡金髮的，膚色白的，眼珠的顏色淡的；用於男女均可；→ blonde.
—名 金髮男子.

**blonde** [blɑnd] 形 金髮的. ➡用於女性；→ blond.
—名 金髮女子.

**blood** [blʌd] 名 ❶血，血液.
**blóod bànk** 血庫.
**blóod gròup〔tỳpe〕** 血型.
❷血統，血緣.
a man of noble blood 出身高貴的人

**blood-red** [ˋblʌdˋrɛd] 形 血紅的.

B

**blood·y** [ˋblʌdɪ] 形 ❶血淋淋的；血紅色的(blood-red).
❷血腥的，殘忍的.
◆ **bloodier** [ˋblʌdɪɚ] 比較級.
◆ **bloodiest** [ˋblʌdɪɪst] 最高級.

**bloom** [blum] 名 ❶花(flower).
❷花開著的狀態〔時期〕，花盛開.
come into bloom 開花
The roses are **in** full **bloom**. 玫瑰盛開.
—動 開花.

**blos·som** [ˋblɑsəm] 名 ❶(尤指果樹的)花.
apple〔cherry〕blossoms 蘋果〔櫻桃〕花
❷花開的狀態，花期，花盛開.
come into blossom 開花
The apple trees are **in blossom**. 蘋果樹開着花.
—動 開花.

**blot** [blɑt] 名 ❶(墨水等的)污漬.
❷(妙處、整體美、記錄等的)瑕疵，污點.
—動 弄上污漬；弄髒.
◆ **blotted** [ˋblɑtɪd] 過去式、過去分詞.
I blotted this sheet of paper with ink. 我把這張紙用墨水弄髒了.
◆ **blotting** [ˋblɑtɪŋ] 現在分詞、動名詞.
idiom
***blót óut*** 抹掉(記憶等)，擦去.

**blot·ting pa·per** [ˋblɑtɪŋˏpepɚ] 名 吸墨水紙.

**blouse** [blauz] 名 寬大的短外套，罩衫.

**blow**[1] [blo] 動 ❶(風)吹.
It〔The wind〕**is** blowing hard. 風刮得很大.
◆ **blew** [blu] 過去式.
A strong wind blew yesterday. 昨天刮大風.
◆ **blown** [blon] 過去分詞.
The wind **has** blown all the leaves **off**. 風把樹葉全吹落了.
❷(汽笛、喇叭等)吹，吹響；鳴.
blow a trumpet 吹喇叭
When the whistle blows, the race will start. 哨子一響，比賽就開始.
A whistle is blown at the start of a game. 比賽開始時吹哨子.
❸吹(氣)，呵(氣)；擤(鼻子).
blow *one's* nose 擤鼻子
He blew **on** his fingertips. 他往指尖呵氣(取暖).
idiom
***blów awáy*** 吹散.
***blów dówn*** 吹倒，吹落.
Many trees were blown down by the storm. 許多樹都被暴風吹倒了.
***blów óut*** 吹熄；消失；(輪胎)突然爆裂.
blow out a candle 吹熄蠟燭
The tire blew out. 爆胎了.
***blów úp*** (使)爆炸；充氣.
blow up a bridge 把橋炸毀
blow up a balloon 吹氣球

**blow**[2] [blo] 名 毆打，打，打擊.
**strike** a blow 予以一擊
He struck me a blow on the face. 他打我的臉.
Her mother's death was a blow **to** the little girl. 母親的死對這個小女孩來說是一個打擊.

**blown** [blon] blow[1]的過去分詞.

| **blue** [blu] | ▶藍色的<br>▶藍色 |
|---|---|

形 ❶藍色的.
基本 a blue sky 藍天 ➡ blue＋名詞.
a blue flag 藍旗
blue eyes 藍眼睛
基本 The sky is blue. 天空是藍色的. ➡ be 動詞＋blue 〈C〉.
**the Blúe Bírd** 青鳥 ➡ 梅特林克的同名詩劇中蒂蒂爾和彌蒂爾所尋求

B

象徵幸福的鳥.
❷(人的臉色等)灰暗的; 陰鬱的, 憂鬱的.
look blue 表情憂鬱, 沮喪
feel blue 感到憂鬱
◆ **bluer** [ˋbluɚ] 《比較級》更藍的.
◆ **bluest** [ˋbluɪst] 《最高級》最藍的.
—名 (複 **blues** [bluz]) ❶藍色; 藍色服裝.
dark 〔light〕 blue 深〔淺〕藍色
The girl was dressed in blue. 那個女孩穿着藍色的衣服. ➜不用×in *a* 〔*the*〕 blue, ×in blue*s*.
❷(**the blues**)《音樂》藍調. ➜從美國南部的黑人音樂中發展而來的一種慢節奏傷感歌曲; 作複數或單數.

印象 具有「憂鬱」等不好的意義, 同時藍色象徵着「天國」、「永遠的生命」、「眞實」、「誠實」、「忠實」等.

**blue·ber·ry** [ˋbluˏbɛrɪ] 名 (複 **blueberries** [ˋbluˏbɛrɪz]) ❶越橘屬灌木; 越橘屬的果實. ❷藍莓.

**blue·bird** [ˋbluˏbɝd] 名 藍色知更鳥. ➜以其美麗的藍色羽毛與歌喉深受美國人喜愛, 在房屋附近的庭院、果園等地方築巢, 捕食害蟲; 也稱爲 **blue robin**.

**blue·black** [ˋbluˏblæk] 名 形 深藍色(的).

**blue-col·lar** [ˋbluˋkɑlɚ] 形 《美》勞工的, 藍領階級的. ➜只用於名詞前; 相關語 white-collar (腦力工作者的, 白領階級的).
a blue-collar worker 勞工

**blue·print** [ˋbluˏprɪnt] 名 藍圖, 設計圖; 計畫.

**blu·ish** [ˋbluɪʃ] 形 帶藍色的.
(a) bluish gray 青灰色

**blunt** [blʌnt] 形 ❶刀刃不鋒利的, 鈍的; 遲鈍的. ❷生硬的; 直言的, 露骨的.

**blush** [blʌʃ] 動 (因羞愧、困惑等而)臉紅.
blush **with** 〔**for**〕 shame 羞紅了臉, 因害羞而臉紅

**boa** [ˋboə] 名 ❶蟒蛇. ➜生長於南美洲長四公尺的大蛇. ❷(毛皮或羽毛製的)女用圍巾.

**board** [bord] 名 ❶板, ～盤, ～臺; 黑板(blackboard).
a bulletin 〔《英》 notice〕 board 布告欄
a chessboard 棋盤
❷(從餐桌之意引申爲)(公寓等的)膳食.
He found a good room with board near his college campus. 他在大學校園附近找到了一處提供膳食的好房間.
❸(從會議桌之意引申爲)會議, 委員會; ～局.
a board of education 教育委員會

idiom

***on bóard*** (～) 乘(～). →aboard.
the passengers on board (船、飛機上的)乘客
go on board (a ship, a train, a plane) 搭乘(船、火車、飛機)
The ship had fifty passengers on board. 那艘船上有五十名乘客.
There were 200 passengers on board our plane. 我們的飛機上有二百名乘客.
—動 ❶上(船、車、飛機等).
He boarded Flight 152. 他搭乘152次班機.
❷住宿; (向住宿者)提供膳食, (提供膳食)接納住宿者.

**board·ing house** [ˋbordɪŋˏhaus] 名 ❶(供膳的)寄宿處. ❷(boarding school 的)宿舍.

**board·ing school** [ˋbordɪŋˏskul] 名 (全部)寄宿制學校. ➜以英國的伊頓中學、拉格比中學爲首, 英美歷史悠久的私立學校大多爲全部寄宿制.

**boast** [bost] 動 (**boast of** 〔**about**〕～)以有～而自豪，誇耀～.
He boasted of 〔about〕 his new camera. 他誇耀自己的新相機.
—名 自豪，自滿(的本錢).

**boast·ful** [ˋbostfəl] 形 高傲的，自誇的.
He is boastful **of** his success. 他誇耀自己的成功.

| **boat** [b o t] | ▶小船，小艇<br>⊙一般指無遮篷的小舟，有引擎發動的，也有用槳划行的 |
|---|---|

名 (複 **boats** [bots]) ❶小船，小艇.
a fishing boat 漁船
a rowing boat 《英》(用槳划的)划艇(《美》a rowboat)
a boat race 船賽
We went down the river **in** a small boat. 我們乘小船順流而下.
We crossed the river **by** boat. 我們乘小船渡河. ➜不用×by *a* 〔*the*〕 boat.
❷(一般的)船，客輪(ship).
a passenger boat 客輪
Here we took the boat for Alaska. 我們在這兒搭上去阿拉斯加的輪船.
—動 划船；乘船.
idiom
***gò bóating*** 去划船(遊玩).

**bob·by** [ˋbɑbɪ] 名 (複 **bobbies** [ˋbɑbɪz])《英口》警察.

**bob·sled** [ˋbɑbˏslɛd] 名 (兩雪橇相連的)連橇.

**bob·sleigh** [ˋbɑbˏsle] 名 =bobsled.

**bob·tail** [ˋbɑbˏtel] 名 截斷尾巴(的馬、狗).
—形 截尾的.

**bod·y** [ˋbɑdɪ] 名 (複 **bodies** [ˋbɑdɪz]) ❶身體，肉體.
a strong and healthy body 強健的身體
We exercise to keep our **bodies** strong and healthy. 我們為保持強健的身體而運動.

**bódy lànguage** 肢體語言. ➜用語言以外的姿勢、表情等作為溝通的方式.

❷(人體的頭、腳、臂以外的)軀幹；(事物的)中心部分，主體，主要部分.
the body of a car 汽車的車身
the body of a letter 信的本文
The boxer received a blow to the body. 這個拳擊手身上〔上腹部〕挨了一拳.
❸屍體，遺體.
His body was buried at the cemetery. 他的遺體埋在墓地.
❹團體，集團.
**in a body** 全體，全部
❺物體.
a heavenly body 天體

**boil** [bɔɪl] 動 **燒開，煮，使沸騰；沸騰，煮熟.**
boil water 燒水
boil a kettle 把水壺的水燒開
boil eggs 煮蛋
boil rice 煮飯
Alcohol boils at 78.5°C. (讀法→centigrade 的例句)酒精在攝氏七十八・五度時沸騰.
The kettle is boiling. 水壺的水在

B

沸騰.
The potatoes are boiling. 馬鈴薯正在煮.
idiom
***bóil dówn*** 熬濃，煮濃.
***bóil óver*** 沸騰而溢出.

**boiled** [bɔɪld] 形 煮沸的，煮熟的，燒開的.
a boiled egg 煮熟的蛋
boiled water 開水

**boil·er** [ˋbɔɪlɚ] 名 鍋爐，鍋，壺.

**boil·ing** [ˋbɔɪlɪŋ] 形 煮沸的，沸騰的.
boiling water 沸水，滾水
**the bóiling pòint** 沸點. 相關語 freezing point (冰點).

**bold** [bold] 形 ❶大膽的.
a bold attempt 大膽的嘗試
❷(畫的線等)醒目的，有力度的，粗的.

**bold·ly** [ˋboldlɪ] 副 ❶大膽地. ❷醒目地.

**bolt** [bolt] 名 ❶(用螺帽(nut)固定的)螺栓. ❷(門、窗等的)栓. ❸電光，閃電.

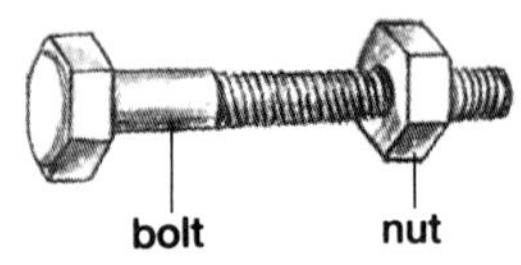


**bomb** [bɑm] ➜後面的 b 不發音. 名 炸彈.
—動 轟炸，投彈.

**bond** [bɑnd] 名 ❶(常用 **bonds**)結合物，羈絆；束縛.
the bonds of friendship 友情的結合(關係)
❷契約(書).

**bone** [bon] 名 骨.
She is all **skin and bone**(s). 她瘦得只剩皮包骨〔骨瘦如柴〕.

**bon·fire** [ˋbɑnˏfaɪr] 名 (節日等焚燒的)大堆篝火；(戶外的)營火.

**bon·net** [ˋbɑnɪt] 名 ❶(顎下繫帶子的)女帽，童帽. ❷《英》(汽車前部的)引擎蓋(《美》hood).

**bo·nus** [ˋbonəs] 名 獎金，紅利，額外津貼. ➜在歐美不定期發放，而是在有特別的盈利或功勞時才支付.

**boo** [bu] 感名 (複 **boos** [buz])(表示責難、反對的)噓(的叫聲).
—動 發出噓聲，起鬨，嘲笑，喝倒采.

---

| **book** [b ʊ k] | ▶書<br>▶預訂 |
|---|---|

名 (複 **books** [bʊks]) ❶ **書，書籍.** 相關語 magazine(雜誌).
read〔write〕a book 看〔寫〕書
a school book 教科書(＝textbook)
a picture book 圖畫書
a comic book 漫畫書
a book on animals 關於動物的書
a book of poems 詩集
This is an interesting book. 這是一本有趣的書.
There are five copies of this book in the library. 圖書館裡這冊書有五本(相同的書).
**Books** are sold at a **bookstore** by a **bookseller**. 書籍透過書商在書店出售. ◁相關語

**bóok ènd** 《常用複數》書靠，書夾.

➡ 爲不使書倒下而立放於兩端的文具.
❷帳簿；(郵票、支票等的)裝訂成册之物，～簿.
**keep books** 記帳，入帳
an address book 通訊錄
a book of tickets 票册
❸(作爲一部書中大的段落的)卷，篇.
Book One 第一卷
the first book of the Old Testament 《舊約聖經》的第一卷
—動 ❶《英》預訂(座位、旅館的房間等)(《美》 reserve).
book two seats in a theater 預訂二張劇院的座位
book a ticket for the show 預訂一張觀看表演的票
❷記入(帳簿).

**book·case** [ˋbuk͵kes] 名 書櫥.

**book·let** [ˋbuklɪt] 名 小册子.

**book·sell·er** [ˋbuk͵sɛlɚ] 名 書商.
at a bookseller's (shop) 在書店

**book·shelf** [ˋbuk͵ʃɛlf] 名 (複 **bookshelves** [ˋbuk͵ʃɛlvz]) 書架.

**book·shop** [ˋbuk͵ʃɑp] 名 《英》書店；《美》書亭，小書店.

**book·store** [ˋbuk͵stor] 名 《美》書店.

**boom** [bum] 名 ❶(雪、大砲、波浪等的)轟鳴，(轟的)聲響.
❷暫時的景氣，突然的繁榮；～熱.
a business boom 好景氣

**boom·er·ang** [ˋbumə͵ræŋ] 名 回力鏢. ➡ 澳大利亞原住民的狩獵武器，用曲形堅木製成，投出後如不中獵物即可自行飛回原處.

**boot** [but] 名 (常用 **boots**) 靴子. ➡《美》到小腿的長統靴；《英》多指到腳踝的靴子；→ shoe.
**a pair of** boots 一雙靴子
pull on 〔off〕 *one's* boots 套上〔脫下〕靴子

**booth** [buθ, buð] 名 ❶(市場等的)小攤位，(有篷的)貨攤.
❷隔開的小間；電話亭；(視聽語言教室的)個人用座位；(咖啡館等的)雅座.
a phone booth 電話亭

**bor·der** [ˋbɔrdɚ] 名 ❶邊，緣；滾邊，鑲邊.
Her handkerchief has a lace border. 她的手帕有花邊.
❷邊界，邊境(地區)，國界.
the border between Mexico and the U.S. 墨西哥與美國接壤的國界
—動 ❶在～上鑲邊.
❷接界；(**border on** 〔**upon**〕 ～)鄰接～.
The United States borders (on) Canada. 美國鄰接加拿大.

**bore**[1] [bor] bear[2]的過去式.

**bore**[2] [bor] 動 使無聊，使厭煩.
He bored the listeners by talking too long 〔with his long speech〕. 他的長篇大論令聽眾感到厭煩.
—名 惹人厭煩的人〔事〕.

**bore**[3] [bor] 動 (用鑽)鑽孔，(鼴鼠等)挖洞.
bore a hole **in** the wall 在牆上打洞
bore a tunnel **through** the mountain 挖隧道穿山

**born** [bɔrn] bear[2](生、產)的過去分詞.

idiom

***be bórn*** 出生. ➡被動語態.
He was born **in** Scotland in 1940 (讀法：nineteen forty). 他於一九四〇年在蘇格蘭出生.
She was born **to** a poor family. 她出生於貧窮的家庭.
—形 出生的，出身於～的；天生的，生來的.
a new-born baby 新生嬰兒
a born poet 天生的詩人

**borne** [born] bear[2] 的過去分詞.

**Bor·ne·o** [ˋbɔrnɪ͵o] 專有名詞 婆羅洲. ➡馬來群島中的島嶼，世界第三大島；北部由馬來西亞和汶萊統治，南

部則由印尼統治.

B

**bor·row** [ˋbɑro] 動 借. 反義字 lend (借給).
borrow his pen 借他的筆
borrow money **from** the bank 向銀行貸款
會話> May I borrow this video? —Sure, if you can return it in a day or two. 我可以借這卷錄影帶嗎? —當然可以, 如果你能一兩天內歸還的話.
The word "canoe" was borrowed from the native Americans. canoe 這個字是從美洲原住民借用來的.

**bor·row·er** [ˋbɑroɚ] 名 借入者. 反義字 lender (出借者).

**bo·som** [ˋbuzəm] ➜注意發音. 名 《文》(女性的)胸; 胸懷, 心.
a bosom friend 知心朋友
The mother hugged the child to her bosom. 母親把孩子抱進懷裡.

**boss** [bɔs] 名《口》(工作上的)長官、上司. ➜總經理、經理、課長、組長等.

**Bos·ton** [ˋbɔstn̩] 專有名詞 波士頓. ➜美國東北部大西洋岸的城市; 於一六三〇年由清教徒的一派建立, 為美國歷史最悠久的城市.

**Bóston Còmmon** 波士頓廣場. ➜位於波士頓市中心, 為美國最古老的綠地公園, 過去是清教徒的集會場所.

**bo·tan·i·cal** [bəˋtænɪkl̩] 形 植物的; 植物學的.

**botánical gárden(s)** 植物園.

**bot·a·ny** [ˋbɑtn̩ɪ] 名 植物學.

| **both** [boθ] | ▶兩者的, 雙方的<br>▶兩者, 雙方 |
|---|---|

形 兩者的, ～兩者都.
基本 both eyes 雙眼 ➜ both＋複數名詞.
基本 both his sons 他的兩個兒子都 ➜ both＋代名詞的所有格＋複數名詞; 不用 ×*his both* sons.
both (the) houses 兩家 ➜不用 ×*the both* houses; both 後面的定冠詞 the 有時會省略.
Both my parents are still living. 我的雙親都還健在. ➜此句可改寫為 My parents are both living.
Both (the) brothers are musicians. 兄弟倆都是音樂家.

—代 ❶兩者, 雙方. ➜作複數.
基本 both of the boys 兩個男孩都 ➜ both＋of＋the＋複數名詞.
基本 both of us 我們倆都 ➜both＋of＋複數人稱代名詞; 不能省略 of 而說成 ×*both us*; 參照下面二例.
I like both of them 〔them both〕 very much. 他們兩個我都很喜歡.
Both of us 〔We both〕 are fine. 我們倆都很健康.
I have two dogs. Both are poodles. 我養了兩隻狗, 兩隻都是長毛獅子狗.
會話> I have two kittens. You may have **either** of them. —I want **both** (of them). 我有兩隻小貓, 你可以要其中一隻. —我兩隻都要. ◁相關語
❷《用於否定句》(並非)兩者都.
I don't like both of them; I like only one of them. 我並非兩者都喜歡, 我只喜歡其中之一. ➜部分否定的用法.

—連 (**both** A **and** B) A 與 B 兩者, A 與 B 兩者都. ➜ A, B 為語法作用

B

相同的詞句. 相關語 either *A* or *B* (A或B之中的一個).
Both his father and mother are dead. 他的父母都死了.
My little sister can both read and write. 我小妹讀、寫都會.

**both·er** [ˋbɑðɚ] 動 ❶使煩惱, 使爲難, 打擾, 添麻煩.
Take the children away; they bother me while I'm writing. 把孩子帶開, 他們打擾我寫東西.
The students bothered the teacher **with** silly questions. 學生們提一些無聊的問題煩擾老師.
❷費心, 煩惱.
Please don't bother **about** lunch because I'm not hungry. 請不要爲午餐費心, 因爲我不餓.
❸《常用於否定句》費心去做～.
Don't bother **to** call me. 不用特意打電話給我.
—名 引起麻煩或困擾的人或事, 麻煩.

**bot·tle** [ˋbɑtl̩] 名 瓶; 一瓶的量. → 一般指口較小, 無把手的瓶子.
a glass 〔plastic〕 bottle 玻璃〔塑膠〕瓶
a bottle 〔two bottles〕 of milk 一瓶〔二瓶〕牛奶
open a bottle of wine 打開一瓶葡萄酒
drink from a bottle 嘴對著瓶口喝
**bóttle òpener** (開瓶蓋的)開瓶器, (開軟木塞的)螺絲鑽子.
—動 裝瓶; (把水果等)做成瓶裝罐頭.

**bot·tom** [ˋbɑtəm] 名 ❶底, 水底.
the bottom of a bottle 瓶底
the bottom of the lake 湖底
**from the bottom of** my heart 從心底
go (down) 〔sink〕 to the bottom of the sea 沉入海底
She fell from the **top** of the stairs to the **bottom**. 她從樓梯的頂端跌落到底下. ◁反義字

The strawberries at the bottom of the basket are crushed. 籃底的草莓被壓壞了.
❷最下面的地方, 下部; 山麓, 根部; 《口》屁股.
at the bottom of a hill 〔a tree〕 在山麓〔樹根部〕
the bottom drawer 最下層的抽屜
fall on *one's* bottom 跌個屁股著地
Please write your name at the bottom of this paper. 請在這張紙的下方寫下你的姓名.
If you do that again, I'll smack your bottom. 如果再做那樣的事, 我就會打你屁股.
❸(棒球的)下半局. → top[1]❺

idiom

***at* (*the*) *bóttom*** 本心, 其實.
He looks rough, but he is very kind at bottom. 他看起來粗魯, 其實心地很好.
***Bóttoms úp!*** 《口》乾杯(Cheers!).

**bough** [baʊ] 名 (樹的)粗枝.
相關語 branch(枝), twig(小枝), trunk(幹).

**bought** [bɔt] buy的過去式、過去分詞.

**bounce** [baʊns] 動 使(球等)彈跳; 彈跳, 跳起, 反彈.
bounce the ball high 把球高高彈起
The rubber ball bounced up and down on the floor. 皮球在地板上上下彈跳.

B

**bound**[1] [baʊnd] 動 ❶(兔子、鹿等)跳躍.
❷(球)彈回，彈跳.
The ball bounds well. 這球很會彈.
—名 (高)跳；彈，彈回.

**bound**[2] [baʊnd] bind 的過去式、過去分詞.
—形 開往～的，前往～的.
a ship 〔a train〕 bound **for** Boston 開往波士頓的輪船〔火車〕
an outward-bound 〔homeward-bound〕 ship 開往國外〔本國〕的輪船

**bound·a·ry** [ˋbaʊndərɪ] 名 (複 **boundaries** [ˋbaʊndərɪz]) ❶ 邊界(線)，交界.
That fence marks the boundary of our farm. 那道圍牆是我們農場的邊界.
❷(常用 **boundaries**) 界限，範圍.

**bou·quet** [buˋke] 名 花束.

**bow**[1] [bo] 名 ❶弓；(小提琴的)琴弓.
相關語 arrow(箭).
shoot a bird with a bow and arrow 用弓箭射鳥 ➜弓箭為成對之物，故不用×a bow and *an* arrow.
❷(髮帶、領帶等的)蝴蝶結.
❸彩虹(rainbow).
**bów tíe** 領結.

**bow**[2] [baʊ] ➜不要與 bow[1]混淆. 動 鞠躬；低下(頭).
The students bowed **to** the teacher. 學生們向老師鞠躬.
—名 鞠躬.
**make** a bow 鞠躬

**bow**[3] [baʊ] 名 船首，船頭. →stern[1].

**bowl**[1] [bol] 名 ❶大碗，鉢，飯碗，碗.
a salad bowl 裝沙拉的碗
a sugar bowl (茶具的)糖罐子，盛糖的碗
❷一碗的量.
a bowl of rice 一碗飯
❸(匙、煙斗等的)圓形的凹處.
❹《美》(碗鉢型的)圓形競技場；足球場.

**bowl**[2] [bol] 動 打保齡球.
We went bowling yesterday. 我們昨天去打保齡球. ➜ go ～ing 意為「去做～」.

**bowl·ing** [ˋbolɪŋ] 名 (球賽)保齡球.

**bow·wow** [ˋbaʊˋwaʊ] 名 汪汪. ➜犬吠之聲.

| **box**[1] [bɑks] | ▶箱，盒，匣<br>▶一箱的量<br>⊙通常指以木材或厚紙板做成有蓋的箱子 |
|---|---|

名 (複 **boxes** [ˋbɑksɪz]) ❶(一般指有蓋的)箱，盒，匣.
a cardboard box 紙板箱
a wooden box 木箱
These boxes are made of plastic. 這些箱子是用塑膠做的.
❷一箱〔一盒〕的容量.
a box **of** apples 一箱蘋果
eat a whole box of popcorn 吃了整整一盒爆米花
❸(劇場、比賽場等隔開的)包廂，特別座.
❹棒球比賽時打擊手、捕手、跑壘指揮員等所應站立的區域.
the batter's 〔coach's〕 box 打擊〔教練〕區

**box**[2] [bɑks] 名 毆打，摑，打耳光.
—動 毆打；打拳擊.

**box·er** [ˋbɑksɚ] 名 ❶拳擊手. ❷拳師犬. ➜因其前肢向前撲，形同拳擊而得名.

**box·ing** [ˋbɑksɪŋ] 名 拳擊，拳術，打拳.
a boxing match 拳賽
Let's **do** some boxing. 讓我們來擊一會兒拳吧.

**Box·ing Day** [ˋbɑksɪŋˏde] 名《英》聖誕禮物饋贈日.

B

參考 聖誕節的次日，如遇星期日，則往後推到十二月二十七日；過去在這一天(的前後)把聖誕禮物放在盒裡贈送給傭人、郵差等，稱爲 Christmas box；現在雖以送現金爲多，但此現金仍稱 Christmas box；在英國及加拿大的幾個州爲公休日.

**boy** [bɔɪ]
▶男孩，少年
⊙用於指從初生的男嬰到十七、十八歲左右的男子

名 (複 **boys** [bɔɪz]) ❶男孩，少年.
Tom is a **boy**. Mary is a **girl**. 湯姆是男孩. 瑪麗是女孩. ◁相關語
Tom is twelve years old. He is still a boy. 湯姆十二歲，他還是個男孩.
會話 Congratulations on the birth of a new baby! Is it a boy or a girl? —It's a boy! 恭禧你生了個寶寶！是男的還是女的？—是個男孩！
There are only ten boys in our class. 我們班上只有十個男生.
諺語 Boys will be boys. 男孩總是男孩. ➔「因爲是男孩子，所以不聽話也是沒辦法的事」之意.
❷(與年齡無關)兒子(son).
He is my boy. 他是我的兒子.
She has two boys and one girl. 她有二個兒子和一個女兒.
idiom
***thère's* 〔*thàt's*〕 *a góod bòy*** (對男孩)這才是好孩子.
Go to bed now—there's a good boy. 上床去睡吧——這才是好孩子.
—感 啊，喔. ➔驚奇、歡欣等的感嘆聲.
Oh, boy! That's fine. 啊！太好啦.

**boy·cott** [ˋbɔɪˏkɑt] 名 聯合抵制，聯合拒買.
—動 聯合抵制～.
boycott a store 〔a meeting〕 聯合抵制某家商店〔某項會議〕

**boy·friend** [ˋbɔɪˏfrɛnd] 名 男朋友，男性的朋友. → girlfriend.

**boy·hood** [ˋbɔɪˏhud] 名 少年時代.

**boy·ish** [ˋbɔɪɪʃ] 形 少年似的，孩子氣的.

**boy scout** [ˋbɔɪˏskaut] 名 童子軍的成員. ➔the Boy Scouts 的成員；也可僅用 **scout**.
**the Bóy Scòuts** 童子軍. ➔以通過野外活動鍛鍊身心，熱愛自然，培養行動能力，成爲社會有用的人才爲目的的團體；女子的類似團體稱 the Girl Scouts, the Girl Guides.

**brace·let** [ˋbreslɪt] 名 手鐲.
**wear** a bracelet 戴手鐲

**brain** [bren] 名 ❶腦，腦髓.
❷(常用**brains**)(優秀的)頭腦，智能.
Use your brain(s). 動動腦筋.
He's got brains. 他很有頭腦.
❸天資聰穎的人，高材生.
She is a brain. 她是高材生.

**brake** [brek] 名 煞車.
step on the brake 踩煞車
put on 〔apply〕 the brake(s) 煞車

**branch** [bræntʃ] 名 ❶(樹)枝.
A **bough** is a large **branch**, and a **twig** is a small branch. bough 指大樹枝，twig 指小樹枝. ◁相關語
❷支流，支線.
a branch of a river 河的支流
a branch line (鐵路的)支線
❸分店，分局，分部，分行.
a branch office 分店，分行

**brand** [brænd] 名 商標，品牌(trademark). ➔源於(打在家畜上的)烙印.

**brand-new** [ˋbrændˋnju] 形 嶄新的.

**bran·dy** [ˋbrændɪ] 名 白蘭地酒. ➔葡萄酒經蒸餾而製成的烈酒，通常在飯後飲用.

**Bra·sil·ia** [brəˋzɪljə] 專有名詞 巴西利亞. ➔巴西首都.

**brass** [bræs] 名 ❶黃銅. ➔銅與鋅的

B

合金. ❷黃銅製品. ➜銅管樂器、裝飾品、食器等.

**bráss bánd** 銅管樂隊，吹奏樂團.

—形 黃銅製的.

a brass button 黃銅鈕釦

**brave** [brev] 形 勇敢的，英勇的.

a brave fireman 勇敢的消防隊員

He is very brave. 他很勇敢.

**brave·ly** [\`brevlɪ] 副 勇敢地，英勇地.

**brav·er·y** [\`brevərɪ] 名 勇敢，勇氣，英勇.

**Bra·zil** [brə\`zɪl] 專有名詞 巴西. ➜南美東海岸的共和國；首都巴西利亞(Brasilia)；通用語爲葡萄牙語.

**Bra·zil·ian** [brə\`zɪljən] 形 巴西的.

—名 巴西人.

| **bread** [brɛd] | ▶麵包<br>▶(每天的)食物 |
|---|---|

名 ❶**麵包，**長條形麵包. → bun.

a slice 〔two slices〕 of bread 一片〔兩片〕麵包 ➜不可數名詞，不用 ×*a* bread, ×*two* breads.

a loaf of bread 一條麵包

bake 〔toast〕 bread 烤〔土司〕麵包

會話 What do you put on your bread? —(I put) Jam (on it). 你在麵包上塗什麼? —果醬.

I always have bread, eggs, and coffee for breakfast. 我早餐總是吃麵包、蛋和咖啡.

❷(每天的)食物；(日常的)生活，生計(living).

earn *one's* bread 謀生，餬口

**bréad and bútter** [\`brɛdn̩\`bʌtɚ] ①塗奶油的麵包. ➜作此意解時爲單數；作「麵包與奶油」解時發音爲[\`brɛd ənd \`bʌtɚ]，作複數. ②(日常的)生活，生計.

**breadth** [brɛdθ] 名 寬，寬度(width). ➜形容詞爲 broad.

The table is six feet **in breadth** and twelve feet in **length**. 這張桌子寬六英尺，長十二英尺. ◁相關語

| **break** [brek] | ▶損壞，打破<br>▶壞，破碎<br>▶休息 |
|---|---|

動 ❶**損壞，打破，**砸壞，折斷.

基本 break a glass 打破玻璃杯 ➜ break＋名詞〈O〉.

break a vase to pieces 把花瓶摔得粉碎

break *one's* arm 折斷手臂

That boy often **breaks** our windows with his ball. 那個男孩經常用球打破我們的窗戶. ➜breaks [breks] 爲第三人稱單數現在式.

◆ **broke** [brok] 過去式.

Who broke the cup? 誰把杯子打破了?

◆ **broken** [\`brokən] 過去分詞. → broken.

The cup **was** broken in two. 茶杯被摔成兩半. ➜被動語態.

◆ **breaking** [\`brekɪŋ] 現在分詞、動名詞.

❷**壞，破碎，**裂，斷.

基本 Glass breaks easily. 玻璃易碎. ➜ break＋副詞(片語).

The glass broke **into** pieces when it fell to the floor. 杯子掉在地板上摔成碎片.

The waves broke **against** the rocks. 波浪拍打碎裂在岩石上.

❸中斷；打破(規則、記錄、寂靜

等)；(心)碎.
break a rule　破壞規則
break a record　(在比賽中)打破記錄
He never breaks his promise.　他從不違背諾言.
Her scream broke the silence.　她的尖叫聲打破了寂靜.
She broke my heart when she said good-bye to me.　當她說和我分手時，我的心都碎了.
❹(天)破曉.
The day is breaking.　天亮起來了.
➜現在進行式；注意主詞.
❺(把大鈔)換開.
Can you break a ten-dollar bill?
你能換開一張十美元的鈔票嗎?

idiom

***brèak dówn***　弄壞；壞掉，故障.
My car〔His health〕broke down.
我的車子故障了〔他的身體垮了〕.
***brèak ín***　闖入；插嘴；打通(門等).
***bréak ìnto ～***　強行闖入～；突然～起來.
A burglar broke into the house.
一名盜賊闖進了屋子.
She broke into tears〔laughter〕.
她突然哭〔笑〕起來.
***brèak óff***　揪掉，折取；突然停止.
***brèak óut***　(戰爭、火災、傳染病等)**發生**，爆發.
A fire broke out in my neighborhood last night.　昨晚我家附近發生火災.
***brèak úp***　拆散；解散；(學期)結束，放假.
The Beatles broke up in 1970.　披頭四合唱團於一九七〇年解散.
School will soon break up **for** the summer vacation.　學校不久就要放暑假了.
**—**名 ❶裂縫，破裂處.
❷中斷；休息(時間).
Shall we take a break at the tearoom over there?　我們可以到那邊的茶藝館休息一下嗎?
We have ten-minute breaks between classes.　我們課間有十分鐘休息.
❸破曉.
at (the) break of day　在黎明時

## break·fast
[ˋbrɛkfəst]

▶早餐
⊙注意發音；並非 ×[ˋbrekfəst]

名 **早餐**，早飯.　→English breakfast.
before breakfast　在早餐前　➜不用 ×*a*〔*the*〕breakfast.
have〔eat〕(a good) breakfast
吃(一頓豐盛的)早餐　➜當 breakfast 的前後有形容詞(片語)修飾，說明早餐的種類等時需加 a.
I had a breakfast of rice and miso-soup.　我早餐吃飯和味噌湯.
Breakfast is ready.　早餐準備好了.
會話 What did you have for breakfast? —I had orange juice, toast and milk (for breakfast).
你早餐吃了甚麼? —我(早餐)吃柳橙汁、吐司和牛奶.

> 相關語 meal(餐，膳食)，brunch(早點與午餐併作一餐吃的早午餐)，lunch(午餐)，supper(晚餐)，dinner(正餐，晚餐).
> 字源 break(打破)＋fast(斷食)；從晚上睡覺到早上起來沒吃任何東西的斷食(fast)狀態，由於進早餐而打破(break)，故而早餐稱作breakfast.

**breast** [brɛst] 名 ❶(人、動物等的)胸，胸部.　→chest.　❷(女性的)乳房.
**bréast pòcket**　胸前的口袋.
**breath** [brɛθ] 名 氣息；呼吸.
**take**〔**draw**〕a deep breath　深吸一口氣
**Hold** your breath a moment.　屏息片刻.

B

idiom

***cátch*** *one's* ***bréath*** 喘一口氣；屏息.

***òut of bréath*** 上氣不接下氣.

**breathe** [brið] 動 呼吸.

breathe **in** 〔**out**〕 吸氣〔呼氣〕，吸入〔呼出〕

We breathed the fresh mountain air. 我們呼吸山上新鮮的空氣.

**bred** [brɛd] breed 的過去式、過去分詞.

**breed** [brid] 動 ❶(動物)產(子).

◆ **bred** [brɛd] 過去式、過去分詞.

❷飼養(家畜).

They breed cattle, pigs and chickens. 他們飼養牛、豬和雞.

❸(人)養育(孩子).

He was **born and bred** in New York. 他生在紐約，長在紐約.

—名 (牛、馬等的)品種，種類，血統.

a fine breed of horses 良種馬

**breeze** [briz] 名 和風，微風.

**bribe** [braɪb] 名 賄賂.

give 〔take〕 a bribe 行〔受〕賄

—動 向(他人)行賄，收買.

**brick** [brɪk] 名 形 磚(的)；磚狀物，似磚的.

a brick wall 磚牆

lay bricks 砌磚

**bride** [braɪd] 名 新娘.

the bride and bridegroom 新郎新娘 →男女順序與中文的習慣相反.

**bride·groom** [ˋbraɪd͵grum] 名 新郎. →也可僅稱 **groom**.

**bridge** [brɪdʒ] 名 ❶橋，橋樑.

cross a wooden bridge 過木橋

There is a railway bridge **over** the river. 河上有一座鐵路橋.

They are going to build a big iron bridge **over** 〔**across**〕 the river. 他們將在河上建一座大鐵橋.

❷(紙牌遊戲的)橋牌.

play bridge 玩橋牌

—動 ❶架橋於～，(作爲橋)架設於～的上面.

A log bridged the brook. 一根圓木架在小河上.

❷作～的橋樑，消除(隔閡、分歧等).

bridge the gap between (the) East and (the) West 跨越東西方的鴻溝，消除東西方的隔閡

**brief** [brif] 形 短暫的；短時間的；短命的；簡短的，簡單的.

a brief note 便條〔簡短的信件〕

idiom

***in bríef*** 簡短地，簡單地.

***to be bríef*** 簡言之，總之.

**brief·case** [ˋbrif͵kes] 名 公事包.

**brief·ly** [ˋbriflɪ] 副 簡短地，簡單地.

**briefs** [brifs] 名 複 三角褲；短褲，女用緊身褲.

**a pair of** briefs 一條短褲

**bright** [braɪt] 形 ❶閃閃發亮的，閃耀的，輝煌的.

a bright star 明亮的星星

bright sunshine 燦爛的陽光

The moon was bright last night. 昨夜月光皎潔.

Venus is brighter than Mars. 金星比火星明亮.

The sun is the brightest star. 太陽是最明亮的星球.

❷光明的，快活的(cheerful).

look on 〔at〕 the bright side of things 看事物的光明面

She is always bright and smiling. 她總是容光煥發而且面帶微笑.

In spring everything looks bright. 春天萬物一片生機.

❸(顏色)鮮明的，鮮豔的.

bright red 鮮紅色

The garden is bright with flowers. 園中鮮花豔麗.

❹伶俐的，聰明的(clever)；極好的.

反義字 dull(笨的).

That's a bright idea. 那是個好主意.

B

—副 **明亮地,** 光亮地(brightly). ➡一般與 shine 連用.
The sun was shining bright. 陽光燦爛.

**bright·en** [ˋbraɪtn̩] 動 使閃爍, 使發亮; 閃耀, 發亮.

**bright·ly** [ˋbraɪtlɪ] 副 明亮地, 光亮地.

**bril·liant** [ˋbrɪljənt] 形 ❶光輝的, 輝煌的. ❷卓越的, 才華橫溢的.

**brim** [brɪm] 名 (帽)邊; (碗等容器內側的)邊, 緣.
The glass was filled **to** the brim with wine. 杯子裡酒斟得滿滿的.

**bring** [brɪŋ] ▶拿來 ▶帶來

動 ❶(把東西)**拿來,** (把人)**帶來.**
基本 bring a lunch to school 帶午餐到學校 ➡ bring＋名詞〈O〉＋to＋(代)名詞〈O′〉.
基本 bring me a glass of water 給我拿杯水來 ➡ bring＋(代)名詞〈O′〉＋名詞〈O〉.
**Bring** that chair here and **take** this chair there. 把那張椅子拿到這兒來, 把這張椅子拿到那邊去. ◁反義字

會話 Where is today's paper? —Here. —Please bring it to me. 今天的報紙在哪? —在這兒. —請拿給我. ➡不用ˣbring *me it*.
Bring your sister (with you) next time. 下次把你妹妹(一起)帶來.
I hope it **brings** you luck. (我希望它能給你帶來好運⇨)但願一切順利. ➡ brings [brɪŋz] 爲第三人稱現在式.

◆ **brought** [brɔt] 過去式、過去分詞.
He brought his dog to school. 他把他的狗帶到學校.
This program **was** brought to you by the following sponsors. 本節目由下列贊助商提供播放. ➡被動語態.
What **has** brought you here? (是甚麼風把你吹來了⇨)爲什麼你會到這來呢? ➡現在完成式.

◆ **bringing** [ˋbrɪŋɪŋ] 現在分詞、動名詞.

❷**帶來**(消息), **導致**(某種狀態、某一事件等).
bring peace to the world 給世界帶來和平
He brought us sad news. 他帶給我們悲痛的消息.

idiom

***brìng abóut*** 引起, 帶來, 造成.
bring about a change 引起變化

***brìng báck*** 帶回來; 拿回來, 使恢復; 憶起, 使回憶起.
Can I borrow your camera? I'll bring it back next Monday. 你可以借我照相機嗎? 我下禮拜一還你.
This photo brings back memories of my happy childhood. 這張照片使我回憶起快樂的童年.

***brìng ín*** 帶入, 引進, 拿來; 帶來(收入).
Bring him in. 帶他進來.

***brìng óut*** 拿出去, 帶出去; 出版(書等).

***brìng úp*** 培養, 使成長; 提起(話題等).
I was brought up in the country. 我是在鄉下長大的.

**brink** [brɪŋk] 名 (河流、懸崖等的)邊緣.

**brisk** [brɪsk] 形 (動作)活潑的, 生氣勃勃的; (空氣等)清爽的.

B

**Brit·ain** [ˋbrɪtn̩] 專有名詞 ❶英國. ➜ Great Britain 的簡稱, 比 England 更正式而準確的用語; → England. ❷大不列顛島. ➜包括英格蘭、威爾斯和蘇格蘭的英國主島.

**Brit·ish** [ˋbrɪtɪʃ] 形 英國(人)的. 相關語 嚴格地說 English 意爲「英格蘭的, 英格蘭人(的)」; → English.

**Brítish Énglish** 英國英語. 相關語 「美國英語」爲 American English.
➜美國英語與英國英語中表示同一事物的不同用語

| | 美國英語 | 英國英語 |
|---|---|---|
| 公寓 | apartment | flat |
| 糖菓 | candy | sweets |
| 餅乾 | cookie | biscuit |
| 電梯 | elevator | lift |
| 秋季 | fall | autumn |
| 一樓 | the first floor | the ground floor |
| 郵政 | mail | post |
| 電影 | movie | film |
| 褲子 | pants | trousers |
| 店 | store | shop |
| 地下鐵 | subway | underground, tube |
| 卡車 | truck | lorry |

**the Brítish Bróadcasting Corporàtion** 英國廣播公司. ➜略作 B.B.C.; → B.B.C.

**the (Brítish) Cómmonwealth of Nátions** 大英國協. ➜英國和加拿大、澳大利亞、紐西蘭、印度、馬來西亞、新加坡等原來受英國統治的殖民地國家所組成的政治、經濟合作體.

**the Brítish Émpire** 大英帝國. ➜英國統治殖民地時期對當時英國領土全體的總稱.

**the Brítish Ísles** 不列顛群島. ➜ Great Britain(大不列顛島), Ireland(愛爾蘭), Isle of Man(曼島)及附近諸島.

**the Brítish Muséum** 大英博物館. ➜位於倫敦, 世界最大的國立博物館.
—名 (**the British**)英國人. ➜作複數.
The British like gardening. 英國人喜好園藝.

**broad** [brɔd] 形 ❶寬廣的, 寬～的. 名詞爲 breadth; 反義字 narrow(狹窄的).
a broad driveway 寬闊的車道
broad shoulders 〔chest〕 寬闊的肩膀〔胸膛〕
a broad ocean 汪洋大海
a broad mind 寬宏大量, 胸襟開闊
The table is six feet **broad** and twelve feet **long**. 這張桌子寬六英尺, 長十二英尺. ◁**相關語**
The river is very broad here. 這裡的河道很寬.
❷明朗的, 明顯的.
in broad daylight 在光天化日之下, 在大白天

**broad·cast** [ˋbrɔd͵kæst] 動 (用無線電)廣播; (用電視)播放, 放映.
broadcast ～ live on television 電視實況轉播～
The news station broadcasts 24 hours of the day. 新聞臺二十四小時全天廣播.
◆ **broadcast, broadcasted** [ˋbrɔd͵kæstɪd] 過去式、過去分詞.
The President's speech **was** broadcast over the radio. 總統的演說透過無線電廣播.
—名 (電視、收音機)播放, 放映; 廣播〔播映〕節目.

**broad·cast·ing** [ˋbrɔd͵kæstɪŋ] 名 廣播, 播音.
a broadcasting station 廣播電臺

**broad·ly** [ˋbrɔdlɪ] 副 廣闊地; 粗略地.

**broad-mind·ed** [ˋbrɔd͵maɪndɪd] 形 思想開明的; 胸襟寬大的.
Traveling makes you broad-

minded. 旅行使你的心胸開闊.

**Broad·way** [ˋbrɔd͵we] 專有名詞 百老滙. ➜紐約市貫穿南北的大街，以劇場而聞名；也用於表示「紐約的演藝界(事業)」.

**broil** [brɔɪl] 動 《美》(把肉、魚等放在鐵絲網、鐵板上)烤；(魚、肉等)烤，炙(《英》grill).

**broke** [brok] break 的過去式.

**bro·ken** [ˋbrokən] break 的過去分詞.

—形 ❶破損的，損壞的，斷裂的，折斷的，裂開的；(心等)受傷的.

a broken window 玻璃破碎的窗戶

a broken promise 沒履行的諾言

a broken heart 受傷的心靈，受挫的心情，失戀

a broken family〔home〕(由於父母離婚，孩子出走等造成的)破碎的家庭

The lock is broken. 鎖壞了.

❷有不合文法的.

broken English 破英語

**bronze** [brɑnz] 名 青銅. ➜銅與錫的合金.

—形 青銅製的；青銅色的.

a bronze statue〔medal〕 銅像〔銅牌〕

**brooch** [brotʃ] 名 胸針，飾針.

**wear** a brooch 戴胸針

**brood** [brud] 名 同一窩孵出的(全部)雛鳥.

—動 ❶孵蛋. ❷(**brood over**)沉思.

**brook** [brʊk] 名 小河，溪.

**broom** [brum] 名 掃帚.

sweep the floor **with** a broom 用掃帚掃地板

**broom·stick** [ˋbrum͵stɪk] 名 掃帚柄.

The witch flew up on her magic broomstick. 巫婆乘著魔法掃帚飛上天空.

| **broth·er** [ˋbrʌðɚ] | ▶哥哥，弟弟，兄弟<br>⊙英語中如無特別的必要，一般不分哥哥、弟弟，而只說 brother |
|---|---|

名 (複 **brothers** [ˋbrʌðɚz]) 哥哥，弟弟，兄弟.

my older〔《英》elder〕brother 我的哥哥

my big〔little〕brother 《口》我的哥哥〔弟弟〕 ➜小孩用語.

my younger brother 我的弟弟

my oldest〔《英》eldest〕brother 我的大哥

my youngest brother 我最小的弟弟

the Wright brothers 萊特兄弟

Frank is my brother. 法蘭克是我的哥哥〔弟弟〕.

Jack and Ben are brothers. 傑克和班是兄弟.

Jack and Jill are **brother** and **sister**. 傑克和吉兒是兄妹〔姐弟〕. ◁相關語

會話 How many brothers do you have? —I have two brothers. 你有幾個兄弟? —我有兩個兄弟.

**broth·er·hood** [ˋbrʌðɚ͵hʊd] 名 兄弟的情誼，手足之愛.

**brother-in-law** [ˋbrʌðərɪn͵lɔ] 名 (複 **brothers-in-law** [ˋbrʌðɚzɪn͵lɔ]) 姐夫，妹夫，內兄，內弟.

**brought** [brɔt] bring 的過去式、過去分詞.

**brow** [braʊ] 名 ❶額. → forehead.

The fireman's brow was covered with beads of sweat. 這個消防隊員的額上掛滿汗珠.

❷(**brows**)眉(毛)(eyebrows).

**knit** *one's* **brows** 皺眉(frown)

He has heavy〔thick, bushy〕brows. 他的眉毛很濃〔粗，密〕.

**brown** [braʊn] 形 褐色的，棕色的，茶色的.

B

brown bread (用未去麩的麵粉做的)黑麵包；全麥麵包
brown sugar 紅糖
brown paper 牛皮紙
brown eyes 棕色眼睛，黑眼睛
The color of chocolate is dark brown. 巧克力的顏色是深褐色的.
—名 褐色，棕色；棕色的服裝.

**brunch** [brʌntʃ] 名 (兼作午餐的)早午餐. ➡ **br**eakfast(早餐)與 l**unch**(午餐)的合成字.

**brush** [brʌʃ] 名 ❶刷子，毛刷；刷.
a hairbrush 梳子
a toothbrush 牙刷
**give** ～ a brush 把～刷一刷
❷畫筆，毛筆.
—動 刷，擦.
brush *one's* hair 梳頭髮
brush *one's* teeth〔shoes〕 刷牙〔擦鞋〕

idiom

***brúsh asíde*** 〔***awáy***〕 掃除；無視(問題、發言等).
***brúsh óff*** (用刷子等)刷去；掃除；毫不客氣地拒絕(請求等)；採取冷淡的態度.
***brúsh úp*** 擦亮；重新複習.
I must brush up my English. 我得重新複習(忘掉的)英語.

**Brus·sels** [ˋbrʌsl̩z] 專有名詞 布魯塞爾. ➡比利時(Belgium)首都.

**bru·tal** [ˋbrutl̩] 形 野獸般的，野蠻的，殘忍的(cruel).

**Bru·tus** [ˋbrutəs] 專有名詞 (**Marcus Brutus**) 布魯特斯. ➡古代羅馬共和政體末期的軍人、政治家(85-42 B.C.)，暗殺了信任他的凱撒大帝.
Caesar exclaimed, "You too, Brutus!" 凱撒驚歎道：「連你也如此，布魯特斯!」

**bub·ble** [ˋbʌbl̩] 名 泡，氣泡；肥皂泡. → foam.
The children are blowing bubbles. 孩子們在吹肥皂泡.

**búbble gùm** 泡泡糖.
—動 冒泡，起泡.

**buck** [bʌk] 名 (鹿、羚羊、山羊、兔子等的)雄性，(特指)雄鹿. 相關語 doe(雌性).

**buck·et** [ˋbʌkɪt] 名 ❶水桶，提桶. ❷一桶的容量(bucketful).
a bucket of water 一桶水

**buck·et·ful** [ˋbʌkɪtˏfʊl] 名 一桶的容量.
a bucketful of water 一桶水

**Buck·ing·ham Pal·ace** [ˋbʌkɪŋˏhæmˋpælɪs] 專有名詞 白金漢宮. ➡位於倫敦的英國王宮，原白金漢公爵的宅邸；每日宮殿前有衛兵交接，成爲觀光勝地.

**buck·le** [ˋbʌkl̩] 名 (皮帶的)扣子，帶扣.
—動 用帶扣扣住，扣緊.

**buck·skin** [ˋbʌkˏskɪn] 名 鹿〔羊〕皮. ➡用來製作馬褲或手套.

**bud** [bʌd] 名 芽，蓓蕾.
put forth buds 發芽
The roses are **in bud**. 玫瑰含苞待放.
—動 萌芽，發芽.
◆ **budded** [ˋbʌdɪd] 過去式、過去分詞.
The rosebush in my garden has budded. 我家花園裡的玫瑰發苞了.
◆ **budding** [ˋbʌdɪŋ] 現在分詞、動名詞.

**Bud·dha** [ˋbudə] 名 ❶ 專有名詞 釋迦牟尼，佛陀. ➡佛教的始祖 (463-383 B.C.).
❷佛像，大佛.
the Great Buddha of Nara 奈良的大佛像

**Bud·dhism** [ˋbudɪzəm] 名 佛教.

**Bud·dhist** [ˋbudɪst] 名 佛教徒.
—形 佛教(徒)的.
a Buddhist temple 寺院，佛寺

B

**budg·et** [ˋbʌdʒɪt] 名 預算，預算案.
a family budget 家庭收支預算

**Bue·nos Ai·res** [ˋbonəsˋɛriz] 專有名詞 布宜諾斯艾利斯. ➡阿根廷(Argentina)首都.

**buf·fa·lo** [ˋbʌfḷ,o] 名 (複 **buffalo** *or* **buffalo(e)s** [ˋbʌfḷ,oz]) ❶(美國的)野牛(bison). ❷(印度、亞洲產的)水牛(water buffalo).

**buf·fet** [bʊˋfe, bəˋfe] 名 櫃臺式小餐館，自助餐廳，(宴會等)站立取食的餐臺；自助餐.

**bug** [bʌg] 名 《美》蟲，昆蟲(insect)；《英》臭蟲.

**bug·gy** [ˋbʌgɪ] 名 (複 **buggies** [ˋbʌgɪz]) 小型的嬰兒車(baby buggy)；(一匹馬拉的)輕便馬車.

| **build** [bɪld] | ▶建築，建造 ⊙用於指建造如房屋、橋樑、機場等大型建築物 |
|---|---|

動 建築，建設(橋樑、城市、道路等)，建造，築起，提高(能力). 相關語 make(製作(比較小的東西)).

**基本** build a house 蓋房子 ➡ build＋名詞〈O〉；包含「親自建造」與「請人建造」的二重意義；強調「請人建造」之意時說成 have a house built.

build a house **of** wood 造木屋 ➡ of 爲表示「材料」的介系詞.

build a bridge〔a dam, a ship〕 造橋〔築壩，造船〕

build a new airport 蓋新機場

That architect **builds** very modern houses. 那位建築師建造非常現代化的房屋. ➡ builds [bɪldz] 爲第三人稱單數現在式.

◆ **built** [bɪlt] 過去式、過去分詞.

He built a mansion for her. = He built her a mansion. 他爲她建造了一座宅邸. ➡後一句爲 V(built)＋O′(her)＋O (a mansion)(給 O′建造 O)的句型.

The birds built their nests among the rocks. 鳥兒們把巢築在岩石間.

Our house **is** built **of** wood. 我們家是木造的. ➡被動語態.

諺語 Rome was not built in a day. 羅馬不是一天造成的.

◆ **building** [ˋbɪldɪŋ] 現在分詞、動名詞.

My big brother **is** building stereo speakers. 我哥哥正在組合立體聲喇叭. ➡現在進行式.

idiom

***búild úp*** 增進(健康、知識等)，增加；創造(財富)，樹立(名聲等)；增強(兵力).

Reading helps you build up your vocabulary. 閱讀有助於增加你的詞彙.

—名 體格，體型.

a man of a good build 體格好的男人

The athlete had a strong build. 這位運動員體格強壯.

**build·er** [ˋbɪldɚ] 名 建造者，木工；建築業者.

| **build·ing**[1] [ˋbɪldɪŋ] | ▶建築物 ⊙表示與高度無關的各種建築物 |
|---|---|

名 (複 **buildings** [ˋbɪldɪŋz]) 建築物，房屋.

a school building 校舍

**build·ing**[2] [ˋbɪldɪŋ] build 的現在分詞、動名詞.

**built** [bɪlt] build 的過去式、過去分詞.

**bulb** [bʌlb] 名 ❶球根. ❷球狀物；電燈泡、溫度計等下面鼓起的圓球.

an electric〔a light〕bulb 電燈泡

**bulk** [bʌlk] 名 ❶大，(大的)容積，巨大的體積. ❷(**the bulk**)大部分，大半.

B

**bull** [bʊl] 名 (沒有閹割過的)公牛.
相關語 cow(母牛), ox(閹割過的公牛).

**bull·dog** [ˋbʊl͵dɔg] 名 牛頭犬(一種頸粗性猛的狗).

印象 表示勇氣與果斷, 被看作是英國人的象徵; 英國海軍的吉祥物.

**bull·doz·er** [ˋbʊl͵dozɚ] 名 恐嚇者; 推土機.

**bul·let** [ˋbʊlɪt] 名 槍彈, 子彈.

**bul·le·tin** [ˋbʊlətɪn] 名 (最新消息的)新聞簡報, (電視、廣播、報紙的)新聞快報; 會報.
a bulletin board 《美》布告欄, 告示牌, 快報欄(《英》notice board)
sports bulletins (電視、報紙等的)體育新聞

**bull·fight** [ˋbʊl͵faɪt] 名 鬥牛.

**bull·pen** [ˋbʊl͵pɛn] 名 ❶(棒球的)投手練習場. ➜候補投手練習投球的區域. ❷牛棚.

**bul·ly** [ˋbʊlɪ] 名 (複 **bullies** [ˋbʊlɪz]) (學校的)恃強欺弱的學生, 淘氣孩子, 孩子王.
—動 欺侮(弱者), 威嚇.
He often **bullies** smaller boys **into** doing what he wants. 他經常威脅比他小的男孩爲他做事. ➜bullies [ˋbʊlɪz] 爲第三人稱單數現在式.
◆ **bullied** [ˋbʊlɪd] 過去式、過去分詞.

**bump** [bʌmp] 動 碰, 撞; 撞擊.
bump *one's* head **against** the door 頭撞到門
bump against the wall 撞到牆
The two runners bumped **together** and one fell down. 那二個跑者撞在一起, 其中一人跌倒.
idiom
***bûmp ìnto ~*** 與~相撞; 與~突然相遇.
His car bumped into a truck. 他的車子撞上了卡車.
I bumped into Susie at the entrance of the theater. 我在劇院的入口巧遇蘇西.
—名 ❶撞, 撞擊; 砰, 碰撞聲.
with a bump 砰的一聲
❷(因碰撞而起的)腫塊; (地面等的)隆起部分.

**bum·per** [ˋbʌmpɚ] 名 (爲減輕碰撞而裝在汽車前後的)保險桿.

**bump·y** [ˋbʌmpɪ] 形 (道路)凹凸不平的; (車子)顛簸搖晃的.

**bun** [bʌn] 名 《美》(用來做漢堡等的)圓麵包; 《英》(放入葡萄乾等的甜味)圓麵包, 果子麵包.

**bunch** [bʌntʃ] 名 ❶(水果等的)串; (把相同的東西捆在一起的)捆, 把, 束.
a bunch of grapes 一串葡萄
a bunch of bananas 一串香蕉
a bunch of flowers 一束花
❷《口》(人、動物等同類的)一堆, 一群.
a bunch of sheep 一群羊
A bunch of gunmen rode into the town. 一夥持槍歹徒騎馬闖進小鎮.

**bun·dle** [ˋbʌndḷ] 名 包, 捆, 束.
a bundle of sticks 一捆木棍〔樹枝〕
a bundle of old letters 一捆舊書信
—動 包, 捆, 紮.

**bun·ga·low** [ˋbʌŋgə͵lo] 名 平房. ➜具有平臺的別墅式平房.

**bun·ny** [ˋbʌnɪ] 名 (複 **bunnies** [ˋbʌnɪz]) 小兔子. ➜兒童對 rabbit 的暱稱.

**bunt** [bʌnt] 動 ❶(棒球中)用短打打出. ❷(山羊等用頭、角等)抵, 撞.
—名 (棒球的)短打, 觸擊.

**buoy** [bɔɪ] 名 浮標, 浮筒; 救生圈.

**bur·den** [ˋbɝdṇ] 名 ❶(重的)貨物, 行李.
❷(心頭的)負荷, 負擔, 煩惱事.
His parents' high expectations were a burden **to** 〔**on**〕 him. 父母

過高的期望對他是個沉重的負擔.

**bu·reau** [`bjuro] 名 ❶(政府機關的)局，廳；辦事處.
the Weather Bureau 氣象局
the Federal Bureau of Investigation 美國聯邦調查局 ➜略作 **FBI**.
❷《美》(裝有鏡子的)臥室用衣櫥；《英》有抽屜的寫字臺.

**bur·glar** [`bɝglɚ] 名 (夜間從窗戶潛入的)竊賊，夜盜. → thief.

**bur·i·al** [`bɛrɪəl] 名 埋葬；葬禮. ➜動詞為 bury.

**Bur·ma** [`bɝmə] 專有名詞 緬甸. ➜東南亞的共和國；一九八九年改稱 Myanmar；首都 Yangon(舊稱 Rangoon)；通用語為緬甸語(Burmese).

**Bur·mese** [bɝ`miz] 名 形 緬甸人(的)，緬甸語(的). ➜「緬甸人」Burmese 的單數與複數同形.

**burn** [bɝn] 動 ❶燒，燃起；燙傷，燒傷；燒焦；燃燒；燒燬；曬.
burn rubbish 燒垃圾
Dry wood burns easily. 乾燥的木頭易燃.
Her skins burns easily. 她的皮膚很容易曬傷.
I smell something burning. 我聞到甚麼東西燒著了.
◆ **burned** [bɝnd], **burnt** [bɝnt] 過去式、過去分詞.
I burned my fingers on a hot iron. 我的手指被灼熱的熨斗燙傷了.
He burned a hole **in** his coat. 他把外套燒了個洞.
❷(臉或身體)感覺發燒，發熱.
Her cheeks burned **with** shame. 她的臉因羞恥而發熱〔燙〕.
He was burning with anger. 他滿腔怒火.
idiom
***be búrnt to áshes*** 燒成灰燼，燒光.
The schoolhouse was burnt to ashes. 校舍全燒光了.
***be búrnt to déath*** 燒死.
***búrn dówn*** (使)全部燒燬.
—名 (由火或高溫等造成的)灼傷，燒傷. → scald.
He had burns all over. 他全身滿是燒傷.

**burn·er** [`bɝnɚ] 名 (火爐、油燈等的)點火口，燃燒裝置；燒製者.

**burn·ing** [`bɝnɪŋ] 形 燃燒的；像在燃燒一般炎熱的；(喉嚨)乾渴的.

**burnt** [bɝnt] burn 的過去式、過去分詞.
—形 燒成的，燒焦的；燒傷的.
諺語 A burnt child dreads the fire. 被燒傷過的孩子怕火.

**burst** [bɝst] 動 ❶破裂，爆炸，衝破；使破裂.
◆ **burst** 過去式、過去分詞. ➜原形、過去式和過去分詞都相同.
The balloon burst. 氣球爆掉了. ➜若是現在式則用 burst*s*.
❷(門、花等)突然開，(花蕾)綻開，突然出現，突然～. →idiom
The rosebuds are bursting. 玫瑰的花蕾正在綻開.
The door burst open. 門突然打開. ➜ open 為形容詞，「打開的」之意.
Some boys burst **out of** the room. 幾個男孩從房間裡衝出來.
❸塞滿，擠滿.
The hall was bursting **with** people. 大廳擠滿了人.
idiom
***búrst ìnto ～*** 突然闖進～；突然～起來.
burst into tears 〔laughter〕 突然哭〔笑〕起來
***búrst óut ～ing*** 突然～起來(burst into).
burst out crying 突然哭起來
—名 ❶破裂(處)，爆炸.
❷突然發生〔出現〕.
a burst of laughter 哄然大笑
a burst of flame 突然竄上的火焰

B

**bur·y** [ˋbɛrɪ] 動 埋葬，葬；埋. →名詞爲 burial.
The snake **buries** its eggs in a hole. 蛇把自己下的蛋埋在洞裡. → buries [ˋbɛrɪz] 爲第三人稱單數現在式.
◆ **buried** [ˋbɛrɪd] 過去式、過去分詞.
We buried the cat under the tree. 我們把貓埋在樹下.
He **was** buried beside his mother. 他被葬在母親旁邊.

| **bus** [bʌs] | ▶公共汽車<br>⊙省略掉表示「所有人的」之意的拉丁語(omnibus)前半部所形成的單字 |
|---|---|

名 (複 **buses** [ˋbʌsɪz]) 公共汽車，巴士.
a school bus 校車
a sightseeing bus 遊覽車
a bus stop 公車站
a bus station 公車發車站
go **by** bus 搭公車去 →不用×by *a*〔*the*〕bus；→ by ❶
get **on**〔**off**〕a bus 上〔下〕公車 →搭乘「計程車」之類的小型交通工具，或是從這些小型交通工具下車時用 get into〔out of〕～.
We go to school by bus. 我們搭乘公車上學.
I often **take** the bus to school when it rains. 雨天的時候我經常搭乘公車上學.
I met him **on** the bus this morning. 今天早上我在公車上遇見他.
Did you enjoy the bus trip〔ride〕? 搭乘公車旅行愉快嗎?
Is this the right bus **for** the zoo? 這是開往動物園的公車嗎?

**bush** [bʊʃ] 名 ❶矮樹，灌木. →與 tree(樹)相對，樹身矮且根部多生小枝、葉的植物.
a rosebush 玫瑰花叢
❷灌木叢，(草木)繁茂處.

**bus·i·er** [ˋbɪzɪɚ] 形 busy 的比較級.

**bus·i·est** [ˋbɪzɪɪst] 形 busy 的最高級.

**bus·i·ly** [ˋbɪzɪlɪ] 副 忙碌地，一個勁兒地.

**busi·ness** [ˋbɪznɪs] 名 ❶**工作，任務；職業；事情.**
a business trip 出差
His father is a carpenter, and his business is building houses. 他父親是個木匠，工作是建造房子.
What business is your uncle in? 你叔父從事甚麼職業?
What's your business here? 你到這裡來有甚麼事嗎?
**Mind your own business.** 管你自己的事〔不要多管閒事〕.
**That's not**〔**none of**〕**your business.** 少管閒事.
諺語 Business before pleasure. 工作先於玩樂.
諺語 Everybody's business is nobody's business. 衆人之事，無人過問.

**búsiness còllege** 《美》(學習簿記、速記、打字等的)商業學院.

**búsiness Ènglish** 商業英語.

❷**商業，生意，營業，事業；商店，工廠，公司；業務.** →指以營利爲目的的一切活動、事務.
business hours 營業時間
**do** good business 生意興隆
She opened a dress-making business in New York. 她在紐約開了間裁縫店.
Education is not a business. 教育不是營利事業.

idiom

***on búsiness*** 因工作，因公，因事.
I'm here **on business**, not **for pleasure**. 我到這兒來是爲了工作，而不是來玩的. ◁反義字

**busi·ness·man** [ˋbɪznɪsˏmæn] 名 (複 **businessmen** [ˋbɪznɪsˏmɛn]) 企業家，商人，生意人. →經理、董

事、管理人員等；不包括一般的公司職員.

**busi·ness·wo·man** [ˋbɪznɪsˏwʊmən] 名(複)**businesswomen** [ˋbɪznɪsˏwɪmɪn])女性企業家，女性商人.

**bust** [bʌst] 名 ❶胸像，半身雕像. → 只有頭與胸的雕像. ❷(婦女的)胸圍；胸部.

**bus·tle** [ˋbʌsḷ] 動(常用 **bustle about**)東奔西跑，忙碌地工作.
—名(忙亂的)喧鬧，雜亂無章，混雜，熱鬧.

| **bus·y** [ˋbɪ z ɪ] | ▶忙的，繁忙的<br>▶熱鬧的<br>▶(電話)講話中的 |
|---|---|

形 ❶忙的，繁忙的. 反義字 free(空閒的).

基本 a busy person 忙人 → busy +名詞.

a busy day 忙碌的一天

基本 I am busy just now. 我現在很忙. → be 動詞+busy 〈C〉.

She is busy **with** her homework. 她忙著做家庭作業.

They are **as busy as bees** and have no time to rest. 他們像蜜蜂一樣地忙碌，沒時間休息.

I'm busy do**ing** my homework now. 我現在正忙著做家庭作業.

◆ **busier** [ˋbɪzɪɚ] 《比較級》更忙的.

Today we are busier **than** usual. 今天我們比平常更忙.

◆ **busiest** [ˋbɪzɪɪst] 《最高級》最忙的.

The summer is **the** busiest season for their business. 夏天是他們生意最忙的時候.

❷(場所等由於人、車而)熱鬧的，熙熙攘攘的.

a busy street (車來人往的)熱鬧的街道

The street is very busy. 街上很熱鬧.

❸《美》(電話)講話中的(《英》engaged).

The line is busy. (電話)正在講話中.

| **but** [bət]弱 [bʌt]強 | ▶但是，可是，而<br>⊙對前面的語句加以補充修正，或者敘述相反內容時的「連接詞」 |
|---|---|

連 ❶但是，而，可是.

基本 small but powerful engines 體積小而馬力大的引擎 → 語詞+but+語詞.

She had a small but beautiful shop. 她擁有一家雖小但很漂亮的商店.

基本 You are young, but I am old. 你還年輕，可是我已經老了. → 句子+but+句子；but 前加逗號(,).

I love her, but she doesn't love me. 我愛她，但她不愛我.

The story is strange, but (it is) true. 這故事雖然離奇，但卻是真實的.

會話 Stay home and study. —But you said you would let me go! 留在家裡讀書. —可是你說過讓我去的!

**Excuse me, but** what time is it now? 對不起，現在幾點了? → but 幾乎沒有意義.

**I'm sorry, but** I can't help you. 對不起，我不能幫助你.

❷(**not** A **but** B)不是 A 而是 B.

He is not a policeman but a fire-

B

man. 他不是警察而是消防隊員. (=He is a fireman, not a policeman.)
I didn't go, but stayed at home. 我沒有去，而是留在家裡.
—副 僅僅，只(only).
He is but a child. 他只是個孩子.
Life is but a dream. 人生只不過是一場夢.
—介 除了～，～以外的，～以外(except).
every day but Sunday 除了星期天以外的每天
everybody but her 她以外的所有人
live next door but one〔two〕 隔一家〔二家〕而住

idiom

***bùt for* ～** 如果沒有～(without).
But for her love, I could not live. 如果沒有她的愛我就活不成.
***nóthing but* ～** 除了～以外甚麼也不，僅僅〔只是〕～而已(only)；只不過是～.
I saw nothing but snow all around. 周圍除了雪，我甚麼也看不到.
***nòt ónly A but (àlso) B*** 不僅〔不但〕A 而且 B. → only idiom

**butch·er** [ˋbutʃɚ] 名 肉販，屠夫.
at the butcher's (shop) 在肉店

**but·ter** [ˋbʌtɚ] 名 奶油，牛油.
a pound〔a pack〕of butter 一磅〔一盒〕奶油 ➜不可數名詞，所以不用×*a* butter, ×butter*s*.
peanut butter 花生醬
spread butter on the bread 在麵包上塗奶油
Butter is made from milk. 奶油是由牛奶製成的.
—動 塗奶油.

**but·ter·cup** [ˋbʌtɚ͵kʌp] 名 金鳳花. ➜春天開黃花，因其形如 cup，色如 butter，故有此名.

**but·ter·fly** [ˋbʌtɚ͵flaɪ] 名 (複 **butterflies** [ˋbʌtɚ͵flaɪz]) 蝴蝶.
Hundreds of butterflies are flying from flower to flower. 數百隻蝴蝶在花間飛來飛去.

**but·ton** [ˋbʌtn̩] 名 ❶(西服的)鈕釦.
fasten a button 扣上釦子
❷(電鈴等的)按鈕.
push a button 按按鈕
—動 (常用 **button up**) 扣上鈕釦.

**but·ton·hole** [ˋbʌtn̩͵hol] 名 鈕孔，鈕眼.

| **buy** [baɪ] | ▶買<br>▶購物 |
|---|---|

動 買. 反義字 sell(賣).
基本 buy a CD 買 CD ➜ buy＋名詞〈O〉.
基本 buy her a present 給她買禮物 ➜ buy＋(代)名詞〈O′〉＋名詞〈O〉.
基本 buy a present for her 給她買禮物 ➜ buy＋名詞〈O〉＋for＋(代)名詞〈O′〉.
buy the book for two dollars 花二美元買那本書
buy a player **with** a credit card, not **with** cash 不用現金而用信用卡買唱機
We cannot buy health with money. 我們用金錢買不到健康.
How much did you buy that motorbike for? 你花多少錢買那輛摩托車?
That antique shop **buys** anything. 那家古玩店甚麼都買. ➜ buys [baɪz] 爲第三人稱單數現在式.
◆ **bought** [bɔt] 過去式、過去分詞.
I bought this book at that store. 我在那家店買了這本書.
She **has** bought a beautiful coat. 她買了一件漂亮的大衣. ➜現在完成式.
The American hotel **was** bought

by a German company. 這家美國旅館被一家德國公司買下. ➜被動語態.

◆ **buying** [ˋbaɪɪŋ] 現在分詞、動名詞.

—名《口》購物; 打折品(bargain).

This shirt was a good buy. I only paid $10 for it. 這件襯衫很划算, 只花了我十美元.

**buy·er** [ˋbaɪɚ] 名 買者(方), 採購員. 反義字 seller(賣者).

**buzz** [bʌz] 名 (蜂的)嗡嗡聲; (人聲等的)嘈雜聲, 吱吱喳喳.

—動 (蜂等)嗡嗡叫.

**buzz·er** [ˋbʌzɚ] 名 蜂鳴器; 蜂鳴器的聲音.

**by** [baɪ]
▶經由〔靠, 用〕～
▶在～(近)旁
▶在～之前

介 ❶ 經由〔靠, 用〕～(手段、方法). 相關語 with(以～做為工具).

基本 by car 乘車 ➜by＋名詞; 不用ˣby *a* 〔*the*〕 car.

by train 〔subway, bicycle, bus〕 搭火車〔地下鐵、自行車、公車〕

by air 〔plane〕 搭飛機

by bus
by bicycle

by letter 〔telephone, telegram〕 經由信件〔電話、電報〕

leave by the 2:30 p.m. train 搭乘下午二點三十分開的火車出發 ➜此句中由於有「下午二點三十分開的」這一限定, 所以前面加 the.

send a letter by airmail 寄航空信

travel by sea 〔land〕 航海〔陸路〕旅行

What time is it by your watch? 你的錶幾點了?

She earns her living by working part-time. 她靠兼差謀生. ➜介系詞 by＋動名詞 working(工作).

I caught him by the arm. 我抓住他的手臂. ➜catch＋人＋by＋the＋身體的某一部分.

❷被～, 由～. ➜在被動語態中表示行為的主體.

a book (written) by Hemingway 海明威寫的書 ➜過去分詞 written (被寫)修飾 book.

This picture was painted by her. 這幅畫是她畫的. ➜不用ˣby *she*.

This play was written by Shakespeare. 這部戲劇是莎士比亞寫的.

The king was killed by his brother with a sword. 國王被他弟弟用劍殺死.

The house was destroyed by fire. 房屋被火燒毀了.

❸在～(近)旁, 在～(近)旁的. ➜表示比 near 更近.

by a road 在路旁

sit by the fire 坐在爐火旁

sit in the chair by the fire 坐在爐火旁的椅子上

Sit close by me. 坐到我旁邊來.

The hotel stands by the lake. 旅館坐落在湖邊.

❹《差異》只～, 僅僅～; 《單位》按～.

He is taller than me by an inch 〔a head〕. 他比我高一英寸〔一個頭〕.

The Giants won the game by 10 to 1. 巨人隊以十比一贏了這場比賽.

We are already late by 5 minutes. 我們已經遲到五分鐘了.

You can hire a boat by the hour. 你可以按鐘點租船.

❺《時間》～之前, ～時候.

by now 到現在(為止)

by this time 到這個時間(為止)

by tomorrow 到明天(為止)

You must return the book by Fri-

B

day. 你必須在星期五之前把書歸還.
By this time tomorrow he will be in London. 明天這個時候他就在〔到〕倫敦了.
There will probably be 10 billion people in the world by 2050 (讀法: twenty fifty). 西元二〇五〇年全世界的人口可能會達到一百億.
I will be here **by** 5 o'clock, so please wait for me **till** then. 我五點前會來這兒，所以請等我到那個時候. 同義字 **by** 表示「某一動作、狀態在～時間前發生或終結」，**till** 表示「某一動作、狀態持續到～時間」.

idiom

***by áccident*** 偶然，突然.
***by áll mèans*** ①當然，好的. ②必定，一定. → means idiom
***by bírth*** 在血統上；生來，天生. → birth idiom
***by chánce*** 偶然，意外.
***by dáy*** 〔***níght***〕 白天〔晚上〕，在白天〔晚上〕.
The sun shines by day, and the moon (shines) by night. 太陽在白天照耀，月亮在晚上生輝.
***by mistáke*** 犯錯，弄錯. → mistake idiom
***by náme*** 名叫，名字是. → name idiom
***by náture*** 生來，天生. → nature idiom
***by oneséIf*** 單獨一人；(不依賴他人)獨力.
He lived in the hut all by himself. 他獨自一人住在小屋裡. ➡ all 意為「完全」，加強語意.
You must clean your room by yourselves. 你們必須自己打掃房間.
***by the wáy*** 順便說，(表示轉變話題)可是；在途中.
***by wáy of ～*** ①經由～，通過～. ②做～打算. → way idiom
***dáy*** 〔***yéar***〕 ***by dáy*** 〔***yéar***〕 一天天〔一年年〕.
***líttle by líttle*** 一點點地，逐漸.
***óne by óne*** 一個個地，依次.
—副 在近旁，從近旁，經過.
close 〔near〕 by 在近旁(的)
go by 走過
pass 〔fly〕 by 通過〔飛過〕
We went into the woods near by. 我們走進附近的森林.
Ten years went by. 十年過去了.

**bye** [baɪ] 感《口》再見(good-by(e)).

idiom

***Býe nòw*** 《美》那麼再見吧.

**bye-bye** [ˋbaɪˋbaɪ] 感《口》再見(good-bye).

**by·pass** [ˋbaɪˏpæs] 名 迂迴旁道，旁路. ➡為緩和主要道路的交通而另外沿路開闢的車道.

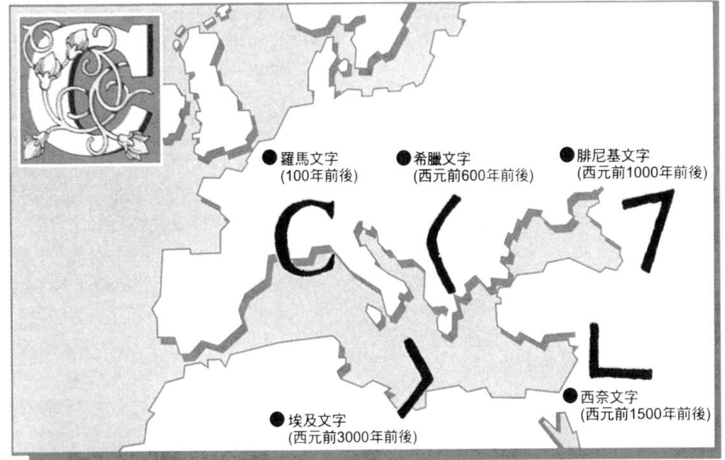


**C, c** [si] 名 (複 C's, c's [siz]) ❶英文字母的第三個字母.
❷(C)(成績的)C, 丙等. ➜次於A, B的評價.
I got a C in mathematics. 我數學得了個C.
❸《音樂》C音, C調.
C major C大調
❹(C)(羅馬數字的)一百.
CC 二百
❺(C)《略》=centigrade(攝氏的).

**CA** California 的縮寫.

**cab** [kæb] 名 ❶出租汽車, 計程車(taxi). ➜亦作 taxicab.
Let's **take** a cab. 我們搭計程車吧.
❷(過去的)街頭出租馬車. ➜在街頭候客, 由一匹馬拉的二輪〔四輪〕馬車, 相當於現今的出租汽車.

**cab·bage** [ˋkæbɪdʒ] 名 包心菜, 洋白菜, 甘藍菜.

**cab·in** [ˋkæbɪn] 名 ❶小屋. ➜原為美洲殖民地時期窮人住的臨時簡陋小屋.
a log cabin 圓木小屋
❷船艙; (飛機的)客艙.

**cab·i·net** [ˋkæbənɪt] 名 ❶(有玻璃門的)裝飾櫥, 餐具櫃.
a kitchen 〔medicine〕 cabinet 碗櫥〔藥品櫃〕
❷電視機、立體音響等的外殼; 整理文件用的櫥、櫃.
❸(常用 **Cabinet**)內閣.

**ca·ble** [ˋkebḷ] 名 ❶粗索, 大纜. ➜用鐵絲、麻等絞成的粗繩.
**cáble càr** 纜車.
**càble télevision** 有線電視.
❷(海底)電纜. ➜電報、電話、輸電等用途.
❸(通過海底電纜拍發的)國際電報.
**send** a cable 發國際電報

**ca·ca·o** [kəˋkɑo] 名 (複 **cacaos** [kəˋkɑoz]) ❶可可樹. ➜亦作 **cacao tree**; 原產於熱帶的常綠樹木, 開小花, 莢中結實. ❷可可豆. ➜亦作 **cacao bean**; 用可可豆製作可可粉(cocoa)、巧克力(chocolate)等.

**cac·ti** [ˋkæktaɪ] 名 cactus 的複數.

**cac·tus** [ˋkæktəs] 名 (複 **cactuses** [-ɪz] *or* **cacti** [ˋkæktaɪ]) 仙人掌. ➜生長在墨西哥等沙漠地帶的植物, 有尖刺, 開色彩鮮艷的花; 為了能供放牧的家畜食用, 已培育出不長刺的品種.

**cad·die, cad·dy** [ˋkædɪ] 名(複 **caddies** [ˋkædɪz]) (高爾夫球)桿弟, 球僮. ➜在高爾夫球場搬運球桿等為打高爾夫球的人服務.

**Cad·il·lac** [ˋkædl̩ˏæk] 名 凱迪拉克. ➜商標名; 美國的大型高級轎車, 擁有此種車被看作是社會成功者的象徵之一.

**Cae·sar** [ˋsizɚ] 專有名詞 (**Julius Caesar**)朱利葉斯·凱撒. ➜古羅馬偉大的將軍、政治家(100-44 B.C.); 被布魯特斯(Brutus)的黨羽暗殺.

**ca·fe** [kæˋfe] 名 ❶(露天的)快餐店; 咖啡館. ➜經常把椅子、桌子等由店裡一直擺到人行道上. ❷《美》酒吧.

**caf·e·te·ri·a** [ˏkæfəˋtɪrɪə] 名 自助餐廳. ➜顧客挑選好飯菜, 自己拿到餐桌上用的自助餐廳; 學校、公司等的餐廳基本上都採用這種形式.

**cage** [kedʒ] 名 **鳥籠,** (關猛獸等的)**籠, 欄, 鐵籠.**

**Cai·ro** [ˋkaɪro] 專有名詞 開羅. ➜埃及首都.

**cake** [kek] 名 ❶**蛋糕, 糕, 餅.**

a Christmas cake 聖誕蛋糕 ➜具有特定形狀之物, 作可數名詞, 如 a cake, cakes.

a chocolate 〔fruit〕 cake 巧克力〔水果〕蛋糕

a lot of cakes 很多蛋糕

**a piece** 〔**two pieces**〕 **of** cake 一塊〔兩塊〕蛋糕 ➜指蛋糕用刀切開後的說法.

Children like cake very much. 小孩子非常喜歡蛋糕. ➜泛指作為一種食物時使用原形 cake.

❷(肥皂等的)一塊, (扁平的)物體.

a cake of soap 一塊肥皂

**cal·cu·late** [ˋkælkjəˏlet] 動 計算.

calculate the speed of light 計算光速

calculate the cost of construction 計算〔估算〕建築費用

**cálculating machìne** 計算機. ➜桌上型電子計算機等.

**cal·cu·la·tor** [ˋkælkjəˏletɚ] 名 計算機(calculating machine).

**Cal·cut·ta** [kælˋkʌtə] 專有名詞 加爾各答. ➜印度東北部濱臨孟加拉灣的大城市, 為世界重要的大型貿易港.

**cal·en·dar** [ˋkæləndɚ] 名 ❶ **日曆, 月曆, 曆書.** → almanac. ❷日程表, 一覽表.

**calf**[1] [kæf, kɑf] 名(複 **calves** [kævz, kɑvz]) 小牛; (鯨、象、河馬等大哺乳動物的)幼獸.

**calf**[2] [kæf, kɑf] 名 (複 **calves** [kævz, kɑvz]) 腓, 小腿.

**Cal·i·for·nia** [ˏkæləˋfɔrnɪə] 專有名詞 加利福尼亞. ➜美國太平洋沿岸的州; 面積與日本相仿, 為美國人口最多的州; 簡稱 **Calif., Cal., CA**(郵政用).

| **call** [kɔl] | ▶叫, 叫喚<br>▶訪問<br>▶打電話 |
|---|---|

動 ❶(大聲地)叫, 招呼; 叫來, 喚來.

**基本** call his name 叫喚他的名字 ➜ call＋名詞〈O〉.

call a dog 喚狗(來)

call the roll 點名

Please call him **to** the telephone. 請叫他來接電話.

Did you call me? 你叫我嗎?

Call a taxi **for** me.＝Call me a taxi. 給我叫一輛計程車.

The homeroom teacher **calls** the roll every morning. 級任老師每天早上點名. ➜ calls [kɔlz] 為第三人稱單數現在式.

◆ **called** [kɔld] 過去式、過去分詞.

Someone called **to** me. 有人呼喚我.

I called and called, but no one answered. 我叫了又叫, 但沒人回答.

Mr. Jones called her **in**. 瓊斯先生把她叫了進去.

◆ **calling** [ˋkɔlɪŋ] 現在分詞、動名詞.

Mom **is** calling you, Ken. 肯，媽媽在叫你呢. ➡現在進行式.

❷把～叫做，把～命名爲.

基本 call him Big Jim 叫他大個子吉姆 ➡call＋(代)名詞〈O〉＋名詞〈C〉.

They call him the king of music. 他們稱他爲音樂之王.

會話 What do you call this flower in English? —We call it a "sunflower." 這花用英語怎麼說? —我們稱之爲 sunflower(向日葵).

He is called the king of music. 他被稱爲音樂之王. ➡被動語態.

We went to a place called Speakers' Corner. 我們去了一個叫「演說家之隅」的地方. ➡過去分詞 called(被稱爲)修飾 place.

❸訪問，中途順便去.

call **on** him 拜訪他 ➡call on＋「人」.

call **at** his house 順便到他家〔訪問他的家〕 ➡call at＋「場所」.

Please call on me at my office this afternoon. 請在今天下午到我的辦公室來找我.

This ship does not call at Hong Kong. 這艘船不停靠香港.

❹(亦作 **call up**)打電話.

Call me at my house. 請打電話到我家.

I'll call you up tomorrow. 我明天打電話給你.

Thank you for calling. 謝謝你打電話給我.

Who's calling, please? (誰在打電話?⇨)哪一位?

❺召集，叫攏；叫醒.

call a meeting 召開會議

The teacher called her pupils **together**. 老師召集學生.

Please call me at 6 tomorrow morning. 請在明天早上六點鐘叫醒我.

❻(因天黑、下雨等)中止(比賽).

The game was called because of rain. 比賽因雨中止(**called game**).

idiom

***cáll at ～*** → call 動 ❸

***cáll báck*** 叫回來；(接到電話的一方)過後打回電話去，回電話.

I'll call you back later on. 等會兒我回電話給你.

***cáll for ～*** 爲爭取～而叫喊；需要；去邀約，去迎接.

call for help 呼救

I'll call for you at 7. 我七點鐘去接你.

***cáll it a dáy*** 《口》把(一天的)工作告一段落.

Let's call it a day. 今天到此爲止.

***cáll óff*** 取消(預定、計畫)，中止.

***cáll on*** → call 動 ❸

***cáll óut*** 大聲叫喚，大叫.

***cáll úp*** → call 動 ❹

—名 ❶叫聲，叫，喊.

a call **for** help 呼救聲

❷(打)電話，(有)電話.

**give** her a call 打電話給她

**make** a **phone call to** Hong Kong〔**to** my uncle in Hong Kong〕 打電話到香港〔給香港的叔父〕

Jim, you **had** a phone call **from** Mr. White. 吉姆，懷特先生打了一通電話給你.

There's a call **for** you, Jim. 吉姆，你的電話.

❸(簡短的)訪問.

**make**〔**pay**〕a call 訪問

I made a call **on** him **at** his office. 我去他的辦公室拜訪他.

**call-box** [ˋkɔlˏbɑks] 名《英》公用電話亭(telephone booth).

**called game** [ˋkɔldˏgem] 名(棒球的)有效比賽. → call 動 ❻

**call·er** [ˋkɔlɚ] 名 來訪者；打電話來的人.

C

**cal·lig·ra·phy** [kə`lɪgrəfɪ] 名 書法, 美術字. ➜用毛筆等書寫裝飾性文字(的技術).

**calm** [kɑm] ➜l不發音. 形平靜的, 安靜的, 沉著的. ➜用於形容天氣、海洋狀況以及人的表情、心理狀態等.

a calm day〔sea〕 沒有風的日子〔風平浪靜的海洋〕

Mr. Smith is always calm. 史密斯先生總是鎮靜自若.

Do be calm! 安靜! ➜Do 爲加強語意的助動詞.

—名 安靜; 平穩, 平靜.

—動(亦作 **calm down**)平靜下來; 勸慰, 使平靜.

calm a baby 哄嬰兒

The sea will soon calm down. 大海馬上就會平靜下來.

**calm·ly** [`kɑmlɪ] 副 靜靜地, 鎮靜地.

**cal·o·rie, cal·o·ry** [`kælərɪ] 名(複 **calories** [`kælərɪz])卡路里. ➜熱量單位; 食物營養價值的單位.

**calves** [kævz, kɑvz] 名 calf[1,2] 的複數.

**Cam·bo·di·a** [kæm`bodɪə] 專有名詞 柬埔寨, 高棉. ➜中南半島上的國家, 首都金邊, 通用語爲柬埔寨語.

**Cam·bridge** [`kembrɪdʒ] 專有名詞 ❶(英國的)劍橋. ➜英國東南部的城市, 離倫敦約八十公里, 劍橋大學所在地.

**Cámbridge Univérsity** 劍橋大學. ➜在英國與牛津大學齊名的著名大學.

❷(美國的)劍橋. ➜美國麻薩諸塞州的城市, 爲哈佛大學、麻省理工學院等的所在地.

**came** [kem] come 的過去式.

**cam·el** [`kæml̩] 名 駱駝.

a camel driver 趕駱駝的人

**ca·mel·lia** [kə`miljə] 名 山茶; 山茶屬植物; 山茶花.

**cam·er·a** [`kæmərə] 名 照相機. ➜亦包括電影攝影機、電視攝影機等.

Mr. Smith took our picture **with** his camera. 史密斯先生用他的照相機幫我們拍照.

**cam·er·a·man** [`kæmərə,mæn] 名(複 **cameramen** [`kæmərə,mɛn])(電影、電視等的)攝影師.

**camp** [kæmp] 名 ❶(海濱、山中的)野營地, 露營地, 集訓營地.

go to a summer camp 參加夏令營

❷(軍隊、登山隊、遠征隊等的)宿營地, 野營地.

a base camp (登山隊的)前進基地

❸(俘虜、難民等的)集中營, 難民營.

idiom

***bréak cámp*** (折疊起帳篷)撤營, 拔營.

***màke cámp*** (搭起帳篷)紮營, 安營.

—動 設營, 露宿, 宿營.

idiom

***cámp óut*** 過野營生活, 野營.

***gò cámping*** 去露營.

**cam·paign** [kæm`pen] 名(爲了某一目的、有組織的)活動或運動.

**camp·er** [`kæmpɚ] 名❶野營者, 露營者. →camp. ❷《美》野營用的車輛. ➜裡面有食宿等設備的汽車; 不用 ×*camping car*; → caravan, trailer.

**camp·fire** [`kæmp,faɪr] 名 營火. ➜營地燃起的營火; 也用於烹調, 晚上大家圍著火堆唱歌、交談, 活絡彼此的情誼.

**camp·ing** [`kæmpɪŋ] 名野營, 露營; 野營生活. → camp.

**cam·pus** [`kæmpəs] 名《美》學校, 校園.

| **can**[1] [kən] 弱 [kæn] 強 | ▶能, 會<br>▶可以<br>▶可能<br>⊙置於動詞之前表示「能力、可能」及「許可」等意思 |
|---|---|

助動 ❶能，會，可以.

基本 He can play the piano. 他會彈鋼琴. ➡can+動詞原形；即使He(第三人稱單數)作主詞時也不用 ×He can plays ～.

The big bear can reach the shelf. The baby bear cannot reach it. 大熊(的爪)能伸到架子上，小熊卻不能. → cannot.

會話 Can you swim? —Yes, I can. 你會游泳嗎? —是的，我會.

Can you tell me the way to the post office? 你能告訴我去郵局的路嗎?

This can be done in a different way. 這(件事)可以用別的方法做. ➡被動語態.

Get up **as** early **as** you **can**. 盡早起床.

◆ **could** [強 kʊd, 弱 kəd] 過去式. → could.

❷《口》可以(may). ➡「不可以」用 cannot，或者用語意更強的 must not 表示.

會話 Can I go to the movies with John? —Yes, you can. 我可以和約翰去看電影嗎? —可以.

會話 Can I smoke? —No! You mustn't smoke here. 我可以抽菸嗎? —不行! 這兒不許抽菸.

❸可能～，經常～.

Both girls and boys can be good cooks. 女孩跟男孩都可以做出一手好菜.

The winds in March can be as cold as in February. 三月的風有時跟二月一樣寒冷.

❹《疑問句》～嗎? ➡表示強烈的疑問.

Can it be true? 那是眞的嗎?

❺《否定句》不可能.

It cannot be true. 這不可能是眞的. ➡肯定(一定是眞的)爲 It must be true.

idiom

***cannòt hélp ～ing*** 禁不住，不得不. → help.

***cannòt*** *dó* 〔***be***〕 ***tòo*** ～ 無論再～也不太過…. → too.

**can**² [kæn] 名 ❶(金屬的)罐；一罐的量.

a milk can (運送牛奶的大)牛奶桶

an empty can 空罐

a can of paint 一桶油漆，油漆桶

❷罐頭.

a can opener 開罐器

a can of pineapples 一罐鳳梨

—動 把(食品等)裝罐. → canned.

◆ **canned** [kænd] 過去式、過去分詞.

◆ **canning** [ˋkænɪŋ] 現在分詞、動名詞.

**Can·a·da** [ˋkænədə] 專有名詞 加拿大. ➡北美大陸大英國協內的自治國；國土面積世界第二，而人口只有美國的十分之一；首都渥太華(Ottawa)；通用語爲英語與法語.

**Ca·na·di·an** [kəˋnedɪən] 形 加拿大的，加拿大人的.

—名 加拿大人.

**ca·nal** [kəˋnæl] 名 運河.

**the Pánama Canál** 巴拿馬運河.

**the Suéz Canál** 蘇伊士運河.

**ca·nar·y** [kəˋnɛrɪ] 名 (複 **canaries** [kəˋnɛrɪz]) 金絲雀.

**Can·ber·ra** [ˋkænbərə] 專有名詞 坎培拉. ➡澳大利亞首都.

**can·cel** [ˋkænsl̩] 動 取消；中止.

◆ **cancel(l)ed** [ˋkænsl̩d] 過去式、過去分詞.

◆ **cancel(l)ing** [ˋkænsəlɪŋ] 現在分詞、動名詞.

**can·cer** [ˋkænsɚ] 名 癌(症).

**can·did** [ˋkændɪd] 形 率直的，坦白的.

**can·di·date** [ˋkændəˏdet] 名 候補者，候選人.

C

**can·dle** [ˋkændl̩] 名 蠟燭.
light 〔blow out〕 a candle 點亮〔吹熄〕蠟燭

**can·dle·light** [ˋkændl̩ˏlaɪt] 名 燭光.

**can·dle·stick** [ˋkændl̩ˏstɪk] 名 燭臺.

**can·dy** [ˋkændɪ] 名 (複 **candies** [ˋkændɪz]) ❶《美》糖果(《英》sweets). ➜指糖球、巧克力、牛奶糖、花生糖等.
**a piece of** candy 一塊糖 ➜一般不用 ×*a* candy, ×cand*ies*; 但指種類時用複數, 如 five candies (五種糖果).
Bob bought some candy at the candy store. 鮑勃在糖果店買了些糖果.
❷《英》冰糖(《美》rock candy).

**cane** [ken] 名 ❶手杖; 笞杖, 鞭子.
❷(做藤椅等用的)藤; (甘蔗等的)莖.
a cane chair 藤椅

**canned** [kænd] 形 罐裝的. →can².
canned fruit 罐頭水果

**can·non** [ˋkænən] 名 大砲. ➜古代用於攻城等的舊式大砲; 現稱 gun.

**can·not** [ˋkænɑt] ➜can的否定形; 比寫成分開的二個字 **can not** 普遍; 《口》常使用縮寫 **can't**; → can't.
❶不能, 不會. → can¹❶
❷不可以.
❸不可能. → can¹❺

**ca·noe** [kəˋnu] 名 獨木舟.

**can't** [kænt] 《口》cannot 的縮寫.
I can't speak French. 我不會講法語.
Can't you hear that strange noise? 你沒聽見那奇怪的聲音嗎? ➜不用 ×*Cannot* you hear ～?
You can play the piano, can't you? 你會彈鋼琴, 不是嗎? ➜～, can't you? 意爲「～吧, 不是嗎?」, 表示附加問句的用法; 不用～, ×*cannot* you?

**Can·ter·bur·y** [ˋkæntəˏbɛrɪ] 專有名詞 坎特伯里. ➜英國東南部的城市; 坎特伯里大教堂以其壯麗的哥德式建築而聞名, 管轄英國教會的大主教(archbishop)即住在那裡.

**can·vas** [ˋkænvəs] 名 ❶帆布.
canvas shoes 帆布鞋
❷(畫油畫的)畫布.

**can·yon** [ˋkænjən] 名 峽谷.
**the Gránd Cányon** 大峽谷. ➜美國伊利諾州西北部科羅拉多河流域的大峽谷.

**cap** [kæp] 名 ❶(無邊的)帽子. ➜棒球帽、游泳帽等; 相關語 有邊的帽子稱 **hat**.
**put on** 〔**take off**〕 a cap 戴〔脫〕帽

❷蓋子, (鋼筆等的)筆套.
—動 給～蓋上蓋子; 覆蓋.
cap a bottle 給瓶子蓋上蓋子
◆ **capped** [kæpt] 過去式、過去分詞.
The mountains **were** capped with snow. 山頂上覆蓋著雪.
◆ **capping** [kæpɪŋ] 現在分詞、動名詞.

**ca·pa·ble** [ˋkepəbl̩] 形 ❶(**be capable of** ～)有～能力的, 能～的. ➜「生物」與「非生物」皆可作主詞; → able❶
This jumbo jet is capable of carrying about five hundred passengers. 這架巨無霸噴射機能載客約五百人.

❷有才能的.
Ken is a capable student. 肯是個有才能的學生.

**ca·pac·i·ty** [kə`pæsətɪ] 名 ❶能力, 才能; 資格. ❷收容能力; 容積.

**cape**[1] [kep] 名 岬, 海角.
**the Cápe of Gòod Hópe** 好望角. ➜非洲南端的海角.

**cape**[2] [kep] 名 披肩. ➜無袖短披風.

**Cape Town** [`kep,taʊn] 專有名詞 開普敦. ➜南非共和國(South Africa)的立法機關所在地.

**cap·i·tal** [`kæpətl̩] 名 ❶首都.
Tokyo is **the** capital of Japan. 東京是日本的首都.
❷大寫字母(capital letter).
Write your name in capitals. 用大寫字母寫你的名字.
❸資本, 本錢.
—形 ❶大寫字母的.
a capital letter 大寫字母 相關語「小寫字母」爲 a small letter.
❷主要的, 重大的; 可處死刑的.
a capital crime 可判處死刑的罪
capital punishment 死刑

**Cap·i·tol** [`kæpətl̩] 名(**the Capitol**)(美國的)國會大厦. ➜建有此大厦的小丘位於首都華盛頓的中心, 被稱爲 **Capitol Hill**.

**cap·sule** [`kæpsl̩] 名 ❶(藥的)膠囊.
❷(太空船的)密封艙. ➜太空人乘坐的地方, 從火箭主體分離的部分.

**cap·tain** [`kæptən] 名 ❶隊長, 主將.
the captain **of** a baseball team 棒球隊的隊長
Susie is captain **of** the volleyball team. 蘇西是排球隊的隊長. ➜諸如 captain 之類表示職稱的語詞用作補語時一般不加 ×*a*, ×*the*.
They made me captain. 他們推選我當隊長.
❷船長, 艦長; (飛機的)機長.
❸陸軍上尉; 海軍上校(➜一般爲艦長).
❹《美》(警察)分隊長, 分局長; 消防隊隊長.

**cap·tive** [`kæptɪv] 形 被囚禁的, 被俘虜的.
take him captive 俘虜他
—名 俘虜.

**cap·ture** [`kæptʃɚ] 動 捕獲.
—名 捕獲; 捕獲物, 戰利品.

| **car** [kɑr] | ▶汽車, 小汽車<br>▶(一節車廂的)電車<br>▶車廂 |
|---|---|

名 (複 **cars** [kɑrz]) ❶**汽車, 小汽車**(automobile).
**by** car 乘車, 乘汽車 ➜不用×by *a*〔*the*〕car; → by ❶
Will you go by car or by train? 你搭汽車去還是坐火車去?
Let's go **in** my car. 搭我的車去吧.
❷(一節車廂的)**電車**. ➜二節車廂以上連結而成的「列車」稱爲 train.
❸**車廂**.
a dining〔sleeping〕car 餐〔臥〕車

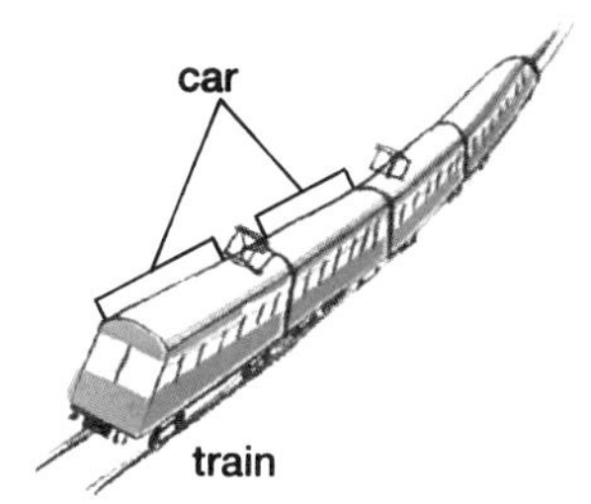


**car·a·van** [`kærə,væn] 名 ❶旅行隊, 商隊. ➜用駱駝載運貨物、行李在沙漠中旅行的商人、朝聖者等所結成的隊伍. ❷(吉普賽人、馬戲團等的)大篷車. ❸《英》(汽車拖着的)(有食宿裝備的)露營車. → camper ❷

**car·bon** [`kɑrbɑn, `kɑrbən] 名 碳. ➜元素符號 C.

**card** [kɑrd] ▶撲克牌的紙牌 ▶卡片 ▶明信片

C

名(複 **cards** [kɑrdz]) ❶撲克牌的紙牌；(**cards**)紙牌遊戲. ➜英語 trump 指「王牌」.
**a pack of** cards 一副紙牌
**shuffle** 〔**deal**〕 the cards 洗〔分〕牌
**play** cards 打牌
How about playing cards? 要不要打牌?
❷卡，卡片.
a Christmas card 聖誕卡
a New Year's card 賀年卡
a summer greeting card 夏日問候卡
a birthday card 生日卡
an invitation card 請帖
a report card 通知書，成績單
❸明信片(postcard).
Thank you for your card. 謝謝你寄明信片來.

**card·board** [ˋkɑrdˏbord] 名 紙板，厚紙.

**car·di·gan** [ˋkɑrdɪgən] 名 羊毛衫. ➜開襟毛衣.

**care** [kɛr] 名 ❶注意，小心.
Carry the box **with** care. 小心搬運箱子.
Take care **not to** drop the vase. 小心別讓花瓶掉下來.
告示 Glass. Handle with care. 玻璃器具，謹愼處理.
❷照顧，保護.
Bob **has the care of** the birds. 鮑勃照料小鳥.
The children are **under** the care of their aunt. 孩子們由姨媽照顧.
The baby was left **in** her care. 嬰兒交給她照顧.
❸憂慮，煩惱；操心事情.
諺語 Care will kill a cat. 憂慮傷身.

idiom
***cáre of*** ～ (用於收件人姓名)由～轉交. ➜略作 **c/o**；→ c/o.
***tàke cáre of*** ～ 照料～；注意～.
Take care of yourself. 照顧好你自己；注意身體.
Are you (being) taken care of? 有人爲您服務嗎? ➜店員對顧客的用語.

**—**動 ❶《主要用於否定句、疑問句》介意；放在心上；擔心.
I don't care **if** it rains. (即使)下雨也沒關係〔無所謂〕.
I don't care **what** he says. 我不介意他說的話.
Do you care if I go? 如果我去你會介意嗎?
會話 I was dumped by my girlfriend. —**Who cares?** 我被女朋友甩了. —誰在乎?
My parents care greatly **about** my education. 父母親很關心我的教育.
❷(**care for** ～)照顧；《主要用於否定句、疑問句》喜歡，想要.
Will you care for my dog while I'm gone? 我外出的時候你能照顧一下我的狗嗎?
I don't care for grapes. 我不喜歡〔不想吃〕葡萄.
Do you care for some coffee? 你想喝一點咖啡嗎?
❸(**care to** *do*)《主要在否定句、疑問句中》想～.
Do you care to see the movie? 你想看這部電影嗎?
I don't care to go there. 我不想去那裡.

**ca·reer** [kəˋrɪr] 名 ❶經歷；生涯.
Benjamin Franklin had an interesting career. 班傑明・富蘭克林的一生豐富精采.
❷職業.
He chose education as his career. 他選擇教育爲職業.
❸《形容詞性》(爲從事某項工作而接

受特殊教育所得到之)專業的.
a career diplomat〔woman〕 職業外交官〔婦女〕

**care·free** [ˋkɛr͵fri] 形 無煩惱的，悠閒的.

**care·ful** [ˋkɛrfəl] 形 仔細的，慎重的，小心的. 反義字 careless(粗心的).
a careful driver 謹慎的司機
You should be more careful of〔about〕your health. 你應該更加注意健康.
Be careful **not to** drop the vase.＝Be careful **that** you don't drop the vase. 當心別把花瓶掉下來.
Be careful **with** the fire. 小心火燭.

**care·ful·ly** [ˋkɛrfəlɪ] 副 仔細地，小心地，慎重地；周密地.
Listen to me carefully. 注意聽我說.

**care·less** [ˋkɛrlɪs] 形 粗心的，漫不經心的；不介意的. 反義字 careful(仔細的).
a careless mistake 由於粗心而引起的錯誤
He is careless **about** his clothes. 他不講究衣着.

**care·less·ly** [ˋkɛrlɪslɪ] 副 粗心地，疏忽地；馬虎地.

**care·less·ness** [ˋkɛrlɪsnɪs] 名 粗心，隨便.

**care·tak·er** [ˋkɛr͵tekɚ] 名(建築物等的)管理人員，看守，守衛.

**car·go** [ˋkɑrgo] 名 (複 **cargo(e)s** [ˋkɑrgoz]) (船、飛機等載的)貨物.
a cargo ship〔plane〕 貨船〔運輸機〕

**Car·ib·be·an** [kærɪˋbiən] 形 加勒比海的.
**the Caribbèan (Séa)** 加勒比海. ➡位於中美洲與西印度群島之間的海域.

**car·na·tion** [kɑrˋneʃən] 名 荷蘭石竹(俗稱康乃馨).

**car·ni·val** [ˋkɑrnəvḷ] 名 ❶狂歡節，嘉年華會. ➡在天主教國家爲懷念基督的苦難而在復活節前四十天內不食肉；在開始進行齋戒之前，人們宴飲狂歡，持續三天至一週. ❷節日狂歡；～節，～大會.

**car·ol** [ˋkærəl] 名 歡樂之歌，頌歌，聖歌.
a Christmas carol 聖誕頌歌

**carp** [kɑrp] 名 鯉魚. ➡指種類時爲 **carps**，一般單複數同形.

> 印象 歐美人對鯉魚印象不太好，他們認爲鯉魚是貪吃又會騷擾漁場的貪婪之魚.

**car·pen·ter** [ˋkɑrpəntɚ] 名 木工，木匠. 相關語 architect(建築師).

**car·pet** [ˋkɑrpɪt] 名 地毯. → rug.

**car·riage** [ˋkærɪdʒ] 名 ❶馬車. ➡自用的四輪馬車.
❷《英》(鐵路的)客車.
❸(嬰兒車等)車.
a baby carriage 嬰兒車
❹運輸，搬運；運費.
carriage free 免費運送

**car·ri·er** [ˋkærɪɚ] 名 ❶搬運人；從事運輸業的人〔公司〕.
a mail carrier 《美》郵差
**cárrier pìgeon** 信鴿.
❷(病原菌等的)媒介物，帶菌者.

**Car·roll** [ˋkærəl] 專有名詞 (**Lewis Carroll**) 路易斯・卡羅爾. ➡英國數學家、童話作家(1832-98)；*Alice's Adventures in Wonderland*(《愛麗絲夢遊仙境》)廣爲流傳.

**car·rot** [ˋkærət] 名 胡蘿蔔.

| **car·ry** [ˋkæ r ɪ] | ▶搬運，運送<br>▶携帶 |
|---|---|

動 搬運，運送；携帶，帶着走.
基本 carry the desk upstairs 把書桌搬到樓上 ➡ carry＋名詞〈O〉.

C

A jumbo jet can carry 500 passengers. 巨無霸噴射客機能載客五百人.
I'll carry that bag for you, Mother. 媽媽，我替你拿那個袋子.
In England, the policemen don't usually carry guns. 在英國警察通常不帶槍.
The air **carries** sounds. 空氣傳送聲音. ➜ carries [ˋkærɪz] 為第三人稱單數現在式.
The wind carries leaves **through** the air. 樹葉隨風飄去.

◆ **carried** [ˋkærɪd] 過去式、過去分詞.
The elevator carried me **up** the tower. 電梯把我送到塔上.
I **was** carried **off** the field. 我被抬出場外. ➜被動語態.

◆ **carrying** [ˋkærɪɪŋ] 現在分詞、動名詞.
She **is** carrying her baby on her back. 她把小孩揹在背上. ➜現在進行式.

idiom

***cárry awáy*** 搬走，運走.
***cárry ón*** 繼續；進行，經營.
Carry on working 〔**with** your work〕. 繼續工作.
***cárry óut*** 實行，完成.

**cart** [kɑrt] 名(二輪的)板車，運貨馬車；手推車.
a shopping cart 購物用的手推車

**car·ton** [ˋkɑrtn̩] 名 (中型的)紙箱.
a carton of ten packs of cigarettes 內裝十包菸的紙盒

**car·toon** [kɑrˋtun] 名 ❶漫畫. ➜指報紙上的諷刺漫畫、連環漫畫(comic strip)；「漫畫書、漫畫雜誌」為 a comic book.
a cartoon strip (由幾個段落所組成的)漫畫
❷卡通(電影).

**car·toon·ist** [kɑrˋtunɪst] 名 漫畫家.

**carve** [kɑrv] 動 ❶雕，刻，雕刻.
carve a statue **out of** wood = carve wood **into** a statue 用木頭雕像
❷(在飯桌上把大塊的肉)切開.

**case**[1] [kes] 名 **箱，盒；一箱〔盒〕的量.**
a pencil case 鉛筆盒
a case of orange juice 一箱柳橙汁

**case**[2] [kes] 名 ❶**場合，情形，實例.**
**in** this case 這樣的話，既然這樣
His accident was a case of careless driving. 他的事故是不慎駕駛所致.
❷(常用**the case**)**情況，事實**(fact).
The case is different 〔the same〕 in the United States. 在美國情況就不同〔也一樣〕.
That is not the case, and you know it. 事實並非如此，這你也知道.
會話 He is often late for school. —The same is the case **with** his brother. 他經常上學遲到. —他的哥哥〔弟弟〕也一樣.
❸(作為調查對象的)**事件，案件.**
a murder case 殺人事件，謀殺案
❹(作為治療對象的)**疾病；患者.**
a hopeless case of cancer 絕望的癌症患者

idiom

***in ány càse*** 總之，無論如何.
***in cáse ～*** 如果；以防.
In case you want anything, ring this bell. 如果你想要甚麼東西，就按這個電鈴.
Take an umbrella with you in case it rains. 帶把傘，以防下雨.
***in cáse of ～*** 萬一～，假使～，如果發生.
In case of rain, there will be no picnic. 如果下雨，就不舉行野餐.
***jùst in cáse*** 以防萬一，為慎重起見.
I put a sweater in the bag just in case. 我把毛衣塞進袋子裡以防萬

一.

**cash** [kæʃ] 名 現金，現款.

pay **in** cash 現金支付

a cash register 收銀機

會話 Do you want to pay **by** cash? —No, by credit card. 你用現金支付嗎? —不，用信用卡.

**—**動 兌成現金.

cash a check 兌現支票

**cash·ier** [kæˋʃɪr] 名 (商店的)出納員.

**cas·sette** [kæˋsɛt] 名 (裝相機軟片的)軟片匣，(錄音〔影〕機的)卡帶.

**cassétte (tàpe) recòrder** 卡式錄音機.

**cast** [kæst, kɑst] 動 ❶扔，投，投射(光、影等). ➜作「扔」解釋時，一般用 throw.

cast dice 擲骰子

❷投(票).

cast a vote 投票

❸選派～扮演(戲劇的)角色，分配角色.

cast Jane **as** Cinderella 選派珍扮演灰姑娘

❹灌入(模子)，鑄造.

◆ **cast** 過去式、過去分詞. ➜現在式、過去式、過去分詞都相同.

**—**名 ❶投，擲. ❷(戲劇的)分配角色. ❸鑄型，模子；(骨折時打上的)石膏. ➜亦作 **plaster cast**.

**cas·tle** [ˋkæsḷ] ➜ t 不發音. 名 城堡，城.

Edinburgh Castle 愛丁堡城

諺語 An Englishman's house is his castle. 一個英國人的家就是他的城堡. ➜英國人重視家庭團圓與私人生活，不允許他人闖入之意.

**cas·u·al** [ˋkæʒuəl] 形 ❶偶然的，意外的. ❷隨便想的，不負責的. ❸便服的，輕便的.

**cat** [kæt] 名 貓.

諺語 A cat has nine lives. 貓有九命. ➜「貓生命力強而不易死」之意.

諺語 When the cat's away, the mice will play. 貓兒不在老鼠跳梁. ➜相當於「閻王不在小鬼翻天」.

idiom

***ráin cáts and dógs*** 下傾盆大雨. ➜此說源於 cat 喚雨，dog 呼風的北歐神話.

相關語 kitten (小貓)，pussy (貓咪)，meow (喵喵地叫).

**cat·a·log(ue)** [ˋkætḷ͵ɔg] 名 目錄.

---

**catch** [kætʃ]
▶抓住
▶趕上(公車、火車等)

---

動 ❶抓住，捕，捕獲；追上.

基本 catch a thief 抓住小偷 ➜ catch＋名詞〈O〉.

catch a ball 〔a fish〕 接住球〔逮住魚〕

catch him **by** the hand＝catch his hand 抓住他的手 → by ❶

Cats often catch mice. 貓經常捉老鼠.

I ran after Ken, but I couldn't catch him. 我追肯，但追不上他.

He **catches** a ball with one hand. 他用單手接球. ➜catches [ˋkætʃɪz] 爲第三人稱單數現在式.

Gasoline catches fire easily. 汽油易燃.

◆ **caught** [kɔt] 過去式、過去分詞. ➜ gh 不發音.

A strange sight caught my eyes. 一個奇怪的景象吸引了我的視線.

The fox **was** caught **in** a trap. 狐狸落入了陷阱. ➜被動語態.

I was caught in a shower. 我遇到了陣雨.

❷趕上(公車、火車等).

catch the last bus 趕上末班公車

I couldn't **catch** the 3 o'clock train. I **missed** it by just a minute. 我沒能趕上三點鐘的火車，就只差了

C

那麼一分鐘. ◁反義字

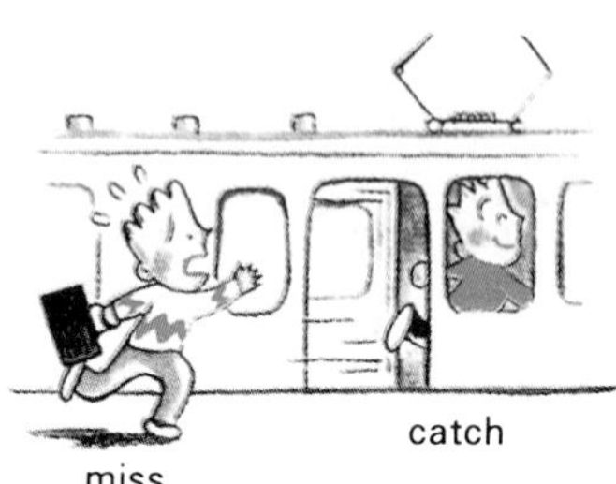


❸理解，聽清楚，聽懂.
I don't catch his meaning. 我不懂他的意思.
I couldn't catch a single word of their talk. 他們的話我一句也沒聽見.
❹發現(正在做某事).
I caught them picking our apples. 我撞見他們正在摘我家的蘋果.
❺掛住，卡住；掛上.
Her skirt caught **on** a nail 〔**in** the door〕. 她的裙子勾住了釘子〔卡在門上〕.
She caught her skirt on a nail. 她把裙子掛在釘子上.

idiom

***cátch at*** ～ 想抓住.
諺語 A drowning man will catch at a straw. 溺水者連稻草都想死命抓住. ➜病急亂投醫.
***càtch*** (***a***) ***cóld*** 傷風；感冒.
***cátch*** *one's* ***bréath*** (嚇一跳)倒吸一口氣.
***càtch hóld of*** ～ 抓住.
***cátch ón*** 受歡迎；理解.
***cátch síght of*** ～ 發現，看到.
***cátch úp*** (***with*** ～) 趕上.
I'll soon catch up with you. 我馬上會趕上你的.
—名 ❶抓住(球等)，接球；投接球練習.
**play** catch 玩投接球遊戲 ➜不用 ×play catch *ball*.
**make** a good catch 漂亮地接住球
❷(魚的)捕獲量.
**have** a good 〔big〕 catch **of** fish 捕獲很多魚，魚獲豐盛

**catch·er** [ˋkætʃɚ] 名(棒球的)捕手. → pitcher[1].

**catch phrase** [ˋkætʃˏfrez] 名風行一時的流行語，口頭禪；標語. ➜引人注意的詞句.

**catch·up** [ˋkætʃəp] 名《美》番茄醬. ➜在英國拼寫爲 **ketchup**.

**cat·er·pil·lar** [ˋkætɚˏpɪlɚ] 名 ❶毛蟲，幼蟲. ➜蝴蝶(butterfly)、飛蛾(moth)等的幼蟲.
❷(推土機、戰車等的)履帶；履帶拖拉車. ➜其由來是由於前進方式與毛蟲相似.

**ca·the·dral** [kəˋθidrəl] 名 (基督教的)大教堂. ➜一個地區的中心教堂，住有主教(bishop).

**Cath·o·lic** [ˋkæθəlɪk] 形天主教的，舊教的. 相關語 Protestant(新教的).
**the** (**Róman**) **Cátholic Chúrch** (羅馬)天主教會. ➜以羅馬教皇(Pope)爲首的一派基督教；義大利、法國、西班牙等歐洲諸國以及南美的許多國家都是天主教國家.
—名天主教徒.

**cat's cra·dle** [ˋkætsˏkredḷ] 名花繩. ➜亦作 **string play**.
**play** cat's cradle 玩花繩
**make** a cat's cradle (玩花繩)做出(橋、掃帚等)花樣

**cat·sup** [ˋkætsəp] 名《美》= catchup.

**cat·tle** [ˋkætḷ] 名牛. ➜指牛群全體，作複數；不用×*a* cattle, ×cattle*s*；cattle 爲把牛看作「乳牛」或「肉牛」時的總稱，包括 cow(母牛)，bull(公牛)，ox(勞動用的閹割過的公牛).
raise cattle 養牛
thirty head of cattle 三十頭牛
All the cattle are eating grass. 所有的牛都正在吃草.

**caught** [kɔt] catch 的過去式、過去分詞.

**cause** [kɔz] 名 ❶原因，起因；理由.
**cause** and **effect** 原因與結果 ◁相關語
❷主義，目標；(爲實現某一目標的)運動.
He works **for the cause of** world peace. 他爲世界和平的目標而努力.
—動 ❶引起，成爲～的原因.
The flood caused them a great deal of damage. 洪水給他們造成巨大的損害.
❷(**cause** *O* **to** *do*)使 O 做～.
A loud noise caused Mary to jump. 一聲巨響使瑪麗跳了起來.

**cau·tion** [ˋkɔʃən] 名 小心；警告.
—動 警告. ➔程度沒有 warn 強烈.
The sign cautions us **to** slow down. 這個標誌提醒我們放慢速度.

**cau·tious** [ˋkɔʃəs] 形 細心的，謹慎的(careful).

**cav·al·ry** [ˋkævl̩rɪ] 名 騎兵隊. ➔可當單數亦可當複數.

**cave** [kev] 名 洞穴，洞窟.

**caveman** [ˋkevˌmæn] 名(複 **cavemen** [ˋkevˌmɛn]) (石器時代的)穴居人.

**cav·ern** [ˋkævən] 名 (大的)洞穴，洞窟.

**cav·i·ar(e)** [ˋkævɪˌɑr] 名 魚子醬. ➔把生長於北海的蝶鮫類魚卵醃漬後所製成的美味食品.

**caw** [kɔ] 動(烏鴉)呱呱地叫.
—名 呱呱(的叫聲).

**CD** compact disk 的縮寫.
listen to a new CD 聽新的 CD 片
How many CDs do you have? 你有幾張 CD 片?
A CD was made of his music. 他的音樂製成了一張 CD 片.

**cease** [sis] 動 停止；停，息. ➔一般用 stop.
cease **to** fight＝cease fight**ing** 停止戰鬪

**ce·dar** [ˋsidə] 名 雪松. ➔松科的針葉樹，高達三十～六十公尺.
**Jápanese cédar** (日本)杉.

**ceil·ing** [ˋsilɪŋ] 名 天花板；頂篷.

**cel·e·brate** [ˋsɛləˌbret] 動 慶祝，舉行(慶祝典禮). → congratulate.
celebrate Christmas〔Independence Day〕 慶祝聖誕〔獨立紀念日〕
celebrate a marriage 舉行結婚典禮

**cel·e·bra·tion** [ˌsɛləˋbreʃən] 名 祝賀，慶祝，慶祝典禮.

**cel·e·ry** [ˋsɛlərɪ] 名 芹菜.

**cell** [sɛl] 名 ❶細胞.
❷(蜂窩的)孔，巢室.
❸電池. ➔cell 組合在一起即爲 battery.
❹(監獄的)單人牢房.

**cel·lar** [ˋsɛlə] 名 (貯藏葡萄酒、糧食、燃料用的)地下室，地窖. →basement.

**cel·lo** [ˋtʃɛlo] 名 (複 **cellos** [ˋtʃɛloz]) 大提琴(弦樂器).

**ce·ment** [səˋmɛnt] 名 水泥.
—動 塗水泥於～；使接著，使(牢固地)連接在一起.
cement ～ together 連接～在一起
cement *A* to *B* 把 A 連接到 B 上

**cem·e·ter·y** [ˋsɛməˌtɛrɪ] 名 (複 **cemeteries** [ˋsɛməˌtɛrɪz]) (不屬於教堂的)(公共)墓地，公墓. →churchyard.

**cent** [sɛnt] 名 分(貨幣單位)；一分銅幣. ➔美國、加拿大等的貨幣(＝1/100美元)；符號爲 ¢；「一分銅幣」亦作 penny. → penny ❷

**cen·ter** [ˋsɛntə] 名 ❶中心，中央.
the center of a circle 圓心
There is a tall tower **in the center of** the city. 市中心有一座高塔.
❷中心地；(爲某一目的)中心設施，

～中心.
a center of commerce 商業中心
a shopping center 購物中心
a health center 醫療中心，保健站
❸(棒球、足球、籃球等的)中鋒，中間位置.

**cénter fíeld** (棒球的)中外野.

**cénter fíelder** (棒球的)中外野手.

**cénter fórward** (足球的)中鋒.

—動 置於中心，(使)集於中心，集中；(把球)打到〔向〕中心.

**cen·ti·grade** [ˋsɛntə͵gred] 形 (溫度計)攝氏的. ➜略作 C；英美通常使用華氏(Fahrenheit).
10°C (讀法：ten degrees centigrade) 攝氏十度

**cen·ti·me·ter** [ˋsɛntə͵mitɚ] 名 釐米，公分. ➜略作 **cm** 或 **cm.**

**cen·ti·me·tre** [ˋsɛntə͵mitɚ] 名 《英》=centimeter.

**cen·tral** [ˋsɛntrəl] 形 **中央的，中心的，主要的.**
the central character in the novel 這部小說的中心人物
Wheat is grown in central Canada. 加拿大中部種植小麥.
The office is very central. 辦公室在(市的)中心區.

**Céntral América** 中美洲. ➜指與墨西哥相連的北美大陸最南端的部分，包括瓜地馬拉、薩爾瓦多、巴拿馬等七個國家.

**Céntral Párk** 中央公園. ➜位於紐約市曼哈頓中央的大公園.

**cen·tre** [ˋsɛntɚ] 名 動 《英》=center.

**cen·tu·ry** [ˋsɛntʃərɪ] 名 (複 **centuries** [ˋsɛntʃərɪz]) **世紀，百年.**
the twentieth century 二十世紀 ➜從一九〇一年一月一日至二〇〇〇年十二月三十一日.
**in** this century 在本世紀
in the third century B.C. 在西元前三世紀
**for** over a century 一個世紀〔一百年〕以上的時間
many **centuries** ago 在好幾個世紀以前

**ce·re·al** [ˋsɪrɪəl] 名 ❶(常用 **cereals**) 穀類植物. ➜麥、玉米、米等.
❷(作早餐的)玉米片，燕麥片.

**cer·e·mo·ny** [ˋsɛrə͵monɪ] 名 (複 **ceremonies** [ˋsɛrə͵monɪz]) 典禮，儀式.
an opening ceremony 開幕式
a closing ceremony 閉幕式
a graduation ceremony 畢業典禮
**without** ceremony 不拘禮節地
**a master of ceremonies** 司儀；主持人 ➜正式的集會、儀式等的主持人、司儀，或指電視節目的主持人.

**cer·tain** [ˋsɝtn̩] 形 ❶**某，某一；**(加於不熟悉的人的名字之前)某一位～.
in a certain town 在某鎮 同義字 對說話者來說，雖然知道是哪一個城鎮，但沒有說的必要，或者不想說而含糊其辭的說法；**some** town(某一城鎮)爲說話者不清楚是哪一城鎮時的說法.
on a certain day in April 在四月的某一天
a certain Mr. Smith 某一位史密斯先生
❷確定的，必定的，必然的.
at a certain place 在某個確定的地方
❸(人)**確信的，毫不懷疑的；**(事物)**確實的.** ➜不用於名詞前. → sure.
I think I'm right, but I'm not certain. 我想我是對的，但我不敢確定.
I'm certain **of** his success. = I'm certain **that** he will succeed. 我確信他會成功.
**It is certain that** the earth is round. 毫無疑問，地球是圓的. ➜ It=that ～.

idiom

C

***be cértain to dó*** 一定會～.
He is certain to come. 他一定會來.
***for cértain*** 肯定地，確切地.
***màke cértain (of ～)*** (把～)弄確實，弄清楚.

**cer·tain·ly** [ˋsɜtn̩lɪ] 副 ❶肯定地，一定. ❷《回答》當然，當然可以.
會話 May I go home? —Certainly〔Certainly not〕. 我可以回家嗎？—當然可以〔當然不行〕. ➜ Yes, you may. 對於長輩、上司來說有擺架子的感覺.

**cer·tif·i·cate** [səˋtɪfəkɪt] 名 證(明)書，執照.

**cf.** 《略》參照～. ➜拉丁語confer (＝compare)的縮寫. 讀作[kəmˋpɛr]或者[ˋsiˋɛf].

**CFC** 《略》氟氯碳化物. ➜用作冰箱的冷卻劑及噴霧劑；爲非分解性氣體，會破壞大氣中的臭氧層.

**chain** [tʃen] 名 ❶鏈，鎖鏈.
a watch chain 錶鏈
a daisy chain 雛菊的花環 ➜小孩做的項圈等.
keep a dog **on** a chain 把狗用鏈條拴起來
❷連接，連續.
a chain of mountains＝a mountain chain 山脈
a chain of events 一連串的事件

**cháin stòre** 連鎖店. ➜由同一資本直接經營管理的零售商店.
—動 用鎖鏈拴住，在～安上鎖鏈.

| **chair** [tʃɛr] | ▶椅子<br>⊙單人用有靠背的坐椅；無靠背的爲 stool |
|---|---|

名 (複 **chairs** [tʃɛrz]) ❶ 椅子. → bench.
sit **on** a chair 坐在椅子上
sit **in** a chair 坐在椅子裡(扶手椅之類較深的椅子)

chair

stool

❷(**the chair**)議長〔主席〕席位，議長〔主席〕的地位.
**take** the chair 擔任議長〔會議主席〕

**chair·man** [ˋtʃɛrmən] 名 (複 **chair·men** [ˋtʃɛrmən]) ❶議長，主席，主持人. ➜用於男女均可 (→chairperson)；稱呼議長時，對男性稱 **Mr. Chairman**，對女性稱 **Madam Chairman**. ❷(委員會、政黨的)委員長，主席；(公司的)董事長，社長.

**chair·per·son** [ˋtʃɛr͵pɜsn̩] 名 議長，主席，主持人. ➜表示男女「議長」的字，女權運動者認爲只有由-man(男人)構成的 chairman 是對婦女的歧視而主張使用 chairperson 一字.

**chalk** [tʃɔk] ➜ l 不發音. 名 粉筆.
**a piece** 〔**two pieces**〕 **of** chalk 一支〔二支〕粉筆 ➜一般不用×*a* chalk, ×chalk*s*.
write **in** 〔**with**〕 chalk 用粉筆書寫

**chal·lenge** [ˋtʃælɪndʒ] 動 挑戰，向～提議(比賽).
They challenged us **to** a game of baseball. 他們向我們提議來比一場棒球比賽.
The mystery challenged our imagination. 這個謎挑戰我們的想像力.
—名 挑戰.

**chal·leng·er** [ˋtʃælɪndʒɚ] 名 挑戰者.

**cham·ber** [ˋtʃembɚ] 名 房間(room)；臥室(bedroom).
chamber music 室內樂

**cha·me·le·on** [kəˋmilɪən] 名 變色

C

龍，變色蜥蜴；反覆無常的人．➜根據周圍的環境而改變體色．

**cham·pagne** [ʃæm`pen] 名 香檳酒．➜在慶賀的宴席等場合中所飲用的冒泡高級白葡萄酒．

**cham·pi·on** [`tʃæmpɪən] 名 優勝者，冠軍(隊)，冠軍保持者．

**cham·pi·on·ship** [`tʃæmpɪən,ʃɪp] 名 冠軍，優勝．

**win** a championship 獲得冠軍，獲勝

**chance** [tʃæns] 名 ❶機會．

I **had** a chance **to** talk with him. 我有了和他交談的機會．

❷希望，可能性．

He has no 〔little〕 chance **of** winning the game. 他(幾乎)沒有獲勝的希望．

❸偶然性，運氣(luck)．

Don't leave it to chance. 不可聽天由命．

idiom

***by chánce*** 偶然，意外地．

***tàke a chánce*** 碰運氣，冒險．

**change** [tʃendʒ] 動 ❶改變；變化．

change the shape 改變形狀

change water **into** steam 把水變成蒸氣

He **changed** his mind. 他改變了主意．

The magician changed a stick into a snake. 魔術師把棒子變成了蛇．

We changed our compact car **to** a van. 我們把我們的小車換成貨車．

The village has quite changed. 村子完全變了樣．

Their lives on the island are **changing** fast. 他們在島上的生活正在迅速變化中．

We saw the **changing** of the Guard at Buckingham Palace. 我們在白金漢宮看了衛兵交班．➜changing 是把 change 的動名詞當作名詞來使用．

❷更換，交換；換衣服．

change *one's* clothes 換裝

Will you change **seats with** me? 你願意和我調換座位嗎?

Jim changed the sweater **for** a shirt. 吉姆把毛衣換成襯衫．

We all changed **into** our swimming things. 我們全都換上泳裝．

❸換乘．

Change **trains at** the next station. 在下一站換乘火車．

Change **to** the Tan Shui Line at Taipei Station. 在臺北車站換搭淡水線(捷運)．

Passengers must change here **for** Chicago. 去芝加哥的旅客必須在此換車．

❹兌換；換開．

I changed N.T. dollars **into** U.S. dollars. 我把臺幣換成美金．

Can you change this dollar bill **for** ten dimes (for me)? 能不能(替我)把這張一美元的鈔票換成十枚一角的硬幣?

— 名 ❶變化；變更．

**make** a change **in** the program 更改計畫

**for a change** 爲了改變一下心情

There was a sudden change in the weather. 天氣驟變．

❷找回的錢．

**Here's your change**. 這是找給你的錢．

You may **keep** the change. (零錢)不要找了．

Can you give me change **for** a 100-dollar bill? 你能讓我兌換這張一百美元的鈔票嗎? ➜不用 ×*a* change, ×change*s*.

❸零錢．➜亦作 small change；指小面額的硬幣，不指紙幣；不用 ×*a* change, ×change*s*.

**change·a·ble** [`tʃendʒəbl̩] 形 易變的．

**chan·nel** [`tʃænl̩] 名 ❶水路．

C

❷海峽. ➜比 strait 大.
the (English) Channel 英吉利海峽
❸(無線電、電視的)頻道.
watch Channel 6 看第六頻道
You can watch the baseball game **on** Channel 4. 你可以看第四頻道的棒球比賽.

**chap·el** [ˋtʃæpḷ] 名 (附屬於教會、學校、醫院的)禮拜堂. → church ❶

**Chap·lin** [ˋtʃæplɪn] 專有名詞 (**Charles Spencer Chaplin**) 卓別林. ➜英國的喜劇演員、電影導演(1889-1977); 被稱爲 **Charlie Chaplin**.

**chap·ter** [ˋtʃæptɚ] 名 (書的)章, 回.
the first chapter=Chapter 1 (讀爲 one) 第一章

**char·ac·ter** [ˋkærɪktɚ] 名 ❶(人的)性格, 人格; (物的)特性, 特色.
a man of character 有品格的人
national character 國民性
❷(小說、戲劇、歷史上的)人物; 角色.
a great historical character 歷史上的偉大人物
There are only three characters in this play. 這齣戲只有三個角色.
❸記號, 文字.
Chinese characters 中文字

**char·ac·ter·is·tic** [ˏkærɪktəˋrɪstɪk] 形 特有的, 獨特的.
The zebra has characteristic stripes on its body. 斑馬身上有特殊的條紋.
**It is characteristic of** Henry **to** have proposed to her on the day they first met. 在他們初次見面的那天亨利就向她求婚, 這正符合他獨特的性格.
—名 特徵, 特色.

**char·coal** [ˋtʃarˏkol] 名 木炭, 炭.

**charge** [tʃardʒ] 名 ❶ (使用)費用, 價錢.
hotel charges 旅館費
The movie is free of charge. 這部電影免費觀看.
What is the charge **for** this room? 這房間要多少錢?
❷主管, 管理, 照顧, 責任.
Mr. Smith is **in charge of** our class. 史密斯先生負責我們這班.
She is **taking charge of** the boy. 她在看管這孩子.
—動 ❶要價, 索價, 收費.
How much do you charge **for** this room? 這房間你要價多少?
❷責難, 非難; 告發, 指控.
He was charged **with** carelessness. 他因粗心大意而受到指責.

**char·i·ty** [ˋtʃærətɪ] 名 (複 **charities** [ˋtʃærətɪz]) ❶慈善, 施捨; 同情.
a charity concert 慈善音樂會
諺語 Charity begins at home. 仁愛從家中開始. ➜意爲「不能只對外人親善而不顧自家人」.
❷(一般用**charities**)慈善事業〔設施〕.

**charm** [tʃarm] 名 ❶魅力; (**charms**)(女性的)美貌, 美麗. ❷魔力; 咒文; 護身符.
—動 迷惑, 使陶醉, 使入迷.

**charm·ing** [ˋtʃarmɪŋ] 形 迷人的, 可愛的, (非常)美麗的.

**chart** [tʃart] 名 圖表; 航海圖.
a weather chart 氣象圖

**chart·er** [ˋtʃartɚ] 名(常用 **Charter**)憲章. ➜闡述組織、團體組成目的等的宣言(文書).
the Charter of the United Nations 聯合國憲章
—動 包租(交通工具).

**chase** [tʃes] 動 ❶追趕. ❷(**chase away** 〔**off**〕)趕走.
—名 追踪, 跟踪.

**chat** [tʃæt] 動 漫談, 閒談.
chat **about** the weather 閒談天氣
◆ **chatted** [tʃætɪd] 過去式、過去分詞.
◆ **chatting** [tʃætɪŋ] 現在分詞、動名詞.

C

—名 閒談，聊天.
**have** a chat **with** ～ 與～漫談〔閒聊〕

**chat·ter** [ˋtʃætɚ] 動(對無聊的事)喋喋不休.

**cheap** [tʃip] 形便宜的，廉價的；不值錢的.
at a cheap store 在特價商店
Cabbage is cheap this week. 這星期包心菜便宜.
This is too **expensive** 〔《英》**dear**〕. Show me a **cheap**er one. 這太貴了，給我看看便宜一點的. ◁反義字
Which airline is the cheapest in Taiwan? 臺灣哪家航空公司最便宜?
—副《口》便宜地，廉價地.
buy 〔sell〕 bananas cheap 廉價買到〔出售〕香蕉

**cheat** [tʃit] 動欺騙，舞弊.
cheat **in** 〔**on**〕 an examination 在考試中作弊
cheat her **out of** the money 騙取她的錢

**check** [tʃɛk] 動❶(項目等)對照，核對，確認，調查.
❷抑住，阻止，控制住.
Henry couldn't check his anger. 亨利抑制不住自己的憤怒.
❸寄放(攜帶的物品)；托運(隨身行李).
idiom
***chéck ín*** (到達旅館後)在旅館登記簿上登記住入；辦理搭乘(客機)手續；(出席等的)簽名.
***chéck óff*** ～ 打記號(√)表示經查對無誤.
***chéck on*** ～ 檢查～.
***chéck óut*** 付帳後離開旅館；(在圖書館)借出圖書.
—名❶對照，核對；經對照無誤的記號(√). ❷妨礙.
❸(隨身行李的)寄存單〔牌〕；《美》(飯館等的)記帳單，帳單(bill).
Can I have my check? 請幫我結帳.
❹《美》支票. ➜《英》拼法爲 cheque.
pay by check 用支票支付
❺方格花紋.

**check·out** [ˋtʃɛkˏaʊt] 名❶結帳離開. ➜在旅館、超級市場等付款後離開的手續. ❷(在超級市場等出口處的)收銀檯. ➜亦作 **checkout counter**.

**check·up** [ˋtʃɛkˏʌp] 名《口》(綜合)健康檢查；(機械等的)檢查.

**cheek** [tʃik] 名面頰.
I kissed her **on** the cheek. 我在她臉頰上吻了一下.

**cheer** [tʃɪr] 動聲援，喝采，鼓勵. ➜大聲叫喊「好!」、「加油!」等予以表揚或鼓勵.
We all cheered our team. 我們都聲援自己的隊.
Please come and cheer for us. 請來爲我們加油.
Cheer up! 加油！拿出精神來！
—名❶喝采，萬歲；聲援，激勵.
**give** a cheer 喝采
give **three cheers for** ～ 爲～歡呼三聲 ➜在啦啦隊說 “Hip hip!” 之後，大家一起高喊“Hurray!”，反覆三次.
❷《英口》(以 **cheers** 當感嘆詞)乾杯！(Bottoms up!)

**cheer·ful** [ˋtʃɪrfəl] 形精神飽滿的，明朗的，愉快的.
May is always smiling and cheerful. 玫總是微笑著而且精神飽滿.

**cheer·ful·ly** [ˋtʃɪrfəlɪ] 副精神飽滿地，愉快地.

**cheer·ful·ness** [ˋtʃɪrfəlnɪs] 名精神飽滿，爽朗，快活.

**cheer·lead·er** [ˋtʃɪrˏlidɚ] 名(足球比賽等的)啦啦隊. ➜一般挑選數名女學生擔任；→ cheer.

**cheese** [tʃiz] 名乳酪.
**a slice of** cheese 一片乳酪 ➜cheese 爲不可數名詞，一般不說 ×*a*

cheese, ×cheeses, 但在說明不同種類的乳酪時用複數, 如 five cheeses (五種乳酪).

idiom

***Sày chéese!*** (拍照片時)笑一個! ➡因說 [tʃiz] 時, 嘴形呈微笑的樣子.

**cheese·burg·er** [ˋtʃiz͵bɝgɚ] 名 起司漢堡. ➡夾有乳酪的漢堡.

**chee·tah** [ˋtʃitə] 名 獵豹. ➡似豹的貓科動物; 產於非洲、亞洲西南部等乾燥地區, 為陸上跑得最快的動物, 能以一百公里以上的時速奔跑.

**chef** [ʃɛf] (法語) 名 (飯店等的)主廚, 廚師.

**chem·i·cal** [ˋkɛmɪkl̩] 形 化學的, 化學上的, 化學性的.

—名 (常用 **chemicials**) 化學藥品.

**chem·ist** [ˋkɛmɪst] 名 ❶ 化學家.

❷《英》藥劑師, 藥局老板. → druggist.

a chemist's shop 藥房, 藥店 ➡也出售化妝品、軟片等.

**at** the chemist's 在藥房〔店〕

**chem·is·try** [ˋkɛmɪstrɪ] 名 化學.

**cheque** [tʃɛk] 名《英》支票. ➡《美》拼寫為 check.

**cher·ish** [ˋtʃɛrɪʃ] 動 珍視, 疼愛; 懷抱(希望、記憶等).

**cher·ry** [ˋtʃɛrɪ] 名 (複 **cherries** [ˋtʃɛrɪz]) ❶櫻桃.

a cherry stone 櫻桃核

I ate some cherries. 我吃了幾顆櫻桃.

❷櫻桃樹. ➡亦作 **cherry tree**.

cherry blossoms 櫻花

**chess** [tʃɛs] 名 國際象棋, 西洋棋.

Let's **play** chess. 我們下象棋吧.

**chest** [tʃɛst] 名 ❶胸膛.

I have a pain in my chest. 我胸部疼痛.

❷(有蓋的)大箱子.

a tool chest 工具箱

**chést of dráwers** 有抽屜的衣櫃, 五斗櫃.

❸財源(funds). ➡從「錢箱」引申而來, 指箱子中的「錢」; → community chest.

**chest·nut** [ˋtʃɛs͵nʌt] 名 ❶栗子.

❷栗樹. ➡亦作 **chestnut tree**.

**chew** [tʃu] 動 咀嚼(食物).

**chew·ing gum** [ˋtʃuɪŋ͵gʌm] 名 口香糖.

**Chi·ca·go** [ʃəˋkɑgo] 專有名詞 芝加哥. ➡位於伊利諾州的美國第二大城市; 以冬天的寒風聞名於美國, 有 **the Windy City** (風城)之稱.

**chick** [tʃɪk] 名 雛鳥, 雛雞.

**chick·en** [ˋtʃɪkɪn] 名 ❶雞. ➡指公雞(rooster)或母雞(hen). ❷小鳥, 小雞. ❸雞肉. ❹懦夫, 膽小鬼.

**chief** [tʃif] 名 ❶(某一團體之)首長, 首領, 領導人.

the chief of the police station 警察局長

❷(部落的)酋長.

the chief of the tribe 部落的酋長

idiom

***in chíef*** 首位的, 最高等級的.

the editor in chief 總編輯, 主編

the commander in chief 最高指揮官

—形 主要的, 第一的; ～長. ➡只用於名詞前; → main.

a chief justice 首席法官, 庭長, 主審

**chief·ly** [ˋtʃiflɪ] 副 主要地.

**chil·blain** [ˋtʃɪl͵blen] 名 (一般用 **chilblains**) 凍瘡.

| **child** [tʃaɪld] | ▶小孩<br>⊙可用於男孩或女孩, 指從胎兒、幼兒到十二、十三歲前後的小孩 |
|---|---|

名 (複 **children** [ˋtʃɪldrən]) ❶(與成

C

人相對)小孩.
when I was a child 當我還是個孩子的時候
You are no longer a child. 你已不再是小孩了. ➜no longer 爲「不再」.
Children like sweets. 小孩子喜歡吃甜食.
❷(與父母相對)兒女，孩子. ➜指兒子(son)或女兒(daughter).
He is **an only child**. 他是獨子.
I have no children. 我沒有孩子.

**child·hood** [ˋtʃaɪld͵hʊd] 名 幼年，童年時代.
**in** my childhood 在我的童年時代

**child·ish** [ˋtʃaɪldɪʃ] 形 孩子的，孩子所特有的；孩子氣的，幼稚的，不成熟的. → childlike.

**child·like** [ˋtʃaɪld͵laɪk] 形 像孩子一樣的，純眞的，無邪的. ➜用於表示對人的讚美；childish 有輕蔑之意.

**chil·dren** [ˋtʃɪldrən] 名 child 的複數.

**Chil·e** [ˋtʃɪlɪ] 專有名詞 智利. ➜南美太平洋沿岸的國家，國土狹長；首都聖地牙哥；通用語爲西班牙語.

**chill** [tʃɪl] 名 冷氣，冷；寒氣.

**chill·y** [ˋtʃɪlɪ] 形 ❶寒冷.
I feel chilly. 我感到寒冷.
It's chilly outside. 外面很冷.
❷冷淡的，疏遠的.
a chilly smile 冷笑

**chime** [tʃaɪm] 名 ❶(教堂鐘樓等音調諧和的一組)鐘；(**chimes**)(一組鐘發出的)鐘聲. ❷(鐘錶、門鈴等發出的)諧和樂聲.
—動(鐘)響；(鐘)鳴.

**chim·ney** [ˋtʃɪmnɪ] 名 煙囪.
**chímney swèep(er)** 打掃煙囪的人. ➜因身體瘦小的孩子容易擠入煙囪打掃，古代在英國常雇用貧家少年從事此項工作.

**chim·pan·zee** [͵tʃɪmpænˋzi] 名 黑猩猩. → ape.

**chin** [tʃɪn] 名 顎，下巴. → jaw.

**Chi·na** [ˋtʃaɪnə] 專有名詞 **中國**. ➜一爲the People's Republic of China；首都北京(Beijing)；一爲the Republic of China；首都臺北(Taipei).

**chi·na** [ˋtʃaɪnə] 名 瓷器；陶瓷器. **a piece of** china 一件瓷器 ➜不用 ×*a* china, ×china*s*.

**Chi·nese** [tʃaɪˋniz] 形 **中國的，中國人的**；中文的.
Chinese food 中國菜
He is Chinese. 他是中國人.
—名 ❶**中國人**. ➜複數同爲**Chinese**. ❷中文.

**chip** [tʃɪp] 名 ❶木片，木屑，碎片. ❷(**chips**)《英》(細長的)炸馬鈴薯條；《美》(切成薄片的)炸馬鈴薯片. ➜炸馬鈴薯條在美國稱 French fries；炸馬鈴薯片在英國稱(potato) crisps.

**chirp** [tʃɜp] 動(小鳥、蟲)鳴叫.
—名(小鳥的)啾啾的叫聲，(蟲的)唧唧的鳴聲.

**choc·o·late** [ˋtʃɔkəlɪt] 名 巧克力；可可(飲料). → cacao ❷
**a bar** 〔**a box**〕 **of** chocolate 一條〔一盒〕巧克力
Don't eat too **much** chocolate. 不要吃太多巧克力.
We had some **hot chocolate**. 我們喝了點熱可可.

**choice** [tʃɔɪs] 名 ❶選擇；選擇權. ➜動詞爲 choose.
I can give you only one of these two boxes. **Make** your choice. 這兩個箱子我只能給你其中一個，請挑選吧.
Be careful in your choice **of** books. 選書要仔細.
You have no choice—you must do it. 你別無選擇——你必須做.
❷所選之物，選拔.
This cap is my choice. 這是我選的帽子.

**Take** your choice. 挑你喜歡的.

會話 I'll have the steak and my wife will have the fried oysters. —Both come with a choice of soup or salad. 我要牛排，我太太要炸牡蠣. —這二份餐點都附送湯或沙拉，請任選一種.

**—**形 精選的，上等的，特選.

choice articles 特選品，上等品

the choicest fruit 最上等的水果

**choir** [kwaɪr] 名 (教會的)唱詩班；唱詩班的席位；(一般的)合唱團.

**choke** [tʃok] 動 使窒息；呼吸困難，憋氣.

idiom

***chóke úp*** 使(管道、聲音等)阻塞，感情激動.

**choose** [tʃuz] 動 ❶**挑選，選擇.** →名詞為 choice.

We choose our lunch from a menu. 我們看菜單點午餐.

Let's choose teams. 我們來分隊吧.

Choose me a good one, please. 請給我挑個好的.

You can do as you choose. 你喜歡怎麼做就怎麼做好了.

◆ **chose** [tʃoz] 過去式.

We chose Henry (as) chairman. 我們選亨利當主席.

◆ **chosen** [ˋtʃozn̩] 過去分詞.

Henry **was** chosen (as) chairman. 亨利被選為主席.

❷決定(做～) (decide).

We chose **to** go by bus. 我們決定搭公車去.

**chop** [tʃap] 動 ❶(用斧、柴刀等)砍，劈，斬.

chop a log with an ax 用斧頭劈圓木

❷切細，剁碎(肉、蔬菜等).

◆ **chopped** [tʃapt] 過去式、過去分詞.

◆ **chopping** [ˋtʃapɪŋ] 現在分詞、動名詞.

**chop·sticks** [ˋtʃapˏstɪks] 名 複 筷子.

**a pair of** chopsticks 一雙筷子

**cho·rus** [ˋkorəs] 名 合唱，合唱曲；合唱隊；合唱團.

sing **in** chorus 合唱，齊唱

read in chorus 齊聲朗讀

**chose** [tʃoz] choose 的過去式.

**cho·sen** [ˋtʃozn̩] choose 的過去分詞.

**Christ** [kraɪst] 專有名詞 基督. →「救世主」之意；一般指 Jesus Christ (耶穌基督).

**Jésus Chríst** 耶穌基督. →基督教的創建者；西曆紀元以耶穌的誕生為基點(→ B.C.)；生於猶太(現在的以色列)，三十歲左右開始傳揚天國的啓示，三年後死於十字架上，相傳在死後的第三日復活.

**Chris·tian** [ˋkrɪstʃən] 名 基督徒.

**—**形 基督教的，基督教徒的.

**Chrístian náme** 教名. →幼兒洗禮時所取的名字；如 John Lennon 的 John；也稱作 **first** 〔**given**〕 **name**；→ baptism.

**Chris·ti·an·i·ty** [ˏkrɪstʃɪˋænətɪ] 名 基督教.

**Christ·mas** [ˋkrɪsməs] 名 ❶**聖誕節.** →略作 **Xmas**；紀念耶穌誕生的日子，即十二月二十五日.

a green 〔white〕 Christmas 不下雪〔白雪皚皚〕的聖誕節

會話 **Merry Christmas!** —**The same to you.** 聖誕快樂！—聖誕快樂.

❷聖誕節期(Christmastime).

**at** Christmas 在聖誕節(前後)

**Chrístmas càrol** 聖誕頌歌.

**Chrístmas Dày** 耶誕節，聖誕節；耶穌生日. →十二月二十五日.

**on** Christmas Day 在聖誕節那天

**Chrístmas Éve** 聖誕前夕. →十二

C

月二十四日(晚上).

**Chrístmas hólidays** 聖誕假期，寒假.

**Chrístmas trèe** 聖誕樹. ➜一般使用樅樹(fir tree).

**Christ·mas·time** [ˋkrɪsməs͵taɪm] 名 聖誕節期. ➜從十二月二十四日(Christmas Eve)至一月一日(New Year's Day)或者一月六日.

**chuck·le** [ˋtʃʌkḷ] 動 抿著嘴輕聲地笑，竊笑. → laugh.

—名 輕聲笑，竊笑.

**church** [tʃɝtʃ] 名 ❶**教堂，教會.** ➜在英國除了英國國教以外的教派之教堂稱 chapel.

❷(在教堂做的)禮拜.

The Browns **go to church** on Sundays. 布朗家每個星期天都去教堂〔做禮拜〕. ➜不用 go to ×*a* 〔*the*〕 church.

What time does church begin? 禮拜幾點開始?

❸(**Church**)(有「教派」意義的)～教會.

the Catholic Church 天主教會

the Church of England 英國國教會 ➜英國全國分許多教區(parish)，各教區有教區牧師; → Canterbury.

**church·yard** [ˋtʃɝtʃ͵jɑrd] 名 教堂四周的空地; 教堂的墓地. →cemetery.

**ci·ca·da** [sɪˋkedə] 名 蟬. ➜在北美蟬有很多種類，而在英國幾乎看不到.

**ci·der** [ˋsaɪdɚ] 名 蘋果酒. ➜蘋果汁或經發酵的蘋果汁; 汽水稱 soda pop.

**ci·gar** [sɪˋgɑr] 名 雪茄菸.

**cig·a·ret(te)** [͵sɪgəˋrɛt] 名 香菸，紙菸. → tobacco.

**smoke** 〔**light**〕 a cigarette 抽菸〔點菸〕

**a pack of** cigarettes 一包香菸

**Cin·der·el·la** [͵sɪndəˋrɛlə] 專有名詞 灰姑娘. ➜童話中的主角名字.

**cin·e·ma** [ˋsɪnəmə] 名 ❶《英》電影院(《美》movie theater 〔house〕).

❷(一部)電影(《美》movie); 《集合》電影(《美》the movies).

go to the 〔a〕 cinema 去看電影

**cin·na·mon** [ˋsɪnəmən] 名 肉桂; 肉桂皮(香料). ➜屬樟樹科的常綠大樹; 除了根與皮可作糕點的香料外，乾燥後尚可作調味料或胃藥.

**cir·cle** [ˋsɝkḷ] 名 ❶**圓; 圈，環狀物.**

**draw** a circle 畫圓

We danced **in** a circle. 我們圍成一圈跳舞.

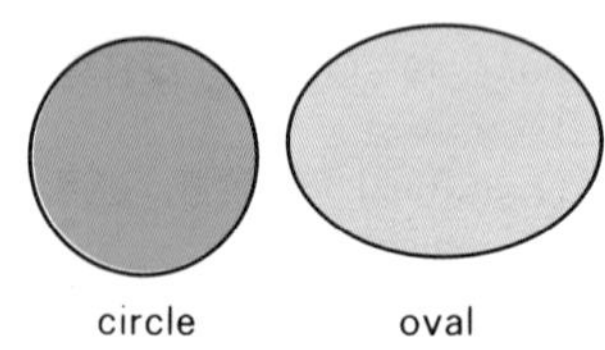


❷伙伴，團體; (交際的)圈子; (一般用 **circles**)～界.

a reading circle 讀書會

the upper circles 上流社會

—動 ❶ **圍〔圈〕上，環繞.**

circle the number of the right answer 圈選正確答案的號碼

❷**旋轉，盤旋.**

The moon circles the earth. 月球繞著地球轉.

**cir·cu·lar** [ˋsɝkjəlɚ] 形 圓形的.

—名 (大量分發的)宣傳廣告，小冊子，通知單.

**cir·cu·late** [ˋsɝkjə͵let] 動 循環.

**cir·cu·la·tion** [͵sɝkjəˋleʃən] 名 循環.

**cir·cum·stance** [ˋsɝkəm͵stæns] 名 (一般用 **circumstances**)(周圍的)情況，狀況; 經濟狀況，家境.

**under** these circumstances 在這種情況下

**In** our present circumstances we can't afford a car. 按目前的經濟狀況，我們買不起汽車.

**cir·cus** [ˋsɝkəs] 名 ❶馬戲團.
❷《英》(道路呈放射狀匯集的)圓形廣場. →常用於地名.
Piccadilly Circus (倫敦的)皮卡迪利廣場

**cit·ies** [ˋsɪtɪz] 名 city 的複數.

**cit·i·zen** [ˋsɪtəzn̩] 名 ❶市民, (城市的)居民.
a citizen of New York City 紐約市民
a citizen of Taipei 臺北市居民
❷國民.
an American citizen 美國國民

| **cit·y** [ˋsɪt ɪ] | ▶市 ▶都市 |
|---|---|

名 (複 **cities** [ˋsɪtɪz]) ❶市, 都市, 城市; (**the city**)全市居民. → town.
city life 都市生活
New York City=the City **of** New York 紐約市
show him **around** the city 帶他到城裡轉轉
Kobe is a sister city **to** Seattle. 神戶是西雅圖的姐妹市.
The whole city was alarmed by the big earthquake. 全市居民都爲這次大地震而感到不安.
**cíty háll** 市政府, 市政廳; 市鎮公所.
❷(**the City**)位於倫敦市(Greater London)中心的舊倫敦市區, 英國的金融、商業中心; 正式名稱爲 **the City of London**.

**civ·il** [ˋsɪvl̩] 形 ❶公民的, 市民的.
civil rights 公民權
❷國內的.
a civil war 內戰, 內亂
**the Cívil Wár** (美國的)南北戰爭(1861-65).
❸(與軍人相對)平民的, 文職的, 非軍職的.
❹有禮貌的, 謙恭的.

**civ·i·li·za·tion** [ˌsɪvl̩əˋzeʃən, ˌsɪvl̩aɪˋzeʃən] 名 文明. 相關語 civilization 主要強調物質層面, culture (文化)則強調精神層面.
Western civilization 西方文明

**civ·i·lized** [ˋsɪvl̩ˌaɪzd] 形 文明的, 開化的.
civilized nations 文明國家

**claim** [klem] 動 聲言, 主張; 聲稱是自己的東西〔權利〕, (當作權利來)要求.
Jane claims **that** she is right. 珍聲稱自己是正確的.
He claimed to be a Scot but had a strong Liverpool accent. 他聲稱自己是蘇格蘭人, 但卻有著濃厚的利物浦口音.
Volunteer workers can claim traveling expenses. 志願服務者可申請旅費.
—名 ❶要求, 主張.
He **made** a claim **for** the land. 他聲稱這塊土地是他的.
❷權利, 資格.
He has no claim **to** the land. 他對這塊土地沒有權利.

**clam** [klæm] 名 蛤, 蚌.

**clap** [klæp] 動 拍(手), 鼓掌; 發碰撞聲.
clap him **on** the back 拍他的背
◆ **clapped** [klæpt] 過去式、過去分詞.
◆ **clapping** [ˋklæpɪŋ] 現在分詞、動名詞.
—名 碰撞聲; 拍打.

**clar·i·net** [ˌklærəˋnɛt] 名 單簧管, 豎笛(木管樂器).

**clash** [klæʃ] 名 ❶(金屬相碰發出的)噹啷之聲.
a clash of cymbals 鐃鈸噹的一聲
❷(意見等的)衝突.
—動 衝突; 砰然撞擊, 發出撞擊聲; (日期等)衝突.

C

C

**clasp** [klæsp] 名 ❶扣環，扣鉤．➜項鍊、皮包等的扣鉤，皮帶扣，領帶夾，子母扣等．❷緊握，擁抱，握手．
—動 ❶(用扣鉤)扣住，扣緊．❷緊握，緊抱．

| **class** [klæ s] | ▶班級，班級的學生(全體)<br>▶課<br>▶(社會的)階級 |
|---|---|

名 (複 **classes** [klæsɪz]) ❶ 班級，年級，班．
a class committee　班級委員會
He is the tallest boy in our class.　他是我們班上個子最高的男孩．
I am in the third year class.　我是三年級學生．
I'm in class 2A.　我在二 A 班．
There are fifteen classes in all in our school.　我們學校共有十五班．
❷班級的學生(全體)．
Our class enjoyed a picnic yesterday.　昨天我們班快樂地野餐．
The whole class laughed.　全班都笑了．
Half the class are absent with colds.　班上一半同學因感冒而缺席．
Good morning, class.　同學們，你們好．
❸課．
Miss Green's music class　格林老師的音樂課
We **have** five classes on Friday.　星期五我們有五節課．
How many English classes do you have (in) a week?　你們一星期有多少節英語課?
They are **in** class.　他們正在上課．
❹(常用**classes**)(社會的)階級，階層．
the working class(es)　工人階級
the upper〔middle, lower〕class(es)　上〔中，下〕層階級
❺等級，地位，種類．
He usually flies first class.　搭飛機時他通常坐頭等艙．

**clas·sic** [ˋklæsɪk] 名 古典，名作．
—形(文學、藝術)一流的；古典的．

**clas·si·cal** [ˋklæsɪkḷ] 形 (文學、藝術等)古典主義的；古典的．
classical music　古典音樂

**clas·si·fy** [ˋklæsəˏfaɪ] 動 分類．
He **classifies** his library according to subject.　他按照科目將其藏書分類．➜ classifies [ˋklæsəˏfaɪz] 爲第三人稱單數現在式．
◆ **classified** [ˋklæsəˏfaɪd] 過去式、過去分詞．
These animals are classified into three families.　這些動物分成三科．

**clássified ád** (報紙的)分類廣告．➜分成求才、房地產等項目，用小號鉛字編排而成的廣告(欄)．

**class·mate** [ˋklæsˏmet] 名 同班同學．

**class·room** [ˋklæsˏrum] 名 教室．
a music classroom　音樂教室
There is no one **in** the classroom.　教室裡沒人．

**clat·ter** [ˋklætɚ] 名 噼啪〔隆隆，嘩啦〕的聲音．
—動 使噼啪〔隆隆，嘩啦〕地響．

**clause** [klɔz] 名 ❶《文法》子句．➜本身具有主詞和述語；→ phrase(片語)，sentence(句子)．❷(法律等的)條款．

**claw** [klɔ] 名 ❶ (獸、鷹等的)爪，脚爪．❷(蟹、蝦等的)鉗，螯．

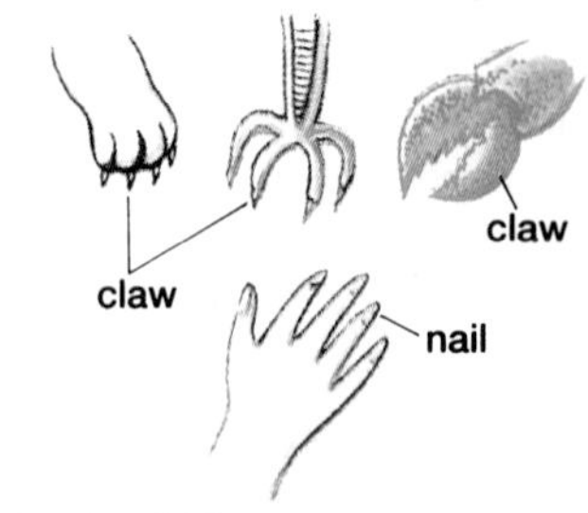


**clay** [kle] 名 黏土．

**clean** [kl i n] ▶乾淨的 ▶乾淨地 ▶把～弄乾淨

形 ❶乾淨的，清潔的. 反義字 dirty (骯髒的).

基本 a clean towel　清潔的毛巾 ➡ clean＋名詞.

clean dishes　乾淨的碟子

基本 This towel is clean.　這條毛巾是乾淨的. ➡ be 動詞＋clean 〈C〉.

Cats are clean animals.　貓是愛清潔的動物.

He always keeps his room clean. 他總是把房間弄得很乾淨.

◆ **cleaner** [ˋklinɚ] 〔比較級〕更乾淨的.

◆ **cleanest** [ˋklinɪst] 〔最高級〕最乾淨的.

❷純潔的，清白的(pure).

lead a clean life　過潔身自愛的生活

❸巧妙的，出色的.

a clean hit　(棒球的)漂亮的安打

—副 ❶乾淨地.

sweep the room clean　把房間打掃乾淨

◆ **cleaner** 〔比較級〕更乾淨地.

◆ **cleanest** 〔最高級〕最乾淨地.

❷徹底地，出色地.

The horse jumped clean over the hedge.　這匹馬敏捷地跳過樹籬.

—動 把～弄乾淨，打掃.

clean the blackboard　擦黑板

She cleans her room every day. 她每天打掃她的房間.

We cleaned the whole house yesterday.　我們昨天進行大掃除.

idiom

***cléan úp***　(把～)打掃乾淨，(把～)收拾整潔.

**clean·er** [ˋklinɚ] clean 的比較級.

—名 ❶清潔工；乾洗商. ❷吸塵器.

**clean·ing** [ˋklinɪŋ] clean 的現在分詞、動名詞.

—名 掃除；洗滌.

general cleaning　大掃除

**clean·ly**[1] [ˋklinlɪ] 副 乾淨地.

**clean·ly**[2] [ˋklɛnlɪ] ➡注意與 cleanly[1] 在發音上的區別. 形 愛清潔的，常保持清潔的.

◆ **cleanlier** [ˋklɛnlɪɚ] 比較級.

◆ **cleanliest** [ˋklɛnlɪɪst] 最高級.

**clean·up** [ˋklin,ʌp] 名 大掃除；(對邪惡、犯罪等的)掃蕩.

—形 《棒球》(有可能把壘上跑者全部送回本壘的)第四棒(打擊者)的.

**clear** [klɪr] 形 ❶清澈的；晴朗的.

clear water　清澈的水

clear glass　透明的玻璃

a clear sky〔day〕　晴空〔天〕

The sky was clear.　萬里晴空.

❷(聲音、形狀等)清晰的.

a clear voice　清晰的〔響亮的〕聲音

The picture is very clear.　這張照片很清晰.

❸(說話內容、事實等)明白的，明確的，清楚的.

He is not clear on this point.　這一點他沒弄〔說〕清楚.

The meaning became clear to me. 這意思對我來說已變得很明白.

**It is clear that** he has done it.　顯然他已經做了. ➡ It＝that ～.

❹(道路、眺望等)暢通無阻的.

a clear road　暢通的道路

a clear space　空地

The road is clear **of** traffic.　路上

沒有行人和車輛.
—動 ❶(亦作 **clear up**)放晴.
It 〔The sky〕 began to clear (up). 天空開始放晴了.
❷收拾, 整理, 清除.
clear the table (飯後)收拾桌子
clear *one's* throat (咳一聲)清清嗓子
clear the sidewalk **of** snow=clear the snow **from** the sidewalk 清掃人行道上的積雪
❸躍過; 不接觸地越過.
clear a fence 跳過籬笆
idiom
***cléar awáy*** (霧等)消失; 把～清除掉.
***cléar úp*** (天氣)放晴; 使明確, 解決.

**clear·ly** [ˋklɪrlɪ] 副 明白地.
Please speak more clearly. 請說得更明白些.

**cler·gy·man** [ˋklɝdʒɪmən] 名 (複 **clergymen** [ˋklɝdʒɪmən]) 牧師. ➜在英國多指英國國教會的牧師.

**clerk** [klɝk] 名❶辦事員.
❷《美》店員.

**clev·er** [ˋklɛvɚ] 形 ❶伶俐的, 聰明的; 精明的.
a clever plan 聰明的計畫
Jack is very clever; he always makes some good excuse. 傑克很聰明, 他總是編出些很巧妙的藉口.
❷擅長, 靈巧.
Watchmakers are clever **with** their hands. 鐘錶匠的手很靈巧.
He is clever **at** drawing cartoons. 他擅長畫漫畫.

**clev·er·ness** [ˋklɛvɚnɪs] 名 ❶聰明, 伶俐. ❷靈巧.

**click** [ˋklɪk] 名 喀嗒聲.
—動 發出喀嗒聲; 使發出喀嗒聲.
The door clicked shut. 門喀嗒一聲關上了. ➜ shut 爲過去分詞, 當作表「狀態」的形容詞使用.

**cliff** [klɪf] 名 (尤指臨海的)懸崖, 峭壁.

**cli·mate** [ˋklaɪmɪt] 名 ❶氣候. ➜指某一地區特有的氣象狀態; 相關語 **weather**「天氣」指暫時的氣象狀態.
The climate of Japan is generally mild. 日本的氣候一般是溫和的.
❷(從氣候來看的)風土, 地帶.
live in a hot climate 住在炎熱地帶

**cli·max** [ˋklaɪmæks] 名 絕頂, 最高潮.

**climb** [klaɪm] ➜ b 不發音. 動 ❶攀登, (手腳並用)攀爬.
climb Mt. Fuji 爬富士山
climb a ladder 爬梯子
climb (**up**) a tree 爬樹
climb **down** a tree 爬下樹
climb **into** bed 爬上床
We climbed **over** the fence. 我們翻過籬笆.
He climbed **out through** the window. 他從窗戶爬出去.
❷上漲, 上升.
The rocket climbed steadily. 火箭平穩地上升.
His fever began to climb. 他發燒的熱度開始升高.
—名 攀登(的路徑); 登山.

**climb·er** [ˋklaɪmɚ] 名 登山者. ➜指正式登山的人, 一般遊山的人稱 mountain hiker.

**climb·ing** [ˋklaɪmɪŋ] 名 攀登, 登山.
go mountain climbing 去登山

**cling** [klɪŋ] 動 纏著, 緊握不放; 牢固地黏著.
The wet shirt clings **to** my back. 濕透的襯衫黏在我的背上.
◆ **clung** [klʌŋ] 過去式、過去分詞.
He clung to the mast of the sinking ship. 他緊緊抱住正在下沉的船的船桅.

**cling·film** [ˋklɪŋˌfɪlm] 名 保鮮膜

(plastic wrap, Saran wrap). →「Saran wrap」爲商標名.

**clin·ic** [ˋklɪnɪk] 名 診所. → hospital.

**clip**[1] [klɪp] 動 剪(羊毛、頭髮、花木等), 修剪; 剪取, 剪下(報紙上的文章).

◆ **clipped** [klɪpt] 過去式、過去分詞.

◆ **clipping** [ˋklɪpɪŋ] 現在分詞、動名詞.

**clip**[2] [klɪp] 名 夾子, 紙夾; 金屬夾子, 迴紋針.

—動 用夾子固定.

◆ **clipped** [klɪpt] 過去式、過去分詞.

I clipped the papers together. 我把文件夾在一起.

◆ **clipping** [ˋklɪpɪŋ] 現在分詞、動名詞.

**clip·board** [ˋklɪp͵bord] 名 有夾紙裝置的寫字板.

**clip·per** [ˋklɪpɚ] 名 ❶剪(羊毛等)的人.

❷(**clippers**)剪刀.

**a pair of** clippers 一把剪刀

hair〔nail〕clippers 理髮推子〔指甲剪〕

**cloak** [klok] 名(無袖的)外套, 斗篷.

**cloak·room** [ˋklok͵rum] 名《英》(旅館、飯店、劇院等的)隨身攜帶物品寄放處(《美》checkroom), 衣帽間; (車站的)行李臨時寄放處.

**clock** [klɑk] 名(時)鐘. → 指座鐘、掛鐘; 相關語 **watch**(錶); → o'clock.

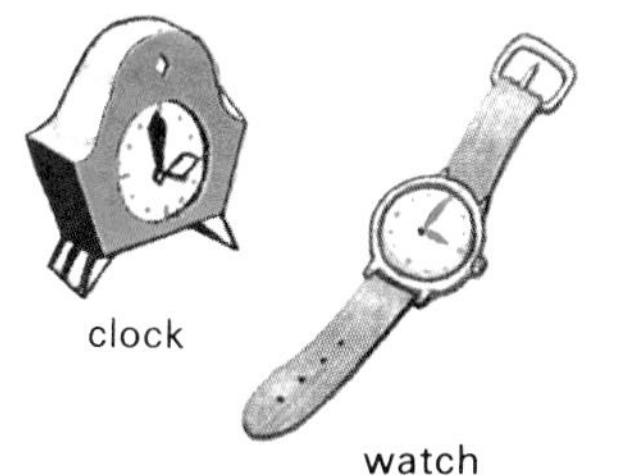


an alarm clock 鬧鐘

The clock **struck** seven. 鐘敲了七點.

**clóck tòwer** 鐘樓, 鐘塔.

**clock·wise** [ˋklɑk͵waɪz] 副 形 (跟時針轉動的方向一樣)由左向右地〔的〕, 順時針方向地〔的〕.

go clockwise 由左向右轉

| **close**[1] [kloz] | ▶閉, 關閉<br>▶結束, 關<br>▶終止 |
|---|---|

動 ❶閉, 關; 關閉.

基本 close a book 闔上書 →close＋名詞〈O〉.

close a hole 塞住洞

Some flowers close in the evening. 有些花到晚上花瓣就閉了起來.

This door **open**s and **close**s automatically. 這扇門自動開關. ◁反義字 → closes [ˋklozɪz] 爲第三人稱單數現在式.

◆ **closed** [klozd] 過去式、過去分詞.

The door closed quietly. 門無聲地關上了.

a closed door 關〔鎖〕上的門 → closed 爲過去分詞作形容詞使用.

Japan was〔Japan's doors were〕closed to many European countries in those days. 當時日本對西歐各國採取關閉門戶(政策).

◆ **closing** [ˋklozɪŋ] 現在分詞、動名詞. → closing.

❷(商店、聚會等)結束, 關, 閉, (道路等)封閉.

The store closes at seven o'clock. 這家店七點打烊.

The store is closed for the day. 這家店今天已經打烊了. →被動語態.

告示 Closed today. 今天停止營業. →意爲 We are closed today.

告示 Street closed. 街道封閉.

—名 ❶結束, 終止(end).

at the close of the day 在傍晚

**come to** a close　結束，終止

❷ [klos]《英》院〔廠〕內，校園；死巷《常用於路名》.

C

**close**[2] [klos] 形 ❶(很)近的，接近的；親密的，親近的. ➜注意與close[1]在發音上的區別.

a close game　勝負難分的比賽，拉鋸戰

a close friend　知心朋友

be〔get〕close **to** ～　接近～

My house is very close to the station.　我家離車站很近.

The old man kept his eyes close to the book.　老人把眼睛貼近書本.

❷周密的，仔細的.

pay close attention to ～　密切注意～

❸悶熱的，不通風的；關閉的.

a hot, close room　不通風的悶熱房間

— 副 **靠近地，**接近，緊密地.

I sat close **to** him.　我緊靠他而坐.

Come **closer**.　靠近點.

Christmas is **close at hand**.　聖誕節近在眼前.

idiom

***clóse bý***　就在附近.

**close·ly** [ˋkloslɪ] 副 ❶緊密地，滿滿地；密切地.

Her dress fits closely.　她的衣服很合身.

❷周密地，仔細地.

read closely　仔細閱讀

**clos·et** [ˋklɑzɪt] 名 壁櫥，庫房.

**close-up** [ˋklos͵ʌp] 名(電影、電視等的)特寫鏡頭.

**clos·ing** [ˋklozɪŋ] close[1]的現在分詞、動名詞.

— 形 結束的，閉幕的.

the closing time　打烊時間，下班時間

the closing day for applications　申請截止日期

the closing ceremony　閉幕式

**cloth** [klɔθ] 名 ❶**布，**衣料，布料.

**a piece of** cloth　一塊布 ➜因指的是物質本身，所以不用×*a* cloth, ×cloth*s*.

three **yards of** cloth　三碼布

❷(抹布等的)**布塊，桌布**(tablecloth).

wipe a window **with** a damp cloth　用濕布擦窗戶　➜當普通名詞，亦可用 a cloth, cloths.

She is putting the cloth on the table.　她正在鋪桌布〔正在預備開飯〕.

**clothe** [kloð] 動 使穿衣(dress)；覆蓋，包裹.

clothe *one*self　穿衣服

She was beautifully clothed.　她穿得很漂亮.

All the trees are clothed in green leaves.　所有樹木都長滿綠葉.

**clothes** [kloz, kloðz] 名 複 **衣服，服裝**. ➜亦指襯衫等.

**a suit of** clothes　一套衣服　➜不用×*a* clothes.

a man **in** dirty clothes　身著髒衣服的男人

**put on**〔**take off**〕*one's* clothes　穿〔脫〕衣

She is dressed in beautiful Japanese clothes.　她穿著漂亮的和服.

**cloth·ing** [ˋkloðɪŋ] 名《集合》衣服. ➜意義比 clothes 更廣泛，包括各種衣服和衣料.

**an article of** clothing　一件衣服 ➜不用×*a* clothing, ×clothing*s*.

food, clothing and shelter　食、衣和住

| **cloud** [kl aʊ d] | ▶雲<br>▶陰(天) |
|---|---|

名 (複 **clouds** [klaʊdz]) ❶**雲.**

a white cloud　(一片)白雲

There is not a cloud in the sky.　天空沒有一片雲彩.

The top of Mt. Fuji was hidden **in**

cloud. 富士山頂隱藏在雲裡.
dark〔black〕clouds 烏雲
❷雲狀物，(雲朵般的)一大群，朦朧之物.
a cloud of birds 一大群鳥
a cloud of dust〔steam〕 一股塵埃〔蒸氣〕
—動 (天色)變陰暗；使暗淡，(心境)變憂鬱.
The sky clouded over. 天空雲層密布.
Grief clouded his mind. 憂傷籠罩著他的心.

**cloud·less** [ˋklaudlɪs] 形 無雲的，晴朗的.

**cloud·y** [ˋklaudɪ] 形 **陰天的，多雲的**.
a cloudy sky 陰天
It is cloudy today. 今天多雲.
Wed., Feb. 26, Cloudy (日記)二月二十六日，星期三，陰
◆ **cloudier** [ˋklaudɪɚ] 比較級.
◆ **cloudiest** [ˋklaudɪɪst] 最高級.

**clo·ver** [ˋklovɚ] 名 苜蓿. ➜栽種作爲家畜的飼料.
a four-leaf clover 四葉苜蓿 ➜人們相信發現了這種草的人必有好運.

**clown** [klaun] 名 (馬戲、戲劇等的)丑角，滑稽演員，小丑.

| **club** [klʌb] | ▶俱樂部，社，會<br>▶(可做爲武器的)棍棒 |
|---|---|

名 (複 **clubs** [klʌbz]) ❶(體育、社交等的)**俱樂部，社團，會所**.
a baseball club 棒球俱樂部
club activities 社團活動，俱樂部活動
**join** a club 加入俱樂部，加入社團
He **belongs to** the tennis club. 他是網球俱樂部的會員.
❷(用作武器的)棍棒. ❸(高爾夫球、曲棍球的)球桿. ❹(紙牌中的)梅花.

**cluck** [klʌk] 名 咯咯聲. ➜母雞叫小雞的聲音.
—動 (母雞)咯咯地叫.

**clue** [klu] 名 線索，頭緒.

**clum·sy** [ˋklʌmzɪ] 形 笨拙的，不靈巧的；姿勢不雅觀的.
◆ **clumsier** [ˋklʌmzɪɚ] 比較級.
◆ **clumsiest** [ˋklʌmzɪɪst] 最高級.

**clung** [klʌŋ] cling 的過去式、過去分詞.

**clus·ter** [ˋklʌstɚ] 名 ❶(葡萄等的)串，束，簇. ❷(人、蜂等的)群，(房屋的)集中.
—動 群集，聚集.

**clutch** [klʌtʃ] 動 抓住，緊握.
—名 ❶抓，緊握. ❷(機械的)離合器，起重機的鉤爪.

**cm, cm.** centimeter(s)(釐米，公分)的縮寫.

**CO** Colorado 的縮寫.

**Co.** Company(公司，伙伴)的縮寫. ➜讀作 [ko] 或 [ˋkʌmpənɪ]，用於公司名稱.
Green Publishing Co. 格林出版社
Jones & Co. 瓊斯公司 ➜Co. 之前若爲人名，其間加&(=and)；源於「瓊斯和他的伙伴」之意.

**c/o** care of (由～轉交)的縮寫. ➜讀作 [ˋkɛrəv]，用於轉信人姓名之前.
Mr. John Adams, c/o Mr. Robert Brown 羅伯特・布朗先生轉約翰・亞當斯先生收

**coach** [kotʃ] 名 ❶(比賽的)教練；家庭教師. ❷(鐵路上的)客車；(長途)公共汽車. ❸四輪馬車. → stagecoach.
—動 教練，指導；當家庭教師.
Mr. White coaches us **in** tennis. 懷特先生指導我們打網球.

**coal** [kol] 名 煤，煤炭.
a coal mine 煤礦

**coarse** [kors] 形 ❶粗糙的，粗的；粗劣的. ❷粗俗的.

**coast** [kost] 名 **海岸，沿岸**. →shore.
on the Pacific coast 在太平洋沿岸

**coat** [kot] 名 ❶外衣，外套(overcoat).
a winter coat 冬天穿的外套
**put on** a coat 穿上外套
**take** 〔**put**〕 **off** a coat 脫下外套
They don't **have** coats **on**. 他們沒穿外衣.
❷上衣(jacket).
a man's coat and trousers 男裝上衣和褲子
❸(油漆的)層.
two coats of paint 兩層塗料
—動 覆蓋(表面)(cover)；塗(油漆等).
The furniture was coated **with** dust. 家具上蒙著一層灰.

**co·bra** [ˋkobrə] 名 眼鏡蛇. ➜產於非洲、印度等地的毒蛇.

**cob·web** [ˋkɑbˏwɛb] 名 蜘蛛網.

**Co·ca-Co·la** [ˋkokəˋkolə] 名 可口可樂. ➜商標名；也稱爲 **Coke**, **cola**；→ cola.

**cock** [kɑk] 名 ❶ 《英》 公雞 (《美》 rooster). 相關語 **hen** 爲「母雞」；不分雌雄而只說「雞」時爲 **chicken**.
❷(自來水管的)龍頭，活栓.

**cock-a-doo·dle-doo** [ˋkɑkəˏdudl̩ˋdu] 名 喔喔喔(公雞聲).

**cock·ney, Cock·ney** [ˋkɑknɪ] 名 ❶倫敦佬. ➜指住在倫敦東區說倫敦方言(→❷)的居民. ❷倫敦方言. ➜倫敦一種平民說的英語，特徵是把 [e] 發作 [aɪ] (如 eight [aɪt]).

**cock·pit** [ˋkɑkˏpɪt] 名 (飛機、直升機、太空船等的)駕駛艙，駕駛座.

**cock·roach** [ˋkɑkˏrotʃ] 名 蟑螂.

**co·coa** [ˋkoko] 名 可可. → cacao ❷

**co·co·nut** [ˋkokənət] 名 椰子.

**co·coon** [kəˋkun] 名 (蠶)繭.

**cod** [kɑd] 名 鱈魚. ➜單複數同形；亦作 codfish.

**code** [kod] 名 符號，密碼；暗號.
the Morse code 摩斯電碼

**zíp còde** 《美》郵遞區號.

**cod·fish** [ˋkɑdˏfɪʃ] 名 =cod.

**co·ed·u·ca·tion** [ˏkoɛdʒəˋkeʃən] 名 男女同校(教育).

**co·ex·ist·ence** [ˏkoɪgˋzɪstəns] 名 共存.

**cof·fee** [ˋkɔfɪ] 名 咖啡.
**a cup** 〔**two cups**〕 **of** coffee 一杯〔二杯〕咖啡 ➜《口》可僅說 a coffee, two coffees.
**make** coffee 沖〔煮〕咖啡
black coffee (不加牛奶的)黑咖啡，純咖啡
white coffee 加了牛奶的咖啡
Won't you **have** some coffee? 你要喝咖啡嗎?
會話 How do you like coffee? —Black, please. 你想喝甚麼樣的咖啡? —請給我不加牛奶的咖啡.
I'd like my coffee strong. 我喜歡喝濃咖啡.
Three coffees, please. 請來三杯咖啡.

**cóffee brèak** 《美》喝咖啡休息時間. ➜工作間短暫的休息時間.

**cóffee shòp** 《美》咖啡店，(旅館的)咖啡廳，快餐店.

**cof·fee·pot** [ˋkɔfɪˏpɑt] 名 咖啡壺.

**coil** [kɔɪl] 動 捲；盤繞.
—名 一卷，一圈；(電器的)線圈.

**coin** [kɔɪn] 名 硬幣，貨幣.
a gold 〔silver〕 coin 金〔銀〕幣
pay **in** 〔**with**〕 coins 付硬幣

**co·la** [ˋkolə] 名 可樂. ➜以可樂樹的果實作主材料所製成的碳酸飲料.

| **cold** [kold] | ▶寒冷的，冷的<br>▶寒冷<br>▶傷風 |
|---|---|

形 ❶寒冷的；冷的. 反義字 hot (炎熱的，熱的).
基本 a cold morning 寒冷的早晨

→ cold＋名詞.
cold water　冷水
基本 It is very cold this morning. 今天早晨很冷. → be 動詞＋cold 〈C〉; It 籠統地表示「天氣」.
grow〔get〕cold　變冷
If you feel cold, put on your sweater.　如果你感到冷就穿上毛衣.
Your dinner is cold because you are late.　你來得晚, 飯菜都冷了.

◆ **colder** [ˋkoldɚ] 《比較級》**更寒冷的.**
It is colder in February **than** in January.　二月比一月冷. → It 籠統地表示「氣溫」.
It is getting colder and colder.　天氣愈來愈冷.

◆ **coldest** [ˋkoldɪst] 《最高級》**最寒冷的.**
February is **the** coldest month of the year.　二月是一年中最寒冷的月份.

cold　hot

❷冷淡的, 冷冰冰的. 反義字 warm (熱心的).
his cold words　他冷冰冰的話
He was very cold **to** me at our first meeting.　我們初次見面時, 他對我非常冷淡.

**còld wár**　冷戰. → 國際間以武力作後盾進行經濟與外交上的對抗.

—名 ❶寒冷.
the **cold** of winter and the **heat** of summer　冬天的寒冷與夏天的炎熱 ◁反義字
shiver **with** cold　冷得發抖
stand **in** the cold　站在冷風中
❷**傷風, 感冒.**
**have** a (bad) cold　得(重)感冒
**catch** (a) cold　傷風
a cold **in** the head＝a head cold　鼻塞頭痛的感冒
He is in bed **with** a cold.　他因感冒而臥床休息.

**cold·ly** [ˋkoldlɪ] 副 冷冷地, 冷淡地.

**col·lar** [ˋkɑlɚ] 名 衣領, 硬領; (狗等的)項圈.
grab him **by** the collar　抓住他的衣領, 抓住他的前襟

**col·lect** [kəˋlɛkt] 動 **蒐集,** 收集; **聚集.** 同義字 collect 爲挑選收集後〔妥善地加以〕整理; gather 爲集中在一起.
collect stamps　集郵
My brother collects butterflies as〔for〕a hobby.　我哥哥嗜好蒐集蝴蝶(標本).
They collected a lot of information on that big earthquake.　他們收集了很多有關那次大地震的資料.
Bees are busy collecting honey.　蜜蜂忙著採蜜.
—形《美》由收受者付款的.
a collect call　由受話者付費的電話
—副《美》由收受者付款地.
I called my parents collect.　我打對方付費的電話給我父母.

**col·lec·tion** [kəˋlɛkʃən] 名 收集; 採集; 收集物.
My father has a large collection of pictures.　我父親收藏著大量的畫.

**col·lec·tor** [kəˋlɛktɚ] 名 ❶收藏家. ❷收款員.

| **col·lege** [ˋkɑlɪdʒ] | ▶大學<br>⊙雖然指學院, 但也常用於「綜合大學」, 區別並不嚴密 |
|---|---|

名 (複 **colleges** [ˋkɑlɪdʒɪz]) ❶大學. → university.

a college student 大學生
go **to** college 上大學
a junior college 短期大學
a women's college 女子大學
My sister studies French **at** college. 我姐姐在大學學法語.
❷專科學校, 職業學校.
a nursing college 護理專科學校

**col·lide** [kə`laɪd] 動 (車、船等)撞擊; 衝突.
The car collided **with** 〔**against**〕 a train. 汽車撞上火車.

**col·li·sion** [kə`lɪʒən] 名 碰撞; 衝突.

**col·lo·qui·al** [kə`lokwɪəl] 形 口語的, 會話的. 相關語 literary(文言的, 書面的).
colloquial English 口語英語, 會話英語

**co·lon** [`kolən] 名 冒號(:). ➜表示說明、引用、時間等時使用的標點符號.
Their names were as follows: Harry, John, and Kate. 他們的名字如下: 哈利, 約翰, 凱特.
I missed the 7:30 p.m. train. 我錯過了晚上七點三十分的火車.

**col·o·nist** [`kɑlənɪst] 名 (海外的)殖民地居民, 開拓殖民地者.

**col·o·ny** [`kɑlənɪ] 名 (複 **colonies** [`kɑlənɪz]) ❶殖民地(settlement); 移民團體. ❷～人街. ➜有著相同生活背景和相同職業的人的聚居地.

| **col·or** [`kʌl ɚ] | ▶色彩, 顏色<br>⊙通常指「紅, 藍, 綠」等光線折射後產生的顏色, 有時也包括「黑, 白」二色 |
|---|---|

名 (複 **colors** [`kʌlɚz]) ❶色彩, 顏色.
bright color 鮮豔的顏色 ➜紅、藍、黃色等.
light color 明亮的顏色 ➜奶油色、米色等.
What color is your bicycle? 你的自行車是甚麼顏色的?
Most television programs are broadcast **in** color. 大多數的電視節目以彩色播放.
the colors of the rainbow 彩虹的七彩
❷臉色, 血色.
She has a healthy color. 她臉色很健康.
❸(**colors**)顏料; 旗, 軍旗.
paint in water colors 用水彩顏料畫
—動 著色; (果實、葉子等)呈某種顏色.
Color this red. 把這塗成紅色. ➜ Color 〈V〉+this 〈O〉+red 〈C〉.

**Col·o·rad·o** [ˌkɑlə`ræd o] 專有名詞 ❶科羅拉多. ➜美國西部的州; 簡稱 **Colo., CO**(郵政用). ❷(**the Colorado**)科羅拉多河. ➜發源於科羅拉多州北部, 流經美國西部, 注入加州灣; 在途中亞利桑那州形成大峽谷(the Grand Canyon).

**col·ored** [`kʌlɚd] 形 有色的; (常帶有輕微的歧視意味)有色人種的, 黑人的.
colored people 有色人種, (尤指)黑人

**col·or·ful** [`kʌlɚfəl] 形 色彩豐富的, 豔麗的; 豐富多彩的.

**Col·os·se·um** [ˌkɑlə`siəm] 專有名詞 羅馬圓形競技場. ➜古羅馬巨大的圓形比賽場地, 可容納大約五萬名觀眾.

**col·our** [`kʌlɚ] 名 動 《英》=color.

**col·oured** [`kʌlɚd] 形 《英》=colored.

**col·our·ful** [`kʌlɚfəl] 形 《英》=colorful.

**colt** [kolt] 名 小馬(尤指小雄馬). ➜ pony.

**Co·lum·bus** [kə`lʌmbəs] 專有名詞 (**Christopher Columbus**)哥倫布. ➜航海到美洲大陸的義大利人(1451-1506).

**Colúmbus Dày** 《美》哥倫布日. ➜十月的第二個星期一；特別在義大利移民較多的地區會舉行盛大的紀念活動.

**col·umn** [`kɑləm] ➜n 不發音. 名❶圓柱. ➜希臘、羅馬建築的巨大圓柱. ❷(英文報紙等的)欄，專欄，段落. ➜源於其形狀細長如柱.
sports columns　體育專欄
This dictionary has two columns. 這本辭典分兩欄排版.

**co·ma** [`komɑ] 名昏迷，昏迷狀態.
go〔fall〕into a coma　陷入昏迷狀態
He was in a coma for a week after the accident. 發生那件意外之後，他昏迷了一個禮拜.

**comb** [kom] ➜b 不發音. 名❶梳子. ❷(公雞的)雞冠.
—動 用梳子梳，梳整(頭髮).
comb *one's* hair　梳頭

**com·bat** [`kɑmbæt] 名戰鬥. ➜指使用武器進行的戰鬥.

**com·bi·na·tion** [ˏkɑmbə`neʃən] 名結合，配合，組合.

**com·bine** [kəm`baɪn] 動結合，使成爲一體.

| **come** [kʌm] | ▶來，來到<br>⊙向著說話者或說話者注視的地方靠近 |
|---|---|

動❶來，來到；出來，出現.
基本 come home　回家　➜come＋副詞(片語)；不用ˣcome *to* home.
Come here, Ken. 肯，到這兒來.
Come this way, please. 請往這走.
Please come and see (=come **to** see) me tomorrow. 請明天來找我. ➜不定詞 to see 意爲「爲了見面」.
for many years **to come**　未來許多年，今後許多年
Spring **comes** after winter. 春天在冬天之後來臨. ➜comes [kʌmz] 爲第三人稱單數現在式.
諺語 After rain comes the sun. 雨過天晴. ➜如改成一般的語序則爲 The sun comes after rain.
**Here comes** a bus. 啊，公車來了.
Whatever comes, I am ready for it. 無論發生甚麼事我都有準備.

◆ **came** [kem] 過去式.
When I called my dog, he came **to** me. 我的狗呼之即來.
We came to a conclusion. 我們達到結論.
A little girl came runn**ing** toward us. 一個小女孩朝我們跑來. ➜come ～ing 意爲「邊～來」.

◆ **come** [kʌm] 過去分詞. ➜與原形相同.
Spring **has** come. 春天來了. ➜現在完成式.
Mr. Brown hasn't come yet. 布朗先生還沒來.

◆ **coming** [`kʌmɪŋ] 現在分詞、動名詞. → coming.
Ken **is** coming **toward** me. 肯正朝我走來. ➜現在進行式.
John is coming here tomorrow. 約翰明天要來這兒. ➜go, come, leave(出發), arrive(到達)等表示「來，去」的動詞常以現在進行式表示「即將」之意.

Thank you for **coming**. 謝謝你的

C

到訪. ➜ coming 爲動名詞, 並且是 for 的受詞.

❷去(對方所在之處, 對方所去之處). ➜說話者站在對方立場上或從對方的角度來看時的說法.

**I'm coming**, Mother. (聽到別人呼喚自己時的回答)我馬上就來, 媽媽.

I will come to your house. 我會去你家.

When you come to the corner, turn right. 走到轉角時向右轉.

May I come **with** you? 我可以和你一起去嗎?

❸(**come**＋形容詞)變成～. → go ❺

come true 變成眞的, 實現

come untied 解開, 鬆開

come **into** use 開始使用

❹(**come to** *do*)變得～, 終至於～.

We have come to like him. 我們喜歡上他了.

How did you come to know him? 你怎麼認識他的?

❺(**come to** ～)(結果)成爲～, 得到～(結果); (合計)達到～; 形成～(的狀態).

come to nothing 成爲泡影, 一無所獲

come to an end 結束

come to *one*self 〔*one's* senses〕 淸醒過來; 醒悟過來

❻《用如感嘆詞》好啦! 得啦!

Come, come, don't be so cross. 好啦, 好啦, 別那麼生氣.

idiom

***còme abóut*** 發生.

How did that come about? 那事是怎麼發生的?

***cóme acròss ～*** 越過～(而來到); 偶然遇見～; 突然發現～.

***còme alóng*** 來, 一起來.

Come along, children! 孩子們, 快來!

***cóme and gó*** 來來去去; 變遷.

***còme aróund*** (又)到來.

Christmas will come around very soon. 聖誕節馬上就要到了.

***còme báck*** 回來, 恢復.

He'll come back soon. 他馬上就回來了.

***còme bý*** 從旁經過; 《美口》順道拜訪別人家.

***còme dówn*** 下來; (由某地)來; 落下; (雨等)降下; (從古代)流傳下來.

come down to breakfast (從樓上臥室)下來吃早餐

***cóme for ～*** 來取～; 來接～.

***cóme from ～*** 出身於～; 來自於～.

會話 Where does he come from? —He comes from Taipei. 他是哪裡人? —他是臺北人. ➜Where did he come from? 意爲「他從哪裡來?」

***còme ín*** 進入, 進來.

會話 May I come in? —Certainly. 我可以進來嗎? —請進.

***cóme ìnto ～*** 進入～.

***cóme of ～*** 起因於～; 出身於～.

Nothing comes of nothing. 無中不生有.

He comes of a good family. 他出身名門.

***còme of áge*** 已成年.

***còme óff*** 掉下, 脫落, 離開, 脫出, (油漆等)剝落.

***còme ón*** 來到; 《命令句》來! 開始吧! 得啦得啦! 快! 加油! 別開玩笑!

Winter is coming on. 冬天將近.

Come on, everybody! 大家快來!

Okay. Come on. 好, 來吧.

Oh, come on! 喔, 別這樣!

***Còme òn ín!*** 請進!

***còme óut*** 出現, (牙)脫落; (花)開.

***còme óut of ～*** 從～出來.

***còme óver*** 來到(這邊), 過來.

Come over here 〔to my hause〕. 到這邊〔我家〕來.

***còme róund*** ＝come around.

***còme tó*** 清醒過來，甦醒.
***cóme to*** (*do*) ～ →❹❺
***còme úp*** 上升，升級；來到.
***còme úp to*** ～ 接近～，來到～的地方.
An old gentleman came up to her. 一位老紳士走近她.
***cóme upòn*** ～ 突然向～襲來；偶然遇見～，偶然發現～.
***còme úp with*** ～ 趕上～；提出(答案、意見等)，想到.
***Hòw cóme*** (～)? 《美》怎麼會(～)? 爲甚麼(～)? → how [idiom]

**co·me·di·an** [kə`midɪən] 名 喜劇演員.

**com·e·dy** [`kamədɪ] 名 (複 **com-edies** [`kamədɪz]) 喜劇. [相關語] tragedy(悲劇).

**comes** [kʌmz] come 的第三人稱單數現在式.

**com·et** [`kamɪt] 名 彗星，掃帚星.

**com·fort** [`kʌmfɚt] 名 ❶ 安慰；給予安慰的物〔人〕.
give words of comfort to her 對她說安慰的話
A TV set is a great comfort **to** a hospital patient. 電視對住在醫院的患者來說是莫大的安慰.
❷安逸，舒適.
live **in** comfort 過著舒適的生活
—動 安慰.

**com·fort·a·ble** [`kʌmfɚtəbḷ] 形 舒適的，輕鬆自在的，愜意的.
a comfortable room 舒適的房間
feel comfortable 覺得舒適
We are comfortable in our new house. 我們在新居過得很舒適.
Please make yourself comfortable. 別客氣.

**com·fort·a·bly** [`kʌmfɚtəblɪ] 副 輕鬆自在地，自由地；愉快地.

**com·fort·er** [`kʌmfɚtɚ] 名 ❶安慰者. ❷《美》被褥(quilt). ❸《英》(嬰兒的)奶嘴.

**com·ic** [`kamɪk] 形 ❶喜劇的. → 名詞爲 comedy.
❷滑稽的，漫畫的.
a comic book 漫畫書
a comic strip (報刊、雜誌上的)連環圖畫，連載漫畫
a comic writer 幽默作家 →「漫畫家」爲 cartoonist.
—名 ❶ 喜劇演員. ❷(**comics**)(報刊、雜誌上的)連環圖畫，連載漫畫；漫畫書. → cartoon.

**com·i·cal** [`kamɪkḷ] 形 滑稽的，好笑的.

**com·ing** [`kʌmɪŋ] come 的現在分詞、動名詞.
—形 即將來臨的，下一次的.
the coming examination 下次考試
—名 來，到來.
the coming of spring 春天的到來
Coming-of-Age Day 成年日 →come of age (→ come [idiom]).

**com·ma** [`kamə] 名 逗號(,).

**com·mand** [kə`mænd] 動 ❶ 命令，指揮.
❷俯視(景色等).
The hill commands a fine view. 從這個山丘可以俯視美景.
—名 ❶命令，指揮.
**give** a command 下達命令
❷運用能力.
She has a good command **of** English. 她精通英語.

**com·mand·er** [kə`mændɚ] 名 指揮者，司令官.

**com·mence·ment** [kə`mɛnsmənt] 名 ❶ 開始，開端. ❷《美》畢業典禮(graduation).

**com·ment** [`kamɛnt] 名(短的)評論，批評，意見，解說，注釋.
**make** a comment 陳述意見，評論
No comment. 無可奉告.

—動(**comment on** ~)對於～發表評論，批評，解說.

**com·merce** [ˋkɑmɝs] 名 商業；貿易.
foreign 〔domestic〕 commerce 對外貿易〔國內貿易〕

**com·mer·cial** [kəˋmɝʃəl] 形 商業上的；營利的；(廣播、電視等)民營的.
a commercial high school 商業職業學校
—名(廣播、電視的)廣告.

**com·mit** [kəˋmɪt] 動 犯(罪行、錯誤等).
commit a crime 犯罪
commit suicide 自殺
◆ **committed** [kəˋmɪtɪd] 過去式、過去分詞.
He committed murder. 他殺了人.
◆ **committing** [kəˋmɪtɪŋ] 現在分詞、動名詞.

**com·mit·tee** [kəˋmɪtɪ] 名 委員會；委員們. ➡作爲一個團體時爲單數，表示每一個委員時作複數.
a committee meeting 委員會議
He is a member of the committee. 他是這個委員會的委員.
The committee meets every Friday. 委員會每週五開會.
All the committee are present today. 今天全體委員都出席.

**com·mon** [ˋkɑmən] 形 ❶通用的，共有的，共同的.
common interests 共同的利益
They came from different countries, but their common language was English. 他們來自不同的國家，但他們的共通語言是英語.
The wish for peace is common **to** us all. 我們大家對和平的祈求是一致的〔大家都祈求和平〕.
❷一般的，常有的；普通的，平凡的.
the common people 一般大眾，民眾，平民
a common mistake 常犯的錯誤
This flower is very common in Japan. 這種花在日本很常見.
"E" is **the most common** 〔**the commonest**〕 letter in the English language. E是英文中最常用的字母.

**cómmon sénse** 常識.

idiom

***in cómmon*** 共通，共同.
They have nothing in common. 他們毫無共同之處.
This has much in common **with** that. 這和那有很多共同點.
—名 共有地，公有地；中央廣場，公園.

**com·mon·ly** [ˋkɑmənlɪ] 副 普通地，一般地.

**com·mon·place** [ˋkɑmən͵ples] 形 常有的，一般的；平凡的.

**com·mon·wealth** [ˋkɑmən͵wɛlθ] 名 ❶(爲全民謀福利的) 國家，共和國；共同體，聯邦. ❷ (**the Commonwealth** (**of Nations**)) 大英國協. ➡英國、加拿大、澳大利亞、紐西蘭等曾屬於大英帝國的國家聯合體.

**com·mu·ni·cate** [kəˋmjunə͵ket] 動 傳達(意志、想法、情報等)，連絡，通信，通訊；傳遞(思想、消息、熱等).
communicate **with** one another by telephone 互相用電話聯絡

**com·mu·ni·ca·tion** [kə͵mjunəˋkeʃən] 名 ❶(信息、意思

等的)溝通，傳達，連絡，通信.
a means of communication 溝通方式
mass communication 大眾傳播 ➜透過報紙、廣播、電影、電視等向群眾進行的資訊傳播.
❷(常用 **communications**)交通工具，通訊系統. ➜電話、電報、廣播、電視、道路、鐵路等.

**com·mu·nism** [ˋkɑmjʊ͵nɪzəm] 名 共產主義.

**com·mu·nist** [ˋkɑmjʊ͵nɪst] 名 共產主義者.

**com·mu·ni·ty** [kəˋmjunətɪ] 名 (複 **communities** [kəˋmjunətɪz]) ❶(地區)社會. ➜國家、市鎮、村落等. ❷(生活)共同體. ➜為某一目的、利益而生活在一起的人們. ❸(**the community**)一般大眾，公眾.

**commúnity chèst** 社區福利基金.

**com·mute** [kəˋmjut] 動 (搭乘交通工具)通勤.

**com·mut·er** [kəˋmjutɚ] 名 (搭乘交通工具往返的)通勤者.

**commúter tràin 〔plàne〕** 通勤電車〔客機〕.

**com·pact** [kəmˋpækt] 形 結實的；體積小的，(汽車等)小型的.

**cómpact dísk 〔dísc〕** 雷射唱片. ➜以雷射光(laser beam)識別聲音訊號加以播放的小型唱片；略作 **CD**.
— [ˋkɑmpækt] 名 ❶(化妝用的)小粉盒. ❷《美》小型汽車.

**com·pan·ion** [kəmˋpænjən] 名 伴，朋友；同行者，談話的對象.

**com·pa·ny** [ˋkʌmpənɪ] 名 (複 **companies** [ˋkʌmpənɪz]) ❶公司. →Co.
a publishing company 出版社
❷交往，交際，同伴，朋友；陪伴.
You know a man **by** his company. 由一個人所交的朋友便可得知其為人.
Don't **keep** bad company. 勿與損友交往. ➜不用 ×*a* company, ×companies.
Bob is fun and I **enjoy** his company. He is good company. 鮑勃很風趣，我喜歡和他在一起，他是個好夥伴.
❸客人；同席的人.
behave well **in** company 在人前舉止端莊
We are **having** company this evening. 我們今晚有客人.

**com·par·a·tive** [kəmˋpærətɪv] 形 ❶比較的；相當的. ❷《文法》比較級的.

**com·par·a·tive·ly** [kəmˋpærətɪvlɪ] 副 比較地，相對地.

**com·pare** [kəmˋpɛr] 動 ❶比較，相比.
compare the two dictionaries 比較這兩本辭典
I compared my new cap **with** 〔**to**〕 the old one. 我拿新帽子與舊的比較.
❷比喻，比作.
compare sleep **to** death 把睡眠比作死亡
Life is often compared to a voyage. 人生常常被喻作旅程. ➜被動語態.
❸比得上，不亞於. ➜一般用於否定句或疑問句中.
My painting cannot compare **with** his. 我的畫比不上他的(畫).

idiom

***(as) compáred with*** 〔***to***〕 ～ 與～相比.

**com·par·i·son** [kəmˋpærəsn̩] 名 ❶比較；比較物，類似點.
**in comparison with** ～ 與～相比
There is no comparison **between** these two dictionaries. 這兩本辭典無法比較〔一方遠勝於另一方〕.
❷《文法》(形容詞、副詞的)比較級變化.

**com·part·ment** [kəmˋpɑrtmənt] 名 ❶隔開，間隔，(劃分的)區，地區.

C

❷(客車車廂的)隔間. ➜在歐洲客車車廂分隔成十個左右的隔間，可供四～六人相對而坐；在美國指有盥洗設備的臥車車廂的隔間.

**com·pass** [ˋkʌmpəs] 名 ❶羅盤，指南針.
❷(**compasses**)圓規.
**a pair of** compasses　一副圓規

**com·pel** [kəmˋpɛl] 動(**compel** *O* **to** *do*)強迫O做(某事)，使O不得不做(某事).
◆ **compelled** [kəmˋpɛld] 過去式、過去分詞.
The rain compelled us to stay indoors.　下雨迫使我們待在家裡〔我們因下雨而無法外出〕.
◆ **compelling** [kəmˋpɛlɪŋ] 現在分詞、動名詞.

**com·pete** [kəmˋpit] 動 競爭，爭奪.
compete **in** a race　參加賽跑
compete **with** him **for** a prize　為了得獎而與他競爭

**com·pe·ti·tion** [ˌkɑmpəˋtɪʃən] 名競爭；比賽，運動會. → contest.

**com·plain** [kəmˋplen] 動 抱怨，叫屈；訴說(痛苦等).
complain **about** the food　抱怨食物不好
complain **of** a headache　嚷著頭痛

**com·plaint** [kəmˋplent] 名 ❶叫屈，抱怨. ❷疾病.

**com·ple·ment** [ˋkɑmpləmənt] 名《文法》補語. ➜補充說明動詞意義的語句；如 He is a student. 中的 a student.

**com·plete** [kəmˋplit] 形 (聚集全部)完整的；完全的，的確的；完成的. → perfect.
the complete works of Shakespeare　莎士比亞全集
— 動 完成，結束.
This picture is not completed yet.　這幅畫還沒完成.

**com·plete·ly** [kəmˋplitlɪ] 副 完全地，的確，徹底.

**com·plex** [ˋkɑmplɛks] 形 複雜的，混雜的.

**com·pli·cat·ed** [ˋkɑmpləˌketɪd] 形 複雜的，混雜的，難懂的.

**com·pli·ment** [ˋkɑmpləmənt] 名 ❶讚美，恭維，奉承.
**pay** a compliment **to** ～　恭維～，讚揚～
❷(**compliments**)問候，道賀，賀詞.
Please **give** 〔**send**〕 my compliments to your mother.　請代我向你母親問好. ➜極為恭敬的說法.
— 動 [ˋkɑmpləmɛnt] 恭維，誇獎.
I complimented him **on** his cooking.　我稱讚他做菜的手藝.

**com·pose** [kəmˋpoz] 動 ❶創作(詩、文章等)，作曲；繪圖.
I composed the poem and my sister composed the music for it.　我作詩，我姐姐〔妹妹〕譜曲.
❷組成，構成.
Our class **is composed of** twenty boys and fifteen girls.　我們班由二十名男生和十五名女生組成.

**com·pos·er** [kəmˋpozɚ] 名 作曲家.

**com·po·si·tion** [ˌkɑmpəˋzɪʃən] 名(詩、文章等的)創作，作文，作詩，作曲；構圖；(文學、繪畫、音樂等的)作品.
**write** a composition　寫作文

**com·pound** [ˋkɑmpaund] 形 合成的，複合的.
— 名 混合物，合成物；化合物.

**com·pul·so·ry** [kəmˋpʌlsərɪ] 形 強制的，義務的；必修的.

**com·put·er** [kəmˋpjutɚ] 名 電子計算機，電腦.
I write letters on the computer.　我用電腦寫信.

**compùter prógrammer**　電腦程式設計師. ➜設計電腦程式的技術人員.

**con·ceal** [kən`sil] 動 隱藏.
conceal oneself 藏身
I conceal nothing **from** you. 我對你甚麼也沒有隱瞞.

**con·ceit** [kən`sit] 名 自負, 自大, 自滿.

**con·ceit·ed** [kən`sitɪd] 形 自負的, 自大的, 自滿的.

**con·ceive** [kən`siv] 動 構想(主意、計畫等), 懷有, 抱有.
conceive (**of**) a plan 構想計畫

**con·cen·trate** [`kɑnsn̩ˏtret] 動 集中(注意、努力等); 專心, 集中(於一點).
concentrate *one's* attention **on** 〔**upon**〕 ~ 集中注意在~上
Population tends to concentrate in cities. 人口傾向集中於都市.

**con·cen·tra·tion** [ˏkɑnsn̩`treʃən] 名 集中, 專心.

**con·cept** [`kɑnsɛpt] 名 概念, 觀念.

**con·cep·tion** [kən`sɛpʃən] 名 概念; 想法, 觀念.

**con·cern** [kən`sɝn] 動 和~有關係, 涉及, 影響.
The problem of world peace concerns all of us. 世界和平的問題與我們大家都有關係.
idiom
***as* 〔*so*〕 *fàr as* ~ *be concérned*** 關於~, 至於~.
As far as I am concerned, it is not true. 就我而言這不是眞的.
***be concérned abòut* 〔*for, òver*〕 ~ = *concérn* one*sèlf abòut* 〔*for, òver*〕 ~** 擔心~.
I am not much concerned about his health. 我不十分擔心他的健康.
***be concérned in* 〔*with*〕 ~ = *concérn* one*sèlf in* 〔*with*〕 ~** 與~有關係.
I'm not concerned in that case. 我與那件事無關.
—名 (利害)關係, 所關心的事; 擔心.
My concern is how to make her happy. 我所關心的是如何使她快樂.

**con·cert** [`kɑnsɝt] 名 演奏會, 音樂會. → recital.
a concert hall 演奏廳, 音樂廳
**at** a concert 在演奏會上
**give** a concert 舉行音樂會

**con·cise** [kən`saɪs] 形 簡潔的. ➜注意重音的位置.

**con·clude** [kən`klud] 動 ❶ 結束(談話、辯論等); 終了.
He concluded his speech **by** saying ~. 他說完~便結束了演說.
The play concluded **with** a happy ending. 這齣戲以美滿結局落幕.
❷下結論, 斷定, 決定.
I concluded **that** he was not telling the truth. 我斷定他沒有說眞話.
idiom
***Conclúded*** (連載等)終了, 完結.
***To be conclúded*** 下期完結. → To be continued(下期待續).

**con·clu·sion** [kən`kluʒən] 名 結論; 結尾.
**in** conclusion 最後, 總之
**come to** the conclusion **that** ~ 得出的結論是~

**con·crete** [`kɑnkrit, kɑn`krit] 形 ❶具體的. ❷混凝土製的.
—[`kɑnkrit] 名 混凝土.

**con·demn** [kən`dɛm] ➜ n 不發音. 動 ❶非難, 責難.
Many people condemn smoking.

C

很多人都譴責吸菸.
Everybody condemned him **for** drunk driving. 大家都責怪他酒醉駕駛.
❷宣告有罪.
be condemned **to** death 被判處死刑

**con·dense** [kənˋdɛns] 動 使濃縮, 濃縮; 變濃.

**con·di·tion** [kənˋdɪʃən] 名 ❶狀態; 健康狀況; (常用 **conditions**) (周圍的)狀況, 情況.
weather conditions 天氣狀況
living conditions 生活狀況
I am **in** good condition today. 我今天狀況良好.
The old house is in poor condition. 那幢老房子破舊不堪.
❷條件.
**on** this condition 在這個條件下

idiom

***on condítion that*** ～ 在(S′+V′)的條件下, 如果(S′+V′)的話(if).
I'll go on condition that he'll go, too. 如果他去的話, 那麼我也去.

**con·dor** [ˋkɑndɚ] 名 禿鷹. ➜南美產的大禿鷹; vulture 的一種, 以大型動物的屍體爲食.

**con·duct** [ˋkɑndʌkt] 名 ❶行爲, 舉止. ❷指導; 方法, 經營.
—[kənˋdʌkt] 動 ❶嚮導(guide), 引導; 傳導(熱、電等). ➜注意與名詞發音不同.
She will conduct you **to** your seat. 她會領你到座位上去的.
❷指揮(樂隊).

**con·duc·tor** [kənˋdʌktɚ] 名 ❶(電車、火車上的)售票員, 車掌; 嚮導. ➜在英國列車上的車掌爲 guard.
❷(管弦樂團、合唱團等的)指揮.
❸(熱、電、聲音的)傳導體.

**cone** [kon] 名 圓錐(形的物體).

**con·fer·ence** [ˋkɑnfərəns] 名 會議, 會談, 協議.
**hold** a conference 開會, 協議, 協商
**at** a press conference 在記者招待會上

**con·fess** [kənˋfɛs] 動 供認, 承認(罪行等), 告白.

**con·fes·sion** [kənˋfɛʃən] 名 供認, 自白, 告白.

**con·fide** [kənˋfaɪd] 動 ❶吐露(秘密等). ❷(**confide in** ～)相信～, 信任～.

**con·fi·dence** [ˋkɑnfədəns] 名 ❶信賴, 信任(trust).
**have** confidence **in** ～ 信任～
❷(對自己信賴的)信心.
**with** confidence 充滿信心地

**con·fi·dent** [ˋkɑnfədənt] 形 確信的, 有信心的.
be confident **of** success 確信成功

**con·fi·den·tial** [ˏkɑnfəˋdɛnʃəl] 形 ❶秘密的, 私下的.
❷互信的, 坦誠的.

**con·fine** [kənˋfaɪn] 動 ❶限制(limit).
❷關在裡面, 監禁.
He **is confined to** bed by a bad cold. 他因重感冒而臥床不起.

**con·flict** [ˋkɑnflɪkt] 名 ❶爭論, 鬥爭. ❷(意見、利害等的)衝突, 對立.

**con·fuse** [kənˋfjuz] 動 ❶使混亂, 使慌亂.
❷混同, 混淆.
I confused your twin brother **with** you. 我把你和你的雙胞胎哥哥〔弟弟〕弄混了.

**con·fused** [kənˋfjuzd] 形 混亂的, 雜亂的; 慌亂的.

**con·fus·ing** [kənˋfjuzɪŋ] 形 使(頭腦等)混亂的, 使雜亂的.
That's confusing! 把我弄混了, 這麼做〔說〕的話眞令人頭昏腦脹甚麼也搞不清楚.

**con·fu·sion** [kən`fjuʒən] 名 混亂；混同；慌亂.
**in** confusion　混亂地；慌亂地

**con·grat·u·late** [kən`grætʃə,let] 動 向～祝賀.
congratulate him **on** his marriage　祝賀他結婚

**con·grat·u·la·tion** [kən,grætʃə`leʃən] 名 祝賀；(**congratulations**) 祝賀詞.
Congratulations!　恭喜!
The children **gave** the teacher their congratulations **on** her birthday.　孩子們祝賀老師生日快樂.

**con·gress** [`kaŋgrəs] 名 ❶(代表)會議，大會.
❷(**Congress**) (美國的)議會，國會. ➔由參議院(the Senate)和眾議院(the House of Representatives)組成(→ Capitol)；英國的「國會」爲 Parliament，日本的「國會」爲 the Diet.

**conj.** conjunction(連接詞)的縮寫.

**con·junc·tion** [kən`dʒʌŋkʃən] 名 《文法》連接詞. ➔ and, or, when, if 等.

**con·nect** [kə`nɛkt] 動 連繫，連接；銜接，(列車等)〔接續〕連結.
They connected the trailor **to** the car.　他們把拖車連結到汽車上.
This road connects **with** route 16 about 300 meters from here.　這條路在前方大約三百公尺處和十六號道路相接.
Kyushu is connected with Honshu by a tunnel.　九州和本州以隧道相連接.

**Con·nect·i·cut** [kə`nɛtɪkət] 專有名詞 康乃狄克. ➔美國東北部的州；簡稱 **Conn.**, **CT**(郵政用).

**con·nec·tion** [kə`nɛkʃən] 名 ❶ 接續；連接，關係.
I have no connection **with** my brother's firm.　我和我哥哥〔弟弟〕的公司沒有任何關係.
❷(生意上的)關係，門路.
He has a lot of connections **in** journalism.　他在新聞出版界有很多門路.
❸(交通工具等的)接駁，轉運(物).
The bus runs **in connection with** the ferry.　公車接駁渡船.

**con·quer** [`kaŋkɚ, `kɔŋkɚ] 動 征服；克服.

**con·quer·or** [`kaŋkərɚ] 名 征服者.

**con·quest** [`kaŋkwɛst] 名 征服；克服.

**con·science** [`kanʃəns] 名 良心，判斷善惡之心.

**con·scious** [`kanʃəs] 形 注意到的，察覺到的；有意識的；意識到的.
become conscious　恢復意識的
I was conscious **of** being followed. =I was conscious **that** I was being followed.　我發覺被人跟蹤.

**con·sent** [kən`sɛnt] 動 同意，承諾.
consent **to** a proposal　對提案表示同意
—名 同意，承諾.

**con·se·quence** [`kansə,kwɛns] 名 ❶結果(result).
**in** consequence　結果，因此
❷(結果的)重要性(importance).
**be of** consequence 〔no consequence〕　舉足輕重〔無足輕重〕

**con·se·quent·ly** [`kansə,kwɛntlɪ] 副 結果，因此.

C

**con·ser·va·tive** [kən`sɝvətɪv] 形 保守的；保守主義的.
the Conservative Party (英國的)保守黨

**con·sid·er** [kən`sɪdɚ] 動 ❶ 深思熟慮，考慮(think over).
Consider it before you decide. 在決定之前要深思熟慮.
❷認爲，把～看作(think).
I consider him honest.＝I consider **that** he is honest. 我認爲他是誠實的.
❸同情，體貼，體諒(be thoughtful of).
He never considered her feelings. 他從不體諒她的感覺.

**con·sid·er·a·ble** [kən`sɪdərəbḷ] 形 (値得考慮(consider)般的)，重要的，不能忽視的；相當的，很大〔多〕的.
a considerable number of people 相當多的人

**con·sid·er·a·bly** [kən`sɪdərəblɪ] 副 很，相當.

**con·sid·er·a·tion** [kən͵sɪdə`reʃən] 名 深思熟慮，考慮，同情.
be **under** consideration (問題等)在考慮中〔在研究中〕
You must **take** his ill health **into consideration**. 你必須考慮到他病弱的身體.

**con·sid·er·ing** [kən`sɪdərɪŋ] 介 考慮到，就～而論.
Considering his age, the boy plays the violin very well. 就他的年齡而論，這男孩小提琴拉得很好.

**con·sist** [kən`sɪst] 動 ❶(**consist of** ～)由～組成，由～構成.
Japan consists of four main islands. 日本由四個主要島嶼組成.
❷(**consist in** ～)(存)在於.
Happiness consists in (＝is found in) contentment. 幸福在於滿足，知足常樂.

**con·stant** [`kɑnstənt] 形 ❶ 不間斷的，經常的.
constant noise 連續不斷的噪音
❷不變的，一定的.
constant care 一貫的留神〔謹愼〕
The temperature must be constant in this room. 這間房間必須保持恒溫.

**con·stant·ly** [`kɑnstəntlɪ] 副 不斷地，總是.

**con·stel·la·tion** [͵kɑnstə`leʃən] 名 星座.

**con·sti·tute** [`kɑnstə͵tjut] 動 ❶ 構成，組成. ❷制定.

**con·sti·tu·tion** [͵kɑnstə`tjuʃən] 名
❶憲法.
❷體格，體質.

**con·struct** [kən`strʌkt] 動 建設，建造.

**con·struc·tion** [kən`strʌkʃən] 名 建設，施工；建築物.
The bridge is **under** construction. 這座橋正在施工中.

**con·sult** [kən`sʌlt] 動 ❶(向專家)徵詢意見，(找醫生)看病.
consult a doctor 找醫生看病
❷査閱(參考書、地圖等).
consult a dictionary 査字典

**con·sult·ant** [kən`sʌltənt] 名(在專門領域)提供建言者，顧問.

**con·sume** [kən`sum, kən`sjum] 動
❶消費(use up)；花費(spend).
❷(因火災)燒光.

**con·sum·er** [kən`sumɚ, kən`sjumɚ] 名 消費者.

**con·sump·tion** [kən`sʌmpʃən] 名 消費；消費量.

**con·tact** [`kɑntækt] 名 接觸；聯絡；接近，交往.
be〔get〕**in contact with** ～ 與～接觸，與～聯絡
**come in** contact with ～ 與～接

觸〔交往〕

**cóntact lèns** 隱形眼鏡.

—動 (與某人)取得聯繫，接觸.

Please contact me. 請與我連絡，請(常)把消息通知我.

**con·tain** [kən`ten] 動 包含，容納.

This book contains a lot of pictures. 這本書裡有很多插畫.

This food contains various vitamins. 這種食物含有多種維他命.

**con·tain·er** [kən`tenɚ] 名 容器，箱；(運送貨物的)貨櫃.

**con·tem·po·rar·y** [kən`tɛmpə͵rɛrɪ] 形 ❶(人、作品等)同時代的，當時的. ❷現代的，當代的(modern).

—名 (複 **contemporaries** [kən`tɛmpə͵rɛrɪz]) 同時代的人.

**con·tempt** [kən`tɛmpt] 名 輕蔑，侮辱.

**con·tent**[1] [`kantɛnt] 名 (一般用 **contents**)內容，裝在裡面的東西；(書的)目錄.

the contents of a bag 袋子裡的東西

the content of his speech 他演講的內容 ➜抽象的「內容」用單數.

**a table of contents** (書的)目錄

**con·tent**[2] [kən`tɛnt] 形 滿足的. ➜注意與content[1]在發音上的區別；不置於名詞前；→contented.

He is content **with** his job. 他對自己的職業感到滿意.

I am content **to** work here. 我在這兒工作感到滿意.

—名 滿足，滿意.

**to** *one's* **heart's content** 心滿意足地，盡情地

**con·tent·ed** [kən`tɛntɪd] 形 滿足的.

a contented look 滿足的神情

He is not contented (=He is not content) **with** his small salary. 他不滿足於微薄的薪資.

**con·tent·ment** [kən`tɛntmənt] 名 滿足.

**con·test** [`kantɛst] 名 **比賽，競賽.**

a speech contest 演講比賽

a swimming contest 游泳比賽

**enter** a contest 參加比賽

have an archery contest 舉行射箭比賽

**con·ti·nent** [`kantənənt] 名 ❶大陸.

There are seven continents on the earth. 地球上有七大洲.

**the Néw Cóntinent** 新大陸. ➜美洲大陸.

❷(**the Continent**)(英國人眼裡的)歐洲大陸.

**con·ti·nen·tal** [͵kantə`nɛntl̩] 形 ❶大陸的，大陸性的.

❷(一般用 **Continental**)(英國眼裡的)歐洲風格的.

**continéntal bréakfast** 歐式早餐. ➜麵包和咖啡之類的簡便食物；→English breakfast.

**con·tin·u·al** [kən`tɪnjuəl] 形 (偶有間斷但)持續很久的，頻繁的，再三的. →continuous.

**con·tin·u·al·ly** [kən`tɪnjuəlɪ] 副 不斷地，頻繁地，常常.

**con·tin·ue** [kən`tɪnju] 動 **連續，繼續；接連.**

This path continues for miles along the river. 這條小路沿著河延伸幾英里.

Tom continued his work. 湯姆繼續工作.

The ship continued **to** sink slowly. 這艘船繼續緩緩下沈.

The old lady continued talk**ing** for ten minutes. 這老婦人連續講了十分鐘.

"Well," he continued. 「那麼」，他接著說.

The discussion will be continued next week. 下週繼續討論.

idiom

***To be contínued*** (連載)待續. → Concluded (→ conclude idiom).

C

**con·tin·u·ous** [kən\`tɪnjʊəs] 形 不間斷的. → continual.

**con·tract** [kən\`trækt] 動 ❶訂契約, 承包.
❷縮, 使縮短〔小〕; 縮短〔小〕.
—[\`kɑntrækt] 名 合約, 契約(書). ➜注意與動詞在發音上的區別.

**con·tra·ry** [\`kɑntrɛrɪ] 形 相反的 (opposite).
in the contrary direction 在相反的方向
Her taste in dresses is quite contrary **to** mine. 她在服裝方面的品味和我正好相反.

idiom

***cóntrary to ～*** 與～相反.
—名 相反.

idiom

***on the cóntrary*** 正好相反地.
***to the cóntrary*** 反之, 相反地.

**con·trast** [\`kɑntræst] 名 ❶對照, 對比; (顯著的)不同.
the contrast **between** black and white 黑白的對比
There is a great contrast between life now and life 100 years ago. 今天的生活和一百年以前的生活有極大的不同.
❷形成對比的人或物, 完全相反的人或物.
He is a great contrast **to** his brother. 他和他哥哥〔弟弟〕形成鮮明的對比.
—[kən\`træst] 動 對比, 對照; 形成對照. ➜注意與名詞在發音上的區別.
contrast cats **with** 〔**and**〕 dogs 把貓與狗作比較
His words contrast with his actions. 他言行不一.

**con·trib·ute** [kən\`trɪbjut] 動 ❶捐贈; 捐助; 貢獻.
contribute a great deal of money **to** the Red Cross 向紅十字會捐贈巨款
❷(向報刊、雜誌)投稿.

**con·tri·bu·tion** [ˌkɑntrə\`bjuʃən] 名 ❶捐贈, 捐款; 貢獻.
**make** a contribution **to** ～ 捐款〔貢獻〕於～
❷(向報刊、雜誌等的)投稿.

**con·trol** [kən\`trol] 動 支配, 管轄, 管理; 控制, 操縱; 抑制(感情).
control *one's* anger 抑制怒氣
This computer controls all the machines. 這臺電腦操縱著所有的機器.
◆ **controlled** [kən\`trold] 過去式、過去分詞.
Mary controlled her emotions. 瑪麗壓抑自己的情感.
Trains on the New Line **are** controlled from the office in Tokyo. 新幹線上的列車由設在東京的指揮室控制.
◆ **controlling** [kən\`trolɪŋ] 現在分詞、動名詞.
The government is controlling the price of rice. 政府控制著米價.
—名 支配, 管轄; 控制(力), 操縱; 抑制.
traffic control 交通管制
The driver **lost** control **of** his car, and it went into the ditch. 駕駛員對汽車失去控制, 車子衝入溝裡.

**contról tòwer** (機場的)控制塔, 塔臺.

**con·ven·ience** [kən\`vinjəns] 名 便

利，方便；便利的東西.
if it suits your convenience 如果你方便的話
Shopping by telephone is a great convenience. 電話購物非常便利.
**convénience stòre** 便利商店.
**públic convénience** 《英》公共廁所.

**con·ven·ient** [kən`vinjənt] 形 便利的，方便的. 反義字 inconvenient (不便的).
live in a convenient house 住在便利的房子裡
**It is** very **convenient to** live near the station. 住在車站附近非常便利.
Let's meet at the station if it is convenient **for** 〔**to**〕 you. 如果你方便的話我們在車站見面吧. ➜「你方便」不用 ×*you are* convenient.

**con·ven·tion** [kən`vɛnʃən] 名 ❶ 慣例，常規，習俗. ❷(政治、學術等的)大會.

**con·ven·tion·al** [kən`vɛnʃənl̩] 形 習俗的，固有的；老套的.

**con·ver·sa·tion** [ˏkɑnvɚ`seʃən] 名 **會話**，(與人的)交談，對話.
learn English conversation 學習英語會話
**have** a conversation **with** ～ 與～會談，與～談話

**con·vince** [kən`vɪns] 動 使理解，使確信.

**con·vinced** [kən`vɪnst] 形 確信的.
I am convinced **of** his success. = I am convinced **that** he will succeed. 我確信他會成功.

**coo** [ku] 動 (鴿子)咕咕地叫.
—名 (複 **coos** [kuz]) 咕咕(的鴿子叫聲).

| **cook** [k ʊ k] | ▶烹調，做菜<br>▶廚師，廚子 |
|---|---|

動 ❶**做菜，烹調.**
**基本** cook fish 燒魚 ➜ cook＋名詞〈O〉.
She **cooks** very well. 她很會做菜. ➜ cook＋副詞片語；cooks [kʊks] 爲第三人稱單數現在式.
◆ **cooked** [kʊkt] 過去式、過去分詞.
Mom **cooked** an omelet and **made** 〔**prepared**〕 a salad. 媽媽做了煎蛋餅和沙拉. ◁相關語
She cooked me dinner. = She cooked dinner **for** me. 她爲我做晚飯.
There is some cooked meat on the table. 桌上擺著烹調好的肉. ➜cooked (烹調好的) 爲過去分詞當形容詞用.
◆ **cooking** [`kʊkɪŋ] 現在分詞、動名詞. → cooking.
Mom **is** cooking in the kitchen. 媽媽正在廚房裡做菜. ➜現在進行式.
❷(食物)被烹調，煮熟，烤成.
Potatoes cook slowly. 馬鈴薯很不容易煮熟〔烤熟〕.

—名 (複 **cooks** [kʊks]) 廚師，廚子. ➜用於男女均可.
She is a very good 〔poor〕 cook. 她是一位很高明〔差勁〕的廚子.

**cook·book** [`kʊkˏbʊk] 名 《美》食譜 (《英》cookery-book).

**cook·er** [`kʊkɚ] 名 (鍋、勺等)炊具；煮飯做菜用的爐灶.

**cook·er·y** [`kʊkərɪ] 名 烹調術，烹飪法.

**cook·er·y-book** [`kʊkərɪ`bʊk] 名 《英》= cookbook.

**cook·ie** [`kʊkɪ] 名 《美》餅乾 (《英》

biscuit).

**cook·ing** [ˋkʊkɪŋ] cook 的現在分詞、動名詞.

—名 烹調; 烹調法, 烹飪法.

**cóoking schòol** 烹飪學校.

—形 烹飪用的.

**cook·y** [ˋkʊkɪ] 名(複 **cookies** [ˋkʊkɪz]) =cookie.

C

| **cool** [k u l] | ▶涼爽的 ▶冰冷的 ▶冷靜的 |
|---|---|

形 ❶涼爽的. → warm ❶

基本 a cool breeze 涼爽的微風 ➜ cool+名詞.

基本 It's cool today. 今天很涼爽. ➜ be動詞+cool ⟨C⟩; It 籠統地表示「氣溫」.

Let's rest in the cool shade of a tree. 我們在涼爽的樹蔭下休息吧!

◆ **cooler** [ˋkulɚ] 《比較級》更為涼爽的.

It gets cooler toward evening. 傍晚天氣變得更涼爽.

◆ **coolest** [ˋkulɪst] 《最高級》最涼爽的.

This is **the** coolest place in the park. 這是公園裡最涼爽的地方.

❷(程度恰到好處)冰涼的, 冷的.

a cool drink 冷飲

The soup isn't cool enough for the baby to drink yet. 湯還未涼, 不能讓寶寶喝.

❸冷靜的, 沈著的(calm); 冷淡的.

**look** cool 外表冷靜

**keep** cool 鎮定沈著

We need a **cool** head and a **warm** heart. 我們必須有冷靜的頭腦與熱忱的心. ◁反義字

—動 冷却, 使~變涼; 感覺冷.

**cool·er** [ˋkulɚ] cool 的比較級.

—名(用於冷凍食物的冷凍盒等)冷却容器, 冷却裝置. ➜房間的「冷氣機」為 air conditioner.

**co·op·er·ate** [koˋɑpəˌret] 動 合作, 協力.

**co·op·er·a·tion** [koˌɑpəˋreʃən] 名 合作, 協力.

work **in** cooperation **with** ~ 與~合作, 與~共同執行

**cop** [kɑp] 名《口》警察.

**cop·per** [ˋkɑpɚ] 名 銅; 銅幣.

**cop·y** [ˋkɑpɪ] 名(複 **copies** [ˋkɑpɪz])

❶副本, 複本, 拷貝, 複製品; 模仿.

a copy **of** his letter 他的信的複本

This is not the original picture, but just a copy of it. 這幅畫不是眞跡, 只不過是複製品而已.

**make** two copies of the letter 將此信複印二份

❷(書籍、報紙等印刷物之)一本, 一份.

Please get three copies of today's paper. 請買三份今天的報紙來.

❸廣告文字, 宣傳文字.

**write** copy for ~ 為~寫廣告文字

—動 複寫, 複印, 謄寫, 模仿.

Ken never **copies** his neighbor's answers. 肯從不抄襲鄰座的答案.

➜ copies [ˋkɑpɪz] 為第三人稱單數現在式.

◆ **copied** [ˋkɑpɪd] 過去式、過去分詞.

She copied her teacher's speech. 她模仿老師的說話方式.

**cop·y·right** [ˋkɑpɪˌraɪt] 名 著作權, 版權.

**cor·al** [ˋkɔrəl] 名 珊瑚.

**córal rèef** 珊瑚礁.

**cord** [kɔrd] 名 線; 電線. ➜比 string 粗, 比 rope 細的線.

**core** [kor] 名 ❶(梨、蘋果等的)果核.

❷(**the core**)(事物的)核心部分.

**cork** [kɔrk] 名 軟木; 軟木塞.

**cork·screw** [ˋkɔrkˌskru] 名 拔軟木塞的螺絲起子. 相關語 bottle opener

(開瓶器).

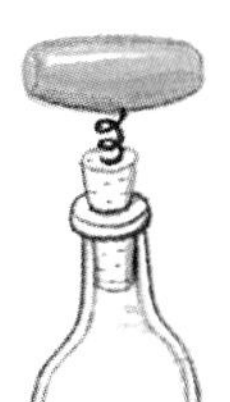

**corn** [kɔrn] 名 ❶《美》玉米(《英》maize).
**the Córn Bèlt** 《美》玉米帶. ➜位於美國五大湖南部和西部的廣闊平原.
❷《英》穀物; 小麥(wheat), 燕麥(oat). ➜當地最重要的穀物; 因此在英格蘭是指「小麥」, 在蘇格蘭等地則是指「燕麥」.

**corned** [kɔrnd] 形 用鹽醃的.
corned beef 醃牛肉

**cor·ner** [ˋkɔrnɚ] 名 ❶角, 轉角處.
**at** 〔**on**〕 the corner of the street 在街上轉角處
Turn left at the next corner. 下一個轉角向左轉.
❷隅.
**in** the corner of the room 屋內一隅
idiom
(***júst***) ***aròund the córner*** 一轉彎就是; 非常近.
Christmas is just around the corner. 聖誕節就要到了.

**corn·field** [ˋkɔrn,fild] 名《美》玉米田; 《英》麥田. → corn.

**corn·flakes** [ˋkɔrn,fleks] 名 複 玉米片. ➜將玉米烘烤並碾碎而製成的一種食物, 加入牛奶、糖等, 於早餐時食用.

**cor·po·ra·tion** [,kɔrpəˋreʃən] 名 ❶法人. ➜如同個人一樣, 由法律承認其權利、義務的團體、組織.
a public corporation 公法人
❷《美》股份有限公司.

**cor·rect** [kəˋrɛkt] 形 **正確的, 對的.**
the correct answer 正確的答案
Your answer is correct. 你的回答正確.
**—**動 修正, 改正, 修改.
correct mistakes 改正錯誤
correct a bad habit 改正壞習慣

**cor·rec·tion** [kəˋrɛkʃən] 名 修改, 訂正; 修改之處.

**cor·rect·ly** [kəˋrɛktlɪ] 副 正確地, 無誤地.

**cor·re·spond** [,kɔrəˋspɑnd] 動 ❶與～一致; 相當.
The engine of a car corresponds **to** the heart of a man. 汽車的引擎相當於人類的心臟.
❷通信.
I'm corresponding **with** an American boy. 我和一個美國男孩通信.

**cor·re·spond·ence** [,kɔrəˋspɑndəns] 名 ❶一致.
❷通信.
a correspondence school 函授學校

**cor·re·spond·ent** [,kɔrəˋspɑndənt] 名(報社等的)通訊員, 特派記者.

**cor·ri·dor** [ˋkɔrədɚ] 名 (大樓、學校等的)走廊.

**cor·rupt** [kəˋrʌpt] 形 墮落的; 腐敗的; 不純潔的, 汚染的.
**—**動 使墮落, 收買; 腐化.

**cos·mos** [ˋkɑzməs] 名 ❶(空間浩瀚, 井然有序的)宇宙. ❷《植》大波斯菊.

**cost** [kɔst] 動 ❶**花費**(多少錢), **價值**(若干). ➜不用於被動語態; 以事物做主詞, 不用人做主詞.
This dictionary costs fifty dollars. 這部字典價值五十美元.
The trip will cost you 10,000 〔讀法: ten thousand〕 dollars. 這次旅行要花費一萬美元.
How much does it cost to fly to Hawaii? 搭飛機去夏威夷需要花費

多少錢? ➜ it=to fly.

◆ **cost** 過去式、過去分詞. ➜注意動詞原形、過去式、過去分詞是同形.
This book cost me a hundred dollars. 這本書花了我一百美元. ➜現在式則為 This book cost*s* ～.
❷ 需要(時間、勞動力); 喪失(重要的東西).
His success cost him his health. 他的成功犧牲了他的健康〔他雖然成功了, 但其代價是損害了健康〕.
—名 ❶**費用, 價錢,** 價格; 成本.
the cost **of** living 生活費
**at** cost 按成本價
What is the cost of this dictionary? 這部字典的價格是多少?
Can you repair this at small cost? 你能用很少的錢就把它修理好嗎?
idiom
***at àny cóst＝at àll cósts*** 不惜任何代價; 無論如何.
***at the cóst of ～*** 以～費用; 以～為犧牲品.

**cost·ly** [ˋkɔstlɪ] 形 高價的, 昂貴的; 造成嚴重損失的, 代價高的.

**cos·tume** [ˋkɑstjum] 名 (某一時代、民族特有的)服裝; 戲服.
a costume play 古裝劇

**co·sy** [ˋkozɪ] 形＝cozy.

**cot·tage** [ˋkɑtɪdʒ] 名 ❶ 鄉下房子, 農舍. ❷《美》(避暑勝地的)別墅, 山莊.

**cot·ton** [ˋkɑtn̩] 名 ❶**棉花,** 棉樹(亦作 **cotton plant**).
**grow** cotton 栽種棉花
**cótton cándy** 棉花糖.
❷棉線; 脫脂棉.
a cotton shirt 棉襯衫
This is made of cotton. 這是棉製品.
**cótton mìll** 紡織廠.

**couch** [kautʃ] 名 睡榻, 長椅.

**cou·gar** [ˋkugɚ] 名 美洲豹(puma). ➜亦作 **mountain lion**.

**cough** [kɔf] 名 咳嗽; 咳嗽聲.
She **has** a bad cough. 她咳嗽得很厲害.
—動 咳嗽.

| **could** [kəd] 弱 [kud] 強 | ▶能～<br>▶(Could I do?) 我可以～嗎?<br>▶(Could you do?) 你可以～嗎?<br>⊙ l 不發音 |
|---|---|

助動 能～. ➜ can 的過去式.
No one could answer this question. 誰也回答不了此問題.
Bob ran **as** fast **as** he **could**. 鮑勃全力奔跑. ➜為表示與主要子句的動詞(ran＝run 的過去式)在「時態」上一致而使用 could; 下例亦同.
John said (that) he could swim across the river. 約翰說他能夠游過這條河. (＝John said, "I can swim across the river.")
Jane **wish**ed that she could fly. 珍希望她能夠飛翔. ➜當表示不能實現的願望時, could 意為「如果可能的話～」.
會話 **Could I** use your dictionary? —Yes, of course you can. 我可以借一下您的辭典嗎? —當然可以, 您請用吧. ➜為 Can I ～? 的恭敬說法; 回答時不說ˣyou *could*.
**Could you** tell me the way to the station? 您能不能告訴我去車站的路怎麼走? ➜比 Can you ～? 更恭敬的說法.

**could·n't** [ˋkudn̩t] could not 的縮寫. → can't.

**coun·cil** [ˋkaunsl̩] 名 會議, 協調會; (市、郡等地方行政區域的)議會.
a student 〔city〕 council 學生會〔市議會〕

**coun·sel** [ˋkaunsl̩] 名 ❶**商議, 協議.**
**take** counsel **with** ～ 與～商議〔協

議〕
❷忠告，勸告.
**give** counsel 給與忠告

**coun·sel·lor** [ˋkaunsl̩ɚ] 名《英》＝counselor.

**coun·sel·or** [ˋkaunsl̩ɚ] 名 ❶顧問. ❷輔導員. →學校以及其他機構內部所設置，專門向求教者提出建議和給予指導，以解決其煩惱、困惑的人員.

**count**[1] [kaunt] 動 ❶計數.
count (**up**) **to** sixty 數到六十
諺語 Don't count your chickens before they are hatched. 不要在小雞還未孵化前就去數. →別打如意算盤.
Pencils are counted by the dozen. 鉛筆按打計算.

中國的數法　英美的數法

❷計算在內；在考慮之列；重要.
There are thirty people in the classroom, counting the teacher. 連教師也計算在內，教室裡總共有三十人.
Every vote counts in an election. 在選舉中每一票都是重要的.

idiom
***cóunt dówn*** 讀秒. →如發射火箭前，「十秒，九秒，八秒，～」的倒數計時.
***cóunt ín*** 包括，計及.
***cóunt on*** 〔***upòn***〕～ 指望～，仰賴～.
***cóunt óut*** 不包括，不計及.

**count**[2] [kaunt] 名(除英國以外的西歐國家的)伯爵. 相關語 英國稱伯爵爲 earl.

**count·er** [ˋkauntɚ] 名 ❶(商店、銀行等的)櫃臺，收銀臺. ❷計算者，計算器.

**count·less** [ˋkauntlɪs] 形 無數的，數不盡的.

**coun·tries** [ˋkʌntrɪz] 名 country 的複數.

**coun·try** [ˋkʌ n tr ɪ]
▶國家
▶鄉下

名 (複 **countries** [ˋkʌntrɪz]) ❶ 國家，國土.
a rich country 富國
an oil country 產油國
**all over** the country 國內各地，全國
Japan is **his native** 〔**home**〕 **country**. 日本是他的祖國〔他生於日本〕.
Gestures are different **from country to country**. 手勢因國而異.
foreign countries 外國
❷(**the country**)國民. →作單數.
The **whole** country doesn't want war. 全體國人都不要戰爭.
❸(**the country**) 鄉間，鄉野(countryside).
**go out into** the country 去鄉間
live **in** the country 居住在鄉下
❹(帶有某種地形或地理特點的)地域，地帶. →一般不加冠詞 ×*a*, ×*the*.
snowy country 雪國，下雪地帶
—形 鄉間的，鄉下的.
a country road 鄉間的路
country life 鄉間生活

**cóuntry mùsic** 《美》鄉村音樂. →美國南部白人移民中流行的傳統音樂，亦稱 **còuntry and wéstern**；以吉他、班卓琴等樂器演奏.

**coun·try·side** [ˋkʌntrɪˏsaɪd] 名 鄉村地區，鄉間.

**coun·ty** [ˋkauntɪ] 名 (複 **counties**

[ˋkaʊntɪz]) ❶ (英國、愛爾蘭的)郡.
➜ 英國的最大地方行政區域. ❷ (美國的)郡. ➜ 眾多的郡組成state(州).

C

**cou·ple** [ˋkʌpl̩] 名 ❶ 一對, 一雙; 兩人組成的一組.
❷情侶, 夫婦.
an old couple 老夫婦
You can see many young couples in this park on Sundays. 星期天在這公園裡你可以看到很多對青年男女.
idiom
***a cóuple of ～*** 兩個, 一對; 二、三的, 幾個～(a few).
a couple of boys 〔oranges〕 兩個男孩〔兩顆柳橙〕
in a couple of days 兩、三天
I called you a couple of times. 我打電話找了你二、三次.

**cour·age** [ˋkɝɪdʒ] 名 **勇氣.**
a man **of** courage 有勇氣的人
**pluck up** courage 鼓起勇氣
I don't think he has the courage **to** tell the truth. 我想他沒有勇氣說實話.

**cou·ra·geous** [kəˋredʒəs] 形 勇敢的.

**course** [kors] 名 ❶ 前進的方向, 航線, 路線; 方針.
a ship's course 船的航道
Rivers **change** their courses little by little. 河川漸漸改變流向.
The spaceship was **on** course **to** the moon. 太空船在飛向月球的軌道上〔飛向月球〕.
❷進行, 過程, 經過.
the course of a disease 發病過程
the course of history 歷史的演變
❸ (學校等的) **課程,** 講座; 學科.
a TV course **in** English 電視英語講座
**take** a summer course 參加暑期講座
She **finish**ed her courses in high school this year. 她今年完成了高中學業.
❹ (於正餐逐一送上的) 菜或點心.
a five-course dinner 五道菜的晚餐
Our main course was steak. 我們的主菜是牛排.
❺ (賽跑、游泳、高爾夫的) 跑道, 泳道, 球道.
idiom
***a màtter of cóurse*** 當然之事.
***in dùe cóurse*** (如果事情經過順利⇨) 到適當時候, 不久以後.
***in (the) cóurse of tíme*** (隨著時間的進展⇨) 終於, 最後, 總有一天.
***of cóurse*** **自然, 當然.**
會話 Will you go with us? —Of course I will. 你要和我們一起去嗎? —當然去嘍!
會話 You don't know him, do you? —Of course not. 你大概不認識他吧! —當然不認識.
會話 Would you mail this letter for me? —Yes, of course. 你能幫我寄這封信嗎? —好, 當然可以.

**court** [kort] 名 ❶**法庭,** 法院.
the Supreme Court 最高法院
They **brought** the case **into** court. 他們將此事件訴諸法庭.
❷宮廷; (**the court**) 朝廷大臣.
❸ (網球、籃球等的) **球場.**
❹中庭, 大天井.

**cour·te·ous** [ˋkɝtɪəs] 形 彬彬有禮的, 謙恭的.

**cour·te·sy** [ˋkɝtəsɪ] 名 禮貌, 謙恭的態度; 好意.

**cous·in** [ˋkʌzn̩] 名 **堂〔表〕兄弟姊妹.**
➜ 遠房堂〔表〕兄弟姐妹, 一般亦稱 cousin; 更精確的說法是 **first cousin** (堂〔表〕兄弟姐妹), **second cousin** (遠房堂〔表〕兄弟姐妹, 即 first cousin 之子女).

**cov·er** [ˋkʌvɚ] 動 ❶**覆蓋,** (用東西) 蓋住, 遮蓋～的表面.
cover a table **with** a white cloth 桌上鋪一塊白布

In February thick ice covers the lake. 二月裡厚冰覆蓋著湖面.
The mountain will soon be covered with snow. 不久雪就要覆蓋整座山了.
His clothes were covered with mud. 他的衣服上全是泥.
❷(常用 **cover up**)掩飾，隱藏.
laugh to cover *one's* anxiety 大笑以隱藏其焦慮不安的心情
He tried to cover (up) his mistake. 他企圖掩飾錯誤.
❸(指錢)夠用，足敷；(棒球)補位.
cover the expenses 維持收支平衡
The pitcher covered the first base. 投手到一壘補位.
❹包羅，涵蓋；走(一段路程).
His studies cover a wide field. 他的研究範圍很廣.
The camel covered 10 miles that day. 這隻駱駝那天走了十英里.
—名 遮蓋物，蓋子；封面；藏身的東西，掩蔽物. ➜「書的封套」爲 jacket.

idiom

***from còver to cóver*** (從封面到封底⇨)從頭到尾.
***ùnder (the) cóver of ~*** 在～的遮蔽之下，趁著～.
under cover of darkness 在夜色掩蔽下

**cow** [kau] 名 母牛，乳牛；牛. ➜一般是指三歲以上，生過小牛的母牛，但也可用作全體「牛」的總稱.
**keep** 〔**have**〕 cows 養牛
She is **milk**ing a cow. 她正在擠牛奶.

> 印象 bull, ox 是「力大、粗暴」，而 cow 與之相比則是「溫馴」.
> 相關語 bull(公牛)，ox(去勢的大公牛，一般用於農耕、搬運等)，cattle(牛的總稱)，beef(牛肉)，moo(牛叫聲).

**cow·ard** [ˋkauəd] 名 膽小的人；懦夫.

**cow·boy** [ˋkau͵bɔɪ] 名 牛仔. ➜在牧場(ranch)騎馬工作的男子.
a cowboy hat 牛仔帽 ➜cowboy 戴的寬簷帽子

**co·zy** [ˋkozɪ] 形 (房間等)溫暖而舒適的；安逸的.

**crab** [kræb] 名 蟹；蟹肉.

> 印象 揮舞蟹鉗，橫行霸道，好像在發甚麼牢騷似的總是口噴泡沫，常用以比喻「脾氣乖戾的人」.

**crack** [kræk] 名 ❶罅隙，裂縫.
❷(抽鞭子、放煙火、開槍等所發出的)噼啪聲.
—動 ❶破裂，打裂，擊裂. ❷(鞭子等)噼啪作響；使(鞭子等)噼啪作響.

**crack·er** [ˋkrækɚ] 名 ❶薄脆的餅乾(《英》biscuit).
❷摔炮，兩端一拉即行爆炸的紙筒.
❸敲破者，撬開者，破裂器.
a safe cracker 撬竊保險箱的人

**cra·dle** [ˋkredl̩] 名 ❶搖籃，搖床.
❷(文明的)發源地.

**craft** [kræft, krɑft] 名 ❶(特別的)技術，工藝；(需純熟技藝的)職業.
❷船，飛機(aircraft). ➜單、複數同形；→ spacecraft.

**crafts·man** [ˋkræftsmən] 名(複 **craftsmen** [ˋkræftsmən]) 技工，工匠；工藝家，名匠.

**cram** [kræm] 動 塞滿；強迫灌輸(教材)，填鴨式地教導(學生等).
◆ **crammed** [kræmd] 過去式、過去分詞.
◆ **cramming** [ˋkræmɪŋ] 現在分詞、動名詞.
—名 擁擠，雜亂；死記硬背.
**crám schòol** 補習班.

**cran·ber·ry** [ˋkræn͵bɛrɪ, -bərɪ] 名 (複 **cranberries** [ˋkræn͵bɛrɪz, -bərɪz]) 蔓越莓. ➜葉子像黃楊樹葉的低矮灌木；紅而酸的小果實可用於

製造調味汁(**cranberry sauce**)及果凍.

C

**crane** [kren] 名 ❶鶴(鳥). ❷起重機，吊車.

**cran·nied** [`krænɪd] 形 有裂縫的. → cranny.

**cran·ny** [`krænɪ] 名 (複 **crannies** [`krænɪz]) (牆壁、岩石等的)裂縫.

**crash** [kræʃ] 名 ❶(硬物落在硬物上時所發出)猛烈的墜落、撞擊、破裂聲.
with a crash 隨著一聲巨響
❷撞擊；墜落.
a car crash 汽車相撞
an airplane crash 飛機墜毀
—動 ❶轟地一聲倒塌〔墜毀〕.
❷撞擊；墜落.
His car crashed **into** a truck. 他的車撞上了卡車.

**cra·ter** [`kretɚ] 名 火山口；(月球表面的)環形山.

**crawl** [krɔl] 動 ❶爬，爬行；匐匍而行. ❷自由式游泳.
—名 ❶爬行. ❷自由式(游泳法).

**cray·on** [`kreən] 名 蠟筆.

**cra·zy** [`krezɪ] 形 ❶發瘋的，瘋狂的(mad)；痴傻的，瘋顛的.
❷醉心的，狂熱的.
He is crazy **about** jazz music. 他醉心於爵士樂.

**cream** [krim] 名 ❶乳脂. ➜牛奶中黃白色的脂肪成份.
Butter and cheese are made from cream. 奶油和乳酪是用乳脂做成的.
❷含奶油的點心.
a cream cake 奶油蛋糕
a cream puff 奶油泡芙
❸(化粧用的)膏，霜，油.

**cre·ate** [krɪ`et] 動 創作，創造，產生，製造.
God created the heaven and the earth. 上帝創造天地.
All men are created equal. 人類生而平等.
They created a sensation in the world of pop music. 他們轟動了流行樂壇.

**cre·a·tion** [krɪ`eʃən] 名 ❶創造(物)，創作(品)；創設. ❷(**the Creation**)(上帝)創造天地.

**cre·a·tive** [krɪ`etɪv] 形 有創造力的，創造的，創造性的；獨創性的.
creative power 創造力

**cre·a·tor** [krɪ`etɚ] 名 創造者；(**the Creator**)造物主，上帝.

**crea·ture** [`kritʃɚ] 名 ❶生物，動物.
❷(包含憐愛、輕蔑之意的)人.
a poor creature 可憐的人〔傢伙〕

**cred·it** [`krɛdɪt] 名 ❶信用，信賴(trust).
❷名聲，名譽，(對～而言)帶來名譽的事物〔人〕.
He is a credit **to** our school. 他是我們學校的光榮.
❸賒帳，信用貸款.
buy ～ **on** credit 賒帳購買～

**crédit càrd** 信用卡.
buy a camera **by** credit card 〔**with** a credit card〕 用信用卡買照相機
❹《美》(學科的)學分.

**creep** [krip] 動 爬行；緩慢地、無聲地或暗暗地移動.
creep **out of** ～ 從～爬出來
creep **into** ～ 無聲無息地爬進〔潛入〕～
◆ **crept** [krɛpt] 過去式、過去分詞.

**crept** [krɛpt] creep 的過去式、過去分詞.

**cres·cent** [`krɛsn̩t] 名 弦月，新月.

[相關語] a full moon(滿月).

**crew** [kru] [名](船上、飛機或火車等大型交通工具上的)工作人員;(大學等的)划船隊(員),(一起工作的)小組. ➡不是指個人,而是指全體人員.
one of the crew 組員之一
a camera crew (某公司的)攝影組
There is a crew **of** twenty in all. 全部組員共二十人.

**crib** [krɪb] [名]嬰兒睡的小床. ➡在英國專指嬰兒床,兩、三歲以上的幼兒床則稱 cot.

**crick·et**[1] [ˋkrɪkɪt] [名]蟋蟀.

**crick·et**[2] [ˋkrɪkɪt] [名]板球. ➡兩隊各十一人,類似棒球的球賽,為英國的傳統戶外運動,被認為是具有公平競爭精神的代表性運動.
It's not cricket. (這不合乎板球遊戲規則⇨)這是不公平的,這是不合乎運動精神的.

**cried** [kraɪd] cry 的過去式、過去分詞.

**cries** [kraɪz] cry 的第三人稱單數現在式;cry(名詞)的複數.

**crime** [kraɪm] [名]犯罪;罪惡.
[同義字] **crime** 為法律意義上的罪,而 **sin** 為道德、宗教意義上的罪惡.
a capital crime 應科處死刑的犯罪,死罪
**commit** a crime 犯罪

**crim·i·nal** [ˋkrɪmənḷ] [形]犯罪的,犯法的.
—[名]罪犯,犯人.

**crim·son** [ˋkrɪmzṇ] [名][形]深紅色(的).

**crip·ple** [ˋkrɪpḷ] [名]身體殘障者;跛足者. ➡比 lame 含有更強的歧視語氣.
—[動]使跛腳;使失去作用,使破損.

**cri·sis** [ˋkraɪsɪs] [名](複 **crises** [ˋkraɪsiz])危機,(命運、生死的)轉捩點. → critical ❸

**crisp** [krɪsp] [形]❶(食物等)脆的,酥的. ❷(因空氣乾冷而)清爽的,精神抖擻的. ❸(指風度、態度)乾脆的,明快的.
—[名](**crisps**)《英》炸馬鈴薯片(《美》chips).

**crit·ic** [ˋkrɪtɪk] [名]批評家,評論家.

**crit·i·cal** [ˋkrɪtɪkḷ] [形]❶批評的.
a critical essay 評論
❷批判性的.
❸危機的;生死存亡的. ➡名詞為 crisis.
at a critical moment 在千鈞一髮之際,在緊要關頭
He is in a critical condition. 他的狀況危急.
The situation has become critical. 事態岌岌可危.

**crit·i·cism** [ˋkrɪtə͵sɪzəm] [名]❶批評,評論. ❷批判,非難.

**crit·i·cize** [ˋkrɪtə͵saɪz] [動]❶批判,非難. ❷批評.

**croak** [krok] [動](青蛙、烏鴉等)喀喀〔嘎嘎〕地叫. → caw.
—[名](青蛙、烏鴉等所發出的)喀喀〔嘎嘎〕聲.

**croc·o·dile** [ˋkrɑkə͵daɪl] [名]鱷魚. ➡主要指非洲鱷魚;→ alligator(美國南部產的一種鱷魚).

**cro·cus** [ˋkrokəs] [名]番紅花. ➡初春時綻放的一種花.

**crop** [krɑp] [名]❶**農作物,作物.**
this year's rice crop 今年的稻穀收成
**raise** two crops a year 一年二作
Cotton is the main crop in this region. 棉花是本地區的主要作物.
❷(作物的)**收穫,收成.**
We **had** a fine〔rich, good〕crop of grapes this year. 今年我們的葡萄豐收.
The apple crop was very **small**〔**large**〕this year. 今年蘋果欠收

〔豐收〕.

**cro·quet** [kro`ke] 名 槌球. ➡用木槌打球，使其穿過架設在草皮上之鐵製小門的遊戲.

C

**cross** [krɔs] 名 ❶十字架；十字形，叉形記號(×).
Jesus died **on** the Cross. 耶穌被釘死在十字架上.
**the Réd Cróss** 紅十字會.
**the Sóuthern Cróss** 南十字星.
❷(作爲苦難象徵的)十字架，苦難.
諺語 No cross, no crown. 不忍受大苦大難就得不到勝利的榮冠. ➡「吃得苦中苦，方爲人上人」.
—動 ❶橫過，越過，渡過.
cross a street 橫越道路
cross a river 橫渡河流
How can I cross **to** that island? 怎樣才能渡海到達那個島?
Look! Ducklings are crossing the street. 瞧！小鴨子在過馬路哪！
❷交叉；使交會；與～擦身而過.
cross *one's* legs 兩腿交叉
The two roads cross each other. 兩條道路交叉.
Our letters crossed in the post. 我們的信錯開了.
❸畫十字；畫×〔橫線〕刪除.
cross *one*self (在胸前)畫十字
cross **out** unnecessary words 刪除不必要的字
idiom
***cróss** one's **fíngers*** 交叉手指；(引申)但願，希望. ➡中指交叉於食指上，作出驅災的符咒手勢；也可省去動作僅用其引申義.
Next week, cross my fingers, I hope to get a raise. 求老天保佑下週加薪.
—形 ❶交叉的.
❷心情不好的，易怒的，心腸不好的.
Don't be so cross **with** your sister. 不要對妹妹那麼壞.

**cross·bow** [`krɔs,bo] 名 石弓，弩. ➡一種中世紀的弓(bow)，以反彈力發射箭、矢、石等.

**cross·ing** [`krɔsɪŋ] 名 ❶橫越.
❷可橫越〔橫渡〕的地點；十字路口，行人穿越道；平交道.
a railroad crossing 鐵路平交道
告示 No Crossing. 禁止穿越.

**cross·road** [`krɔs,rod] 名 ❶(與其他道路交叉的)交叉道路；(與大馬路連接的)岔路，巷道.
❷(**crossroads**)十字路口. ➡作單數.
stop **at** a crossroads 停在十字路口

**cross·walk** [`krɔs,wɔk] 名《美》(畫有白線的)行人穿越道. → zebra crossing.

**cross·word (puz·zle)** [`krɔs,wɝd (`pʌzḷ)] 名 縱橫字謎. ➡依號碼排列的提示，在一塊方陣或長方陣之許多小方格內，按縱(down)橫(across)方向塡字的一種遊戲.

**crouch** [krautʃ] 動 蹲伏.

**crow**[1] [kro] 名 烏鴉. ➡叫聲 caw, croak；→ raven.

印象 代表不吉利、黑色等，有 as black as a crow(像烏鴉一般黑)的說法.

**crow**[2] [kro] 動 (公雞)啼，叫. → cock-a-doodle-doo.
—名(公雞(cock)的)啼聲.

**crowd** [kraud] 名 群衆，人群；衆多，許多.
**in** the crowd 人群中
**a crowd of** people = **crowds of** people 一大群人
There was a large crowd at the station. 車站裡有一大群人. ➡把人群當作一整體時，作單數名詞用.
Crowds of students were waiting in front of the library. 一大群學生在圖書館前面等候.

C

—動 群聚，擁擠；使擠滿.
crowd **into** a bus　擠進公車
crowd a room **with** people＝crowd people **into** a room　房間裡擠滿人

**crowd·ed** [ˋkraudɪd] 形 擁擠的.
a crowded bus　擁擠〔客滿〕的公車
The streets were crowded **with** shoppers.　街上擠滿了購物的人.

**crown** [kraun] 名 ❶皇冠；(**the Crown**)王位. ❷(勝利的)榮冠.

**crude** [krud] 形 ❶未經提煉的，未加工製造的.
crude oil　原油
❷粗糙的；粗野的，粗魯的.

**cru·el** [ˋkruəl] 形 殘酷的；悲慘的；殘忍的.
a cruel murderer　殘酷的殺人犯
Don't be cruel **to** animals.　不要對動物殘酷〔不要虐待動物〕.

**cru·el·ty** [ˋkruəltɪ] 名 (複 **cruelties** [ˋkruəltɪz]) 殘酷；殘酷的行爲，虐待.

**crumb** [krʌm] 名 (通常用 **crumbs**) 麵包屑，(糕點等的)碎片.

**crum·ble** [ˋkrʌmbl̩] 動 (使)粉碎.

**crum·ple** [ˋkrʌmpl̩] 動 把～弄皺，變皺.

**crush** [krʌʃ] 動 ❶壓碎；被壓破. ❷使〔變〕皺. ❸勉強裝入，塞入.

**crust** [krʌst] 名 ❶麵包皮，派皮. ❷(物的)硬殼；地殼.

**crutch** [krʌtʃ] 名 (通常用 **crutches**) 拐杖.
walk **on** 〔**with**〕 crutches　拄著拐杖走路

| **cry** [kraɪ] | ▶喊叫<br>▶哭泣<br>▶喊叫聲 |
|---|---|

動 ❶(常用 **cry out**)喊叫，號叫.
cry (out) with pain　痛得大聲喊叫
The umpire **cries** "strike" or "ball."　裁判大喊「好球」或「壞球」.
➡ cries [kraɪz] 爲第三人稱單數現在式.
◆ **cried** [kraɪd] 過去式、過去分詞.
He cried (out), "Help! Help!"　他大叫：「救命啊！救命啊！」
◆ **crying** [ˋkraɪɪŋ] 現在分詞、動名詞.
Someone **was** crying "Fire! Fire!" in the street.　街上有人在叫：「失火啦！失火啦！」➡過去進行式.
❷(放聲)哭泣.　相關語 sob(啜泣)，weep(不出聲，只流淚的哭泣).
She cries easily.　她好哭〔她是愛哭鬼〕.
The baby cried all night.　嬰兒哭了一整夜.

idiom
***crý for ～***　喊著要～；哭著要～.
***crý for jóy***　喜極而泣.
***crý óut***　大聲叫喊. →❶
***crý òver spílt mílk***　爲打翻了的牛奶哭，爲無可挽回的事後悔.
諺語 It is no use crying over spilt milk. ＝ There is no use crying over spilt milk.　爲無可挽回之事哭也沒用. ➡相當於「覆水難收」.

—名 (複 **cries** [kraɪz]) ❶叫聲；(動物的)鳴叫聲.
**give** a cry **of** joy　高興得叫了起來
❷(放聲)哭號；哭聲.

**crys·tal** [ˋkrɪstl̩] 名 ❶水晶；結晶(體). ❷水晶玻璃.

**CT** Connecticut 的縮寫.

**cub** [kʌb] 名 ❶(獅、熊、狐等的)幼

獸. ❷(the Boy Scouts 的)少年隊員，小狼. ➜8-11歲；亦稱作 **cúb scòut**.

C

**Cu·ba** [ˋkjubə] 專有名詞 古巴. ➜西印度群島中的共產國家；首都哈瓦那(Havana)；通用語爲西班牙語.

**cube** [kjub] 名 ❶立方體(之物).

a sugar cube 一塊方糖

❷(數學)立方.

—動 乘三次方.

4 cubed 4的三次方，$4^3$

**cuck·oo** [ˋkʊku] 名 (複 **cuckoos** [ˋkʊkuz])布穀鳥.

**cúckoo clòck** 咕咕鐘.

印象 英國的報春鳥；布穀鳥不築巢，而是借其他鳥的巢產卵.

**cu·cum·ber** [ˋkjukʌmbɚ] 名 小黃瓜.

**cuff** [kʌf] 名(襯衣或外衣的)袖口.

**cúff lìnks** 袖扣.

a pair of cuff links 一對(二個)袖扣

**cul·ti·vate** [ˋkʌltəˏvet] 動 (爲種植農作物而)耕種(田地)；栽種(植物、蔬菜等).

**cul·tur·al** [ˋkʌltʃərəl] 形 文化的，文化性的；教養的.

**cul·tur·al·ly** [ˋkʌltʃərəlɪ] 副 文化地.

**cul·ture** [ˋkʌltʃɚ] 名 ❶文化. 相關語 civilization(文明)(→參 civilization).

Greek culture 希臘文化

❷教養；(心性與精神的)修養.

a man **of** 〔**without**〕 culture 有〔無〕教養的人

**cun·ning** [ˋkʌnɪŋ] 形 狡猾的，奸詐的.

—名 狡猾，奸詐.

| cup [kʌp] | ▶茶杯<br>▶滿滿一杯的量 |
|---|---|

名 (複 **cups** [kʌps])❶茶杯，瓷杯. ➜喝溫熱的飲料時使用的杯子，一般帶柄(handle)；相關語 冷飲用杯子爲 **glass**；盛飯的碗稱作 **bowl**.

a coffee cup 咖啡杯

**a cup and saucer** [ˋkʌpənˋsɔsɚ] (茶杯下墊有茶碟的)一套杯組 → and ❶

❷滿滿一杯(cupful).

**a cup** 〔two cups〕 **of** tea 一杯〔二杯〕茶

Will you have a cup of coffee? 來杯咖啡嗎?

How about another cup of coffee? 再來一杯咖啡嗎?

❸優勝杯，獎杯.

**win** the cup 榮獲優勝獎杯

**cup·board** [ˋkʌbɚd] 名 碗櫥；(一般指)櫥櫃. ➜通常指帶拉門，可放杯碟、食品等的櫥子，也可指放置衣服的衣櫥(closet)；注意發音.

**cup·ful** [ˋkʌpˏfʊl] 名 滿滿一杯.

**Cu·pid** [ˋkjupɪd] 專有名詞 邱比特. ➜維納斯(Venus)之子，羅馬神話中的愛神，傳說被他的箭射中者會墜入愛河.

**cure** [kjʊr] 動 治療(疾病、病患等).

cure a child **of** a fever 幫孩子退燒

—名 治療用的藥物，治療法.

**Cu·rie** [ˋkjʊri] 專有名詞 (**Marie Curie**)居禮夫人. ➜波蘭出生的法籍化學家和物理學家(1867-1934)，與其夫法國物理學家 **Pierre Curie**

(1859-1906)共同發現鐳元素.

**cu·ri·os·i·ty** [ˌkjurɪˋɑsətɪ] 名 (複 **curiosities** [ˌkjurɪˋɑsətɪz]) ❶好奇心.
**out of** curiosity 出於好奇心
❷珍品; 骨董.
a curiosity shop 古玩店

**cu·ri·ous** [ˋkjurɪəs] 形 ❶奇妙的, 奇特的.
❷好奇的, 渴望知道的.
He **is curious to** know how old she is. 他一心想知道她幾歲.

**curl** [kɝl] 名 鬈髮, 捲曲.
—動 ❶(毛髮)捲曲; 弄捲(毛髮); 把(物)層層環繞. ❷(常用 **curl up**)捲成一團; (煙)繚繞上升.

**cur·rent** [ˋkɝənt] 名 (水、空氣等的)流動, 氣流, 海流, 電流.
**the Japán Cúrrent** 日本海流, 黑潮.
—形 現在的, 現今的.
current English 現代英語
current topics 時事話題
the current issue (雜誌的)最近一期, 這一期

**cur·ry** [ˋkɝɪ] 名 (複 **curries** [ˋkɝɪz]) ❶咖哩粉. ❷咖哩菜.
**cúrry and ríce** 咖哩飯.

**curse** [kɝs] 名 詛咒; 咒罵.
—動 詛咒; 咒罵.

**cur·tain** [ˋkɝtn̩] 名 **窗簾**, 門簾; (舞臺的)**幕**.
**draw** the curtain 拉窗簾
The curtain **rises** 〔**falls**〕 at 7 p.m. 下午七點開幕〔閉幕〕.

**curve** [kɝv] 名 ❶曲線; (道路的)彎曲處. ❷(棒球的)曲球.
—動 弄彎; 轉彎.

**cush·ion** [ˋkuʃən] 名 坐墊, 軟墊, 椅墊.
—動 裝墊子.

**cus·to·di·an** [kʌsˋtodɪən] 名 (公共建築物的)管理人.

**cus·tom** [ˋkʌstəm] 名 ❶**風俗**, 習俗, 習慣.
an old custom 舊風俗
❷(**customs**)關稅; 海關.

**cus·tom·er** [ˋkʌstəmɚ] 名(商店的)顧客, 主顧.

**cut** [kʌt] ▶切, 切斷 ▶使變短

動 ❶**切, 割; 切斷.**
基本 cut an apple in two 把蘋果切成兩半 ➡ cut＋名詞〈O〉.
cut *one's* nails 〔hair〕 剪指甲〔理髮〕
cut the grass 割草
cut paper **with** scissors 用剪刀剪紙
Be careful, or you will **cut yourself**. 當心! 別割傷自己了.
基本 This knife **cuts** well. 這把刀很鋒利. ➡ cut＋副詞 (片語); cuts [kʌts] 爲第三人稱單數現在式.
◆ **cut** 過去式、過去分詞. ➡注意該字原形、過去式、過去分詞同形.
He cut his finger **on** a broken piece of glass. 玻璃碎片割破了他的手指. ➡現在式用'He cut*s* ～'.
Electric power **was** cut for an hour. 電力被切斷一小時〔停電一小時〕. ➡被動語態.
I **had** my hair cut. 我理了髮. ➡這裡的 cut 爲過去分詞; have＋*O*＋過去分詞表示「使 O 被～」.
◆ **cutting** [ˋkʌtɪŋ] 現在分詞、動名詞. → cutting.
He **is** cutting branches off trees in the garden. 他正在花園裡修剪樹枝. ➡現在進行式.
❷雕刻(雕像等).
❸開(道路); 挖(洞).
cut a road **through** a hill 開山闢路
❹**刪去, 濃縮**(新聞報導等); 削減(費用); 減低(價錢、工資等).

C

He cut his speech because it was too long. 他縮短了演講的內容，因爲太冗長了.

❺(擅自)缺席，逃課.

cut a class 逃學，逃課

idiom

***cút acròss*** 通過，橫穿.

A path cuts across the meadow. 一條小道穿過一片草地.

***cút dówn*** 砍倒；減少(開支、消費量等).

cut down on sugar to lose weight 爲了減肥而少攝取糖份

***cút ín*** 插嘴；插隊.

***cút óff*** 割下；切下.

***cút ópen*** 切開.

***cút óut*** 剪下；切下.

***cút úp*** 切碎，割碎.

—名 ❶割傷，切口. ❷(肉的)切塊. ❸(桌球、網球)切球.

❹降低，縮減；(新聞報導的)刪除.

**make** a cut **in** prices 減價

**cute** [kjut] 形《美口》討人喜愛的，可愛的.

**cut·let** [ˋkʌtlɪt] 名 (羊肉、小牛肉等的)薄片；(羊肉、小牛肉炸成的)肉排.

**cut·ter** [ˋkʌtɚ] 名❶切割者；削切器. ❷(載於軍艦等船上的)小快艇，駁船；單桅小型快艇. ➜源於其乘風破浪前進的樣子.

**cut·ting** [ˋkʌtɪŋ] cut 的現在分詞、動名詞.

—名 ❶切割；裁斷. ❷(供植物插栽的)插枝. ❸從報紙等剪下的參考資料，剪報.

—形 銳利的；(風)刺骨的.

**cy·cle** [ˋsaɪkḷ] 名 ❶週期，循環；(電波的)周波.

the cycle of the seasons 四季的循環

❷自行車，腳踏車(bicycle)；機車，摩托車(motorcycle).

—動 騎腳踏車〔機車〕，騎腳踏車去〔前往〕.

go cycling 騎腳踏車

**cy·cling** [ˋsaɪklɪŋ] 名 騎腳踏車.

**cy·clist** [ˋsaɪklɪst, ˋsaɪkḷɪst] 名 腳踏車騎士.

**cyl·in·der** [ˋsɪlɪndɚ] 名 圓柱，圓筒(狀的物體)；(引擎的)汽缸.

**cym·bals** [ˋsɪmbḷz] 名 複 銅鈸，鐃鈸(樂器).

**cyn·i·cal** [ˋsɪnɪkəl] 形 冷嘲熱諷的，譏刺的.

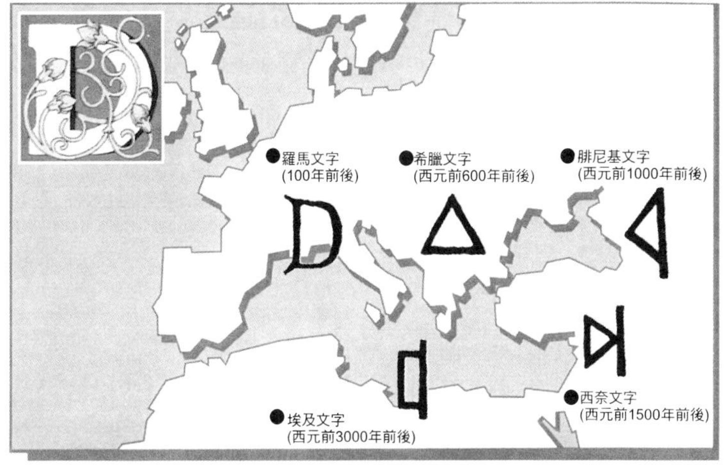


**D, d** [di] 名 (複 **D's, d's** [diz]) ❶英文字母的第四個字母. ❷(**D**) (成績的) D 等, 丁等. ➡ D 等爲評分時及格的等第; → A. ❸《音樂》(常用 **D**) D 調. ❹(**D**) (羅馬數字的) 五百.

**'d** [d] had, would, should 的縮寫.
You'd (=You had) better go. 你最好去.
I'd (=I would) like to go with you. 我想和你一起去.

**dachs·hund** [ˋdɑks͵hund] 名 臘腸狗. ➡原產於德國, 體長腿短的獵犬.

**dad** [dæd] 名《口》爸爸. ➡在家裡, 孩子叫「父親」時常用, 家人間當成專有名詞用, 前面不加冠詞, 開頭大寫作 **Dad**; 「媽媽」爲 mom《美》, mum《英》.

**dad·dy** [ˋdædɪ] 名 (複 **daddies** [ˋdædɪz]) 爸爸 (dad). ➡與之相對應的「媽媽」是 mommy《美》, mummy《英》.

**daf·fo·dil** [ˋdæfədɪl] 名 水仙花. ➡象徵英國威爾斯地方的花; → narcissus.

**dag·ger** [ˋdægɚ] 名 ❶短劍. ❷(印刷) 劍號 (即 † 表示附註之記號).

**dahl·ia** [ˋdæljə] 名 天竺牡丹, 大麗花.

**dai·ly** [ˋdelɪ] 形 每日的; 日常的.
a daily (news)paper 每日出版的報紙, 日報
in our daily life 我們的日常生活中
—副 每日地 (every day), 天天.
—名 (複 **dailies** [ˋdelɪz]) 日報.

**dai·ry** [ˋdɛrɪ] 名 (複 **dairies** [ˋdɛrɪz]) ➡注意不要與 diary (日記) 混淆. ❶擠牛奶的場所; 乳製品的製造場.
**dáiry càttle** 乳牛. ➡作複數.
**dáiry fàrm** 酪農場. ➡養牛用以擠奶, 製造奶油和乳酪等酪農產品 (**dairy produce**) 的農場.
❷乳製品商店, 牛奶店.

**dai·sy** [ˋdezɪ] 名 (複 **daisies** [ˋdezɪz]) 雛菊, 延命菊.

**dam** [dæm] 名 水壩, 閘.
**build** 〔**construct**〕 a dam 建水壩
The dam **broke** 〔**gave away**〕 due to heavy rain. 因爲大雨, 水壩決口了.

**dam·age** [ˋdæmɪdʒ] 名 損害, 損毀, 損傷, 傷害.

D

a lot of 〔great, heavy〕 damage 極大的損害
**cause** 〔**do**〕 damage **to** ～ 對～造成損害〔使受損害〕 ➜不用×*a* damage, ×damage*s*.
**suffer** 〔**receive**〕 damage 受損害
The heavy rain did a lot of 〔great〕 damage to the crop. 大雨對農作物造成極大的損害.
—動 使受損害, 損壞.
The accident did little damage to the bus, but the car was badly damaged. 車禍中, 公車幾乎沒受什麼損害, 但小汽車損壞得很嚴重.

**damp** [dæmp] 形 潮濕的, 有濕氣的.
a damp towel 濕毛巾
—名 濕氣.

**dance** [dæns] 名 ❶**舞蹈, 跳舞.**
a square 〔folk〕 dance 方塊舞〔土風舞〕
May I **have** this dance (**with** you)? 我可以請你跳這支舞嗎?
❷**社交舞會.** ➜英語中通常不用×*dance party*.
go to a dance 去參加舞會
**give** a dance for Jane 爲珍舉行舞會
—動 ❶**跳舞, 舞蹈.**
dance **with** ～ 與～共舞
dance **to** music 隨音樂起舞
dance a waltz 跳華爾滋
dance a round dance 跳圓圈舞
❷跳躍, 雀躍; (樹葉等)隨風飄舞.
dance for 〔with〕 joy 因快樂而跳躍, 高興得手舞足蹈

**danc·er** [ˋdænsɚ] 名 ❶**舞者.**
She is a good dancer. 她是個優秀的舞者.
❷舞蹈家, 職業舞者.
a ballet dancer 芭蕾舞蹈家

**danc·ing** [ˋdænsɪŋ] 名 舞蹈.

**dan·de·li·on** [ˋdændɪˏlaɪən] 名 蒲公英.

**Dane** [den] 名 丹麥人. → Danish.

**dan·ger** [ˋdendʒɚ] 名 ❶ **危險(的狀態).** 反義字 safety (安全).
告示 Danger! Thin Ice. 危險! 薄冰.
Test pilots **face** danger every day. 飛機試飛人員每天都要面臨危險.
The jungle is full of danger at night. 夜晚的叢林充滿危險.
There's no danger of a big earthquake in the near future. 近期內沒有發生大地震的危險.
❷(**a danger**)危險的人或事物.
Hidden rocks are a danger to ships. 暗礁對船來說是一種危險.

idiom

***be in dánger*** 處於危險的狀態. → dangerous 例句二.
The ship was in danger **of** sinking. 這艘船快要沈了.
***be òut of dánger*** 脫離險境.
We will be out of danger soon because the rescue party is coming to us. 救援隊要來了, 我們馬上就能脫離險境.
衍生字 形 dangerous (有危險的).

**dan·ger·ous** [ˋdendʒərəs] 形 **可能引起危險的, 有危險的.** 反義字 safe (安全的).
A cobra is a dangerous snake. 眼鏡蛇是種危險的蛇.
A **dangerous** killer is after Linda; her life is **in danger**. 琳達被危險的殺手追殺, 她的生命有危險. ◁**相關語**
Playing in the street is dangerous.＝It is dangerous to play in the street. 在馬路上玩很危險.

**dan·ger·ous·ly** [ˋdendʒərəslɪ] 副 危險地, 險些地.

**Dan·ish** [ˋdenɪʃ] 形 丹麥的; 丹麥人〔語〕的. → Dane.
—名 丹麥語.

**dap·ple** [ˋdæpl̩] 動 使斑駁, 使起斑點.

**dare** [dɛr] 動 ❶(**dare to** *do*)敢，敢於.
The boys did not dare **to** skate on the thin ice. 男孩們不敢在薄冰上溜冰. ➡《口》常用 The boys were afraid to skate ～ 或 The boys didn't have the courage to skate ～ 來表示.
❷挑釁某人做某事(challenge).
I dare you **to** jump from the diving board. 我量你不敢從跳板上跳下去.
—助動《主英》《否定句、疑問句》敢，膽敢.
He dare not tell you the truth. 他不敢對你說眞話.
**How dare you** say such a thing to me? 你怎敢對我說出這樣的話?
idiom
***I dàre sáy*** 我敢說;或許(perhaps).
You are right, I dare say. 我敢說你是對的.

| **dark** [dɑr k] | ▶黑暗的<br>▶(顏色)深的，暗的，黑的<br>▶黑暗，傍晚 |
|---|---|

形 ❶(沒有光線)黑暗的. 反義字 light(明亮的).
基本 a dark room 黑暗的房間 ➡ dark＋名詞.
基本 It was dark outside. 外面很黑. ➡ be 動詞＋dark 〈C〉; It 表示天色或環境的「明暗」.

**get** 〔**grow**〕 dark 變暗
He always looks on the dark side of things. 他總是只看事物的黑暗面.

◆ **darker** [ˋdɑrkɚ] 《比較級》更黑暗的.
It got darker and darker. 天色愈來愈暗.
◆ **darkest** [ˋdɑrkɪst] 《最高級》最黑暗的.
❷(顏色)深的，暗的; (頭髮、眼睛、皮膚等)黑的. 反義字 light(淺色的)，fair(白皙的，金髮的).
dark blue 深藍色
a dark suit 深色的西裝
dark hair 〔eyes〕 黑色的頭髮〔眼睛〕
Ann's boyfriend is a tall, dark, and handsome man. 安的男朋友是個身材高大，膚色黝黑的英俊男子.
—名 ❶(**the dark**)黑暗.
Cats can see well **in** the dark. 貓在黑暗中也能淸楚地看見東西.
My little sister is afraid of the dark. 我的小妹妹怕黑.
❷傍晚.
at dark 日落時分 ➡不用 ×*a* 〔*the*〕 dark.
**after** dark 天黑以後
**before** dark 天黑以前
We worked in the fields **until** dark. 我們在田裡一直工作到天黑.

**dark·en** [ˋdɑrkən] 動 使變黑; 變黑暗.

**dark·ness** [ˋdɑrknɪs] 名 黑暗，晦暗.

**dar·ling** [ˋdɑrlɪŋ] 形 可愛的，迷人的; 親愛的.
—名 親愛的人，極可愛的人，寵愛之物. ➡夫婦、情侶相互間的暱稱; → dear.
(My) Darling, I do love you. 親愛的! 我眞的很愛你. ➡ do 爲強調語意的助動詞.

**dart** [dɑrt] 名 ❶飛鏢; (**darts**)射飛鏢遊戲. ➡小而尖銳的投擲物，尾端有羽毛，向目標投擲，標盤上有計分的數字，此種遊戲即稱爲 darts; 作單數. ❷突然前衝(dash).

—動 突然急促地向前衝，飛奔.

**Dar·win** [ˋdɑrwɪn] 專有名詞 (**Charles Darwin**)達爾文. ➜英國生物學家，進化論之創立者(1809-1882).

D

**dash** [dæʃ] 動 ❶猛擲；猛撞；(猛地)潑(水)；砸碎.
dash a plate to pieces **against** the wall 把碟子猛砸在牆上摔得粉碎
❷猛衝(rush).
The policeman dashed through the crowd. 警察急速衝過人群.
—名 ❶破折號(—). ➜在文中插入、添加詞句時使用的記號.
❷猛衝.
**make** a dash **for** ～ 向～猛衝
❸短距離賽跑.
a hundred-meter dash 一百公尺賽跑

**da·ta** [ˋdetə] 名 複 資料，數據. ➜datum 的複數.
**collect** 〔**gather**〕 data **on** ～ 收集～的資料
The data in your report **is** 〔**are**〕 incorrect. 你的報告裡的資料不正確. ➜常作單數名詞用.

**date** [det] 名 ❶**日期，**年月日. ➜根據不同的場合，分別表示「年月日」、「月日」或「日」；不單獨表示「月」.
the wedding date 結婚日期
the date of his birth 〔death〕 他的出生〔死亡〕日期
the International Date Line 國際換日線
會話 What's the date today? 〔What date is this?〕 —It is (May) 5(, 1998). (讀法：(the) fifth, nineteen ninety-eight). 今天是幾月幾日？—今天是(一九九八年五月)五日. ➜通常只回答「(月)日」，如必要，也加入「年」；What day of the month is it (today)? 是詢問「幾號?」，What day (of the week) is it (today)? 是問「星期幾?」
❷(與異性的)約會.
He **has** a date **with** her on Sunday. 他星期天和她有約.
She went out **on** a date with her boyfriend. 她出去和男朋友約會了.
❸《美》約會的異性對象.

idiom

***òut of dáte*** 過時的，陳舊的. →out-of-date.
**go** out of date 過時
***úp to dáte*** 現代的，最新式的. →up-to-date.

—動 ❶加日期於(書信、公文等).
date a letter 信上加日期
I received your letter (which was) dated May 5. 我收到你五月五日的來信.
❷自～時代存在至今，追溯(到～).
This custom dates **from** about the 15th century. 此習慣始於十五世紀左右.
This church dates **back to** the Roman period. 此教堂建於羅馬時代.
❸(與異性)約會.

**da·tum** [ˋdetəm] 名 資料，數據. ➜通常用複數(**data**).

| **daugh·ter** [ˋdɔtɚ] | ▶女兒 ⊙ gh 不發音 |
|---|---|

名 (複 **daughters** [ˋdɔtɚz]) 女兒.
**my** oldest 〔《英》eldest〕 daughter 我的大女兒
my youngest daughter 我最小的女兒
my only daughter 我的獨生女兒
This is my daughter Ann. 這是我的女兒安.
Mr. Green has two **daughter**s and a **son**. 格林先生有兩個女兒和一個兒子. ◁**相關語**

**Da·vid** [ˋdevɪd] 專有名詞 《聖經》大衛. ➜西元前一千年左右的以色列國王；所羅門(Solomon)的父親.

**dawn** [dɔn] 名 黎明，破曉.
**at** dawn 天初亮時，破曉時
**—**動 破曉，天亮.
(The) Day is dawning. 天開始亮了. ➡不用 ×*Night* is dawning.

| **day** [d e] | ▶一日，一晝夜 ▶白晝，白天 |
|---|---|

名(複 **days** [dez]) ❶一日，一晝夜. ➡一天有二十四小時.
a cold day 寒冷的一天
**on** a rainy day 在雨天
one spring day 在某個春日 ➡不用 ×*on* one spring day.
three times a day 一日三次
基本 **What day** is it (today)? 今天星期幾? ➡注意不是詢問「幾號?」; 亦可用 What day of the week is it (today)? 表示.
**What day of the month** is it (today)? 今天幾號? ➡同 What is the date (today)?; → date ❶
The man disappeared (on) that day. 那男子從那天起就不見了.
諺語 Rome was not built **in** a day. 羅馬不是一天造成的.
**for** three days 三天
On school days I study and on weekends I play. 我平時在學校讀書，週末玩耍.
❷白晝，白天. ➡自日出至日落的這段時間.
He slept during **the day** and worked during **the night**. 他白天睡覺，晚上工作. ◁反義字
Day **breaks**. 天亮. → dawn.
When we woke, it was day. 我們醒來時，天已亮了.
The days grow longer in spring. 春季時白晝變長.
**dáy schóol** ①(與夜校相對)日校. → night school. ②(與寄宿學校相對)通學學校. → boarding school.
❸(特定之)日，紀念日，節日.
New Year's Day 元旦
Children's Day 兒童節
Independence Day 獨立紀念日
the election day 投票日
We give a present to Mom **on** Mother's Day. 我們母親節時送媽媽禮物.
❹(常用 **days**)時代.
**in** the days of King Alfred 在阿佛列德王的時代
in early 〔old〕 days 從前
In our grandfather's days there was no television. 在我們祖父的時代還沒有電視.

idiom

***áll dáy (lóng)*** 整天，終日的〔地〕.
***by dáy*** 晝間，日間.
***dáy àfter dáy*** 日復一日，一天又一天.
***dáy and níght*** 不分白天黑夜的，日以繼夜.
***dáy by dáy*** 一天比一天，日漸.
It is getting warmer day by day. 天氣一天比一天暖和.
***in thóse dáys*** 當時，那時.
***óne dày*** (過去的)某一天，(將來的)有一天.
***òne of thèse dáys*** 近期，不久.
***sóme dày*** (將來的)有一天.
***(the) dáy àfter tomórrow*** 後天.
***(the) dày before yésterday*** 前天.
***the òther dáy*** 前幾天.
I talked with him the other day. 前幾天我和他談過話.
***thèse dáys*** 最近，近來. ➡不用 ×*in* these days.

**day-care cen·ter** [ˋdeˏkɛrˋsɛntɚ] 名《美》(只有白天的)托兒所.
**day·dream** [ˋdeˏdrim] 名 白日夢.
**day·light** [ˋdeˏlaɪt] 名 ❶日光；白晝.
in broad daylight 大白天
❷黎明，破曉(dawn).

at 〔**before**〕 daylight　破曉時〔前〕

**day·time** [ˋdeˏtaɪm] 名 白晝，白天，日間.

**in** 〔**during**〕 the daytime　在白晝，在日間

He works in the **daytime** and goes to school at **night**.　他白天工作，晚上讀夜校.　◁反義字

**daz·zle** [ˋdæzl̩] 動 因強光而看不清楚或看不見；(**be dazzled**) 使眼花，使目眩.

**D.C.**　the District of Columbia 的縮寫.　→ district.

**DE**　Delaware 的縮寫.

**dead** [dɛd] 形 ❶死的，已死的.

my dead mother　我的亡母

a dead body　屍體

dead leaves 〔trees〕　枯葉〔木〕

Our cat is **dead**. It **died** last month. But our dog is still **alive**.　我家養的貓死了，上個月死的．不過我家的狗還活著.　◁相關語、反義字

I found him dead.　我發現他死了.

He has been dead for ten years.　他已經死了十年了.

❷死了(般)的，死去的；已無生命〔感覺，生氣〕的.

a dead battery　用完了的電池

Latin is a dead language.　拉丁語是一種已不通用的語言.

My fingers are dead **with** cold.　我的手指被凍僵了.

The microphone is dead; your voice isn't coming through.　麥克風壞了，你的聲音傳不出去.

**déad énd**　(道路等無法再前進的)盡頭；(工作等無法進展的)僵局，困境.

**come to** a dead end　陷入僵局

❸十分寂靜，死寂.

There was a dead calm on the sea.　大海像死了一樣地寂靜〔海上處於無風浪狀態〕.

—名 (**the dead**) 死者，逝者.　➜既可指一人，亦可指二人或二人以上.

—副 如死一般地；完全地，絕對地，徹底地.

I'm dead tired.　我疲倦極了.

He's dead right.　他(所說的)完全正確.

**dead·line** [ˋdɛdˏlaɪn] 名 截止時間〔日〕；最後期限.

**dead·ly** [ˋdɛdlɪ] 形 致命的，(可能)致死的.

a deadly disease　致命的疾病

An atomic bomb is a deadly weapon.　原子彈是致命的武器.

—副 ❶如死(人)一般地.　❷《口》過度地，非常地.

**Dead Sea** [ˋdɛdˋsi] 專有名詞 (**the Dead Sea**) 死海.　➜位於以色列和約旦國境之間的鹽水湖；因鹽分過高，生物無法生存，故作此稱.

**deaf** [dɛf] 形 聾的；聽力不佳的.

a school for deaf children　供聽障兒童就讀的學校

**the** deaf　聾子

He is deaf **in** his right ear.　他的右耳聽不見.

I'm deaf **from** the sound of explosion.　爆炸聲使我聽不見了.

**deaf·en** [ˋdɛfən] 動 震耳欲聾；鬧聲太大而不易聽清楚.

**deal**[1] [dil] 名 量，分量；大量，許多.　➜用於下列之片語.

idiom

***a gòod* 〔*grèat*〕 *déal***　《口》大量，許多.

He reads a good 〔great〕 deal.　他讀了很多書.　➜ a good 〔great〕 deal 是名詞片語，作 reads 的受詞.

The baby cried a good 〔great〕 deal.　嬰兒哭得很厲害.　➜ a good 〔great〕 deal 是副詞片語修飾 cried.

***a gòod* 〔*grèat*〕 *déal of* ～**　《口》大量的～，許多的～.　➜ of 後接不可數名詞.

A good 〔great〕 deal of money was in the safe, but it's all gone.

保險箱裡本來有很多錢，但現在都不見了.

**deal**[2] [dil] 動 ❶(**deal in** ~)(商品)經營，買賣，從事~的買賣.
He deals in used cars. 他經營中古汽車的買賣.
❷(**deal with** ~)對待，對付；討論(問題)；交易~.
This book deals with the history of Japan. 這本書論及日本歷史.
❸(亦作 **deal out**)分配，分發.
deal cards 發牌
◆ **dealt** [dɛlt] 過去式、過去分詞.
—名 ❶(紙牌遊戲)(輪到某人)發牌.
It's your deal. 輪到你發牌了.
❷交易，契約；成交.
O.K. That's a deal. 好，這就成交.
He **made** a deal **with** Bob to trade stamps. 他約好和鮑勃交換郵票.

**deal·er** [ˋdilɚ] 名 ❶商人，業者.
a used car dealer 中古車業者
❷發牌者，莊家.

**dealt** [dɛlt] deal²的過去式、過去分詞.

| **dear** [dɪr] | ▶親愛的，可愛的<br>▶(用於書信的開頭)親愛的~ |
|---|---|

形 ❶可愛的，親愛的；珍貴的.
**基本** my dear boy 我可愛的孩子 → dear＋名詞.
my dear friend〔mother〕 我親愛的朋友〔母親〕
dear little birds 可愛的小鳥
Her memory is always dear **to** me. 對我而言，對她的回憶永遠是珍貴的.
◆ **dearer** [ˋdɪrɚ] 〔比較級〕更珍愛的.
◆ **dearest** [ˋdɪrɪst] 〔最高級〕最珍愛的.
❷親愛的~. →用於信函的開端.
Dear Sir 敬啓者 →用於公文信函.
Dear Mr. Smith 親愛的史密斯先生
Dear Mother 親愛的母親
My Dear Mary 親愛的瑪麗 →《美》比 Dear Mary 更正式的說法；《英》爲較親近的說法.
❸《主英》昂貴的 (expensive).
反義字 cheap(便宜的).
—名 **親愛的人**，可愛的人(darling).
→用以稱呼親近的人.
"Let's go home, (my) dear," he said to his wife. 他對妻子說：「回家吧，親愛的.」
—感 **天啊！** →主要爲女性用語.
Oh, dear! My headaches. 天啊！我頭痛得厲害.
Dear me! I've got a run in my stocking. 啊！我的襪子脫線了.

**dear·ly** [ˋdɪrlɪ] 副 衷心地，深深地；非常.

**death** [dɛθ] 名 死亡；逝世. →動詞爲 die，形容詞爲 dead.
my father's death＝the death **of** my father 父親的去世
die a natural death (自然死亡⇨) 因衰老而死亡
The train accident caused many deaths. 這次的火車事故造成好多人死亡.

idiom

***to déath*** 到死爲止，因~而死；如死一般地，非常地.
bleed to death 因出血過多而死
be burnt〔starved, frozen〕 to death 被燒死〔餓死，凍死〕

**de·bate** [dɪˋbet] 動 ❶正式辯論，討論. →在公眾面前，二人或二團體間分別站在贊成或反對的立場相互爭辯；→ discuss.
debate (**about, on, over**) the problem 討論該問題
❷考慮，研究.
—名 討論(會).
have a debate in English 以英文

進行的一場研討會
hold a TV debate **on** ～　舉行一場有關～的電視討論會

**debt** [dɛt] ➜b不發音. 名 債務；負債狀態.
pay the debt **of** five dollars　償清五美元的借款
pay off all the debts　清償全部債務
I am **in debt to** him **for** 2,000 dollars.　我向他借了二千美元.
idiom
***fàll* 〔*rùn, gèt*〕 *ìnto dêbt***　欠債，借錢.
***gèt òut of dêbt***　償債.

**de·but** [ˋdebju]（法語）名（演員、音樂家等）初次登臺，首次演出.
make *one's* debut　首次登臺演出

**Dec.**　December（十二月）的縮寫.

**dec·ade** [ˋdɛked] 名 十年的期間.
in the last decade　過去十年間
two decades ago　二十年前

**de·cay** [dɪˋke] 動 腐敗(rot)；衰落.
—名 腐敗，衰落.

**de·cayed** [dɪˋked] 形 腐爛的；衰弱的.
a decayed tooth　蛀牙，齲齒

**de·ceive** [dɪˋsiv] 動 欺騙，詐騙.

| **De·cem·ber** [dɪ ˋsɛm bɚ] | ▶十二月<br>⊙拉丁語中爲「第十個月」之意；古代的羅馬曆一年爲十個月，由三月開始 |
|---|---|

名 十二月. ➜用法請參見 June.
**in** December　在十二月
**on** December 25（讀法：(the) twenty-fifth）　在十二月二十五日
early 〔late〕 in December　十二月初〔底〕
**next** 〔**last**〕 December　明年〔去年〕十二月　➜不用 ×*in* next 〔last〕 December.

**de·cent** [ˋdisn̩t] 形 ❶文雅的，優雅的；正當而合適的；符合規矩的.
You don't have to dress up for the party, but wear decent clothes.　雖然不必盛裝出席晚會，但請穿著合宜.
❷尙可的，相當的.
He is not the top student, but gets decent grades.　他雖然不是最優秀的學生，但成績也相當不錯.
❸《口》親切的.
It's very decent **of** you.　您太客氣了.

**de·cide** [dɪˋsaɪd] 動 ❶下決心，決定.
➜名詞爲 decision.
Think well before you decide.　做決定前要好好考慮.
He decided **to** 〔**not to**〕 go to college.　他決定上大學〔不上大學〕.
She decides by herself **what to** wear to school.　她自己決定穿甚麼去學校.
He decided **that** he would go to college.　他決定上大學.
❷決定(事情)；(給問題)下結論，解決.
decide the date for the next meeting　決定下次會議日期
decide the captain of the team by a vote　由投票決定隊長人選
His goal decided the game.　他的進球得分決定了比賽全局.
Mother, you don't have the right to decide my future.　媽媽，你無權決定我的將來.
The question must be decided by next week.　該問題下週必須得出結論.
idiom
***decíde agàinst*** ～　決定不做～.
We decided against the picnic to the lake.　我們決定不去湖邊野餐.
***decíde on*** ～　下決心～；決定～.
After a long hesitation, she decid-

ed on (buying) the red dress. 她猶豫許久，最後決定買那件紅色洋裝.

**de·ci·sion** [dɪˋsɪʒən] 名 決定，結論，決心；判斷力. → decide.
**make** a decision 決定
a man of decision 有決斷力的人
After a long discussion, we **came to** 〔**reached**〕 a decision. 經過長時間的討論，我們得出了結論.

**de·ci·sive** [dɪˋsaɪsɪv] 形 決定性的.

**deck** [dɛk] 名 ❶甲板，(電車、公車上)似甲板的一層.
go **on** deck 到甲板上去
Most London buses have two decks. 倫敦大部分的公車有二層. → double-decker.
❷《美》一副(紙牌).
**a deck of** cards 一副紙牌

**dec·la·ra·tion** [ˌdɛkləˋreʃən] 名 宣布，宣言；公告. → declare.
**make** a declaration of war against ～ 對～宣戰
**the Declarátion of Indepéndence** (美國的)獨立宣言. →independence.

**de·clare** [dɪˋklɛr] 動 ❶宣言，公告. → declaration.
declare war **against** 〔**on, upon**〕 ～ 對～宣戰
The American colonists declared independence. 美國殖民地居民宣告獨立.
❷斷言，聲稱.
"You are going to bed and that's final!" declared the boy's mother. 「說最後一遍了，快去睡覺!」男孩的母親以堅定的語氣說.
❸(向海關)申報(進口納稅的物品).
Do you have anything to declare? 你是否帶有應申報的東西?

**de·cline** [dɪˋklaɪn] 動 ❶婉拒(邀請等)，謝絕. 反義字 accept(接受).
decline an invitation 婉拒邀請
I offered him a job, but he declined. 我提供他一份工作，但他拒絕了.
The president declined **to** answer the delicate question. 總統婉拒回答那個敏感的問題.
❷衰弱，降低.
—名 衰弱，衰退；下落.
There will be a decline **in** the number of students in a few years. 二、三年後學生人數可能會減少.

**dec·o·rate** [ˋdɛkəˌret] 動 裝飾. → decoration.
decorate a Christmas tree 裝飾聖誕樹
We decorated our rooms **with** flowers. 我們用花裝飾房間.

**dec·o·ra·tion** [ˌdɛkəˋreʃən] 名 ❶裝飾. → decorate.
❷(**decorations**)裝飾品.
Christmas decorations 聖誕節裝飾品

**de·crease** [dɪˋkris] 動 減少；使減少. 反義字 increase(增加).
decrease the number of cars 減少汽車數量
The number of wild animals in Africa has decreased in the past several decades. 非洲野生動物的數量在過去幾十年間已減少許多.
—[ˋdikris] 名 減少. ➡注意與動詞的重音位置不同.
a decrease **in** sales 銷售量減少

**deed** [did] 名《文》所做的事，行爲.

**deep** [dip] 形 ❶深的；深度. 反義字 shallow(淺的).
a deep hole 深洞
deep snow 深雪
a deep forest 幽深的森林
a deep breath 〔sigh〕 深呼吸〔深長的嘆息〕
會話 **How deep** is the snow? —It is two meters deep. 雪有多深? —有二公尺深. ➡ be 動詞+數字+deep.

D

a shelf 40cm deep 縱深四十公分的架子
Lake Chinghai is **the deepest** lake in China. 靑海湖是中國最深的湖.
The lake is **deepest** about here. 這湖的最深處就在這附近. ➜同一類事物中經由比較得到的最高級通常不加冠詞 the.

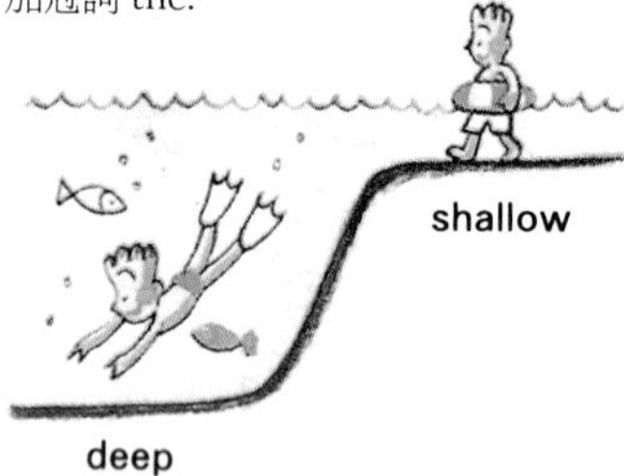


❷來自內心的, 深深的; 深遠的.
deep sorrow 內心深處所感到的悲傷
deep love 〔thanks〕 深深的愛〔感謝〕
His philosophy is too deep for me. I can't understand it. 他的哲學太深奧, 我無法理解.
❸(顏色)深濃的; (聲音)低沈的.
deep blue 深藍色
in a deep voice 低沈的聲調
❹(**be deep in** ~)(思考)專心的, 全神貫注的; 深陷(於債務中)的.
He is deep in thought. 他在沈思中.
—副 深深地, 縱深地.
dig deep 深挖
go deep into the jungle 進入叢林深處
idiom
***dèep dówn*** 在心底, 在內心.

**deep·en** [ˋdipən] 動 使變深; 變深.

**deep·ly** [ˋdiplɪ] 副 深深地.
Her speech moved us deeply. 她的話深深地感動了我們.

**deer** [dɪr] 名 鹿. ➜複數亦爲 deer.
**a herd of** deer 一群鹿
We saw many deer in the National Park. 我們在國家公園看到好多鹿.

**de·feat** [dɪˋfit] 動(戰爭、競爭等)擊敗(beat), 勝過~.
defeat him **at** chess 下西洋棋勝了他
defeat the team **by** 5 to 0 以五比〇擊敗該隊
—名 擊敗, 失敗; 戰勝, 勝利.
**suffer** (a) defeat 敗北
our defeat **of** 〔**by**〕 the enemy 我方擊敗敵方〔被敵方擊敗〕

**de·fect** [dɪˋfɛkt] 名 缺點, 短處, 美中不足.

**de·fence** [dɪˋfɛns] 名 《英》=defense.

**de·fend** [dɪˋfɛnd] 動 ❶保護, 防禦.
The cat defended her kittens **against** the dog. 母貓保護小貓不受狗的傷害.
The soldiers **defend**ed the fort from the **attack**ing enemy. 士兵們保衛要塞使其不受敵兵攻擊. ◁反義字
She is learning karate to defend herself. 她爲了防身正在練習空手道.
❷辯護.

**de·fense** [dɪˋfɛns] 名 ❶保護, 防衛; (體育活動)防守的一方(的選手), 守方. 反義字 attack, offense(攻擊).
Our football team has a good 〔weak〕 defense. 我方足球隊守備很好〔差〕.
❷防禦物, 防禦設備. ❸辯護.

**de·fen·sive** [dɪˋfɛnsɪv] 形 防禦的, 防衛的. → offensive.
—名 防禦, 防衛.

**de·fine** [dɪˋfaɪn] 動 下定義.
The dictionary defines "school" as "a place for learning." 那本辭典把「學校」定義爲「學習的場所」.

**def·i·nite** [ˋdɛfənɪt] 形 明白的, 確定的; 無疑的.
Are you definite **about** it? 關於此

事你確定〔有把握〕嗎?

**def·i·nite·ly** [ˋdɛfənɪtlɪ] 副 明確地, 確切地(clearly); 確實地, 當然, 一點不錯. → perhaps.

**def·i·ni·tion** [ˏdɛfəˋnɪʃən] 名 定義; (字典所下的)語義.

**de·for·est** [dɪˋfɔrɪst] 動 砍伐森林.
the deforested areas 採伐森林的區域
Large areas have been deforested and a lot of animals are dying out. 大片地砍伐森林造成許多動物瀕臨絕種.

**de·gree** [dɪˋgri] 名 ❶ 程度.
**in** some degree 一定程度, 某種程度
**to** some 〔a certain〕 degree (達到)一定程度
You can trust him to some degree but not wholly. 你在一定程度上可以相信他, 但不能全部相信.
This job demands a certain degree of skill. 這個工作需要一定程度的技術.
❷(溫度、角度等的)度.
There are 90 degrees in a right angle. 直角爲九十度.
The boiling point of water is 212 degrees Fahrenheit 〔212°F.〕 or 100 degrees Centigrade 〔100°C.〕. 水在華氏二百一十二度或攝氏一百度時沸騰.
❸學位; 身分, 地位.
a bachelor's 〔master's, doctor's〕 degree 學士〔碩士, 博士〕學位
idiom
***by degrées*** 逐漸地, 漸漸地.

**Del·a·ware** [ˋdɛləˏwɛr] 專有名詞 德拉瓦州. ➡美國東部的一州; 簡稱 **Del., DE**(郵政用).

**de·lay** [dɪˋle] 動 ❶延遲; 延緩, 延期 (put off).
We delayed our trip for a week because of the train strike. 由於火車工人罷工, 我們的旅程延緩了一星期.
The train was delayed two hours by an accident. 火車因事故遲到二小時.
❷拖延; 耽誤.
You always lose your chances because you delay. 你拖拖拉拉的, 所以總是失去機會.
—名 耽擱, 遲延.
It's just a delay of one or two minutes. = It's just one or two minutes' delay. 只晚了一、兩分鐘.
idiom
***withòut deláy*** 立刻, 馬上; 不拖延.

**del·i·cate** [ˋdɛləkɪt] 形 ❶ 細緻的, 精巧的, 美麗的; 柔和的.
a delicate work of lace 精巧美麗的花邊
the delicate smell of roses 玫瑰柔和的香味
a baby's delicate skin 嬰兒柔嫩的皮膚
❷(物品)易破損的; (身體)嬌弱的.
a delicate wine glass 易破損的葡萄酒杯
Kate is in delicate health. 凱特身體嬌弱.
❸靈敏的, 敏感的.
Bees have a delicate sense of smell. 蜜蜂嗅覺靈敏.
❹微妙的, 需要小心或技巧處理的, 困難的.
a delicate international problem 微妙的國際問題

**de·li·cious** [dɪˋlɪʃəs] 形 美味的.
a delicious meal 〔smell〕 美味可口的一餐〔香味〕
The cake smells delicious. 這蛋糕聞起來很香.

**de·light** [dɪˋlaɪt] 動 使極爲高興 (please greatly); (**be delighted**)使非常快樂, 大喜.
The gifts will delight the children.

D

這禮物一定會使孩子們高興.
The children will be delighted **with** the gifts. 孩子們得到這禮物一定會很高興.
Everybody was delighted **at** the result. 大家對這個結果都很高興.
I'm delighted **to** see you. 見到你我很高興.
**—** 名 欣喜; (極大的)樂趣.
She **takes (a) delight in** playing tennis. 她以打網球為樂.

**de·light·ful** [dɪˋlaɪtfəl] 形 令人愉快的, 舒暢的.
have a delightful time 度過令人愉快的時刻

**de·liv·er** [dɪˋlɪvɚ] 動 ❶ 遞送(郵件等); 交付.
deliver newspapers 〔letters〕 送報紙〔信〕
❷發表(演說等) (give).
deliver a speech 演說

**de·liv·er·y** [dɪˋlɪvərɪ] 名(複 **deliveries** [dɪˋlɪvərɪz]) ❶ 遞送; 遞送物. ❷(演說的)陳述方式, 表達方式.
a fine 〔poor〕 delivery 精確的〔不清楚的〕言語表達
❸生產.

**del·ta** [ˋdɛltə] 名(河口的)三角洲.

**de·mand** [dɪˋmænd] 動 ❶ 要求(權利、權限).
I demand an explanation 〔an apology〕 from you! 我要求你說明〔道歉〕.
He demanded (**that**) I should pay the money back at once. 他要求我立刻還錢.
The policeman demanded (**to** know) my name. 警察要求我說出自己的姓名.
❷ 需要; 需求.
Learning English demands patience. 學英語需要耐心.
**—** 名 要求; 需要.
**supply** and **demand** 供給和需求
◁相關語
There is a great demand **for** ice cream in summer. 夏天冰淇淋需求量極大.
In Japan, land is **in** great demand, but is in short supply. 在日本, 土地供不應求.

**de·moc·ra·cy** [dəˋmɑkrəsɪ] 名(複 **democracies** [dəˋmɑkrəsɪz]) ❶ 民主政體; 民主政治. ❷民主國家.

**dem·o·crat·ic** [ˏdɛməˋkrætɪk] 形 民主的; 民主政體的.
a democratic country 民主國家
the Democratic Party (美國的)民主黨

**dem·on·strate** [ˋdɛmənˏstret] 動 ❶拿出實物或舉例說明.
Your stewardess will demonstrate how to use the life jacket. (你們的)空中小姐將會示範如何使用救生衣.
❷示威, 舉行示威運動.
The citizens demonstrated **against** nuclear testing 〔**for** peace〕. 市民為反對核爆試驗〔和平〕而示威.

**dem·on·stra·tion** [ˏdɛmənˋstreʃən] 名 ❶演示, 示範.
The salesman **gave** a demonstration of the new sewing machine. 那售貨員示範如何使用新式縫紉機.
❷示威運動. ➡口語中常略作 **demo**.
**hold** a demonstration **against** a nuclear test 〔**for** a pay raise〕 為反對核爆試驗〔提高工資〕而示威

**den·im** [ˋdɛnɪm] 名 ❶丁尼布. ➡厚斜紋綿布. ❷(**denims**)(用丁尼布製成的)工作服, 工作褲.

**Den·mark** [ˋdɛnmɑrk] 專有名詞 丹麥. ➡歐洲北部的王國; 首都哥本哈根(Copenhagen); 通用語為丹麥語(Danish).

**dense** [dɛns] 形 濃密的(thick); 密集的, 稠密的.

a dense forest　密林
a dense fog　濃霧
a dense crowd　稠密的人群
The fog was very dense.　霧非常濃.

**den·tal** [ˋdɛntl̩] 形 牙齒的, 牙科的.

**den·tist** [ˋdɛntɪst] 名 牙醫.
a dentist's office　牙科醫院, 牙科診所
**go to the** dentist('s)　去看牙醫　➡ dentist's 是 dentist's office 的縮寫.
wait for hours **at** the dentist's　在牙科醫院等幾小時

**de·ny** [dɪˋnaɪ] 動 否認, 不承認, 否定.
He **denies** his connection with that case.　他否認和那件事有關.　➡ denies [dɪˋnaɪz] 爲第三人稱單數現在式.
◆ **denied** [dɪˋnaɪd] 過去式、過去分詞.
He denied the rumor.　他否認了這個謠言.
He denied know**ing** me.＝He denied **that** he knew me.　他否認認識我〔他不承認他認識我〕.

**de·part** [dɪˋpɑrt] 動《文》出發(start). → departure.
The plane will depart **from** Taipei **for** Hong Kong at 10 p.m.　臺北飛往香港的飛機晚上十點起飛.

**de·part·ment** [dɪˋpɑrtmənt] 名 ❶(政府等的)部門.
the Department of State (美國的)國務院　➡相當於「外交部」.
the fire department of the city government　市消防署
❷(學校的)系, 科.
the history department of our university　我們大學的歷史系
❸(百貨公司的)售貨部門.　➡非表示「百貨公司」; → department store.
buy shoes in the shoe department of a store　在商店的皮鞋區買鞋

**de·part·ment store** [dɪˋpɑrtmənt ˋstor] 名 百貨公司.
the Mitsukoshi Department Store　三越百貨公司　➡不用ˣMitsukoshi *Depart*.
I usually buy my clothes **at** the department store.　我通常在這家百貨公司買衣服.

**de·par·ture** [dɪˋpɑrtʃɚ] 名 出發.　➡動詞爲 depart;「到達」爲 arrival.

**de·pend** [dɪˋpɛnd] 動 (**depend on**〔**upon**〕～) ❶依賴, 依靠, 信賴.
Children depend on their parents.　孩子們依賴他們的父母.
You can depend on him **for** help.　你可以相信他會幫助你.
You cannot depend upon his words.　你不能相信他的話.
❷仰賴, 根據.
Success depends on your own efforts.　成功要看你自己的努力而定.

idiom

***Thàt* (*áll*)〔*It áll*〕*depénds.***　那要視情況而定.
會話 Do you always come to school by bus? —Oh, that depends.　你總是坐公車來上學嗎? —不, 那要看情況而定.

**de·pend·ent** [dɪˋpɛndənt] 形 ❶(經濟的)依賴, 依靠.
Children are dependent **on** their parents.　孩子依賴他們的父母.
❷仰賴, 根據.
Success is dependent **on** your own efforts.　成功全看你自己的努力而定.

**de·pos·it** [dɪˋpɑzɪt] 動 存款, 存放(錢).
I deposited twenty thousand dollars **in** the bank.　我在銀行裡存了二萬美元.
— 名 ❶存款.
**make** a deposit **of** ten thousand dollars in the bank　在銀行裡存一萬美元
❷手續費, 押金.

D

**de·pres·sion** [dɪ`prɛʃən] 名 ❶商業蕭條，不景氣. ❷愁苦，沮喪，抑鬱.

**depth** [dɛpθ] 名 ❶深度；縱深. ➜形容詞爲 deep.
What is the depth **of** this pool? = How deep is this pool? 這池子有多深?
The snow is one meter **in** depth. 雪積了一公尺深.
❷(亦作 **depths**)深處，裡面，底.
in the depth(s) of the mountain 在山中深處
in the depth(s) of winter 隆冬

**de·rive** [də`raɪv] 動(語言、習慣等)源於〔源自〕～.
The word "school" is derived 〔derives〕 **from** a Greek word. school(學校)一字源於希臘語.

**de·scribe** [dɪ`skraɪb] 動 說，描寫，形容，描述(人或事物的樣子等). → description.
會話 Can you describe your father's appearance? —Yes, he is tall with glasses and a long beard. 你能描述你父親的外貌嗎? —能，他個子高、戴眼鏡、下巴留著長長的鬍鬚.

**de·scrip·tion** [dɪ`skrɪpʃən] 名 描寫，描述. → describe.
The teacher gave the class a good description of the sights of London. 教師向學生們生動地描述了倫敦的名勝.

**des·ert**[1] [`dɛzɚt] 名 沙漠.

the Sahara Desert 撒哈拉沙漠

—形 沙漠的；沒有住人的.

**de·sert**[2] [dɪ`zɝt] 動 拋棄(家人、朋友等). ➜注意與 desert[1]的發音不同.

**de·sert·ed** [dɪ`zɝtɪd] 形 荒廢的，人煙絕跡的.
a deserted village 荒廢的村莊

**de·serve** [dɪ`zɝv] 動 値得，應得.
He deserves the reward because he worked hard. 他應得此報酬，因爲他工作努力.
The lion deserves **to** be the king of the animals. 獅子稱得上是百獸之王.

**de·sign** [dɪ`zaɪn] ➜ g 不發音. 名 ❶圖樣，圖案，圖樣設計.
a carpet with a design of flowers 有花形圖樣的地毯
study design 學習圖樣設計
The new theater is very modern **in** design. 這個新劇場的設計十分現代.
❷設計，設計圖.
a design for a new car 新車設計圖
—動 設計；設計圖樣.

**de·sign·er** [dɪ`zaɪnɚ] 名 設計家，服裝設計師.

**de·sir·a·ble** [dɪ`zaɪrəbl̩] 形 想要的，令人嚮往的. → desire.

**de·sire** [dɪ`zaɪr] 名 (強烈的)渴望，願望，所渴望得到之物.
—動《文》(強烈地)渴望，想要.

**desk** [dɛsk] ▶書桌，辦公桌 ▶櫃檯

名(複 **desks** [dɛsks]) ❶(讀書、辦公用的)書桌. ➜用餐、開會所使用的桌子稱 table.
Your pen is **on** 〔**in**〕 the desk. 你的鋼筆在書桌上〔抽屜裡〕.
Bob is studying 〔working〕 **at** his desk. 鮑勃正坐在書桌前念書〔工作〕.

There are 30 desks and 30 chairs in our classroom. 我們的教室裡有三十張桌子和三十張椅子.

**désk làmp** 書桌檯燈，工作燈.

**désk wòrk** (在辦公桌上處理的)工作.

❷(飯店、公司等的)**櫃檯，**服務臺.

**at** the information desk 在接待處〔服務臺〕

Check in at the desk. 至服務臺登記.

**de·spair** [dɪ`spɛr] 動❶絕望.

❷(**despair of** ～)對～絕望.

—名 絕望.

He was sunk **in** despair. 他陷入絕望中.

**des·per·ate** [`dɛspərɪt] 形❶(指人)因絕望而不惜冒險的，拚命的.

❷絕望的.

**des·per·ate·ly** [`dɛspərɪtlɪ] 副 拚命地；孤注一擲地；《口》極端地.

**de·spise** [dɪ`spaɪz] 動 鄙視，輕視，瞧不起.

I despise him **for** his dishonesty. 他不誠實，我鄙視他.

**de·spite** [dɪ`spaɪt] 介 儘管～，雖然～(in spite of).

Despite his faults, I still love him. 儘管他有缺點，但我仍然愛他.

**des·sert** [dɪ`zɝt] 名 甜點. ➜用餐時最後上的糕點、水果等.

We had strawberries **for** dessert. 我們餐後吃了草莓作甜點.

**des·ti·na·tion** [ˌdɛstə`neʃən] 名(旅行等的)目的地；(貨物等的)運送地點.

What's your destination? 你的目的地是哪裡? ➜不用ˣ *Where* is ～?

**des·ti·ny** [`dɛstənɪ] 名 命運，宿命.

**de·stroy** [dɪ`strɔɪ] 動 破壞，毀壞. →destruction.

The workers destroyed the old building. 工人們拆除了舊大樓.

Many houses were destroyed by the earthquake. 很多民宅爲地震所毀.

**de·struc·tion** [dɪ`strʌkʃən] 名 破壞，滅絕；被破壞了的狀態，滅亡.

**de·struc·tive** [dɪ`strʌktɪv] 形 毀滅性的；有害的(harmful).

Frost is destructive **to** the growth of plants. 霜對植物的生長有害.

**de·tail** [dɪ`tel, `ditel] 名 細節，瑣碎的事.

He told the police all the details of the accident. 他把事故的全部細節都告訴了警察.

idiom

***in détail*** 詳細地.

Please explain in detail. 請詳細說明.

**de·tailed** [dɪ`teld, `diteld] 形 詳細的.

**de·tec·tive** [dɪ`tɛktɪv] 名形 偵探(的)；刑事(的).

a detective story 偵探小說，推理小說

a private detective 私家偵探

**de·ter·gent** [dɪ`tɝdʒənt] 名 清潔劑.

**de·ter·mi·na·tion** [dɪˌtɝmə`neʃən] 名 決心，決意，決斷力. →determine.

**de·ter·mine** [dɪ`tɝmɪn] 動《文》❶決定(decide).

They determined the date for the wedding. 他們決定了婚禮的日期.

❷(**determine to** *do*)下決心～.

She determined to study harder. 她下決心要更加努力念書.

D

**de·ter·mined** [dɪˋtɝmɪnd] 形 下定決心的，堅決的.
I am determined **to** become a ball player. 我決心成爲一名棒球選手.

**deuce** [dus, djus] 名 ❶(撲克牌或骰子的)二點；二點的牌〔面〕. ❷(網球等的)局末平分. ➡連續得二分的話便可獲勝.

**de·vel·op** [dɪˋvɛləp] 動 ❶(使)發展〔發育，發達〕.
develop modern science 發展現代科學
The village developed **into** a large town. 這個村莊發展成爲一座大城鎮.
Industry is not developed in that country. 那個國家工業不發達.
❷開發(土地、資源等).
The town is going to develop the land near the river. 該鎮正準備開發河流附近的土地.
❸沖洗(底片).
develop a film 沖洗底片

**de·vel·op·ing** [dɪˋvɛləpɪŋ] 形 發展中的，開發中的.
developing countries 開發中國家

**de·vel·op·ment** [dɪˋvɛləpmənt] 名 ❶發達，發展，發育. ❷開發；(已開發的)新社區. ❸(相片的)沖洗.

**de·vice** [dɪˋvaɪs] 名 (爲了某種用途而設計、規劃出來的)器具，裝置.
safety devices 安全裝置
A can opener is a useful device. 開罐器是一種方便的器具.

**dev·il** [ˋdɛvl̩] 名 ❶惡魔.
諺語 Speak of the devil and he will appear. 說曹操，曹操就到.
❷(**the Devil**) = Satan(魔鬼、撒旦).

**de·vise** [dɪˋvaɪz] 動 構思，設計. → device.

**de·vote** [dɪˋvot] 動 奉獻(身、心、努力、時間等).
The doctor devoted his life **to** the study of cancer. 這位醫生畢生獻身於癌症的研究.

**dew** [dju] 名 露水.
The dew falls. 降露水.

**dew·drop** [ˋdju͵drɑp] 名 露珠(drop of dew).

**di·a·gram** [ˋdaɪə͵græm] 名 圖解，圖表.

**di·al** [ˋdaɪəl] 名 ❶(時鐘、羅盤等的)表盤.
❷(電話等的)撥號盤，(收音機等的)標度盤.
**turn** the dial of the radio 撥收音機的旋鈕
—動 撥(電話、收音機等的)轉盤.
dial the police 打電話給警察
dial **to** the talk show 撥到(廣播的)脫口秀頻道
dial a number 撥(電話)號碼，按(按鈕式電話的)號碼

**di·a·lect** [ˋdaɪəlɛkt] 名 方言.
speak **in** Kangdong dialect 說廣東方言

**di·a·log(ue)** [ˋdaɪə͵lɔg] 名 對話；(小說等的)會話部分. ➡英語用引號(" ")表示會話部分.

**di·am·e·ter** [daɪˋæmətɚ] 名 直徑.
相關語 radius(半徑).
The circle is 15 inches **in** diameter. 此圓的直徑是十五英寸.

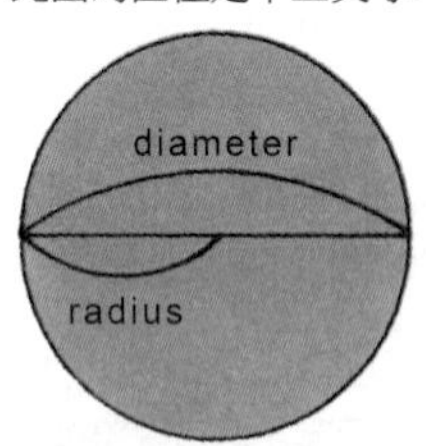


**di·a·mond** [ˋdaɪəmənd] 名 ❶鑽石. ❷菱形；(紙牌的)紅方塊. ❸(棒球的)內野.

**Di·an·a** [daɪˋænə] 專有名詞 黛安娜. ➡羅馬神話中月亮和狩獵的女神.

**di·a·ry** [ˋdaɪərɪ] 名 (複 **diaries** [ˋdaɪərɪz]) ❶日記.
**write** (in) *one's* diary 寫日記
**keep** a diary 每天寫日記
keep a diary of the journey 記旅行日記
Some of my friends write (in) their diaries in English. 我的朋友中有些人用英文寫日記.
❷日記簿.

**dice** [daɪs] 名 骰子; 擲骰子遊戲. ➡ 本來爲 die²的複數, 意爲「兩個一組的骰子」, 但現在, 特別是在《英》, dice 用作單數名詞, 指「一個骰子」; 此時的複數亦爲 **dice**.
throw (the) dice 擲骰子
One of the dice 〔《英》A dice〕 rolled under the card table. 一個骰子滾落到牌桌下去了.

**dic·tate** [dɪkˋtet] 動 口授, 口述.
He dictated a letter **to** his secretary. 他向秘書口述信稿.

**dic·ta·tion** [dɪkˋteʃən] 名 口授, 聽寫.
**give** (a) dictation 口授
The pupils **took** the teacher's dictation. 學生聽寫教師口授的內容.

| **dic·tion·a·ry** [ˋdɪkʃən,ɛrɪ] | ▶字典, 辭典 ⊙將字按字母順序編列出並解釋其「讀法、拼法、意義、用法」者 |
|---|---|

名 (複 **dictionaries** [ˋdɪkʃən,ɛrɪz]) **字典, 辭典**. → encyclopedia.
an English-Chinese dictionary 英漢字典
a dictionary **of** pronunciation 〔place names〕 發音〔地名〕辭典
**use** a dictionary 用字典
**consult** a dictionary 查字典
**Look up** this word **in** the dictionary. 在字典裡查這個單字.

**did** [dɪd] 動 **do** 的過去式.
I did my homework this morning. 今天早上我做了家庭作業.
Our team did very well. 我隊表現得很出色.
會話 Who painted this picture? —I did (=painted it). 誰畫了這張圖畫? —是我畫的.
— 助動 **do** 的過去式. ➡構成過去時態的疑問句、否定句, 以及加強語氣.
會話 **Did you** see Michael Jackson on TV yesterday? —Yes, I did. 你昨天在電視上看到麥克傑克遜了嗎? —有, 看到了. ➡答句中的 did 爲動詞.
I **did not** go to school yesterday. 我昨天沒去上學.
You didn't come yesterday, did you? 你昨天沒來, 對嗎? ➡～, did you? 表示確認「～, 對嗎?」
會話 I saw him there. —Did you? 我在那兒碰到他. —是嗎?
I did finish my homework, but I forgot to bring it to school. 我眞的做了家庭作業, 只不過忘記帶到學校來了. ➡ did 強調說明 finish.

**did·n't** [ˋdɪdn̩t] **did not** 的縮寫. ➡ 口語中通常用 didn't.
I didn't do my homework. 我沒做家庭作業.
Didn't you say so? 你沒那麼說嗎?
會話 Did you see Jack yesterday? —No, I didn't (see him). 你昨天碰到傑克了嗎? —沒有, 我沒碰到他.
You said so, didn't you? 你那麼說的, 不是嗎? ➡～, didn't you? 表示確認, 不用 ×～, *did not* you?

**die**[1] [daɪ] 動 ❶(人、動物等)死亡; (植物)枯死.
die suddenly=**die** a sudden **death** 暴死 ◁相關語
die at (the age of) eighty 八十歲時過世

D

die young〔rich, poor〕 年紀輕輕就死了〔死於富貴，死於貧困〕 ➡ die+形容詞〈C〉.

◆ **died** [daɪd] 過去式、過去分詞.

He is **dead**. He **died** ten minutes ago. 他死了，十分鐘前斷氣的. ◁相關語

◆ **dying** [ˋdaɪɪŋ] 現在分詞、動名詞. → dying.

He is dying. Please come quickly. 他快要死了，請快來!

❷(風、聲音、名聲等)消逝.

The wind died suddenly. 風突然停了.

His fame will never die. 他的名聲永遠不會消逝.

idiom

***be dýing to** do* 〔***for*** ~〕《口》有強烈的欲望想做~，渴望做~. ➡女性經常使用.

I am dying to see him. 我渴望見到他.

I'm dying for a drink of water. 我好想喝水.

***díe awáy*** 漸漸消失；(風等)漸漸減弱.

The noise died away. 鬧聲漸漸消失.

***díe of*** 〔***from***〕 ~ 死於~. ➡通常表示死亡的直接原因時用介系詞 of, 間接原因時用 from, 但實際使用時，經常用 of 代替 from.

die of cancer〔old age, hunger〕因癌症〔年老，飢餓〕而死

die from overwork〔a wound〕 死於過分勞累〔創傷〕

***díe óut*** 完全消逝，絕跡；(習慣等)消失.

Many of the old Chinese traditions have died out. 許多中國的古老傳統都消失了.

**die**[2] [daɪ] 名《主美》骰子. ➡通常二個一組使用，因此除了以下的例句以外，多用複數(**dice**).

The die is cast〔thrown〕. 已做決定. ➡「已經不能更改」的意思.

**di·et**[1] [ˋdaɪət] 名(**the Diet**)(日本、瑞士、丹麥等國的)議會，國會. ➡美國稱作 Congress，英國稱作 Parliament.

**the Díet Búilding** (日本的)國會議事堂. ➡美國稱作 the Capitol，英國稱作 the Houses of Parliament.

**di·et**[2] [ˋdaɪət] 名 ❶日常所吃的食物.

a well-balanced diet 營養均衡的飲食

❷(為了病人、減肥等所設計的)規定飲食，節食.

**be**〔**go**〕**on** a diet 正在進行食物療法，節食中

**dif·fer** [ˋdɪfɚ] 動 不同，有異(be different)；持異議(disagree).

We differ **in** opinion. 我們意見不同.

His opinion differs **from** mine in several ways. 他的意見在好幾方面和我的不同. ➡通常用 His opinion is different from mine ~.

Gestures differ from country to country. 各國的手勢不同.

**dif·fer·ence** [ˋdɪfərəns] 名 不同；相異(點)，差距.

There is a big difference **in** size between an ant and an elephant. 螞蟻和大象在體型上有很大的不同.

What is the difference **between** a cap and a hat? cap 和 hat 的差異在哪裡?

The difference between 9 and 5 is 4. 九與五的差數是四.

idiom

***màke a dífference*** 產生差異，話〔事情〕對~產生影響；有重要性.

It makes a great〔some, no〕difference to me whether you do it today or tomorrow. 你今天做或明天做對我有很大關係〔有些關係、毫無關係〕.

**dif·fer·ent** [`dɪf ər ənt]
▶不同的
▶各不相同的

形 不同的，相異的；各不相同的，分別的. ➜動詞爲 differ，名詞爲 difference.
People have different faces. 相貌因人而異.
Your ideas are different **from** mine. 你的想法和我的不同.
The two dresses are very 〔much〕 different **in** color. 這兩件女裝顏色非常不同.

Gestures are different in different cultures. 不同的文化產生不同的手勢.

**dif·fer·ent·ly** [`dɪfərəntlɪ] 副 不同地，各不相同地.

**dif·fi·cult** [`dɪfə͵kʌlt] 形 不容易的，困難的. 反義字 easy (容易的).
This is a difficult math problem. 這是個困難的數學題.
This question is too difficult (for me) to answer. 這問題太難了，我答不出來.
**It is difficult for** us **to** master English. 我們要精通英語並不容易. ➜「我們做～不容易」不用×*We are* difficult to *do* ～.
會話 How did today's tests go? —The math test was **more** difficult **than** the English test. 今天的測驗怎麼樣? —數學比英語難.

**dif·fi·cul·ty** [`dɪfə͵kʌltɪ] 名 (複 **difficulties** [`dɪfə͵kʌltɪz]) ❶困難，費力.
a job **of** great difficulty 非常困難的工作 ➜不用×*a* great difficulty, ×great difficult*ies*.
the difficulty of the job 這份工作的困難之處
Bob **has** difficulty **in** getting up in the morning. 鮑勃早晨總是很費力才起床.
The roads were crowded and I had a lot of difficulty (in) coming here. 道路擁擠，我很不容易才來到這裡.
❷(常用 **difficulties**) 困境，難局；財政困難.
**overcome** difficulties 克服困難
His firm is **in** difficulties. 他的公司陷入財政困難之中.

idiom

***with dífficulty*** 費盡周折，費力.
***withòut*** (***àny***) ***dífficulty*** = ***with nò dífficulty*** 毫不費力地，輕鬆地.
That was a very difficult case, but Sherlock Holmes solved it without any difficulty. 那是一件相當棘手的案件，但夏洛克・福爾摩斯毫不費力地解決了它.

**dig** [dɪg] 動 挖掘.
dig a deep hole 挖個很深的洞
◆ **dug** [dʌg] 過去式、過去分詞.
We dug (**up**) clams at the seashore. 我們在海邊挖蛤蜊.
◆ **digging** [`dɪgɪŋ] 現在分詞、動名詞.
The children are digging a tunnel in the sand. 孩子們正在沙裡挖通道.

**di·gest** [də`dʒɛst, daɪ`dʒɛst] 動 (指食物)消化.
—[`daɪdʒɛst] 名(只摘錄重要的部份) 摘要，綱要. ➜注意與動詞的重音位置不同.

**di·ges·tion** [də`dʒɛstʃən, daɪ`dʒɛstʃən] 名 消化，消化作用；消化力.

**dig·i·tal** [`dɪdʒətḷ] 形 用數字計算〔表示〕的；數位的，數碼的.
a digital clock 數字型電子鐘

**dig·ni·ty** [`dɪgnətɪ] 名 威嚴，尊嚴，品格.

**dil·i·gence** [`dɪlədʒəns] 名 勤勉，努力.

**dil·i·gent** [`dɪlədʒənt] 形 勤勉的，努力的.
John is a diligent student. He studies hard. 約翰是個勤勉的學生，他用功念書.
He is diligent **in** his study. 他念書很勤勉.

**dim** [dɪm] 形 不亮的，看不清楚的，模糊的.
Don't read in dim light. 不要在昏暗的光線下看書.
Her eyes were dim with tears. 她的眼睛為淚水所模糊.

**dime** [daɪm] 名 (美國、加拿大的)一角(十分貨幣). → cent.

**díme stòre** 《美口》(專售便宜貨的)日用雜貨店. ➜過去所售物品的價格都不超過一角(dime).

**dim·ly** [`dɪmlɪ] 副 模糊地，朦朧地.

**dim·ple** [`dɪmpḷ] 名 酒窩.
She has dimples **in** 〔**on**〕 the cheeks. 她兩頰有酒窩.

**dine** [daɪn] 動 吃飯，進餐.
dine **out** 在外面吃飯(餐廳等)

**ding** [dɪŋ] 名 叮，噹. ➜鐘聲等.

**ding-dong** [`dɪŋ,dɔŋ] 名 叮咚，噹噹. ➜鐘聲等.

**din·ing car** [`daɪnɪŋ,kɑr] 名 (火車的)餐車.

**din·ing room** [`daɪnɪŋ,rum] 名 (家裡、飯店等的)餐廳，飯廳.

**din·ing ta·ble** [`daɪnɪŋ,tebḷ] 名 餐桌.

| **din·ner** [`dɪnɚ] | ▶主餐，晚餐<br>⦿一日間最豐盛的一頓飯，一般是指晚餐 |
|---|---|

名 (複 **dinners** [`dɪnɚz]) ❶ 主餐，(一天中最主要的)一餐；(一般指)晚餐.
**have** 〔**eat**〕 dinner 用餐 ➜不用 ×*a* 〔*the*〕 dinner.
**cook** 〔**make**〕 dinner 作飯
invite 〔ask〕 him **to** dinner 招待他吃飯
We usually have dinner at 7, but on Sundays we have dinner at noon. 我們(家)通常七點用主餐，但星期天是中午用主餐. 相關語 如中午用主餐，當天的晚餐則稱為 **supper**.
We were **at** dinner in the dining room when the phone rang. 電話鈴響時，我們正在飯廳吃飯.
What's **for** dinner tonight? 今晚吃甚麼?
Four dinners, please. (在餐廳等處)請來四份客飯(套餐).
❷ (**a dinner**) (正式邀請客人舉行的)晚餐會，宴會(dinner party).
give a dinner for him 為他開宴會

**dínner pàrty** 宴會.
give a dinner party 舉行宴會

**di·no·saur** [`daɪnə,sɔr] 名 恐龍.

**dip** [dɪp] 動 將(某物)浸於液體中；沾.
dip a brush **in**(**to**) paint 在畫筆上沾一點顏料
◆ **dipped** [dɪpt] 過去式、過去分詞.
He dipped his bread in the milk. 他把麵包浸在牛奶裡.
◆ **dipping** [`dɪpɪŋ] 現在分詞、動名詞.

**di·plo·ma** [dɪ`plomə] 名 畢業〔結業〕證書.

**dip·lo·mat** [`dɪplə,mæt] 名 外交官.

**dip·lo·mat·ic** [ˌdɪpləˋmætɪk] 形 外交(上)的，外交官的.

**dip·per** [ˋdɪpɚ] 名 長柄的舀水杓.
**the Bíg Dípper** 《美》北斗七星. ➡大熊星座的七顆星.
**the Líttle Dípper** 《美》小北斗. ➡小熊星座的七顆星.

**di·rect** [dəˋrɛkt, daɪˋrɛkt] 形 ❶直的，最短距離的(straight).
a direct line 直線
take a direct flight to New York 搭直飛班機到紐約
❷直接的. 反義字 indirect(間接的).
direct election 直接選舉
❸率直的，坦白的(frank).
**—** 副 直接地，直達地.
go direct to London 直達倫敦
**—** 動 ❶指導〔指揮〕，導演(電影等).
direct a play 導演戲劇
A policeman was directing (the) traffic. 警察正指揮著交通.
❷指引，指路(show the way).
Please direct me to the post office. 請指引我去郵局的路.

**di·rec·tion** [dəˋrɛkʃən, daɪˋrɛkʃən] 名 ❶方向，方位.
**in** this direction 這個方向 ➡不用 ×*to* this direction.
in the direction **of** the station 朝車站方向
in all directions＝in every direction 四面八方
In which direction is the station? 車站是在哪個方向?
❷(**directions**)指示，說明(書)，使用方法.
Follow the directions on the package. 請依照包裝袋上的說明去做.

**di·rect·ly** [dəˋrɛktlɪ, daɪˋrɛktlɪ] 副 ❶直接地；筆直地. ❷馬上(at once)；《口》即刻(very soon).

**di·rec·tor** [dəˋrɛktɚ, daɪˋrɛktɚ] 名 ❶指揮者，(電影、戲劇的)導演. ❷(公司的)董事；管理人員.

**di·rec·to·ry** [dəˋrɛktərɪ, daɪˋrɛktərɪ] 名 (複 **directories** [dəˋrɛktərɪz, daɪˋrɛktərɪz])名册. ➡學生名册、會員名册等載有姓名電話住址資料的通訊錄.
a telephone directory 電話簿

**dirt** [dɝt] 名 ❶污穢物，灰塵(dust)，泥濘(mud).
There is some dirt on your coat. 你的外衣上沾了灰塵.
Don't play in the **dirt**. You'll get your clothes **dirty**. 不要在泥裡玩，你會把衣服弄髒的. ◁衍生字
❷土(soil).
a dirt road 《美》未鋪設的道路，泥濘的路

**dirt·y** [ˋdɝtɪ] 形 ❶髒的，覆滿污穢物的. 反義字 clean(乾淨的).
a dirty face 髒的臉
a dirty road 泥濘的路
a dirty job 髒的工作 ➡亦指「非道德的工作」; →❷
Your pants are dirty **with** paint. 你的褲子被油漆弄髒了.
❷(道義上)卑鄙的，可恥的，欺瞞的.
a dirty trick 卑劣的詭計
◆ **dirtier** [ˋdɝtɪɚ] 比較級.
◆ **dirtiest** [ˋdɝtɪɪst] 最高級.

**dis·a·ble** [dɪsˋebḷ] 動 使～喪失能力，使～不中用，使～殘缺不全.
a disabled man 身體殘障者

**dis·ad·van·tage** [ˌdɪsədˋvæntɪdʒ] 名 不利(的條件或事物)；不便.

**dis·a·gree** [ˌdɪsəˋgri] 動 ❶意見不合，不同意. → agree.
I disagree **with** you **on** this matter. 對此我和你意見不同.
❷(指食物)不適合.

**dis·a·gree·a·ble** [ˌdɪsəˋgriəbḷ] 形 令人不愉快的(unpleasant). →agreeable.

**dis·ap·pear** [ˌdɪsəˋpɪr] 動 看不見，消失. → appear.

He disappeared without a trace. 他不留痕跡地消失了.

Dinosaurs disappeared from the earth a long time ago. 恐龍很久以前就從地球上消失了.

D

**dis·ap·point** [ˌdɪsəˋpɔɪnt] 動 使失望；(**be disappointed**)失望.

The result disappointed him. 結果令他失望.

I am disappointed **in** you. 我對你感到失望.

We were all disappointed **with** the movie. 我們都對那部電影感到失望.

He was disappointed **at** 〔**to** see〕 the result. 他對結果失望.

**dis·ap·point·ment** [ˌdɪsəˋpɔɪntmənt] 名 失望，灰心；期待落空.

Her concert was a real disappointment. 她的演奏會眞令人失望.

**To my disappointment** he was not there. 他不在那兒，我很失望.

**dis·as·ter** [dɪzˋæstɚ] 名 大災難，重大的不幸或災禍.

**disc** [dɪsk] 名 ➜《美》也可拼作**disk**. ❶唱盤. ❷圓盤.

**dísc jòckey** 在迪斯可舞廳或電臺播放熱門音樂唱片的人，俗稱 D.J. ➜ 在播放唱片的空檔插入一些輕鬆談話的音樂節目主持人.

**dis·charge** [dɪsˋtʃɑrdʒ] 動 ❶(從約束中)解放；解雇，撤職.

discharge him **from** the position 將他撤職

❷卸貨，讓乘客下(車、船等).

**dis·ci·pline** [ˋdɪsəplɪn] 名 ❶訓練. ❷規律.

**dis·close** [dɪsˋkloz] 動 使(隱藏著的東西)顯露，揭發.

**dis·co**[ˋdɪsko] 名 (複 **discos**[ˋdɪskoz]) 《口》=discotheque.

**dis·co·theque** [ˋdɪskəˌtɛk] 名 迪斯可舞廳. ➜客人隨著所播放的音樂起舞的社交場所；《口》亦作 **disco**.

**dis·count** [ˋdɪskaʊnt] 名 折扣.

a discount store 專門出售廉價商品的商店

I bought a watch **at** a 15 percent discount. 我以八五折的優惠價格買下一隻手錶.

The store **gave** me a discount **of** 15%. 那間商店給我打八五折.

**dis·cour·age** [dɪsˋkɜɪdʒ] 動 ❶使氣餒，使沮喪；(**be discouraged**)氣餒.

I was discouraged **at** 〔**to** hear〕 the news. 我聽了那新聞覺得很氣餒.

❷(**discourage** O **from** **~ing**)使 O 打消做～的念頭.

His parents discouraged him from going camping alone. 他父母親勸他不要一個人去露營.

**dis·cov·er** [dɪˋskʌvɚ] 動 **發現，發覺.** 相關語 invent(發明).

Madame Curie discovered radium. 居禮夫人發現了鐳元素.

The law of gravitation was discovered by Newton. 萬有引力定律是牛頓發現的.

He discovered that he was an adopted child. 他發現自己是個養子.

**dis·cov·er·er** [dɪˋskʌvərɚ] 名 發現者.

**dis·cov·er·y** [dɪˋskʌvərɪ] 名 (複 **discoveries** [dɪˋskʌvərɪz]) 發現；發現物.

**dis·crim·i·nate** [dɪˋskrɪmə͵net] 動 ❶辨別，區別.
discriminate **between** A and B 辨別 A 和 B
❷歧視，有差別地對待.
discriminate **against** 〔**in favor of**〕～ 歧視～〔對～優待〕

**dis·cus** [ˋdɪskəs] 名 鐵餅.

**dis·cuss** [dɪˋskʌs] 動 討論，對～提出意見，商討. ➜名詞爲 discussion；同義字 **discuss** 是爲了針對某件事而提出更好的意見，相互討論；**debate** 是合乎邏輯地主張自己的意見，反駁對方的意見，並試圖說服對方.
discuss the problem 討論問題 ➜不用ˣdiscuss *about* ～.
I will discuss your poor grades with your teacher. 我會和你的老師討論你成績差的問題.
They discussed how to select a new captain for the team. 他們討論了新隊長的選拔辦法.

**dis·cus·sion** [dɪˋskʌʃən] 名 討論，商討. → discuss.
**have** 〔**hold**〕 a discussion **about** the problem 對於該問題進行討論
There was a lot of 〔much〕 discussion about the new school regulations. 對於新校規進行了多次討論.
The question is now **under** discussion. 該問題正在討論〔審議〕中.

**dis·ease** [dɪˋziz] 名 (長期且嚴重的) 病，疾病.
a heart disease 心臟病
Motion sickness is not a disease. 暈車〔船，機〕不是病.

**dis·grace** [dɪsˋgres] 名 恥辱，不名譽，不體面. → grace.

**dis·guise** [dɪsˋgaɪz] 動 ❶裝扮成～.
The detective disguised **himself as** a mailman. 偵探裝扮成郵差.
❷隱藏；欺瞞.
She disguised her anger **with** a smile. 她用微笑來掩飾憤怒.
— 名 偽裝，假扮.

**dis·gust** [dɪsˋgʌst] 動 使人厭惡，使人嫌惡；(**be disgusted**) 嫌惡，厭惡.
His rude manners disgusted everybody at the party. 他無禮的態度使出席晚會的每一個人都感到厭惡.
I'm disgusted **with** him 〔**at** his dishonesty〕. 我對他〔他的虛偽〕感到嫌惡.
— 名 (非常) 不愉快 (的心情)，嫌惡.

**dis·gust·ing** [dɪsˋgʌstɪŋ] 形 令人厭惡的.

**dish** [dɪʃ] 名 ❶(盛菜肴上桌的大型) 盤，碟；(**the dishes**) 餐具.
a large deep 〔shallow〕 dish 一只大而深〔淺〕的盤子
**wash** 〔**do**〕 the dishes 洗碗盤 (碟)
❷一盤 (菜)；菜肴.
**a dish of** boiled potatoes 一盤水煮馬鈴薯
a meat dish 一盤肉
Chinese dishes 中國菜
Spaghetti is my favorite dish. 義大利麵是我最喜愛的菜.
He can cook a lot of dishes. 他能做各式各樣的菜.
相關語 plate (從 dish 分取菜肴的淺而平的碟子)，bowl (放置沙拉等的深碗)，saucer (托碟).

字源 源起於拉丁語的「圓盤」；desk，disk 字源也相同.

**dish·cloth** [ˋdɪʃ͵klɔθ] 名 (洗盤碟用的) 抹布.

**dis·hon·est** [dɪsˋɑnɪst] 形 不正直的，

不誠實的. → honest.

**dish·tow·el** [`dɪʃˏtauəl] 名 (擦拭盤碟用的)抹布.

**disk** [dɪsk] 名 → disc. 《美》❶唱片(record).
❷圓盤.

**dísk jóckey** =disc jockey(在迪斯可舞廳或電臺播放熱門音樂唱片的人，俗稱 D.J.).

**dis·like** [dɪs`laɪk] 動 不喜歡，厭惡. ➡表示強烈地「厭惡」；「不喜歡～」一般用 don't like 表示.
I dislike thunder. 我討厭打雷.
She dislikes go**ing** out with her father. 她討厭和父親一起外出.
—名 討厭.
**likes** and **dislikes** 喜歡與不喜歡(的事物) ◁反義字
I have a dislike of thunder. 我討厭打雷.

**dis·mal** [`dɪzml̩] 形 陰沈的，憂鬱的.

**dis·miss** [dɪs`mɪs] 動 ❶(上課等)解散，讓～回家去.
The math teacher dismissed his class early. 數學老師提早下課.
School is dismissed at three. 學校三點放學.
❷把(人)解雇，撤職.

**Dis·ney·land** [`dɪznɪˏlænd] 專有名詞 迪士尼樂園. ➡原指美國卡通電影製作家華特·迪士尼(Walt Disney)於一九五五年在洛杉磯附近建造的大型遊樂園.

**dis·o·bey** [ˏdɪsə`be] 動 不服從(人、命令等)，違反. → obey.

**dis·play** [dɪ`sple] 動 陳列，展示.
The children's drawings are displayed on the second floor. 孩子們的畫在二樓展示.
—名 陳列，展示.

**dis·po·si·tion** [ˏdɪspə`zɪʃən] 名 性情，氣質.
She has a jealous disposition. 她性好妒嫉.

**dis·pute** [dɪ`spjut] 動 ❶質疑～，對～有異議，違背～.
He will never dispute what his father says. 他絕不會違背他父親的話.
❷(與～)爭論，(與～)辯論(argue).
—名 爭論，辯論.

**dis·solve** [dɪ`zɑlv] 動(在水中)溶解，溶化. → melt.

**dis·tance** [`dɪstəns] 名 ❶**距離，**(時間、人際關係的)隔閡.
a long〔short〕distance 長〔短〕距離
a distance **of** ten miles〔ten years〕 十英里〔十年〕的距離
the distance **between** New York and Boston 紐約與波士頓間的距離
a long distance bus〔call〕 長途巴士〔電話〕
The distance **from** here **to** the station is about a mile. 從這裡到車站的距離大概有一英里.
❷遠距離；遠處，遠方. ➡形容詞爲 distant.
We are some〔good〕distance **away from** the shore. 我們距離海岸有點遠〔很遠〕.
The station is quite a distance from here. 車站離這裡很遠.

idiom

***at a dístance*** 在(稍)遠處.
They look like twins at a distance. 稍遠看他倆像是雙胞胎.
***from a dístance*** 從遠處.
The tower can be seen from a distance. 這個塔從遠處也能看見.
***in the dístance*** 遠處，遙遠的.
The sailors saw an island in the distance. 水手們發現遠方有個島.

**dis·tant** [`dɪstənt] 形 (距離、時間、關係等)**遠的，**遠離的. ➡名詞爲 distance.
a distant country〔relative〕 遙遠

的國度〔遠親〕
the distant sound of a bell 遙遠的鐘聲
The star is 100 light years distant **from** the earth. 該星球距離地球一百光年.

**dis·til** [dɪ`stɪl] 動《英》=distill.

**dis·till** [dɪ`stɪl] 動 蒸餾，用蒸餾法製造.
distilled water 蒸餾水 ➜distilled (被蒸餾)是過去分詞作形容詞用.
Gasoline is distilled from crude oil. 汽油由原油蒸餾而成.

**dis·tinct** [dɪ`stɪŋkt] 形 ❶清楚的，明白的，清晰的.
There are distinct differences between the two handwritings. 這兩種筆跡有明顯的不同.
His voice is very distinct. 他的聲音很清楚.
❷不同的(different).

**dis·tinc·tion** [dɪ`stɪŋkʃən] 名 ❶區別，不同之處.
❷優越，卓越，非凡；著名.
a man of distinction 卓越的人，名人

**dis·tinct·ly** [dɪ`stɪŋktlɪ] 副 清楚地，明確地.

**dis·tin·guish** [dɪ`stɪŋgwɪʃ] 動 區別，區分.
distinguish right **from** wrong=distinguish **between** right and wrong 區別正確與錯誤〔分辨是非〕

**dis·tin·guished** [dɪ`stɪŋgwɪʃt] 形 有名的，優秀的.

**dis·tress** [dɪ`strɛs] 名 ❶苦惱；悲傷；苦惱〔擔心、悲傷〕的原因.
❷苦惱的狀態，無助的狀態，困境.
a ship in distress 遇難的船隻
—動 使悲傷，使苦惱，使痛苦.

**dis·trib·ute** [dɪ`strɪbjʊt] 動 分配，配給.
The teacher distributed the school newspapers to the class. 老師將校刊分給班上學生.

**dis·tri·bu·tion** [ˌdɪstrə`bjuʃən] 名 分配，分佈.

**dis·trict** [`dɪstrɪkt] 名 地方；地區.
the Kanto district (日本)關東地區
**the Dístrict of Colúmbia** 哥倫比亞特區. ➜美國首都華盛頓的行政名稱，略作 **D.C.**；Columbia 爲女性名字，指「美國」，此種稱法含有詩意；→ Wash·ington.

**dis·turb** [dɪ`stɝb] 動 ❶(休息、睡眠、工作等的)妨礙，妨害.
The noise disturbed his sleep. 噪音妨害了他的睡眠.
I'm afraid I'm disturbing you. 我恐怕打擾你了.
Do Not Disturb. 請勿打擾！ ➜掛在飯店客房門上，以防他人打擾.

❷使擔心，不安.
He is disturbed about the exam result. 他擔心考試的結果.

**ditch** [dɪtʃ] 名(道路旁用以排水的)溝.

**dive** [daɪv] 動 ❶(頭先腳後的)跳水，潛水.
dive **into** the swimming pool (頭先腳後)跳進游泳池中
❷(飛機、鳥等)俯衝.
◆ **dived, dove** [dov] 過去式.
◆ **dived** 過去分詞.
—名 ❶跳水，潛水. ❷(飛機、鳥等的)俯衝.

D

**div·er** [ˋdaɪvɚ] 名 潛水員；跳水選手.

**di·vide** [dəˋvaɪd] 動 分割；分開；除. ➜名詞爲 division.

divide 9 **by** 3 九除以三

divide the cake **into** three pieces 將蛋糕分成三份

He divided the money **among** his five sons. 他把錢分給五個兒子.

The Mississippi River divides Tennessee **from** Arkansas. 密西西比河分隔了田納西州及阿肯色州.

Six divided by three is 〔makes〕 two. 六除以三得二. ➜亦可用 Divide six by three, and you get two./If you divide six by three, you get two.

Let's divide into two groups. 我們分成二組吧.

相關語 add (加), subtract (減), multiply (乘).

9×3 multiply

9+3 add

9÷3 divide

9−3 subtract

**di·vine** [dəˋvaɪn] 形 神的, 神聖的.

**div·ing** [ˋdaɪvɪŋ] 名 跳水；潛水. → skin diving.

**di·vi·sion** [dəˋvɪʒən] 名 ❶分割；分配. ➜動詞爲 divide.

❷分割物, 間隔.

❸除法.

Can you **do** division? 你會除法嗎?

❹(公司等的)部門, 科.

**di·vorce** [dəˋvors] 名 離婚.

—動 離婚.

The actress divorced her husband a week after the wedding. 那位女演員結婚一星期便和丈夫離婚了.

They divorced 〔were divorced〕 last month. 他們上個月離婚.

**diz·zy** [ˋdɪzɪ] 形 暈眩的, 昏亂的.

**DJ, D.J.** disc jockey 的縮寫.

| **do** [du] | ▶做<br>⊙從事某件事或行爲；亦可用來將一般動詞的句子轉變爲疑問句或否定句 |
|---|---|

動 ❶**做, 從事；行動.**

基本 do *one's* work 工作, 幹活 ➜ do+名詞〈O〉.

do bad 〔foolish〕 things 做壞事〔蠢事〕

do the shopping 〔washing, cooking〕 買東西〔洗衣服, 做菜〕

do a math problem 〔crossword〕 解答數學題〔做填字遊戲〕

I do my school work every day. 我每天做功課.

Do your best. 盡你最大努力, 盡力而爲.

會話 What does your father do? —He's a doctor. 你父親是做甚麼的? 一他是醫生.

諺語 When in Rome, do as the Romans do. 入境隨俗.

What can I do for you? 需要我爲您服務嗎? ➜售貨員等對顧客說的話.

I have something **to** do this afternoon. 我今天下午有事.

John always **does** the wrong thing. 約翰總是出錯. ➜ does [dʌz] 爲第三人稱單數現在式.

◆ **did** [dɪd] 過去式. → did.

I did my homework this morning, so I'll do the shopping this afternoon. 我早上做完了作業, 所以下午要外出購物.

◆ **done** [dʌn] 過去分詞. → done.

My work **is** done. 我的工作做完了. ➜被動語態.

I **have** already done my homework. 我已經做完了家庭作業. ➜現在完成式.

He has done well in the exam. 他考得不錯.

◆ **doing** [ˋduɪŋ] 現在分詞、動名詞. → doing.

會話 What **are** you doing? —I'm doing a crossword. 你在做甚麼? —我在做填字遊戲. ➡現在進行式.

❷(工作、學習等)進行; 做得(好〔不好〕).

John is doing very well in his new school. 約翰在新學校表現得很不錯.

❸**清潔～, 整理～.** ➡置於受詞之前, 表示整理、照顧.

do **the dishes** (飯後)洗碗盤

do the **room** 〔**the garden**〕 佈置房間〔整理院子〕, 打掃房間〔院子〕

do *one's* **hair** 〔**teeth, nails, face**〕 梳頭〔刷牙, 塗指甲油, 化粧〕

do **the flowers** 插花

❹可用, 夠用, 適用.

This jacket **will** 〔**won't**〕 do **for** skiing. 這件夾克適合〔不適合〕滑雪時穿.

會話 I don't have a pen. Will this pencil do? —It will do. 我沒有鋼筆, 用鉛筆可以嗎? —可以. ➡ don't 中的 do 是助動詞.

❺做～. ➡代替前面出現過的動詞避免重複.

He swims as well as I **do** (=swim). 他游得和我(游得)一樣好.

會話 Do you love me? —Yes, I **do** (=love you). 你愛我嗎? —嗯, 愛.

會話 Does he play the guitar? —Yes, he **does** (=plays the guitar). 他彈吉他嗎? —是的, 彈的.

會話 Did you go to the park last Sunday? —Yes, we **did** (=went to the park last Sunday). 你們上星期天去公園了嗎? —是的, 去了.

idiom

***dò awáy with ～*** 廢止(除)～, 除去(不需要的東西等), 處理～.

do away with consumption tax 廢止消費稅

***dò úp ～*** 整理～; 結繫(繩、鈕釦等); 《口》包裹～.

Do up your shoelaces. 繫好你的鞋帶.

***dó with ～*** ①處理～.

What are you going to do with the bird? 你想怎樣處理這隻小鳥?

What did you do with the key? 你怎麼處理鑰匙〔把鑰匙放在哪裡〕?

②(通常與 can, could 連用)忍耐～; (有～)就好了, ～是必要的, 想要～的.

I can't do with such a man. 我無法忍受這樣的人.

I could do with a glass of cold water. 我只要一杯冰水就好了.

***dó withòut ～*** 不需要～, 不用～.

In his business he cannot do without his car. 他沒車就做不了工作.

***hàve O to dó with O′*** 與 O′有 O 的關係.

I had nothing to do with the murder; I was home that night. 我與那件殺人案毫無關係, 那晚我在家.

***Hòw are you dóing?*** 你好嗎? ➡親密朋友間的招呼; 但比 How are you? 來得恭敬.

***Hòw do you dó?*** 你好! ➡初次見面時的問候語.

會話 May, this is Ken. —How do you do, Ken? —How do you do, May? 玫, 這位是肯. —你好, 肯. —你好, 玫.

—助動 ❶(**Do**+S+V? 構成疑問句) S 做 V 嗎? ➡ Do 本身無特別意義, 只用來將動詞 V 變成疑問語氣.

基本 **Do** you love me? 你愛我嗎? ➡ Do+you 〈S〉+love 〈V〉+～?

Who **does** he like best? 他最喜歡誰? ➡不用ˣWho does he likes ～?

**Did** you play tennis yesterday? 你昨天打網球了嗎?

❷(S+**do not**+V 構成否定句)S 不

D

做 V.

基本 I **do not** 〔《口》 **don't**〕 love Mary. 我不愛瑪麗. ➜ I 〈S〉+do not+love 〈V〉+～.

My brother **does not** 〔《口》 **doesn't**〕 work on Sundays. 我哥哥星期天不用工作.

I **did not** 〔《口》 **didn't**〕 go to school yesterday. 我昨天沒去上學.

❸ (**Don't** V 構成否定意義的命令句) 不要～.

**Don't do** that! 別那麼做! ➜後者的 do 是 動 ❶; Do not do ～ 是比較生硬的說法.

**Don't be** cruel to animals. 不能虐待動物.

❹ (**do** V) 的確, 絕對. ➜加強後接動詞的意義.

I **dó** love you. 我眞的愛你.

Yet it dóes move. 但是它(=地球)眞的在運轉. ➜義大利天文學家伽俐略的名言; 不用×it does move*s*.

I **díd** see a ghost. 我眞的看見鬼了! 不用×I did *saw* ～.

Dó come in! 請進!

Dó be quiet! 安靜!

❺ (**Oh, do**+S?) 啊, 是嗎? ➜交談時使用, 表示自己在聽對方的話.

會話 I have to go to the dentist this afternoon. —**Oh, do you?** (↘) 今天下午我必須去看牙醫. —啊, 是嗎?

❻ (S+V, **don't**+S?); (S+**don't** V, **do**+S?) ～是嗎? ➜表示確認或徵求對方同意的說法.

**You know** his real name, **don't you?** (↘) 你知道他的眞名, 是嗎?

**You don't** smoke, **do you?** (↘) 你不抽菸, 是嗎?

**dock** [dɑk] 名 ❶船塢. ➜爲修理、造船、裝卸貨物等目的而讓船隻停泊的海岸、河岸渠道. ❷ (常用 **docks**) 碼頭, 停泊處.

— 動 ❶ (船) 入塢. ❷ (太空船) 在太空中連接.

**doc·tor** [ˋdɑktɚ] 名 ❶醫生. ➜《美》亦指牙醫或獸醫.

a family doctor 家庭醫生; 《英口》開業醫生

a school doctor 校醫

**see** 〔**consult**〕 a doctor 看醫生 ➜consult a doctor 爲較正式的說法.

I have a cold. I'll go and see the doctor this afternoon. 我感冒了, 今天下午要去看醫生.

How is he, doctor? 他怎麼樣了, 醫生?

> 相關語 physician (內科醫師), surgeon (外科醫師), eye doctor (眼科醫師), children's doctor (小兒科醫師), ear, nose, and throat specialist (耳鼻喉科醫師), dentist (牙科醫師), animal doctor (獸醫), plastic surgeon (整型外科醫師).

❷博士. ➜加在姓名前, 略作 **Dr.**

Dr. White 懷特博士

a doctor's degree 博士學位

a Doctor of Medicine 〔Literature, Law, Philosophy〕 醫學〔文學、法學、哲學〕博士

**doc·u·ment** [ˋdɑkjəmənt] 名 文書, 文件, 公文, 證件; 記錄.

**doc·u·men·ta·ry** [ˏdɑkjəˋmɛntərɪ] 形 文件的, 證件的, 記錄的.

a documentary film 記錄片

— 名 (複 **documentaries** [ˏdɑkjəˋmɛntərɪz]) 記錄片 (documentary film); (廣播、電視的) 記錄性節目.

**do·do** [ˋdodo] 名 (複 **dodo(e)s** [ˋdodoz]) 渡渡鳥. ➜現已絕種, 從前生存於印度洋島上的大型鳥類; 有著不發達的翅膀, 脖子和腳皆短, 喙如鉤狀.

**doe** [do] 名 (鹿、馴鹿、山羊、兔子等的) 雌性; (特指) 母鹿. → buck.

**does** [dʌ z] 強 [də z] 弱

▶做
▶用來將一般動詞句轉變爲疑問句或否定句
▶主詞爲第三人稱單數時 do 的形式

動 助動 做；(Does＋S＋V?) S 做 V 嗎? (S＋does not＋V) S 不做 V. ➡ 主詞爲第三人稱單數時 do 的形式；→ do.

Bob does the dishes after every meal. 鮑勃每頓飯後都洗碗盤. ➡ does 爲動詞.

Does your big brother go to college? 你哥哥上大學了嗎? ➡ Does 爲助動詞.

Sam does not〔doesn't〕love Susie. 山姆不愛蘇西. ➡ does 爲助動詞.

**does·n't** [ˋdʌzn̩t] does not 的縮寫.

She doesn't like snakes. 她不喜歡蛇.

會話 Does she speak French? —No, she doesn't. 她說法語嗎? —不，不說.

Doesn't he smoke? 他不抽菸嗎? ➡不用ˣ*Does not* he ～?

He goes to church, doesn't he? 他上教堂做禮拜，不是嗎? ➡ ～, doesn't he? 表示確認；不用ˣ～, *does not* he?

**dog** [dɔg] 名 狗.

a police〔sheep〕dog 警犬〔牧羊犬〕

take a dog for a walk 帶著狗散步

keep a dog on a lead 用皮帶拴著狗

We **keep** our dog in our house. 我們在家裡養狗.

The dog **bark**ed at the mailman. 狗對著郵差吠叫.

**Dogs** are faithful animals. 狗是忠實的動物.

印象 對主人忠實，被稱作 man's best friend (人類最好的朋友)；但另一方面由於終生被拴在皮帶上餵養，因此 lead a dog's life 表示「悲悽地生活」，die a dog's death 表示「潦倒而死」.

相關語 ① puppy ((一歲以下的)小狗)，doggy，doggie ((幼兒語)狗狗). ② bark (吠叫)，bowwow (汪汪叫)，growl (咆哮)，howl (嗥叫)，snarl (露齒咆哮)，whine (嗚嗚叫)，yelp (尖聲吠叫).

**dog·gie, dog·gy** [ˋdɔgɪ] 名 (複 **doggies** [ˋdɔgɪz]) 《幼兒語》狗狗.

**dóggie bàg** 《美》(用以盛裝在餐廳等處吃剩的食物的) 打包袋.

Will you make a doggie bag? 要不要把剩菜放在袋子裡 (打包) 帶走?

參考 因將剩菜裝入袋中，藉口當作狗食帶回家而作此稱；在美國，很多餐廳都備有繪上狗臉的 doggie bag，使客人帶走剩菜也不會感到丟臉；近來有感於拿狗當藉口是不好的行爲，故也有人稱其爲 people bag.

**dog·house** [ˋdɔgˌhaus] 名 狗屋 (kennel).

**dog·wood** [ˋdɔgˌwud] 名《植》山茱萸；四照花. ➡美國代表性的庭院植物，在初春開花，四枚白葉狀似花瓣，眞正的花則爲黃綠色.

**do·ing** [ˋduɪŋ] do 的現在分詞、動名詞.

—名 ❶ 所做〔過〕的事. ❷ (**doings**) 行爲，行動；發生的事.

**do-it-your·self** [ˋduɪtjəˋsɛlf] 形 自己動手的，業餘可做的.

a do-it-yourself bookcase kit 自己動手的組合式書架

a do-it-yourself carpenter 業餘木工，自己動手做木工的人

**doll** [dɑl] 名 玩偶，洋娃娃.

a "Dress-Up" doll 一種服裝打扮可

以隨時更換的洋娃娃

Mother is good at making dolls from stockings. 媽媽擅用長襪做洋娃娃.

D

**dóll's hòuse** 《英》=dollhouse.

**dol·lar** [ˋdɑlɚ] 名 **圓，元.** ➡ 美國、加拿大、澳大利亞、紐西蘭、新加坡等國家的貨幣單位，符號爲$；一元＝一百分(cent).

a dollar and a half 〔thirty cents〕 一美元半〔三十分〕 ➡ 亦作 $1.50 〔$1.30〕.

a dollar bill 一美元紙幣

He bought the car for ten thousand dollars. 他用一萬美元買下這輛車.

**doll·house** [ˋdɑlˏhaus] 名 (孩子們玩辦家家酒時用的)娃娃屋.

**dol·phin** [ˋdɑlfɪn] 名(長吻的)海豚. ➡ 成群在海裡生活的哺乳動物，智能高，據說可以發出聲音相互交談；歐美一帶的海員、水手將其視爲航海的吉兆而不加捕殺.

**dome** [dom] 名(半球狀的)圓形屋頂.

**do·mes·tic** [dəˋmɛstɪk] 形 ❶家庭的，家務的.

domestic troubles 家庭糾紛

❷本國的，國內的，國產的.

**domestic** and **foreign** news 國內外新聞 ◁反義字

a domestic airline (飛機的)國內航線

domestic goods 國貨

❸人工飼養的. 反義字 wild(野生的).

domestic animals 家畜 ➡ 馬、牛、羊、狗、貓等.

**domèstic scíence** (當成學科的)家政學.

**Don·ald Duck** [ˋdɑnəldˏdʌk] 專有名詞 唐老鴨. ➡ 華特·迪士尼卡通片中出現的卡通鴨，穿水手服，戴水手帽，脾氣急躁，逗人喜愛，與米老鼠齊名.

**done** [dʌn] do 的過去分詞. → do.

It will be done within a week. 這一週以內能做完. ➡ 被動語態.

Well done! 幹得好!

Don't leave things half done. 做事別半途而廢!

It's easier said than done. 說說容易，做起來難.

I have already done my homework. 我已經做好了功課. ➡ 現在完成式.

You've done it! 幹得好!

— 形 (食物)煮熟，燒熟.

half-done 半熟的

over-done 過熟的

well-done (牛排等)全熟的

This spaghetti isn't done yet. 這義大利麵還未煮熟.

**don·key** [ˋdɑŋkɪ] 名 ❶驢. ➡ 亦作ass. ❷蠢人；頑固者，死腦筋.

> 印象 被認爲是耐力強、愚蠢又頑固的動物；長耳朵是愚蠢的象徵；美國民主黨的象徵；→ elephant.

**don't** [dont] do not 的縮寫.

I don't know him. 我不認識他.

會話 Do you have a piano? —No, I don't. 你有鋼琴嗎? —不，沒有.

Don't you love her? 你不愛她嗎? ➡ 不用ˣ*Do not* you love ～?

Don't be nasty to your sister. 別欺負妹妹.

You know Mr. Green, don't you? 你認識格林先生，是嗎? ➡ ～, don't you? 表示確認；不用ˣ～, *do not* you?

| **door** [dor] | ▶門<br>▶門口 |
|---|---|

名 (複 **doors** [dorz]) ❶門.

**knock on** 〔**at**〕 the door 敲門

**open** 〔**shut**〕 the door 開〔關〕門

**lock** the door 鎖門
**answer** the door 應門
the door to the next room 通往下個房間的門
close 〔shut〕 the door to ～ 關上往～的門
open the door to ～ 打開往～的門
Shut the door after you. 進來後請關上門.
There is someone **at** the door. 有人在門口〔來了〕.
I heard a knock on 〔at〕 the door. 我聽見有人敲門.
This door opens **into** the basement 〔**onto** the garden〕. 這扇門通往地下室〔庭院〕.
Japan was asked to open the door **to** American goods. 美國要求日本開放門戶讓美國商品進入其市場.
❷門口，出入口(doorway).
come **in** 〔**through**〕 the door 從門口進來
Hard work is a door **to** success. 勤勉是通向成功之門.
I **showed** the rude salesman **the door**. 我命令那個無禮的推銷員出去.
Please **show** Mr. Smith **to the door**. 請把史密斯先生送到門口.
❸一家，一戶.
They live four doors **from** us. 他們住在我們家過去第四家.
idiom
***from dóor to dóor*** 一家一家，挨家挨戶.
He delivers newspapers from door to door. 他挨家挨戶送報紙.
***nèxt dóor*** (***to*** ～) 在(～的)隔壁. → next.
***óut of dóors*** 戶外，室外.
It is warm out of doors. 外面很暖和.
In summer we often eat dinner out of doors. 夏天我們常常在戶外〔庭院裡〕吃飯.

**door·bell** [ˋdorˏbɛl] 名 門鈴.
ring the doorbell 按門鈴

**door·knob** [ˋdorˏnɑb] 名 門的把手.

**door·man** [ˋdormən] 名 (複 **doormen** [ˋdormən]) 門房，看門人. ➡百貨公司、旅館、夜總會等處在門口侍候客人的人員.

**door·mat** [ˋdorˏmæt] 名 放在門前擦鞋底的墊子. ➡由於大多寫著 Welcome (歡迎光臨) 的字樣，亦作 **welcome mat**.
Wipe your shoes on the doormat. 在擦鞋墊上擦擦你的鞋底.

**door·way** [ˋdorˏwe] 名 門口，出入口.
The door opened, and a stranger was in the doorway. 門開著，門口站著一個陌生人.

**dorm** [dɔrm] 名 《口》 = dormitory.

**dor·mi·to·ry** [ˋdɔrməˏtorɪ] 名 (複 **dormitories** [ˋdɔrməˏtorɪz]) 宿舍. ➡口語中多略作 **dorm**.

**dot** [dɑt] 名 點，小數點. ➡如 i, j 上面的點.
a polka dot 圓點花樣
**—** 動 在～上打點；星散於～.
◆ **dotted** [ˋdɑtɪd] 過去式、過去分詞.
Her face **is** dotted with pimples. 她的臉上有著點點粉刺.
Tear along the dotted line. 請沿虛線剪下.
◆ **dotting** [ˋdɑtɪŋ] 現在分詞、動名詞.

**dou·ble** [ˋdʌbl̩] 形 ❶二倍的；兩人用的，二份的. 相關語 single (單個的)，triple (三倍的).
a double bed 雙人床
a double play (棒球)雙殺
I am double your age. 我的年齡是你的兩倍.
My telephone number is 03-7007. (讀法：zero 〔O〕 three seven zero zero 〔**double** O〕 seven). 我的電話

D

D

號碼是 03-7007. ➜電話號碼等數字的 00 常讀作 double O.
❷雙重的;(性格等)表裡不一的.
a double chin 雙下巴
a double personality 雙重人格
People stood in a double line to buy lottery tickets. 人們排成兩行購買獎券.
❸(花)重瓣的.
—名 ❶兩倍.
Four is the double of two. 四是二的兩倍.
❷極相似的人〔物〕.
Jane is the double of her sister. 珍長得和姊姊〔妹妹〕一模一樣.
❸二壘安打. 相關語 single (一壘安打), triple (三壘安打).
❹(**doubles**)(網球等的)雙打. ➜「單打」為 singles.
—副 兩倍地; 雙重地; 兩人.
pay double 付兩倍的錢
ride double on a bicycle 兩人合騎一輛自行車
—動 ❶使加倍; 增加一倍.
He doubled his income in a year. 他在一年內使收入加倍.
❷摺疊; 對摺.
double a sheet of paper 把紙對摺

**dou·ble-deck·er** [ˋdʌblˋdɛkɚ] 名 ❶《英》雙層電車或巴士. ➜亦作 **double-decker bus**. ❷《美》雙層床鋪. ❸《美》雙層三明治.

**doubt** [daut] ➜b 不發音. 名 懷疑, 疑慮.
There is no 〔little〕 doubt **about** his honesty. 他的誠實無庸置疑.
There is no doubt **that** he is guilty. 他無疑是有罪的.
I have many doubts about the plan. 關於這一計畫我有好多疑慮.

idiom

***in dóubt*** 懷疑, 迷惑, 不確定.
When you are in doubt about words, consult a dictionary. 當你不能確定一個字的意義時, 查字典.
***nò dóubt*** 一定, 確切地;《口》大概.
No doubt he will come here. 他一定會來這裡.
***withòut (a) dóubt*** 無疑地, 必定.
Without doubt he will take first place. 無疑地, 他會得冠軍.
—動 懷疑; 不相信是~.
I doubted my eyes. (這是真的嗎?) 我簡直不敢相信自己的眼睛.
I doubt **if** 〔**whether**〕 he will keep his word. 我懷疑他是否會守約.
I don't doubt (**that**) he will keep his word. 我確信他會守約.
I doubt (that) he will come. 我懷疑他是否會來. ➜肯定句、疑問句中, doubt 後接 that 子句(連接詞 that 常被省略)表示強烈的懷疑口氣.

**doubt·ful** [ˋdautfəl] 形 ❶懷疑的, 不能確定的.
I am doubtful **about** the weather on Sunday. 我認為星期天天氣靠不住.
I am doubtful (**that**) it will stop snowing tomorrow. 我不認為明天雪會停.
I am doubtful **if** he will ever come. 我懷疑他是否會來.
❷可疑的, 不可靠的.
It is doubtful (that) he will succeed. 他是否會成功令人懷疑.
It is doubtful whether she'll marry him. 她是否會和他結婚令人懷疑.
He won by some doubtful method. 他靠可疑的方法取勝.

**dough** [do] 名 生麵團.

**dough·nut** [ˋdonət, ˋdo͵nʌt] 名 甜甜圈.

**dove**[1] [dʌv] 名 鴿.

> 印象《舊約聖經》〈創世記〉諾亞方舟的故事裡，諾亞爲探視洪水是否退去而放出一隻鴿子，那鴿子口啣橄欖枝，通知諾亞洪水已退去，草木復甦，因此鴿子爲和平的象徵.

**dove**[2] [dov] dive 的過去式.

**dove·cote** [ˋdʌv͵kot] 名 鴿舍.

**Do·ver** [ˋdovɚ] 專有名詞 多佛. ➜英國東南部的港口城市；對岸是法國的加來(Calais)；因白色斷崖峭立而聞名.

**the Stráits of Dóver** 多佛海峽. ➜多佛(Dover)和加來(Calais)間的海峽(最窄處約三十二公里)，是英國到歐洲大陸的最短距離；在這裡舉行的游泳橫渡比賽世界聞名.

**down**[1] [daʊn] ▶向下，在下面 ⊙表示自上而下的動作方向或靜止於下方的狀態

副 ❶《表示由上往下的移動》向下，下方.

基本 go down 向下走，下降，下落，下沈 ➜動詞+down.

**jump** down from the tree 從樹上往下跳

**sit** down 坐下

stand up sit down

基本 **Put** the box down. 放下箱子. ➜動詞+名詞〈O〉+down.

會話 Is this elevator going **down**? —No, it's going **up**. 這部電梯下樓嗎? 一不，上樓. ◁反義字

The sun **goes** down at 7 o'clock. 太陽七點西落.

He **came** down late this morning. 他今早起得晚. ➜come down(下來)常用以表示「(從二樓臥室)下來吃早餐」.

Down came the shower. 驟降陣雨. ➜主詞爲 shower.

❷《表示位置或靜止狀態》在下，倒下，落下.

The old oak was down after the storm. 暴風雨後老橡樹倒了.

The sun is down. 太陽落下了.

Down in the valley chapel bells are ringing. 山谷中小教堂的鐘在響. ➜先表示大致位置(down)再表示具體場所(in the valley)的說法.

❸(氣勢)減落；(健康)衰弱；(數量、程度、質量等)下降；(心情)消沈.

Turn down the TV. 把電視機聲音調小.

All my family are down with the flu. 我們全家因流行性感冒而臥病在床.

Prices have gone down. 物價下降了.

His weight went down from 120 pounds to 100 pounds. 他的體重從一百二十磅減到一百磅.

❹(順序、時代等)往後推移.

count down to 0 倒數到零

This custom has been handed down since the Tang Dynasty. 該習俗可追溯到唐朝.

❺遠離(中心)；到鄉下；(地圖的)向下.

go down to the country 到鄉下去

go down south 南下

idiom

***dòwn and óut*** 窮困潦倒；(在拳擊賽中)被擊倒.

***Dówn with ~!*** 打倒~!

Down with tyranny! 打倒專制政

D

治!

***úp and dówn*** 上上下下; 來來回回, 到處.

go up and down in the elevator 乘電梯上下往返

walk up and down in the room 在房間裡走來走去

—介 向~的下方, 從~下來; 沿~, 循~(道路等) (along).

基本 go down a hill 下山 ➔動詞+down+名詞〈O〉.

run down the stairs 下樓梯

walk down the street 沿街而下

Santa Claus comes down the chimney. 聖誕老人順煙囱而下.

Tears ran down her cheeks. 眼淚順著她的臉頰流下.

—形 向下的, 朝下的. ➔用於名詞前; 反義字 up(朝上的).

a down slope 下坡

the down elevator〔escalator〕下樓的電梯〔電扶梯〕

a down train 下行列車

**down**[2] [daʊn] 名(水鳥的)軟毛. ➔輕而柔軟, 保溫性良好.

a down jacket 羽絨夾克

a pillow filled with down 羽絨枕頭

**Down·ing Street** [ˋdaʊnɪŋˏstrit] 專有名詞 唐寧街. ➔倫敦政府機構集中的街道; 該街十號是首相官邸.

**down·stairs** [ˋdaʊnˋstɛrz] 副 至樓下, 在樓下; 在樓下房間. ➔二層樓建築的一樓稱 downstairs, 二樓稱 upstairs; 三層以上建築時, 說話者所在樓層以下稱 downstairs, 以上稱 upstairs.

go〔come〕downstairs 下樓

He is reading downstairs. 他在樓下看書.

—形 樓下的. ➔亦作 **downstair**.

the downstair(s) rooms 樓下的房間

**down·town** [ˋdaʊnˋtaʊn] 名形 鬧區(的), 商業區(的), 城市中心區(的).

> 參考 指百貨公司、銀行、商店密集的城市中心商業區; 源於地勢低的地方較早開發成為商店區, 地勢高的地方較晚開發而成為住宅區; 如曼哈頓區, 位於地圖下方(南部)為 downtown, 上方(北部)為 uptown.

His office is in downtown New York. 他的辦公室位於紐約市中心.

—副 在商業區, 往鬧區去.

**go** downtown 去鬧區(購物、逛街)

at a store downtown 在鬧區的商店裡

**down·ward** [ˋdaʊnwɚd] 副形 向下地〔的〕.

**down·wards** [ˋdaʊnwɚdz] 副 = downward.

**Doyle** [dɔɪl] 專有名詞 (**Sir Arthur Conan Doyle**) 道爾. ➔英國著名偵探小說家; 著有以名偵探夏洛克・福爾摩斯為主角的偵探小說; 其原職為醫生.

**doz.** =dozen(s)的縮寫.

**doze** [doz] 動(常用 **doze off**)打瞌睡, 假寐.

**doz·en** [ˋdʌzn̩] 名形 ❶一打(的), 十二個(的). ➔略作 **doz.** 或 **dz.**; 「十二打」為 gross.

a dozen 一打

half a dozen=a half dozen 半打

four dozen 四打 ➔置於數字後面, 表示數量時, 單複數同形; 不用 ×four dozen*s*.

a dozen pencils 一打鉛筆

three dozen pencils 三打鉛筆

Pencils are sold **by the dozen**. 鉛筆按打賣.

❷(**dozens of** ~)很多的~.

I saw **dozens of** flamingos in the zoo. 我在動物園見到很多紅鶴.

**Dr., Dr** [ˋdɑktɚ] 《略》(冠於擁有博士學位者的名字之前)~博士; (冠於醫生的名字之前)～醫生. ➡ Doctor 的縮寫.
Dr. White 懷特博士〔醫生〕

**Drac·u·la** [ˋdrækjʊlə] 專有名詞 (**Count Dracula**)德古拉伯爵. ➡ 英國作家 B. 斯托克所著，同名恐怖小說的主角；是一年齡好幾百歲的吸血鬼，夜間會變成大蝙蝠吸吮睡著的人的血.

**draft** [dræft] 名 ❶從縫隙吹來的風.
➡《英》拼寫爲 **draught**.
A cold draft is coming into the room. 一陣冷風從縫隙吹進房間.
❷草稿；圖案.
**make a draft of** the speech 撰寫演說草稿
❸《美》徵兵；(棒球的)運動員選拔制度.
Matsui was the Giants' No.1 pick **in** the draft. 松井在選拔中被巨人隊以第一名挑中.

**drag** [dræg] 動 拖，曳(重物)，用力拉.
drag a heavy box along the ground 順著地面拖重箱子
◆ **dragged** [drægd] 過去式、過去分詞.
He dragged his feet on the way home. 他拖著沈重的脚步回家.
◆ **dragging** [ˋdrægɪŋ] 現在分詞、動名詞.

**drag·on** [ˋdrægən] 名 龍. ➡ 傳說中有翼及爪，並有大蛇般的尾巴，口中吐火的動物.

> 印象 在東方，被認爲是一種神聖的動物；而在歐美，《新約聖經》中被描繪爲撒旦的同類，違背神的意志，是邪惡的化身.

**drag·on·fly** [ˋdrægən͵flaɪ] 名(複 **dragonflies** [ˋdrægən͵flaɪz]) 蜻蜓.

**drain** [dren] 動(指通過溝、管道)排出～的水，去除～的水分；使乾涸.
drain (the water **from**) the bath 排出浴盆中的水
This ditch drains **into** the river. 這條溝中的水流進河裡.
—名 ❶排水管，下水道.
❷(**drains**) (建築物的) 排水系統.

**dra·ma** [ˋdrɑmə] 名 ❶戲劇，劇本.
put on a new drama 上演新戲
study drama 研究戲劇 ➡ 作爲一門學問時不用 ×*a*〔*the*〕drama.
❷戲劇性的事件.
His life as a spy was a drama. 作爲一名間諜，他的一生充滿戲劇性.

**dra·mat·ic** [drəˋmætɪk] 形 ❶戲劇的. ❷戲劇性的.

**dram·a·tist** [ˋdræmətɪst] 名 劇作家.

**drank** [dræŋk] drink 的過去式.

**draught** [dræft] 名《主 英》= draft ❶

| **draw** [drɔ] | ▶畫(圖)<br>▶拉，招引 |
|---|---|

動 ❶畫(線)；(用鉛筆、鋼筆、蠟筆等)畫(圖).
基本 draw a line 畫線 ➡ draw+名詞〈O〉.
draw a map 繪製地圖
draw a picture of a cat 畫一幅貓
He **draws** very well for a five-year-old boy. 以五歲男孩來說，他畫得很好. ➡ draw+副詞；draws [drɔz] 爲第三人稱單數現在式.
◆ **drew** [dru] 過去式.
Who drew this picture? 這幅畫是誰畫的?
◆ **drawn** [drɔn] 過去分詞. → drawn.
This picture **was** drawn by Bob. 這幅畫是鮑勃畫的. ➡ 被動語態.
◆ **drawing** [ˋdrɔɪŋ] 現在分詞、動名詞. → drawing.
The children **are** drawing the apples on the table. 孩子們正在畫桌子上的蘋果. ➡ 現在進行式.
Bob likes drawing pictures. 鮑勃

喜歡畫畫. ➜動名詞 drawing(畫圖)為 like 的受詞.

❷曳, 拉(pull), 牽.
draw a sled　拉雪橇
draw a bow　拉弓
draw up the blinds　拉上百葉窗
Draw the curtains **across** the window, please.　請拉上窗簾.
Two horses drew the wagon.　兩匹馬拉著貨車.
❸拔出, 提取; 得到(結論等).
draw a cork　拔掉軟木塞
draw *one's* sword〔gun〕　拔劍〔手槍〕
draw water **from** a well　從井中汲水
draw money from a bank　從銀行提款
draw a conclusion　得出結論
❹吸引(人等); 引起(注意等).
draw a person's attention　引起某人的注意
She drew her child to her side.　她把她的小孩拉到她的身邊來.
The ball game drew a very large crowd of people.　這場棒球賽吸引了很多觀眾.
My attention was drawn to her strange hat.　我的注意力被她怪異的帽子吸引住.
❺靠近, 接近.
draw **near**　靠近
The boat drew **toward** us.　船向我們駛近.
Spring is drawing near.　春天快來了.
❻(比賽)不分勝負, 平手.
The game was drawn **at** 5-5.　比賽五比五打成平手.
The two teams drew.　兩隊比賽不分勝負.
—名 ❶拉, 曳.
❷(比賽)平手.
The game ended **in** a draw.　這場比賽以和局結束.

**draw·er** [drɔr] 名 抽屜.
the top drawer　最上面的抽屜
**a chest of drawers**　(帶抽屜的)衣櫃
**open**〔**close, shut**〕a drawer　打開〔關上〕抽屜

**draw·ing** [ˋdrɔɪŋ] draw 的現在分詞、動名詞.
—名 ❶(用鉛筆、鋼筆、蠟筆等畫的)畫, 圖畫, 線條畫.　→ painting.
❷製圖, 繪圖.

**dráwing pìn**　《英》圖釘(《美》thumbtack).

**draw·ing room** [ˋdrɔɪŋˏrum] 名 客廳, 會客室.　➜原意爲「用餐後婦女退出(withdraw)餐廳(dining room)後進入的房間」; 現在除了大宅邸以外, 一般家庭很少有這種房間.

**drawn** [drɔn] draw 的過去分詞.
—形 平手的, 不分勝負的.
a drawn game　不分勝負的比賽

**dread** [drɛd] 動 恐懼, 害怕.
dread death　怕死

**dread·ful** [ˋdrɛdfəl] 形 ❶恐怖的, 可怕的.
a dreadful dream　恐怖的夢
❷討厭的, 糟透的(very bad).
dreadful weather　討厭的天氣

**dream** [drim] 名 ❶(睡眠時所作的)夢.
awake from a dream　從夢中醒來
I **had** a dream **about** you last night. 我昨晚夢見你了. ➜不用 ˣ*saw* a dream.
I often see my dead brother **in** my

dreams. 我常夢見死去的哥哥〔弟弟〕.
Sweet dreams, my dear. 做個好夢，親愛的!
❷夢想，希望，理想.
I have a dream. 我有一個夢想.
I had a dream of being a singer, but it never came true. 我曾經夢想成爲一名歌手，但終究沒能實現.
—動 做夢，夢見；想像. ➡既用於睡覺時的作夢，也用於空想、幻想.
dream a sweet dream 做美夢 ➡「做夢」一般不用×*dream* a dream，而用 have a dream.
He often dreams. 他經常做夢.
◆**dreamed** [drimd], **dreamt** [drɛmt] 過去式、過去分詞. ➡《美》通常用 dreamed.
I dreamed **about** my hometown. 我夢見故鄉.
I dreamt (**that**) I kept a whale in the bathroom. 我夢見自己在浴室裡養了一頭鯨魚.
I must be **dreaming**. (太過於不可思議)我一定是在做夢!

idiom

***dréam of ～*** 夢見～；夢想～；《否定句》想都沒想過～，做夢也想不到～.
I dreamed of you last night. 我昨晚夢見你了.
She dreamed of becoming a pianist. 她夢想成爲一名鋼琴家.
I never dreamed of seeing him again. 我做夢也沒想到能再見到他.

**dream·er** [ˋdrimɚ] 名 做夢者；夢想家.

**dream·land** [ˋdrim͵lænd] 名 幻想世界，夢境.

**dreamt** [drɛmt] dream 的過去式、過去分詞.

**drench** [drɛntʃ] 動 使濕透.
He went out in the rain and **was drenched to the skin**. 他冒雨外出，被淋得濕透了.

**dress** [drɛs] 名 ❶(婦女、兒童的)衣服，服裝. ➡一般指婦女的連身洋裝；上衣與裙子分開的女裝稱爲 suit.
**wear** a green dress 穿著綠色衣服
Shall I wear a dress or a blouse and skirt? 我該穿洋裝還是穿襯衫和裙子呢?
She has a lot of summer **dresses**. 她有好多夏季穿的衣服.
❷服裝；禮服，盛裝.
Men usually don't pay much attention to dress. 男性一般多不太注意穿著. ➡不用×*a* 〔*the*〕 dress, ×dress*es*.
He was **in** formal dress for the ceremony. 他穿著禮服參加典禮.
—動 ❶給某人穿衣服；穿衣. ➡不分男女和年齡.
dress a child 給孩子穿衣
Please wait while I dress. 請等我穿衣服.
She always dresses neatly. 她總是穿戴整潔.
Don't open the door; I'm **dressing**. 別開門；我正在穿衣服.
❷整理(頭髮)；包紮(傷口)；把(食物)準備妥當；(沙拉)淋上調味汁.

idiom

***be dréssed (in ～)*** 穿著(～).
The bride is dressed in white. 新娘穿著白色禮服.
***dréss onesèlf (in ～)*** (給自己)穿著～，打扮.
She **dressed** herself in a beautiful kimono. 她穿著美麗的和服.
***dréss úp*** 打扮，盛裝.
***dréss úp as ～*** (小孩等)假扮成～，打扮成～.
***get dréssed*** 穿衣服.

**dress·er** [ˋdrɛsɚ] 名 ❶《美》梳粧臺. ❷《英》(廚房的)餐具櫥.

**dress·mak·er** [ˋdrɛs͵mekɚ] 名 (婦女、兒童服裝的)裁縫師. 相關語 tailor ((男裝的)裁縫師).

**dress·mak·ing** [ˋdrɛs,mekɪŋ] 名 裁縫.

**drew** [dru] draw 的過去式.

**dried** [draɪd] dry 的過去式、過去分詞.

—形 乾的.

dried fish〔persimmons〕 魚乾〔柿餅〕

**dri·er** [ˋdraɪɚ] 形 dry 的比較級.

—名 =dryer(烘乾機).

**drift** [drɪft] 動 漂流, 飄動; 吹動使堆積; 沖走.

drifted snow 被吹動而堆積的雪, 受吹刮而成的雪堆

—名 漂流(物); (雪、落葉等因吹刮、飄流而成的)堆積物.

**drift·er** [ˋdrɪftɚ] 名 漂流者〔物〕; 漂泊者, 流浪者.

**drill** [drɪl] 名 ❶訓練, 反覆練習.

a fire drill 火災避難訓練

have drills **in** English grammar 做英語文法練習

❷(開孔用的)錐, 鑽.

make a hole in the wall with a drill 用錐在牆上鑽孔

—動 ❶ 使反覆練習, 訓練.

The teacher drilled the students **in** spelling. 老師讓學生做拼寫練習.

❷(用鑽子)鑽(洞).

drill a hole 用鑽子打洞

| **drink** [drɪŋk] | ▶飲, 喝<br>▶飲料 |
|---|---|

動 ❶飲, 喝. ➡「喝湯」爲 eat soup, 「吃藥」爲 take medicine.

基本 drink water 喝水 ➡ drink+名詞〈O〉.

drink a cup of coffee 喝一杯咖啡

drink coke **from** the bottle〔with a straw〕 不用杯子而直接拿著瓶子喝瓶裡的可樂〔用吸管從瓶裡吸可樂〕

I want something to drink. 我想喝點飲料. ➡不定詞 to drink 修飾 something.

Is there anything to drink? 有甚麼可以喝的嗎?

He **drinks** too much coffee. 他喝太多咖啡. ➡ drinks [drɪŋks] 爲第三人稱單數現在式.

◆ **drank** [dræŋk] 過去式.

I drank a cup of hot milk. 我喝了一杯熱牛奶.

◆ **drunk** [drʌŋk] 過去分詞. →drunk.

A great deal of coffee **is** drunk in this country. 該國咖啡消費量極大. ➡被動語態.

◆ **drinking** [ˋdrɪŋkɪŋ] 現在分詞、動名詞. → drinking.

The baby **is** drinking milk now. 嬰兒正在喝牛奶. ➡現在進行式.

相關語 gulp(大口地喝), sip(啜飲), swallow(未嚼而吞下).

drink water　eat soup

take medicine

❷喝酒.

He drinks **like a fish**. (像魚喝水一樣地喝酒⇨)他酒量很大.

My father does not drink much. 我父親酒喝得不多.

There is orange juice for those who don't drink. 不喝酒的人備有柳橙汁.

❸乾杯.

Let's drink **to** your health. 爲你的健康乾杯.

—名 (複 **drinks** [drɪŋks]) ❶ 飲料; 酒.

He is fond of drink. 他喜歡喝酒.

hot 〔cold〕 drinks 熱〔冷〕飲
food and drinks 食物與飲料
soft drinks 清涼飲料 ➡相對於含酒精的飲料 hard drinks 而言，指不含酒精的飲料，一般指可樂之類的碳酸飲料；因開瓶的時候會有「啵」的聲音，亦稱 soda pop.
A lot of drinks were served at the party. 晚會供應許多飲料.
❷一杯(水、酒等).
have a drink of water 喝杯水
have 〔get〕 a drink 喝杯(酒、水等)
Let's go out for a drink. 我們去喝一杯!

**drink·ing** [`drɪŋkɪŋ] drink 的現在分詞、動名詞.
—名 飲；飲酒.

**drínking fòuntain** (安裝在公園、車站、學校等處的)噴水式飲水器.

**drínking wàter** 飲用水.

**drip** [drɪp] 動 (指液體)滴落，滴下.
◆ **dripped** [drɪpt] 過去式、過去分詞.
◆ **dripping** [`drɪpɪŋ] 現在分詞、動名詞.
Sweat **is** dripping from his face. 汗水從他的臉上落下.
—名 滴，滴落聲.

| **drive** [draɪv] | ▶駕駛<br>▶載送(人)<br>▶駕車旅行 |
|---|---|

動 ❶駕駛(車輛)，駕車旅行. ➡騎摩托車時，用 ride.
基本 drive a car 駕駛汽車 ➡drive＋名詞〈O〉.
基本 drive slowly 緩緩駕駛 ➡drive＋副詞(片語).
drive through town 開車穿過城鎮
Can you drive? 你會開車嗎?
Let's drive **to** the lake. 我們開車去湖濱兜風吧!
Shall we walk or drive? 我們走路去還是開車去?
My father **drives** a very old car. 我父親開著一輛非常舊的汽車.
➡ drives [draɪvz] 爲第三人稱單數現在式.
◆ **drove** [drov] 過去式.
He drove slowly up the hill. 他駕車緩緩爬坡.
◆ **driven** [`drɪvən] 過去分詞.
The car **was** driven by my uncle. 車子由我叔叔駕駛. ➡被動語態.

**driving** [`draɪvɪŋ] 現在分詞、動名詞. → driving.
My father **has been** driving a taxi in this town for twenty years. 父親在這個城裡已經開了二十年的計程車. ➡現在完成進行式.

❷載送(人).
drive you home 載你回家 ➡home 爲副詞，表示「朝家的方向」.
My father drove me **to** school this morning. 今天早上父親開車送我上學.
❸追趕，驅，逐；(動力)驅動(機械等).
drive cattle **to** pasture 把牛趕入牧場
The clouds were driven **away** by the wind. 雲被風吹散了.
This ship is driven by steam. 這船由蒸氣驅動.
❹迫使(人處於某種狀態、做某事).
drive him crazy 使他發狂 ➡ drive 〈V〉＋him 〈O〉＋crazy 〈C〉.
Losing his wife drove him mad. 失去妻子使他瘋狂.

Poverty drove him **to** steal. 貧窮驅使他行竊.
❺用力釘入(釘子、木椿等).
drive a nail **into** a board 將釘子釘入木板
D
—名 (複 **drives** [draɪvz]) ❶(駕駛汽車或馬車)旅行，兜風.
**go for** a drive 駕車外出旅行
He often takes me for a drive. 他經常開車帶我去兜風.
I don't like long drives. 我不喜歡長途開車.
The drive **to** the lake was very exciting. 開車去湖邊非常愉快.
❷(汽車或馬車行走的)距離.
It is a short 〔ten minutes'〕 drive to the park. 到公園車程很短〔十分鐘〕. ➡ It 籠統地表示「距離」.
❸《英》(從馬路延伸到宅邸或車庫的)私人車道(《美》 driveway)；(穿過公園、森林內的)車道；(沿途風景優美的)旅遊道路.

**drive-in** [ˋdraɪv,ɪn] 名形 免下車餐館、電影院、銀行等(可駕車入內，在車內用餐或看電影等)；免下車服務式的.
a drive-in theater 免下車電影院
a drive-in bank (在車內即可辦妥存提款的)免下車銀行

**driv·en** [ˋdrɪvən] drive 的過去分詞.

**driv·er** [ˋdraɪvɚ] 名 **駕駛員，司機；**馬車夫.
a driver's license 《美》駕駛執照(《英》 a driving licence)
a taxi 〔bus〕 driver 計程車〔公車〕司機
He is a bad 〔careful〕 driver. 他是個差勁的〔謹愼的〕司機.

**drive·way** [ˋdraɪv,we] 名《美》(從馬路延伸到宅邸或車庫的)私人車道(《英》 drive).

**driv·ing** [ˋdraɪvɪŋ] drive 的現在分詞、動名詞.
—名 (汽車或馬車的)駕駛.
a driving licence 《英》駕駛執照(《美》 a driver's license)
a driving school 汽車駕駛訓練班 ➡安排好時間，與教練同車，在指定地點進行公路駕駛.

**drop** [drɑp] 動 ❶**使落下；(〜)落下.**
drop to the floor 掉到地板上
Don't drop that cup. 別讓杯子掉下來.
◆ **dropped** [drɑpt] 過去式、過去分詞.
A ripe apple dropped **from** the tree. 成熟的蘋果從樹上掉下來.
Your name **was** dropped from the list. 你的名字從名單上刪除了.
◆ **dropping** [ˋdrɑpɪŋ] 現在分詞、動名詞.
Tears **were** dropping from her eyes. 眼淚從她的眼中落下.
❷(價格、溫度、氣勢等急遽)下降，降低；使下降.
Prices 〔The temperature〕 dropped suddenly. 物價〔溫度〕突然下降.
His voice dropped **to** a whisper. 他的聲音降低為耳語.
He dropped his voice. 他壓低聲音.
❸使下車. → pick up.
Please drop me (off) at the station. 請讓我在車站下車.
❹寄出(短信).
Please drop me a line when you get there. 一到那兒請給我一封短信.
➡ V(drop)＋O′(me)＋O(a line)(寄 O 給 O′)的句型.

idiom

***dróp ín*** 順道拜訪.
He drops in **on** me very often. 他時常來探望我.
Bob dropped in **at** his uncle's house. 鮑勃到他叔叔家拜訪.
***dróp óut*** (***of*** 〜) (從〜)脫離，(從〜)輟學. → dropout.
He dropped out of school in his second year. 他在二年級時輟學.

—名 ❶水滴，滴.
a drop of water　一滴水
❷(急遽)下落，下跌.
a drop **in** temperature　氣溫下降
❸糖球.

**drop·out** [ˋdrɑpˏaut] 名(學校的)輟學者；落伍者.

**drought** [draut] 名 乾旱，旱災.

**drove** [drov] drive 的過去式.

**drown** [draun] 動 ❶溺死，淹死.
諺語 A drowning man will catch at a straw.　溺水的人連一根稻草都要抓.
❷(**be drowned**)(被溺斃⇨)淹死.
He was nearly drowned.　他差點淹死.

**drow·sy** [ˋdrauzɪ] 形 欲睡的；使人昏昏欲睡的.

**drug** [drʌg] 名 藥；麻醉藥. ➜口語中多爲「毒品」之意.

**drug·gist** [ˋdrʌgɪst] 名《美》❶藥劑師；藥商(《英》chemist). ❷雜貨店(drugstore)經營者.

**drug·store** [ˋdrʌgˏstor] 名《美》藥房；雜貨店. ➜兼有藥局及超商性質的商店.

**drum** [drʌm] 名 鼓；(**the drums**)(爵士樂隊等的)鼓組.
**beat** a drum　打鼓
**play** a 〔the〕 drum　打鼓
play the drums in the band　在樂隊中打鼓

**drum·mer** [ˋdrʌmɚ] 名(軍樂隊、樂隊等的)鼓手，打鼓者.

**drunk** [drʌŋk] drink 的過去分詞.
—形 醉的.
get drunk　酒醉
drunk driving　酒醉駕駛
He was drunk on beer.　他喝啤酒喝醉了.
—名 醉漢.

**drunk·ard** [ˋdrʌŋkɚd] 名 醉漢，酒徒.

**drunk·en** [ˋdrʌŋkən] 形 酒醉的. ➜只用於名詞前，現在多用 drunk 代替 drunken.
drunken driving　酒醉駕駛

D

**dry** [draɪ] 形 ❶乾的，乾燥的. 反義字 wet(濕的)，damp(潮濕的).
dry air　乾燥的空氣
dry ground　乾的地面
The ground is dry because it has not rained for 10 days.　因爲十天沒下雨，地面是乾的.
Watch out!　The paint is not dry yet.　小心！油漆未乾.

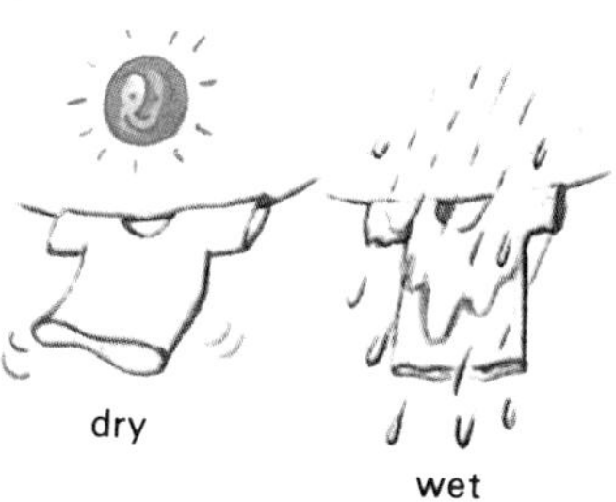


❷不下雨的，乾旱的.
dry weather　乾旱的天氣
the **dry** season and the **rainy** season　乾季和雨季　◁反義字
❸無趣味的，枯燥的.
a dry book　枯燥乏味的書
◆ **drier** [ˋdraɪɚ] 比較級.
◆ **driest** [ˋdraɪɪst] 最高級.
—動 使乾；變乾；擦乾(溼的物品).
dry a dish with a cloth　用抹布擦乾盤子
The washing **dries** quickly on a sunny day like this.　這樣的大晴天洗好的衣物很快就會乾. ➜ dries [draɪz] 爲第三人稱單數現在式.
◆ **dried** [draɪd] 過去式、過去分詞. → dried.
They dried themselves in the sun.　他們在陽光下曬乾身子.
idiom

*drý úp* 使完全乾；完全變乾.

**dry·er** [ˋdraɪɚ] 名 烘乾機；吹風機. ➜亦拼作 **drier**.

D

**Dub·lin** [ˋdʌblɪn] 專有名詞 都柏林. ➜愛爾蘭共和國首都.

**duck** [dʌk] 名 鴨. 相關語 quack(鴨子呱呱地叫).

**wíld dúck** 野鴨. ➜馴養後稱爲 duck.

**duck·ling** [ˋdʌklɪŋ] 名 小鴨.

*Ugly Duckling* 《醜小鴨》 ➜丹麥作家安徒生的童話書名.

**due** [dju] 形 ❶該付的；正當的，當然的.

a due reward 當然的報酬

(The payment of) This bill is due today. 該帳單今天必須付清.

❷預期的；應到的.

The train was due at six. 火車應於六點到達.

The homework is due next Monday. 家庭作業應於下週一交.

Bob is due **to** come at noon. 鮑勃應於正午到達.

❸(**due to** ~)由於~，起因於~.

The accident was due to his carelessness. 車禍起因於他的疏忽.

The game was put off due to (= because of) the rain. 比賽由於下雨而延期舉行.

**duet** [djuˋɛt] 名 二重唱(曲)，二重奏(曲).

**dug** [dʌg] dig 的過去式、過去分詞.

**dug·out** [ˋdʌg͵aut] 名 ❶防空洞. ❷(棒球的)球員場邊休息處. ❸獨木舟.

**duke** [djuk] 名 公爵. ➜英國最高等的貴族爵位.

**dull** [dʌl] 形 ❶鈍的，遲鈍的，隱約模糊的；愚笨的.

a dull knife 鈍的刀子

a dull pain 隱約的痛

a dull sound 模糊的聲音

Yesterday was a dull day with a cloudy sky. 昨天天空多雲，天氣陰沈.

諺語 All work and no play makes Jack a dull boy. 只讀書不遊戲會使孩子變得遲鈍. ➜意謂「會讀書也要會玩」.

❷單調的，無趣味的；沒有活力的，蕭條的.

a dull book 枯燥無味的書

The party last night was dull. 昨晚的宴會枯燥乏味.

**dumb** [dʌm] ➜b不發音. 形 ❶啞的.

He was born dumb. 他生來卽啞.

She was dumb **with** fear. 她嚇得不能出聲.

相關語 deaf(聾的)，blind(瞎的)，mute(啞的).

❷《美口》笨的，愚蠢的.

idiom

***pláy dúmb*** 裝啞巴；假裝不知道的樣子.

**Dum·bo** [ˋdʌmbo] 專有名詞 唐波. ➜迪士尼卡通片的主角，在空中遨翔的小飛象.

**dump** [dʌmp] 動 ❶砰然落下；丟棄(垃圾等).

dump a shopping bag on the table 砰一聲將購物袋丟在桌上

The truck dumped the sand on the ground. 卡車將沙子傾倒在地上.

❷《口》(將人)拋棄.

He was dumped by his girlfriend. 他被女朋友甩了.

**dump·er truck** [ˋdʌmpɚ͵trʌk] 名 《英》傾卸卡車(《美》dump truck).

**dump truck** [ˋdʌmp͵trʌk] 名 《美》傾卸卡車(《英》dumper truck).

**dune** [djun] 名 砂丘.

**dun·geon** [ˋdʌndʒən] 名 (昔日城堡內的)土牢，地牢.

**dunk** [dʌŋk] 動 《口》❶(將麵包等)浸泡於飲料中食用. ❷《籃球》(將球)自

籃框正上方灌入籃中，灌籃.

**dúnk shòt** 《籃球》灌籃. ➡躍起自籃框正上方將球用力灌入籃內的投籃動作.

**du·ra·ble** [ˋdjʊrəbl̩] 形 持久的，耐用的，耐久的.

**dur·ing** [ˋdjʊrɪŋ]
▶整個～期間
▶在～期間(的某時)

介 ❶**整個～期間**(throughout).
基本 during the summer 在整個夏季 ➡during＋包含時間要素的名詞.
during all that time 整段時間；這期間
There is no school during August. 八月份不上課. ➡亦可用 in 代替 during，意思不變，但與 in 比較起來，during 所含「整個期間一直～」的持續語氣較強烈.
Ice covers the lake during (the) winter. 整個冬天冰覆蓋著湖面.
❷**在～期間(的某時)**.
during my stay 在我停留期間(＝while I am 〔was〕 staying)
during the day 〔the night〕 在白天〔夜間〕 ➡可用 in 代替 during，意思不變.
I went to sleep during the lesson. 我在課堂上睡著了.
I would like to see you **sometime** during this week. 我想在本週期間和你見面. ➡為了與「整個～期間」區別，有時也用 sometime during ～ 表示.
During the ball game it started to rain. 棒球比賽中途下起雨來.

**dusk** [dʌsk] 名 黃昏，薄暮.
**at** dusk 在黃昏 ➡不用 ˣ*a* 〔*the*〕 dusk.
Dusk fell over the desert. 薄暮籠罩沙漠.

**dust** [dʌst] 名 灰塵，塵土.
The table is covered with dust. 桌面上布滿灰塵. ➡不用 ˣ*a* dust, ˣdust*s*.
—動 拭去灰塵，拂去灰塵.
dust a table 拭去桌上的灰塵

**dust·bin** [ˋdʌst͵bɪn] 名《英》垃圾箱(《美》garbage can).

**dust·cart** [ˋdʌst͵kɑrt] 名《英》垃圾車(《美》garbage truck).

**dust·er** [ˋdʌstɚ] 名 ❶撣子；抹布，乾擦布. ❷《美》防塵衣，罩衫. ❸《英》板擦(《美》eraser).

**dust·pan** [ˋdʌst͵pæn] 名 畚斗，畚箕.

**dust·y** [ˋdʌstɪ] 形 滿是灰塵的.
the dusty furniture 積滿灰塵的家具
The furniture was dusty. 家具上滿是灰塵.
◆ **dustier** [ˋdʌstɪɚ] 比較級.
◆ **dustiest** [ˋdʌstɪɪst] 最高級.

**Dutch** [dʌtʃ] 形 荷蘭的；荷蘭人〔語〕的. 相關語 the Netherlands(荷蘭).
idiom
***gò Dútch*** 各自付帳.

參考 Dutch 這一單字中包含貶意，主要是因為荷蘭與英國之間曾因美洲新大陸的領土問題發生對立，而英國的(北)美洲移民們從此對荷蘭不懷好感.

—名 ❶荷蘭語. ❷(**the Dutch**)(全體)荷蘭人.

**Dutch·man** [ˋdʌtʃmən] 名 (複 **Dutch·men** [ˋdʌtʃmən]) 荷蘭人.

**du·ti·ful** [ˋdjutɪfəl] 形 盡義務(duty)的；忠實的，孝順的.
a dutiful son 孝子
He is dutiful and obedient. 他忠實且順從.

**du·ty** [ˋdjutɪ] 名 (複 **duties** [ˋdjutɪz])
❶(法律、道義上的)**義務**.
do *one's* duty 盡自己的義務，盡本分
It's our duty to obey the laws. 遵

D

守法律是我們的義務.

❷(常用 **duties**)(應該做的)工作，職務，任務.

the duties of a student 〔a policeman〕 學生的任務〔警察的職務〕

❸關稅.

(a) duty on liquors 酒稅

idiom

***óff dúty*** 非工作時間〔的〕，不值班〔的〕.

***ón dúty*** 值班中〔的〕.

**du·ty-free** [ˋdjutɪˋfri] 形 副 免稅的〔地〕.

duty-free wines 免稅的酒

buy a bottle of wine duty-free 免稅買一瓶酒

**dwarf** [dwɔrf] 名 (童話故事中的)矮人.

Snow-White lived happily with the Seven Dwarfs. 白雪公主和七個小矮人幸福地生活著.

**dwell** [dwɛl] 動 居住(live). ➡通常用 live.

◆ **dwelt** [dwɛlt] 過去式、過去分詞.

**dwell·er** [ˋdwɛlɚ] 名 居民，居住者.

**dwell·ing** [ˋdwɛlɪŋ] 名 住處.

**dwélling hòuse** (相對於商店、辦公室而言的)住宅.

**dwélling plàce** 住址.

**dwelt** [dwɛlt] dwell 的過去式、過去分詞.

**dye** [daɪ] 動 染(髮、布等).

dye the cloth red 把布染成紅色

➡ dye 〈V〉+the cloth 〈O〉+red 〈C〉的句型.

—名 染料.

**dy·ing** [ˋdaɪɪŋ] die 的現在分詞、動名詞.

—形 **垂死的，瀕死的.**

a dying man 垂死的人

**dy·nam·ic** [daɪˋnæmɪk] 形 動力的，精悍的，精力充沛的.

**dy·na·mite** [ˋdaɪnə͵maɪt] 名 炸藥.

**dz.** dozen(s) (打，十二個)的縮寫.

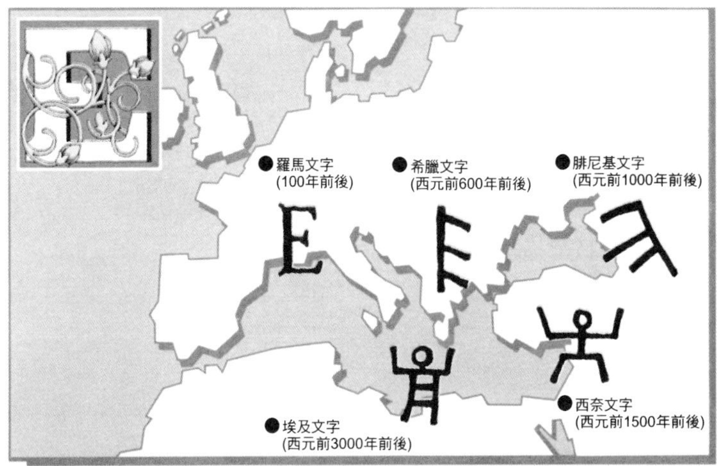


**E, e** [i] 名 (複 **E's, e's** [iz]) ❶英文字母的第五個字母. ❷《音樂》E 調.

**E, E.** east (東) 的縮寫.

**each** [iːtʃ]
▶每一，各個
⊙指某群體中各個單獨的個體

形 **每一，各個，** 每個～.

基本 each pupil 每個學生 ➡each＋單數名詞.

each member of the team 隊裡的每個成員

John has a guitar. Paul has a guitar. George has a guitar. Each boy has his guitar. 約翰有一把吉他. 保羅有一把吉他. 喬治有一把吉他. 每個男孩都有自己的吉他.

I asked each boy three questions. 我問了每個男孩三個問題.

There are trees on each side of the river. 河流兩岸有樹.

A mother loves **every** one of her children, but she loves **each** in a different way. 母親愛她的每一個孩子，但對各個孩子的愛法不同. 同義字 **each** 表示獨立的每一個，而 **every** 在表示各個的同時，也表示全部.

idiom

***éach tíme*** 每次；(***each time*** S′＋V′) 每次(S′做 V′)時.

I tried three times, but each time I failed. 我試了三次，但每次都失敗.

Each time I tried, I failed. 我屢試屢敗.

**—**代 **各自，各個.**

基本 **Each of** the boys has his guitar. 每個男孩都有自己的吉他. ➡ each＋of＋the＋複數名詞.

I gave them each 〔each of them〕 two apples. 我給他們每人兩個蘋果. ➡ them each 中的 each 和 them 同格，表示「他們各個」.

We each have 〔Each of us has〕 our own opinion. 我們各自有自己的意見. ➡We each中的each和We同格，因爲 We 是主詞，所以動詞爲複數.

idiom

***èach óther*** 互相(one another).

He loves her and she loves him. They love each other. 他愛她，她愛他，他們彼此相愛. ➡ each other

不是副詞片語，而是代名詞，作 love 的受詞；each other 不作句子主詞.

Please shake hands with each other. 請互相握手. ➡不可省略with (和～)而用×shake hands *each other*.

—副 每個，每人，每組.

These books are 25 dollars each. 這些書每本二十五美元. (=Each of these books is 25 dollars.)

**ea·ger** [ˋigɚ] 形 ❶(**be eager for** ～) 渴望～的；(**be eager to** *do*) 渴望去做～.

The team is eager for victory. = The team is eager to get victory. 這支隊伍渴望獲勝.

❷熱心的，熱烈的，認眞的.

**ea·ger·ly** [ˋigɚlɪ] 副 熱心地，熱切地.

**ea·gle** [ˋigḷ] 名 鷹.

印象 從鷹展翅飛翔的雄姿而聯想到「百鳥之王」(the king of the birds) 的稱呼. 象徵「王者的權威、權力、驕傲、高貴」等，爲美國國徽及歐洲貴族的族徽圖案.

| **ear**[1] [ɪr] | ▶耳<br>⊙可表示聽力，亦含有「鑑賞力」的意思 |
|---|---|

名 (複 **ears** [ɪrz]) ❶耳.

*one's* left ear 左耳

He said something **in** her ear. 他對她附耳低聲說了一些話.

Rabbits **have** long ears. 兔子有長耳朵.

My ears are always **ring**ing. 我經常耳鳴.

諺語 (The) Walls have ears. 隔牆有耳. ➡意思是牆壁後面可能有人在，小心自己所說的話不要被別人聽見.

❷(聽力敏感的)耳朵，聽力，聽覺.

She has a good〔poor〕ear **for** music. 她的音感好〔不好〕.

idiom

***be áll éars*** 《口》專心傾聽.

Tell me, I'm all ears. 快說吧，我專心聽著哪.

***from èar to éar*** (由左耳到右耳) 咧著(嘴).

He was smiling from ear to ear. 他咧嘴微笑.

**ear**[2] [ɪr] 名 (麥等的)穗.

an ear of corn 玉蜀黍的穗

**ear·ache** [ˋɪr͵ek] 名 耳痛.

have an earache 耳朵痛

**earl** [ɜl] 名 (英國的)伯爵. →count[2].

**ear·li·er** [ˋɜlɪɚ] 副形 early 的比較級.

**ear·li·est** [ˋɜlɪɪst] 副形 early 的最高級.

| **ear·ly** [ˋɜlɪ] | ▶早，早的<br>⊙「時間、時期上早(的)」之意；「速度上快(的)」則用 fast |
|---|---|

副 (時間的、時期的)早，初，在初期，提早〔前〕.

基本 get up early 早起 ➡動詞+early.

early in the morning 一大早

early the next morning 明天一大早 ➡the next morning 也是「明天早上」之意的副詞片語.

early on Sunday 星期天一大早

early in the spring 早春，初春

Some children come to school **early**; others come **late**. 有的孩子早到校，有的孩子晚到校. ◁反義字

◆ **earlier** [ˋɝlɪɚ] 〖比較級〗更早地.
I came earlier **than** Ken. 我比肯早來.
I went to bed a little earlier than usual. 我比平時早睡一點.
◆ **earliest** [ˋɝlɪɪst] 〖最高級〗最早地.
**—**形 (時間、時期)早的，初期的.
**基本** an early train 早班火車 ➜early＋名詞；a **fast** train 指「(速度快的)火車」.

an early riser 早起的人 反義字 a late riser(晚起的人).
an early bird 早起的鳥(→諺語)；早起的人，早來的人
in (the) early spring 早春(時)
in the early morning 清早，一大早
**基本** You are early. 你早啊!〔你來得真早啊!〕 ➜be動詞＋early 〈C〉.
The eight o'clock bus was early today. 今天八點的班車提早了.
諺語 The early bird catches the worm. 早起的鳥兒有蟲吃. ➜「早起三分利」.
Early to bed and early to rise makes a man healthy, wealthy, and wise. 早睡早起可以讓人健康、富有、聰明. ➜美國政治家班傑明・富蘭克林的格言.
◆ **earlier** 〖比較級〗較早的.
◆ **earliest** 〖最高級〗最早的.
**the** earliest train 早晨頭班火車

***at the éarliest*** (即使)最早(也要)～.
***in éarly tímes*** 早期，過去.
***kèep éarly hóurs*** 早睡早起.

**earn** [ɝn] 動 賺，掙得.
earn $7 an hour 每小時賺七美元
He earns money (by) delivering newspapers. 他靠送報紙賺錢.
idiom
***éarn*** *one's* ***líving*** 謀生.
She earns her living **as** a dancer. 她靠跳舞謀生.

**ear·nest** [ˋɝnɪst] 形 認真的，堅決的，鄭重其事的.
an earnest student 認真的學生
an earnest request 鄭重的要求
He is very amusing but his brother is too earnest. 他非常有趣，但他的哥哥太正經了.
idiom
***in éarnest*** 正經的，認真的，鄭重的.
Are you in earnest or are you joking? 你是正經的還是在開玩笑?

**ear·phone** [ˋɪrˏfon] 名 耳機.
a pair of earphones (一副)耳機

**ear·ring** [ˋɪrˏrɪŋ] 名 耳環.
**wear** silver earrings 戴銀耳環 ➜一般使用複數形式.

**earth** [ɝθ] 名 ❶(**the earth**)地球.
**The** earth is round. 地球是圓的.
➜單獨的天體，如earth、moon(月)、sun(太陽)之前要加冠詞the.
We live **on** the earth. 我們住在地球上.
The Earth is nearer the Sun than Mars. 地球比火星更靠近太陽. ➜與其他天體相對比時，頭一個字母應大寫.
**Éarth Dày** 地球日. ➜提醒大家關心地球、保護環境的日子；四月二十二日.
❷大地，地面(ground).
fall **to** (the) earth 落到地面
❸土(soil).

cover the seeds with earth 用土覆蓋種子 ➡不用 ×*an*〔*the*〕earth, ×earth*s*.

idiom

***on éarth*** 《強調句中的最高級》在這世界上；《強調疑問詞》究竟.

the happiest man on earth 世界上最幸福的男子

What on earth is this? 究竟這是甚麼?

**earth·quake** [ˋɜθˏkwek] 名 **地震.**

a strong〔weak〕earthquake 強烈的〔輕微的〕地震

**We had**〔**There was**〕an earthquake last night.=An earthquake **happened** last night. 昨晚發生了地震.

**ease** [iz] 名 ❶安逸，舒適，安心.

live **in** ease=live a life **of** ease 舒適地生活，愉快地過活

❷輕鬆，容易，不費力. 反義字 difficulty(困難).

**with** ease 容易地(easily)

idiom

***at éase*** 舒適的〔地〕，安逸的〔地〕；安心的〔地〕.

Please make yourself at ease. 請別拘束.

***íll at éase*** 侷促不安.

—動 減輕(痛苦等)，使舒適.

**ea·sel** [ˋizḷ] 名 畫架，黑板架.

**eas·i·er** [ˋizɪɚ] 形 easy 的比較級.

**eas·i·est** [ˋizɪɪst] 形 easy 的最高級.

**eas·i·ly** [ˋizɪlɪ] 副 **不費力地，輕鬆地，**容易地(with ease). ➡形容詞爲 easy.

We won the game easily. 我們輕易地贏了這場比賽.

**east** [ist] 名 ❶(**the east**) **東，東方；**東部. 反義字 west(西).

**in**〔**to**〕the east of Taipei 臺北的東區〔東方〕

The sun rises in the east. 太陽從東方升起.

Japan is in the east of Asia. 日本在亞洲的東部.

Japan is to the east of China. 日本在中國的東方.

❷(**the East**) 東洋；(美國的)東部.

—形 **東方的，**東部的；向東的；從東面來的(風).

an east wind 東風

the east coast of the United States 美國東海岸

—副 **向〔在〕東方.**

go east 向東走

The village is (seven miles) east **of** the lake. 村莊在湖的東方(七英里處).

**East·er** [ˋistɚ] 專有名詞 復活節. ➡紀念基督復活的節日，在三月二十一日(春分)後月圓的第一個星期日(**Easter Day** 或 **Easter Sunday**)；所以每年的日期不固定，早則在三月下旬，晚則在四月下旬.

**Happy** Easter! 復活節愉快!

We color eggs **at** Easter and put them in Easter baskets. 我們在復活節時把蛋塗上色彩，並把彩蛋放進復活節籃裡.

**Éaster ègg** 復活節彩蛋. ➡作爲復活節禮物，外殼塗有顏色的水煮蛋或巧克力蛋，或爲裝有玩具或糕點的蛋形物.

**Éaster hólidays** 復活節假期，春假. ➡復活節前後一、兩週的假期；亦作 **Easter vacation, Easter break.**

**east·ern** [ˋistɚn] 形 ❶ 東方的，東的，向東的；從東面來的(風). 反義字 western(西方的).

the eastern sky 東方的天空

the eastern coast of the island 該島的東海岸

❷(**Eastern**) 東洋的；(美國的)東部的.

**east·ward** [ˋistwɚd] 副形 向東方

(的)，朝東(的).

**east·wards** [ˋistwɚdz] 副 =eastward.

**eas·y** [ˋi z ɪ] ▶容易的 ▶舒適的

形 ❶容易的，簡單的(simple).

基本 an easy test 簡單的測驗 ➔ easy＋名詞.

基本 The test was easy **for** me. 那次測驗對我來說很容易. ➔ be動詞＋easy 〈C〉.

This book is easy **to** read.＝**It** is **easy to** read this book. 這本書易讀. ➔ be easy to *do* 表示「做～容易」; It＝不定詞 to read ～.

It is **easy** for the cat to climb the tree. It's **difficult** for me. 對貓來說，爬樹很容易，而對我來說就難了. ◁反義字 ➔不用× *The cat* is easy to ～.

◆ **easier** [ˋizɪɚ] 《比較級》較容易的.
This problem is easier **than** that. 這個問題比那個容易.

◆ **easiest** [ˋizɪɪst] 《最高級》最容易的.
What is **the** easiest way to learn English? 學英語最容易〔簡單〕的方法是甚麼?

❷(無需操心、痛苦等)舒適的，輕鬆的，悠閒的.
lead 〔live〕 an easy life 過舒適的生活
**feel** easy 感到輕鬆，安心
Please **make** yourself easy about it. 這件事就請你放心吧!

**éasy chàir** 安樂椅. → armchair.

idiom

***tàke it éasy*** 輕鬆一點，別緊張. ➔一般用於祈使句.
Take it easy. See you tomorrow. 輕鬆點兒，明天見.

諺語 Easy come, easy go. 容易得到的便容易失去. ➔相當於「不義之財不久享」.

**eat** [i t] ▶吃 ▶用餐

動 吃；用餐.

基本 eat an apple 吃蘋果 ➔ eat＋名詞〈O〉.
eat lunch 吃午餐 ➔亦可用 have 代替 eat.
eat slowly 慢慢吃
something **to** eat 食物，吃的東西 (some food) ➔不定詞 to eat 修飾 something.
I eat sandwiches **for** lunch. 我午餐吃三明治.
會話 Where shall we eat? —Let's eat at the restaurant on the corner. 我們去哪裡吃飯? —我們到轉角的那家餐廳吃吧.
We eat soup with a spoon. 我們用湯匙喝湯. → soup.
He **eats** a lot. 他吃得很多. ➔ eats [its] 爲第三人稱單數現在式.

◆ **ate** [et] 過去式.
We **ate** steak and **drank** wine. 我們吃了牛排並喝了葡萄酒. ◁相關語

◆ **eaten** [ˋitn̩] 過去分詞.
**Have** you eaten your lunch yet? 午飯吃過了嗎? ➔現在完成式.

◆ **eating** [ˋitɪŋ] 現在分詞、動名詞. → eating.
Cows **are** eating grass in the meadow. 牛正在牧場吃草. ➔現在進行式.

E

idiom

***éat óut*** 出外用餐.

***éat úp*** 全部吃光.

**eat·en** [ˋitn̩] eat 的過去分詞.

**eat·er** [ˋitɚ] 名 食者.

a big 〔poor〕 eater 食量大〔小〕的人

**eat·ing** [ˋitɪŋ] eat 的現在分詞、動名詞.

—名 吃飯，用餐.

eating and drinking 飲食

**eaves** [ivz] 名 複 屋簷.

**ebb** [ɛb] 名 退潮. 反義字 flow (漲潮).

—動 (潮水)退去.

**ech·o** [ˋɛko] 名 (複 **echoes** [ˋɛkoz]) 回聲，回音，回響.

—動 回聲，回音；回響.

**e·clipse** [ɪˋklɪps] 名 日蝕；月蝕. → 某一天體被其他天體遮蔽而看不見的自然現象.

a solar 〔lunar〕 eclipse 日〔月〕蝕

**e·co·log·i·cal** [ˏɛkəˋlɑdʒɪkl̩] 形 生態學的；生態上的，環境的.

**e·col·o·gist** [ɪˋkɑlədʒɪst] 名 生態學者；環境保護論者.

**e·col·o·gy** [ɪˋkɑlədʒɪ] 名 ❶ 生態學. → 研究生物與環境之關係的學問.

❷生態；環境.

**e·co·nom·ic** [ˏikəˋnɑmɪk] 形 經濟(學)的，經濟上的. → economy ❶

**e·co·nom·i·cal** [ˏikəˋnɑmɪkl̩] 形 經濟的；節儉的. → economy ❷

an economical car 省油的汽車

**e·co·nom·ics** [ˏikəˋnɑmɪks] 名 複 經濟學. → 作單數使用.

**e·con·o·mist** [ɪˋkɑnəmɪst] 名 經濟學家.

**e·con·o·my** [ɪˋkɑnəmɪ] 名 ❶ 經濟. → economic.

❷節約；(經濟上)得益. →economical.

an economy car (=an economical car) 省油的汽車

**ecónomy clàss** (客機的)經濟艙. → 最便宜的機艙；亦可稱作 **tourist class**.

**E·den** [ˋidn̩] 專有名詞 伊甸園；樂園. → 上帝為亞當(Adam)和夏娃(Eve)建造的樂園；亦作 **the Garden of Eden**，在希伯來語中表示「大喜」之意.

**edge** [ɛdʒ] 名 ❶邊緣.

the edge of a cliff 懸崖邊緣

stand **at** the water's edge 站在水邊

live on 〔at〕 the edge of town 住在鎮邊

The pencil rolled off the edge of the desk. 鉛筆從桌邊滾落下來.

❷(刀)刃，刀口.

The knife has a very sharp edge. 那把刀的刀刃很鋒利.

**Ed·in·burgh** [ˋɛdn̩ˏbɝə] 專有名詞 愛丁堡. → 蘇格蘭首都.

**Ed·i·son** [ˋɛdəsn̩] 專有名詞 (**Thomas Edison**) 湯瑪斯・愛迪生. → 美國發明家(1847-1931)；曾得到電燈泡、留聲機、放映機等一千項以上的發明專利.

**ed·it** [ˋɛdɪt] 動 編輯(書籍、錄音帶等).

edit a magazine 編輯雜誌

**e·di·tion** [ɪˋdɪʃən] 名 版本. → 書本〔報紙〕等的規格、大小、形式等；或是以同一組版印刷之定量的書〔報紙等〕.

a paperback edition 平裝本

the first edition 初版

the evening edition of *the Mainichi* (日本)《每日新聞》的晚報版 → 「晚報」為 evening (news)paper.

**ed·i·tor** [ˋɛdɪtɚ] 名 編輯.

the chief editor=the editor **in chief** 主編

**ed·u·cate** [ˋɛdʒəˏket] 動 教育，訓練.

**ed·u·cat·ed** [ˋɛdʒə͵ketɪd] 形 受過教育的，有教養的.

**ed·u·ca·tion** [͵ɛdʒəˋkeʃən] 名 教育.
school education 學校教育
physical education 體育 ➜略作**PE**.
He **received** his education at Harvard. 他在哈佛大學受過教育.

**ed·u·ca·tion·al** [͵ɛdʒəˋkeʃənl̩] 形 教育的；與教育有關的.

**eel** [il] 名 鰻，鱔. ➜在歐美，有時亦薰製後食用.

**ef·fect** [ɪˋfɛkt] 名 影響(力)，效果；(受影響所產生的)結果.
**cause** and **effect** 原因和結果 ◁反義字
the effect of advertising 廣告的效果
Storms had a bad effect **on** the crops. 風暴給作物帶來惡劣影響.
The sound effects of 〔in〕 the movie were very good. 這部影片的音響效果極佳.
idiom
***còme 〔gò〕 ìnto efféct*** (法律等)發生效力，生效，被實行.
***tàke efféct*** 生效，奏效.

**ef·fec·tive** [ɪˋfɛktɪv] 形 有效的，(法律等)得以實施的.

**ef·fi·cient** [ɪˋfɪʃənt] 形 (人、機器等)有效率的，有能力的.

**ef·fort** [ˋɛfɚt] 名 努力，盡力.
**with** (an) effort 努力地，辛苦地
**without** effort 不盡力的，不費力的
To ride a bicycle uphill **take**s 〔**need**s〕 (an) effort. 騎腳踏車爬坡很費力.
idiom
***màke an éffort*** 努力.
Slim made a big 〔great〕 effort to move the rock. 斯利姆竭盡全力去搬動那塊岩石.

**e.g.** 《略》例如. ➜ for example 之意的拉丁語 exempli gratia 的縮寫；通常讀作 for example.

**egg** [ɛg] 名 蛋，卵. ➜鳥類、爬蟲類的「卵」都稱 egg，但 egg 通常指雞蛋；英美人通常不吃生雞蛋.
a boiled 〔soft boiled〕 egg 水煮蛋〔半熟的水煮蛋〕
a fried 〔scrambled〕 egg 煎蛋〔炒蛋〕
lay an egg 生蛋

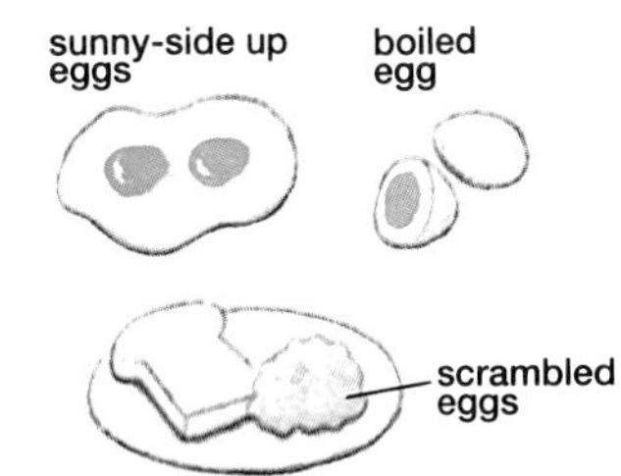


會話 How do you like your eggs? —Sunny-side up, please. 您要甚麼樣的蛋? —煎單面的.

**egg·plant** [ˋɛg͵plænt] 名 茄子.

**E·gypt** [ˋidʒəpt] 專有名詞 埃及. ➜非洲東北部國家；首都開羅(Cairo)；通用語爲阿拉伯語.

**E·gyp·tian** [ɪˋdʒɪpʃən] 形 埃及的，埃及人的.
—名 埃及人.

**Eif·fel Tow·er** [ˋaɪfl̩͵tauɚ] 專有名詞 (**the Eiffel Tower**)艾菲爾鐵塔. ➜ 巴黎塞納河畔的鐵塔(高約320m)，由 A. G. Eiffel 爲一八八九年的巴黎萬國博覽會設計，因此得名艾菲爾鐵塔，當時爲世界第一高塔.

| **eight** [e t] | ▶八(的)<br>▶八時<br>▶八歲(的) |
|---|---|

名 八；八時，八分；八人〔個〕；八歲. ➜用法請參見 three.
Lesson **Eight** 第八課(＝The **eighth** Lesson) ◁相關語
Open your books **to** page eight.

翻到書本第八頁.
School begins **at** eight. 學校八點開始上課.
It's eight minutes past eight now. 現在是八點八分.
—形 八的, 八人〔個〕的; 八歲的.
eight boys 八個男孩子
My youngest brother is eight (years old). 我最小的弟弟八歲.

E

**eight·een** [e`tin] ▶十八(的) ▶十八歲

名形 十八(的); 十八歲. ➡用法請參見 three.
eighteen girls 十八個女孩
a girl of eighteen 十八歲的女孩子
My sister May is eighteen (years old). 我的姊姊〔妹妹〕玫十八歲.

**eight·eenth** [e`tinθ] 名形 第十八(的); (一個月的)十八號. ➡略作 **18th**; 用法請參見 third.
the 18th century 十八世紀
on the 18th of May 在五月十八日

**eighth** [etθ] ▶第八(的) ▶第八天, 八號

名形 (複 **eighths** [etθs]) ❶ 第八(的); (一個月的)八號. ➡略作 **8th**; 用法請參見 third.
on **the** 8th of June=on June 8(th) 在六月八日
❷八分之一(的).
one eighth=an eighth part 八分之一
five eighths 八分之五

**eight·i·eth** [`etɪɪθ] 名形 第八十(的). ➡用法請參見 third.

**eight·y** [`etɪ] ▶八十(的) ▶八十歲

形 八十的; 八十歲. ➡用法請參見 three.
eighty cars 八十輛汽車
He is eighty (years old). 他八十歲.
—名 (複 **eighties** [`etɪz]) ❶ 八十; 八十歲.
**eighty-one, eighty-two,** ～ 八十一, 八十二, ～.
❷(**eighties**) (世紀的)八十年代, (年齡的)八十歲.
in the 1880s 〔1880's〕=in the eighteen eighties 在一八八〇年代
He created these masterpieces in his eighties. 他在八十多歲時創作了這些傑作.

**Ein·stein** [`aɪnstaɪn] 專有名詞 (**Albert Einstein**) 愛因斯坦. ➡德國出生的美國理論物理學家(1879-1955); 因發表「相對論」而改變了牛頓以來的物理學基礎理論.

**ei·ther** [`iðɚ] [`aɪðɚ] ▶二者之一的 ▶二者之一 ⊙意爲「兩者之中的任何一方(的)」, 但只能取其一

形 ❶二者之一的.
基本 Here are two apples. You may have **either** one (=apple), but not **both**. 這裡有兩個蘋果. 你可以任取一個, 而不是兩個. ◁相關語 ➡ either＋單數名詞.
❷《否定句》二者～都不～.
I don't know either twin. 我不認識雙胞胎中的任何一個. ➡兩者皆否定的說法; → both.
—代 ❶二者之一, 二者中任一.
I have two kittens. You may have either of them. 我有兩隻小貓, 你可以隨便拿一隻.
Bring me a pen or a pencil; either will do. 給我帶枝鋼筆或是鉛筆來. 兩種筆隨便哪一種都可以. ➡ do 表示「可以使用」.
❷《否定句》二者都不～. → neither.

I looked at two cars, but I didn't like either (of them). 我看了兩部車，可是都不中意.

—副《否定句》～也不. ➜肯定句使用 too 或 also.

會話 I don't like coffee. —I don't(,) either. 我不喜歡咖啡. —我也不喜歡. ➜ either 前可加(,)也可不加.

—連 (**either** A **or** B) ❶ A，B 二者間的任一方.

Either you are right or he is.= Either you or he is right. 不是你對就是他對. ➜ either＋句子＋or＋句子.

Either come in or go out. 你或是進來或是出去.

He is either drunk or mad. 他不是醉了，就是瘋了. ➜ either＋形容詞＋or＋形容詞.

❷《否定句》既不 A 也不 B.

He can't speak either French or German. 他既不會說法語，也不會說德語. ➜否定兩者的說法；→both.

**el·bow** [ˋɛlˏbo] 名 肘；(衣服的)肘部.

**eld·er** [ˋɛldɚ] 形 名 年長的(人). ➜ old 的比較級之一，主要表示兄弟姊妹關係中的年長者；「年幼的」爲 younger；但英語中常常不一一分淸長或幼，僅用 my brother〔sister〕表示.

my elder brother〔sister〕 我的哥哥〔姐姐〕 ➜在美國則用 my older brother.

會話 Which is the elder of you two? —John is my elder by two years. 你們倆誰年長? —約翰比我大兩歲.

**eld·er·ly** [ˋɛldɚlɪ] 形 年長的，年老的. ➜ old 的尊敬說法.

an elderly gentleman 年長的〔老〕紳士

a home for the elderly 養老院 ➜ the elderly＝people who are old.

**eld·est** [ˋɛldɪst] 形 最年長的. 反義字 youngest (最年幼的).

my eldest sister 我的大姊

**e·lect** [ɪˋlɛkt] 動 選舉，選擇.

We elected him chairman. 我們選他當議長. ➜表示職位的名詞(chairman)前，不加×*a*，×*the*.

He was elected mayor. 他當選爲市長.

They elected him **to** the Class Committee. 他們選他爲班級委員(會的會員).

**e·lec·tion** [ɪˋlɛkʃən] 名 選舉.

run for election 參加競選

**e·lec·tric** [ɪˋlɛktrɪk] 形 電氣的，電動的.

an electric light 電燈

an electric clock 電動鐘

This clock is electric. 這個鐘是電動的.

**eléctric cháir** (死刑用的)電椅.

**eléctric cúrrent** 電流.

**eléctric guitár** 電吉他.

**eléctric pówer** 電力.

**e·lec·tri·cal** [ɪˋlɛktrɪkl̩] 形 有關電方面的，使用電的.

an electrical engineer 電氣工程師

**e·lec·tri·cian** [ɪˏlɛkˋtrɪʃən] 名 電工.

**e·lec·tric·i·ty** [ɪˏlɛkˋtrɪsətɪ] 名 電氣，電.

**e·lec·tron** [ɪˋlɛktrɑn] 名 電子.

**e·lec·tron·ic** [ɪˏlɛkˋtrɑnɪk] 形 電子的，電子作用的.

**electrónic máil**＝E-mail(電子郵件).

**e·lec·tron·ics** [ɪˏlɛkˋtrɑnɪks] 名 複 電子學. ➜作單數使用.

**el·e·gant** [ˋɛləgənt] 形 優雅的，文雅的.

**el·e·ment** [ˋɛləmənt] 名 ❶ 要素；(學問的)基礎.

❷(化學的)元素.

**el·e·men·ta·ry** [ˏɛləˋmɛntərɪ] 形 基本的，基礎的，初步的.

E

**èleméntary schóol** 《美》小學(《英》primary school).

**el·e·phant** [ˋɛləfənt] 名 象. ➜象是美國共和黨的象徵; →donkey. 相關語 calf (小象), trunk (象鼻), ivory (象牙), tusk (長牙).

E

**el·e·va·tor** [ˋɛlə,vetɚ] ➜注意重音位置. 名 《美》電梯 (《英》lift).
**get into** 〔**out of**〕 an elevator 乘電梯〔出電梯〕
**take** an elevator to the tenth floor 乘電梯到十樓
I went up to the 10th floor **by** 〔**in** an〕 elevator. 我乘電梯上十樓.

| **e·lev·en** [ɪˋlɛvən] | ▶十一(的) ▶十一時 ▶十一歲 |
|---|---|

名 ❶十一; 十一時, 十一歲; 十一人〔個〕. ➜用法請參見 three.
eleven apples 十一個蘋果
I went to bed at eleven last night. 我昨晚十一點睡覺.
❷(足球、曲棍球、板球等)十一人的隊.
—形 十一的; 十一人的; 十一歲的.
I was only eleven then. 我當時只有十一歲.

| **e·lev·enth** [ɪˋlɛvənθ] | ▶第十一(的) ▶第十一日 |
|---|---|

名 形 第十一(的); (一個月的)十一號. ➜略作 **11th**; 用法請參見 third.
on the 11th of May = on May 11 在五月十一日

**elf** [ɛlf] 名 (複 **elves** [ɛlvz]) (童話等中的)小精靈. → fairy.

**E·liz·a·beth** [ɪˋlɪzəbəθ] 專有名詞
**Elizabeth I** (讀法: the First) 伊莉莎白一世. ➜英國女王(1533-1603); 該時期英國迅速發展.
**Elizabeth II** (讀法: the Second) 伊莉莎白二世. ➜現任英國女王(1926- ).

**El·lis Is·land** [,ɛlɪsˋaɪlənd] 專有名詞 埃利斯島. ➜紐約灣內的小島; 曾是移民入境美國的檢查站.

**elm** [ɛlm] 名 榆樹. ➜落葉植物, 有的高達三十公尺以上.

**else** [ɛls] 副 此外, 其他的. ➜置於疑問詞 what, who 或 anyone, something, nobody 等以 any-, some-, no- 起始的單字之後時, 作形容詞用; else 不可與複數名詞連用.
**what** 〔**who**〕 else 此外還有甚麼〔有誰〕
**something** else 其他甚麼東西
會話 Did you buy anything else? —I bought nothing else. 你還買了些甚麼? —甚麼也沒買.
This is not my book; it is someone else's (book). 這不是我的書, 是別人的.

idiom

***or élse*** 否則.
Hurry up, or else you'll miss the bus. 快! 否則趕不上巴士了.

**else·where** [ˋɛls,hwɛr] 副 在別處, 到別處.

**elves** [ɛlvz] 名 elf 的複數.

**E-mail** [ˋi,mel] 名 電子郵件. ➜利用電腦網路傳達的信件.

**em·bar·rass** [ɪmˋbærəs] 動 使困窘; 使侷促不安; 使尷尬; (**be embarrassed**) 困窘.
The teacher's praise embarrassed me. 老師的稱讚使我難爲情.
I was very embarrassed when she asked me if I really liked her. 當她問我是不是眞的喜歡她時, 我覺得很不好意思.

**em·bas·sy** [ˋɛmbəsɪ] 名 (複 **embassies** [ˋɛmbəsɪz]) 大使館. 相關語 ambassador (大使).
the British Embassy **in** Paris 駐巴黎的英國大使館

**em·brace** [ɪmˋbres] 動 擁抱; 抱緊.

embrace a child　抱緊小孩
—名 擁抱.

**em·er·ald** [ˋɛmərəld] 名 形 祖母綠(的); 翠綠色(的). ➜祖母綠爲有鮮明綠色色澤的寶石.

**e·mer·gen·cy** [ɪˋmɝdʒənsɪ] 名 (複 **emergencies** [ɪˋmɝdʒənsɪz]) 緊急事件, 緊急情況.
**in** an emergency = in case of emergency　在緊急時
an emergency exit　緊急出口

**em·i·grant** [ˋɛməgrənt] 名 (往他國)移民, 移居者. → immigrant.

**em·i·grate** [ˋɛmə͵gret] 動 移居(他國). → immigrate.

**em·i·gra·tion** [͵ɛməˋgreʃən] 名 (往他國的)移居, 移民. →immigration.

**em·i·nent** [ˋɛmənənt] 形 著名的, 卓越的.

**e·mo·tion** [ɪˋmoʃən] 名 (愛情、憎惡、憤怒等強烈的)感情, (一時的)激情; 激動.

**e·mo·tion·al** [ɪˋmoʃən!] 形 ❶(演說等)令人感動的, 訴諸情感的. ❷感情易激動的.

**em·per·or** [ˋɛmpərɚ] 名 皇帝, 帝王.

**em·pha·sis** [ˋɛmfəsɪs] 名 強調, 重點.
**put** 〔**lay, place**〕 emphasis **on** ～　強調～, 著重於～

**em·pha·size** [ˋɛmfə͵saɪz] 動 強調.

**em·pire** [ˋɛmpaɪr] 名 帝國. ➜由皇帝(emperor)統治的國家.
the Roman Empire　羅馬帝國
**the Émpire Státe Buìlding**　紐約帝國大厦. ➜紐約市內高達一百零二層的大厦; Empire State 爲紐約州的別名.

**em·ploy** [ɪmˋplɔɪ] 動 雇用.
She was employed as the president's secretary.　她受雇爲總經理祕書.

**em·ploy·ee** [ɪmˋplɔɪ·i, ͵ɛmplɔɪˋi] ➜注意重音位置. 名 雇員, 雇工, 職員.

**em·ploy·er** [ɪmˋplɔɪɚ] 名 雇主. → employee.

**em·ploy·ment** [ɪmˋplɔɪmənt] 名 ❶雇用. ❷職業, 工作.
idiom
(*be*) ***òut of emplóyment***　失業.

**em·press** [ˋɛmprɪs] 名 女皇, 皇后.
相關語 emperor(皇帝).

**emp·ty** [ˋɛmptɪ] 形 空的; 沒有任何人的. 反義字 full(滿的).
an empty box　空箱子
an empty house　空房子
an empty taxi　無乘客的空計程車
The birds' nest was empty.　這鳥巢是空的.
I found the refrigerator empty.　我發現冰箱是空的.

—名 (複 **empties** [ˋɛmptɪz]) 空的容器.
We threw out the empties.　我們丟掉了空的容器.
—動 使空, 騰空; 變空. 反義字 fill(盛滿).
He picks up an ashtray and **empties** it into an wastebasket.　他拿起菸灰缸將裏面的東西倒進垃圾桶. ➜ empties [ˋɛmptɪz] 爲第三人稱單數現在式.
◆ **emptied** [ˋɛmptɪd] 過去式、過去分詞.

They said, "Cheers!" and emptied their glasses. 他們說:「乾杯!」然後一飲而盡.

**en·a·ble** [ɪnˋebḷ] 動 (**enable** O **to** do) 使 O 能夠~.
The scholarship enabled Ken to go to college. 獎學金使肯能夠上大學.

**en·close** [ɪnˋkloz] 動 一起封入, 附寄.
I enclose 〔I'm enclosing〕 my photo **with** this letter. 隨信附上我的照片.

**en·core** [ˋɑŋkɔr] 感 (音樂會、演奏會中)安可! 再一次!
—名 安可曲.

**en·cour·age** [ɪnˋkɝɪdʒ] 動 鼓勵, 激勵, 鼓舞.

**en·cour·age·ment** [ɪnˋkɝɪdʒmənt] 名 鼓勵, 支持; 有激勵作用之物.

**en·cour·ag·ing** [ɪnˋkɝɪdʒɪŋ] 形 鼓勵的, 激勵的.

**en·cy·clo·p(a)e·di·a** [ɪn͵saɪkləˋpidɪə] 名 百科全書.

**end** [ɛnd] 名 ❶端, 末梢.
the end of a rope 繩索的一端
the end of a road 道路盡頭
stand at the end of the line 排在隊尾
the ends of a stick 棒的兩端
❷終點, 最後. 反義字 beginning (開始).
at the end of this week 本週末
near the end of June 接近六月底
Don't tell me the end of the mystery. 別告訴我這部推理小說的結局.
He signed his name at the end of his letter. 他在信尾簽上名字.
❸(最終的)目的.
a means to an end 爲達目的的手段

idiom

***be at an énd*** 結束.
My summer vacation is at an end. 我的暑假結束了.
***brìng ~ to an énd*** 使~結束.
They tried to bring the war to an end. 他們企圖結束這場戰爭.
***còme to an énd*** 結束, 完畢.
The long war came to an end at last. 漫長的戰爭終於結束了.
***from ènd to énd*** 從一端到另一端.
***in the énd*** 最終, 終於.
***make (both) ends meet*** 使收支相抵, 量入爲出.
***on énd*** 直立着; 繼續地.
The cat's fur stood on end. 貓的毛倒豎起來.
It snowed for days on end. 雪一連下了好幾天.
***pùt an énd to ~*** 使~結束, 停止~.
***to the énd*** 直到最後.
—動 結束, 終止.
The story ends happily. 這故事結局圓滿.
The small car boom is ending. 小型車熱潮漸趨結束.

idiom

***énd in ~*** 結束於~, 以~收場.
end in failure 以失敗告終
The ball game ended in a draw. 這場棒球賽以和局結束.
***énd úp*** 最後以~結束.
The criminal ended up in prison. 這犯人最後進了監獄.
***énd with ~*** 以~結束.
The meeting ended with his speech. 會議以他的演講作結束.

**en·dan·ger** [ɪnˋdendʒɚ] 動 危害, 使陷入險境.
endangered animals 瀕臨滅絕的動物

**en·deav·o(u)r** [ɪnˋdɛvɚ] 名 努力.
—動 努力, 盡力.

**end·ing** [ˋɛndɪŋ] 名 (故事、電影等的)結果, 結局.

a story with a happy ending 結局美滿的故事

**end·less** [ˋɛndlɪs] 形 無窮盡的，永不休止的；(帶子等)環狀的.

**en·dur·ance** [ɪnˋdjʊrəns] 名 忍耐(力)；持久(力).

**en·dure** [ɪnˋdjʊr] 動 忍耐，忍受.

**en·e·my** [ˋɛnəmɪ] 名 (複 **enemies** [ˋɛnəmɪz]) 敵人；(**the enemy**)敵兵，敵軍.

an enemy **to** mankind 人類的敵人

The enemy was 〔were〕 defeated. 敵軍被擊退. ➔表「敵軍」之意時可作單數亦可作複數.

Love your enemies. 愛你們的敵人吧!

He has many **enemies** and few **friends**. 他有許多敵人但幾乎沒有朋友. ◁反義字

**en·er·get·ic** [͵ɛnɚˋdʒɛtɪk] 形 精力充沛的，充滿活力的.

**en·er·gy** [ˋɛnɚdʒɪ] 名 (複 **energies** [ˋɛnɚdʒɪz]) 精力，活力；能量.

work **with** energy 精力充沛地工作

They put all their energies into helping orphans. 他們在救濟孤兒的工作上傾注了全部心血.

**en·gage** [ɪnˋgedʒ] 動 ❶ 雇用(hire)(臨時的專門人才).

❷ (**be engaged**)訂婚.

Henry and May are engaged. 亨利和玫訂了婚.

Henry is engaged **to** May. 亨利和玫訂了婚.

❸ (**be engaged**)忙於；《英》(電話線等)佔線.

I'm afraid Mr. Smith can't see you; he is engaged just now. 對不起，史密斯先生現在很忙，恐怕不能見你.

I called you last night, but the line was engaged. 我昨晚打電話給你，但電話正好佔線.

**en·gage·ment** [ɪnˋgedʒmənt] 名 婚約.

**engágement rìng** 訂婚戒指.

**en·gine** [ˋɛndʒən] 名 ❶引擎，機器.

start an engine 發動引擎

❷火車頭(locomotive).

**éngine drìver** 《英》火車司機(《美》engineer).

❸消防車. ➔亦作 **fire engine**.

**en·gi·neer** [͵ɛndʒəˋnɪr] ➔注意重音位置. 名 ❶工程師. ❷《美》火車司機(《英》engine driver).

**en·gi·neer·ing** [͵ɛndʒəˋnɪrɪŋ] 名 工程學.

civil engineering 土木工程學

**Eng·land** [ˋɪŋglənd] 專有名詞 ❶英格蘭. ➔大不列顛島(Great Britain)南部的地名；注意，僅表示英國的一個地名，不是指全英國. ❷英國. ➔首都倫敦(London).

> 參考 ❶ 的英格蘭地區是英國的政治、經濟中心，因此外國人常用 England 代表整個英國；但因蘇格蘭、威爾斯、北愛爾蘭地區的居民不喜歡該用法，而且容易產生混淆，所以最好盡量避免使用.「英國」通常用 **(Great) Britain** 或 **the United Kingdom** 表示；正式稱呼是 the United Kingdom of Great Britain and Northern Ireland.

| **Eng·lish** [ˋɪŋglɪʃ] | ▶英語，英語的<br>▶英格蘭(人)的<br>▶英國(人)的 |
|---|---|

名 ❶英語.

speak English 說英語 ➔不用 ×*an* English.

write a letter **in** English 用英文寫信

He is good **at** English. 他英語很好.

He is a teacher of English. 他是英語老師.

會話 What is **the** English for 咖哩飯? —It's "curry and rice." 「咖哩飯」的英語怎麼說? —是 curry and rice.

E

❷(**the English**) (全體)**英格蘭人**; (全體)英國人. ➡表示「(一個)英格蘭人〔英國人〕」用 an Englishman, an Englishwoman; 表示「(全體)英國人」時用 the British 較好; → England ❶

—形 ❶**英語的.**

an English textbook 英文教科書

English grammar 英文文法

the English language 英語 ➡較 English 生硬的說法.

He is our Énglish tèacher. 他是我們的英語老師. ➡若發音爲 Énglish tèacher 則指「英國籍的老師」.

❷**英格蘭的; 英格蘭人的.** ➡表示「英國南部的英格蘭地方〔人〕」; → England ❶

My father is **English**, but my mother is Scottish; they are both **British**. 我父親是英格蘭人, 而母親是蘇格蘭人; 兩人都是英國人. ◁相關語

❸**英國的; 英國人的.**

> 參考 English 因含有❷「英格蘭人的」之意, 所以蘇格蘭、威爾斯、北愛爾蘭人並不喜歡用 English 代表全體英國人. 所以在表示「英國人的」時, 最好使用 British.

an English gentleman 英國紳士

English people 英國人, 英國公民 ➡最好使用 British people, the British.

His mother is English, and his father is Chinese. 他母親是英國人, 父親是中國人.

**Énglish bréakfast** 英國式早餐. ➡比起其他歐洲國家, 英國式早餐量較多, 除紅茶〔咖啡〕和烤麵包外, 還有火腿煎蛋、香腸、玉米片及炒香菇和番茄等.

**the Énglish Chánnel** 英吉利海峽, 英法海峽, 英倫海峽.

## Eng·lish·man

[ˋɪŋglɪʃmən] 名 (複 **Englishmen** [ˋɪŋglɪʃmən])

❶**英格蘭人.**

❷**英國人(男性),** 英國人. → English 名 ❷

## Eng·lish-speak·ing

[ˋɪŋglɪʃˋspikɪŋ] 形 說英語的.

English-speaking peoples 以英語爲母語的各國人

## Eng·lish·wom·an

[ˋɪŋglɪʃ͵wumən] 名 (複 **Englishwomen** [ˋɪŋglɪʃ͵wɪmɪn])

❶**英格蘭婦女.**

❷**英國女性,** 英國婦女. → English 名 ❷

## en·joy

[ɪnˋdʒɔɪ]

▶享受
⊙廣泛地使用於做某事會令自己快樂的情況

動 ❶**享受〜的樂趣, 感到快樂.**

enjoy a drive 享受駕車兜風的樂趣, 駕車兜風感到快樂, 喜歡駕車兜風

enjoy music 欣賞音樂

enjoy a game 玩遊戲

enjoy dinner 享受晚餐

He **enjoys** (playing) tennis after school. 他放學後喜歡打網球. ➡enjoys [ɪnˋdʒɔɪz] 爲第三人稱單數現在式; 不用 ×enjoys *to play* tennis.

◆ **enjoyed** [ɪnˋdʒɔɪd] 過去式、過去分詞.

We enjoyed a visit to the seaside. 我們去海邊玩得非常愉快.

會話 Did you enjoy your trip? —Yes, I enjoyed it very much. 旅行愉快嗎? —嗯, 非常愉快. ➡勿遺漏 it; enjoy 一定要接受詞.

◆ **enjoying** [ɪn`dʒɔɪɪŋ] 現在分詞、動名詞.
Ben is enjoying his stay in Japan. 班在日本玩得正愉快.
❷享有(好的事物、狀態).
The old lady still enjoys good health. 那位老婦人仍然享有身體健康之福.

idiom

***enjóy onesèlf*** 過得愉快, 享樂.
會話 How did you enjoy yourself at the party? —I enjoyed myself very much. 聚會愉快嗎? —非常愉快.

**en·joy·a·ble** [ɪn`dʒɔɪəbl̩] 形 (宴會等)令人快樂的, 令人愉快的.

**en·joy·ment** [ɪn`dʒɔɪmənt] 名 樂趣, 享樂.

**en·large** [ɪn`lɑrdʒ] 動 放大(相片).

**e·nor·mous** [ɪ`nɔrməs] 形 巨大的 (huge), 極大的.

| **e·nough** [ə`nʌf] [ɪ`nʌf] | ▶足夠(的) ⊙表示可以滿足需要的「足夠(的)」, 並無「很多(的)」的意思 |
|---|---|

形 **足夠的, 充分的**(能滿足需要的), 恰如其分的(量).
基本 enough chairs **for** ten people 夠十個人坐的椅子 →即十把椅子; enough＋複數名詞.
基本 enough food for ten people 夠十人吃的食物 → enough＋不可數名詞.
The book costs 100 dollars, but I have only 80 dollars. I don't have enough money for 〔**to** buy〕 the book. 那本書一百美元, 可是我只帶了八十美元, 我帶的錢還不夠買書. → enough *A* to *do* 表示「足夠～的A」.
基本 Ten dollars will be enough. 十美元就足夠了. → be動詞＋enough 〈C〉.

—副 **足夠地, 充分地,** 恰好地.
基本 This cap is big enough **for** me. 這頂帽子對我大小正好. →形容詞＋enough.
He was kind enough **to** give me a ride in his car. 他很客氣地讓我搭他的便車.
基本 Ken didn't work hard enough and he failed the exam. 肯因不夠努力, 考試失敗了. →副詞＋enough.
I can't thank you enough. 我眞不知怎麼謝你才好.

—名 **足夠, 充分,** 數量恰好.
There are ten people. Count the chairs. Are there enough? 這兒有十個人. 數一下椅子有幾把, 夠不夠?
會話 Won't you have some more salad? —I've had enough, thank you. 再來點兒沙拉如何? —謝謝, 夠了.

**en·ter** [`ɛntɚ] 動 ❶ **進入**(室內等). →名詞爲 entrance.
enter a room 進屋 →不用×enter *into* a room; →idiom
Please enter the house **through** 〔**by**〕 the back door. 請從後門進屋.
"Come in," he said and I entered. 他說:「請進」, 於是我就進去了.
❷(使)進入(學校等); (讓)參加(比賽等). →名詞爲 entry.
enter (a) school 入學
enter the hospital 住院
enter a contest 參加比賽 相關語 「參加」club 等用 join.
enter *one's* dog in a contest 讓狗參加比賽
He entered **for** the marathon. 他報名參加馬拉松比賽.
❸登記, 記入. →名詞爲 entry.
Please enter your name in this visitor's book. 請將您的姓名登記在這本訪客名册上.

idiom

***énter ìnto ～*** 開始～. →此片語僅

用於「議論」「交談」等抽象名詞之前；具體名詞前只用 enter；→❶
He entered into conversation with Mr. Wood. 他開始和伍德先生交談.

**en·ter·prise** [ˋɛntɚˏpraɪz] 名 ❶(大膽的)企畫，事業；企業. ❷主動進取的精神，冒險心.

E

**en·ter·tain** [ˏɛntɚˋten] 動 款待，請客，招待；使快樂.

**en·ter·tain·er** [ˏɛntɚˋtenɚ] 名 (職業)藝人，娛樂節目表演者.

**en·ter·tain·ment** [ˏɛntɚˋtenmənt] 名 ❶娛樂，遊藝，餘興節目. ❷樂趣，消遣. ❸招待，款待.

**en·tire** [ɪnˋtaɪr] 形 ❶全體的，全部的.
The entire class was against the plan. 全班同學一致反對那項計畫.
❷完整無缺的，完全的，無損傷的.

**en·tire·ly** [ɪnˋtaɪrlɪ] 副 完全地，全然.

**en·ti·tle** [ɪnˋtaɪtl̩] 動 給予～權利，授予資格.
This ticket entitles you **to** a free lunch. 憑此券你可以享用一頓免費午餐.
We are entitled **to** take books from our school library. 我們有資格從學校圖書館借書.

**en·trance** [ˋɛntrəns] 名 ❶進入，入場；入學. ➜動詞爲 enter.
an entrance examination 入學考試
the entrance ceremony 開學典禮
告示 No entrance. 禁止入場〔進入〕.
The baseball fans cheered the entrance of their team. 棒球迷們爲他們(所支持)的球隊入場而歡呼.

**éntrance fèe** 入場費，入會費；入學費.

❷入口(way in). 反義字 exit(出口).
at the entrance **to** 〔**of**〕 the zoo 在動物園的入口處

**en·try** [ˋɛntrɪ] 名 (複 **entries** [ˋɛntrɪz]) ❶進入；入場；入會；入境.
an entry visa 入境簽證
❷入口. ❸(比賽等的)參加(者)；(帳簿等的)登記(條目，事項)；(辭典的)詞條. ➜亦作 **entry word**.

**en·ve·lope** [ˋɛnvəˏlop] 名 信封.
put a stamp **on** an envelope 在信封上貼郵票

**en·vi·ous** [ˋɛnvɪəs] 形 羨慕的；嫉妒的，嫉妒心重的.
They are envious of her good looks. 她們羨慕她的美貌.

**en·vi·ron·ment** [ɪnˋvaɪrənmənt] 名 環境. ➜既指家庭、社會環境，也指自然環境.

**en·vi·ron·men·tal** [ɪnˏvaɪrənˋmɛntl̩] 形 環境的.
environmental problems 環境問題
environmental pollution 環境污染

**en·vy** [ˋɛnvɪ] 動 羨慕，嫉妒.
I envy you. 我羨慕你.
He **envies** his friend's success. 他羨慕朋友的成功. ➜ envies [ˋɛnvɪz] 爲第三人稱單數現在式；不用 ×*is envying*.

◆**envied** [ˋɛnvɪd] 過去式、過去分詞.
He envied (me) my new camera. 他很羨慕我的新照相機.
—名 羨慕，嫉妒(jealousy)；羨慕的對象.

**ep·i·sode** [ˋɛpəˏsod] 名 插曲；(連載小說、電視連續劇等的)一集，一回.
the second episode of the television series 那部電視連續劇的第二集

**ep·och** [ˋɛpək] 名 劃時代(era)；新時代.

**ep·och·mak·ing** [ˋɛpəkˏmekɪŋ] 形 劃時代的.

**e·qual** [ˋikwəl] 形 ❶相等的；平等的.
She divided the cake into six equal parts. 她把蛋糕分成六等分.

They are equal in height. 他們倆一樣高.
One mile **is equal to** 1.6 km. (讀法: one point six kilometers) 一英里等於一點六公里.
All men are created equal. 人生而平等.
❷ (**be equal to** ~) 有~的力量的, 有~能耐的; 與~相匹敵的.
He is not equal to this work. 他沒有能力擔任此項工作.
— 動 等於~; 匹敵~, 比得上~.
Two and two equal(s) four. 二加二等於四 (2+2=4).
No man equal(l)ed him in ability. 沒有人的能力可與他匹敵. ➡《英》拼作 equalled.
— 名 對手, 相匹敵的人.
He has no equal in cooking. 烹飪方面誰也不如他.

**e·qual·ly** [ˋikwəlɪ] 副 同樣地, 相等地.

**e·qua·tor** [ɪˋkwetɚ] 名 (**the equator**) 赤道.

**e·qui·nox** [ˋikwə͵nɑks] 名 晝夜平分時.
the spring〔autumn〕equinox 春分〔秋分〕

**e·quip** [ɪˋkwɪp] 動 裝備, 預備.
◆ **equipped** [ɪˋkwɪpt] 過去式、過去分詞.
They equipped their yacht for a long voyage. 他們將遊艇裝備好以便遠航.
◆ **equipping** [ɪˋkwɪpɪŋ] 現在分詞、動名詞.

**e·quip·ment** [ɪˋkwɪpmənt] 名 ❶《集合》裝備品, 設備品, 用具.
camping equipment 野營用具
❷ 裝備, 設備.

**er** [ə] 感 嗯, 那個. ➡說話猶豫時等所發的聲音.

**e·ra** [ˋirə, ˋɪrə] 名 時代. ➡具有特殊事件或特點的時代.
the Meiji era 明治時代
a new era of space travel 太空旅行的新時代

**e·rase** [ɪˋres] 動 擦掉, 消掉, 洗掉 (錄音帶).
erase misspelt words 擦掉拼錯的字
erase (a picture from) a blackboard 擦(去)黑板(上的畫)

**e·ras·er** [ɪˋresɚ] 名 板擦; 《美》橡皮擦 (《英》rubber).

**e·rect** [ɪˋrɛkt] 形 直立的, 筆直的.
stand erect 直立

**E·rie** [ˋɪrɪ] 專有名詞 (**Lake Erie**) 伊利湖. ➡北美五大湖之一; → lake.

**err** [ɜ] 動 犯錯, 做錯. ➡名詞爲error.

**er·rand** [ˋɛrənd] 名 差使; 差事.
**run**〔**do**〕an errand 跑腿
**go** (**on**) an errand for *one's* mother 爲媽媽辦事
He sent Roy **on** an errand. 他差遣羅伊去辦事.

**er·ror** [ˋɛrɚ] 名 ❶差錯, 錯誤. ➡動詞爲 err.
a spelling error = an error in〔of〕spelling 拼寫錯誤
**make** an error 犯錯
correct errors 改錯
❷ (棒球的) 失誤.

**e·rupt** [ɪˋrʌpt] 動 (火山) 爆發, 噴火.

**es·ca·la·tor** [ˋɛskə͵letɚ] ➡注意重音位置. 名 自動扶梯.
go up to the fifth floor **on** an〔**by**〕escalator 乘自動扶梯上五樓
會話 Where can I find the book section? —**Take** the escalator to the fifth floor. 圖書部在哪裡? —請搭自動扶梯上五樓.

**es·cape** [əˋskep] 動 ❶逃, 逃脫.
The bird escaped **from** the cage. 那隻鳥從籠子裡逃走了.
❷ (從災難等中) 逃脫, 免除.

No one can escape death. 誰都不免一死.
❸(瓦斯等)漏出; (嘆息聲等不自禁地)從～發出.
A cry escaped her lips. 她不禁叫了一聲.
—名 ❶逃, 逃亡, 逃脫(手段), 逃生門.
an escape from the prison 越獄
**make** *one's* escape 逃脫
a fire escape 逃生梯
❷(瓦斯等)漏出.

**Es·ki·mo** [ˋɛskə͵mo] 名 (複 **Eskimo** *or* **Eskimos** [ˋɛskə͵moz]) ❶愛斯基摩人.

> 參考 北美印第安人對居住在比他們更北地方的印第安人的稱呼, 意思是「食生肉者」; 而今較常稱其為 Inuit (伊奴伊特人).

❷愛斯基摩語.

**es·pe·cial·ly** [əˋspɛʃəlɪ] 副 特別地.

**Es·pe·ran·to** [͵ɛspəˋrænto] 名 世界語. ➜以歐洲各種語言為基礎所創造的人造國際語言; Esperanto 的意思是「希望者」(one who hopes); → Zamenhof.

**es·say** [ˋɛse] 名 隨筆, 小品文; 短文, (學校的)作文, 心得.
Write an essay about friendship. 寫一篇關於友情的文章.

**es·say·ist** [ˋɛseɪst] 名 隨筆作家, 散文家.

**es·sence** [ˋɛsn̩s] 名 ❶本質, 根本. ❷(從植物等中提煉的)精髓, 精華.

**es·sen·tial** [əˋsɛnʃəl] 形 本質的; 必要的, 不可缺少的.
Water is essential **to** 〔**for**〕 life. 水對於生命來說是不可或缺的.
—名 要素; (常用 **essentials**) 要點.

**es·tab·lish** [əˋstæblɪʃ] 動 ❶設立, 創立; 制定(法律等). ❷確立(名聲、習慣、制度等).

**es·tab·lish·ment** [əˋstæblɪʃmənt] 名 ❶設立, 創立.
❷(學校、醫院、工廠、公司、商店、軍隊、家庭等)被設立〔建設〕之物; 設施.
❸(**the Establishment**) (既有)體制, 當權派, 權力機構.

**es·tate** [əˋstet] 名 ❶財產.
real estate 不動產
❷(鄉間的私人巨大)住宅, 地產.

**es·ti·mate** [ˋɛstə͵met] 動 估計, 推算(數目) (guess).
estimate the cost at $100 估計需一百美元的費用
—[ˋɛstəmɪt] 名 估計; 評定. ➜注意發音與動詞不同.

**ET** 《略》= **extraterrestrial** (地球之外的生命體).

**etc.** 《略》等等, 及其他. ➜拉丁語 et cetera 的縮寫, 通常讀作 and so forth 〔on〕.

**e·ter·nal** [ɪˋtɝnl̩] 形 ❶永遠的, 永久的. ❷《口》不斷的.

**E·thi·o·pi·a** [͵iθɪˋopɪə] 專有名詞 衣索比亞. ➜北臨紅海的非洲東北部共和國; 首都阿迪斯阿貝巴; 通用語言為阿姆哈拉語.

**eth·nic** [ˋɛθnɪk] 形 民族的, (風俗習慣、服裝、食物等)民族特有的.
an ethnic group 民族團體
an ethnic dress 民族服裝
ethnic food 民族風味的食物

**et·i·quette** [ˋɛtɪ͵kɛt] 名 禮節, 禮儀, 規矩.

**eu·ca·lyp·tus** [͵jukəˋlɪptəs] 名 油加利樹. ➜原產於澳洲的常綠喬木; 其葉為 koala (無尾熊)最喜歡的食物.

**Eu·rope** [ˋjʊrəp] 專有名詞 歐洲.

**Eu·ro·pe·an** [͵jʊrəˋpiən] 形 歐洲的, 歐洲人的.
European countries 歐洲各國
—名 歐洲人.

I think she is a European, but I don't know what country she is from. 我想她是歐洲人，但不知是哪國人.

**eve, Eve**[1] [iv] 名 (節日的)前夜；前一天.

**Chrístmas Éve** 聖誕節前夕，十二月二十四日(晚上).

**Néw Yèar's Éve** 除夕，十二月三十一日(晚上).

**Eve**[2] [iv] 專有名詞 《聖經》夏娃. ➜上帝於伊甸園中創造的第一個女人；→ Adam, Eden.

**e·ven** [`ivən] 副 ❶(even ～)即使～，甚至～，連～.

even now 即使現在

even in March 即使在三月裡

It is very easy. Even a child can do it. 這很簡單，連小孩也會做. ➜ even 亦可修飾名詞、代名詞.

I never even heard his name. 我甚至從未聽說過他的姓名.

❷更加，愈加(still). ➜強調比較級.

This tree is tall, but that one is even taller. 這棵樹很高，但那棵樹更高.

idiom

***èven if*** ～ 即使～.

Even if he is busy, he will come. 即使他很忙也會來的.

***èven só*** 雖然如此，即使這樣.

***èven thóugh*** ～ ①雖然～. ➜even 加強though的意義. ②=even if ～.

—形 ❶平坦的；平滑的；等高的. ❷相同的，相等的；對等的. ❸偶數的. 反義字 odd(奇數的).

an even number 偶數

| **eve·ning** [`iv nɪ ŋ ] | ▶傍晚，晚間 ⊙通常指日落前後到睡覺時間，比國語的「傍晚」涵蓋時間更長 |
|---|---|

名 傍晚，晚間. 相關語 morning(早上，上午)，afternoon(下午)；→ afternoon.

this evening 今晚

tomorrow 〔last〕 evening 明晚〔昨晚〕

**in** the evening 在晚上

**on** Sunday evening 在星期天的傍晚

on the evening of July 9 (讀法：the ninth) 在七月九日晚上

I've had a pleasant evening. 我過了一個愉快的夜晚.

One rainy evening he was driving a car. 某個下雨的夜晚，他正駕著車.

**évening drèss** 晚禮服. ➜男子的燕尾服；婦女的晚禮服.

**évening pàper** 晚報. ➜在英美等國經常有晚報和日報由不同的報社發行的情況；→ edition.

**the évening stár** 金星. → star.

***Gòod évening!*** 晚安！再見！

**e·vent** [ɪ`vɛnt] 名 ❶(重要)事件；行事，活動.

a school event 學校的活動

Birth, marriage, and death are the most important events in our life. 出生、結婚和死亡是我們一生中最重要的事件.

❷(比賽的)項目.

field events 田賽項目

| **ev·er** [`ɛv ɚ] | ▶至今，曾經 ▶無論何時 |
|---|---|

副 ❶《疑問句》至今，曾經；(以後)無論何時. ➜「連一次也～?」之意.

**Have you ever** seen a falling star? 你曾經見過流星嗎? ➜現在完成式.

會話 Have you ever been to Britain? —Yes, I have. /No, never. 你去過英國嗎? —是的，去過. /沒有，從來沒去過. ➜不用×Yes, I have *ever*.；肯定的回答也可用 Yes, (I have) once.

Will he ever come back? 他會回來

E

嗎?

❷《否定句》從來(未～)，全然(未～).
➡「連一次都沒有過〔不會發生〕」的意思.

No one ever saw such a thing. 誰也沒見過這種東西.

Nothing ever happens in this old village. 這古老的村莊裡從未發生過甚麼事情.

They don't want us ever to go back. 他們一點也不希望我們回去.(=They never want us to go back.)

❸《條件句》(以後)無論何時. ➡「即使有一次〔萬一〕～的話」之意.

If you are ever in Taiwan, come and see me. 你若是來臺灣，請務必來看我.

❹《與比較級或最高級連用》至今.

This is the nicest present (that) I've ever had. 這是我所收到過最好的禮物.

❺始終，總是.

ever since 〔after〕 以後一直

They lived happily ever after. 他們從此以後幸福地生活著.

I have known the boy ever since he was a baby. 從那男孩還是嬰兒時起我就認識他. ➡現在完成式.

❻《用於疑問詞之後以增強語氣》究竟.

What ever are you doing here? 你究竟在這裡做甚麼?

idiom

***as ～ as éver*** 仍然～，依舊～.

She is as beautiful as ever. 她美麗如昔.

***Èver yóurs*** = ***Yòurs éver*** 「你永遠的朋友」的意思，用於寫給親密朋友信件的結尾，下方再寫上自己的名字.

***for éver*** 永久地，永遠地. ➡美國常用 **forever**.

***～ than éver*** 比以往任何時候～.

He worked harder than ever. 他比以往(任何時候都)更努力地工作.

**Ev·er·est** [ˋɛvrɪst] 專有名詞 (**Mt. Everest**) 埃佛勒斯峯. ➡世界最高峯(8,848 m)，位於喜馬拉雅山脈.

**ev·ery** [ˋɛv r ɪ]

▶所有的
⊙將產生的各個想法全部概括而言

形 ❶所有的，全部的. → each 形 的最後例句.

基本 Every pupil in the class is present. 班上所有同學都出席了. ➡ every＋單數名詞；不用×Every pupil*s* in the class *are* ～.

I know every word on this page. 我認識這一頁上所有的單字.

Every pupil was asked one question. 每個學生都被問了一個問題.

**Every** girl has to stay in bed; **all** the girls have colds. 每個女孩都必須躺在床上；所有的女孩子都感冒了.

◁相關語

❷每～.

every day 每日 ➡ everyday 爲形容詞「每天的」.

every morning 〔night〕 每個早晨〔晚上〕

every Sunday 每星期天

every week 〔year〕 每週〔年〕

almost every day 幾乎每天 ➡不用×almost *each* day.

every ten days＝every tenth day 每十天 ➡ ten days 當作一個單位.

once every few years 每幾年一次

The Olympic Games are held every four years. 奧運會每四年舉行一次. ➡被動語態.

❸《否定句》並非所有～都～. ➡部分否定.
Not every bird can sing. 並非所有的鳥都會唱歌.
He does not come here every day. 他並不是每天都來這裡.

idiom

***èvery nów and thén*** 有時，偶爾 (sometimes).
***èvery óther* 〔*sécond*〕～** 每隔一～.
every other day 每隔一天
***èvery tíme* ～** 《用法同連接詞》每當～.
Every time I went to his house, he was not at home. 每次我去他家他都不在.

**ev·ery·bod·y** [ˋɛvrɪˏbɑdɪ] 代 **每個人，人人**(everyone). ➡作單數使用；→ everyone.
Everybody loves music. 每個人都喜愛音樂.
Good morning, everybody. 大家早.
諺語 Everybody's business is nobody's business. 衆人之事無人管.
I don't know everybody in this school. 我並不認識這學校所有的人. ➡部分否定；→ every ❸

**ev·ery·day** [ˋɛvrɪˋde] 形 **每日的；日常的.** ➡ every day 是副詞片語，意謂「每天」.
everyday life 日常生活
*one's* everyday clothes 便服

**ev·ery·one** [ˋɛvrɪˏwʌn]
▶每個人
⊙強調 every 時寫成 **every one** 兩個字

代 **每個人，大家**(everybody). ➡作單數使用；→ everybody.
Hello, everyone. 大家好!
Everyone is ready. 每個人都準備好了. ➡不用ˣEveryone *are* ～.
I don't know everyone in this school. 我並不認識這學校所有的人. ➡部分否定；→ every ❸

**ev·ery·thing** [ˋɛvrɪˏθɪŋ]
▶一切事物
⊙將產生的各個想法全部概括而言

代 **一切事物，所有事物，萬事.** ➡作單數使用.
Everything is ready. 一切都準備好了. ➡不用ˣEverything *are* ～.
Jimmy knows everything about cars. 吉米知道所有關於汽車的事.
Thanks for everything. 感謝一切.
How is everything? 一切都好嗎?
You cannot buy everything with money; money isn't everything. 不是任何東西都能用錢買到的，金錢並非一切. → every ❸
You are everything to me. 你是我的一切.

**ev·ery·where** [ˋɛvrɪˏhwɛr] 副 **各處，到處.**
everywhere in the world 世界各地
I looked everywhere for the key, but couldn't find it. 我到處找鑰匙，但找不到.
You cannot find this everywhere. 這不是甚麼地方都有的東西. → every ❸

**ev·i·dence** [ˋɛvədəns] 名 **證據.**

**ev·i·dent** [ˋɛvədənt] 形 **明顯的，顯然的.**

**e·vil** [ˋivḷ] 形 ❶(道德上)**壞的**(bad)，**邪惡的；對人有害的.** ❷**不幸的，不吉利的.**
**—**名 **罪惡，惡事；災害，災禍.**
**good** and **evil** 善惡 ◁反義字
do evil 作惡
social evils 對社會有害的事 ➡戰爭、犯罪、貧困等.

**ev·o·lu·tion** [ˏɛvəˋluʃən] 名 (生物的)

進化；發展，發達.

**ex.** example(範例)的縮寫.

**ex·act** [ɪg`zækt] 形 ❶正確的.
the exact time 正確的時間
the exact meaning of a word 單字的正確含意
❷嚴謹的.

**ex·act·ly** [ɪg`zæktlɪ] 副 ❶正確地，恰好(just)；完全地. ❷(作爲回答)不錯，正是.

**ex·ag·ger·ate** [ɪg`zædʒə͵ret] 動 誇張，誇張地陳述〔想像〕.

**ex·am** [ɪg`zæm] 名 《口》考試. →examination 的縮寫.

**ex·am·i·na·tion** [ɪg͵zæmə`neʃən] 名
❶考試.
an entrance examination 入學考試
an examination **in** English 英語考試
**take** 〔**sit** (**for**)〕 an examination 參加考試
**pass** 〔**fail** (**in**)〕 an examination 通過考試〔考不及格〕
❷檢查，診察.
a medical examination 診察

**ex·am·ine** [ɪg`zæmɪn] 動 調查，檢查；診察.
The doctor examined my throat 〔the patient〕. 醫生診察我的喉嚨〔患者〕.

**ex·am·ple** [ɪg`zæmpl̩] 名 ❶例，實例；例題.
**give** an example 舉例
Do the first example in your workbook. 做你作業簿上的第一道例題.
❷樣本，模範.
**set** a good example 樹立好榜樣
You should **follow** John's example and work harder. 你應該以約翰爲榜樣，並且更努力地工作.

idiom

***for exámple*** 譬如，例如.
There are many big cities in Japan—Tokyo, Osaka, and Nagoya, for example. 日本有許多大城市，如東京、大阪、名古屋等等.

**ex·cel·lent** [`ɛksl̩ənt] 形 極好的，優秀的.

**ex·cept** [ɪk`sɛpt] 介 除～之外(全部).
He works every day except Sunday. 他除了星期天之外每天都工作.

idiom

***excépt for*** ～ 除～外，除了～，只是～.
They look alike except for the color of their hair. 他們看起來很像，除了頭髮顏色外.

**ex·cep·tion** [ɪk`sɛpʃən] 名 例外.
without exception 無例外地
There are exceptions **to** every rule. 任何規定都有例外.
He doesn't watch TV, but Sunday is an exception. 他是不看電視的，但星期天例外.

**ex·cess** [ɪk`sɛs] 名 (兩者比較之後的)超過(量)，過剩部分；過度.

**ex·change** [ɪks`tʃendʒ] 動 交換，互換；互相(問候等).
exchange stamps **with** *one's* pen friend 和筆友交換郵票
The store exchanged the sweater **for** a larger one. 在這家店把毛衣換成更大件.
—名 交換.

**exchánge stùdent** (國家間的)交換學生.

idiom

***in exchánge*** (***for*** ～) 作爲(～的)交換.

**ex·cite** [ɪk`saɪt] 動 使興奮；刺激，(刺激地)引起～.
The news excited everybody. 這消息使每個人都覺得興奮.

**ex·cit·ed** [ɪk`saɪtɪd] 形 興奮的，激動的.
an excited crowd　興奮的群眾
get〔become, grow〕excited　興奮，激動
Don't be so excited.　別那麼激動.
They were too excited to sit still.　他們興奮得難以坐定.　➡ too ～ to *do* 爲「太～以致不能～，做～的話太～」.

**ex·cite·ment** [ɪk`saɪtmənt] 名 興奮；騷動；刺激.
**in** excitement　興奮地

**ex·cit·ing** [ɪk`saɪtɪŋ] 形 令人興奮的，刺激的，有趣的.
an exciting game　刺激的比賽

**ex·claim** [ɪk`sklem] 動 (因喜悅、憤怒、驚訝等)喊叫，大聲激烈地說出.

**ex·cla·ma·tion** [ˌɛksklə`meʃən] 名 (因喜悅、憤怒、驚訝等的)喊叫(聲)；感嘆(詞、語).

**exclamátion màrk** 《文法》驚嘆號(!).

**ex·cur·sion** [ɪk`skɜʒən] 名 短程旅行，遠足，遊覽；(團體的)小旅行.
**go on**〔**make**〕an excursion　去遠足
a sightseeing excursion　觀光旅行
The children are **on** their school excursion.　那些孩子正參加學校的短程旅行.

| **ex·cuse** [ɪk`skjuz] | ▶原諒<br>⊙原諒(人的)過錯等 |
|---|---|

動 ❶原諒.
Please excuse me **for** coming late.＝Please excuse my coming late.　請原諒我遲到.
May never **excuses** Ben for being so rude.　玫絕不會原諒班如此無禮.
➡ excuses [ɪk`skjuzɪz] 爲第三人稱單數現在式.

◆ **excused** [ɪk`skjuzd] 過去式、過去分詞.

◆ **excusing** [ɪk`skjuzɪŋ] 現在分詞、動名詞.

❷爲～辯解；(事情)成爲～的託詞〔理由〕.
His pain excuses his short temper.　(他的疼痛成爲他脾氣暴躁的藉口⇨)他因爲疼痛難免脾氣暴躁.

❸免除(義務等).
Bob was excused **from** the swimming lesson because he had a cold.　鮑勃因感冒而得以不參加游泳課.

idiom

***Excúse me.***　對不起.

> 參考 和人談話時中途退出，經過他人的面前，向陌生人請教時的用語；或用於對人失禮時的道歉語；英國道歉時不用 Excuse me. 而用 (I'm) Sorry.

Excuse me. Are you Mr. Smith?　抱歉，您是史密斯先生嗎?

會話 Excuse me, (but) can you tell me the time, please? —Oh, sure. It's just ten by my watch.　對不起，能不能告訴我幾點了? —當然可以，我的錶正好十點.

會話 Excuse me.　I stepped on your foot. —That's all right〔Never mind〕.　對不起，我踩了你的腳. —沒關係.

— [ɪk`skjus] 名 (複 **excuses** [ɪk`skjusɪz]) 藉口；口實.　➡ 注意發音與動詞不同.
He **made** an excuse for being late.　他爲遲到找藉口.

**ex·e·cute** [`ɛksɪˌkjut] 動 處死，處決.

**ex·ec·u·tive** [ɪg`zɛkjʊtɪv] 形 實行的，執行的；行政上的.
— 名 管理職位，重要職位；(政府的)行政部門.

E

**ex·er·cise** [ˋɛksɚˏsaɪz] 名 ❶ 練習；練習題.
exercises for the piano 鋼琴練習(曲)
exercises in English composition 英文作文的練習題
Do the exercises at the end of the lesson. 做課文後面的練習題.
❷(身體的)運動.
Running is good exercise. 跑步是有益的運動.
Do a lot of exercise. 要多運動.
—動 練習，運動；使(狗等)運動.
告示 Do not exercise pets in picnic areas. 請勿讓您的寵物在野餐區活動.

**ex·haust** [ɪgˋzɔst] 動 使疲憊不堪.
➜常用如下之被動語態.
I **am exhausted.** 我筋疲力盡了.
— 名 排出之廢氣. ➜亦作 **exhaust gas.**

**ex·hib·it** [ɪgˋzɪbɪt] 動 陳列，展示.
—名 展示；展示品，陳列品.

**ex·hi·bi·tion** [ˏɛksəˋbɪʃən] ➜注意和 exhibit 的發音不同. 名 展覽會，展示會，發表會.

**ex·ist** [ɪgˋzɪst] 動 存在，有，生存.
Some say ghosts do not exist. 有人說鬼不存在.
Can a person exist under water? 人能否在水中生存?

**ex·ist·ence** [ɪgˋzɪstəns] 名 存在，生存.
the struggle for existence 生存競爭

**ex·it** [ˋɛgzɪt, ˋɛksɪt] 名 ❶出口(way out). 反義字 entrance(入口).
❷退出，退場.

**ex·pand** [ɪkˋspænd] 動 擴展；擴大，變大.

**ex·pect** [ɪkˋspɛkt] 動 ❶預期(人、事來臨)，等待；期待(好事)，預料(壞事).
expect a postman 期待郵差來
expect a letter from her 期待著她的來信
The farmers are expecting rain. 農夫們期待著下雨.
I expected you yesterday. 我昨天期待你來.
I will be expecting you. 我將期待著你來.
He expects too much from 〔of〕 me. 他對我期望過高.
❷料想；覺得～(think).
I expect (that) she will come here tomorrow.=I expect her to come here tomorrow. 我想她明天會來.
I didn't expect **to** see him there. 我沒想到會在那兒碰到他.

**ex·pec·ta·tion** [ˏɛkspɛkˋteʃən] 名 期待，預期，期望，預料.

**ex·pe·di·tion** [ˏɛkspɪˋdɪʃən] 名 ❶ 探險，遠征.
They went **on** an expedition to the Antarctic. 他們去南極探險.
❷探險隊，遠征隊.

**ex·pense** [ɪkˋspɛns] 名 費用；(**expenses**)～費.
school 〔living〕 expenses 學費〔生活費〕
**at** *one's* own expense 自費

**ex·pen·sive** [ɪkˋspɛnsɪv] 形 高價的，(價格)昂貴的. 反義字 cheap(便宜的).
expensive clothes 昂貴的服裝
Her necklace is **more** expensive **than** mine. 她的項鍊比我的貴.

**ex·pe·ri·ence** [ɪkˋspɪrɪəns] 名 經驗，體驗.
learn **by** 〔**from**〕 experience 從經驗中學習
The trip was a new experience **to** Jim. 對吉姆來說這次旅行是一次新的經歷.
He has a lot of experience **in** teaching English. 他有許多教英文的經驗.

I had many pleasant experiences in Ireland. 我在愛爾蘭經歷了許多有趣的事.
—動 經歷, 體驗.
I've never experienced such an insult. 我從未經歷過〔嘗過〕如此的侮辱.

**ex·pe·ri·enced** [ɪk`spɪrɪənst] 形 有經驗的; 經驗豐富的, 老練的.
an experienced teacher 有經驗〔經驗豐富〕的老師
He is experienced in teaching children. 他對教育孩子有豐富的經驗.

**ex·per·i·ment** [ɪk`spɛrəmənt] 名 實驗.
Franklin did an experiment **with** 〔**on**〕 electricity. 富蘭克林做了一個電的實驗.
—動 [ɪk`spɛrəmɛnt] 實驗.

**ex·pert** [`ɛkspɜt] ➡注意重音位置. 名 專家; 高手.
an expert **in** chemistry 化學專家
an expert **on** chess＝a chess expert 西洋棋高手
an expert **at** skiing 滑雪高手
—形 專門的, 專家的; 熟練的, 老練的.

**ex·plain** [ɪk`splen] 動 說明, 解釋, 講解.
Please explain the rules of baseball **to** me. 請講解棒球規則給我聽.
That explains why he was absent yesterday. 那說明了他昨天為甚麼缺席.
He explained **to** us why he was absent yesterday. 他向我們解釋昨天缺席的原因. ➡不用×He explained *us* why ～.

**ex·pla·na·tion** [͵ɛksplə`neʃən] 名 說明, 解釋, 講解.

**ex·plode** [ɪk`splod] 動 爆發, 爆炸; 使爆發, 使爆炸.

**ex·plo·ra·tion** [͵ɛksplə`reʃən] 名 探險, 探測, 實地探勘〔調查〕.

**ex·plore** [ɪk`splor] 動 探測, 實地探勘〔調查〕.

**ex·plor·er** [ɪk`splorɚ] 名 探險家, 探測者.

**ex·plo·sion** [ɪk`sploʒən] 名 爆發, 爆炸.

E

**ex·port** [ɪks`port] 動 輸出. 反義字 import(輸入).
Brazil exports coffee **to** many countries. 巴西向許多國家出口咖啡.
—[`ɛksport] 名 輸出; 輸出品. ➡注意和動詞的重音位置不同.

**ex·pose** [ɪk`spoz] 動 揭露, 使暴露(於風雨、危險等).
expose *one*self **to** danger 使自己暴露於危險之中
We were exposed to the hot sun all day long. (我們暴露在炙熱的陽光下已整整一天了⇨)我們晒了整整一天的太陽.

**ex·po·si·tion** [͵ɛkspə`zɪʃən] 名 博覽會. ➡《口》中有時略作 **expo**.

**ex·press** [ɪk`sprɛs] 動 ❶(用語言)表達.
He couldn't **express himself** correctly in English. 他不能用英語正確地表達自己的意思.
❷快遞(郵件、貨物等).
—形 快速的; 快遞的.
an express train 快車
—名 快車; 快遞.
He took the 8:30 a.m. express. 他坐上午八點三十分的快車.

idiom

***by expréss*** 乘快車; 用快遞.

**ex·pres·sion** [ɪk`sprɛʃən] 名 ❶表達; 辭句, 措詞.
The sunset was beautiful beyond expression. 日落的景色美得無法形容.
"Shut up" is not a polite expression. 「閉嘴」不是有禮貌的辭句.
❷表情.

a sad expression 悲傷的表情

**ex·press·way** [ɪk\`sprɛs,we] 名《美》高速公路(freeway)(《英》motorway).

**ex·tend** [ɪk\`stɛnd] 動 擴大，伸展，加長；擴張，延伸，達到～.
He extended his stay for some more days. 他還要多留幾天.
His farm extends as far as the river. 他的農場延伸到河邊.

**ex·ten·sion** [ɪk\`stɛnʃən] 名 ❶伸展，擴大，延伸. ❷延伸部分，擴建部分. ❸(電話的)分機.

**ex·ten·sive** [ɪk\`stɛnsɪv] 形 廣闊的；廣大的；大規模的. 反義字 intensive (集中的).
extensive reading 泛讀，博覽

**ex·tent** [ɪk\`stɛnt] 名 ❶廣度，擴展. ❷範圍，程度.
to some〔a certain〕extent 達到某種程度
to a great extent 大部分

**ex·ter·nal** [ɪk\`stɝnḷ] 形 外部的，外面的；對外的.

**ex·tinct** [ɪk\`stɪŋkt] 形 滅絕的，消失的.

**ex·tra** [\`ɛkstrə] 形 額外的；臨時的.
an extra edition 增刊，特刊
These hotels need extra help in summer. 到了夏天這些旅館需要臨時的幫忙.
—名 ❶額外的事物；額外收費；(報紙的)號外. ❷臨時工，(電影等的)臨時演員.

**ex·traor·di·nar·y** [ɪk\`strɔrdṇ,ɛrɪ] 形 異常的，非凡的.

**ex·treme** [ɪk\`strim] 形 極端的，極度的；偏激的.
—名 極端.
idiom
***gò to extrémes*** 走極端.

**ex·treme·ly** [ɪk\`strimlɪ] 副 非常地；極端地.

**eye** [ aɪ ]
▶眼睛
⊙也用作對…的「判斷〔鑑賞〕力」的意思

名 (複 **eyes** [aɪz]) ❶眼睛，視力，視線.
I am blind in the right eye. 我右眼看不見.
The boy was doing his homework with one eye on the TV. 男孩邊看電視，邊做家庭作業.
blue eyes 藍眼睛
dark eyes 黑眼睛 ➜ a black eye 是指「(被打後)眼眶發青的部分」.
Close〔Shut〕your eyes. 閉上眼.
He has very good〔weak〕eyes. 他視力極佳〔差〕.
Where are your eyes? 你的眼睛長到哪裡去了?
❷(觀察並判斷某一事物的)眼光，眼力.
An artist must have an eye for color. 藝術家必須有鑑別色彩的能力.
➜當表示「鑑賞力」等抽象含意時，eye 常用單數.
❸功能似眼之物，眼狀物(如針眼、照相機鏡頭、颱風眼等).

**éye cȍntact** 視線交流 ➜以眼神交流來傳達意思.
idiom
***as fȁr as the ȅye can sée*** 在可見的範圍內，放眼望去.
***kȅep an éye on ～*** 注意～.
Keep an eye on this suitcase. 注意這隻手提箱.

**eye·ball** [\`aɪ,bɔl] 名 眼球，眼珠.

**eye·brow** [\`aɪ,brau] 名 眉毛.
bushy eyebrows 濃密的眉毛
idiom
***knít** one's **éyebrows*** 皺眉. ➜表示不愉快.
***ráise** one's **éyebrows*** 瞠目，揚眉毛. ➜表示驚奇、責難.

**eye·glass·es** [ˋaɪˏglæsɪz] 名複 眼鏡. ➡亦可僅用 glasses.

**eye·lash** [ˋaɪˏlæʃ] 名 睫毛.

**eye·lid** [ˋaɪˏlɪd] 名 眼瞼.

**eye·sight** [ˋaɪˏsaɪt] 名 視力.
He has poor eyesight. 他視力差.

**eye·wit·ness** [ˋaɪˋwɪtnɪs] 名 目擊者, (目擊)證人. ➡亦可僅用witness.

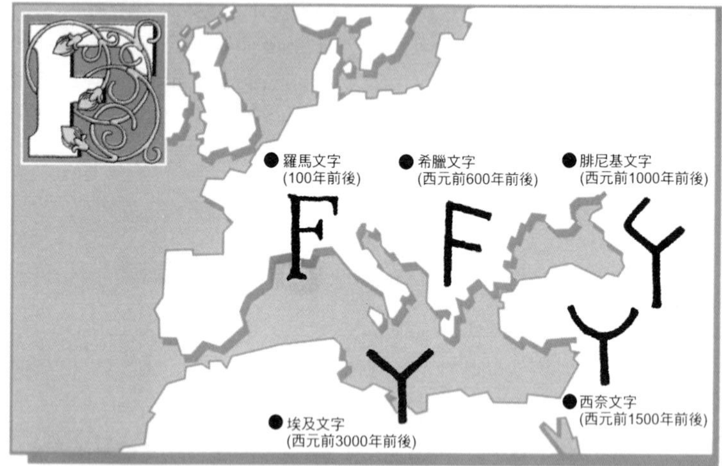


**F, f** [ɛf] 名(複 **F's, f's** [ɛfs]) ❶英文字母的第六個字母. ❷(**F**)(成績評定的)不合格. ➜failure(失敗)的頭一個字母. ❸《音樂》F 調.

**F, F.** Fahrenheit(華氏溫度的)的縮寫.

**fa·ble** [ˋfebḷ] 名 寓言. ➜以動物為主角，含有教育意義的故事.
*Aesop's Fables* 《伊索寓言》(書名)

**Fa·bre** [ˋfɑbrə] 專有名詞 (**Jean Henri Fabre**)法布爾. ➜法國昆蟲學家(1823-1915)；完成《昆蟲記》十卷.

**fab·ric** [ˋfæbrɪk] 名(以編織的方式做成的)布，布料.

**face** [fes] ▶面孔，表情 ▶表面 ▶面對於～

名(複 **faces** [ˋfesɪz]) ❶面孔，表情.
a sad face 悲傷的面容
with an angry face 面帶怒色
with a smile on *one's* face 面帶微笑
lie〔fall〕on one's face 俯臥〔臉朝下倒下〕
The clown made a funny face. 小丑做出滑稽的表情.
When he saw me, he turned his face away. 他一看見我，就把臉轉過去.
The sun was shining **in** our faces. 陽光照射在我們臉上.

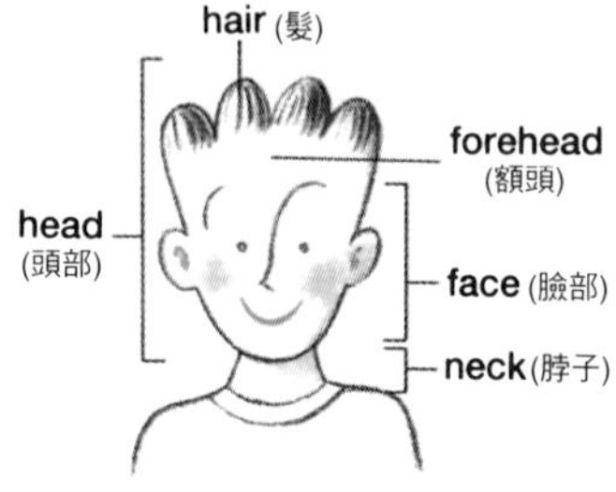


❷(相對於裡面的)表面；(建築物等的)正面.
the face of a card 撲克牌的正面
the face of the moon 月球表面
the face of a clock 鐘面

idiom

***fáce dówn*** 〔***úp***〕 臉朝下〔朝上〕；正面朝下〔朝上〕.
Put your exam papers face down. 把考卷正面朝下放置.
***fáce to fáce*** (***with*** ～) 面對面，

當面.
sit face to face with her 與她面對面而坐
talk with him face to face 和他當面談談
***in the face of ~*** 在～的面前，對～等閒視之.
He was brave in the face of great danger. 他勇敢面對極大的危險〔不把極大的危險當一回事〕.
***màke* 〔*pùll*〕 *a fáce* 〔*fáces*〕** (因爲不快、開玩笑而)扮鬼臉.
**—**動 **面對；向；毅然面對**(危險、困難等)，勇敢面對.
Picasso's figures sometimes face two ways. 畢卡索的人物像有時面朝兩個方向. ➜「面向～，朝向～」可用 'face' 和 'are 〔is〕 facing' (現在進行式)兩種用法表示.
Your father is dead. You must face the fact. 你的父親已經死了，你必須面對這個事實.
Our house **faces** the street. 我們家面向街道. ➜ faces 爲第三人稱單數現在式.
會話 How does your house face? —It faces (to the) east. 你家朝哪一邊? 一朝東邊.
◆ **faced** [fest] 過去式、過去分詞.
The two gunmen faced each other. 兩名持槍者互相面對面.
That country **is** faced **with** serious inflation. 該國面臨嚴重的通貨膨脹. ➜被動語態.
◆ **facing** [ˋfesɪŋ] 現在分詞、動名詞.

**fa·cil·i·ty** [fəˋsɪlətɪ] 名 ❶(常用 **facilities** [fəˋsɪlətɪz])便利，設備，設施. ❷靈巧，熟練.

**fact** [fækt] 名 **事實**.
This is a **fact**, not a **fiction**. 這是事實，不是虛構. ◁反義字
It is a fact that he ran away from home. 他離家出走是事實. ➜ It＝that ～.
The fact is that he ran away from home. (事實是…⇨)事實上是他離家出走了.
Give us the facts, not your opinions. 告訴我們事實而不是你的意見.
idiom
***as a màtter of fáct*** 事實上，實際上 (in fact).
***in fáct*** 事實上，實際上.

**fac·tor** [ˋfæktɚ] 名 因素，要素.

**fac·to·ry** [ˋfæktərɪ] 名 (複 **factories** [ˋfæktərɪz]) (大)工廠.
a factory worker 工廠工人
My father works in 〔at〕 an automobile factory. 我父親在汽車廠工作.
There are a lot of factories in this area. 這一帶有好多工廠.

**fac·ul·ty** [ˋfækl̩tɪ] 名 (複 **faculties** [ˋfækl̩tɪz]) ❶(器官及精神的)機能，能力；才能.
❷(大學、高中的)全體教員；《英》(大學的)學院.
a faculty meeting 教職員會議

**fade** [fed] 動 褪色；凋落；(常用 **fade away**)逐漸消失，逐步衰退.
The music faded away. 音樂聲漸漸消逝.

**Fahr·en·heit** [ˋfærənˌhaɪt] 形 華氏溫度的. ➜源於華氏溫度計的發明者，德國物理學家 G. D. Fahrenheit (1686-1736)；通常略作 **F** 或 **F.**
Today's temperature is 80°F. (讀法: eighty degrees Fahrenheit) 今天的氣溫是華氏八十度. ➜ $C=\frac{5}{9}(F-32)$；$F=\frac{9}{5}C+32$.

**fail** [fel] 動 ❶**失敗**，失策. 反義字 succeed(成功).
fail (**in**) an examination 考試不及格 ➜通常不加 in.
He fails every time he tries. 他屢試屢敗. ➜ every time 的作用如同連接詞，「每當～」之意.
She failed as a singer. 她是個失敗的歌手.

He failed the entrance exam. 他未通過入學考試.
The parents **failed to** persuade their daughter. 父母親沒能說服他們的女兒.
❷不足，缺少；衰退.
His health is failing. 他的健康漸漸衰退.
❸(機械等)失靈；使(人)失望，(對人)棄置不顧.
The engine failed and the airplane crashed to the ground. 引擎發生故障，飛機墜地.
Don't fail me when I need your help. 在我需要你的幫助時不要棄我不顧.
idiom
***nèver*** 〔***nòt***〕 ***fáil to*** *do* (做～絕不會失敗⇨)必定～.
He never fails to attend the meetings. 他必定出席會議.
Don't fail to come. 務必光臨.
—名 失敗. 反義字 success(成功).
without fail 絕無差錯，肯定

**fail·ure** [ˋfeljɚ] 名 ❶失敗；失敗者〔的事〕. 反義字 success(成功(者)).
I'm not afraid of failure. 我不怕失敗.
Our school festival was a failure. 我們的校慶辦得不成功.
❷缺乏，衰弱；故障.
the failure of *one's* eyesight 視力衰退
(a) power failure 停電
an engine failure 引擎故障

**faint** [fent] 形 ❶微弱的；薄弱的.
a faint light 〔sound, hope〕 微弱的光線〔聲音，希望〕
I don't have the faintest idea (of) where she is. 我(連絲毫的想法都沒有⇨)一點也不知道她在哪裡.
❷昏厥的.
feel faint 感覺快要昏倒似的
He was faint with hunger. 他餓得昏厥過去了.
—動 昏厥，昏倒.

**faint·ly** [ˋfentlɪ] 副 無力地，衰弱地；微弱地.

**fair**[1] [fɛr] 形 ❶**公正的**，公平的，光明正大的；(體育運動)合乎規則的，公正的.
fair play 公平的比賽
a fair ball 界內球 → foul 形 ❷
A teacher must be fair **to** all his students. 教師必須公平地對待所有學生.
❷相當的.
She spends a fair amount of money on clothes. 她在服裝上花費相當多的錢.
❸平常的，尚可的.
Her English is just fair—not good but not bad either. 她的英語尚可——既不好也不壞.
❹白皙的，金髮的. ➜西歐人分成fair和dark兩大類，fair者，金髮白皮膚，藍眼睛；dark者，皮膚淺黑，頭髮、眼睛爲黑色.
❺(天氣)晴朗的(fine).
fair weather 晴天
Mon., May 3, Fair. (日記中)五月三日，星期一，天氣晴.
—副 光明正大地.
play fair 堂堂正正地比賽

**fair**[2] [fɛr] 名 ❶《美》品評會. ➜展示農產品、家畜等，比賽優劣，常伴有馬戲表演和娛樂節目. ❷《英》定期市集，廟會. ➜在節日定期舉行的農產品展售，常伴有娛樂節目. ❸博覽會(exposition)，樣品展售會. ❹義賣會(bazaar).

**fair·ly** [ˋfɛrlɪ] 副 ❶相當地. ➜fairly爲修飾具有褒揚意味的形容詞、副詞，因此不用×fairly *bad*.
get fairly good marks in English 在英語這科得到了相當好的成績
He can swim fairly well. 他游泳游得挺不錯.
❷公正地，公平地.

**fair·y** [ˋfɛrɪ] 名(複 **fairies** [ˋfɛrɪz]) 仙子，仙女. ➜童話故事中水或樹的精靈，通常外型小巧可愛，背上有翅膀，手持魔杖(wand)，用魔法使孩子們的願望實現；→ elf, goblin, nymph.

**—**形 仙子的，仙女的.

**fáiry tàle** 神話，童話. ➜因西方童話中都會出現 fairy(仙子)，故得此稱.

**fair·y·land** [ˋfɛrɪˏlænd] 名 仙境，仙國. ➜被認爲是在地球和月球之間.

**faith** [feθ] 名 ❶信任，信用；信念.

have〔lose〕faith **in** him 相信〔不相信〕他

❷信仰；宗教(religion).

the Christian faith 基督教

**faith·ful** [ˋfeθfəl] 形 忠實的；誠實的；正確的.

You must be faithful **to** your friends. 你對朋友必須誠實.

**faith·ful·ly** [ˋfeθfəlɪ] 副 忠實地.

idiom

***Fáithfully yóurs＝Yóurs fáithfully*** 謹上. ➜用於正式或商業書信中，置於信尾之客套話；→ dear ❷

| **fall** [fɔl] | ▶落下，跌落<br>▶瀑布<br>▶秋季 |
|---|---|

動 ❶落下，跌落，降落；倒下；下降.

基本 fall **from** the roof 從屋頂上跌下來 ➜fall＋介系詞＋名詞.

fall **into** a hole 落入洞裡

fall **to** the ground 跌倒〔跌落〕在地上

Leaves fall from the branches. 樹葉從枝頭飄落.

The temperature **falls** at night. 夜間氣溫下降. ➜falls [fɔlz] 爲第三人稱單數現在式.

Night falls. 夜幕低垂.

◆ **fell** [fɛl] 過去式.

An apple fell to the ground. 一個蘋果落到地上.

He fell off his bicycle yesterday. 他昨天從自行車上摔下來.

◆ **fallen** [ˋfɔlən] 過去分詞. → fallen.

A lot of trees **have** fallen in the storm. 很多樹在暴風雨中倒塌. ➜現在完成式.

◆ **falling** [ˋfɔlɪŋ] 現在分詞、動名詞. → falling.

Snow **is** falling. 下雪了. ➜現在進行式.

❷《陷於某種狀態⇨》成爲～，變成～.

基本 fall ill 生病 ➜fall＋形容詞〈C〉.

fall asleep 睡著

idiom

***fáll behínd*** (～) 落於～之後，落後.

Study hard, or you'll fall behind (the others). 用功讀書，否則你會落後(別人)的.

***fàll dówn*** 跌倒.

***fáll ín*** 陷落，陷入，塌陷.

***fáll in lóve with ～*** 喜愛～，愛上～.

They fell in love with each other at first sight. 他們彼此一見鍾情.

***fáll on*** 〔***upòn***〕 ～ ①(休假日等)恰好是～，正當～.

Christmas falls on Sunday this year. 今年的聖誕節恰好是星期天.

② 襲擊～.

***fáll òver*** (～) (絆到～而)跌倒，倒在(～的上面).

**—**名 (複 **falls** [fɔlz]) ❶跌落，落下，降落；下跌.

a fall from a tree 從樹上跌下

a heavy fall of snow 一場大雪

a fall in prices 物價下跌

❷(**falls**) 瀑布. ➜與專有名詞連用時，通常作單數使用.

Niagara Falls is〔are〕the highest falls in the world. 尼加拉大瀑布是世界上最高的瀑布.

❸《美》秋季(autumn).
**in** (the) fall 在秋天
this fall 今年秋天 ➡「在今年秋天」不用×*in* this fall.
Snow begins to fall here late in fall. 此地深秋開始下雪.
In Australia March, April, and May are fall months. 在澳洲三月、四月、五月是秋季.

F

**fall·en** [ˋfɔlən] fall 的過去分詞.
—形 落下, 倒下.
fallen leaves 落葉 → falling.

**fall·ing** [ˋfɔlɪŋ] fall 的現在分詞、動名詞.
—形 落下的, 降落.
falling leaves 飄然落下的葉子 → fallen.

**false** [fɔls] 形 假的, 僞造的; 不誠實的, 不正直的.
false teeth 假牙
a false friend 不誠實的朋友

**fame** [fem] 名 有名, 名聲. →famous.

**fa·mil·i·ar** [fəˋmɪljɚ] 形 熟悉的, 熟諳的, 爲~所熟知的; 親密的.
a familiar face 〔song〕 熟悉的臉〔歌〕
He is familiar **with** the rules of football. 他熟知足球規則.
Her voice is familiar **to** me. 我熟悉她的聲音.

**fam·i·lies** [ˋfæməlɪz] 名 family 的複數.

| **fam·i·ly** [ˋfæmə lɪ] | ▶家庭<br>▶(生物的)科 |
|---|---|

名 (複 **families** [ˋfæməlɪz]) ❶ **家庭,** 一家, 家庭成員. ➡ family 作爲一集合體時, 用作單數, 但單獨考慮每位成員時則視爲複數.
a large family 大家庭
our family life 我們的家庭生活
There are five people in my family. 我家有五口人.
She was an old woman with no family. 她是沒有家人(丈夫或小孩)的老女人.
The Smith family lives next door to us. 史密斯家住在我們家隔壁.
There are ten families in this apartment building. 這幢公寓裡住着十戶人家.
Our family are all early risers. 我們全家都是早起的人.

**fámily náme** 姓氏. ➡家族姓氏; 如 John Smith 的 Smith, 亦稱 last name; → name.

**fàmily trée** 家譜圖. ➡因形狀像樹枝伸展, 故稱.

❷(一家的)孩子們(children), 子女.
**start** 〔**have**〕 a family 生兒育女
Mr. and Mrs. White have a large family. 懷特夫婦有很多子女.

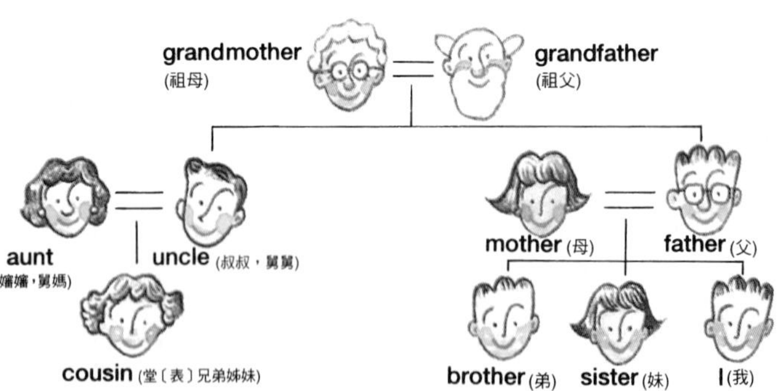

F

❸家族，親族；家世，出身.
The whole family will get together for the New Year holidays. 全家人將在新年假期時團聚.
He comes from a good family. 他出身名門.
❹(生物的)科；(語言的)語系.
Pandas belong to the cat family. 貓熊屬貓科.

**fam·ine** [ˋfæmɪn] 名 饑荒；不足.

| **fa·mous** [ˋfeməs] | ▶有名的 ⊙某特徵或特質廣爲人知；用於正面含意 |
|---|---|

形 (好的方面)有名的，著名的. → fame.
基本 a famous singer 著名歌手 → famous＋名詞.
基本 The Potomac River is famous **for** its cherry blossoms. 波多馬克河因其兩岸的櫻花而有名. → be 動詞＋famous 〈C〉.
He became famous **as** an honest man. 他因誠實而馳名.

◆ **more famous** 〔比較級〕更有名的.
He is more famous than his father. 他比他父親更有名.

◆ **most famous** 〔最高級〕最有名的.
He is one of the most famous writers in the world. 他是世界上最著名的作家之一.

**fan**[1] [fæn] 名 電風扇，扇子，團扇.
an electric fan 電風扇
a kitchen fan (廚房的)抽風機
— 動 (用扇子等)搧風；煽動.

◆ **fanned** [fænd] 過去式、過去分詞.

◆ **fanning** [ˋfænɪŋ] 現在分詞、動名詞.

**fan**[2] [fæn] 名 (體育運動、電影等的)迷，狂熱者.
a baseball fan 棒球迷
a fan letter 崇拜者的來信

**fan·cy** [ˋfænsɪ] 名 (複 **fancies** [ˋfænsɪz]) ❶幻想，想像；感覺；反覆無常.
❷愛好.
**have** a fancy **for** ～ 愛好～，喜愛～
**take** a fancy **to** ～ 喜歡～
— 動 ❶幻想，想像；以爲～，(總)覺得～.
He **fancies** himself as a poet. 他自以爲是詩人〔以詩人自居〕. → fancies [ˋfænsɪz] 爲第三人稱單數現在式.

◆ **fancied** [ˋfænsɪd] 過去式、過去分詞.
❷喜愛(like).
— 形 裝飾性的，特別裝飾的，顏色鮮艷的，特選的.
a fancy shirt with a lot of frills 帶有許多飾邊的精緻襯衫
a fancy cake 飾花蛋糕
fancy goods 身上的小飾物

**fang** [fæŋ] 名 (狼、毒蛇之)尖牙. → 象、野豬等突出的「尖牙」稱 tusk.

**fan·tas·tic** [fænˋtæstɪk] 形 ❶幻想的，空想的；奇妙的，奇異的.
❷《口》奇妙的，了不起的.

| **far** [fɑr] | ▶遙遠 ▶(程度、時間)甚遠地 ▶遠的 |
|---|---|

副 ❶(距離)遙遠，遠. →通常用於否定句、疑問句；肯定的陳述句用 a long way.

基本 far away 遠離，遙遠 ➡ far＋副詞.
far ahead〔behind〕 遠在前方〔後方〕
基本 Don't go far, because it will get dark soon. 別走遠，因爲馬上就要天黑了. ➡動詞＋far.
Are you going to go that far? 你要去那麼遠嗎? ➡ that 爲副詞(那麼).
My house is not far **from** here. 我家離此不遠.
They came from far away. 他們大老遠地過來.
How far is it from here to the house? 從這兒到那棟房子有多遠? ➡ it 籠統地表示「距離」.
❷(程度、時間)很，甚.
far **into** the night 直到深夜
Your camera is far better than mine. 你的照相機比我的好得多. ➡ far 和 much 一樣用於強調比較級(better)；強調原級(good)時則用 very.

◆ **farther** [ˋfɑrðɚ] 《比較級》更遠地. ➡指距離時用 farther, farthest，指程度、時間時用 further, furthest，但口語中有兩者都用 further, furthest 的傾向；→ farther.

◆ **further** [ˋfɝðɚ] 《比較級》更加地；更遠地. → further.

◆ **farthest** [ˋfɑrðɪst] 《最高級》最遠地. → farthest.

◆ **furthest** [ˋfɝðɪst] 《最高級》最～(地)；最遠地. → furthest.

idiom

***as fàr as ～*** (距離)和～一樣遠，直到(某處)；在～範圍內.
I went with him as far as the station. 我和他一齊到車站爲止.
會話 How far did we get last week? —We got as far as Lesson 5. 上週課上到哪裡了? —上到第五課.
There were no trees as far as I could see. 就我所能見〔在我的視野內〕，一棵樹也沒有.

***by fár*** 大量，甚多. ➡強調比較級和最高級.
This is by far the best of all. 顯然這是其中最好的.

***fàr and wíde*** 四處，到處.

***fár from ～*** 絕不～(完全相反).
He is far from honest. 他一點也不誠實.

***só fàr*** 到目前爲止，到那裏爲止.

***so fàr as ～*** ＝as far as ～.

—形 遠的；遠處的.
a far country 遙遠的國度
the far side of a building 建築物的背面

**the Fár Éast** 遠東. → east.

◆ **farther** 《比較級》更遠的. →副 ❷

◆ **further** 《比較級》更進一步的，更遠的. → further.

◆ **farthest** 《最高級》最遠的.

◆ **furthest** 《最高級》最～的，最遠的. → furthest.

**far·a·way** [ˋfɑrəˋwe] 形 遠方的.

**fare** [fɛr] 名 車費，船費，乘客購票所付的費用.
a bus〔taxi〕fare 公車〔計程車〕車費

**fare·well** [ˋfɛrˋwɛl] 感 再會！再見！ ➡比 good-bye 更爲恭敬.
—名 告別詞. ➡亦常用 **farewells.**
make *one's* farewells 辭行
—形 送別的.
a farewell party 歡送會

| **farm** [fɑrm] | ▶農場<br>⊙爲了賣到市場而從事動、植物培育工作的場所 |
|---|---|

名 (複 **farms** [fɑrmz]) ❶農場；飼養場.
live〔work〕**on** a farm 在農場居住〔工作〕
farm products 農產品
a chicken〔sheep〕farm 養雞場

〔牧羊場〕
a fish farm　養魚場
a dairy farm　酪農場
❷屬於美國棒球聯盟的預備隊.　➜亦作 **farm team**〔**club**〕; 目的在培養聯賽年輕選手.

**far·mer** [`farmɚ] 名 **農場主人, 農場經營者; 農民.**　➜英國一般指農場經營者, 美國也指自耕農、佃農.

**farm·house** [`farm,haus] 名 農場主人的住宅, 農舍.

**farm·ing** [`farmɪŋ] 名 農業; 農場經營.

**farm·yard** [`farm,jard] 名 農家庭院.　➜住宅、貯藏室周圍的空地.

**far-off** [`far`ɔf] 形 (距離、時間) 遙遠的 (faraway).

**far·sight·ed** [`far`saɪtɪd] 形 ❶有先見之明的. ❷遠視的. →nearsighted.

**far·ther** [`farðɚ] 《far 的比較級》 副 **更遠地.**
This year Bill can swim farther than last year.　今年比爾能比去年游得更遠.
—形 **更遠的.**

**far·thest** [`farðɪst] 《far 的最高級》 副 **最遠地.**
Who can throw a ball farthest?　誰能把球扔得最遠?
—形 **最遠的.**

**fas·ci·nate** [`fæsn̩,et] 動 使着迷, 使神魂顛倒.

**fas·ci·nat·ing** [`fæsn̩,etɪŋ] 形 迷人的, 醉人的, 有魅力的, 極有趣的.

**fas·ci·na·tion** [,fæsn̩`eʃən] 名 迷惑, (奪魂般的) 魅力, 使人着迷的美麗.

**fash·ion** [`fæʃən] 名 ❶ 流行, 時髦.
**follow** (the) fashion　趕時髦
**fáshion desìgner**　時裝設計師.
❷式樣, 方式, 作風.
**after** 〔**in**〕 *one's* own fashion　我行我素, 照自己的方式

idiom
***còme ìnto fáshion***　開始流行.
***gò óut of fáshion***　不流行, 漸漸過時.
***in fáshion***　流行的, 時興的.
Miniskirts are in fashion.　迷你裙正在流行.

**fash·ion·a·ble** [`fæʃənəbl̩] 形 流行的.

**fast**[1] [fæst]
▶快地
▶快的
⊙「速度快地〔的〕」之意; 「時間上、時期上早地〔的〕」為 early

副 ❶(速度) 快地.　相關語 early ((時間上) 早地, 早的).
基本 run fast　跑得快　➜動詞+fast.
walk fast　走得快
Don't speak too **fast**. Please speak **slowly** and clearly.　別說得太快, 請慢慢地說清楚.　◁反義字
◆ **faster** [`fæstɚ] 《比較級》**更快.**
Bill can run faster **than** I can.　比爾跑得比我快.　➜《口》用～ **than me.**
The train went faster and faster.　火車漸漸加速.
◆ **fastest** [`fæstɪst] 《最高級》**最快.**
He can skate (**the**) fastest in our class.　在我們班上他溜冰溜得最快.
❷牢固地, 穩固地; 酣睡地.
hold fast　握緊
be fast asleep　酣睡
—形 **快的,** (鐘錶等) **快了的.**
基本 a fast runner　跑得快的人　➜ fast+名詞.
throw a fast ball　投快速球
基本 The hare is **fast**. The tortoise is **slow**.　兔子走〔跑〕得快, 烏龜走〔跑〕得慢.　◁反義字　➜ be 動詞+fast <C>.
My watch is a little 〔five minutes〕 fast.　我的錶快了一些〔五分鐘〕.

F

◆ **faster** 〖比較級〗較快的.
◆ **fastest** 〖最高級〗最快的.
He is the fastest runner in our class. 他是我們班上跑得最快的人.

**fast**[2] [fæst] 名 動 斷食，絕食. ➜特別是指因宗教習慣而進行者.

**fas·ten** [ˋfæsn̩] ➜ t 不發音.
動 綑在一起，繫住，綁，縛，使牢固，固定.
fasten shoelaces 繫鞋帶
fasten a shelf to the wall 在牆上裝壁櫥
Fasten your seat belts, please. 請繫好安全帶.

**fas·ten·er** [ˋfæsn̩ɚ] 名 繫結物，釦子；夾子.
a zip fastener 拉鍊

**fast-food** [ˋfæstˌfud] 形 專門供應速食的.
a fast-food restaurant 速食餐廳

**fat** [fæt] 形 肥胖的；厚的. → lean[1], thin.
a fat man 胖子
a wallet fat with 100-dollar bills 裝滿百元美鈔的錢包
get 〔grow〕 fat 變胖
◆ **fatter** [ˋfætɚ] 比較級.
◆ **fattest** [ˋfætɪst] 最高級.
Jack is the fattest in my class. 傑克是我班上最胖的.
—名 脂肪；肥肉.
cooking fat 食用油
200g of **lean** and 400g of **fat** 瘦肉二百克和肥肉四百克 ◁相關語

**fa·tal** [ˋfetl̩] 形 攸關性命的，致命的；天數注定的，無法挽回的，重大的.
a fatal disease 不治之症
a fatal mistake 致命的錯誤
The disease was fatal. 那種病在以前會致命.

**fate** [fet] 名 命運.

| **fa·ther** [ˋfɑ ð ɚ] | ▶父親 ▶創始人 ▶神父 |
|---|---|

名 (複 **fathers** [ˋfɑðɚz]) ❶父親. ➜家庭內作專有名詞，不加 a, the, my, our, 頭一個字母往往用大寫；比 dad, daddy 正式.
my 〔John's〕 father 我的〔約翰的〕父親
He is the father of six children. 他是六個孩子的父親.
Do you remember this watch, Father? 爸爸，還記得這隻錶嗎?
❷創始人，生父，(～之)父.
the Father of Medicine 醫學之父 ➜指古希臘的希波克拉底.
❸(**Father**)(尤指天主教的)神父.
Father Brown 布朗神父
❹(**Father**)天父，(基督教的)上帝.

**Fàther Chrístmas** 《英》=Santa Claus(聖誕老人). → Father Christmas.

**fa·ther-in-law** [ˋfɑðərɪnˌlɔ] 名 (複 **fathers-in-law** [ˋfɑðɚzɪnˌlɔ]) 繼父，岳父，公公.

**fau·cet** [ˋfɔsɪt] 名 (自來水管等的)水龍頭(《英》 tap).
turn on 〔off〕 the faucet 開〔關〕水龍頭

**fault** [fɔlt] 名 ❶缺點，缺陷.
❷過失，(過錯之)責任.
It's not my fault if you fail. 如果你失敗不是我的責任.
idiom
***fínd fáult (with ～)*** 挑剔，找

(～的)麻煩.
He finds fault with everything. 他凡事都吹毛求疵.

**fa·vor** [ˋfevɚ] 名 ❶好意，關切；恩惠.
do her a favor 幫她忙
Please do me a favor and look after my flowers while I am away. 請幫個忙，我不在家時照顧一下我的花.
May I ask you a favor〔a favor of you〕? 我可以請你幫個忙嗎?
❷支持，贊成.
idiom
***in fávor of ～*** 贊成～，支持～.
I'm in favor of the plan. 我贊成這個計畫.
Fifty votes were **in favor of** Jack and three were **against** him. 五十票贊成傑克，三票反對. ◁反義字
— 動 表示好意，贊成；偏袒.

**fa·vor·a·ble** [ˋfevərəbḷ] 形 適合的，好意的，贊成的.
a favorable answer 善意的回答〔答應〕

**fa·vor·ite** [ˋfevərɪt] 名 寵兒，最受喜愛的人.
— 形 最喜愛的.
my favorite subject〔dish〕 我最喜歡的科目〔菜餚〕
Who is your favorite ball player? 誰是你最喜愛的棒球選手?

**fa·vour** [ˋfevɚ] 名 動 《英》＝favor.

**fa·vour·a·ble** [ˋfevərəbḷ] 形 《英》＝favorable.

**fa·vour·ite** [ˋfevərɪt] 名 形 《英》＝favorite.

**fax** [fæks] 名 傳眞.
— 動 以傳眞傳送.
fax him the information〔the information to him〕 以傳眞傳達該項訊息給他

**FBI** [ˋɛfˋbiˋaɪ] 名 (**the FBI**)美國聯邦調查局. ➡ the **F**ederal **B**ureau of **I**nvestigation 的縮寫；隸屬司法部的調查機關，其任務爲跨州搜查罪犯和調查間諜活動等有關國內治安案件.

**fear** [fɪr] 名 **恐懼**，恐怖；擔憂.
cry **from** fear 因驚嚇而哭
He had a fear **of** high places. 他害怕站在高處〔有懼高症〕.
The child could not enter **for fear of** the dog. 那孩子因爲怕狗而不敢進來.
— 動 懼怕；擔憂，猶豫. ➡通常用 be afraid (of ～, that ～)表示「懼怕」.
Our cat fears dogs. 我們家的貓怕狗.
I feared you would never come. 我擔心你不會來呢.

**fear·ful** [ˋfɪrfəl] 形 恐怖的，恐懼的；令人擔心的.
be fearful of ～ 害怕～；擔心～
have a fearful experience 有一次恐怖的經驗

**feast** [fist] 名 ❶盛宴；宴會. ❷宗教節日或節慶.

**feat** [fit] 名 偉績，偉業；妙技，絕技.

**feath·er** [ˋfɛðɚ] 名(一根)羽毛.
諺語 Birds of a feather flock together. 同類的鳥聚在一起. ➡「相似者聚集在一塊」之意；即「物以類聚」.
諺語 Fine feathers make fine birds. 好鳥全靠好羽毛. ➡即「佛要金裝，人要衣裝」.

**fea·ture** [ˋfitʃɚ] 名 ❶面貌的一部分，即眼、鼻、口、下巴等；(**features**)容貌，相貌.
May has lovely features. 玫有可愛的容貌.
❷特徵，特色.
❸(報紙、雜誌上的)特刊，特別報導；(廣播、電視、表演等中的)精彩節目；(電影院中作爲主要影片的)正片、長片等.

F

A feature of the circus is the tightrope act. 這個馬戲團的精彩節目是走鋼絲.

**Feb.** February(二月)的縮寫.

**Feb·ru·a·ry** [ˋfɛb rʊ ˏɛ r ɪ]

▶二月

⊙在拉丁文中爲「滌淨之月」之意；昔日在這個月份舉行「滌淨祭典」

[名]二月. ➜詳細用法請參見 June.
**in** February 在二月
**on** February 11 (讀法：(the) eleventh) 在二月十一日
I went to New York last February. 去年〔今年〕二月我去了紐約.

**fed** [fɛd] feed 的過去式、過去分詞.

**fed·er·al** [ˋfɛdərəl] [形]聯邦的；(**Federal**)美國聯邦政府的.
the Federal Government 美國聯邦政府

**fed·er·a·tion** [ˏfɛdəˋreʃən] [名]聯合，同盟；聯邦，聯邦制度〔政府〕.

**fed·er·a·tive** [ˋfɛdəˏretɪv] [形]聯合的，聯邦的.

**fee** [fi] [名]❶(律師、醫生等的)報酬，酬勞. ❷費用，入場費；(常用 **fees**)學費.

**fee·ble** [ˋfibḷ] [形]弱的，虛弱的，無力的.

**feed** [fid] [動]❶**餵食**，給予食物；養；吃，食(草、飼料等).
feed a baby 餵嬰兒奶或食物
She feeds the birds from her hand. 她用手餵小鳥.
The cows were feeding on the hill. 牛在山坡上吃草.
We feed our cat on canned food. = We feed canned food to our cat. 我們用罐頭食物餵貓.
◆ **fed** [fɛd] 過去式、過去分詞.
I fed carrots to the rabbits. 我拿胡蘿蔔餵兔子.
Dogs have to be fed only twice a day. 狗一天餵兩次就行了.
Feeding the goldfish is my job. 我的工作是餵養金魚. ➜ Feeding(餵養)是動名詞.
❷輸入(數據、信號等到機器中).
feed the data into a computer 把資料輸入電腦內

idiom

***be féd úp*** 《口》因過多而生厭，膩煩.
I am fed up **with** his jokes. 我聽膩了他的笑話.

***féed on*** 〔***upòn***〕～ 以～爲食，吃東西.

**feel** [f i l]

▶感覺
▶觸摸

[動]❶(身體或心裡)感到；由接觸而得知，感覺.
基本 feel (a) pain 感到疼痛，疼痛 ➜ feel＋名詞〈O〉.
feel the warmth of the sun 感覺到太陽的溫暖
feel the house shake 感覺房子在搖動 ➜ feel *O do* 爲「感到 O ～」.
I feel (that) he loves me. 我覺得他愛我.
基本 feel cold 感覺寒冷 ➜ feel＋形容詞〈C〉.
feel happy 感到快樂、幸福，高興
feel sorry 覺得可惜，覺得抱歉
feel proud 覺得驕傲
feel sleepy 想睡覺
Don't feel alone. 別(覺得孤伶伶而)感到孤單.
My head felt clear. 我頭腦清醒.
I did not feel well yesterday. 我昨天覺得不舒服.
會話 How do you feel today? —I feel better today. 你今天覺得怎麼樣? —今天好多了.
Velvet **feels** smooth. 天鵝絨(摸起

來)讓人覺得光滑. ➜ feels [filz] 為第三人稱單數現在式.

◆ **felt** [fɛlt] 過去式、過去分詞.
He felt the need of a common language. 他感到共通語的必要性.

◆ **feeling** [ˋfilɪŋ] 現在分詞、動名詞. → feeling.
How are you feeling today? 你今天覺得如何? ➜比 How do you feel? 更強調 feel 的意思, 為現在進行式.

❷觸摸, 碰觸, 摸摸看; 用手探.
feel his pulse 替他把脈
feel his arm 觸試他的手臂(診斷是否骨折)
Mother feels the baby's bottle and checks if the milk is warm. 母親摸摸奶瓶看牛奶是不是溫熱的.
Mom felt my forehead and said that I had a fever. 媽媽摸摸我額頭說我發燒了.

idiom

***féel for*** ~ ①用手摸尋~.
He was feeling in the bag for the key. 他把手伸進皮包找鑰匙.
②同情~.
I felt for her. 我同情她.

***féel lìke*** ~ 想做~, 想要~; 感覺彷彿~; 摸起來像~.
I don't feel like (taking) a walk. 我不想散步.
It feels like snow today. 今天好像要下雪. ➜ It 籠統地表示「天氣」.
It feels like silk. 它摸起來像是絲綢.

***féel*** *one's* ***wáy*** 摸索著走.
In the dark I felt my way to the kitchen. 在黑暗中我摸索着走到廚房.

—名 觸覺, 手感; 感覺, 感受.

**feel·er** [ˋfilɚ] 名(動物的)觸角, 觸毛.

**feel·ing** [ˋfilɪŋ] feel 的現在分詞、動名詞.
—名 ❶感覺, 感觸, ~感. ❷(常用 **feelings**)感情; 心情; 體諒. ❸感想, 意見.

**feet** [fit] 名 foot 的複數.

**fell**[1] [fɛl] fall 的過去式.

**fell**[2] [fɛl] 動 砍倒; 使倒下, 打倒. ➜動詞規則變化; 勿與 fell¹混淆.

**fel·low** [ˋfɛlo] 名《口》傢伙, 男人. ➜通常前置形容詞, 如下例所示.
a good fellow 好傢伙
Poor fellow! 可憐的傢伙!
—形 同伴的, 同事的.

**fel·low·ship** [ˋfɛlo͵ʃɪp] 名 同儕意識, 友情, 交往.

**felt**[1] [fɛlt] feel 的過去式、過去分詞.

**felt**[2] [fɛlt] 名 形 毛氈(製成的).

**felt-tip(ped)** [ˋfɛlt͵tɪp(t)] 形 尖頭是毛氈製的.
a felt-tip(ped) pen 筆尖以毛氈製成的筆

**fe·male** [ˋfimel] 名 形 女(的), 女性(的); 雌(的). 反義字 male(男性(的)).
a female cat 母貓

**fem·i·nine** [ˋfɛmənɪn] 形 女性的; 女人似的. 反義字 masculine(男性(似)的).

**fence** [fɛns] 名 圍欄, 柵欄, 圍牆, 籬笆.
a wire fence 鐵絲網
a pasture fence 牧場的圍欄
put up a board fence 豎起木籬笆
—動 圍以籬笆; 築以圍牆.

**fenc·ing** [ˋfɛnsɪŋ] 名 劍術, 擊劍.

**fern** [fɝn] 名 羊齒科植物.

**Fer·ris wheel** [ˋfɛrɪs͵hwil] 名(遊樂園等中旋轉式的)摩天輪. ➜ Ferris 為製造摩天輪的美國工程師的名字. (見次頁圖)

**fer·ry** [ˋfɛrɪ] 名 (複 **ferries** [ˋfɛrɪz]) ❶渡船. ➜亦作 ferryboat. ❷渡口.

**fer·ry·boat** [ˋfɛrɪ͵bot] 名 渡船. ➜亦可僅用 ferry.

**fer·tile** [ˋfɝtḷ] 形 土地肥沃的.

**fer·ti·liz·er** [ˋfɝtḷˏaɪzɚ] 名 肥料；(尤指)化學肥料.

**fes·ti·val** [ˋfɛstəvḷ] 名 節日，節慶；～節，慶典.

a music〔school〕festival 音樂節〔校慶〕

**fetch** [fɛtʃ] 動 取來，帶來(go and bring back).

Please fetch my dictionary from my study. 請到我的書房把我的字典拿來.

Fetch me my coat, please. 請把我的外套拿來.

**fe·ver** [ˋfivɚ] 名 ❶熱；熱病.

have a fever 發燒

❷興奮，狂熱.

| **few** [f ju] | ▶二、三(的～)<br>⊙ a few (～)爲「有二、三(的～)」，few (～)爲「只有二、三(的～)」 |
|---|---|

形代 (**a few** (～))二、三個(的～)，少數(的～)；(不加 a)(只有)二、三(的～)，(只有)少數(的～). ➜後接名詞時其本身爲形容詞，單獨時則爲代名詞.

基本 There are few〔a few〕books on the shelf. 書架上只有二、三本書〔書架上有二、三本書〕. ➜(a) few＋複數名詞；a few 著重於「有一點兒」的「有」，沒有 a 時著重於「只有一點兒」的「只有」；few 用於可數名詞，而量少且不可數時則用 little 表示.

a few days ago 二、三天前

for a few days 二、三天的時間

in a few minutes 二、三分鐘之內

say a few words 說些話，講一下話

these few days 這幾天 ➜ these 可替代 a 表示「很少的」.

a man of few words 沉默寡言的人

There are a few stars in the sky. 天空中有幾顆星星.

There are (very) few stars in the sky. 天空中幾乎沒有星星. ➜ few 常以 very few 的形式出現.

會話 What is a dragon like? —Well, it is difficult to answer in a few words. 龍是甚麼樣的東西?—嗯，很難用三言兩語回答.

◆ **fewer** [ˋfjuɚ]《比較級》較少的.

I made fewer mistakes than Jim. 我犯的錯比吉姆少.

◆ **fewest** [ˋfjuɪst]《最高級》最少的.

idiom

***a góod féw*** ＝quite a few.

***not a few*** ＝quite a few.

***ònly a féw*** ～ ＝(very) few 只有一點點. ➜加上 only 即成否定意義；→ only a little (→ little).

Only a few could answer the question. 只有少數人能回答這個問題.

***quìte a féw*** 相當多的.

Quite a few people are against the plan. 相當多人反對這個計畫.

**fi·an·cé** [ˏfiənˋse] 名 未婚夫.

**fi·an·cée** [͵fiən`se] 名 未婚妻.

**fi·ber** [`faɪbɚ] 名 纖維.

**fi·bre** [`faɪbɚ] 名 《英》＝fiber.

**fick·le** [`fɪkḷ] 形 (人、天氣等)常變的，多變的，反覆無常的.

**fic·tion** [`fɪkʃən] 名 ❶小說，創作. ❷虛構之事，捏造的故事，杜撰. → fact.

**fid·dle** [`fɪdḷ] 名 小提琴(violin).

**fid·dler** [`fɪdlɚ] 名 小提琴手.

**field** [fild] 名 ❶**田野，**田地；牧草地.

a wheat field 麥田

a rice field 稻田

an oil field 油田

A lot of people are working in the **fields**. 許多人正在田裡工作. ➜「田野」通常有籬笆等圍繞，由好多塊田地組成，常用複數.

There are beautiful green fields of rice before us. 我們眼前有綠油油的美麗稻田.

❷**曠野.**

They walked through forests and fields. 他們走過森林和曠野.

**field glàsses** (野外用小型)雙筒望遠鏡.

**field trìp** 校外教學旅行，野外研究活動.

❸**比賽場地，～場；**(田徑場中跑道(track)的內側的)**運動場.**

a baseball 〔playing〕 field 棒球場〔運動場〕

**field dày** (學校的)運動會(的日子)；(自然觀察等)野外研究(日).

❹領域，範圍.

a new field of science 科學的新領域

❺戰場(battlefield).

**field·er** [`fildɚ] 名 (板球的)外場員，(棒球的)外野手.

a right 〔left〕 fielder 右〔左〕外野手〔外場員〕

**fierce** [fɪrs] 形 激烈的，猛烈的；兇猛的.

| **fif·teen** [`fɪf`ti n] | ▶十五(的)<br>▶十五歲(的) |
|---|---|

形 十五的；十五人〔個〕的；**十五歲的.** ➜用法請參見 three.

fifteen students 十五名學生

It's fifteen minutes past ten. 現在是十點十五分.

I will be fifteen next week. 我將於下週滿十五歲.

—名 ❶十五；十五歲. ❷十五人〔個〕組成的團體；橄欖球隊.

**fif·teenth** [`fɪf`tinθ] 名 形 第十五(的)；(一個月的)十五號. ➜略作 **15th.**

on the 15th of May＝on May 15 在五月十五日

| **fifth** [fɪf θ] | ▶第五(的)<br>▶第五天，五號 |
|---|---|

名 形 (複 **fifths** [fɪfθs]) ❶**第五(的)；**(一個月的)第五天，五號. ➜略作 **5th**；用法請參見 third.

on the fifth of May＝on May 5 在五月五日

Beethoven's Fifth Symphony 貝多芬第五號交響曲

❷五分之一(的).

one fifth＝a fifth part 五分之一

two fifths 五分之二

**Fífth Ávenue** 第五街. ➜紐約的繁華街道，帝國大廈、麥迪遜廣場、美術館等都在此街.

**fif·ti·eth** [`fɪftɪɪθ] 名 形 第五十(的).

| **fif·ty** [`fɪf tɪ] | ▶五十(的)<br>▶五十歲(的) |
|---|---|

形 **五十的；五十歲的.** ➜用法請參見 three.

fifty cars 五十輛汽車

F

He is fifty (years old). 他五十歲.

—名 (複 **fifties** [ˋfɪftɪz]) ❶ 五十；五十歲.

He is a little under fifty. 他不到五十歲.

**fifty-one, fifty-two, ～** 五十一，五十二，～.

❷(**fifties**) (年紀的) 五十幾歲；(世紀的) 五〇年代. ➜從 fifty 到 fifty-nine.

**fig** [fɪg] 名 無花果；無花果樹 (亦作 **fig tree**).

**fight** [faɪt] 動 交戰；相打，格鬥，打架. → quarrel.

fight (**against** 〔**with**〕) the enemy 與敵人交戰

fight a battle 打仗，戰鬪

fight **for** peace 爲和平而戰

The doctors are fighting this disease. 醫生們正在和這種疾病搏鬥.

◆ **fought** [fɔt] 過去式、過去分詞.

Britain fought with France against Germany. 英法兩國同盟與德國交戰.

—名 ❶戰鬪；格鬪，打架.

have a fist fight with ～ 和～互毆

win 〔lose〕 a fight 戰勝〔戰敗〕

❷鬪志.

**fight·er** [ˋfaɪtɚ] 名 ❶ 鬪士，戰士. ❷拳擊手. ❸戰鬪機.

**fight·ing** [ˋfaɪtɪŋ] 名 戰爭，戰鬪；格鬪，打架.

**fig·ure** [ˋfɪgɚ] 名 ❶姿態，形狀，人影；人物；(繪畫、雕刻等的) 人像，肖像.

She has a good figure. 她身材很好.

Mr. Bond is a well-known figure in our town. 龐德先生是我們鎮上的知名人士.

❷數字，數；(用數據表示的) 數額，量；(**figures**) 計算，算術.

the figure 8 數字 8

a eight-figure telephone number 八碼的電話號碼

be good at figures 擅長算術

❸圖形，圖案.

See Fig. 2 見圖2. ➜Fig.是figure的縮寫.

**fígure skàting** 花式溜冰. ➜一邊溜冰，一邊在冰上跳舞的比賽.

—動 ❶《美口》認爲～(think).

figure his story a lie 認爲他的話是謊言 ➜ V (figure) + O (his story) + C (a lie) 的句型.

I figured that he would arrive before noon. 我想他會在中午之前到達.

❷計算.

idiom

***fígure óut*** 計算 (算術等的題目)；理解.

**file**[1] [faɪl] 名 銼刀.

**file**[2] [faɪl] 名 ❶文件整理用具. ➜公文箱、文件夾等. ❷卷宗，檔案，訂存的文件.

idiom

***on fíle*** 存檔，歸檔.

—動 彙存，存檔.

**file**[3] [faɪl] 名 縱隊. → rank 名 ❷

**fill** [fɪl] 動 使滿，裝滿；充滿.

fill a glass **with** water 把杯子裝滿水

The glass is filled with water. 杯子裡裝滿了水.

My heart was filled with joy. 我

的心中充滿喜悅.
The bath filled slowly. 浴缸的水漸漸滿了.
The room filled with fresh air. 房間裡充滿了新鮮的空氣.

idiom

***fíll ín*** 填好(空白處等); 填寫(表格).
Fill in the blanks with suitable words. 請在空白處填寫適當的字.
***fíll óut*** 填寫(表格等).
***fíll úp*** 填滿.

**fill·ing sta·tion** [ˋfılıŋˏsteʃən] 名 《美》加油站(《英》 petrol station).

**film** [fılm] 名 ❶薄膜, 薄的一層.
a film of oil on the puddle 浮在水坑上的一層油膜
❷底片, 膠卷.
a roll of film 一卷底片
❸電影(motion picture).
a film star 電影明星

**fil·ter** [ˋfıltɚ] 名 過濾器; (照相機的)濾光鏡.

**fin** [fın] 名 (魚的)鰭.

**fi·nal** [ˋfaınḷ] 形 最後的(last); 最終的, 決定性的.
the final contest 決賽
—名 ❶期末考試; 《英》畢業考試. ❷(**finals**)決勝賽, 決戰.

**fi·nal·ly** [ˋfaınḷı] 副 最後地, 最終地(in the end).

**fi·nance** [fəˋnæns, ˋfaınæns] 名 ❶財政; 金融. ❷(**finances**)收入, 歲入, 財政狀況, 資金周轉.

**fi·nan·cial** [fəˋnænʃəl, faıˋnænʃəl] 形 財政的, 金融的.

| **find** [faınd] | ▶找到, 發現<br>▶發覺(～是～) |
|---|---|

動 ❶找到, 發現.
基本 find a key 找到鑰匙 ➡ find＋名詞〈O〉.
find a four-leaf clover 找到一株幸運草
find a dime on the floor 在地板上發現一枚十分錢的硬幣
He **finds** a part-time job every summer. 每年夏天他都去找一份兼差. ➡ finds [faındz] 爲第三人稱單數現在式.
◆ **found** [faund] 過去式、過去分詞.
He found me a good seat. ＝ He found a good seat for me. 他爲我找了個好座位. ➡前句爲V (found)＋O′ (me)＋O (a good seat)的句型, 表示(爲O′找到O).
Gold **was** found in California in 1848. 一八四八年在加利福尼亞州發現了黃金. ➡被動語態.
◆ **finding** [ˋfaındıŋ] 現在分詞、動名詞. ➡通常不用進行式;「正在找～」用 be looking for ～表示.
❷(**find** O C)(嘗試後才發現O其實很C)**發覺**; (**find that** ～)**發覺**～.
基本 find the book interesting 發覺這本書很有趣 ➡find＋名詞〈O〉＋形容詞〈C〉; find an interesting book 表示「找到一本有趣的書」.
I found him asleep〔dead〕. 我發覺他睡著了〔死了〕.
He was found asleep〔dead〕. 他被發現時是睡著的〔已經死了〕.
I found him honest〔friendly〕. 我發覺他很誠實〔友善〕.
I found it difficult〔easy〕to climb the tree. 我發覺這棵樹很難〔容易〕爬. ➡ it＝不定詞 to climb(爬)～.
If you talk to him, you'll find that he is a good man. 和他談話後你就會發覺他是個好人.

idiom

***fínd onesèlf*** 發覺自己在～, 發現自己是～.
I found myself in a strange room. 我發覺自己在一個陌生的房間裡.
I awoke one morning and found myself famous. 我有一天清晨醒來,

發現自己成名了.

***fìnd óut*** 找出, 看穿, 知曉, 解開(謎).

**find·er** [ˋfaɪndɚ] 名 ❶發現者. ❷(照相機的)取景器, 檢像鏡.

**F**

| **fine**[1] [faɪn] | ▶美好的 ▶晴朗的 ▶健康的 |
|---|---|

形 ❶**美好的, 悅人的, 高尚的, 好的, 卓越的.**

基本 a fine picture 出色的畫 → fine＋名詞.

a fine play 精彩的演出

a fine new dress 漂亮的新衣服

a fine musician 優秀的音樂家

基本 會話 Will that be too early? —No, that'll be fine. 會不會太早了? —不會的, 那樣正好. → be 動詞＋fine 〈C〉.

會話 How about a cup of tea? —Fine! 來杯茶怎麼樣? —好啊!

❷(天氣)晴朗的.

a fine day 晴天

It was fine yesterday. 昨天是個好天氣. → It 籠統地表示「天氣」.

❸健康的(well). → 不可置於名詞之前.

基本 會話 How are you? —I'm fine, thank you. 你好嗎? —很好, 謝謝. → be 動詞＋fine 〈C〉.

You're looking fine. 你看起來氣色很好.

❹細的, 銳利的; 纖細的.

a fine rain 〔snow〕 細雨〔細雪〕

a fine ear for music 對音樂敏銳的鑑賞力

The baby has very fine hair. 這個嬰兒的頭髮很細.

**the fíne árts** 美術. → art.

◆ **finer** [ˋfaɪnɚ] 《比較級》較好的, 較出色的.

◆ **finest** [ˋfaɪnɪst] 《最高級》最好的, 最出色的.

**fine**[2] [faɪn] 名 罰金.

He paid a fine of 150 dollars for speeding. 他繳了因超速駕駛而被罰的一百五十美元.

—動 處以罰金.

**fin·ger** [ˋfɪŋgɚ] 名 **手指.** → 通常不包括拇指(thumb); 相關語 toe(腳趾).

the index finger 食指 → 亦稱 the first finger, the forefinger.

the middle 〔ring, little〕 finger 中指〔無名指, 小指〕

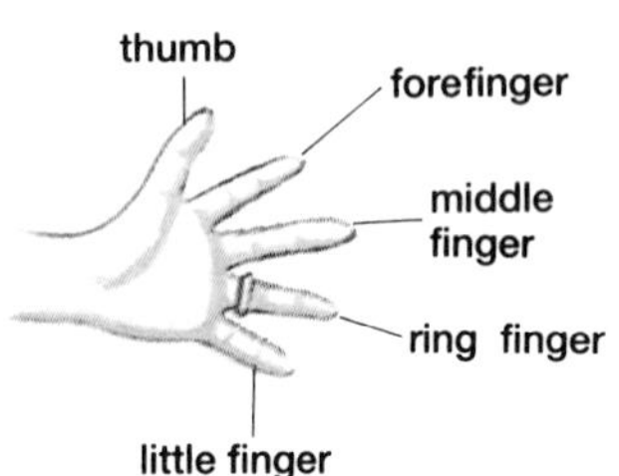


idiom

***cróss*** *one's* ***fíngers*** 將中指重疊於食指之上. → 避邪祈福的動作; → cross idiom

—動 以指觸摸.

**fin·ger·nail** [ˋfɪŋgɚˏnel] 名 指甲.

**fin·ger·print** [ˋfɪŋgɚˏprɪnt] 名 指紋.

| **fin·ish** [ˋfɪnɪʃ] | ▶完成 ▶結束 ▶終了 |
|---|---|

動 完成；結束.

**基本** finish *one's* breakfast 吃完早餐 ➡ finish＋名詞〈O〉.

finish *one's* school 完成學業〔畢業〕

Can you finish in time? 你能按時完成嗎?

He usually **finishes** his homework before supper. 他總是在晚飯前做完家庭作業. ➡ finishes [ˋfɪnɪʃɪz] 爲第三人稱單數現在式.

◆ **finished** [ˋfɪnɪʃt] 過去式、過去分詞.

The movie finished at 9:30. 電影於九點半結束.

He finished writing a letter. 他寫完了信. ➡動名詞 writing (書寫)是 finished 的受詞;「完成～」不用 ×finish *to do*.

**Have** you already finished your homework? 你已經做完你的家庭作業了嗎? ➡現在完成式.

Please wait until this song **is** finished. 請等到這首歌放完. ➡被動語態.

I'm finished. 我完蛋了. ➡這裡的 finished 爲過去分詞作形容詞(完蛋的，筋疲力盡的)使用.

◆ **finishing** [ˋfɪnɪʃɪŋ] 現在分詞、動名詞.

—名 ❶終了，最後. ❷終點線(亦作 **finish line**). ❸(表面的)最後潤飾，磨光.

**Fin·land** [ˋfɪnlənd] 專有名詞 芬蘭. ➡以森林和湖泊而聞名的北歐共和國;首都赫爾辛基;通用語是芬蘭語及瑞典語.

**fir** [fɝ] 名 冷杉，樅. ➡有的高達四十公尺;因樹形呈金字塔形，常用來作聖誕樹.

**fire** [faɪr] 名 ❶火. ➡此意時不可用 ×*a* fire, ×fire*s*.

catch〔take〕fire 著火，開始燃燒

set fire to ～ 對～點火〔縱火〕

諺語 No smoke〔There is no smoke〕without fire. 無火不起煙，無風不起浪.

❷(壁爐、炊事的)火，營火；火災. ➡作普通名詞，如 a fire, fires 等;「壁爐、暖爐的火」用 **the fire** 表示.

相關語 火柴、打火機、香菸等的「火」是 light.

make〔build〕a fire 生火

light a fire 點火

sit by the fire 坐在爐火邊

Put a pan on the fire. 將鍋架在火上.

A fire is burning in the fireplace. 爐火在燃燒.

A big fire broke out in my neighborhood last winter. 去年冬天我家附近發生大火.

'Fire!' he cried. 他大叫:「失火啦!」

**fíre alàrm** 火災警報器；火災警報.

**fíre drìll** 消防訓練.

**fíre èngine** 消防車.

**fíre escàpe** 逃生梯，太平梯.

**fíre extìnguisher** 滅火器.

**fíre fìghter** 消防隊員.

**fíre stàtion** 消防站.

idiom

***on fíre*** 着火，失火.

The tall building is on fire. 高樓著火了.

—動 ❶發射，開砲.

fire a gun 開槍

fire at ～ 向～開砲

❷點火；着火；燒(磚、陶瓷器等).

❸《口》解雇.

**fire·boat** [ˋfaɪrˏbot] 名 《美》消防艇.

**fire·crack·er** [ˋfaɪrˏkrækɚ] 名 爆竹，鞭炮.

**fire·fly** [ˋfaɪrˏflaɪ] 名 (複 **fireflies** [ˋfaɪrˏflaɪz]) 螢火蟲.

**fire·house** [ˋfaɪrˏhaus] 名 《美》消防站(fire station).

**fire·man** [ˋfaɪrmən] 名 (複 **firemen** [ˋfaɪrmən]) 消防隊員.

F

**fire·place** [ˋfaɪr͵ples] 名火爐，壁爐. ➜設置在房間牆壁中的火爐，冬天爲一家人生活的中心.

**fire·proof** [ˋfaɪrˋpruf] 形 耐火性的，防火的. → -proof.

**fire·side** [ˋfaɪr͵saɪd] 名 爐邊.
by the fireside　在爐邊

F

**fire·wood** [ˋfaɪr͵wud] 名 柴，薪.
gather〔chop〕firewood　撿拾柴薪〔劈柴〕 ➜不用 ×*a* firewood, ×fire-wood*s*.

**fire·work** [ˋfaɪr͵wɝk] 名(常用 **fire-works**)煙火.

**firm**[1] [fɝm] 名 公司，商店. ➜不分內容及規模大小，凡由兩人以上經營者皆可稱 firm.
a law firm　法律事務所

**firm**[2] [fɝm] 形 堅固的；堅定的；堅決的.
have a firm belief　有堅定的信念.
**—** 副 堅固地，牢固地.

**firm·ly** [ˋfɝmlɪ] 副 堅固地，堅定地；穩固地.

| **first** [fɝ s t] | ▶第一的，最初的<br>▶第一地，最初地<br>▶第一，第一人〔物〕 |
|---|---|

形 第一的，最初的. 反義字 last(最後的).
基本 the first week　第一週 ➜ the + first + 名詞.
the first train　頭班列車
first base　(棒球的)一壘
my first love　我的初戀(情人)
the first day of the month　一個月的第一天，一號
the first snow of the season　初雪
win (the) first prize　獲得第一獎
the first five pages of the book　這本書的頭五頁 ➜不用 ×the *five first* ～.
the first guest to arrive　最先到的客人 ➜不定詞 to arrive(到來～)修飾 guest；諸如 first, second, last 之類的序詞如果接不定詞時，該不定詞表示過去時態.
I'm in the first year of junior high school.　我現在是國中一年級.
This is my first visit to Paris.　這是我第一次來巴黎.

**fírst áid**　急救.
give him first aid　爲他做急救措施

**fírst nàme**　(姓名的)名. ➜亦稱作 Christian name；關係親密者用 first name 互稱；姓(家族名)爲 last name；→ name.
Please call me by first name.　(別見外)請叫我的名字好了.

**the fírst fínger**　食指(forefinger).

**the fírst lády**〔**Fírst Lády**〕(美國的)總統夫人，第一夫人，州長夫人.

idiom

***for the fírst tíme***　第一次.
***in the fírst pláce***　首先.
***the fírst tíme***　最初，第一次；(***the first time*** S′+V′)第一次 S′ 做 V′ 時.
Is this the first time (that) you have been here?　你是初次到這裡來嗎?
The first time I met you, you were only ten.　我第一次見到你時，你才十歲.
**—** 副 第一，首先，最初.
Ladies first.　女士優先.
Will you speak first?　你先說，好嗎?
May finished the test first, and I

finished second. 玫第一個考完，我是第二個.
I first met her in Paris ten years ago. 十年前我在巴黎第一次遇見她.
idiom
***fírst of áll*** 首先，第一.
—名 ❶第一；第一人〔物〕；(一個月的)第一天，一號. ➡日期略作 **1st**.
on the 1st of April＝on April 1 (讀法：(the) first) 在四月一日
Elizabeth the First＝Elizabeth I 伊莉莎白一世
He was the first to come here. 他是第一個來這兒的人. ➡不定詞to come(來～)修飾the first；→形 第9個例子.
idiom
***at fírst*** 最初，起初.
At first he wasn't friendly to me. 起初他對我並不友善.
***from the fírst*** 從最初開始.

**first-class** [ˋfɝstˋklæs] 形 第一級的，一流的；(交通工具)頭等的.
—副 頭等地.
travel first-class 搭乘頭等艙旅行

**fish** [fɪʃ]
▶魚
▶魚肉
▶釣魚，捕魚

名 ❶魚. ➡單複數同形；但表示種類不同的魚時，常用複數 **fishes** [ˋfɪʃɪz] 表示.
a〔ten〕fish 一〔十〕條魚
a school of fish 魚群 ➡school 爲「(魚等的)群」.
catch a lot of fish 捕〔釣〕很多魚
❷魚肉. ➡不用ˣ*a* fish, ˣfish*es*.
I like meat, but I don't like fish. 我喜歡吃肉，可是不喜歡吃魚.
**físh and chíps** 炸魚及薯條. ➡一種很普遍的菜.
**físh dèaler** 《美》魚店(商). ➡「他是個賣魚的」通常表示如下.
He sells fish. (他賣魚)
He has a fish shop. (他經營魚店)；→fishmonger.

印象 日常生活中經常與「魚腥味」和「死魚眼」聯想在一起；因爲釣客常說大話，fish story 即表示「令人難以置信的故事」；又因魚常常在水中將口開開合合，很像在喝水，因此 drink like a fish(像魚喝水那樣地喝酒)即表示「酒量很大」.

—動 釣魚，捕魚. →fishing.
fish in the river for salmon 在河裡釣鮭魚
idiom
***gò físhing*** 去釣魚.
I went fishing in the pond yesterday. 我昨天去池塘釣魚. ➡「去池塘」不用ˣ*to* the pond.

**fish·bowl** [ˋfɪʃˌbol] 名 金魚缸.

**fish·er·man** [ˋfɪʃɚmən] 名 (複 **fishermen** [ˋfɪʃɚmən]) 漁夫，漁翁. →angler.

**fish·ing** [ˋfɪʃɪŋ] 名 釣魚，捕魚；漁業. ➡既表示娛樂性運動的釣魚，亦表示捕魚這個職業.
—形 釣魚的，捕魚的；漁業的.
a fishing boat〔net, village〕 漁船〔魚網，漁村〕
a fishing line〔rod〕 釣線〔釣竿〕

**fish·mon·ger** [ˋfɪʃˌmʌŋgɚ] 名《英》魚商，魚販. →fish dealer.

**fist** [fɪst] 名 拳，拳頭.

**fit**[1] [fɪt] 形 ❶合適的，適當的.
She is not fit for this type of job. 她不適合做這類工作.
This water is not fit to drink. 這水不適合飲用.
◆ **fitter** [ˋfɪtɚ] 比較級.
◆ **fittest** [ˋfɪtɪst] 最高級.
❷健康的，強健的. ➡不可置於名詞之前.
I jog every morning to keep (myself) fit. 爲了健康我每天早晨慢跑.
—動 合適，適合；使適合(～)；安裝.
The suit fits (you) very well. 這

件套裝很適合你.
Those shoes are too small. They don't fit me. 那雙鞋太小了，不合我的腳.
◆ **fitted** [`fɪtɪd] 過去式、過去分詞.
Mom fitted the dress on me. 媽媽照我的身材改了那件衣服.
Ken fitted all the pieces of the jigsaw puzzle together. 肯將拼圖全都拼好了.
You are not fitted for this kind of work. 你不適合這種工作.
◆ **fitting** [`fɪtɪŋ] 現在分詞、動名詞.

**fit**[2] [fɪt] 名 (疾病、感情的)發作，痙攣.
a fit of coughing 〔anger〕 一陣咳嗽〔憤怒〕

| **five** [faɪv] | ▶五(的)<br>▶五點鐘<br>▶五歲(的) |
|---|---|

名 五；五點鐘；五分鐘；五人〔個〕；五歲. ➜用法請參見 three.
Lesson **Five** 第五課(＝**The Fifth** Lesson) ◁相關語
It is five minutes past five. 現在是五點零五分. ➜ It 籠統地表示「時間」.
—形 五的；五人〔個〕的；五歲的.
five apples 五粒蘋果
He is only five (years old). 他只有五歲.

**fix** [fɪks] 動 ❶使固定，安裝.
fix a mirror to the wall 在牆上裝鏡子
❷決定.
fix a day for the party 決定晚會的日期
❸修理(repair). → mend.
fix a radio 修理收音機
❹《美》烹飪，做(菜).
❺使(眼睛、心等)傾注於～.
She fixed her eyes on the screen. 她兩眼直盯著螢幕.

**fixed** [fɪkst] 形 固定的；被固定的；不變動的.
fixed ideas 根深柢固的觀念
a fixed price 定價
**fíxed stár** 恒星. ➜相對位置不變，本身會發光的星球；star 通常表示這類恒星；相關語 planet(行星).

**FL** Florida 的縮寫.

**flag** [flæg] 名 旗幟.
the national flag 國旗

**flake** [flek] 名 薄片；(一片片飄落的雪)一片. → cornflakes.
flakes of snow 雪片
The paint came off in flakes. 油漆一片片地脫落下來. ➜ in 爲表示「狀態」的介系詞，意思是「變成薄薄的碎片」.

**flame** [flem] 名 火焰.
a candle flame 燭火
idiom
***in flámes*** 在火焰中，燃燒著.
—動 燃燒；變得紅如火焰.

**fla·min·go** [flə`mɪŋgo] 名 (複 **flamingo(e)s** [flə`mɪŋgoz]) 紅鶴.

**flank** [flæŋk] 名 脅腹，腰窩；側面.

**flap** [flæp] 名 ❶輕輕拍打〔聲〕. ❷下垂可活動的部分；(口袋的)蓋，(信封的)封口.
—動 ❶(用平的東西)輕拍.
◆ **flapped** [`flæpt] 過去式、過去分詞.
◆ **flapping** [`flæpɪŋ] 現在分詞、動名詞.
❷上下或左右移動；(鳥)拍動(翅膀).
The curtain flapped in the wind. 窗簾在風中飄動.

**flash** [flæʃ] 動 ❶閃光，閃爍；突然現出，倏然照射.
The lightning flashed across the sky. 閃電自天空閃過.
The ship flashed its signal lights. 船發出信號燈光.
❷(咻地)掠過.

A sports car flashed by. 賽車一閃而過.
—名 ❶閃光，閃爍.
a flash of lightning 閃電
**in a flash** 瞬間，即刻
❷(攝影用的)閃光燈(flashlight).

**flash·light** [ˋflæʃˏlaɪt] 名 ❶手電筒. ❷(攝影用)閃光燈.

**flask** [flæsk] 名 ❶(實驗室等用的)燒杯. ❷(水壺等的)瓶.

**flat**[1] [flæt] 形 ❶平的；(容器等)淺的；平直的.
a flat roof 平的屋頂
fall flat 直挺挺地倒下
In those days people thought that the earth was flat. 當時人們認爲地球是平的.
❷平板單調的，乏味的；枯燥的.
a flat joke 平淡無趣的笑話
flat beer 氣跑光了的啤酒
a flat answer 直截了當的回答
❸漏氣的，成扁平形的.
We **got a flat tire** driving over a sharp stone. 我們的車因輾過一塊尖石而使輪胎爆了.
—副 ❶冷淡地，斷然地；明確地. ❷恰好.
run a hundred meters in 10 seconds flat 一百公尺恰好跑十秒鐘
—名《音樂》降半音，降半音的符號(♭).

**flat**[2] [flæt] 名《英》公寓(《美》apartment). ➡公寓住所的一個樓層中，一戶人家所能使用的部分.
**a block of flats** 一棟公寓(《美》apartment building)

**flat·ly** [ˋflætlɪ] 副 ❶平直地；直挺挺地(倒在地面). ❷斷然地，直截了當地.

**flat·ter** [ˋflætɚ] 動 ❶諂媚，奉承，阿諛；給以愉快的感覺. ❷(指相片等)比實物好看.
idiom
***fèel* 〔*be*〕 *fláttered*** 感到非常愉快，非常得意.
***flátter oneSèlf*** 自我陶醉，洋洋得意.
Don't flatter yourself that you'll win the prize. 別自以爲自己會得獎而洋洋得意.

**flat·ter·er** [ˋflætərɚ] 名 諂媚者，奉承者.

**flat·ter·y** [ˋflætərɪ] 名(複 **flatteries** [ˋflætərɪz])諂媚，奉承，阿諛之詞.

**fla·vor** [ˋflevɚ] 名 味道，風味.
This ice cream has a chocolate flavor. 這冰淇淋有巧克力味.
—動 調味，加味於.

**fla·vour** [ˋflevɚ] 名 動《英》＝flavor.

**flaw** [flɔ] 名 ❶(寶石、陶瓷器皿等的)瑕疵，裂痕(crack).
a flaw in a diamond 鑽石的瑕疵
❷缺點，弱點，缺陷.

**flax** [flæks] 名《植物》亞麻；亞麻纖維. ➡用來織亞麻布(linen).

**flea** [fli] 名《蟲》跳蚤.

**fled** [flɛd] flee 的過去式、過去分詞.

**flee** [fli] 動 逃離(run away(from)).
flee (from) the enemy 逃離敵人
**fled** [flɛd] 過去式、過去分詞.

**fleece** [flis] 名(一隻羊身上所剪的)羊毛. → wool.

**fleet** [flit] 名 艦隊；(採取一致行動)車〔飛機、船舶等的〕隊.

**flesh** [flɛʃ] 名 ❶(動物、果實等的)肉.
相關語 meat(食用動物的肉).
❷(**the flesh**)(相對於精神、靈魂等而言)肉體(body).

**flew** [flu] fly[2] 的過去式.

**flex·i·ble** [ˋflɛksəbḷ] 形 易彎曲的，柔軟的，柔韌的；可變通的.

**flick·er** [ˋflɪkɚ] 動(燈光、樹葉等)搖曳，忽隱忽現.

**fli·er** [ˋflaɪɚ] 名 ❶飛行員. ❷《美》特快列車〔巴士〕.

**flies** [flaɪz] fly² 的第三人稱單數現在式.

**flight** [flaɪt] 名 ❶飛翔, 飛行; 航空旅行, (飛機)班次.
the graceful flight of the gull 海鷗優美的飛翔
Have a nice flight. 祝你飛行愉快.
May took Flight 102 **to** Paris. 玫搭乘第 102 次班機去巴黎.

**flíght attèndant** (客機的)空服人員. ➜今較 stewardess, steward 更爲人們所愛用的說法.
❷(階梯的)一段; 一段樓梯.
a flight of stairs 一段階梯
a landing between the flights of stairs 一段階梯和另一段階梯之間的平臺

F

**fling** [flɪŋ] 動 擲, 抛.
◆ **flung** [flʌŋ] 過去式、過去分詞.

**flip·per** [ˋflɪpɚ] 名 (潛水時裝在脚上的)蛙鞋.

**float** [flot] 動 漂浮, 漂行; 使浮起.
float on water 浮在水上
float down a river 順河漂下
float a toy boat in the water 使玩具船浮在水面上
—名❶(釣魚時用的)浮標, 浮子.
❷救生圈; 竹筏.
❸(節日時裝有各種彩飾的)花車.

**flock** [flɑk] 名 ❶(羊、鳥等的)群.
a flock of sheep 羊群
❷人群, 群集(crowd).
**in flocks** 成群的
—動 群集.
諺語 Birds of a feather flock together. 物以類聚.
相關語 crowd(密集的人群), herd(牛(等大型家畜的)群), pack(獵犬、狼等的群), swarm(蜜蜂、蟲等的群), school(魚群).

**flood** [flʌd] 名 大水, 洪水.
a flood **of** moonlight 一片傾瀉的月光
A flood **hit** the area. 洪水侵襲該地.
—動 ❶(使)(河流等)氾濫; (使)淹沒.
❷(像洪水般地)湧進; 充滿.
The ball park was flooded **with** light for the night game. 棒球場被燈光照得如同白晝, 以便夜間的比賽.

**floor** [flor] 名 ❶地板.
the kitchen floor 廚房地板
❷(一樓、二樓的)樓. ➜表示「～樓房」等的「樓層」高度時, 用 story; → story².
This elevator stops at every floor. 這部電梯每一樓都停.
How many floors does the building have? 這幢大樓有幾層樓?
**the fírst flóor** 《美》一樓; 《英》二樓.
**the gróund flóor** 《英》一樓.
**the sécond flóor** 《美》二樓; 《英》三樓.

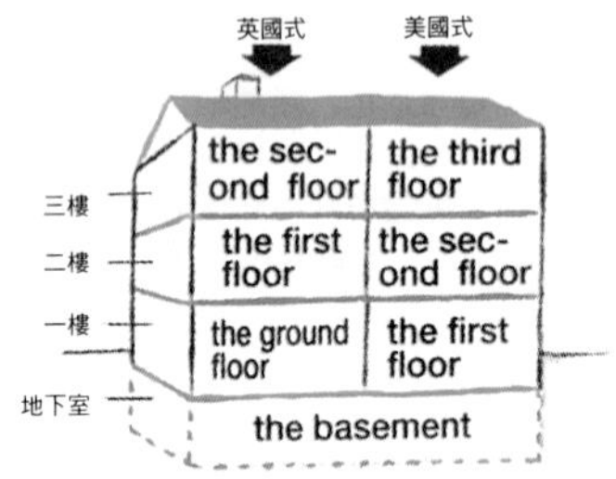


**flop·py disk** [ˋflɑpɪˋdɪsk] 名 磁碟片, 軟碟. ➜儲存檔案用的磁碟片; 亦可單獨稱作 **floppy** (複 **floppies** [ˋflɑpɪz]).

**Flor·ence** [ˋflɔrəns, ˋflɑrəns] 專有名詞 佛羅倫斯, 翡冷翠. ➜義大利北部都市, 現仍保留著文藝復興時期的藝術珍品.

**Flor·i·da** [ˋflɔrədə] 專有名詞 佛羅里達. ➜美國東海岸南端的州; 是有名

的避寒地；簡稱 **Fla., FL**(郵政用).

**flo·rist** [ˋflɔrɪst] 名 花商，花匠.
at a florist's (shop)　在花店

**flour** [flaʊr] 名 小麥粉，麵粉.　→與flower(花)發音相同.
Bread is made from flour.　麵包是由小麥粉製成的.

**flour·ish** [ˋflɜɪʃ, ˋflʌrɪʃ] 動 繁榮，繁茂；活躍.

**flow** [flo] 動 ❶流，流動；(河流)注入.
flow in　流入，湧來
flow into ～　流入～
flow away〔out〕　流走〔出〕
This river flows into the Sea of Japan.　這條河流入日本海.
Tears were flowing down her cheeks.　淚水從她臉頰流下.
❷(潮水)上漲.　反義字 ebb(潮水退落).
—名 ❶流動.　❷(**the flow**)漲潮.　反義字 the ebb(退潮).

| **flow·er** [ˋflaʊ　ɚ] | ▶花<br>⊙通常指「草本花卉」，特指供觀賞用的「花」 |
|---|---|

名 (複 **flowers** [ˋflaʊɚz])花，草本花卉.
a beautiful flower　美麗的花
What a beautiful flower (this is)!　(這是)多麼美麗的花啊!
**pick**〔**arrange**〕flowers　摘花〔插花〕
We **plant**ed tulips, pansies, and other flowers.　我們種了鬱金香、紫羅蘭和其他的花.

**flówer arràngement**　插花，花道.

**flówer bèd**　花壇，花床.　→亦拼作 **flowerbed**.

**flówer gàrden**　花園，花圃.

**flówer gìrl**　①《英》賣花女.　②《美》(結婚儀式上)手拿著花走在新娘前面的花童.

**flówer shòp**　花店.

**flówer shòw**　花展.
—動 花開，開花.

**flow·er·pot** [ˋflaʊɚpɑt] 名 花盆，花缽.

**flown** [flon] fly²的過去分詞.

**flu** [flu] 名 流行性感冒.　→ influenza 的縮寫.
have〔catch〕(the) flu　得了流行性感冒

**flu·ent** [ˋfluənt] 形 (說話)流利的，流暢的.
John speaks fluent English.　約翰會說流利的英語.
He is fluent in five languages.　他會流利地說五國語言.

**flu·ent·ly** [ˋfluəntlɪ] 副 流利地，流暢地.

**flu·id** [ˋfluɪd] 名 流體.　→指「液體」(liquid)或「氣體」(gas)；→ solid.
—形 流動的，流動性的.

**flung** [flʌŋ] fling 的過去式、過去分詞.

**flunk** [flʌŋk] 動《美口》考試不及格；使不及格.

**flush** [flʌʃ] 動 ❶(因興奮等)臉紅，暈紅；使臉紅.　❷(水)湧出；用水沖洗(廁所、下水道等).
—名 ❶臉紅，紅暈.
❷(水的)湧流.
a flush toilet　抽水馬桶

**flute** [flut] 名 長笛.
play (on) the flute　吹長笛
a flute player　吹笛者，長笛演奏家

**flut·ter** [ˋflʌtɚ] 動 (鳥)振翅；(風吹得旗子等)飄揚，舞動.
A butterfly fluttered by.　一隻蝴蝶翩翩飛過.

**fly**[1] [flaɪ] 名 (複 **flies** [flaɪz]) ❶蒼蠅.
catch flies with fly paper　用捕蠅紙捕捉蒼蠅
❷(釣魚用的)假餌.

F

| **fly**$^2$ [flaɪ] | ▶飛<br>▶(搭飛機)飛行 |
|---|---|

動 ❶飛；(搭飛機)飛行〔旅行〕.
基本 fly high 高飛 ➡ fly＋副詞.
fly **away** 飛走
fly south 往南飛行
fly **from** New York **to** Paris 坐飛機從紐約飛至巴黎
Butterflies fly **among** flowers. 蝴蝶在花間飛舞.
He **flies** to New York once a year. 他每年都要坐飛機去紐約一次. ➡flies [flaɪz] 爲第三人稱單數現在式.
◆ **flew** [flu] 過去式.
The spaceship flew on around the moon. 太空船繞著月球飛行. ➡ fly on＝連續飛行.
◆ **flown** [flon] 過去分詞.
The swallows **have** flown away. 燕子已經飛走了. ➡現在完成式.
◆ **flying** [`flaɪɪŋ] 現在分詞、動名詞. → flying
Birds **are** flying. 鳥兒在飛. ➡現在進行式.
❷(旗幟等)在空中飄揚.
The flag is flying in the breeze. 旗幟在微風中飄揚.
❸突然地～，疾行；(時間等)飛快地過去.
fly into a rage 勃然大怒
The door flew open and Bob rushed into the room. 門突然敞開，鮑勃闖了進來. ➡ open 爲形容詞.
Time flies. 時光飛逝.
❹使飛翔；駕駛(飛機).
fly a kite 放風箏
—名(複 **flies** [flaɪz]) ❶(衣服或褲子上用來遮蓋鈕釦或拉鍊的)衣襟，遮鈕蓋. ❷(棒球的)高飛球.

**fly·er** [`flaɪɚ] 名 ＝flier.

**fly·ing** [`flaɪɪŋ] fly² 的現在分詞、動名詞.
—名 飛，飛行.
—形 飛的，正在飛的.
a flying bird 飛鳥
a flying fish 飛魚
a flying saucer 飛碟

**foam** [fom] 名《集合》泡沫，涎沫. ➡由 bubble(單一泡沫)聚集而成.

**fo·cus** [`fokəs] 名 ❶(透鏡的)焦點，焦距.
The picture is **in** 〔**out of**〕 focus. 這張照片焦距對準了〔沒對準〕.
❷(興趣、注意力的)中心.
—動 把焦點對準；集中(注意力).
focus *one's* camera 〔attention〕 **on** ～ 把照相機的焦點對準〔注意力集中在〕～

**fog** [fɑg] 名 霧，濃霧. ➡比 mist 更濃的霧；→ mist.
a thick fog 濃霧

**fog·gy** [`fɑgɪ] 形 霧濃的，被霧籠罩著的.
◆ **foggier** [`fɑgɪɚ] 比較級.
◆ **foggiest** [`fɑgɪɪst] 最高級.

**fold** [fold] 動 ❶摺疊；摺. 反義字 unfold(打開，展開).
fold a letter in half 〔into four〕 將信紙對摺〔摺成四折〕
fold (up) an umbrella 將傘摺疊起來
fold a paper plane 摺紙飛機
❷交叉(手臂等).
fold *one's* arms 交叉手臂
with *one's* arms folded 兩臂交叉
—名 摺縫.

**fold·ing** [`foldɪŋ] 形 摺疊式的.
a folding chair 〔umbrella〕 摺疊椅〔摺傘〕

**folk** [fok] 名 ❶(常用 **folks**)人們，世人. ➡現在通常用 people.
**fólk dànce** 民俗舞蹈，土風舞.
**fólk mùsic** 民俗音樂，鄉土音樂.
**fólk sòng** 民謠〔歌〕.
**fólk tàle** 民間傳說. ➡亦拼作 **folk-**

**tale** 或 **folk story**.

❷ (**folks**)《口》家人，家庭成員(family)；雙親.

**fol·low** [ˋfɑlo] 動 ❶ 跟隨(～)，跟著(～)；追逐～；繼起.

Will you please **lead**? We'll **follow** you. 你能領頭嗎? 我們跟你走. ◁ 相關語

Some people believe bad luck follows if you break a mirror. 有些人相信打破鏡子會招致不幸.

His dog followed him to school. 他的狗跟著他上學.

We arrived at an inn and I followed him in. 我們抵達一家旅店，然後我跟著他進去.

Dinner was followed by dancing. 晚餐後接著是舞會.

Someone is following him at a distance. 有人遠遠地跟蹤他.

❷ 沿～而行，循(路).

follow a path 沿小路走

If you follow this street, you'll see the post office on this side. 沿著這條街走，你會看到路旁有個郵局.

❸ 聽從～，遵從～，模仿～；從事(工作).

follow his advice 聽從他的勸告

follow his example 依循他的例子，模仿他

follow the teaching profession 從事教學

❹ 聽懂(別人的話等)，理解(understand).

Can you follow me? 你懂我說的話嗎?

I'm sorry I cannot follow you. 對不起，我不明白你的意思.

❺ (**it follows that** ～) ～爲必然的結果.

If you don't study, it follows that you'll fail the test. 如果你不讀書，考試必然會不及格.

idiom

***as fóllows*** 如下.

Their names are as follows: Sam Brown, Charlie Smith.... 他們的姓名如下：山姆・布朗，查理・史密斯，….

**fol·low·er** [ˋfɑloɚ] 名 追隨者；部下；門徒，信徒.

Robin Hood and his followers 羅賓漢和他的部下

**fol·low·ing** [ˋfɑləwɪŋ] follow 的現在分詞、動名詞.

**—** 形 名 (常用 **the following**) 以下的(事物、事情).

the following questions 下列的問題

on the following day = on the day following 第二天

The following are my favorite TV programs. 接下來是我最喜愛的電視節目.

**fol·ly** [ˋfɑlɪ] 名 (複 **follies** [ˋfɑlɪz]) 愚蠢；愚蠢的行爲.

**fond** [fɑnd] 形 ❶ (**be fond of** ～) 喜歡～，愛好～. ➜比like的語氣更強烈.

I'm fond of music. (=I like music very much.) 我喜愛音樂.

He is fond of drawing pictures. 他喜愛畫畫. ➜介系詞of+動名詞 drawing(畫).

You are too fond of sweet things. 你太喜歡甜食了.

❷ 慈愛的；寵愛的，溺愛的. ➜只加在名詞的前面.

a fond mother 溺愛孩子的母親

| **food** [f u d] | ▶食物<br>⊙泛指飲料(drink)之外的食物的一般用語 |
|---|---|

名 食物；(與「飲料」相對的)食物.

some food 一些食物 ➜不用 ×*a* food, ×food*s*；→最後的例句.

food and drink 食物和飲料

food, clothing and shelter 食、衣、住

There is no food in the house. 家

裡沒有食物了.
Do you like Chinese food? 你喜歡中國菜嗎?
Beef stew is one of my favorite **foods**. 燉牛肉是我喜愛的食物之一.
➡當表示種類時, food 作可數名詞, 當複數使用(**foods** [fudz]).

F

**fool** [ful] 名 愚人, 傻子.
Don't be a fool. 別做傻事〔說傻話〕.

idiom

***màke a fóol of ~*** 愚弄~; 欺騙~.
***màke a fóol of oneself*** 出醜, 成爲笑柄.
—動 ❶愚弄; 欺騙(deceive).
❷說笑話, 開玩笑愚弄人.

**fool·ish** [ˋfulɪʃ] 形 **愚蠢的**, 可笑的.
Don't be foolish. 別做傻事〔說傻話〕.

| **foot** [f ʊ t] | ▶腳<br>▶英尺(長度單位)<br>▶腳跟 |
|---|---|

名(複 **feet** [fit]) ❶ 腳. ➡腳踝以下部分; 相關語 leg(從腳踝到大腿), toe(腳趾).
He has big〔flat〕feet. 他有雙大腳〔扁平足〕.
Apes can walk on their feet. 猿類能用雙腳走路.

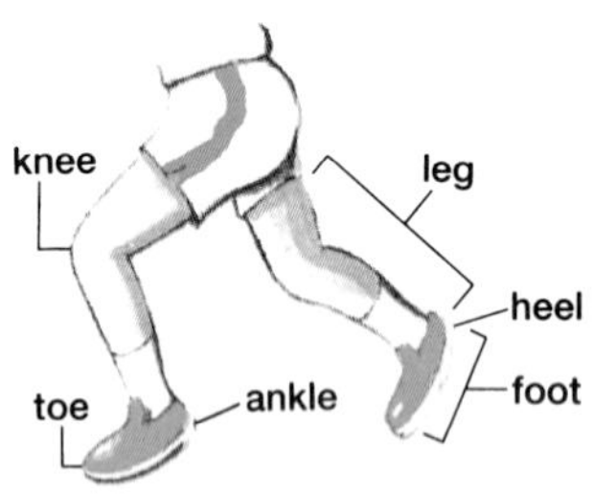


❷英尺. ➡以男性腳掌(foot)的平均大小所制定的長度單位; 1 foot=12 inches (=30.48cm); 單複數的縮寫均爲 **ft.**
❸腳跟; 山腳; 下面.
the foot of a bed〔a ladder〕 床腳〔梯腳〕
the foot of a page 頁底(空白的)部分
at the foot of the mountain 在山腳下
We sat down at his feet. 我們坐在他的腳邊.

idiom

***on fóot*** 徒步〔的〕, 走.
go on foot 步行
The cars sometimes move more slowly than people on foot. 有時汽車比行人走得更慢.
***to** one's **féet*** (從坐著或是躺著的姿態變爲)站立姿態. ➡與 jump, rise, start 等動詞連用.
He jumped to his feet. 他跳起來.

**foot·ball** [ˋfʊtˏbɔl] 名 ❶ **足球**. ➡ football 在美國通常指 American football, 在英國則是指 association football.
play football 踢足球 ➡不用×play *a*〔*the*〕football.
**Américan fóotball** 美式足球. ➡起源自 Rugby, 每隊十一人.
**assóciation fóotball** 英式足球. ➡每隊十一人; 通常略作 soccer; → association.
**Rúgby fóotball** 橄欖球. ➡球呈橄欖形, 每隊十五人(半職業性球隊爲十三人); 通常略作 Rugby, rugger; → Rugby.
❷足球賽用的球.

**foot·lights** [ˋfʊtˏlaɪts] 名 複 (舞臺照明用的)腳燈.

**foot·print** [ˋfʊtˏprɪnt] 名 足跡, 腳印. 相關語 fingerprint(指紋).

**foot·race** [ˋfʊtˏres] 名 競走.

**foot·step** [ˋfʊtˏstɛp] 名 腳步聲; 腳步; 腳印.

**foot·stool** [ˋfut,stul] 名 擱腳的矮凳.
→亦可單稱作 stool; → stool ❷.

**for** [fɔr]
▶爲了～, 爲～的
▶向著～(的); 對～(的)
▶～之間

介 ❶《利益》爲～(的), 《適用、用途》對～來說.
基本 **fight** for *one's* team 爲～隊而戰 →動詞＋for＋名詞.
jog for *one's* health 爲健康而慢跑
基本 books for children 給兒童看的書 →名詞＋for＋名詞.
a school for the blind 啓明學校
He bought a necklace for his wife. 他給妻子買了條項鍊.
This is a present for you. 這是給你的禮物.
I will do anything for you. 我願意爲你做任何事.
This is too difficult for me. 這對我來說太難了.
What are your plans for the summer vacation? 這個暑假你有甚麼計畫?
That's all for today. 今天到此爲止.
會話 Two hamburgers, please. —For here or to go? —For here. 請給我兩個漢堡. 一這裡用還是外帶? 一這裡用.
❷《目的》爲～, 爲得到～.
**go** for a walk 去散步
**fight** for independence〔freedom〕爲獨立〔自由〕而戰
**cry** for help 大叫求救
**look** for a key 找鑰匙
**wait** for her 等她
會話 **What** do they keep bees **for**? —They keep them for honey. 他們爲甚麼養蜜蜂? 一他們爲採蜂蜜而養蜂.
會話 We are going downtown this afternoon. —**What for?** 我們今天下午打算去市中心. 一去做甚麼?
❸《目的地》向～, 去～(的), (書信等)給～的.
leave (Tokyo) for Paris (從東京)出發去巴黎
a train for New York 開往紐約的火車
When are you going to leave for America? 你甚麼時候去美國?
Here is a letter for you. 這裡有你的一封信.
❹《交換》與～作交換, 對～(的); 《貨款》以～代價; 替代～.
pay 100 dollars for the book＝buy the book for 100 dollars 爲此書付一百美元＝花一百美元買這本書
an eye for an eye and a tooth for a tooth 以眼還眼, 以牙還牙 →出自《聖經》.
Thank you for your letter. 謝謝你的來信.
use a box for a table 以箱子替代餐桌
I wrote a letter for him. 我代他寫信. → write a letter *to* him 意爲「寫信給他」.
I'll give you this bat for your ball. 我會給你這支球棒來交換你的球.
❺作爲～; 就～而論.
We ate sandwiches for lunch. 我們午餐吃三明治.
This is good for the price. 就價格而論, 已經算不錯了.
He is very tall for his age. 就他的年齡而論, 他的個子算高的了.
❻《時間、距離》在～期間.
for a week 爲時一週
for a long time 爲時很久
I waited for her (for) six hours. 我等了她六小時. →第一個 for 見❷; 表示「期間、距離」的 for 常省略.
I walked (for) three miles. 我走了三英里路.
❼《原因、理由》爲了～, 因爲～.
for this reason 爲此理由
dance for joy 因高興而跳起舞來

She covered her face for shame. 她因羞愧而遮住了臉.
The new car appeals to drivers for its speed and looks. 這款新車因車速及外型而吸引駕駛人.
He was arrested for driving too fast. 他由於超速而被逮捕.
❽贊成～.
Some people are **for** the war, but many are **against** it. 雖然有人贊成這場戰爭，但大多數人都反對. ◁反義字
Which team are you for? 你支持哪一隊?
I voted for Ken in the class election. 班級選舉中我投贊成肯的票.

idiom

***for áll*** ～ 儘管～，雖然～.
for all that 儘管如此
For all his riches, he is not happy. 雖然他很有錢，但他並不快樂.
***for éver*** 永久地. ➡亦可拼作 **forever**.
***for exámple*** 例如. → example.
***for mý pàrt*** 至於我，對我來說.
***for nów*** 目前，當前.
Bye for now. 就此再見.
***for*** *oneself* 獨力；爲自己.
***for*** *A* ***to dó*** 對 A 而言做～. ➡ *A* 是 to *do* 的眞主詞.
Greek is too difficult for us to learn. 希臘語對我們來說太難學了.
It is difficult for a Japanese to master Greek. 對日本人來說，要精通希臘語是很困難的.
This is not a book for children to read. 這不是給孩子閱讀的書.
—連《文》因爲～. → because.
A fish cannot fly, for it has no wings. 魚不會飛，因爲牠沒有翅膀.
➡ for it has ～不可置於句首.

**for·bad(e)** [fɚˋbæd] forbid 的過去式.

**for·bid** [fɚˋbɪd] 動 禁止，不容許.
forbid the use of this medicine 禁止此種藥物的使用
◆ **forbad(e)** [fɚˋbæd] 過去式.
◆ **forbidden** [fɚˋbɪdn̩] 過去分詞.
◆ **forbidding** [fɚˋbɪdɪŋ] 現在分詞、動名詞.

**force** [fɔrs] 名 ❶力；暴力.
the force of the wind 風力
by force 憑力氣，用暴力
It takes great force to bend this steel bar. 要弄彎這根鋼棒需要很大的力氣.
❷軍隊.
the air 〔police〕 force 空軍〔警察〕
—動 強制，迫使～，勉強～.
force him **to** agree 迫使他同意(＝make him agree)
He was forced to agree. 他被迫同意〔不得不同意〕.
I forced my way through the crowd. 我強行從人群中穿過.

**Ford** [fɔrd] 專有名詞 (**Henry Ford**) 福特. ➡美國的汽車工程師(1863-1947)；他採用裝配線大量生產的方式，提供便宜的大衆化汽車，使需要汽車往來於遼闊國土的美國人生活爲之一新.

**fore·cast** [ˋfor͵kæst] 動 預報(天氣等)，預測.
forecast the weather 預報天氣
◆ **forecast(ed)** [ˋfor͵kæstɪd] 過去式、過去分詞.
—名 預報，預測.
a weather forecast 天氣預報

**fore·fa·thers** [ˋfor͵fɑðɚz] 名 複 祖先.

**fore·fin·ger** [ˋfor͵fɪŋgɚ] 名 食指.

**fore·head** [ˋfɔr͵hɛd] 名 額頭，額角. ➡也常發 [ˋfɔrɪd].

**for·eign** [ˋfɔrɪn] ➡ g 不發音. 形 外國的.
a foreign country 外國
a foreign language 外語

**for·eign·er** [ˋfɔrɪnɚ] 名 外國人.

**fore·most** [ˋfor͵most] 形 最先的; 第一流的, 主要的.

**fore·sight** [ˋfor͵saɪt] 名 先見之明.

**for·est** [ˋfɔrɪst] 名 **森林, 山林.**

a thick forest 茂密的森林

a forest fire 森林火災

> 同義字 與 woods 相比, **forest** 是佔地更大、遠離人煙、野生動物群居的森林; **woods** 比 forest 小, 是人們穿越其中, 或前往砍柴的樹林.

**fore·tell** [forˋtɛl] 動 預告, 預言.

◆ **foretold** [forˋtold] 過去式、過去分詞.

**for·ev·er** [fɚˋɛvɚ] 副 永久地. ➡ 也可分開拼成 **for ever**.

**for·gave** [fɚˋgev] forgive 的過去式.

**forge** [fordʒ] 名(鐵匠的)爐子; 鐵匠的工作場所, 鐵工廠.

---

**for·get** [fɚˋgɛt] ▶忘記 ▶忘了拿

動 ❶**忘記**, 想不起來.

基本 forget *one's* promise 忘記了承諾 ➡ forget＋名詞〈O〉.

I know him by sight, but I forget his name. 我認得他, 但忘了他的名字. ➡ 在英語中表示「現在想不起來」的「忘記了」, 多用現在式的 forget.

會話 What's his name? —I forget. 他叫甚麼名字? —我忘了.

I forget where I put my camera. 我想不起來我把照相機放在甚麼地方.

Don't forget **to** mail the letter. 別忘了寄信. (＝Remember to mail the letter.) ➡ to mail(寄信)是 forget 的受詞.

I'll never forget hear**ing** his concert. 我絕不會忘記曾聽過他的音樂會. (＝I'll remember hearing ～.)

> 參考 「forget＋to 不定詞」是「忘記將要做～」; 「forget＋動名詞」是「忘記(過去)做過～」; 通常用於疑問句、否定句.

Bob often **forgets** to do his homework. 鮑勃常常忘記做家庭作業. ➡ forgets [fɚˋgɛts] 爲第三人稱單數現在式.

◆ **forgot** [fɚˋgɑt] 過去式.

I forgot that it's your birthday today. 我忘了今天是你的生日.

◆ **forgotten** [fɚˋgɑtn̩] 過去分詞.

I'**ve** forgotten his name. 我忘了他的名字. ➡ 現在完成式; 因爲 forget (現在式)也和 have forgotten 具有同樣的意思, 所以也可以用 I forget his name.

◆ **forgetting** [fɚˋgɛtɪŋ] 現在分詞、動名詞.

**Are**n't you forgett**ing** something? Today is my birthday. 你沒有忘記甚麼嗎? 今天是我的生日. ➡ 前面的句子是現在進行式; 除了這種強調一時的狀態, 或表示習慣性動作以外, 一般不用進行式, 因爲 forget 是表示「狀態」的動詞.

❷**忘了拿**, 忘記帶來.

I forget my camera. 我忘了帶照相機來. ➡ 此句若後接如 at home(在家)這種表示場所的字詞時, 《美》則不用 forget 而用 leave, 如: I left my camera at home.

會話 I left my umbrella in the taxi. —Oh! You always forget something. 我把雨傘忘在計程車上了. —哎呀! 你總是忘記東西.

**for·get·ful** [fɚˋgɛtfəl] 形 易忘的, 健忘的.

**for·get-me-not** [fɚˋgɛtmɪnɑt] 名 琉璃草, 勿忘草.

**for·get·ting** [fɚˋgɛtɪŋ] forget 的現在分詞、動名詞.

**for·give** [fɚˋgɪv] 動(從心底裡)寬

恕，原諒.
forgive him〔his mistake〕 原諒他〔他的過錯〕
Forgive and forget. 原諒且加以忘記；不念舊惡.
The teacher didn't forgive me **for** cutting his class. 老師不原諒我翹他的課.
◆ **forgave** [fɚ`gev] 過去式.
◆ **forgiven** [fɚ`gɪvən] 過去分詞.

**for·giv·en** [fɚ`gɪvən] forgive 的過去分詞.

**for·got** [fɚ`gɑt] forget 的過去式.

**for·got·ten** [fɚ`gɑtn̩] forget 的過去分詞.

**fork** [fɔrk] 名 ❶叉子；耙子.
eat with (a) knife and fork 用刀叉進食 → and ❶
❷(音叉等)叉狀物；(河流、道路的)岔口.

**form** [fɔrm] 名 ❶形狀，樣子，姿態；(比賽選手等的)體能狀況.
The cloud has the form of an elephant. 那朵雲的形狀像一隻大象.
This bird is very graceful in form. 這隻鳥的姿態很優美.
❷形態；樣式，形式.
Steam is a form of water. 蒸氣是水的一種形態.
"Men" is the plural form of "man." men 是 man 的複數形式.
There are different forms of music. 音樂有各種形式.
❸表格.
an application form 申請表，申請單
an entry form for Australia 澳大利亞的入境表格
Please fill in〔out〕this form. 請填寫這張表格.
❹《英》(中等學校的)年級(《美》grade).
—動 組成，形成，做成.
form a cup out of clay 用黏土做杯子
form a committee 組成委員會
form a habit 養成習慣

**for·mal** [`fɔrml̩] 形 形式的，拘泥於形式的；禮節上的；正式的. 反義字 informal(不講究形式的，非正式的).
formal dress 禮服，正式服裝

formal informal

**for·mal·i·ty** [fɔr`mælətɪ] 名 拘泥形式，遵從形式；形式上的禮節.

**for·mat** [`fɔrmæt] 名 ❶(書的)開本. ❷格式. ➜輸入電腦的資料排列形式.

**for·mer** [`fɔrmɚ] 形 ❶以前的，在前的.
in former days 從前
the former principal of our school 我們學校的前任校長
❷(**the former**)(相對於 the latter (後者)的)前者.
Lilies and violets are both pretty flowers, but I like the latter better than the former. 百合和紫羅蘭都是漂亮的花，但是比起前者〔百合〕，我更喜歡後者〔紫羅蘭〕.

**for·mer·ly** [`fɔrmɚlɪ] 副 以前，原來.

**for·mu·la** [`fɔrmjələ] 名 ❶化學式；(數學的)公式. ❷習慣性的作法，客套話.

**for·sake** [fɚ`sek] 動 ❶拋棄(desert). ❷放棄(give up).
◆ **forsook** [fɚ`sʊk] 過去式.
◆ **forsaken** [fɚ`sekən] 過去分詞.

**fort** [fort] 名 據點，要塞.

**forth** [forθ] 副 向前；向外.
come forth 向前(出)來
put forth 發出(芽等)
from that day forth 那天以來
idiom
***and só fòrth*** 等等，其他. → etc.
a book, a pen, a knife, and so forth 書、筆、小刀等等

**for·ti·eth** [ˋfɔrtɪɪθ] 名 形 第四十(的). ➡略作 **40th**.

**fort·night** [ˋfɔrtnaɪt] 名 十四天，兩星期(two weeks). ➡ fourteen nights 的縮寫形式；從前用「夜」來計算天數.

**for·tu·nate** [ˋfɔrtʃənɪt] 形 運氣好的，幸運的.

**for·tu·nate·ly** [ˋfɔrtʃənɪtlɪ] 副 好運地，幸運地.

**for·tune** [ˋfɔrtʃən] 名 ❶運氣，命運，運；幸運.
good fortune 幸運
by good 〔bad〕 fortune 幸運〔不幸〕地
Can you tell my fortune? 你能幫我算命嗎?
❷財富，財產.
make a fortune 發財

**for·ty** [ˋfɔr tɪ]
▶四十(的)
▶四十歲(的)

形 四十的；四十人〔個〕的；四十歲的. ➡注意拼法：不寫成ˣfourty；用法請參見 three.
forty books 四十本書
He is not forty yet. 他還不滿四十歲.
—名(複 **forties** [ˋfɔrtɪz]) ❶ 四十；四十人〔個〕；四十歲.
**forty-one, forty-two, ～** 四十一，四十二，～.
❷ (**forties**) (年齡的)四十多歲；(世紀的)四〇年代. ➡從forty到forty-nine.

**for·ward** [ˋfɔrwɚd] 副 向前地，向前方地.
go 〔step〕 forward 向前走〔向前走一步〕
swing **forward** and **backward** 前後搖擺 ◁反義字
idiom
***lóok fórward to ～*** 期待～，盼望～. → look idiom
—形 ❶前部的，(向)前方的.
❷鹵莽的.
—動 轉寄(信件等).
—名(球賽的)前衛，前鋒.

**for·wards** [ˋfɔrwɚdz] 副 = forward.

**fos·sil** [ˋfɑsḷ] 名 化石.
fossil fuel 礦物燃料 ➡煤、石油等.

**fos·ter** [ˋfɔstɚ] 動 養育(非親生的孩子)；擴展，培養.
**fóster chíld** 養子. ➡ foster son (養子)或 foster daughter (養女).
**fóster párent** 養父母. ➡ foster father (養父)或 foster mother (養母).

**fought** [fɔt] fight 的過去式、過去分詞.

**foul** [faul] 形 ❶不潔的，不愉快的，髒的；(天氣)壞的. → fair[1]❺
foul water 不乾淨的水
a foul deed 卑劣的行為
foul weather 壞天氣
❷(比賽)違反規則的；(棒球)界外的.
a foul ball (棒球的)界外球
**fóul pláy** 犯規；卑劣〔不正當〕的行為.
—名(比賽的)犯規；(棒球的)界外球(foul ball).

**found**[1] [faund] find 的過去式、過去分詞.

**found**[2] [faund] 動 設立.
found a company 成立公司
Our school was founded fifty years ago. 我們學校創建於五十年前.

**foun·da·tion** [faunˋdeʃən] 名 ❶ 基

礎，地基；根據．❷創立，設立．

**Fóundation Dày** 創立紀念日．→ Founder's Day.

**found·er** [ˋfaundɚ] 名 設立者，創立者．

**Fóunder's Dày** 創立紀念日．➜強調讚頌創立者的場合時的說法；→ Foundation Day.

F

**foun·tain** [ˋfauntn̩] 名 泉水，噴泉．

a drinking fountain (公園等中的)噴泉式飲水處

a soda fountain 櫃臺式冷飲販賣處 ➜在餐館或商店的一角等，也賣冰淇淋和漢堡．

**fóuntain pèn** 自來水筆．

| **four** [f o r] [f ɔ r] | ▶四(的) ▶四點鐘 ▶四歲(的) |
|---|---|

名 四；四歲；四點鐘；四人〔個〕．➜用法請參見 three.

Lesson **Four** 第四課(＝The **Fourth** Lesson) ◁相關語

It is just four. 現在正好四點．➜It 籠統地指「時間」．

idiom

***on áll fóurs*** 匍匐著，爬著．

—形 四的；四人〔個〕的；四歲的．

four pencils 四枝鉛筆

He is just four. 他正好四歲．

**four-leaf clo·ver** [ˋforˏlifˋklovɚ] 名 四葉苜蓿，幸運草．➜據說發現的人會有好運．

| **four·teen** [ˋfo rˋt i n] | ▶十四(的) ▶十四歲(的) |
|---|---|

名 十四；十四歲；十四人〔個〕．➜用法請參見 three.

Lesson **Fourteen** 第十四課(＝The **Fourteenth** Lesson) ◁相關語

—形 十四的；十四歲的．

fourteen girls 十四個女孩

I will be fourteen next Wednesday. 下星期三我將滿十四歲．

**four·teenth** [ˋforˋtinθ] 名 形 第十四(的)；(一個月的)十四號．➜略作 **14th**.

on the 14th of May＝on May 14 在五月十四日

| **fourth** [f ɔ r θ] | ▶第四(的) ▶第四日，四號 |
|---|---|

名 形(複 **fourths** [fɔrθs]) ❶第四(的)；(一個月的)第四日．➜略作 **4th**；用法請參見 third.

on the 4th of June＝on June 4 在六月四日

**the Fóurth of Julý** 七月四日．➜美國獨立紀念日；亦作 Independence Day.

❷四分之一(的)．→ quarter.

one fourth＝a fourth part 四分之一

three fourths 四分之三

**fowl** [faul] 名 (火雞等可食用的大型)鳥，禽，家禽；(尤指)雞；雞肉．

**fox** [faks] 名 狐狸．

> 印象 會跑到住家附近偷吃雞等，因而給人強烈的「狡猾」印象；在《伊索寓言》中總以壞人的形象出現．

**Fr.** Friday (星期五)的縮寫．

**frac·tion** [ˋfrækʃən] 名 ❶碎片，斷片，微量．❷分數．

**frag·ment** [ˋfrægmənt] 名 碎片，斷片，破片．

**fra·grance** [ˋfregrəns] 名 芬芳，芳香．

**fra·grant** [ˋfregrənt] 形 芬芳的，芳香的．

**frail** [frel] 形 脆弱的；虛幻的．

**frame** [frem] 名(建築物等的)骨架；體格；畫框；(窗等的)框．

the frame of a house 房子的骨架

a picture frame　畫框
glasses with metal frames　金屬框眼鏡
—動 加框.
frame a picture　給畫〔照片〕裝框
frame the photograph with flowers　用花裝飾照片的四周

**frame·work** [ˋfremˏwɝk] 名 ❶骨架. ❷構造，組織.

**franc** [fræŋk] 名 法郎. ➜法國的貨幣單位及該國貨幣.

**France** [fræns] 專有名詞 法國. ➜歐洲西部的共和國；首都 Paris(巴黎)；→ French.

**frank** [fræŋk] 形 率直的，坦白的.
Please give me your frank opinion.　請告訴我你率直的意見.
He is frank **with** his teacher.　他對老師很坦白.
idiom
***to be fránk with you***　坦白地說，老實對你說.

**frank·fur·ter** [ˋfræŋkfɚtɚ] 名 法蘭克福香腸. ➜比維也納香腸大，夾在 hot dog 中.

**Frank·lin** [ˋfræŋklɪn] 專有名詞 (**Benjamin Franklin**)班傑明・富蘭克林. ➜美國的政治家(1706–1790)；致力於美國的獨立運動，並發明避雷針.

**frank·ly** [ˋfræŋklɪ] 副 坦率地，率直地.
idiom
***fránkly spéaking***　直言不諱地說，坦白地說.

**freak** [frik] 名 ❶畸形的物〔人〕；怪誕的東西，稀奇的事.
❷《美口》～迷.
a movie freak　電影迷

**freck·le** [ˋfrɛkl̩] 名 雀斑，斑點.

**free** [fri] 形 ❶自由的.
a free country　自由的國家，獨立國
You are free to go or stay.　你去留都是自由的. ➜ be free to *do* 是「做～是自由的，可以自由地做～」.
❷空暇的，沒有工作的.
I am free this afternoon.　我今天下午有空.

❸免費的.
a free ticket　免費的票
for free　免費的
告示 Admission Free.　免費入場.
Come to the show. It's free.　來看表演吧，不要錢的.
idiom
***fèel frée to dó***　自由地做～. ➜通常用祈使語氣.
Please feel free to ask me any questions.　無論甚麼問題都請提出.
***frée from*** 〔***of***〕 ～　沒有～，免於～.
free from fear　免於恐懼
air free of dust　沒有灰塵的空氣
I'm now quite free from pain.　我完全不感到疼痛了.
***gèt frée of*** ～　從～解脫出來，從～逃脫出來；離開～.
***sèt*** ～ ***frée***　使～自由，解放～.
set a bird free　把小鳥放了
The prisoner was set free.　囚犯被釋放了〔恢復了自由〕.
—動 解放，使自由.

**free·dom** [ˋfridəm] 名 自由. → liberty 同義字.
freedom of speech　言論自由
**the Fréedom Tráil**　自由之路. ➜美國 Boston 市中心向北延伸約 2.4 km 的「歷史大道」，路上有紅線爲標

記，途中並有和美國獨立戰爭相關的名勝古蹟.

**free·ly** [ˋfrilɪ] 副❶自由地.
❷慷慨地.

**free·way** [ˋfriˏwe] 名高速公路(expressway). ➜這裡的 free 不是「免費的」，而是「沒有紅綠燈(free from signals)」的意思.

F

**freeze** [friz] 動❶凍結，結冰；凍僵；使凍結.
**freeze** fish in a **freezer** 把魚放在冷凍庫冷凍 ◁衍生字
Water freezes at 0°C (讀法：zero degrees centigrade). 水在攝氏零度時結冰.
I'm freezing. (我凍僵了⇨)我非常冷，快凍僵了.
◆ **froze** [froz] 過去式.
The lake froze during the night. 湖水在夜晚結冰了.
◆ **frozen** [ˋfrozn̩] 過去分詞.
The lake is frozen over. 湖面全凍結了. ➜被動語態(被凍結了)，譯作「凍結了」.
The climber was frozen to death. 那名登山者被凍死了.
❷(因害怕等而)僵硬，動不了；使僵硬，使無法動彈.
Freeze! 不要動!

**freez·er** [ˋfrizɚ] 名冷凍庫，冷凍室.
➜亦作 **food freezer**.

**freez·ing point** [ˋfrizɪŋˏpɔɪnt] 名冰點. 相關語 boiling point(沸點), melting point(熔點).

**freight** [fret] 名貨物；貨物運輸；貨物運輸費.
a freight car 《主美》貨車(《英》goods waggon)
a freight train 《主美》貨運列車

**French** [frɛntʃ] 形 ❶法國的.
**Frénch fríes** 《美》炸薯條(《英》chips). ➜切成細長條的油炸馬鈴薯條.
**the Frénch Revolútion** 法國大革命. ➜一七八九年推翻君主政體的大革命.
❷法國人〔語〕的.
**—**名❶法語. ❷(**the French**)(全體)法國國民.

**French·man** [ˋfrɛntʃmən] 名(複 **Frenchmen** [ˋfrɛntʃmən])法國人.

**fre·quent** [ˋfrikwənt] 形時常發生的，頻繁發生的.
I have frequent headaches. 我經常頭痛.
Traffic accidents are very frequent. 交通事故非常頻繁.

**fre·quent·ly** [ˋfrikwəntlɪ] 副經常地，頻繁地.

**fresh** [frɛʃ] 形❶新的，新鮮的，爽朗的.
fresh air 新鮮〔清爽〕的空氣
fresh green 嫩綠色
feel fresh 感到很爽朗〔心情很好〕
The grass was fresh with dew. 草色清新，尚帶露珠.
❷剛出生的，剛產出的；未經加工的.
a fresh egg 剛下的蛋
These rolls are fresh from the oven. 這些小圓麵包才剛烤出來.
告示 Fresh Paint. 《英》油漆未乾(《美》Wet Paint).
❸沒有鹹味，沒有鹽分. ➜源自肉等很新鮮未經鹽漬.
fresh water 淡水

**fresh·ly** [ˋfrɛʃlɪ] 副新地；新鮮地；清爽地.

**fresh·man** [ˋfrɛʃmən] 名(複 **freshmen** [ˋfrɛʃmən])《美》❶(大學、高中的)一年級學生. ➜亦可指女學生；→ senior 名❶
❷新人，新來的人. ➜亦可指女性.

**fret** [frɛt] 動(使)焦躁；(使)焦慮.
◆ **fretted** [ˋfrɛtɪd] 過去式、過去分詞.

◆ **fretting** [ˋfrɛtɪŋ] 現在分詞、動名詞.

**Freud** [frɔɪd] 專有名詞 (**Sigmund Freud**) 佛洛依德. ➜奧地利的醫學學者(1856-1939); 研究人們心中的無意識部分, 並設計其治療方法, 奠定了精神分析學的基礎.

**Fri.** Friday(星期五)的縮寫.

**fric·tion** [ˋfrɪkʃən] 名 摩擦.

| **Fri·day** [ˋfraɪd ɪ ] [ˋfraɪd e ] | ▶星期五 ⊙源於北歐神話中大神奧丁之妻 Frigg(傅莉格)之名 |
|---|---|

名 **星期五**. ➜用法請參見 Tuesday.
on Friday 在星期五
on Friday morning 在星期五早晨
**next** 〔**last**〕 Friday (在)下〔上〕星期五 ➜「在下〔上〕星期五」不用 ×*on* next 〔last〕 Friday.
on **Fridays** 在每星期五〔經常在星期五〕 ➜表示「經常〔時常〕在星期～」時使用複數形(如 **Fridays** [ˋfraɪdez]).

**Góod Fríday** 耶穌受難日. ➜在復活節前的星期五, 是基督徒紀念耶穌受難的日子.

**fridge** [frɪdʒ] 名 《英口》 冰箱. ➜refrigerator 的縮寫.

**fried** [fraɪd] 形 用油炒的; 用油炸的, 油煎的. → fry.
fried eggs 煎蛋
fried chicken 炸雞

| **friend** [fr ɛ n d] | ▶朋友 ⊙注意 ie 的發音爲 [ɛ] |
|---|---|

名 (複 **friends** [frɛndz]) ❶**朋友, 友人**.
my friend 我的朋友 ➜是指「特定的朋友」時的說法; 下例是指「自己的朋友中的一個朋友」時的說法.
a friend of mine 我的朋友(中的一個) ➜不用×*a my* friend, ×*my a* friend.
a friend of Mr. Wood's 伍德先生的朋友
Ken is a friend of mine. 肯是我的朋友.
My friend Ken called yesterday. 我的朋友肯昨天來探訪過. ➜不用×*A friend of mine Ken* ～.
He met an old friend on a bus. 他在公車上遇到了老朋友.
I have a lot of friends at school. 我在學校有很多朋友.
❷**夥伴, 同情者.**
They are not our **enemies** but our **friends**. 他們不是我們的敵人而是朋友. ◁**反義字**

idiom

***be fríends*** (***with*** ～) (和～)是朋友.
I am friends with Ken. 我和肯是朋友.
Let's be friends. 我們做朋友吧!
***màke*** 〔***becòme***〕 ***fríends*** (***with*** ～) (和～)成爲朋友.
Ken has become friends with them soon. 肯很快和他們成爲朋友.
You'll make friends from many countries. 你會和來自各國的人成爲朋友.

**friend·ly** [ˋfrɛndlɪ] 形 **有親切感的, 有好意的, 親切的, 和藹可親的.**
a friendly smile 親切的微笑
a friendly nation 友好國家
She is friendly to everybody. 她對所有的人都很友善.
Our dog is friendly with almost everyone. 我家的狗幾乎對所有的人都很友善.

**friend·ship** [ˋfrɛndʃɪp] 名 友情, 友誼; 親密的關係, 親密的交往.

**fright** [fraɪt] 名 震驚, 恐怖.

**fright·en** [ˋfraɪtn̩] 動 使非常吃驚, 使害怕.
frighten birds away 把小鳥嚇走

Our baby was very frightened by the thunder. 我們的嬰孩受到雷聲的驚嚇.

**frig·id** [ˋfrɪdʒɪd] 形 非常寒冷的，極冷的.
the Frigid Zones　寒帶

F

**fringe** [frɪndʒ] 名 (披肩、桌布等的)縫，裝飾花邊；邊緣.
—動 添加裝飾花樣；鑲邊.

**Fris·bee** [ˋfrɪzbi] 名《商標名》飛盤.
➜塑膠製的圓盤，用拋擲方式使之在空中飛旋，或投進對方的門，或互相投接來進行遊戲.

**fro** [fro] 副　➜僅用於下列片語.
idiom
***tò and fró***　往返，來回，前前後後.

**frog** [frɑg] 名 蛙.
Frogs are croaking.　蛙鳴著.
相關語 tadpole (蝌蚪)，tree frog (樹蛙)，toad (蟾蜍).

**from**
[frʌm] 強
[frəm] 弱

▶從～
⊙表示「從～(地方)」「自～(時間)」「源自～(原因、原料)」等行爲、關係的起源

介 ❶《場所》從～(的)；離開～.
基本 start from Paris　從巴黎出發
➜動詞+from+名詞.
come **from** India **to** New York　從印度來到紐約
基本 a letter from her　她的來信
➜名詞+from+(代)名詞；不用 ×from *she*.
a Valentine card from a store　從店裡〔在店裡〕買的情人節卡片
from behind the curtain　從窗簾的後面出來　➜ from+副詞片語.
I got 〔received〕 a letter from her. 我收到她的來信.
Who was the letter from? 這封信是誰寄來的?
會話 **Where are you from?** —I am from Tainan.　你(從哪裡來⇨)是哪裡人? —我是臺南人.
Ken is absent from school today. 肯今天(離開而不在學校⇨)沒去學校.
❷《時間》從～起.
work **from** morning **to** 〔**until, till**〕 night　從早做到晚
go to school from Monday to 〔《美》 **through**〕 Friday　從星期一到星期五上學
I've been waiting here from ten o'clock.　我從十點就在這兒等了.
From that day (on) they lived happily.　從那天起他們就幸福地生活著.
The party was from 8 to 12 o'clock. 晚會從八點到十二點.
❸《原料、材料》用～，以～.
make wine from grapes　用葡萄釀製葡萄酒
Wine is made from grapes.　葡萄酒是由葡萄釀製而成的.
He made soup from meat and carrots.　他用肉和胡蘿蔔做湯.
We made hats from newspapers. 我們用報紙做帽子.
❹《原因、理由》因爲～，由於～.
She trembled from fear.　她因恐懼而發抖.
His father died from overwork. 他的父親因過度勞累而過世了. →die of (die 的片語).
She is suffering from a cold.　她正患感冒.
I am tired from a long walk.　我因爲走了好長的路，覺得很累.
❺《分離》從～(去除，保護，解放)，阻止～.
The teacher took the comic book from me.　老師從我這兒沒收了漫畫書.
He **saved** the child from the fire 〔drowning〕.　他將孩子從火〔水〕中救出來.

I'm **free** from pain now. 我已從疼痛中解脫出來〔我現在已經不痛了〕.
Vitamin A **keep**s us from catching colds. 維他命 A 可防止我們感冒.
My parents tried to **stop** me from seeing him. 父母設法阻止我和他見面.
Two from six is 〔leaves〕 four. 六減去二等於〔剩下〕四.

❻《區別》把～區別開.
His opinion is quite **different** from mine. 他的意見和我的有很大的不同.
Anyone can **tell** lions from tigers. 任何人都能辨別獅子和老虎.

***from Á to B́*** 從 A 到 B, 從 A 向 B.
from head to foot 從頭到腳. ➜ A 和 B 成對的情況下或 A＝B 的情況下, 冠詞(a, the)省略.
from cover to cover (書的)從頭到尾
from door to door 從一家到一家, 一家家, 挨家挨戶地
from day to day 一天一天, 每天
from time to time 有時, 偶爾 (sometimes)
from place to place 到處
Opinions differ from person to person. 意見因人而異.
***from Á to B́ to Ć to ～*** 由 A 到 B 或 C 或～.
from food to clothes to furniture 由食物乃至於衣服或家具

**front** [frʌnt] 名 ❶**前面, 前部.**
the front of a house 屋子的正面
The pilot sits in 〔at〕 the front of an airplane. 駕駛員坐在飛機的前面. ➜不可與片語 **in front of** 混淆.
❷(戰場的)(最)前線, 戰地.

***in frónt*** 在前面, 前面的.
sit in front 坐在前面
the man in front 在前面的人
***in frónt of ～*** 在～前面, ～的前面的. ➜「在～後面」是 at the back of ～; 若隔著道路或河流的「對面」則用 opposite.
a bus stop in front of the bank 銀行前的公車站牌
A car stopped in front of the hotel. 一輛車子在旅館前停了下來.
— 形 **前面的, 前方的, 正面的.**
the front door (房子的)前門, 正門
the front yard (房子的)前院
the front seat 前面的座位
the front desk (旅館等的)詢問處, 櫃臺
the front page 報紙的頭版

**fron·tier** [frʌnˋtɪr, ˋfrʌntɪr] 名 ❶國境, 國境地區. ❷《美》邊境, 邊疆. ➜美國拓荒時期, 開拓地和未開拓地的邊界地區.
frontier spirit 拓荒精神

**frost** [frɔst] 名 霜.

**frost·y** [ˋfrɔstɪ] 形 下霜的, 凍寒的, 覆蓋著霜的.

**frown** [fraʊn] 動 皺眉, 顰蹙.
frown **at** ～ 皺著眉看～
A lot of people frowned **on** the Beatles' songs at first. 很多人起初對披頭四的歌曲感到不悅.
— 名 皺眉, 不悅的樣子.
give 〔make〕 a frown 皺眉

**froze** [froz] freeze 的過去式.

**fro·zen** [ˋfrozn̩] freeze 的過去分詞.
— 形 冰凍的, 結冰的.
a frozen lake 結冰的湖

frozen food〔fish〕 冷凍食品〔魚〕

**fruit** [fr u t] ▶水果 ⊙i 不發音

名 (複 **fruits** [fruts] ➜只有特別指各種水果的時候使用) ❶水果, 果實; (樹的)果實.
fruit juice 果汁
a fruit store 水果店
a fruit tree 果樹
Fruit is good for the health. 水果對健康有益. ➜一般泛指「水果」時並不用 ×*a* fruit, ×fruit*s*, 但在下面的例子中用來指特定的水果或種類不同的水果時, 可以當可數名詞使用.
Is tomato a fruit or a vegetable? 番茄是水果還是蔬菜?
I went to the supermarket and bought several different fruits. 我到超級市場去買了好幾種水果.
❷成果, 結果.
This success is the fruit of his hard work. 這次成功是他努力的結果.

**fruit·cake** [ˋfrut͵kek] 名 水果蛋糕. ➜放入水果乾、核桃等果實所製成的蛋糕.

**fruit·ful** [ˋfrutfəl] 形 ❶(果實)結實纍纍的, 多產的. ❷有成果的, 有益的.

**fry** [fraɪ] 動 (用平底鍋)油煎, 油炸; 用油煎炒. ➜「用油炸」一般用 deep-fry; → fried.
Mary **fries** bacon and eggs for her breakfast. 瑪麗煎了培根和蛋當早餐. ➜ fries [fraɪz] 爲第三人稱單數現在式.
◆ **fried** [fraɪd] 過去式、過去分詞.
**frý pàn** 平底煎鍋.

**fry·ing pan** [ˋfraɪɪŋ͵pæn] 名 平底煎鍋. ➜亦可作 **fry pan**.

**ft.** foot 或 feet 的縮寫.
1 ft. (讀法: one foot) 一英尺
2 ft. (讀法: two feet) 二英尺

**fu·el** [ˋfjuəl] 名 燃料.
—動 給～加燃料, 補給燃料.

**ful·fil(l)** [fʊlˋfɪl] 動 完成, 實現(諾言、期望等). ➜加上-ed, -ing 的時候則拼成 **fulfilled, fulfilling**.

**ful·fil(l)·ment** [fʊlˋfɪlmənt] 名 (諾言、希望等的)實現, 實行.

**full** [fʊl] 形 ❶**滿的,** 充滿的. ➜動詞爲 fill.
eyes full **of** tears 熱淚盈眶的眼睛
The theater was full. 戲院客滿.
This box is **empty**. That box is **full** of toys. 這箱子是空的. 那個箱子裡裝滿了玩具. ◁**反義字**
Don't speak with your mouth full. 嘴裡塞滿東西時不要說話.
會話 How about another glass of milk? —No, thank you. I'm full. 再來一杯牛奶如何? —不, 謝謝. 我已經飽了.
❷**充分的,** 完全的, 最大限度的.
full marks 滿分
a full week 整整一星期
a full moon 滿月
*one's* full name 全名
(at) full speed (以)全速
The moon is full tonight. 今晚是滿月.
—名 充分; 頂點.

idiom

***in fúll*** (不省略地)全部.
Write your name in full. 寫下你的全名.
***to the fúll*** 充分地, 完全地.
We enjoyed fishing to the full. 我們盡情地享受釣魚的樂趣.

**full stop** [ˋfʊl͵stɑp] 名 句號, 句點(period).

**ful·ly** [ˋfʊlɪ] 副 充分地.

**fun** [fʌn] 名 **有趣的事〔人〕; 樂趣,** 愉快, 快樂的心情. ➜不用 ×*a* fun, ×*the* fun, ×fun*s* 等.
Camping is a lot of fun. 露營很有

趣.
It's great fun to play baseball. 打棒球很有趣. ➡ It＝不定詞 to play ～.
Let's have fun with music and games. 讓我們陶醉於音樂和遊戲吧!
We had fun singing songs together. 我們一起唱歌唱得很高興.
He is full of fun. 他是個有趣的傢伙. ➡ is full of ～ 為「充滿～的」.
He is good fun. 他很有趣.

idiom

***for* 〔*in*〕 *fún*** 半開玩笑地, 開玩笑地; 為了好玩的.
***màke fún of*** ～ 嘲弄～, 嘲諷～.

**func·tion** [ˋfʌŋkʃən] 名 機能, 功用; 職責.
—動 起作用, 運行.

**fund** [fʌnd] 名 資金, 基金; (**funds**) 財源, (手頭的)資金.

**fun·da·men·tal** [ˌfʌndəˋmɛntl̩] 形 根本的, 重要的.
fundamental human rights 基本人權

**fu·ner·al** [ˋfjunərəl] 名 形 葬禮(的).
a funeral service 葬禮
a funeral march 葬禮進行曲
hold 〔perform〕 *A*'s funeral 舉行 *A* 的葬禮

**fúneral hòme** 〔**pàrlor**〕 《美》殯儀館.

**fun·nel** [ˋfʌnl̩] 名 ❶漏斗. ❷(火車、輪船的漏斗形的)煙囪.

**fun·ny** [ˋfʌnɪ] 形 ❶滑稽的, 可笑的. ➡ 用於形容引人發笑的人、事、物.
a funny story 滑稽的故事
That clown is very funny. 那個小丑十分滑稽.
That's not funny. Why do you laugh? 那並不有趣, 為何你要笑?
Don't be funny. 別開玩笑.
❷奇怪的(strange).
You look very funny in that coat. 你穿這件上衣顯得很怪.
It's funny that May didn't come. 玫沒來真是奇怪. ➡ It＝that ～.
◆ **funnier** [ˋfʌnɪɚ] 比較級.
◆ **funniest** [ˋfʌnɪɪst] 最高級.

**fur** [fɝ] 名 ❶毛皮.
a fur coat 毛皮大衣
❷(一般用複數 **furs**)毛皮製品. ➡ 外衣、圍巾等.
in furs 穿著毛皮衣物

**fu·ri·ous** [ˋfjʊrɪəs] 形 猛烈的; 暴怒的.

**fur·nace** [ˋfɝnɪs] 名 爐子, 爐灶; 鎔礦爐; (地下室暖氣用)鍋爐.

**fur·nish** [ˋfɝnɪʃ] 動 ❶ 供給.
furnish *O* **with** *O*′ 給 O 提供 O′
They furnished the police with information about the robbery. 他們提供給警察有關強盜案件的情報.
❷(在房子、家裡)設置家具.
My mother furnished the living room with new furniture. 母親在客廳裡放置了新家具.
The room is beautifully furnished. 這房間佈置得好漂亮.

**fur·nished** [ˋfɝnɪʃt] 形 附有家具的.
Furnished House (出租廣告中)附有家具的房子 ➡ 所謂「附家具」就是有「餐具櫃、桌子、椅子、冰箱、瓦斯爐、床、電器等」(但不包含收音機、電視機).

**fur·ni·ture** [ˋfɝnɪtʃɚ] 名 家具, (辦公室等的)辦公設備. ➡ 桌子、椅子、沙發、櫥子、飯桌、餐具架、衣櫥、書櫃、床等的總稱, 常用單數.
a piece of furniture 一件家具 ➡ 不用ˣ*a* furniture.
We don't have much furniture. 我們沒有很多的家具. ➡ 不用ˣ*many* furniture*s*.

**fur·ther** [ˋfɝðɚ] 《far 的比較級》副

㊂ 更遠地〔的〕;更往前地〔的〕.
make a further effort　更加努力
walk further　走得更遠
Please call 03-3230-9452 for further information.　如果想要更多〔更爲詳細〕的資訊，請打 03-3230-9452.

F

**fur·thest** [ˋfɝðɪst] 《far 的最高級》 副 形 最遠地〔的〕；(程度)最～(的).

**fu·ry** [ˋfjʊrɪ] 名 暴怒，狂怒；猛烈.
in a fury　在狂怒中
fly 〔get〕 into a fury　勃然大怒

**fuse** [fjuz] 名(電的)保險絲；(火藥的)導火線.

**fuss** [fʌs] 名(多餘的)大驚小怪.
make a fuss about nothing　爲微不足道的事情大驚小怪

**fu·ture** [ˋfjutʃɚ] 名 形 未來(的)，將來(的).
in (the) future　今後，將來
think of the future　考慮將來的事
the future generation　將來的一代
She has a great future as a pianist.　作爲一名鋼琴家她大有前途.
What are your plans for the future?　你將來有甚麼計畫?
May is my future wife.　玫是我未來的妻子.

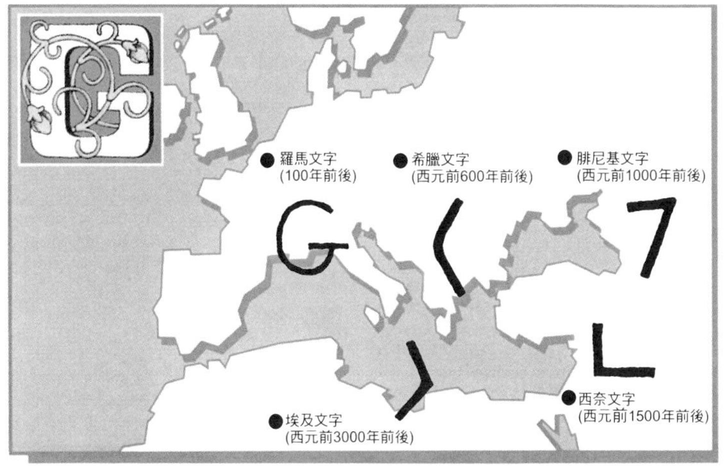


**G, g** [dʒi] 名 (複 **G's, g's** [dʒiz]) ❶英文字母的第七個字母. ❷(通常用 **G**) (音樂的) G 調, C 調的第五音. ❸(**G**)《美》(電影的) 普通級. ➡ general 的縮寫.

**g., g** gram(s), 《英》gramme(s) (克) 的縮寫.

**GA** Georgia 的縮寫.

**ga·ble** [ˋgebḷ] 名 山形牆, 三角牆. 相關語 roof (屋頂).

**gag** [gæg] 名 (演員等的) 臨機插入的臺詞; 無聊的笑話.

**gain** [gen] 動 ❶得到, 獲得 (get); 達到～.
Our team gained the victory. 我們隊獲勝了〔得到冠軍〕.
❷獲得利益; 贏得, 得到.
gain a profit 獲得利益
❸增加, 增大 (重量、速度等).
gain weight〔speed〕 增加體重〔速度〕
❹(鐘的指針) 變快.
This clock is old but never **gains** or **loses**. 這個鐘雖舊, 但絕不會快或慢. ◁反義字
—名 ❶增加, 增進.
a gain **in** weight〔knowledge〕 體重〔知識〕的增加
❷(常用 **gains**) 盈利, 利益.
諺語 **No gains without pains.** 不勞則無獲.

**gait** [get] 名 步法, 步態.
walk with a slow gait 慢步行走

**gal·ax·y** [ˋgæləksɪ] 名 (複 **galaxies** [ˋgæləksɪz]) (**the galaxy, the Galaxy**) 銀河, 天河 (the Milky Way).

**gale** [gel] 名 大風, 強風.

**Gal·i·le·o** [ˏgæləˋlio] 專有名詞 (**Galileo Galilei**) 伽利略. ➡義大利的物理、天文學家 (1564-1642); 證明了哥白尼的地動說.

**gal·ler·y** [ˋgælərɪ] 名 (複 **galleries** [ˋgælərɪz]) ❶畫廊; 美術館; 陳列室.

→《美》「美術館」一般稱爲 museum.
an art 〔a picture〕 gallery 畫廊 → 單用 gallery 也是「畫廊」的意思, 爲使意思更加明確時多用這種說法.
the National Gallery (倫敦的)國家美術館
❷(劇場最上層、票價最低的)頂層樓座; (會場的)旁聽席.
❸頂層樓座的人們; 旁聽席的人們; (高爾夫、網球等比賽的)觀眾. →因不只指一個人, 而是指多數的人, 所以一般作複數.

**gal·lon** [ˋgælən] 名 加侖. →液體的容積單位; 在美國是 3.785 公升; 英國、加拿大、澳大利亞等爲 4.546 公升.

**gal·lop** [ˋgæləp] 名 飛跑. →馬等四足動物最快的奔跑方式, 四隻腳會全部在同一瞬間離開地面.
—動 飛跑; 疾馳.

**gam·ble** [ˋgæmbl̩] 動 打賭; (用錢等)賭博.
gamble **at** cards 賭紙牌
gamble **on** the weather 〔arriving in time〕 (雖然不知道會變成怎樣, 但是)打賭天氣會變好〔時間還來得及〕, 希望天氣會變好〔時間還來得及〕
—名 賭博, 打賭.
It's a gamble, but try it. 這雖是一種賭博, 但試試看.

**gam·bler** [ˋgæmblɚ] 名 賭徒; 賭博的人.

**game** [gem]
▶遊戲; 比賽
⊙泛指規則較少的遊戲和有一套複雜規則的運動競賽

名 (複 **games** [gemz]) ❶(有一定規則的)**遊戲, 玩耍, 娛樂; 遊戲器具, 比賽用具.**
a card game 紙牌遊戲
a video game 電玩遊戲
**play** a game 玩遊戲
**win** 〔**lose**〕 a game 在遊戲中獲勝〔失敗〕
All children like to play games. 孩子們都喜歡玩遊戲.
❷**比賽, 競技; (games) 運動大會.**
play a basketball game 比賽籃球
We'll play 〔have〕 a game of baseball with Bob's team. 我們要和鮑勃的球隊進行棒球比賽.
The Tokyo Olympic Games were **held** in 1964. 東京奧林匹克運動會是在一九六四年舉行.

> 參考 《美》 baseball, football, basketball 等接 -ball 的體育比賽用 game; golf, tennis, boxing, cricket 等用 match. 《英》各種比賽大多用 match.

❸獵物, 野味. →以打獵、垂釣得到的野獸、野鳥、魚的集合名詞.
Lions and elephants are big game. 獅子和大象是大型獵物. →不用 ×*a* big game, ×big game*s*.
字源 自古英語中「快樂、娛樂」等字而來; 因爲在中世紀貴族最大的娛樂就是狩獵, 因此產生了❸的意思.

**gander** [ˋgændɚ] 名 公鵝.

**Gan·dhi** [ˋgɑndɪ, ˋgændɪ] 專有名詞 (通稱 **Mahatma Gandhi**) 甘地. →印度的政治家(1869-1948); 領導印度人對英國進行非暴力不服從的獨立運動, 被尊稱爲 'Mahatma' (=聖雄).

**gang** [gæŋ] 名 ❶《口》(形影不離的)(玩樂)夥伴.
Charlie Brown and his gang 查理・布朗和他的夥伴
❷(一起勞動的工人們的)一群, 一隊.
a rescue gang 救援隊
There was a gang of workmen repairing the railroad. 有一群工人正在維修鐵路.
❸(歹徒的)一幫, 暴力集團. →「一個歹徒」用 gangster.
a gang of pickpockets 一群扒手

**Gan·ges** [ˋgændʒiz] 專有名詞 (**the**

**Ganges**)恆河. ➡印度北部的大河, 從喜瑪拉雅山脈經孟加拉注入孟加拉灣, 是印度教教徒的神聖之河.

**gang·ster** [ˋgæŋstɚ] 名 (gang 的一員)惡棍, 歹徒.

**gap** [gæp] 名 ❶裂縫, 間隙.
a gap **in** the fence 籬笆的縫
❷間斷, 空白.
a gap in the conversation 對話的停頓
❸(想法等的)差距, 不同, 分歧.
There is a great gap **between** his idea and mine. 他的想法和我的想法有很大的差距.
We cannot bridge the gap in ages. 年齡的差距是無法塡補的.

**ga·rage** [gəˋrɑʒ, ˋgærɑʒ] 名 ❶(汽車的)車庫.
**garáge sàle** 《美》二手貨廉售.

> 參考 將不用的舊貨排列放置在自家車庫中以便宜的價格出售; 不光是車庫, 院子、地下室也常被使用, 這種情況下分別稱作 yard sale, basement sale.

❷汽車修理工廠.

**gar·bage** [ˋgɑrbɪdʒ] 名 《主美》(廚房的)垃圾, 廚餘.
**collect** 〔**throw away**〕 garbage 收集〔扔掉〕垃圾 ➡不用×*a* garbage, ×garbage*s*.
**gárbage càn** 《美》(廚房的)垃圾桶(《英》dustbin). ➡大的圓桶, 收垃圾日時拿到路旁置放.
**gárbage trùck** 《美》垃圾車(《英》dustcart).

| **gar·den** [ˋgɑr d ṇ] | ▶花園<br>▶菜園<br>▶公園 |
|---|---|

名 (複 **gardens** [ˋgɑrdṇz]) ❶花園, 庭園. ➡《美》除了種有美麗的樹木、花卉的漂亮院子外, 其餘都叫 yard.
They live in a house with a large garden. 他們住在有大花園的房子裡.
**gárden pàrty** 園遊會. ➡在庭園舉行的大型宴會, 通常爲正式的宴會.

❷(花、蔬菜、藥草等的)田; 菜園; 花園.
a vegetable garden 蔬菜田〔園〕
a kitchen garden 家庭菜園
**plant** a rose garden in the yard 在院子裡建個玫瑰園
❸(常用 **gardens**)公園, 遊樂場.
**botánical gárden(s)** 植物園.
**zoológical gárden(s)** 動物園.

**gar·den·er** [ˋgɑrdṇɚ] 名 ❶花匠, 園丁. ❷(愛好)從事園藝的人.

**gar·den·ing** [ˋgɑrdṇɪŋ] 名 (從事)園藝.

**gar·gle** [ˋgɑrg!] 動 漱口.

**gar·lic** [ˋgɑrlɪk] 名 大蒜.

**gar·ment** [ˋgɑrmənt] 名 (**garments**)衣料. ➡感覺較 clothes 正式, 製衣商很喜歡用此字.

**gas** [gæs] 名 ❶氣體.
natural 〔city〕 gas 天然〔城市〕氣 ➡不用×*a* gas, ×gas*es*.
Oxygen is a gas. 氧氣是氣體. ➡在指氣體種類時作可數名詞.
相關語 solid(固體), liquid(液體).
❷(燃料用的)瓦斯; 瓦斯的火焰.
**turn on** 〔**off**〕 the gas 把瓦斯打開〔關掉〕
put a kettle on the gas 將水壺放在瓦斯爐上
Do you cook by gas or electricity? 你是用瓦斯還是用電做飯?

G

**gás stòve** ①(炊事用)瓦斯爐. ➜亦作 gas cooking range. ②煤氣取暖器，煤氣火爐.
❸《美口》汽油(gasoline).
run out of gas 耗盡汽油

**gás stàtion** 《美口》加油站(《英》petrol station). ➜《美》亦作 filling station.

G

**gas·o·line, gas·o·lene** [ˋgæsəlin] 名《美》汽油(《英》petrol). ➜口語用 gas.

**gasp** [gæsp] 動 ❶(呼吸困難的)喘氣，喘息，透不過氣來.
gasp **for** breath 喘氣
❷(因驚嚇等)屏息.

**gate** [get] 名 ❶門；門扉. ➜有兩扇門扉的多用 **gates**.
go through the gate 穿過門，從門通過
He entered at〔by〕the gate. 他從門進去.
Bob waited for me at the school gate. 鮑勃在校門口等我.
❷出入口；(機場的)登機門.
The passengers from Flight No. 123 will soon be coming out of Gate 2. 123 班機的乘客不久將從二號門出來.

**gate·way** [ˋget͵we] 名 ❶(有門的)進出口.
❷(到～的)道路.
the gateway **to** success 通向成功的道路

**gath·er** [ˋgæðɚ] 動 ❶使集合；採集(collect)；集合.
The bird gathers twigs for its nest. 小鳥收集枝條築巢.
諺語 A rolling stone gathers no moss. 滾石不生苔；轉業不聚財. ➜「滾石不生苔」在《英》有「經常更換工作的人不會成功」的意思，在《美》多指「總是不停地活動的人才能永保青春」.
I gathered more information about it. 我收集了更多有關這方面的資料.
The crops have been gathered. 農作物已收割了.
Dark clouds are gathering in the sky. 烏雲在天空中聚集.
Many people gathered **around** him. 許多人聚集在他的周圍.
❷(力量、速度等)漸漸地增加.
The roller coaster gathered speed. 雲霄飛車漸漸加速.

**gath·er·ing** [ˋgæðərɪŋ] 名 聚集，集會.
We had a family gathering at our house on Mother's Day. 母親節當天我們在家裡舉行家庭聚會.
同義字 **gathering** 是指三人以上、非正式的社交性聚會，而 **meeting** 則與正式、非正式、規模無關，是表示「集會」的一般常用字.

**gave** [gev] give 的過去式.

**gay** [ge] 形 ❶爽朗的；鮮豔的.
❷《口》同性戀的，同性戀者的.

**gaze** [gez] 動 凝視.
gaze **at** a star 凝望星星
gaze **into** a crystal ball 盯著水晶球看
What are you gazing at? 你在看甚麼?
—名 注視，凝視.

**gear** [gɪr] 名 ❶齒輪；(使齒輪咬合的)傳動裝置；(汽車的)排檔.
**shift**〔**change**〕gears 換檔，變速
run **in** high〔low〕gear 以高〔低〕速度運轉
drive a car with automatic gears 駕駛自動排檔的汽車
❷《集合》一套用具，裝備.
fishing〔camping〕gear 一套釣魚〔露營〕用具 ➜不用 ×*a* gear, ×gear*s*.
This store sells sports gear. 這家商店出售運動用品.

**geese** [gis] 名 goose 的複數.

**gem** [dʒɛm] 名 寶石，寶玉.

**gen·er·al** [ˋdʒɛnərəl] 形 ❶一般的，全部的，全體的，共通的.
the general opinion　社會輿論
the general public　大眾，公眾
a general election　大選，普選
a general plan and its specific details　整體計畫及其明確的細節
This is not a **special** rule for the boy students only. This rule is **general**. 這不是僅針對男學生的特別規定，這規定通用於全體學生. ◁反義字
**géneral mánager**　總經理.
**géneral stóre**　雜貨店.
❷大體的，概略的.
a general idea　大體的想法，概念
I have a general idea of her background. 我大致知道一點她的背景.
—名 陸軍上將；將軍.
General Lee　李將軍
idiom
***in géneral***　一般地；一般的.
people in general　一般大眾
In general young people dislike formality. 年輕人一般都討厭拘泥的形式.

**gen·er·al·ly** [ˋdʒɛnərəlɪ] 副 普通地；一般地，廣泛地；大概.
idiom
***génerally spéaking***　一般來說，大概而言.

**gen·er·a·tion** [dʒɛnəˋreʃən] 名 ❶世代.
for many generations　好幾代的時間
from generation to generation　世世代代，一代接一代
❷(家系中的)一代(的人們).
a second-generation Chinese-American　第二代的華裔美國人
Three generations live in this house—Grandma, my parents and we children. 這房子裡住著三代人——祖母、雙親和我們小孩.
❸《集合》同時代〔同年代的〕人們. ➡作單數.
the present 〔young〕 generation　當前〔年輕〕的一代
the rising generation　青年一代

**gen·er·ous** [ˋdʒɛnərəs] 形 ❶心胸寬廣的，寬大的；慷慨的，大方的.
He is generous **with** his money 〔**to** his students〕. 他用錢很大方〔對學生很寬大〕.
She is generous to charity groups. 她對慈善團體很慷慨.
❷大量的，豐富的，充足的.
a generous slice of cake　一大塊蛋糕

**gen·er·ous·ly** [ˋdʒɛnərəslɪ] 副 ❶寬大地；大方地. ❷充足地，豐富地.

**ge·ni·us** [ˋdʒinjəs] 名 ❶天分，天才，資質.
a man of genius　有天分的人，天才
He has a genius **for** music. 他有音樂的天分.
❷有天分的人，天才(man of genius).
The composer Mozart was a genius. 作曲家莫札特是個天才.

**gen·tle** [ˋdʒɛntḷ] 形 ❶(指人)文靜的，溫順的，溫和的.
a gentle heart　溫柔的心
a gentle manner　高雅的風度
Please be gentle **with** the doll; it breaks easily. 請對洋娃娃輕柔些；它很容易壞.
He was always gentle **to** the sick and the poor. 他總是對病人和窮人很和氣.
❷(風、聲音、坡度等)平穩的，安靜的.
a gentle breeze　微風
a gentle slope　平緩的斜坡
I heard a gentle knock on the door. 我聽到輕輕的敲門聲.

**gen·tle·man** [ˋdʒɛntḷmən] 名 (複

G

**gentlemen** [ˋdʒɛntl̩mən]) ❶ 男士. ➔比 man 更有禮貌的說法.
There's a gentleman at the door to see you. 有位男士在門口要見你.
gentlemen's shoes 紳士鞋
❷有風度、有教養的男士, **紳士**.
He is a real gentleman. 他是位眞正的紳士.
❸ (**Gentlemen**) 《英》男士專用. ➔公共廁所的標示. → Gents.

idiom

***Gentlemen!*** (僅用於稱呼男性聽眾) 諸位, 各位先生.
***Ládies and Géntlemen!*** (用於稱呼男女聽眾) 各位女士和先生.

**gen·tle·men** [ˋdʒɛntl̩mən] 名 gentleman 的複數.

**gen·tly** [ˋdʒɛntlɪ] 副 穩定地, 溫和地, 安靜地, 悄悄地; 緩慢地.

**Gents** [dʒɛnts] 名 複 《英 口》(常用 **the Gents**) (飯店、大樓等的) 男用廁所 (《美》(the) men's room).

**gen·u·ine** [ˋdʒɛnjuɪn] 形 眞正的, 眞貨的, 非人造的.
It is not a genuine pearl, but it seems genuine. 這不是眞的〔天然〕珍珠, 但看上去像眞的一樣.

**ge·og·ra·phy** [dʒɪˋɑgrəfɪ] 名 地理, 地理學.

**George** [dʒɔrdʒ] 專有名詞 (亦作 **St. George**) 聖喬治. ➔英格蘭的守護神.

**Geor·gia** [ˋdʒɔrdʒə] 專有名詞 喬治亞州. ➔美國東南部的州; 因英國國王 George II而得名; 簡稱 **Ga., GA** (郵政用).

**germ** [dʒɜm] 名 細菌.

**Ger·man** [ˋdʒɜmən] 形 德國的; 德語的; 德國人的. ➔名詞爲 Germany.
a German car 德產汽車
Is she German or Dutch? 她是德國人還是荷蘭人?
—名 ❶德語.
❷德國人. ➔複數爲 **Germans**.
the Germans (全體) 德國人

**Ger·ma·ny** [ˋdʒɜmənɪ] 專有名詞 德國. ➔位於歐洲中部的共和國; 第二次世界大戰後長期分裂爲 **East Germany** (東德) 與 **West Germany** (西德), 一九九〇年再度統一; 首都柏林 (Berlin).

**ger·und** [ˋdʒɛrənd] 名 《文法》動名詞. ➔動詞原形加 ing 的形式, 除動詞的意義與作用外, 也有名詞的功能; 例如 *Seeing* is *believing*. (眼見爲實) 的 *Seeing*, *believing* 都是動名詞.

**ges·ture** [ˋdʒɛstʃɚ] 名 ❶肢體動作, 手勢, 手語.
**make** an angry gesture 做出生氣的樣子
speak **with** big gestures 以誇張的姿態說話
speak **by** gesture 用手勢表達
❷ (不是眞心的, 只是表面形式的) 樣子, 表面, 現象.
a friendly gesture 友好的樣子
His kind words are only a gesture; he doesn't mean them. 他那親切的話只是做做樣子, 不是眞心的.
—動 用肢體動作表示〔說〕.
The policeman gestured (**for** 〔**to**〕) the driver **to** stop. 警察以手勢示意駕駛人停車.

| **get** [gɛt] | ▶到手; 買<br>▶到達 (～)<br>▶成爲 (～) |
|---|---|

動 ❶到手, 得到, 收到; 拿到.
基本 get big money 得到很多錢
➔ get＋名詞〈O〉.
get her love 得到她的愛
get full marks in the English test 在英文考試中得到滿分
get a letter 收到信
get a prize 得到獎賞
get a job 找到工作
get some sleep 小睡片刻

The movie star **gets** a lot of fan letters every month. 那位電影明星每個月都收到很多影迷的來信. ➡ gets [gɛts] 爲第三人稱單數現在式.

◆ **got** [gɑt] 過去式.

I got a call from Jane last night. 我昨晚接到珍的電話.

◆ **got**, 《美》**gotten** [ˋgɑtn̩] 過去分詞.

The pianist **has** gotten many prizes. 那位鋼琴家得過很多獎. ➡ 現在完成式.

◆ **getting** [ˋgɛtɪŋ] 現在分詞、動名詞.

Bill **has been** getting good grades in school. 比爾在學校一直獲得很好的成績. ➡現在完成進行式.

❷**買, 給～買～**(buy).

基本 get him a new bicycle=get a new bicycle **for** him 給他買一輛新的自行車 ➡前面的例句爲get+(代)名詞〈O′〉+名詞〈O〉.

會話 Where did you get it? —At a bookstore. 你在哪兒買的? —在書店.

❸**拿(東西)來, 帶(人)來.**

Will you get me my hat? = Will you get my hat for me? 幫我把帽子拿來好嗎?

I'm hurt! Get the doctor! 我受傷了, 請醫生來!

We would like to get our son a tutor in 〔for〕 math. 我想給兒子請一個數學家教.

❹《口》**理解, 聽見.**

She didn't get my jokes. 她不懂我的笑話.

I'm sorry, but I didn't get what you said. 對不起, 我沒聽見你說的話.

Oh, I get it. 啊, 我懂了.

❺**到達(～), 抵達.**

基本 get **to** London 到達倫敦 ➡ get+to+名詞.

基本 get home 到家 ➡ get+地方副詞.

get there at six 在六點鐘到達那裡

How can I get to your house? (怎樣才能到你家⇒)請告訴我你家怎麼去.

❻**成爲(～).**

基本 get dark 變暗 ➡ get+形容詞〈C〉.

基本 get hurt 受傷 ➡ get+過去分詞〈C〉; 語義類似被動語態, get 和 be 動詞一樣有助動詞的作用.

get well (病)好轉

get old 變老

get angry 發怒, 生氣

get tired 疲勞; 倦怠

get lost 迷路

It's getting dark. 天色漸漸暗起來了. ➡ It 籠統地表示「明暗」.

He'll soon get better. 他不久就會恢復健康.

Don't get so excited. 別這麼興奮.

I got caught in the rain yesterday. 我昨天被雨淋了.

Get dressed quickly. 快穿上衣服.

❼(**get** O C) **將 O 變成 C.**

基本 get supper ready 準備晚飯 ➡ get+名詞〈O〉+形容詞〔現在分詞〕〈C〉.

Don't get your clothes dirty. 不要把衣服弄髒.

His funny story got them laughing. 他有趣的故事引得他們發笑.

❽(**get to** *do*) **變得～.**

基本 get to know her 開始了解她了 ➡不用×*become* to know her.

They soon got to be friends. 他們很快就成了朋友.

Soon you will get to like your new school. 不久你就會喜歡上新學校.

❾(**get** O **to** *do*) (經由努力、說服等) **讓 O 做～, 請 O 做～.** ➡依前後文的關係判斷該譯成「讓～」或「請～」.

基本 get him to come 請他來〔讓他來〕 ➡要注意與其它「使～」之意的使役動詞(make, let, have)不同, 受詞

G

後接不定詞 to＋原形動詞.
I can't get this old radio to work. 我無法讓這臺舊收音機響.
⑩(**get** O＋過去分詞〈C〉)叫 O 做～, 請 O 做～, 使 O 被～. ➡依前後文的關係判斷該譯成「讓～」或「請～」.
**基本** get a letter mailed 請人寄信〔叫人寄信〕 ➡ 可用 have 取代 get; 但用 get 比較口語化.
I got my picture taken. 我請人照了相〔被拍了照〕.
He got all his homework done last night. 他昨晚把作業全做完了.
I got my eyes tested. 我去檢查眼睛.

G

idiom

***gèt acróss*** 橫越, (向對面)穿過去; 讓對方理解(想法等).
get across (a river) by boat 乘小船渡(河)
get *one's* idea across **to** ～ 讓～理解～的想法
***gèt alóng*** (和別人)(和諧)相處; (工作等)進行, 進展.
She isn't getting along very well **with** her mother. 她和她母親處得不太好.
How are you getting along with your homework? 你的家庭作業進行得怎麼樣〔進展如何〕?
***gèt awáy*** 離去, 逃跑, 逃脫.
***gèt báck*** 返回; 取回.
***gèt dówn*** (從高處)下來;使下來.
get the child down **from** the ladder 將那孩子從梯上扶下來
***gèt dówn to ～*** 開始認眞對待〔著手〕～.
Let's get down to work. 我們著手去做吧.
***gèt ín*** 進入, 乘上(轎車等小型車輛)(→ get on); 收穫〔割〕.
***gèt ìnto ～*** 進入～(中去); 坐進(轎車等小型車輛). → get on.
get into bed 上床
He got into trouble. 他惹上麻煩.
Look, the pickpocket is getting into the taxi. 啊, 扒手鑽進了計程車.
***gèt óff*** ①(從電車、公車、自行車、馬等)下來.
get off a bus〔a plane, a horse, a bicycle〕 下公車〔飛機、馬、自行車〕 → get out of ～.
I'm getting off at the next station. 我要在下一站下車.
②脫下, 褪去(身上的衣物).
get *one's* shoes off 脫鞋
***gèt ón*** ①乘上(電車、公車、自行車、馬等); 生活; 相處(get along).
get on a horse〔a bus〕 上馬〔公車〕 → get into ～.
How are you getting on? 你過得如何?
②穿.
get *one's* shoes on 穿鞋
***gèt óut*** 出去, 離開; 取出.
get a thorn out 拔掉刺
Get out! 滾開!
The teacher told the class to get out their textbooks. 老師要學生把課本拿出來.
***gèt óut of ～*** ①從～出來, 從(轎車等小型車輛)下來. → get off.
get out of bed 下床, 起床
get out of the taxi 下計程車
How could you get out of the difficulty? 你是如何擺脫困境的?
②從～取出〔拿出〕(～).
get some milk out of the fridge 從冰箱拿出牛奶
***gèt óver*** 跨越; 克服(困難等); 從(疾病等)中恢復過來.
He soon got over his fear〔cold〕. 他不久就克服了恐懼感〔感冒就好了〕.
***gèt thróugh*** 穿過, 通過; 做完.
get through the woods 穿過森林
get through the exam 通過考試
get through the work 做完工作
***gèt togéther*** 收集; 集合.
get all the students together 召集

全體學生
Let's get together on Sunday. 我們星期日聚一聚吧!
***gèt úp*** (從床上)起來, 起床; 站起來.
get up at six 六點起床
Everyone got up **from** his chair. 大家從椅子上站了起來.
***have gót*** 《口》= have (有). → have idiom
***have gòt to dó*** 《口》=have to do(必須做~). → have idiom

**get·ting** [ˋgɛtɪŋ] get 的現在分詞、動名詞.

**Get·tys·burg** [ˋgɛtɪzˏbɝg] 專有名詞 蓋茨堡. ➜美國賓夕法尼亞州南部的城市, 南北戰爭的古戰場.
**the Géttysburg Addréss** 蓋茨堡演說.

參考 美國第十六任總統林肯在蓋茨堡戰役中陣亡將士的公墓落成典禮上所發表的演說; 其中"government of the people, by the people, for the people"(民有、民治、民享的政治)這句話因精確地表達出民主制度的本質而著名.

**ghost** [gost] 名 鬼.
see a ghost 看見鬼
He was as pale as a ghost. 他的臉蒼白得像鬼一樣.
The old hotel is haunted by a ghost. 那家老旅館裡時有鬼魂出現.
**ghóst stòry** 鬼故事.
**ghóst tòwn** 被遺棄而無人煙的村鎮. ➜以前很繁榮, 而今無人居住的城鎮; 尤指美國西部因礦脈枯竭而被遺棄的城鎮.
**ghóst wrìter** (名人的演說、書等的)代筆者.

**gi·ant** [ˋdʒaɪənt] 名 ❶(神話、童話中的)巨人; 彪形大漢.
❷大人物, 偉人; 巨大的東西.
China is now an economic giant. 中國現在是經濟大國.
—形 巨大的.
**gíant pánda** 大貓熊.

**gid·dy** [ˋgɪdɪ] 形 頭暈的; 眼花撩亂的, 使人暈眩的.
a giddy height 令人暈眩的高度
feel giddy 覺得頭暈

**gift** [gɪft] 名 ❶禮物, 贈品. ➜語氣較present 正式.
a birthday gift 生日禮物
Would you wrap it as a gift? 請把它包裝成禮物好嗎?
**gíft shòp** 禮品店.
❷天賦, 天資.
He has a gift **for** painting. 他有繪畫的天賦.

**gift·ed** [ˋgɪftɪd] 形 有天賦的, 有才能的.
a gifted musician 天才音樂家
He is very gifted as a musician. 他是個極有才華的音樂家.

**gi·gan·tic** [dʒaɪˋgæntɪk] 形 巨大的, 龐大的.
a gigantic oil tanker 巨大的油輪

**gig·gle** [ˋgɪgl̩] 動 咯咯地笑.
—名 咯咯笑, 傻笑.
with a giggle 傻笑著

**gild** [gɪld] 動 給~鍍金, 把~塗上金色.

**gill** [gɪl] 名 (通常用 **gills**) (魚等的)鰓.

**gin·ger** [ˋdʒɪndʒɚ] 名 薑.
**gínger ále** 薑汁汽水. ➜摻有薑汁的清涼飲料.

**gin·ger·bread** [ˋdʒɪndʒɚˏbrɛd] 名 薑餅. ➜用薑、蜜糖、奶油做成的小甜餅.

**gink·go, ging·ko** [ˋgɪŋko] 名 (複 **ginkgoes, gingkoes** [ˋgɪŋkoz]) 銀杏樹.
a ginkgo nut 銀杏的果實, 白果

**Gip·sy** [ˋdʒɪpsɪ] 名 =Gypsy.

**gi·raffe** [dʒəˋræf] 名 長頸鹿.

G

**girl** [g ɜ l]

▶女孩，少女，(年輕的)女性
⊙泛指從女嬰到十七、八歲左右的年輕女性

名 (複 **girls** [gɜlz]) ❶ 女孩，少女；(年輕的)女性.

Is your baby a **girl** or a **boy**? 你的嬰兒是女孩還是男孩? ◁相關語

a girls' high school 女子中學

There are more boys than girls in our class. 我們班男孩比女孩多.

❷女兒(daughter).

She has two boys and one girl. 她有兩個兒子和一個女兒.

How old are your girls? 你的女兒有多大了?

**girl·friend** [ˋgɜlˏfrɛnd] 名 女朋友，女友；女性情人.

> 參考 在英語中，男性說 She is my girlfriend. 表示是「情人」；如果說 She is just a friend. 就只是「朋友」的意思.

**Girl Guides** [ˋgɜlˋgaɪdz] 名《英》(**the Girl Guides**) 女童軍(《美》the Girl Scouts). ➜以七～十八歲少女爲對象，本著增進健康，健全人格，培養愛國心，成爲好市民爲目的而組成.

**girl·hood** [ˋgɜlhud] 名 少女時代.

**Girl Scouts** [ˋgɜlˏskauts] 名 (**the Girl Scouts**)《美》女童軍 (《英》the Girl Guides).

**give** [gɪv]

▶給與
▶召開(會議等)

動 ❶給與，給；交給.

基本 give her a flower 給〔送〕她一朵花 ➜ give＋(代)名詞〈O′〉＋名詞〈O〉；若 O′已明確，沒有必要說時可以省略，但 O 不可省略.

基本 give a flower **to** her 給〔送〕她一朵花 ➜ give＋名詞〈O〉＋to＋(代)名詞〈O′〉；一般不用 ˣgive *to her a flower*；當 O′ 不是代名詞時常使用 give a flower to the girl 的形式.

give her advice 給她忠告

give it to him 把那個給他 ➜不用 ˣgive *him it*.

Cows give us milk. 母牛提供我們牛奶.

Give me your hand and I'll pull you up. 把手伸給我，我把你拉上來.

The man did not give his name. 該名男子沒有說出他的名字. ➜沒有用文字和語言等「透露名字」的意思；say his name 是「用嘴說出名字」的意思.

Give me two tickets for the concert. 給我兩張音樂會的票.

Give me your frank opinion. 請坦白告訴我你的意見.

Please give your family my best regards. 請代我向你的家人問好.

Rock music **gives** me pleasure, but it gives my mother a headache. 搖滾樂帶給我歡樂，卻讓我母親頭痛. ➜ gives [gɪvz] 爲第三人稱單數現在式.

The sun gives (us) light and heat. 太陽給(我們)光和熱.

◆ **gave** [gev] 過去式.

The boy gave his parents a lot of trouble. 那男孩給他的父母親增添了不少麻煩.

◆ **given** [ˋgɪvən] 過去分詞.

He **has** given all his books to the school library. 他把他所有的書送給了學校圖書館. ➜現在完成式.

This watch **was** given (to) me by my uncle. 這隻錶是我叔叔給我的. ➜是把 My uncle gave me this watch. (我叔叔給了我這隻錶)的 this watch 作爲主詞的被動句；下例是把 me 作爲主詞的被動句.

I was given this watch by my uncle. 我從我叔叔那裡得到這隻錶.

◆ **giving** [ˋgɪvɪŋ] 現在分詞、動名詞.
The baby **has been** giving his mother a lot of trouble. 那嬰兒一直給他母親添很多麻煩. ➡現在完成進行式.
The cow stopped giving milk. 那頭牛已不產奶了. ➡giving(給)爲動名詞，作stopped的受詞.
❷召開，舉辦(會議等)；(在眾人前)演出，舉行.
give a party〔a concert〕 舉行晚會〔音樂會〕
give a speech 演講
give a test 進行測驗
The teacher was giving a lesson in math. 老師正在上數學課.
❸做(某一動作)；發出(聲音).
give a push 推一下
give a sigh〔a cry〕 嘆一口氣〔大喊一聲〕
give a kiss 親一下
give a cough 咳嗽
give him a kick 踢他一下 ➡不用 ˣgive *a kick to him*.

idiom

***gíve and táke*** 互讓，公平交易，互給互取.
There must be some give and take in trade talks. 貿易談判必須能互蒙其利.
***gìve awáy*** 送掉，讓與.
He gave away all the money〔gave all the money away〕. 他把錢全部送掉了.
***gìve báck*** 歸還，送還.
Give the book back **to** me〔Give me back the book〕. 把那本書還給我.
***gìve ín*** 屈就，讓步，投降；提交(文件等).
He finally gave in **to** my opinion. 他終於接受了我的意見.
***gìve óff*** 發出，散放(氣味、熱等).
***gìve óut*** 分配；發表；發出(聲音、氣味等).
The teacher gave out the tests to her students. 老師將試卷發給了學生.
He gave out a cry. 他喊了一聲.
***gìve úp*** 中止，停止；放棄；捨棄.
give up smoking 戒菸 ➡give up＋動名詞；不用ˣgive up *to smoke*.
We finally gave him up **for** lost. 我們最後終於放棄他生還的希望.
***gìve wáy*** (***to*** ~) (給~)讓路；崩壞，倒塌，壞掉，斷掉；屈服，(爲~)所取代.
The ice gave way and I fell into the water. 冰裂開，然後我就掉進水中.
Coal gave way to oil. 石油取代了煤.

**giv·en** [ˋgɪvən] give的過去分詞.

**giv·en name** [ˋgɪvənˋnem] 名 (不包括姓的)名字，教名(Christian name). ➡《美》通常用first name；→name.

**giv·er** [ˋgɪvɚ] 名 給與者，捐贈者.

**giv·ing** [ˋgɪvɪŋ] give的現在分詞、動名詞.

**gla·cier** [ˋgleʃɚ] 名 冰河.

| **glad** [glæd] | ▶高興的<br>⊙對已發生或即將發生之事，感到「高興」的心理狀態 |
|---|---|

形 ❶(人)高興的，樂意的. ➡不可置於名詞前.
基本 I am glad **about** the result.

我對結果感到滿意. ➜be動詞＋glad〈C〉＋介系詞＋名詞.

They were very glad **at** the news. 他們聽到那消息非常高興.

My father was glad **of** my success. 父親爲我的成功高興.

基本 I am glad **to** see you. 我很高興見到你, 幸會. ➜ be 動詞＋glad〈C〉＋to 不定詞;《主美》接在初次見面的寒暄語 How do you do? 之後; 有時略作 Glad to see you.

I'll be glad to help you. 我很樂意幫助你.

會話 Would you like to come to our party? —I'd be glad to. 你願意來參加我們的晚會嗎? —我非常樂意. ➜ glad to 的後面省略了 come.

I am glad (**that**) you have come. 我很高興你來了.

◆ **gladder** [ˋglædɚ]《比較級》較高興的. ➜也可用 more glad.

◆ **gladdest** [ˋglædɪst]《最高級》最高興的. ➜也可用 most glad.

❷讓人高興的, 快樂的, 可喜的. ➜只用於名詞前.

I heard the glad news from Bob. 我從鮑勃那裡聽到了這個好消息.

**glad·ly** [ˋglædlɪ] 副 高興地.

I will gladly do it. 我將很樂意地做.

會話 Will you help me? —Gladly. 你能幫我忙嗎? —很樂意.

**glance** [glæns, glɑns] 動 大略地看(一眼).

glance **at** it 粗略看一下

glance **over** a letter 把信大略看一遍

He glanced **through** the newspaper. 他把報紙大略看了一遍.

—名 約略的看, 一瞥, 掃視.

She **gave** me only a glance. 她只是瞥了我一眼.

idiom

***at a glánce*** 一眼, 看一眼.

I recognized him at a glance. 我一眼就認出了他.

**glare** [glɛr] 動 ❶閃閃發光, 耀眼. ❷怒目注視.

—名 ❶眩目的〔閃耀的〕光. ❷瞪眼.

| **glass** [glæs] | ▶玻璃<br>▶玻璃杯<br>⊙指玻璃本身及「玻璃杯」「眼鏡」「鏡子」之類的玻璃製品 |
|---|---|

名 (複 **glasses** [ˋglæsɪz]) ❶玻璃.

a glass window 〔box〕 玻璃窗〔箱〕

Glass is easily broken. 玻璃易碎. ➜不用 ×*A* glass, ×Glass*es*.

Windows are made of glass. 窗子是玻璃做的.

❷(玻璃的)杯子, 玻璃杯.

A glass fell off the table and broke into pieces. 一隻杯子從桌上落下來摔得粉碎.

She put the glass on the table. 她把杯子放在桌上.

I bought three glasses. 我買了三個杯子.

同義字 陶瓷的、金屬的、紙的杯子爲 cup; 喝水、果汁、啤酒等冷飲時用 glass, 喝紅茶、咖啡等熱的飲料時用 cup.

❸一杯的容量.

a glass of water 一杯水

drink two glasses of milk 喝兩杯牛奶

❹(玻璃的)鏡頭; 望遠鏡; 顯微鏡; 眼鏡(**glasses**); 雙筒望遠鏡.

**a pair of** glasses 一副眼鏡

**put on** 〔**take off**〕 *one's* glasses 戴上〔取下〕眼鏡

He **wears** glasses. 他戴眼鏡.

❺《英口》鏡子(looking glass, mirror).

She looked at her face in the glass. 她看著鏡中自己的臉.

**glass·work** [ˋglæsˏwɜk] 名 ❶ 玻璃

製造(業)；《集合》玻璃製品〔工藝〕.
❷(glassworks)玻璃工廠. ➡通常視爲單數.

**gleam** [glim] 名 (星星等的)微光；(燈塔、希望等的)光芒.
—動 閃爍，發光.

**glee** [gli] 名 ❶(滿溢的)喜悅，歡喜.
❷男聲無伴奏合唱曲. ➡男聲三部或四部的合唱曲.

**glide** [glaɪd] 動 滑動，滑行〔翔〕.

**glid·er** [ˋglaɪdɚ] 名 滑翔翼.

**glimpse** [glɪmps] 名 一瞥，一眼.
**have** 〔**get, catch**〕 **a glimpse of** her 瞥見她

**glis·ten** [ˋglɪsn̩] ➡ t 不發音. 動 閃耀.

**glit·ter** [ˋglɪtɚ] 動 閃閃發光〔閃爍〕.
諺語 All that glitters is not gold. 發亮的東西不一定都是金子. ➡ that (關係代名詞) glitters 修飾 All.
—名 光輝，閃光.

**glo·bal** [ˋglobl̩] 形 ❶球形的.
❷全球的，世界的.
on a global scale 全球地〔的〕

**globe** [glob] 名 ❶球，球狀物；地球儀. ➡勿與 glove [glʌv] (手套)混淆.
The earth is not a perfect globe. 地球並不是個正球形.
Find Spain **on** this globe. 在這個地球儀上找出西班牙.
❷(**the globe**)地球(the earth).

**gloom·y** [ˋglumɪ] 形 ❶黑暗的.
❷陰暗的；憂鬱的；(前途等)暗淡的.
a gloomy mood 低落的情緒
He is gloomy because his girlfriend left him. 他因被女友拋棄而沮喪.
◆ **gloomier** [ˋglumɪɚ] 比較級.
◆ **gloomiest** [ˋglumɪɪst] 最高級.

**glo·ri·ous** [ˋglɔrɪəs] 形 ❶輝煌的；壯麗的.
a glorious victory 輝煌的勝利
❷《口》極好的.
The weather was glorious. 極好的天氣.

**glo·ry** [ˋglɔrɪ] 名 ❶光榮；榮譽，名譽(fame).
❷繁榮，全盛.
❸壯麗，光輝.
the glory of the sunset 落日的光輝

**glove** [glʌv] 名 ❶**手套**. ➡指五指分開的手套；同義字 大拇指分開而其他四指連在一起的手套稱爲 mitten.
**a pair of** gloves 一副手套
**put on** 〔**take off**〕 *one's* gloves 戴〔脫〕手套
We **wear** gloves when we ski. 我們滑雪時戴上手套.

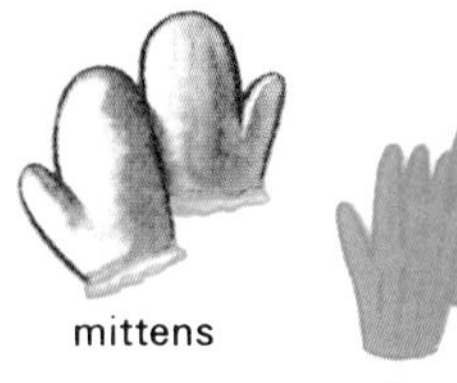


❷(棒球的)**手套**，(拳擊的)手套. 相關語 mitt(棒球的連指手套).
a baseball 〔boxing〕 glove 棒球〔拳擊〕手套

**glow** [glo] 動 ❶(不冒出火焰)通紅地燃燒，(燈火、螢火蟲等)發光. →flame.
After the flames of the campfire died, the embers still glowed. 營火的火焰熄滅後，餘燼仍然發著紅光. ➡ ember [ˋɛmbɚ] (木材或煤炭的)餘燼，燒剩物.
❷(面頰、身體)發熱，發紅；(臉等)發光.
May's cheeks glowed as she came in from ice-skating. 玫瑠冰回來的時候，雙頰通紅.
She is glowing **with** health. 她散發出健康的神采.
—名 ❶白熱，赤熱，(燃燒般的)光

輝.
an evening glow　晚霞
❷(身體的)發熱.

**gm.** gram(s), 《英》gramme(s) (克)的縮寫.

**G.M.T.** [ˋdʒiˏɛmˋti] Greenwich Mean Time (格林威治標準時間)的縮寫.

G

**GNP** [ˋdʒiˋɛnˋpi] gross national product(國民生產毛額)的縮寫.

**go** [go]
▶去
▶過去
⊙遠離說話者或說話者目光之焦點

動 ❶去. 反義字 come(來).
基本 go **to** London　去倫敦 ➡ go＋to＋名詞.
基本 go home　到家裡去〔回家〕 ➡ go＋副詞; 由於 home 爲副詞, 所以不用ˣgo *to* home.
go to school〔church〕　去學校〔教堂〕
go from Taipei to Hong Kong　從臺北到香港
go **by** train〔**on** foot〕　乘火車〔走路〕去
go to bed　就寢　→ bed.
come and go　來來往往, 忽隱忽現
Let's go.　走吧!
Please **go and** see if there are any letters.　請去看看有沒有信. ➡ go and *do* 爲「去做～」; 比 go to *do* 更口語化.
Where did you go last Sunday?　上星期日你去哪裡了?
This bus **goes** to Taipei.　這輛公車開往臺北. ➡ goes [goz] 爲第三人稱單數現在式.
This book goes on the top shelf.　這本書歸到〔放在〕最上面的架子上.
The lamp cord goes from the wall to the table.　電燈線從牆上接到桌子.
The first prize goes to John Smith.　第一獎爲約翰・史密斯所得.

Go!　Come!

◆ **went** [wɛnt] 過去式.
Bob went there yesterday.　鮑勃昨天去了那裡.
They went running to meet their father.　他們跑過去迎接父親. ➡ go running 爲「跑過去」; →❷

◆ **gone** [gɔn] 過去分詞. → gone.
He has gone to London.　他已經去倫敦了 (所以不在這兒). ➡ have been to ～ 爲「曾去過～」; 《美》have been to ～ 有時用 have gone to ～ 表示.
He has gone home.　他已經回家了.

◆ **going** [ˋgoɪŋ] 現在分詞、動名詞.
Now I must be going.　我該回去了. ➡ must be going 爲進行式; 告辭時的客套話.
會話 Where are you going, Mary? —To the department store.　你上哪兒去, 瑪麗? —到百貨公司.

❷(**go ～ing**)去做～. ➡這種句型用於去做某種愛好的活動或去散心時; 「去教」「去工作」等時用 go to *do* 或 go and *do*.
go fishing　去釣魚
go swimming **in** the pool　去游泳池游泳 ➡不用ˣgo swimming *to* the pool.

❸過去; 消失; 死(die).
Winter has gone, and spring has come.　冬天已過去, 春天來臨了.
Time goes quickly when you're busy.　當你忙的時候, 時間過得很快.
Your pain will soon go.　你的疼痛很快就會消失.

The doctor said, "I'm sorry, he's (=he has) gone." 醫生說:「很抱歉, 他已經過世了」.
Where have all the flowers gone? 花兒都到哪兒去了呢?
❹(go+副詞)(事物)進行; (詞句、故事等)成爲~.
go well〔wrong〕 進行順利〔不順利〕
go well with ~ 與~進展順利, 與~調和, 與~相稱; → go with ~ idiom
The play went well. 那齣戲演得很成功.
Everything went badly with them. 他們什麼都不順利.
How did the game go? 比賽進行得怎樣?
The story goes like this. 故事是這樣的.
❺(**go**+形容詞)變爲~.
go mad 發狂 ➡如例所示, go 通常表示變爲不好的狀態; → come ❸
go blind 眼睛看不見了
go bad (食物)變質了, 變壞了
go red with anger 氣得滿臉通紅
❻總是~; 以~通稱.
go barefoot〔in rags〕 老是光著脚丫〔衣著襤褸〕
She goes **by** the name of Jackie. 大家都叫她賈姬.
❼(機器等)運轉; (鐘、槍聲等)響.
The car goes by〔on〕electricity. 那車子靠電力發動.
There goes the bell. 鈴在響. ➡比 The bell is ringing. 的說法更普遍.
The rifle went, "Bang!" 來福槍「砰!」的響了一聲.
❽(**be going to** *do*)將要~; 打算~. ➡表示不久的未來或意志.
I am going (to go) to the park. 我正要去公園.
It is going to rain. 快要下雨了. ➡ It 籠統地指「天氣」.
會話 How long are you going to stay here? —I am going to stay here for a week. 你打算在這兒待多久? —我打算在這兒待一個星期.

idiom

***gó agàinst ~*** 與~相反, 反對~; 不利於~.
It goes against my principles. 那與我的原則相反.
***Gò ahéad!*** 走吧! 去做吧! 然後呢? 請說.
***gò alóng*** 進行, 進步.
***gò alóng with ~*** 陪伴~一起去; 和~合作; 贊同~.
I can't go along with you〔your plan〕. 我不能贊同你〔你的方案〕.
***gò aróund*** (~) 圍繞(~的周圍)走; 四處走動; 足夠分配.
There is not enough wine to go around. 酒不夠分配.
***gò awáy*** 離去; (因旅行等)離家; 逃跑.
***gò báck*** 返回, 回去; 追溯.
go back home 回家
Go back **to** your seat. 回到你的座位上去.
***gò bý*** (時間)過去; (人)通過.
***gò dówn*** 下去, 下沈, 落下; 平靜下來.
The sun was going down behind the mountain. 太陽正從山後落下.
The wind has gone down a little. 風勢小一點了.
***gó for ~*** 去(散步等); 去取~, 去叫~.
go for a walk in the park 去公園散步 ➡亦可說成 go to the park for a walk.
go for a drive 開車去兜風
I'll go for ice cream. 我去買冰淇淋.
Shall I go for a doctor? 我去叫醫生好嗎?
***gò óff*** 離去, 逃走; (槍等)發射.
***gò ón*** 繼續下去; 繼續; (時間)消逝; 發生.
go on work**ing** 繼續工作

G

Let's go on to the second question. 現在進行第二個問題吧.
The party went on until midnight. 晚會一直持續到深夜.
Please go on **with** the story. 請繼續說這個故事.
What's going on here? 這兒發生甚麼事啦?
***gò óut*** 出去，出門；熄滅.
The light went out. 燈熄了.
***gò óut of ~*** 離開~去(外面).
***gò óver*** 跨越，橫跨，走到(對面)；仔細檢查；複習，重做.
Let's go over this lesson again. 我們來重新複習這一課!
***gò róund*** =go around.
***gò thróugh ~*** 經過~；經歷~；仔細檢查~；做完~.
I went through the exercises. 我把習題都做完了.
***gò úp*** 上升，攀登.
He went up **to** his room to sleep. 他上樓到自己的房間裡去睡覺.
Prices are going up. 物價一直上漲.
***gò úp to ~*** 去~地方，靠近~.
***gó with ~*** 和~一起去；與~調和；與(異性)交往.
That hat doesn't go well with your coat. 那頂帽子與你的外套不相配.
***gó withòut ~*** 沒有~也行. →without idiom
***to go*** 《美口》(漢堡店等)外帶用的. → take out ②(→ take).
Two sandwiches to go, please. 請給我二份三明治外帶.

**goal** [gol] 名 ❶(賽跑的)終點.
reach 〔enter〕 the goal first 〔second〕 第一個〔第二個〕跑到終點
❷目標，目的；目的地.
Her goal in life is to be a lawyer. 她的人生目標是當個律師.
❸(足球等的)球門；(球入門)得分.
score six goals 得六分
score the winning goal 得到致勝的一分
The ball missed the goal. 球偏離了球門.
**góal lìne** (足球等的)球門線. ➡球場兩端的邊界線；在此線上豎立球門柱(goalpost).

**goal·keep·er** [\`gol͵kipɚ] 名 (足球等的)守門員.

**goal·post** [\`gol͵post] 名 球門柱. ➡足球等球門(goal)的左右門柱.

**goat** [got] 名 山羊.

> **印象** 與綿羊「善良」的好形象相反，山羊有頑固、好色等壞形象.
> **相關語** buck(長大的公山羊)，doe(長大的母山羊)，kid(一歲不到的小山羊)；bleat(羊叫)，baa(咩咩叫).

**gob·lin** [\`gɑblɪn] 名 (童話等中出現的淘氣)小妖精. ➡會變成人或動物，在住宅周圍，做些發出響聲、損壞東西、移動家具，或把馬鬃毛編結起來等的惡作劇，但有時也幫助人們做事.

**God** [gɑd] 名 ❶(**god**)(多神教的)神. ➡「女神」爲 goddess.

希臘、羅馬神話中的神

| | 希臘神話 | 羅馬神話 |
|---|---|---|
| 主神 | Zeus (宙斯) | Jupiter (朱比特) |
| 音樂、詩之神 | Apollo (阿波羅) | Apollo (阿波羅) |
| 愛神 | Eros (艾洛斯) | Cupid (邱比特) |
| 戰神 | Ares (阿瑞斯) | Mars (瑪爾斯) |
| 海神 | Poseidon (波賽頓) | Neptune (涅普頓) |
| 酒神 | Dionysus (戴歐尼修斯) | Bacchus (巴克斯) |
| 陰間之神 | Hades (海帝斯) | Pluto (普魯托) |
| 商業之神 | Hermes (赫米斯) | Mercury (墨丘利) |

❷(一神教(特指基督教)的)上帝. → lord ❸
the Lord God 上帝，主神

pray to God　向上帝祈禱
believe **in** God　相信上帝(的存在)

idiom

***for Gód's sàke***　求求你.
For God's sake, leave me alone. 求求你，讓我一個人靜一靜.
***Gód bléss you!***　願上帝保佑你！(表示驚訝)喔唷！天啊！(對打噴嚏的人說的)請多保重！
***Gód knòws***　天曉得，誰也不知道.
God knows why he did not come. 天曉得他爲何不來.
***Gòod Gód!, Mỳ Gód!, Ô Gód!***　(感到極爲困擾或悲傷時)喔，老天！

**god·dess** [ˋgɑdɪs] 名 女神.

希臘、羅馬神話中的女神

| | 希臘神話 | 羅馬神話 |
|---|---|---|
| 結婚、女性之女神 | Hera (赫拉) | Juno (朱諾) |
| 愛、美之女神 | Aphrodite (愛芙羅黛蒂) | Venus (維納斯) |
| 月亮、狩獵之女神 | Artemis (阿蒂蜜斯) | Diana (戴安娜) |

**god·fa·ther** [ˋgɑd͵fɑðɚ] 名 教父. → godmother.

**god·moth·er** [ˋgɑd͵mʌðɚ] 名 教母. ➜在幼兒的洗禮儀式上，給他命名，並誓示對孩子負有宗教教育責任的婦女；通常由父母親的好友來擔任.

**goes** [goz] go 的第三人稱單數現在式.

**gog·gles** [ˋgɑgl̩z] 名 複 護目鏡. ➜(騎摩托車時戴的)防風鏡，潛水鏡，(滑雪用的)護目鏡，(焊接工用的)護目鏡等.

**gold** [gold] 名 ❶金，黃金.
pure gold　純金
a pot of gold　含金的金壺　➜「金做的壺」爲 a gold pot.
諺語 Speech is silver, silence is gold.　雄辯是銀，沈默是金.
**góld rùsh**　淘金熱. ➜人群蜂湧而至發現金礦的地點；一八四九年美國 California 州曾興起一股著名的 gold rush.
❷《集合》金幣(gold coins).
—形 金的，金製的.
a gold coin〔medal〕　金幣〔金牌〕

**gold·en** [ˋgoldn̩] 形 ❶金黃色的；金的.
golden hair　金黃色的頭髮，金髮
The leaves are golden.　樹葉是金黃色的.
❷貴重的，絕好的.
golden memories of high school　高中時代的美好回憶
the golden age of Greek civilization　希臘文明的黃金時代〔全盛時期〕
**the Gólden Gáte**　金門灣. ➜位於舊金山(San Francisco)灣的入口.
**the Gólden Gàte Brídge**　金門大橋. ➜架在 the Golden Gate 上的大吊橋.
**the gólden rúle**　金科玉律. ➜指《聖經》中的待人原則「你要人家怎樣待你，你也要怎樣待人」.

**gold·fish** [ˋgold͵fɪʃ] 名 金魚. ➜有關單、複數的使用，請參閱 fish.

**golf** [gɔlf] 名 高爾夫球.
**play** golf　打高爾夫球
**gólf clùb**　高爾夫球桿；高爾夫球俱樂部.
**gólf còurse**〔**lìnks**〕　高爾夫球場.

**golf·er** [ˋgɔlfɚ] 名 打高爾夫球的人，高爾夫球選手.

**gon·do·la** [ˋgɑndələ] 名 ❶平底輕舟. ➜威尼斯(Venice)特有的一種狹長平底遊覽船. ❷(熱氣球等的)吊艙，(索道的)吊籃.

**gone** [gɔn] go 的過去分詞. ❶(**have**〔**has**〕**gone**)《表示做完了、結束》已去(～地方)(而不在此地)；《表示經歷過》《美》去過(～地方)(have been).
He has gone to America.　他已經去美國了.
I have gone to the post office.　我

已經去郵局了. ➜留言用語.

I have gone to Tainan twice by train and once by car. 我曾經兩次搭火車去臺南，一次搭車去.

Have you ever gone swimming at Waikiki? 你去過威基基海灘游泳嗎?

❷(**be gone**)已去，已離開，已消失. ➜「be＋過去分詞」並不是被動，而是完成式；表示動作結束後留下的「狀態」；→ go ❸

Winter is gone. 冬天已經過了.

The guests are all gone. 客人都走了.

Our food is almost gone. 我們的食物幾乎都吃光了.

**gon·na** [ˋgɔnə] 《美口》＝going to.

We're not gonna hurt you. 我們不會傷害你.

| **good** [g ʊ d] | ▶好的<br>▶出色的<br>▶善，利益 |
|---|---|

形 ❶好的.

基本 a good book 好書 ➜good＋名詞.

a good man 好人，善良的人

good news 好消息，喜訊

good health 健康

We are good friends. 我們是好朋友.

基本 This book is very good. 這本書相當好. ➜ be 動詞＋good 〈C〉.

Yesterday it rained, but today's weather is good. 昨天下了雨，但今天天氣很好.

Every boy has something good in him. 每個男孩都有他自己的優點. ➜ good 修飾 something；→ something.

Smoking is not good **for** your health. 吸菸對你的健康有害.

◆ **better** [ˋbɛtɚ] 《比較級》較好的.

◆ **best** [bɛst] 《最高級》最好的.

Your idea is **good** but Bob's idea is **better**, and John's is the **best**. 你的主意不錯，但鮑勃的主意更好，而約翰的主意最好. ◁**相關語**

❷美味的，(味道)好的.

good sandwiches 美味的三明治

taste good 味道好的，鮮美的

This meat is not 〔no〕 good. 這肉不好吃.

It looks **good** but tastes **bad**. 這東西好看，但味道不好. ◁**反義字**

❸適合的；有效的.

This book is not good **for** children to read. 這本書不適合小孩看.

Is this water good to drink? 這水適於飲用嗎〔可以喝嗎〕?

This ticket is good for one year. 這張票一年之內有效.

❹親切的(kind)，仁慈的.

Be good **to** your little sisters. 對你的妹妹們要和善一點.

**It's very good of** you **to** help me. ＝ You are very good to help me. 謝謝你幫助我. ➜不定詞to help 爲「幫助」.

❺出色的，高明的. 反義字 poor(拙劣的).

a good doctor 醫術高明的醫生，好醫生

a good swimmer 游泳能手

He is a good driver. 他的駕駛技術高超.

He is good **at** (playing) tennis. 他擅長打網球.

❻快樂的，愉快的，有趣的.

I had a good time at the picnic. 這次野餐我很愉快.

Have a good time. 祝你玩得愉快.

❼充分的，相當的，十足的.

a good night's rest 一整夜的休息〔一晚睡得好〕

a good half hour 足足半小時

**a good many** books 很多本書

**a good deal** (**of** money) 很多(的錢)

at a good speed 以相當的速度

He sold it at a good price. 這東西

他賣了個好價錢.

idiom

***as góod as*** ～　和～幾乎一樣，實際上等於～.

The man was shot and he is as good as dead.　那男子被槍擊中，幾乎死掉了〔已瀕臨死亡〕.

The job is as good as done.　那工作實際上等於結束了〔幾乎完成了〕.

***Gòod afternóon!***　午安；再見.

***Gòod évening!***　晚安；再見.

***Góod for ～!***　～做得好！

You got 100 on the test? Good for you!　你考了一百分？眞棒啊！

***Gòod Gód!***　→ God idiom

***Góod lúck!***　祝好運！→ luck.

***Gòod mórning!***　早，早安；再見.

***Gòod níght!***　晚安.

—名 ❶善行；利益，用處.

**good** and **evil**　善與惡　◁反義字

**do** good　行善

for the public good　為公衆的利益

for your good　為你好

This medicine will **do** you **good**.　這藥對你有效.

That kind of training will do you no good.　那種訓練對你沒有幫助.

**It is no good** talk**ing** to him.　對他說也是徒勞的.　➡ It＝動名詞 talking(說)～.

❷好處，長處，優點.

There is some good in everybody.　每個人都有長處〔優點〕.

idiom

***for góod***　永久地，一勞永逸地.

He left Paris for good.　他永遠地離開巴黎了〔再也不回來了〕.

**good-by** [gʊdˋbaɪ] 感 名＝good-bye.

| **good-bye** [gʊdˋbaɪ] | ▶再見<br>⊙God be with you.(上帝與你同在)的簡短說法 |
|---|---|

感 再見.

Good-bye. Take care.　再見了，多保重.

—名 (複 **good-byes** [gʊdˋbaɪz]) 告別語；再見.

say good-bye　告別，說再見

I must say good-bye now.　我該告辭了.

We said our good-byes at the station.　我們在車站互相告別了.

> 相關語 表示「再見」的各種說法.
> **Bye** 為 Good-bye 的口語縮略形式；亦可說成 **Bye-bye**.
> **So long.**　通俗的口語表現形式.
> **I'll see you later.**　原意為「待會兒見，再見」；通俗會話中，一般略為 See you later. 或 See you.

G

**good-look·ing** [ˋgʊdˋlʊkɪŋ] 形 面貌姣好的，好看的，英俊的.

a good-looking boy 〔girl〕　英俊的男孩〔漂亮的女孩〕

He is very good-looking.　他非常英俊.

**good-na·tured** [ˋgʊdˋnetʃɚd] 形 溫厚的，脾氣好的，熱心的(kind).

**good·ness** [ˋgʊdnɪs] 名 ❶優良，優點；親切.

❷代替 God(上帝)，用於下句.

for goodness' sake　看在老天爺的份上

Goodness!＝My goodness!　天啊！

**goods** [gʊdz] 名 複 《集合》商品，製品；《英》貨物(freight).

canned goods　罐頭製品

woolen goods　羊毛製品，毛織品

a goods train　《英》貨物列車　→ freight.

They put all their goods into a truck and left the house.　他們把他們所有的東西全部裝上卡車離開了家.

**good·will** [ˋgʊdˋwɪl] 名 好意，好心；友好，親善.

a goodwill tour　親善之旅

**goose** [gus] 名 (複 **geese** [gis]) 鵝，雌鵝.　→ gander.

**wíld góose** 雁.

**gor·geous** [ˋgɔrdʒəs] 形 豪華的，華麗的，極好的.

**go·ril·la** [gəˋrɪlə] 名 大猩猩.

**gos·sip** [ˋgɑsəp] 名 流言，閒談，聊天.
—動 閒聊；說(別人的)閒話.
gossip **about** ～ 說～的閒話

G

**got** [gɑt] get 的過去式、過去分詞.

**Goth·ic** [ˋgɑθɪk] 形 哥德式的. ➜十二～十六世紀寺院建築的樣式，其特徵是以垂直直線爲基調，窗和出入口呈尖拱狀.
Gothic architecture 哥德式建築

**got·ten** [ˋgɑtn̩] get 的過去分詞.

**gov·ern** [ˋgʌvɚn] 動 治理(國家、人民)，統治(rule).

**gov·ern·ess** [ˋgʌvɚnɪs] 名 (住在雇主家的)家庭女教師. → tutor.

**gov·ern·ment** [ˋgʌvɚnmənt] 名 ❶(常用 **Government**)政府；內閣.
the US Government 美國政府
a government worker 政府公務員
The Government is 〔are〕 intending to carry out a tax reform. 政府正打算實行稅制改革. ➜《英》多作複數使用.
❷政治，政體.
government of the people, by the people, for the people 民有，民治，民享的政治 ➜不用 ˣ*a* 〔*the*〕 government; → the Gettysburg Address (→ Gettysburg).
Democracy is one form of government. 民主政體是一種政治形態.

**gov·er·nor** [ˋgʌvɚnɚ] 名 州〔省〕長；長官；(殖民地的)總督.

**gown** [gaʊn] 名 ❶(披在睡衣上的)長袍，室內衣. ➜亦作**dressing gown**.
❷(婦女、小孩的)睡衣. ➜亦作**nightgown**. ❸(工作服的)長袍. ➜法官、大學教授、神父等穿的長服.

**gr.** gram(s),《英》gramme(s)(克)的縮寫.

**grab** [græb] 動 抓取，強奪.
grab **at** ～ 抓取～.
◆ **grabbed** [græbd] 過去式、過去分詞.
He grabbed his hat and went out. 他抓起自己的帽子走了出去.
◆ **grabbing** [ˋgræbɪŋ] 現在分詞、動名詞.

**grace** [gres] 名 ❶優美，雅致，風度.
dance **with** grace 跳得很優美
❷神的恩典，感化；(飯前、飯後的)感恩禱告.
**say** (a) grace 做感恩禱告

參考 歐美有些家庭在飯前或飯後做感恩禱告；禱詞一般由父親說，也可由家裡其他人代說.

**grace·ful** [ˋgresfəl] 形 優美的，雅致的，有氣質的.

**gra·cious** [ˋgreʃəs] 形 有禮貌的，謙和的(polite)；親切的(kind).

**grade** [gred] 名 ❶等級；階級；程度.
the best grade of meat 最高級的肉
❷《美》年級. ➜小學、中學、高中的年級；通常指六—三—三制或八—四制十二個學年(12 grades)；→ form.
會話 What grade are you **in**? —I am in the eighth grade. 你現在幾年級? —我是八年級〔國中二年級〕.
**gráde schòol** 《美》小學(elementary school). ➜六年制或八年制.
❸《美》(成績的)評分等級(mark). ➜通常以 A, B, C, D, F 等五個等級來評分；A, B, C, D 爲及格，F 爲不及格(Fail)；最近也常用 P(及格=Pass)和 F 兩個等級進行評分.
**get** a good grade **in** English 英語科得到好成績
My grade **on** 〔**for**〕 my English composition was A. 我的英文作文得了個 A.

**grad·er** [ˋgredɚ] 名《美》(從小學到

高中的)～年級學生.
an eighth grader 八年級學生〔國中二年級學生〕

**grad·u·al** [ˋgrædʒuəl] 形 逐漸的；緩慢的.

**grad·u·al·ly** [ˋgrædʒuəlɪ] 副 逐漸地，緩慢地，漸漸地.

**grad·u·ate** [ˋgrædʒuˏet] 動 畢業，得學位. ➡在英國只用於大學畢業；在美國也用於大學以外的學校.
graduate **from** college 〔high school〕 大學〔高中〕畢業
He graduated from Yale. 他畢業於耶魯大學.
—[ˋgrædʒuɪt] 名 ❶畢業生.
a college 〔high school〕 graduate 大學〔高中〕畢業生 ➡《英》僅指大學畢業生.
❷《美》研究生. ➡亦作**graduate student**.

**gráduate schòol** 研究所.

**grad·u·a·tion** [ˏgrædʒuˋeʃən] 名 畢業；畢業典禮.
After graduation **from** high school, Susie went to college. 蘇西高中畢業後上了大學. ➡《英》只用於大學，《美》也用於大學以外的學校；英美的新學期於九月開始，六月舉行畢業典禮；《美》較常把畢業典禮說成 commencement.

**graduátion cèremony** 畢業典禮.

**graf·fi·ti** [grəˋfiti] 名 複 (牆壁等的)塗鴉. ➡通常用單數.
draw graffiti on the wall 在牆壁上塗鴉

**grain** [gren] 名 ❶《美》《集合》穀物. → corn.
❷(穀物、砂子等的)粒.
a grain of rice 米粒

**gram** [græm] 名 克. ➡略作 **g**, **gm.**, **gr.**

**gram·mar** [ˋgræmɚ] 名 語法，文法.
English grammar 英文文法

**grámmar schòol** 《英》普通中學. ➡以古典語文、自然科學等爲中心，爲升大學而進行一般教學的五年制公立中學；因昔日專教拉丁語和希臘語而得此說法.

**gramme** [græm] 名 《英》＝gram.

**Gram·my (A·ward)** [ˋgræmɪ (əˋwɔrd)] 專有名詞 《美》葛萊美獎. ➡年度音樂大獎.

**grand** [grænd] 形 ❶雄偉的，壯大的；崇高的，堂堂的.
a grand view 雄偉的景色
Mt. Fuji looked very grand against the blue sky. 在藍天襯托下，富士山看起來非常雄偉.

**gránd piáno** 大鋼琴，平臺鋼琴. → upright piano.

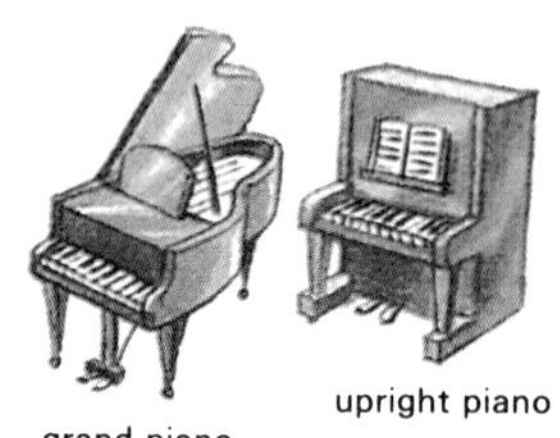


❷(位置等)最高的，大的.
the grand prize 大獎
❸《口》極妙的，極好的.
grand weather 極好的天氣

**Grand Can·yon** [ˋgrændˋkænjən] 專有名詞 (**the Grand Canyon**)大峽谷.

參考 在美國亞利桑那州北部，由科羅拉多河深切而成；周圍都是平頂的懸崖，露出地表的地層顏色因陽光照射的方向不同而不斷變化，十分壯觀，是美國代表性的觀光勝地.

**grand·child** [ˋgræn(d)ˏtʃaɪld] 名 (複 **grandchildren** [ˋgræn(d)ˏtʃɪldrən]) 孫(女)；外孫(女).

**grand·dad** [ˋgrændæd] 名＝grandpa.



G

**grand·daugh·ter** [ˋgræn͵dɔtɚ] 名 (外)孫女.

**grand·fa·ther** [ˋgræn(d)͵fɑðɚ] 名 祖父，爺爺；外祖父，外公.

**grándfather('s) clóck** 有擺的落地大座鐘. ➜以鐘擺來轉動之高鐘身時鐘，放置於地板上.

G

**grand·ma** [ˋgræn(d)mɑ] 名《口》奶奶；外婆.

**grand·moth·er** [ˋgræn(d)͵mʌðɚ] 名 **祖母，奶奶；外祖母，外婆.**

**grand·pa** [ˋgræn(d)pɑ] 名《口》爺爺；外公.

**grand·par·ent** [ˋgræn(d)͵pɛrənt] 名 (外)祖父；(外)祖母.

**grand·son** [ˋgræn(d)͵sʌn] 名 孫子；外孫.

**gran·ite** [ˋgrænɪt] 名 花崗石，花崗岩.

**grant** [grænt] 動 承認.

I grant **that** he is honest. 我承認他是誠實的.

idiom

***tàke ～ for gránted*** 視～爲當然的；(對習以爲常的人、物等)輕視，不禮貌地對待～.

I took it for granted **that** you knew the fact. 我以爲你當然知道眞相. ➜ it＝that ～.

Never take your teachers for granted. 絕不能藐視老師.

**grape** [grep] 名 **葡萄，葡萄藤.**

**a bunch of** grapes 一串葡萄

"These grapes are sour," said the fox. 狐狸說:「這些葡萄是酸的.」→ sour. 相關語 grape(vine)(葡萄藤), vineyard(葡萄田), wine(葡萄酒).

**grape·fruit** [ˋgrep͵frut] 名 葡萄柚. ➜因與葡萄一樣成串結實而得名.

**grape·vine** [ˋgrep͵vaɪn] 名 葡萄藤. ➜亦僅作 **vine**.

**graph** [græf] ➜ ph 發 [f] 音. 名 圖，圖表.

a line〔bar, circle〕graph 線〔條，圓〕圖

graph paper 座標紙，方格紙

**draw**〔**make**〕a graph of the temperature in August 把八月份的氣溫製成圖表

**grasp** [græsp] 動 ❶(用手、腕、牙、指甲等)抓緊；抓.

grasp the end of a rope 抓住繩頭

She grasped me **by** the hand. 她抓住我的手. ➜「V＋O(人)＋by the＋抓住的部位」的句型；亦可作 She grasped my hand.

Grasp **at** every chance. 抓住任何機會.

❷理解，掌握(意思等).

He is quick to grasp things. 他理解力強.

—名 ❶抓. ❷理解，理解力.

**grass** [græs] 名 ❶(長在原野、牧場、草坪等的)**草，牧草.**

Cows and sheep eat grass. 牛羊吃草. ➜不用 ×*a* grass, ×grass*es*.

❷(長有草等的)**草地，草坪，**牧草地.

告示 Keep off the grass. 勿入草坪，請勿踐踏草坪.

**grass·hop·per** [ˋgræs͵hɑpɚ] 名 蚱蜢.

**grass·land** [ˋgræs͵lænd] 名 牧草地；(常用 **grasslands**)草原(地帶).

**grass·y** [ˋgræsɪ] 形 長滿草的.

◆ **grassier** [ˋgræsɪɚ] 比較級.

◆ **grassiest** [ˋgræsɪɪst] 最高級.

**grate** [gret] 名 ❶爐架. ➜上面放煤. ❷(窗的)格柵.

**grate·ful** [ˋgretfəl] 形 感謝的，感激的(thankful).

I am grateful (**to** you) **for** your kindness. 我非常感謝你的好意.

**grate·ful·ly** [ˋgretfəlɪ] 副 感謝地，感激地.

**grat·i·tude** [ˋgrætə͵tjud] 名 感謝，

感激之心.
with gratitude 感激地
as a token of our gratitude 當作我們感謝之意的象徵

**grave**[1] [grev] ㊔墓; 墓穴.
**dig** a grave 掘墓
lay flowers on the grave 把花放在墓上
相關語 tomb(墓石), cemetery; graveyard(墓地).

**grave**[2] [grev] ㊒❶嚴肅的, 莊重的.
grave music 莊嚴的音樂
❷重大的(important).
grave news 重大新聞

**grav·el** [ˋgrævḷ] ㊔礫石, 碎石.

**grave·ly** [ˋgrevlɪ] ㊜莊重地, 沈重地.

**grave·yard** [ˋgrevˏjɑrd] ㊔墓地(cemetery).

**grav·i·ta·tion** [ˏgrævəˋteʃən] ㊔引力.
the law of gravitation 引力定律

**grav·i·ty** [ˋgrævətɪ] ㊔❶重力; 引力.
the center of gravity 重心
in zero gravity 在無重力狀態
❷重大; 認眞.

**gra·vy** [ˋgrevɪ] ㊔肉汁, 肉湯. → 燉肉時流出的肉汁; 加調味料後變得濃稠, 淋在菜肴上.
Put gravy on your potatoes. 在馬鈴薯上淋肉汁.

**gray** [gre] ㊒❶灰色的. →《英》也寫成 grey.
gray eyes 灰色的眼睛
His necktie was dark gray. 他的領帶是深灰色的.
❷(天空等)陰沈沈的, 陰鬱的.
a gray, rainy day 陰雨天
❸(頭髮)灰白的, 白髮的.
Her hair has turned gray. 她的頭髮已灰白了.
—㊔❶灰色; 灰色衣服.
She was dressed in gray. 她身著灰色衣服. →不用×*a*〔*the*〕gray.
❷毛色呈灰色的馬.

| **great** [gr e t] | ▶偉大的<br>▶大的<br>▶極好的 |
|---|---|

㊒❶**偉大的, 極優秀的; 重要的.**
基本 a great man 偉人, 大人物
→ great+名詞; 這個意義的 great 通常只用於名詞前.
a great scientist 偉大的科學家
a great family 名門
a great invention 偉大的發明, 重大發明
a great city (政治、文化方面重要的)大城市
a great day in history 歷史上重要的日子

◆ **greater** [ˋgretɚ] 《比較級》**較偉大的.**
In my opinion, John Lennon is greater **than** Beethoven. 依我看, 約翰藍儂比貝多芬還要偉大.

◆ **greatest** [ˋgretɪst] 《最高級》**最偉大的.**
Einstein is one of **the** greatest scientists of the 20th century. 愛因斯坦是二十世紀最偉大的科學家之一.

❷(令人吃驚般的)**大的**; (程度)**非常大的.**
a great house 大宅院
a great crowd 一大群人
a great earthquake 大地震
great joy〔sorrow〕 莫大的喜悅〔悲哀〕
a great success 大成功
a great reader 讀很多書的人
a great friend 非常要好的朋友, 摯友
**a great deal of** money 很多錢
**a great many** stamps 非常多郵票
**a great number of** books 大量的書
He is a great fan of the Giants. 他是巨人隊的忠實球迷.

**the Gréat Lákes** 五大湖. → lake.

**the Gréat Pláins** 大平原. ➜指美國落磯山脈以東，密西西比河以西的大草原.

**the Gréat Wáll of Chína** 萬里長城.

❸《口》美妙的，極好的. ➜這個意義的 great 也可置於動詞後面.

have a great time 度過美好的時光

taste great 味道很棒，非常好吃

feel great 感覺很好的

會話 Daddy will take us to the zoo tomorrow. —That's great! 爸爸明天要帶我們去動物園. —太棒了!

會話 How are you this morning? —Just great. 今天早上過得怎樣? —很好.

❹(～(專有名詞) **the Great**)～大王，～大帝.

Alexander the Great 亞歷山大大帝

G

**Great Bear** [ˋgretˋbɛr] 專有名詞 (**the Great Bear**) 大熊星座.

**Great Brit·ain** [ˋgretˋbrɪtn̩] 專有名詞 大不列顛島.

> 參考 包括 England, Scotland, Wales 等部分的英國主島；此名源自古時候，相對於對岸法國北部 Brittany 地區的 Little Britain (小不列顛) 而取；→ the United Kingdom (→ united).

**great·ly** [ˋgretlɪ] 副 大大地，非常.

**great·ness** [ˋgretnɪs] 名 ❶偉大；重要. ❷大，巨大.

**Greece** [gris] 專有名詞 希臘. ➜位於巴爾幹半島南部的共和國；首都雅典 (Athens)；通用語為希臘語 (Greek).

**greed** [grid] 名 貪婪，貪欲.

**greed·y** [ˋgridɪ] 形 ❶(對金錢、名譽等) 貪婪的，渴望的.

He is greedy **for** fame〔success〕. 他貪圖名聲〔渴望成功〕.

◆ **greedier** [ˋgridɪɚ] 比較級.

◆ **greediest** [ˋgridɪɪst] 最高級.

❷貪吃的，狼吞虎嚥的.

a greedy child 貪吃的小孩

**Greek** [grik] 形 希臘的，希臘人〔語〕的.

Greek myths〔civilization〕 希臘神話〔文明〕

—名 ❶希臘語. ❷希臘人.

the Greeks 希臘人 (全體)

---

**green** [gr i n]

▶綠的

▶綠色

形 ❶綠的；青的.

基本 a green car 綠色的車 ➜ green＋名詞.

green fields and hills 綠色的田野和山丘

green tea 綠茶

green pepper 青椒

基本 His car is green. 他的車子是綠色的. ➜ be 動詞＋green 〈C〉.

Go! The traffic light is green. 走吧! 綠燈了.

He painted the wall green. 他把牆塗成綠色. ➜V (paint)＋O (the wall)＋C (green) (把 O 用塗料塗成 C) 的句型.

◆ **greener** [ˋgrinɚ] 《比較級》較綠的.

◆ **greenest** [ˋgrinɪst] 《最高級》最綠的.

❷(水果) 未熟的；青澀；(人) 無經驗的.

Those tomatoes are not good to eat. They are still green. 這些番茄不能吃，還沒有熟.

—名 ❶綠，綠色；綠色的衣服.

She was (dressed) in green. 她身著綠色衣服. ➜不用 ×*a*〔*the*〕green.

❷草坪；草地；(高爾夫球場的) 果嶺. ➜高爾夫球洞四周的草地.

❸(**greens**) (綠葉的) 蔬菜，青果.

**green·er·y** [ˋgrinərɪ] 名《集合》綠

葉，綠色樹木.

**green·gro·cer** [ˋgrin͵grosɚ] 名 《英》蔬菜水果零售商.
at the greengrocer's (shop) 在蔬菜水果店

**green·house** [ˋgrin͵haus] 名 溫室.

**green·house ef·fect** [ˋgrin͵haus ɪˋfɛkt] 名 (**the greenhouse effect**) 溫室效應. ➜排放於大氣中的二氧化碳等氣體，吸收了地球所放射的熱能之後，使地球像溫室一般變得更加溫暖的現象.

**Green·peace** [ˋgrin͵pis] 專有名詞 綠色和平組織. ➜採取實際行動的國際環保團體.

**Green·wich** [ˋgrɪnɪdʒ] ➜注意與美國 Greenwich Village 的 Greenwich 發音不同. 專有名詞 格林威治. ➜倫敦的一個自治區；一九四三年以前格林威治天文臺設於此，通過這裡的子午線爲經度零度.

**Gréenwich (Méan) Tìme** 格林威治標準時間. ➜以太陽通過格林威治子午線時爲世界標準時間的正午；略作 **G.M.T.**

**Green·wich Vil·lage** [ˋgrɛnɪtʃ ˋvɪlɪdʒ] 專有名詞 格林威治村. ➜位於紐約曼哈頓，爲作家、藝術家聚居的地區.

**greet** [grit] 動 打招呼；(以握手、笑臉等)迎接，歡迎.
greet him **with** a smile 微笑著向他打招呼
greet him at the gate 在大門口迎接他
I was greeted with cheers. 歡呼聲迎接著我.

**greet·ing** [ˋgritɪŋ] 名 ❶問候，祝賀.
"Good morning," she said and I returned her greeting. 她說：「早安」，我也向她問候致意.

**gréeting càrd** (於生日、聖誕節、紀念日時贈送的)祝福卡，賀卡. ➜在歐美，甚至有出售用於吵架後恢復關係等各種情況的卡片，上面印著幽默的語句和圖畫.
❷(**greetings**)問候語，賀卡.
Christmas〔New Year's〕greetings 聖誕〔新年〕賀辭
I **sent** him birthday greetings. 我寄給他生日卡片.

**grew** [gru] grow 的過去式.

G

**grey** [gre] 形 名 《英》＝gray.

**grey·hound** [ˋgrehaund] 名 ❶靈猩. ➜跑得很快的獵狗. ❷(**Greyhound**) 灰狗巴士. ➜美國最大的長途汽車公司；汽車的車身上畫有靈猩的圖案.

**grief** [grif] 名 (深深的)悲痛，悲傷.

**grieve** [grɪv] 動 (深深)悲痛；使(人)悲傷.
She grieved **at**〔**over**〕the death of her friend. 她爲朋友的死而悲痛.

**grill** [grɪl] 名 ❶烤架. ❷烤肉；烤肉餐館，(供應便餐的)小餐館.
—動 用烤架烤(肉等).

**grim** [grɪm] 形 嚴厲的，嚴格的；可怕的，殘忍的.
◆ **grimmer** [ˋgrɪmɚ] 比較級.
◆ **grimmest** [ˋgrɪmɪst] 最高級.

**Grimm** [grɪm] 專有名詞 (**Jakob Grimm**)雅各・格林. ➜德國的語言學家(1785-1863)；和弟弟合著《格林童話集》.

**grin** [grɪn] 動 (露齒而)笑；笑嘻嘻. → laugh 相關語
grin **at** ～ 對～露齒而笑
◆ **grinned** [grɪnd] 過去式、過去分詞.
◆ **grinning** [ˋgrɪnɪŋ] 現在分詞、動名詞.
—名 露齒而笑；嗤笑.
**with** a grin 笑嘻嘻地

**grind** [graɪnd] 動 ❶磨(成粉)，碾碎.
grind wheat〔coffee〕 磨小麥〔咖啡〕
She is grinding the corn **into** flour. 她正在把玉米磨成粉.

◆ **ground** [graund] 過去式、過去分詞.

❷磨快，磨光；磨(牙).

grind an ax〔a lens〕 磨斧頭〔鏡片〕

grind *one's* teeth 磨牙，咬牙切齒

**grip** [grɪp] 動 緊握，緊抓.

◆ **gripped** [grɪpt] 過去式、過去分詞.

◆ **gripping** [ˋgrɪpɪŋ] 現在分詞、動名詞.

The tires are not gripping **on** the muddy road. 輪胎在泥濘的道路上抓地力不佳.

—名 ❶緊握，握法；握力.

Don't let go (of) your grip. 別鬆手.

❷柄，夾，把手.

**groan** [gron] 動 呻吟，哼.

—名 呻吟聲，哼聲.

**gro·cer** [ˋgrosɚ] 名 食品雜貨商.

at the grocer's 在食品雜貨店

**gro·cer·y** [ˋgrosərɪ] 名 (複 **grocer·ies** [ˋgrosərɪz]) ❶食品店，食品雜貨店. ➜亦作 **grocery store**；現指超級市場和二十四小時營業的便利商店以外的自營商店.

❷(**groceries**) 食品，食品雜貨類.

**groom** [grum] 名 新郎 (bridegroom).

**grope** [grop] 動 摸索.

grope **for** the light switch in the dark 摸黑找電燈開關

idiom

***grópe*** *one's* ***wáy*** 摸索著前進.

I groped my way to the door through the dark room. 我在黑暗的房間裡摸索著走到了門邊.

**gross** [gros] 名 ❶籮(＝十二打，一百四十四個). ➜複數亦作 **gross**.

❷總共，總數.

—形 ❶總的，總計的. ❷粗的；下流的. ❸嚴重的，顯著的.

| **ground**[1] [gr au nd] | ▶地面<br>▶運動場 |
|---|---|

名 (複 **grounds** [graundz]) ❶(常用 **the ground**) 地面，地上，土地.

dig a hole in the ground 在地上挖洞

Snow covered the ground. 雪覆蓋著地面.

I saw my shadow on the ground. 我看到地上自己的影子.

**gróund báll** (棒球的) 滾地球 (grounder).

**the gróund flóor** 《英》一樓(《美》the first floor). → floor.

Their flat is on the ground floor. 他們的公寓在一樓.

❷運動場，場地，～場.

a baseball〔picnic〕ground 棒球場〔野餐區〕 ➜與表示使用目的的字詞一起使用.

❸(**grounds**) (住宅、建築物周圍的) 場地；庭院.

the school grounds 校園

❹(常用 **grounds**) 根據，理由.

We have good grounds **for** believing it. 我們有充分的理由相信它.

He quit the baseball club **on the ground(s) of** poor health. 他以身體不好爲理由離開了棒球社.

**ground**[2] [graund] grind 的過去式、過去分詞.

**ground·er** [ˋgraundɚ] 名 (棒球的) 滾地球 (ground ball).

**ground·hog** [ˋgraund͵hɑg] 名 土撥鼠 (woodchuck). ➜產於北美，是一種松鼠科土撥鼠.

**Gróundhog Dày** 土撥鼠日.

> 參考 二月二日(有些地區是十四日)；據美國的傳說，這一天土撥鼠從冬眠中醒來鑽出洞外，確認春天是否即將到來；如看見自己的影子便認爲冬天還沒結束，就退入洞中再冬眠六個星期.

**group** [grup] 名 (人、動植物、物等的) 群，批，簇，集團，小組.

a group of girls　一群女孩

A group of people were waiting for a bus.　一群人在等公車.

Wheat and oats belong to the grain group.　小麥和燕麥屬穀物類.

idiom

***in a gróup***　成群地, 成群結隊地.

***in gróups***　分成許多團體地, 三五成群地.

—動 ❶聚集; 集合.

The boys and girls grouped **around** their teacher.　男孩女孩們聚集在老師的周圍.

❷分類.

The coach grouped the players according to skill.　教練依技術水準將運動員分組.

**grove** [grov] 名 樹林, 樹叢, 小森林.

同義字 比 grove 大的稱爲 **wood(s)**, 更大的「樹林, 森林」用 **forest**.

| **grow** [gr o ] | ▶成長<br>▶種植<br>▶成爲～ |
|---|---|

動 ❶ **成長**, 伸長; 增加; (植物)生長.

**基本** Plants grow from seeds.　植物由種子生長而成.　➜ grow 〈V〉+副詞(片語).

The world population will grow quickly in the future.　將來世界的人口將急速地增加.

Cotton **grows** in hot countries.　棉花生長在熱帶國家.　➜ grows [groz] 爲第三人稱單數現在式.

◆ **grew** [gru] 過去式.

He grew **into** a fine young man.　他長大成爲一個優秀的青年.

◆ **grown** [gron] 過去分詞.　→grown.

My hair **has** grown.　我的頭髮長長了.　➜現在完成式.

You've grown **out of** your clothes again!　你長大了, 衣服又穿不下了!

◆ **growing** [ˋgroɪŋ] 現在分詞、動名詞.　→ growing.

The fast food industry **is** growing fast.　速食業發展得很快.　➜現在進行式.

There are bamboo shoots growing in the garden.　園子裡長著竹筍.　➜現在分詞 growing(長著)修飾 bamboo shoots.

❷**種植**; 留～.

**基本** grow rice　種水稻　➜ grow+名詞〈O〉.

grow potatoes　種馬鈴薯

grow a beard　留鬍子

They grow cotton in Texas.　他們在德克薩斯州種植棉花.

Cotton is not grown in Japan.　在日本不種植棉花.　➜被動語態.

❸**變成**～(become).

**基本** grow dark　變暗　➜ grow+形容詞〈C〉.

grow old　變老

grow long　變長

The eastern sky grew brighter.　東方的天空(漸漸地)亮了起來.

The players grew tired at the end of the game.　運動員在比賽結束時已筋疲力盡.

idiom

***grŏw úp***　長成, 成年.

I want to be a skier when I grow up.　我長大後想當個滑雪運動員.

Don't be a baby. Grow up!　不要像個孩子, 要像個大人樣!

She grew up **to be** a beautiful woman.　她長大成爲一個漂亮的女人.

G

**grow·ing** [ˋgroɪŋ] grow 的現在分詞、動名詞.
—形 增長的；成長(期)的.
a growing suburb　發展中的郊區

**growl** [graʊl] 動 ❶(動物)咆哮.
The dog growled **at** me.　狗對我咆哮.
❷(雷)隆隆響.
—名 咆哮聲，隆隆聲.

G

**grown** [gron] grow 的過去分詞.
—形 長成的，成人的.

**grown-up** [ˋgron͵ʌp] 形 成人的，成熟的.
grown-up people　成人
—名 大人，成人(adult).

**growth** [groθ] 名 ❶成長，生長，發育.
❷發展；增加，增長.
the growth **of** 〔**in**〕 population　人口的增加

**grudge** [grʌdʒ] 名 怨恨.
**have** 〔**hold, bear**〕 a grudge **against** ～　對～懷恨
—動 吝惜；嫉妒.

**grum·ble** [ˋgrʌmbḷ] 動 ❶抱怨，發牢騷，訴苦.
He is always grumbling **about** his salary.　他經常對他的薪水發牢騷.
❷(雷)隆隆響.
—名 怨言，牢騷.

**grunt** [grʌnt] 動 (豬)作呼嚕聲；(人)嘀嘀咕咕地說.
—名 呼嚕〔嘟噥〕聲.

**GU**　Guam 的縮寫.

**Guam** [gwɑm] 專有名詞 關島. ➜太平洋馬里亞納群島中的最大島；美國的自治領地；略作 **GU**.

**guar·an·tee** [͵gærənˋti] 名 (對商品等的)保證，保證書.
This product has 〔comes with〕 a one-year guarantee.　這產品附有一年的保證.
—動 保證，擔保.

**guard** [gɑrd] 名 ❶守衛，警戒；警衛員，看守員，衛兵(隊).
a security guard　(大樓等的)警衛，保衛人員，門衛
the United States Coast Guards　美國海岸巡邏隊
the Changing of the Guard　衛兵交接　➜在英國白金漢宮和白廳的王室禁衛軍騎兵團總部前每天舉行的儀式；是倫敦的觀光名勝之一.
❷《英》(火車的)車掌(《美》conductor).
❸(籃球的)後衛；(拳擊、劍道的)防禦(姿勢).

idiom

***kèep guárd***　守衛，警戒，看守.
The private detective kept guard **on** the house all night.　私家偵探整個晚上監視著那幢房子.
***on*** 〔***off***〕 ***guárd***　值班〔下班〕.
The soldier was on guard all the time.　那士兵一直在站崗.
***on*** 〔***off***〕 *one's* ***guárd***　提防，注意〔疏忽，大意〕.
Be on your guard **against** pickpockets.　當心扒手.
—動 保衛，看守，監視，小心.
guard *one*self　保護自己
guard **against** mistakes 〔fires〕　小心出差錯〔火燭〕
guard the castle against 〔from〕 enemy attack　守衛城堡，防止敵人進攻

**guard·i·an** [ˋgɑrdɪən] 名 保護人，監護人.

**gue(r)·ril·la** [gəˋrɪlə] 名 游擊隊員. ➜沒有加入正規部隊而從事突襲的武裝部隊.

**guess** [gɛs] 動 ❶猜測，推測.
guess a riddle　猜謎
guess right 〔wrong〕　猜對〔錯〕
I had to guess the time because I didn't have a watch.　我因爲沒戴錶，只好估計時間.

Guess **what** I have in my hand. 你猜猜看我手裡拿著甚麼.

❷《美口》想(～), 認為(～) (think).

I guess you are right.＝You are right, I guess. 我想你是對的. ➡《英口》用 I suppose.

[會話] Is he at home now? —I guess so〔I guess not〕. 他現在在家嗎? —我想他在〔不在〕. ➡ I guess not. = I guess he is not at home now.

—[名] 猜測, 推測.

a lucky guess 僥倖猜中

**by**〔**at a**〕guess 憑猜測

**make** a guess 猜測

Your guess was right. 你的推測是正確的.

My guess is **that** she won't come. 我猜想她不會來.

Guess how old I am. You have three guesses. 猜猜我幾歲, 你可以猜三次.

**guest** [gɛst] [名] ❶(被邀的)客人.

an overnight guest 宿客

We have three guests this evening. 我們今晚有三位客人.

❷(旅館的)宿客; 下榻者; (電視節目等的)客串演員, 特邀演員.

The lobby of the hotel is crowded with guests. 那家旅館的大廳裡擠滿了旅客.

[idiom]

***Bé my guést.*** 《口》請便.

[會話] May I borrow your car? —Be my guest. 我可以借用你的車嗎? —請便.

**guid·ance** [ˋgaɪdṇs] [名] 引導; 指導.

under his guidance 在他的指導之下

**guide** [gaɪd] [動] ❶為(人等)領路, 帶領, 引導.

guide the campers **through** the woods 帶領野營者穿過樹林

The lighthouse guided the ship safely **to** the harbor. 燈塔把那艘船安全地導引到港口.

The blind man was guided by a dog. 那盲人由狗帶路.

❷指導(人).

Our teacher guides us **in** our work. 老師指導我們的功課.

—[名] ❶嚮導, 導遊; 指導者.

a tourist guide (當地的)觀光導遊 ➡帶團觀光旅遊的人稱作 a tour conductor(領隊).

**gúide dòg** (為盲人領路的)導盲犬.

❷旅行〔觀光〕指南(guidebook); (一般的)指南, 手冊.

a guide **to** gardening 園藝入門書

**guide·book** [ˋgaɪdˏbʊk] [名] 旅行〔觀光〕指南, 參考手冊.

**guilt** [gɪlt] [名] 罪, 有罪.

**guilt·y** [ˋgɪltɪ] [形] ❶有罪的, 犯罪的.

He is guilty **of** robbery. 他犯了搶劫罪.

Is he **guilty** or **innocent**〔**not guilty**〕? 他有罪, 還是無罪? ◁反義字

❷自覺有罪的, 內疚的.

a guilty look 內疚的神色

a guilty conscience 良心不安

feel guilty (**about** ～) (為～事而)感到內疚

**gui·tar** [gɪˋtɑr] [名] 吉他.

**play** the guitar 彈吉他 ➡不用 ˣ*a* guitar.

He played folk songs **on** his guitar. 他用自己的吉他彈奏民歌.

**gui·tar·ist** [gɪˋtɑrɪst] [名] 吉他演奏者.

**gulf** [gʌlf] [名] 海灣. [同義字] 比 bay 大而深陷.

the Gulf of Mexico 墨西哥灣

**the Gúlf Strèam** 墨西哥灣流. ➡因其流經歐洲西部, 使該地區冬天比其他同緯度地區來得溫暖.

**gull** [gʌl] [名] 海鷗. ➡亦作 **sea gull**.

**Gul·li·ver** [ˋgʌlɪvɚ] [專有名詞] 格列佛.

→英國的諷刺作家喬納桑・斯威夫特所著的 ***Gulliver's Travels*** (《格列佛遊記》)中的主角.

**gulp** [gʌlp] 動 狼吞虎嚥地〔咕嚕咕嚕地〕吞飲. → drink 相關語
—名 大口吞飲.

**gum**[1] [gʌm] 名 ❶橡膠, 樹脂;橡膠樹. ❷膠水. ❸口香糖(chewing gum).

G

**gum**[2] [gʌm] 名 (常用 **gums**)牙齦, 牙床.

**gun** [gʌn] 名 ❶**槍**, 來福槍(rifle); 砲.
**fire** a gun 開槍
a machine gun 機關槍
❷手槍. →亦作 **handgun**.
The police **carry** guns here. 這裡的警察隨身帶槍.

**gun·man** [ˋgʌnmən] 名 (複 **gunmen** [ˋgʌnmən]) 持槍的歹徒.

**gun·ner** [ˋgʌnɚ] 名 砲手, 砲兵.

**gun·pow·der** [ˋgʌn͵paudɚ] 名 火藥.

**gush** [gʌʃ] 動 湧出, 噴出, 迸出.
—名 湧出, 噴出.

**gust** [gʌst] 名 一陣強風, 突然刮起的暴風.
a gust of wind 一陣強風

**Gu·ten·berg** [ˋgutn̩͵bɜg] 專有名詞 (**Johann Gutenberg**)古騰堡.

參考 德國的印刷業者和發明家(1398年前後-1468年前後); 據說他是西歐最早發明活字版印刷術的人; 由他排印的拉丁文《聖經》(**Gutenberg Bible**)很有名, 目前世界上僅存四十六部, 是最珍貴的書籍.

**gut·ter** [ˋgʌtɚ] 名 ❶(屋簷的)落水管. ❷(人行道與車道交界處的)水溝.

**guy** [gaɪ] 名《口》傢伙, 男人(fellow).
a nice guy 好人, 好好先生

**Guy Fawkes Day** [ˋgaɪˋfɔks͵de] 名《英》蓋伊・福克斯紀念日.

參考 為紀念一六〇五年英國國會議事堂爆炸計畫被發覺, 以及嫌犯 Guy Fawkes 被捕的紀念日(十一月五日); 從前在當天會舉行盛大的節日活動, 孩子們製作叫作蓋伊・福克斯的古怪玩偶, 拖著它在街上跑來跑去之後, 在晚上將它焚毀.

**gym** [dʒɪm] 名《口》❶體育館, 健身房. → gymnasium 的縮寫.
play basketball in the gym 在體育館裡打籃球
❷(在體育館裡的)體操; 體育課. → gymnastics 的縮寫.
a gym class 體育課
**gým shòes** 運動鞋.

**gym·na·si·um** [dʒɪmˋnezɪəm] 名 = gym ❶

**gym·nas·tics** [dʒɪmˋnæstɪks] 名 複 (在體育館裡的)體操; (學科之)體育. →表學科時視為單數; → gym ❷

**Gyp·sy** [ˋdʒɪpsɪ] 名 (複 **Gypsies** [ˋdʒɪpsɪz]) 吉普賽人.

參考 散布在歐洲各地的飄泊民族; 以大篷車(**gypsy wagon**)為家, 以占卜、音樂、販賣馬匹為生; 但是現在很多人改用露營車, 以從事中古車買賣等為生;→Romany,traveler ❷

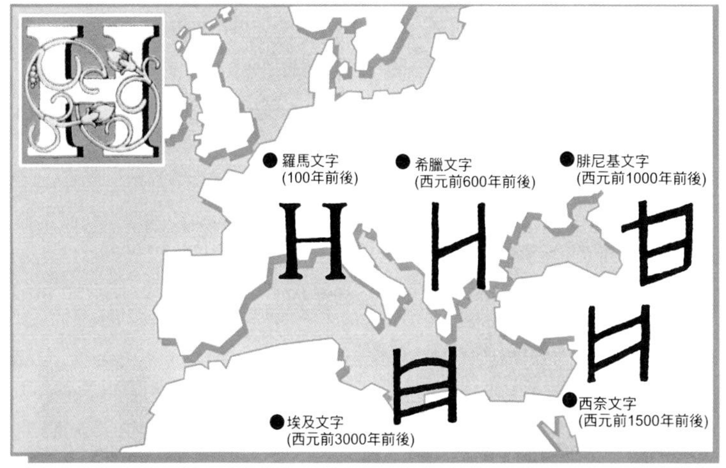


**H, h** [etʃ] 名(複 **H's, h's** [ˋetʃɪz]) ❶英文字母的第八個字母. ❷(**H**) hydrogen(氫)的化學符號.

**ha** [hɑ] 感 哈! →表示愉快、驚訝、懷疑、笑聲等; 表示笑聲時一般寫爲 **ha-ha**.

**hab·it** [ˋhæbɪt] 名 (個人的)習慣, 癖好; (生物的)習性.

**form** a habit of ～　養成～的習慣

**fall** 〔**get**〕 **into** a bad habit　養成壞習慣, 沾染壞習慣

**break** a bad habit　改正壞習慣

He bites his fingernails **from** 〔**out of**〕 habit. 他習慣咬指甲.

He has a habit of rising early. 他有早起的習慣.

**had** [強 hæd, 弱 həd] have 的過去式、過去分詞.

—助動 had＋過去分詞用於過去完成式; I had, you had, he had 等在口語中常略作 **I'd, you'd, he'd**; → have 助動

❶(在過去某一時間以前)已經～. →表示「在過去某一時間或動作之前已完成的動作或狀態」.

When I got home, everybody had already gone to bed. 我回家時大家都已經睡了.

❷(在過去某一時間以前)曾經～. →表示「經驗」.

I recognized him because I had met him before. 我認得他, 因爲我從前見過他.

❸(在過去某一時間以前)一直～. →表示「狀態的持續」.

I had lived in Taipei for ten years before I came here. 在來這裡以前我在臺北住了十年.

idiom

***had bétter dò***　最好還是～; 做～吧. → better.

***hád to dó***　必須～, 不得不～. → had to 讀作 [ˋhætə]; → have to *do*.

**had·n't** [ˋhædn̩t] had not 的縮寫.

**ha-ha** [ˏhɑˋhɑ] 感 哈哈! →笑聲; → ha.

**hail**[1] [hel] 名 雹, 冰雹.

—動 (以 it 當主詞)下冰雹.

It is hailing. 正在下冰雹.

**hail**[2] [hel] 動 ❶(向人歡呼等)迎接.

❷招呼(車、船等).

hail a taxi　(舉起手)叫一輛計程車

**hair** [h ɛ r]
▶頭髮，毛
⊙雖然包括人、動物身上長的「毛」，但一般指人類的「頭髮」

名(複 **hairs** [hɛrz]) (人的)頭髮；(人、動物的)體毛，毛.
grow *one's* hair long 把頭髮留長
He has gray hair. 他有白髮. ➜對頭髮的總稱(→最後兩個例句).
I had my hair cut. 我理了髮. ➜ have＋名詞〈O〉＋過去分詞〈C〉的句型.
He has gray hairs. 他頭上出現了白髮. ➜指一根根的毛髮時用複數.
There are cat's hairs on your sleeve. 你的袖子上沾著貓的毛.

**hair·brush** [ˋhɛr͵brʌʃ] 名 梳子.

**hair·cut** [ˋhɛr͵kʌt] 名 理髮；髮型.
have a haircut 理髮
You need a haircut. 你該理髮了.

**hair·do** [ˋhɛr͵du] 名(複 **hairdos** [ˋhɛr͵duz]) (女子的)髮型.

**hair·dress·er** [ˋhɛr͵drɛsɚ] 名 美髮師. → barber.
at the hairdresser's 在美容院

**hair·y** [ˋhɛrɪ] 形 毛髮濃厚的，多毛的，(動物)毛厚密的.

**half** [hæ f]
▶半，一半
▶一半的
▶一半地
⊙l 不發音

名(複 **halves** [hævz, hɑvz]) 半，一半，二分之一.
a year and a half 一年半
half of us 我們中的一半〔半數〕
基本 half (of) the students 半數的學生 ➜ half of 後接名詞時常省略 of，此時的 half 與形容詞相近；如上例 half of us 的 of 後接代名詞時不能省略 of (不用×*half us*).
half an hour (＝a half hour) 半小時，三十分鐘
half a cup 半杯
the smaller half of the pie 較小的半個派
It is half past three. 現在是三點半. ➜It籠統地表示「時間」；不用×*a* half.
Half (of) the apple was bad. 這個蘋果的一半爛了. ➜「half of＋名詞」作主詞時，動詞要與該「名詞」一致；→下例.
Half (of) the apples were bad. 這些蘋果有一半爛了.

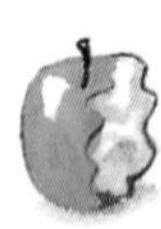
half (of) the apple

half (of) the apples

Please divide the cake into halves. 請把這塊蛋糕分成兩半.
諺語 Two halves make a whole. 兩個一半湊成整個. ➜「三個臭皮匠，勝過一個諸葛亮」之意.

idiom
***by hálves*** 半途而廢地，不完全地.

—形 一半的.
a half moon〔circle〕 半月〔半圓〕
a half hour (＝half an hour) 半小時，三十分鐘

**hálf tìme** (足球、籃球等的)中場休息時間. ➜比賽中上下半場間的休息時間.

—副 一半地.
The cup is half full of water. 杯子的水僅有半滿.
The work is only half done. 工作只完成了一半.
Mars is about half as large as the earth. 火星大約是地球的一半大小.

**half·way** [ˋhæfˋwe] 副 半途地，中途地.

climb halfway up Mt. Jade 爬到玉山的半山腰
The library is halfway to the station. 圖書館位於去車站的半路上.
—形 中途的, 半途的, 中間的.

**hall** [hɔl] 名 ❶ **會堂, 禮堂, 大廳.**
a city 〔town〕 hall 市政廳
a public hall 公共會堂
a concert hall 演奏廳
a dining hall (大學等的)餐廳
❷ **玄關, 門廳.** ➜打開正門處的空間, 從該處通往房屋、大樓的各個房間; 亦稱作 hallway.
❸ (學校、大樓等的) **走廊, 通道.**

**hal·lo** [hə`lo] 感 名 =hello.

**Hal·low·een** [ˏhælə`win] 名 萬聖節前夕.

參考 十月三十一日(萬聖節前一天)晚上, 美國的孩子們製作南瓜燈籠(jack-o'-lantern), 戴上魔鬼或動物等的假面具(Halloween mask)到附近的人家說 "Trick or treat."(不請客就搗蛋.)討糖果; → All Saints' Day.

**hall·way** [`hɔlˏwe] 名 =hall ❷

**halves** [hævz] 名 half 的複數.

**ham**[1] [hæm] 名 火腿. ➜豬的腿肉用鹽醃後燻製而成.
a slice of ham 一片火腿
**hám and éggs** 火腿蛋. ➜雞蛋打在火腿片上煎烤而成的早餐.

**ham**[2] [hæm] 名 《口》業餘無線電收發者.

**ham·burg·er** [`hæmbɝgɚ] 名 ❶ 漢堡. ➜圓麵包夾牛肉煎餅; →hot dog. ❷漢堡牛肉餅. ➜把肉末、雞蛋拌勻後煎烤而成.

**Ham·e·lin** [`hæməlɪn] 專有名詞 哈默林. ➜臨德國威悉河(Weser River)的小城市; 以「哈默林城的吹笛男子」之傳說而聞名; → Pied Piper.

**Ham·let** [`hæmlɪt] 專有名詞 哈姆雷特. ➜莎士比亞(Shakespeare)所著之悲劇劇名及該劇主角之名.

**ham·mer** [`hæmɚ] 名 鐵鎚, 鎯頭.
—動 用鐵鎚敲; (用鐵鎚敲擊般地)砰砰敲打.
hammer nails into a board 用鎯頭把釘子敲入木板
**the hámmer thròw** 擲鏈球.

**ham·mock** [`hæmək] 名 (帆布或網狀)吊床.

**ham·ster** [`hæmstɚ] 名 倉鼠. ➜鼠的一種, 兒童寵物或用於醫學實驗; 臉部內側有囊, 可貯存作物種子等食物.

| **hand** [hænd] | ▶手<br>▶幫助<br>▶傳遞 |
|---|---|

名 (複 **hands** [hændz]) ❶**手.** ➜手腕前的部分; → arm.
the key in my hand 我手中的鑰匙
with his hands in his pockets (他的)兩隻手插在口袋裡
Please raise your hand if you know the answer. 如果知道答案就請舉手.
You hold a knife in your right hand and a fork in your left hand. 你右手持刀, 左手持叉.
告示 Hands off! 請勿動手! 不許干涉!
**hánd pùppet** (套在手上玩弄的)布袋木偶.
❷ (鐘錶的)指針.

H

the hour 〔minute〕 hand 時〔分〕針
❸幫助；(從事體力勞動的)人手，勞力，(船的)工作人員.
**give** 〔**lend**〕 them a hand 幫助他們
Give me a hand **with** this heavy box. 幫我搬一下這隻沈重的箱子.
❹(人、街道等的)～側，～面.
If you turn left at the corner, you'll see a tall building **on** the right hand of the street. 你在轉角處往左轉，就會看到在街道右邊有一幢高樓.
**At** my left hand stood two men. 在我左邊站著兩個男人. ➜主詞爲 men.
❺鼓掌.
Give her a big hand. 讓我們給她熱烈的掌聲. ➜一般在 hand 前接 big, good 等形容詞.

H

idiom

***at fírst hánd*** 直接.
***by hánd*** (不用機器而)用手.
***from hánd to móuth*** 過一天算一天地，僅夠糊口地.
These people lived from hand to mouth on berries, nuts, and roots. 這些人靠漿果、堅果和樹根糊口.
***hánd in hánd*** 手拉手.
They were walking hand in hand. 他們手拉手走著.
(***néar***) ***at hánd*** 在手邊，在附近，臨近.
Christmas is near at hand. 聖誕節近了.
***on hánd*** 手頭上的，現有的.
***on*** (***the***) ***óne hànd*** ～, ***on the óther*** (***hànd***) ～ 一方面～，另一方面～.
On the one hand I have a lot of homework to do, but on the other (hand) I want to go to the movies with her. 雖然我一方面有許多功課要做，但是另一方面卻想跟她一起去看電影.
***sháke hánds*** (***with*** ～) (與～)握手.
I shook hands with him. 我跟他握手.
***táke*** 〔***léad***〕 ***Ò by the hánd*** 抓住O的手〔抓著O的手加以引導〕. → by ❶
He took me by the hand. 他抓住我的手.
**—**動 交出，傳遞；幫助.
Hand this letter to him, please. = Hand him this letter, please. 請把這封信交給他. ➜ V (Hand) + O′ (him) +O (this letter)的句型.
Every morning his secretary **hands** him the schedule for the day. 每天早晨祕書把當天的日程表交給他. ➜ hands [hændz] 爲第三人稱單數現在式.
◆ **handed** [ˋhændɪd] 過去式、過去分詞.
She handed it back to him. 她把它交還給他了.

idiom

***hánd dówn*** 傳給(後世).
***hánd ín*** 交出；提交.
hand in a paper 提交報告
***hánd óut*** ～ 分發～. → handout.
Young people are handing out leaflets to passers-by on the street. 青年們在街頭向行人分發傳單. ➜現在進行式.
***hánd óver*** 傳遞；移交.

**hand·bag** [ˋhænd͵bæg] 名 手提包. ➜《美》常用 purse.

**hand·ball** [ˋhænd͵bɔl] 名 ❶手球. ➜ (A)美國的一項比賽項目，用手把橡膠製成的小球扔到牆上，讓對方接住反彈回來的球；(B)用手傳球從而投進球門的室內體育項目. ❷手球用球.

**hand·book** [ˋhænd͵bʊk] 名 手册，入門書，(旅行)指南.

**hand·cuffs** [ˋhænd͵kʌfs] 名 複 手銬.

**hand·ful** [ˋhænd͵fʊl] 名 一把，一

握.
a handful of sand 一把沙子

**handgun** [ˋhænd͵gʌn] 名 手槍(pistol).

**hand·i·cap** [ˋhændɪ͵kæp] 名 ❶讓分競賽. ➜給強者不利條件, 給弱者有利條件, 以使得勝的機會均等的競賽. ❷不利條件, 障礙.

**hand·i·capped** [ˋhændɪ͵kæpt] 形 缺陷的, 殘障的. → handicap.
physically handicapped children 殘障兒童
give assistance to the handicapped (=handicapped people) 給予殘障者協助

**hand·ker·chief** [ˋhæŋkɚtʃɪf] ➜ d 不發音; 注意 chief 部分的發音. 名 (複 **handkerchiefs** [ˋhæŋkɚtʃɪfs]) 手帕.

**han·dle** [ˋhændḷ] 名 柄, 把手. ➜炒鍋、調羹、掃帚、鉛桶、皮箱、茶杯等用手抓的部分; 相關語 自行車的「把手」爲 handlebars; 汽車的「方向盤」爲(steering) wheel.

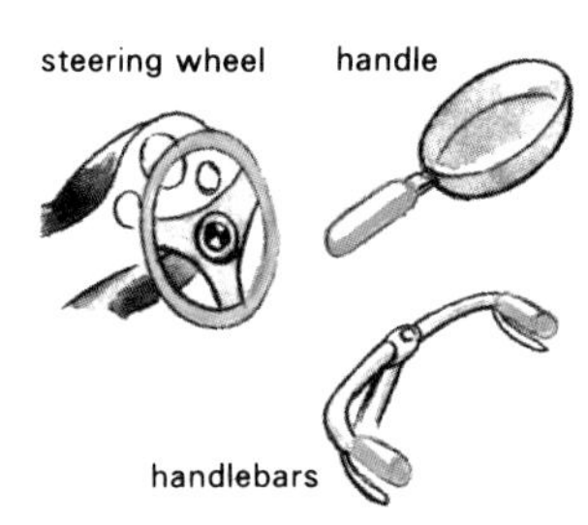


—動 ❶用手觸摸~. ❷(用手)操縱, 運用.

**han·dle·bars** [ˋhændḷ͵bɑrz] 名 複 (自行車等的)車把, 把手.

**hand·out** [ˋhænd͵aʊt] 名 散發的印刷品, 傳單; (在教室等場所分發的)講義. → hand out.

**hand·saw** [ˋhænd͵sɔ] 名 手鋸.

**hand·some** [ˋhænsəm] ➜ d 不發音. 形 ❶(一般指男性)清秀的, 英俊的.
a handsome boy 英俊少年
He is tall, dark and handsome. 他高高的個兒, 淺黑的膚色, 長得一表人才.
❷(金額等)比預想的多的, 可觀的.
a handsome tip 大方的小費

**hand·stand** [ˋhændstænd] 名 倒立.
do a handstand 做倒立

**hand·writ·ing** [ˋhænd͵raɪtɪŋ] 名 筆跡; 手寫, 親筆.

**hand·y** [ˋhændɪ] 形 ❶手邊的, 馬上可用的.
I always keep a dictionary handy. 我總是把辭典放在手邊.
❷合手的, 適用的, 方便的.
❸手靈巧的, 高明的.
She is handy **with** her needle. 她擅長針線.
He is handy **at** repairing radios. 他很會修理收音機.

***còme in hándy*** 《口》有用的(be useful).

**hang** [hæŋ] 動 ❶懸掛, 吊; 掛著, 吊著.
hang a picture **on** the wall 把畫掛在牆上
hang curtains **at** the window = hang the window **with** curtains 在窗上掛上窗帘
The swing hangs **from** a tree. 鞦韆懸吊在樹上.
Cigarette smoke hangs in the air. 香菸的煙霧在空中瀰漫.
The picture is hanging on the wall. 這幅畫掛在牆上.
There was a hat hanging on a peg. 掛鉤上掛著一頂帽子.
◆ **hung** [hʌŋ] ❶的過去式、過去分詞. ➜表示❷之意的過去式、過去分詞爲 hanged.
He hung his coat on the hanger.

他把外套掛在衣架上.
The room **was** hung **with** beautiful pictures. 房間裡懸掛著好看的畫.
❷吊死，絞死.
She committed suicide by hanging herself. 她上吊自殺.
◆ **hanged** [hæŋd] ❷ 的過去式、過去分詞.
He **was** hanged for murder. 他因殺人罪而被絞死.

idiom

***háng ón*** 緊緊纏住，緊緊抓住；堅持下去；不掛電話等著.
Hang on **to** this rope. 抓緊這條繩子.
Hang on, please. 請不要掛斷(電話).
***háng úp*** 掛，吊；掛斷電話.
The shirt was hung up above the heater to dry. 襯衫掛在暖爐上烘乾.

**hang·er** [ˋhæŋɚ] 名 掛鉤，衣架.

**hang glid·er** [ˋhæŋˏglaɪdɚ] 名 滑翔翼. ➜抓住三角翼下端的橫桿，在空中滑翔的運動.

**Han·gul** [ˋhɑŋˏgul] 名 ＝Hankul.

**Han·kul** [ˋhɑŋˏkul] 名 韓文.

**hap·pen** [ˋhæpən] 動 ❶發生.
Accidents often happen here. 這裡經常發生事故.
What happened (to her)? (她)怎麼了?
Has anything happened? 發生了甚麼事嗎?
❷(**happen to** *do*)偶然〔碰巧，不巧〕～.
I happened to meet him. 我碰巧遇到他.
My parents happened to be away. 我父母碰巧不在家.

idiom

***It*** (***so***) ***háppens that*** ～. 偶然～. ➜ It 籠統地表示「狀況」.
It (so) happened that my parents were away. 我父母剛好不在家.

**hap·pen·ing** [ˋhæpənɪŋ] 名 (常用 **happenings**) (意想不到的)事件，偶然發生的事.

**hap·pi·er** [ˋhæpɪɚ] 形 happy 的比較級.

**hap·pi·est** [ˋhæpɪɪst] 形 happy 的最高級.

**hap·pi·ly** [ˋhæpɪlɪ] 副 ❶幸福地，快樂地，愉快地.
They lived happily together. 他們幸福地生活在一起.
❷《修飾句子》幸運地.
Happily he did not die. 幸運地他沒有死. ➜修飾句子時，happily 一般放在句首；在 He did not die happily. 這個句子中，happily 只修飾 die，意爲「沒有安樂地死去」.

**hap·pi·ness** [ˋhæpɪnɪs] 名 幸福.
in happiness 幸福地

| **hap·py** [ˋhæpɪ] | ▶幸福的，快樂的<br>⊙指幸福、喜悅、滿足等心理狀態 |
|---|---|

形 幸福的，高興的，快樂的.
基本 a happy couple 幸福的一對 ➜ happy＋名詞.
a happy home 幸福的家庭
a happy ending 大團圓，幸福的結局
a happy look 高興的神色〔表情〕
Happy New Year! 新年快樂，恭賀新禧. ➜答句爲 'Happy New Year!' 或 'The same to you.'
Happy birthday, Ellen. 愛倫，生日快樂.
基本 They are very happy. 他們很幸福. ➜ be 動詞＋happy 〈C〉.
My mother was happy **with** that present. 媽媽很高興收到那件禮物.
He looked happy. 他看起來很高興.
What are you so happy about? 你爲何那麼高興?
基本 I am happy to meet you. 我很高興見到你. ➜ be 動詞＋happy

〈C〉+to 不定詞.
I'll be happy to come. 我很樂意來.
I am really happy that you could come. 我眞高興你能來.

◆ **happier** [ˋhæpɪɚ] 《比較級》更幸福的.
She is happier **than** she was. 她比以前幸福.

◆ **happiest** [ˋhæpɪɪst] 《最高級》最幸福的.
I am **the** happiest man in the world. 我是世界上最幸福的人.

**har·bor** [ˋhɑrbɚ] 名 ❶港, 港口. ❷避難所.

**har·bour** [ˋhɑrbɚ] 名 《英》=harbor.

| **hard** [hɑr d] | ▶硬的<br>▶困難的<br>▶劇烈的〔地〕<br>▶拚命的〔地〕 |
|---|---|

形 ❶硬的.
基本 the hard ground 堅硬的地面 ➡ hard+名詞.
基本 The ground is hard. 地面很堅硬. ➡ be 動詞+hard 〈C〉.
My chair is **hard**. Yours is **soft**. 我的椅子硬, 你的(椅子)軟. ◁反義字
It is as hard as rock. 它跟石頭一樣硬.

◆ **harder** [ˋhɑrdɚ] 《比較級》更硬的.
Iron is harder **than** gold. 鐵比黃金硬.

◆ **hardest** [ˋhɑrdɪst] 《最高級》最硬的.

Diamond is **the** hardest of all gems. 鑽石是所有的寶石中最堅硬的.
❷難的, 困難的, 不容易～的. →difficult.
a hard problem 難題
a hard job 辛苦的工作
My grandmother is hard **of** hearing. 我的(外)祖母重聽.
That question is hard **to** answer. 那個問題很難回答. ➡不定詞to answer「回答」修飾 hard.
It is hard to ride a bike up the hill. 騎自行車上坡很難.
❸劇烈的, 嚴酷的, 艱辛的.
a hard winter 嚴冬
have a hard time 受罪, 吃苦頭
He is hard toward his children. 他對孩子很嚴格.
❹拚命的, 努力工作的, 努力學習的.
a hard worker 勤學的人, 努力的人, 勤勞的人

—副 ❶拚命地, 熱心地.
work hard 拚命工作〔學習〕
think hard 苦苦思索
He studied hard for the test. 他爲了考試拚命念書.

◆ **harder** 《比較級》更拚命地.

◆ **hardest** 《最高級》最拚命地.

❷劇烈地, 強烈地, 猛烈地.
It is raining very hard. 雨下得很大.
❸堅硬地, 硬梆梆地.

**hard·en** [ˋhɑrdn̩] 動 使變硬; 變硬.

**hard·ly** [ˋhardlɪ] 副 幾乎不.
I could hardly sleep last night. 我昨晚幾乎睡不著.
It is hardly possible. 那種事幾乎不可能.
There is hardly any wine left. 葡萄酒幾乎沒剩. ➜過去分詞 left(被剩下的)修飾 wine.
It hardly ever snows here. 這裡幾乎不〔很少〕下雪. ➜ ever＝到目前為止.

H

idiom

***hárdly A whèn*** 〔***befòre***〕 ***B*** 剛要A時就B. ➜一般用 hardly＋過去完成式＋when〔before〕＋過去式.
The game had hardly started when it began to rain. 比賽剛要開始天就下起雨來.

**hard·ship** [ˋhardʃɪp] 名 苦難，貧困，辛苦.

**hard·ware** [ˋhardˏwɛr] 名 ❶金屬器具，五金製品. ❷硬體. ➜電腦的機械部分；視聽教室的機器設備；→ software.

**hard·work·ing** [ˋhardˋwɝkɪŋ] 形 勤勉的，認眞學習的，努力工作的.
He is a hardworking student. 他是個勤勉的學生.

**hard·y** [ˋhardɪ] 形 健壯的，強壯的.
◆ **hardier** [ˋhardɪɚ] 比較級.
◆ **hardiest** [ˋhardɪɪst] 最高級.

**hare** [hɛr] 名 野兔. ➜比 rabbit(家兔)大，耳、足皆長；在岩石、灌木下面低窪的草地上做窩，晚上外出找食物；三月前後的發情期時會瘋野地狂奔亂跳.

**harm** [harm] 名 ❶危害，損害.
do harm to the crops 危害作物
The dog will do you no harm. 這隻狗不會傷害你.
❷惡意，惡念.
I'm sorry I frightened you; I meant no harm. 對不起，我嚇著你了；我沒有惡意.
—動 損害，傷害.

**harm·ful** [ˋharmfəl] 形 有害的.
Tobacco is harmful **to** the health. 香菸對健康有害.

**harm·less** [ˋharmlɪs] 形 無害的.

**har·mon·i·ca** [harˋmanɪkə] 名 口琴 (mouth organ).

**har·mo·ni·ous** [harˋmonɪəs] 形 ❶調和的，協調的. ❷和睦的.

**har·mo·ny** [ˋharmənɪ] 名 ❶調和，協調.
In Kyoto things old and modern **are in harmony** with each other. 在京都，古老與現代的事物融洽並存.
❷《音樂》和聲，和音.

**har·ness** [ˋharnɪs] 名《集合》馬具. ➜馬銜、韁繩等全套用具.

**harp** [harp] 名 豎琴.

**harp·ist** [ˋharpɪst] 名 演奏豎琴的人.

**harsh** [harʃ] 形 ❶嚴厲的(severe). ❷刺耳〔目〕的；粗糙的.

**Har·vard U·ni·ver·si·ty** [ˋharvɚdˏjunəˋvɝsətɪ] 專有名詞 哈佛大學. ➜美國最古老(一六三六年創立)的私立大學，坐落於麻州(Massachusetts)的劍橋市(Cambridge).

**har·vest** [ˋharvɪst] 名 ❶**收穫**，收割；**收穫期**，收割季節.
the wheat harvest 小麥收成
at harvest time 在收割季節
❷**收穫物**，收穫量.
There has been 〔We have had〕 a rich 〔poor〕 harvest this year. 今年豐收〔歉收〕.

**hàrvest móon** (秋分前後的)中秋滿月.
—動 收割(作物)，收穫(作物).

**har·vest·er** [ˋharvɪstɚ] 名 ❶收割農作物的人. ❷收割機. ➜由曳引機牽引而收割麥子等的農業機械.

**has** [hæz]
▶有，持有
▶吃，喝
▶患(病)
▶(「has＋過去分詞」)(到目前爲止)已經～，曾經～，一直在做～

動 助動 有，持有；吃，喝；患(病)；(has＋過去分詞)已經～，曾經～，一直在做～. ➜主詞爲第三人稱單數時 have 的形態；→ have.
He has two brothers. 他有兩個兄弟.
Spring has come. 春天來了. ➜現在完成式；has 爲助動詞.

**has·n't** [ˋhæznt] 《口》 has not 的縮寫.
會話 Has she come home yet? —No, she hasn't (come home yet). 她回家了嗎? 一不，還沒(回來). ➜現在完成式.

**haste** [hest] 名 急忙，倉促. ➜比 hurry 更爲正式的說法.
諺語 More haste, less speed. 欲速則不達. → speed.
idiom
***in háste*** 急忙地(in a hurry).
The boy ran away in great haste. 那男孩急急忙忙地跑走了.
***màke háste*** 趕快.
諺語 Make haste slowly. 欲速則不達.

**has·ten** [ˋhesn] ➜t 不發音. 動 使趕快，提早；急忙，急行.
hasten back 急忙地回去

**hast·i·ly** [ˋhestɪlɪ] 副 急忙地，慌忙地.

**hast·y** [ˋhestɪ] 形 ❶急速的，匆忙的.
a hasty trip 匆忙的旅行
◆ **hastier** [ˋhestɪɚ] 比較級.
◆ **hastiest** [ˋhestɪɪst] 最高級.
❷草率的，輕率的.
a hasty decision 輕率的決定

**hat** [hæt] 名 (有邊的)帽子. → cap.
**wear** a hat 戴著帽子
**put on** 〔**take off**〕 a cowboy hat 戴上〔脫下〕牛仔帽

**hatch**[1] [hætʃ] 動 孵(蛋)；(蛋)孵化.
The hen hatched the chicks. 母雞孵出小雞了.
諺語 Don't count your chickens before they are hatched. 不要蛋尙未孵出就數雞. ➜意爲「不要過分樂觀」.

**hatch**[2] [hætʃ] 名 ❶(船甲板上的)升降口. ❷(廚房與餐廳之間牆壁上開的)遞菜的窗口.

**hatch·et** [ˋhætʃɪt] 名 手斧. → ax.

**hate** [het] 動 憎恨；厭惡.
I hate crowded trains. 我討厭擁擠的火車.
—名 憎恨.

**hate·ful** [ˋhetfəl] 形 可惡的，可恨的；充滿敵意的.

**ha·tred** [ˋhetrɪd] 名 憎恨.

**hat·ter** [ˋhætɚ] 名 做帽子的人，賣帽子的人.
a hatter's (shop) 帽子店

**haunt** [hɔnt] 動 ❶(人)常去(某地). ❷(鬼魂等)常出沒；(不愉快的想法等)糾纏(某人).
a haunted castle 鬧鬼的城堡
People say ghosts haunt that old hotel. 眾傳那家舊旅館常鬧鬼.
—名 (人)常去的地方.

**Ha·van·a** [həˋvænə] 專有名詞 哈瓦那. ➜古巴共和國首都.

**have** [hæv]
▶有，持有
▶吃，喝
▶患(病)
▶(have＋過去分詞)(到目前爲止)已經～，曾經～，一直在做～

動 ❶有，持有.

H

H

基本 I have a book in my hand. 我手裡拿著一本書. ➡ have+名詞〈O〉.
I have two brothers. 我有兩個兄弟.
You have a good memory. 你記憶力好.
Do you have a car? 你有汽車嗎? ➡《英》亦作 Have you a car?
Do you have any money with you? 你身上有錢嗎?
I don't have any money with me. 我一毛錢也沒帶. ➡《英》亦作 I have not〔haven't〕any money ～.
會話 Do you have Bob's telephone number? —No, I only have his address. 你有鮑勃的電話號碼嗎? —沒有, 我只有他的地址.
My brother **has** a car. 我哥哥〔弟弟〕有一輛車. ➡ has [hæz] 爲第三人稱單數現在式. → has.
He has a book in his hand. 他手裡拿著一本書.
She has blue eyes. 她有一對藍眼睛.
This dictionary has a red cover. 這本辭典的封面是紅色的.
The elephant has a long trunk. 象有長鼻子.
會話 How many brothers **does** he **have**? —He has two brothers. 他有幾個兄弟? —他有兩個兄弟. ➡《英》亦作 How many brothers has he?
會話 **Does** your father **have** a car? —No, he **does**n't (**have** a car). 你父親有汽車嗎? —不, 他沒有. ➡《英》亦作 No, he has not〔hasn't〕(a car).

◆ **had** [hæd] 過去式、過去分詞.
會話 **Did** you **have** your camera at that time? —Yes, I had (it). 你那時帶著照相機嗎? —是的, 我帶著. ➡《英》亦作 Had you your camera ～?
He had a camera, but I **did**n't **have** one. 他有照相機, 可是我沒有. ➡《英》亦作 I had not〔hadn't〕one.
He has had a lot of experience in teaching English. 他教英語很有經驗. ➡現在完成式; had 爲過去分詞.

◆ **having** [ˋhævɪŋ] 現在分詞、動名詞. ➡表示「有, 持有」之意時, 不用進行式(be having); →❷的例句.
Happiness lies in having many good friends. 幸福在於擁有許多好朋友. ➡介系詞 in+動名詞 having (有, 持有).

❷ 經歷, 進行～; 患(病); 吃, 喝. ➡根據後面出現受詞的不同而適當改變中文譯語; ❷以下各意的疑問句、否定句《美》《英》都作 **Do you have ～? Does he have ～? Did you have ～? I do not〔don't〕have ～. He does not〔doesn't〕have ～. You did not〔didn't〕have ～.**
have a good time 度過快樂的時光, 玩得快樂
have a bad cold 得重感冒
have a lot of snow 下大雪
have breakfast〔supper〕 吃早餐〔晚餐〕
have a drink 喝一杯(酒)
have a bath〔a walk〕 洗澡〔散步〕
have a talk with him 和他交談
We have no school on Sundays. 星期天我們學校不上課.
會話 How many classes do you have on Friday? —We have five classes. 星期五你們有幾節課? —五節課.
We had a pleasant evening. 我們度過了一個美好的夜晚.
We had a rain shower this afternoon. 今天下午下了一場陣雨.
We had a swim in the river. 我們在河裡游泳.
會話 Won't you have some more coffee? —No, thank you. I've had enough. 你不再喝點咖啡嗎? —不

了，謝謝，我喝夠了. ➡I've (＝have) had enough. 爲現在完成式; have 爲助動詞，had 爲動詞(過去分詞).
We are just having dinner. 我們正在吃晚飯. ➡現在進行式.

❸(**have** O *do*)使〔要，叫〕O～.
She has her mother cut her hair. 她要媽媽給她剪頭髮. ➡強調「她請求母親」的感覺; →❹的例句.
I should like to have you come to the party. 我希望你來參加聚會.
❹(**have** O＋過去分詞)使～把O～，請～把O～，O被人～.
She has her hair cut by her mother. 她請媽媽幫她剪頭髮. ➡強調「媽媽幫她剪」的感覺; →❸的例句.
I want to have this watch repaired by Friday. 我希望在星期五之前把這隻錶修好.
I had my watch stolen. 我的手錶被偷了.
❺招待(人)，請(吃飯等).
have him **over to** dinner 請他吃飯
— 助動 **have** 〔**has**〕＋過去分詞，用於構成現在完成式.
❶(到現在爲止)已經～. ➡表示動作完成、結束的現在狀態; 此時常與 **already**(已經)，**yet**(尙，還)等副詞連用.
I have already done my homework. 我已經做好了家庭作業.
He has not finished his work yet. 他還沒有完成工作.
Spring has come. 春天來了.
I've had my supper. 我已經吃過晚飯了.
I have been to the station. 我去過車站.
❷(到現在爲止)曾經～. ➡表示到現在爲止的經驗; 一般與 **once**(一次，曾經)，**ever**(到現在爲止)，**never**(從來沒有)，**before**(以前)等副詞連用.
I have seen a panda once. 我看過一次貓熊.
Have you ever seen him before? 你以前曾見過他嗎?
會話 Have you ever been to Paris? —No, I have never been there. 你去過巴黎嗎? —不，我從來沒去過那裡.
This is the nicest present (that) I've ever had. 這是我收到過最好的禮物. ➡關係代名詞 that ～ 修飾 present; 因 that 爲受詞故可省略.
I have never had an accident since I began driving. 自從我開車以來從未發生事故.
❸(到現在爲止)**一直～**. ➡表示動作、狀態持續中; 一般與 **for** ～ (在～期間)，**since** ～ (自從～以來)等副詞片語和副詞子句連用.
I have lived here for ten years. 我住在這兒已十年了.
Bob has been sick since last Sunday. 鮑勃從上星期天便一直生病到現在.
會話 Where have you been? —I've been in London. 你到哪去了? —我一直在倫敦.
It has been raining for three days 〔since I came here〕. 〔自從我來到這兒以來〕雨已經下了三天了. ➡現在完成進行式，表示動作的持續.

idiom

***have béen*** ～ → been 助動
***have gót***＝have(有，持有).

H

I've〔He's〕got a book in my〔his〕hand. 我〔他〕手裡拿著一本書.
I haven't got the time now. 我現在沒時間.
會話 Have you got a pen? —No, I haven't. 你有鋼筆嗎? —不，我沒有.
***have gòt to dó***=have to *do*.
I've got to go at once. 我必須馬上去.
***hàve ón*** 穿在〔帶在〕身上，戴著.
She has her glasses on. 她戴著眼鏡.
***hàve ónly***〔***ónly hàve***〕***to dó*** 只要～就行.
You have only to push the button. 你只要按一下按鈕就可以了.
***háve to dó*** 必須～ (must *do*). ➜ have to 發音爲 [ˋhæftə], **has to** 發音爲 [ˋhæstə]; → must.
I have〔He has〕to go out. 我〔他〕必須出門去.
You will have to do it over again. 你得重做一次. ➜ will, may 等助動詞後面不能使用 must, 即不用 ×*will must* do it.
I had to start early. 我必須很早就出發.
Why did you have to go to town? 你爲甚麼一定得到城裡去呢?
會話 Do I have to practice every day? —Yes, you do. 我一定要每天練習嗎? —是的，你要. ➜ 回答時也可說 Yes, you have to. 或者 Yes, you have to practice.; 但不用 ×Yes, *you have*.
***do nòt háve to dó*** 不必～(need not *do*). ➜「不可以～」爲 must not *do*.
The rod doesn't have to be very long. 釣竿不一定要很長.
會話 Do I have to go? —No, you don't (have to). 我必須去嗎? —不，你不必去. ➜ 不用 ×No, you *don't have*.
***hàve O to dó with O′*** 與 O′ 有 O 程度的關係. → do idiom

**have·n't** [ˋhævn̩t]《口》have not 的縮寫.
會話 Have you been to New York? —No, I haven't (been to New York). 你去過紐約嗎? —不，我沒去過.

**hav·ing** [ˋhævɪŋ] have 的現在分詞、動名詞.

**Ha·wai·i** [həˋwaɪi] 專有名詞 ❶夏威夷. ➜ 美國的一個州，由八個大島和一百多個小島組成; 首府火奴魯魯(即檀香山) (Honolulu); 簡稱 **Hi., HI**(郵政用). ❷夏威夷島. ➜ 夏威夷群島中最大的島.

**Ha·wai·ian** [həˋwaɪən] 形 夏威夷的，夏威夷人〔語〕的.
—名 ❶夏威夷人. ❷夏威夷語.

**hawk** [hɔk] 名 鷹.

> 印象 目光銳利，能從遠處發現獵物，故有 'have eyes like a hawk' (有著鷹一般的眼睛)之說; 還由於鷹有「好戰」的形象，故常用 hawkish (鷹派的) 來形容對國際問題等持強硬意見的人; → dove ❶

**haw·thorn** [ˋhɔ͵θɔrn] 名 山楂. ➜ 英國田園裡常見的薔薇科矮木; 五月前後開滿白色或淡紅色的花.

**hay** [he] 名 乾草.
諺語 Make hay while the sun shines. 曬草要趁太陽好. ➜ 意爲「不要錯過機會，把握時機」; 不用 ×*a* hay, ×hay*s*.
**háy fèver** 花粉熱.

**haze** [hez] 名 靄，靄，煙霧. → mist.

**ha·zel** [ˋhezl̩] 名 ❶榛; 榛子(**hazel-nut**). ➜ 樺木科矮木，生長在亞洲、美洲、歐洲大陸等地; 果實圓形，淡褐色，可食用; 枝條柔韌，用於編筐等.
❷淡褐色.

hazel eyes 淡褐色的眼睛

**ha·zy** [ˋhezɪ] 形 煙霧瀰漫的，模糊的.

**H-bomb** [ˋetʃˏbɑm] 名 氫彈(hydrogen bomb). → A-bomb.

**he** [h i]
▶他
⊙稱自己(I)和對方(you)以外的某個男性

代 他.
This is Sam. He **is** a singer. 這位是山姆，他是個歌手.
My father has a friend in New York. He is a famous painter. 我父親在紐約有一位朋友，他是個有名的畫家.
相關語 his(他的，他的東西)，him (他(受格))，they(他們).

**head** [h ɛ d]
▶頭
▶頭腦

名 (複 **heads** [hɛdz]) ❶頭，首.
hit him on the head 打他的頭 → 在說「打O(人)的O′(身體的某一部位)」時，應按照 'hit *O* on the *O*′' 的順序.
stand on *one's* head 倒立 → handstand.
He had a black cap on his head. 他(頭上)戴著一頂黑色的帽子.
He is taller than me by a head. 他比我高出一個頭〔我只有到他肩膀那麼高〕. → by 爲表示「差異」的介系詞.
Don't put your head out of the window. 不要把頭伸出窗外.
❷智力，頭腦(brains).
Use your head. 動動腦筋.
She has a good 〔bad〕 head. 她腦筋好〔不好〕.
諺語 Two heads are better than one. 兩人智慧勝一人. →相當於「三個臭皮匠勝過一個諸葛亮」.
❸形狀、位置與「頭」相似的東西；首腦，首長；最上面的部分，首位.
the head of a nail 釘頭
the head of the stairs 樓梯頂上

the head of a page 書頁上端
the head of a parade 遊行隊伍的最前列
the head of a school 校長
the head of the class 班上第一名
❹人數，(家畜的)頭數.
forty head of cattle 四十頭牛 → 不用ˣforty head*s*.
❺(常用 **heads**) (硬幣的)正面. →有人頭像的那一面.
Let's play heads or tails. 我們來猜硬幣的正面還是反面. →用手指把硬幣往上彈，猜它掉落時是正面還是反面，由此來決定勝負、順序等；→ toss ❷

idiom

***at the héad of ~*** 居～的首位；在～的最前面；在～的頂端；對著～的正面.
***from héad to fóot*** 從頭到腳.
***héad òver héels*** 顚倒，頭朝下，翻筋斗.
***kéep** one's **héad*** 沈著，鎭靜.
***lóse** one's **héad*** 失去理智，慌亂，火冒三丈；被砍頭，斬首.
He lost his head when the earthquake struck. 地震發生時他慌了手腳.
***màke héads or táils*** 〔《英》 ***héad or táil***〕 ***of ~*** 懂～. →用於否定句、疑問句、條件句；→❺
I can't make heads or tails of

what he says. 我完全無法瞭解他在說什麼.

—形 首位的，最前面的；(從)正面的.

a head cook 主廚，大廚

a head wind 頂頭風，逆風

—動 ❶站在～的前頭，率領～.

Tom's name headed the list. 湯姆的名字在名單的最前頭.

❷朝著(～的方向)；使(船頭、機首等)朝向～.

It's getting late. Let's head for home. 時間不早了，我們回家吧.

❸(足球)用頭頂(球).

**head·ache** [ˋhɛd,ek] 名 頭痛.

I have a bad headache. 我頭痛得厲害.

**head·ing** [ˋhɛdɪŋ] 名 ❶(報紙等的)標題；(辭典等的)條目. ❷(足球的)頭頂球.

**head·light** [ˋhɛd,laɪt] 名 (汽車等的)前燈.

**head·line** [ˋhɛd,laɪn] 名 (報紙、雜誌的)標題.

**head·long** [ˋhɛd,lɔŋ] 形 ❶頭朝下的. ❷冒失的；魯莽的，輕率的.

—副 ❶頭朝下地. ❷魯莽地；冒失地，性急地.

**head·mas·ter** [ˋhɛdˋmæstɚ] 名 (英國中、小學的，美國私立男校的)校長. → principal.

**head-on** [ˋhɛdˋɑn] 形 從正面的，迎頭的.

a head-on collision 〔crash〕 正面衝突〔碰撞〕

—副 從正面地，迎頭地.

The two cars crashed head-on (into each other). 兩輛汽車正面相撞.

**head·phone** [ˋhɛd,fon] 名 (常用 **headphones**)耳機. ➡用來聽收錄音機或電話接線生頭上所戴的收信〔話〕器.

**head·quar·ters** [ˋhɛdˋkwɔrtɚz] 名 複 (軍隊、警察等的)總部，司令部；(公司的)總公司.

**heal** [hil] 動 治癒(傷口、煩惱等)；痊癒.

The cut on my finger healed in a few days. 幾天後我手指上的傷口便癒合了.

**health** [hɛlθ] 名 健康，健康狀況.

be in good health 健康

be in poor 〔bad, ill〕 health 不健康

Swimming is good for the health. 游泳有益健康.

諺語 Health is better than wealth. 健康勝於財富.

**héalth càre** 醫療.

**health·y** [ˋhɛlθɪ] 形 健康的；有益健康的.

He looks very healthy. 他看起來很健康.

◆ **healthier** [ˋhɛlθɪɚ] 比較級.

◆ **healthiest** [ˋhɛlθɪɪst] 最高級.

**heap** [hip] 動 堆起，堆積.

heap **up** bricks 〔riches〕 把磚堆起來〔積累財富〕

heap books into a pile 把書堆成一堆

The desk is heaped **with** books. 書桌上的書堆積如山.

—名 (積物成)堆.

a heap of stones 〔books〕 一堆石頭〔書〕

| **hear** [hɪr] | ▶聽見，聽<br>⊙聲音傳進耳朵，或聽到傳聞、風聲等 |
|---|---|

動 聽見，聽.

**基本** hear the sound 聽到聲音 ➡ hear＋名詞〈O〉.

**基本** I can't hear well. 我聽不清楚〔耳力不好〕. ➡ hear＋副詞.

A dog **hears** well. (＝A dog has a good ear.) 狗的聽覺靈敏. ➡ hears [hɪrz] 爲第三人稱單數現在式.

We **listen**ed but could **hear** nothing. 我們側耳傾聽，但甚麼也聽不見. ◁同義字

I can't hear you. Please speak in a louder voice. 我聽不見，請說大聲一點.

◆ **heard** [hɜd] 過去式、過去分詞.

Everyone heard that strange sound. 大家都聽到那個奇怪的聲音.

Through the wall I heard the music he was listening to in the next room. 我隔著牆聽到他在隔壁房間所聽的音樂.

I've heard that story before. 我以前聽過那故事. ➡現在完成式.

He could not make himself heard. 他無法讓人聽到他的話. ➡ heard 爲過去分詞.

基本 I heard a bird singing. 我聽到鳥在歌唱. ➡hear 〈V〉＋名詞〈O〉＋現在分詞(聽到 O 正在做～).

We heard her playing the piano. 我們聽到她在彈鋼琴.

基本 I heard the car start. 我聽到汽車發動了. ➡hear 〈V〉＋名詞〈O〉＋原形不定詞(聽到 O 做～).

Have you ever heard him sing? 你聽過他唱歌嗎?

基本 I heard my name called. 我聽到有人叫我的名字. ➡ hear 〈V〉＋名詞〈O〉＋過去分詞(聽到 O 被～).

◆ **hearing** [ˋhɪrɪŋ] 現在分詞、動名詞. ➡ hear 表示「聽見」之狀態，一般不用進行式(be hearing)；→ hearing.

idiom

***héar abòut ～*** (仔細)聽到～的事情.

I've often heard about you from Ken. 我常聽肯說起你.

***héar from ～*** 接到～的消息. ➡指接到告知近況的信件、電話等.

Do you often hear from him? 你常接到他的消息嗎?

I hope to hear more from you. 我希望收到更多你的來信.

***Héar! Héar!*** 贊成!

***héar of ～*** 聽到～的事情〔傳聞〕.

We have heard nothing of him lately. 近來我們沒聽到有關他的事.

會話 Do you know Humpty Dumpty? —No, I've never heard of him. 你知道漢普蒂・鄧普蒂(蛋形人)嗎? —不，我從未聽說過他.

***I héar ～.*** 我聽說～.

I hear (that) he is sick. = He is sick, I hear. 我聽說他病了.

**heard** [hɜd] hear 的過去式、過去分詞.

**hear·ing** [ˋhɪrɪŋ] hear 的現在分詞、動名詞.

—名 ❶聽；聽力.

a hearing test 聽力檢查

lose *one's* hearing 喪失聽力

the sense of hearing 聽覺

**héaring àid** 助聽器.

❷聽力所及的範圍.

within 〔out of〕 hearing 在聽得見〔聽不見〕的地方

**Hearn** [hɜn] 專有名詞 (**Lafcadio Hearn**)赫恩. ➡希臘裔英國作家，入日本籍，改名爲「小泉八雲」(1850-1904)；著有《怪談》等作品，向西方介紹日本文化.

**heart** [hɑrt] 名 ❶心臟；胸.

heart attack 〔failure〕 心臟病發作〔心臟衰竭，心臟痲痺〕

My heart is beating very fast. 我

的心臟跳得很快.
His father is a heart specialist. 他父親是心臟科專家.
❷心；愛，感情. → mind.
with all my heart 衷心地
He has a warm〔kind〕heart. 他有一顆熱情〔善良〕的心.
I love her from the bottom of my heart. 我打從心底愛她.
You have no heart. 你毫無同情心.
❸勇氣，魄力.
lose heart 灰心喪氣
❹中心，正中(center).
in the heart of the woods〔the city〕 在森林〔都市〕的中心
the heart of the question 問題的核心
❺(紙牌的)紅心.
the queen of hearts 紅心皇后

idiom

***àfter A's ówn héart*** 完全符合 A 的心意，A 中意的.
She is a girl after my own heart. 她是我中意的女孩.
***at héart*** 內心裡，本質上.
He is not a bad man at heart. 他本質上不壞.
***bréak A's héart*** 使 A 傷心.
She broke his heart. 她令他傷心.
***by héart*** 默記地
learn a poem by heart 背誦詩

**heart·beat** [ˋhɑrtˏbit] 名 心跳.

**hearth** [hɑrθ] 名 ❶爐牀. → 燒爐火的地面，或者是壁爐前鋪有磚、石等的地面.
❷(象徵闔家團圓的)爐邊，家庭.
hearth and home 家庭

**heart·i·ly** [ˋhɑrtılı] 副 ❶衷心地.
❷充分地.

**heart·y** [ˋhɑrtı] 形 ❶衷心的，熱誠的.
→ 只用於名詞前.
They gave us a hearty welcome. 他們熱誠地歡迎我們.
◆ **heartier** [ˋhɑrtıɚ] 比較級.
◆ **heartiest** [ˋhɑrtııst] 最高級.
❷(食物)豐盛的，充足的；(食慾)旺盛的. → 只用於名詞前.
eat a hearty meal 飽餐一頓
He has a hearty appetite. 他食慾旺盛.

**heat** [hit] 名 ❶熱，熱度.
the heat of the sun 太陽的熱
❷暑氣.
during the summer heat 在夏天的酷熱期間，暑期
— 動 把～加熱；變熱.
heat the room 使房間暖和

**heat·er** [ˋhitɚ] 名 暖氣裝置，加熱器，暖爐.
turn an electric heater on 打開電暖爐
light an oil heater 點燃煤油爐

**heath** [hiθ] 名 ❶石南(heather)叢生的荒地. ❷=heather.

**heath·er** [ˋhɛðɚ] 名 石南屬植物. → 生長於荒野，開白、紫、粉紅色的鐘形小花.

**heave** [hiv] 動 ❶舉起；波浪起伏，上下移動. ❷發出(呻吟、嘆息等).

**heav·en** [ˋhɛvən] 名 ❶(常用 **heavens**)天，天空(sky).
Stars are shining in the heavens. 群星在天空中閃爍.
❷天國，極樂世界. 相關語 hell (地獄).
go to heaven 進天國，死去
❸(**Heaven**)上帝(God).
諺語 Heaven helps those who help themselves. 天助自助者. → those who ～ 意爲「～的人們」.

idiom

***Góod Héavens!*** 天哪！ → 表示驚訝、反對的情緒.

**heav·en·ly** [ˋhɛvənlı] 形 ❶天國(似)的，神聖的.
heavenly beauty 天堂般的美麗
heavenly Father 天父 → 指 God

(上帝).

❷天的, 空的.

a heavenly body 天體 →日、月、星辰等.

❸《口》絕妙的(splendid).

heavenly weather 極佳的天氣

**heav·i·ly** [ˋhɛvɪlɪ] 副 ❶重重地; 沈重地, 沈悶地; 沈甸甸地.

❷激烈地, 劇烈地.

rain heavily 下大雨

**heav·y** [ˋhɛvɪ] 形 ❶重的; 令人憂鬱的, 心情沉重的.

a heavy suitcase 沉重的手提箱

heavy responsibility 重大的責任

Your bag is **heavy**, but mine is **light**. 你的手提包重, 我的輕. ◁反義字

heavy light

The apple trees were heavy **with** fruit. 蘋果樹上結實累累(把樹枝都壓彎了).

His heart was heavy. 他心情沈重〔憂鬱〕.

◆ **heavier** [ˋhɛvɪɚ] 比較級.

◆ **heaviest** [ˋhɛvɪɪst] 最高級.

John is heavier than Mark but Peter is **the** heaviest of all three. 約翰比馬克重, 但彼得是三人中最重的一位.

❷(分量)多的, (程度)激烈的, 非常的.

heavy taxes 重稅

heavy snow 〔rain〕 大雪〔大雨〕

a heavy fog 濃霧

heavy traffic 擁擠的交通

a heavy drinker 酗酒的人, 酒鬼

❸(食物)不易消化的.

**He·brew** [ˋhibru] 形 希伯來人〔語〕的. →「希伯來人」爲古代以色列人; 「希伯來語」爲現在以色列共和國的通用語; 《舊約聖經》用古希伯來語寫成.

—名 ❶希伯來人; 希伯來語. ❷(近代的)猶太人. →一般稱作 Jew.

**hec·tare** [ˋhɛktɛr] 名 公頃. →面積的單位; 100公畝(一萬平方公尺); hecto 表示 100 的意思.

**he'd** [hid] he would, he had的縮寫.

He said he'd (=he would) go. (=He said, "I will go.") 他說他要去.

He'd (=He had) better go. 他最好還是去. →只有在與原形動詞一起使用時才可省略爲'd; 如 He had a book. 不能說成×*He'd* a book.

**hedge** [hɛdʒ] 名 樹籬, 籬笆.

**hedge·hog** [ˋhɛdʒˏhɑg] 名 ❶刺蝟. ❷《美》豪豬(porcupine).

**heel** [hil] 名 (腳、鞋的)後跟.

idiom

***at* 〔*on*〕 *A's héels*** 緊跟在 A 的後面.

The dog followed at my heels. 那隻狗緊跟在我後面.

***héad òver héels*** 顛倒, 頭朝下, 翻筋斗.

**height** [haɪt] 名 ❶高度; 身高.

What is the height of this tower? 這座塔的高度是多少?

Tokyo Tower is 333 (讀法: three hundred and thirty-three) meters **in** height. 東京鐵塔高三百三十三公尺.

❷頂點, 絕頂, 最高潮.

at 〔in〕 the height of summer 在盛夏

❸(常用**heights**)高處, 高地, 山丘.

**heir** [ɛr] →h不發音. 名 男性繼承人.

**heir·ess** [ˋɛrɪs] 名 女性繼承人.

**held** [hɛld] hold的過去式、過去分詞.

H

**hel·i·cop·ter** [ˋhɛlɪˏkaptɚ] 名 直升機.
get in 〔on〕 a helicopter　乘直升機

**hel·i·port** [ˋhɛləˏpɔrt] 名 直升機機場.

**hell** [hɛl] 名 ❶地獄. 相關語 heaven (天國).
Go to hell!　下地獄吧！去死吧！滾開！
❷地獄般的地方，苦境.
It was hell trying to finish the work in a day.　要在一天之內完成那項工作，簡直就像在地獄中受苦.
—感 混蛋，該死；到底，究竟. ➜用以表示憤怒、不耐煩、加強語氣的說法；→ on earth.
Oh, hell! Something is wrong with the engine.　啊，該死！引擎不太對勁.
Who **in** (**the**) **hell** is he?＝Who **the hell** is he?　他究竟是誰？

**he'll** [hil] he will 的縮寫.

**hel·lo** [həˋlo] 感 ❶哈囉，你好. ➜用於各種場合的簡單問候語.
"Hello, Bill!" said Roy with a big smile.「哈囉，比爾！」羅伊笑容滿面地說.
❷(打電話用語)喂.
會話 Hello, this is Bill White (speaking).　喂，我是比爾·懷特. ➜打電話時的慣用語.
—名(複 **hellos** [həˋloz])(「哈囉」、「你好」等的)問候.
Say hello to Helen.　向海倫問好.

**hel·met** [ˋhɛlmɪt] 名 ❶(消防隊員、運動員等戴的)頭盔. ❷(士兵等的)鋼盔.

| **help** [hɛlp] | ▶幫忙，幫助，救助 |
|---|---|

動 ❶幫忙，幫助，救助.
基本 I help my father.　我幫忙爸爸. ➜ help＋(表示人的)名詞〈O〉.
help him **into** 〔**out of**〕 his coat＝help him **on** 〔**off**〕 **with** his coat　幫他穿〔脫〕外套
help him up　扶起他
Help (me)!　救命啊！
We should help one another.　我們應該互相幫助.
基本 I help my father **with** the farming.　我幫助父親做農事. ➜ help＋(表示人的)名詞〈O〉＋with＋名詞〈O'〉.
My father often **helps** me with my homework.　爸爸經常幫助我做家庭作業. ➜ helps [hɛlps] 爲第三人稱單數現在式.
基本 We help him (to) do it.　我們幫他做. ➜ help ＋(表示人的)(代)名詞〈O〉＋原形不定詞〔to 不定詞〕；《美》一般不加 to.
Please help me (to) clean the room.　請幫我打掃房間.

◆ **helped** [hɛlpt] 過去式、過去分詞.
A boy kindly helped me (get) off the bus.　一個男孩親切地幫助我下公車.
I **was** helped a lot by your advice.　你的忠告對我幫助很大. ➜被動語態.

◆ **helping** [ˋhɛlpɪŋ] 現在分詞、動名詞. → helping.
She **is** now helping her mother in the kitchen.　她現在在廚房幫她媽媽. ➜現在進行式.
❷(食物等)分配，取用，盛.
She helped me to some potatoes.　她盛給我一些馬鈴薯.
❸(**can help**)避免，阻止.
if you can help it　如果能避免的話，可能的話，盡可能
I can't help it.　我沒有辦法〔無能爲力〕.
It can't be helped.　那是無法避免的〔毫無辦法的〕.
❹(藥)治療(疾病).
This medicine will help (your cold).　吃了這個藥 (你的感冒) 就會

好.

idiom

***cànnot hèlp ~ing*** 禁不住～，不禁～.

I could not help laughing. 我忍不住笑起來.

***hélp oneself (to ~)*** 自取(～)吃〔喝〕.

Help yourself, please. 請自取.

Help yourself to the cakes, please. 請自取蛋糕.

***Mày 〔Càn〕 I hélp you?*** 你要甚麼? 你有甚麼事? 我能爲你效勞嗎? ➡店員或政府機關公務員對客人或行人對迷路的人說的話.

—名 (複 **helps** [hɛlps]) ❶ 幫忙，幫助，救助，援助.

cry for help 呼救

I need your help. 我需要你的幫忙.

I need some help **with** my work. 我的工作需要幫忙.

I read that English story **with the help of** the dictionary. 我借助辭典閱讀那個英語故事.

She was **of** great **help** to her mother. 她是媽媽的得力幫手.

❷幫助者〔物〕，佣人，僕人.

He 〔This dictionary〕 is a great help to me. 他〔這本辭典〕幫了我大忙.

**help·er** [ˋhɛlpɚ] 名 幫助者，幫手，助手.

**help·ful** [ˋhɛlpfəl] 形 有幫助的，有用的(useful).

**help·ing** [ˋhɛlpɪŋ] help 的現在分詞、動名詞.

—名 (食物的)一份，一客.

a large helping of pudding 一大盤布丁

Won't you have another helping of salad? 要不要再來一份沙拉?

—形 救援的，幫助的.

He lent me a helping hand. 他向我伸出援手〔幫助我〕.

**help·less** [ˋhɛlplɪs] 形 ❶ 無法自立的，無力的.

A little baby is helpless. 幼小的嬰孩是無法自立的.

He lay helpless on the ground. 他無力地躺在地上.

❷無依無靠的，無助的.

The child is alone and helpless. 這孩子孤單一人無依無靠.

**hem·i·sphere** [ˋhɛməˏsfɪr] 名 (地球的)半球. ➡hemi-＝half, sphere＝球體.

**the Éastern 〔Wéstern〕 Hémisphere** 東〔西〕半球.

**the Nórthern 〔Sóuthern〕 Hémisphere** 北〔南〕半球.

**hen** [hɛn] 名 母雞.

a hen and her chicks 母雞和牠的小雞

相關語 cock, 《美》 rooster(公雞).

**her** [hɜ] ▶她的 ▶她

代 ❶她的. ➡she 的所有格; 相關語 their(她們的).

基本 her house 她的家 ➡her＋名詞; 不用 ×*a* 〔*the*〕 her house.

her brother(s) 她的兄弟(們)

that hat of her father's 她父親的那頂帽子 ➡不用 ×*that her father's* hat, ×*her father's that* hat. →hers.

She is studying in her room. 她在自己的房間裡讀書. ➡her 與主詞所

指爲同一人物時明顯可譯作「自己的」.
Miss Brown teaches us music and we really like her class. 布朗小姐教我們音樂，我們非常喜歡上她的課.
❷她. ➜ she 的受格；相關語 them (她們).
基本 I love her. 我愛她. ➜〈S〉+〈V〉+her〈O〉.
I didn't understand her. 我不瞭解她所說的話. ➜本句的 her 並非「她」，而是「她所說的話」.
基本 I gave her the watch 〔the watch to her〕. 我給她那隻手錶. ➜前一句爲〈S〉+〈V〉+her〈O′〉+〈O〉；前一個 her 爲動詞(gave)的間接受詞；後一個 her 爲介系詞(to)的受詞.
I'll go with her. 我和她一起去.
I saw her smile. 我看見她笑了. ➜ V (see) +O (her) +原形動詞(看見O做～)的句型.

**herb** [hɝb] 名 藥草；(用作烹飪的香料)香草.

**Her·cu·les** [ˋhɝkjə͵liz] 專有名詞 海克力斯. ➜希臘、羅馬神話中力大無比的英雄，眾神之王宙斯之子.

**herd** [hɝd] 名 (牛、馬等的)群. → flock.
a herd of cattle 一群牛

| **here** [hɪr] | ▶在這裡，向這裡，到這裡<br>▶瞧！喂！ |
|---|---|

副 ❶在這裡，向這裡，到這裡.
基本 live here 住在這裡 ➜動詞〈V〉+here.
stay here 留在這裡
come here 到這裡來
this man here 在這裡的這個人 ➜不用 ×*this here man*, ×*here this man*.
here in Taipei 在臺北這裡
I looked for the key **here**, **there** and **everywhere**. 我(在這裡、那裡、每個地方⇨)到處尋找鑰匙. ◁相關語
會話 Where's your book? —It's here. 你的書在哪裡？ —在這裡.
Winter is over and spring is here. 冬天走了春天來了.
They'll be here about noon. 他們差不多中午來這裡.
會話 Tom? —**Here!** (點名時)湯姆？ —有！
**Look here!** (看這兒⇨)喂，注意！ ➜促使對方注意的說法.
基本 Here is a book. 這裡有一本書. ➜ Here+is 〔are〕〈V〉+名詞〈S〉；注意主詞置於 be 動詞之後.
Here are some famous pictures. 這裡有幾幅名畫.
❷《作感嘆詞使用》喂，瞧.
Here we go! 喂，我們走吧！
Here you go. 喂，你先走吧！
Here we are (in London). 喂，我們到(倫敦)了.
Here he comes! 瞧，他來了！
Here comes the bus! 瞧，公車來了！ ➜主詞不是代名詞而是名詞時，動詞移至主詞前面. (請與上一例比較)
**Here's** your change. 喏，這是找你的零錢. ➜ Here's ～. 爲遞交東西時的說法，此時不用 ×*Here is* ～.

idiom

***hére and thére*** 到處.
There were flowers here and there in the garden. 花園裡到處都開著花.
***Hére it ís.*** 喏，這就是你要的東西. ➜把東西交給別人時的用語；下同.
***Hére you áre.*** 喏，這就是你要的東西.
會話 Please show me your new camera. —All right. Here you are. 請給我看看你的新照相機. —行，拿去.

—名 這裡.
from here 從這裡
Is there a post office near here? 這附近有郵局嗎?
There are a lot of Chinese people around here. 這一帶有很多中國人.

**here's** [hɪrz] here is 的縮寫.
Here's something for you. 這裡有給你的東西〔這給你〕.
Here's your key. 這是你的鑰匙. → here ❷

**he·ro** [ˋhɪro] 名(複 **heroes** [ˋhɪroz]) ❶英雄. ❷(小說、戲劇的)男主角.

**he·ro·ic** [hɪˋro·ɪk] 形 英雄的.

**her·o·ine** [ˋhɛro·ɪn] 名 ❶女英雄; 女傑. ❷(小說、戲劇的)女主角.

**her·ring** [ˋhɛrɪŋ] 名 鯡.

| **hers** [h ɜ z] | ▶她的東西<br>⊙指她所擁有的物品之中的一個、或二個以上的東西 |
|---|---|

代 **她的東西.** 相關語 theirs (她們的東西).
a friend of hers 她的一個朋友
This racket is hers. 這球拍是她的. (=This is her racket.)
基本 My racket is new; hers (=her racket) **is** old. 我的球拍是新的, 她的(球拍)是舊的.
His answers are wrong and hers (=her answers) **are** right. 他的回答是錯誤的, 她的是正確的.
I like that ribbon of hers. 我喜歡她的那條絲帶. ➜不用×*her that* ribbon, ×*that her* ribbon.
Mary has a nice bag. Do you have a bag like hers? 瑪麗有一個很好的手提包, 你也有一個和她的一樣的手提包嗎?

**her·self** [hɚˋsɛlf] 代 ❶《反身代名詞》**她自己.** 相關語 themselves (她們自己).
She hid herself. (她把自己藏起來⇨)她躲了起來.
She hurt herself. 她傷了自己.
She said to herself, "I'll go, too." 她暗自說:「我也去.」
❷《加強主詞語氣》**她親自,** 她本人.
She herself said so.＝She said so herself. 她自己那樣說的. ➜herself 放在句尾爲口語化的說法.
She did it herself. 她自己做的.

idiom
***by herséłf*** 她獨自地; 她獨力地, 她全靠自己地.
***for herséłf*** 她獨立地, 她單獨地; 爲她自己.

**he's** [hiz] he is, he has 的縮寫. ➜ he has 略作 he's 只限於 has 爲助動詞時; 如 He has a book. 不能說成 ×*He's* a book.
He's (=He is) my uncle. 他是我的叔叔〔舅舅〕.
He's (=He has) done it. 他已經做了.

**hes·i·tate** [ˋhɛzəˏtet] 動 猶豫, 躊躇.

**hes·i·ta·tion** [ˏhɛzəˋteʃən] 名 猶豫, 躊躇.
without hesitation 毫不猶豫地

**hey** [he] 感 嘿! 喂! ➜表示招呼、喜悅、驚訝等.

**HI** Hawaii 的縮寫.

**hi** [haɪ] 感《口》嗨, 你好. ➜比 hello 更親切的說法.
Hi, Bob. Where are you going? 嗨, 鮑勃, 你要上哪兒去?

**hic·cup** [ˋhɪkəp] 名 打嗝.
—動 打嗝.

**hick·o·ry** [ˋhɪkərɪ] 名 山胡桃樹；山胡桃木. ➜材質強韌的北美產核桃科樹木.

**hid** [hɪd] hide 的過去式、過去分詞.

**hid·den** [ˋhɪdn̩] hide 的過去分詞.
—形 隱藏的，祕密的.
hidden treasure　祕藏的財寶

H

**hide**[1] [haɪd] 動 **躲藏；把～藏起來.**
hide behind a tree　躲在樹後
hide the candy in the cupboard　把糖果藏在櫥櫃裡
I'll hide, and you find me.　我躲起來，你來找我.
I have nothing to hide **from** you.　我沒有對你隱瞞任何事.　➜不定詞 to hide (該隱瞞的～) 修飾 nothing.
Someone is hiding behind the tree.　有人躲在樹後.

◆ **hid** [hɪd] 過去式、過去分詞.
The clouds hid the sun.　雲遮住了太陽.
Who hid my bag?　誰藏了我的手提包?

◆ **hidden** [ˋhɪdn̩] 過去分詞.　→ hidden.
I **have** hidden the fact even from my parents.　即使對父母我也隱瞞此事.
Where **is** it hidden?　它被藏在甚麼地方?

idiom
***hìde awáy***　(把～) 隱藏起來.
***híde oneself***　藏身，躲藏.
She hid herself behind the curtain.　她躲在窗簾後面.

**hide**[2] [haɪd] 名 獸皮.

**hide-and-go-seek** [ˋhaɪdn̩goˋsik] 名《美》＝hide-and-seek.

**hide-and-seek** [ˋhaɪdn̩ˋsik] 名 捉迷藏.
play hide-and-seek　玩捉迷藏

**hid·ing place** [ˋhaɪdɪŋˏples] 名 躲藏處，隱藏處.

| **high** [haɪ] | ▶高的<br>▶高 |
|---|---|

形 ❶**高的，高度～的.**　反義字 low (低的).
基本 a high mountain　高山　➜ high＋名詞.
基本 That mountain is high.　那座山很高.　➜ be 動詞＋high 〈C〉.
How high is the mountain?　這座山有多高?
The mountain is about 6,000 (讀法：six thousand) meters high.　這座山大約六千公尺高.

◆ **higher** [ˋhaɪɚ]《比較級》**更高的.**
Mt. Everest is higher **than** any other mountain in the world.　埃佛勒斯峯比世界上其他任何山都高.

◆ **highest** [ˋhaɪɪst]《最高級》**最高的.**
Mt. Everest is **the** highest mountain in the world.　埃佛勒斯峯是全世界最高的山.

**the hígh jùmp**　(比賽的) 跳高.

**hígh héels**　高跟鞋.
wear high heels　穿高跟鞋

❷ (價格、程度、地位等) **高的.**
high prices　高價
a high fever　高燒
at a high speed　高速地
in a high voice　高聲地
a high government official　政府高級官員
He is in high spirits.　他精神抖擻.
She has a high opinion of your work.　她對你的作品評價很高.

—副 **高.**　反義字 low (低)；同義字 用以形容物體的具體位置；「評價很高」的「高」用 **highly.**
jump high　跳得高
The bird flew high up into the air.　鳥兒高高地飛上天空.

◆ **higher** 〔比較級〕更高.
The bird flew up higher and higher. 鳥兒愈飛愈高. ➡「比較級 and 比較級」意爲「愈來愈～」.
◆ **highest** 〔最高級〕最高.
He can jump (**the**) highest **of** us all. 他是我們之間跳得最高的人.

**high·jack** [ˋhaɪˏdʒæk] 動=hijack.

**high·jack·er** [ˋhaɪˏdʒækɚ] 名=hijacker.

**high·land** [ˋhaɪlənd] 名 ❶高地，高原. ❷(**the Highlands**)(蘇格蘭西北部的)高原地區.

**high·ly** [ˋhaɪlɪ] 副很，非常；高度評價地. → high 副

**high·road** [ˋhaɪˋrod] 名=highway.

**high school** [ˋhaɪˏskul] 名《美》中學. ➡介於小學與大學之間的學校，分爲 junior high school(國中)和 senior high school(高中).
a high school student 中學生
go to high school 上中學

**high·way** [ˋhaɪˏwe] 名幹線道路，主要道路.

**hi·jack** [ˋhaɪˏdʒæk] 動 ❶搶劫(運輸途中的物品). ❷劫持(飛機等).

**hi·jack·er** [ˋhaɪˏdʒækɚ] 名搶劫者，劫機者.

**hike** [haɪk] 名徒步旅行，遠足(hiking).
go **on** a hike (to the lake) 去(湖邊)遠足
—動徒步旅行，去遠足.
go hiking 去遠足

**hik·er** [ˋhaɪkɚ] 名徒步旅行者.

**hik·ing** [ˋhaɪkɪŋ] 名徒步旅行，遠足.

| **hill** [hɪl] | ▶小山，丘陵<br>⊙比 mountain 低，在英國通常指六百公尺以下的山丘 |
|---|---|

名 ❶丘陵，小山，山.
go for a walk in the hills 去山中散步
**Cápitol Híll** 國會山莊. ➡美國首都華盛頓的一個小山丘，是美國國會大厦所在地；常用於地名.
❷坡道.
go up a hill 爬坡

**hill·side** [ˋhɪlˏsaɪd] 名(小山)山坡，山腰.

**hill·top** [ˋhɪlˏtɑp] 名(小山)山頂.

| **him** [hɪm] | ▶他 |
|---|---|

代他. ➡ he 的受詞; 相關語 them(他們).
基本 Mr. Smith lives near my house. I know him. 史密斯先生住在我家附近，我認識他. ➡〈S〉+〈V〉+him〈O〉.
I didn't understand him. 我不懂他的意思. ➡此句中的 him 指「他說的話」.
基本 I gave him the watch 〔the watch to him〕. 我把那只手錶給他了. ➡前一句爲〈S〉+〈V〉+him〈O′〉+〈O〉；前面的 him 是動詞(gave)的受詞；後面的 him 則爲介系詞(to)的受詞.
I'll go with him. 我會和他一起去.
I saw him standing there. 我看見他站在那裡. ➡句型：V (see)+O (him)+現在分詞(看見 O 正在～).

**Him·a·la·ya** [ˏhɪməˋleə] 專有名詞 (**the Himalayas** 或 **the Himalaya Mountains**)喜馬拉雅山脈. ➡橫亙於印度與西藏之間的大山脈.

**him·self** [hɪmˋsɛlf] 代 ❶《反身代名詞》他自己. 相關語 themselves(他們自己).
He hid himself. (他把自己藏起來⇨)他躲了起來.
He hurt himself. 他傷了自己.

He said to himself, "I'll do it." 他暗自說:「我要做.」

❷《加強主詞語氣》他親自, 他本人.

He himself said so.＝He said so himself. 他自己那樣說的. ➡ himself 放在句尾爲口語化的說法.

He did it himself. 他自己做的.

idiom

***by himsélf*** 他獨自地; 他獨力地, 他全靠自己地.

***for himsélf*** 他獨力地, 他單獨地; 爲他自己.

H

**hind** [haɪnd] 形 後面的. ➡只用於名詞前.

the hind legs (動物的)後腿

**hin·der** [ˋhɪndɚ] 動 阻礙, 妨礙.

**Hin·di** [ˋhɪndɪ] 名 印地語. ➡印度北部的語言; 印度的官方語言.

**Hin·du** [ˋhɪndu] 名 印度教教徒. ➡印度教(Hinduism)爲印度的民族宗教.

**hint** [hɪnt] 名 暗示, 提示.

drop a hint 給人暗示

get a hint from his words 從他的話中得到暗示

—動 暗示, 略微表示.

He hinted (to me) that he was tired. 他(向我)暗示他累了.

**hip** [hɪp] 名 髖部. ➡凸出於身體腰部下方左右兩側之髖骨附近的部位; 並非「屁股」.

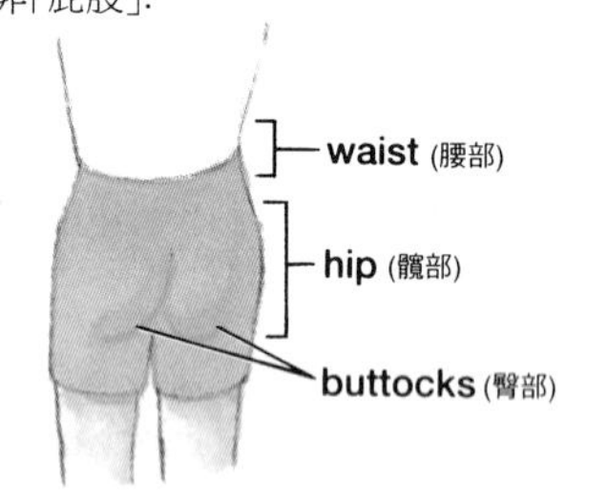


**hip·pie** [ˋhɪpɪ] 名 嬉皮. ➡反對傳統和現存的制度、習慣、價值觀, 以「回歸自然」的新生活爲目標的年輕人; 其特點爲留長髮、吸大麻、過集體生活等; 出現於一九六〇年代.

**hip·po** [ˋhɪpo] 名 (複 **hippos** [ˋhɪpoz]) 《口》＝hippopotamus(河馬).

**hip·po·pot·a·mus** [ˌhɪpəˋpɑtəməs] 名 《動物》河馬.

**hire** [haɪr] 動 雇; 租.

hire a girl to help in the kitchen 雇個女孩到廚房幫忙.

hire a limousine 〔a hall〕 租豪華轎車〔禮堂〕

**his** [hɪz]
▶他的
▶他的東西(⇨指他所擁有的物品之中的一個、或二個以上的東西)

代 ❶ 他的. ➡he 的所有格; 相關語 their(他們的).

基本 his glove 他的手套 ➡ his＋名詞; 不用×*a* 〔*the*〕 his glove.

his sister(s) 他的姊妹

that hat of his father's 他父親的那頂帽子 ➡不用×*that his father's* hat, ×*his father's that* hat; ➡❷

My uncle took me to Sun Moon Lake in his car. 我叔叔開自己的車帶我去日月潭. ➡ his 與主詞指同一人時可明白譯作「自己的」.

Mr. Smith is our English teacher. We like his class very much. 史密斯先生是我們的英語老師, 我們非常喜歡他的英語課.

❷ [hɪz] 他的東西. 相關語 theirs(他們的東西).

a friend of his 他的一個朋友

This racket is his. (＝This is his racket.) 這球拍是他的.

基本 My racket is new; his (＝his racket) **is** old. 我的球拍是新的, 他的(球拍)是舊的.

Her hands are clean, but his (＝his hands) **are** dirty. 她的手很乾淨, 但他的很髒.

I like that bicycle of his. 我喜歡他的那輛自行車. ➜不用×*his that* bicycle, ×*that his* bicycle.
Ken has a very good camera. I want one like his. 肯有一架很好的照相機, 我想要一架和他的一樣的.

**hiss** [hɪs] 動 嘶嘶作聲; 用噓聲制止〔起哄〕.

**his·to·ri·an** [hɪs`torɪən] 名 歷史學家.

**his·tor·ic** [hɪs`tɔrɪk] 形 歷史上有名的, 有歷史意義的. ➜一般用於名詞前.
a historic spot 古蹟, 歷史上著名的地點

**his·tor·i·cal** [hɪs`tɔrɪkl̩] 形 歷史的, 歷史上的, 有關歷史的. ➜一般用於名詞前.
a historical novel 歷史小説

**his·to·ry** [`hɪstərɪ] 名 (複 **histories** [`hɪstərɪz]) ❶**歷史, 歷史學; 歷史書.**
the history of England 英國歷史
a history class 歷史課
This is a place (which is) famous in history. 這是歷史上有名的地方.
諺語 History repeats itself. 歷史會重演.
❷(個人的)經歷, (事物的)由來.

**hit** [hɪt] 動 ❶ **打, 敲, 碰撞.**
hit a ball 擊球
hit a home run 擊出全壘打
hit him on the head〔in the face〕打他的頭〔臉〕 ➜「打 O(某人)的 O′(身體的某一部位)」爲 hit *O* on〔in〕the *O′*.
Bob hits (a ball) well to right field. 鮑勃擊出右外野安打.
◆ **hit** 過去式、過去分詞. ➜注意原形、過去式、過去分詞同形.
The ship hit a rock and went down. 船觸礁沉沒了. ➜現在式爲 The ship hit*s* ～.
I hit my head on the door. 我的頭撞到了門.
A ball hit him on the head. 有顆球打中他的頭.
He **was** hit on the head by a ball. 他的頭被球打中. ➜被動語態.
His car was hit from behind. 他的車從後面被撞上了.
◆ **hitting** [hɪtɪŋ] 現在分詞、動名詞.

❷(天災、不幸等)**襲擊, 打擊.**
If such a big typhoon hits our town, what will you do? 如果那樣大的颱風吹襲我們的城市, 那你會怎麼辦?
He was hard hit by the failure. 這次的失敗使他受到很大的打擊.
❸(商品、報導等在市場、報紙上)推出, 刊登.
hit the market〔the stores〕(商品)在市場上推出〔陳列在店面〕

idiom

***hít on*〔*upòn*〕～** 想出～, 想起～.
At last he hit on a good idea. 他終於想出了一個好主意.

— 名 ❶**碰撞, 命中; (棒球)安打.**
❷(戲劇、小説、歌曲等的)**轟動, 成功; 熱門歌曲.**
His new song was a great hit. 他的新歌獲得了極大的成功〔轟動一時〕.

**hitch·hike** [`hɪtʃ͵haɪk] 動 搭便車. ➜沿途免費搭乘他人便車旅行; 站在路旁豎起拇指表示欲搭便車.

**hitch·hik·er** [`hɪtʃ͵haɪkɚ] 名 搭便車的人.

**Hit·ler** [ˋhɪtlɚ] 專有名詞 (**Adolf Hitler**) 希特勒. ➜德國獨裁者 (1889-1945); 領導納粹黨掌握政權後就接連不斷地對鄰國發動侵略戰爭, 引起第二次世界大戰, 殘殺眾多的猶太人.

**hive** [haɪv] 名 =beehive(蜂箱).

**ho** [ho] 感 嗬! 喂! ➜表示喜悅、驚訝、嘲笑等, 或用以引起注意的聲音.

H

**hob·by** [ˋhɑbɪ] 名 (複 **hobbies** [ˋhɑbɪz]) 嗜好, 興趣.

His hobby is collecting stamps. 他的嗜好是集郵.

**hock·ey** [ˋhɑkɪ] 名 曲棍球.

> 參考 球類運動項目之一, 用下端彎曲的擊球棍(**hockey stick**)把球打進對方球門爲勝;有在室內冰上舉行的冰上曲棍球(ice hockey, 每隊六人)和在草坪上舉行的曲棍球(field hockey, 每隊十一人); 在加拿大、美國, hockey 專指冰上曲棍球.

**hoe** [ho] 名 鋤頭. ➜用於除草或鬆土.

**hog** [hɑg] 名《美》=pig(豬) ➜特指供食用的豬.

**hoist** [hɔɪst] 動 升起(旗等).

hoist a flag 升旗

**hold** [hold] 動 ❶(用手等緊緊)拿著, 握住, 抱住; 按住; 擁有.

hold her hand 握住她的手

hold a rope in *one's* hand 手裡握著繩子

hold a knife in *one's* teeth 嘴裡銜著刀子

hold *one's* breath 屏息, 屏住氣

She holds a driving license. 她持有駕駛執照.

◆ **held** [hɛld] 過去式、過去分詞.

He held his baby in his arms. 他懷抱著嬰兒.

Dad was **holding** his coffee cup in his hand. 爸爸手裡拿著咖啡杯.

❷保持, 支撐; 壓著〔拿著〕以保持(~的狀態).

Hold that pose while I take your picture. 我給你拍照時請保持那個姿勢.

The shelf won't hold the weight of those dictionaries. 這書架承受不住那些辭典的重量.

They held the fort against the enemy. 他們堅守堡壘, 抵禦敵人.

hold the bar level 保持棍子的水平 ➜句型: V (hold) +O (the bar) +C (level).

Please hold this door open. 請把門開著. ➜ open 爲形容詞.

He held his cloak closer. (他把斗篷維持在更靠近身體的地方⇨)他裹緊斗篷.

❸(天氣等)持續; 一如原樣.

I hope this fine weather will hold (for) two days more. 我希望這種好天氣再持續二天.

Hold still. 別動.

❹舉行(集會等).

hold a party 舉行宴會

The football game will be held next week. 足球比賽將於下週舉行.

❺裝得下, 容納.

This elevator holds 20 people. 這部電梯能容納二十人.

This bottle won't hold a liter. 這瓶子裝不了一公升.

idiom

***hòld báck*** 阻止, 退縮不前, 抑制, 隱瞞.

***hòld dówn*** 降低; 壓制, 抑制.

***hòld ón*** 抓住~不放; 繼續; 《命令句》慢著, 停止.

hold on **to** a strap 抓住吊帶

Hold on, please. (打電話時)請不要掛斷.

***hòld óut*** 堅持, 維持; 伸出(手等).

***hòld úp*** 舉起; 阻擋, 拖延; (亮出手槍)搶劫.

—名 抓, 握.

Someone **took** 〔**caught**〕 **hold of** my arm. 有人抓住了我的胳臂.

**hold·er** [ˋholdɚ] 名 所有者，持有者，持有～的人.
a record holder (比賽的) 記錄保持者

**hole** [hol] 名 洞，孔.
a hole in a sock 襪子上的洞
dig a hole 挖洞

| **hol·i·day** [ˋhɑlə͵de] | ▶休息日，假日，節日<br>▶閒暇，休假<br>⊙ holy (神聖的) + day (日子)，原本爲基督敎的重要事件或是用來紀念聖人的日子 |
|---|---|

名 (複 **holidays** [ˋhɑlə͵dez]) ❶ (國定、僅一天的) 節日，休假日.
a public holiday (國民的) 假日，公休日
a bank holiday 《英》銀行休假日，公休日 → bank[2].
On holidays we don't have to go to school. 假日我們不必上學.
❷《主英》(學校的或個人請的) 休假 (《美》vacation).
have 〔take〕 a month's holiday in summer 夏天休一個月的假
會話 Have a good holiday! —Thanks. 祝你假期愉快! —謝謝.
My brother is home from college for the spring holidays. 哥哥從大學回家度春假.
idiom
***on hóliday*** 《主英》休假中 (《美》on vacation).
He went on holiday (for) two weeks. 他休假二週.

**hol·i·day·mak·er** [ˋhɑləde͵mekɚ] 名 度假者，遊客，旅行度假的人.

**Hol·land** [ˋhɑlənd] 專有名詞 荷蘭. ➜ 歐洲西北部的國家; Holland 原是地方名，正式名稱叫 the Netherlands; 首都阿姆斯特丹 (Amsterdam); → Netherlands, Dutch.

**hol·low** [ˋhɑlo] 形 空的，中空的; 凹的，凹陷的.
hollow eyes and cheeks 凹陷的眼睛和雙頰
Tennis balls are hollow. 網球是中空的.
—名 ❶凹陷; 坑，洞.
The squirrel hid in the hollow of the tree. 松鼠藏在樹洞裡.
❷窪地，盆地，峽谷 (valley).
—動 挖洞，挖空.

**hol·ly** [ˋhɑlɪ] 名 冬青屬植物. ➜ 冬天果實成熟時呈鮮紅色，用於作耶誕節飾品.

**Hol·ly·wood** [ˋhɑlɪ͵wʊd] 專有名詞 好萊塢. ➜ 位於美國加州洛杉磯 (Los Angeles) 的電影製作中心. 據說此名字的由來是因爲附近有像冬青 (holly) 之樹的森林.

**ho·ly** [ˋholɪ] 形 ❶神聖的，崇高的.
◆ **holier** [ˋholɪɚ] 比較級.
◆ **holiest** [ˋholɪɪst] 最高級.
**the Hóly Bíble** 聖經. ➜ 基督敎的經典; 亦作 **the Bible**; → Bible.
**the Hóly Lànd** 聖地. ➜ 指巴勒斯坦 (Palestine); → Palestine.
❷聖潔的，虔誠的.

| **home** [hom] | ▶家 (的)<br>▶回家 |
|---|---|

名 (複 **homes** [homz]) ❶ 家，家庭; 《美》房子 (house).
a letter from home 家書
There is no place like home. 沒有地方像家一樣溫暖.
My **home** is that **house** up the road. 我家就在這條路上的那幢房子.
◁相關語
His home (=house) is near here. 他家就在附近.
The forest was the home **to** many birds. 那座森林是許多鳥兒的家.

**H**

❷**故鄉**，故里；故國.
leave England for home　離開英國回故鄉
Rugby School is known as the home of Rugby football.（英國的）拉格比學校以做爲橄欖球的發祥地而聞名.
❸(孩子、老人、病人等的)收容場所，家.
a home for the elderly　老人之家
put him in a home　送他進收容中心
❹(棒球的)本壘(home plate).

idiom

***at hóme***　在家，待在住所；休息，輕鬆地.
stay at home　待在家裡
feel at home　舒適；無拘束
He was at home.　他在家.
Make yourself at home.　請勿拘禮，不必客氣.　➡句型：V (make)＋O (yourself)＋C (at home)（將O變成C）.

**—**形 ❶**家庭的**；故鄉的.
home life　家庭生活
my home town　我的故鄉

**hóme báse** ＝ home plate.

**hóme pláte**　《棒球》本壘.

**hóme rún**　《棒球》全壘打.

❷國內的；國產的.
**home** and **foreign** news　國內外新聞　◁反義字
home products　國貨

**—**副 回鄉，回國；**回家**.
go home　回家〔鄉、國〕去　➡不用 ×go *to* home.
come home　回家〔鄉、國〕來
get home　到家，回家
walk home　步行回家
hurry home　趕回家
write home　寫信回家
ride a bus home　坐公車回家
lend him money for the bus home　借錢給他搭公車回家
see〔drive〕her home　(開車)送她回家
I stayed〔was〕home all yesterday.　我昨天一整天都在家.
會話 Hello, darling.　I'm home! —Hello, John.　嗨，親愛的，我回來了！一嗨，約翰.
My father is not home yet.　我父親還沒回來.
We're home at last!　我們終於到家了.
Why are you back home so early?　你爲甚麼這麼早回家?
**On his**〔**the**〕**way home** he met Bob.　在他回家途中遇到了鮑勃.
**Welcome home!**　(迎接旅行歸來的人，表示「歡迎回家」的意思)歡迎回來！

**home·land** [ˋhom͵lænd] 名 祖國.

**home·less** [ˋhomlɪs] 形 無家可歸的.
the homeless＝homeless people　無家可歸的人們

**home·ly** [ˋhomlɪ] 形 ❶家常的；不加修飾的，樸素的(simple).　❷《美》不好看的，不漂亮的.

**home·made** [ˋhomˋmed] 形 自家做的，手製的.

**Ho·mer** [ˋhomɚ] 專有名詞 荷馬.　➡西元前十世紀左右的希臘大詩人，相傳是《伊里亞德》及《奧德賽》兩大敍事詩的作者.

**hom·er** [ˋhomɚ] 名《棒球》全壘打(home run).

**home·room** [ˋhom͵rum] 名《美》年級

教室(指同年級或同班級學生課前點名或聽取校內通知等時使用的大教室)；同一年級教室裡的學生們.
a homeroom teacher　級任教師
homeroom activities　班級活動

**home·sick** [ˋhom͵sɪk] 形 想家的，懷鄉的，患思鄉病的.
get〔feel〕homesick　想家，患思鄉病
I was very homesick during my stay in London.　我在倫敦的時候非常思念家鄉.

**home·stay** [ˋhom͵ste] 名 短期寄宿. ➜外國留學生或旅客暫時寄宿在當地的家庭.

**home·town** [ˋhomˋtaʊn] 名 家鄉，故鄉；(現居的)城鎮，都市.

**home·ward** [ˋhomwɚd] 形 回家的，歸家的，向本國的.
—副 向家而行，回家.

**home·wards** [ˋhomwɚdz] 副 = homeward.

**home·work** [ˋhom͵wɝk] 名 (學校的)作業；(在家做的)預習，復習.
do *one's* homework　做功課
have a lot of homework to do　要做的功課很多 ➜不用×*a* homework, ×homework*s*.

**hom·ing** [ˋhomɪŋ] 形 回巢的，返回出生地的，回歸性的.
homing fish　會洄游回出生地的魚類 ➜鮭魚、鱒魚、鰻魚等.
a homing pigeon　傳信鴿

**hon·est** [ˋɑnɪst] ➜h不發音. 形 正直的，誠實的.
an honest boy　誠實的男孩
an honest opinion　率直的意見
He is very honest.　他很正直.
He was honest **about** it with me.　他坦率地對我說了這件事.

idiom

***to be hόnest with you*** 〔***about it***〕　坦率地說.

**hon·est·ly** [ˋɑnɪstlɪ] 副 ❶誠實地. ❷《修飾句子》坦率地說，直率地.

**hon·es·ty** [ˋɑnɪstɪ] 名 正直，誠實.
諺語 Honesty is the best policy. 誠實為最上策.

**hon·ey** [ˋhʌnɪ] 名 ❶蜂蜜. ❷親愛的. ➜情侶、夫妻之間的暱稱.

**hon·ey·bee** [ˋhʌnɪ͵bi] 名 蜜蜂.

**hon·ey·comb** [ˋhʌnɪ͵kom] 名 蜂巢. → cell.

**hon·ey·moon** [ˋhʌnɪ͵mun] 名 新婚旅行，蜜月旅行.
go on *one's* honeymoon　度蜜月
go to Paris for *one's* honeymoon　到巴黎度蜜月
—動 (在～)度蜜月.
We will honeymoon in Hawaii. 我們將去夏威夷度蜜月.

**Hong Kong** [ˋhɑŋˋkɑŋ] 專有名詞 香港. ➜中國東南部的海島，為英國殖民地；一九九七年七月一日歸還中國.

**Hon·o·lu·lu** [͵hɑnəˋlulu] 專有名詞 火奴魯魯(即檀香山). ➜美國夏威夷州的首府.

**hon·or** [ˋɑnɚ] ➜h不發音. 名 ❶崇尚眞實，誠實，講信用.
a man of honor　講信用的人，君子
❷名譽，光榮.
He is an honor to our school.　他是我們學校的光榮.
They thought it a great honor to dine with the Queen.　他們把與女王一起進餐看作是莫大的光榮. ➜it＝不定詞 to dine ～.
❸尊敬，敬意.
People **paid**〔**did**〕honor to the hero.　人們向那位英雄表達敬意.
❹(**honors**) (學校成績的)優等.
graduate with honors　以優異成績畢業

idiom

***in hόnor of*** ～　向～表示敬意，為

H

了～，爲紀念～.
A party was given in honor of Mr. Brown. 爲布朗先生舉行晚會表示敬意.
—動 尊敬(respect)，表示敬意.

**hon·or·a·ble** [ˋɑnərəbl̩] 形 榮耀的，令人尊敬的，高尚的.
an honorable man 值得尊敬的人

**hon·our** [ˋɑnɚ] 名 動 《英》＝honor.

H

**hon·our·a·ble** [ˋɑnərəbl̩] 形《英》＝honorable.

**hood** [hʊd] 名 ❶(連在外衣上的)頭巾，兜帽；(車)篷，(燈)罩，(照相機的)鏡頭遮光罩. ❷《美》(汽車的)引擎蓋(《英》bonnet). ➡引擎部分的蓋.

**hoof** [huf] 名(複 **hoofs** [hufs], **hooves** [huvz])(馬、牛等的)蹄；(有蹄動物的)腳.

**hook** [hʊk] 名 ❶(掛物的)鉤. ❷(扣住衣服的)鉤狀扣. ❸釣鉤.
—動 ❶彎曲成鉤狀. ❷用鉤鉤住，(用釣鉤)釣魚. ❸扣上(衣服的)扣鉤.

**hoop** [hup] 名 箍，箍狀物；(兒童沿路滾著玩的)鐵環.

**hoo·ray** [huˋre] 感 ＝hurray.

**hop** [hɑp] 動 ❶(用一隻腳)單足跳，彈跳；跳躍，跳上，(交通工具)搭乘.
hop about 跳來跳去
◆ **hopped** [hɑpt] 過去式、過去分詞.
◆ **hopping** [hɑpɪŋ] 現在分詞、動名詞.
❷(小鳥、動物等)跳來跳去.
hop into a nest (鳥)跳進巢
—名 跳躍.

**the hóp, stèp, and júmp** (田賽的)三級跳遠.

| **hope** [hop] | ▶希望，期待<br>▶願望 |
|---|---|

動 希望，期待.
基本 I hope to see you soon again. 我希望很快地能和你再次見面. ➡ hope＋to 不定詞〈O〉.
基本 I hope (that) you will succeed. 我希望你能成功. ➡ hope＋(that)子句〈O〉.
I hope it will be fine tomorrow. 但願明天是好天氣.
He **hopes** his son will also become a doctor. 他希望自己的兒子也能成爲醫生. ➡ hopes [hops] 爲第三人稱單數現在式.
會話 Will he succeed? —I hope so. (＝I hope he will succeed.) 他會成功嗎? —但願他會.
會話 Will he fail? —I hope not. (＝I hope he will not fail.) 他會失敗嗎? —但願不會.
基本 I hope **for** your quick recovery. 我希望你早日康復. ➡ hope＋for＋名詞〈O′〉.
We hope for some help from you. 我們期待著能得到您的幫助.
◆ **hoped** [hopt] 過去式、過去分詞.
She hoped she would study abroad some day. 她希望有天能出國念書.
◆ **hoping** [ˋhopɪŋ] 現在分詞、動名詞.
We **are** hoping that you will come to our party. 我們希望你能來參加晚會. ➡現在進行式，強調 hope 的意思.
—名 ❶ **希望，願望.**
**lose**〔**give up**〕hope 失望〔絕望〕
There is little hope of his success. 他幾乎沒有成功的希望.
❷給與希望的人〔物〕；唯一的指望.
He is the hope of the family. 他是一家人的希望.
You are my last hope. 你是我最後的一線希望.
idiom
***in the hópe of*** ～〔***that*** ～〕 期待著～，期盼.

**hope·ful** [ˋhopfəl] 形 充滿希望的；

有望的；(天氣等)變晴似的.

**hope·less** [ˋhoplɪs] 形 無望的，沒有希望的，毫無辦法的.

**hop·ing** [ˋhopɪŋ] hope 的現在分詞、動名詞.

**ho·ri·zon** [həˋraɪzn̩] 名 地平線，海平面. ➜天空與水面或地面相接的線.
below 〔above〕 the horizon 地平線以下〔上〕
over the horizon 地平線的那邊

**hor·i·zon·tal** [ˏhɔrəˋzɑntl̩] ➜注意發音. 形 水平的. 反義字 vertical(垂直的).
a horizontal bar (體操用的)單槓

**horn** [hɔrn] 名 ❶(牛、羊等的)角.

❷角笛. ➜古時用牛、羊等的角製成的喇叭，於狩獵時使用.
❸(樂器的)號，號角.
❹警笛.
blow a horn 吹響警笛

**hor·ri·ble** [ˋhɑrəbl̩] 形 ❶恐怖的.
a horrible monster 恐怖的怪物
❷很不愉快的，厭惡的.

**hor·ror** [ˋhɑrɚ] 名 恐怖；厭惡.
a horror movie 〔film〕 恐怖電影

**horse** [hɔrs] 名 ❶ 馬.
ride a horse 騎馬

> 印象 由於力氣大、食慾旺，所以有以下說法：(as) strong as a horse (像馬一般強壯)，work like a horse(像馬一樣拚命苦幹)，eat like a horse(像馬一樣大吃特吃).

❷(體操用的)鞍馬，跳馬.
❸掛東西的支架.
a clothes horse (置於火前烘乾衣物時的)晾衣架，烘衣架

**hórse ràce 〔ràcing〕** 賽馬. ➜race[1].

**horse·back** [ˋhɔrsˏbæk] 名 馬背.
He came **on** horseback. 他騎馬來.
—副 騎馬.
ride horseback 騎馬

**horse·back-rid·ing** [ˋhɔrsˏbækraɪdɪŋ] 名 騎馬.

**horse·man** [ˋhɔrsmən] 名(複 **horse-men** [ˋhɔrsmən])騎師；騎馬人.
He is a good 〔poor〕 horseman. 他是個好〔差〕騎師.

**horse·pow·er** [ˋhɔrsˏpauɚ] 名 馬力. ➜馬達、引擎等的功率單位；略作 **hp, HP**.
a motor of 500 horsepower 五百馬力的發動機 ➜不用 ×horsepowers.

**horse·shoe** [ˋhɔrsˏʃu] 名 馬蹄鐵；馬蹄鐵吉祥物. ➜有「驅邪」之說，人們常在大門的上方用釘子釘著馬蹄鐵.

**hose** [hoz] 名 ❶(用於消防、澆灌庭院等的)軟管.
a garden hose 澆灌庭院的水管
a fire hose 消防用軟管
❷《集合》(長統)襪子(stockings).
wollen hose 毛襪
a pair of hose 一雙襪子
—動 用軟管澆水.

**hos·pi·ta·ble** [ˋhɑspɪtəbl̩] 形 招待周到的，親切的，好客的.

**hos·pi·tal** [ˋhɑspɪtl̩] 名 醫院.
**enter** 〔**go to**〕 (the) hospital 住院 ➜《英》一般不加 × *the*.
leave (the) hospital 出院
He was taken to (the) hospital. 他被送進醫院.
He is now **in** (the) hospital. 他目前住院中.
I went to the hospital to see him. 我到醫院去探望他. ➜不是爲接受治療而去醫院時，要加 the.

H

相關語 a doctor's office (醫院), clinic (診所).

**host** [host] 名 (招待客人的)主人. → hostess.

**hóst fàmily** 接待家庭. ➜接待短期寄宿(homestay)者之家庭.

**hos·tage** [ˋhɑstɪdʒ] 名 人質.

**hos·tel** [ˋhɑstḷ] 名 (爲青年, 特別是服務自行車或徒步旅行者的非營利性)旅店, 招待所(youth hostel).

**host·ess** [ˋhostɪs] 名 ❶(招待客人的)女主人. ❷空中小姐(stewardess).

**hos·tile** [ˋhɑstɪl] 形 有敵意的. 反義字 friendly (友好的).
a hostile look 充滿敵意的目光

| **hot** [hɑt] | ▶熱的, 炎熱的<br>▶激烈的<br>▶(味道)辛辣的 |
|---|---|

形 ❶ 熱的.
基本 a hot bath 熱水澡 ➜ hot+名詞.
hot water 熱水
hot weather 熱天, 炎熱的天氣
基本 The bath is hot. 洗澡水很燙. ➜ be 動詞+hot 〈C〉.
Today is very hot.=It is very hot today. 今天很熱. ➜ It 籠統地表示「天氣」.
I am hot after running for an hour. 我跑了一小時後感覺很熱.

諺語 Strike while the iron is hot. 打鐵趁熱. ➜「做什麼事都不可錯過時機」.

◆ **hotter** [ˋhɑtɚ] 《比較級》更熱的, 較熱的.
The water in this kettle is hotter **than** that in the thermos. 這個水壺的水比那熱水瓶的水更熱.

◆ **hottest** [ˋhɑtɪst] 《最高級》最熱的.
August is **the** hottest month of the year in Taiwan. 八月是臺灣一年中最熱的月份.

**hót dòg** 熱狗堡. ➜將麵包切開, 中間夾入熱狗或香腸的食品.

**hót spríng** 溫泉.

❷激烈的, 熱烈的; 生氣的(angry), 急性子的.
a hot argument 激烈的爭論
He has a very hot temper. 他的脾氣急躁易怒.
He was hot with anger. 他非常生氣.

❸(味道像胡椒似地)辣的, (刺激)強烈的.
This curry is too hot for me. 這咖哩對我來說太辣了.

❹最新的.
hot news 最新消息

**hot cake** [ˋhɑt͵kek] 名 薄煎餅. ➜亦作 pancake; → pancake.

idiom

***sèll* 〔*gò*〕 *like hót càkes*** 《口》暢銷, 很受歡迎.

**ho·tel** [hoˋtɛl] ➜注意發音. 名 飯店, 旅館.
stay at a hotel 住旅館

**hot·house** [ˋhɑt͵haus] 名 溫室(greenhouse).

**hot line** [ˋhɑt͵laɪn] 名 熱線. ➜緊急聯絡用的直撥電話; 特別指兩國元首間的直撥電話.

**hot·ter** [ˋhɑtɚ] 形 hot 的比較級.

**hot·test** [ˋhɑtɪst] 形 hot 的最高級.

**hound** [haund] 名 獵犬.

**hour** [ aʊr]
▶小時
▶時間，時刻
⊙h 不發音

名 (複 **hours** [aʊrz] ➜略作 **hrs**) ❶一小時，六十分鐘 (sixty minutes). ➜略作 **hr**; 相關語 minute (分), second (秒).
in an hour 在一小時之內
by the hour 按鐘點
an hour's work 一小時的工作
two hours' work 二小時的工作
half an hour = a half hour 半小時，三十分鐘
for six hours 六小時
for hours 數小時

**hóur hànd** (鐘的) 時針，短針. ➜「分針，長針」是 minute hand.

❷時刻 (time)；(做某事所花的) **時間**.
at an early hour 在很早的時刻
at this late hour 在這麼晚的時刻
the children's hour (電視、廣播的) 兒童節目時間
Business hours are from 9 to 5. 營業時間從九點到五點.

idiom

***kèep éarly* 〔*láte*〕 *hóurs*** 早睡早起〔晚睡晚起〕.
***kèep régular hóurs*** 有規律的生活.

**hour·glass** [ˋaʊr͵glæs] 名 (一小時計的) 滴漏，沙漏. → sandglass.

**house** [h aʊ s ]
▶房屋
⊙通常指供一戶家庭長期居住的獨棟房屋

名 (複 **houses** [ˋhaʊzɪz]) ❶**房屋**，住宅. → home. 相關語 cabin, hut (小屋), lodge (山莊).
a large house 大房子
a wooden house 木造房子
Do you live in a house or a flat? 你住獨棟房子還是公寓?
Most Japanese houses are built of wood. 日本大多數房子是木造的.

❷(用於各種目的的) 建築物，小屋.
a dog house 狗屋 (kennel)
The town has a new movie house. 鎮上有家新電影院.

**the Hóuses of Párliament** (英國的) 國會兩院.

idiom

***from hóuse to hóuse*** 挨家挨戶地，一家家地.
***kèep hóuse*** 做家務.
***plày hóuse*** 辦家家酒.

**house·hold** [ˋhaʊs͵hold] 名 家庭，一家. ➜家庭成員和佣人的總稱.
—形 一家的，家庭的，家庭用的.
household goods 家庭用品

**house·keep·er** [ˋhaʊs͵kipɚ] 名 ❶操持家務的人，管家，女管家.
❷《美》主婦.

**house·keep·ing** [ˋhaʊs͵kipɪŋ] 名 家計，家事.

**house·maid** [ˋhaʊs͵med] 名 女佣，女僕.

**house·wife** [ˋhaʊs͵waɪf] 名 (複 **housewives** [ˋhaʊs͵waɪvz]) 主婦.

**house·work** [ˋhaʊs͵wɝk] 名 家事. ➜打掃、洗衣、做飯等.

**Hous·ton** [ˋhjustən] 專有名詞 休士頓. ➜位於美國德克薩斯州東南部的城市；NASA (美國太空總署) 的所在地.

**hov·er·craft** [ˋhʌvɚ͵kræft] 名 氣墊船. ➜利用高壓氣體噴射水面或地面使機體略微浮起而行駛的交通工具；商標名稱.

**how** [h aʊ]
▶多少
▶怎樣
▶如何

副 ❶《問程度》多少.
基本 How old is he? 他幾歲? ➜ How ～+be 動詞+主詞.
How tall is he? 他多高?

H

How long is this river? 這條河多長?
How much is this pen? 這枝鋼筆多少錢?
How far is it from here to the lake? 從這裡到湖邊有多遠? ➡ it 籠統地表示「距離」.
基本 How many books do you have? 你有幾本書? ➡ How ～+助動詞+主詞+動詞.
How much money do you want? 你需要多少錢?
How often have you been here? 你來過這裡幾次? ➡現在完成式.
I don't know how old he is. 我不知道他幾歲. ➡注意當疑問句 (How old *is he*?) 成爲句中的一部分時, 其順序變爲「主詞+動詞」(he is).
You'll never know how much I love you. 你永遠不會知道我有多愛你.
❷《詢問方法、手段》怎樣, 用甚麼方法, 如何. → idiom ***how to** do*.
會話 How do you go to school? —I go by bus. 你怎樣去學校? —我坐公車去.
How did you escape? 你是如何逃出來的? ➡注意與下例的句子在順序上的不同.
I want to know how you escaped. 我想知道你是如何逃出來的.
How do you say "你好" in English? 「你好」英文怎麼說?
❸《健康、天氣等》怎樣, 如何.
會話 How are you? —Fine, thank you. And (how are) you? —Very well, thank you. 你好嗎? —很好, 謝謝, 你呢? —很好, 謝謝.
How was the weather during your trip? 你們旅行時天氣如何?
How's (=How is) everything? (一切還好嗎⇨) 情況如何?
❹《詢問人的感覺》怎樣, 如何.
How do you like Taiwan? 你覺得臺灣怎樣?
How do you feel about it? 關於這件事你覺得如何?
❺《感嘆句》多麼. → what 形 ❷
基本 How beautiful the sky is! 天空多麼美麗啊! ➡ How+形容詞〔副詞〕+主詞〈S〉+動詞〈V〉; 這種形式有些誇張, 聽起來頗不自然, 所以最好謹愼使用; 一般都說 The sky is very beautiful.
How fast he runs! (=He runs very fast.) 他跑得多快啊!
How big (it is)! 多大啊!
How kind **of** you! 你眞好!
How (hard) the wind blew! 風好強! ➡有時可省略接在 How 之後的副詞.
How I wish to see you! 我多想見你啊!

idiom

***Hów abòut ～?*** ～怎麼樣?
How about next Saturday afternoon? 下星期六下午如何?
How about playing tennis? 打網球如何? ➡介系詞 about+動名詞 playing.
***Hòw áre you?*** 你好嗎? ➡見到熟人時的招呼語; →❸
***Hòw cóme*** (～)? 《口》爲甚麼(～)?
You are wearing your best clothes today. How come? 你今天穿得好漂亮啊, 爲甚麼?
How come you are late? 你爲甚麼遲到?
***Hòw do you dó?*** 你好! ➡對初次見面的人說的話, 對方也用同樣的話回答. → do 動 idiom
***how to** dó* 怎樣做～才好, 做～的方法.
how to swim 怎樣游泳, 游泳方法
I know how to drive a car. (= I can drive a car.) 我知道如何開車〔我會開車〕.
I don't know how to cheer her up. 我不知道怎樣鼓勵她才好.

**how·ev·er** [haʊˋɛvɚ] 副 無論如何,

不管怎樣. ➜帶-ever的詞，重音總在-ever的第一個'e'上，如 whoéver, whatéver, whenéver, forévér.
However hard you (may) try, you cannot catch me. 無論你多努力，你都抓不到.
—[連]可是，然而. ➜but放在句首，however則可置於句中、句首、句尾.
This, however, is not his fault. 但這不是他的過失.
They say he is honest. However, I do not believe him. 人們說他很誠實，但我不相信他.
People say honesty is the best policy. I don't think so, however. 大家都說誠實是最好的政策，但是我卻不這麼認爲.

**howl** [haʊl] [動](狗、狼)嗥叫；怒吼.
—[名]嗥叫；怒吼.

**hp, Hp** horsepower(馬力)的縮寫.

**hr(s)** hour(s)(小時)的縮寫.

**Hud·son** [ˋhʌdsn̩] [專有名詞] (**the Hudson**)哈得遜河. ➜流入大西洋的美國河流(長約五百公里)；紐約市位於其河口.

**hug** [hʌg] [動](有感情的)擁抱.
◆ **hugged** [hʌgd] 過去式、過去分詞.
◆ **hugging** [ˋhʌgɪŋ] 現在分詞、動名詞.
—[名]擁抱.
**give** her a hug 擁抱她

**huge** [hjudʒ] [形]巨大的，龐大的(very large).
a huge sum of money 巨額的金錢
His house is huge. 他家很大.

**huh** [hʌ] [感] ❶(徵求同意)～吧. ❷(表示驚訝、輕蔑)哼，哈.

**hul·lo** [həˋlo] [感] [名] ([複] **hullos** [həˋloz]) ＝hello(喂，哈囉).

**hum** [hʌm] [動](蜜蜂)發出嗡嗡聲；哼曲子.
hum a song 哼一首歌
◆ **hummed** [hʌmd] 過去式、過去分詞.
We hummed to the music. 我們和著音樂哼歌.
◆ **humming** [ˋhʌmɪŋ] 現在分詞、動名詞.
humming bees 嗡嗡叫的蜜蜂
There are bees humming in the garden. 蜜蜂在院子裡嗡嗡叫.
—[名]嗡嗡聲.
the hum of bees 蜜蜂的嗡嗡聲

**hu·man** [ˋhjumən] [形] ❶人的，人類的.
a human being 人，人類
the human race 人類
human nature 人性
❷人性的，似人的.
a human weakness 人性的弱點
—[名]人(human being).

**hu·man·ism** [ˋhjumən͵ɪzəm] [名]人本主義，人文主義. ➜不以神、自然而以人爲中心的思考方式、行動模式.

**hu·man·i·ty** [hjuˋmænətɪ] [名] ❶人類(mankind). ❷人性；人道，博愛，同情心.

**hum·ble** [ˋhʌmbl̩] [形] ❶謙遜的，謙和的，謙虛的. ❷微賤的，卑下的；(身份等)低的，低賤的.

**hu·mid** [ˋhjumɪd] [形]潮濕的.
The air is humid today. 今天空氣潮濕.

**hu·mid·i·ty** [hjuˋmɪdətɪ] [名]濕氣，濕度.

**hum·ming·bird** [ˋhʌmɪŋ͵bɝd] [名]蜂鳥. ➜有細長尖嘴的小鳥，翅膀像蜜蜂般地嗡嗡振動飛翔.

**hu·mor** [ˋhjumɚ] [名] ❶幽默，詼諧.
a sense of humor 幽默感
He has no sense of humor. 他沒有幽默感.
**Wit** causes sudden laughter, but **humor** produces a smile. 機智引起哄堂大笑，幽默則令人莞爾一笑. ◁相關語

H

❷心情，情緒；氣質，性情.
He is in a good 〔bad〕 humor this morning. 今天早晨他心情好〔不好〕.
諺語 Every man has his humor. 人人都有其氣質. ➜相當於「十人十個樣」.

**hu·mor·ous** [ˋhjumərəs] 形 幽默的，滑稽的.
a humorous story 滑稽的故事

H

**hu·mour** [ˋhjumɚ] 名 《英》=humor.

**hump** [hʌmp] 名 (駱駝等背上的)峯；圓丘.

**Hump·ty Dump·ty** [ˋhʌmptɪˋdʌmptɪ] 專有名詞 蛋形矮胖子. ➜英國舊時童謠《鵝媽媽》等中出現的蛋形矮胖子，從牆上摔下跌得粉碎，用來比喻矮胖子和跌倒後爬不起來的人.

| **hun·dred** [ˋhʌn dr ə d] | ▶一百<br>▶一百的 |
|---|---|

名 **一百**.
a hundred = one hundred 一百
two hundred 二百 ➜不用×two hundreds; hundreds只用於下列片語.
two hundred (and) thirty-one 231 ➜《美》一般百位後不加 and.
a hundred thousand 十萬
two or three hundred 二、三百
idiom
***húndreds of ~*** 數百的～，數以百計的～.
for hundreds of years 爲時數百年，爲時幾世紀(for centuries)
hundreds of years ago 幾百年前(centuries ago)
hundreds of thousands of locusts 好幾十萬隻蝗蟲
—形 **一百的**.
for a hundred years 爲時一百年
three hundred boys 三百個男孩

**hun·dredth** [ˋhʌndrədθ] 名 形 ❶第一百(的). ❷百分之一(的).

**hung** [hʌŋ] hang ❶的過去式、過去分詞.

**Hun·gar·i·an** [hʌŋˋgɛrɪən] 形 匈牙利的，匈牙利人〔語〕的.
—名 匈牙利人〔語〕.

**Hun·ga·ry** [ˋhʌŋgərɪ] 專有名詞 匈牙利. ➜歐洲中部的共和國；首都布達佩斯(Budapest).

**hun·ger** [ˋhʌŋgɚ] 名 ❶飢餓，空腹.
die of hunger 餓死
A lot of people in Africa are suffering from hunger. 在非洲很多人受著飢餓的折磨.
❷渴望，憧憬.
He has a hunger **for** power. 他渴求權力.

**hun·gri·ly** [ˋhʌŋgrɪlɪ] 副 飢餓地；貪婪地；渴望地.

**hun·gry** [ˋhʌŋgrɪ] 形 ❶空腹的；飢餓的；(工作等)耗體力的，使人容易肚子餓的.
a hungry wolf 餓狼
be hungry 飢餓
feel hungry 感到飢餓
I was very hungry and thirsty after a long walk. 我走了好長的路，又餓又渴.
Farming is hungry work. 做農事很容易肚子餓〔農事是耗體力的工作〕.
◆ **hungrier** [ˋhʌŋgrɪɚ] 比較級.
◆ **hungriest** [ˋhʌŋgrɪɪst] 最高級.
❷(**be hungry for** ~)渴望～.
The orphans were hungry for love. 孤兒們渴望愛.
idiom
***gò húngry*** 飢餓，餓.
Mother said to her child, "Either eat this or go hungry." 媽媽對她的孩子說：「把這吃掉，要不就餓肚子」.
相關語 hunger(空腹)，starve(挨餓).

**hunt** [hʌnt] 動 ❶狩獵，打獵.
hunt foxes 獵狐狸

They went hunting. 他們去打獵了.
❷搜索, 探尋.
hunt through the wood to find the lost child 搜索整片樹林尋找迷失的孩子
He is hunting for a job. 他正在找工作.
—名 ❶狩獵.
a fox hunt 獵狐
go on a hunt 去打獵
❷搜索.

**hunt·er** [ˋhʌntɚ] 名 ❶獵人.
❷獵犬.
This dog is a good hunter. 這狗是條好獵犬.

**hunt·ing** [ˋhʌntɪŋ] 名 狩獵; 探尋.
job hunting 求職
a hunting dog 獵犬

**hur·dle** [ˋhɝdḷ] 名(體育比賽用的)欄; (**hurdles**)=hurdle race.

**húrdle ràce** 跨欄賽跑, 障礙賽跑.

**hurl** [hɝl] 動 投擲.

**Hu·ron** [ˋhjurən] 專有名詞 (**Lake Huron**)休倫湖. ➜北美五大湖之一; → the Great Lakes (→ lake).

**hur·rah** [huˋrɑ] 感 萬歲!
The team shouted, "Hurrah! We won!" 隊員們高叫:「萬歲! 我們贏了!」

**hur·ray** [huˋre] 感=hurrah.

**hur·ri·cane** [ˋhɝɪˏken] 名 颶風. ➜於加勒比海和墨西哥灣形成, 主要在九月左右襲擊美國諸州; 相關語 形成於菲律賓附近的太平洋上, 襲擊中國沿岸和日本的稱作 **typhoon**.

**hur·ried** [ˋhɝɪd] 形 匆忙的, 急促的, 慌忙的.

**hur·ried·ly** [ˋhɝɪdlɪ] 副 匆忙地, 倉促地, 慌忙地.

**hur·ry** [ˋhɝɪ] 動 ❶急忙, 匆忙, 急行.
hurry home 趕回家 ➜ home 為表示「回家」的副詞.
hurry back 匆忙趕回
hurry into〔out of〕the house 匆忙進家門〔從家裡出來〕
He always **hurries** home when school is over. 他總是一放學就急忙回家. ➜ hurries [ˋhɝɪz] 爲第三人稱單數現在式.
◆ **hurried** [ˋhɝɪd] 過去式、過去分詞.
He hurried to the station. 他急忙趕往車站.
❷加快, 催促; 急送.
hurry the work 加快工作
Don't hurry him because he is eating. 別催他, 他正在吃東西.
The injured man was hurried to the hospital. 傷者立即被送往醫院.
idiom
***húrry alóng*** 〔***on***〕 趕往.
***húrry úp*** 趕緊, 趕快; 加快.
Hurry up or you'll be late for school. 快點! 否則上學要遲到了. ➜「命令句+or」中的 or 表示「不然」的意思.
—名 匆忙, 急切.
There is no (need for) hurry. 沒必要這麼急.
idiom
***in a húrry*** 匆忙地, 慌忙地; 焦急地.
He left in a great hurry. 他匆忙離去.
The children were in a hurry to go outside and play. 孩子們急著去外面玩.

**hurt** [hɝt] ➜注意 ur 發 [ɝ] 音. 動 傷害(肉體、感情等), 使疼痛, 使受傷, (傷口等)痛.
My knees hurt. 我的膝蓋疼.
These new shoes hurt (my feet). 這雙新鞋我穿著腳疼.
Sticks and stones may break my bones, but words can never hurt me. 棍棒、石頭或許能打斷我的骨頭, 但惡言沒辦法中傷我〔儘管怎麼誹謗我, 我都不在乎〕.

H

His heart hurts when he thinks of his sick old mother. 想到年老生病的母親，他就感到心痛.

◆ **hurt** 過去式、過去分詞. ➜ 注意原形、過去式、過去分詞同形.

He fell and hurt his ankle. 他跌倒傷了腳踝. ➜ 現在式為 hurt*s*.

When I was little, I often hurt myself. 我小時候經常受傷.

I am afraid I **have** hurt her feelings. 恐怕我已傷害到她的感情.

Aren't you hurt? 你沒受傷吧?

He got hurt in jumping down. 他跳下來時受了傷.

—[名] 受傷；傷；(精神的)苦痛.

**hus·band** [ˋhʌzbənd] [名] 丈夫.

husband and wife 夫婦 ➜ 成對使用時不加 ×*a*, ×*the*.

**hush** [hʌʃ] [動] 使不作聲，使安靜；不出聲，安靜.

Hush! 噓，別說話!

Hush your dog. 讓你的狗安靜點.

—[名] 安靜，肅靜.

**husk** [hʌsk] [名] (穀類等的)殼，皮；《美》玉米殼.

—[動] 去皮，剝殼.

**husk·y** [ˋhʌskɪ] [形] ❶ (聲音)沙啞的.

a husky voice 沙啞的聲音

Your voice is a little husky. 你的聲音有些沙啞.

◆ **huskier** [ˋhʌskɪɚ] 比較級.

◆ **huskiest** [ˋhʌskɪɪst] 最高級.

❷《口》健壯的，體格好的.

**hus·tle** [ˋhʌsl̩] ➜ t 不發音. [動] ❶ 粗暴地推擠(人)；粗暴地推擠前進. ❷ 加快；急忙；鼓起幹勁.

—[名] 精力充沛的活動.

**hut** [hʌt] [名] (簡陋的)小屋，(山間的)茅舍.

**hy·a·cinth** [ˋhaɪəˏsɪnθ] [名] 風信子. ➜ 百合科植物，春天開花.

**Hyde Park** [ˋhaɪdˋpɑrk] [專有名詞] 海德公園. ➜ 倫敦市內的大公園，在倫敦只稱**the Park**；→Speaker's Corner.

**hy·dro·gen** [ˋhaɪdrədʒən] [名] 氫. ➜ 化學符號為 H.

a hydrogen bomb 氫彈(H-bomb)

**hy·e·na** [haɪˋinə] [名] 鬣狗.

> [印象] 形狀似狼的動物，主要以獵食其他肉食動物吃剩下的東西，有「膽小」「殘酷」「貪婪」的形象；同時因其叫聲有如歇斯底里的笑聲，所以又有 'laugh like a hyena' (如鬣狗般地笑)的說法.

**hy·giene** [ˋhaɪdʒin] [名] 衛生，清潔；衛生學.

**hymn** [hɪm] ➜ n 不發音. [名] (基督教教會使用的)讚美詩，聖歌.

**hy·phen** [ˋhaɪfən] [名] 連字號，「-」符號. ➜ 將二個字連結成一個字時，或一個字需要分成二行書寫時使用.

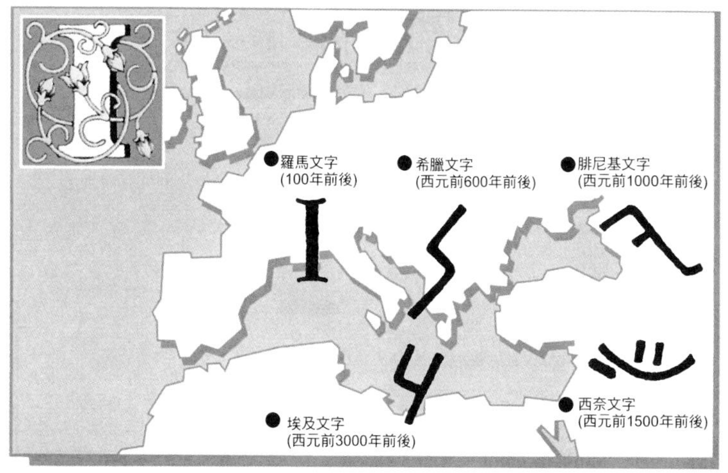


**I**[1], **i** [aɪ] 名 (複 **I's, i's** [aɪz]) ❶英文字母的第九個字母.
❷(羅馬數字的) 1.
II, ii = 2
VI, vi (V + I) = 6
IX, ix (X − I) = 9

| **I**[2] [aɪ] | ▶我<br>⊙說話者用來指自己的詞語；不分男女、大人或小孩，在英語中都用 I 表示 |
| --- | --- |

代 (複 **we** [wi]) 我. ➜主格，作句子主詞.
My name is Lily. I **am** Chinese. 我的名字叫莉莉，我是中國人.
會話 How are you, Ken? —**I'm** (=I am) fine, thank you. 你好嗎? 肯. —(我) 很好，謝謝.
I love you. 我愛你.
**You and I** are friends. 你我是朋友. ◁相關語 ➜I 不管位於句中何處都須大寫；通常不用×*I and you*，與其他的名詞、代名詞並列使用時 I 置於最後.
**My** purse was stolen and **I** have no money with **me**. 我的錢包被偷了，我身邊沒有錢. ◁相關語

**IA** Iowa 的縮寫.

**ice** [aɪs] 名 ❶冰.
The lake is covered with ice. 湖面結冰. ➜不用×*an* ice, ×ice*s*.
I slipped on the ice. 我在冰上滑了一跤. ➜指凍結成一層的冰時一般加 the.
❷《英》冰淇淋 (**ice cream**)；《美》果汁冰.
**íce crèam** 冰淇淋.
**íce hòckey** 冰上曲棍球. →hockey.
**íce skàtes** 溜冰鞋.
—動 ❶使成冰；用冰冷卻；冰凍 (freeze). → iced ❶ ❷(在蛋糕等上面) 塗上糖衣. → iced ❷

**ice·berg** [ˋaɪsˏbɝg] 名 冰山.

**ice·box** [ˋaɪsˏbɑks] 名 (使用冰塊的) 冷藏庫；(電) 冰箱 (refrigerator).

**iced** [aɪst] 形 ❶用冰冷卻的，冰凍的.
iced coffee 冰咖啡 ➜不用×*ice* coffee.
❷(在蛋糕上) 塗上糖衣的.

**Ice·land** [ˋaɪslənd] 專有名詞 冰島. ➜

位於格陵蘭島與挪威中間的島，爲獨立的共和國；首都雷克雅未克.

**ice lol·ly** [ˋaɪsˋlɑlɪ] 名《英》冰棒(《美》Popsicle).

**ice-skate** [ˋaɪsˏsket] 動 溜冰，滑冰.

**ice-skat·ing** [ˋaɪsˏsketɪŋ] 名 溜冰，滑冰.

**i·ci·cle** [ˋaɪsɪkl̩] 名 冰柱.

**i·cy** [ˋaɪsɪ] 形 冰的，結滿冰的.

I

**ID**[1] [ˋaɪˋdi] ❶(亦作 **ID card**)＝identity 〔identification〕 card(身分證). ❷(網際網路(Internet)的)個人識別號碼.

**ID**[2] Idaho 的縮寫.

**I'd** [ˋaɪd] I would, I should; I had 的縮寫.

I'd (＝I would 〔should〕) like to see it. 我想看看它.

I'd (＝I had) better drive you home. 我最好開車送你回家. ➜I'd 中的had爲助動詞，只有這樣與動詞一起使用時才可略作 'd; I had a book. 中的 had 爲動詞，所以不能略作 ×*I'd* a book.

**I·da·ho** [ˋaɪdəˏho] 專有名詞 愛達荷州. ➜美國西北部一州，落磯山綿亙於本州；簡稱 **Ida., Id., ID**(郵政用)等.

| **i·de·a** [aɪˋdi ə] | ▶主意，想法<br>▶(隱約的)預感<br>▶推測<br>▶思想 |
|---|---|

名 (複 **ideas** [aɪˋdiəz]) ❶(心中浮現的)主意，想法.

**hit upon** a good 〔bright〕 idea 想到一個好主意

That's a good idea. 那是個好主意.

❷(隱隱約約的)預感，(～的)感覺.

I **have** an idea (**that**) he will win. 我有預感他會贏〔我覺得他會贏〕.

❸推測，想像. ➜多用於疑問句、否定句中.

There will be a special meeting after school. Do you have any idea what it is about? 放學後有一個特別會議，你想是關於甚麼事?

I have no idea who did this. 我想不出這是誰幹的〔完全不知道是誰幹的〕.

❹(淸晰的)思想，看法.

Eastern 〔Western〕 ideas 東方〔西方〕思想

This is my idea of education. 這是我對教育的看法〔我的教育觀〕.

**i·de·al** [aɪˋdiəl] 名 理想(的人、物).
—形 理想的，完美的.

**i·den·ti·cal** [aɪˋdɛntɪkl̩] 形 同一的，正是那個的(the very same)；(不同的事物)非常相似的(exactly alike)，完全相同的.

**idéntical twíns** 同卵雙胞胎(的兩人).

**i·den·ti·fi·ca·tion** [aɪˏdɛntəfəˋkeʃən] 名 ❶識別，確認，鑒定(身分). ❷證明身分的東西，身分證(亦作 **identification card**). → ID[1].

**i·den·ti·fy** [aɪˋdɛntəˏfaɪ] 動 識別，確認，鑒定.

Can you identify your umbrella? 你能認出你的傘嗎?

Sam **identifies** birds by their song. 山姆根據鳴叫聲識別鳥兒. ➜ identifies [aɪˋdɛntəˏfaɪz] 爲第三人稱單數現在式.

◆ **identified** [aɪˋdɛntəˏfaɪd] 過去式、過去分詞.

Bob identified the pen **as** his by the initials on it. 鮑勃根據刻在鋼筆上的姓名縮寫認出那是他的鋼筆.

The victim has not yet been identified. 被害者的身分尚未查明.

idiom

***idéntify oneself*** 表明身分，自稱(爲～).

The policeman told the man to identify himself. 警察叫這男子表明

身分.

**i·den·ti·ty** [aɪˋdɛntətɪ] 名 ❶～是誰〔甚麼，誰的東西〕，(人的)眞實面目，身分.

**idéntity càrd** 身分證. ➜亦作 ID (card), identification card.

❷對自我的確認，自我的獨立性，眞實的自我.

**id·i·om** [ˋɪdɪəm] 名 片語，成語，慣用語. ➜如 ***at once***(立刻，馬上)等意義與個別的單字不同的片語.

**id·i·ot** [ˋɪdɪət] 名 大笨蛋，白痴(fool).

**i·dle** [ˋaɪdḷ] 形 ❶不在工作的，空閒的.

idle hours　空閒時間

lie〔sit〕idle　甚麼也不做地躺著〔坐著〕

❷懶散的(lazy).

an idle fellow　懶漢

❸無濟於事的，徒勞的，無益的.

Gossip is just idle talk.　閒話即廢話.

一動 無所事事.

idiom

***ídle awáy***　虛度(時間).

idle away the afternoon　無所事事地消磨下午的時光

**i·dle·ness** [ˋaɪdḷnɪs] 名 無所事事，懶惰，怠惰.

**i·dol** [ˋaɪdḷ] 名 偶像；極受崇拜的人〔物〕.

| **if** [ɪf] | ▶如果～的話<br>▶是否～ |
|---|---|

連 ❶如果(S′+V′)的話.

**基本** If you are busy, I will come again. 如果你忙的話，我下次再來. ➜ If+〈S′〉+〈V′〉, 〈S〉+〈V〉.

If it rains tomorrow, I'll stay home. 如果明天下雨，我就留在家裡. ➜對未來的事情作假定時也使用現在式，而不用ˣIf it *will rain* tomorrow.

**基本** I will help you if you are busy. 如果你忙的話，我來幫你. ➜ 〈S〉+〈V〉+if+〈S′〉+〈V′〉.

I will go if she goes. 如果她去，我就去.

❷即使～也. ➜亦作 **even if**.

If she doesn't go, I will (go). 即使她不去，我也會去.

Even if I say so, he will not believe it. 即使我這樣說，他也不會相信.

❸是否～.

Do you know if he will come? 你知道他是否會來?

I will ask him if he can come. 我將問他是否能來.

idiom

***as ìf***　就像～一樣. → as 副 idiom

***éven ìf***　即使～也. ➜❷的強調形式.

***if ány***　如果有的話. → any idiom

***if ánything***　說起來，甚至可能.

***ìf nót***　如果不是～的話；即使不是～.

Are you free today? If not, I will call on you tomorrow. 今天你有空嗎? 如果沒空的話，我明天再來拜訪. ➜ If not=**If** you are **not** free today.

***if póssible***　如果可能的話. → possible.

***if you líke***　可以的話；如果你願意的話.

***if you pléase***　可以的話；請.

**ig·ni·tion** [ɪgˋnɪʃən] 名 點火，起火；點火裝置.

**ig·no·rance** [ˋɪgnərəns] 名 無知，無學識；不知道.

**ig·no·rant** [ˋɪgnərənt] 形 無知的，不知道的.

People in the city are often ignorant **of** farm life. 都市人常常不知道農村生活(是甚麼樣子).

**ig·nore** [ɪgˋnɔr] 動 不理，忽視，對～視若無睹.

ignore a traffic signal 對交通號誌視若無睹

**IL** Illinois 的縮寫.

**ill** [ɪl] 形 ❶生病的，不舒服的. ➡不可用於名詞前.
Bob is ill. 鮑勃生病了. ➡《美》通常用 Bob is sick.
He **feels** ill. 他身體不適.
He **looks** ill. 他臉色不好〔像是生病了〕.
會話 Are you **ill**, too? —No, I'm **well**. 你身體也不舒服嗎? —不，我很好. ◁反義字
He **became**〔**got**〕ill from eating too much. 他吃得太多，身體不舒服.
❷不好的(bad)；不吉祥的. ➡只用於名詞前.
ill will〔luck〕 惡意〔惡運〕
◆ **worse** [wɝs] 比較級. → worse.
◆ **worst** [wɝst] 最高級. → worst.
—副 惡劣地，不利地.
Science must not be ill used. 科學不應被濫用.
Don't **speak ill of** others behind their backs. 不要在背後說別人壞話.
◆ **worse** 比較級. → worse.
◆ **worst** 最高級. → worst.

**I'll** [aɪl] I will, I shall 的縮寫.
I'll come again tomorrow. 我明天再來.

**il·le·gal** [ɪˋligḷ] 形 違法的，不合法的，犯法〔規〕的. → legal.

**Il·li·nois** [ˌɪləˋnɔɪ] ➡ s 不發音. 專有名詞 伊利諾州. ➡美國中部的州；美國第二大都市 Chicago 位於該州；簡稱 **Ill.**, **IL**(郵政用).

**ill·ness** [ˋɪlnɪs] 名 疾病.

**il·lu·mi·nate** [ɪˋluməˌnet] 動 ❶照明，使光亮(light up).
❷說明，闡明.

**il·lu·mi·na·tion** [ɪˌluməˋneʃən] 名 照明；(**illuminations**)(建築物等的)彩燈裝飾.

**il·lu·sion** [ɪˋljuʒən] 名 錯覺，誤解，幻象.

**il·lus·trate** [ˋɪləstret] 動 ❶(以實例等)說明. ❷在(書本等中)加入插畫.

**il·lus·tra·tion** [ɪˌləsˋtreʃən] 名 ❶插圖，圖解. ❷(以實例、圖等的)說明.

**I'm** [aɪm] I am 的縮寫.

**im·age** [ˋɪmɪdʒ] 名 ❶像，肖像.
an image of Buddha 佛像
❷形象，觀念.
I still have a clear image of her. 我對她仍有清晰的印象.
❸極為相像的人，一模一樣的人〔物〕.

**i·mag·i·nar·y** [ɪˋmædʒəˌnɛrɪ] 形 想像中的，不眞實的.

**i·mag·i·na·tion** [ɪˌmædʒəˋneʃən] 名 想像；想像力.
an imaginary picture 想像圖

**i·mag·i·na·tive** [ɪˋmædʒəˌnetɪv] 形 ❶想像力豐富的. ❷想像出來的，想像中的.

**i·mag·ine** [ɪˋmædʒɪn] 動 ❶想像，假想.
Try to imagine life on the moon. 請想像一下月球上的生活.
❷認為～(think).
I imagine he will come. 我想他會來的.

**im·i·tate** [ˋɪməˌtet] 動 ❶模仿，仿效. ❷仿造，仿製.

**im·i·ta·tion** [ˌɪməˋteʃən] 名 模仿，仿效；仿造(物).
—形 仿造的，人造的.

**im·me·di·ate** [ɪˋmidɪɪt] 形 ❶馬上的，立刻的. ❷直接的，最接近的.

**im·me·di·ate·ly** [ɪˋmidɪɪtlɪ] 副 ❶立刻，立即(at once). ❷直接地.

**im·mense** [ɪˋmɛns] 形 廣大的，巨大的，極大的.

**im·mi·grant** [ˋɪməgrənt] 名 (從外國來的)移居者，移民. → emigrant.

**im·mi·grate** [ˋɪmə͵gret] 動 (從他國)移民進來. → emigrate.
My grandparents immigrated **to** the United States **from** Italy. 我的爺爺奶奶從義大利移居到美國.

**im·mi·gra·tion** [͵ɪməˋgreʃən] 名 (從外國來的)移居，移民. →emigration.

**im·mor·tal** [ɪˋmɔrtl̩] 形 不死的，不滅的. → mortal.

**im·pact** [ˋɪmpækt] 名 衝擊；影響，效果.

**im·par·tial** [ɪmˋpɑrʃəl] 形 不偏袒的，公平的，無私的. → partial.

**im·pa·tient** [ɪmˋpeʃənt] 形 ❶不耐煩的，急躁的；著急的. → patient.
grow impatient 感到不耐煩
Don't be so impatient **at** 〔**with**〕 him. He's doing his best. 別對他那麼不耐煩. 他很努力了.
I was impatient **for** him **to** arrive. 我急躁不安地等待他的到來.
❷(**be impatient to** *do*)急切的，渴望的.
He was impatient to see her. 他渴望見到她.

**im·per·fect** [ɪmˋpɝfɪkt] 形 不完美的，未完成的. → perfect.

**im·pe·ri·al** [ɪmˋpɪrɪəl] 形 帝國的；皇帝的.
the Imperial Palace 皇宮

**im·po·lite** [͵ɪmpəˋlaɪt] 形 無禮的，不懂規矩的. → polite.

**im·port** [ɪmˋpɔrt] 動 輸入，進口.
import coffee **from** Brazil 從巴西進口咖啡
Our country **imports** oil and **exports** products made from oil. 我國輸入石油，輸出石油製品. ◁反義字
—[ˋɪmpɔrt] 名 輸入，進口；輸入品. ➜注意重音位置與動詞不同.

**im·por·tance** [ɪmˋpɔrtn̩s] 名 重要性，重要.
the importance of good health 健康的重要性
a matter of importance 重要大事 (=an important matter)
It is of little 〔no〕 importance. 這不太重要〔毫不重要〕.

**im·por·tant** [ɪmˋpɔrtn̩t] ▶重要的 ▶要緊的

形 ❶重要的，重大的；要緊的.
基本 an important test 重要的考試 ➜ important＋名詞.
基本 Health is very important **to** our happiness. 健康對於我們的幸福非常重要. ➜be 動詞＋important 〈C〉.
**It is very important to** be punctual 〔**that** we should be punctual〕. 守時非常重要. ➜It＝不定詞 to be ～; that ～.

◆ **more important** 〔比較級〕更重要的.
Nothing is more important **than** health. 沒有甚麼比健康更重要.

◆ **most important** 〔最高級〕最重要的.
Health is one of **the** most important things in our life. 健康是我們生活中最重要的事情之一.
❷偉大的；強大的；了不起的.
an important person 偉人，顯要人物

**im·pos·si·ble** [ɪmˋpɑsəbl̩] 形 不可能的；做不到的.
an impossible task 無法做到的工作
an impossible story 不可能發生〔無法令人相信〕的故事
**It is impossible for** her **to** do this work in a day or two. 要她在一、兩天內完成這工作是不可能的. ➜ It＝不定詞 to do(做)～;「她不可能

I

做～」不用×*She is* impossible to do ～.

**im·press** [ɪm`prɛs] 動 ❶給予印象，使留下印象.
He impressed me **as** frank〔a frank person〕. 他給我的印象是爲人坦率.
My father's words were deeply impressed **on** my mind. 父親的話給我留下很深的印象.
❷使受感動，打動人心.
This book did not impress me at all. 這本書絲毫沒有使我感動.
I **was** deeply **impressed with** the beauty of his pictures〔**by** the pianist〕. 他的繪畫之美〔這位鋼琴家〕使我深受感動.

**im·pres·sion** [ɪm`prɛʃən] 名 ❶印象，感覺.
my first impressions of London 我對倫敦的第一印象
make a good〔poor〕impression (on ～) 給予(～)好〔壞〕印象
I had the impression (that) she loved me, but I was wrong. 我覺得她愛我，但我錯了.
❷感動，銘感於心.
This book made a deep impression **on** me. 這本書深深地感動了我.

**im·pres·sive** [ɪm`prɛsɪv] 形 給人深刻印象的，使人感動的.

**im·print** [ɪm`prɪnt] 動 蓋(印等)；刻入，銘記(在心等).

**im·print·ing** [ɪm`prɪntɪŋ] 名《心理》印記，印刻作用. ➜鳥類或哺乳類動物在出生後不久產生的學習現象，將此時期見到的運動物體或聽到的聲音等當成母親而印記在記憶中.

**im·prove** [ɪm`pruv] 動 改進，改良，改善；好轉，進步.
improve *one's* life〔health〕 改善生活〔增進健康〕
His health is improving. 他的健康正在好轉.

**im·prove·ment** [ɪm`pruvmənt] 名 改善(之處)，改良；進步.

**im·pulse** [`ɪmpʌls] 名 衝擊；衝動.

**IN** Indiana 的縮寫.

**in** [ɪn]
▶在～(之中)，～(之中)的
▶《年月》在～
▶《表示時間的經過》在～之內，～之後

介 ❶《場所》在～(之中)，～裡；《交通工具》乘～，用～.
基本 in the box 在箱子裡 ➜ in＋名詞.
基本 a lion in the cage 籠子裡的獅子 ➜名詞＋in＋名詞.
基本 play in the house 在家裡玩耍 ➜動詞＋in＋名詞.
live in Taipei〔Taiwan〕 住在臺北〔臺灣〕
go out in the rain 在雨中外出
會話 What do you have in your hand? —I have a pen in my hand. 你手裡拿的是甚麼? —我手裡拿著一枝筆.
I read the news in the newspaper yesterday. 昨天我在報上看到這個消息.

❷《方向》朝～方向.
go in that direction 朝那個方向去 ➜不用×*to* that direction.
The sun rises in the east. 太陽從東邊升起. ➜不用×*from* the east.
In what direction did they go? 他們朝哪個方向去的?
❸《年月》在～.

in 1998 (讀法：nineteen ninety-eight) 在一九九八年
in April 在四月
in (the) summer 在夏天
**at** three **on** the third of March **in** 1998 在一九九八年三月三日三時
相關語「時刻」前用 at，「日期」前用 on.
in the morning (在)早晨
in my younger days 我年輕的時候
❹《時間的經過》～之內，～之後.
in a week 一週以後，一週之內
in a few days 過幾天之後，幾天內
in a short time 過一會兒，在短時間之內
❺《狀態、方法》～地；《材料》用～(製作)；《服裝》穿著～.
in good health 健康地
in surprise 吃驚地
dance in a circle 圍成一圈跳舞
in this way 用這種方法，以這種方式
speak in English 用英語說
talk in a loud voice 大聲說
a statue in bronze 青銅像，銅像
a man in black 穿黑衣服的男子
The roses are in full bloom now. 玫瑰花正盛開.
This book is written in easy English. 這本書是用簡單易懂的英文寫成的.
What language was the letter written in? 這封信是用哪種語言寫的?
諺語 A friend in need is a friend indeed. 患難見眞情.
Write in blue ink. 用藍墨水書寫.
She was (dressed) in a beautiful evening gown. 她穿著美麗的晚禮服.
❻《範圍、對象》在某一點上，在～方面.
in one〔every〕way 在某一點上〔在各方面〕
in my opinion 按我的意見，依我的看法
succeed〔fail〕in an examination 考試及格〔失敗〕
an examination in English 英語考試
He is blind in one eye. 他的一隻眼睛瞎了.
It is ten feet in length〔depth, height, width〕. 長度〔深度，高度，寬度〕十英尺.
The flowers are all different in color. 這些花的顏色都不一樣.
**—**[ɪn] 副 ❶向裡面，往～中.
jump in 跳入
run in 跑進
Come in. 請進.
Is Bob in? 鮑勃在家嗎?
Let me in. 讓我進來.
Bob goes **in**, and Ann comes **out**. 鮑勃進去而安出來. ◁反義字
He is always **in** and **out of** hospital. 他總是在醫院進進出出〔身體不好，時常入院出院〕. ◁反義字
❷到達，來.
By then all the reports from them were in. 到那時候他們的報告全都收到了.

**in.** inch(es)(英寸)的縮寫.

**in·ac·tive** [ɪn`æktɪv] 形 不動的，不活躍的，靜止的. → active.

**In·ca** [`ɪŋkə] 名 印加人；(**the Incas**) 印加民族. ➡十二世紀左右，以南美秘魯爲中心創建了龐大的帝國(**the Inca Empire**)的印第安民族；十六世紀遭受西班牙人的侵略而滅亡.

**in·ca·pa·ble** [ɪn`kepəbl̩] 形 ❶(**be incapable of** ～)無做～的能力的，不會～的. → capable.
He is incapable of lying. 他不會說謊.
❷無能的.

**inch** [ɪntʃ] 名 英寸. ➡長度單位；1 inch = $\frac{1}{12}$ foot (= 2.54 cm)；略作 **in.**
She did not move an inch. 她寸步不移.

I am five feet ten **inches** (tall). 我身高五英尺十英寸.

idiom

***évery ínch*** 完全地，徹頭徹尾地.

***ínch by ínch＝by ínches*** 一英寸一英寸地，一步一步地，逐漸地 (slowly, gradually).

**in·ci·dent** [ˋɪnsədənt] 名 事件(event, happening).

**in·cli·na·tion** [ˏɪnkləˋneʃən] 名 ❶傾向(tendency). ❷喜好，愛好.

I

**in·cline** [ɪnˋklaɪn] 動 傾斜；傾(心等)，彎曲(頭、身體等).

**in·clined** [ɪnˋklaɪnd] 形 ❶想做～的；有～傾向的，易於～的.

I **am** 〔**feel**〕 **inclined to** accept his offer. 我想接受他的提議.

❷傾斜的，成坡狀的.

**in·clude** [ɪnˋklud] 動 包括，算進(帳內).

Is my name included **in** the list? 名單裡有我的名字嗎?

**in·come** [ˋɪnˏkʌm] 名 固定收入，所得.

He has a high income. 他收入很高.

**in·com·plete** [ˏɪnkəmˋplit] 形 不完全的，未完成的. → complete.

**in·con·ven·ience** [ˏɪnkənˋvinjəns] 名 不方便；麻煩；麻煩事. →convenience.

**in·con·ven·ient** [ˏɪnkənˋvinjənt] 形 不便的，麻煩的. → convenient.

**in·cor·rect** [ˏɪnkəˋrɛkt] 形 不正確的，錯的. → correct.

**in·crease** [ɪnˋkris] 動 增加.

increase **in** number 〔size〕 數量〔尺寸〕增加，增大

increase speed 加速

This city is increasing in population. 這城市的人口不斷增加.

**—**[ˋɪnkris] 名 增加. ➡注意重音位置與動詞不同.

an increase **in** population 人口的增加

**in·creas·ing·ly** [ɪnˋkrisɪŋlɪ] 副 愈來愈(more and more).

**in·cred·i·ble** [ɪnˋkrɛdəbl̩] 形 難以相信的，驚人的.

**in·deed** [ɪnˋdid] 副 **的確，確實.**

He is indeed a clever boy. 他確實是個聰明的男孩子.

It's indeed cold. ＝It's cold indeed. 眞冷啊!

It's very cold indeed. 眞是非常冷.

Thank you very much indeed. 眞的太感謝你了.

會話 How lovely the baby is! —Yes, indeed. 這孩子眞可愛! —嗯，的確如此.

諺語 A friend in need is a friend indeed. 患難見眞情.

idiom

***～ indéed, but…＝Indéed ～, but…*** 的確～，但是…. ➡先表示承認對方所說的，然後再從別的角度陳述自己的意見.

He is young indeed 〔Indeed he is young〕, but he is reliable. 他的確很年輕，但是可以信賴.

**in·def·i·nite** [ɪnˋdɛfənɪt] 形 不明確的，不清楚的，曖昧的. → definite.

**in·de·pend·ence** [ɪndɪˋpɛndəns] 名 獨立.

**win** 〔**gain**〕 independence **from** England 脫離英國獲得獨立

**the Declarátion of Independénce** (美國的)獨立宣言. ➡美洲大陸的英國殖民地於一七七六年七月四日發表的獨立宣言.

**the Wár of Independénce** (美國的)獨立戰爭. ➡美洲大陸的英國殖民地為了脫離英國獨立所發起的戰爭(1775-1783).

**Independénce Dày** (美國的)獨立

紀念日. ➡美國每年七月四日爲紀念獨立宣言的發表而定下的節日; 亦作 the Fourth (of July).

**in·de·pend·ent** [ɪndɪˋpɛndənt] 形 獨立的, 自立的; 無黨派的.
an independent country 獨立國家
America became independent of England in 1783 (讀法: seventeen eighty-three). 美國於一七八三年脫離英國而獨立.

**in·de·pend·ent·ly** [ɪndɪˋpɛndəntlɪ] 副 獨立地; 與其他無關地; 自由地.

**in·dex** [ˋɪndɛks] 名 索引.
**índex fìnger** 食指(forefinger).

**In·di·a** [ˋɪndɪə] 專有名詞 印度. ➡大英國協內的獨立共和國; 正式名稱爲 the Republic of India (印度共和國); 首都新德里(New Delhi); 有七百種以上的方言, 通用語爲印地語, 日常生活中亦廣泛使用英語.

**In·di·an** [ˋɪndɪən] 形 ❶印度(人)的.
**the Índian Ócean** 印度洋.
❷(北美)印第安人的.
—名 ❶印度人. ❷(北美)印第安人(American Indian). ➡現今 native American 的說法較受歡迎.

**In·di·an·a** [ˏɪndɪˋænə] 專有名詞 印第安那. ➡美國中部的小州; 簡稱 **Ind.**, **IN** (郵政用).

**In·di·an sum·mer** [ˋɪndɪənˋsʌmɚ] 名 印第安夏日. ➡在美國北部和加拿大從晚秋至初冬, 下初霜以後出現的氣候現象, 暖和無風, 空氣迷濛的天氣可持續一週以上.

**in·di·cate** [ˋɪndəˏket] 動 指示, 表示; 是～的前兆.

**in·di·ca·tion** [ˏɪndəˋkeʃən] 名 指示, 標識.

**in·dif·fer·ence** [ɪnˋdɪfərəns] 名 不關心, 冷淡.

**in·dif·fer·ent** [ɪnˋdɪfərənt] 形 ❶ 不關心的, 冷淡的.
He is indifferent **to** money 〔success〕. 他不在意金錢〔成功〕.
❷既不壞也不好的; 無足輕重的.
Some books are good, some bad, some indifferent. 有的書好, 有的書壞, 也有的書不好也不壞.

**in·di·go** [ˋɪndɪˏgo] 名 靛, 靛青.

**in·di·rect** [ˏɪndəˋrɛkt] 形 ❶ 不直接的, 拐彎抹角的, 間接的.
an indirect answer 拐彎抹角的回答
the indirect object 《文法》間接受詞
❷繞道的.
take an indirect route 繞道而行

**in·di·vid·u·al** [ˏɪndəˋvɪdʒuəl] 形 ❶個別的, 各個的. ➡只用於名詞前.
in individual cases 個別的場合〔情形〕
❷個人(用)的, 各自的. ➡只用於名詞前.
individual rooms 個人房間
❸獨自的; 獨特的.
—名 個人, 人; (一件)物, (一頭)動物.

**In·do·ne·sia** [ˏɪndoˋniʃə] 專有名詞 印尼. ➡亞洲東南部的獨立共和國; 首都雅加達(Jakarta); 通用語爲印尼語.

**In·do·ne·sian** [ˏɪndoˋniʃən] 形 印尼的; 印尼人〔語〕的.
—名 印尼人〔語〕.

**in·door** [ˋɪnˏdor] 形 屋內的, 室內的.
indoor games 室內競賽
an indoor swimming pool 室內游泳池

**in·doors** [ɪnˋdorz] 副 在屋內, 在室內.
stay 〔keep〕 indoors 留在屋內

**in·duce** [ɪnˋdjus] 動 ❶(**induce** O **to** *do*)說服 O 去做～, 勸誘 O 做～(persuade). ❷引起, 帶來.

**in·dulge** [ɪnˋdʌldʒ] 動 ❶ 沈溺於～,

縱情於～，盡情享受～.
indulge **in** a hobby　耽溺於嗜好
❷縱容，溺愛.
indulge a child　溺愛孩子

**in·dus·tri·al** [ɪn`dʌstrɪəl] 形 產業的，工業的. → industry ❶
an industrial country　工業國家
industrial waste　產業廢棄物
**the Indústrial Revolútion**　產業革命，工業革命. ➡從十八世紀末至十九世紀初，以英國為中心，因蒸汽機及其他機械的發明而產生的產業、社會結構上的大變革.

I

**in·dus·tri·ous** [ɪn`dʌstrɪəs] 形 勤勉的，工作努力的(hardworking). → industry ❷

**in·dus·try** [`ɪndəstrɪ] 名 (複 **industries** [`ɪndəstrɪz]) ❶產業，工業，～業. → industrial.
the automobile industry　汽車工業
❷勤勉，努力. → industrious.

**in·ev·i·ta·ble** [ɪn`ɛvətəbl̩] 形 不可避免的；必然的；慣常的，照例的.

**in·ex·pen·sive** [ˌɪnɪk`spɛnsɪv] 形 不用多少花費的，廉價的. → expensive.

**in·fan·cy** [`ɪnfənsɪ] 名 ❶童稚期，幼年.
**in** his infancy　在他的幼年時期
❷(事物發展的)初期.

**in·fant** [`ɪnfənt] 名 幼兒.

**in·fect** [ɪn`fɛkt] 動 使感染(疾病)；(以病菌等)汚染.

**in·fe·ri·or** [ɪn`fɪrɪɚ] 形 較劣的，劣質的. 反義字 superior(上等的).
This tea is inferior **to** that.　這種茶比那種茶的品質還要差.

**in·field** [`ɪnˌfild] 名 (棒球的)內野(diamond).

**in·field·er** [`ɪnˌfildɚ] 名 (棒球的)內野手. → fielder.

**in·fi·nite** [`ɪnfənɪt] 形 無限的.

**in·fin·i·tive** [ɪn`fɪnətɪv] 名《文法》不定詞. ➡指不因主詞的人稱、數量、時態的不同而有所改變或產生變化的動詞形態；如 I can go. 的 go(動詞原形)或 He wants to go. 的 to go (to＋動詞原形)等；通常指 to go 的形式.

**in·flu·ence** [`ɪnfluəns] 名 ❶影響，效果；影響力.
a man of influence　有影響力的人物
the influence of the moon **on** the tides　月球對潮汐的影響
The teacher **had** a great **influence on** his students.　這位老師對他的學生有很大的影響力.
❷有影響力的人〔物〕，有權勢者(a man of influence).
His friends were good influences on him.　他的朋友們對他影響很大.
—動 影響，左右，改變.
The moon influences the tides.　月球影響潮汐的漲退.

**in·flu·en·za** [ˌɪnflu`ɛnzə] 名 流行性感冒. ➡口語用 flu 表示.

**in·form** [ɪn`fɔrm] 動 通知，告訴.
Please inform me when you are going to come to Taiwan.　請通知我你甚麼時候要到臺灣來.
No one informed me **of** his father's death.　沒有人告訴我他父親的死訊.
I was informed of his success.　我得知他成功的消息.

**in·for·mal** [ɪn`fɔrml̩] 形 ❶簡略的，非正式的. → formal(正式的).
an informal meeting　非正式會議
❷不拘形式的，輕鬆的.
They are informal and interesting.　他們不拘小節而且很有意思.

**in·for·ma·tion** [ˌɪnfɚ`meʃən] 名 ❶情報，(片段的)知識，資訊.
a piece 〔a bit〕 of information　一件消息〔情報〕 ➡不用 ×*an* information, ×information*s*.

An encyclopedia gives a lot of information **about** many things. 百科全書提供各方面的許多資訊. ➜不用×*many* informations.
❷(百貨公司、車站、電信局等的)接待(員), 詢問處.
an information desk 服務臺, 詢問處
dial Information 打電話給查號臺

**in·hab·it** [ɪn`hæbɪt] 動 住在～(live in).

**in·hab·it·ant** [ɪn`hæbɪtənt] 名 ❶居住者, 居民.
❷棲息於(某地區的)動物.

**in·her·it** [ɪn`hɛrɪt] 動 繼承; 遺傳而得(個性等).

**in·her·it·ance** [ɪn`hɛrətəns] 名 ❶繼承; 繼承的財產, 遺產. ❷遺傳.

**in·i·tial** [ɪ`nɪʃəl] 形 最初的(first).
the initial letter of a word 單字的第一個字母
—名 (**initials**) (姓名等的)字首字母.
Robert Louis Stevenson's initials are R.L.S. 羅勃特・路易斯・史蒂文生的字首字母是 R.L.S.

**in·i·ti·a·tive** [ɪ`nɪʃɪˏetɪv] 名 ❶(事物開始的)最初第一步; 率先; 主導權. ❷自動自發, 進取心; 創始力, 自主性.

**in·jec·tion** [ɪn`dʒɛkʃən] 名 注射.

**in·jure** [`ɪndʒɚ] 動 ➜注意發音. 傷害(肉體、感情等)(hurt).
injure his pride 傷他的自尊心
His left leg was badly injured. 他的左腿受了重傷.

**in·ju·ry** [`ɪndʒərɪ] 名 (複 **injuries** [`ɪndʒərɪz]) ❶(因事故等的)負傷, 傷.
He received severe injuries in the car accident. 他因車禍而受了重傷.
❷傷(感情等), 侮辱.

**in·jus·tice** [ɪn`dʒʌstɪs] 名 不公平, 不公正(的待遇). → justice.

**ink** [ɪŋk] 名 墨水.
stain the paper with ink 用墨水弄髒紙 ➜不用×*an* ink, ×ink*s*.
Write in blue or black ink. 用藍墨水或黑墨水書寫.
I write letters with pen and ink. 我用鋼筆(和墨水)寫信.

**in·land** [`ɪnlənd] 形 遠離海洋的, 內陸的, 內地的. ➜只用於名詞前.
an inland sea 內海 ➜爲陸地所包圍的海洋.
**the Ínland Séa** (日本的)瀨戶內海.
—副 (向)內地.

**in·let** [`ɪnˏlɛt] 名 ❶灣. 同義字 比 inlet 大的爲 bay(灣), 較之更加深入陸地的爲 gulf. ❷入口.

**inn** [ɪn] 名 旅店, (鄉間的小)旅館. ➜現在也可用於飯店的名字(如 Holiday Inn 等).
stay at an inn 住在旅店裡

**in·ner** [`ɪnɚ] 形 內部的, 內側的, 在內的; 心(裡)的.

**in·ning** [`ɪnɪŋ] 名 ❶(棒球的)一局, 回合.
the top 〔the bottom〕 of the ninth inning 第九局的上半局〔下半局〕
❷《**innings**》(板球中個人或團隊的)輪到打擊; (打擊得到的)分.

**inn·keep·er** [`ɪnˏkipɚ] 名 旅店的老闆.

**in·no·cence** [`ɪnəsn̩s] 名 ❶天眞無邪, 純眞. ❷清白, 無罪.

**in·no·cent** [`ɪnəsn̩t] 形 ❶天眞無邪的, 純眞的.
an innocent child 天眞的孩子
❷無罪的.
He is guilty, but his brother is innocent **of** the crime. 他雖然有罪, 但他的兄弟無罪.

**in·put** [`ɪnˏput] 名 輸入. ➜輸入電腦內的資料; 反義字 output(輸出).

**in·quire** [ɪn`kwaɪr] 動 詢問(ask);

I

打聽.

idiom

***inquíre àfter ~*** 詢問〔問候〕某人的健康〔是否平安無事〕.

***inquíre ìnto ~*** 調查~.

**in·quir·y** [ɪn`kwaɪrɪ] 名 (複 **inquiries** [ɪn`kwaɪrɪz]) 質問, 詢問.

**in·sane** [ɪn`sen] 形 ❶發狂的, 瘋狂的 (mad). ❷《口》荒唐的, 愚蠢的.

**in·sect** [`ɪnsɛkt] 名 **昆蟲, 蟲.**

Insects have six legs, but spiders have eight legs. 昆蟲有六條腿而蜘蛛卻有八條腿.

I

**in·sert** [ɪn`sɝt] 動 挿入, 放進, 挾入.

**in·side** [`ɪn`saɪd] 名 **內側, 內部.**

反義字 outside((在)外側(的)).

the inside of a car 車子內部

idiom

***ínside óut*** 裡在外地, 翻轉地.

He had his socks on inside out. 他襪子穿反了.

The wind turned my umbrella inside out. 風把我的傘吹反過來了.

— 形 ❶**內側的,** 內部的; 屋內的.

an inside pocket of my jacket 我上衣裡面的口袋

❷秘密的.

inside information (從內部得到的)秘密情報

— 副 **在內側,** 向內部; 在屋內.

go 〔come〕 inside 入內〔進來〕

play inside 在屋內玩

There's nothing inside. 裡面甚麼也沒有.

Let's look inside. 看看裡面吧!

— 介 **在~的內側,** 在~的內部.

inside the house 在家裡

**in·sight** [`ɪn,saɪt] 名 (辨別事物眞相等的)見識, 眼力.

give *a person* an insight **into** ~ 給予人對~的見識, 教人~的實際情況

**in·sist** [ɪn`sɪst] 動 強調, 主張; 堅持, 堅決要求.

He insists **that** he will go there by train, not by airplane. = He insists **on** 〔**upon**〕 go**ing** there by train, not by airplane. 他堅持要坐火車而不坐飛機去那兒.

I insisted that he (should) type the letter again. = I insisted on his typing the letter again. 我堅持要求他把那封信重新打一遍. ➔《美》省略 should.

You must come with us! I insist! 你一定要和我們一起來! 我堅持!

**in·spect** [ɪn`spɛkt] 動 檢查, 查驗; 視察.

**in·spec·tion** [ɪn`spɛkʃən] 名 檢查, 查驗; 視察.

**in·spec·tor** [ɪn`spɛktɚ] 名 ❶檢查者, 檢察官, 監督人員. ❷《美》警察, 《英》巡捕.

**in·spi·ra·tion** [,ɪnspə`reʃən] 名 ❶靈感, 啓示. ❷給予啓示的人〔物〕.

**in·spire** [ɪn`spaɪr] 動 ❶使感動, 激勵.

❷給予靈感〔啓示〕.

**in·stall** [ɪn`stɔl] 動 ❶安裝(設備等).

install a new air conditioner 安裝新空調設備

❷(舉行儀式)任命(人).

**in·stance** [`ɪnstəns] 名 ❶事例, 實例, 例子.

give an instance 舉一例

❷場合, 情形(case).

in this instance 在此場合

idiom

***for instance*** 例如(for example).

**in·stant** [ˋɪnstənt] 形 ❶即時的，即刻的，立即的. ➡只用於名詞前.

instant death 當場死亡

❷(食品等)速食的，即溶的. ➡只用於名詞前.

instant coffee 即溶咖啡

—名 瞬間.

**for** an instant 一瞬間，一會兒

**in** an instant 馬上，一轉眼

**this** instant 即刻，當場

**in·stant·ly** [ˋɪnstəntlɪ] 副 立即，即刻(at once).

**in·stead** [ɪnˋstɛd] 副 ❶代替.

If your father cannot go, you may go instead. 如果你父親不能去，你可以代替他去.

❷(**instead of** ～) 代替～，是～而非～.

You can use a pencil instead of a pen. 你可以用鉛筆代替鋼筆.

I usually listen to the radio, instead of watching television. 我通常聽收音機而不看電視. ➡介系詞of＋動名詞 watching(看).

**in·stinct** [ˋɪnstɪŋkt] 名 本能；天性.

**by** 〔**from**〕 instinct 本能地

**in·stinc·tive** [ɪnˋstɪŋktɪv] 形 本能的，直覺的.

**in·sti·tute** [ˋɪnstəˏtjut] 名 (教授或研究專門課目的)學校，研究所，協會；(理工科的)大學.

an art institute 美術學校〔研究所〕

a cancer research institute 癌症研究所

**in·sti·tu·tion** [ˏɪnstəˋtjuʃən] 名 (學校、醫院等的)公共社會設施.

**in·struct** [ɪnˋstrʌkt] 動 ❶教(teach).

instruct him how to use the machine 教他如何使用那臺機器

❷指使(人)，指示(他人去做某事).

**in·struc·tion** [ɪnˋstrʌkʃən] 名 ❶教，受教，教育，教授.

❷(**instructions**)命令，指示；(機械等的)使用法〔說明書〕.

**in·struc·tive** [ɪnˋstrʌktɪv] 形 有益的，有教育性的.

This book is both interesting and instructive. 這本書既有趣又有益.

**in·struc·tor** [ɪnˋstrʌktɚ] 名 ❶教師. ❷《美》(大學的)講師.

**in·stru·ment** [ˋɪnstrəmənt] 名 ❶(精密的)器具，工具，器械. ❷樂器. ➡亦作 **musical instrument**.

I

**in·sult** [ɪnˋsʌlt] 動 侮辱.

—[ˋɪnsʌlt] 名 侮辱. ➡注意重音位置與動詞不同.

**in·sur·ance** [ɪnˋʃurəns] 名 保險；保險金.

fire 〔life〕 insurance 火災〔人壽〕保險

pay the insurance **on** the car 付汽車的保險費

**in·sure** [ɪnˋʃur] 動 給～保險.

insure *one*self 參加人壽保險

He insured his car **against** accident. 他給汽車保了險.

**in·tel·lect** [ˋɪntḷˏɛkt] 名 理解力，智力，理智.

**in·tel·lec·tu·al** [ˏɪntḷˋɛktʃuəl] 形 智力的，有理解力的，理智的.

—名 知識分子.

**in·tel·li·gence** [ɪnˋtɛlədʒəns] 名 ❶智力，智能，才智，理解力.

an intelligence test 智力測驗

❷(秘密)情報；諜報機關.

**in·tel·li·gent** [ɪnˋtɛlədʒənt] 形 智能高的，聰明的.

**in·tend** [ɪnˋtɛnd] 動 意欲，打算；企圖.

intend **to** go＝intend go**ing** 打算去 ➡不定詞to go，動名詞going(去)爲 intend 的受詞.

I intend to stay 〔staying〕 there

for a week. 我打算在那裡逗留一週.
This book is intended **for** you. 這本書是(打算)贈送給你的.

**in·tense** [ɪnˋtɛns] 形 強烈的，劇烈的；熱烈的.
intense pain〔cold〕 劇烈的疼痛〔嚴寒〕
The cold was intense. (氣溫)嚴寒.

**in·ten·si·ty** [ɪnˋtɛnsətɪ] 名 強烈程度，強度.

I

**in·ten·sive** [ɪnˋtɛnsɪv] 形 集中的，強化的. 反義字 extensive(廣泛的).
intensive reading 精讀

**in·tent** [ɪnˋtɛnt] 形 (**be intent on** ~) ❶熱中於~的.
❷急切的，熱心的.

**in·ten·tion** [ɪnˋtɛnʃən] 名 意向，意圖，打算，目的.

**in·ter·change** [ˏɪntɚˋtʃendʒ] 名 交叉點. ➜高速公路的立體交流道.

**in·ter·est** [ˋɪntərɪst] ➜注意重音的位置. 名 ❶興趣，關心，關心的事；(引起興趣的)趣味.
**with** great interest 非常有興趣
**take (an) interest in ~** 對~有興趣
She takes a great interest in American history. 她對美國歷史有很大的興趣.
I **have** no **interest in** politics. 我對政治絲毫沒有興趣.
Baseball is his chief interest. 棒球是他最關心的事.
❷(**interests**)利益，利害(關係).
the interests of mankind 人類的利益
❸利息.
—動 引起(人的)興趣，使(人)產生興趣. → interested.
His story interested her. 他的故事引起了她的興趣.
She was interested by his story. 她被他的故事引起了興趣.

**in·ter·est·ed** [ˋɪntərɪstɪd] ➜注意重音的位置. 形 ❶(**be interested in** ~)對~有興趣的，對~關心的；覺得想要參加~〔買~〕的.
He is (very) interested in Chinese history. 他對中國歷史(很)有興趣.
Are you interested in the book? 你對這本書感興趣嗎?
I am interested in study**ing** foreign languages. 我對學習外語有興趣. ➜介系詞 in＋動名詞 studying(學習).
He is interested in (joining) the camp. 他想參加露營.
I'm more interested in literature than in mathematics. 我對文學比對數學更有興趣.
He became more and more interested in gardening. 他漸漸對園藝發生了興趣. ➜ more and more 表示「漸漸」.
I'm most interested in Chinese literature. 我對中國文學最感興趣.
❷懷有興趣的，關心的.
an interested audience 有興趣的聽衆

| **in·ter·est·ing** [ˋɪntərɪstɪŋ] | ▶有趣的<br>⊙表示某事物的內容能引起人的興趣 |
|---|---|

形 有趣的，興趣濃厚的. 同義字 amusing(有趣而引人發笑的)，funny(滑稽而引人發笑的).
基本 an interesting book 一本有趣的書 ➜ interesting＋名詞.
an interesting idea 一個有趣的想法
an interesting person 一個有趣的人
基本 This book is very interesting. 這本書非常有趣. ➜ be 動詞＋interesting 〈C〉.
That movie was very interesting **to** me. 我覺得那部電影很有趣.

◆ **more interesting** 〔比較級〕更有趣的.
Radio is interesting, but television is more interesting. 廣播很有趣, 但電視更有趣.

◆ **most interesting** 〔最高級〕最有趣的.
This is the most interesting book (that) I have ever read. 這是我讀過最有趣的一本書.

**in·ter·fere** [ˌɪntɚˋfɪr] 動 ❶妨礙.
interfere **with** his work 妨礙他的工作
❷干涉, 干預.
Don't interfere **in** other people's business. 別干涉他人的事.

**in·te·ri·or** [ɪnˋtɪrɪɚ] 形 ❶內部的, 內側的, 室內的.
interior decoration 室內裝潢
❷遠離海洋的, 內陸的.
— 名 ❶內部, 內側; 室內. ❷內地, 內陸.

**in·ter·jec·tion** [ˌɪntɚˋdʒɛkʃən] 名 《文法》感嘆詞. ➜ ah, oh, alas 等.

**in·ter·mis·sion** [ˌɪntɚˋmɪʃən] 名 ❶間斷, 間歇, 中止(pause). ❷《美》(戲劇、音樂會、電影等的)中場休息時間(《英》 interval).

**in·ter·nal** [ɪnˋtɝnl̩] 形 內在的, 內部的.
internal organs 內臟

**in·ter·na·tion·al** [ˌɪntɚˋnæʃənl̩] 形 國際的, 各國共通的; 國家間的.
an international airport 國際機場
Zamenhof created an international language called Esperanto. 柴蒙霍夫創造了稱爲世界語的國際語言.
**internátional schòol** 國際學校. ➜招收來自各國的學生.

**In·ter·net** [ˋɪntɚnɛt] 名 網際網路. ➜國際電腦網路.

**in·ter·pret** [ɪnˋtɝprɪt] ➜注意重音的位置. 動 ❶口譯.
interpret (**from**) Chinese **into** English 把中文口譯成英語
❷解釋(～的意義), 說明.
How do you interpret this line of the poem? 這行詩你怎麼解釋呢?

**in·ter·pret·er** [ɪnˋtɝprɪtɚ] 名 ❶口譯者. ❷解釋〔說明〕者.

**in·ter·rupt** [ˌɪntəˋrʌpt] 動 ❶妨害, 妨礙(別人的談話、工作等); (對～)插嘴. ❷中斷(工作等).

**in·ter·rup·tion** [ˌɪntəˋrʌpʃən] 名 ❶妨礙(物), 妨害(之事).
❷中斷(狀態).

**in·ter·school** [ˋɪntɚskul] 形 學校間的, 校際的.
an interschool match 校際比賽

**in·ter·sec·tion** [ˌɪntɚˋsɛkʃən] 名 交叉點; 交點.

**in·ter·val** [ˋɪntɚvl̩] ➜注意重音的位置. 名 ❶(時間、空間上的)間隔; (二物之間的)空間.
at ten meter intervals along the road 在道路沿線間隔十公尺處
❷《英》(戲劇、音樂會等的)休息時間. → intermission ❷

idiom

***at íntervals*** 有時(now and then); 到處, 各處(here and there).

**in·ter·view** [ˋɪntɚˌvju] ➜注意重音的位置. 名 新聞記者的訪問, 會見, 面試, 面談.
have an interview with ～ 與～面

試〔會見，面談〕
—動 新聞採訪，面試.
I was interviewed for a job yesterday. 我昨天接受了就職的面試.

**in·ti·mate** [ˋɪntəmɪt] 形 ❶親密的，親暱的.
❷(知識等)詳細的，深的.

| **in·to** [ˋɪn t u] | ▶進入～之內<br>▶變成(～的狀態)<br>⊙表示向內部、某種狀態的「轉移」 |
|---|---|

介 ❶《向內部的活動》進入～之內. → in.
基本 He came into the room. 他進了房間. ➜ into＋名詞.
jump into the water 跳入水中
The cat goes **into** the pipe and the rat comes **out of** it. 貓進入管子，而老鼠從管子中出來. ◁反義字

❷《變化》變成(～的狀態).
cut an apple into four (parts) 把蘋果切成四塊
The rain changed into snow. 雨變成了雪.
The frog changed into a handsome prince. 青蛙變成一位英俊的王子.
The vase broke into pieces. 花瓶摔成了碎片.
Heat turns〔changes〕water into steam. 熱能把水變成了蒸氣.
Grapes are made into wine. 葡萄被製成葡萄酒.
Put these sentences into Chinese. 把這些句子譯成中文.

**in·to·na·tion** [ˏɪntoˋneʃən] 名 (聲音的)語調，音調.

| **in·tro·duce** [ˏɪn tr ə ˋdju s ] | ▶介紹<br>⊙**intro** (＝to the inside 到內部)＋**duce** (＝lead 引導)的意思 |
|---|---|

動 ❶介紹，引見.
基本 introduce him 介紹他 ➜ introduce＋(代)名詞<O>.
基本 introduce him **to** her 向她介紹他 ➜ introduce＋(代)名詞<O>＋to＋(代)名詞.
May I introduce **myself**? 我可以自我介紹一下嗎?
Miss Smith, **may I** introduce my friend Sam Brown? 史密斯小姐，我可以介紹一下我的朋友山姆·布朗嗎?
This book **introduces** you to Islam. 這本書向你介紹伊斯蘭教. ➜ introduces [ˏɪntrəˋdjusɪz] 爲第三人稱單數現在式.
◆ **introduced** [ˏɪntrəˋdjust] 過去式、過去分詞.
He introduced me to tennis. 他向我介紹網球的打法.
◆ **introducing** [ɪntrəˋdjusɪŋ] 現在分詞、動名詞.
He **is** introducing the guests to each other. 他正在介紹客人們彼此認識. ➜現在進行式.
❷引進，初次傳入.
Coffee was introduced **into** Japan in the 18th century. 咖啡是十八世紀傳入日本的. ➜被動語態.

**in·tro·duc·tion** [ˏɪntrəˋdʌkʃən] 名
❶介紹；引進.
a letter of introduction 介紹信
❷(書等的)緒論，引言，序文；入門書.
An Introduction to Chess 《西洋棋入門》(書名)

**in·trude** [ɪnˋtrud] 動 強行侵入，闖入，干涉，妨害.
intrude **on** 〔**upon**〕 his privacy 干預他的私事

**in·vade** [ɪnˋved] 動 侵略，侵入.
Poland was invaded by the Germans at the start of World War II (讀法：two). 第二次世界大戰開始時波蘭受到德軍侵略.

**in·va·lid** [ˋɪnvəlɪd] 名 病人，病弱者，(因病而)臥床不起者.

**in·va·sion** [ɪnˋveʒən] 名 侵略，侵入；侵害.

**in·vent** [ɪnˋvɛnt] 動 ❶發明，想出.
invent a new machine 發明新機器
Who invented the telephone? 誰發明電話?
The telephone was invented by Alexander Graham Bell. 電話是亞歷山大・格雷姆・貝爾發明的.
They made a profit by inventing new products. 他們因爲發明新產品而獲益. ➡介系詞by＋動名詞inventing(發明).
❷虛構，杜撰，編造(藉口等).
invent excuses for being late 爲遲到編理由

**in·ven·tion** [ɪnˋvɛnʃən] 名 ❶發明；發明物.
the invention of television 電視的發明
諺語 Necessity is the mother of invention. 需要是發明之母. ➡「發明來自於需要」之意.
❷虛構，杜撰，捏造(的話).

**in·ven·tor** [ɪnˋvɛntɚ] 名 發明者.

**in·vest** [ɪnˋvɛst] 動 投資，投入(金錢、時間等).

**in·ves·ti·gate** [ɪnˋvɛstəˏget] 動 (徹底地)調查.

**in·ves·ti·ga·tion** [ɪnˏvɛstəˋgeʃən] 名 (徹底地)調查.
**make** an investigation **into** ～ 調查～
**upon** investigation 調查發現，經調查

**in·vis·i·ble** [ɪnˋvɪzəbl̩] 形 看不見的. → visible.

**in·vi·ta·tion** [ˏɪnvəˋteʃən] 名 招待，邀請；請帖.
Thank you very much for your kind invitation. 非常謝謝你親切的邀請.
I've received an invitation **to** the wedding. 我收到一張婚禮的請帖.
**invitátion càrd** 請帖.

---

**in·vite** [ɪnˋvaɪt] ▶招待 ▶邀請

動 ❶ 招待，邀請. ➡名詞爲invitation.
基本 invite a friend to dinner 邀請朋友吃飯 ➡invite＋名詞〈O〉＋to＋(吃飯、會議、場所等的)名詞.
She always **invites** me to dinner on her birthday. 每逢她生日她總是邀請我吃飯. ➡invites [ɪnˋvaɪts] 爲第三人稱單數現在式.
◆ **invited** [ɪnˋvaɪtɪd] 過去式、過去分詞.
They invited me to the party. 他們邀請我參加晚會.
I **was** invited to a party at Jim's (home). 我受邀參加吉姆家的聚會. ➡被動語態.
He is one of the invited guests. 他是被邀請的客人之一. ➡invited (受邀的～)爲過去分詞，在這裡作形容詞用.
◆ **inviting** [ɪnˋvaɪtɪŋ] 現在分詞、動名詞.
Thank you very much for inviting me. 非常感謝您邀請我. ➡介系詞for＋動名詞inviting(邀請).
❷ 邀請，(恭敬地)拜託；招來(危險等).
invite questions 敬請提出問題

We invited her **to** join our club. 我們邀請她加入我們的俱樂部.
Driving when (you are) drunk is inviting disaster. 酒醉開車會闖禍. ➜ inviting(招來)為動名詞.

**in·volve** [ɪn`vɑlv] 動 ❶使(人)陷於(陰謀、不幸等之中).
❷包括(include); (必然地)產生.

**in·ward** [`ɪnwɚd] 形 內部的, (向)裡面的. 反義字 outward(外部的, 外面的).
—副 向內部, 向裡面.

**in·wards** [`ɪnwɚdz] 副 =inward.

**I·o·wa** [`aɪəwə] 專有名詞 愛荷華州. ➜美國中部的州; 簡稱 **Ia.**, **IA**(郵政用).

**I·ran** [aɪ`ræn, i`rɑn] 專有名詞 伊朗. ➜西亞的共和國, 原名波斯(Persia); 首都德黑蘭(Teheran); 通用語為波斯語.

**I·raq** [i`rɑk] 專有名詞 伊拉克. ➜介於伊朗和阿拉伯之間的國家, 古時稱美索不達米亞; 首都巴格達(Bagdad); 通用語為阿拉伯語.

**Ire·land** [`aɪrlənd] 專有名詞 ❶愛爾蘭島. ➜ Great Britain 西面的島嶼, 北部為英國的一部分, 南部為「愛爾蘭共和國」; 因田園景色蔥鬱優美, 別名 the Emerald Isle(綠寶石島).
❷愛爾蘭共和國. ➜正式名稱 **the Republic of Ireland**; 約佔愛爾蘭島六分之五面積的獨立共和國(島的北部約六分之一屬英國稱「北愛爾蘭」); 與英國的國教(基督教新教)相對, 在該地以傳統的天主教(舊教)為主流; 首都 Dublin(都柏林); 通用語為英語和愛爾蘭語.

**i·ris** [`aɪrɪs] 名 ❶鳶尾屬植物. ❷(眼球之)虹膜. ➜負責調節進入眼球的光量.

**I·rish** [`aɪrɪʃ] 形 愛爾蘭的, 愛爾蘭人〔語〕的.
—名 ❶愛爾蘭語. ❷(**the Irish**)(全體)愛爾蘭人.

**I·rish·man** [`aɪrɪʃmən] 名 (複 **Irish-men** [`aɪrɪʃmən]) 愛爾蘭人. ➜通常指男性.

**i·ron** [`aɪɚn] 名 ➜注意發音. ❶鐵.
Steel is made from iron. 鋼由鐵製成. ➜不用 ×*an* iron, ×iron*s*.
諺語 Strike while the iron is hot. 打鐵趁熱. ➜「做任何事都要把握良機」之意.
❷熨斗; (給牛等烙印用的)烙鐵.
—形 (像)鐵(一般)的, 鐵製的.
an iron will 堅定不移的意志
—動 (以熨斗)熨平.
iron a handkerchief 熨燙手帕

**i·ro·ny** [`aɪrənɪ] 名 諷刺.

**ir·reg·u·lar** [ɪ`rɛgjəlɚ] 形 不規則的, 不平的. → regular.

**ir·ri·tate** [`ɪrə͵tet] 動 ❶使急躁, 激怒(make angry). ❷使(皮膚等)感到不適; 刺激.

| **is** [ɪz] | ▶是(~)<br>▶在(~)<br>▶(is+現在分詞)正在做~<br>▶(is+過去分詞)被~ |
|---|---|

動 ❶是(~). ➜ be 的第三人稱單數現在式.
基本 This is my sister. Her name is Mary. She is ten. 這是我妹妹. 她的名字是瑪麗. 她十歲. ➜第三人稱單數(代)名詞〈S〉+is〈V〉+名詞〔形容詞〕〈C〉.
Today is Sunday. 今天是星期天.
The sky is blue. 天空是藍的.
When he is a man, he will be a doctor. 他長大後會當醫生.
基本 Is that your bicycle? 那是你的腳踏車嗎? ➜ Is〈V〉+第三人稱單數(代)名詞〈S〉+名詞〔形容詞〕〈C〉; That is your bicycle. (那是你的腳踏車)的疑問句.
基本 This is not my bicycle. 這不是我的腳踏車. ➜第三人稱單數(代)

名詞〈S〉+is〈V〉+not+名詞〔形容詞〕〈C〉; This is my bicycle. (這是我的腳踏車)的否定句; is not 在口語中常略作 **isn't**.

會話 What's (=What is) this? Is it a rope? —No! It isn't a rope. It's a snake! 這是甚麼? 是繩子嗎? —不! 不是繩子, 那是一條蛇!

It's (It is) a lovely day, isn't it? 天氣眞好, 不是嗎? ➡ It 籠統地表示「天氣」; isn't it? 爲附加問句; 在這裡不用×*is not* it.

❷在(～).

基本 He is in his room. 他在自己的房間裡. ➡第三人稱單數(代)名詞〈S〉+is〈V〉+表示場所的副詞(片語).

The cat is on the roof. 那隻貓在屋頂上.

The bag is under the table. 那個手提包在桌子底下.

會話 Is your father at home? —No, he is not (at home). He's (=He is) at his office. 你父親在家嗎? —不, 不在. 他在辦公室.

會話 Michael Jackson is in town. —Oh, is he? 邁克・傑克森在城裡. —喔, 是嗎? ➡附和對方的用法.

◆ **was** [弱 wəz, 強 ˋwɑz] 過去式. → was.

◆ **been** [弱 bɪn, 強 ˋbin] 過去分詞. → been.

◆ **being** [ˋbiɪŋ] 現在分詞、動名詞. → being.

— 助動 ❶ (**is**+現在分詞) **正在做～**; (近期)**將做～**. ➡現在進行式.

會話 What is Bob doing? —He is writing a letter. 鮑勃正在做甚麼? —他正在寫信.

Mary is leaving Taiwan next week. 瑪麗下週離開臺灣. ➡ go(去), come(來), leave(出發), arrive(到達)等表示「去、來」之意的動詞, 其現在進行式常表示「不久的未來」.

❷ (**is**+過去分詞) **被～**. ➡被動語態.

He is loved by everybody. 他被每個人喜愛.

Wine is made from grapes. 葡萄酒由葡萄製成.

❸ (**is**+to 不定詞) **是要做〔成爲〕～; 應該～, 預定～**.

My wish is to be an actress. 我的願望是成爲一名女演員.

She is to be admired. 她應該受誇獎.

He is to arrive tomorrow. 他預定明天到達.

**I·saac** [ˋaɪzək] 專有名詞 以撒. ➡ 以色列民族始祖亞伯拉罕和其妻撒拉所生之子.

**Is·lam** [ˋɪsləm] 名 ❶伊斯蘭教. ➡亦稱穆罕默德教、回教等; 與基督教、佛教同爲世界最大的宗教教派之一; → Mohammed.

❷《集合》伊斯蘭教徒.

**Is·lam·ic** [ɪsˋlæmɪk] 形 伊斯蘭教的.

**is·land** [ˋaɪlənd] ➡ s 不發音. 名 ❶ **島**.

a desert island 無人島

an island country 島國

❷(道路上似島的)安全地帶, 安全島. ➡亦作 **traffic island**.

**isle** [aɪl] ➡ s 不發音. 名 島(island).

the British Isles 不列顚群島 ➡ 一般用於專有名詞.

**is·n't** [ˋɪzn̩t] 《口》 is not 的縮寫.

會話 Isn't she a student here? —No, she isn't. 她不是這裡的學生嗎? —嗯, 不是的.

This is your book, isn't it? 這是你的書吧! ➡ isn't it? 強調表示「是

嗎?」; 這裡不用×*is not* it?

**i·so·late** [ˋaɪsḷ͵et] 動 使隔離，使孤立.
The village was isolated by the heavy snow. 村莊因大雪而與外界隔絕.

**Is·ra·el** [ˋɪzrɪəl] 專有名詞 以色列共和國. ➔一九四八年由猶太人在地中海東岸(昔稱巴勒斯坦)地區所建立的國家；首都耶路撒冷(Jerusalem)；通用語爲希伯來語和阿拉伯語；→ Palestine.

**Is·rae·li** [ɪzˋrelɪ] 形 以色列(人)的.
—名 以色列人.

**is·sue** [ˋɪʃu] 動 發行(出版物、郵票等)；發出(命令等)；發表.
—名 ❶發行；(發行的)號，版.
the May issue of the magazine 該雜誌的五月號
❷問題(點)，爭執點，論點.

**isth·mus** [ˋɪsməs] 名 地峽.
the Isthmus of Panama 巴拿馬地峽

| **it** [ɪt] | ▶它，牠<br>⊙籠統地表示「天氣」「時間」「距離」等 |
|---|---|

代 ❶它，牠. ➔第三人稱單數的主格； 相關語 its(它〔牠〕的)，they(它〔牠〕們).
基本 I have a bicycle. It (=The bicycle) **is** a new bicycle. 我有一輛腳踏車. 它是輛新車.
會話 What is that? Is it (=that) a rope? —No, it isn't. It is a snake. 那是甚麼? 那是繩索嗎? —不，不是，那是蛇. ➔it 代表的意義可根據上下文內容而定.
會話 Who is it? —It's me. 是誰? —是我. ➔即使是「人」，當不清楚是誰時亦可用 it.
❷它，牠. ➔第三人稱單數的受格.
基本 I have a bicycle. I like it (=the bicycle) very much. 我有一輛腳踏車，我很喜歡它.
I opened the box and found a pretty doll in it (=the box). 我打開箱子發現裡面有個可愛的洋娃娃.
會話 So this is Taichung. It's more peaceful than Kaohsiung, isn't it? —Yes. I love it here. 這裡就是臺中啊. 它比高雄寧靜，不是嗎? —是的，我喜歡這裡. ➔ here 是用來補充 it (=Taichung)而附加的字.
❸籠統表示「天氣、氣溫」「時間」「距離」等的用法.
It is very cold today. 今天很冷. ➔ It 籠統地表示「氣溫」.
It rained very hard. 雨下得很大.
會話 What time is it now? —It is just five o'clock. 現在幾點? —正好五點. ➔ it, It 籠統地表示「時間」.
會話 How far is it from here to the sea? —It is about ten miles. 從這裡到海邊有多遠? —約十英里. ➔ it, It 籠統地表示「距離」.
❹後接 **to** *do* 或 **that** ～的用法；這裡的 it 爲虛主詞(以下前三例)或受詞(最後一例)，眞主詞、受詞爲後面的 to *do* 或 that ～.
It is good to get up early in the morning. 早起是件好事. ➔ It=不定詞 to get up(起床)～.
It was nice for her to talk with her old friend. 和老朋友交談，她很愉快. ➔ 第一個 her 是不定詞to talk(交談)的眞主詞(=她交談)；「她做了～而很愉快」不用×*She was nice to talk* ～.
It is important that we study science. 我們研讀科學是很重要的. ➔ It=that ～.
I took it for granted that he would pass the examination. 我本來以爲他當然能通過考試. ➔it=that ～.
—名 (捉迷藏等中的)捉的一方(俗稱

「鬼」).

Let's play hide-and-seek. I'll be 'it'. 讓我們來玩捉迷藏吧！我來當「鬼」.

**I·tal·ian** [ɪˋtæljən] 形 義大利的；義大利人〔語〕的.

— 名 ❶義大利語. ❷義大利人.

**i·tal·ic** [ɪˋtælɪk] 名 (常用 **italics**) 斜體字. ➡如 *a b c d* 之類的斜體字，用於表示提醒、強調、書名等.

— 形 斜體的.

italic type 斜體字

**It·a·ly** [ˋɪtḷɪ] ➡注意重音的位置.

專有名詞 義大利. ➡首都羅馬 (Rome).

**itch** [ɪtʃ] 名 癢.

I have an itch in 〔on〕 the back. 我背上很癢.

— 動 發癢.

My finger itches. 我的手指發癢.

**itch·y** [ˋɪtʃɪ] 形 癢的，發癢的.

I feel itchy all over. 我全身發癢.

**i·tem** [ˋaɪtəm] 名 ❶項目，條款.

❷ (報紙的一則) 新聞.

**it'll** [ˋɪtḷ] it will 的縮寫.

It'll be very cold tomorrow. 明天會很冷. ➡ It 籠統地表示「天氣」.

**its** [ɪts] 代 它的，牠的. ➡ it 的所有格；相關語 it (它，牠), their (它們〔牠們〕的).

This is my dog. Its (=My dog's) name is Pluto. 這是我的狗，牠的名字叫布魯托.

The bird is in its nest. 鳥在巢裡.

The river overflowed its banks. 河水漫過河堤.

**it's** [ɪts] it is; it has 的縮寫.

It's (=It is) mine. 這是我的.

It's (=It has) been done already. 這已經做〔完成〕了. ➡現在完成式的被動語態；it has 只有在 has 作助動詞時才能縮寫爲 it's；例如 It has a tail. 不用 ×*It's* a tail.

**it·self** [ɪtˋsɛlf] 代 ❶它〔牠〕自己.

The baby hurt itself. 這嬰兒(傷了自己⇨)受傷了.

❷《強調緊接在前面的詞》它〔牠〕自己，本身.

The story itself is not so interesting. 故事本身並不是很有趣.

I don't live in Tokyo itself. 我不住在東京.

idiom

***by itsélf*** 孤伶伶地，獨自地；自動地.

The house stands by itself. 那幢房子孤伶伶地在那裡.

The door locks by itself. 這門能自動鎖上.

***in itsélf*** 本來；獨自地.

***of itsélf*** 自動地，自然地. ➡通常用 by itself.

**I've** [aɪv] I have 的縮寫.

I've done it. 我已做完了. ➡現在完成式的句子；I have 只有在 have 作助動詞時才能縮寫爲 I've；例如 I have a ticket. 不用 ×*I've* a ticket.

**i·vo·ry** [ˋaɪvərɪ] 名 (複 **ivories** [ˋaɪvərɪz]) 象牙；象牙色.

— 形 象牙(般)的；象牙色的.

**i·vy** [ˋaɪvɪ] 名 常春藤.

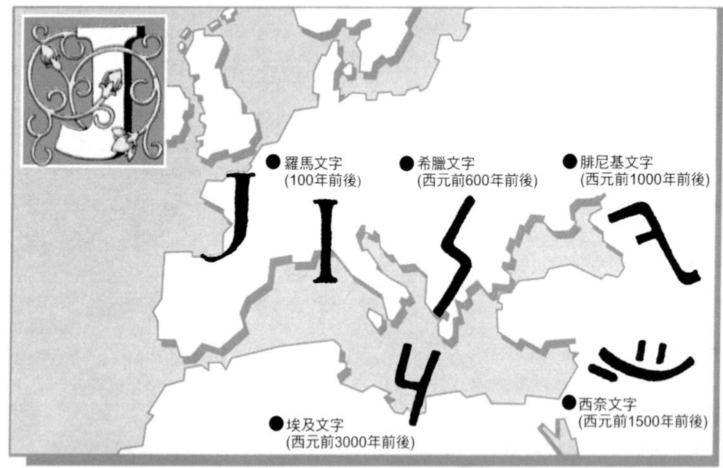


**J, j** [dʒe] 名 (複 **J's, j's** [dʒez]) 英文字母的第十個字母.

**jack** [dʒæk] 名 ❶千斤頂. ➡支撐起汽車等的手動起重器. ❷(紙牌的)傑克. ➡亦作 knave. ❸(**jacks**)抛接小石塊、小金屬片的遊戲. ➡像抛接小布包一樣的一種女孩玩的遊戲.

**jack·et** [ˋdʒækɪt] 名 ❶夾克, 短外套; 上衣. ➡西裝、女裝等腰部以上的上衣. ❷(書、唱片的)套子, 封套.

**jack-in-the-box** [ˋdʒækɪnðəˏbɑks] 名 玩偶盒(打開盒蓋玩偶即跳出的玩具).

**jack·knife** [ˋdʒækˏnaɪf] 名 (複 **jackknives** [ˋdʒækˏnaɪvz]) 大折刀, 水手刀.

**jack-o'-lan·tern** [ˋdʒækəˏlæntɚn] 名 南瓜燈. ➡把南瓜掏空, 挖出眼睛、鼻子、嘴巴的洞, 再把點燃的蠟燭放在裡面的一種奇特的燈籠; 在美國萬聖節前夕時小孩子會自己做來玩; → Halloween.

**Ja·cob** [ˋdʒekəb] 專有名詞 雅各. ➡《舊約聖經》中猶太人的祖先之一, 以撒(→ Isaac)的孩子.

**jag·uar** [ˋdʒægwɑr, ˋdʒægjʊˏɑr] 名 美洲虎.

**jail** [dʒel] 名 監獄, 拘留所.

**Ja·kar·ta** [dʒəˋkɑrtə] 專有名詞 雅加達. ➡印尼首都.

**jam**[1] [dʒæm] 名 果醬.

strawberry jam 草莓果醬

**jam**[2] [dʒæm] 動 塞進(狹窄的地方), 擠進; 塞滿, 擠滿; 擁擠.

jam books **into** a bag 把書塞進袋裡

◆ **jammed** [dʒæmd] 過去式、過去分詞.

About 50,000 people jammed the stadium. 大約有五萬人塞滿了運動場. ➡50,000 的讀法: fifty thousand.

People jammed into the elevator. 人們擠進了電梯.

The bus **is** jammed full. 公車擠得

滿滿的.

◆ **jamming** [ˋdʒæmɪŋ] 現在分詞、動名詞.

—名 擁擠，阻塞.

My car was caught in a traffic jam. 我的車塞在車陣中.

**Jan.** January (一月)的縮寫.

**jan·i·tor** [ˋdʒænətɚ] 名 (大樓或學校等的)管理員. ➡負責建築物的巡視、保全、清掃等工作.

| **Jan·u·a·ry** [ˋdʒænju͵ɛrɪ] | ▶一月<br>⊙意為「傑納斯(Janus)之月」; 傑納斯是羅馬神話中的「雙面門神」 |
|---|---|

名 一月. ➡詳細用法請參見 June.

in January 在一月

on January 15 (讀法: (the) fifteenth) 在一月十五日.

| **Ja·pan** [dʒəˋpæn] | ▶日本<br>⊙源於中文發音 Jih(日)-pun(本) |
|---|---|

專有名詞 日本.

Japan's reputation 日本的名聲 ➡ Japan's(日本的)是把 Japan 擬人化時的說法.

**the Japán Cúrrent** 日本海流，黑潮.

**the Séa of Japán** 日本海.

| **Jap·a·nese** [͵dʒæpəˋniz] | ▶日本(的)<br>▶日本人(的)<br>▶日語(的) |
|---|---|

形 日本的; 日本人的; 日語的.

I'm Japanese. 我是日本人. ➡此種說法比 I'm a Japanese. 更爲普遍.

They are Japanese tourists. 他們是日本觀光客.

**Japanése búsh wàrbler** 黃鶯.

—名 ❶日語.

Mr. Smith speaks Japanese very well. 史密斯先生日語說得相當好.

❷日本人. ➡複數亦作 **Japanese**.

a Japanese 一位日本人

two Japanese 兩位日本人

the Japanese (全體)日本人

**Ja·pa·nese-A·mer·i·can** [dʒæpəˋnizəˋmɛrɪkən] 名形 日裔美國人(的).

**jar** [dʒɑr] 名 (廣口的)罐子，罎子，瓶子.

a jam jar 果醬瓶

a jar of peanut butter 一瓶花生醬

jar bottle

**jas·min(e)** [ˋdʒæzmɪn, ˋdʒæsmɪn] 名 茉莉. ➡原產於印度的常綠灌木，開芳香的白花或黃花; 由花萃取香料.

**Ja·va** [ˋdʒɑvə] 專有名詞 爪哇. ➡印尼的主要島嶼; 首都雅加達(Jakarta)位於該島.

**jaw** [dʒɔ] 名 顎. 相關語 chin(下巴).

the upper 〔lower〕 jaw 上〔下〕顎

**jazz** [dʒæz] 名 《音樂》爵士樂.

I like jazz better than classical

music. 我喜歡爵士樂勝於古典樂.

**jeal·ous** [ˋdʒɛləs] ➜ ea 常發成 [ɛ] 的音. 形 嫉妒的; 嫉妒心強的.
a jealous husband 好嫉妒的丈夫
They were jealous **of** my success. 他們嫉妒我的成功.

**jeal·ous·y** [ˋdʒɛləsɪ] 名 嫉妒.

**jean** [dʒin] 名 ❶斜紋布. ➜一種很耐磨的棉布, 用於製作褲子、工作服等. ❷(**jeans**)斜紋布的褲子, 工作褲, 牛仔褲.
**a pair of** jeans 一條牛仔褲

J

**jeep** [dʒip] 名 吉普車. ➜四輪驅動的小型汽車; 原是美國的軍用車.

**jel·ly** [ˋdʒɛlɪ] 名 (複 **jellies** [ˋdʒɛlɪz]) 膠凍, 洋菜; 果凍.

**jel·ly·fish** [ˋdʒɛlɪˏfɪʃ] 名 水母. ➜複數請參見 fish.

**Jen·ner** [ˋdʒɛnɚ] 專有名詞 (**Edward Jenner**)愛德華・金納. ➜英國醫生 (1749-1823); 發明了種痘法, 成功地預防了天花.

**jerk** [dʒɝk] 動 急動〔拉〕; 猛地一動, 顛簸震動.
—名 急動〔拉〕.
The train started 〔stopped〕 **with a jerk**. 火車突然啓動〔停下〕.

**jer·sey** [ˋdʒɝzɪ] 名 (運動員、船員等穿的針織的)毛衣, 運動衫.

**Je·ru·sa·lem** [dʒəˋrusələm] 專有名詞 耶路撒冷. ➜以前巴勒斯坦(Palestine)首都; 猶太教、基督教和伊斯蘭教等的聖地; 現今爲以色列首都.

**jest** [dʒɛst] 名 玩笑(joke).

**Je·sus** [ˋdʒizəs] 專有名詞 耶穌. ➜基督教的始祖; 加上 Christ(救世主), 稱爲 **Jesus Christ**(耶穌基督).

**jet** [dʒɛt] 名 ❶(氣體、液體等的)噴射. ❷噴射機. ➜亦作 **jet plane**.
a jumbo jet 大型噴射客機, 巨無霸噴射客機

**jét làg** (搭噴射機跨越時區飛行所引起的)時差反應.

**Jew** [dʒu] 名 猶太人, 猶太教徒.

> 參考 在西元前十世紀前後, 以色列分裂成南北兩國, 當時的南國即爲猶太王國, 並開始把居住在那裡的人稱作「猶太人」; Jew 這字中含有「貪婪的人, 吝嗇鬼」等印象, 這是由於這個民族不幸的流亡歷史所造成的. 爲了生存, 他們不得不變成這樣.

**jew·el** [ˋdʒuəl] 名 寶石.

**jew·el·er** [ˋdʒuəlɚ] 名 寶石商, 貴金屬商. ➜經營寶石、貴重金屬飾物、手錶等買賣.

**jew·el·ler** [ˋdʒuəlɚ] 名 《英》=jeweler.

**jew·el·ler·y** [ˋdʒuəlrɪ] 名 《英》=jewelry.

**jew·el·ry** [ˋdʒuəlrɪ] 名 《集合》寶石類, 貴金屬裝飾品.

**Jew·ish** [ˋdʒuɪʃ] 形 猶太的, 猶太人(Jew)的, 猶太教的.

**jig·saw** [ˋdʒɪgˏsɔ] 名 ❶線鋸. ❷拼圖. ➜亦作 **jigsaw puzzle**.

**jin·gle** [ˋdʒɪŋgl] 動 (鈴、硬幣等)叮噹響.
Jingle, bells. 鈴兒叮噹響.
—名 叮噹聲.

**Joan of Arc** [ˋdʒonəvˋɑrk] 專有名詞 貞德. ➜法國的農家姑娘(1412-31), 在百年戰爭中身先士卒, 大敗英軍, 拯救國難, 後被捕且被處以火刑.

**job** [dʒɑb] 名 ❶**職業**, 職位, **工作**.
**get** a job 找到工作, 就業
**lose** a job 失去工作, 失業
He is **out of a job** and goes out to look for one (=a job) every day. 他失業了, 每天出門去找工作.
❷(該做的)**職務**, 任務, **工作**.
Uncle Sam's job is painting signs and he always does a good job. 山姆叔叔的工作是油漆招牌, 而且總是做得很出色. ➜第一個 job 是 ❶ 的

意思.

**jock·ey** [ˋdʒɑkɪ] 名 (賽馬的)騎師.

**jog** [dʒɑg] 動 慢跑，緩步前進.

◆ **jogged** [dʒɑgd] 過去式、過去分詞.

◆ **jogging** [ˋdʒɑgɪŋ] 現在分詞、動名詞.

He **is** jogging around the park. 他繞著公園慢跑.

I prepared for the climb by jogging. 我以慢跑(鍛鍊身體)爲登山做準備.

**John Bull** [ˋdʒɑnˏbʊl] 專有名詞 約翰牛，典型的英國人. ➜英國或英國人的綽號；→ Uncle Sam.

**join** [dʒɔɪn] 動 ❶參加，加入(團體)，和～作伴.

join a party 參加宴會

We are going on a picnic tomorrow. Won't you join us? 我們明天去野餐，你不參加(我們)嗎?

John joined our tennis club. 約翰加入我們的網球俱樂部.

Girl students are joining the judo club. 女學生們開始參加柔道社了.

❷連結，連接，與～結合.

Join this **to** 〔**on**〕 that. 把這個與那個連結起來.

The Ohio River joins the Mississippi at Cairo, Illinois. 俄亥俄河在伊利諾州的開羅與密西西比河合流.

We are joined **in** firm friendship. 牢固的友誼把我們結合在一起.

We all joined hands in a circle. 我們手拉著手圍成圓圈.

The two roads join here. 那兩條路在這裡相接.

idiom

***jóin ín*** 加入，參加.

**joint** [dʒɔɪnt] 名 ❶接頭，接縫.

❷(身體的)關節.

—形 共有的；共同的.

**joke** [dʒok] 名 ❶玩笑，笑話

tell 〔make〕 a joke 開玩笑，說笑話

as a joke 開玩笑地

It's no joke. 那可不是開玩笑的事.

**práctical jóke** (付諸行動的玩笑⇨)惡作劇.

❷笑柄，笑料.

idiom

***pláy a jóke on ～*** 開～的玩笑，捉弄～.

—動 開玩笑，說笑話.

**jok·er** [ˋdʒokɚ] 名 ❶(紙牌的)鬼牌.

❷開玩笑的人.

**jol·ly** [ˋdʒɑlɪ] 形 快活的，愉快的，極好的.

**jour·nal** [ˋdʒɝnḷ] 名 ❶報紙；雜誌.

❷日記，日誌.

**jour·nal·ism** [ˋdʒɝnḷˏɪzəm] 名 新聞雜誌業(界)；《集合》新聞，雜誌.

**jour·nal·ist** [ˋdʒɝnḷɪst] 名 新聞〔雜誌〕工作者.

**jour·ney** [ˋdʒɝnɪ] 名 旅行.

go **on** a journey 去旅行

set out on 〔start on〕 a journey 出發去旅行

They are now on a car journey from Paris to Rome. 他們現在正搭車從巴黎旅行到羅馬.

He is going to **make a journey** to Africa. 他正準備去非洲旅行.

We are planning a ten days' journey to Europe. 我們正計畫去歐洲旅行十天.

**joy** [dʒɔɪ] 名 ❶喜悅，歡喜，高興.

We were filled with joy when we heard the news. 聽到這消息時我們充滿喜悅.

❷使人歡喜的事物〔原因〕.

His visit was a joy **to** us. 他的來訪對我們來說是一件高興的事.

idiom

***for 〔with〕 jóy*** 高興地.

jump for joy 高興得跳起來

***to A's jóy*** 令A高興的是.

J

To my great joy, he succeeded at last. 最令我高興的是，他終於成功了.

**joy·ful** [ˋdʒɔɪfəl] 形 高興的，喜悅的，快樂的. ➜比happy稍微正式的用字.
joyful news 高興的消息

**Jr., jr.** junior(兒子)的縮寫.
Martin Luther King, Jr. 小馬丁・路德・金

**ju·bi·lee** [ˋdʒubḷ͵i] 名 紀念日. ➜五十周年紀念日，二十五周年紀念日等.

**judge** [dʒʌdʒ] 名 ❶法官，推事.
❷(比賽等的)裁判. →referee, umpire.
❸鑑定人，鑒賞家.
Uncle Sam is a good judge of wine. 山姆叔叔是鑒定葡萄酒的行家.
—動 ❶審判，審理，判決.
❷(比賽等的)裁判，審查.
❸判斷.
You can't judge a man from his appearance. 你不能從外表判斷一個人.
idiom
***júdging from* 〔*by*〕 ～** 從～判斷.

**judge·ment** [ˋdʒʌdʒmənt] 名《英》= judgment.

**judg·ment** [ˋdʒʌdʒmənt] 名 ❶審判；判決. ❷判斷(力)，分別.

**jug** [dʒʌg] 名 ❶《美》(小口、有柄的)罐，壺，瓶. ❷《英》(廣口、有柄的)水罐(pitcher).

**jug·gler** [ˋdʒʌglɚ] 名 玩雜耍的人，魔術師.

**juice** [dʒus] 名 (肉、水果等的)汁，液. ➜指尚未稀釋過的.
fruit juice 果汁
He had a glass of tomato juice. 他喝了一杯番茄汁.

**juic·y** [ˋdʒusɪ] 形 水分〔液、汁〕多的.

**juke·box** [ˋdʒuk͵bɑks] 名《美》自動點唱機. ➜也可分開寫成**juke box**；投入硬幣後自動選取唱片的點唱裝置.

| **Ju·ly** [dʒuˋlaɪ] | ▶七月<br>⊙源於七月生的古羅馬英雄 Julius Caesar(朱利亞斯・凱撒)之名 |
|---|---|

名 七月. ➜詳細用法請參見 June.
**in** July 在七月
**on** July 7 (讀法：(the) seventh) 在七月七日
**the Fóurth of Julý** 七月四日. ➜美國獨立紀念日(Independence Day).

**jum·bo** [ˋdʒʌmbo] 名 (複 **jumbos** [ˋdʒʌmboz]) ❶體積大而笨拙的人〔動物〕；(特指)象的暱稱. ❷大型噴射客機(jumbo jet).
—形 特大的，巨大的.
a jumbo jet 大型噴射客機，巨無霸噴射客機

**jump** [dʒʌmp] 動 跳，跳躍；彈跳.
jump about 跳來跳去
jump over the fence 跳過柵欄
jump up 〔down〕 往上〔下〕跳
jump in 跳入
jump into the water 跳入水中
jump at ～ 猛朝～跳，搶著接受～
jump to 〔at〕 conclusions 匆匆作出結論，貿然斷定
jump (across) a puddle 跳過水坑
He jumped six feet in the high jump. 他在跳高比賽中跳六英尺.
The skydivers are now jumping from the airplane one after another. 跳傘員現在正從飛機上一個一個地往下跳.
idiom
***júmp the* 〔*a*〕 *quéue*** (越過隊伍⇨)插進隊伍(的前面)，插隊.
***júmp* (*the*) *rópe*** 跳繩.
***júmp to* one's *féet*** 跳起來.
—名 跳躍，跳躍運動.
The horse **made a** fine **jump over** the fence. 那匹馬優美地越過了柵欄.

**júmp(ing) ròpe** 跳繩；跳繩用的繩子.

**the hígh jùmp** 跳高.
**(the) hóp, stèp, and júmp** 三級跳遠.
**the lóng〔bróad〕jùmp** 跳遠.
**the póle jùmp** 撐竿跳.

**jump·er** [ˋdʒʌmpɚ] 名 ❶跳躍者〔物〕, 跳高〔遠〕的運動員.
❷短上衣, 工作服.
❸《美》無袖連衣裙; 《英》(婦女、兒童穿的)套頭毛衣.

**junc·tion** [ˋdʒʌŋkʃən] 名 ❶連結, 接合, 接續. ❷連結〔接合〕點, 接續〔乘換〕站.

| **June** [dʒun] | ▶六月 ⊙June源於羅馬神話的婚姻女神朱諾(Juno) |
|---|---|

名 六月.
**in** June 在六月 ➜月份的第一個字母要大寫; 不用×*a*〔*the*〕June.
early〔late〕in June 在六月上旬〔下旬〕
**every**〔**next**〕June 每年〔明年〕六月 ➜不用×*in* every ～.
**last** June 《若在六月之前表示》去年六月(in June last year); 《若在六月之後表示》今年六月
**on** June 3 在六月三日 ➜June 3 在《美》讀成June three, June (the) third; 在《英》讀成June the third, the third of June.
We are **in** June. (我們在六月裡⇨)現在是六月.
Today is June 3.=**It**'s June 3 today. 今天是六月三日. ➜It籠統地表示「時間」.
My birthday is **in** June〔**on** June 3〕. 我的生日在六月〔六月三日〕.
It happened **on** June 3, 1990. 它發生在一九九〇年六月三日.
June is the month of roses and weddings. 六月是玫瑰和婚禮之月. ➜玫瑰是英國的國花, 六月開花; 據說在這個月裡結婚的新娘會成爲最幸福的人, 稱作**June bride**(六月新娘).

**jun·gle** [ˋdʒʌŋgl̩] 名 (常用**the jungle**)(熱帶地區的)密林, 叢林.

**ju·ni·or** [ˋdʒunjɚ] 形 ❶年少的.
He is ten years junior **to** me. 他小我十歲.
**júnior cóllege** 《美》(指一、二年制的)專科學校.
**júnior hígh schòol** 《美》初級中學. ➜亦可只稱junior high; →high school.
❷(父子同名時)子方的, 二世的. ➜略作**Jr.**或**jr.**; → senior.
John Brown, Junior 小約翰·布朗 ➜父子同名時父親用John Brown, Senior.
—名 ❶年少者; 晚輩.
He is ten years my junior. 他小我十歲.
❷《美》高級中學或大學中比最高年級的學生(senior)低一個年級的學生.

**Ju·no** [ˋdʒuno] 專有名詞 朱諾. ➜羅馬神話中主神Jupiter的妻子; → June.

**Ju·pi·ter** [ˋdʒupətɚ] 專有名詞 ❶朱比特. ➜羅馬神話中的主神; 相當於希臘神話中的Zeus(宙斯).
❷《天文》木星.

**ju·ry** [ˋdʒurɪ] 名 陪審團. ➜通常由十二個普通市民擔任的陪審員(jurymen)組成, 作出被告是否有罪(guilty or not guilty)的決定, 傳達給審判長.

**ju·ry·man** [ˋdʒurɪmən] 名 (複 **jurymen** [ˋdʒurɪmən]) 陪審員. → jury.

| **just** [dʒʌst] | ▶正好 ▶僅僅 |
|---|---|

副 ❶正好; 正要剛剛; 勉勉強強地, 好不容易地.
just now 此刻; 剛才
just then 正好那時

J

It's just ten o'clock. 現在剛好十點鐘. ➡「現在是十點整」時, 用 exactly 較好.
The party is just beginning. 晚會正要開始.
He arrived just now. = He just arrived. 他剛到.
The train has just left. 火車剛剛開走. ➡現在完成式; 現在完成式中不用×*just now*.
I just caught the bus. 我剛好趕上公車.
The shoes fit just right. 那雙鞋很合腳.
❷**僅僅,** 只是; 少許, 一點點.
just a little 一點點
Just a minute. 稍候片刻.
Just come here and look at this! 來一下看看這個.
It's just a shower. 只下了一場陣雨.
I just missed the bus. 我差一點就趕上公車了.
會話 Can I help you? —(I'm) just looking, thank you. (在商店裡)我能為您做些甚麼? —謝謝, 我只是看看.
❸《強調》真正地, 完全地(quite, really).
He looks just fine. 他看起來很好.
This information is just for Bob. 這個消息最該讓鮑勃知道.
idiom
***just abóut*** ～ 差不多～, 幾乎～(almost).
—形 **正確的,** 公平的; 正當的.
a just man 光明正大的人, 正直的人
a just price 公道的價格
just anger 義憤
I don't think his claim is just. 我不認為他的要求是正當的.
◆ **more just** 〔比較級〕更正確的.
◆ **most just** 〔最高級〕最正確的.

**jus·tice** [ˋdʒʌstɪs] 名 ❶正義, 正當, 公平. ❷(公正的)審判, 司法. ❸法官.

**jus·ti·fy** [ˋdʒʌstə͵faɪ] 動 證明～是對的, 為～辯護; 使～正當化.
諺語 The end **justifies** the means. 為達目的, 不擇手段. ➡justifies [ˋdʒʌstə͵faɪz] 為第三人稱單數現在式.
◆ **justified** [ˋdʒʌtə͵faɪd] 過去式、過去分詞.

**just·ly** [ˋdʒʌstlɪ] 副 ❶公正地; 正當地. ❷《修飾句子》當然.

**Jute** [dʒut] 專有名詞 (**the Jutes**)朱特族. ➡約在西元五～六世紀從今天的丹麥地區侵入英格蘭南部的日耳曼民族; 與 Angles 和 Saxons 共同形成今日的英國民族.

**ju·ve·nile** [ˋdʒuvənaɪl] 形 (適合)兒童的, 青少年的.
juvenile books 少年讀物, 兒童書籍

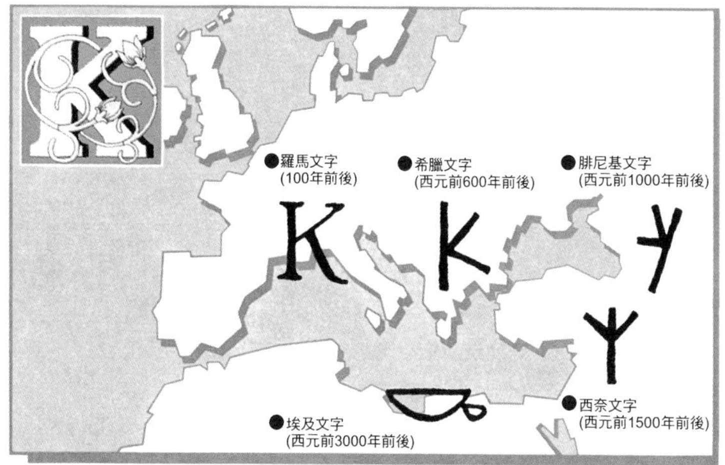


**K, k** [ke] 名 (複 **K's, k's** [kez]) 英文字母的第十一個字母.

**ka·ka·po** [ˋkɑkəpo] 名 (複 **kakapos** [ˋkɑkəpoz]) 鴞鸚鵡. ➡一種類似貓頭鷹(owl)的鸚鵡(parrot); 現僅存少數生存於紐西蘭; 亦作 **owl parrot**.

**ka·lei·do·scope** [kəˋlaɪdəˏskop] 名 萬花筒. ➡在長方形的鏡片拼紮而成的筒裡, 放入彩色玻璃〔彩色紙〕片所製成; 邊轉動邊看, 可以看到千變萬化的美麗圖案.

**kan·ga·roo** [ˏkæŋgəˋru] 名 (複 **kangaroos** [ˏkæŋgəˋruz]) 大袋鼠. ➡產於澳大利亞的哺乳動物, 母袋鼠將小袋鼠兜在袋狀的腹部餵養.

**Kan·sas** [ˋkænzəs] 專有名詞 堪薩斯. ➡位於美國中部的州; 簡稱 **Kans.**, **Kan.**, **KS**(郵政用).

**Kat·man·du** [ˏkɑtmɑnˋdu] 專有名詞 加德滿都. ➡尼泊爾(Nepal)首都.

**kay·ak** [ˋkaɪæk] 名 小皮艇. ➡愛斯基摩人以海豹皮等做成的小船.

**keen** [kin] 形 ❶鋒利的, 敏銳的, 銳利的(sharp).
the keen edge of a knife　小刀的利刃
Dogs have a keen sense of smell. 狗有敏銳的嗅覺.
❷熱心的; (**be keen to** *do*) 急於想做～的(eager).
a keen stamp collector　熱中集郵的人
He is keen **on** collecting stamps. 他熱中於收集郵票.
He is keen to go abroad.　他很想出國.

**keen·ly** [ˋkinlɪ] 副 ❶鋒利地, 敏銳地. ❷熱心地.

| **keep** [k i p] | ▶保存<br>▶飼養<br>▶遵守(紀律、約定等) |
|---|---|

動 ❶保存, 保持, 放〔拿〕好, (商店)儲備, 經銷; 挽留.
基本 keep old letters　保存以前的信件 ➡ keep＋名詞〈O〉.
keep the meat in the refrigerator 把肉放入冰箱保存
Keep the change.　零錢(不用找了)你留著吧.
He **keeps** old letters.　他保存著舊

信件. ➡ keeps [kips] 爲第三人稱單數現在式.
I don't need that book. You may keep it. 那本書我不需要了，你留著吧.
How long can I keep this book? 這本書我可以借多久?
Do you keep candles in your store? 你們店裡備有〔出售〕蠟燭嗎?
I won't keep you any longer. 我不想再留你了.
◆ **kept** [kɛpt] 過去式、過去分詞.
She kept the diamond in the safe. 她把那顆鑽石放在保險箱裡.
That tape **is** kept in the red box. 那卷錄音帶保管在紅色箱子裡. ➡ 被動語態.
◆ **keeping** [ˋkipɪŋ] 現在分詞、動名詞. ➡ keep 本身就含有持續的意思，故一般不用進行式(×*be keeping*).
It's no use keeping such old magazines. 那樣的舊雜誌留著也沒用. ➡ It＝動名詞 keeping ～ (留著).
❷**飼養，贍養；經營**(商店等).
keep a rabbit 養兔子
keep bees for honey 養蜂取蜜
They keep a lot of animals on the farm. 他們在農場裡養了很多動物.
She once kept a little toy store in the village. 她曾在村裡開過一家小玩具店.
❸**遵守**(規則、諾言等)；**慶祝**(節日)；**記**(日記)；保守(祕密).
keep the rules 遵守規則
keep goal (足球等)守球門，當守門員
keep a diary (每天)記日記
He always keeps his promises. 他總是信守諾言.
Can you keep a secret? 你能保守秘密嗎?
❹**保持著**(某個狀態、動作)，**使～保持在**(某一狀態).
基本 keep him awake 讓他醒著 ➡ keep＋(代)名詞〈O〉＋形容詞〔現在分詞〕〈C〉.
keep a dog quiet 讓狗保持安靜
keep him waiting 讓他等著
keep the windows open 〔closed〕 讓窗開著〔關著〕 ➡ 這裡的 open 是形容詞(開著).
This watch keeps (good) time. 這隻錶很準確.
The noise kept me awake all night. 那噪音吵得我整個晚上睡不著.
I was kept awake all night by the noise. 那噪音吵得我整晚沒睡.
Rain kept us indoors. 下雨使我們一直待在家裡〔因爲下雨，所以我們一直待在家裡〕.
I'm sorry I've kept you waiting so long. 對不起，讓你久等了. ➡ I've kept 是現在完成式.
❺**處於某一狀態不變，繼續保持**(某種動作、位置)；(食物)保持不壞.
基本 keep awake 醒著 ➡ keep＋形容詞〔現在分詞〕〈C〉.
keep quiet 保持安靜
keep indoors 待在家中，不出門 ➡ indoors 爲副詞.
keep in good condition 保持良好的(健康)狀況
The baby kept crying all night. 嬰兒哭了一整晚.
It kept raining for a week. 雨連續下了一個星期.
Will this fish keep till tomorrow? 這魚能保存到明天嗎?
idiom
***kèep awáy*** 不讓接近，不讓靠近.
諺語 An apple a day keeps the doctor away. 一日一個蘋果可遠離醫生. ➡「如果一天吃一個蘋果，身體就會健康，用不著去看醫生」的意思.
***kèep awáy from ～*** 遠離～，不靠近～，不接觸～.
The doctor told me to keep away from all sweets. 醫生叫我不要碰〔吃〕任何甜食.

***kèep báck*** 阻止；隱瞞；留在後面.

***kéep from ~*** 避免～，使不～.

I went under a tree to keep from getting wet. 爲了不淋濕，我躲到樹下.

***kéep O from O′*** 使 O 免於 O′，對 O′隱瞞 O；不讓 O 做 O′.

Vitamin A keeps us from colds. 維他命 A 使我們免於感冒.

I keep nothing (back) from you. 我對你甚麼也沒隱瞞.

We wear raincoats to keep our clothes from getting wet. 我們穿著雨衣，以免淋濕衣服.

***kèep ín*** 不讓外出；關在裡面；(學校)下課後留下來；不出去.

***kèep óff ~*** 不接近～，不讓～接近.

告示 Keep off the grass! 請勿進入草坪！請勿踐踏草坪！

告示 Keep your hands off! 請勿觸摸！請勿動手！

***kèep ón*** 穿戴著(～不脫).

keep on *one's* overcoat 穿著大衣

***keep òn ~ing*** 繼續進行(某一動作)；反覆進行(同一動作). → keep ❺

It kept on raining for three days. 雨連續下了三天.

You keep on making the same mistake. 你老是犯同一個錯誤.

***kèep óut*** 不讓～進入；將～阻隔在外.

Glass keeps out the cold wind and rain. 玻璃(窗)使寒風和雨無法吹入室內.

告示 Keep out. 禁止進入.

***kèep A óut of B*** 把 A 排除在 B 之外，不把 A 納入 B 之內.

***kéep to ~*** 不離開～；固守～.

告示 Keep to the left. 靠左邊走〔行駛〕.

***kéep ~ to onesèlf*** 把～只給自己用；不讓人知道～.

***kèep togéther*** 使(物)集聚，使(人)團結；集合，團結.

***kèep úp*** 使不低落，堅持，維持；繼續.

***kèep úp with ~*** 跟上～.

**keep·er** [ˋkipɚ] 名 看守人，看護人；管理人；飼養員.

a lighthouse keeper 燈塔管理員，燈塔看守人

a lion keeper in the zoo 動物園裡的獅子飼養員

**Kel·ler** [ˋkɛlɚ] 專有名詞 (**Helen Keller**)海倫・凱勒(1880-1968). ➜大力鼓吹美國女性社會福利，克服了盲聾啞三種障礙，周遊世界進行演講，給許多人帶來了希望和勇氣.

**Ken·ne·dy** [ˋkɛnədɪ] 專有名詞 (**John F. Kennedy**)約翰 F. 甘迺迪. ➜美國政治家(1917-63)；舉著「新開拓者」的旗幟被選爲第三十五任總統，成爲美國歷史上最年輕(四十四歲)的總統，一九六三年在巡迴演說中被人暗殺.

**ken·nel** [ˋkɛnl̩] 名 狗窩(doghouse).

**Ken·tuck·y** [kənˋtʌkɪ] 專有名詞 肯塔基州. ➜美國州名；美國大致上以這個州爲南北劃分線；以出產菸草和賽馬而聞名；簡稱 **Ken., Ky., KY**(郵政用).

**Ken·ya** [ˋkɛnjə] 專有名詞 肯亞. ➜正式名稱爲 Republic of Kenya(肯亞共和國)；位於東非的赤道國家；首都奈洛比(Nairobi)；通用語爲斯瓦希里語(Swahili)和英語.

**Ken·yan** [ˋkɛnjən] 名 肯亞人.

**—**形 肯亞的；肯亞人的.

**kept** [kɛpt] keep 的過去式、過去分詞.

**ker·o·sene** [ˏkɛrəˋsin] 名 煤油. ➜石油(petroleum, oil)經過蒸餾而成.

a kerosene lamp 〔heater〕 煤油燈〔暖爐〕

**ketch·up** [ˋkɛtʃəp] 名 番茄醬. ➜《美》亦拼作 **catchup, catsup**.

K

**ket·tle** [ˋkɛtl̩] 名 熱水壺，茶壺.

**key** [ki] 名 ❶鑰匙.
turn a key in the lock　把鑰匙插進鎖裡旋轉，關〔開〕鎖
❷(解決問題的)關鍵，線索，秘訣.
the key **to** a riddle　解開謎底的秘訣
the key to success　成功的關鍵
❸(鋼琴、打字機等的)鍵.
❹(音樂的)調，(聲音等的)調子.
a song in the key of C　C 調的歌
He sang **off key**.　他唱走調了.
—形 基本的，主要的.
Steel is a key industry.　鋼鐵是基礎工業.

**key·board** [ˋki,bord] 名 ❶(鋼琴的)鍵盤；(打字機的)鍵盤. ❷鍵盤樂器.

**key·hole** [ˋki,hol] 名 (門上的)鎖眼，鑰匙孔.

**kg., kg** kilogram(s) (公斤)的縮寫.

**kick** [kɪk] 動 踢(球、人等).
kick a ball　踢球
kick off　踢脫(鞋子)；(足球)中線開球　→ kickoff.
He kicked the ball into the goal.　他把球踢進了球門.
—名 踢，踢球.
a good kick　(球)踢得好
**give** 〔**receive**〕 a kick　踢一腳〔被踢一腳〕

**kick·off** [ˋkɪk,ɔf] 名 ❶(足球比賽開始時的)中線開球. ❷(一般的)開始(beginning).

**kid** [kɪd] 名 ❶小山羊；小山羊皮.
kid gloves　小山羊皮製的手套
❷《口》年幼的小孩(child).
—動《口》開玩笑，嘲弄.
◆ **kidded** [ˋkɪdɪd] 過去式、過去分詞.
◆ **kidding** [ˋkɪdɪŋ] 現在分詞、動名詞.
You **are** kidding.　你在開玩笑吧.
No kidding!　別開玩笑!

**kid·die** [ˋkɪdɪ] 名《口》= kid ❷

**kid·nap** [ˋkɪdnæp] 動 誘拐(小孩等)；(爲了贖金而將人)綁架.
◆ **kidnap(p)ed** [ˋkɪdnæpt] 過去式、過去分詞.
◆ **kidnap(p)ing** [ˋkɪdnæpɪŋ] 現在分詞、動名詞.

**kid·ney** [ˋkɪdnɪ] 名 腎臟.
**kídney bèan**　四季豆，菜豆.

**kill** [kɪl] 動 ❶殺死，弄死，使枯死；毀掉(希望等).
kill a rat　殺死老鼠
kill *one*self　自殺
諺語 kill two birds with one stone　一箭雙鵰，一石二鳥
The sudden frost killed the crops.　突然降下的霜使農作物枯死.
He was killed in an accident.　他死於意外事故.　➡被動語態；雖然是「被殺死」，但應譯成「死」；因意外事故、戰爭等而「死」時，用'be killed'；因衰老、生病而「死」時，用 die.
No animals kill for the sake of killing.　沒有一種動物只是爲殺生而殺生.　➡介系詞 of＋動名詞 killing (殺死)；for the sake of ～＝爲了～.
The nuclear tests kill our hope for peace.　核子試驗摧毀了我們對和平的希望.
❷消磨(時間).
We killed an hour at a coffee shop.　我們在咖啡店裡消磨了一個小時.

**kill·er** [ˋkɪlɚ] 名 殺人者，嗜殺成性的人，職業殺手.

**ki·lo** [ˋkilo] 名 (複 **kilos** [ˋkiloz]) ❶公里，千米(kilometer, kilometre). ❷公斤，千克(kilogram(me)).

**kil·o·gram** [ˋkɪlə,græm] 名 公斤(＝1,000g). ➡略作 **kg., kg**.

**kil·o·gramme** [ˋkɪlə,græm] 名《英》＝kilogram.

**kil·o·me·ter** [ˋkɪlə,mitɚ] 名 公里(＝

1,000m). ➜略作 **km., km.**

**kil·o·me·tre** [ˋkɪlə,mitɚ] 名《英》= kilometer.

**kilt** [kɪlt] 名 蘇格蘭短裙. ➜蘇格蘭高地男子所穿的褶襉短裙.

**kind**[1] [kaɪnd] 名 **種, 類.**

a kind of fish 一種魚; 類似魚的東西 ➜不用ˣa kind of *a* fish.

a new kind of rose 新品種玫瑰

a certain kind of plant 某種植物

another kind of paper 另一種紙

this kind of bird 這種鳥

these kinds of birds=birds of these kinds 這些種類的鳥

many kinds of fruits 各式各樣的水果

all kinds of roses 各種玫瑰

What kind of flower do you like? 你喜歡哪種花?

| **kind**[2] [kaɪnd] | ▶親切的<br>⊙可用於人或行爲 |
|---|---|

形 **親切的, 和藹的, 好意的.**

**基本** a kind girl 親切的女孩 ➜ kind+名詞.

a kind act 好意的行爲

**基本** She is kind. 她很親切. ➜ be 動詞+kind 〈C〉.

He was very kind **to** me. 他對我很親切.

Be kind to animals. 愛護動物.

It is very kind **of** you (to do so). 你(爲我那樣做)太好心了〔眞感謝你爲我那樣做〕.

How kind of you! 你眞好!

He was kind enough to help me. 他很親切地幫我的忙. ➜ *A* enough to *do* 是「A 到了 to *do* ～ 的程度」的意思.

◆ **kinder** [ˋkaɪndɚ] 《比較級》**更親切的.**

◆ **kindest** [ˋkaɪndɪst] 《最高級》**最親切的.**

**kin·der·gar·ten** [ˋkɪndɚ,gartn̩] 名 幼稚園.

a kindergarten teacher 幼稚園教師

**kind·heart·ed** [ˋkaɪndˋhartɪd] 形 親切的, 仁慈的, 好心的, 體貼人的.

**kin·dle** [ˋkɪndl̩] 動 燃起, 點燃; 燃燒, 著火.

**kind·ly** [ˋkaɪndlɪ] 副 ❶親切地, 和藹地; 《修飾全句》友好地.

She teaches us very kindly. 她很親切地教我們.

She kindly bought this for me. 她好意爲我買了這個.

◆ **more kindly** 比較級.

◆ **most kindly** 最高級.

❷請(please).

Will you kindly close the door? 能否請你把門關起來?

—形 仁慈的, 友好的, 體貼的. ➜通常只用於名詞前.

a kindly act 友好的行爲

◆ **kindlier** [ˋkaɪndlɪɚ] 比較級.

◆ **kindliest** [ˋkaɪndlɪɪst] 最高級.

**kind·ness** [ˋkaɪndnɪs] 名 親切, 仁慈, 和氣, 體貼; 友好的行爲.

Thank you for your kindness. 謝謝你的好意.

He did me many kindnesses. 他幫了我很多忙〔給我很多關照〕.

**king** [kɪŋ] 名 ❶(常用 **King**)王, 國王. 相關語 queen(女王), prince(王子), princess(公主).

the King of Denmark 丹麥國王

King Henry IV (讀法: the fourth) 國王亨利四世

He became (a) king when his father died. 他父親死後, 他成爲國王.

❷(某範圍內)最出色的, 最有勢力者.

the home run king 全壘打王

the king of birds 〔the forest〕 鳥類之王(=eagle)〔森林之王(=oak)〕

K

❸(撲克牌的)老 K.

**King** [kɪŋ] 專有名詞 (**Martin Luther King, Jr.**)小馬丁路德・金恩.

參考 美國牧師，黑人民權運動領袖(1929-68)；致力於消弭種族歧視，後遭暗殺；爲紀念金恩的貢獻，遂訂一月的第三個星期一爲「全民的節日」(一九八五年制定；冠以個人名字的節日除總統外，此尙屬首例).

**king·dom** [ˋkɪŋdəm] 名 ❶王國.

**the Uníted Kíngdom** (大不列顚(Great Britain)及北愛爾蘭(Northern Ireland))聯合王國. → united ❷

❷領域；～界.

the animal〔vegetable, mineral〕kingdom 動物〔植物，礦物〕界

**king·fish·er** [ˋkɪŋ͵fɪʃɚ] 名 翠鳥，魚狗. ➜頭上有王冠般美麗的羽毛，常棲於水濱的樹枝上，待有魚靠近就鑽入水中捕食.

**King Lear** [ˋkɪŋˋlɪr] 專有名詞 李爾王. ➜莎士比亞(Shakespeare)的著名悲劇及其主角的名字.

**ki·osk** [kɪˋɑsk] 名 (車站前、公園等)出售報刊、香菸的小亭；公用電話亭(亦作 **telephone kiosk**)；圓形露天音樂臺. ➜原爲土耳其等地庭園中的「亭子」.

**kiss** [kɪs] 名 吻，親嘴.

**give** her a kiss (**on** the forehead) 吻她(的額頭)一下

—動 吻，親嘴.

kiss her **on** the cheek 吻她的面頰
➜「吻 O(某人)的 O′(身體的某一部位)」爲 kiss *O* on the *O′*.

The lovers kissed. 這對情人互相親吻.

The young man kissed his mother good-bye. 年輕人吻別了他的母親.

**kit** [kɪt] 名 (具某種用途的一套)用具，用品.

carry *one's* tennis kit in a bag 用袋子攜帶整套網球用具

**kitch·en** [ˋkɪtʃɪn]
▶廚房
▶廚房(用)的

名 (複 **kitchens** [ˋkɪtʃɪnz]) ❶廚房.

have breakfast in the kitchen 在廚房吃早餐

❷廚房的，廚房用的.

a kitchen table 廚房用的桌子

a kitchen knife 菜刀

**kítchen gárden** (栽種以供家庭食用的)家庭菜園.

**kite** [kaɪt] 名 ❶《鳥》鳶.

❷風箏.

fly a kite 放風箏

**kite-fly·ing** [ˋkaɪt͵flaɪɪŋ] 名 放風箏.

**kit·ten** [ˋkɪtn̩] 名 小貓.

**ki·wi** [ˋkiwɪ] 名 鷸鴕. ➜一種紐西蘭特有的長嘴無翼、不會飛的原始鳥，大小與雞相仿，發出「幾—維—」的叫聲.

**km., km** kilometer(s)(千米)的縮寫.

**knack** [næk] 名 訣竅，技能，本領.

He has a knack **for**〔the knack **of**〕saying funny things. 他有說笑話的才能.

There's a knack **to** it. 那需要訣竅〔有竅門〕.

**knap·sack** [ˋnæp͵sæk] 名 (爬山或徒步旅行用的)帆布背包.

**knee** [ni] 名 膝，膝蓋.

**fall**〔**go down**〕**on** *one's* **knees** 跪下

**on** *one's* **hands and knees** (四肢著地⇨)趴下

**kneel** [nil] 動 跪.

kneel down 跪下

◆ **knelt** [nɛlt] 過去式、過去分詞.

**knell** [nɛl] 名 (告知死亡、葬禮的)哀悼的鐘聲，喪鐘.

**knelt** [nɛlt] kneel 的過去式、過去分詞.

**knew** [nju] know 的過去式.

**knife** [naɪf] 名 (複 **knives** [naɪvz]) 刀，小刀，菜刀；餐刀.
eat with (a) knife and fork 用刀叉吃東西

**knight** [naɪt] 名 ❶(中世紀的)騎士. ❷《英》爵士. ➡授予對國家有功者的爵位，不可世襲；其姓名前都加上 **Sir**，如 Sir Winston (Churchill)；→ sir.

**knit** [nɪt] 動 編結；編織.
◆ **knitted** [ˋnɪtɪd], **knit** [nɪt] 過去式、過去分詞.
My mother knitted me a sweater 〔a sweater for me〕. 媽媽為我織了一件毛衣.
◆ **knitting** [ˋnɪtɪŋ] 現在分詞、動名詞. → knitting.

**knit·ting** [ˋnɪtɪŋ] 名 編結物，針織物.

**knives** [naɪvz] 名 knife 的複數.

**knob** [nɑb] 名 ❶(門、抽屜等的)圓形把手. →doorknob. ❷(樹的)節；瘤.

**knock** [nɑk] 動 敲；碰撞；打；使碰撞.
knock **on** 〔**at**〕 the door 敲門
knock him on the head 打他的頭
➡「打 O(某人)的 O′(身體的某一部位)」為 knock *O* on the *O′*.

idiom

***knóck dówn*** 打倒，擊倒；拆掉(房屋).
***knóck óff*** 敲〔打〕掉；停止(工作等).
***knóck O òff O′*** 從 O′敲〔打〕落 O.
He knocked the snow off his coat. 他拍掉外套上的雪.
***knóck óut*** 打走，趕出去；(拳擊)擊倒對方(使其在十秒鐘內站不起來)；(棒球)(連續的強打)迫使對方更換投手；使認輸. → KO.

— 名 敲門聲，敲擊.
give a knock on ～ 敲〔打〕～
There is a knock at 〔on〕 the door. 有人敲門.
A knock was heard at the door. 聽到有人敲門的聲音.

**knock·er** [ˋnɑkɚ] 名 門環. ➡裝在門上供來訪者敲門用.

**knock·out** [ˋnɑk͵aʊt] 名 《拳擊》擊倒對方(使其在十秒鐘內站不起來)；《棒球》(連續的強打)迫使對方更換投手. → KO.

**knot** [nɑt] 名 ❶(線、繩等的)結；(樹等的)瘤，節. ❷節，浬. ➡一節為船一小時行進一海里(約 1,853 公尺)的速度.
— 動 把(繩子等)打成結.
◆ **knotted** [ˋnɑtɪd] 過去式、過去分詞.
He knotted two ropes together. 他把兩根繩子結在一起.
◆ **knotting** [ˋnɑtɪŋ] 現在分詞、動名詞.

| **know** [no] | ▶知道<br>⊙經由個人的經驗或學習而對某人〔事情〕有所認識 |
|---|---|

動 知道；認識，懂得～.
基本 I know him very well. 我很了解他. ➡ know＋(代)名詞<O>.
I know him by name. 我只知道他的名字.
基本 I know **about** him. 我知道他的情況. ➡ know＋介系詞＋名詞.
Jimmy **knows** all about cars. 吉米對汽車無所不知. ➡ knows [noz] 為第三人稱單數現在式.

K

I know **of** Mr. Green, but I have never met him. 我聽說過格林先生, 但從沒見過他. ➜ know of ～ 意爲「從傳聞等間接地知道～, 聽說～」.

會話 He is ill in bed. —Yes, I know. 他臥病在床. 一是的, 我知道.

會話 Will you join the party? —I don't know. 你會參加晚會嗎? 一我不知道.

基本 I know (that) he is honest. 我知道他是誠實的. ➜ know＋子句〈O〉.

會話 Who is he? —I'm sorry, but I don't know (who he is). 他是誰? 一對不起, 我不知道(他是誰). ➜ Who is he? 如果作爲句子的一部分, 則語序變爲 who he is.

I know him **to be** honest. 我知道他是誠實的.

I don't know **what to do**. 我不知道做甚麼好.

**To know** oneself is difficult. 了解自己是困難的. ➜不定詞 To know (了解)爲句子的主詞.

He was surprised **to know** the fact. 他知道這個事實後感到吃驚. ➜不定詞 to know (知道)爲表示「理由」的用法.

Mary knows how to make an apple pie. 瑪麗知道怎麼做蘋果派.

◆ **knew** [nju] 過去式.

I knew from TV that a big earthquake hit your town. 我從電視裡得知一場大地震襲擊了你的家鄉.

◆ **known** [non] 過去分詞. →known.

I **have** known him for a long time. 我認識他很久了. ➜現在完成式.

His name **is** known **to** everyone. 他的名字爲大家所熟知. ➜不用 ×*by* everyone.

◆ **knowing** [ˋnoɪŋ] 現在分詞、動名詞. ➜ know 爲表示「知道」某一狀態的動詞, 所以一般不用進行式(×*be knowing*).

Knowing your own faults is very important. 知道自己的缺點是很重要的. ➜動名詞 Knowing (知道)爲句子的主詞.

idiom

***as fàr as Í knów*** 就我所知, 盡我所知.

***as you knów*** 誠如你所知

***becòme knówn*** 爲人所知, 出名. ➜ 以 become (成爲～)替代 be known (被動語態; 意爲「出名」)中的 be 而來.

Gradually he became known as a writer. 他慢慢成爲一位知名作家.

***knów bétter*** (***than*** ～) (比～)更懂事, 心中很明白, 不會笨到(做～).

You should know better at your age. 以你的年齡你應該更懂事些.

He said he didn't cheat, but I know better (than to believe him). 他說他沒有騙人, 但我還不至於笨到去相信他的話.

You should know better than to go swimming on such a cold day. 你應該明白這麼冷的天氣是不能去游泳的.

***you knòw*** 你知道. ➜用於緩和語氣或表示輕微的叮嚀.

You know, I can't go today. 你知道, 我今天不能去.

I like music very much, you know. 你知道, 我很喜歡音樂.

**knowl·edge** [ˋnɑlɪdʒ] 名 認識, 知道, 知識; 學問.

a man of knowledge 有學問的人, 知識淵博的人

We gain a lot of knowledge by travel. 藉由旅行我們獲得很多知識. ➜不用 ×*many* knowledge*s*.

He has a wonderful knowledge of plants and animals. 他對動植物的知識可說是鉅細靡遺.

She married without the knowledge of her parents. 她是在父母不知道的情況下結婚的〔私自結婚了〕.

**known** [non] know 的過去分詞.

—形 大家都知道的，知名的.

the oldest known clock 已知的最古老的鐘

the best known novelist in Taiwan 臺灣最著名的小說家

**knuck·le** [ˋnʌkḷ] 名 (尤指根部的)手指關節(部分)，拳頭.

**KO** [ˋkeˋo] 名 (複 **KO's** [ˋkeˋoz])《拳擊、棒球》擊敗〔被擊敗〕.

—動 擊倒，擊敗.

◆ **KO'd** [ˋkeˋod] 過去式、過去分詞.

◆ **KO'ing** [ˋkeˋoɪŋ] 現在分詞、動名詞.

**ko·a·la** [koˋɑlə] 名 無尾熊. ➜產於澳大利亞的一種動物，棲於尤加利樹(eucalyptus)上，生性懶散；雌性的腹部有育兒袋；亦稱 **koala bear**.

**Ko·ran** [koˋrɑn] 名 (**the Koran**)《可蘭經》. ➜伊斯蘭教的聖典.

**Ko·re·a** [koˋriə] 專有名詞 韓國. ➜第二次世界大戰後分裂爲「大韓民國」(**Republic of Korea**；通稱「南韓」；首都漢城)與「朝鮮民主人民共和國」(**Democratic People's Republic of Korea**；通稱「北韓」；首都平壤).

**Ko·re·an** [koˋriən] 形 韓國的，韓國人〔語〕的.

—名 ❶韓國語.

❷韓國人.

the Koreans (全體)朝鮮〔韓國〕人

**KS** Kansas 的縮寫.

**Ku·wait** [kʊˋwet] 專有名詞 科威特. ➜濱臨波斯灣，阿拉伯半島最北部的君主立憲國；首都也稱科威特；通用語爲阿拉伯語.

**KY** Kentucky 的縮寫.

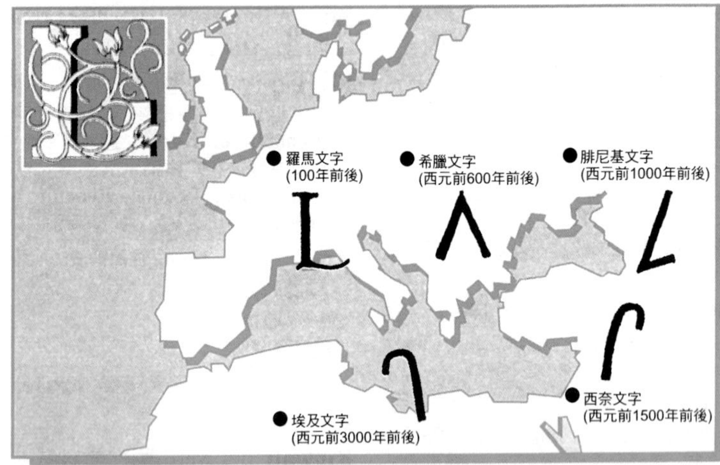


**L, l** [ɛl] 名 (複 **L's, l's** [ɛlz]) ❶英文字母的第十二個字母.
❷(L) (羅馬數字的) 五十.
LX (L＋X)＝60
XL (L－X)＝40

**£** ＝pound(s) (鎊). ➡英國的貨幣單位; 用於數字前面.
£1 (讀法: one〔a〕pound) 一英鎊
£6 (讀法: six pounds) 六英鎊

**l., l** liter(s) (升) 的縮寫.

**LA** Louisiana 的縮寫.

**L.A.** Los Angeles 的縮寫.

**la·bel** [ˋlebḷ] 名 (貼在藥瓶、旅行包、標本等上面的) 標籤, 籤條; 行李標籤.
—動 貼標籤, 加籤條.
◆ **label(l)ed** [ˋlebḷd] 過去式、過去分詞.
◆ **label(l)ing** [ˋlebḷɪŋ] 現在分詞、動名詞.

**la·bor** [ˋlebɚ] 名 ❶勞動, 勞力, 辛苦; (辛苦的) 工作.
**Lábor Dày** 《美》勞動節. ➡九月的第一個星期一; 相當於歐洲各國的 May Day.
❷《集合》勞工.
—動 勞動, 苦幹, 努力.

**lab·o·ra·to·ry** [ˋlæbrəˏtorɪ] 名 (複 **laboratories** [ˋlæbrəˏtorɪz]) 實驗室; 實習室, 研究室. →language laboratory.

**la·bor·er** [ˋlebərɚ] 名 勞工, 工人.

**la·bour** [ˋlebɚ] 名 動《英》＝labor.

**la·bour·er** [ˋlebərɚ] 名《英》＝laborer.

**lace** [les] 名 ❶花邊, 緞帶. ❷(鞋子等的) 繫繩. → shoelace.

**lack** [læk] 名 缺乏, 不足.
I gave up the plan **for** lack **of** time and money. 由於時間和金錢的不足, 我放棄了這個計畫.
—動 ❶缺乏, 沒有～.
He lacks experience. 他缺乏經驗.
❷(**lack for** ～) 因缺少～而爲難.
His family lacks for nothing. 他家甚麼也不缺.

**lack·ing** [ˋlækɪŋ] 形 缺少的, 不足的.
He is lacking **in** courage. 他缺乏勇氣.

**lac·quer** [ˋlækɚ] 名 眞漆, 漆.

**la·crosse** [lə`krɔs] 名 長曲棍球. ➡由每隊十人進行的球類運動，類似曲棍球；用具有長柄的球棒將球擊入對方的球門.

**lad** [læd] 名 青年，少年. → lass.

**lad·der** [`lædɚ] 名 ❶梯子. ❷《英》(襪子的)抽絲(《美》run).

**la·dle** [`ledl̩] 名 (舀水等的)勺子，柄勺.

**la·dy** [`ledɪ] 名 (複 **ladies** [`ledɪz]) ❶女士，夫人. ➡對 woman 的尊稱.
an old lady 老婦人
"There is a lady at the door," said Mark to his mother. 「門口有一位女士」，馬克對媽媽說.
"Ladies first", said John with a smile. 「女士優先」，約翰微笑著說.
**the ládies' (ròom)** (旅館等的)公共女厠. ➡亦作 **women's room**.
❷(文雅而有教養的)淑女；(身分高貴的)貴婦人.
Lucy acted like a perfect lady at the party. 露西在晚會上的行動舉止宛如一位高雅的淑女.
**the fírst lády〔Fírst Lády〕** (美國)總統〔州長〕夫人.
❸《英》(**Lady** ~)~夫人. ➡對貴族夫人的敬稱.
Lady Macbeth 馬克白夫人
idiom
***Ládies and Géntlemen!*** 各位女士先生！ ➡只有女性聽眾時僅用 ***Ladies!***

**la·dy·bird** [`ledɪˌbɝd] 名 =ladybug.

**la·dy·bug** [`ledɪˌbʌg] 名 瓢蟲.

**lag** [læg] 動 慢吞吞，遲緩.
lag behind 落後，跟不上
◆ **lagged** [lægd] 過去式、過去分詞.
◆ **lagging** [`lægɪŋ] 現在分詞、動名詞.
—名 落後；(時間上的)出入.
a time lag of several minutes 數分鐘的出入
jet lag 搭乘飛機長途旅行時因時差所產生的疲倦感

**laid** [led] lay[1]的過去式、過去分詞.

**lain** [len] lie[2] 的過去分詞.

**lake** [lek] ▶湖 ⊙亦有 Lake ~「~湖」的用法

名 (複 **lakes** [leks]) 湖，湖水.
a large lake 大湖
Lake Biwa=the Lake of Biwa (日本的)琵琶湖
**the Gréat Lákes** (美國的)五大湖. ➡位於加拿大和美國邊境的Superior, Michigan, Huron, Erie, Ontario 五湖.
**the Láke Dìstrict〔Còuntry〕** (英國的)湖泊地區. ➡英格蘭西北部的山岳地帶，多風景秀麗的湖泊；這一帶爲國家公園.

**lamb** [læm] ➡b 不發音. 名 ❶羔羊. ❷羔羊肉. → mutton.

**lame** [lem] 形 跛的，瘸的.
a lame horse 跛腳馬
The horse **went** lame after its fall. 這匹馬跌倒後跛了腿. → go ❺

**lamp** [læmp] 名 燈.
a desk〔floor〕lamp 檯燈〔落地座燈〕

**lamp·post** [`læmpˌpost] 名 路燈(等)柱.

**lamp·shade** [`læmpˌʃed] 名 燈罩.

**land** [lænd] 名 ❶(與海相對)陸地.
After weeks at **sea**, the voyagers saw **land**. 在海上經過了幾個星期，航海者們看到了陸地. ◁相關語 ➡不用×*a* land, ×land*s*.
❷(作爲田地、建築用地的)土地.
good land for crops 適合作物生長的土地
❸國家，國土(country).
my native land 我的祖國
idiom
***by lánd*** 從陸上，由陸路. 相關語

L

by sea(由海路), by air(由空路).
travel by land 陸路旅行
—動 登陸;(船)進港;降落;到達.
land **at** an airport 在機場降落
land at New York 進入紐約港
The American astronauts succeeded in landing **on** the moon. 美國太空人成功地登上了月球.

**land·ing** [ˋlændɪŋ] 名 ❶登陸,著陸. ❷碼頭上裝卸貨物的地方,碼頭. ❸樓梯平臺. ➡樓梯相接處的平臺.

**land·la·dy** [ˋlændˏledɪ] 名 (複 **landladies** [ˋlændˏledɪz]) (公寓等的)女房東;(旅館等的)女店主. ➡女性的 landlord.

L

**land·lord** [ˋlændˏlɔrd] 名 (公寓等的)房東;地主;(旅館等的)店主. → landlady.

**land·own·er** [ˋlændˏonɚ] 名 土地所有者,地主.

**land·scape** [ˋlændˏskep] 名 (視力所及的)風景,景色;風景畫.
a landscape painter 風景畫家

**lane** [len] 名 ❶小路,小徑;小巷. ❷(道路用白線劃分的)車道;(船的)航道;(游泳的)水道;(保齡球的)球道.

**lan·guage** [ˋlæŋgwɪdʒ] ▶語言 ▶國語

名 (複 **languages** [ˋlæŋgwɪdʒɪz]) ❶(泛指)**語言,言詞**.
the origins of language 語言的起源
body language 肢體語言 → body.
❷(一國、一民族的)語言,**國語**.
the English language 英語 ➡比 English 更正式的說法.
a foreign language 外語
English can be called an international language. 英語可稱為國際語言.
English is spoken as a first [second] language in that country. 在該國英語被當成第一[第二]語言.
He is very good at languages. 他精通語言.
❸**措詞**,用語.
written [spoken] language 書寫用語[口語] ➡不用×*a* language, ×language*s*.
use strong language 用強烈措詞
I don't like his language. 我討厭他的措詞.

**lánguage làboratory** 語言實驗室,視聽教室. ➡亦作 **language lab**.

**lánguage wàr** 語言戰爭. ➡在有多種語言的多民族國家裡,在規定以何種語言作為通用語的議題上,各民族間發生的糾紛.

**lan·tern** [ˋlæntɚn] 名 提燈;燈籠.
a paper [Chinese, Japanese] lantern 紙[中式,日式]燈籠
a stone lantern 石燈籠

**lap**[1] [læp] 名 人坐著時腰以下到膝為止的大腿部分.
She was holding her baby **on** her lap. 她把嬰兒放在腿上. ➡一個人的「膝」不用×lap*s*.
She was seated with her lap full of flowers. 她坐著,膝上放滿了花.

**lap**[2] [læp] 動 (狗、貓)舐,舐食(牛奶等流質食物).
◆**lapped** [læpt] 過去式、過去分詞.
The kitten lapped up her milk. 小貓把牛奶舐光了.
◆**lapping** [ˋlæpɪŋ] 現在分詞、動名詞.

**lap**[3] [læp] 名 (跑道的)一圈,(比賽用

游泳池的)一趟來回.

**lard** [lɑrd] 名 豬油. ➡由豬的脂肪製成的烹調用油.

| **large** [lɑr dʒ ] | ▶大的<br>⊙面積或數量以客觀角度看起來大的 |
|---|---|

形 (寬廣而)大的.

**基本** a large house 一間很大的房子 ➡ large＋名詞.

a large family 大家庭

the large size L號, 大號

a large audience 很多觀眾

a large sum of money 一大筆錢

**基本** His house is **large**, but mine is **small**. 他的房子很大, 而我的很小. ◁反義字 ➡ be動詞＋large 〈C〉.

◆ **larger** [ˋlɑrdʒɚ] 《比較級》更大的.

Which is larger, the sun or the moon? 太陽和月亮哪個大?

The sun is larger **than** the moon. 太陽比月亮大.

◆ **largest** [ˋlɑrdʒɪst] 《最高級》最大的.

Tokyo is **the** largest city in Japan. 東京是日本最大的城市. (＝Tokyo is larger than any other city in Japan.)

Tokyo is the largest of all the cities in Japan. 在日本所有的城市中東京最大.

**large·ly** [ˋlɑrdʒlɪ] 副 大量地, 大部分, 主要地.

**lark** [lɑrk] 名 雲雀. ➡一般與skylark用法相同.

> 印象 一種活躍的春鳥, 一邊飛向天空一邊鳴囀; 給人「自由、快活」等的印象, happy as a lark (像雲雀一樣快樂)意即「非常快樂」; 此外由於雲雀喜於大清早唱歌, 所以 rise 〔get up〕 with the lark (和雲雀一起起床)意即「早起」.

**lar·va** [ˋlɑrvə] 名 (複 **larvae** [ˋlɑrvi]) (昆蟲的)幼蟲.

**la·ser** [ˋlezɚ] 名 雷射光(發射器). ➡用於醫療、通訊等.

**lass** [læs] 名 少女, 小姑娘. → lad.

| **last**[1] [læs t] | ▶最後的<br>▶剛過去的<br>⊙用於在順序上最後者, 或離說話時間最近者 |
|---|---|

形 ❶最後的. 反義字 first (最先的).

**基本** the last bus 末班公車 ➡the＋last＋名詞.

the last Thursday in November 十一月的最後一個星期四 → Thanksgiving Day.

the last five pages of the book 這本書的最後五頁 ➡不用ˣfive *last*.

the last years of his life 他的晚年

His last hope was lost. 他最後的希望消失了.

**基本** He was last in the race. 他賽跑倒數第一. ➡ be動詞＋last 〈C〉.

**lást nàme**＝family name (姓).

❷(時間上)剛過去的; 最近的. ➡只用於名詞前.

**基本** last week 上週, 上星期 ➡ last＋表示週、月、年、星期、季節等的名詞.

last month 上個月

last night 〔year〕 昨夜〔去年〕

last Monday (在)上星期一 ➡「在上星期一」不用ˣ*on* last Monday; **the** last Monday 意爲「(某月的)最後一個星期一」.

on Monday last 《主英》在剛過去的星期一, 在上星期一

on Monday last week 上週的星期一

last summer 〔August〕 去年夏天〔八月〕; 今年夏天〔八月〕 ➡如在過年後說即爲「去年的～」, 如在該年的秋天或冬天說則爲「今年的～」.

for the last six years 最近六年來

❸最不可能的.

He is the last person to do it. 他

是最不可能做那件事的人.

idiom

***for the lást tíme*** 作爲結束，最後一次. 反義字 for the first time (初次).

***the lást tíme*** *S′+V′* S′上次V′時.

The last time I saw him, he looked very healthy. 我上次看見他時，他看起來很健朗.

**—**名 **最後，最後的人〔物〕，末尾；上次，上回.**

the day before last 前天

the night before last 前天晚上

the week 〔the month, the year〕 before last 上上星期〔上上個月，前年〕

Jack was the **first** and Ken was the **last**. 傑克第一名，肯最後一名. ◁反義字

He was the last to come here. 他是最後一個來這兒的人. → to ❿②

idiom

***at lást*** **最後，終於.** 反義字 at first (起先，開始時).

At last the war ended. 戰爭終於結束了.

***to the lást*** 直到最後.

**—**副 **最後；上一次，最近一次.**

I arrived last. 我最後到達.

When did you see him last? 你最近一次見到他是甚麼時候?

It is three years since I saw you last. 自從上次見到你以來已經過了三年.

You last came to our house on Tuesday. 你上次是星期二來我們家.

**last**[2] [læst] 動 **持續；維持，持久.**

last long 持續很長，經久耐用

I hope this fine weather lasts for a week. 我希望這好天氣能持續一週.

**last·ing** [ˋlæstɪŋ] 形 持久的，永久的.

**last·ly** [ˋlæstlɪ] 副 最後.

**lat.** latitude(緯度)的縮寫.

L

## late [le t ]

▶晚的，遲的
▶晚，遲

形 ❶(時間、時期)**晚的；遲的.** → 「(速度)慢的」用 slow.

基本 a late breakfast 很晚才吃的早餐 → late+名詞.

a late riser 〔comer〕 晚起的人〔遲到的人〕

in late spring 在暮春

in the late afternoon 在下午較晚的時候，傍晚

at this late hour 在這麼晚的時間

基本 He is often late (**for** school). 他經常(上學)遲到. → be 動詞+late <C>.

Don't be late. 不要遲到.

I'm sorry I'm late. 對不起我來晚了.

I was five minutes late for school this morning. 今天早上我上學遲到五分鐘.

It was very late when we left his home. 我們離開他家時已經很晚了. → It 籠統地表示「時間」.

諺語 It is never too late to learn. 學不嫌晚. → It=to learn(學習)；相當於「活到老，學到老」.

◆ **later** [ˋletɚ] 《比較級》**更遲的，更晚的.** → later.

◆ **latest** [ˋletɪst] 《最高級》**最遲的，最晚的.** → latest.

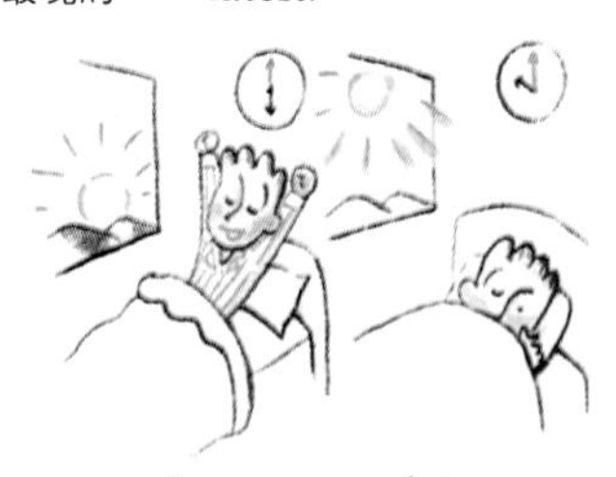

early late

❷**最近的，上次的；去世不久的，已故的.**

the late news 最新的消息

the late Dr. Lee 故李博士

—副 (時間、時期)晚，遲；直到很晚. 反義字 early(早的，早).
late at night　在深夜，直到深夜
late in the afternoon　在下午較晚的時候，傍晚
get up late　(早上)很晚起床
sit up late (at night)　熬夜
Spring comes late in this part of the country.　這地方春天來得遲.
Mr. and Mrs. Jones came (ten minutes) late.　瓊斯夫婦遲到了(十分鐘).
諺語 Better late than never.　遲做總比不做好.

◆ **later**　〖比較級〗**更遲，更晚**. → later.

◆ **latest**　〖最高級〗**最遲，最晚**. → latest.

—名 用於下列片語.

idiom

***of láte***　近來，最近(lately, recently).
***till*** 〔***until***〕 ***láte***　直到很晚. ➜單獨使用 late(副詞)時也有此意.

**late·ly** [ˋletlɪ] 副 近來，最近.
Have you seen Paul lately?　你最近看過保羅嗎?

**lat·er** [ˋletɚ] ➜ late 的比較級.
形 (時間、時期)**更遲的，更晚的，新近的，其後的**.
later news　那以後的消息，稍後的消息

—副 ❶**更晚，更遲**.
get up later **than** usual　比平時晚起

❷**隨後，過一會兒**.
a little later　不一會兒
three weeks later　三個星期過後
Fine, cloudy later.　《日記》晴轉多雲.
I will come again later in the afternoon.　等會兒下午我再來. ➜ late in the afternoon 爲「下午較晚的時候」之意.
Later the boy became a great statesman.　後來這男孩成爲一位偉大的政治家.

會話 **I'll see you later.** —OK, sure.　回頭見. —好，回頭見. ➜當天還要見面時的道別招呼語；也可以省略 I'll (=I will)而說 **"See you later."**

idiom

***láter ón***　以後，下回.
***sóoner or láter***　遲早.

**lat·est** [ˋletɪst] ➜ late 的最高級.
形 (時間、時期)**最遲的，最晚的；最新的**.
the latest news　最新消息
his latest work　他的最新作品

idiom

***at*** (***the***) ***látest***　最遲〔晚〕.

—副 **最遲，最晚，最後**(last).

**Lat·in** [ˋlætn̩] 名 ❶**拉丁語**. ➜古羅馬的語言. ❷**拉丁語系的人**. ➜說拉丁語系語言(義大利、法語、西班牙語、葡萄牙語等)的人.

—形 **拉丁語的；拉丁語系的**.

**Lat·in A·mer·i·ca** [ˋlætɪnəˋmɛrɪkə] 專有名詞 **拉丁美洲，中南美洲**. ➜指以拉丁語系的西班牙語、葡萄牙語爲通用語的墨西哥、中美、南美.

**lat·i·tude** [ˋlætə͵tjud] 名 **緯度**. ➜略作 **lat.**； 相關語 longitude(經度).

**lat·ter** [ˋlætɚ] 形 ❶(與「前半的」相對)**後半的；後者的**.
the latter half of the year　後半年 ➜「前半年」爲 the first half of the year.

❷(**the latter**)(與「前者」相對)**後者**.
Spring and fall are pleasant seasons, but I like **the latter** better than **the former**.　春天和秋天都是令人愉快的季節，但我較喜歡後者. ◁反義字

**laugh** [læf] 動 (出聲地)**笑**. 相關語 smile(微笑)，giggle(咯咯地笑)，grin(露齒而笑).
laugh loudly　大聲地笑
We laughed all through the funny

L

movie. 我們在看這部喜劇片時一直笑個不停.
"Oh, I'm mistaken," said he laughing. 「噢, 我弄錯了,」他笑著說.
諺語 He who laughs last laughs longest. 最後笑的人笑得最久. ➡「不要高興得太早」之意.
idiom
***láugh at*** ～ 看到〔聽到〕～而發笑; 嘲笑～.
We all laughed at his joke. 聽了他的笑話我們都笑了.
They laughed at him. 他們嘲笑他.
He was laughed at by his friends. 他被朋友們嘲笑.
— 名 笑; 笑聲.
**have** a good laugh 大笑

**laugh·ter** [ˋlæftɚ] 名 笑; 笑聲.
**burst into** laughter 哈哈大笑起來

**launch** [lɔntʃ] 動 ❶使(船)下水; 發射(火箭); 使(人)踏入社會自立. ❷開辦(企業等), 發起.
— 名 ❶(新船的)下水, (火箭、太空船等的)發射. ❷汽艇, 遊艇. ➡小型汽艇, 用於在灣內、湖泊等遊覽、運輸.

**laun·dry** [ˋlɔndrɪ] 名 (複 **laundries** [ˋlɔndrɪz]) ❶洗衣店〔房〕. ❷(**the laundry**)《集合》要洗的衣物, 送洗的衣物.

**lau·rel** [ˋlɔrəl] 名 月桂樹. ➡產於南歐的一種常綠喬木, 樹葉芳香; 古希臘人們用其枝條編成冠冕(桂冠), 授予參與戰爭的勇士和競賽的優勝者等.

**la·va** [ˋlɑvə] 名 (火山的)熔岩.

**lav·a·to·ry** [ˋlævə,torɪ] 名 (複 **lavatories** [ˋlævə,torɪz]) ❶盥洗室.
❷(婉稱)厠所(toilet).

**law** [lɔ] 名 ❶法律; 法學.
**láw còurt** 法庭.
❷法則; 規則.

**law·ful** [ˋlɔfəl] 形 合法的.

**lawn** [lɔn] 名 草地, 草坪.
**mow** the lawn 修剪草坪
**láwn mòwer** 割草機.
**láwn tènnis** 網球(尤指在草地球場進行者). ➡原本在草地(lawn)球場上進行, 故稱作此; 通常作 tennis.

**law·yer** [ˋlɔjɚ] 名 律師, 法學家; 精通法律的人.
**consult** a lawyer 與律師商量

**lay**[1] [le] 動 ❶放, 平放. ➡不要和 lie[2](躺)的過去式 lay 混淆.
lay a book **on** the desk 把書放在桌上
lay bricks 砌磚
◆ **laid** [led] 過去式、過去分詞.
He laid his hand on my shoulder. 他把手放在我肩上.
He **laid himself** on th bed. 他躺臥在床上.
❷鋪(地毯等), 擺; 佈置(餐桌等).
lay a carpet on the floor 在地板上鋪地毯
She is now laying the table. 她現在正在佈置餐桌. ➡指把刀、叉、碟等餐具擺在桌上.
❸下(蛋).
Every day the hen laid an egg. 母雞每天下一個蛋.
idiom
***lày asíde*** 放在一邊; 拋棄; 貯存.
***lày dówn*** 放下; 扔掉(武器等); 制定(規則等); 興建(鐵路等).
Lay the baby down gently. 把嬰兒輕輕放下.
***lày óut*** 攤開(物品), 擺出; 設計(城市、庭園等); 佈置; 花(錢等).
***lày úp*** 儲存; 使(因病)臥床.
I was laid up with a cold. 我因感冒而臥床休息.

**lay**[2] [le] lie[2] 的過去式.

**lay·er** [ˋleɚ] 名 ❶層, (油漆等的)一層.
the ozone layer 臭氧層
❷放置者; 會下蛋的雞.

L

a good layer 很會下蛋的雞

**la·zy** [ˋlezɪ] 形 **懶惰的，懶散的.**

a lazy fellow 懶惰的人

His father got angry with him because he was so lazy. 他太懶了，所以他父親很氣他.

◆ **lazier** [ˋlezɪɚ] 比較級.

◆ **laziest** [ˋlezɪɪst] 最高級.

**lb.** 《略》=pound(s) (磅). ➜重量單位；接於數字之後；→ pound¹❶

**lead¹** [lid] 動 ❶(走在前面)**爲～帶路，引導.**

lead him **to** his seat 引領他到他的座位

lead an old man by the hand 牽著老人的手走

This road will lead you to the ferry. (這條路直通到渡口⇨)你順著這條路走就可到達渡口.

The leader **leads** us **through** the wood. 指揮官帶我們穿過樹林.

◆ **led** [lɛd] 過去式、過去分詞.

The guide **led**, and we **followed**. 嚮導在前領路，我們在後跟著. ◁相關語

Bob is the captain of our team and he is **leading** it very well. 鮑勃是我們的隊長，他把這個隊領導得很好.

❷走在(隊伍等的)前列；列於(名單等的)前面；在～中領先.

lead **in** a parade 走在遊行隊伍的前列

He leads his class in English. 他在班上英語最好.

The Giants were leading at the top of the seventh inning. 到七局上半爲止巨人隊領先.

The flag carriers led the parade. 旗手們走在遊行隊伍前列.

❸指揮，領導.

lead an orchestra 指揮管弦樂團

lead a discussion 主持討論

❹(道路等)通向～.

This road leads **to** the station. 這條路通往車站.

Hard work leads to success. 努力是通往成功之路〔只要努力就能成功〕.

❺(**lead** O **to** *do*)誘使O～，使得O～.

This led him to believe so. 這使他相信的確如此.

❻過(某種生活).

lead a busy life 過忙碌的生活

—名 最前頭；領導，領先.

**take** the lead in the race 在賽跑中領先

**lead²** [lɛd] ➜注意與lead¹在發音上的區別. 名 鉛；鉛筆芯.

**lead·er** [ˋlidɚ] 名 ❶**指揮者，領導者，**領袖. ❷《英》(報紙的)社論(leading article).

**lead·er·ship** [ˋlidɚˏʃɪp] 名 領導；領導能力；領導地位.

**lead·ing** [ˋlidɪŋ] 形 領導的；一流的；主要的.

the leading men of the town 城裡有影響力的人們

a leading actor 演主角的演員，主要演員

a leading article (報紙的)社論(leader)

play the leading role in the play 領銜主演該部戲

**leaf** [lif] 名 (複 **leaves** [livz]) ❶(草木的)葉子.

In spring trees begin to **come into leaf**. 春天樹木開始長葉子了.

dead 〔fallen〕 leaves 枯葉〔落葉〕

❷ (書籍的紙)一張. ➜包含正反面二頁.

**leaf·let** [ˋliflɪt] 名 ❶小葉，嫩葉.

❷(散發的)廣告單，傳單.

**leaf·y** [ˋlifɪ] 形 樹葉茂盛的，多葉的.

**league** [lig] 名 同盟，聯盟；(棒球等的)聯盟.

L

**leagu·er** [ˋligɚ] 名 加入聯盟的成員〔團體，國家〕；(棒球)聯盟的選手.
a major leaguer (美國職棒的)大聯盟選手 →major league (major❶).

**leak** [lik] 名 (水、瓦斯、空氣、祕密等的)漏，洩漏；漏洞.
a gas leak 瓦斯外洩
—動 漏；使洩漏.

**lean**[1] [lin] 形 ❶瘦的.
He is tall and **lean** and his wife is small and **fat**. 他又高又瘦，而他妻子又矮又胖. ◁反義字
❷(肉等)無脂肪的，瘦肉的.
—名 (無脂肪的)瘦肉. ➡「肥肉」爲 fat.

L

**lean**[2] [lin] 動 傾斜，倚靠；使～傾斜，把～靠在某種東西上.
lean **against** the wall 倚靠著牆
lean a ladder against the wall 把梯子靠在牆上
lean **on** his arm 靠在他臂上
lean **out of** the window 身體探出窗外
lean **forward**〔**back**〕 前傾〔後仰〕
The Tower of Pisa leans. 比薩斜塔傾斜著.

**lean·ing** [ˋlinɪŋ] 形 傾斜的.
**the Léaning Tówer of Písa** 比薩斜塔. ➡義大利中部比薩城裡有名的鐘樓(一三五〇年建成)，世界七大奇景之一；在建造中途發生地基下陷，此後塔就開始傾斜.

**leap** [lip] 動 跳，躍，蹦. ➡在口語中一般用 jump.
leap **over** a fence 跳過籬笆
Salmon often leap waterfalls. 鮭魚經常躍過瀑布.
諺語 Look before you leap. 先看後跳. ➡意爲「三思而行」.
◆ **leaped** [lipt], **leapt** [lɛpt] 過去式、過去分詞.
—名 跳躍，一躍.
**take**〔**make**〕 a leap 跳，躍

**leapt** [lɛpt] leap的過去式、過去分詞.

**leap year** [ˋlɪp jɪr] 名 閏年.

**learn** [l ɝ n] ▶學習 ▶記住

動 ❶學，學習；學會；記住. 同義字 study 是爲了學得知識而「讀書，研究」；learn 是透過讀書、學習而「習得、記住知識」.
基本 learn English 學英語 ➡ learn＋名詞〈O〉.
learn ten words a day 一天記十個單字
learn **how to** swim 學游泳
He **learns** very slowly. 他學得很慢. ➡ learns [lɝnz] 爲第三人稱單數現在式.
He **studies** many hours every day, but he doesn't **learn** anything. 他每天唸好幾個鐘頭的書，但甚麼也沒學到. ◁相關語
◆ **learned** [lɝnd], **learnt** [lɝnt] 過去式、過去分詞.
I studied the history of America and learned how the country was born. 我研究過美國歷史，知道這個國家是怎樣誕生的.
English grammar **is** not learned easily. 英語文法不容易學. ➡被動語態.
◆ **learning** [ˋlɝnɪŋ] 現在分詞、動名詞. → learning.
We **are** learning English at school. 我們在學校學習英語. ➡現在進行式.
The best way of learning (＝The best way to learn) a foreign language is to live in the country where it is spoken. 學習外語的最好方法是居住在說這種語言的國家. ➡介系詞 of＋動名詞 learning(學習)；不定詞 to learn(爲了學習～的)修飾 way.
❷(**learn to** *do*)學會～.
基本 learn to swim 學會游泳
learn to communicate in English

學會用英語溝通
You'll learn to ski in a week or so if you practice every day. 如果你每天練習的話，一星期左右就能學會滑雪.
❸知道，聽到.
learn **from** experience 從經驗得知
I learnt from his letter that he was in America. 我從他的來信得知他在美國.

idiom
***léarn*** *O* ***by héart*** 背誦O，默記O.

**learn·ed** [ˋlɜnɪd] ➜注意發音；爲learn的過去式、過去分詞時，發音爲[lɜnd]. 形 有學問的，博學的.
a learned man 學者

**learn·er** [ˋlɜnɚ] 名 學習者；初學者.
a slow learner 遲緩的學習者

**learn·ing** [ˋlɜnɪŋ] learn的現在分詞、動名詞.
— 名 學問.
a man of learning 學者

**learnt** [lɜnt] learn的過去式、過去分詞.

**leash** [liʃ] 名 (繫狗等的)牽繩，拴繩.
lead a dog on the leash 用牽繩牽狗

**least** [list] ➜ little的最高級. 形 (數量、程度)最少〔最小〕的.
Who did **the** least work? 工作做得最少的是誰?
There isn't the least wind today. 今天一點風也沒有.
— 代 最少的東西，最少.
I had very **little** money, but John had **less** and Bob had the **least**. 我只有一點點錢，但約翰更少，鮑勃最少. ◁相關語
He did **least** of the work and got **most** of the money. 他工作做得最少而錢卻拿得最多. ◁反義字

idiom
***at léast*** 至少. 反義字 at most(最多).
You must sleep at least eight hours. 你至少得睡八小時.
***nòt in the léast*** 一點也不.
I am not in the least tired. 我一點也不累.
— 副 最少，最不～.
I like mathematics least. 我最不喜歡數學.
It is the least important thing. 那是最不重要的事.

**leath·er** [ˋlɛðɚ] 名 形 皮革(製的)，皮(的).

---

**leave** [l i v]
▶離開
▶剩下
▶使～處於(某種狀態)

動 ❶離開，動身，出發.
基本 leave Japan 離開日本 ➜ leave＋名詞〈O〉.
基本 leave **for** America 前往美國 ➜ leave＋for＋名詞.
leave Japan for America 離開日本前往美國
leave (home) for school (離家)去學校
When do you leave Paris? 你甚麼時候離開巴黎?
When do you leave for Paris? 你甚麼時候去巴黎?
The train **leaves** in five minutes. 火車五分鐘之後離站. ➜ leaves [livz] 爲第三人稱單數現在式；➜不要與leaf(葉子)的複數形leaves混淆.

◆ **left** [lɛft] 過去式、過去分詞. ➜不要與「左邊」之意的left混淆.
They left Taiwan **from** CKS International Airport yesterday. 他們昨天從中正國際機場離開臺灣.

◆ **leaving** [ˋlivɪŋ] 現在分詞、動名詞.
We **are** leaving for Paris tomorrow. 我們明天動身去巴黎. ➜表示「即將」的現在進行式.
❷**離開，脫離**(工作、所屬團體、學校等)(quit)；《英》(從學校)**畢業**. →

graduate.
She'll leave the softball team. 她將退出壘球隊.
After leaving college he worked in his father's office. 他大學休學〔畢業〕後在他父親的辦事處工作. ➡介系詞 after＋動名詞 leaving(離開〔畢業〕).
❸剩下，留下；忘記帶走.
3 from 10〔10 minus 3〕leaves 7. 十減三剩七.
He left a letter for Mother. 他留了一封信給母親.
Did he leave a message for me? 他有沒有留話給我?
Mozart left us a lot of beautiful music. 莫札特留給我們許多優美的音樂. ➡leave〈V〉＋(代)名詞〈O′〉＋名詞〈O〉的句型.
The rich banker left all his money **to** the orphans' home. 這位富有的銀行家把自己所有的錢財都捐給了那家孤兒院.
I **forgot** my dictionary; I **left** it in my room. 我忘了帶辭典，我把它留在房間裡了. ◁相關語
Sam left his money **behind** when he went shopping. 山姆出去買東西時忘了帶錢.

I have left my camera (behind) in the bus. 我把照相機遺忘在公車上了. ➡現在完成式.
I was left behind. 我被遺忘在後了. ➡被動語態.
There is no wine left in the bottle. 瓶子裡的葡萄酒一滴不剩. ➡過去分詞 left(被剩下)修飾 wine.
I have nothing left to give you. 我沒有剩下任何東西要給你.
❹委託，把～交給；聽任.
She left her baby **with**〔**to**〕her mother and went to the movies. 她把嬰兒託給母親，自己看電影去了.
I left the cooking to my brothers. 我把做飯的事交給哥哥們.
❺使～處於(某種狀態).
基本 leave the door open 讓門開著 ➡leave＋名詞〈O〉＋形容詞〔現在分詞〕〈C〉.
leave the kettle boiling 任憑水壺的水沸騰
Leave my knitting **alone**! 別動我的編織品!
Please leave me alone. 請不要管我.

idiom

***léave óff*** 停止(做某事)，結束.
會話 Where did we leave off? —(We left off) at the end of page 10. 我們在甚麼地方結束的? 一第十頁的最後.
***léave óut*** 遺漏，省略；不考慮.
You left out the comma in the sentence. 你漏掉了句中的逗號.

—名 ❶(請假的)許可，同意.
stay away from office **without** leave 未經許可擅離職守
❷(准許的)假期(holiday).
go home **on** leave 休假回家

idiom

***tàke léave of ～*** 向～告別.

**leaves** [livz] 名 leaf 的複數. ➡不要與 leave(離開)的第三人稱單數現在式相混.

**lec·ture** [ˋlɛktʃɚ] 名 ❶講課，演講.
**attend** a lecture 聽課〔演講〕
**give** a lecture **on** modern art 講授現代美術〔作關於現代美術的演講〕
❷(對孩子等的)教訓，責備.
—動 ❶講課，講演. ❷(對孩子等)說教，教訓，訓斥(scold).

**lec·tur·er** [ˋlɛktʃərɚ] 名 講演者；(大學等的) 講師.

**led** [lɛd] lead[1]的過去式、過去分詞.

| **left**[1] [lɛft] | ▶左邊的 ▶向左 ▶左 |
|---|---|

形 **左邊的，** 左側的.

**基本** the left hand　左手，左側　➡ left＋名詞；只用於名詞前.

the left bank　(面朝下游的) 左岸

We made〔took〕a left turn at the next corner. 我們在下一個轉角左轉.

In Japan traffic keeps to the **left**, not the **right**, side of the road. 在日本車輛靠左通行而不是靠右通行.

◁反義字　➡ the left, the right 分別連接 side of the road.

**—** 副 **向左，** 在左邊.

**基本** turn left　向左轉　➡動詞＋left.

**—** 名 **左，** 左側.

**to the left**　向左

**on**〔**at**〕**the left**　在左邊，在左側

sit on〔at〕his left　坐在他的左邊

In Britain people drive on the left. 在英國車輛靠左行駛.

Forks are placed on〔at〕the left of the plate. 叉子放在盤子的左側.

告示 Keep to the left. 靠左走. ➡ 亦作 Keep left.；但這裡的 left 是副詞.

**left**[2] [lɛft] leave 的過去式、過去分詞.

**left-hand** [ˋlɛftˋhænd] 形 左手(用)的，(向)左側的.

the top left-hand drawers of the desk　書桌左上端的抽屜

**left-hand·ed** [ˋlɛftˋhændɪd] 形 左撇子(專用)的，用左手做的；向左旋轉的.

left-handed scissors　左手用的剪刀

Are you **right-handed** or **left-handed**? 你慣用右手還是左手?

◁反義字

**leg** [lɛg] 名 ❶(人、動物等的)**腿，** 脛. ➡大腿上端以下或腳踝以上的部分；→ foot.

I was hurt **in** my left leg. 我左腿受了傷.

He sat down in the chair and crossed his legs. 他坐在椅子上翹起二郎腿.

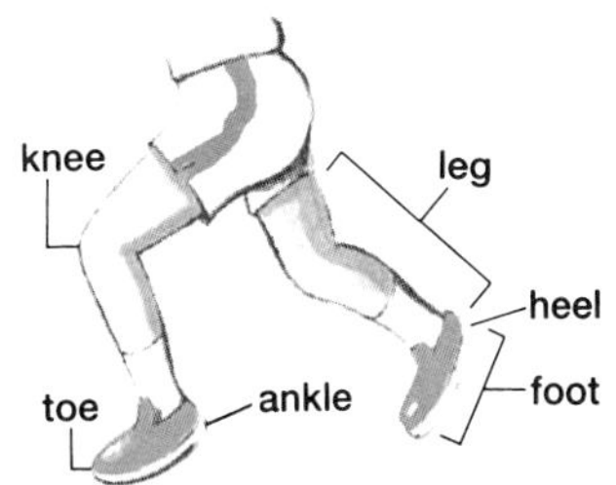


❷(桌子等的)腳.

Don't sit on the chair; it has a broken leg. 別坐這把椅子，它有一隻腳斷了.

**le·gal** [ˋlig!] 形 法律上的；正當的，合法的. 反義字 illegal (違法的).

**leg·end** [ˋlɛdʒənd] 名 傳說.

**lei** [le] 名 夏威夷人為表示歡迎而給遊客戴在頭上的花環.

**lei·sure** [ˋliʒɚ, ˋlɛʒɚ] 名 **空閒；閒暇，** 悠閒.

lead a life of leisure　過著悠閒〔不用工作〕的生活　➡不用 ˣ*a* leisure, ˣleisure*s*.

I want some leisure for reading〔to read〕. 我希望有些空閒的時間來看書.

idiom

***at léisure***　閒著的，有空的；從容不迫地.

***at one's léisure***　有空的時候，方便的時候.

**lem·on** [ˋlɛmən] 名 ❶檸檬(樹).

❷檸檬色.

印象 檸檬的「酸(sour)」在英美人心中印象不太好，用於指「次級品」「無用的人」等.

**lem·on·ade** [ˌlɛmən`ed] 名 檸檬水. ➡檸檬汁加水、糖製成的清涼飲料.

**lend** [lɛ n d] ▶借給，借出 ⊙通常是借出「書、錢」等能夠搬運之物

動 借給，借出. 相關語 let, rent(出租(房屋等)).

基本 lend a book 把書出借 ➡ lend＋名詞〈O〉.

基本 lend him a book＝lend a book to him 借給他一本書 ➡ lend＋(代)名詞〈O′〉＋名詞〈O〉＝lend＋名詞〈O〉＋to＋(代)名詞〈O′〉.

Please lend me this book for a few days. 請把這本書借給我幾天.

Can you lend me a hand with the cooking? 你能幫我做飯嗎?

He never **lend**s books, but often **borrow**s them from his friends. 他從不把書借給別人，但經常向他的朋友們借書. ◁反義字 ➡ lends [lɛndz] 為第三人稱單數現在式.

The library lends **out** four books at a time. 這個圖書館每次可借出四本書.

◆ **lent** [lɛnt] 過去式、過去分詞.

會話 Who lent you this camera? —Jack lent it to me. 誰借給你這臺照相機的? —傑克借給我的.

I **have** lent him 1,000 dollars, but he'll give it back next week. 我借了一千美元給他，但是他下週就會還給我. ➡ have lent 為現在完成式.

◆ **lending** [`lɛndɪŋ] 現在分詞、動名詞.

He was very generous; he **was** always lending money to his friends. 他很大方，總是借錢給朋友. ➡後句為過去進行式.

**lend·er** [`lɛndɚ] 名 出借者，貸方. 反義字 borrower(借用人).

**length** [lɛŋθ] 名 ❶(物體的)長度；長.

the length **of** my arm 我手臂的長度

It is 20 meters **in width** and 30 meters **in length**. 它寬二十公尺，長三十公尺. ◁相關語

Our boat won **by** two lengths. 我們的小艇以二艇身的差距獲勝.

❷(時間的)長短，期間.

the length of my stay 我停留的期間

**length·en** [`lɛŋθən] 動 使延長，拉長；延長，變長.

**lens** [lɛnz] 名 透鏡，鏡片.

**lent** [lɛnt] lend 的過去式、過去分詞.

**leop·ard** [`lɛpɚd] 名 豹. ➡廣泛棲息於亞洲、非洲等地；也稱為 **panther** [`pænθɚ]，但 panther 一般多指黑豹(black leopard).

**less** [lɛs] ➡ little 的比較級. 形 (數量、程度)更少(或更小)的，較少(或較小)的.

5 is less **than** 8. 五比八少.

Less noise, please! 請安靜些!

You should eat **less** meat and **more** vegetables. 你應該少吃些肉，多吃些蔬菜. ◁反義字

—代 更少〔更小〕量的東西.

I finished the work in less than an hour. 我不到一小時就做完這件工作.

John paid 1,000 dollars for a used

computer, but I bought a new one **for** less. 約翰花了一千美元買了一臺二手電腦，而我却用更少的錢買了一臺新的.

**—**副 **更少.**

Drink **less** and sleep **more**. 少喝酒多睡覺. ◁反義字

You must be less impatient. 你不要那麼急躁.

I became **less and less** worried about it. 我變得越來越不擔心那件事了. ➡ less and less ～＝越來越不～.

idiom

***mőre or léss*** 或多或少，多多少少，一點兒，一些.

***mùch* 〔*stìll*〕 *léss*** 更不必說，何況. → much 〔still〕 more (→ more idiom).

He cannot read English, much less German. 他連英文都看不懂，更不必說德文了.

***nò léss than* ～** 同等、相當於～；和～一樣，不亞於～.

He is no less than a genius. 他眞是個天才.

***nòne the léss*** 仍然，依然.

***nòt léss than* ～** 不在～之下，至少.

They have not less than ten children. 他們至少有十個孩子.

***nò* 〔*nòt*〕 *léss A than B*** 與 B 一樣，或比 B 更 A，A 不亞於 B.

She is no less beautiful than her mother. 她的美麗不亞於她母親.

**-less** 詞尾 表示「無～的」之意.

careless (不注意的), restless (不安的), windowless (無窗的)

**less·en** [ˋlɛsn̩] 動 減少，減輕；變少，變小.

**les·son** [ˋlɛsn̩] 名 ❶(學校的)**功課，學業，學習；練**(技巧等)**，練習.**

an English lesson 英語課

a piano 〔dancing〕 lesson 鋼琴〔舞蹈〕課

Our first lesson today is English. 我們今天的第一堂課是英語.

We have four lessons in the morning. 我們上午有四堂課.

Bob is doing well in his lessons at school. 鮑勃在學校功課很好.

I **take** 〔**have**〕 piano lessons from Miss Ross every week. 我每週都跟蘿絲小姐學鋼琴.

She **gives** them lessons **in** flower arrangement every Sunday. 她每星期天教她們插花.

❷(教科書中的)**一課，第～課.**

Lesson 10 (讀法：ten) 第十課

Our English book is divided into 12 lessons. 我們的英語課本分爲十二課.

❸(透過某一事件、經驗等得到的)**教訓.**

learn a good lesson 得〔學〕到好的教訓

This taught me a good lesson. 這給了我很好的教訓.

**let** [lɛt]

▶**讓**

⊙讓對方做他〔她〕想做的事

動 ❶(**let** O *do*) **讓 O 做**(想做之事).

基本 let him go (想去的話就)讓他去 ➡ let＋(代)名詞〈O〉＋原形不定詞.

let a bird fly away 讓鳥飛走

Let me help you with your work. 讓我幫忙你的工作吧.

Don't let the fire go out. 不要讓火熄滅.

Dad didn't let me go to the movies. 爸爸不讓我去看電影.

He **lets** nobody see it. 他不讓任何人看它. ➡ lets [lɛts] 爲第三人稱單數現在式.

◆ **let** 過去式、過去分詞. ➡注意原形、過去式、過去分詞都相同.

He let nobody see it. 他沒讓任何人看它. ➡現在式爲 lets.

L

◆ **letting** [ˋlɛtɪŋ] 現在分詞、動名詞.
I'm not letting you (go) out of this room until you tell me the truth. 在你說出眞相以前，我不會讓你走出這個房間. ➡用進行式加強語氣，與 I will not let you ～. 相同.
❷租給，出租(rent). → lend.
let a house 出租房屋
To Let 《主英》(廣告用語)房屋〔房間〕出租. → rent.
idiom
***lèt ～ alóne*** 不管，不干涉，置之不顧(leave alone). → alone idiom
***lèt alóne ～*** 更不用說，不待言. → alone idiom
***lèt ～ bé*** 聽任，不打擾.
Let it 〔him〕 be. 由它〔他〕去.
***lèt dówn*** 降低，放下；拋棄，使失望.
***lèt fáll 〔dróp〕*** (不留神而)落下；(不注意而)洩露(祕密等).
***lèt gó (of ～)*** 放開，釋放.
***lèt ín*** 放進，讓～進來.
Please let me in. 請讓我進去.
***Lèt me sée*** 讓我想想看(有時譯作「嗯，呃」等). ➡在說話中間想起某事或者答不上來而稍作考慮等場合，用於聯繫上下文.
會話 How much was it? —Let me see. Four hundred fifty dollars. 這多少錢? —讓我算一下，四百五十美元.
***lèt óff*** 發射(槍枝等)，放(煙火等)；放出；(從工作、處罰等中)脫身或從輕發落.
***lèt óut*** 放掉，放出.
Let the cat out. 把貓放出去.
***let's** do* 我們～吧. ➡ let's 為 let us 的縮寫.
會話 Let's help him. —All right. 我們幫助他吧. —好.
會話 Let's play baseball, shall we? —Yes, let's. 我們去打棒球好嗎? —好吧. ➡～, shall we? 徵求對方同意的說法，意為「～好嗎?」
會話 Let's not go there again. = Don't let's go there again. —No, let's not. 不要再去那兒了吧. —好的，就不去.

**let's** [lɛts] let us 的縮寫. → let idiom

| **let·ter** [ˋlɛtɚ] | ▶字母<br>▶信 |
|---|---|

名 (複 **letters** [ˋlɛtɚz]) ❶字母.
T is the first letter of the name "Thomas." T 是「湯瑪斯」這個名字的第一個字母.
There are twenty-six letters in the English alphabet. 英文字母共有二十六個.
The word "eight" has five letters. "eight"這個字有五個字母.
**cápital 〔smáll〕 létter** 大〔小〕寫字母.
❷(一般裝入信封的)信，信函.
a fan letter 球迷來信，影迷來信
a letter **of** thanks 感謝信，致謝函
**get** a letter **from** him 收到他的來信
**write** a letter **to** him 寫信給他
**Send** me a **letter** or a **card** from Paris, please. 請從巴黎寫信或寄明信片給我. ◁相關語
What did the letter **say**? 信上說甚麼?
**létter bòx** 《英》信箱；郵筒. →mailbox.

**let·tuce** [ˋlɛtəs] 名 萵苣，做沙拉用的生菜.

**leu·kae·mi·a** [luˋkimɪə] 名《英》= leukemia.

**leu·ke·mi·a** [luˋkimɪə] 名《醫學》白血病. ➡血液中的白血球異常增加而引起貧血、出血不止等症狀的疾病.

**lev·el** [ˋlɛvl̩] 名 ❶水平(面)；水位，高度.
The flood rose to a level of 50

feet. 洪水水位漲到五十英尺.
❷(能力、文化、地位等的)水準，級別.
—形 ❶平的，水平的. ❷(與～)一樣高的，相同程度的.
—動 ❶把～弄平，平整，攤平.
❷夷平，放倒，毀壞.
◆ **level(l)ed** [ˋlɛvḷd] 過去式、過去分詞.
◆ **level(l)ing** [ˋlɛvḷɪŋ] 現在分詞、動名詞.

**lev·er** [ˋlɛvɚ, ˋlivɚ] 名 槓桿，桿.

**li·a·ble** [ˋlaɪəbḷ] 形 ❶易於～的，有～傾向的. ➜主要用於不好的事.
be liable **to** error〔**to** err〕 容易弄錯的
❷(對～)有責任的.

**li·ar** [ˋlaɪɚ] 名 說謊的人. ➜當著對方的面說 'You're a liar!' 是一種極大的侮辱.

**lib** [lɪb] 名《口》解放(運動). ➜ liberation(解放)的縮寫.

**lib·er·al** [ˋlɪbərəl] 形 ❶寬大的，不受(偏見等)束縛的，自由(主義)的. ❷慷慨的，大方的(generous)；豐富的.
—名 自由主義者.

**lib·er·ty** [ˋlɪbɚtɪ] 名 自由. 同義字
liberty 與 freedom 幾乎同義，但 liberty 含有「被解放的自由」之意，而 freedom 則指「毫無壓迫的狀態」.
**the Líberty Bèll** 自由鐘. ➜一七七六年美國發表獨立宣言時所敲響的鐘，今於費城的獨立紀念館中.

**li·brar·i·an** [laɪˋbrɛrɪən] 名 圖書館管理員，圖書管理員.

**li·brar·ies** [ˋlaɪbrərɪz] 名 library 的複數.

| **li·brar·y** [ˋlaɪbrə r ɪ] | ▶圖書館<br>▶圖書室 |
|---|---|

名 (複 **libraries** [ˋlaɪbrərɪz]) ❶圖書館，圖書室；(個人的)書房，書齋.
the school library 學校的圖書室〔圖書館〕
the public library 公立圖書館
go to the library 上圖書館去 ➜與 school 不同，不用×go to *library*.
This is not my book. It's a library book. 這不是我的書，是圖書館的.
He is in his library. 他在書房裡.
❷**藏書**，(唱片、錄音帶、膠卷、資料等的)收藏品，叢書.
a music library 音樂叢書
He has a good library of old books. 他收藏大量舊書.

**li·cence** [ˋlaɪsṇs] 名《英》＝license.

**li·cense** [ˋlaɪsṇs] 名《美》批准，許可，認可；許可證，執照.
a driver's license 駕駛執照
a dog license 養狗的許可證，狗牌

**lick** [lɪk] 動 (用舌頭)舔，舔吃.
The cat is licking the milk. 貓在舔〔喝〕牛奶.
—名 舔，舔一下.
give the ice cream a lick 舔一下冰淇淋

**lid** [lɪd] 名 ❶蓋，蓋子.
❷眼瞼(eyelid).

**lie**[1] [laɪ] 動 說謊. → liar.
Don't lie **to** me. 不要對我撒謊.
He never tells the truth; he **lies** about everything. 他從不說眞話，任何事他都說謊.
She **lied** about her age. 她謊報自己的年齡.
◆ **lying** [ˋlaɪɪŋ] 現在分詞、動名詞. → lying[1].
You're lying! 你撒謊!
—名 謊言.
**tell** a lie 說謊
It is not good to tell lies. 說謊是不好的.

**lie**[2] [laɪ] 動 ❶(人、動物)躺，平躺，臥，躺下.
lie **in** bed 臥病在床

L

lie **on** the grass 躺在草地上

lie on *one's* back 仰臥

He **lies** on the bed and watches TV. 他躺在床上看電視.

諺語 Let sleeping dogs lie. 不要惹睡著的狗. ➜意爲「不惹鬼神不遭災」、「敬而遠之」.

◆ **lay** [le] 過去式. ➜不要與「放, 橫放」之意的 lay(現在式; 及物動詞)相混.

She was very weak and always lay in bed. 她身體很虛弱, 總是躺臥在床上.

◆ **lain** [len] 過去分詞.

I must get up—I **have** lain in bed for a long time. 我得起床——我已經躺很久了.

◆ **lying** [ˋlaɪɪŋ] 現在分詞、動名詞.

The dog **was** lying in front of the fire. 狗躺在壁爐前.

I found him lying on the sofa. 我發現他躺在沙發上.

❷(人、動物)躺著.

lie awake (躺在床上)沒睡著, 醒著 ➜lie+形容詞〔現在分詞〕<C>.

lie sleeping (躺著)睡著了, 入睡

We lay watching television. 我們躺著看電視.

He lay dead on the floor. 他躺在地板上死了.

❸(東西)存在著, (場所)位於, 存在.

Snow lay thick on the ground. 地上積著厚厚的雪.

Love lies in the heart, not in the head. 愛在心裡而不在頭腦裡. ➜意爲「愛不是從道理、算計中產生的」.

idiom

***líe dówn*** **躺下.**

lie down on a bed 躺在床上(稍事休息)

He lay down to sleep. 他躺下睡了.

## life [laɪf]

▶生命
▶一生, 人生
▶生活

名 (複 **lives** [laɪvz] ➜不要與 live (生存, 居住)的第三人稱單數現在式 (lives [lɪvz])混淆) ❶ **生命, 命; 活力, 生氣.**

a matter of **life** and 〔or〕 **death** 生死攸關的大問題, 生死存亡的重大問題 ◁**反義字**

He saved her life. 他救了她一命.

If you are careless, you will **lose** your life. 如果粗心大意, 你就會送命.

The town was full of life. 這個城鎮充滿生氣.

It was spring and he found new life everywhere in nature. 春天裡, 他在大自然的每一個角落都可見到新的生命.

諺語 A cat has nine lives. 貓有九條命. → cat.

Ten lives were lost in the accident. 在這次事故中有十人喪生.

❷**一生, 生涯, 壽命; 人生.**

**through** life 畢生, 一輩子

success **in** life 在人生途中的成功, 成名, 發跡

the life **of** a battery 電池的壽命

It was the happiest day in my life. 那是我一生中最幸福的日子.

My grandfather lived in this house **all his life**. 祖父一輩子都住在這間房子裡.

❸**生活, 生計.**

town 〔country〕 life 城市〔鄉村〕生活

school life 學校生活

**in** our daily life 在我們的日常生活中

the American way of life 美國的生活方式

On this island he **lived** a very happy **life**. 在這個島上他過著非常

幸福的生活. ◁相關語

❹《集合》生物, 有生命的東西.

animal 〔plant〕 life 動物〔植物〕 ➜不用×*a* life, ×live*s*.

marine life 海洋生物

There is little life in the Arctic. 在北極幾乎沒有生物.

❺傳記.

*The Lives of Great Men* 《偉人傳》(書名) ➜「書名」在文章中一般用斜體字表示.

I am reading a life of Abraham Lincoln. 我正在讀亞伯拉罕・林肯的傳記.

idiom

***brìng O to lífe*** 使O起死回生; 使O有生氣, 使O生動活潑.

***còme to lífe*** 復活, 甦醒過來; 活躍起來, 變得生動活潑.

***for lífe*** 終生, 一輩子.

**life·boat** [ˋlaɪfˏbot] 名 救生艇.

**life-size(d)** [ˋlaɪfˏsaɪz(d)] 形 與原物一般大小的, 與真人一樣大小的.

**life·time** [ˋlaɪfˏtaɪm] 名 (人的)一生, 終生; (物體的)使用期限.

**in** his lifetime 在他活著的時候, 在他所生活的時代

**during** his lifetime 在他的一生中, 在他有生之年

**lift** [lɪft] 動 ❶**提起, 舉起,** 抬, 吊; 升起, 上升.

lift (**up**) a heavy box 提起沈重的箱子

lift a box **down to** the floor 把(高處的)箱子拿下來放在地板上

This is too heavy to lift by hand. 這太重了, 無法用手提起.

The curtain slowly lifted. 幕緩緩升起.

She lifted her eyes **from** the book. 她把視線移開書本.

The old man lifted his hat when he met me. 老人看到我時拿起帽子跟我打招呼.

❷(雲、霧等)消散, 放晴.

The fog lifted, and we could see the mountain. 霧散去, 我們能看見山了.

—名 ❶提, 吊, 升, 舉; 情緒激昂, 鼓舞; 幫助.

The letter **gave** me a lift. 這封信鼓舞了我.

❷(讓某人)搭便車.

Can I **give** you a lift to the station? 我可以順便載你到車站嗎? 〔你搭我的便車到車站吧.〕

He gave me a lift home **from** the station. 他讓我從車站搭便車回家.

❸《英》電梯(elevator); (滑雪場等的)纜車吊椅, 爬山電梯.

**lift·ing** [ˋlɪftɪŋ] 名 提起; 輕踢(球等)使騰起.

ball-lifting practice 輕踢球使球躍起的練習

| **light**[1] [laɪt] | ▶光, 燈 ▶點燈 ▶明亮的 |
|---|---|

名 (複 **lights** [laɪts]) ❶光, 光亮.

The sun gives us **light** and **heat**. 太陽給我們光和熱. ◁相關語 ➜不用×*a* light, ×light*s*.

Reading **in** poor light is bad for the eyes. 在光線不足的地方看書對眼睛不好.

Helen Keller gave light to all hearts. 海倫・凱勒照亮了所有人的心.

❷燈, 電燈, 號誌燈; (香菸的)火.

**turn on** 〔**off**〕 the light 開〔關〕燈

a traffic light 交通號誌燈

Please **give** me a light. 請借個火(點菸).

❸(觀察事物的)觀點, 眼光, 立場.

look at the problem **in** a different light 從不同的角度來看這個問題

Each of us sees things in his own light. 我們都用自己的觀點來看事物.

idiom

***brìng ~ to líght*** (把隱藏的東西)公開出來，暴露，揭露.
bring new facts to light 公布新的事實
***còme to líght*** (隱藏著的東西)顯露出來，暴露，被揭露.
Several new facts came to light. 幾個新的事實公諸於世.
—動 點燈，點燃，點火；使(房間等)變亮，照亮.
light the lamp 點燈
She **lights** the gas and puts a pot of soup on the cooker. 她點燃瓦斯並將一鍋湯放在爐子上. ➡ lights [laɪts] 爲第三人稱單數現在式.

L

◆ **lighted** [ˋlaɪtɪd], **lit** [lɪt] 過去式、過去分詞.
A smile lit 〔lighted〕 her face. 微笑使她容光煥發.
The room **was** lit only with candles. 這間房間只用蠟燭照明. ➡被動語態.
◆ **lighting** [ˋlaɪtɪŋ] 現在分詞、動名詞.
A full moon was lighting the garden. 圓圓的月兒照亮著花園.

idiom

***líght úp*** (豁然)開朗，閃耀；使明亮，照亮；點火，點燃.
The children's faces lit up when they saw the presents. 看到禮物，孩子們都面露喜色.
—形 ❶明亮的.
基本 a light room 明亮的房間 ➡ light＋名詞.
基本 It is still light outside. 外面天色還很亮. ➡be動詞＋light 〈C〉; It 籠統地表示「明暗」; 用這種形式時，一般不用「房間、家」等作主詞.
On winter mornings it is still **dark** even at six, but it gets **light** about five in summer. 冬天的早晨六點鐘天還很暗，而夏天五點鐘左右天就亮了. ◁反義字
◆ **lighter** [ˋlaɪtɚ] 《比較級》更明亮的.
Gradually it became lighter. 天漸漸地亮起來了.
◆ **lightest** [ˋlaɪtɪst] 《最高級》最明亮的.

❷淡色的. 反義字 dark (深色的).
light blue 淡藍色
Her hair was light brown, almost golden. 她的頭髮是淡棕色的，與金黃色很相近.

**light**[2] [laɪt] 形 輕的，輕便的，輕微的；簡便的；少量的；輕快的；清淡的.
a light meal 〔eater〕 簡單的一餐〔吃得少、飯量小的人〕
a light rain 〔wind〕 小雨〔微風〕
light music 〔work〕 輕音樂〔輕鬆的工作〕
light reading 輕鬆休閒的讀物
a light sleeper 淺眠的人
This suitcase is **light**, and that one is **heavy**. 這只皮箱輕，那只重. ◁反義字
He always travels light. 他總是輕裝旅行.
諺語 Many hands make light work. 人手多則工作輕鬆.
Please make my work **lighter**. 請減輕我的工作.
Aluminum is one of **the lightest** metals. 鋁是最輕的金屬之一.

idiom

***màke líght of ~*** 藐視～，不重視～，輕視～.
He made light of his father's warning. 他輕忽父親的警告.

**light·en**[1] [ˋlaɪtn̩] ㊞使明亮，照亮；變亮，閃亮.
The flashlight lightened his way. 手電筒照亮了他(前進)的路.

**light·en**[2] [ˋlaɪtn̩] ㊞減輕；變輕，變得輕鬆.

**light·er** [ˋlaɪtɚ] ㊔點燈人，點火者；引燃器；打火機.

**light·house** [ˋlaɪtˏhaʊs] ㊔燈塔.

**light·ly** [ˋlaɪtlɪ] ㊥❶輕輕地；輕快地. ❷輕易地；輕率地.

**light·ning** [ˋlaɪtnɪŋ] ㊔閃電.
The tree was struck by lightning. 這棵樹被閃電擊中了.
**Lightning** is usually followed by **thunder**. 通常閃電過後才打雷. ◁相關語

**light-year** [ˋlaɪtˋjɪr] ㊔光年. ➡光一年所行進的距離(約九兆五千億公里)；用來表示地球與天體間的距離.

| **like** [laɪk] | ▶喜歡～<br>▶像～一樣 |
|---|---|

㊞❶喜歡～，愛好～；希望～，想～.
基本 I like ice cream. 我喜歡冰淇淋. ➡like＋名詞〈O〉.
會話 Do you like jazz music? —Yes, I do. I like it very much. 你喜歡爵士樂嗎? —是的，我很喜歡.
會話 Which do you like **better**, coffee or tea? —I like tea better (than coffee). 咖啡或茶，你喜歡哪一樣? —(比起咖啡)我較喜歡茶.
I like this **best**. 我最中意這個.
How do you like this color? 這個顏色你覺得怎麼樣?
How did you like New York? 你覺得紐約怎麼樣?
基本 I like **to** swim. 我喜歡游泳. ➡like＋to不定詞〈O〉.
I like to travel alone. 我喜歡單獨旅行.
基本 He **likes going** to the movies. 他喜歡看電影. ➡likes [laɪks] 為第三人稱單數現在式；like＋動名詞〈O〉.

◆ **liked** [laɪkt] 過去式、過去分詞.
Bob ate some 'sashimi,' and he really liked it. 鮑勃吃了些生魚片，他眞的喜歡上它了.
Miss Chen **is** liked by all her students. 陳老師受到所有學生的喜愛. ➡被動語態.

◆ **liking** [ˋlaɪkɪŋ] 現在分詞、動名詞.
➡like為表示狀態的動詞，一般不用×進行式(*be liking*). →liking.

❷(**like** *O* **to** *do*) 希望O做～.
I like you to be tall and strong. 我希望你長得又高又壯.
I don't like you to go there. 我不希望你去那裡.

idiom

***as you líke*** 隨你喜歡.
Do as you like. 你喜歡怎麼做就怎麼做.

***if you líke*** 如果你喜歡，如果你願意.

***would* 〔*should*〕 *lìke ～*** 想要～. ➡比只說like更有禮貌；I would 〔should〕 like ～ 在口語中常略作**I'd like ～.**
I'd like a cup of tea. 我想要一杯茶.

***would* 〔*should*〕 *lìke to dó*** 想做～，希望做～. ➡I would 〔should〕 like to *do* 在口語中常縮略為**I'd like to** *do*.
I'd like to go with you, but I can't. 我想和你一起去，可是我不能.
On this occasion I should like to express my thanks to Mr. White. 現在(藉此機會)我想對懷特先生表示我的謝意.
I wouldn't like to go alone. 我不願意一個人去.

***Wòuld you líke ～?*** 你想要～嗎?

L

你覺得～怎麼樣? ➜探詢對方心意，推薦某樣東西等時使用的禮貌性說法; Do you like ～? 僅單純地詢問對方的喜好和厭惡.

會話 Would you like a hot drink? —Thank you〔Yes, please〕. 來一杯熱的飲料怎麼樣? —好的，謝謝. ➜「不用，謝謝」爲 No, thank you.

***Would you like to do?*** 你喜歡做～嗎? 你希望〔想〕～嗎?

Would you like to see the sights of the city? 你想到市區觀光嗎?

**—**介 ❶**像～一樣地〔的〕; 與～相像(的).**

基本 cry like a baby 像嬰孩一樣地哭 ➜ like+名詞.

He plays tennis like a professional. 他網球打得和職業選手一樣好.

He is **more** like his mother **than** his father. 他比較像母親，比較不像父親.

There is no place like home. 沒有比自己家更好的地方.

He drinks like a fish. 他喝起酒來猶如鯨吞牛飲.

會話 What is it like? —It's something like a fish. 那是甚麼樣的東西? —那是有點像魚的東西.

會話 What was the weather like in Paris? —Beautiful! 巴黎的天氣怎麼樣? —好極了!

會話 What will the weather be like tomorrow? —It'll be fine, I hope. 明天天氣如何呢? —我希望是晴天.

You shouldn't talk **like that** to your teacher. 你不能對老師那樣說話.

I've never seen a pearl **like this**. 我從未見過這樣的珍珠.

❷與～相稱的，像～樣子的，像～似的.

It's just like Dave to be late. He is not punctual. 遲到就是戴夫的特色. 他不守時.

It's not like him to make a mistake like that. 他眞不像是會犯那樣錯誤的人.

idiom

***féel lìke*** ～ 感到～，覺得～，想要～. → feel idiom

***lóok lìke*** ～ **看起來像～.** → look idiom

**—**形 相像的，同類的.

諺語 Like father, like son. 有其父必有其子.

They are **as like as two peas**. (像(同一豆莢裡的)兩粒豌豆一樣⇨)他們長得一模一樣.

**—**名 (複 **likes** [laɪks]) ❶同樣(或同類)的人〔事物〕.

I don't want to see the likes of him〔his like〕again. 我不想再見到像他那樣的人.

❷(通常用 **likes**)喜好的東西，愛好.

My mother knows my **likes** and **dislikes** in food. 媽媽知道我愛吃甚麼，不愛吃甚麼. ◁**反義字**

idiom

***and the lìke*** 及其他，～等.

I like tea, coffee, and the like, but not alcohol. 我喜歡喝紅茶、咖啡等，但不喜歡喝酒.

**like·ly** [ˋlaɪklɪ] 形 ❶(**be likely to** *do* 或 **It is likely that** ～)很可能，似乎.

It is likely to rain. 似乎要下雨了.

We are not likely to win. = It is not likely that we will win. 我們沒有獲勝的希望. ➜ It=that ～.

◆ **likelier** [ˋlaɪklɪɚ], **more likely** 比較級.

His wife is likelier〔more likely〕to agree with us than he is. 他夫人比他更有可能和我們意見一致.

◆ **likeliest** [ˋlaɪklɪɪst], **most likely** 最高級.

It's the likeliest〔the most likely〕place for him to go to. 那兒是他最可能去的地方.

❷很可能的，可能發生的；煞有其事的.

a likely result　可能發生的結果

a likely story　聽起來似乎很有道理的話，不可輕信的事

—副 大概，可能，或許(probably).

She will **very** likely be home tomorrow.　她明天很可能在家.

**like·ness** [ˋlaɪknɪs] 名 ❶相似，相似點. ❷肖像(畫)，照片.

**like·wise** [ˋlaɪk͵waɪz] 副 相同地，同樣地；又～，也(also).

**li·lac** [ˋlaɪlək] 名 紫丁香，丁香花. ➜ 盛開在早春到夏天時期的淡紫色或白色小花，香味濃郁.

—形 淡紫色的.

**lil·y** [ˋlɪlɪ] 名 (複 **lilies** [ˋlɪlɪz]) 百合；百合花.

**líly of the válley**　鈴蘭. ➜ 直譯爲「幽谷百合」；複數爲 lilies of the valley.

> 印象 百合有「潔白」的形象，white as a lily (潔白如百合)爲片語；又因其顏色、姿態而象徵「純潔」，爲復活節(Easter)不可缺少的花.

**Li·ma** [ˋlimə] 專有名詞 利馬. ➜ 祕魯(Peru)首都.

**limb** [lɪm] ➜ b 不發音. 名 (人、動物等的)臂(arm)，腿(leg)；(鳥的)翼，翅膀(wing)；(樹的)粗枝(bough).

**lime** [laɪm] 名 石灰.

**lime·light** [ˋlaɪm͵laɪt] 名 石灰光，石灰燈. ➜ 以前沒有 spotlight 時，在舞臺上作聚光燈，照亮主角.

idiom

***côme ìnto the límelight***　眾所矚目，引人注目.

**lim·it** [ˋlɪmɪt] 名 ❶限度，限界.

a speed limit　(汽車的)速限

There is no limit **to** human progress.　人類的進步是無止境的.

❷(**limits**)境界，(限定的)範圍，區域.

告示 Off limits.　禁止進入區域.

—動 限制，限定.

Limit your speech **to** 10 minutes.　把你的演講限定爲十分鐘.

The number of the sports clubs in our school is limited.　在我們學校體育社團的數目是有限制的.

**lim·it·ed** [ˋlɪmɪtɪd] 形 ❶有限的.

within the limited time　在有限的時間內

**límited cómpany**　《英》股份有限公司. ➜ 公司股東只需對自己所持有的股票負責；在公司名稱的後面加上 limited 的縮寫 Ltd.

Davidson and Co., Ltd.　戴維森股份有限公司

❷《美》(火車、公車等)快車的. ➜ 意爲乘客定額、停站少的.

a limited bus〔express〕　特快車

**lim·ou·sine** [ˋlɪmə͵zin] 名 大型豪華轎車. ➜ 通常前座與後座會用玻璃隔開的高級轎車.

**limp** [lɪmp] 動 跛行；蹣跚.

—名 跛行；蹣跚.

**Lin·coln** [ˋlɪŋkən] 專有名詞 (**Abraham Lincoln**)亞伯拉罕・林肯.

> 參考 美國第十六任總統(1809-1865)；領導南北戰爭，解放奴隸；南北戰爭時在蓋茨堡發表著名的蓋茨堡演說，主張「民有、民治、民享的政治」(government of the people, by the people, for the people)；在華盛頓觀賞表演時遭暗殺.

**Lind·bergh** [ˋlɪnbɝg] 專有名詞 (**Charles Lindbergh**)林白. ➜ 美國飛行家(1902-74)；一九二七年首次在紐約、巴黎間單獨完成橫越大西洋的不著陸飛行.

**line**[1] [laɪn] 名 ❶線，線條；(臉等上面的)皺紋.

a straight line　直線

a curved line　曲線

the international date line 國際換日線
draw a line from *A* to *B* 在A與B之間畫一條線
draw a picture in bold **lines** 用粗線條畫畫
an old man with many lines on his face 臉上滿是皺紋的老人
❷(文字的)行;(短)信.
the first line of a poem 詩的第一行
the third line from the top〔the bottom〕 上面〔倒數〕第三行
begin at〔with〕page ten, line one 從第十頁的第一行開始
write **on** every other line 隔行書寫
**read between** the lines 體會字裡行間的言外之意
**Drop** me a line from New York. 從紐約寫封信給我.
❸(人、車、房屋等的)**排,列,**行列.
a long line of cars 一長列汽車
a line of fine houses 一排漂亮的房屋
stand〔walk〕**in a line** 站成一排〔排成一排行走〕
❹**繩,**索;釣線;電信〔電話〕線.
a telephone line 電話線
a fishing line 釣魚線
a clothes line 晾衣繩
hang washing on a line 把洗好的衣服掛在繩上
I called Bob on the phone, but his line was **busy**. 我打電話給鮑勃,但電話佔線.
**Hold** the line, please. (打電話時)請不要掛斷.
❺**鐵路線;**路線,航線,(鐵路、輪船、航空)公司.
the New Tokaido Line (日本)東海道新幹線
take the Taipei-Hualien Line 搭乘臺北—花蓮線
❻**職業,**工作,行業.
What is his line of business? = What line is he in? 他是幹哪一行的?
His line is bookselling. 他是開書店的.
—動 ❶畫線;(臉上)起皺紋.
a face lined with age 因年老而起皺紋的臉
❸沿～排列.
Elms line the streets. 沿街都是榆樹.
idiom
***líne úp*** 使排隊;使集合;整隊.
line up the books on the shelf 把書排列在書架上
line up according to height 按身高排隊

**line²** [laɪn] 動 給(衣服等)加襯裡;打底兒;貼(在箱子等的內側). →lining.
The coat is lined **with** fur. 這件大衣用毛皮作裡子.

**lin·en** [ˋlɪnɪn] 名 亞麻布〔紗,線〕;《集合》(家庭的)亞麻製品. ➡床單、桌布、襯衫等.

**lin·er** [ˋlaɪnɚ] 名 ❶(大型)客輪;固定班機.
an ocean liner 遠洋客輪
an airliner 固定班機
❷《棒球》平飛球.

**lin·ger** [ˋlɪŋgɚ] 動 **磨磨蹭蹭,**徘徊遲遲不走,閒蕩;拖延,延長.

**lin·ing** [ˋlaɪnɪŋ] 名 (衣服、箱子等的)襯裡,貼襯裡.
諺語 Every cloud has a silver lining. 禍中有福,否極泰來. ➡ 正如烏雲背面因受陽光照射而閃閃發光一樣,災禍的背後總是隱藏著幸運.

**link** [lɪŋk] 名 ❶鏈環.
A **chain** is only as strong as its weakest **link**. 整條鎖鏈的強度只相當於其最弱一環的強度. ➡「一環薄弱,節節全破」之意. ◁**相關語**
❷聯繫人,連接物,連結.
—動 連接,聯繫;相連,結在一起.
The Mediterranean is linked **to**

〔**with**〕 the Red Sea by the Suez Canal. 地中海透過蘇伊士運河與紅海相連.

**li·on** [ˋlaɪən] 名 獅子. → cub.

> 印象 獅子被譽爲 king of beasts(百獸之王)，是「權威」與「勇氣」的象徵；英國王室的紋章上繪有雄獅和獨角獸.

**li·on·ess** [ˋlaɪənɪs] 名 母獅.

**lip** [lɪp] 名 **嘴唇**；嘴唇的周圍.

the upper lip 上唇
the lower lip 下唇
He kissed her **on** the lips. 他吻她的嘴唇.
His upper lip is covered by a mustache. 他的上唇被鬍子遮住了.

idiom

***pày líp sèrvice to ～*** 只在口頭上說好聽的話，口惠；空口應酬.
He is only paying lip service to you; he doesn't really agree. 他只是嘴上附和你，並不是眞的贊成.

**lip·stick** [ˋlɪpˏstɪk] 名 (條狀的)口紅.

**liq·uid** [ˋlɪkwɪd] 名 形 液體(的).

Oil is a liquid fuel. 石油是液體燃料.
He is still on a liquid diet. 他還在吃流質食物.
相關語 gas(氣體)，solid(固體)，fluid(流體).

**liq·uor** [ˋlɪkɚ] 名 酒，含酒精的飲料，(尤指威士忌、白蘭地等)蒸餾酒.

**list** [lɪst] 名 (一覽)表，目錄，名册.

a price〔word〕list 價目〔單字〕表
Did you put bread **on** the shopping list? 你把麵包列入採購單了嗎?
Please **make** a list **of** things I have to buy. 請列一張我必須採購的物品清單.
—動 列表；編入(名册等).
His name〔He〕is not listed **in** the telephone book. 他的名字〔他〕沒有被編入電話(號碼)簿.

| **lis·ten** [ˋlɪs n̩] | ▶(凝神)聽 ⊙ t 不發音 |
|---|---|

動 (凝神)**聽，傾聽**.

基本 listen **to** music 聽音樂 ➡ listen＋to＋名詞.
listen (in) to the radio (留神)聽收音機
Now listen to me. 那麼聽我說.
He never **listens** to my advice. 他從不聽我的勸. ➡ listens [ˋlɪsn̩z] 爲第三人稱單數現在式.
If you **listen**, you'll **hear** the cuckoo. 仔細聽，你就會聽到布穀鳥咕咕的叫聲. 同義字 **hear** 是「自然而然地聽到、聽見」.

hear listen

◆ **listened** [ˋlɪsn̩d] 過去式、過去分詞.
We listened, but heard nothing. 我們仔細聽，但甚麼也沒聽到.
We listened to her play**ing** the piano. 我們聽她演奏鋼琴. ➡ listen to O ～ing「聽 O ～」.

◆ **listening** [ˋlɪsn̩ɪŋ] 現在分詞、動名詞.
He **is** listening to the news on the radio. 他正在聽收音機播報的新聞. ➡現在進行式.

idiom

***lísten for ～*** 想聽到而注意傾聽～，注意聽～.
Will you listen for the telephone while I'm in the yard? 我在院子裡

時，請幫我注意一下電話好嗎?

**lis·ten·er** [ˋlɪsn̩ɚ] 名 聽者；(收音機的)聽眾.
He is a good **talker** and also a good **listener**. 他是個健談的人，而且也是個好的傾聽者. ◁相關語

**lit** [lɪt] light[1] 的過去式、過去分詞.

**li·ter** [ˋlitɚ] 名 升，公升. ➜略作 **l.**

**lit·er·al** [ˋlitərəl] 形 ❶文字(上)的. ❷照字面上的，原原本本的.
a literal translation 直譯

**lit·er·al·ly** [ˋlɪtərəlɪ] 副 照字面上的意義地；完全地，不誇張的.

L

**lit·er·a·ry** [ˋlɪtəˏrɛrɪ] 形 ❶文學的，文學性的.
literary works 文學作品
❷文言的，書寫用語的. ➜「白話的，口語的」爲 colloquial.
literary language 文言

**lit·er·a·ture** [ˋlɪtərətʃɚ] 名 文學.
English literature 英國文學

**li·tre** [ˋlitɚ] 名《英》=liter.

**lit·ter** [ˋlɪtɚ] 名 (亂丟的)垃圾紙屑.
You should not drop litter in the street. 你不可把垃圾扔在街道上. ➜不用×*a* litter, ×litter*s*.
告示 No Litter. 勿亂丟垃圾.
—動 四下亂丟(垃圾).
Don't litter the park. 不要在公園裡亂丟垃圾.
告示 No littering. 勿亂丟垃圾.

| **lit·tle** [ˋlɪt l̩] | ▶小的<br>▶少的<br>▶少，一點點 |
|---|---|

形 ❶小的. 同義字 **little** 在「小」之中含有「可愛的」「微不足道的」等感覺；而 **small** 則僅客觀地表示形狀、規模的「小」.
基本 a little kitten 小貓 ➜little＋名詞.
the little finger (手的)小指
a little girl (可愛的)小女孩
my little girl〔boy〕 我的小女兒〔小兒子〕
my little sister〔brother〕 我的小妹〔小弟〕 ➜不用於年紀較長的弟妹.
a pretty little baby 可愛的嬰兒 ➜「可愛」之意的 pretty 可與 little 結合，但不可與 small 連用；pretty small 意爲「相當小的」.
little things 小〔瑣〕事
Big oaks grow from little acorns. 大橡樹是從小橡實長成的.
基本 Our dog is very little. 我家的狗很小. ➜ be 動詞＋little <C>.
She was very pretty when she was little. 她小時候很可愛.

a small kitten　a little kitten

❷(**a little**) 少的，一點點的；(不加 a 則表示)幾乎沒有的，只有一點的. ➜ a little「有一點點的」側重於「有」；無 a 則表示「幾乎沒有的」，側重於「沒有」；little 不表示數目，僅指量的多少，表示數目的少要用 few.
基本 (a) little milk 少量的牛奶 ➜ little＋不可數名詞.
There is a little milk in the glass. 杯子裡有一點牛奶.
There is little milk in the glass. 杯子裡幾乎沒有牛奶.
I have a little money. 我只有一點點錢.
I have (very) little money. 我幾乎身無分文.
I speak a little English. 我會說一點英語. (=I speak English a little.) ➜( )內的 little 是副詞.
諺語 Little money, few friends. 錢少朋友少.

◆ **less** [lɛs] 〖比較級〗更少〔較少〕的. → less.
I know little French and less German. 我不懂法語，更不懂德語.
◆ **least** [list] 〖最高級〗最少〔最小〕的. → least.

idiom

***nò* 〔*nòt a*〕 *líttle* ～** 不少的～，許多的～.
He spent not a little money on books. 他在書上花了不少錢.
***ònly a líttle* ～** 微乎其微的，只，僅((very) little ～). ➜加在 only 後表示否定語氣；→ only a few (→ few).
He is very sick and can eat only a little food. 他身體很不舒服，只能吃一點點食物.
**—**副 (**a little**)少許；一點點；(不加 a)一點兒也沒有，幾乎沒有. ➜a little 與 little 的區別和形容詞相同.
I know him a little. 我對他稍有了解.
I know him little. 我對他幾乎一無所知.
I slept a little last night. 我昨晚只睡了一會兒.
I slept (very) little last night. 我昨晚幾乎沒睡.
He speaks English a little. 他會說一點英語.
It is a little cold today. 今天有點兒冷.
You must get up a little earlier. 你必須稍早一點起床.
Please speak a little more slowly. 請說得稍慢些.
He talks a little too much. 他說得太多了點.
◆ **less** 〖比較級〗更少〔較少〕. →less.
◆ **least** 〖最高級〗最少〔最小〕. → least.

idiom

***nòt a líttle*** 不少，很.
He was not a little angry. 他很生氣.
**—**代 少，少量. ➜ a little 與 little 的關係同 形 副.
Have a little of this cake. 吃一點兒這個蛋糕.
I did little to help him. 我沒幫他甚麼忙.
會話 Would you like some more coffee? —Just a little, please. 再喝點咖啡好嗎? —好的，只要一點點.
Very little was known about that country. 人們對於那個國家幾乎一無所知.
I ate only a little because I wasn't hungry. 因為我不餓，所以只吃了一點點.

idiom

***líttle by líttle*** 一點點地，逐漸地.
***màke* 〔*thìnk*〕 *líttle of* ～** 輕視，不重視.

| live[1] [lɪv] | ▶住<br>▶生活，度日<br>▶活，活著 |
|---|---|

動 ❶住，居住.
基本 live in town 住在城裡 ➜ live+in+名詞.
live in the country 〔the suburbs〕 住在農村〔郊外〕
I live in an apartment. 我住公寓. ➜通常不用進行式(×*am living*)；→ living(現在分詞)的用例.
My uncle **lives** on a farm. 我叔叔住在農場. ➜ lives [lɪvz] 為第三人稱單數現在式；不要與 life [laɪf] 的複數形 lives [laɪvz] 混淆.
They have no house to live in. 他們無處安身. → to ❿②
會話 Where do you live? —I live in Taipei. 你住哪兒? —我住在臺北.
◆ **lived** [lɪvd] 過去式、過去分詞.
This is the house in which he lived. 這是他住過的房子.
We **have** lived here for ten years.

L

我們已經在這裡住了十年. ➜現在完成式.

◆ **living** [ˋlɪvɪŋ] 現在分詞、動名詞. → living.

Sam **is** living with his uncle now. 山姆現在和他叔父住在一起. ➜現在進行式; 用於表示「暫時居住」或強調正在居住的事實.

Many people living in the desert moved from one place to another. 許多住在沙漠裡的人們經常遷徙. ➜現在分詞 living (住在～) 修飾 people.

❷生活, 度日; 過(～的生活).

live **on** *one's* wages 靠薪水生活 → idiom live on.

live a happy life = live happily 過幸福的生活

She lives on a small pension. 她靠微薄的養老金過活.

He likes living alone. 他喜歡單獨生活. ➜living 爲動名詞(過日子).

諺語 Live and let live. 自己活著, 也讓別人活著; 待人寬容如待己.

❸活, 活著. → living 形

live long 長生, 長壽

as long as I live 只要我活著

We live **in** the twentieth century. 我們生活在二十世紀.

She still lives in my memory. 她依然活在我的記憶裡.

My grandfather lived **to be** ninety (years old). 我的祖父活到九十歲. ➜不定詞 to be 表示(生存的結果)「成爲～」.

Once upon a time there lived an old man and his old wife. 很久很久以前有一對老夫婦. ➜there lived ～ 爲 there were ～ 的不同形式.

idiom

***líve on*** ～ 以～爲主食; 靠～生活.

live on rice 以米爲主食

You can't live on just candy and ice cream. 單靠糖果和冰淇淋你(們)是活不下去的.

***lìve úp to*** ～ 不辜負～的期望.

The baseball player lived up to the manager's hopes. 這位棒球選手沒有辜負教練的期望.

**live**[2] [laɪv] ➜注意與 live[1]在發音上的區別. 形 ❶活的, 活著的; (火等)正在燃燒的, 通電的. ➜只用於名詞前; → alive.

a live snake 活生生的蛇

live coals 正在燃燒的煤

❷(電視、廣播)現場播出的.

a live television show 現場播出的電視節目

The concert was broadcast live. 這場音樂會現場轉播.

**live·li·hood** [ˋlaɪvlɪˏhʊd] 名 生計, 生活(費).

**earn** 〔**get, make**〕 a livelihood 謀生

**live·ly** [ˋlaɪvlɪ] 形 活潑的, 充滿生氣的, 熱鬧的, 輕快的.

◆ **livelier** [ˋlaɪvlɪɚ] 比較級.

◆ **liveliest** [ˋlaɪvlɪɪst] 最高級.

**liv·er** [ˋlɪvɚ] 名 ❶肝臟.

❷(食用的)肝.

**Liv·er·pool** [ˋlɪvɚˏpul] 專有名詞 利物浦. ➜英國西北部的海港, 現爲默西賽德郡的首府; 曾經爲英國的貿易港而盛極一時; 披頭四合唱團誕生於此.

**lives**[1] [lɪvz] live[1] 的第三人稱單數現在式.

**lives**[2] [laɪvz] 名 life 的複數.

**liv·ing** [ˋlɪvɪŋ] live[1] 的現在分詞、動名詞.

— 形 活著的, 現存的; 生活的. → alive.

all living things 一切生物

living artists 當代的藝術家們

English is a **living** language, but Latin is a **dead** one (=language). 英語是活〔現在仍使用〕的語言, 而拉丁語則是死〔現在已不用〕的語言. ◁反義字

My grandmother is still living, but

grandfather is dead. 我祖母還健在，但祖父過世了.
—名 生計；生活.
**earn 〔get, make〕** a living 謀生
the cost of living 生活費用
sing for a living 靠唱歌爲生
In different countries there are different ways of living. 不同的國家有不同的生活方式.

**líving ròom** 起居室. ➜家庭成員平時聚在一起的房間；在一般家庭也用作客廳；亦作 **sitting room**.

**Liv·ing·stone** [ˋlɪvɪŋstən] 專有名詞 (**David Livingstone**)大衛・利文斯通. ➜英國傳教士、醫生、探險家(1813-73)；最早發現南非維多利亞瀑布等的歐洲人.

**liz·ard** [ˋlɪzɚd] 名 蜥蜴；蜥蜴皮.

**load** [lod] 名 裝載的貨物，貨物，負荷.
a heavy 〔light〕 load 重〔輕〕載，重〔輕〕擔
**a load of** hay 〔apples〕 一車乾草〔蘋果〕
a wagon with a full load of hay 裝滿乾草的馬車〔牛車〕
This car can carry a load of four tons. 這輛車能載重四噸.
—動 裝載(貨物)，把(貨物)裝上(車、船等).
load cotton **into** a ship=load a ship **with** cotton 把棉花裝上船

**loaf** [lof] 名 (複 **loaves** [lovz])一條(烘製成方、圓、細長等各種形狀的麵包).
**a loaf of** bread 一條麵包(通常有一定的重量，如一磅，二磅等)
**two loaves of** bread 二條麵包，二個麵包

**loan** [lon] 名 ❶借出，借.
❷貸款，借出的東西.

**loan·word** [ˋlonwɚd] 名 外來語. ➜從外語中借來的、已經本國化的語詞；在英語中如 pizza(披薩<義大利語)，menu(菜單<法語)等.

**loaves** [lovz] 名 loaf 的複數.

**lob·by** [ˋlɑbɪ] 名 (複 **lobbies** [ˋlɑbɪz])(旅館、劇院等的)門廳，(議會)走廊，接待室，休息室. ➜用來休息、會客等.

**lob·ster** [ˋlɑbstɚ] 名 大螯龍蝦. ➜龍蝦. 相關語 shrimp (小蝦，河蝦)，crab(蟹).

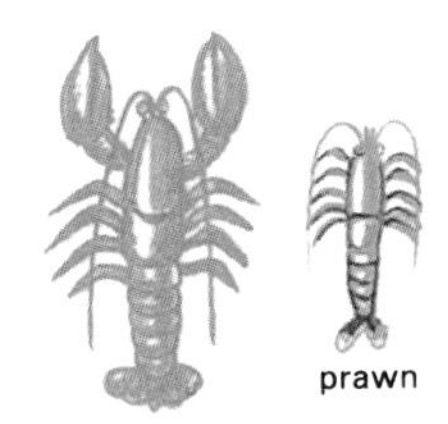


**lo·cal** [ˋlok!] 形 ❶地域的，當地(特有)的. ➜通常只用於名詞前.
local news 地方新聞
a local newspaper (相對於全國性報紙的)地方報紙
I go to town for clothes but I buy food in local shops. 我到城裡買衣服，但食品就在附近的商店買.
❷(身體的)一部分的，局部的.
a local pain 局部疼痛
❸沿途逢站必停的.
a local train (逢站必停的)普通列車，慢車

**lo·cate** [ˋloket, loˋket] 動 ❶查明～的地點；找出～的位置.
Our taxi driver located the address easily. 我們的計程車駕駛很快就找到了那個地址.
❷(**be located in** ～) 位於～，在～.
His office **is located in** the center of the town. 他的辦公室設在市中心.

**lo·ca·tion** [loˋkeʃən] 名 ❶選定位置；(被選定的)位置，場所.
❷(電影的)外景拍攝(地).
a movie star on location 正在拍

攝外景的影星

**loch** [lɑk] 名《蘇格蘭語》＝lake(湖).

**Lòch Néss** 尼斯湖 ➜位於蘇格蘭北部，傳說有水怪出沒.

**lock** [lɑk] 名 ❶鎖.
The **lock** is very stiff—I can't turn the **key**. 這把鎖很緊，我轉不動鑰匙. ◁相關語
❷(運河的)閘門.
—動 ❶鎖上～，鎖起來.
We lock our doors at night. 晚上我們把門鎖起來.
The door locks automatically. 這門自動上鎖.
The room was locked. 房間鎖著.
❷(上鎖)把～鎖在裡面，祕藏.
lock (up) jewels in the safe 把珠寶鎖在保險箱裡
The ship was locked in ice. 這條船被冰封住了.

**lock·er** [ˋlɑkɚ] 名(學校、辦公室等公共場所用來存放個人物品，可上鎖的)櫃，抽屜.

**lo·co·mo·tive** [ˏlokəˋmotɪv] 名 火車頭.
an electric〔a steam〕locomotive 電動〔蒸氣〕火車頭

**lo·cust** [ˋlokəst] 名 ❶蝗蟲. ➜成群移動，常把作物吃光. ❷刺槐. ➜亦作 **locust tree**；開串狀白花，香味宜人.

**lodge** [lɑdʒ] 名 ❶山中小屋；海邊住家；小屋.
a ski lodge 滑雪小屋
❷看守人住的小屋，門房.
—動 投宿；租房子住；住宿.
lodge at an inn 投宿旅館
lodge him overnight〔for the night〕 留他過夜〔當晚留他過夜〕

**lodg·ing** [ˋlɑdʒɪŋ] 名 ❶住宿.
a lodging for the night 住宿一夜
❷(**lodgings**)寄宿；出租的房間.

**log** [lɑg] 名 圓木.
a log cabin (用圓木搭建的)小木屋 → cabin.

**log·ic** [ˋlɑdʒɪk] 名 ❶邏輯學.
❷邏輯；情理；道理.

**log·i·cal** [ˋlɑdʒɪkl̩] 形 ❶合於邏輯的；合理的，當然的. ❷邏輯學的.

**lol·li·pop, lol·ly·pop** [ˋlɑlɪˏpɑp] 名 棒棒糖；《英》冰棒.

**Lon·don** [ˋlʌndən] 專有名詞 倫敦.

> 參考 英國首都；泰晤士河畔的大都市，行政上稱「大倫敦」(**Greater London**)；大倫敦由被稱作 **the City** 的老倫敦市和三十二個自治區組成；老倫敦市面積僅一平方英里，有獨自的市長，爲行政特區；以英格蘭銀行爲首的世界各國銀行匯集於此，爲世界金融和商業中心.

**Lon·don·er** [ˋlʌndənɚ] 名 倫敦出生的人，倫敦市民，倫敦人. →cockney.

**lone·li·ness** [ˋlonlɪnɪs] 名 寂寞，孤獨.

**lone·ly** [ˋlonlɪ] 形 ❶孤獨的；寂寞的.
I don't feel **lonely** when I'm **alone**. 我一個人時也不感到寂寞. ◁相關語
❷人跡稀少的，荒涼的；孤零零的.
a lonely island 孤島

| **long**[1] [lɔŋ] | ▶長的<br>▶長久地<br>⊙「長的」之意可用於時間、距離；「長久地」之意只用於時間 |
|---|---|

形 (時間、距離)長的；有～長的.
基本 a long tunnel 長長的隧道 ➜ long＋名詞.
long hair〔legs〕 長髮〔長腿〕
a long vacation 長假
a long talk〔life〕 長談〔長壽〕
(for) a long time 長時間，長期
基本 This tunnel is very long. 這條隧道很長. ➜ be 動詞＋long <C>.
The days are **long** in summer, but

are **short** in winter. 夏天日長，冬天日短. ◁反義字

My house is a long way **from** here. 我家離這兒很遠. → far.

Take a bus—it's a long way **to** town. 搭公車吧——離城裡很遠呢. ➡ it 籠統地表示「距離」.

會話 **How long** is the river? —It is a hundred miles long. 這條河有多長？—有一百英里長. ➡ a hundred miles(一百英里)爲修飾 long 的副詞片語.

I waited for two long hours. 我等了二小時之久.

I won't be long. 我馬上就來.

It's been long **since** I saw you last. 好久不見〔久違了〕. ➡ It 籠統地表示「時間」.

It was long before he came. 他遲遲不來.

It was not long **before** he came. 他不一會兒就來了.

◆ **longer** [ˋlɔŋgɚ] 《比較級》更長的〔較長的〕.

This rope is longer **than** that (one). 這條繩子比那條長.

The days are getting longer and longer. 白天愈來愈長.

◆ **longest** [ˋlɔŋgɪst] 《最高級》最長的.

The Nile is **the** longest river in the world. 尼羅河是世界最長的河流.

**—**副 (時間)長久地，長期(for a long time).

stay long 久留

live long 長生，長壽

long ago 很久以前

from long ago 從很久以前

long, long ago 很久很久以前

long before I was born 遠在我出生以前

long after (this) 很久以後(這之後過了很久)

How long will you stay here? 你在這兒要待多久?

◆ **longer** 《比較級》更長久〔較長久〕.

Wait a little longer, please. 請再稍等片刻.

◆ **longest** 《最高級》最長久.

He can stay under water (**the**) longest of us all. 在我們當中他能在水中待得最久.

***áll ~ lóng*** 整個～期間.

all day 〔night〕 long 整天〔整個晚上〕

***as lóng as ~*** 與～一樣長；只要；在～期間內. → so long as ～.

as long as I live 只要我活著

as long as you like 只要你喜歡〔願意〕

A is five times as long as B. A 是 B 的五倍長.

***befòre lóng*** 不久，很快，即將

***for lóng*** 長久，長時間.

I won't be away for long. 我不會離開太久.

***nòt àny lónger＝nò lónger*** 不再.

I cannot dance any longer. 我不能再跳舞了.

You are no longer a baby. 你已經不是小孩了.

***Sò lóng!*** 《口》再見!

***so lóng as ~*** 只要. ➡ 用法與 as long as ～ 幾乎相同.

You may eat anything, so long as you don't eat too much. 只要不吃得太多，你甚麼都可以吃.

***tàke lóng*** 花費功夫，花長時間.

It won't take long. 不會花很長的時間. ➡ It 籠統地表示「時間」.

**long**² [lɔŋ] 動 渴望，盼望.

long **for** peace 渴望和平

long **to** go 極想去

We're longing for the holidays. 我們盼望著假期的來臨.

I'm longing to see you. 我渴望見到你.

**long.** longitude(經度)的縮寫.

**long·ing** [ˋlɔŋɪŋ] 名 嚮往，渴望，(想做某事的強烈)願望.

a longing **for** home 思鄉，想家

—形 嚮往的，渴望的.

L

**lon·gi·tude** [ˋlɑndʒəˏtjud] 名 經度. ➡ 略作 **long.**； 相關語 latitude(緯度).

**look** [lʊk]
▶看
▶好像；顯得

動 ❶(注意)看.

基本 look **at** the blackboard 看黑板 ➡ look＋at(介系詞)＋名詞.

look (up) at the ceiling (朝上)看天花板

look (down) at the floor (朝下)看地板

look **to** the right 往右看

look back 回頭看

look around 環視

look in at the window 從窗戶往裡看

look out (of) the window 從窗戶往外看

The hotel **looks** toward the lake. 那家旅館面向湖泊. ➡ looks [lʊks] 爲第三人稱單數現在式.

Look both ways before you cross the street. 過馬路前先左右看看. ➡ both ways 副詞片語，意爲「兩側」.

Look! The sun is rising. 看！太陽升起來了. ➡這個 Look 用法如感嘆詞，用來引起對方注意；➡ idiom Look here!

◆ **looked** [lʊkt] 過去式、過去分詞.

I **looked** outside and **saw** Ann with her dog. 我朝外看去，看到安和她的狗. 同義字 **look** 指注意、仔細地看，**see** 指即使沒有想看的意願也自然而然地進入視線，**watch** 指比 look 更長時間地對運動及變化中的事物進行追蹤或小心監視.

◆ **looking** [ˋlʊkɪŋ] 現在分詞、動名詞.

會話 What **are** you looking at?
—(I'm looking at) that picture on the wall. 你在看甚麼？—看牆上的那幅畫. ➡現在進行式.

He stood looking out (of) the window. 他站著朝窗外看. ➡ looking 爲現在分詞.

He ran and ran without looking back. 他頭也不回地跑呀跑. ➡介系詞 without＋動名詞 looking(看).

❷(外表)看起來好像～，臉色顯得～，神態.

基本 look happy 看起來很幸福〔快樂〕 ➡ look＋形容詞〈C〉.

look young 〔old〕 看起來很年輕〔蒼老〕

look real 看起來和眞的一樣

look pale 臉色蒼白，臉色不好

look tired 〔surprised, worried〕 顯得很疲倦〔吃驚，擔心〕的樣子

She looks young for her age 〔for forty〕. 她看起來比她的實際年齡還年輕〔她看起來還不到四十歲〕.

She looks (ten years) younger

(than she is). 她看起來(比她的實際年齡)年輕(十歲).

They look just the same. 他們看起來都一樣.

The hat looks really good on you. 那頂帽子看起來眞的很適合你.

idiom

***lòok áfter ~*** 照顧~, 照料~; 目送.

Who looks after the rabbits? 誰照料兎子?

***lóok as ìf ~*** 看起來好像~.

It looks as if it's going to rain. 天看起來好像就要下雨了. ➡It, it 均籠統地表示「天氣」.

***lóok awáy from ~*** 把視線從~移開.

***lóok dówn on ~*** 向下看~; 輕視~.

***lóok for ~*** 尋找~; 期待~.

look for a job 求職, 找工作

I looked everywhere for the key. 我到處找鑰匙.

What are you looking for? 你在找甚麼?

***lóok fórward to ~*** 盼望, 期望.

I am looking forward to seeing you. 我盼望著與你相見. ➡介系詞 to＋動名詞 seeing(相見); 不用×look forward to *see*.

***Lóok hére!*** 喂, 注意! ➡引起對方注意, 強調自己的話, 向對方提出抗議等時的用法; 亦可僅用 Look.

***lóok ín*** 朝裡面看; 順便看望.

I'll look in (on you) when I'm in town tomorrow. 我明天進城時順便去(你家).

***lóok** a person **in the fáce*** 〔***in the éyes***〕 直視某人的臉〔眼睛〕, 正面凝視.

***lóok ìnto ~*** 洞察; 考查; (仔細)調查.

***lóok lìke ~*** 與~相像, 看起來像~, 看來.

He looks just like his father. 他長得和他父親一模一樣.

What does it look like? 它看起來像甚麼?

It looks like rain. 看起來要下雨.

***lóok ón*** 旁觀.

He merely looked on and did nothing. 他只是在一旁觀看, 甚麼也沒做.

***lóok on*** 〔***upòn***〕 ~ 面向~, 面朝~.

My house looks on (to) the street. 我家面朝街道.

***lóok on*** 〔***upòn***〕 ***~ as ~*** 將~視爲~.

We look on her as the leader. 我們將她視爲領袖.

***lóok óut*** 朝外看; 留神, 當心, 注意.

Look out! A car is coming. 當心! 車子來了.

Look out for the wet paint. 注意, 油漆未乾.

***lóok óver ~*** 隔著~看; 檢查~; 寬恕, 原諒. → overlook.

Will you please look over my composition? 請你審閱一下我的作文好嗎?

***lóok úp*** 向上看; 查(辭典); 訪問.

look up the word in a dictionary 在字典中查這個字

Look me up when you come this way. 你到此地時來看看我.

***lóok úp to ~*** 仰望, 尊敬.

—名 (複 **looks** [lʊks]) ❶ 看, 一眼, 稍微看看, 一看.

**have** 〔**take**〕 **a** look **at** ~ 看~

My baby's sick. Will you have a look at him, doctor? 我的孩子病了, 醫生, 你能看看他嗎?

He took a quick look at the magazine. 他略看了一遍這本雜誌.

❷眼神; 臉色, 神態, 樣子.

a look of surprise 驚訝的表情

judging from the look of the sky 從天色看來

L

❸ (**looks**) 容貌，美貌；外表，外觀.
She has both talent and (good) looks. 她才貌雙全.

**look·ing glass** [ˋlʊkɪŋˏglæs] 名 穿衣鏡，鏡子.

**look·out** [ˋlʊkˏaʊt] 名 看守，警戒.
be on the lookout for ～ 警戒著～，找尋著

**loom** [lum] 名 織布機.

**loop** [lup] 名 (用繩、線等打成的) 圈，環.
the two loops of the letter "g" 字母 g 的二個環形部分

**loose** [lus] 形 ➜不發成×[luz].
❶鬆的；沒加束縛的.
a loose knot 鬆的結
a loose coat 寬大的上衣
a loose tooth 鬆動的牙齒
loose hair 披散的頭髮；婦女兩鬢下垂的短髮
My tooth is loose. 我的牙齒鬆動了.
The lion is loose! 獅子逃掉了！
Don't leave the dog loose. 不要把狗放開.
❷ 散漫的，不檢點的. ➜只用於名詞前.
lead a loose life 過散漫的生活

idiom

***còme lóose*** (結等) 鬆開；(嵌入的物體) 鬆動，搖晃.
***lèt*** 〔***tùrn***〕 ***lóose*** 釋放，放出.

**loos·en** [ˋlusn̩] 動 放鬆，鬆弛.
If your belt is too tight, you should loosen it. 皮帶太緊的話，就鬆開點.
The knot loosened because it wasn't tied correctly. 這個結因爲打得不正確而鬆開了.

**lord** [lɔrd] 名 ❶君主；領主.
❷《英》貴族；(**Lord**) 勛爵，閣下. ➜對貴族的尊稱.
the House of Lords (英國國會的) 上議院
Lord Nelson 尼爾森勛爵
❸ (**the** 〔**our**〕 **Lord**) 主. ➜指上帝 (God) 或基督 (Christ).

**lor·ry** [ˋlɑrɪ] 名 (複 **lorries** [ˋlɑrɪz]) 《英》卡車 (《美》truck).

**Los An·ge·les** [lɔsˋænd͡ʒələs] 專有名詞 洛杉磯. ➜美國加利福尼亞州南部太平洋沿岸的大城市；市內有美國電影業中心地好萊塢 (Hollywood)；略作 L.A.

| **lose** [luːz] | ▶失，失落，失掉，失去<br>▶迷失 (道路)<br>▶輸掉 (比賽) |
|---|---|

動 ❶失掉 (物品、性命等)，丟失.
基本 lose the key 丟掉鑰匙 ➜ lose＋名詞〈O〉.
lose *one's* life 喪失生命〔死去〕
lose weight 體重減輕
lose *one's* reason 失去理智
lose *one's* head 失去自制力，慌亂；火冒三丈，驚慌失措；被斬首
lose heart 灰心喪氣，無精打采，沮喪
He **loses** his temper easily. 他很容易發脾氣. ➜ loses [ˋluzɪz] 爲第三人稱單數現在式.
◆**lost** [lɔst] 過去式、過去分詞. → lost.
He never lost hope. 他從不失去希望.
She lost her only son in a traffic accident. 在一次交通事故中她失去了唯一的兒子.
I can't **find** my key—I think I **lost** it on the bus. 我找不到鑰匙——我想是掉在公車上了. ◁相關語
I **have** lost my watch. 我把手錶弄丟了. ➜現在完成式.
Many lives **were** lost in the accident. 在這次事故中有很多人喪生. ➜被動語態.
◆**losing** [ˋluzɪŋ] 現在分詞、動名詞.
I keep losing things these days. 我

這些天老是掉東西. ➡ keep ～ing＝連續～.

❷迷失(道路等); 輸掉(比賽).

lose a game　輸掉比賽

We lost our way in the wood. 我們在森林中迷路了.

會話 Did you **win**? —No, we **lost**! We lost the game〔lost **to** Oxford〕5-0 (讀法: five (to) zero). 你們贏了嗎? —不, 我們輸了! 我們以五比零輸了〔敗給牛津隊〕. ◁反義字

❸損失; 浪費; (鐘錶)變慢; 漏看〔聽〕.

lose hours in waiting　浪費了幾小時去等候

There is no time **to** lose. 沒時間可浪費了. ➡不定詞 to lose(失去～)修飾 time.

Does your watch **gain** or **lose**? 你的錶走得快, 還是走得慢? ◁反義字

My watch loses a few seconds a day. 我的錶一天慢幾秒鐘.

**los·er** [ˋluzɚ] 名 遭受損失的人; 輸者, 失敗者.

a good loser　輸得起的人

a bad loser　輸不起的人, 強詞奪理地死不認輸的人

**loss** [lɔs] 名 喪失, 遺失; 損失, 虧損; 敗北.

the loss of a child　失去孩子

His death was a great loss **to** our team. 他的死是我們隊的重大損失.

idiom

***at a lóss*** 不知所措的, 困惑的; 虧本的.

I am at a loss (as to) what to do. 我不知道如何是好.

We were at a loss for an answer. 我們不知道如何回答才好.

**lost** [lɔst] lose 的過去式、過去分詞.

—形 失去的, 丟掉的; 迷路的; 輸掉的, 失敗的.

the lost watch　遺失的手錶

a lost child　迷路的孩子

I got lost on the way to his home. 我在去他家的途中迷了路.

The ship was lost at sea. 這艘船在海上失蹤了〔失事了〕.

**lóst and fóund (òffice)** 失物招領處.

**lot** [lɑt] 名 ❶《口》(**a lot** 或 **lots**)很多; 非常, 很.

**a lot of** people　很多人

a lot of snow〔work〕　很多雪〔工作〕

He knows a lot of English songs. 他知道很多英文歌. ➡指「數目大的」時, 在否定句、疑問句中一般不用 a lot of, lots of 而用 many.

She ate lots of candy and got sick. 她吃了太多糖果而生病. ➡指「大量的」時, 在否定句、疑問句中一般不用 a lot of, lots of 而用 much.

We have a lot of rain in June. 六月多雨.

It was lots of fun. 那非常有趣.

It rains **a lot** in spring. 春天多雨.

❷籤, 抽籤; 運氣, 命運.

**draw** lots　抽籤

He was chosen by lot. 他被抽中了.

❸一塊地, 地方, 土地.

a parking lot　停車處

an empty lot　空地

a used car lot　舊車出售處〔停放處〕

❹(商品等的)一堆, 一批.

ten dollars a lot　一堆十美元

**lot·ter·y** [ˋlɑtərɪ] 名 (複 **lotteries** [ˋlɑtərɪz])彩券, 摸彩.

L

**lo·tus** [ˋlotəs] 名 蓮，荷.

> 參考 一種睡蓮(water lily)，分布在埃及、亞洲和美洲等地，開白、紫紅等大花(美洲的爲黃色)；在希臘神話中據稱吃了蓮子即能使人如入夢境，忘記現實生活的苦難.

**loud** [laʊd] 形 (聲音)響亮的；嘈雜的，吵鬧的.
loud music　吵人的音樂
a loud noise　嘈雜的聲音
a loud laugh　大笑，高聲笑
in a loud voice　高聲地，大聲地
I can't hear you—the music is too loud.　我聽不見你說的話——音樂太大聲了.
—副 大聲地.
laugh loud　大聲地笑
Could you speak a little **louder**?　能不能請你說大聲點?

**loud·ly** [ˋlaʊdlɪ] 副 大聲地，高聲地，嘈雜，吵鬧.

**loud·speak·er** [ˋlaʊdˋspikɚ] 名 擴音器，喇叭. ➜ 亦可僅用 **speaker**.

**Lou·i·si·an·a** [ˌluɪzɪˋænə] 專有名詞 路易斯安那. ➜ 美國南部瀕墨西哥灣的一州；簡稱 **La., LA** (郵政用).

**lounge** [laʊndʒ] 名 ❶(旅館、劇院、客輪等有安樂椅的)休息室，娛樂社交場所. ❷《美》躺椅，沙發. ❸《英》起居室(sitting room).

**Lou·vre** [ˋluvɚ] 專有名詞 (**the Louvre**)羅浮宮. ➜ 巴黎有名的博物館，原爲王宮.

| **love** [lʌv] | ▶熱愛，愛戴<br>▶喜歡～<br>▶愛 |
|---|---|

動 ❶愛，熱愛；愛戴；戀愛.
基本 I love you.　我愛你.　➜ love＋名詞〈O〉；「愛著」通常不用進行式 ˣI *am loving* you.
Jack **loves** Susie and they are going to get married.　傑克愛蘇西，他們打算結婚. ➜ loves [lʌvz] 爲第三人稱單數現在式.

◆ **loved** [lʌvd] 過去式、過去分詞.
Andersen loved his hometown.　安德生熱愛自己的家鄉.
Mary **is** deeply loved by her parents.　瑪麗深受父母寵愛. ➜ 被動語態.

◆ **loving** [ˋlʌvɪŋ] 現在分詞、動名詞. ➜ 一般不用進行式(ˣ*be loving*)；→ loving.
Loving each other is forgiving each other.　相愛就是相互諒解. ➜ Loving爲動名詞(愛)，作此句的主詞.

❷喜歡，愛好.
love music　喜歡音樂
love play**ing** 〔**to** play〕 the guitar　喜歡彈吉他　➜ love＋～ing〈動名詞 O〉，love＋to *do*〈不定詞 O〉.
She loves vanilla ice cream.　她喜歡香草冰淇淋.

idiom

***I would*** 〔***should***〕 ***lóve*** 〔《口》 ***I'd lóve***〕 ***to dó***　想，希望. ➜ 女性多用；男性常用 like 取代 love.
I'd love to go to Paris.　我想去巴黎.

會話 How about going to Julie's concert? —Wonderful! I'd love to.　去聽茱莉的音樂會怎麼樣? —好極了! 我很想去.

—名 (複 **loves** [lʌvz]) ❶愛，熱愛，愛戴；愛情，戀愛.
a mother's love **for** her children　母愛，母子之情
the love of Romeo and Juliet　羅密歐與茱麗葉的戀情
(my) first love　(我的)初戀
a love song 〔story〕　情歌〔愛情故事〕
He **is in** love **with** Jane.　他跟珍在談戀愛.
He **fell in** love **with** Susan.　他愛上了蘇珊.

❷喜愛，愛好.
a love **of**〔**for**〕money　金錢慾
She **has** a great love of〔for〕music.　她非常喜愛音樂.
❸親愛的，心愛的人，寵兒(darling)；(多指女性)情人，戀人.　➡lover(多指男性)情人，戀人.
Come here, my love.　來吧，親愛的〔小寶貝〕.　➡情侶、夫妻間或父母對孩子的暱稱.
❹《網球》0，零分.
The score is now 40-love.　現在比數是四十比零.

idiom

(***Gíve***〔***Sénd***〕) ***my lóve to*** ～　向～問好.
(Please give) my love to your family.　(請替我)向你全家問好.
***Lóve,*** ～　愛你的，～敬上.　➡用於近親或女性間的信末署名.
Love, Mary Brown　瑪麗・布朗敬上
***With*** (***my***) ***lóve***　再見.　➡給親近者寫信時的結語.

**love·ly** [ˋlʌvlɪ] 形 ❶可愛的，美麗的.
a lovely flower garden　美麗的花園
She looks lovely in that dress.　她穿那件衣服很可愛.
◆ **lovelier** [ˋlʌvlɪɚ] 比較級.
◆ **loveliest** [ˋlʌvlɪɪst] 最高級.
❷《口》美好的；非常快樂的，愉快的.
have a lovely time　度過快樂的時光
What a lovely morning!　多麼美好的早晨！

**lov·er** [ˋlʌvɚ] 名 ❶愛好者.
a lover **of** music＝a music lover　音樂愛好者
❷(指男性)情人，情夫；(**lovers**)情侶.
Romeo was Juliet's lover.　羅密歐是茱麗葉的戀人.

**lov·ing** [ˋlʌvɪŋ] love 的現在分詞、動名詞.
— 形 愛的，感情深厚的.
Your loving son, Bob.　您親愛的兒子，鮑勃敬上.　➡信末結語.

**low** [lo] 形 低的.　反義字 high(高的).
a low hill〔ceiling〕　低矮的山丘〔天花板〕
low wages〔cost〕　低工資〔成本〕
at a low price〔speed〕　以廉價〔低速〕
throw a low ball　投低球
Speak in a low voice in the library.　在圖書館要低聲說話.
This chair is too low for the table.　對這張桌子來說，這把椅子太矮了.
The temperature will be low tomorrow.　明天氣溫會很低.
The moon is low in the sky.　月亮低掛在天空.
He had **the lowest** batting average on the team.　全隊中他的打擊率最低.

— 副 低地.　反義字 high(高地).
Speak low.　小聲說.
An airplane flies low as it comes near the airport.　飛機一飛到機場附近便低空飛行.

**low·er** [ˋloɚ] 動 放低，降下，放下；減低，降落，降低.
Please lower your voice; you are speaking too loudly.　請小聲點，你說話聲音太大了.
The hill lowers toward the sea.　小山向海邊低斜下去.

L

—形 較低的; 下面的. ➡ low 的比較級.
the lower lip 下唇

**loy·al** [ˋlɔɪəl] 形 忠誠的; 誠實的, 忠實的(faithful).
a loyal friend 忠實的朋友
Bob is loyal **to** all of his friends. 鮑勃對所有的朋友都很誠實.

**loy·al·ty** [ˋlɔɪəltɪ] 名 忠誠; 誠實, 忠實.

**LP** [ˋɛlˋpi] 名 (轉數爲一分鐘33 $\frac{1}{3}$ 轉的)長時間唱片, 密紋唱片. ➡ 取**l**ong-**p**lay(ing) disc〔record〕的第一個字母組成的商標名.

L

**Ltd.** limited.(股份有限的(公司))的縮寫, 用於公司名稱後.
Johnson and Co., Ltd. 強生股份有限公司

**luck** [lʌk] 名 運氣, 幸運.
good〔bad, ill〕luck 幸運〔壞運, 倒楣〕
**by** (good) luck 幸運地, 好運地
**Good luck** (**to you**)! 一路平安! 祝你順利〔好運〕! ➡ 離別、乾杯等場合的問候語.
Good luck **with** your exams today. 祝你今天考試順利.
Oh, bad luck. 喔, 運氣眞差.
**Hard luck!** 倒楣! 運氣不好!

**luck·i·ly** [ˋlʌkɪlɪ] 副 好運地, 幸運地.

**luck·y** [ˋlʌkɪ] 形 幸運的, 好運的; 吉祥的, 吉利的.
a lucky number 吉祥的數字
How lucky I am! 我眞幸運!
Some people think that black cats are lucky. 有些人認爲黑貓能帶給人好運.
◆ **luckier** [ˋlʌkɪɚ] 比較級.
◆ **luckiest** [ˋlʌkɪɪst] 最高級.

**lug·gage** [ˋlʌgɪdʒ] 名《主 英》行李. ➡ 旅行時的皮包、皮箱、手提箱等的總稱; → baggage.
Put labels on all your luggage. 在你所有的行李上都貼上標籤. ➡ 不用 ×luggage*s*.
He had **three pieces of** luggage. 他有三件行李.

**lull** [lʌl] 動 哄、逗(小孩等), 勸慰, 勸解, 哄(小孩)睡覺.
The mother lulled the baby **to** sleep with her songs. 媽媽唱歌哄嬰兒入睡. ➡ sleep 爲名詞.
—名 (風暴、噪音、活動等的)暫停, 暫息, 暫時的安靜; (疾病、苦痛等的)暫時好轉, 小瘉.

**lull·a·by** [ˋlʌləˏbaɪ] 名 (複 **lullabies** [ˋlʌləˏbaɪz]) 搖籃曲, 催眠曲.

**lum·ber** [ˋlʌmbɚ] 名《美》木料, 木材. → timber.

**lump** [lʌmp] 名 ❶塊; 方糖.
a lump of clay 一塊黏土
a lump (of sugar) 一塊方糖
lump sugar 方糖
How many lumps do you take in your tea? 你的茶裡放幾塊方糖?
❷隆起, 瘤狀物, 疱, 腫塊.

**lu·nar** [ˋlunɚ] 形 月的, 陰曆的. 相關語 solar(太陽的).
a lunar eclipse 月蝕
**lùnar cálendar** 陰曆. ➡ 以此次新月至下次新月爲一個月的曆法.

**lunch** [lʌn tʃ]
▶ 午餐
⊙將 luncheon [ˋlʌntʃən] 加以省略而來

名 (複 **lunches** [ˋlʌntʃɪz]) 午餐; (中午吃的)便當, 飯盒.
**have**〔**eat**〕lunch 吃午飯 ➡ 不用 ×*a*〔*the*〕lunch.
lunch time 午餐時間
school lunch 學校供應的午餐
Let's have lunch. 吃午餐吧!
They are **at** lunch now. 他們正在吃午餐.
He is out **for** lunch. 他出去吃午餐了.

Do you take your lunch with you? 你帶午餐去嗎?

I can't get up early and cook for my lunch. 我無法早起做中午吃的東西.

What will you have for lunch today? 你今天中午吃甚麼?

**lunch·eon** [ˋlʌntʃən] 名 午餐(lunch); (尤指招待客人的正式)午餐會.

**lung** [lʌŋ] 名 肺. ➡ 左右胸腔各有一個肺, 因此一般用複數 **lungs**.

**lus·ter** [ˋlʌstɚ] 名 光澤, 光潤, 光亮.

**lus·tre** [ˋlʌstɚ] 名 《英》=luster.

**Lu·ther** [ˋluθɚ] 專有名詞 (**Martin Luther**) 馬丁·路德. ➡ 德國宗教改革運動的倡導者(1483-1546); 與喀爾文同爲基督教新教的創始人.

**lux·u·ri·ous** [lʌgˋʒurɪəs] 形 奢侈的.

**lux·u·ry** [ˋlʌkʃərɪ] 名 (複 **luxuries** [ˋlʌkʃərɪz]) ❶奢侈, 奢華.

live **in** luxury 過奢侈的生活

❷奢侈品.

**ly·ing**[1] [ˋlaɪɪŋ] lie[1](說謊)的現在分詞、動名詞.

You are lying **to** me. 你對我說謊.

—形 虛假的, 謊言的; 假冒的.

a lying report 作假的報告

—名 撒謊.

**ly·ing**[2] [ˋlaɪɪŋ] lie[2](橫躺)的現在分詞、動名詞.

**lyr·ic** [ˋlɪrɪk] 形 抒情的; 抒情詩的.

a lyric poem〔poet〕 抒情詩〔詩人〕

—名 抒情詩.

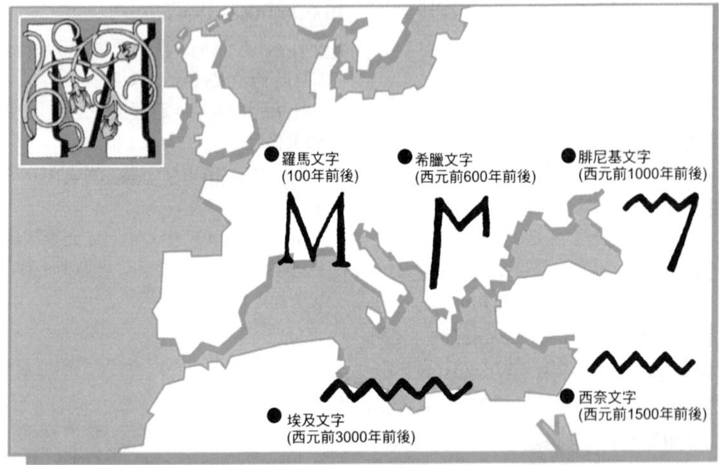


**M, m** [ɛm] 名(複 **M's, m's** [ɛmz]) ❶ 英文字母的第十三個字母. ❷(**M**)(羅馬數字的)一千.

**m., m** meter(s)(米, 公尺), mile(s)(英里, 哩), minute(s)(分, 分鐘)的縮寫.

**MA** Massachusetts 的縮寫.

**ma** [mɑ] 名《兒童語》媽媽.

**ma'am** [mæm] 名《美 口》夫人, 小姐, 老師. ➜ madam 的縮寫; 對婦女的尊稱, 如店員對女顧客, 學生對女老師, 佣人對女主人; 對男性稱 sir.

**mac·a·ro·ni** [ˏmækə`ronɪ] 名 通心粉, 通心麵.

**Mac·beth** [mək`bɛθ] 專有名詞 馬克白. ➜莎士比亞(Shakespeare)的四大悲劇之一; 以及該劇中主角的名字.

**ma·chine** [mə`ʃin] 名 機器, 機械.
a sewing machine 縫紉機
a washing machine 洗衣機

**machíne gùn** 機關槍, 機槍.

**ma·chin·er·y** [mə`ʃinərɪ] 名《集合》機械類(machines); 機械裝置.

**mad** [mæd] 形 ❶精神錯亂的, 發瘋的, 瘋狂的; 瘋子似的(crazy).
a mad dog 瘋狗, 狂犬
You are mad to go out in the snow without a coat. 你瘋啦, 這樣大的雪連件大衣都不穿就出去.
❷《口》狂怒的, 生氣的(very angry). ➜不用於名詞前.
What are you so mad **about**? 你爲了甚麼事如此生氣?
He went mad **at** me **for** calling him 'a liar'. 我叫他「騙子」, 他極爲憤怒. →idiom
❸《口》狂熱的, 著迷的(crazy). 不用於名詞前.
He is mad **about** (play**ing**) tennis. 他對網球著了迷.

idiom

***dríve ~ mád*** 使～發狂; 使～憤怒.
It's driving me mad! 眞讓我氣瘋了!

***gò mád*** 發瘋, 發狂; 憤怒. →go❺

**mad·am** [`mædəm] 名 夫人, 小姐. ➜對女性(尤其是不認識者)的尊稱, 店員常用來稱呼女性顧客; 對男性稱 sir.

**mad·ame** [`mædəm] (法語) 名 太

太，夫人. ➜ 相當於英語的 Mrs.

**Madame Tussaud's** [tə`soz] 圖索德夫人蠟像館. ➜ 位於倫敦的蠟像館，放置了許多歷史名人的蠟像；由 Marie Tussaud 於一八三五年創辦.

**made** [med] make 的過去式、過去分詞.
—形 (**~-made**) 在～製的.
a Swiss-made watch 瑞士錶

**mad·ness** [`mædnɪs] 名 瘋狂；狂熱.

**Ma·don·na** [mə`dɑnə] 專有名詞 (**the Madonna**) 聖母瑪利亞(像). ➜ 指基督的母親瑪利亞(the Virgin Mary).

**Ma·drid** [mə`drɪd] 專有名詞 馬德里. ➜ 西班牙(Spain)首都.

**mag·a·zine** [,mægə`zin] ➜ 注意重音的位置. 名 雜誌.
a weekly〔monthly〕magazine 週刊〔月刊〕

**Ma·gel·lan** [mə`dʒɛlən] 專有名詞 (**Ferdinand Magellan**) 麥哲倫. ➜ 葡萄牙航海家(1480?-1521)；首次完成環球航海，發現麥哲倫海峽和菲律賓群島；the Pacific Ocean(太平洋)是由他命名的.

**mag·ic** [`mædʒɪk] 名 ❶巫術，魔法；魔力. ❷戲法，魔術.
—形 ❶魔法的；魔術的. ➜ 只用於名詞前.
a magic carpet 魔毯
❷《英口》不可思議的(wonderful).
會話 Is he a good player? —Yes, he's magic. 他是個很棒的選手嗎? —是的，他太不可思議了.

**mag·i·cal** [`mædʒɪkl̩] 形 魔法的，魔法似的，不可思議的.

**ma·gi·cian** [mə`dʒɪʃən] 名 ❶巫師. ❷魔術師.

**mag·net** [`mægnɪt] 名 磁鐵，吸鐵石.

**mag·nif·i·cent** [mæg`nɪfəsn̩t] 形 (建築物、景色等)壯麗的，豪華的，堂皇的；《口》極好的.
a magnificent palace〔idea〕 宏偉的宮殿〔極妙的主意〕

**mag·ni·fy** [`mægnə,faɪ] 動 ❶(用透鏡等)放大；擴大.
❷誇張，誇大.
She often **magnifies** her problems to get more sympathy. 她經常誇大自己的問題以博取更多的同情. ➜ magnifies [`mægnə,faɪz] 爲第三人稱單數現在式.
◆ **magnified** [`mægnə,faɪd] 過去式、過去分詞.

**mag·ni·fy·ing glass** [`mægnəfaɪɪŋ,glæs] 名 放大鏡.

**Ma·hom·et** [mə`hɑmɪt] 專有名詞 = Mohammed(穆罕默德).

**maid** [med] 名 女傭人，女僕.

**maid·en** [`medn̩] 形 ❶未婚的，處女的.
❷首次的，初次的. → virgin.
a maiden voyage〔flight〕 船舶〔飛行器〕首航

**maid·ser·vant** [`med,sɝvənt] 名 女傭人，女僕. → manservant.

**mail** [mel] 名《主美》郵政；(全體)郵件(《英》post). ➜ 信件、明信片、包裹等的總稱.
direct mail 信件廣告，郵寄廣告
receive〔get, have〕a lot of mail 收到很多信件 ➜ 不用 ×*many* mails.
Is there any mail for me this morning? 今天早晨有我的郵件嗎?
Are there any **letters** for me in today's **mail**? 今天的郵件中有我的信嗎? ◁相關語

idiom
***by máil*** 《美》郵寄(《英》by post).

—動 發出(郵件)，郵寄(《英》post).
mail a letter〔a package〕 **to** Ben 寄信〔包裹〕給班
Please mail this letter for me at

M

once. 請馬上替我把這封信寄出去.

**máil òrder** 郵購.

buy ～ by mail order 郵購～

**mail·bag** [ˋmel͵bæg] 名《主美》遞郵件用的袋子(《英》postbag).

**mail·box** [ˋmel͵bɑks] 名❶《美》郵筒, 郵箱(《英》post(box), pillarbox, letter box). ❷《美》信箱(《英》letter box).

**mail·man** [ˋmel͵mæn] 名(複 **mail-men** [ˋmel͵mɛn])《美》郵差, 郵遞員(《英》postman).

**main** [men] 形 主要的. ➡只用於名詞前.

the main street 主要街道, 大街

a main event 主要比賽

—名(一般用 **mains**)(自來水、瓦斯的)幹管.

**Maine** [men] 專有名詞 緬因州. ➡美國東北部的州, 濱臨大西洋, 與加拿大接壤; 簡稱 **Me.**, **ME**(郵政用).

**main·land** [ˋmen͵lænd] 名(與附近島嶼、半島相區別的)本土, 大陸.

the mainland of Europe 歐洲大陸

**main·ly** [ˋmenlı] 副 主要地; 大體上.

**main·tain** [menˋten] 動❶持續, 維持, 繼續, 保持.

maintain world peace 維護世界和平

❷(對車、道路、房屋等進行保養)保持良好狀態, 保全; 贍養, 供養(家族等).

He maintains his car well. 他把他的汽車保養得很好.

❸堅持, 主張.

**main·te·nance** [ˋmentənəns] 名 保持, 維持; 保全.

**maize** [mez] 名《英》玉米(《美》corn). → corn.

**ma·jes·tic** [məˋdʒɛstık] 形 有威嚴的, 堂堂的, 宏大的.

**maj·es·ty** [ˋmædʒıstı] 名❶威嚴, 宏大.

❷(**Majesty**)陛下. ➡對元首的敬稱.

Your Majesty (you 之意的)陛下

His Majesty (he, him之意的)陛下

Her Majesty (she, her 之意的)陛下

Her Majesty the Queen has arrived. 女王陛下駕到.

**ma·jor** [ˋmedʒɚ] 形 ❶(與其他相比)大的, (更)重要的, 一流的.

a major poet 重要的詩人

a major part of ～ ～的大半〔大部分〕

**májor léague** 美國主要職業棒球隊聯盟, 大聯盟. ➡美國職業棒球聯盟之一, 指 **American League**, 或者 **National League**; → leaguer.

❷《音樂》大調的, 大音階的. →minor 形❷

—名❶陸軍少校; 《美》空軍少校.

❷《美》(大學的)主修科目; 主修學生.

History is my major.＝My major is history. 我的主修(科目)是歷史.

❸《音樂》大調, 大音階. →minor 名❷

—動《美》(**major in** ～)(在大學裡)主修, 專攻.

**ma·jor·i·ty** [məˋdʒɔrətı] 名 過半數, 大多數, 大部分.

| make [mek] | ▶製造, 製作<br>▶使～成爲～, 把～變爲～<br>▶讓～做～ |
|---|---|

動❶製造, 製作. ➡根據不同受詞選

擇適當的譯語.

**基本** make a box 製作箱子 ➡ make＋名詞〈O〉.

make a dress 做衣服

make a plan 制訂計畫

Bees make honey. 蜜蜂釀蜜.

My mother **makes** good jam. 我媽媽做得一手好吃的果醬. ➡ makes [meks] 爲第三人稱單數現在式.

◆ **made** [med] 過去式、過去分詞. → made.

The birds made their nest in the tree. 鳥兒在樹上築巢.

**基本** Mother made me a fine dress.＝Mother made a fine dress **for** me. 媽媽給我做了一件漂亮的衣服. ➡ make＋(代)名詞〈O′〉＋名詞〈O〉＝make＋O＋for＋O′.

This camera **was** made in Germany. 這臺照相機是德國製的. ➡ 被動語態.

The wine made here is very famous. 本地產的葡萄酒非常有名. ➡ made 過去分詞(被釀造的)修飾 wine.

◆ **making** [ˋmekɪŋ] 現在分詞、動名詞.

會話 Who's making all that noise? —Bob is. He **is** making a dog house. 是誰弄出那煩人的響聲? —是鮑勃, 他正在蓋狗屋. ➡ 現在進行式.

❷(必然地)成爲～, 構成～.

Two and two make(s) four. 二加二等於四〔2＋2＝4〕.

Books will make a nice present. 書是很好的禮物.

❸(**make** O C)把 O 變成 C, 使 O 成爲 C.

**基本** make him happy 使他快樂 ➡ make＋(代)名詞〈O〉＋形容詞〈C〉.

The warm room made me sleepy. 暖和的房間令我昏昏欲睡.

What made her angry like that? 什麼事令她那樣生氣? ➡ like that 爲「那樣地」.

**基本** make him king 立他爲國王 ➡ make＋(代)名詞〈O〉＋名詞〈C〉; C 爲職稱名時常不加ˣ*a* 或ˣ*the*.

We made Bob captain of our team. 我們選鮑勃當本隊的隊長.

He was made captain of our team. 他被選爲本隊的隊長. ➡ 被動語態.

**基本** make it known 使之眾所周知 ➡ make＋(代)名詞〈O〉＋過去分詞〈C〉.

I can make myself understood in English. (我可以用英語使別人了解我所說的話⇨)我能用英語表達意思.

❹(**make** O *do*)(迫)使 O 做～.

**基本** make him go 叫他去, 使他去 ➡ make＋(代)名詞〈O〉＋原形動詞; 不用ˣmake him *to* go; let him go 爲「(按照他的意願)讓他去」.

I don't like milk, but Mother made me drink it. 我不喜歡喝牛奶, 可是媽媽硬要我喝.

I was made **to drink** milk. 我被逼著喝牛奶. ➡ 被動語態時需加 to 成爲 to drink.

What makes you cry like that? (什麼事令你哭成那樣?⇨)爲何你那樣哭哭啼啼?

❺使產生; 交(朋友); 獲得(金錢); 提高(成績、分數).

make a fire 生火

make money〔ten dollars〕 賺錢〔十美元〕

make a sound 弄出聲音

make a friend 交朋友 → friend idiom

make good grades 得到好成績

❻準備.

make a meal 做飯

make tea〔coffee〕 泡茶, 沏茶〔煮咖啡, 沖咖啡〕

❼《以表示動作的名詞作受詞》做～.

make a visit〔a trip〕 訪問〔旅行〕

make a mistake 犯錯, 做錯

M

make a speech 發表演說
make a guess 推測，猜

idiom

***máke** O **from** O′* 由O′製造O，用O′爲原料製作O.
make butter from milk 用牛奶製成奶油 ➜ 此用法通常指材料O′經過化學變化，無法馬上分辨出其原料；→ make O (out) of O′.
Butter is made from milk. 奶油是用牛奶製成的. ➜ 被動語態.

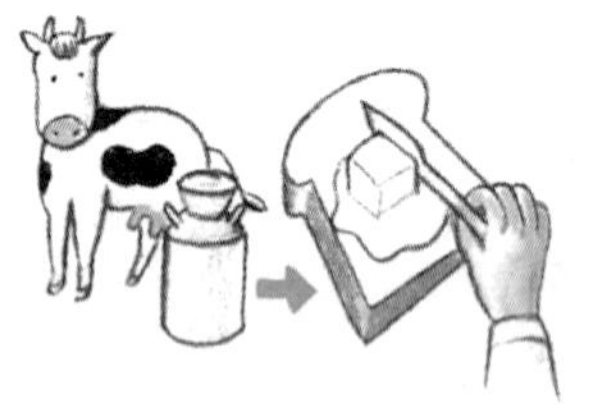

***máke** O **ìnto** O′* 把O(加工)做成O′，用O製成O′.
We make wood into paper. 我們用木材造紙.
Wood is made into paper. 木材被加工製成紙張. ➜ 被動語態.
***máke it*** 順利進行，成功.
***máke** O (**òut**) **of** O′* 用O′製造出O.
We make a desk of wood. 我們用木材做書桌. ➜ 材料不發生變化，能看出原料的用法；→ make O from O′.
A desk is made of wood. 書桌是用木料做的. ➜ 被動語態.
She made a crane out of paper. 她用紙摺了一隻鶴.
***màke óut*** 擬定(文件等)；理解；(好不容易)明白，知道，辨認出.
I can't make him out. 我不了解他(說的話).
Look! You can just make out the castle through the mist. 看！透過薄霧你能隱約看見那座城堡.
***màke óver*** 轉讓；改造，翻新.
***màke úp** (**of** ～)* (由～)構成；捏造；彌補；化裝.
make up a story 編故事
A watch is made up of a lot of parts. 手錶由許多零件組成. ➜ 被動語態.
***màke úp for** ～* 彌補(不足等).
make up for lost time 彌補時間上的損失
—名 樣式，製造(方法)；～製造.
a car of Japanese make＝a Japanese make of car 日本製造的汽車
會話 What make of car is this? —I'm not sure, but I think it's a Japanese make. 這輛汽車是甚麼地方製造的? —我不太清楚，大概是日本製造的吧！

**mak·er** [ˋmekɚ] 名 製造者，製作者. ➜「製造廠，製造公司」一般爲 manufacturer，或 manufacturing company.

**make·up** [ˋmekˏʌp] 名 ❶ 組成，構造；性質.
❷ (演員等的)化妝，打扮；化妝品.
**put on** *one's* makeup 化妝，打扮

**Ma·lay** [məˋle] 專有名詞 ❶ 居住在馬來群島上的馬來人. ❷馬來語.
—形 馬來的；馬來人〔語〕的.

**Ma·lay·an** [məˋleən] 名 形 ＝ Malay.

**Ma·lay·sia** [məˋleʃə] 專有名詞 ❶馬來西亞. ➜ 東南亞的君主立憲國；由馬來半島南部的西馬來西亞地區和加里曼丹島北部的東馬來西亞地區組成；首都吉隆坡；通用語爲馬來語；主要的宗教爲伊斯蘭教. ❷馬來群島.

**Ma·lay·sian** [məˋleʃən] 形 馬來西亞(人)的，馬來群島的.
—名 馬來西亞人，馬來群島的居民.

**male** [mel] 名 形 男性(的)；雄(的).
反義字 female(女性(的)，雌(的)).

**mall** [mɔl] 名(室內或室外的)商店街. ➜ 也可以用 **shópping màll**.

**malt** [mɔlt] 名 ❶麴，麥芽. ➜將大麥浸泡水中使其發芽，用以製造啤酒或威士忌酒. ❷麥芽酒. ➜啤酒，威士忌酒等.

**ma·ma** [ˋmɑmə] 名《兒童語》媽媽. → papa.

**mam·ma** [ˋmɑmə] 名＝mama.

**mam·mal** [ˋmæml̩] 名 哺乳動物.

**mam·moth** [ˋmæməθ] 名 猛獁象. ➜史前時代生活在歐洲、亞洲等地的巨象.
—形 巨大的.

**mam·my** [ˋmæmɪ] 名 (複 **mammies** [ˋmæmɪz])＝ma(m)ma.

| **man** [mæn] | ▶男子漢，成年男子<br>▶人類 |
|---|---|

名 (複 **men** [mɛn]) ❶成年男子，男人，男子漢.
a tall man 高個子男人
a young〔an old〕man 年輕人〔老人〕
When you are a man like Daddy, what do you want to be, Bob? 鮑勃，當你像爸爸一樣成爲大人時，你想當什麼?
A **man** and a **woman** are walking hand in hand. 一對男女手拉手走著.
◁相關語
Are men stronger than women? 男人比女人強壯嗎?
❷(相對於神靈、動物)人，人類. ➜用單數，不加×*the*, ×*a*.
the history of man 人類的歷史
❸(個別的，一般的)人(person). ➜使用時不分男女.
Any man can do it. 任何人都會做這件事.
A man must eat to live. 人爲了生存必須吃飯.
All men are created equal. 所有的人生來都是平等的. ➜被動語態.
❹(男的)部下，家臣，僕從；士兵；雇員；工人.

**man·age** [ˋmænɪdʒ] 動 ❶經營(企業、商店等)；管理(團體等)；操縱(人、動物)；巧妙地應付.
manage a hotel 經營旅館
manage a football team 管理橄欖球隊
❷做到，完成；(**manage to** *do*)設法完成(困難的事).
manage to be in time 設法準時

**man·age·ment** [ˋmænɪdʒmənt] 名 ❶經營；處理(方法)；手段；待人接物之方法.
❷(**the management**)《集合》資方；管理階層.

**man·ag·er** [ˋmænɪdʒɚ] 名 管理人員；(公司的)經營者，(旅館等的)經理，(棒球等的)領隊.
a store manager 商店經理

**man·do·lin** [ˋmændl̩ˌɪn] 名 曼陀林. ➜特別在南歐、拉丁美洲等地深受歡迎的弦樂器.

**mane** [men] 名 (馬、獅等的)鬃毛，鬃.

**man·ger** [ˋmendʒɚ] 名 飼料槽.
Jesus was born in a **manger** in a **stable**. 耶穌誕生於馬廄的飼料槽中.
◁相關語
idiom
***a dòg in the mánger*** 佔著茅坑不拉屎的人. ➜源於《伊索寓言》；故事中狗不能吃飼料，爲了讓牛也不能吃，就賴在飼料槽中不走；比喻自己不能享用卻也不讓別人享用的人.

**man·grove** [ˋmæŋgrov] 名 紅樹林，水筆仔. ➜生長於熱帶地方海岸淺灘或大河泥地的灌木，自樹幹下部延伸出許多樹根.

**Man·hat·tan** [mænˋhætn̩] 專有名詞 曼哈頓. ➜美國哈得遜河口的島，爲紐約市五區之一；是紐約市最繁華的地區；亦稱 **Manhattan Island**；→ New York ❶

M

**man·hood** [ˋmænhud] 名 ❶成年男子，成年. ❷男子氣概，勇氣.

**ma·ni·a** [ˋmenɪə] 名(對興趣、愛好等的)狂熱；～熱.
Bob has a mania **for** pop music. 鮑勃著迷流行音樂.

**man·i·cure** [ˋmænɪˏkjur] 名 修指甲. → 手部按摩，或特指手指甲的化妝.

**Ma·nil·a** [məˋnɪlə] 專有名詞 馬尼拉. → 菲律賓首都；位於呂宋島上.

**man·kind** [mænˋkaɪnd] 名 人類(the human race).
All mankind desires peace. 全人類都祈望和平.

M

**man·ly** [ˋmænlɪ] 形 有男子氣概的，勇猛的.
◆ **manlier** [ˋmænlɪɚ] 比較級.
◆ **manliest** [ˋmænlɪɪst] 最高級.

**man-made** [ˋmænˋmed] 形 人造的，人工的.
a man-made lake 人工湖

**man·ner** [ˋmænɚ] 名 ❶做法，方式，風格(way)；態度，動作，言行，舉止.
speak **in** a strange manner 怪聲怪氣地說話
She has a kind manner. 她態度和藹可親.
I don't like his manner of speaking. 我不喜歡他說話的樣子.
❷(**manners**)(個人的)禮儀，禮節，禮貌；(集團的)風俗習慣.
bad manners 沒禮貌
table manners 用餐禮節，餐桌禮節
He has good 〔no〕 manners. 他彬彬有禮〔不懂禮貌〕.
It's bad manners to blow on your soup. 用嘴吹湯是不禮貌的.

**man·ser·vant** [ˋmænˏsɝvənt] 名(複 **menservants** [ˋmɛnˏsɝvənts])男傭人，男僕. → maidservant.

**man·sion** [ˋmænʃən] 名 ❶(房間多達數十間的)大宅邸.
❷《英》(～ **Mansions** 用於建築物名之後)～大樓.

**man·tel** [ˋmæntḷ] 名 ❶壁爐臺. → 壁爐上部的擱板，上面擺設鐘、花瓶、獎品等. ❷壁爐架. → 聖誕夜孩子們掛襪子的地方.

**man·tel·piece** [ˋmæntḷˏpis] 名 = mantel.

**man·tle** [ˋmæntḷ] 名 披風，斗篷，外套.

**man·u·al** [ˋmænjuəl] 形 手的，用手的，手動操作(式)的.
—名 入門書，指南，手册.

**man·u·fac·ture** [ˏmænjəˋfæktʃɚ] 名(用機械進行的大規模的)製造；製成品.
—動(在大型工廠等地方)製造.
That company manufactures automobiles. 那家公司生產汽車.

**man·u·fac·tur·er** [ˏmænjəˋfæktʃərɚ] 名 製造者，製造商.
an auto(mobile) manufacturer 汽車製造業主

**ma·nure** [məˋnjur] 名 動 (施)肥料. → fertilizer.

**man·u·script** [ˋmænjəˏskrɪpt] 名 (手寫或打字的)原稿，手稿；(印刷術發明以前手寫的)抄本.

**man·y** [ˋmɛn ɪ]
▶多數的
▶多數

形 多數的，多的，許多的.
基本 many books 很多書 → many ＋複數名詞.
many children 許多小孩
many people 很多人
many times 多次
many years ago 很多年以前，從前

He has many, many sheep. 他養了非常多頭羊.
There are **many** glasses, but not **much** wine. 有很多玻璃杯, 但葡萄酒並不多. 相關語 有很多不可數之物時用 much 表示.
Are there many churches in your town? 你的鎮上有很多教堂嗎? ➡在口語中, many 一般用於疑問句、否定句; 在肯定句中使用會給人生硬的感覺, 因而常以 a lot of, lots of, plenty of, a great many 等代替 many.
Not many people went to the game because it was raining. 由於天雨, 所以去看比賽的人不是很多.
He doesn't have many books. 他沒有很多書.
She has as many books as I. 她擁有的書和我的一樣多. ➡ as ～ as *A*「與 A 同樣～」.
He has three times as many books as I. 他擁有的書是我的三倍.

◆ **more** [mor] 〖比較級〗**較多的, 更多的.** → more.
Ann has more apples **than** Bob. 安的蘋果比鮑勃多.

◆ **most** [most] 〖最高級〗**最多的.** → most.
Ken has **the** most apples of all. 大夥中肯的蘋果最多.

— 代 **多數, 多, 很多.**
many **of** them 他們中的多數
Many of **the** eggs are bad. 這些雞蛋有很多壞了. ➡不用 ×*Many of eggs*.
There are not many who know the fact. 知道那個事實的人不多.

idiom

***a gòod* 〔*grèat*〕 *mány*** 非常多(的). ➡一般不用 ×*very many* ～.
A great many (of the) cattle died because of the flood. 很多的牛死於洪水.

***hòw mány*** (～) 多少(的～).
How many comic books do you have? 你有多少本漫畫?
How many times have you seen the movie? 這部電影你看過幾次? ➡現在完成式.

**Mao·ri** [ˋmaurɪ] 名 ❶毛利人. ➡紐西蘭的土著民族.
the Maori (全體)毛利族
❷毛利語.

**map** [mæp] 名 (一幅) **地圖.** 相關語 集合很多地圖的叫 **atlas**「地圖冊」.
a map of Taiwan 臺灣地圖
a road map 公路圖
a weather map 〔chart〕 氣象圖
**draw** a map 繪製地圖
The road is not **on** the map. 這條路不在地圖上.

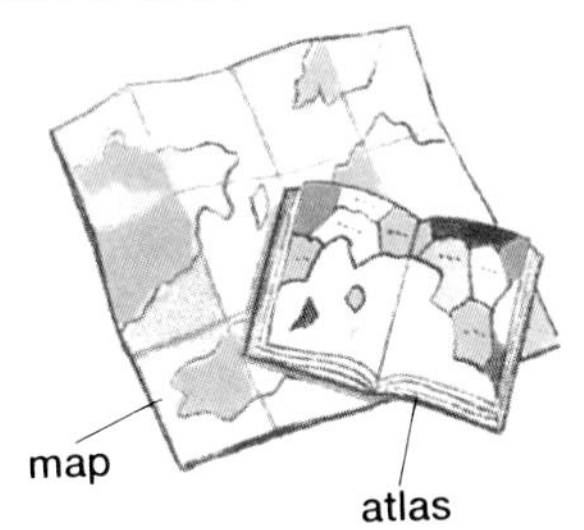


**ma·ple** [ˋmepḷ] 名 楓樹. ➡楓葉 (maple leaf) 爲加拿大的象徵, 國旗即採用此圖案.

**Mar.** March (三月) 的縮寫.

**Mar·a·thon** [ˋmærə͵θɑn] 專有名詞 馬拉松. ➡希臘的平原; 西元前四九〇年雅典軍隊在此擊敗波斯大軍; 據說有一名希臘勇士爲了把勝利的消息傳回雅典, 一口氣跑了二十英里 (約 32km) 的路.

**mar·a·thon** [ˋmærə͵θɑn] 名 馬拉松賽跑. ➡奧林匹克運動會的一個項目 (距離爲 42.195km). → Marathon.
**run** a 〔the〕 marathon 跑馬拉松

**mar·ble** [ˋmɑrbḷ] 名 ❶大理石.
❷石彈; (**marbles**) 彈珠遊戲. ➡玻璃製的小球 (原用大理石製作), 滾動以擊中對方的彈珠.

M

play marbles　玩彈珠遊戲

| March [mɑr tʃ] | ▶三月<br>⊙源自羅馬神話的戰神「Mars(馬爾斯)之月」 |
|---|---|

名 三月. ➜略作 **Mar.**; 詳細用法請參見 June.
**in** March　在三月
**on** March 3 (讀法: (the) third)　在三月三日
next March　明年三月

**march** [mɑrtʃ] 名 ❶行進, 行軍. ❷進行曲. ❸進展; 進行.
—動 ❶行進. ❷進展.

**Mar·co Po·lo** [ˋmɑrkoˋpolo]
專有名詞 馬可波羅. ➜義大利旅行家 (1254-1324); 著有《東方見聞錄》, 把亞洲介紹給歐洲.

M

**mare** [mɛr] 名 母馬; 母驢.

**mar·ga·rine** [ˋmɑrdʒəˏrin] 名 人造奶油.

**mar·gin** [ˋmɑrdʒɪn] 名 ❶邊, 緣.
❷(書等的)欄外, 頁邊的空白.
❸(時間等的)餘裕, 餘地; (做生意所獲得的)利潤.

**ma·rine** [məˋrin] 形 ❶海的.
marine products　海產, 水產
❷船舶的; 海運的.
—名 ❶海軍陸戰隊員. ❷(一個國家所有的)船舶.

**mar·i·o·nette** [ˏmærɪəˋnɛt] 名 木偶. → puppet.

**mark** [mɑrk] 名 ❶標誌, 象徵; (傷、進步、影響等的)痕迹, 迹象; (標點等的)符號, 記號, 印記, 徽章, 商標.
put a mark on ～　在～上做標記
as a mark of friendship　作爲友情的象徵
a question mark　問號(?)
**Make** a mark next to the names of those present.　在出席者的姓名旁邊注上記號. ➜ those present＝出席者.
On your mark(s), get set, go!　各就各位, 預備, 開始! ➜在英國也用 ‘Ready, steady, go!’.
❷標記, 目標, 靶子.
**hit** the mark　中的; 達到目標
❸(表示成績的)分數.
high 〔low〕 marks　高〔低〕分
full marks　滿分
get ninety marks in English　英語得九十分
—動 ❶作記號於～; 打分數.
Mark your bags **with** your initals.　在袋子上寫上自己名字的字首縮寫.
The leopard is marked with spots.　豹身上有斑點.
The teacher is marking our papers.　老師正在給我們的考卷打分數.
❷標示, 表示; 加上特色, 紀念.
This line marks your height.　這條線表示你的身高.

**mar·ket** [ˋmɑrkɪt] 名 ❶市場, 市集; 商場. → fair².
go to (the) market　趕集; 去市場 ➜去做買賣時常不加冠詞.
Markets are held every Friday.　市場每週五開市.
❷市場, 銷路, 需要.
**put** a new product **on** the market　新產品上市
The U.S.A. is a good market **for** Japanese cars.　美國是日本汽車的好市場.

**Mark Twain** [ˋmɑrkˋtwen] 專有名詞 馬克・吐溫. ➜美國最偉大的小說家之一(1835-1910); 原名 Samuel Clemens; 以《湯姆歷險記》、《哈克歷險記》等作品聞名.

**mar·ma·lade** [ˋmɑrmḷˏed] 名 橘子果醬. ➜用橘子等水果製成.

**mar·riage** [ˋmærɪdʒ] 名 ❶結婚; 婚姻生活. ➜動詞爲 marry. ❷結婚典禮(wedding).

相關語 bride(新娘), bridegroom(新郎), honeymoon(蜜月旅行), wedding reception(婚宴), divorce(離婚).

**mar·ried** [ˋmærɪd] 形 已婚的. → marry.
married life 婚姻生活
a married couple 夫婦

**mar·ry** [ˋmærɪ] 動 ❶與～結婚; 結婚(get married).
Jean will marry John in June. 琴六月份要和約翰結婚.
If Mary **marries** for money, I'll be disappointed in her. 如果瑪麗是為錢而結婚的話, 那我會看不起她. → marries [ˋmærɪz] 為第三人稱單數現在式.
◆ **married** [ˋmærɪd] 過去式、過去分詞.
My aunt married late in life. 我姑姑很晚才結婚.
❷(由牧師主持結婚儀式而)使～成婚, (父母讓子女)成婚; (**be married**)結婚, 已婚.
He married his only daughter **to** a jockey. 他把唯一的女兒嫁給了賽馬騎師.
She was married **to** a doctor, but is now divorced. 她曾和醫生結婚, 不過現在離婚了.
Is she married or single? 她結婚了, 還是單身?
idiom
***gèt márried*** 《口》結婚. → 後不接受詞時常用此說法.
John and Jean got married last month. 約翰和琴上個月結婚了.
He got married **to** a beautiful blonde. 他和一位美麗的金髮女郎結婚.

**Mars** [mɑrz] 專有名詞 ❶馬爾斯. → 羅馬神話中的戰神. → March.
❷《天文》火星. → 火星的紅色被視為怒色, 因此以戰神馬爾斯命名.

**marsh** [mɑrʃ] 名 濕地, 沼澤.

**mar·vel** [ˋmɑrvḷ] 名 令人驚嘆的事物; 驚異.
—動 驚嘆.
marvel **at** ～ 對～感到驚異, 驚嘆於～
◆ **marvel(l)ed** [ˋmɑrvḷd] 過去式、過去分詞.
◆ **marvel(l)ing** [ˋmɑrvḷɪŋ] 現在分詞、動名詞.

**mar·vel·lous** [ˋmɑrvḷəs] 形 《英》= marvelous.

**mar·vel·ous** [ˋmɑrvḷəs] 形 驚異的, 不可思議的; 《口》了不起的, 妙極的.

**Marx** [mɑrks] 專有名詞 (**Karl Marx**) 馬克斯. → 德國哲學家、經濟學家(1818-83); 著有《資本論》, 為無產階級鬥爭奠定理論基礎.

**Mar·y** [ˋmɛrɪ] 專有名詞 (亦作 **Saint Mary**) 聖母瑪利亞(the Virgin Mary). → 基督(Christ)之母.

**Mar·y·land** [ˋmɛrələnd] 專有名詞 馬里蘭州. → 位於美國東部與南部邊境的州; 州首府安納波利斯為美國海軍軍官學校所在地; 簡稱 **Md.**, **MD**(郵政用).

**mas·cot** [ˋmæskət] 名 護身符, 吉祥物, 能帶來好運氣之物〔人、動物〕.

**mas·cu·line** [ˋmæskjəlɪn] 形 男性的; 男性化的, 有男子氣概的(manly).
反義字 feminine(女性(化)的).

**mash** [mæʃ] 動 (把馬鈴薯等)搗碎, 磨碎.
mashed potatoes 馬鈴薯泥

**mask** [mæsk] 名 假面具, 偽裝, 面具; 口罩; 面罩.
put on 〔wear〕 a Halloween mask 戴萬聖節面具 → Halloween.
a catcher's mask (棒球的)捕手面罩

**ma·son** [ˋmesṇ] 名 石匠, 泥瓦匠.

**Mass, mass**[1] [mæs] 名 彌撒; 彌撒

M

樂曲. ➜天主教和東正教的祭獻儀式，在儀式中教友領聖體以紀念耶穌最後晚餐；舉行彌撒時所唱之讚美歌.

**mass**[2] [mæs] 名 ❶(有一定形狀的)團，堆，塊.

masses of clouds 雲堆

❷眾多，大量.

The mass of voters were against it. 大多數投票者反對.

There are masses of people in the hall. 會場上有很多人.

**máss communicátion** 大眾傳播. ➜透過報紙、廣播、電影等向大眾傳遞信息.

**máss prodúction** 大量生產.

**the máss média** 大眾傳播媒體. ➜報紙、電視、廣播、雜誌、電影等大眾傳播的手段、媒介物.

**Mas·sa·chu·setts** [ˌmæsəˋtʃusɪts] 專有名詞 麻薩諸塞州. ➜美國東北部大西洋沿岸的州；州首府波士頓有很多史跡及哈佛大學、麻省理工學院等著名的大學；簡稱 **Mass.**, **MA**(郵政用).

**mast** [mæst] 名 桅杆；(掛旗等的)柱，杆；(無線電、高壓線等的)鐵塔.

**mas·ter** [ˋmæstɚ] 名 ❶(支配、管理～的)主人，長；(動物的)飼養人，主人. ❷大師，高手，名人. ❸《英》(中、小學的男性)教師(schoolmaster). → headmaster.

—動 精通，掌握(學問、技術等)；征服，控制.

master a foreign language 精通外語

**mas·ter·piece** [ˋmæstɚˌpis] 名 傑作，名作.

**mat** [mæt] 名 (放在花瓶、擺設下面的)小墊子；席子，草墊；擦鞋墊(doormat)，浴室地墊(bath mat)；(體操用的)墊子.

a table mat 放在桌上的襯墊 ➜用來放置碟子、刀叉等.

Wipe your shoes on the mat. 在擦鞋墊上把鞋擦一下.

**match**[1] [mætʃ] 名 (一根)火柴.

**light** 〔**strike**〕 a match 點燃火柴

**match**[2] [mætʃ] 名 ❶**比賽**(game).

a tennis match 網球比賽

a football match 《英》足球賽 ➜《美》a soccer game；→ game.

**have** a match **with** ～ 與～進行比賽

❷競爭對手，勁敵.

He is more than a match **for** me. 他比我強很多.

Jack is a good swimmer but he is no match for Bob. 傑克是個游泳好手，但不如鮑勃.

❸相稱的人〔物〕.

John and Jean are a perfect match. 約翰和琴是相配的一對.

—動 ❶調和，相稱.

Her blouse does not match her skirt. 她的襯衫與裙子不配.

❷勢均力敵，匹敵.

No one can match him **in** chess. 下棋沒有人能與他匹敵.

**match·box** [ˋmætʃˌbɑks] 名 火柴盒.

**mate** [met] 名 ❶同伴，朋友. → classmate, schoolmate. ❷夫妻的一方，動物雌雄的一方，(鞋子、手套等兩兩成對物品的)一件，單件.

**ma·te·ri·al** [məˋtɪrɪəl] 名 ❶材料，原料.

building materials 建築材料

❷(衣服等的)料子.

a dress made of fine material 由高級料子製成的衣服 ➜不用 ×*a* material, ×material*s*.

❸資料.

**collect** (the) material **for** a novel 收集小說題材 ➜不用 ×*a* material, ×material*s*.

❹(**materials**)～用具.

writing materials 書寫用具，文具
—形 物質的，物質性的.
material civilization 物質文明

**math** [mæθ] 名《美 口》數學. ➡ mathematics 的簡短說法；《英 口》**maths**.

**math·e·ma·ti·cian** [ˌmæθəməˋtɪʃən] 名 數學家.

**math·e·mat·ics** [ˌmæθəˋmætɪks] 名複 數學. ➡作單數.

**mat·ter** [ˋmætɚ] 名 ❶物質，物體.
solid 〔liquid〕 matter 固〔液〕體 ➡不用×*a* matter, ×matter*s*.
❷印刷品，書寫物；(書、講話等的)內容.
printed matter 印刷品 ➡寫於信封等上面；不用×*a* matter, ×matter*s*.
❸(籠統的)事，事情，問題；(**matters**)情況，事態.
a personal matter 私事〔個人的事〕
make matters worse 把事情弄得更糟
I know nothing about the matter. 那件事我一無所知.
This is no laughing matter. 這可不是開玩笑的事.
❹(**the matter**)麻煩事；故障，毛病. ➡用法與意義接近形容詞 wrong (情況不好的).
**What's the matter** (**with** you)? (你)怎麼啦?
Is (there) anything the matter with him? 他怎麼啦?
Something 〔Nothing〕 is the matter with the motor. 馬達出了毛病〔沒有毛病〕.
idiom
(*as a*) *màtter of fáct* 實際上，其實.
As a matter of fact, I do know her. 其實我眞的認識她. ➡ do 強調 know.
*nò máttér whàt* 〔*whò, hòw, whèn, whère*〕～ 不管何事〔是誰，如何，何時，何地〕你都要～.
No matter what you do, do it well. 不管你做任何事，都要好好地做.
—動《主要在否定句、疑問句中》重要，很有關係.
It doesn't matter if it rains. 即使下雨也沒關係. ➡ It 籠統地表示「狀況」，it 表示「天氣」.
What does it matter? 這有甚麼關係呢?
Just paint it. The color does not matter. 塗點油漆，哪種顏色都可以.

**mat·tress** [ˋmætrɪs] 名(床上的)褥墊，床墊.

**ma·ture** [məˋtjʊr] 形 成熟的；(人)圓熟的，老練的.
—動 使成熟；完成，成熟.

**Mau·ri·tius** [mɔˋrɪʃɪəs] 專有名詞 模里西斯. ➡印度洋西端的島國，隸屬於大英國協；首都路易港；通用語爲英語.
the Mauritius islands＝the islands of Mauritius 模里西斯羣島

**max·i·mum** [ˋmæksəməm] 名 頂點，最大限度，極限.
—形 最高的，最大的，極限的.

| **May** [me] | ▶五月<br>⊙據說源自羅馬神話的女神美雅(Maia) |
|---|---|

名 **五月**. ➡詳細用法請參閱 June.
**in** May 在五月
**on** May 5 (讀法：(the) fifth) 在五月五日
They moved to Tainan last May. 他們五月份〔去年五月〕搬到了臺南.

**Máy Dày** ①五朔節. ➡古時在英國每逢五月一日，村民們用花裝飾村裡廣場上的柱子(**maypole**)，繞著它跳舞，選五月女王(**May queen**)等，盡情歡樂；現在舉行的目的主要是作爲兒童遊戲. ②五一國際勞動節. ➡五月一日，顯示勞動者團結與鬥志的國

M

際性節日.

**Máy quèen** 五月女王. ➡在May Day(五朔節)中被選爲女王的少女.

**may**
[m e ]

▶可以～
▶也許～
⊙說話者表示「許可」或向對方徵求「許可」時使用；此外，說話者表示「推測」時也可以使用

助動 ❶可以～. ➡口語中多用can. → can[1]❷

基本 You may go. 你可以去. ➡ may＋原形動詞.

You may watch television after dinner. 晚飯後你可以看電視.

會話 May I come in? —Sure./No, I'm busy now. 我可以進來嗎? —請進./不行，我現在很忙. ➡ Yes, you may./No, you may not. 是對屬下或晚輩的用語，較委婉的方式則用 Yes, do./Come on in./I'm sorry, you can't.等；但在特別嚴厲禁止時用 No, you mustn't (=must not).

May I ask your name? 我可以請問你的名字嗎?

May I help you? (我可以幫助你嗎?⇨)(店員對顧客)需要我爲您服務嗎?

◆ **might** [maɪt] 過去式. → might.

❷也許～，大概～吧. ➡這個意義的may不用於疑問句中；疑問句中用can, be likely to 等.

He may come. 他可能來.

He may not come. 他可能不來. ➡not不對may而對come加以否定.

He may be a doctor. 他大概是醫生吧.

It may rain in the afternoon. 下午可能會下雨.

❸(後與 **but** 連用)也許～但是；(與 **whatever**, **however** 等連用)即使～也. ➡表示「意義上有所保留」.

He may be honest, but he is not hardworking. 他也許誠實，但工作不努力.

However hard you (may) work, you cannot finish it in a day or two. 不管你怎麼努力，都不可能在一、二天內完成這項工作.

❹(**May** ~!)《文言》願，祝.

May God bless you! 願上帝保佑你!

idiom

***if I mày ásk* (*you*)** (如果我可以(向你)請問的話⇨)如果方便的話，抱歉打擾一下.

How much did it cost if I may ask? 請問這個花了多少錢?

***may as wèll*** *dó* ～也不壞，還是～的好.

I'm tired. I may as well go to bed. 我累了，還是睡覺吧.

***may wèll*** *dó* ～也是理所當然的.

You may well say so. 你那樣說也是理所當然的.

**(*sò*) *that A may*** *dó* 使得A～，爲使A能～. ➡口語中常用will, can代替 may.

I work hard (so) that I may pass the examination. 爲了能通過考試，我拚命地用功.

**may·be** [ˋmebɪ] 副 **或許**(perhaps).

Maybe I'll go to Europe next year. 我明年也許會去歐洲.

會話 Will he come to the party? —Maybe. 他會來參加晚會嗎? —可能吧.

**may·flow·er** [ˋmeˏflauɚ] 名 ❶五月開的花. ➡美國常指梨花、銀蓮花；英國指山楂(hawthorn). ❷(**the Mayflower**)五月花號. ➡一六二〇年從英國運送一百零二名淸教徒到達美洲的船；→ Puritan, the Pilgrim Fathers (→ pilgrim).

**may·on·naise** [ˏmeəˋnez] 名(用蛋黃、沙拉油、芥末、醋、鹽等製成的)美乃滋，蛋黃醬；用蛋黃醬調味

的食物. ➡不加×*a*, 無複數.

**may·or** [ˋmeɚ] 名 市長; 鎮長.

**May·pole, may·pole** [ˋme͵pol] 名 五朔節花柱. ➡ May Day (五朔節)時繞此柱舞蹈、遊戲.

**maze** [mez] 名 迷宮.

**Mc·Kin·ley** [məˋkɪnlɪ] 專有名詞 (**Mount** 〔**Mt.**〕 **McKinley**) 馬金利山. ➡阿拉斯加中部的山脈, 北美大陸第一高峯(6,200 m).

**MD** 馬里蘭州(Maryland)的縮寫.

**ME** 緬因州(Maine)的縮寫.

**me** [mi] ▶我

代 我. ➡I的受格; 相關語 us(我們). → I².

基本 Help me. 救我. ➡動詞+me.

基本 Look at me. 看著我. ➡動詞+介系詞+me.

I love her and she loves me. 我愛她, 她也愛我.

He gave me this book 〔this book to me〕. 他給了我這本書.

Give it to me. 把它給我. ➡不用 ×Give *me it*.; 這時在《英》中也可用 Give it me.

Can you hear me? 你聽得到我〔我說的話〕嗎? ➡注意 me 此時可譯作「我說的話」.

會話 Who is it? —It's me. 誰呀? —是我. ➡此時如以 I 代替 me 則爲帶文言色彩的正式說法; 以下同.

He is taller than me. 他個子比我高.

會話 I'm sleepy. —Me too. 我很睏. —我也一樣.

**mead·ow** [ˋmɛdo] 名 牧草地, 草地; 牧場.

**meal** [mil] 名 飯, 餐, 膳食.

a light meal 便餐
a big meal 豐盛的一餐
**fix** 〔**prepare**〕 a meal 準備飯菜
**have** 〔**eat, take**〕 a meal 用餐
**at** meals 在吃飯時
eat between meals 吃零食

**mean**¹ [min] ▶意味著 ▶意圖

動 ❶意指, 表示～的意思. ➡名詞爲 meaning.

基本 I mean Mr. White. 我指的是懷特先生. ➡ mean+名詞〈O〉.

會話 Which dictionary do you mean? —I mean that dictionary with the red cover. 你指的是哪本辭典? —我說的是那本紅色封面的.

I don't mean you. 我不是說你.

會話 What does 'shan' mean? —It means 'mountain'. 'shan' 是甚麼意思? —它的意思是「山」.

基本 mean *A* **by** *B* (根據 B 指 A ⇨) B 爲 A 的意思.

By him I mean our teacher. 他是我們的老師.

What do you mean by that? 你說那話是什麼意思?

基本 A red light **means** (**that**) you have to stop. 紅燈表示你必需停止. ➡ mean+that ～ 〈O〉; means [minz] 爲第三人稱單數現在式; 注意此字也是「方法, 手段」等意思之名詞 (→ means).

◆ **meant** [mɛnt] 過去式、過去分詞.

His silence meant he didn't agree

to the plan. 他的沈默意味著他不同意這個計畫.

What **is** meant by this word? 這個字是什麼意思? ➜被動語態.

◆ **meaning** [ˋminɪŋ] 現在分詞、動名詞. ➜ mean 表示「意味著」的情況時並沒有進行式; 注意此字亦爲「意思」之名詞(→ meaning).

❷意欲; 眞心地說; (**mean to** *do*) 打算～.

I meant no harm. 我沒有惡意.

I mean what I say.＝I say what I mean.＝I mean it. 我是說眞的, 我說話算數. ➜關係代名詞 what 表示「～的事〔物〕」.

He meant **to** go, but he changed his mind. 他原打算去, 但又改變了主意.

M

**mean²** [min] 形 卑鄙的, 心術不正的; 小氣的, 低賤的.

The boy was mean **to** his little sister. 這男孩對他妹妹很不好.

Don't be mean with the tip. 不要吝嗇小費.

**mean³** [min] 形(兩端)中間的; 平均的.

—名 中間, 中庸. ➜不要和 means (方法)混淆.

**mean·ing** [ˋminɪŋ] mean 的現在分詞、動名詞.

— 名 意思, 意義.

What is the meaning of this word? (＝What does this word mean?) 這個字是什麼意思?

**means** [minz] 名 複 ❶方法, 手段. ➜可作單數或複數; 不要和 mean(意味著)的第三人稱單數現在式混淆.

There is 〔are〕 no means of getting in contact with him. 無法和他取得聯繫.

The bus is the chief means of transport in these parts. 這一帶公車是主要的交通工具.

❷資力, 財產, 財富(wealth). ➜作複數.

idiom

***by áll mèans*** ①(表示答應)好的, 當然可以.

會話 Can I borrow your dictionary? —Yes, yes, by all means. 我能借用你的辭典嗎? —當然可以.

②必定, 一定(without fail).

***by méans of ～*** 藉, 依靠, 用.

I sent the message by means of E-mail. 我用電子郵件傳送訊息.

***by nó mèans*** 決非～.

He is by no means lazy. 他決非懶惰.

**meant** [mɛnt] mean¹的過去式、過去分詞.

**mean·time** [ˋminˏtaɪm] 名 其時, 其間, 空檔.

**in** the meantime 在此期間, 正在此時

—副 在那當中, 當其時; 同時, 另一方面.

**mean·while** [ˋminˏhwaɪl] 名 副 ＝ meantime.

**mea·sles** [ˋmizl̩z] 名 複《醫學》麻疹. ➜作單數.

**meas·ure** [ˋmɛʒɚ] 名 ❶尺寸, 大小, 分量. ➜用於長度、面積、體積、重量.

❷計量器具. ➜尺、秤、量杯等.

a tape measure 卷尺

❸(常用 **measures**)對策, 手段, 處置.

The government **took** measures **to** stop the inflation. 政府採取措施抑制通貨膨脹.

—動 量, 測量(長度、分量等); 有～長〔大〕.

measure it with a ruler 用尺量

This book measures 6 by 4 inches. 這本書(長)六英寸(寬)四英寸.

**meas·ure·ment** [ˋmɛʒɚmənt] 名 ❶(長度、分量等的)測定. ❷(常用 **measurements**)尺寸, 大小, 分量.

**meat** [mit] 名 食用肉；(水果等的)果肉. ➜一般不包括 fish(魚肉), poultry(家禽肉).
some meat 一些肉 ➜不用×meats.
**a lot** 〔**a piece**〕 **of** meat 很多肉〔一塊肉〕 ➜「一塊肉」不用×*a* meat.
coconut meat 椰子果肉
相關語 beef(牛肉), pork(豬肉), mutton(羊肉).

**Mec·ca** [ˋmɛkə] 名 ❶ 專有名詞 麥加. ➜沙烏地阿拉伯的城市, 穆罕默德(Mohammed)誕生地；伊斯蘭教的聖城和教徒朝覲的宗教中心.
❷(**mecca**)眾人訪問、嚮往的地方.
Rome is a mecca **for** tourists. 羅馬是觀光客嚮往的地方.

**me·chan·ic** [məˋkænɪk] 名 機械工, 機械修理工.

**me·chan·i·cal** [məˋkænɪkl̩] 形 機械的, 用機械動的；機械似的.
**mechànical péncil** 《美》自動鉛筆(《英》propelling pencil).

**mech·a·nism** [ˋmɛkə͵nɪzəm] 名 機械裝置；構造, 結構, 機構.

**med·al** [ˋmɛdl̩] 名 紀念章, 獎章, 勳章.
get 〔win〕 a gold medal 獲得金牌

**med·dle** [ˋmɛdl̩] 動 (常用 **meddle with** ~)擺弄, 瞎弄；(**meddle in** ~)多管閒事, 干涉.
Don't meddle in my affairs. 不要干涉我的事.

**me·di·a** [ˋmidɪə] 名 medium 的複數.

**med·i·cal** [ˋmɛdɪkl̩] 形 醫學的, 醫療的, 醫藥的.
a medical school 醫學院
a medical checkup 健康檢查

**med·i·cine** [ˋmɛdəsn̩] 名 ❶藥, 醫藥. ➜指內科所使用的藥；→ pill.
**take** medicine 吃藥
Sleep is the best medicine **for** a cold. 睡眠是治療感冒最好的藥.
❷醫學.
study medicine 學醫

**me·di·e·val** [͵midɪˋivl̩] 形 中世紀的, 中世紀風格的.

**med·i·tate** [ˋmɛdə͵tet] 動 深思, 默想.

**Med·i·ter·ra·ne·an** [͵mɛdətəˋrenɪən] 形 地中海的.
**the Mediterrànean Séa** 地中海.
— 專有名詞 (**the Mediterranean**) = the Mediterranean Sea.

**me·di·um** [ˋmidɪəm] 名 (複 **mediums, media** [ˋmidɪə])媒體, 媒介(物)；手段, 方法(means).
Air is a medium for sound. 空氣是聲音〔傳送聲音〕的媒介.
Radio, television and newspapers are mass media. 收音機、電視、報紙是大眾傳播媒體.
— 形 中等的, 普通的, 一般的.
會話 How would you like your steak? —Medium, please. 請問你的牛排要幾分熟? —五分熟, 謝謝.

**meek** [mik] 形 溫順的, 柔和的.

**meet** [mit] ▶遇見 ▶迎接

動 ❶會見, 遇見；(與人)相識；聚會.
基本 meet her here 在這兒遇見她 ➜ meet+名詞〈O〉.
I am glad 〔happy〕 to meet you. = (It's) Nice to meet you. 很高興見到你. ➜初次見面時的問候語；不定詞 to meet 意爲「能見到」.

M

Let's meet at the station at 3 o'clock. 三點鐘我們在車站會面吧.
The two rivers meet here. 這兩條河流在此匯合.
The committee **meets** every week after school. 委員會每星期放學後開會. ➡ meets [mits] 爲第三人稱單數現在式.

◆ **met** [mɛt] 過去式、過去分詞.
I met him at the station yesterday. 我昨天在車站碰到他.
Our eyes met. 我們倆的目光相遇.
I **have** often **seen** her at parties but I **have**n't **met** her yet. 我經常在聚會上看見她, 但還不認識她. ◁ **相關語** ➡現在完成式.

◆ **meeting** [ˋmitɪŋ] 現在分詞、動名詞. → meeting.
I'm meeting him tonight. 我和他約好今晚見面. ➡現在進行式表示「即將」.

❷迎接. 反義字 see off(送行).
I am going to meet Mr. Green at the airport. 我打算去機場迎接格林先生. ➡ be going to *do* 意爲「打算做～」.
We were met by Mr. Smith at the airport. 我們在機場受到史密斯先生的迎接. ➡被動語態.

❸答應(要求、希望等), 滿足.
I'm sorry we cannot meet your demands. 很遺憾我們不能答應你的要求.

idiom

***méet with ～*** 碰到(困難等); 巧遇; 《美》(約好)與(人)會面.

**—**名(比賽等的)大會.
an athletic meet 運動會

**meet·ing** [ˋmitɪŋ] meet 的現在分詞、動名詞.
**—**名 **會見; 聚集, 集會, 會議.**
**hold** 〔**have**〕 a meeting 開會
a farewell meeting 歡送會

**meg·a·phone** [ˋmɛgə͵fon] 名 喇叭筒, 擴音器.
**speak into** 〔**through**〕 a megaphone 用擴音器講話

**mel·an·chol·y** [ˋmɛlən͵kɑlɪ] 名 憂鬱(症), 意志消沈.
**—**形 憂鬱的, 陰鬱的, 悲傷的.

**Mel·bourne** [ˋmɛlbɚn] 專有名詞 墨爾本. ➡澳洲東南方的港口城市.

**mel·o·dy** [ˋmɛlədɪ] 名 (複 **melodies** [ˋmɛlədɪz])《音樂》旋律, 曲調; 美妙的音調.

**mel·on** [ˋmɛlən] 名 甜瓜, 香瓜.

**melt** [mɛlt] 動 融化, 熔化, (心)變軟; 溶解, 使(心)變軟.
The candy melted in my mouth. 糖果在我的口中化開了.
Her tears melted my anger. 她的眼淚化解了我的怒氣.
Snow has begun to melt in the Alps. 阿爾卑斯山脈的雪開始融化了.
America is a **melting pot** of peoples and cultures. 美國是民族與文化的熔爐.

**mem·ber** [ˋmɛmbɚ] 名 (團體、俱樂部等的)**一員, 會員, 成員.**
a member of a family＝a family member 家庭成員
the member nations of the United Nations 聯合國的會員國
a Member of Parliament (英國的)下議院議員

**mem·ber·ship** [ˋmɛmbɚ͵ʃɪp] 名 ❶團體成員; 會員資格, 成員資格.
❷《集合》全體成員(人數).
What is the membership of your club? 你的俱樂部有多少會員? (＝How many members are there in your club?)

**mem·o** [ˋmɛmo] 名 (複 **memos** [ˋmɛmoz])《口》筆記, 備忘錄. ➡ memorandum 的縮略.

**mem·o·ran·dum** [͵mɛməˋrændəm] 名(複 **memorandums, memoranda** [͵mɛməˋrændə])筆記, 備忘錄.

write a memorandum about ～ 做～的筆記

**me·mo·ri·al** [mə`morɪəl] 名 紀念(事件、人)之物，紀念碑，紀念堂；紀念日，紀念儀式.

**the Líncoln Memórial** 林肯紀念堂. ➡位於華盛頓特區，緬懷林肯的國立紀念建築.

—形 紀念的.

**Memórial Dày** 《美》陣亡將士紀念日. ➡多數州定在五月的最後一個星期一；此日爲法定假日，在這一天舉行活動追悼自南北戰爭(Civil War)以來陣亡的將士.

**mem·o·rize** [`mɛmə,raɪz] 動 記憶，熟記(learn by heart).

**mem·o·ry** [`mɛmərɪ] 名 (複 **memories** [`mɛmərɪz])記憶，記憶力；回憶，回想.

have a good 〔poor, bad〕 memory 記憶力好〔差〕

tell a story **from** memory 憑記憶把事情經過都說出來

happy memories of *one's* childhood 童年時代的美好回憶

He has a good memory **for** telephone numbers. 他很會記電話號碼.

idiom

***in mémory of ～*** 爲紀念～，懷念～.

We planted a tree in memory of our dead friend. 我們種了一棵樹以紀念去世的朋友.

**men** [mɛn] 名 man 的複數.

**mén's ròom** 《美》(常用 **the men's room**)(旅館、大樓等的)男厠所(《英口》Gents).

**mend** [mɛnd] 動 修理(小的東西)，修補(fix)；改正(行爲等).

mend a broken chair 修理損壞的椅子

諺語 It is never too late to mend. 改過永不嫌晚.

My watch is broken and has to be mended. 我的錶壞了，需要修理.

I had my watch mended. 我請人修理手錶. ➡ have+O+過去分詞，意爲「請人把 O ～」.

**men·tal** [`mɛntḷ] 形 ❶精神的，心理的；智力的.

mental ability 智能

mental arithmetic 心算

❷精神病的.

a mental hospital 〔patient〕 精神病院〔精神病患者〕

**men·tion** [`mɛnʃən] 動 說起～，提及～，提(名等)，列舉.

Don't mention it **to** anyone else. 不要對任何人提起這件事.

She mentioned the accident, but she didn't go into detail. 她提到了這次事故，但沒有詳細說明.

His name was mentioned in the article. 文章中提及了他的名字.

idiom

***Dòn't méntion it.*** 不用客氣；別放在心上. ➡ 也說 You are welcome. That's O.K. Not at all. 等.

**men·u** [`mɛnju] 名 食譜，菜單.

order lunch **from** the menu 看菜單點午餐

What's **on** the menu today? 今日的菜單是甚麼?

**me·ow** [mɪ`aʊ] 名 喵一. ➡貓叫聲；也拼寫爲 **miaw**. → bow-wow.

—動(貓)喵喵叫.

**mer·chant** [`mɝtʃənt] 名 商人，店主. ➡《英》常表示貿易商、批發商.

*The Merchant of Venice* 《威尼斯商人》 ➡莎士比亞的喜劇.

a merchant ship 商船

**Mer·cu·ry** [`mɝkjərɪ] 專有名詞 ❶ 墨丘利. ➡羅馬神話中掌管商業、交通等的神.

❷《天文》水星.

**mer·cu·ry** [`mɝkjərɪ] 名 ❶水銀. ❷

M

(**the mercury**) (溫度計等的)水銀柱.

**mer·cy** [ˋmɝsɪ] 名 慈悲，憐憫；得救，幸運.
without mercy 毫不留情地，殘忍地
**Have** mercy **on** us! 可憐我們吧!
He **beg**ged the judge **for** mercy. 他向法官請求寬恕.
**mércy kìlling** 安樂死.
idiom
***at the mércy of ～*** 任憑～擺布.

**mere** [mɪr] 形 僅僅的，完全的，只不過的. ➜只用於名詞前.
He is a mere child. 他只不過是個孩子.

**mere·ly** [ˋmɪrlɪ] 副 僅僅，只不過.
He was merely joking. 他只不過在開玩笑.

**mer·it** [ˋmɛrɪt] 名 優點，價值；長處.
相關語「優點，好處」通常用 **advantage**.
—動 值得，有接受的價值.
He merits our thanks. 他值得我們感謝.

**mer·maid** [ˋmɝˏmed] 名 美人魚. ➜童話中腰部以下為魚形的美女；傳說以其美貌和迷人的歌喉吸引男子並帶入水中.

**mer·ri·ly** [ˋmɛrɪlɪ] 副 快樂地，愉快地.
sing merrily 歡唱

**mer·ry** [ˋmɛrɪ] 形 歡樂的，愉快的，興高采烈的.
a merry song 愉快的歌
會話 I wish you a merry Christmas! = (A) Merry Christmas! —The same to you! 聖誕快樂! —聖誕快樂!
◆ **merrier** [ˋmɛrɪɚ] 比較級.
◆ **merriest** [ˋmɛrɪɪst] 最高級.
idiom
***màke mérry*** 盡情歡樂，(又吃又喝地)狂歡作樂.

**mer·ry-go-round** [ˋmɛrɪgəˏraund] 名 旋轉木馬.

**mess** [mɛs] 名 散亂狀態，混亂(狀態).
be in a mess 散亂，混亂

**mes·sage** [ˋmɛsɪdʒ] 名 消息，音信，通訊；口信，寄語.
give him a message 給他口信
leave a message with ～ 託～帶口信
There's a message for you **from** your office. 你的公司給你留了口信.
May I leave a message? 我可以留個話嗎?
My mother is not at home. May I take a message? 我媽媽不在家，有甚麼話需要我轉告嗎?
The movie's message was that crime doesn't pay. 這部電影想告訴人們犯罪是得不償失的.

**mes·sen·ger** [ˋmɛsn̩dʒɚ] 名 使者；送電報的人；跑腿的人.

**met** [mɛt] meet 的過去式、過去分詞.

**met·al** [ˋmɛtl̩] 名 金屬.

**me·te·or** [ˋmitɪɚ] 名 流星.

**me·te·or·ite** [ˋmitɪərˏaɪt] 名 隕石.

**me·ter** [ˋmitɚ] 名 ❶(瓦斯、電、計程車等的)計量器. ❷米，公尺. ➜公制的長度單位；略作 **m.**或 **m**.

**meth·od** [ˋmɛθəd] 名 (有體系的、科學的)方法，方式；(想法、行動等的)條理，程序.
a new method of teaching English 新的英語教學法

**me·tre** [ˋmitɚ] 名 《英》= meter ❷

**me·trop·o·lis** [məˋtrɑpl̩ɪs] 名 (一個國家、一個地區的)中心城市，大都會；首都(capital).

**met·ro·pol·i·tan** [ˏmɛtrəˋpɑlətn̩] 形 首都的，大城市的.

**mew** [mju] 名 動 = meow.

**Mex·i·can** [ˋmɛksɪkən] 形 墨西哥(人)的.

**Unìted Mèxican Státes** 墨西哥合眾國 ➜墨西哥(Mexico)的正式國名.

—名 墨西哥人.

**Mex·i·co** [ˋmɛksɪˏko] 專有名詞 墨西哥. ➜北美洲南端的共和國; 從十六世紀至十九世紀大約三百年間爲西班牙殖民地; 正式名稱爲 **United Mexican States**; 首都墨西哥城(Mexico City); 通用語爲西班牙語.

**MI** Michigan 的縮寫.

**Mi·am·i** [maɪˋæmɪ] 專有名詞 邁阿密. ➜美國佛羅里達州南端的療養勝地; 擁有面臨大西洋美麗的 **Miami Beach**, 一年四季遊客絡繹不絕.

**mi·aow** [mɪˋaʊ] 名 動 =meow.

**mice** [maɪs] 名 mouse(老鼠)的複數.

諺語 When the cat is away, the mice will play. 貓兒不在老鼠跳梁. ➜相當於「閻王不在小鬼翻天」.

**Mich·i·gan** [ˋmɪʃəgən] 專有名詞 ❶密西根. ➜美國中西部的州, 與五大湖中的四大湖相接; 簡稱 **Mich., MI** (郵政用). ❷(**Lake Michigan**)密西根湖. ➜五大湖(the Great Lakes)之一, 位於密西根州與威斯康辛州之間.

**Mick·ey Mouse** [ˋmɪkɪˋmaʊs] 專有名詞 米老鼠. ➜迪士尼卡通片中的主角老鼠, 穿著鞋, 戴著白手套; 個性活潑, 典型的美國少年形象; → Donald Duck.

**mi·cro·phone** [ˋmaɪkrəˏfon] 名 擴音器, 麥克風. ➜口語中也說 **mike**.

**speak into** a microphone 用麥克風講話

**mi·cro·pro·ces·sor** [ˋmaɪkroprɑsɛsɚ] 名 微處理器. ➜電腦(computer)的中央計算處理裝置.

**mi·cro·scope** [ˋmaɪkrəˏskop] 名 顯微鏡.

**mi·cro·wave** [ˋmaɪkroˏwev] 名 微波.

**mìcrowave óven** 微波爐.

**mid·day** [ˋmɪdˏde] 名 正午(noon), 中午.

at midday 在正午

**mid·dle** [ˋmɪdl̩] 形 正中的, 中間的.

the middle finger 中指

**míddle náme** 中間名. ➜現代歐美人姓名中夾在姓與教名之間的名字. 例如 John Fitzgerald Kennedy 中 Fitzgerald 即爲中間名(middle name); John 爲名字(first name)或教名(Christian name), Kennedy 爲姓(family name 或稱 last name); 中間名常只用大寫字母表示, 寫成 John F. Kennedy.

**the Míddle Áges** 中世紀. ➜歐洲史中指從五世紀至十五世紀約一千年的時間.

**the míddle cláss(es)** 中產階級, 中層社會.

**the Míddle Éast** 中東. ➜一般指從埃及到伊朗的地區, 有時也包括東邊的印度和西邊的利比亞.

**míddle schòol** 中學. ➜小學和高中之間的學校; 將小學的高年級和高中的低年級結合.

**the Míddle Wést** =the Midwest (→ Midwest).

—名 正中, 中間.

**in the middle of** the room 在房間中央

in the middle of the night 在半夜 (at midnight)

In the middle of the song her voice turned into a whisper. 歌唱到一半, 她的聲音變小聲了.

He parts his hair in the middle. 他把頭髮中分.

**mid·dle-aged** [ˋmɪdl̩ˋedʒd] 形 中年

M

的．➜從四十歲至六十歲左右．

**mid·night** [ˋmɪd͵naɪt] 名 半夜．

**at** midnight　在半夜(in the middle of the night)

**midst** [mɪdst] 名 當中，中間．➜主要用於下列片語．

**in** the midst **of** ～　在～當中，在～之中

**mid·term** [ˋmɪd͵tɝm] 名形 (學期等的)中間(的)．

midterm exams　期中考

**mid·way** [ˋmɪdˋwe] 副 中途，中間．

The post office is about midway **between** my house and the school. 郵局大約在我家與學校中間．

M

**Mid·west** [ˋmɪdˋwɛst] 專有名詞 (**the Midwest**)美國的中西部．➜美國中央北部的大平原．

**might**[1] [maɪt] 助動 may(可以～，也許～)的過去式．

My father said that I might use his camera. 我父親說我可以用他的照相機．➜爲直接敍述法 My father said, "You may use my camera." (我父親說：「你可以用我的照相機.」)的間接敍述法；因主句動詞(said)爲過去式，根據「時態一致」的要求，may 變爲 might；不要將 might 翻譯爲過去，它的意思和 may 相同．

He might come later, but I don't think he will. 他也許過一會兒會來，但我想他不會來了．➜比 may come 可能性更小的說法．

idiom

***mìght as wèll dó (as dó)***　(與其～)不如～爲好．

You might as well try to stop a moving car as try to stop him. 與其設法阻止他，你還不如設法讓行駛中的車子停下來(要阻止他是不可能的)．

**might**[2] [maɪt] 名 力量，能力．

I tried **with all** my might. 我已盡力而爲了．

**might·y** [ˋmaɪtɪ] 形 強有力的，強大的；巨大的．

◆ **mightier** [ˋmaɪtɪɚ] 比較級．

諺語 The pen is mightier **than** the sword. 筆比劍更有力．➜意爲「文勝於武」．

◆ **mightiest** [ˋmaɪtɪɪst] 最高級．

**mi·grate** [ˋmaɪgret] 動 移居；(鳥、魚季節性地)移動，洄游．

**mike** [maɪk] 名《口》擴音器，麥克風(microphone)．

**mild** [maɪld] 形 溫和的，溫暖的，平穩的，不嚴厲的；(味道)輕淡的．

a mild spring day　溫暖的春天

a mild flavor　輕淡的味道

It is mild this winter. 今年的冬天暖和．

**mile** [maɪl] 名 英里(＝約 1.6 km)．

It's about a mile to the school. 到學校大約有一英里．➜It 代表「距離」．

It's a three mile walk from here. 從這裡去有三英里的路程．➜與 a 和 walk 搭配使用；three mile 修飾名詞時不用 ×mile*s*.

for miles　好幾英里

The car was traveling at 60 miles per hour. 這輛汽車以每小時六十英里的速度行駛．

There are miles and miles of cornfields. 連綿好幾英里都是玉米田．

**mil·i·ta·ry** [ˋmɪlə͵tɛrɪ] 形 軍隊的，軍人的，陸軍的．

| **milk** [mɪlk] | ▶牛奶<br>⊙指人類或哺乳動物的奶水，特別是指「牛乳」；此外，也可指植物果實中的「乳狀液」 |
|---|---|

名 乳；牛奶；奶粉；(椰子等果實中的)乳狀液體．

mother's milk　母乳

drink milk 喝牛奶 ➜不用×a milk, ×milks.
**a glass of** milk 一杯牛奶 ➜ milk 一般不加熱喝，故用 glass.
tea with milk 奶茶

**mílk bàr** 奶品店. ➜車站等處販賣牛奶、三明治等的地方.

**mílk càrt** 送牛奶的車子.

**mílk jùg** 牛奶壺. ➜茶具(tea set)之一.

—動 擠(牛等的)奶.
milk a cow 擠牛奶

**milk·maid** [ˋmɪlk͵med] 名 擠奶女工；在奶酪農場工作的女工.

**milk·man** [ˋmɪlk͵mæn] 名(複 **milk-men** [ˋmɪlk͵mən]) 送牛奶的人，賣牛奶的人.

**milk·y** [ˋmɪlkɪ] 形 乳狀的，乳白色的.
◆ **milkier** [ˋmɪlkɪɚ] 比較級.
◆ **milkiest** [ˋmɪlkɪɪst] 最高級.

**the Mílky Wáy** 天河，銀河(系) (the galaxy).

**mill** [mɪl] 名 ❶麵粉廠；(造紙、紡織)工廠.
❷磨粉機，碾磨機.
a pepper mill (手轉式)胡椒研磨器

**mill·er** [ˋmɪlɚ] 名 磨坊主，製粉業者.

**mil·li·on** [ˋmɪljən] 名形 **百萬(的)**.
three million people 三百萬人 ➜不論作名詞或形容詞，million 與數詞一起使用時不用×millions；millions 只用於下面的片語中. → hundred, thousand.
The population of Taiwan is about 21 million (讀法：twenty-one million). 臺灣人口約二千一百萬.

idiom

***míllions of ～*** 數百萬的～；許許多多的～.
millions of years ago 幾百萬年以前

**mil·lion·aire** [͵mɪljənˋɛr] 名 百萬富翁，大富豪.

**mind** [maɪnd] 名 ❶**心，精神；**理性.
body and mind 肉體與精神，身心
A good idea came into his mind. 一個好主意浮上他的心頭.
He has a cool **mind** and a warm **heart**. 他有一個冷靜的頭腦和一顆熱忱的心. 同義字 mind 偏重於理性，heart 則側重於感情、情緒.
諺語 A sound mind in a sound body. 健全的精神寓於健康的身體；有健康的身體，才有健全的心理.
She **lost** her mind. 她失去了理智.
❷想法，意向，意見；(想做～的)心情.
I can read her mind. 我能看出她的想法.
He was going to buy a computer, but **changed** his mind. 他打算買臺電腦，但又改變了主意.
諺語 So many men, so many minds. 有多少個人就有多少個主意. ➜十人十個想法；so many ～ 意爲「那麼多數目的～」.

idiom

***kéep ～ in mínd*** 記住～.
We are not millionaires. You must keep that in mind. 我們不是大富翁，這一點你得記住.

***màke úp*** *one's* ***mínd*** 下決心，決意.
He made up his mind **to** do it〔not to do it〕. 他決心去做〔不去做〕.

***tàke*** *A's* ***mínd òff*** *B* 把 A 的注意力從 B 上移開.
I have to study, but I can't take my mind off her. 我得念書，但心裡又無法不想她.

—動 ❶《疑問句、否定句》**介意，嫌，**討厭.
I don't mind hard work, but I do mind low pay. 我不在乎工作艱苦，但我對低工資卻很在意. ➜ do mind

M

的 do 爲表示「強調」的助動詞；在上述的對比情況下也可使用肯定句.

**Never mind** (**about that**). 不用擔心(那事).

I'll wait here if you don't mind. 如果你不介意的話，我就在這兒等.

會話 **Do you mind** if I turn on the radio? (=**Do you mind** my turn**ing** on the radio?) —No, I don't mind at all. 〔Not at all.〕 你介意我開收音機嗎? —不，我一點也不介意. ➜不用×*Don't* you mind ~?；不希望別人開收音機時雖然也可以說 Yes, I do mind. 但由於這種說法聽起來並不禮貌，所以常婉轉地說 I'd rather you don't.

會話 **Would you mind** open**ing** the window? —Certainly not. (你介意把窗子打開嗎? ⇨)請你把窗子打開好嗎? —(當然不介意⇨)是的，我知道. ➜ Would you ~? 比 Do you ~? 更有禮貌；動名詞 opening (打開)爲 mind 的受詞；不希望開窗時，I'd rather not (open it). 爲較有禮貌的答語.

❷當心~；注意聽~；照顧~. ➜「當心」之意常用於祈使句.

Mind the step. 當心腳下.

Mind your head when you go through that low doorway. 通過那個低矮的門口時小心別碰了頭.

| **mine**[1] [maɪn] | ▶我的東西<br>⊙以自己的物品而言，一個或二個以上都可以使用 |
|---|---|

代 ❶**我的東西**. 相關語 ours(我們的東西).

基本 That is your umbrella and this is mine (=my umbrella). 那是你的傘，這是我的.

Your eyes are brown; mine (=my eyes) are blue. 你的眼睛是棕色的，我的是藍色的.

❷(~ **of mine**)我的~.

He is a friend of mine. 他是我的朋友(之一). ➜不用×*a my* friend, ×*my a* friend.

You can use this camera of mine. 你可以用我的這臺照相機. ➜不用×*this my* camera, ×*my this* camera.

**mine**[2] [maɪn] 名 礦山；礦坑.

a coal 〔gold〕 mine 煤〔金〕礦

**min·er** [ˋmaɪnɚ] 名 礦工，煤礦工.

**min·er·al** [ˋmɪnərəl] 名 礦物.

—形 礦物的，礦物性的.

**míneral wàter** ①礦(泉)水. ➜含礦物鹽的天然藥用水. ②《英》(含碳酸的)清涼飲料(soft drink).

**min·i·a·ture** [ˋmɪnɪətʃɚ] 名 小模型，小型物，袖珍畫.

a miniature of the Eiffel Tower 艾菲爾鐵塔的縮小模型

idiom

***in míniature*** 小型的〔地〕.

—形 小型的，小規模的.

**min·i·mum** [ˋmɪnəməm] 名 最小量，最小額，最低限度.

—形 最小的，最低的.

**min·i·skirt** [ˋmɪnɪˏskɝt] 名 迷你裙.

**min·is·ter** [ˋmɪnɪstɚ] 名❶(英國國教會以外的新教的)牧師.

❷(英國、日本等的)大臣，部長. → secretary ❷

the Prime Minister 總理，首相

the Minister of Education 教育部長

❸公使. ➜代表國家，派駐國外的外交官，級別次於大使(ambassador).

**min·is·try** [ˋmɪnɪstrɪ] 名 (複 **minis·tries** [ˋmɪnɪstrɪz]) ❶大臣、部長、牧師的職位.

❷(英、日等國的)政府部會. ➜相當於美國的 department.

the Ministry of Education 教育部

**mink** [mɪŋk] 名 水貂；貂皮. ➜鼬鼠類，毛皮貴重.

**Min·ne·so·ta** [ˌmɪnɪ`sotə] 專有名詞 明尼蘇達州. ➜美國中北部的州, 與加拿大相鄰; 簡稱 **Minn.**, **MN**(郵政用).

**mi·nor** [`maɪnɚ] 形 ❶較小的, 較次要的, 二流的.
In the United States soccer is still a minor sport. 在美國, 足球還是一項不太受重視的體育運動.
**mínor léague** 小聯盟. ➜次於大聯盟(→ major league)的美國職業棒球聯盟.
❷(音樂的)小調的.
— 名 ❶未成年者. ❷(音樂的)小調.

**mi·nor·i·ty** [mə`nɔrətɪ] 名 (複 **minorities** [mə`nɔrətɪz]) 少數, 少數派.

**mint** [mɪnt] 名 薄荷.

**mi·nus** [`maɪnəs] 介 減～. 反義字 plus(加上～).
Ten minus six is four. 十減六等於四 (10－6＝4).
— 形 減的, 負的; 不完全的.
get a C minus 〔C⁻〕 in history 歷史這科拿到 C 減〔C⁻〕
The temperature was minus 30°C at night. 晚上氣溫是攝氏零下30度. ➜ 30°C的讀法: thirty degrees centigrade.
— 名 負號; 負數.

| **min·ute**[1] [`mɪn ɪt ] | ▶分(鐘)<br>▶一會兒, 片刻 |
|---|---|

名 (複 **minutes** [`mɪnɪts]) ❶(時間的)分.
基本 one minute to 〔before〕 one 差一分鐘一點 ➜數字＋minute.
ten minutes to ten 差十分十點
ten minutes past 〔after〕 ten 十點十分
in ten minutes 十分鐘之內; 十分鐘以後
in minutes 幾分鐘〔之間〕
minutes later 慢了〔過了〕幾分鐘
Sixty minutes make an hour. 六十分鐘為一小時.
**mínute hànd** 分針, 長針. 相關語 second hand (秒針), hour hand(時針).

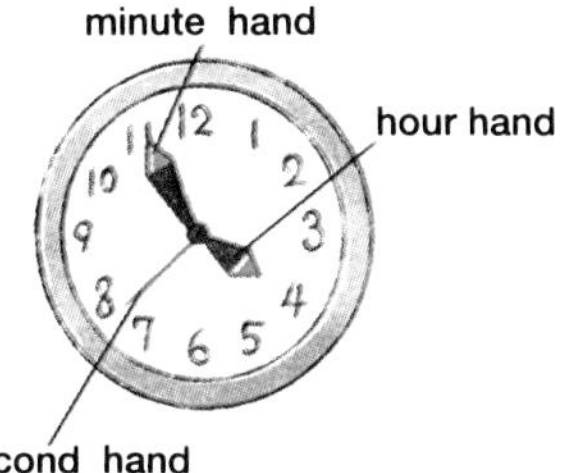


❷(**a minute**) 一會兒, 片刻.
**in a minute** 馬上, 立刻(very soon)
(for) a minute 一會兒, 片刻
Just 〔Wait〕 a minute. 稍等片刻.
Do you have a minute? 你有時間嗎?
idiom
***èvery mínute*** 時時刻刻, 迫不及待地.
***the mínute*** (***that***) (S′＋V′) 《用法如連接詞》(S′＋V′)一～就～.
The minute he saw me, he ran away. 他一見到我就跑掉了.

**mi·nute**[2] [mə`njut] ➜注意與 minute[1]在發音上的區別. 形❶極小的, 微小的.
❷細心的, 精密的.

**mir·a·cle** [`mɪrəkl̩] 名 奇蹟; 奇蹟般的事, 驚異, 不可思議的事.
**do** 〔**work**〕 a miracle 創造奇蹟
miracles of modern science 現代科學的奇蹟

**mir·ror** [`mɪrɚ] 名 鏡子(looking glass).
look in 〔into〕 a mirror 照鏡子
She looked at herself in the mirror. 她照鏡子.

**mis-** 字首 表示「錯誤」「非～」「不～」等的意思，通常接動詞或名詞.
mishear 誤聽; misspell 拼錯; misfortune 惡運

**mis·chief** [ˋmɪstʃɪf] 名 ❶淘氣，搗蛋，惡作劇.
**do** a lot of mischief 很淘氣 ➜不用ˣ*many* mischief*s*.
❷害處，危害(harm).

**mis·chie·vous** [ˋmɪstʃɪvəs] 形 惡作劇的，好搗蛋的，淘氣的.

**mi·ser** [ˋmaɪzɚ] 名 小氣鬼，守財奴.

**mis·er·a·ble** [ˋmɪzərəbḷ] 形 悲慘的，不幸的，可憐的; 糟糕的.

**mis·for·tune** [mɪsˋfɔrtʃən] 名 不幸，災難.
One man's misfortune is often another man's fortune. 一個人的不幸常常是另一個人的幸運.

**mis·print** [mɪsˋprɪnt] 名 印刷錯誤，排版錯誤.

**Miss** [mɪs] 名 ❶**小姐; 老師.** ➜對未婚女性的尊稱，後不加縮寫點.
Miss (Mary) Smith (瑪麗·)史密斯小姐 ➜用於未婚女性的姓或姓名之前; 不可置於名字之前，所以不用ˣ*Miss Mary.*
When **Miss** Black got married, she became **Mrs.** White. 布萊克小姐結了婚變成了懷特夫人. ◁**相關語** ➜不用區別已婚未婚的 **Ms** 或 **Ms.** 也常被使用.
Miss White is our music teacher. 懷特小姐是我們的音樂老師. ➜指未婚的女教師; 不用ˣ*Teacher* White.
Good morning, Miss Brown! 布朗老師，早安!
❷(**Miss**＋地名等)～小姐. ➜選美比賽等優勝者的頭銜.
Miss USA 1998 1998年美國小姐

**miss** [mɪs] 動 ❶**未擊中，未搭上，未取〔看、聽〕到.**
miss a ball 沒擊中〔沒接住〕球
miss a train 沒趕上火車
The restaurant has a big neon sign on the roof; you can't miss it. 那家餐館屋頂上有塊巨大的霓虹燈廣告招牌，你不會錯過的.
I missed (seeing) the movie. 我錯過了(看)這部電影. ➜動名詞 seeing (看)為 missed 的受詞.
I missed the chance to go there. 我錯過了去那兒的機會. ➜不定詞 to go (去～)修飾 chance.
He missed class yesterday. 他昨天缺課.
You're still missing the point of my argument. 你還沒領會我的論點. ➜現在進行式，加強miss的意思.
❷**懷念～; 發覺遺失～.**
I miss you very much. 我很想念你.
She missed her purse when she got on the bus. 她上公車時發現錢包不見了.
會話 When did you miss the key? —I didn't miss it until I got home. 你甚麼時候發現鑰匙丟了? —到家之後我才發現鑰匙丟了.

**mis·sile** [ˋmɪsḷ] 名 飛彈.

**miss·ing** [ˋmɪsɪŋ] 形 找不到的，下落不明的，缺的.
a missing boat 下落不明的小船
Mary is still missing. 瑪麗依然下落不明.

**mis·sion** [ˋmɪʃən] 名 ❶(外交)使節團; (宗教)宣教團，傳教.
a mission school 佈道學校 ➜為傳佈基督教而建立的學校.
❷(被派遣者的特別)任務，使命; 天職.
the US space mission 美國太空飛行任務

**mis·sion·a·ry** [ˋmɪʃənˏɛrɪ] 形 (尤指在國外的)傳教(士)的.
—名 (複 **missionaries** [ˋmɪʃənˏɛrɪz]) (派往海外的)傳教士.

**Mis·sis·sip·pi** [ˌmɪsəˋsɪpɪ] 專有名詞 ❶(**the Mississippi**) 密西西比河. ➜流經美國中部向南注入墨西哥灣的大河(約 6,000 km).
❷密西西比州. ➜美國南部的州; 密西西比河流經該州西部; 簡稱**Miss., MS**(郵政用).

**Mis·sou·ri** [məˋzʊrɪ] 專有名詞 ❶(**the Missouri**) 密蘇里河. ➜密西西比河的支流(約 4,000 km). ❷密蘇里州. ➜美國中西部的州; 密西西比河流經該州東部, 其支流密蘇里河橫貫該州; 簡稱 **Mo., MO**(郵政用).

**mist** [mɪst] 名 薄霧, 靄, 霞.
—動 下薄霧; (因霧、霞、淚等而)使(視線等)模糊不清.
Tears misted her eyes. 眼淚模糊了她的眼睛.

**mis·take** [məˋstek] 動 弄錯, 誤解.
mistake the road 走錯路
mistake him 誤解他
mistake him **for** his brother 把他錯當作他的兄弟
◆ **mistook** [mɪsˋtʊk] 過去式.
I mistook this stick for a snake. 我把這根棍棒錯當作蛇了.
◆ **mistaken** [məˋstekən] 過去分詞. → mistaken.
Ann **was** mistaken for her sister. 安被錯認爲她姊姊〔妹妹〕.
—名 錯誤, 過失, 誤解.
**make** a mistake 犯錯
a mistake **in** judgment 判斷錯誤
There's no mistake **about** it. 那是確實無誤的.
I made several mistakes in my English composition. 我在英文作文中犯了幾個錯誤.

***by mistáke*** 弄錯, 不小心.
I used your pen by mistake. 我錯用了你的鋼筆.

**mis·tak·en** [məˋstekən] mistake 的過去分詞.
—形 錯誤的, 弄錯的, 誤解的.
You are mistaken **about** his motive. 你誤解了他的動機.

**mis·tle·toe** [ˋmɪsl̩ˌto] 名 槲寄生. ➜在歐美一般生長在蘋果樹等上面, 小樹枝可用作聖誕節的裝飾物.

**mis·took** [mɪsˋtʊk] mistake 的過去式.

**mist·y** [ˋmɪstɪ] 形 霧(mist)迷漫的, 濃霧的.

**mis·un·der·stand** [ˌmɪsʌndɚˋstænd] 動 誤解.
◆ **misunderstood** [ˌmɪsʌndɚˋstʊd] 過去式、過去分詞.

**mis·un·der·stand·ing** [ˌmɪsʌndɚˋstændɪŋ] 名 誤解.

**mitt** [mɪt] 名 ❶(棒球的)手套.
a catcher's mitt 捕手手套
❷(婦女用的露指)長手套; 只有拇指分開的連指手套(mitten).

**mit·ten** [ˋmɪtn̩] 名 (防寒用的、只有拇指分開的)手套, 連指手套.

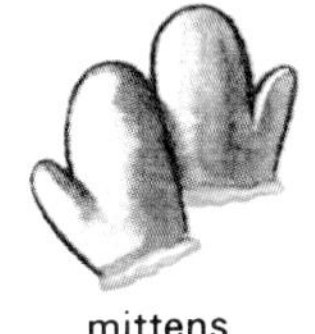
mittens

gloves

**mix** [mɪks] 動 ❶混合, 攙雜; 混雜.
Don't mix work **and** 〔**with**〕 play. 不要把工作和遊戲混在一起.
Oil and water will not mix. = Oil won't mix with water. 油水不相溶.
❷(和多數的人)交往, 相處.
He doesn't mix well. 他不善交際.
Do the boys mix with the girls in your class? 你班上的男生和女生相處得好嗎?

M

***míx úp*** 攪勻，攙雜.

**mixed** [mɪkst] 形 混合的；男女混合的.

a mixed chorus 混聲合唱

mixed candies 什錦糖果

a mixed school 男女同校

**mix·ture** [ˋmɪkstʃɚ] 名 混合；混合物.

**mm(m)** [əm] 感 嗯. ➜贊同、同意，有時也表示含糊的回答或猶豫.

**MN** Minnesota 的縮寫.

**MO** Missouri 的縮寫.

**mo·a** [ˋmoə] 名 恐鳥. ➜類似鴕鳥的巨鳥，原生存於紐西蘭，現已絕種.

**moan** [mon] 名 呻吟聲，嗚咽聲.

—動 呻吟，嗚咽.

**mob** [mɑb] 名 一群(暴徒).

**mo·bile** [ˋmobḷ] 形 可動的，易動的.

**móbile hóme** 《美》活動房屋. ➜造好的房屋底部裝有車輪，用汽車拖往安放的場地.

**móbile phóne** 行動電話.

**mock** [mɑk] 動 嘲笑，愚弄.

— 名 嘲笑，戲弄.

—形 模擬的.

a mock test 模擬測試

**mode** [mod] 名 方式，做法；流行(式樣).

the latest mode from Paris 來自巴黎的最新流行時裝

**mod·el** [ˋmɑdḷ] 名 ❶模型；(汽車等的)型式.

This car is the latest model. 這輛汽車是最新型的.

❷典範，模範.

Gandhi was the model of a leader. 甘地是領導者的模範.

❸(畫家、攝影家、時裝的)模特兒.

a fashion model 時裝模特兒

—形 模型的；模範的.

a model plane 飛機模型

a model answer 標準答案

**mod·er·ate** [ˋmɑdərɪt] 形 適度的，溫和的，有節制的；中等的.

moderate exercise 適度的運動

a moderate price 合適的價格

**mod·er·a·tor** [ˋmɑdəˏretɚ] 名 調停者；(會議等的)議長，主席.

**mod·ern** [ˋmɑdɚn] 形 現代的，近代的；現代風格的，時髦的.

modern science 現代科學

modern times 現代

Do you like **modern** or **classical** music? 你喜歡現代音樂還是古典音樂? ◁相關語

This office building is very modern. 這棟辦公大樓非常現代化.

**mod·est** [ˋmɑdɪst] 形 謙虛的，有節制的，樸素的，端莊的.

**mod·es·ty** [ˋmɑdəstɪ] 名 謙遜，客氣，羞怯；端莊，穩重，樸實.

**Mo·ham·med** [moˋhæmɪd] 專有名詞 穆罕默德. ➜出生於阿拉伯的麥加(Mecca)，伊斯蘭教的始祖(570-632)；也拼作 Mahomet.

**moist** [mɔɪst] 形 潮濕的；淚汪汪的.

**mois·ture** [ˋmɔɪstʃɚ] 名 濕氣，水分.

**mole**[1] [mol] 名 鼴鼠.

**mole**[2] [mol] 名 黑痣，痣.

**mom** [mɑm] 名 《美口》媽媽(mamma)(《英口》mum). ➜用於稱呼母親；不僅是孩子，大人有時也使用；常以大寫字母起首，不加冠詞.

**mo·ment** [ˋmomənt] 名 ❶片刻，瞬間.

**for** a moment 片刻

**in** a moment 立刻，馬上

Wait a moment. = Just a moment. 稍等片刻.

He was here a moment ago. 他剛才還在這兒.

❷(特定的)時刻.

this moment 現在，馬上，此刻

**at** the moment 此刻，現在(now)

**for** the moment 暫時，目前
Please wait a moment. He's busy at the moment. 請等一下，他現在很忙.

idiom

***at ány mòment*** 隨時，任何時刻.
War may occur at any moment. 戰爭隨時會爆發.

***èvery móment*** 時時刻刻，不斷地.

***the móment*** (S′+V′) 《用法如連接詞》(S′+V′)一～就～(as soon as ～).
The moment he saw me, he went out. 他一看到我就出去了.

**mom·my** [ˋmamɪ] 名 (複 **mommies** [ˋmamɪz])《美兒語》媽媽. → mom.

**Mon.** Monday(星期一)的縮寫.

**Mo·na Li·sa** [ˋmonəˋlizə] 專有名詞 (**the Mona Lisa**)蒙娜麗莎. ➜達文西(Leonardo da Vinci)畫的肖像畫，臉上浮現著謎一般的微笑.

**mon·arch** [ˋmanɚk] 名 君主. ➜ king, queen, emperor 等.

**mon·arch·y** [ˋmanɚkɪ] 名 (複 **mon-archies** [ˋmanɚkɪz]) 君主政體. → republic.

**Mon·day** [ˋmʌndɪ] [ˋmʌnde]
▶星期一
⊙「月亮之日(moon day)」的意思

名 星期一. ➜詳細用法請參見 Tuesday.
**on** Monday 在星期一
**on** Monday morning 在星期一早上
**last** 〔**next**〕 Monday (在)上星期〔下星期〕一 ➜不用ˣ*on* last 〔next〕 Monday.
Today is Monday. 今天是星期一. ➜不用ˣ*a* 〔*the*〕 Monday.
on **Mondays** 在每個星期一

**mon·ey** [ˋmʌnɪ]
▶金錢
⊙一般是指硬幣或紙幣等金錢而言

名 錢，金錢；財產. 相關語 coin(硬幣)，bill(《美》紙幣)，note(《英》紙幣).
a lot of 〔much〕 money 很多錢 ➜不用ˣ*many* money*s*.
paper money 紙幣
She gave me some money. 她給了我一些錢.
We can't buy happiness with money. 我們無法以金錢買到幸福.
諺語 Time is money. 時間就是金錢.

M

**Mon·go·li·a** [maŋˋgolɪə] 專有名詞 蒙古. ➜原稱蒙古地方，現為中共北方的共和國.

**Mon·go·li·an** [maŋˋgolɪən] 名 形 蒙古人(的)；蒙古語(的)；蒙古的.

**mon·i·tor** [ˋmanətɚ] 名 ❶忠告者；監視者；(學校的)班長.
❷(收音機、電視的)監聽員，監聽裝置；受託把對節目的意見向廣播電視臺報告的人.
❸(監視收音機、電視的音質、影像等的)監控裝置.

**mon·key** [ˋmʌŋkɪ] 名 **猴子.** ➜指有尾巴的；無尾的高等猿猴為 ape.

**mo·nop·o·ly** [məˋnapḷɪ] 名 壟斷，專賣(權)；獨佔.

**mon·o·rail** [ˋmanəˏrel] 名 單軌電車.

**mo·not·o·nous** [məˋnatṇəs] 形 單調的；無聊的.

**mon·ster** [ˋmanstɚ] 名 妖怪，怪物，(想像中的)怪獸.

**Mon·tan·a** [manˋtænə] 專有名詞 蒙大拿. ➜美國西北部的州；簡稱**Mont.**, **MT**(郵政用).

**Mont Blanc** [mantˋblæŋk] 專有名詞

白朗峰. ➜位於法國與義大利邊境的阿爾卑斯山脈的最高峰(4,810 m)；法語的 Mont＝山，Blanc＝白色的.

**month** [mʌnθ]
▶月
▶一個月

名 (複 **months** [mʌnθs]) 月，一個月.
**this** month (在)本月 ➜不用×*in* this month.
**next** month (在)下月
the next month (在)次月
**last** month (在)上月
**the month before last** (在)上上個月
**the month after next** 下下個月
every month 每月
every other month 隔月
at the beginning〔the end〕of this month 在本月初〔底〕
a six-month old baby 六個月大的嬰兒
How many days does this month have? 這個月有多少天?
School is going to start next month. 學校下個月開學.
In which month is your birthday? 你的生日在哪個月份?
many months **ago** 好幾個月以前
some months **later** 幾個月以後
He stayed with us (for) two months. 他在我們家住了二個月.
The baby is eighteen months old. 這個嬰兒十八個月大了. ➜未滿二年通常用這樣的月數表示，而不用×*one and a half years*.

idiom

***a mónth agò todáy*** 上個月的今天.
***a mónth from todáy*** 下個月的今天.
***dáy of the mónth*** (幾)日.
會話 What day of the month is (it) today? —It's the tenth. 今天幾號? —十號. ➜ it 籠統地表示「時間」，使用 it 時，it 爲主詞，today 爲副詞；不用 it 時，today 爲名詞，作主詞.
***thís dày mónth*** ＝ ***todáy mónth*** 《英》上個月〔下個月〕的今天.

**month·ly** [ˋmʌnθlɪ] 形 月月的，每月的.
a monthly magazine 月刊
—副 月月，每月，每月一次.
—名(複 **monthlies** [ˋmʌnθlɪz]) 月刊.
相關語 daily(每日(的))，weekly(每週(的)；週刊).

**Mon·tre·al** [ˏmɑntrɪˋɔl] 專有名詞 蒙特婁. ➜加拿大第一大城；為聖羅倫斯河所環抱的島上城市，世界首屈一指的港市；該地法語的使用較英語頻繁.

**mon·u·ment** [ˋmɑnjəmənt] 名 紀念碑，紀念像〔館〕，紀念物.

**moo** [mu] 動 (牛)哞哞地叫.
—名 (複 **moos** [muz]) 哞. ➜牛的叫聲.

**mood** [mud] 名 情緒，心情.
He is **in** a bad〔good〕mood. 他心情不好〔好〕.
I'm in no mood to dance〔for joking〕. 我沒心情跳舞〔開玩笑〕.

**moon** [mun]
▶月球，月亮
⊙指天體上的「月亮」；曆法上的「月」爲 month

名 (複 **moons** [munz]) ❶(天體的)月球，月亮.
the sun and the moon 太陽與月亮
a full〔half〕moon 滿〔半〕月 ➜ moon 單獨使用時爲 the moon，加 full, half, new 等時，因指的是變化的月相，故需加 a.
a new moon 新月
There was no moon〔a moon〕last night. 昨晚沒有月亮〔有月亮〕.
❷(行星的)衛星(satellite)；人造衛星.

印象 關於月球表面的描繪，中國自古即有「兔子搗藥」之說，英美則比作「人臉(或人形)」，或「聚攏柴禾，倚著耙子的人(和狗)」；古時，人們相信月亮具有魔力，因此便產生 moonstruck([ˋmun,strʌk] 發狂的)，moony([ˋmunɪ] 恍惚的)等形容詞.

**moon·light** [ˋmun,laɪt] 名 月光.
—形 月光的，月夜的.
a moonlight night　月夜

**moose** [mus] 名 麋鹿. ➡ 單複數同形；生長於加拿大或北美的鹿；雄鹿頭上有巨大的角.

**mop** [mɑp] 名 拖把，附長柄的抹布.

**mor·al** [ˋmɔrəl] 形 道德的；有道德的，正當的.
lead a moral life　過正當的生活
—名 ❶(寓言(fable)等的)教訓，寓意.
❷(**morals**)(社會的)道德，倫理；(個人的)品行.

**more** [mor]
▶更多的
▶更(多)
▶更多的物〔人、事〕

形 更多的，較多的. ➡ many(多數的)，much(大量的)的比較級.
基本 more friends　更多的朋友 ➡ more＋複數名詞.
more books　更多的書
ten more books　再十本書 ➡不用 ˣ*more ten* ～.
many more books　還有很多書
more **than** ten boys　超過十個男孩 ➡嚴格而言指十一人以上.
I want one more ticket.　我還要多一張票.
基本 more water　更多的水 ➡ more＋不可數名詞.
more money　更多的錢
some more butter〔money〕　再多一些奶油〔錢〕
Ten is (two) more than eight.　十比八多(二).
You have more friends〔money〕than I have.　你的朋友〔錢〕比我多.
Bob did more work than John.　鮑勃工作做得比約翰多.
This flower needs a little more water.　這花兒需要多澆點水.
Would you like to have some more coffee?　你要不要再來點咖啡?
—副 ❶更(多). ➡ much(很)的比較級.
基本 You must sleep more.　你得再睡一會兒. ➡動詞＋more.
I love you more than anyone else.　我比其他任何人都愛你.
❷《常和形容詞、副詞連用構成比較級》更～.
基本 more beautiful　更美麗 ➡ more＋形容詞.
基本 more slowly　更慢 ➡more＋副詞.
a more beautiful girl　更美麗的少女
You must be more careful.　你必須更仔細些.
Sue is more beautiful **than** her sister.　蘇比她姐姐〔妹妹〕漂亮.
Please speak more slowly.　請說得再慢些.
—代 更多的物〔人、事、量〕.
Tell me more (about yourself).　再多告訴我一些(你的事).
Mary ate her cake, but she wanted more.　瑪麗吃了自己的那份蛋糕，但還想再吃.
You must eat **more** and drink **less**.　你得多吃些東西少喝些酒. ◁反義字
We bought more than we needed.　我們買了超過需要的量.
Give me a little more of that cake, please.　請再多給我一點那種蛋糕.
I hope to see more of you.　我希

M

望更常見到你.

idiom

***àll the móre*** 越發，更加.

***móre and móre*** (～) 愈來愈(多的～).

More and more people came to live in the suburbs of the city. 越來越多人住到市郊.

The lessons are becoming more and more difficult. 功課愈來愈難.

***móre or léss*** 或多或少，稍微；左右，大致.

***mùch* 〔*stìll*〕 *móre*** 何況～.

You have a right to your property, much more to your life. 你有權管理你的財產，更何況是你的生命.

***nò móre = nòt ày móre*** 不再～.

I want no more.=I don't want any more. 我不再要了.

No more, thank you. (被勸吃東西時)不要了，謝謝.

***nò móre than*** ～ 只～，僅～(only). ➜ no 對 more 加以否定.

I have no more than a dollar. 我只有一美元.

***nòt móre than*** ～ 不比～多，至多～(at most). ➜ not 對動詞加以否定.

There were not more than twenty persons at the party. 出席晚會的不超過二十人.

***nò* 〔*nòt*〕 *móre* A *than* B** 不如 B 來得 A.

She is no more beautiful than her sister. 她沒她姐姐〔妹妹〕漂亮.

***ònce móre*** 再一次.

Please sing the song once more. 請再唱一遍這首歌.

***the móre* A, *the móre* B** 愈 A，愈 B. → the 副 ❶

**more·o·ver** [mor`ovɚ] 副 此外，而且.

**morn·ing** [`mɔr n ɪ ŋ ]

▶早晨，上午

⊙指日出到中午這段時間

名 (複 **mornings** [`mɔrnɪŋz]) 早晨；上午. ➜用法參見 evening.

**in** the morning (在)早上，(在)上午

early in the morning = in the early morning 一大早

**this** morning 今天早上 ➜不用 ×*in* this morning.

tomorrow morning 明天早晨

one (winter) morning (在)某個(冬天的)早晨

all (the) morning 整個上午

**from** morning **till** night 從早到晚

**on** Sunday morning 在星期天早上

on a cold morning 在一個寒冷的早上

on fall **mornings** 在秋天的早晨

on Christmas Eve morning=on the morning of Christmas Eve 在聖誕節前一天(十二月二十四日)的早上

on the morning of that day (在)那天早晨

During the summer vacation I study in the **morning** and go out in the **afternoon**. 在暑假期間，我上午念書，下午外出. ◁相關語

**mórning glòry** 牽牛花.

**the mórning stár** 晨星；金星.

idiom

***Gòod mórning!*** 早安!

**mor·tal** [`mɔrtl̩] 形 終須一死的；致命的.

Man is mortal. 人終須一死.

—名 人，凡人；終須一死之物.

**Mos·cow** [`mɑsko] 專有名詞 莫斯科. ➜俄羅斯共和國首都.

**Mo·ses** [`mozɪz] 專有名詞 摩西. ➜西元前十三世紀前後，以色列民族的領袖；率領以色列人逃離埃及，擺脫了

埃及人的奴役.

**Mos·lem** [ˋmɑzləm] ㊔ 回教徒. → Islam.

—㊎ 回教(徒)的.

**mosque** [mɑsk] ㊔ 回教寺院，清眞寺. → Islam.

**mos·qui·to** [məˋskito] ㊔ (㊗ **mos-quito(e)s** [məˋskitoz]) 蚊子.

**moss** [mɔs] ㊔ 苔蘚.

| **most** [m o s t] | ▶最多(的)<br>▶大部分的<br>▶最 |
|---|---|

㊎ ❶(常用 **the most** ~)最多的. ➡ many(多數的), much(大量的)的最高級.

**基本** (the) most stamps 最多的郵票 ➡(the) most＋名詞.

He has (the) most books in our class. 我們班上他的書最多.

He has (the) most money **of** the three brothers. 三兄弟中他的錢最多.

❷(不加ˣthe) **大多數的，** 大部分的.

**基本** most girls 大多數女孩子 ➡ most＋複數名詞.

**基本** most wealth 大部分財產 ➡ most＋不可數名詞.

in most cases 在大多數情況下

Most children like ice cream, but a few don't. 大多數孩子喜歡冰淇淋，但也有些小孩不喜歡.

idiom

***for the mόst pàrt*** 大部分，多半(mostly).

—㊆ ❶《常和形容詞、副詞連用構成最高級》最，第一. ➡形容詞前常用 **the most** ~，副詞前用 **most** ~.

**基本** the most beautiful girl 最美麗的少女 ➡ the most＋形容詞＋名詞.

Susie is the most beautiful **of** the three sisters. 蘇西在三姐妹中最漂亮.

This is the most useful dictionary. 這是最有用的辭典.

**基本** She sang most beautifully of all. 在所有人中她唱得最好. ➡most＋副詞.

❷(常用**the most**)最多，最. ➡much(很)的最高級.

I love you (the) most in this world. 在這世界上我最愛你.

He worked (the) **most** and yet was paid (the) **least**. 他做得最多，可是得到的錢最少. ◁**反義字** ➡ least 爲 little(少)的最高級.

❸(**a most**)極，很，十分(very).

a most kind girl 很親切的少女 ➡一般用 a very kind girl;「最親切的少女」爲 the kindest girl.

idiom

***mòst of áll*** 尤其，特別，格外.

—㊅ ❶(**the most**)**最多數，最大量，最大限度.**

John has **a lot of** comic books, but Bob has **more** and Alan has **the most**. 約翰有很多漫畫書，但鮑勃更多，艾倫最多. ◁**相關語**

This is the most I can do. 這是我能盡的最大努力. ➡the most (that) I can do，省略了作爲受格的關係代名詞 that; I can do 修飾 the most.

❷(不加ˣthe) **大部分，** 大多數.

We went there by bus, but most came by train. 我們坐公車去那裡，但大部分人搭火車.

Most **of the** children liked ice cream. 大多數孩子喜歡冰淇淋. ➡ 不用ˣMost of *children*.

Spanish is spoken in most of the countries in South America. 大多數的南美國家講西班牙語. ➡被動語態.

We spent most of **our** money. 我們把大部分的錢花掉了. ➡不用ˣmost of *money*; 如果爲 most of the money 則指「那些錢的大部分」.

idiom

***at* (*the*) *móst*** 至多，不超過.
***màke the móst of ~*** 盡量利用～.
I have only one free day, so I must make the most of it. 我只有一天假，所以我必須善加利用.

**most·ly** [ˋmostlɪ] 副 多半，大部分.
He is mostly at home in the afternoon. 他下午多半在家.

**mo·tel** [moˋtɛl] 名 汽車旅館. ➜公路沿線提供駕車旅行者服務的簡易住宿設施.
字源 **mot**or 與 hot**el** 的混合字.

**moth** [mɔθ] 名 蛾.

| **moth·er** [ˋmʌðɚ] | ▶母親，媽媽 ⊙年齡較小的孩子多用 mom, mommy |
|---|---|

名 (複 **mothers** [ˋmʌðɚz]) ❶ 母親，媽媽. ➜在家庭內當作專有名詞，不加冠詞，書寫時用大寫字母起首；「父親，爸爸」爲 father; → mom.
my〔Jack's〕mother 我〔傑克的〕媽媽
a mother bird 母鳥
Mother Earth 養育萬物的大地
Mother is not at home. 媽媽不在家.
Oh, Mother, please. Let me go to the party. 哦，媽媽，求求你，讓我去參加舞會吧.
She is the mother of five children. 她是五個孩子的母親.
Mrs. Smith will become a mother next month. 史密斯太太下個月要當媽媽了〔即將要生產了〕.
**móther cóuntry** 祖國.
**móther tóngue** 本國語言，母語.
❷起源；原因.
諺語 Necessity is the mother of invention. 需要是發明之母.

**Moth·er Goose** [ˋmʌðɚˋgus] 專有名詞 鵝媽媽. ➜自古以來在英國廣爲流傳的童謠集《鵝媽媽故事集》(*Mother Goose's Tales*)的虛構作者.

**moth·er-in-law** [ˋmʌðərɪn,lɔ] 名 (複 **mothers-in-law** [ˋmʌðərzɪn,lɔ]) 岳母；婆婆.

**Moth·er's Day** [ˋmʌðɚz,de] 名 母親節. ➜五月的第二個星期日.

**mo·tion** [ˋmoʃən] 名 運動，活動，動作.
the motion of a train 火車的移動
The sea is always **in** motion. 海水不停地翻騰著.
**mótion pícture** 《美》電影(movie).
**—**動 以手或頭示意～.
The driver stopped his car and motioned us **to** cross. 司機停下車，示意我們穿過馬路.

**mo·tive** [ˋmotɪv] 名 動機.
the motive **for** a crime 犯罪動機

**mo·tor** [ˋmotɚ] 名 發動機，馬達，引擎(engine).

**mo·tor·bike** [ˋmotɚ,baɪk] 名 ❶《美》輕型摩托車，或者裝有小型引擎的自行車. ❷《英》摩托車(motorcycle).

**mo·tor·boat** [ˋmotɚ,bot] 名 汽艇.

**mo·tor·car** [ˋmotɚ,kɑr] 名 汽車. → automobile.

**mo·tor·cy·cle** [ˋmotɚ,saɪkl̩] 名 摩托車，機車.
**ride** (**on**) a motorcycle 騎摩托車

**mo·tor·way** [ˋmotɚ,we] 名 《英》高速公路.

**mot·to** [ˋmɑto] 名 (複 **motto(e)s** [ˋmɑtoz]) 座右銘，箴言.

**mound** [maʊnd] 名 ❶(墓、遺跡等用土、石等堆積的)塚，土堆，小丘；(堆物所成的)山. ❷(棒球場上比地面稍高的)投手踏板.

**mount** [maʊnt] 名 山. ➜寫成 **Mt.** 用於山名.
Mount Ali = Mt. Ali 阿里山
**—**動 登，登上；騎上(馬等).

**moun·tain** [ˋmaʊn t ṇ]
▶山，山岳
⊙有相當的高度，山頂險峻，常有積雪覆蓋

名 (複 **mountains** [ˋmaʊntṇz]) ❶ 山，山岳. → hill.
a high 〔low〕 mountain 高〔矮〕山
the top 〔the foot〕 of a mountain 山頂〔山腳〕
**climb** a mountain 登山，爬山
Mt. Fuji is the highest mountain in Japan. 富士山是日本最高的山.
**a chain of** mountains 群山，山脈
live in the mountains 住在山區
➜「山嶽地帶」之意的「山」一般用 **the mountains** 表示.
He likes to go to the mountains. 他喜歡去山區.
**móuntain clìmbing** 登山.
**móuntain lìon** 美洲獅. ➜亦稱爲 cougar 或 puma.
❷ (**the ~ Mountains**) ～山脈.
the Rocky Mountains 落磯山脈

**moun·tain·eer** [ˏmaʊntṇˋɪr] 名 住在山裡的人；登山家.

**moun·tain·eer·ing** [ˏmaʊntṇˋɪrɪŋ] 名 登山.

**moun·tain·ous** [ˋmaʊntṇəs] 形 山地的，多山的.
a mountainous region 山嶽地帶，山區

**moun·tain·side** [ˋmaʊntṇˏsaɪd] 名 山腰.

**mourn** [morn] 動 哀痛，哀悼(人之死).
The people mourned (**over**) the death of the great leader. 人民哀悼偉大領袖的逝世.

**mourn·ful** [ˋmornfəl] 形 悲慟的；悽慘的.

**mouse** [maʊs] 名 (複 **mice** [maɪs]) 老鼠，耗子. → mice.
The mouse squeaked and ran away when it saw the cat. 老鼠看到貓就吱吱地叫著逃跑了.

參考 歐美一般常見的老鼠有家鼠(**house mouse**)、田鼠(**field mouse**)等種類；可供玩賞或動物實驗；比出沒於陰溝中的老鼠(rat)小.
印象 mouse 最喜歡乳酪，給人「可愛的膽小鬼」的印象，不像 rat 那樣給人「壞蛋」的印象.

**mousse** [mus] 名 (法語) 奶油凍，慕斯. ➜水果或巧克力口味的泡狀奶油、蛋白，果凍狀的冰品(甜點).

**mous·tache** [ˋmʌstæʃ] 名 ((英)) ＝ mustache(髭，小鬍子).

M

**mouth** [maʊθ]
▶口，嘴
⊙除了人類或動物的「嘴」以外，也有洞穴、河川、瓶子等的「(出入)口」的意思

名 (複 **mouths** [maʊz] ➜注意 th 的發音變化) ❶ (人、動物的) **口，嘴.**
**open** *one's* mouth 張開嘴
He has a pipe in his mouth. 他嘴裡銜著一根煙斗.
Don't speak with your mouth full. 嘴裡塞滿東西時不要說話.
**Shut** your mouth. 閉嘴！
She was surprised and put her hand over her mouth. 她驚訝得用手摀住嘴. ➜用手摀嘴爲女性吃驚時常有的動作.
**móuth òrgan** 口琴(harmonica).
❷ (洞穴等的) **出入口；河口；**(瓶)口，口狀物.
the mouth of a cave 洞口
the mouth of the Thames 泰晤士河口

idiom
***by wòrd of móuth*** 口頭說，口傳.

**move** [muv] 動 ❶ **動，移動，搬家；**

使移動.
move **about** 四處走動
move **along** 〔**on**〕 向前走，使前進
move **away** 離開，離去
move the piano 搬動鋼琴
move **in** 〔**out**〕 搬來〔搬走〕，進來〔出去〕
move **in** 〔**into**〕 a new house 搬進新居
Let's move **to** another seat. I can't see the screen. 我們換到別的座位吧，我看不見(電影的)螢幕.
We move our bodies in time to the music. 我們隨著音樂的節拍擺動身體.
The earth **moves around** the sun. 地球繞著太陽運轉.
His family **moved from** Seattle **to** Boston last month. 他家上個月從西雅圖搬到了波士頓.
Who **has** moved my book? I left it on the table. 誰動了我的書？我把它放在桌上的.
There is no wind. Not a leaf **is moving**. 一點兒風也沒有，樹葉一動也不動.
❷打動(人心)，使感動.
The movie moved us deeply. 這部電影使我們深受感動.
We were deeply moved by his speech. 我們被他的演說深深地感動了.
—名 動，移動；(西洋棋、象棋等的棋子的)走法，走棋的順序.
make a move 移動，搬家
a good 〔the first〕 move 好棋〔第一步棋〕
It's your move. (西洋棋、象棋等)該你走了.

**move·ment** [ˋmuvmənt] 名 ❶移動，活動，動作；(鐘錶等的)機械裝置.
with a quick movement 以很快的動作
❷(社會、宗教)運動.
a civil rights movement (要求廢除人種、性別等的差別)公民權運動

**mov·ie** [ˋmuvɪ] 名 ❶《美》電影.
a horror 〔SF〕 movie 恐怖〔科幻〕電影
a movie star 〔fan〕 影星〔影迷〕
see a movie about a war in space 看太空戰爭的電影
I like to see movies on TV. 我喜歡看電視上的電影.
A good movie is showing at that theater. 那家戲院正上演一部好看的電影.
go to the movies 去看電影 ➡ the movies「《集合》電影(的上映)」；go to the movie「去看那部電影」.
❷《美》電影院(movie house).

**móvie hòuse 〔thèater〕** 《美》電影院.

**mov·ing** [ˋmuvɪŋ] move 的現在分詞、動名詞.
—形 ❶移動的，活動的.
a moving train 開動的火車
❷動人的，令人感動的.
a moving story 動人的〔催人淚下的〕故事

**mow** [mo] 動 刈割，割草.
mow the lawn 修剪草坪
◆ **mowed** [mod] 過去式、過去分詞.
◆ **mown** [mon] 過去分詞.

**mow·er** [ˋmoɚ] 名 割草人；剪草機(lawn mower).

**mown** [mon] mow 的過去分詞.

**Mo·zart** [ˋmozɑrt] 專有名詞 (**Wolfgang Mozart**)莫札特. ➡奧地利作曲家(1756-1791).

**Mr.** [ˋmɪstɚ] 名 ❶～氏，～先生，～老師. ➡對(成年)男子的尊稱；mister (=master)的縮寫；《英》寫作 **Mr**，其後多不加縮寫點.
Mr. (James) Bond (詹姆斯・)龐德先生 ➡用於男性的姓或姓名前；不用於名字前，不說ˣ*Mr. James*.
Good morning, Mr. Bond. 龐德〔老

師〕先生，早安. ➡招呼人時只說姓.
Mr. Smith teaches us English. 史密斯先生教我們英語. ➡不用 ×*Teacher* Smith.
I have a question, Mr. President. 總統閣下，我有一個問題想請教. ➡用於職稱前作稱呼語；→ chairman.
❷(**Mr.**＋地名、職業名等)～先生. ➡比賽優勝者、代表其職業等傑出男性的稱號.
Mr. Universe〔Baseball〕 世界〔棒球〕先生

idiom

***Mr. and Mrs. ～*** ～夫婦.
Mr. and Mrs. Jones will come here today. 瓊斯夫婦今天要來這兒.

**Mrs.** [ˋmɪsɪz] 名 ～夫人，～小姐；～老師. ➡對已婚女子的尊稱；mistress(主婦)的縮寫；《英》寫作 **Mrs,** 其後多不加縮寫點.
Mrs. Clinton 柯林頓夫人
Mrs. Hillary Clinton 希拉蕊・柯林頓夫人 ➡一般用於女性的(名和)姓之前；不用×*Mrs. Hillary.*
Mrs. William J. Clinton (威廉・J・柯林頓的太太⇨)威廉・J・柯林頓夫人 ➡在正式場合或與丈夫有關而提及其妻子時，用於丈夫的名和姓之前.
Mrs. Jones is our music teacher. 瓊斯夫人是我們的音樂老師. ➡不用 ×*Teacher* Jones.
When **Miss** Black got married, she became **Mrs.** White. 布萊克小姐結婚後，稱爲懷特夫人. ◁**相關語** ➡近來人們也經常使用不分未婚已婚的 **Ms.**

**MS** Mississippi 的縮寫.

**Ms.** [mɪz] 名 女士. ➡對(成年)女子的尊稱；由於單把女性以Miss, Mrs. 區分未婚已婚是不合時宜的；不加縮寫點的 **Ms** 也常有人使用.
Ms. (Ann) Smith (安・)史密斯女士

**MT** Montana 的縮寫.

**Mt.** [maunt] mount(山)的縮寫. ➡用於山名之前；不加縮寫點的 **Mt** 也常有人使用.

| **much** [mʌtʃ] | ▶大量的，許多的<br>▶非常，很<br>▶大量，許多 |
|---|---|

形 **大量的，很多的，多的.** 相關語 many(多數的).
**基本** much money 許多錢 ➡much＋不可數名詞.
much time 很多時間
much snow 大量的雪
much water 大量的水
Much rain falls in spring. 春天雨量多. ➡特別是在口語中，much 一般在疑問句、否定句中使用；在肯定句中使用時會給人生硬的感覺，故除了與 as, how, so, too 一起使用外，多以 a lot of, lots of, a good deal of, plenty of 等替代.
We don't have much snow here in winter. 這兒冬天很少下雪.
The noise is too much. 噪音太大了.
That's too much for me. 那對我而言太多了〔行李太重，提不動〕.

◆ **more** [mor]《比較級》**更多的.** → more.
Ann ate more ice cream **than** Bob. 安吃的冰淇淋比鮑勃多.

◆ **most** [most]《最高級》**最多的.** → most.
Ken ate **the** most ice cream of all. 大夥中肯吃的冰淇淋最多.

—副 ❶**非常，很，頗.**
**基本** I like his pictures **very much.** 我很喜歡他的畫. ➡強調動詞的意思時多用 very much.
Thank you very much. 非常感謝.
I don't like him very much. He talks too much. 我不太喜歡他，他太喋喋不休了.

The shoes are much too big for me. 這雙鞋對我來說大太多了.

❷《強調比較級、最高級》～得多，遠比～.

You can sing much better than I can. 你唱得遠比我好.

Your school is much larger than ours. 你們學校比我們的(學校)大得多. ➜ ours＝our school.

—代 大量，很多，多. 相關語 many (多數).

much of the money 這筆錢的大部分 ➜不用×much of *money*.

I don't eat much for breakfast. 我早餐吃得不多.

I don't know much (about him). 我(對他)不太了解.

I haven't seen much of him lately. 我最近不常見到他. ➜現在完成式.

Don't eat too much of the cake. 不要吃太多蛋糕.

Much of the country is desert. 這個國家大部分的地區都是沙漠.

idiom

***as múch as** A* 與 A 同樣(多).

You can play as much as you like. 你可以盡情地玩.

***as múch** B **as** A* 跟 A 到同一程度的 B.

He drinks as much coffee as tea. 他喝的茶和咖啡一樣多.

I have twice as much money as you have. 我的錢有你的二倍多.

***hòw múch*** (～) 多少(的～)；甚麼價錢.

How much (money) do you need? 你要多少(錢)?

How much is this? 這要多少錢?

***màke múch of*** ～ 重視，珍惜；溺愛(孩子等).

That school makes much of tradition. 那所學校重視傳統.

***mùch léss*** 更何況，更不用說. → less.

***mùch móre*** 更不用說，更加. → more 代 idiom

***nót mùch of a*** ～ 並不怎樣的～，不值一顧的～.

He is not much of a driver. 他並不是一個了不起的駕駛員.

***So múch for*** ～ ～就那麼多，～就此結束.

So much for the history of Japan. We will now talk about its economy. 日本的歷史就講到這裡，現在我們來談談日本的經濟.

***thát* 〔*thís*〕 *mùch*** 《口》只有那〔這〕樣多，那〔這〕麼樣地.

***thìnk múch of*** ～ 高度評價，重視. ➜多用於否定句中.

Father didn't think much of Paul's plan. 父親認為保羅的計畫不怎麼好.

**mud** [mʌd] 名 泥.

His shoes were covered with mud. 他的鞋上滿是泥.

**mud·dy** [ˋmʌdɪ] 形 多泥的；泥濘的，(因泥而)渾濁的.

a muddy road 泥濘的道路

muddy water 濁水，泥水

◆ **muddier** [ˋmʌdɪɚ] 比較級.

◆ **muddiest** [ˋmʌdɪɪst] 最高級.

**muf·fler** [ˋmʌflɚ] 名 ❶圍巾.
❷《美》(汽車、摩托車等的) 消音裝置.

**mug** [mʌg] 名 馬克杯. ➜有柄的圓筒形杯子，材質有陶瓷、金屬、玻璃等，有喝啤酒用、喝咖啡用等種類；喝咖啡用時不另加托盤(saucer).

**mug·gy** [ˋmʌgɪ] 形 悶熱的，沉悶的.

**mul·berry** [ˋmʌlˏbɛrɪ] 名 (複 **mulberries** [ˋmʌlˏbɛrɪz]) 《植》桑；桑椹.

**mule** [mjul] 名 騾. ➜公驢和母馬所生的混種.

> 印象 強壯、高智能而固執，as stubborn as a mule(像騾子一樣固執的)意為「極其固執的」.

**mul·ti·ply** [ˋmʌltəˏplaɪ] 動 ❶ 增多；

增加.

◆ **multiplied** [ˋmʌltə͵plaɪd] 過去式、過去分詞.

Cares are multiplied as one gets old. 上了年紀後煩惱也隨之增加.

❷做乘法，乘.

When he **multiplies**, he uses a calculator. 做乘法時他都用計算機. ➡ multiplies [ˋmʌltə͵plaɪz] 為第三人稱單數現在式.

Multiply 4 by 5. 以 5 乘 4.

4 multiplied by 5 is 20. 4 乘 5 等於 20. ➡ multiplied 為修飾 4 的過去分詞.

**mum** [mʌm] 名《英 口》媽媽(《美》mom).

**mum·my**[1] [ˋmʌmɪ] 名(複 **mummies** [ˋmʌmɪz]) 木乃伊，乾屍.

**mum·my**[2] [ˋmʌmɪ] 名(複 **mummies** [ˋmʌmɪz])《英兒語》媽媽(《美》mommy).

**mu·nic·i·pal** [mjuˋnɪsəpl̩] 形 市的，市政的；市營的，市立的，市辦的.

**mur·der** [ˋmɝdɚ] 動 殺死(人).

—名 殺人，行兇；殺人事件.

**commit** murder 犯殺人罪

**mur·der·er** [ˋmɝdərɚ] 名 殺人者，殺人犯.

**mur·mur** [ˋmɝmɚ] 動 低聲私語，小聲說；(河流等)發出低沈連續的聲音.

The shy boy murmured his thanks. 這個害羞的男孩低聲道謝.

—名 低聲細語，嘰喳聲，咕噥；潺潺水聲，沙沙風聲.

**mus·cle** [ˋmʌsl̩] ➡ 注意 c 不發音. 名 肌肉.

**mus·cu·lar** [ˋmʌskjəlɚ] 形 肌肉的；(肌肉)強壯的.

**Muse** [mjuz] 專有名詞 繆斯. ➡ 希臘神話中司掌文藝、音樂的女神；眾神之王宙斯的女兒共有九人，總稱 **the (Nine) Muses**.

**mu·se·um** [mjuˋziəm] 名 **博物館，美術館.**

a science museum 科學博物館

an art museum 美術館

**the Brítish Muséum** (位於倫敦的)大英博物館.

**mush·room** [ˋmʌʃrum] 名 (食用)蘑菇. → toadstool.

| **mu·sic** [ˋmjuzɪk] | ▶音樂<br>⊙源於希臘話「繆斯眾神(→ Muse)的技藝」 |
|---|---|

名 ❶音樂.

play 〔perform〕 music 演奏(音樂) ➡不用 ×*a* music, music*s*.

a piece of music (音樂的)一首

classical 〔popular, rock〕 music 古典〔流行，搖滾〕音樂

hear the music of birds 聽鳥兒鳴囀

listen to music 聽音樂

a music teacher 音樂教師

a music room 音樂室

❷樂譜.

a sheet of music 一張樂譜

read music 看樂譜

play without music 不看樂譜演奏

**músic bòx** 《美》音樂盒(《英》musical box).

**músic stànd** 樂譜架.

**mu·si·cal** [ˋmjuzɪkl̩] 形 音樂的，音樂般的；愛好音樂的；有音樂才華的.

a musical instrument 樂器

**músical bòx** 《英》=music box.

**músical cháirs** 搶座位遊戲. ➡作單數.

—名 音樂喜劇. ➡以歌、舞、音樂為中心構成的戲劇、電影.

**mu·si·cian** [mjuˋzɪʃən] 名 音樂家；擅長音樂的人.

**Mus·lim** [ˋmʌzləm] 名 形 回教徒；回教(徒)的.

M

| must [mʌst] | ▶必須～，務必～<br>▶必定～，必將～<br>⊙表示「必要、義務、命令」等或是表示說話者「斷定的推測」時使用 |
|---|---|

助動 ❶《表示必要、義務、命令》必須，應當. ➜must無過去式和未來式，因此表示過去時用 **had to** *do*，將來時用 **will have to** *do*；→have to *do*.

基本 We must work. 我們必須工作. ➜must＋原形動詞；must的語氣非常強烈，在某些情況下會顯得不禮貌，因此在口語中常不用must *do* 而用have to *do*.

It is very late; I must go now. 很晚了，我得走了. ➜It籠統地表示「時間」；也可用進行式 I must be going now. 表達.

We must eat to live. 我們必須吃東西才能存活.

會話 Must I come tomorrow? —No, you don't have to 〔you don't need to〕. 我明天一定要來嗎? —不，沒這個必要. ➜Must I ～? 用肯定回答時爲 Yes, you must.；用否定回答時則爲 No, you don't have 〔need〕 to.

會話 Oh, must you go? —Yes, I'm sorry I must. 哎，你一定得去嗎? —是呀，很遺憾，我必須去.

You must come to my house. 你一定要來我家.

❷《表示推定》必定，想必.

The story must be true. 這故事想必是眞的. ➜cannot be true 爲「不可能是眞的」.

I must be dreaming. 我必定是在做夢.

You must be tired after such a long trip. 這樣的長途旅行以後，你一定累了吧!

❸ (**must not** do)《表示強烈禁止》不可以～. ➜must not常略作**mustn't**.

會話 May I smoke here? —No, you mustn't. 我可以抽菸嗎? —不，不可以.

會話 You mustn't park your car here. —Why not? 你不能把車停在這兒. —爲甚麼不行?

**mus·tache** [ˋmʌstæʃ] 名 (有時用 **mustaches**) 髭，小鬍子；(貓等的) 觸鬚.

相關語 beard (下巴上的鬍鬚)，whiskers (腮鬚).

**mus·tard** [ˋmʌstəd] 名 芥末.

**must·n't** [ˋmʌsn̩t] must not 的縮寫.

**mut·ter** [ˋmʌtə] 動 發牢騷，喃喃而言.

**mut·ton** [ˋmʌtn̩] 名 羊肉. 相關語 sheep (羊)，lamb (羔羊肉).

**mu·tu·al** [ˋmjutʃuəl] 形 ❶相互的，彼此的.

They have (a) mutual respect for each other. 他們彼此尊敬.

❷共同的，共有的.

Mary is our mutual friend. 瑪麗是我們共同的朋友.

| my [maɪ] | ▶我的<br>▶哎呀! |
|---|---|

代 ❶ 我的. ➜I的所有格；相關語 our (我們的).

基本 my pen 我的鋼筆 ➜my＋名詞；不用 ×*a* 〔*the*〕 my pen.

my book 我所擁有的書；我寫的書 ➜除表示「所有」外，還表示「作者 (我寫的)」的意思.

my brother(s) 我的哥哥〔弟弟〕(們)

that hat of my father's 我父親的那頂帽子 ➜不用 ×*that my* father's hat, ×my father's *that* hat；→mine[1].

I touched it with my hand. 我用手摸了一下.

❷《感嘆詞》哎呀！喔唷！➡女性常用.

Oh, my!　哎呀！

My, what a big house!　哎呀，好大的房子！

**Myan·mar** [ˋmjɑnmɚ] 專有名詞 緬甸.
➡舊稱 Burma；→ Burma.

**my·self** [maɪˋsɛlf] 代 ❶我自己；我，自己. 相關語 ourselves(我們自己，我們本身).

There are three people in my family—Father, Mother, and myself.　我家有三口人——爸爸、媽媽和我.

I hurt myself.　我傷了自己.

I couldn't stop myself.　我無法自制.

I said to myself, "I'll do it."　我對自己說:「做吧!」

❷《加強主詞的語氣》我親自，我本人.

I myself said so. = I said so myself.　我本人那麼說的. ➡ myself 放在句尾更口語化.

idiom

***by myśelf***　我獨自地；我獨力地.

I live by myself.　我獨自一個人生活.

I can't do it by myself.　我一個人沒辦法做.

***for myśelf***　單獨地，獨自地；爲了自己.

**mys·te·ri·ous** [mɪsˋtɪrɪəs] 形 神秘的，不可思議的，莫名其妙的.

**mys·ter·y** [ˋmɪstərɪ] 名(複 **mysteries** [ˋmɪstərɪz]) ❶神秘，不可思議(的事)，謎.

solve a mystery　解謎

❷推理小說，偵探小說.

**myth** [mɪθ] 名 ❶神話.

the Greek myths　希臘神話

❷(廣爲流傳但)沒有根據的故事〔傳說〕，虛構的故事，謠言.

M

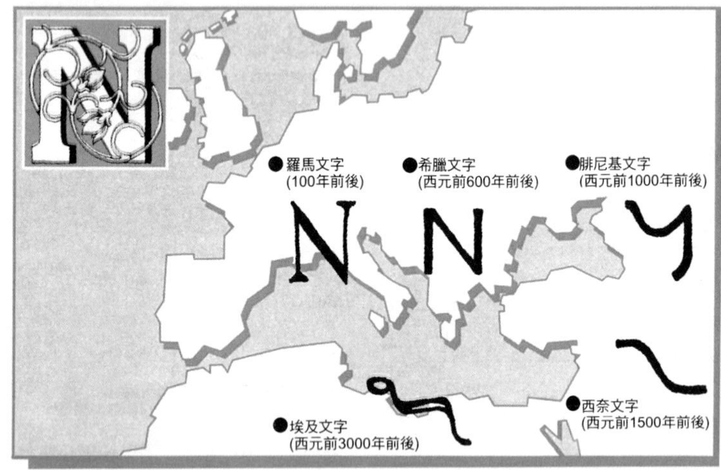


**N, n** [ɛn] 名 (複 **N's, n's** [ɛnz]) 英文字母的第十四個字母.

**N.** north(北)的縮寫.

**n.** noun(名詞)的縮寫.

**nail** [nel] 名 ❶釘.
**drive** a nail **into** the board 把釘子敲進木板
❷(手脚的)指甲，爪. → fingernail, claw.
Cut your nails. They are too long. 剪剪你的指甲，它們太長了.
—動 釘牢，固定，釘.
nail a sign **on**〔**to**〕the door 把招牌釘在門上

**Nai·ro·bi** [naɪˋrobɪ] 專有名詞 奈洛比. → Kenya(肯亞)首都.

**na·ked** [ˋnekɪd] →注意發音. 形 裸體的，裸露的，無遮蔽的.
a naked baby 光著身子的嬰兒
the naked eye 肉眼
trees with naked branches 光禿禿的樹木
go naked 變得赤裸〔光禿禿〕的

| **name** [nem] | ▶名字<br>▶取名 |
|---|---|

名 (複 **names** [nemz]) 名字.
His name is John Lennon. 他的名字叫約翰・藍儂. → John Lennon 的 John 爲出生時所取的名字，稱作 given name，或是洗禮時所取的名字，稱作 Christian name；Lennon 爲家族的姓，稱作 family name(家族名、姓)；在美國也把 John 稱作 first name，Lennon 稱作 last name.
Hi! What's your name? 嗨！你叫甚麼名字? →與下面的問法相比，此爲較魯莽的問法.
May I have〔ask〕your name? 我可以問你的名字嗎〔請問貴姓大名〕?
What name, please? (電話、接待處)請問你叫甚麼名字?
Blackie is my dog's name. 小黑是我的狗的名字.
Do you know the name **of** this flower? 你知道這種花的名字嗎?
"The Corn State" is a name **for** Iowa. 「玉米州」是愛荷華州的別名.
We call each other by our first names. 我們用名字稱呼彼此. →first name (→ first).

idiom

***by náme*** 以名字，名叫.

call ～ by name 以名字稱呼～
I know him by name. (雖然沒見過，但)我知道他的名字.
***cáll ～ námes*** (罵人「笨蛋、騙子」等)說～的壞話.
You can call me names, but I won't change my mind. 你可以說我的壞話，但我不會改變主意.
—動 ❶命名；給～取名.
基本 name the baby Linda 給嬰兒取名叫琳達. ➜ name＋名詞〈O〉＋名詞〈C〉.
He always **names** his dogs **after** famous actors. 他總是以名演員的名字爲他的狗取名. ➜ names 爲第三人稱單數現在式.
◆ **named** [nemd] 過去式、過去分詞.
a king named Solomon 名叫所羅門的國王 ➜ named(被取名爲～)爲修飾 a king 的過去分詞.
They named the baby Tom. 他們給這嬰兒取名爲湯姆.
He **was** named Tom after his uncle. 他以他叔父的名字而取名爲湯姆. ➜被動語態.
◆ **naming** [\`nemɪŋ] 現在分詞、動名詞.
Naming a baby is very difficult. 給嬰兒取名是很難的. ➜ Naming (取名)爲動名詞，作句子的主詞.
❷指出，說出.
Can you name the colors of the rainbow? 你能指出彩虹的顏色嗎?
❸任命，指名，指定.
They named him chairman of the committee. 他們任命他爲委員會的主席. ➜named＋him〈O〉＋chairman〈C〉.
He was named chairman of the committee. 他被任命爲委員會的主席.

**name·less** [\`nemlɪs] 形 沒有名字的，不說出名字的；無名的；無可名狀的.

**name·ly** [\`nemlɪ] 副 即，也就是.

**nap** [næp] 名 小睡，午睡.
**take** 〔**have**〕 a nap in the afternoon 睡午覺
—動 小睡，午睡.
◆ **napped** [næpt] 過去式、過去分詞.
◆ **napping** [\`næpɪŋ] 現在分詞、動名詞.
catch him napping (抓到他在打瞌睡⇨)乘他不注意 ➜ napping 爲現在分詞.

**nap·kin** [\`næpkɪn] 名 餐巾. ➜用餐時放在膝上的布.

**Na·ples** [\`nepḷz] 專有名詞 那不勒斯. ➜義大利南部的港口城市；以景色優美著稱.
諺語 See Naples and die. 一睹那不勒斯死而無憾.

**Na·po·le·on** [nə\`poljən] 專有名詞 拿破崙. ➜法國英雄(1769-1821)；法國大革命後稱帝，後被流放至聖赫勒拿島，並死在那裡.

**Nar·cis·sus** [nɑr\`sɪsəs] 專有名詞 納西瑟斯. ➜希臘神話中，因愛戀自己在水中的倒影而落水身亡的美少年，死後化爲水仙花；→ narcissus.

**nar·cis·sus** [nɑr\`sɪsəs] 名 水仙屬. ➜各種水仙的總稱.

**nar·ra·tion** [næ\`reʃən] 名 ❶敍述；(電影、戲劇等的)對白，旁白.
❷故事(story).
❸《文法》敍述法.
direct 〔indirect〕 narration 直接〔間接〕敍述法

**nar·ra·tive** [\`nærətɪv] 名 故事，敍述.
—形 故事(式)的，敍述的.

**nar·ra·tor** [\`næretɚ, næ\`retɚ] 名 講故事者，敍述者，講述者.

**nar·row** [\`næro] 形 窄的，狹窄的.
a narrow street 狹窄的街道
a narrow mind 狹窄的心胸

N

This river is **narrow** here but is very **wide** 〔**broad**〕 near its mouth. 這條河在這裡很窄，但在河口附近很寬. ◁反義字

**NASA** [`næsə] ㊔美國國家航空暨太空總署. ➜**N**ational **A**eronautics and **S**pace **A**dministration 的縮寫.

**nas·ty** [`næstɪ] ㊒討厭的，令人作嘔的，骯髒的；不懷好意的，嚴重的.
nasty weather 討厭的天氣
He is nasty **to** girls. 他對女孩子不懷好意.
◆ **nastier** [`næstɪɚ] 比較級.
◆ **nastiest** [`næstɪɪst] 最高級.

**na·tion** [`neʃən] ㊔ **國民；國家**. → country.
the Japanese nation 日本國民
a newly independent nation 新的獨立國家

N

**na·tion·al** [`næʃənl̩] ㊒ **國民的；國家的**；國立的；全國的.
a national hero 國家英雄
a national park 國家公園
the national flag 〔anthem〕 國旗〔歌〕
the national flower 國花 ➜日本爲櫻花，英國爲玫瑰.
Judo is one of the Japanese national sports. 柔道是日本的國技之一.

**Nátional Léague** 國家棒球聯盟. ➜美國兩大職業棒球聯盟之一；→ American League.

**the Nátional Trúst** 國立信託協會. ➜一八九五年設立於英國的史跡與自然保護協會.

**na·tion·al·i·ty** [ˏnæʃən`ælətɪ] ㊔(㊗ **nationalities** [ˏnæʃən`ælətɪz]) 國籍.
會話▷ What nationality are you? = What is your nationality? —I'm Italian. 你是哪一國人? —我是義大利人.

**na·tive** [`netɪv] ㊒❶故鄉的，出生地的.
my native country 〔land〕 我的祖國
French is her native language. 法語是她的母語.
❷(在那裡)生長的，土著的.
a native American 美國原住民 ➜比 an American Indian 更爲一般人喜愛的說法.
a native speaker of English 以英語爲母語的人
Kangaroos are native **to** Australia. 袋鼠原產於澳大利亞.
❸天生的，與生俱來的.
native talent 天生的才能
**—**㊔當地產的東西，出生於～的人；本國人，原住民.
a native of California 加利福尼亞人(a native Californian)
He speaks English like a native. 他英語說得像(美國)當地人一樣.
The natives of New Zealand are Maoris. 紐西蘭的原住民是毛利人.

**NATO** [`neto] ㊔北大西洋公約組織. ➜**N**orth **A**tlantic **T**reaty **O**rganization(北大西洋公約組織)的縮寫.

**nat·u·ral** [`nætʃərəl] ㊒❶**天然的，自然的**. ➜名詞爲 nature.
natural food 天然食物
natural gas 天然氣
natural resources 天然資源
natural science 自然科學
A river is a natural waterway, but a canal is not. 河流是天然的水道，運河卻不然.
❷天生的，與生俱來的.
her natural charm 她天生的魅力
Her hair has natural curls. 她的頭髮生來就捲曲.
❸當然的，自然的；不做作的.
**It is** natural **for** parents **to** love their children. 父母愛孩子是自然的事.

**nat·u·ral·ly** [ˋnætʃərəlɪ] 副 ❶天生地，生來地.
Her cheeks are naturally red. 她的臉蛋生來紅潤.
❷自然地.
He speaks English very naturally. 他英語講得很自然.
❸當然(of course).
They offered me a good job; naturally I accepted it. 他們提供我一份好工作，我當然接受了.

**na·ture** [ˋnetʃɚ] 名 ❶自然，自然界. ➜形容詞爲 natural.
the forces of nature 自然的力量，自然力 ➜風雨、陽光、地震等；不用×*a* nature, ×nature*s* 等.
the beauties of nature 自然之美
go back to nature 回歸自然
He saw signs of new life everywhere in nature. 他在大自然的每一處地方都看到了新生命的跡象.
❷天性，性質，特徵.
human nature 人的本性，人性，人情
a girl with a good nature 天性善良的女孩
Mary has a happy nature; she doesn't often cry. 瑪麗天性開朗，不常哭.
idiom
***by náture*** 天生.
He is a hard worker by nature. 他天生勤勉.

**naugh·ty** [ˋnɔtɪ] 形 惡作劇的，淘氣的；沒禮貌的.
◆ **naughtier** [ˋnɔtɪɚ] 比較級.
◆ **naughtiest** [ˋnɔtɪɪst] 最高級.

**na·val** [ˋnevl̩] 形 海軍的.
a naval officer 海軍軍官

**na·vel** [ˋnevl̩] 名 臍，肚臍.
**nável òrange** 臍橙(一種水果).

**nav·i·ga·tion** [ˏnævəˋgeʃən] 名 航海；航空；(船、飛機的)操縱(方法).

**nav·i·ga·tor** [ˋnævəˏgetɚ] 名 航海〔行〕者；領航員；飛機駕駛員.

**na·vy** [ˋnevɪ] 名 (複 **navies** [ˋnevɪz]) 海軍. 相關語 army(陸軍)，air force(空軍).

**Naz·ca** [ˋnɑskɑ] 專有名詞 納斯卡文化. ➜位於祕魯南方沿太平洋海岸地方，西元前到六世紀之間以其獨特的文化而繁榮；以彩繪陶器、地面畫、地面線條等著名.

**Na·zi** [ˋnɑtsɪ] 名 ❶(德國的)納粹黨員.
❷(**the Nazis**)納粹黨. ➜希特勒(→Hitler)所領導的國家社會主義黨.

**NBA** 全美籃球協會. ➜ **N**ational **B**asketball **A**ssociation 的縮寫.

**NE** 美國內布拉斯加州(Nebraska)的縮寫.

N

**near** [nɪr] ▶近的 ▶附近

形《距離、時間、關係》近的.
基本 a near relative 近親 ➜near＋名詞.
in the near future 在不久的將來，在近期內
基本 Spring is near. 春天近了. ➜be 動詞＋near 〈C〉.
The bus stop is quite near, so let's walk. 公車站很近，我們走去吧.
◆ **nearer** [ˋnɪrɚ] 《比較級》更近的.
The bus stop is nearer **than** the railroad station. 公車站比火車站近.
◆ **nearest** [ˋnɪrɪst] 《最高級》最近的.
**the** nearest post office 最近的郵局

**néar míss** (飛機的)異常接近；(差一點擊中目標的)至近彈.

**—** 副 附近，近. ➜比較級變化與 形 同.
基本 come near 來到附近，靠近 ➜動詞＋near.
go near 走近，靠近

My aunt lives quite near. 我姑媽住得很近.
Spring is getting 〔drawing〕 near. 春天臨近了.
Come nearer **to** the fire. 靠近火一點.

idiom

***néar at hánd*** 在手邊，在不久的將來.
Christmas is near at hand. 聖誕節即將到來.

***néar bý*** 在附近，附近的. →nearby.
There was no house near by. 附近一戶人家也沒有.
He lived alone in a house near by. 他一個人住在附近的一棟房子裡.

—介 在～的附近，～附近的. ➜雖然爲介系詞，但與形容詞、副詞一樣有 **nearer, nearest** 的比較級變化.
live near the river 住在河流的附近
a house near the river 河流附近的屋子
Our school is near the river. 我們學校在河流的附近.
There is a park near our school. 我們學校附近有一座公園.
I went nearer (to) the fire to warm myself. 我靠近火一點來取暖. ➜不定詞 to warm 意爲「爲了取暖」; 使用比較級、最高級時常加 to (當 副 使用).
Who lives nearest (to) the school? 誰住得離學校最近?

**near·by** [ˋnɪrˏbaɪ] 形 附近的.
in a nearby river 在附近的河流
—副 在附近. → near by (near 副 idiom).

**near·ly** [ˋnɪrlɪ] 副 ❶幾乎，差不多，大體上. ➜表示非常接近某個數字、量、狀態，隨手可及.
nearly ten dollars (不到十美元，但)差不多十美元
nearly every day 幾乎每天
He is nearly sixty. 他就要六十歲了. ➜ about sixty 爲「六十歲前後」.
❷差一點兒，險些.
I nearly forgot your birthday. 我差一點忘了你的生日.

**near·sight·ed** [ˋnɪrˋsaɪtɪd] 形 近視的，近視眼的(shortsighted). ➜一般不用於名詞前.

**neat** [nit] 形 整潔的，乾淨的;《美口》極好的，很棒的.
She looks neat and tidy. 她看起來很整潔. ➜常和 tidy 連用.
The new gym teacher is really neat. 新來的體育老師好極了.

**neat·ly** [ˋnitlɪ] 副 整潔地，乾淨地.

**Ne·bras·ka** [nəˋbræskə] 專有名詞 內布拉斯加州. ➜美國中部的州; 簡稱 **Neb(r)., NE** (郵政用).

**nec·es·sa·ri·ly** [ˋnɛsəˏsɛrəlɪ, ˏnɛsəˋsɛrəlɪ] 副 ❶必定，必然，無論如何也要.
❷(**not necessarily**)不一定～，未必～.
Teachers are not necessarily right. 老師(說的話)不一定正確.

**nec·es·sa·ry** [ˋnɛsəˏsɛrɪ] 形 **必要的，**(人、事、物)不可少的.
Food is necessary **for** life. 食物是生命所不可少的.
**It is** necessary **for** you **to** work harder. 你有必要更加努力地工作. ➜ It＝不定詞 to work (工作)～; 「你有必要～」不用 ×*You are necessary* to work harder.
I will do the necessary 〔what is necessary〕. 我會做要做的事.

idiom

***if nécessary*** 如果必要的話.
I will come again, if necessary. 如果必要的話我會再來.

—名 (常用複數 **necessaries** [ˋnɛsəˏsɛrɪz]) (爲了某種目的)必要品，必需品.

N

**ne·ces·si·ty** [nəˋsɛsətɪ] 名 (複 **necessities** [nəˋsɛsətɪz]) ❶ 必要，必要性.
the necessity **of** 〔**for**〕 reading the book　閱讀此書的必要性
He did that **out of** necessity.　他迫於必要才做那事的.
諺語 Necessity is the mother of invention.　需要為發明之母.
❷ (絕對)必要物，生活必需品.
daily necessities　生活必需品

**neck** [nɛk] 名 ❶頸，脖子.
a thick neck　粗脖子
the neck of a bottle 〔a guitar〕　瓶頸〔吉他的頸柄〕
The giraffe has a long neck.　長頸鹿脖子長.
She wears a string of pearls **around** her neck.　她脖子上戴著一串珍珠.
I have a **stiff** neck.　我脖子僵硬(轉不過來).
❷ (衣服的)領子.
a sweater with a V neck　V字領的毛衣

**neck·er·chief** [ˋnɛkɚtʃɪf] 名 (複 **neckerchiefs** [ˋnɛkɚtʃɪfs]) 圍巾，頸巾.
wear a red neckerchief　圍著紅圍巾

**neck·lace** [ˋnɛklɪs] 名 項鍊.
wear a pearl necklace　戴著珍珠項鍊

**neck·tie** [ˋnɛk͵taɪ] 名 領帶(tie).
**tie** a necktie　打領帶
wear a green necktie　繫著一條綠色的領帶

| **need** [nid] | ▶需要～<br>▶有必要～ |
|---|---|

動 ❶需要～.
基本 need money　需要錢　➡need＋名詞〈O〉.
I need your love very much.　我非常需要你的愛.
This flower **needs** water.　這花需要澆水.　➡ needs [nidz] 為第三人稱單數現在式.
會話 Do you need any help? —No. I don't need any, thank you.　你需要幫助嗎？—不，不需要，謝謝.
◆ **needed** [ˋnidɪd] 過去式、過去分詞.
We badly needed his help.　我們非常需要他的幫助.
◆ **needing** [ˋnidɪŋ] 現在分詞、動名詞.
❷ (**need to** *do*) 有必要～，(**need** ～ing) 需要～.
You need **to** be more careful.　你應該更仔細些.
The house needs paint**ing** 〔to be painted〕.　這房子需要油漆.
—助動 《疑問句、否定句》有必要～.
會話 Need I go now? —No, you needn't./Yes, you must.　我有必要現在去嗎？—不，你不必去./是的，你必須去.　➡這種說法給人正式的感覺；在《口》一般把 need 用作動詞，說成 Do I need to go now? —No, you don't need to.
He need not hurry like that.　他不必那麼急.　➡因 need 是 助動，故不用 ˣHe need*s* not ～.
—名 (複 **needs** [nidz]) ❶ 必要，必要性.
in case 〔time〕 of need　必要的時候
There is a need **for** a new hospital in this town.　這個鎮上需要一間新的醫院.
You have need **of** a long rest.　你需要長期休養.
There is no need **for** him **to** go now.　他用不著現在去.
❷ (常用 **needs**) 必要物.
In the jungle our first needs were food and water.　在叢林中我們首要

N

的是食物和水.

idiom

***in néed*** 需要；遇到困難時.

The lonely man is in need **of** a friend. 孤獨的人需要朋友.

諺語 A friend in need is a friend indeed. 患難之交方爲眞交.

**nee·dle** [ˋnidl̩] 名 針. ➜縫針、鉤針、注射針、唱針、磁針、松葉等.

a needle and thread 針和線，穿好線的針

**need·less** [ˋnidlɪs] 形 不需要的.

idiom

***Néedless to sáy*** 不言而喩，當然.

**need·n't** [ˋnidn̩t] need not 的縮寫.

**neg·a·tive** [ˋnɛgətɪv] 形 ❶否定的；反對的.

a negative sentence 《文法》否定句

Don't look at things in a negative way. 不要用否定的態度來看事情.

❷消極的.

—名 ❶否定(語)，反對.

She replied **in the negative**. 她給予否定的回答.

❷《攝影》底片，負片.

**neg·lect** [nɪˋglɛkt] 動 怠忽，(忘記而)沒有做～；置之不顧，忽視.

neglect *one's* studies 怠忽學習

neglect *one's* children 不管〔不照顧〕孩子

Don't neglect **to** lock the door. 不要忘記鎖門.

**ne·go·ti·ate** [nɪˋgoʃɪ͵et] 動 交涉，協議；決定，協定.

**ne·go·ti·a·tion** [nɪ͵goʃɪˋeʃən] 名 (常用 **negotiations**) 交涉，協議，協商.

**enter into** 〔**upon**〕 negotiations **with** ～ 開始與～談判

**Ne·gro, ne·gro** [ˋnigro] 名 (複 **Ne-groes, negroes** [ˋnigroz]) 黑人. ➜帶有輕蔑的語氣，除了指黑色人種 (the Negro race) 以外，一般用 black, Afro-American.

**neigh** [ne] 動 (馬)嘶鳴.

—名 (馬的)嘶鳴.

**neigh·bor** [ˋnebɚ] 名 鄰居，鄰人；鄰國.

Mr. Smith is our neighbor. 史密斯先生是我們的鄰居.

We are next-door neighbors. 我們是隔壁鄰居.

The teacher said to Bob, "Stop talking to your neighbor." 老師對鮑勃說：「不要和鄰座的人說話.」

Spain is one of France's neighbors. 西班牙是法國的鄰國之一.

**neigh·bor·hood** [ˋnebɚ͵hʊd] 名 鄰近，附近；近鄰的人.

**in** my neighborhood 在我家附近

**in the neighborhood of** London 在倫敦近郊

We moved into this neighborhood last year. 我們去年搬來這裡.

All the neighborhood was nice to the new family. 鄰居對這個新家庭的人都很友善. ➜neighborhood(近鄰的人)作單數.

**neigh·bor·ing** [ˋnebərɪŋ] 形 鄰近的，附近的.

a neighboring village 鄰村

**neigh·bour** [ˋnebɚ] 名 《英》＝neighbor.

**neigh·bour·hood** [ˋnebɚ͵hʊd] 名 《英》＝neighborhood.

**neigh·bour·ing** [ˋnebərɪŋ] 形 《英》＝neighboring.

**nei·ther** [ˋniðɚ, ˋnaɪðɚ] 形 代 (兩個中)任何一個都不(的). ➜下接名詞時爲形容詞，單獨使用時爲代名詞.

Neither book is interesting. 兩本書都不有趣. ➜ Neither 爲形容詞.

Neither of the books is interesting. 這兩本書都不有趣. ➜ Neither 爲代名詞；動詞原則上用單數；不用ˣNeither of *books*.

I like neither picture. ＝ I like neither of the pictures. 兩幅畫我都不喜歡. ➡口語常說I don't like either picture.

**—**副《接在否定句後面》也不. ➡ neither 常放在句子或子句的句首, 助動詞、be 動詞則移至主詞前面.

If you won't go, neither will I. 如果你不去, 我也不去.

會話 I'm not hungry. —Neither am I. 我不餓. —我也不餓. ➡「我餓了. —我也餓了」則是 I'm hungry. —So am I.

idiom

***nèither A nòr B*** 既不A也不B. ➡ A 與 B 爲對等關係(名詞與名詞, 形容詞與形容詞等).

I speak neither French nor Spanish. 我既不會講法語, 也不會講西班牙語.

She is neither rich nor beautiful. 她既不富有, 也不漂亮.

I neither smoke nor drink. 我既不抽菸, 也不喝酒.

Neither you nor I am wrong. = Neither you are wrong nor am I. 你和我都沒錯. ➡ Neither ～ 作主詞時, 動詞原則上與 nor 後面所接字詞的人稱、單複數一致, 但在口語中有時也作複數, 如 Neither you nor I are ～.

**ne·on** [ˋni͵ɑn] 名 氖. ➡一種氣體元素; 符號爲 Ne.

a neon sign 霓虹燈招牌

**Ne·pal** [niˋpɔl] 專有名詞 尼泊爾. ➡喜瑪拉雅山脈中的王國; 首都加德滿都.

**neph·ew** [ˋnɛfju, ˋnɛvju] 名 姪兒, 外甥. 相關語 niece(姪女, 外甥女).

**Nep·tune** [ˋnɛptjun] 專有名詞 ❶涅普頓. ➡羅馬神話中的海神; 相當於希臘神話中的波賽頓.

❷《天文》海王星.

**Ne·ro** [ˋnɪro] 專有名詞 尼祿. ➡羅馬皇帝(37-68); 接連不斷地暗殺政敵, 迫害基督教徒, 爲有名的暴君.

**nerve** [nɜv] 名 ❶神經.

❷(**nerves**)神經過敏, 歇斯底里.

He is **all nerves**. 他很神經質.

❸勇氣, 膽量.

a man of nerve 有膽量的男子漢

It takes nerve to speak in front of a lot of people. 在大庭廣眾前講話是需要勇氣的.

He did not have **the nerve to** jump off the high diving board. 他沒有勇氣從高跳板上往下跳.

**ner·vous** [ˋnɜvəs] 形 ❶神經質的; 膽小的, 不安的, 緊張的; 焦躁的.

get nervous (考試、表演等)緊張

I was a little nervous. 我有些緊張.

I'm nervous **about** the test. 我爲考試而緊張不安.

❷神經的.

a nervous breakdown 神經衰弱

**Ness** [nɛs] 專有名詞 → Loch Ness (→ loch).

**Nes·sie** [ˋnɛsɪ] 專有名詞 尼斯湖水怪. ➡傳說中住在尼斯湖(Loch Ness)的怪獸.

**nest** [nɛst] 名(鳥、蟲、龜、蛇、松鼠等的)巢, 穴, 窩.

a robin's nest 知更鳥的巢

**build** 〔**make**〕 a nest 築巢

**net**[1] [nɛt] 名 網.

a fishing net 魚網

a tennis net 網球網

**net**[2] [nɛt] 形 實價的, 淨的, 純的.

a net profit 淨利, 純利

the net weight of a box of candy 一盒糖果的淨重

**Neth·er·lands** [ˋnɛðɚləndz] 專有名詞 (**the Netherlands**)荷蘭. ➡荷蘭(Holland)的正式名稱; 首都阿姆斯特丹(Amsterdam); 通用語爲荷蘭語.

**net·work** [ˋnɛt͵wɜk] 名 網; 網織物; 網狀組織, 網路.

N

a network **of** underground railroads 地鐵網
a radio network 廣播網
The program was broadcast by a network of two hundred stations. 這個節目透過由二百個電臺組成的廣播網播出.

**neu·tral** [ˋnjutrəl] 形 中立的; 不明確的.
a neutral country 中立國
Gray is a neutral color. 灰色是中間色.

**Ne·vad·a** [nəˋvædə, nəˋvɑdə]
專有名詞 內華達州. ➜ 美國西部的州; 以賭城聞名的拉斯維加斯爲該州最大的城市; 簡稱 **Nev., NV** (郵政用).

N

| **nev·er** [ˋnɛv ɚ] | ▶決不, 從不, 永不<br>⊙not (不) + ever (永遠, 經常) 的意思, 表示「強烈否定」 |
|---|---|

副 決不, 從不, 永不.
基本 I am never late for school. 我上學從不遲到. ➜ be 動詞 + never.
基本 He never tells lies. 他從不說謊. ➜ never + 一般動詞.
He never forgot her kindness. 他從不忘記她的好意.
I will never go there again. 我決不再去那兒.
Never mind. 別擔心〔沒關係〕.
會話 Have you **ever** been to Paris? —No, (I) **never** (have). 你曾去過巴黎嗎? —不, (我) 從未(去過). ➜ 以助動詞 (have) 作結尾時, never 放在 have 前面.

**nev·er·the·less** [ˌnɛvɚðəˋlɛs] 副 儘管如此, 即使這樣. ➜ 鄭重其事的說法.

| **new** [nju] | ▶新的<br>⊙指「時間上」或「質地上」的新 |
|---|---|

形 ❶新的.
基本 a new dictionary 新的〔新出版的, 全新的〕辭典 ➜ new + 名詞.
our new teacher 我們的新老師
new potatoes 新鮮的馬鈴薯, 今年剛採收的馬鈴薯
a new type of computer 新型電腦
Both **old** and **new** members will elect the new club president. 新舊會員將一起選舉新的俱樂部主席. ◁反義字
基本 This dress is new. 這套衣服是新的. ➜ be 動詞 + new 〈C〉.
Is your car new or secondhand? 你的車是新的還是中古的?
◆ **newer** [ˋnjuɚ] 《比較級》更新的.
◆ **newest** [ˋnjuɪst] 《最高級》最新的.
**the** newest fashion 最新式樣

**the néw yéar** 新年.

**Néw Yéar** 新年(包含元旦在內的數日); 元旦(New Year's Day).
會話 I wish you a happy New Year! = A Happy New Year! —The same to you. 新年快樂! —新年快樂! ➜ 在英美並沒有隆重慶祝元旦(New Year's Day)的風俗, 只是在見面時相互問候而已; 元旦放假一天, 二日起學校、公司等即恢復正常的上課、上班.

**Néw Yèar's** 《美、加拿大》= New Year's Day.

**Néw Yèar's Dáy** 元旦.

**Néw Yèar's Éve** 除夕.

❷(事物)新奇的, 不熟悉的, 初次的.
Everything was new **to** him. 所有事對他而言都是新奇的.
會話 Hi, John. What's new?

—Nothing particular. How about you? 嗨，約翰．有什麼新鮮事嗎？一沒特別的，你呢？
❸(初來乍到)未習慣的，初次的．
I'm new **to** 〔**at**〕 this job, so I work rather slowly. 我對這工作尚未習慣，所以做得相當慢．

**new·com·er** [ˋnju͵kʌmɚ] 名 新來的人〔物、動物〕，新手，新生，新職員．

**New Del·hi** [͵njuˋdɛlɪ] 專有名詞 新德里．➜印度共和國首都．

**New Eng·land** [͵njuˋɪŋglənd] 專有名詞 新英格蘭．➜美國東北部緬因、新罕布夏、佛蒙特、麻薩諸塞、羅得島、康乃狄克六州的總稱；從十七世紀初葉以來，歐洲人不斷移民該地區，其中以英國人最多，現已成爲美國的主體．

**New Hamp·shire** [͵njuˋhæmpʃɚ] 專有名詞 新罕布夏州．➜美國東北部的州；簡稱 **N.H.**, **NH**(郵政用)．

**New Jer·sey** [͵njuˋdʒɝzɪ] 專有名詞 新澤西州．➜美國東部大西洋沿岸的州；鄰接紐約市，爲美國首屈一指的工業州；簡稱 **N.J.**, **NJ**(郵政用)．

**new·ly** [ˋnjulɪ] 副 新近；最近；重新．
newly painted walls 剛油漆過的牆

**New Mex·i·co** [͵njuˋmɛksɪ͵ko] 專有名詞 新墨西哥州．➜美國西部的州，與墨西哥相鄰；一八四八年從墨西哥領土變成美國領土，故有此名；簡稱 **N. Mex.**, **N.M.**, **NM**(郵政用)．

**New Or·le·ans** [͵njuˋɔrlɪənz] 專有名詞 紐奧良．➜美國路易斯安那州的首府；位於密西西比河口，保留著法國殖民地時代風貌，爲爵士樂發祥地．

| **news** [nju z] | ▶報導，新聞<br>▶消息<br>⊙不發成×[njus] |
|---|---|

名 (報紙、雜誌、廣播的)報導，新聞；(個人的)消息，訊息．➜意爲「初次聽到的消息」．
foreign news 海外新聞
sports news 體育新聞
**a piece** 〔**an item**〕 **of** news 一則新聞 ➜不用×*a* news, ×news*es* 等．
the latest news **about** the murder 關於謀殺事件的最新報導
good news 好消息，喜訊
bad news 壞消息，凶訊
listen to the news on the radio 聽收音機上的新聞
The news **is** not accurate. 這消息不正確． ➜ news 作單數．
Here are two interesting pieces 〔items〕 of news. 這裡有兩則有趣的新聞．
We read the news in the newspaper every day. 我們每天都看報紙的新聞．
I heard about the accident **on** the radio news. 我在廣播新聞報導中聽說了這次事故．
Good evening. And here is the Seven O'clock News. 晚安，現在播報七點新聞．
Her marriage was news **to** me. 她結婚的事我是第一次聽說．
諺語 No news is good news. 沒有消息就是好消息．

**néws àgency** 通訊社．

**néws cònference** 記者招待會．

idiom
***brèak the néws to ～*** 把(壞)消息告訴～．
Nobody could break the news of her son's death to the mother. 沒有人能把兒子的死訊告訴這位母親．

**news·boy** [ˋnjuz͵bɔɪ] 名 報童．

**news·caster** [ˋnjuz͵kæstɚ] 名 (廣播、電視的)新聞播報員．

**news·pa·per** [ˋnjuz͵pepɚ] 名 報紙；新聞紙．➜常略作 **paper**.
a daily newspaper 日報
a morning newspaper 早報
a local newspaper 地方報紙

N

a school newspaper 校刊
an English-language newspaper 英文報紙
a newspaper office 〔company〕 報社
Today's newspaper says that there was a big earthquake in Turkey. 今天的報紙說土耳其發生了大地震.
I bought two **newspapers** at the newsstand. 我在書報攤買了兩份(不同種類)報紙. ➜「同一報紙的兩份」爲 two copies of the newspaper.

**news·stand** [ˋnjuzˏstænd] 名 (道路旁、車站內等的)書報攤. ➜亦稱作 kiosk.

**New·ton** [ˋnjutn̩] 專有名詞 (**Isaac Newton**)牛頓. ➜英國物理學家(1642-1727); 發現萬有引力定律, 在光學、數學方面也有重大發現.

**New York** [ˏnjuˋjɔrk] 專有名詞 ❶紐約市. → New York City. ❷紐約州. ➜美國東海岸的州; 首府奧爾班尼(Albany); 有 the Empire State (帝國州)之暱稱; 簡稱 **N.Y., NY** (郵政用).

**New York City** [ˋnjuˏjɔrkˋsɪtɪ] 專有名詞 紐約市. ➜位於紐約州的美國大城市, 爲世界商業、金融及戲劇、歌舞劇等的中心; 由曼哈頓(Manhattan), 布魯克林(Brooklyn)等五個區組成, 暱稱爲 the Big Apple; 簡稱 **N.Y.C.**

**New York·er** [ˋnjuˏjɔrkɚ] 名 紐約市〔州〕民.

**New Zea·land** [ˏnjuˋzilənd] 專有名詞 紐西蘭. ➜大英國協內之一國; 首都威靈頓(Wellington); 通用語爲英語; 簡稱 **NZ**.

---

**next** [nɛkst]
▶緊接(在後面)的, 其次的
▶下次, 其次

形 緊接(在後面)的, 下次的.

基本 the next bus 下一輛公車 ➜ the+next+名詞.
the next stop 〔room〕 下一站〔隔壁房間〕
next week 〔month, year〕 下週〔下個月, 明年〕 ➜不用 ×*in* next week 等.
the next week 〔month, year〕 次週〔月, 年〕
next Friday 下星期五 ➜不用 ×*on* next Friday.
the next Friday 次星期五
on Friday next 在下星期五 ➜主要在英國使用.
on Friday next week 在下星期五
the week after next 下下週
I will be in Paris next autumn 〔in autumn next〕. 下個秋天我將會在巴黎.
We stayed there for three days and left the next week. 我們在那兒住了三天並於次星期離開.
What is the next best way? 次好的方法是甚麼?
Who's (=Who is) next? 下一個輪到誰?
Next, please! 下一位, 請! ➜Next 後面省略了名詞.

idiom

***nèxt dóor*** 隔壁(的). →next-door.
He lives next door **to** us. 他住在我們隔壁.
(***the***) ***néxt tíme*** 下次; 《用法如連接詞》下次(S'+V')的時候.
Let's discuss this question next

time. 這個問題我們下次討論吧.
Next time I go there, I'll take you with me. 下次去那兒時我會帶你去.

—副 其次, 下次.

基本 start next 接著出發 ➡動詞+next.

I like John best and Paul next. 我最喜歡約翰, 保羅其次.

Next they visited Rome. 他們接著參觀了羅馬.

When I see him next, I'll tell him so. 下次碰到他時我會這樣告訴他.

idiom

***néxt to ~*** 緊靠~的, 次於~; 《用於否定詞之前》幾乎~(almost).

Bob sits next to me in class. 上課時鮑勃坐在我旁邊.

The station is next to the department store. 車站在百貨公司的旁邊.

Next to Tokyo, Yokohama is the largest city in Japan. 橫濱是次於東京的日本第二大城市.

It is next to impossible 〔useless〕. (=It is almost impossible 〔useless〕). 那幾乎不可能〔不起作用〕.

**next-door** [ˋnɛkstˋdɔr] 形 隔壁的, 隔壁人家的. → next door (next 形 idiom).

next-door neighbors 隔壁鄰居

**NH** New Hampshire 的縮寫.

**Ni·ag·a·ra** [naɪˋægrə] 專有名詞 ❶ (**the Niagara**)尼加拉河. ➡連結北美五大湖(the Great Lakes)中伊利湖和安大略湖的河流, 構成美國與加拿大邊境的一部分; 該河流的中游間有尼加拉瀑布.

❷=Niagara Falls.

**Niágara Fálls** 尼加拉瀑布. ➡分成加拿大境內的馬蹄瀑布(the Horseshoe Falls)與美國境內的美利堅瀑布(the American Falls).

**nib·ble** [ˋnɪbl̩] 動 (鼠、兔、魚等)啃.

A mouse nibbled (**at**) the cheese. 老鼠啃乳酪.

**Nic·a·ra·gua** [ˌnɪkəˋrɑgwə] 專有名詞 尼加拉瓜. ➡中美洲的共和國; 首都馬拿瓜; 通用語為西班牙語.

| **nice** [naɪs] | ▶好的<br>⊙廣泛使用於自己覺得「好」的東西 |
|---|---|

形 好的, 美的, 出色的; **親切的**, 溫柔的.

基本 a nice dress 漂亮的禮服 ➡nice+名詞.

a nice house 舒適的住宅
a nice day (天氣)好的一天
a nice dinner 佳肴
a nice time 愉快的時光

基本 She was very nice **to** us. 她對我們很親切. ➡be 動詞+nice <C>.

會話 Is your fish nice, Joe? —Yes, It's delicious. 喬, 你的魚好吃嗎? —嗯, 好吃.

會話 **Have a nice day 〔weekend〕!** —You too! 祝你有個美好的一天〔週末〕! —你也一樣!

會話 **(It's) Nice to meet you.** —Nice to meet you, too. 幸會. —幸會. ➡初次見面時的問候語.

會話 I've never had such a nice dinner. —It's very nice of you to say so. 我從未吃過這樣的美味佳肴. —你能這樣說眞好. ➡It is *C* (=nice, kind, good, *etc.*) of *S* to *do* 「*S* 做~是 *C*」.

會話 He is an idiot. —That's not a very nice thing to say. 他是個白痴. —那樣說很不好.

◆ **nicer** [ˋnaɪsɚ] 《比較級》更好的.

Please be nicer to your friends. 請對待朋友更好些.

◆ **nicest** [ˋnaɪsɪst] 《最高級》最好的.

This is **the** nicest present I've ever had. 這是我收過最好的禮物.

**nice·ly** [ˋnaɪslɪ] 副 很好地, 愉快地, 漂亮地, 順利地.

N

**nic·er** [ˋnaɪsɚ] 形 nice 的比較級.

**nic·est** [ˋnaɪsɪst] 形 nice 的最高級.

**nick·el** [ˋnɪkḷ] 名 ❶鎳. ❷(美國、加拿大的)五分鎳幣.

**nick·name** [ˋnɪkˏnem] 名 綽號；暱稱.
give ～ a nickname 給～取綽號
"Bob" is a nickname **for** "Robert." 「鮑勃」是對「羅伯特」的暱稱.
**—**動 給～取綽號.
The tall boy was nicknamed "Shorty." 這個高個子男孩綽號叫「矮子」.

**niece** [nis] 名 姪女，外甥女. 相關語 nephew(姪兒，外甥).

**Ni·ge·ri·a** [naɪˋdʒɪrɪə] 專有名詞 奈及利亞. ➜非洲中西部臨幾內亞灣的共和國，屬大英國協之一；首都拉哥斯；通用語爲英語.

**night** [naɪ t] ▶夜晚 ⊙ gh 不發音

名(複 **nights** [naɪts])夜晚，傍晚(evening)，半夜. → evening.
**at** night 在晚上
at ten o'clock at night 在晚上十點鐘
He came late at night. 他晚上來得晚.
go to a dance **on** Saturday night 在星期六晚上去跳舞 ➜指「特定的夜晚」時用介系詞 on.
She will arrive on the night **of** May 5 (讀法：(the) fifth). 她將在五月五日晚上抵達.
**in the** night 在半夜
**during the** night 在晚間
dance **all night (long)** 整夜跳舞
**last** night 昨晚 ➜「今晚」爲tonight 或 this evening；不用×*this night*；說「昨晚做了～」時無需加介系詞而成爲×*on* last night；下同.
**the night before last** 前天晚上
one 〔**tomorrow, every**〕 night 某個〔明天，每天〕晚上
a night game (棒球的)夜間比賽
a night train (火車的)夜車
(The) Night **falls** 〔**comes**〕 early in winter. 冬天夜晚降臨得早.
He stayed two nights with us. 他跟我們一起待了二個晚上.
You look tired. You need a good **night's sleep**. 你看起來很累，你需要好好睡一晚.

**níght clòthes** 睡衣. ➜指pajamas, nightgown.

**níght schòol** 夜校，夜間部. ➜高中、大學、專科學校等的夜校.

idiom

***by níght*** 在夜間，夜間. ➜常與by day(在白天)一起使用.
The bat sleeps by day and flies by night. 蝙蝠晝眠夜飛.
Taipei by day is very different from Taipei by night. 白天的臺北與夜晚的臺北迥然不同.

***Gòod níght!*** 晚安！ ➜從傍晚到夜晚之間與人見面之問候語則用 Good evening.

***níght àfter níght*** 夜復一夜地，每夜.

***nìght and dáy＝dày and níght*** 日以繼夜地，日夜不停地.

**night·dress** [ˋnaɪtˏdrɛs] 名 《主英》＝nightgown.

**night·fall** [ˋnaɪtˏfɔl] 名 黃昏，傍晚.
**at** nightfall 在黃昏

**night·gown** [ˋnaɪtˏgaun] 名《主美》(婦女、女孩用的)睡衣. → pajamas.

**night·ie** [ˋnaɪtɪ] 名 《口》＝nightgown, nightdress.

**Night·in·gale** [ˋnaɪtɪŋˏgel] 專有名詞 (**Florence Nightingale**)南丁格爾. ➜英國護士(1820-1910)，生於義大利佛羅倫斯；於克里米亞戰爭時從軍，爲護理傷病兵竭盡全力.

**night·in·gale** [ˋnaɪtɪŋˏgel] 名 夜鶯.

> 印象 鶇科鳴鳥，春天時從非洲遷移到歐洲，日夜啼鳴，因其鳴聲美妙，宛若珍珠落玉盤；故用以形容女性優美的歌聲，如 sing like a nightingale(像夜鶯般歌唱).

**night·mare** [ˋnaɪtˏmɛr] 名 (被魘住般的)不祥之夢；惡夢；惡夢般的經歷.

**Nile** [naɪl] 專有名詞 (**the Nile**)尼羅河. ➜從維多利亞湖往北流經非洲東部，爲世界最長的河流(約6,700 km).

**nim·ble** [ˋnɪmbl̩] 形 迅速的，輕快的，敏捷的，敏銳的.

| **nine** [naɪn] | ▶九(的)<br>▶九點鐘<br>▶九歲(的) |
|---|---|

形 **九的，九人〔個〕的；九歲的.** ➜用法請參見 three.

There are nine players on a baseball team. 每支棒球隊有九名選手.

idiom

***níne tímes*** 〔***in níne cáses***〕 ***òut of tén*** 十之八九，常常.

**—**名 ❶**九，九點鐘，**九分；**九歲；**九人〔個〕，九元〔英鎊等〕.

Lesson **Nine** 第九課(=The **Ninth** Lesson) ◁**相關語**

It's nine minutes past nine. 現在是九點九分.

a girl of nine 九歲的女孩

I go to bed at nine. 我九點就寢.

My sister is nine (years old). 我妹妹九歲.

❷(棒球)隊，九人球隊. ➜作單數.

| **nine·teen** [ˋnaɪnˋtin] | ▶十九(的)<br>▶十九歲(的) |
|---|---|

形 **十九的；**十九人〔個〕的；**十九歲的.** ➜用法請參見 three.

nineteen balls 十九個球

She is nineteen (years old). 她十九歲.

**—**名 **十九，**十九分；**十九歲；**十九人〔個〕，十九元〔英鎊等〕.

Lesson **Nineteen** 第十九課(=The **Nineteenth** Lesson) ◁**相關語**

a boy of nineteen 十九歲的少年

at four nineteen 在四點十九分

**nine·teenth** [ˋnaɪnˋtinθ] 名 形 第十九(的)；(月的)十九日. ➜略作**19th**.

on the 19th of September = on September 19 (讀法：(the) nineteenth) 在九月十九日

**nine·ti·eth** [ˋnaɪntɪɪθ] 名 形 **第九十的(人、物)，第九十(的).** ➜略作 **90th**.

Tomorrow is my grandfather's ninetieth birthday. 明天是祖父的九十壽辰.

| **nine·ty** [ˋnaɪntɪ] | ▶九十(的)<br>▶九十歲(的) |
|---|---|

形 **九十的，**九十人〔個〕的；**九十歲的.** ➜用法請參見 three.

ninety days 九十天

She is ninety (years old). 她(現年)九十歲.

**—**名(複 **nineties** [ˋnaɪntɪz]) ❶ **九十；九十歲；**九十人〔個〕，九十元〔英鎊等〕.

**ninety-one, ninety-two,** ～ 91, 92, ～.

❷(**nineties**)(年齡的)九十多歲；(世紀的)九○年代. ➜從ninety到ninety-nine.

The old man is probably **in** his nineties. 這老人大概九十多歲.

His grandfather went to France in the eighteen-nineties. 他的祖父在一八九○年代間去了法國.

N

**ninth** [naɪnθ]
▶第九個(的)
▶第九天，九日

名形(複 **ninths** [naɪnθs]) ❶第九個(的)；(月的)九日. ➜注意拼法；不拼寫為ˣ*nineth*；略作 **9th**；用法請參見 third.
the bottom of the ninth inning (棒球的)第九局後半
on the 9th of February＝on February 9 (讀法：(the) ninth) 在二月九日
❷九分之一(的).
one ninth＝a ninth part 九分之一
two ninths 九分之二

**ni·tro·gen** [ˋnaɪtrədʒən] 名 氮. ➜一種氣體元素；符號為 N.

N

**NJ** New Jersey 的縮寫.

**NM** New Mexico 的縮寫.

**no** [no]
▶不
▶沒有的

副 ❶不，不是. ➜在英語中，不管問句如何，表示否定的回答時用 no，肯定的回答時用 yes；用法和中文習慣不同(參見第三例)；→ yes.
基本 Is this a pen? —No, it isn't. 這是鋼筆嗎? —不，不是.
會話 Do you like this? —No, I don't. 你喜歡這個嗎? —不，我不喜歡.
會話 Don't you like this? —No, I don't./Yes, I do. 你不喜歡這個嗎? —是的，我不喜歡./不，我喜歡.
會話 Will you have another cup of tea? —No, thank you. 再喝一杯茶好嗎? —不了，謝謝.
❷《用於比較級前面》一點也不～.
Nancy was sick yesterday. She is no better today. 南西昨天病了，今天仍未好轉.
It is no bigger than my little finger. 那不比我的小指大〔那只有我的小指大〕.
❸(表示驚訝或不敢相信)不可能，不會吧!
會話 He was going to kill me. —Oh, no! I don't believe it. 他想殺死我. —噢，不! 我不信.
❹(以 **No?** 對前面的否定句表示懷疑)(那種事情)是眞的嗎?
會話 Jimmy isn't dead yet. —No? 吉米還沒死. —是眞的嗎?

idiom

***nò léss than ～*** 和～一樣，不亞於～. → less idiom

***nò léss A than B*** A 不比 B 差，與 B 一樣 A. → less idiom

***nò lónger*** 不再～. → long[1] idiom

***nò móre*** 不再，不再存在. → more idiom

***nò móre than ～*** 只不過～；僅僅～. → more idiom

**—**形 沒有的，零的，一個也沒有～，甚麼也沒有～.
基本 no wind 沒有風 ➜ no＋不可數名詞.
基本 no hobbies 沒有嗜好 ➜ no＋可數名詞(單數、複數).
no use 〔interest, title〕 無益〔不關心，沒有題目〕 ➜ no＋名詞時，名詞前不加ˣ*a*, ˣ*the*, ˣ*my*, ˣ*your*, ˣ*this*, ˣ*that* 等.
No outs, bases loaded. 滿壘，無人出局.
No more Hiroshimas. 不重演廣島(被投擲原子彈)的悲劇.
告示 No smoking. 禁止吸菸.
There was no wind. 沒有風. ➜ no＝not any，因此也可以說 There was not any wind.
I have no father. 我沒有父親. ➜只有一個(如「父親」)時，用 no＋單數名詞.
Trees have no leaves in winter. 冬天樹木沒有葉子. ➜二個以上(如「樹葉」)時，用 no＋複數名詞.
She has no sister(s). 她沒有姊妹.

→若單複數都有可能(如「姊妹」)時，兩者都可用，但常用複數.

I have no money with me. 我沒帶錢. (= I don't have any money with me.)

No friend(s) came to see him. 沒有朋友來看他. →這種情況下不能用any ～ not替代，即不能用×*Any* friends did*n't* come ～.

No other mountain in Taiwan is so high as Mount Jade. 在臺灣沒有(其他)任何一座山像玉山那麼高.

There was no picture 〔There were no pictures〕 in the room. 房間裡沒有(掛)畫. →如用There was not a picture ～. 的話，則「一幅畫也沒有」的意味將更強烈.

No two fingerprints are just the same. 沒有兩枚完全相同的指紋.

He is no fool. 他絕不是傻瓜(反而是聰明的). →「be + no + 名詞」表示強烈的否定，含有「恰恰相反」之意；比He is not a fool. (他不是傻瓜)語氣更強.

idiom

***in nó tìme*** 馬上，立刻.

***There is nó ～ing.*** 無法〔不可能〕～.

There is no denying the fact. 這個事實無法否認.

**—** 名 (複 **no(e)s** [noz]) (回答時說的)不，拒絕，否定，否認；反對票.

She can never say no. 她怎麼也說不出個「不」字.

The ayes are ten, the noes are twelve. 贊成十票，反對十二票.

**No.** number (第～號，第～期，～號門牌)的縮寫.

No. 1 (讀法：number one) 第一號，第一期，一號門牌

**No·ah** [ˋnoə] 專有名詞 《聖經》諾亞.

> 參考 傳說遠古時代上帝為消滅遍布世上的惡人而降大雨使洪水氾濫，諾亞遵上帝之命，事先建造巨大的方舟(ark)，讓他的家人及所有動物公母各一對進入方舟避難.

**Nóah's árk** 諾亞方舟.

**No·bel** [ˋnobɛl] 專有名詞 (**Alfred B. Nobel**)諾貝爾. →瑞典化學家(1833-96)；發明炸藥，從而獲得巨額財富.

**Nóbel príze** 諾貝爾獎. →根據諾貝爾的遺言，每年頒贈給對世界學術、藝術、和平有特殊貢獻的人；有物理學、化學、醫學或生理學、經濟學、文學、和平六個項目.

the 1998 Nobel prize **for** Literature 一九九八年諾貝爾文學獎

**no·bil·i·ty** [noˋbɪlətɪ] 名 ❶高貴(的身分)，高尚，華貴. ❷(**the nobility**) 《集合》(英國的)貴族(階級).

**no·ble** [ˋnobḷ] 形 ❶高尚的，崇高的，傑出的.

have noble intentions 有崇高的意圖

❷貴族的，高貴的.

a man of noble birth 出身高貴的人，貴族

**no·ble·man** [ˋnobḷmən] 名 (複 **noblemen** [ˋnobḷmən]) 貴族.

**no·bly** [ˋnoblɪ] 副 崇高地，清高地，傑出地；貴族似地，出身於貴族地.

**no·bod·y** [ˋno͵bɑdɪ] 代 **誰也不；沒有人，無人**(no one). →作單數.

Nobody knows it. 這事誰也不知道.

Nobody was late today. 今天沒人遲到.

會話 Did **anyone** fail the examination? —No, **nobody** did. **Everybody** passed. 有沒有人考試不及格？—不，沒人不及格，大家都通過了.

◁相關語

There was nobody there. 那裡沒有人.

N

I know nobody in your class. 你班上的人我一個也不認識. (=I don't know anybody in your class.)

—名(複 **nobodies** [ˋno,badɪz])無足輕重的人, 小人物.

**nod** [nad] 動 點頭; 打瞌睡.

If you understand me, **nod**; if you don't, **shake** your head. 如果你聽懂我的話就點頭, 不懂就搖頭. ◁相關語 →nod 指頭上下擺動, 表示「贊成、同意」等; shake *one's* head 則指頭左右擺動, 表示「不贊成、不同意」等.

◆ **nodded** [ˋnadɪd] 過去式、過去分詞.

He nodded **to** me with a smile. 他微笑著朝我點點頭.

◆ **nodding** [ˋnadɪŋ] 現在分詞、動名詞.

He **was** nodding over his book. 他一邊看書一邊打瞌睡.

— 名 點頭, 點頭打招呼.

with a nod 點頭

**noise** [nɔɪz] 名 **響聲, 嘈雜聲,** 噪音. →一般指刺耳的聲音, 有時也用於指與 sound (聲音) 相近的意義.

a loud 〔small〕 noise 很吵的噪音〔輕微的雜音〕

**make** a noise 發出嘈雜的聲音

street noises 馬路上的噪音

What's that noise? 那是甚麼聲音?

Planes make a lot of noise. 飛機發出巨大的聲響.

**noise·less** [ˋnɔɪzlɪs] 形 無聲的, 寂靜的.

**nois·i·ly** [ˋnɔɪzɪlɪ] 副 嘈雜地, 吵鬧地, 喧鬧地, 厭煩地, 刺耳地.

**nois·y** [ˋnɔɪzɪ] 形 **嘈雜的,** 喧鬧的, 吵鬧的, 刺耳的. 反義字 quiet (安靜的).

noisy children 吵鬧的孩子們

a noisy street 嘈雜的街道

Don't be so noisy. 不要那麼吵鬧.

The street is very noisy **with** traffic. 街道因車來人往而非常嘈雜.

What a noisy class you are! 你們眞是個吵鬧的班級!

◆ **noisier** [ˋnɔɪzɪɚ] 比較級.

◆ **noisiest** [ˋnɔɪzɪɪst] 最高級.

**nom·i·nate** [ˋnamə,net] 動 提名(爲候選人), 推薦.

**non-** 字首 表示「無」「不」「非」等否定的意思.

nonsmoking 禁菸的; nonmetal 非金屬

**none** [nʌn] 代 **沒有人; 甚麼也沒, 一點也不.** →常作複數; 指「數量」時作單數.

I know none **of** them. 他們我一個也不認識.

None of them know(s) me. 他們沒有人認識我.

I was looking for Russian teachers, but there were none. 我在找俄語教師, 但一個也沒找到. →口語中說 there was nobody 〔no one〕.

None of the stolen money has been found yet. 被偷的錢都還沒找到.

That's none of your business. (那不是你的工作⇨)少管閒事.

**non·fic·tion** [,nanˋfɪkʃən] 名 非小說. →相對於小說、詩等創作(fiction)的傳記、歷史書等.

**non·sense** [ˋnansɛns] 名 愚蠢的事, 胡說; 毫無意義的事.

**talk** 〔**make**〕 nonsense 胡說八道〔胡鬧〕

Nonsense! I can't believe it. 胡說！我不信.

**non·stop** [nɑn`stop] 形 副 不停止的〔地〕; 不休息的〔地〕.

**noo·dle** [`nudḷ] 名 麵條.
chicken noodle soup 加麵條的雞湯
Chinese noodles 中華麵，拉麵

| **noon** [n u n] | ▶正午<br>⊙表示'twelve o'clock in the day'的意思 |
|---|---|

名 **正午，**中午十二點鐘.
**at** noon 在正午
around noon 中午十二點前後
during the noon recess 在午休期間
It's noon. Let's eat lunch. 中午了，我們吃中飯吧. ➜ It 籠統地表示「時間」.

**nor** [nɔr] 連 也不. ➜常以 **neither** A **nor** B 的形式出現，或用於 **not, no, never** 的後面；且在 nor 之後，助動詞或 be 動詞常移到主詞前面；→ neither.
I'm not hungry, nor am I thirsty. 我不餓，也不渴.
He was not in the classroom, nor (was he) in the library. 他既不在教室，也不在圖書館.
He has no father nor mother. 他無父無母.
I have no car, nor do I want one. 我沒有汽車，也不想要.
會話 I can't swim. —Nor can I. 我不會游泳. —我也不會.
idiom
***nèither Á nòr B́*** 既不 A，也不 B.
→ neither 副 idiom

**nor·mal** [`nɔrmḷ] 形 一般的；標準的；(健康、精神)正常的.
—名 平均，標準；正常.

**Nor·man** [`nɔrmən] 名 形 諾曼人(的)；(**the Normans**)諾曼民族. ➜十世紀從斯堪的那維亞移居法國北部諾曼第的民族，十一世紀征服英國.
**the Nórman Cónquest** 諾曼征服. ➜諾曼第公爵威廉率領諾曼人於一〇六六年征服英國，成爲英國國王，這時法國的語言、風俗對英國的文化、語言產生了很大的影響.

**north** [nɔrθ] 名 ❶ (**the north**) 北，北方；北部(地區).
**in** 〔**to**〕 the north **of** Taipei 在臺北的北邊〔北方(遠離之處)〕
in the far north 在遙遠的北方
Norway is in the north of Europe. 挪威位於歐洲北部.
Iceland is to the north of Britain. 冰島在英國的北方.
Cold winds blow from the north. 冷風從北方吹來.
❷ (**the North**) (美國的)北部(諸州)，(英國的)北部地區.
The North fought the South in the Civil War. (美國)南北戰爭中，北方與南方作戰.
—形 **北的，**北部的；朝北的；(風)來自北面的.
a north wind 北風
Moss grows on the north side of trees. 苔蘚長在樹上朝北的一側.
**Nórth América** 北美洲，北美.
**the Nórth Póle** 北極.
**the Nórth Séa** 北海. ➜介於英國與斯堪的那維亞半島之間的海.
**the Nórth Stár** 北極星(polestar).
—副 **向〔在〕北，**向〔在〕北方.
go north 往北(方)走
Birds fly north in the spring. 春天時鳥往北方飛.
The lake is (ten miles) north **of** the town. 這座湖位於鎮北(十英里處).

**north·east** [͵nɔrθ`ist] 名 (**the northeast**) 東北，東北部(地區). → north.
—形 (向)東北的；朝東北的；(風)來自東北的.
—副 向〔在〕東北；來自東北.

N

**north·east·ern** [ˌnɔrθˋistɚn] 形 東北的，東北地區的；來自東北的.
the northeastern districts 東北地區

**north·ern** [ˋnɔrðɚn] 形 北的，北方的，北部的；(風)來自北方的.

**Nórthern Íreland** 北愛爾蘭. →Ireland 的北部地區，英國本土的一部分；→the United Kingdom (united ❷ 參考), Ireland ❷

**north·ward** [ˋnɔrθwɚd] 形 (向)北方的，向北的.
—副 向〔在〕北方.

**north·wards** [ˋnɔrθwɚdz] 副＝northward.

**north·west** [nɔrθˋwɛst] 名 (**the northwest**) 西北；西北部(地區). →north.
—形 (向)西北的；朝西北的；(風)來自西北的.
—副 向〔在〕西北；來自西北.

**north·west·ern** [nɔrθˋwɛstɚn] 形 西北的，西北地區的；來自西北的.

**Nor·way** [ˋnɔrwe] 專有名詞 挪威. →斯堪的那維亞半島上的君主立憲國家；首都奧斯陸(Oslo)；通用語爲挪威語(Norwegian).

**Nor·we·gian** [nɔrˋwidʒən] 形 挪威的，挪威人〔語〕的.
—名 挪威人；挪威語.

| **nose** [noz] | ▶鼻<br>⊙也可使用於「嗅覺」之意 |
|---|---|

名 (複 **noses** [ˋnozɪz]) ❶**鼻；嗅覺.**
a large〔small〕nose 大〔小〕鼻子
a long nose 長〔高〕鼻子 →基本上爲表現鼻子高度的用法，英語中沒有與「高〔扁〕鼻子」相當的表示法；不用ˣa *high* nose.
a short nose 短〔扁〕鼻子 →英語中不用ˣa *low* nose.
**pick** *one's* nose 挖鼻孔
We breathe and smell **through** our nose. 我們用鼻子呼吸和聞氣味.
**Blow** your nose; it is running. 擤一下你的鼻子，鼻涕流下來了.
Don't **wipe** your nose on your sleeve—use a handkerchief. 不要用衣袖擦鼻涕，用手帕擦.
All dogs have good noses, but the noses of hunting dogs are best. 所有的狗嗅覺都很好，但獵犬的嗅覺最靈敏.
❷位置、形狀與鼻子相似的東西；機首，船頭.
The nose of that plane is very pointed. 那架飛機的機鼻很尖.

| **not** [nɑt] | ▶不<br>⊙否定像「A 不是 B」「A 不做 B」等關係、狀態、行爲等情況時使用 |
|---|---|

副 不(是)，不(會). ❶否定動詞時.
基本 會話 Are you Japanese? —No, I'm not Japanese. I'm Chinese. 你是日本人嗎? —不，我不是日本人. 我是中國人. →be 動詞＋not.
基本 My father can cook very well, but my mother can not〔**cannot, can't**〕cook. 我爸爸很會做菜，但我媽媽不會做菜. →助動詞＋not＋動詞〈V〉.
My bicycle is not〔**isn't**〕new. 我的自行車不是新的.
I do not〔**don't**〕think so. 我不那樣認爲.
You must not〔**mustn't**〕say such a thing. 你不能說那樣的事.
Don't go there. 不要去那裡.
Don't be late. 不要遲到. →命令句的否定即使是 be 動詞也用 Don't.
They did not〔**didn't**〕do their homework. 他們沒有做家庭作業.
會話 Aren't you happy? —No, I'm not. 你不幸福嗎? —是的，我不幸福. →在口語中否定的疑問句以 aren't, can't, won't 等縮寫形式起首；因爲 Are you not happy? 會給人生硬的

感覺.

❷否定名詞、形容詞、副詞、不定詞等時. ➡放在否定之語詞(句)的前面.

Not many people know this. 知道這事的人不是很多.

I said fourteen, not forty. 我是說十四，不是四十.

He came not on Monday but on Tuesday. 他不是在星期一而是在星期二來的. → idiom not *A* but *B* (→ but 連 ❷).

Be careful not to be late for school. 注意上學不要遲到.

❸用於省略句中.

Come tonight if you can. If not, come tomorrow. 若可以的話你就今天晚上來，不行的話明天來. ➡ If not = If you cannot come tonight.

會話 I don't want to go. —Why not? 我不想去. —爲甚麼? ➡ Why not? = Why don't you want to go?

會話 You didn't go there, did you? —Of course not. 你沒去那兒吧? —當然沒去. ➡ Of course not. = Of course I didn't.

idiom

***nòt a*** ~ 一個〔一個人〕也不~.

There is not a cloud in the sky. 天空中沒有一絲雲彩. ➡比 There are no clouds in the sky. (天空中沒有雲)語氣更強.

***nòt*** (~) ***at áll*** 一點也不(~)；(作爲 Thank you(謝謝你)等的回答)不客氣. → all 代 idiom

***nòt Á but B́*** 不是 A 而是 B. → but 連 ❷

***nòt ónly Á but*** (***àlso***) ***B́*** 不僅 A 而且 B 也. → only 副 idiom

**no·ta·ble** [ˋnotəbl̩] 形 值得注意的；著名的.

**note** [not] 名 ❶備忘錄，記錄；短箋.

**make** 〔**take**〕 **a note of** ~ 把~記錄下來

**make** 〔**take**〕 **notes of** ~ 作(課堂等的)筆記，把~記錄下來

make a speech without notes 不用草稿而發表演說

Please make a note of my new address. 請把我的新地址記下來.

I left a note on the kitchen table. 我在廚房的桌子上留了張便條.

Will you take notes during class for me? 上課時你願意替我作筆記嗎?

❷註解，註釋.

Read the note at the bottom of this page. 閱讀這一頁下面的註解.

❸注意，注目.

**take note of** ~ 對~注意，注意聽〔看〕~ ➡不用 ×*a* note, ×note*s*；不要與 take a note 〔notes〕 of 相混.

❹《英》紙幣，鈔票(《美》bill).

a £5 note 五英鎊的紙幣

❺(鋼琴、風琴的)鍵；(音樂的)音符，聲音；(鳥的)鳴聲.

Sing this note for me. 爲我唱這個音〔爲我發這個音〕.

—動 ❶(亦作 **note down**)記錄，記下來.

He noted down her telephone number in his address book. 他把她的電話號碼記在通訊錄上.

❷注意，留心.

**note·book** [ˋnot ˏb u k]

▶筆記本

⊙英語中 notebook 不略作 note

名 (複 **notebooks** [ˋnotˏbuks]) 筆記本，記錄簿.

a loose-leaf notebook 活頁筆記本

He copies every word on the blackboard in his notebook. 他把黑板上的每個字都抄在筆記本上.

notebook note

N

**not·ed** [ˋnotɪd] 形 有名的，著名的 (famous).
a noted painter 著名畫家
This town is noted **for** its cheeses. 這個鎮以(生產)乳酪著名.

**noth·ing** [ˋnʌθɪŋ] ▶甚麼也沒有 ▶無

代 **甚麼也沒有，沒有東西.**
I saw no one and heard nothing. 我沒看到誰，也沒聽到甚麼.
He said nothing **about** the accident. 關於這次事故他甚麼也沒說.
There was nothing in the box; it was empty. 盒子裡甚麼也沒有，是空的.
There's nothing new in the paper. 報上沒甚麼新聞. ➜修飾 nothing 的形容詞要放在 nothing 的後面.
I have nothing **to** eat. 我沒有東西可吃. ➜不定詞 to eat (可吃的) 修飾 nothing.
Nothing is harder than diamond. 沒有東西比鑽石更硬.
會話 I really saw **something** in that bush. —I didn't see **anything**. **Nothing** is (in) there. 我真的在那灌木叢中看到甚麼東西. —我可甚麼也沒看到，那裡甚麼也沒有. ◁**相關語**

idiom
***hàve nóthing to dò with*** ～ 與～沒有任何關係.
I have nothing to do with the matter. 我與這件事沒有任何關係.
***nóthing but*** ～ 除～外甚麼也沒有，只有～(only). → but 介 idiom
**—**名 **無，零；微不足道的事物〔人〕.**
The score was two to nothing. 比數爲二比零.
諺語 Something is better than nothing. 有比無好.
He fixed my watch **for** nothing. 他免費替我修理手錶.
"This cut is nothing," the doctor said. 醫生說:「這傷口沒甚麼大礙」.
She is nothing **to** him. 對他來說她無足輕重.

**no·tice** [ˋnotɪs] 名 ❶**注意，注目.**
**take** notice (**of** ～) 介意(～)，注意(～). ➜常用於否定句中.
They took no〔little〕notice of the event. 他們根本〔幾乎〕沒把這一事件放在心上.
❷**通知，警告；告示.**
**put up** a notice on a bulletin〔《英》notice〕board 在告示牌上張貼布告
You can't park here; that notice says "No Parking." 你不能把車停在這裡，那告示上寫著:「禁止停車」.
There is a notice **that** there will be no school tomorrow. 公告上說明天不上課.

idiom
***withòut nótice*** 不事先通知；擅自.
The teacher gave the test without notice. 老師不預先通知便突然考試.
**—**動 **注意到，發現，知道.**
She passed me in the street and didn't notice me. 她在街上與我擦肩而過，但沒注意到我.
I noticed a hole in my stocking. 我發現襪子上有一個破洞.
I passed my station without noticing it. 我一不留神便坐過站. ➜without＋動名詞(noticing).

**no·ti·fy** [ˋnotə͵faɪ] 動 **通告～，通知.**
notify a friend of *one's* new address 通知朋友自己的新住址
The company often **notifies** the public of its new products in the paper. 那家公司的新產品常在報紙上打廣告. ➜ notifies [ˋnotə͵faɪz] 爲第三人稱單數現在式.
◆ **notified** [ˋnotə͵faɪd] 過去式、過去分詞.
They notified the accident **to** the police. (＝They notified the police

of the accident.) 他們向警方報告了這次事故.

**no·tion** [ˋnoʃən] 名 主意(idea), 觀念.

**no·to·ri·ous** [noˋtorɪəs] 形 (因壞事而)出名的, 聲名狼藉的, 惡名昭彰的.

**noun** [naʊn] 名《文法》名詞. ➡表示人、動物、物、事等的語詞.

**nour·ish** [ˋnɜɪʃ] 動❶給予營養, 養育. ❷懷有.

**Nov.** November(十一月)的縮寫.

**nov·el** [ˋnɑvl̩] 名 (長篇)小說.

**nov·el·ist** [ˋnɑvl̩ɪst] 名 小說家.

| **No·vem·ber** [noˋvɛmbɚ] | ▶十一月<br>⊙在拉丁語中意爲「第九個月」; 根據古代羅馬的曆法, 一年爲十個月, 從三月開始 |
|---|---|

名 十一月. ➡略作 **Nov.**; 詳細用法請參見 June.
**in** November 在十一月
**on** November 3 (讀法: (the) third) 在十一月三日
last〔next〕November (在)去年〔明年〕十一月

| **now** [naʊ] | ▶現在<br>▶喂, 卻說, 那麼 |
|---|---|

副 ❶《常用於句中或句尾》此刻, 目前, 現在.
It is snowing now. 現在正下著雪. ➡It 籠統地表示「天氣」; 現在進行式.
What time is it now? 現在幾點鐘? ➡it 籠統地表示「時間」.
He **once** lived in Tainan; he **now** lives in Taipei. 他以前住在臺南, 現在住在臺北. ◁反義字
He arrived **just now**. (＝He has just arrived.) 他剛到. ➡just now 用在過去式的句子中, 不用於現在完成式的句子.
❷這回; 就要, 立刻, 馬上(at once).
What will you do now? 這回你要幹甚麼?
Don't wait; do it now. 不要等待, 馬上做.
❸《在故事中與過去式動詞一起使用》那時, 當時.
The ship was now slowly sinking. 船那時已經慢慢下沈了. ➡過去進行式.
❹《用於句首》**喂, 那麼,** 卻說, 可是. ➡用於提醒對方注意、轉換話題等時.
Now listen to me. 喂, 聽我說〔且聽我說〕.
Now now, baby, don't cry. 好了, 好了, 小寶寶, 別哭了.

idiom
***nów and agáin***＝now and then.
***nów and thén*** 有時, 偶爾. ➡感覺上比 sometimes 次數更少一些.

—連 (亦作 **now that** (S′＋V′))因爲(現在)已經(S′＋V′), 既然(S′＋V′).
Now (that) you are eighteen, you can get a driver's license. 因爲你已經十八歲了, 所以能夠取得駕照.

—名 此刻, 現在.
**by now** 到現在, 現在已經
in a week **from now** 在今後一星期內
Now is the best time for picking apples. 現在是採蘋果的最好時節.

idiom
***for nów*** 《口》當前, 目前.
Good-bye for now. 現在再見吧.
***from nòw ón*** 今後, 從現在開始.
From now on, we'll just be friends. 從現在開始我們只是一般的朋友.

**now·a·days** [ˋnaʊə͵dez] 副 近日, 目前.

**no·where** [ˋno͵hwɛr] 副 任何地方都不.

N

I looked for the key **everywhere** but could find it **nowhere** (=couldn't find it **anywhere**). 我到處找鑰匙, 但甚麼地方都找不到. ◁**相關語**

**noz·zle** [ˋnɑzḷ] 名(爲使水等集中噴出而裝在橡皮管前端的金屬製)噴嘴, 噴口.

**nu·cle·ar** [ˋnjuklɪɚ] 形 核心的; 原子核的.
nuclear energy 核能, 原子能
a nuclear test 核子測試
a nuclear power plant 核能發電廠

**nui·sance** [ˋnjusṇs] 名 討厭的物〔事、人〕.
**cause** a nuisance 添麻煩
What a nuisance! 眞煩人!

**numb** [nʌm] ➜ b 不發音. 形 (因寒冷、恐懼、悲痛等而)失去知覺的, 麻痺的, 麻木的.
My ears are numb **from** 〔**with**〕 cold. 我的耳朶凍得麻木了.
**—**動 使失去感覺, 使麻痺, 使麻木.

**num·ber** [ˋnʌmbɚ] 名 **❶數, 數字.**
an even 〔odd〕 number 偶〔奇〕數
Four is my lucky number. 四是我的幸運數字.
The number of boys in our class is thirty. 我們班上的男生人數爲三十.
Cars are increasing **in** number in our neighborhood. 我們家附近的汽車數量正在增加.
5, 7, and 0 are **numbers**. 5, 7, 0 都是數字.
**❷號碼,** 〜號, 〜期; 曲目. ➜ 在表示「第〜號」「第〜期」「第〜號門牌」時, 常略作 **No.**; → No.
a house number 門牌號碼
a telephone number 電話號碼
the May number of the school paper 五月號校刊
a back number 舊刊號
The British Prime Minister lives at No. 10 Downing Street. 英國首相住在唐寧街十號.
His apartment number is 301. 他的公寓號碼是 301. ➜ 301 讀作 three O [o] one.
What number are you calling? (電話中)你打幾號?
For his last number, he will sing *Yesterday*. 最後一個曲目他將演唱「昨日」.

**númber plàte** 《英》(汽車的)牌照 (《美》license plate).

idiom

***a númber of ～*** 一些〜(some); (相當)多的〜(many). ➜ 可表示從 some 到 many, 意義相當廣泛, 因此爲了明確表示「少數」或「多數」, 需在 a 的後面加 small, large 或 great 等.
a number of times 幾次, 常常
A number of books are missing from this shelf. 這個書架上少了幾本書.
He keeps a (large) number of bees. 他養了很多蜜蜂.

(***Gréat, Lárge***) ***númbers of ～*** 很多〜.
Great numbers of people marched in the parade. 很多人在遊行中前進.

***in*** (***gréat, lárge***) ***númbers*** 多數地, 很多地.
Tourists visit the shrine in great numbers. 眾多遊客參觀這座聖殿.

**—**動 **❶**給〜編號.
The seats in the public hall are numbered. 公共會議廳裡的座位都標上號碼.
**❷**計數, 數; (數目)達〜.

**num·ber·less** [ˋnʌmbɚlɪs] 形 **❶**數不淸的, 無數的. **❷**無號碼的.

**nu·mer·al** [ˋnjumərəl] 名 數字.
the numerals on the clock face 鐘面上的數字

**Árabic númerals** 阿拉伯數字. ➜ 1, 2, 3 等.

**Róman númerals** 羅馬數字. ➜用羅馬字表示的數字: I, II, III, IV (=4), V (=5), VI (=6), X (=10), L (=50), C (=100), D (=500), M (=1000)等.

**nu·mer·ous** [ˋnjumərəs] 形 爲數眾多的, 很多的.

**nurse** [nɜs] 名 ❶護士, 看護.
**play** nurse (小孩玩)扮護士的遊戲
a school nurse 保健老師
❷乳母, 保姆.
—動❶看護(病人). ❷(給嬰兒)餵奶.

**nurs·er·y** [ˋnɜsərɪ] 名 (複 **nurseries** [ˋnɜsərɪz]) ❶育兒室; 托兒所, 育幼院. ❷苗圃; 養殖場, 養魚池. ❸訓練所.
**núrsery rhỳme** (從古時流傳下來的)童謠, 搖籃曲. ➜《鵝媽媽童謠集》收集了英國自古以來所流傳的童謠; → Mother Goose.
**núrsery schòol** 托兒所, 育幼院.

**nurs·ing** [ˋnɜsɪŋ] 名 看護; 育兒.
**núrsing hòme** (私立的)老人療養院; 《英》(小型的)醫院.

**nut** [nʌt] 名 ❶堅果. ➜栗子 (chestnut)、胡桃(walnut)等有堅固外殼的果實; → berry.
**crack** a nut 敲開堅果
go and collect nuts 去撿拾堅果
❷(固定螺栓的)螺帽. → bolt ❶
—動 撿拾堅果.
◆ **nutted** [ˋnʌtɪd] 過去式、過去分詞.
◆ **nutting** [ˋnʌtɪŋ] 現在分詞、動名詞.

**NV** Nevada 的縮寫.

**NY** New York 的縮寫.

**N.Y.C.** New York City 的縮寫.

**ny·lon** [ˋnaɪlɑn] 名 尼龍; (**nylons**)尼龍長襪.

**nymph** [nɪmf] 名《神話》居住在山川、森林、泉水等處的半神半人的美貌小仙女.

**NZ** New Zealand 的縮寫.

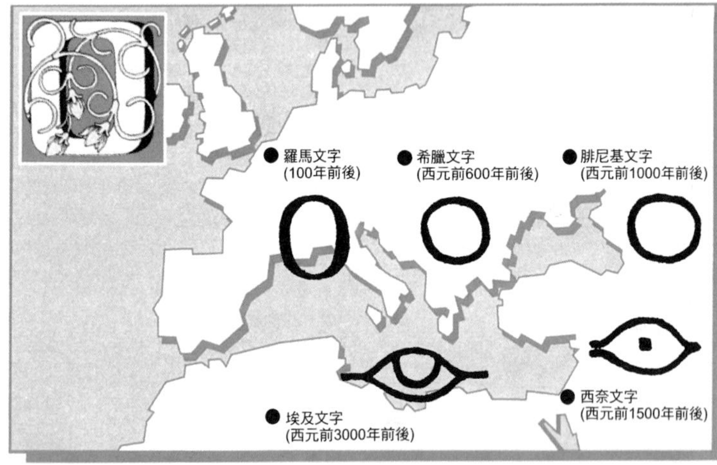


**O, o** [o] 名 (複 **O's, o's** [oz]) ❶英文字母的第十五個字母.
❷(讀數字時的)零(zero).
My telephone number is 3230-9400. 我的電話號碼是3230-9400.
➡3230-9400 讀作 three-two-three-o nine-four-oo.

**oak** [ok] 名 橡樹; 橡木. ➡橡、槲、櫟等樹木的總稱; 每種都會結出果實, 稱作 acorn; 英國產的 oak (**English oak**)能長成高達五十公尺的巨木, 自古以來被視爲強健、不屈的象徵, 素有「森林之王」(the king of the forest)的美稱.

**oar** [ɔr, or] 名 ❶槳, 櫓. → paddle.
❷划櫓手, 槳手.

**o·a·sis** [o`esɪs] 名 (複 **oases** [o`esiz]) 綠洲. ➡沙漠中有水且草木茂盛的地方; 旅行者休息之處.

**oat** [ot] 名 (常用 **oats**)燕麥. → oatmeal.

**oath** [oθ] 名 誓言, 宣誓.
**take** 〔**swear**〕 an oath 立誓, 發誓

**oat·meal** [`ot͵mil] 名 燕麥片, 燕麥粥. ➡把燕麥(oat)煮成粥, 加糖、牛奶當作早餐; → porridge.

**o·be·di·ence** [ə`bidɪəns] 名 服從; 順從. ➡動詞爲 obey.

**o·be·di·ent** [ə`bidɪənt] 形 順從的, 聽話的.
The child is obedient **to** his parents. 這孩子很聽父母的話.

**o·bey** [ə`be] 動 服從(命令、法律等); 聽從(人), 聽(人的)話. ➡名詞爲 obedience; 反義字 disobey(違背).
You must obey the rules of the game. 你們必須遵守比賽的規則.
A good dog always obeys (his master). 好的狗總會聽從(主人的)命令.

**ob·ject**[1] [`ɑbdʒɪkt] 名 ❶物, 物體.
I saw a strange object in the sky. 我在天空中看到一個奇怪的物體.
❷目的; 目標, 對象.
He has no object in life. 他沒有人生目標.
❸《文法》受詞.
the direct 〔indirect〕 object 直接〔間接〕受詞

**ob·ject**[2] [əb`dʒɛkt] 動 反對; 討厭.
➡注意與 object[1]發音不同.
object **to** a plan 反對計畫

**ob·jec·tion** [əb`dʒɛkʃən] 名 反對，反感.
**make** 〔**raise**〕 an objection **to** ～ 反對～
I **have** no objection **to** that plan. 我對那項計畫沒有異議.

**ob·jec·tive** [əb`dʒɛktɪv] 形 ❶客觀的. ❷《文法》受詞的.
—名 目的，目標.

**ob·li·ga·tion** [ˌɑblə`geʃən] 名 ❶(法律、道德上的)義務，責任. ❷感恩，恩情.

**o·blige** [ə`blaɪdʒ] 動 ❶(因義務、狀況等而使人必須)做～，迫使.
Children are obliged by law **to** go to school. 根據法律孩子們必須上學.
❷(爲了～而)做～，施恩惠於～，答應～的請求.
Mr. Green will now oblige us **with** some magic tricks. 現在格林先生將爲我們表演魔術. ➡非常正式的說法.

idiom

***be* 〔*fèel*〕 *oblíged*** 感激(be 〔feel〕 grateful).
I am 〔feel〕 much obliged **to** you **for** your kindness. 對你的好意我非常感激. ➡爲較舊式的說法.

**ob·long** [`ɑblɔŋ] 名形 長方形(的).

**o·boe** [`obo] 名 雙簧管. ➡高音木管樂器.

**ob·scure** [əb`skjʊr] 形 昏暗的，朦朧的；(意義)含糊的；不爲世人所知的.

**ob·ser·va·tion** [ˌɑbzɚ`veʃən] 名 ❶觀察(力)；觀測；監視.
weather observation 氣象觀測
It's a good night **for** observation **of** the stars. 這是觀察星辰的好夜晚.
❷被人看見，世人的目光.

**ob·serve** [əb`zɝv] 動 ❶觀察；注意到.
observe the life of ants 觀察螞蟻的生活
❷遵守(法律、風俗習慣等)，服從；慶祝(節日等).
observe the rules 遵守規則
observe Thanksgiving **with** a turkey dinner 以火鷄大餐慶祝感恩節

**ob·serv·er** [əb`zɝvɚ] 名 ❶觀察者；遵守(～)的人. ❷(出席會議的)觀察員. ➡沒有發言權，只能旁聽會議的人.

**ob·sta·cle** [`ɑbstəkḷ] 名 妨礙，障礙(物).
**óbstacle ràce** 障礙賽跑.

**ob·sti·nate** [`ɑbstənɪt] 形 頑固的，固執的.

**ob·tain** [əb`ten] 動 得到(get)；達到(目的).
obtain a ticket for Madonna's concert 獲得一張瑪丹娜演唱會的票
➡ obtain 指得到渴望獲得的東西.

**ob·vi·ous** [`ɑbvɪəs] 形 明顯的，明白的，顯而易見的(plain).

**ob·vi·ous·ly** [`ɑbvɪəslɪ] 副 明顯地.

**oc·ca·sion** [ə`keʒən] 名 ❶(發生某事的)時候，場合，機會.
**on** this occasion 在此時此刻，値此機會
We have met on several occasions. 我們曾經見過幾次面.
❷(特別的)事件，儀式活動.
She wears the dress on special occasions. 她在特殊的儀式活動時穿這件禮服.

**oc·ca·sion·al** [ə`keʒənḷ] 形 有時的，偶然的.
There will be occasional showers today. 今天會有偶陣雨.

**oc·ca·sion·al·ly** [ə`keʒənḷɪ] 副 有時(sometimes).

**oc·cu·pa·tion** [ˌɑkjə`peʃən] 名 ❶職業. ❷佔領；(房子等的)居住.

**oc·cu·py** [`ɑkjəˌpaɪ] 動 佔用(時間、場所)，佔據(人心)；住(房子等)；

O

(軍隊)佔領.
Brazil **occupies** about half of South America. 巴西約佔南美的一半. ➡ occupies [`ɑkjə͵paɪz] 爲第三人稱單數現在式.

◆ **occupied** [`ɑkjə͵paɪd] 過去式、過去分詞.
Old furniture occupied most of the attic. 舊家具幾乎佔滿了整個閣樓.
會話 **Is** this seat **occupied**? —No, it's **vacant**. 這座位有人坐嗎? —不, 空著的. ◁反義字

idiom
***be óccupied in* 〔*with*〕 ～= *óccupy oneself with* 〔*in*〕 ～** 專心從事～, 專心致力於～, 忙於～.
He was occupied 〔occupied himself〕 with writing a report all day. 他整天都專心在寫報告.

**oc·cur** [ə`kɝ] ➡注意重音的位置. 動
❶(事件等)發生.
Earthquakes occur frequently in Taiwan. 臺灣經常發生地震.
◆ **occurred** [ə`kɝd] 過去式、過去分詞.
A strange incident occurred. 發生了一起奇怪的事件.
❷浮上心頭, 想到.
A good idea occurred **to** him. 他想到了一個好主意.

**o·cean** [`oʃən] 名 大洋, 海洋.
the Pacific Ocean 太平洋
the Atlantic Ocean 大西洋
an ocean liner 遠洋定期客輪

**o'clock** [ə`klɑk] 副 ～點鐘. ➡of the clock(時鐘的)的縮寫.
會話 What time is it now? —It's five (o'clock). 現在幾點鐘? —五點鐘. ➡只用於正點, 表示「～點鐘」, 不能用來表示「～點～分」; 口語中常省略 o'clock.
It is six o'clock in the evening. 現在是晚上六點鐘. ➡ o'clock 用於一點整到十二點整, 所以不用×It is *eighteen* o'clock.
The train will arrive **at** five o'clock **sharp**. 列車將於五點整準時到達.
I usually watch the nine o'clock news. 我通常看九點鐘的新聞.

**Oct.** October(十月)的縮寫.

| **Oc·to·ber** [ɑk`tobɚ] | ▶十月 ⊙拉丁語中爲「第八個月」之意; 古羅馬曆法中一年只有十個月, 從三月算起 |
|---|---|

名 十月. ➡略作 **Oct.**; 詳細用法請參見 June.
**in** October 在十月
last 〔next〕 October (在)去年〔明年〕十月
**on** October 10 (讀法: (the) tenth) 在十月十日
Halloween is on the last day of October. 萬聖節是在十月的最後一天.

**oc·to·pus** [`ɑktəpəs] 名 《動物》章魚.
印象 英國人幾乎不吃章魚, 在美國, 因爲從義大利等地中海沿岸地區來的移民和東方人較多, 所以特別是在西岸有出售以供食用; 因其怪異的外型而有「惡魔之魚(devilfish)」之稱, 被視爲令人生畏的怪物.
字源 希臘語爲 octo-(8)+-pus(足).

**odd** [ɑd] 形 ❶古怪的, 奇妙的.
**It's** odd **that** you don't like cake. 你不喜歡蛋糕, 這眞奇怪.

❷奇數的. 反義字 even(偶數的).
an odd number 奇數
❸(一對、一組中的)單隻的，不成對的，不完整的.
Here's an odd sock. Do you know where the other is? 一隻襪子在這兒，你知道另一隻在哪兒嗎?

**o·dor** [ˋodɚ] 名 氣味. ➡若僅用 odor 則往往表示「令人討厭的氣味」.

**o·dour** [ˋodɚ] 名 《英》＝odor.

**of** [əv]
▶～的
⊙英語中的 A of B 在中文則譯爲「B 的 A」，表示 A 與 B 的關係(所有、所屬、材料等)

介 ❶《表示所有、所屬》～的.
**基本** the name of the town 這個鎮的名字 ➡名詞＋of＋名詞.
the leg of the table 桌腳 ➡當 A of B 的 B 爲「物體」時，不用 B's A，因此不用 ×*the table's* leg；當 B 爲人、動物時，則可以用 Ken's leg(肯的腳)，the dog's leg(這隻狗的腿).
the son of my friend 我朋友的兒子(＝my friend's son)
a friend of mine 我的一個朋友 ➡不用 ×*a my* friend, ×*my a* friend.
that camera of yours 你的那臺照相機 ➡不用 ×*that your* camera, ×*your that* camera.
The cover of the book is red. 這本書的封面是紅色的.
She is a member of the tennis club. 她是網球俱樂部的會員.
❷《表示部分》～(中)的.
one of the boys 這群少年中的一個
some of us 我們中的一些人
He is one of my best friends. 他是我最好的朋友之一.
Of all the Beatles' songs I like *Yesterday* best. 在披頭四合唱團的所有歌曲中,我最喜歡「昨日」這首歌.
❸《表示意義上的主詞》～的. ➡ A of B 的句型中，B 是 A 意義上的主詞.
the love of a mother for her children 母親對子女的愛
the plays of Shakespeare 莎士比亞的戲劇
❹《表示意義上的受詞》～的. ➡ A of B 的句型中，B 是 A 意義上的受詞.
man's discovery of fire 人類對火的發現
love of nature 對自然的愛
a teacher of English 英語教師
the invention of computers 電腦的發明
❺《表示內容、原料、材料》(裝有)～的；以～(做成的)，～(製)的.
a pot of gold 裝金的罐子 ➡ a gold pot「金製的罐子」
a bottle of milk 一瓶牛奶
two spoonfuls of sugar 二匙糖
a family of five 五個人的家庭
Our tree house is made of wood. 我們在樹上的小屋是用木頭搭建的.
❻《表示同位關係》稱爲～. ➡以 A of B 的句型表示，「稱作 B 的 A」「B 的 A」.
the name of Chicago 芝加哥這個名稱
the story of *Cinderella* 灰姑娘的故事
The city of London is the capital of England. 倫敦市是英國的首都. ➡後者的 of 爲❶
There were six of us in the classroom. 教室裡有我們六個人.
❼《表示特徵》(具有)～的. ➡以 A of B 的句型表示，「具有 B 的 A」「B 的 A」.
a woman of ability〔courage〕 有才能〔勇氣〕的女性
a look of pity (充滿)同情的眼神
a girl of ten (years) 十歲的少女
❽表示動作的對象，關於～(的)(about).
I always think of you. 我總是想到你.
We spoke of you last night. 我們

O

昨晚談到你.
We watched a movie of his trip. 我們看了一部有關他的旅行的電影.
❾(**It is** C **of** S′ **to** *do* ~) S′做~是C. ➜ C 爲 kind, good, foolish 等表示人的特質的形容詞.
It's very kind of you (to help me). 你(幫助我)眞好〔謝謝你(的幫助)〕.
It was good of you to remember my birthday. 你眞好，記得我的生日.
❿《表示分離》**從~，來自~的**；《表示起源、原因》**由於，因爲**.
Canada is north of the United States. 加拿大在美國北方. ➜north 爲副詞，意爲「在北面」.
He is of royal blood. 他出身王室.
My grandfather died of cancer. 我祖父死於癌症. → die¹ idiom
⓫《美》《表示時間》在~之前(to, before).
We will meet at ten minutes of two. 我們將於差十分二點時會面.

idiom

***of cóurse*** 當然. → course idiom

---

**off** [ɔ f]
▶離開
▶走開
⊙表示從某場所、時刻離開〔離去〕

---

副 ❶ **離開**(場所)，**走開**；**脫離**(某物)，**取下**.
基本 go off 離去，出發 ➜動詞+off.
run off 跑開，逃掉
get off (從公車等)下來
fall off (脫開而)落下
take off (飛機)起飛
基本 take off a hat=take a hat off 脫帽 ➜動詞+off+名詞〈O〉=動詞+名詞〈O〉+off.
Take off that wet shirt. 脫掉那件濕的襯衫.
告示 Hands off! 勿用手摸！請勿觸摸！
The lid was off. 蓋子取下了.
❷(距離、時間)**離開，隔著**.
a mile off 距離一英里
a long way off 距離很遠
Christmas is a week off. 離聖誕節還有一星期.
❸(電、自來水、電視等)**中斷，停止**.
turn off the light〔the radio〕 關掉電燈〔收音機〕
The car engine is off. 汽車的引擎停掉了.
Was the light **on** or **off**? 燈是開著還是關著? ◁**反義字**

The party is off because of the rain. 聚會因雨而取消.
❹(將定價)打折扣.
at 5% off 打九五折
You can get it (at) 10 percent off for cash. 付現金可打九折.
❺休假.
take a day〔a week〕off 休假一天〔一週〕
We get ten days off at Christmas. 我們聖誕節休假十天.
❻(與 **well, badly** 等連用)表示生活情況.
be well〔badly〕off 生活過得富有〔貧窮〕

idiom

***óff and ón***=***ón and óff*** 時停時做，沒有規律的，偶爾.
It rained off and on. 雨時下時停. ➜ It 籠統地表示「天氣」.
—介 **從~離開，從~**.
get off a bus 下公車
fall off a bed 從床上跌下
The vase fell off the edge of the

table. 花瓶從桌子邊上掉了下來.
The wind is blowing leaves off the tree. 風把樹葉從樹上吹落.
A button is off your coat. 你的外衣掉了一顆鈕釦.
He took the picture off the wall. 他把這幅畫從牆上取下來.
Clean the mud off your shoes. 把你鞋子上的泥弄乾淨.
My house is a little way off the street. 我家離大馬路不遠.
The ship was sailing off Scotland. 這艘船正駛離蘇格蘭.
告示 Keep off the grass. 禁止進入草坪.

idiom
***òff dúty*** 不值班時〔的〕. → duty.

**of·fence** [ə`fɛns] 名 《英》=offense.

**of·fend** [ə`fɛnd] 動 ❶傷害感情, 觸怒.
say something to offend him 說了甚麼觸怒他
Jane was offended **with** him 〔**at** his rude remarks〕. 他〔他無禮的話〕觸怒了珍.
❷犯罪; 違反(風俗、習慣等).

**of·fense** [ə`fɛns] 名 ❶罪, 違反.
a traffic offense 違反交通規則
❷引起反感的事〔物〕, 無禮.
**take** offense (**at** ～) (對～)心裡不痛快, 生氣
**give** offense (**to** ～) 得罪(～), 觸怒(～)
I meant no offense when I said so. 我那樣說並沒有惡意.
❸攻擊(attack), 攻擊的一方. 反義字 defense (防衛, 守備的一方).

**of·fen·sive** [ə`fɛnsɪv] 形 ❶不愉快的, 無禮的. ❷攻擊的, 進攻的.
—名 攻擊, 攻勢.

**of·fer** [`ɔfɚ] 動 提供, 提出; 提議; 表示要～.
offer a plan 提出計畫
offer **to** help 表示願意幫助
I offered her my seat. = I offered my seat **to** her. 我把座位讓給她.
➜ offer+O′+O=offer+O+to+O′.
He **offer**ed her a job, but she **refuse**d it. 他提供工作給她, 但她拒絕了. ◁反義字
He offered to pay for the broken window. 他表示願意賠償打破的窗戶.
—名 申請, 提議.
He accepted 〔refused〕 my offer to help him. 他接受〔拒絕〕我幫助他的建議.

**of·fice** [`ɔfɪs] 名 ❶辦公室, 事務所; 公司, 工作場所; 《美》診所.
an office worker (白領階級的)職員 ➜可通用於兩性.
the main 〔head〕 office of a company 總公司, 總店
the President's office 董事長辦公室
a lawyer's office 律師事務所
a ticket office 售票處
a school office 學校辦公室
the principal's office 校長室
a doctor's office 診所
My father works in an office. 我父親在公司當職員.
❷政府機關, ～局, ～部.
a post office 郵局
the Foreign Office (英國的)外交部

O

**of·fi·cer** [`ɔfəsɚ] 名 ❶將校, 軍官; 高級船員. ❷警官(police officer). ❸公務員(official).

**of·fi·cial** [ə`fɪʃəl] 形 公務上的; 正式的; 公用的, 工作上的.
official duties 公務
This information is official. 這情報是正式的.
**offícial lánguage** 官方語言. ➜被正式認定爲公共場合通用的語言; 尤指在多語言國家所認定的通用語.
—名 公務員, 政府官員; 職員.

**of·fi·cial·ly** [ə`fɪʃəlɪ] 副 公式地, 正

式地.

| of·ten [`ɔf ən] | ▶經常 ⊙頻率比 sometimes (有時)多, 比 usually(通常)少; 也有人將t發音, 讀作[`ɔftən] |
|---|---|

副 經常, 常常.

基本 She was often late. 她經常遲到. ➜ be 動詞(或助動詞)＋often.

基本 I often go there. 我經常去那兒. ➜ often＋一般動詞.

He writes to me very often. 他常常寫信給我. ➜特別要強調 often 的意義時, 常將often置於句首或句尾.

會話 How often do you go to the movies? —Not often, perhaps once every three months. 你多久去看一次電影? —不常看, 大概每三個月看一次.

Practice as often as possible. 盡可能多練習幾次.

◆**more often** 〔比較級〕更爲經常地.

He comes more often **than** before. 他比以前更常來.

◆**most often** 〔最高級〕最爲經常地.

Forest fires break out most often in the summer. 森林火災在夏天發生得最頻繁.

**OH** Ohio 的縮寫.

**oh** [o] 感 嗬! 哦! 唉呀! 哎喲! ➜表示喜悅、憤怒、驚訝、請求等語氣; 常在oh的後面用逗號(,)或驚嘆號(!).

Oh! How beautiful! 哦! 多美啊!

會話 Is he busy now? —Oh, no. He is watching television. 他現在忙嗎? —哦, 不, 他正在看電視.

**O·hi·o** [o`haɪo] 專有名詞 ❶俄亥俄州. ➜美國東北部的州; 簡稱 **O., OH**(郵政用). ❷(**the Ohio**)俄亥俄河. ➜從俄亥俄州南部往西流入密西西比河; 以該河爲界, 其南側即所謂的美國「南部」.

**oil** [ɔɪl] 名 ❶油; 石油. ➜除指種類外, 不加×*a*, 無複數.

salad oil 沙拉油

an oil company 石油公司

**óil fìeld** 油田.

❷(常用 **oils**)油畫顏料, 油畫作品.

paint **in** oils 畫油畫

**óil pàinting** 油畫.

—動 塗油, 加油.

oil the wheels 給車輪加潤滑油

**oink** [ɔɪŋk] 名 呼嚕. ➜豬叫聲.

— 動 (豬)呼嚕叫.

**OK**[1] Oklahoma 的縮寫.

**O.K., OK**[2] [`o`ke] 形 副《口》可以, 行, 對, 好(all right).

Everything is O.K. 一切順利.

會話 I'm sorry I'm so late. —That's OK. I was late too. 我這麼晚到, 眞對不起. —沒關係, 我也遲到了.

會話 Is seven o'clock OK? —Yes, that's fine. 七點鐘行嗎? —好的, 可以.

會話 Will you come with me? —O.K., I will. 你會跟我一起來嗎? —好的, 我會.

—名 承認, 同意.

Get your dad's O.K. before you go camping. 去露營前先要徵得你爸爸的同意.

**o·kay** [`o`ke] 形 副 名＝O.K.

**O·kla·ho·ma** [ˏoklə`homə] 專有名詞 俄克拉荷馬州. ➜美國中南部的州; 簡稱 **Okla., OK**(郵政用).

| old [old] | ▶年老的 ▶～歲的 ▶舊的, 古老的 |
|---|---|

形 ❶老的, 年老的.

基本 an old man 上了年紀的(男)人, 老人 ➜ old＋名詞.

the old＝old people 老人們

The **young** must be kind to the **old**. 年輕人必須親切對待老人. ◁反義字

基本 He is old. 他老了. ➡be動詞+old 〈C〉.

**grow** 〔**get**〕 old 變老，上了年紀

He looks old for his age. 他看起來比他實際年齡大.

❷(年齡)～歲的，～月的；(物體做成後)～年〔月〕的.

a ten-year-old boy=a boy ten years old 十歲的男孩

a baby six months old 出生六個月的嬰兒

會話 **How old** are you? —I'm fourteen years old. 你幾歲？一我十四歲. ➡ fourteen years 爲副詞片語，修飾 old.

會話 How old is this building? —It's nearly a hundred years old. 這房屋有多久歷史了？一差不多一百年了.

◆ **older** [ˋoldɚ] 《比較級》年長的.

my older brother 我的哥哥 ➡ 《英》 my elder brother；→ elder.

You'll understand when you are older. 等你長大一點你就會明白.

會話 **How much** 〔**How many years**〕 older is Mr. Thomas **than** his wife? —He is ten years older. 湯瑪斯先生比他太太大幾歲？一大十歲.

◆ **oldest** [ˋoldɪst] 《最高級》年紀最大的.

my oldest brother 我的大哥 ➡ 《英》 my eldest brother；→ eldest.

**the** oldest man in the village 村裡年紀最大的人

Mr. Young is the oldest **of** the three. 楊先生在三人中年紀最大.

❸陳舊的，古老的；舊時的.

an old building 古老的建築

the good old days 美好的舊日時光

an old friend 老〔從前的〕朋友 ➡ 注意並非「年老的友人」之意.

an old joke 老掉牙的笑話〔陳腐的笑話〕

You can find old Tokyo in Asakusa or Ueno. 你能在淺草或上野找到昔日的東京〔淺草或上野還殘剩著昔日東京的影子〕.

My shoes are getting **old**; I must buy some **new** ones. 我的鞋子舊了，我得買新的. ◁反義字

**óld bóy** ①《主英》(男性的)畢業生，老同學. ②用於親暱的稱呼.

Hello, old boy! 嗨，老弟！

**óld gírl** 《英》(女性的)畢業生，老同學.

**old-fash·ioned** [ˋoldˋfæʃənd] 形 老式的，保守的，過時的.

**o·lé** [oˋle] (西班牙語) 感 歡呼喝采聲 (hurrah).

**ol·ive** [ˋɑlɪv] 名❶橄欖樹，橄欖.

> 印象 從方舟中放出的鴿子銜著橄欖枝飛回來，由此諾亞知道洪水已經退了. 由於這個《舊約聖經》中的故事，橄欖枝被視爲「和平與和好」的象徵，而作爲聯合國旗幟的圖案.

❷橄欖色，黃綠色. ➡還未成熟的橄欖的顏色.

**ólive òil** 橄欖油.

**O·lym·pi·a** [oˋlɪmpɪə] 專有名詞 奧林匹亞. ➡希臘伯羅奔尼撒半島的西部平原；人們在該地祭祀眾神之王宙斯，於每隔四年的大祭中舉行規模盛大的運動會，成爲奧林匹克運動會的起源.

**O·lym·pic** [oˋlɪmpɪk] 形 奧林匹亞的；

O

奧林匹克運動會的.

**the Olýmpic Gámes** 奧林匹克運動會，奧運.

**O·lym·pics** [o`lɪmpɪks] 名 複 (**the Olympics**)奧林匹克運動會，奧運(the Olympic Games).

**O·lym·pus** [o`lɪmpəs] 專有名詞 奧林帕斯山. ➜希臘北部的山，傳說爲諸神所居住的山.

**om·e·let, om·e·lette** [`amlɪt] 名 煎蛋捲.

**o·mis·sion** [o`mɪʃən] 名 省略，遺漏.

**o·mit** [ə`mɪt] 動 (故意地)刪去，省略；(不小心而)遺漏，忘記(做～).

◆ **omitted** [ə`mɪtɪd] 過去式、過去分詞.

◆ **omitting** [ə`mɪtɪŋ] 現在分詞、動名詞.

O

| **on** [an] | ▶在～上，～上的<br>▶在(某日)<br>▶臨著～，向著～<br>▶關於～(的) |
|---|---|

介 ❶在～上，～上的，在～的表面，～的表面的；(乘)在～上；附著(在身上).

基本 on the desk 在書桌上，書桌上的 ➜ on＋名詞.

基本 on him 在他身上，他身上的 ➜ on＋代名詞的受格；不用×on *he*.

基本 sit on the floor 坐在地板上 ➜動詞＋on＋(代)名詞.

get on a horse〔a bus〕 上馬〔公車〕

Your book is on the desk. 你的書在桌子上.

The exercise is on page 10. 練習題在第十頁.

基本 a book on the desk 桌上的書 ➜名詞＋on＋(代)名詞.

a carpet on the floor (鋪在)地板上的地毯

swans on the pond 池塘裡的天鵝

a fly on the ceiling (停在)天花板上的蒼蠅

a ring on her finger 戴在她手上的戒指

There is a picture on the wall. 牆上掛著一幅畫.

He cut his foot on a piece of glass. 他在碎玻璃上〔踩到碎玻璃〕劃破了腳. ➜句中 cut 爲過去式.

That dress looks very nice on you. 那衣服穿在你身上很好看.

King Kong is **on** the top of the Empire State Building. Helicopters are flying **over** him. There is a moon high **above** the helicopters. 金剛在帝國大廈的頂上，直升機在他的頭頂上盤旋，月亮高掛在直升機的上方. 同義字 **on** 指「與物體表面相接觸」；**above** 指「與物體分開而在其上方」；**over** 指「在物體正上方，接觸或分離均可」.

❷在(某日)；在～(的時候)；在～後立即. ➜月份前用 in，時間前用 at.

on Sunday 在星期天

on Christmas Day 在聖誕節

on my birthday 在我的生日那天

on a stormy night 在一個暴風雨的夜晚

on May 10＝on the 10th of May 在五月十日

on the morning of last Monday 在上星期一早上 ➜只說「在早上」時爲 in the morning.

The party is on March 24. 聚會定於三月二十四日.

I will pay you the money on my return. 我一回來就付錢給你.
❸臨著～, 向著～, 在～的旁邊; 靠近～.
a castle on the lake 湖畔的城堡
the boy on my left 我左邊的男孩
Please sit on my right. 請坐在我的右邊.
London is on the Thames. 倫敦在泰晤士河畔.
❹用～《工具、機械等》; 在(電視節目等)中.
talk on the telephone 用電話交談
hear the news on the radio 從收音機聽到這新聞
watch a game on television 在電視上看比賽
make a dress on a sewing machine 用縫紉機縫製衣服
What's on television tonight? 今晚有甚麼電視節目?
She'll be on that TV show next week. 她下週會在那個電視節目中演出.
❺關於～(的).
a book on Chinese history 關於中國歷史的書
speak on French movies 談談法國電影
We did not agree on some points. 我們對一些問題的意見不合.
❻《事情、目的》因爲～, 爲了～(之故); 在～的途中.
go on a journey 〔a trip〕 去旅行
go on a picnic 〔an excursion〕 去野餐〔遠足〕
go to New York on business 因工作〔要事〕去紐約
on my way home 〔to school〕 回家〔上學〕路上
We went to Austria on a concert tour. 我們在巡迴演奏旅行中去了奧地利.
When will you be on vacation? 你何時休假?
❼處於～狀態; 屬於～, (是)～的成員.
a house on fire 燃燒中的房屋
The new CD will be on sale from next Friday. 新的CD將在下星期五發售.
The workers are on strike. 工人們正在罷工.
He is on the basketball team. 他是籃球隊的成員.
❽憑～, 靠～, 根據～.
act on his advice 按照他的建議做
stand on *one's* hands 倒立
He lives on a pension. 他靠養老金生活.
❾《口》(帳單等)由～負擔, ～承擔.
It's on me. 由我來付帳.
**—副 ❶穿在身上, 戴, 穿.**
put ～ on＝put on ～ 穿上～, 戴上～
have ～ on＝have on ～ 穿著～, 戴著～
with ～ on 穿著～, 戴著～
a man with a big hat on 戴著大帽子的人
He had no coat 〔shoes〕 on. 他沒穿外衣〔鞋子〕.
I told her to put her hat on 〔put on her hat〕, and she put it on. 我叫她把帽子戴上, 她就戴上了. ➡受詞爲代名詞(it)時不用×put *on it*.
❷《繼續、進行》**繼續下去, 向前, 一直, 始終.**
walk on 一直走, 繼續走
go on working 繼續工作
from now on 從今以後
later on 後來
We worked on till late at night. 我們一直工作到深夜.
❸(電燈、自來水、電視等)**開, 出來**; (戲劇等)**上演中, 上映中.**
The toaster is on. 烤麵包機開著.
Is the heating **on** or **off**? 暖氣開著還是關著? ◁**反義字**
Keep the light on. 讓燈開著.
What films are on now? 現在那些電影在上映?

O

That drama was on sometime in the early 1960s. 那齣戲曾在一九六〇年代初期(的某個時候)上演過.

idiom

***and só òn*** (～)等, 其他. → and

idiom

***óff and ón＝ón and óff*** → off.

***ón and ón*** 繼續不停地.

## once [wʌns]

▶一次
▶曾經

副 ❶一次, 一回.

only once 只一次

**once** or **twice** 一、兩次, 偶爾 ◁相關語 ➜「三次」以上用 times, 如 three times, four times ～.

once a day 〔a week〕 每日〔週〕一次 ➜ a day 〔a week〕意為「每日〔週〕」.

more than once 不止一次, 屢次, 再三

**once more＝once again** 再一次

會話 How often have you been there? —I've been there once. 你曾去過那兒幾次? —我曾去過那兒一次. ➜現在完成式.

❷曾經, 從前, 過去某時刻.

基本 Parents were once children. 父母也曾經是孩子. ➜ be 動詞、助動詞＋once.

基本 I once saw a white crow. 我曾見到過白色的烏鴉. ➜ once＋一般動詞.

There once lived an old man. 從前有個老人.

會話 Have you **ever** been to London? —Yes, I have **once** been to London. 你曾去過倫敦嗎? —是的, 我曾去過倫敦. ◁相關語 ➜現在完成式; once 用於肯定的陳述句, 在疑問句、否定句、條件句中用 ever.

idiom

***ónce in a whíle*** 有時, 偶爾(now and then).

***ónce upòn a tíme*** 從前.

Once upon a time there lived an old man and his wife. 從前有一位老先生和他的妻子.

—名 一次, 一回. ➜常用於下列片語.

idiom

***áll at ónce*** 突然(suddenly).

***at ónce*** 立刻, 馬上; 同時.

Come at once. 馬上來.

(***jùst***) ***for ónce*** 就這一次.

Please take my advice, just for once. 就這一次, 請接受我的忠告.

—連 一旦(S′做了 V′的動作)(就～).

Once you learn the rules, the game is easy. 一旦你記住了規則, 這遊戲就容易了.

## one [wʌn]

▶一個(的), 一人(的)
▶某一～

名 一, 一個, 一個人; 一點鐘, 一歲. ➜用法請參見 three.

Lesson **One** 第一課(＝The **First** Lesson) ◁相關語

Book One 第一冊

a hundred and one 一百零一

One and one is 〔are〕 two. 一加一等於二〔1＋1＝2〕.

It's one minute to one. 現在是差一分一點. ➜ It 籠統地表示「時間」.

One of my friends went to China. 我的一個朋友去中國了.

New York is one of the largest cities in the world. 紐約是世界上最大的城市之一.

idiom

***óne by óne*** 一個接一個地.

They left the room one by one. 他們一個接一個地走出了房間.

***òne of thèse dáys*** 遲早, 總有一天.

—形 ❶一個的, 一人的; 一歲.

基本 one apple 一個蘋果 ➜ one＋單數名詞; 比 an apple 更明確地強

調「一個」.
one o'clock 一點鐘
one hundred 一百
one or two books 一、兩本書
One man can do this work in one day. 這工作一個人一天便能完成.
❷某一.
one day (過去的)某一天; (未來的)總有一天(some day)
one morning〔night〕 一天早上〔晚上〕 ➜不用 ×*in* one morning〔night〕.
one spring day 在一個春天的日子裡
one Robert Brown 一個名叫羅伯特・布朗的人
idiom
*A is **óne thìng,** B (is) **anóther.*** A是A, B是B.
To know is one thing, to teach another. 知道是一回事, 教人又是一回事.
**—**代 (複**ones** [wʌnz]) ❶(同類事物中的)一個; (～的)東西. ➜用於代替前面出現過的普通名詞; 作複數時ones前面必須連接the或形容詞, 不可單獨使用.
會話 Do you have a camera? —No, I don't, but my brother has **one** (=**a** camera). He will lend **it** (=**the** camera) to you. 你有照相機嗎? —不, 我沒有, 但我哥哥有一臺, 他會借給你的. ◁**相關語**
She picked some flowers and gave me one. 她採了些花, 給了我一朵. ➜二朵以上時用gave me some, 而不用×gave me *ones*.
會話 Will you bring me that dictionary? —This one? 你把那本辭典拿給我好嗎? —這本嗎?
會話 Look! Bob and Ben are playing tennis. —Which one is Bob? 瞧! 鮑勃和班正在打網球. —哪個是鮑勃?
I don't like this tie. Please show me a better one (=tie). 我不喜歡這條領帶, 給我看看更好一點的. ➜形容詞+one時, 前面需加a, an, the等.
These hats are nice, but I like **the** ones on the shelf better. 這些帽子不錯, 但我更喜歡架上的.
I like these old shoes better than **the new** ones (=shoes). 我喜歡這些舊鞋, 更甚於新的(鞋子).
Parent birds carry food to **their young** ones. 母〔公〕鳥爲小鳥叼來食物.
❷(泛指)人(不管是誰); 我們.

> 參考 one爲比較正式的說法, 一般用we, you, people等(作此意時無複數, 不用×*ones*); →anyone, everyone, someone; 另外, one在辭典中用來代表各種人稱代名詞; 例如***make up*** *one's* ***mind***中的*one's*, 若實際上主詞爲I, 則爲I make up *my* mind ～, 若主詞爲he, 則爲He makes up *his* mind ～ 等.

One should do one's〔his〕best. 人需盡其全力.
No one helped me. 沒有人幫助我.
idiom
***óne àfter anóther*** 一個接著一個, 接連地.
The birds flew away one after another. 小鳥們一隻又一隻地飛走了.
***óne àfter the óther*** (兩個(以上)的物體)輪流, 交替. → other 代
idiom
***òne anóther*** 互相.
The lovers looked at one another. 戀人互相凝視著對方.
At Christmas we give presents to one another. 聖誕節時我們互贈禮物.
***óne ～ the óther ～*** (兩者之間)一個～另一個～.
We have two dogs; one is white, and the other (is) black. 我們有兩條狗; 一條白的, 另一條黑的.

**one's** [wʌnz] ❶那個人的, 自己的.

O

→ one 代 ❷ 的所有格. ❷ one is 的縮寫.

**one·self** [wʌn`sɛlf] 代 ❶ 自己，自身.

> 參考 在辭典中，泛指「一般人」的 one 作主詞時，用 oneself 來代表 myself, themselves 等；例如 ***amuse oneself*** 中的 *oneself*，若主詞爲 I 則爲 I amuse *myself*，若主詞爲 they 則爲 They amuse *themselves* 等.

One must respect oneself. 人必須自重.
To know oneself is important. 認識自我是重要的. →不定詞To know (認識)爲句子的主詞.
❷ (加強主詞 one 的語氣) 親自.
One must do such things oneself. 那樣的事必須親自做.

idiom

***by oneśelf*** 獨自地，一個人地. → by idiom
***for oneśelf*** 只靠自己的力量地，獨力地；爲了自己. → for idiom
You must judge for yourself. 你必須自己判斷.

**one-way** [`wʌn`we] 形 單行的，單程的，單方向的.
a one-way street 單行道
a one-way ticket 單程票

**on·i·on** [`ʌnjən] 名 洋葱.

**only** [`onlɪ] ▶唯一的 ▶只，僅僅

形 唯一的.
基本 an only child 獨生子〔女〕 → an(或 the, my 等)＋only＋名詞.
Mary is the only girl in her family. 瑪麗是家裡唯一的女孩.
He is my only son. 他是我唯一的兒子.
Her splendid hair is her only treasure. 一頭亮麗的秀髮是她唯一的珍寶.
— 副 (表示數、量、時間的經過微乎其微) **只，僅僅，才**；(對人、物、行爲、狀態等加以限定) **只是～.**
only yesterday 昨天才，就是昨天 →一般放在被修飾語(片語)之前(有時放在其後).
for only a few days 才兩三天的時間
only a little 只有一點點
I have only 100 dollars. 我只有一百美元.
There was only one boy in the classroom. 教室裡只有一個男孩.
告示 For members only. 會員獨享.
At that time I was only a child. 那時我還只是個孩子. → an only child 意爲「獨生子女」.
Only I touched it. 只有我碰了它. → Only 修飾 I.
I only touched it. 我只不過碰了它. → only 修飾 touched.
I touched that only. 我只碰了那個. → only 修飾 that.
I don't want to buy anything; I'm only (＝just) looking. 我不想買甚麼，只是看看.
I can only say that I'm very sorry. 我只能說我很抱歉.
Tomorrow we'll have lessons only in the morning. 明天我們只在上午有課.

idiom

***hàve ónly to dó*** 只要～就可以.
You have only to do your best. 你只要盡力而爲就行了.
***nòt ónly Á but (àlso) B́*** 不僅 A 而且 B. →強調 B 的說法.
He is not only a doctor but also a musician. 他不僅是醫生而且還是個音樂家.
Not only I but also he is angry with you. 不僅是我，他也對你感到生氣. →作主詞時，動詞與 B 一致.
— 連 可是，不過(but).
I want to go, only I have no money. 我想去，可是我沒錢.

**On·tar·i·o** [ɑn`tɛrɪ͵o] 專有名詞 ❶(加拿大的)安大略省. ➡加拿大東南部一省，與美國紐約州、密西根州相接. ❷(**Lake Ontario**)安大略湖. ➡位於加拿大安大略省與美國紐約州之間，爲北美五大湖之一；→ lake.

**on·to** [`ɑntu] 介 到～上.

**on·ward** [`ɑnwɚd] 副 向前.
move onward　前進

**on·wards** [`ɑnwɚdz] 副=onward.

**oo·long** [`ulɔŋ] 名 烏龍茶. ➡亦作 **oolong tea**.

**oops** [ups] 感 哎呀！ ➡出了小差錯、不小心說錯話或是差點跌倒時發出的聲音.

| **o·pen** [`op ə n] | ▶開(放)<br>▶打開<br>▶開著的 |
|---|---|

動 ❶**開(放)；開始.**

基本 All the stores open at ten.　所有的商店都在十點鐘開門. ➡ open 〈V〉+副詞(片語).

These doors open outward.　這些門是向外開的.

會話 When does the bank open? —At nine.　銀行幾點鐘開始營業? —九點. → 形 會話 的例句.

The store **open**s at nine and **close**s at five.　這家商店九點開門五點關門. ◁反義字；opens [`opənz] 爲第三人稱單數現在式.

◆ **opened** [`opənd] 過去式、過去分詞.

The window opened and a beautiful lady looked out at me.　窗戶被推開，一位美麗的女子向外朝著我看.

◆ **opening** [`opənɪŋ] 現在分詞、動名詞. → opening.

The tulips **are** opening in the sun.　鬱金香在陽光下綻放. ➡現在進行式.

❷**打開，展開；開始.**

基本 open a box　打開盒子 ➡ open+名詞〈O〉.

open a door〔a window〕　開門〔窗〕

open a can〔a present, an envelope〕　開罐頭〔拆禮物，打開信封〕

open a new store　開一家新店

open *one's* eyes〔heart〕　張大眼睛〔敞開心胸〕

Open your books **to**〔**at**〕 page 10.　把書翻到第十頁.

He opened the map on the table.　他在桌上攤開地圖.

He opened his arms and welcomed us.　他張開雙臂歡迎我們.

He opened his speech **with** a joke.　他以一個笑話開始他的演說.

— 形 **開著的，開的；無覆蓋物〔遮蔽物〕的，開闊的；開放的.**

基本 an open door　開著的門 ➡ open+名詞.

an open car　敞篷車

the open sea〔air〕　遼闊的大海〔天空〕

an open race　自由參加的賽跑

She is a warm, open, friendly person.　她是一個熱情、直率、和藹可親的人.

基本 The window is open.　窗戶開著. ➡ be 動詞+open 〈C〉.

The box was open and empty.　箱子打開著，而且是空的.

The library is not open today.　圖書館今天休館.

This swimming pool is open **to** the public.　這個游泳池對公眾開放.

會話 When is the bank open? —From nine to three thirty.　銀行從幾點營業到幾點? —從九點到三點半.

Leave the door open.　讓門開著. ➡ leave 〈V〉+名詞〈O〉+open 〈C〉.

He kept his ears open, but heard nothing.　他豎起耳朵聽，但甚麼也沒聽到.

In summer I sleep with the win-

O

dows open. 夏天我開著窗戶睡覺.

**o·pen-air** [ˋopənˋɛr] 形 室外的，戶外的(outdoor).

an open-air concert 露天音樂會

**o·pen·er** [ˋopənɚ] 名 開啓瓶蓋、罐頭的工具，開啓的人.

a can opener 開罐器

a bottle opener 開瓶器

**o·pen·ing** [ˋopənɪŋ] open 的現在分詞、動名詞.

—形 開始的，開幕的，最初的.

an opening address 開幕詞

an opening ceremony 開幕式

—名 ❶開；開始，開頭(的部分).

at the opening of the story 在這個故事的開頭

❷空處；空地，穴，空隙.

an opening in the fence 〔the clouds〕 圍牆上的縫〔雲的縫隙〕

O

**o·pen·ly** [ˋopənlɪ] 副 不隱瞞地，公然地.

**op·er·a** [ˋɑpərə] 名 歌劇.

opera glasses 觀賞歌劇用的小型望遠鏡

**ópera hòuse** 歌劇院 → 上演歌劇或芭蕾舞劇等的劇場；維也納、巴黎、倫敦等都有傳統的歌劇院，雪梨的歌劇院以特殊的造型設計廣爲人知.

**op·er·ate** [ˋɑpə͵ret] 動 ❶開動(機器等)；操作.

operate an elevator 使電梯啓動〔運轉〕

Can you operate a computer? 你會用電腦嗎?

❷施行手術.

The surgeon will operate **on** his leg tomorrow. 外科醫生明天將爲他的腿部動手術.

**op·er·a·tion** [͵ɑpəˋreʃən] 名 ❶作用，活動；效力. ❷(機器的)運轉，操作. ❸手術.

I had an operation **on** my leg last month. 我上個月接受腿部手術.

**op·er·a·tor** [ˋɑpə͵retɚ] 名 (機械的)操作人員；電話接線生.

**o·pin·i·on** [əˋpɪnjən] 名 意見，想法；評價，判斷.

**in** my opinion 依我看，我認爲

**give** *one's* opinion 發表意見

ask his opinion 徵求他的意見

public opinion 輿論

**have a high** 〔**good**〕 opinion **of** ～ 對～有很高的評價

**have a low** 〔**bad**〕 opinion **of** ～ 對～評價不高

Are you **of** the same opinion? 你也持相同意見嗎?

會話 What's your opinion of that movie? —I have a high opinion of it. 你認爲那部電影怎麼樣? —我覺得非常精彩.

**op·po·nent** [əˋponənt] 名 (比賽、辯論等的)對手，敵手；(法案等的)反對者.

**op·por·tu·ni·ty** [͵ɑpɚˋtjunətɪ] 名 機會，良機(good chance).

I had the opportunity of going 〔to go〕 to Rome last year. 去年我有機會去羅馬.

**op·pose** [əˋpoz] 動 反對，反抗；使對立.

The people in the town opposed the building of a new highway. 鎭上的人反對新公路的修建.

idiom

***be oppósed to*** ～ 反對～.

I am opposed to his plan. 我反對他的計畫.

**op·po·site** [ˋɑpəzɪt] 形 對面的，相對的，相反的，對立的；完全不同的.

the opposite bank 對岸

the opposite sex 異性

in the opposite direction 向相反的方向

We gave opposite answers to the same question. 對相同的問題，我

們的回答正好相反.
His opinion and mine are opposite. 他和我的意見完全不同.
— 介 在～的對面, ～對面的, 與～相對.
a house opposite the bank 銀行對面的房屋
The candy store is opposite the school. 糖果店在學校的對面.
In New Zealand the seasons are opposite (**to**) those in Taiwan. 紐西蘭的季節與臺灣正好相反. ➡ those＝the seasons; are opposite to ～ 中的 opposite 爲形容詞.
They sat opposite each other. 他們相對而坐.
— 名 相反的物〔人〕; 反義字.
Love is the opposite **of** hate. 愛是恨的反義字.

**op·po·si·tion** [ˌɑpəˋzɪʃən] 名 ❶ 反對, 對抗; 反對一方(的人們). ❷在野黨.

**op·press** [əˋprɛs] 動 ❶ 壓迫, 抑制. ❷使～感到沈重.

**op·pres·sion** [əˋprɛʃən] 名 (被)壓迫, (受)壓制.

**OR** Oregon 的縮寫.

**or** [ɔr]
▶或者
▶《命令句後》不然的話

連 ❶ 或, 或者, 還是. ➡ or 連結對等關係的語言單位, 如詞與詞、句與句、子句與子句等.
基本 English or French 英語或法語 ➡名詞＋or＋名詞.
yes or no 是或不是
a day or two 一兩天
in the kitchen or in the yard 在廚房或院子裡
基本 Are you American or Canadian? 你是美國人還是加拿大人? ➡形容詞＋or＋形容詞.
基本 He cannot read or write. 他不會讀也不會寫. ➡動詞＋or＋動詞.
You can go out or stay at home. 你可以出去, 也可以待在家裡.
I don't care if it rains or not. 我不管下不下雨.
You or he has to go. 你或他必須有一人去. ➡主詞爲 *A* or *B* 時, 動詞與 *B* 一致.
會話 Is the baby a boy or a girl? —It's a boy. 這嬰兒是男孩還是女孩? —是男孩. ➡對「是 A 還是 B」的選擇疑問句不用 Yes, No 作答.
會話 Which do you like better, coffee or tea? —I like tea (better). 你喜歡咖啡還是茶? —我(較)喜歡茶.
會話 Who is the tallest, John, Paul or George? —Paul is. 約翰、保羅和喬治誰最高? —保羅. ➡連結三者以上時也可以用～, John or Paul or George?
❷《接於命令句等之後》否則. ➡亦作 **or else**; → and ❹
Hurry, or you'll be late for school. 快點, 否則你上課要遲到了.
❸ 即, 或者說, 換言之. ➡常在 or 之前加逗號(,).
The distance is 20 miles, or 32 kilometers. 距離爲二十英里, 即三十二公里.

idiom

***èither Á or B́*** 或 A 或 B, 不是 A 就是 B. → either 連
***~́ or sò*** ～左右.
in a week or so 一星期左右

**o·ral** [ˋɔrəl] 形 口頭的, 口述的; 口頭上的.
an oral examination 口試
an oral promise 口頭約定
After the **written** examination, we took the **oral** (exam). 在筆試後我們又進行口試. ◁相關語

**or·ange** [ˋɔrɪndʒ] ➡注意重音的位置.
名 形 橙(樹)(的); 橘色(的), 橙黃色(的).

O

orange juice　柳橙汁
I had an orange for dessert.　我甜點吃了個柳橙.
Our school color is orange.　我們的校舍是橘黃色的.

印象 橙樹的花(orange blossom)自古即被視爲最美麗的果樹花朵，其白色的花象徵純潔，新娘有佩戴此花的習俗.

**or·bit** [ˋɔrbɪt] 名 (天體的)軌道.

**or·ca** [ˋɔrkə] 名 逆戟鯨，虎鯨. ➡海豚科的哺乳類；由於會成群襲擊鯨魚(whale)等，亦稱 killer whale(殺人鯨).

**or·chard** [ˋɔrtʃɚd] 名 果園.
an apple orchard　蘋果園

**or·ches·tra** [ˋɔrkɪstrə] 名 管弦樂團.
a symphony orchestra　交響樂團

O

**or·der** [ˋɔrdɚ] 名 ❶命令；訂購.
**give** 〔**obey**〕 orders　下達〔服從〕命令
**place** an order **for** a book　訂書
**take** an order　接受訂貨
❷順序.
our team's batting order　本隊的打擊順序
in alphabetical order　依字母順序
in order of age　按年齡大小的順序
❸秩序，整理.
law and order　法律與秩序
keep order　維持秩序

idiom

***in órder***　整齊；(機器、健康等)情況正常；有條理.
put a room in order　把房間弄整齊
The room was in good order.　房間很整齊.

***in órder that Ã may*** 〔***can***〕 ***dó***　爲了讓 A 能夠做～. ➡比較正式的說法，口語中常用 so that.
We moved nearer in order that we could hear better.　爲了能聽得更清楚，我們移近了些.

***in òrder to dó***　爲了做～(so as to *do*).
We moved nearer in order to hear better.　我們移近了些，以便能聽得更清楚.
I have to leave now in order not to miss the last bus.　爲了不錯過最後一班公車，我現在得告辭了.

***to órder***　訂購(的)，定做(的).
This table was made to order.　這張桌子是定做的.

***òut of órder***　雜亂無章，次序顚倒；(機器、健康等)狀況不佳，發生故障.
This telephone is out of order.　這部電話故障了.

—動 命令，吩咐；訂購.
order a book **from** abroad 〔the bookstore〕　向國外〔書店〕訂書 ➡「向 B 訂 A」不用ˣorder A *to* B.
order from a catalog　用目錄訂購
We ordered a special cake from the baker's.　我們向麵包店訂購了一個特製的蛋糕.
I was ordered **to** stay in bed by the doctor.　醫生吩咐我待在床上休息.

**or·di·na·ry** [ˋɔrdn̩ˏɛrɪ] 形 一般的，通常的；平凡的，普通的.
lead an ordinary life　過平凡生活

**ore** [or] 名 礦石，原礦.
gold ore　金礦石

**Or·e·gon** [ˋɔrɪˏgɑn] 專有名詞 俄勒岡州. ➡美國太平洋岸北部的州；簡稱 **Oreg., Ore., OR**(郵政用).

**or·gan** [ˋɔrgən] 名 ❶風琴，(尤指)管風琴(pipe organ).
play the organ　演奏風琴
❷(身體的)器官.
❸機關，組織；機關報.
The Executive Yuan is the chief organ of government.　行政院是主要的政治機構.

**or·gan·ist** [ˋɔrgənɪst] 名 (教堂等的)(管)風琴演奏者.

**or·gan·i·za·tion** [ˏɔrgənəˋzeʃən,

ˌɔrgənaɪˋzeʃən] 名 ❶系統化，組織化.
❷組織，團體；構成，構造.
the organization of the human body 人體的構造
The Red Cross is an international organization. 紅十字會是國際組織.

**or·gan·ize** [ˋɔrgənˌaɪz] 動 ❶組織，編組.
We organized a music club. 我們組成一個音樂俱樂部.
❷主辦；籌備.
Mary organized the party. 瑪麗籌備了這次晚會.

**O·ri·ent** [ˋɔrɪˌɛnt] 名 (**the Orient**) 東方(the East).

**O·ri·en·tal** [ˌɔrɪˋɛntl̩] 形 東方的 (Eastern).

**o·ri·en·teer·ing** [ˌɔrɪɛnˋtɪrɪŋ] 名 越野識途比賽. ➜參加比賽的人攜帶地圖和羅盤覓路前進，以求能盡快到達目的地.

**or·i·gin** [ˋɔrədʒɪn] 名 ❶起源，由來，來源，開始，原因.
the origin of civilization 文明的起源
the origin of this word 這個字的字源
The Italian language **has** its origin **in** Latin. 義大利語源於拉丁語.
❷祖先，血統.
He is **of** German origin. 他有德國血統.

**o·rig·i·nal** [əˋrɪdʒənl̩] 形 ❶最初的，原來的，原～.
the original picture (與複製品相對的)原畫，眞跡
The original Americans were Indians. 最初的美洲人是印第安人.
❷獨創性的(creative)；嶄新的.
original ideas 創見
—名 原物，原文，原畫，原型，原本.
read a French novel **in** the original 讀法文原著小說
This is the **original** and those are **copies**. 這是原本，那些是複製品.
◁反義字

**o·rig·i·nal·i·ty** [əˌrɪdʒəˋnælətɪ] 名 獨創性，獨創能力；新穎.

**o·rig·i·nal·ly** [əˋrɪdʒənl̩ɪ] 副 ❶原先，原來；生來. ❷獨創性地.

**o·rig·i·nate** [əˋrɪdʒəˌnet] 動 開始，發生；使開始.

**O·ri·on** [oˋraɪən] 專有名詞 ❶奧利安. ➜希臘神話中擅長狩獵的巨人. ❷獵戶星座.

**or·na·ment** [ˋɔrnəmənt] 名 裝飾；裝飾品.

**or·phan** [ˋɔrfən] 名 孤兒. ➜失去雙親(罕指單親)的孩子.

**Os·lo** [ˋɑzlo] 專有名詞 奧斯陸. ➜挪威首都.

**os·trich** [ˋɑstrɪtʃ] 名 鴕鳥.

**O·thel·lo** [oˋθɛlo] 專有名詞 奧賽羅. ➜莎士比亞(Shakespeare)的四大悲劇之一；及該劇的主角將軍.

**oth·er** [ˋʌðɚ]
▶另外的，其他的
▶其他的人〔事物〕

形 ❶另外的，其他的，別的. ➜只用於名詞前.
基本 other people 其他的人 ➜other＋名詞.
in other words 換言之
some other day 改日 ➜「other＋單數名詞」時一般在前面加**some, any, no**等；加an即爲**another**；→ another.
I have no other coat. 我沒有別的外套.
Our other two cats are outside. 我家另外兩隻貓在外面. ➜也可說成 Our two other cats ～.
**Some** people like tea, **other** people like coffee. 有些人喜歡茶，有些人喜歡咖啡〔既有喜歡茶的人，也

O

有喜歡咖啡的人〕. ➜ **some** 與 **other** 對應使用時可譯成〔 〕中的譯文, 即「既有～也有～」.

Some boys like baseball, other boys like soccer and other boys like tennis. 有的男孩喜歡棒球, 有的喜歡足球, 另外還有的喜歡網球.

I have **no other** friend〔**no** friend **other**〕**than** you. 除了你以外我沒有其他朋友.

He is taller than any other boy in his class. 他比班上其他的男孩都高〔在班上身高最高〕.

❷(**the other** ～)(兩個中)另一的; (三者以上)其餘的.

the other side of a coin 硬幣的另一面〔背面〕

I don't want this one. I want the other one. 我不要這個, 我要另一個.

Show me the other hand〔eye〕. 給我看看另一隻手〔眼睛〕.

He lives on the other side of the street. 他住在馬路對面.

Susie is here, but the other girls are out in the yard. 蘇西在這兒, 但其他的女孩都在院子裡. ➜ the other＋複數名詞意爲「其餘所有的人〔物〕」.

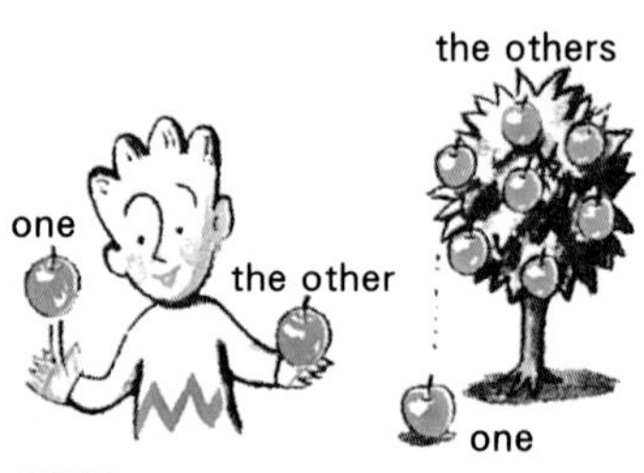


idiom

***èvery óther*** ～ 每隔一個的～.

every other day 每隔一天

Write on every other line. 隔行寫.

***on the óther hànd*** 另一方面, 與此相反.

***the òther dáy*** 前幾天, 前些日子.

***the òther way aróund*** 相反, 顚倒.

It's the other way around in our country. 在我們的國家那是相反的.

—代 ❶另外的人〔事物〕, 其他的人〔事物〕.

Paul and three others 保羅和另外三人

Do good to others. 要待人友好.

I want this ball and **no** other. 我要這個球, 不要別的.

**Some** flowers are red, **others** are yellow, and others are white. 有些花是紅的, 另一些是黃的, 還有一些是白的〔有紅花、有黃花、也有白花(還有其他顏色的花 →❷最後的例句)〕.

I don't like this pen. Please show me **some** others. 我不喜歡這支鋼筆, 請另外拿幾支給我看看.

I don't like these apples. Aren't there **any** others? 我不喜歡這些蘋果, 還有別的嗎?

❷(**the other**)(二者之中)另一; (**the others**)(三者以上的)其餘的人〔事物〕(全部).

I have two brothers. One lives in Taipei and the other (lives) in Taichung. 我有兩個兄弟, 一個住在臺北, 另一個住在臺中. → one ～ the other ～ (→ one 代 idiom).

**One** was an Italian, **another** was a German, and **the others** were Japanese. 一個是義大利人, 另一個是德國人, 其餘的都是日本人. ◁相關語

**Some** flowers are red and **the others** are white. 有一些花是紅的, 其餘的都是白的.

idiom

***amòng óthers*** 其中, 尤其, 格外.

***èach óther*** 互相. →each 代 idiom

***óne àfter the óther*** (二個(以上)的東西)輪流地, 接連地.

He lifted one foot after the other. 他雙腳交替抬起.

***sóme* ～ *or óther*** 某事，某人，某時. ➜用於對某人、物、事件等之不明確的說明.
some day or other 某一天，總有一天
worry about something or other 擔心這，擔心那

**oth·er·wise** [ˋʌðɚˏwaɪz] 副 ❶用別的方法，不同地.
think otherwise 有不同的想法，用不同的方法思考，不這麼想
He is honest, but his brother is quite otherwise. 他很誠實，但他的哥哥〔弟弟〕卻完全不同.
❷在其他方面，此外.
The house is small, but otherwise it is comfortable. 這屋子是小了點，不過倒是挺舒服的.
❸要不然，否則.
You must leave home before ten; otherwise you will miss the train. 你得在十點以前出門，否則就會錯過火車.

**Ot·ta·wa** [ˋɑtəwə] 專有名詞 渥太華. ➜加拿大首都.

**ouch** [aʊtʃ] 感 哎喲，痛！ ➜突然疼痛時情不自禁發出的叫聲.

**ought** [ɔt] 助動 (**ought to** *do*) 應該～，～是理所當然的；理應～.
You ought to obey the law. 你應該遵守法律.
You ought to be home by seven o'clock. 你應在七點鐘以前回到家.
He left an hour ago, so he ought to be home now. 他是一小時前離開的，所以現在應當在家了.
You ought not to say such things to your mother. 你不應該對你母親說那種話. ➜ not to say 為不定詞 to say 的否定形式；口語中 ought not 常略作 **oughtn't**.

**ounce** [aʊns] 名 盎司. ➜重量單位；1 盎司＝$\frac{1}{16}$磅＝28.35 g；略作 **oz.**；普通的雞蛋一個約重 2 盎司.

**our** [aʊr]
▶我們的
⊙和 hour (小時) 同音

代 我們的. 相關語 my (我的).
基本 our class 我們的班級 ➜our＋名詞；不用×*an*〔*the*〕*our* class.
our school 我們的學校
our teacher(s) 我們的老師(們)
that hat of our father's 我們父親的那頂帽子 ➜不用×*that our* father's hat, ×our *father's that* hat.
They go **their** way and we go **our** way. 他們走他們的路，我們走我們的路. ◁相關語
We looked up these words in our dictionaries. 我們用我們〔自己〕的辭典查這些單字. ➜主詞為 We 時，our 譯為「自己的」較佳.

**ours** [aʊrz]
▶我們的東西
⊙意指一個或兩個以上我們自己所有的東西

代 ❶我們的東西. 相關語 mine (我的東西).
基本 Your team is strong, but ours (＝our team) is weak. 你們的隊強，而我們的隊弱. ➜ ours 表示單數名詞時作單數.
That ball is ours. (＝That is our ball.) 那個球是我們的.
基本 Your bags are light, but ours (＝our bags) are heavy. 你們的袋子輕，而我們的袋子重. ➜ ours 表示複數名詞時作複數.
❷(～ **of ours**) 我們的～.
a friend of ours 我們的(一個)朋友 ➜不用×*an our* friend, ×*our a* friend.

**our·selves** [aʊrˋsɛlvz] 代 ❶我們自己；我們. 相關語 myself (我自己).
We should take care of ourselves. 我們應該自己照顧自己.
❷《加強主詞的語氣》我們親自.

O

We don't need help; we can do it ourselves. 我們不需要幫助，我們自己能做.

❸我們的正常情況，一如以往的我們.

After a good rest, we are ourselves again. 充分的休息後，我們恢復了體力.

idiom

***betwèen oursélves*** 祕密，只限於我倆之間(between you and me).

This is strictly between ourselves. 這完全是我們之間私下的事〔話〕.

***by oursélves*** 我們獨自地；我們獨力地.

We did that by ourselves. 那是我們獨自做的.

***for oursélves*** 爲我們自己；我們獨自地.

We did it for **ourselves** and **no one else**. 我們是爲自己而不是爲別人做的.

O

## out

[au t]

▶往外
▶在外
▶消失

副 ❶往外.

基本 go out 出去 ➜動詞＋out.

get out 到外面，出去

look out 朝外看

The sun came out after the rain. 雨後天晴.

He took me out into the garden. 他帶我到花園去.

The sheriff came **in** right after the gunman went **out**. 持槍歹徒剛出去警官就進來了. ◁反義字

out

in

My father has gone out for a walk. 父親出去散步了(不在家). ➜現在完成式.

❷在外；出去，出現.

eat〔dine〕out 外出(餐廳等)吃飯

camp out 野營，露營

She is out shopping. 她出去買東西.

My father is out in the garden. 父親在花園裡. ➜首先以 out (在外面)表示大概的場所，然後用 in the garden(在花園)表示明確、具體的位置.

It's cooler out there. 外面那兒比較涼快. ➜ It 籠統地表示「氣溫」.

"The book is out," the librarian said. 圖書館管理員說：「這本書借出去了」.

The stars are out. 星星出來了.

The blossoms will be out soon. 花兒快開了.

❸大聲地，清楚地.

She called out for help. 她大聲呼救.

❹消失，竭盡；(棒球)出局.

be out 消失

go out 消失，用盡，過時

die out 死光，過時

blow a candle out 吹熄蠟燭

The fire is out. 火熄滅了.

That hairstyle is going out. 那種髮型快過時了. ➜現在進行式.

Time ran out. 沒時間了.

The batter is out. 這名打者出局了.

❺直到最後，完全地，徹底地.

Hear me out. 聽我說完.

I am tired out. 我筋疲力竭.

idiom

***òut of ～*** ①從(～裡面)往外；離開～.

go out of the room 走出房間

get out of a car 從車裡出來，下車 ➜「從(公車、電車、火車等大型交通工具)下來」用 get off.

look out of the window 從窗子往外看

out of sight〔hearing〕 看不見〔聽

不見聲音〕
Get out of my way. 讓開，別擋著我.
Fish cannot live out of water. 魚離開水就活不了.
You can't take these books out of the library. 你不能把這些書帶出圖書館.
②用光～，失去～.
Many people are now out of work. 現在很多人失業.
We're now out of coffee. 我們把咖啡喝光了.
③從～裡面.
nine people out of ten 十人中的九人
He was chosen out of a hundred. 他是從一百人當中選出來的.
④《動機、原因等》由於～，出於～.
out of kindness〔curiosity〕 出於好心〔好奇心〕
He did that out of love for her. 他那樣做是出於對她的愛.
⑤《材料》用～，憑～.
This table is made out of an old box. 這張桌子是用一個舊箱子做的.
***óut of dóors*** 在戶外. →door idiom
***òut of órder*** 出毛病，弄亂順序. → order idiom
— 介《美口》從～向〔到〕外. ➜是由 out of 中省去 of 的形式.
look out the window 從窗子往外看
—名《棒球》出局；出局的選手.
throw an out 封殺出局

**out·break** [ˋaʊtˏbrek] 名 (戰爭、暴動、傳染病等)突然發生，爆發.
the outbreak of World War II (讀法：two) 第二次世界大戰的爆發
an outbreak of the flu 流行性感冒的驟然發生

**out·come** [ˋaʊtˏkʌm] 名 結果(result).

**out·door** [ˋaʊtˏdɔr] 形 戶外的，野外的.
outdoor sports 戶外運動

**out·doors** [ˋaʊtˋdɔrz] 副 在〔向〕戶外，野外.
play outdoors 在戶外玩

**out·er** [ˋaʊtɚ] 形 外側的，外部的.
outer space (大氣層外的空間)太空，外太空

**out·field** [ˋaʊtˏfild] 名 (棒球、板球的)外野.

**out·field·er** [ˋaʊtˏfildɚ] 名 (棒球、板球的)外野手.

**out·fit** [ˋaʊtˏfɪt] 名 (爲某種用途而配成的)(一套)服裝；一套裝備，(一套)工具.
a wedding outfit 一套結婚禮服
a camping outfit 一套露營用具

**out·ing** [ˋaʊtɪŋ] 名(簡單的)旅遊，外出.
have an outing 去旅遊
go on an outing to the beach 去海邊玩

**out·let** [ˋaʊtˏlɛt] 名 ❶出口；(感情等的)渲洩管道.
❷買主，銷路；販售店.
❸《美》(電)插座(socket).
Plug the iron into the wall outlet. 把熨斗的插頭插在牆壁上的插座裡.

**out·line** [ˋaʊtˏlaɪn] 名 輪廓，簡圖；概要，梗概，外形.
an outline of the story 這個故事的概要
**draw** an outline of China 畫中國的簡圖

**out·look** [ˋaʊtˏlʊk] 名 ❶眺望，瞭望，景色(view). ❷前途，前景，預測.

**out-of-date** [ˋaʊtəvˋdet] 形 過時的，舊式的. → up-to-date.

**out·put** [ˋaʊtˏpʊt] 名 ❶生產；產量. ❷(機械的)輸出功率；(電腦的)輸出的訊息. ➜輸出的資料、數據.

**out·side** [ˋaʊtˋsaɪd] 名 外側，外部；表面，外觀，外表.

O

paint the outside of a house 油漆房子的外壁

The **outside** of an orange is bitter, but the **inside** is sweet. 橘子皮苦肉甜. ◁反義字

outside inside

—形 外部的，外側的，外面的.

At last Japan opened its doors to the outside world. 最後日本也對外開放了門戶.

—副 在外面，外側.

A taxi is waiting outside. 計程車在外面等著.

It is cold **outside**, but warm **inside**. 外面冷，但室內卻很暖和. ◁反義字 ➜ It 籠統地表示「氣溫」.

—介 在外側，在～的外面.

outside the house 在房子外面

outside London 在倫敦郊外

**out·skirts** [ˋaut͵skɜts] 名 複 (城鎮等的)郊區，郊外.

live **on** the outskirts of the town 住在這個城鎮的郊區

Heathrow Airport is on the outskirts of London. 希斯羅機場位於倫敦郊外.

**out·stand·ing** [autˋstændɪŋ] 形 顯著的，出類拔萃的；有名的.

**out·ward** [ˋautwɚd] 形 外側的，外面的；外表的；向外的.

—副 向外，向外側.

Do your doors open **inward** or **outward**? 你家的門是朝裡開還是朝外開? ◁反義字

**out·wards** [ˋautwɚdz] 副 = outward.

**o·val** [ˋovḷ] 名形 蛋形(的)，橢圓形(的).

**ov·en** [ˋʌvən] 名 (常設在瓦斯爐下面的)烤爐，烤箱.

bake cakes in the oven 用烤箱烤蛋糕

| **o·ver** [ˋov ɚ] | ▶在～之上，通過～的上面<br>▶超過～<br>▶在～整個面上 |
|---|---|

介 ❶(像蓋或罩在上面似地)在～之上，通過～的上面，～上面的.

基本 over our heads 在〔通過〕我們的頭上方 ➜ over＋名詞.

基本 a bridge over the river 河上的橋 ➜名詞＋over＋名詞.

基本 lean over the desk 靠在桌子上 ➜動詞＋over＋名詞.

The sky is **over** our heads and the ground is **under** our feet. 天空在我們頭上，大地在我們腳下. ◁反義字

She put a blanket over the sleeping baby. 她給睡著的嬰兒蓋上毛毯.

She wore a sweater over the blouse. 她在襯衫外面又套了一件毛衣.

We saw a beautiful rainbow over the wood. 我們看見一道美麗的彩虹橫跨在森林的上空.

❷越過～，(越過～)在另一側(的).

countries over the sea 海那一邊的諸國

jump over a puddle 跳過水坑

fly over the sea 飛越大海

The dog jumped over the fence. 那隻狗跳過了柵欄.

His voice was heard over the noise. 他的聲音越過噪音被聽見. ➜被動語態.

❸超過～，在～以上(more than).

反義字 under(～以下的，在～以下).

over a hundred people 超過一百人 ➜嚴格說來，中文的「100 以上」

包含100，但英語的over是more than(多於～)，所以不包含100.
men (who are) over eighty　八十歲以上的人
Over thirty percent of the pupils come to school by bicycle.　百分之三十以上的學生騎自行車上學.
❹《時間、距離》經過～，在～期間.
over the centuries　經過幾個世紀
over the weekend　在週末
School is closed over the Christmas holidays.　聖誕節放假期間〔結束前〕學校停課.
❺**在整個面上，在整個範圍內，**全部.
➡常用 **all over** ～ 表示強調.
all over the world　全世界　→副❸
travel (all) over Europe　旅行全歐
The burning oil spread over the sea.　燃燒的油擴散到整個海面.
The stars are shining all over the sky.　滿天都閃爍著星星.
❻關於～.
talk over the matter　商量此事
Two dogs were fighting over a bone.　兩條狗為爭一根骨頭而打架.
❼一邊～一邊～.
Let's talk over (a cup of) coffee.　我們邊喝咖啡邊談吧.
She was nodding over her knitting.　她邊織東西邊打瞌睡.
❽用(電話、收音機等)聽，透過～.
hear the news over the radio　聽收音機的新聞
━副 ❶(籠罩似地)**在頭上方.**
hang over　吊在上面
❷(越過～)**到對面，**經過.　➡用於強調「越過一段很遠的距離，特地」的感覺；→idiom over here〔there〕.
go over to ～　去～
come over　過來
over in France　在遙遠的法國
Go over to the store for me.　替我到商店走一趟.
He ran over to Bob's house.　他跑去鮑勃家.
The milk boiled over.　牛奶煮溢出來了.
❸**滿是，**全.　➡常用 **all over** 表示強調.
all the world over　全世界
The pond was frozen over.　池塘全都結冰了.
She was wet all over.　她全身都濕透了.
❹**結束，**完結，離去；(無線電等)(表示通話結束時說的)完畢，請回答.
Winter is over and it is spring now.　冬天過了，現在是春天.　➡「冬天已經過去〔結束〕」是就現在的狀態而言，不用×Winter *was* over.；it 籠統地表示「時間」.
School is over at three.　學校三點鐘放學.
Hello, Bob. Where is your boat? Over.　喂，鮑勃. 你的船在哪裡？請回答.
❺翻過來；倒過來.
turn over　把～翻過來，翻過來
turn a glass over　把杯子顛倒過來
Turn over the page.　翻過書頁.
❻重複；再來一次.
over again　再，再一次
over and over (again)　再三
read over　反覆讀，重讀一遍
Think it over before you decide.　在決定之前再考慮一下.

idiom

***ask*** 〔***invite***〕 ***～ over***　邀請〔招待〕～(用餐等)
She asked us over for dinner.　她邀我們共進晚餐.
***òver hére***　在〔到〕這兒.
L-size shirts are over here.　(在商店)大號的襯衫在這裡.
Come over here in the afternoon.　下午到這裡來一趟.
***òver thére***　在對面，在那裡；對面的，那邊的.
Let's have lunch under that big tree over there.　我們到那邊的大樹下去吃午飯吧.

O

**over-** 詞首 表示「上面的，在上方」「過度地」「向對面」「翻倒」等的意思.
overcoat(外套)；overeat(飲食過量)；overthrow(推翻)

**o·ver·all** [ˋovɚ͵ɔl] 名 ❶(**overalls**)(有護胸布的)工作褲. ❷《英》(婦女穿的)罩衫，工作服.

**o·ver·came** [͵ovɚˋkem] overcome 的過去式.

**o·ver·coat** [ˋovɚ͵kot] 名 大衣，外套.

**o·ver·come** [͵ovɚˋkʌm] 動 擊敗，征服，克服；壓倒，凌駕.
overcome the enemy 打敗敵人
◆ **overcame** [͵ovɚˋkem] 過去式.
◆ **overcome** [͵ovɚˋkʌm] 過去分詞.
➡注意和動詞原形一樣.
He **was** overcome with grief. (他被悲傷壓倒了⇨)他因悲傷而崩潰了.

O

**o·ver·flow** [͵ovɚˋflo] 動 充滿，泛濫.
This river often overflows (its banks) when it rains hard. 這條河在大雨時經常泛濫.

**o·ver·head** [ˋovɚˋhɛd] 副 在頭頂上方，在正上方；在高空.
— [ˋovɚ͵hɛd] 形 頭頂上的，從頭頂上通過的.

**o·ver·hear** [͵ovɚˋhɪr] 動 (突然)無意中聽到.
◆ **overheard** [͵ovɚˋhɝd] 過去式、過去分詞.

**o·ver·look** [͵ovɚˋlʊk] 動 ❶(人、建築物、場所等)俯視，(往下)眺望.
The restaurant overlooks San Francisco Bay. 那餐館俯瞰著舊金山灣.
❷漏看；寬恕，寬容.
I overlooked one question on the test. 考試時漏看了一道題目.
I will overlook your mistakes this time. 這一次我寬恕你的錯誤.

**o·ver·night** [ˋovɚˋnaɪt] 副 一夜，整夜，通宵；在前一天晚上.
He stayed overnight with us. 他在我家住了一晚.
— [ˋovɚ͵naɪt] 形 一夜的，整夜的.
an overnight trip 二日遊(二天一夜的旅行)
an overnight guest 過(一)夜的客人

**o·ver·seas** [ˋovɚˋsiz] 形 海外的，到海外的；來自海外的.
an overseas country (隔海的)外國
overseas students 來自海外的〔在海外的〕學生
overseas volunteers from Japan 從日本到海外的志願者
the Japan Overseas Cooperation Volunteers 日本青年海外互助隊
— 副 到海外，在外國.
live〔travel〕overseas 居住在海外〔到海外旅行〕
students overseas 在海外的學生

**o·ver·sleep** [ˋovɚˋslip] 動 睡過頭，貪睡晚起.
◆ **overslept** [ˋovɚˋslɛpt] 過去式、過去分詞.

**o·ver·take** [͵ovɚˋtek] 動 ❶追上；超越. ❷(夜、風暴等)突然侵襲，突然逼近.
◆ **overtook** [͵ovɚˋtʊk] 過去式.
◆ **overtaken** [͵ovɚˋtekn̩] 過去分詞.

**o·ver·throw** [͵ovɚˋθro] 動 推翻，打倒.
◆ **overthrew** [͵ovɚˋθru] 過去式.
◆ **overthrown** [͵ovɚˋθron] 過去分詞.
— [ˋovɚ͵θro] 名 推翻，打倒(defeat).

**o·ver·top** [͵ovɚˋtɑp] 動 聳立得比～高；勝過～，凌駕～.
◆ **overtopped** [͵ovɚˋtɑpt] 過去式、過去分詞.
◆ **overtopping** [͵ovɚˋtɑpɪŋ] 現在分詞、動名詞.

**o·ver·whelm** [͵ovɚˋhwɛlm] 動 (完

全)壓倒；(在情緒上)使不知所措，打垮.

**o·ver·work** [ˋovɚˋwɝk] 名 過度工作，額外的工作.
— [ˏovɚˋwɝk] 動 ➜注意重音位置與名詞不同.
工作過度(work too much)；使～工作過度，任意驅使～.

**owe** [o] 動 ❶欠錢，欠著.
I owe him ten dollars. =I owe ten dollars **to** him. 我欠他十美元.
How much do I owe you? (我欠你多少錢⇨)(託人買東西之後等)我該付你多少錢?
❷(將～)仰賴(於～)，歸功於～.
I owe everything to my mother. 我的一切都歸功於媽媽.

**ow·ing** [ˋoɪŋ] 形 (**owing to** ～)由於～，因為～(because of).
The train is late owing to the fog. 火車因霧而誤點.

**owl** [aul] 名 貓頭鷹；梟. ➜貓頭鷹科鳥類的總稱；「梟」亦作 **horned owl** (horned=有角的).
**ówl pàrrot**=kakapo.

印象 因其眼神聰慧，在古希臘被認為是智慧女神雅典娜的侍者，常以歇在雅典娜肩頭的形象出現；因此 look as wise as an owl 意為「(內涵暫且不管，乍看之下)看起來像貓頭鷹一樣聰明」.

**own** [on] 形 (強調所有)自己的；特有的，獨特的.
Jim's own bicycle 吉姆自己的自行車
his own store 他自己的店
Kate has her own room. 凱特有她自己的房間.
I saw it with my own eyes. 我親眼看到的.
He cooks his own meal. 他(自己)做菜給自己吃. ➜own 含有「不借助他人之力」的意思，所以最好翻譯成「自己」.
— 名 自己的東西. ➜也可說成 mine (我的東西)，his(他的東西)，hers (她的東西)等.
This dictionary is yours; my own (=mine) is over there. 這本辭典是你的，我的在那邊.
He wanted to have a house of his own. 他想有個自己的家.
idiom
***on*** *one's* ***ówn*** 獨自地.
— 動 有，(作為財產而)擁有.
My uncle owns a big farm. 我叔父擁有一個大農場.
Who owns that house? 那房子是誰所有?

O

**own·er** [ˋonɚ] 名 所有者，物主.

**ox** [ɑks] 名 (閹割過的)公牛. ➜用於搬運、農耕；相關語 「一般的牛」用 cattle, cows(乳牛)；→bull.

**ox·en** [ˋɑksn̩] 名 ox 的複數.

**Ox·ford** [ˋɑksfɚd] 專有名詞 ❶牛津. ➜英國中南部的城市，牛津大學的所在地. ❷=Oxford University.
**Óxford Univérsity** 牛津大學. ➜與劍橋大學同為英國最具代表性的大學.

**ox·y·gen** [ˋɑksədʒən] 名 氧氣.

**oys·ter** [ˋɔɪstɚ] 名《貝》牡蠣，蠔.

**oz.** ounce(s) (盎司)的縮寫.

**o·zone** [ˋozon] 名《化學》臭氧. ➜氧的同元素異形體；可用來殺菌、消毒、漂白等.
the ozone layer 臭氧層 ➜臭氧濃度高的大氣層；能吸收來自太陽的紫外線.

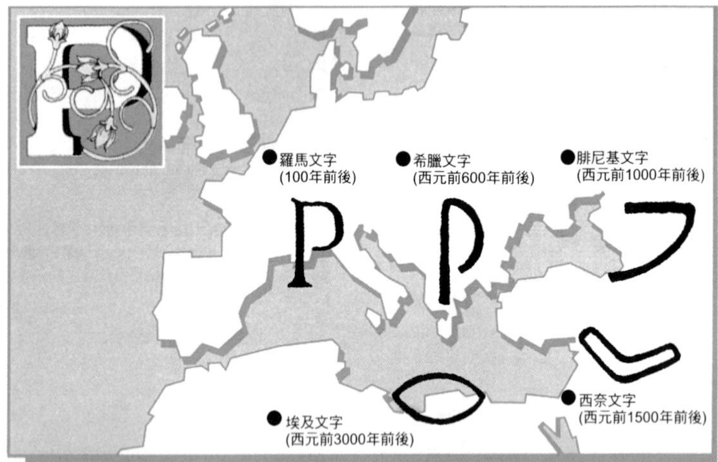


**P, p**[1] [pi] ㊔ (㊗ **P's, p's** [piz]) ❶英文字母的第十六個字母. ❷(**P**)《告示》停車場. → parking 的縮寫.

**p**[2] penny(便士), pence(便士(複數))的縮寫.

**p.** [pedʒ] (㊗ **pp.** [ˋpedʒɪz]) page(頁)的縮寫.

p. 12 (讀法: page twelve) 第十二頁 →不用×12 p.

32 pp. (讀法: thirty-two pages) 三十二頁

pp. 7, 10 (讀法: pages seven and ten) 第七頁與第十頁

pp. 10-20 (讀法: from page ten to twenty) 從第十頁到第二十頁

**PA** Pennsylvania 的縮寫.

**pace** [pes] ㊔ ❶一步(的幅度).

I was walking several paces behind him. 我在他後面幾步跟著走.

❷(走、跑、進步的)速度, 步調, 進度.

**at** a fast〔slow〕pace 以快〔慢〕速度

Do the exercises at your own pace. 以自己的速度做習題.

idiom

***kèep páce with ~*** 與～步調一致, 和～並駕齊驅.

The runner could not keep pace with the leading group and dropped out. 這名跑者跟不上領先群, 落在後面了.

—㊍(來往)踱步.

pace up and down 走來走去

**Pa·cif·ic** [pəˋsɪfɪk] ㊢ 太平洋的.

the Pacific coast 太平洋沿岸

**the Pacífic (Ócean)** 太平洋. → 大西洋爲 the Atlantic (Ocean).

**the Sóuth Pacífic** 南太平洋.

**pack** [pæk] ㊔ ❶(集攏在一起後或背, 或挑, 或用馬等馱運的)包, 包裹, 行李.

❷(紙牌的)一副; (香菸等同種物品的)一包.

a pack of cards 一副紙牌 →亦作 a deck of cards.

a pack of cigarettes 《美》一包香菸 →《英》用a packet of cigarettes.

❸(惡人、狼等的)群; 許多.

a pack of wolves 狼群

—㊍ 裝, 裝滿; 打包(行李), 捆紮.

pack clothes **into** a bag 把衣服裝進手提包裡

pack a trunk (**with** clothes) (把衣服)裝進皮箱
Is my lunch packed yet? 我的飯盒裝好了嗎?
Have you packed? We're leaving. 你(行李)打包好了嗎? 我們要出發了.

**pack·age** [ˋpækɪdʒ] 名 ❶(包裝整齊的)**包裹,** 小包. ➡《英》常用 parcel.
a postal package 郵寄的小包
Please mail these packages of books. 請把這幾包書郵寄出去.

**páckage tòur** 由旅行社安排行程,費用全部包含在內的套裝旅遊.
❷(商品包裝用的)箱, 盒, 包裝用物.

**pack·et** [ˋpækɪt] 名 小包裹〔紙袋,紙盒〕.
a packet of cigarettes 《英》一包香菸 → pack ❷

**pad** [pæd] 名 ❶(為防止損傷器物而夾在中間或墊在下面的)襯墊.
a launch pad (導彈、火箭等的)發射臺
❷印泥臺, 打印臺.
❸(可以一頁一頁地撕下來的)寫生簿, 信箋, 便條紙(等). ➡亦作**writing pad, pad of drawing paper**等.

**pad·dle** [ˋpædl̩] 名(獨木舟、橡皮艇等的)槳.
—動 ❶(獨木舟、橡皮艇等)用槳在水中划行. ❷在淺水中行走, 涉水,(用腳)玩水.

**pad·dy** [ˋpædɪ] 名(複 **paddies** [ˋpædɪz]) 水田, 稻田. ➡亦作 **paddy field.**

**page**[1] [pedʒ] 名 ❶**頁.** ➡ page 略作 **p.**, pages(複數)略作 **pp.**
page three (=p. 3) 第三頁
the third page from the last 倒數第三頁
Open your books **to** 〔《英》 **at**〕 page 10. 翻到書的第十頁.
Turn the page over. 翻過一頁.
Let's begin **at** page 15, line 10. 我們從第十五頁的第十行開始吧!
The picture is **on** page 10. 這張圖在第十頁上.
This book has only eighty **pages.** 這本書只有八十頁.
❷(報紙的)版面; (雜誌等的)專欄.
the front page of a newspaper 報紙的頭版
the sports pages of a magazine 雜誌的體育專欄

**page**[2] [pedʒ] 名《英》(旅館等的)侍者, 服務生(《美》bellboy, bellhop). ➡有時為女性.
—動 (透過服務人員、廣播等把人)找來.
Paging Mr. Jones, would you come to reception, please. 瓊斯先生, 有人找您, 請您到服務臺來. ➡ Paging ~ 意為「有人找~」.

**pag·eant** [ˋpædʒənt] 名 ❶(以史實、傳說為題材的)露天戲劇, 馬戲, 雜技.
The sixth grade gave a pageant of the life of Abraham Lincoln. 六年級的學生表演露天劇, 演出亞伯拉罕・林肯的一生.
❷(穿上古裝等的)壯麗的遊行行列.

**pag·er** [ˋpedʒɚ] 名 攜帶式電子呼叫器(beeper).

**pa·go·da** [pəˋgodə] 名 塔. ➡主要指中國、印度等寺院的塔, 以及日本的五重塔等.
a five-storied pagoda at Taidaiji Temple (日本)東大寺的五重塔

**paid** [ped] pay 的過去式、過去分詞.

**pail** [pel] 名 ❶桶(bucket), 提桶.
❷一桶的量.
a pail of water 一桶水

**pain** [pen] 名 ❶**疼痛,** 苦痛; 心痛.
feel pain 感到疼痛 ➡籠統地指「疼痛」時不用 ×*a* pain, ×pain*s*.
cry **with** pain 痛得大哭
The dog is **in** great pain. 這隻狗非常痛苦.
have a pain **in** the back 背痛

P

We tried to ease her pain after her husband died. 她丈夫死後我們試圖安慰她的悲痛.
❷(**pains**)苦心，勞苦，辛苦.
**take** pains 費苦心，盡心
She took great pains to make a good impression on him. 她爲了給他留下好印象而煞費苦心. ➜不用 ×*many* pains.

**pain·ful** [ˋpenfəl] 形 疼痛的，痛苦的，艱苦的.
a painful cut (令人)疼痛的刀傷
a painful knee (感到痛苦的)疼痛的膝蓋
a painful job 艱苦的工作
The cut on the finger is still painful. 手指上的刀傷還很痛.

**paint** [pent] 名 ❶(繪畫用的)顏料.
oil 〔water〕 paints 油畫〔水彩〕顏料
a box of paints = a paint box 一盒顏料
❷油漆.
a can of red paint 一罐紅色油漆
There's paint on your face. 你臉上沾著油漆.
告示 Wet Paint! 油漆未乾! ➜《英》亦作 Fresh Paint!
—動 ❶(用顏料)繪(畫)，著色. → draw ❶
paint a picture 繪畫，作畫
paint flowers in oils 〔water colors〕 用油畫顏料〔水彩顏料〕畫花
He paints very well. 他畫得很好.
The setting sun painted the clouds. 夕陽給雲彩抹上了一層顏色.
❷油漆；用油漆(把～)塗(成～).
paint the fence 油漆籬笆
paint the fence white 把籬笆漆成白色 ➜V (paint)+O (the fence)+C (white)的句型.
It is painted red and white. 它被漆成紅、白兩色.
相關語 paint-brush(畫筆)，canvas(畫布)，palette(調色板)，easel(畫架)，studio(畫室).

**paint-brush** [ˋpent͵brʌʃ] 名 ❶畫筆. ❷油漆刷.

**paint·er** [ˋpentɚ] 名 ❶繪畫的人，畫家. ❷油漆工，油漆匠.

**paint·ing** [ˋpentɪŋ] 名(用顏料)畫畫(的技術)；(用顏料畫的)畫，油畫，水彩畫. → drawing.
an oil painting by Picasso 畢卡索的油畫
He went to Paris to study painting. 他去巴黎學習繪畫.

**pair** [pɛr] 名 ❶一對，一雙.
**a pair of** shoes 一雙鞋
a pair of glasses 一副眼鏡
a pair of scissors 一把剪刀
a pair of white gloves 一副白手套
a pair of socks 一雙短襪
a new pair of trousers 一條新褲子
three pairs of stockings 三雙長統襪
How many pairs of shoes do you have? 你有幾雙鞋?
This pair of scissors isn't sharp. 這把剪刀不鋒利. ➜接在 a pair of 後面的名詞爲「物體」時作單數使用；不用 pair 而說成 my scissors 時作複數使用，如 My scissors *are* not sharp.
These two socks aren't 〔don't make〕 a pair. 這兩隻襪子不成對.

❷(夫婦、戀人等的)一對；(動物的)雌雄一對.

A pair of robins live in this tree. 一對知更鳥棲在這棵樹上.
They are a happy pair. 他們是幸福的一對.

idiom

***in páirs*** 成對地, 成雙地.

**pa·ja·mas** [pəˋdʒæməz] 名 複 睡衣(上下成套). ➜在英國拼作 pyjamas.
**a pair of** pajamas 一套睡衣
sleep in pajamas 穿著睡衣睡覺
pajama trousers 睡褲
a pajama party 睡衣派對 ➜十多歲的女孩住宿在友人家裡, 穿著睡衣一起談天與玩樂.

**Pa·kis·tan** [ˋpækɪˏstæn] 專有名詞 巴基斯坦. ➜印度西鄰的共和國; 首都伊斯蘭馬巴德(Islamabad); 通用語爲烏爾都語; 宗教爲伊斯蘭教; 正式名稱爲 the Islamic Republic of Pakistan.

**pal** [pæl] 名《口》好友, 夥伴. ➜一般用於男性之間; 原爲吉普賽語, 表示 brother 之意.
a pen pal (通信)筆友(pen friend)

**pal·ace** [ˋpælɪs] 名 ❶宮殿. ➜國王、女王、皇帝等的官邸.
the Imperial Palace 皇宮
Buckingham Palace 白金漢宮
❷豪華的建築, 大宅邸.

**pale** [pel] 形 ❶(臉色)蒼白, 臉色不好.
a pale face 蒼白的臉
look pale 面色蒼白
❷(顏色)淡的, (光線)暗淡的.
a pale blue dress 淡藍的衣服

**Pal·es·tine** [ˋpæləsˏtaɪn] 專有名詞 巴勒斯坦.

參考 亞洲西南部地中海沿岸地區; 爲舊時猶太人的國家(首都耶路撒冷). 耶穌在該國的伯利恆(Bethlehem)誕生, 並在該地度過一生, 因此該地被視爲猶太教、基督教、伊斯蘭教的聖地; 一九四八年, 由於猶太人在該地建立「以色列共和國」而引發戰爭.

**pal·ette** [ˋpælɪt] 名(繪畫時用的)調色板.

**palm**[1] [pɑm] ➜l 不發音. 名 棕櫚.
a coconut palm 椰子樹

印象 基督臨難前入耶路撒冷時, 人們在道路上鋪上棕櫚樹葉歡迎騎著毛驢的基督, 因此棕櫚被視爲「勝利」的象徵.

**palm**[2] [pɑm] 名 手掌. ➜「手背」是 the back (of a hand).
read *one's* palm 看～的手相
put *one's* palm to *one's* cheek 把手掌貼在臉頰上 ➜吃驚時的動作.
He put out his hand with his palm up. 他手心向上伸出手.

**pam·phlet** [ˋpæmflɪt] 名 小册子. ➜薄封面、粗訂的薄册子; 只有一張紙的稱爲 leaflet.

**Pan** [pæn] 專有名詞 牧羊神, 潘. ➜希臘神話中人身羊足, 頭上有角的森林、牧羊之神; 吹著蘆笛, 躲在岩石背後驚嚇行人; panic(突然的驚慌)的字源即爲 Pan.

**pan** [pæn] 名 平底鍋.
a frying pan 煎鍋, 長柄平底炸鍋

**Pan·a·ma** [ˋpænəmɑ] 專有名詞 巴拿馬. ➜中美洲的共和國; 通用語爲西班牙語; 首都 Panama City.
**the Pánama Canál** 巴拿馬運河. ➜通過巴拿馬地峽連結大西洋和太平洋, 爲美國所開挖的運河.

**pan·cake** [ˋpænˏkek] 名 薄煎餅(hot cake). ➜把牛奶、雞蛋、小麥粉混合在一起烤成的圓形、扁平的點心; 塗上奶油食用.

**pan·da** [ˋpændə] 名 熊貓.
a giant 〔lesser〕 panda 大〔小〕熊貓

**Pan·do·ra** [pænˋdorə] 專有名詞 潘朵拉. ➜根據希臘神話, 眾神之王宙斯對普羅米修斯(Prometheus)從天界盜火送給人類感到憤怒, 於是派遣美

P

女潘朵拉到凡間懲戒人類.

**Pandóra's bóx** 潘朵拉的盒子；萬惡的根源.

> 參考 宙斯命潘朵拉帶著一個盒子下凡；潘朵拉由於好奇而私自打開，於是裡面的所有災難和不幸都飛出來散布到世上，潘朵拉慌忙關上盒子時只剩下 hope (希望) 還留在裡面.

**pane** [pen] 名 (一塊) 窗玻璃.

**pan·el** [ˋpænḷ] 名 ❶鑲板，嵌板. ➜把門、護牆板等分割成更小的四方形，使其表面凹下或凸出的部分.
❷(討論會、比賽、猜謎節目中) 由講演者、審查員、解答者參加的小組，～團；(專門) 委員會.
John and Emily are **on** the panel **in** this discussion. 約翰和愛米莉是這次討論會的小組成員.

**pánel discùssion** 討論會，座談會. ➜數名討論者就某一特定問題在聽眾面前進行公開討論的討論會.

**pan·ic** [ˋpænɪk] 名 突然的驚慌，恐慌 (狀態). → Pan.
The passengers on the sinking ship were in a panic. 沈船上的旅客們陷於一片驚慌.

**pan·sy** [ˋpænzɪ] 名 (複 **pansies** [ˋpænzɪz]) 三色堇，三色紫羅蘭. ➜一般的堇類、紫羅蘭為 violet.

**pan·ther** [ˋpænθɚ] 名 豹；《美》黑豹，美洲獅. → leopard.

**pan·ties** [ˋpæntɪz] 名 複 (婦女、兒童的) 短襯褲；內褲.
**a pair of** pretty pink panties 一條可愛的粉紅色短襯褲

**panto** [ˋpænto] 名 (複 **pantos** [ˋpæntoz]) 《英》= pantomime ❷

**pan·to·mime** [ˋpæntəˏmaɪm] 名 ❶啞劇；(無言的) 手勢，表意動作.
❷《英》童話劇. ➜聖誕節期間演出的灰姑娘或彼得潘等兒童劇；有歌、舞、臺詞；略作 **panto**.

**pants** [pænts] 名 複 ❶《美 口》褲子，長褲 (trousers).
**a pair of** pants 一條褲子
These pants are too tight for me. 這條褲子對我來說太緊了些.
❷《英》(內衣的) 男用短襯褲，緊身長襯褲；(女用的) 緊身短襯褲 (panties).

**pan·ty hose** [ˋpæntɪˋhoz] 名 《美》褲襪，連襪褲 (《英》tights). ➜有時合併拼作 **pantyhose**.

**pa·pa** [ˋpɑpə, pəˋpɑ] 名 《兒童語》爸爸.

**pa·pa·ya** [pəˋpaɪə, pəˋpɑjə] 名 木瓜. ➜產於熱帶美洲的落葉喬木；結瓜狀果實.

| **pa·per** [ˋpe p ɚ] | ▶紙<br>▶報紙<br>▶試卷，報告 |
|---|---|

名 (複 **papers** [ˋpepɚz]) ❶紙.
**a piece of** paper (與形狀、大小無關) 一張紙 ➜不可數名詞，不用 ×*a* paper, ×paper*s*.
**a sheet of** paper (某種形狀的) 一張紙
two sheets of paper 二張紙
wrapping paper 包裝紙
This bag is made of paper. 這袋子是用紙做的.

**páper knìfe** 裁紙刀. ➜用於割開信封或書中沒有切開的書頁等的金屬、象牙、木料等製成的刀子.

❷報紙 (newspaper).
today's paper 今天的報紙
a morning paper 早報 → edition.
an evening paper 晚報
All the papers report the same news. 所有的報紙都報導同一則新聞.
❸(**papers**) 文件.
❹試卷，答題紙.
❺報告，論文.
── 形 用紙做的，紙製的，紙的.
a paper cup 〔bag〕 紙杯〔袋〕

a paper airplane 紙飛機

**páper móney** 紙幣.

[字源] 源自古代埃及用作造紙原料的紙莎草(papyrus).

**pa·per·back** [ˋpepɚ͵bæk] [名] 平裝書. ➜封面紙材的價格便宜的書.

**par·a·chute** [ˋpærə͵ʃut] [名] 降落傘.

**pa·rade** [pəˋred] [名] 行列, 遊行.

—[動] 行進, 遊行.

**par·a·dise** [ˋpærə͵daɪs] [名] ❶天國般的地方, 樂園. ❷(常用 **Paradise**)天國(heaven); 伊甸園(the Garden of Eden).

**par·a·graph** [ˋpærə͵græf] [名](文章的)節, 段落. ➜表示一段完整內容的句群; 換段時改行, 一般把開頭的語詞由版邊內縮.

**par·al·lel** [ˋpærə͵lɛl] [形] (線)平行的; 並行的.

parallel lines 平行線

the parallel bars (體操比賽的)雙槓

This road runs parallel **to** 〔**with**〕 the railroad. 這條道路與鐵路平行.

—[名] 平行線.

**par·a·sol** [ˋpærə͵sɔl] [名]陽傘. ➜(海水浴場用的)大遮陽傘爲 **beach umbrella**, 或 **sunshade**; 「雨傘」爲 umbrella.

**par·cel** [ˋpɑrsl̩] [名] 包裹, 小包, 小件行李.

send ～ by parcel post 用郵政包裹寄送～

**par·don** [ˋpɑrdn̩] [名] 原諒, 寬恕.

**beg** 〔**ask for**〕 pardon 請求寬恕

[idiom]

***I bég your párdon.*** ①(句尾用降調)抱歉, 對不起. ➜用於身體不小心碰到對方或做了失禮的事時; 較 I'm sorry. 更爲正式的說法; 亦作 ***Pardon me.***

②(句尾用降調)對不起, ～. ➜用於跟不認識的人搭訕或對對方的話表示異議時; 較Excuse me, but ～. 更爲正式的說法.

I beg your pardon, but could I look at your newspaper? (在火車上等對鄰座的人說)對不起, 可以借看你的報紙嗎?

③(句尾用升調)對不起, 請再說一遍. ➜亦作 ***Beg your pardon?***, ***Pardon me?***, ***Pardon?***; 較《美》Excuse me?, 《英》Sorry? 更爲正式的說法; 因 Once more. (再一次)爲命令語氣, 故不用於再次詢問對方; What? (甚麼?)爲不拘形式的說法, 用於關係親密的朋友之間.

—[動] 原諒, 饒恕(forgive).

He asked for the King's pardon, and the King pardoned him. 他請求國王的饒恕, 國王寬恕了他.

**pare** [pɛr] [動] ❶(用刀子)削(水果的皮等), 剝下. → peel.

pare an apple 削蘋果 ➜通常用 peel an apple.

❷剪, 修(指甲等).

**par·ent** [ˋpɛrənt] [名] 父母. ➜父親(father)或母親(mother).

my parents 我的父母

Jack has only one parent. 傑克只有父〔母〕親.

He will change when he becomes a parent. 他身爲人父時就會變的.

**Par·is** [ˋpærɪs] [專有名詞] 巴黎. ➜法國首都, 位於塞納河畔.

**par·ish** [ˋpærɪʃ] [名] 《英》教區. ➜英國教會行政的最小單位, 各教區有一座教堂和專職的牧師.

**park** [pɑrk]
▶公園
▶停車場
▶停車

[名] ([複] **parks** [pɑrks]) ❶公園, 遊樂園; 自然公園.

an amusement park 遊樂園

a national park 國家公園

take a walk in the park 在公園裡

P

散步
Hibiya Park (東京的)日比谷公園
➜公園名前一般不加×*the*.
Central Park (紐約的)中央公園
Hyde Park (倫敦的)海德公園
❷**競賽場，運動場，體育場.**
a ball park 棒球場，足球場
❸**停車場.**
a car park 《英》停車場(《美》a parking lot)
a trailer park 《美》拖車停放場(《英》a caravan park) ➜在森林公園等處讓拖車式流動房屋停放的場所.
**—**[動] **停放(汽車)，停車.**
Can I park my car here? 我可以把車停在這裡嗎?
He parked at the back of the bank. 他把車停放在銀行後面.

**park·ing** [ˋpɑrkɪŋ] park 的現在分詞、動名詞.
**—**[名] ❶**停車.**
[告示] No parking. 禁止停車.
a parking lot 《美》停車場(《英》a car park)
❷**停車場.** ➜略作 **P.**

**par·lia·ment** [ˋpɑrləmənt] [名](常用 **Parliament**)(英國、加拿大、南非、澳大利亞等的)**國會，議會.**
the British Parliament 英國議會
[相關語] 日本的國會爲 the Diet，美國的國會爲 Congress.
the Houses of Parliament (議會的)上下議院；國會大厦
a Member of Parliament (英國等的)國會議員；(尤指)下院議員 ➜略作 **MP，M.P.**

**par·lor** [ˋpɑrlɚ] [名] ❶**起居室；**(旅館等的)**談話室，休息室.** ➜「起居室」一般用 living room，亦作 sitting room； parlor 爲舊式說法.
a parlor game 室內遊戲
❷《主美》(客廳式營業用的)**店，商店.**
a beauty parlor 美容院
an ice-cream parlor 冰淇淋店
a funeral parlor〔home〕 殯儀館
a pizza parlor 比薩店

**par·lour** [ˋpɑrlɚ] [名] 《英》=parlor.

**par·rot** [ˋpærət] [名] **鸚鵡.**

[印象] 因其會模仿人語，故有時用於指「人云亦云的人」，「只說理所當然的話的人」，「饒舌的人」；養著賞玩的鸚鵡常取名叫 Polly.

**pars·ley** [ˋpɑrslɪ] [名] **歐芹，香菜.** ➜有香味的葉子，可供食用.

**part** [pɑrt] [名] ❶**部分.**
Part One 第一部分
the last part of the movie 這部電影的最後部分
a third part of the land 這塊土地的三分之一 ➜third=三分之一的.
cut an apple into four parts 把蘋果切成四塊〔四等份〕
A **part** is smaller than the **whole**. 部分小於全體. ◁反義字
The head is one of the most important parts of the body. 頭是身體最重要的部分之一.
❷(**(a) part of ～**) **～的一部分.** ➜常不帶 a.
We arrived late and missed part of the movie. 我們遲到而錯過了電影的一部分.
We went together part of the way. 我們一起走了部分的路.
We treat our dog as part of our family. 我們把狗看作家庭的一分子.
❸(機器的)**零件，料件.**
the parts of a television 電視機的零件
❹(常用 **parts**) **地區，地域.**
that part of the town 鎮上的那一地區
What part of England are you from? 你是英國甚麼地方的人?
Bananas don't grow in these parts. 這一地區不產香蕉.
❺(戲劇等的)**角色；職責，本份，義務.**
play the part of Hamlet 飾演哈姆

雷特的角色
the piano 〔soprano〕 part (曲中的)鋼琴〔女高音〕部分
You do your part and I'll do the rest. 你做你的那分兒，剩下的我來做.
He played an important part in bringing the war to an end. 他對於促成戰爭的結束扮演了重要的角色.

idiom

***for the móst pàrt*** 大部分，大體上.
***in párt*** 一部分，在某種程度上.
***tàke párt in ～*** 參加～，參與～ (participate in).
I took part in the game. 我參加了比賽.
—動 劃分，分別，離開；使分開.
They parted at the station. 他們在車站分手.
He parted his hair in the middle. 他把頭髮從中間分線.

idiom

***párt from ～*** 與(人)分別.
I parted from him at the gate. 我在門口和他告別.
***párt with ～*** 出售，轉讓，放棄(某物).
part with the old house 把舊房子出售

**par·tial** [\`parʃəl] 形 ❶(不是全部而是)部分的，不完全的.
a partial success 部分成功
His success is only partial. 他只獲得部分成功.
❷不公平的，偏袒的.
A judge must not be partial. 法官不可以不公正.
Mr. Mann is partial **to** girl students. 曼先生偏袒女學生.
❸偏愛的.
She is partial **to** ice cream. 她特別喜歡冰淇淋.

**par·tic·i·pant** [pɚ\`tɪsəpənt] 名 (比賽等的)參加者，出場者.

**par·tic·i·pate** [pɚ\`tɪsə͵pet] 動(**participate in ～**)參加，加入.
Every student should participate in the school festival. 每個學生都應參加校慶.

**par·ti·ci·ple** [\`partəsəpl̩] 名《文法》分詞. ➜有以下二種.
**pást párticiple** 過去分詞. ➜有規則動詞的過去分詞，即動詞原形加-(e)d(例如：played, lived)與不規則動詞的過去分詞(例如：seen, done)；「be動詞＋過去分詞」＝被動語態；「have＋過去分詞」＝現在完成式.
**présent párticiple** 現在分詞. ➜動詞原形加-ing的形式(例如：playing, living)；「be動詞＋現在分詞」＝進行式.

**par·tic·u·lar** [pɚ\`tɪkjəlɚ] 形 ❶特別的.
Alice is a particular friend of Lucy. 愛麗絲是露西特別親密的朋友.
I have nothing particular to say. 我沒有甚麼特別要說的.
❷(**this 〔that〕 particular ～**) (儘管還有其他，但)特別是這個〔那個〕～，只限於這個〔那個〕～.
There are a lot of pictures here, but I like this particular one. 這裡有許多畫，但我喜歡的就是這一幅.
❸在～特有的，各有的，獨特的.
each city's own particular problem 各城市特有的問題
❹(嗜好)挑剔的，苛求的，不好取悅的.
He is particular about his food. 他對食物很挑剔.
—名(細小的)項目，細微部分，細節；(**particulars**)詳細情況.
"Give me all the particulars," said the policeman. 警察說：「把詳細情況全部告訴我.」

idiom

***in partícular*** 特別，尤其.
I like this song in particular. 我特

P

別喜歡這首歌.

**par·tic·u·lar·ly** [pə`tıkjələlı] 副 特別, 尤其, 格外.
He likes books, particularly history books. 他喜歡書, 特別是歷史書. ➜一般放在意義上要強調的語詞之前.

**part·ly** [`partlı] 副 部分地, 不完全地, 在一定程度上.
It will be partly cloudy tomorrow. 明天局部地區多雲.

**part·ner** [`partnə] 名 (一起做某事的)夥伴, 共事者, 搭檔, 合作者; (事業的)共同經營者.
a tennis 〔dancing〕 partner 網球的搭檔〔舞伴〕
She wants to **be partners with** Jane in the next match. 她想在下次比賽中與珍搭檔.

**pártner dòg** 被訓練來協助坐輪椅度日的人士的狗.

P

**part-time** [`part`taım] 形 ❶(非全日)部分時間的, 定期出勤的, 兼差的.
a part-time job 兼差, 兼職
a part-time teacher 外聘教師, 兼任教師
❷(學校)非全日上課的.
a part-time school 非全日上課的學校 ➜一般指 a night school.
—副 花部分時間地, 非全日地.
work part-time at a store 在商店兼差〔打零工〕

**part-tim·er** [`part`taımə] 名 兼任者, 兼職者; 非全日上課學校的學生.

**par·ty** [`partı] 名(複 **parties** [`partız])
❶(社交的)**集會, 聚會.**
a birthday party 生日宴會
a dinner party 宴會
**have** 〔**give**〕 a party 舉行宴會(或茶會等)
**attend** a party 出席晚會
We had a farewell party **for** Jane. 我們爲珍舉辦歡送會.
❷(一起做事的)人們, 一伙人, 隊.
a party of school children 一群小學生
a rescue party 救援隊
❸政黨.
The Republican Party and the Democratic Party are the biggest parties in the United States. 共和黨與民主黨爲美國兩大政黨.

**pass** [pæs] 動 ❶ **穿過, 經過.**
pass the post office 經過郵局
pass a gate 穿過門
pass **through** a tunnel 穿過隧道
Please let me pass. 請讓我過去.
John passed Bob just before the finish line. 約翰在終點線之前超越了鮑勃.
❷(時間等)**逝去, 過去; 度過**(時間).
An hour passed. 一小時過去了.
Many years have passed since my mother died. 母親死了好多年了. ➜現在完成式.
We are going to pass this winter in Hawaii. 我們打算在夏威夷過冬.
❸**通過**(考試等), **合格; 通過**(議案等).
pass the test 通過測驗
The bill passed (the Congress). 法案(由國會)通過了.
❹**傳遞,** 傳送; 傳.
pass the ball (back) (向後)傳球, 傳球(給原先傳出的人)
pass him the note 把便條轉交給他 ➜V (pass) +O′ (him) +O (the note) 的句型.
He quickly passed the ball to the center. 他迅速把球傳給中鋒.
Pass (me) the salt, please. 請把鹽遞過來(給我). ➜吃飯時把手伸到別人面前並不禮貌, 所以有此說法.
The father's money will pass to his son. 父親的錢將傳給兒子.
❺穿(線、針等).
Pass the rope through the ring.

把繩子穿過這個環.

idiom

***pàss awáy*** (人)死亡. ➜比 die 委婉的說法.

***páss bý*** 從旁邊經過，過而不停；(時間)經過.

I was just passing by and I saw your motorcycle. 我正好路過，看到你的摩托車.

***páss by*** ～ 經過～的旁邊，過而不停.

She passed by me, but didn't say hello. 她從我身邊經過，但沒打招呼.

***páss for*** ～ 被認為；被當做.

—名 ❶通行證；(免費)入場券.

a season pass 季票

❷山路，山間小路.

❸傳球動作；(紙牌遊戲中)(一次)放棄叫牌(或補牌).

**pas·sage** [ˋpæsɪdʒ] 名 ❶通過；通行，(時間的)經過.

❷(船、飛機的)航行，航海.

a rough passage across the Pacific 橫渡太平洋的艱辛航行

❸通路，走廊. ❹(文章等的)一節.

**pas·sen·ger** [ˋpæsn̩dʒɚ] 名 (火車、輪船、公車、飛機等的)**乘客**，旅客.

a passenger boat 〔plane〕 客船〔客機〕

There were only four passengers on the bus. 公車上只有四位乘客.

**pássenger pìgeon** 旅鴿. ➜會聚集成群長途飛行；產於北美，現已絕跡.

**pass·er-by** [ˋpæsɚˋbaɪ] 名 (複 **passers-by** [ˋpæsɚzˋbaɪ] ➜注意 s 的位置) 過路人，經過者.

**pas·sion** [ˋpæʃən] 名 ❶(愛、恨等的)強烈感情，激情.

❷大怒，激怒.

**get** 〔**fly**〕 **into** a passion 大怒，大發雷霆

❸熱衷(的東西)，熱情.

have a passion **for** tennis 熱愛網球

**pas·sion·ate** [ˋpæʃənɪt] 形 激烈的，熱烈的，熱情的.

**pas·sive** [ˋpæsɪv] 形 ❶消極的；被動的，沒幹勁的；順從的. ❷《文法》被動語態的. 反義字 active(主動語態的).

**pass·port** [ˋpæs͵port] 名 護照.

**pass·word** [ˋpæs͵wɝd] 名 暗語，密碼，通行令. ➜用於分辨敵我，或多人同時使用同一電腦系統時用以識別使用者；提款卡的「密碼」等亦屬其中一種.

**past** [pæst] 介 **過，經過.**

five minutes past ten 十點零五分

walk past the restaurant 走過餐館

an old woman past eighty 八十多歲的老婦人

He is past forty. 他四十多歲了.

The patient is past hope of recovery. 這位患者沒有痊癒的希望了.

—形 ❶**逝去的，過去的.**

No one knows about his past life. 誰也不知道他過去的生活.

The danger is past. 危險過去了.

❷**剛過去的，最近的，**在此以前的.

for the past month 這一個月以來

He has been sick for the past two weeks. 這兩星期來他一直病著.

—名 ❶(**the past**)**過去，往事.** 相關語 present(現在(的))，future(未來(的)).

**in** the past 在過去，過去(的)

He never says anything about his past. 他從不說起自己的過去.

Grandpa lives in the **past**; I live in the **future**. 爺爺活在往事的回憶中，而我則活在未來的夢想中. ◁反義字

❷(**the past**)《文法》過去式.

—副 過.

walk past 走過

go 〔run〕 past 經過〔跑過〕

**pas·ta** [ˋpæstə] 名 通心粉、義大利麵等的總稱；用來製作該食品的麵團.

P

**paste** [pest] 名 ❶(用麵粉煮成的)漿糊. ❷麵團. ➜在麵粉中混入奶油，做點心的原料. ❸(把魚、肉、果實、蔬菜等研碎熬製的)糊狀物.
—動 用漿糊黏貼.

**pas·time** [ˋpæs͵taɪm] 名 消遣，娛樂，樂趣.

**pas·tor** [ˋpæstɚ] 名 牧師.

**pas·try** [ˋpestrɪ] 名 (複 **pastries** [ˋpestrɪz])麵團(paste)製糕點. ➜油酥餅類的糕點稱作 cake.

**pas·ture** [ˋpæstʃɚ] 名 牧場.

**pat** [pæt] 動 輕拍(表示親愛、祝福等意).
pat him **on** the back (作擁抱狀地)拍他的背
◆ **patted** [ˋpætɪd] 過去式、過去分詞.
I patted the dog on the head. 我輕拍那隻狗的頭部.
◆ **patting** [ˋpætɪŋ] 現在分詞、動名詞.
—名 輕拍(聲).

**patch** [pætʃ] 名 ❶(縫在衣服等上的)補釘，補片. ❷(貼在傷口的)膏藥；眼罩(➜亦作 **eye patch**). ❸斑點；(不大的)地皮，田地.
—動 打補釘.

**pat·ent** [ˋpætn̩t] 名 專利，專利權；專利品.

**path** [pæθ] 名 (複 **paths** [pæðz] ➜注意發音)❶(原野、森林中的)小路；(庭園、公園中的)走道，通路.
a path **through** the woods 林間小道
❷路線，通道.
the path of the typhoon 颱風前進的路徑

**pa·tience** [ˋpeʃəns] 名 忍耐，忍耐力，容忍.

**pa·tient** [ˋpeʃənt] 形 忍耐的，容忍的，有耐心的.
He is patient **with** others. 他對人有耐心.
—名 患者，病人.

**pa·tient·ly** [ˋpeʃəntlɪ] 副 忍耐地，耐心地.

**pa·tri·ot** [ˋpetrɪət] 名 愛國者.

**pa·tri·ot·ic** [͵petrɪˋɑtɪk] 形 愛國的.

**pa·trol** [pəˋtrol] 名 ❶(軍人、警察的)巡邏，巡查.
a patrol car 巡邏車
go **on** patrol 去巡邏
The policemen were on patrol. 警察在巡邏.
❷巡邏者，偵察隊.
—動 巡邏，巡查.
The police patrol this area at night. 夜間警察在此地區巡邏.
◆ **patrolled** [pəˋtrold] 過去式、過去分詞.
◆ **patrolling** [pəˋtrolɪŋ] 現在分詞、動名詞.

**pa·trol·man** [pəˋtrolmən] 名 (複 **patrolmen** [pəˋtrolmən])《美》巡警.

**pa·tron** [ˋpetrən] 名 ❶(藝術、學術等的)保護者，資助人. ❷(商店、旅館等的)老顧客，常客.

**pat·tern** [ˋpætɚn] 名 ❶型；(服裝的)紙樣. ❷圖案，花樣，式樣. ❸模範；榜樣.

**pause** [pɔz] 名 暫停，中斷，中間休息，間斷；段落.
**make** a pause 停頓，稍作休息
—動 稍作中止，停歇，停步.

**pave** [pev] 動 鋪，築(路).

**pave·ment** [ˋpevmənt] 名 ❶(地板、道路等的)鋪設；柏油路. ❷《英》(道路旁邊的)人行道(《美》sidewalk).

**paw** [pɔ] 名(狗、貓、熊等有爪子的)腳，腳爪. → hoof. (見次頁圖)

**pay** [pe] 動 ❶支付，付出.
pay **for** the book 付書錢

P

pay ten dollars for the book　花十美元買這本書
pay a bill　付帳
pay in cash〔by check〕　用現金〔支票〕支付
How much did you pay for it?　你爲此花了多少錢?
◆ **paid** [ped] 過去式、過去分詞.
I paid him five dollars for washing the car.　我付給他五美元作爲洗車的報酬.　➡ V (paid) + O′ (him) + O (five dollars)的句型.
❷ 致以(敬意), 給予(注意); 進行(訪問).
pay attention to what the teacher is saying　注意老師所講的內容
pay him a visit　訪問他
❸ (工作等)有意義, 合算, 有價值.
The job didn't pay (me).　這工作(對我)毫無收益.
idiom
***páy báck***　償還(借款等), 報答(恩德等); 報復.
**—** 名 **工資, 報酬.**
high〔low〕pay　高〔低〕薪
He gets his pay every Friday.　他每週五領工資.
Her child's happiness is a mother's pay.　孩子的幸福就是母親的報酬.

**pay·day** [ˋpe͵de] 名 發薪日, 付款日.
**pay·ment** [ˋpemənt] 名 支付(款項), 繳納; 報償.
a monthly payment　按月付款, 按月分期付款

**PE, P.E.**　physical education(體育)的縮寫.
**pea** [pi] 名 豌豆.
**gréen péas**　青豆.
**peace** [pis] 名 ❶和平.
war and peace　戰爭與和平
work **for** world peace　爲世界和平而努力
sign a peace treaty　簽訂和平條約
❷平安, 平靜.
peace of mind　心情的平靜
idiom
***at péace***　和平地, 和睦地.
***in péace***　在和平中; 安心地, 安穩地.
The two countries were **at** peace with one another, and the people lived **in** peace.　那兩國和睦相處, 人民過著和平的生活.
***màke péace with ～***　與～言歸於好, 與～講和.
**peace·ful** [ˋpisfəl] 形 和平的, 太平的, 安寧的.
**peace·ful·ly** [ˋpisfəlɪ] 副 和平地, 平靜地, 安靜地.
**peach** [pitʃ] 名 ❶ 桃子, 桃樹.　❷桃紅色.　➡近似橙色的粉紅色.
**pea·cock** [ˋpi͵kɑk] 名(雄)孔雀.　➡「雌孔雀」爲 **peahen**.
**peak** [pik] 名 ❶ 山峯, 山頂, 頂峯; 頂點, 高峯.　❷帽緣.
**pea·nut** [ˋpi͵nʌt] 名 花生, 花生仁.
**pear** [pɛr] 名 梨子, 梨樹.
**pearl** [pɝl] 名 珍珠.
a pearl necklace　珍珠項鍊
a string of pearls　一串珍珠
**peas·ant** [ˋpɛzn̩t] 名 農民, 佃戶; 鄉下人.
**peb·ble** [ˋpɛbl̩] 名 卵石, 小圓石.
**peck** [pɛk] 動(用嘴)啄; 啄穿.
**pe·cu·li·ar** [pɪˋkjuljɚ] 形 ❶與眾不同

P

的，異樣的，奇妙的，古怪的.
This has a peculiar taste. 這有奇特的味道.
❷特有的，固有的，獨具的.
The koala is (an animal) peculiar **to** Australia. 無尾熊是澳大利亞特有的動物.
❸特別的.

**ped·al** [ˋpɛdḷ] 名(鋼琴、自行車等的)踏板.

**ped·dler** [ˋpɛdlɚ] 名 沿街叫賣的小販.

**pe·des·tri·an** [pəˋdɛstrɪən] 名 步行者，行人.
告示 Pedestrians Only. 行人專用.
—形 步行(者)的，徒步的.
a pedestrian crossing 行人穿越道
a pedestrian bridge 天橋

**peel** [pil] 名(水果等的)皮.
—動(用手指)剝皮，(用刀子等)削皮；脫皮，剝落. → pare.
peel an orange〔potatoes〕 剝橘子皮〔削馬鈴薯皮〕
Would you peel me an apple, please? 幫我削個蘋果好嗎?
Potatoes peel easily. 馬鈴薯易去皮.

**peep**[1] [pip] 動 窺視.
peep **through** a keyhole 從鑰匙孔中偷看
peep **into** a room 窺視房中
—名 偷看，一瞥.
**have**〔**get, take**〕 a peep at the inside of the box 朝箱中瞥一眼

**peep**[2] [pip] 動(小鳥等)唧唧鳴叫.
—名(小鳥等的)叫聲，唧唧聲，啾啾聲.

**peer** [pɪr] 名❶(能力等)同等的人；夥伴. ❷貴族.

**peg** [pɛg] 名 ❶木釘，掛東西的釘子.
a hat peg 掛帽釘
❷(繫帳篷等的)樁；楔子，栓，塞.

**Pe·king** [ˋpiˋkɪŋ] 專有名詞 北京. → 現在多拼寫為 Beijing.

**pel·i·can** [ˋpɛlɪkən] 名 鵜鶘.

**pen**[1] [pɛn]
▶筆
⊙筆桿上連有筆尖的東西，自來水筆、原子筆、製圖用鴨嘴筆等

名(複 **pens** [pɛnz])筆.
a ball-point pen 原子筆
a fountain pen 自來水筆
a felt(-tip) pen 簽字筆，氈頭筆
with pen and ink 用筆和墨水
Fill in〔out〕this form with a pen. 用鋼筆填寫這張表格.

**pén frìend** 《英》=pen pal.

**pén nàme** 筆名.

**pén pàl** 《美》(尤指國外的)筆友(《英》pen friend).

**pen**[2] [pɛn] 名 ❶(關養家畜的)圈，棚，籠，欄. ❷嬰兒圍牀，嬰兒圍椅.

**pen·al·ty** [ˋpɛnḷtɪ] 名(複 **penalties** [ˋpɛnḷtɪz])❶懲罰；罰金. ❷(比賽中對犯規的)處罰.

**pence** [pɛns] 名 penny 的複數.

**pen·cil** [ˋpɛnsḷ]
▶鉛筆
⊙B (= black)表示鉛筆的「軟度」，H (= hard)表示「硬度」

名(複 **pencils** [ˋpɛnsḷz])鉛筆.
write in〔with a〕pencil 用鉛筆書寫
a colored〔red〕pencil 有色〔紅〕鉛筆
a mechanical〔《英》propelling〕pencil 自動鉛筆

**péncil càse**〔**bòx**〕 鉛筆盒.
There are a **pen**, a few **pencils** and an **eraser** in my **pencil case**. 我的鉛筆盒裡有一支鋼筆，幾支鉛筆和一塊橡皮擦. ◁相關語

**pen·dant** [ˋpɛndənt] 名(項鍊、耳環、

手鐲等上面的)垂飾，吊飾.

**pen·du·lum** [ˋpɛndʒələm] 名(鐘等的)擺.

**pen·e·trate** [ˋpɛnə͵tret] 動 貫通，穿透；滲透.

**pen·guin** [ˋpɛŋgwɪn] 名 企鵝.

**pen·hold·er** [ˋpɛn͵holdɚ] 名 筆桿.

**pen·i·cil·lin** [͵pɛnɪˋsɪlɪn] 名 青黴素(盤尼西林). ➡藥性強的抗生素.

**pen·in·su·la** [pəˋnɪnsələ] 名 半島.
the Malay Peninsula 馬來半島

**pen·man·ship** [ˋpɛnmən͵ʃɪp] 名 書寫，寫法；筆跡.

**pen·nant** [ˋpɛnənt] 名 ❶(軍艦用來打信號等的)(細長的)三角旗. ❷(體育比賽的)優勝錦旗.

**Penn·syl·va·ni·a** [͵pɛnslˋvenjə] 專有名詞 賓夕法尼亞. ➡美國東北部的州；一七七六年獨立宣言在該州東南部的費城發表；簡稱 **Pa.**, **Penn.**, **PA**(郵政用).

**pen·ny** [ˋpɛnɪ] 名 ❶《英》便士；便士銅幣. ➡在英國指相當於 1/100 英鎊的貨幣價值，或指該價值的銅幣；複數在指「價值」時爲 **pence** [pɛns]，在指便士銅幣的「數量」時爲 pennies [ˋpɛnɪz]；都略作 **p**.
This pen costs 50 pence. 這支筆價值五十便士.
He gave me three pennies. 他給我三個便士.
❷《美》一分銅幣(cent).

**pen·sion** [ˋpɛnʃən] 名 養老金，退休金.
live **on** a pension 靠養老金生活

---

**peo·ple** [ˋpi pl]
▶人，人們
▶人民，國民

---

名(複 **peoples** [ˋpiplz]) ❶人們；世人.
five people 五個人
a lot of people 很多人
those〔these〕people 那些〔這些〕人
the village people 村民們
the people in New York 紐約的人們
The people there were very kind to me. 那裡的人們對我很親切. ➡ people 作複數.
People say (that) it is true. 人們都說那是眞的.
❷國民，人民；民族.
the English people 英國國民
government of the people, by the people, for the people 民有，民治，民享的政治 ➡林肯總統在蓋茨堡演說的名句.
the peoples of Asia 亞洲各民族

**pep** [pɛp] 名 銳氣，活力.
a pep rally (爲運動員舉行的)鼓舞士氣的集會

**pep·per** [ˋpɛpɚ] 名 胡椒.
put pepper and salt on the meat 在肉上撒胡椒和鹽 ➡不用 ×*a* pepper, ×pepper*s*.

**pep·per·mint** [ˋpɛpɚ͵mɪnt] 名 薄荷.

**per** [pɚ] 介 每. → a ❸
100 miles per hour 每小時一百英里，時速一百英里

**per·ceive** [pɚˋsiv] 動 察覺，了解.

**per·cent** [pɚˋsɛnt] 名 百分比，百分之～. ➡亦拼作 **per cent**；有時用符號 % 表示.
Ten percent of two hundred is twenty. 200的10%是20. ➡ percent of 後面的名詞爲複數時作複數使用，爲單數時作單數使用.

**per·cent·age** [pɚˋsɛntɪdʒ] 名 百分率，百分數；比例.
A large percentage of the students have cameras. 大部分學生有照相機. ➡ percentage of 後面的名詞爲複數時作複數使用，爲單數時作單數使用.

P

**perch** [pɜtʃ] 名(禽鳥的)棲木.
—動(鳥)停歇；(人在略高的地方)坐著，(建築物等在高處)聳立.

**per·fect** [ˋpɜfɪkt] 形 完美的，無瑕的；完全的.
a perfect crime 天衣無縫的罪行
His batting form is perfect. 他的擊球姿勢完美無缺.
He is a perfect stranger to me. 對我來說他是個完全陌生的人.

**per·fec·tion** [pɚˋfɛkʃən] 名 完美(的人、物)；完成.

**per·fect·ly** [ˋpɜfɪktlɪ] 副 完美地，無瑕地，完全地.

**per·form** [pɚˋfɔrm] 動 ❶進行，履行(義務等)，完成.
perform a task 做一件工作
perform *one's* duties 履行義務
❷演出，演奏；(動物)表演.
perform a play by Shakespeare 上演莎士比亞的戲劇
She performed beautifully **on** the piano. 她鋼琴演奏得優美極了.
This dog can perform many tricks. 這隻狗會表演很多把戲.

**per·form·ance** [pɚˋfɔrməns] 名 ❶進行；完成.
the performance of *one's* duties 自己義務的履行
❷上演，演奏，演技；把戲.
a musical performance 音樂演奏
The orchestra gave a wonderful performance. 管弦樂團進行精采的演奏.

**per·fume** [ˋpɜfjum] 名 ❶宜人的氣味，芳香.
❷香水，香料.
What perfume are you **wear**ing? 你擦甚麼香水?

**per·haps** [pɚˋhæps] 副 **大概，也許.**
相關語 以下依次可能性遞增：possibly(或許)—perhaps, maybe(也許)—probably(可能)—certainly(一定)—definitely(的確).
Perhaps I will come—but perhaps I won't. 我也許來，也許不來.

**per·il** [ˋpɛrəl] 名(臨近的)重大危險；危險的事物.

**pe·ri·od** [ˋpɪrɪəd] 名 ❶ **期間，時期；時代.**
for a short period 短期間
the period of the Renaissance 文藝復興時代
❷**上課時間，**節，堂.
the second period in the morning 上午的第二堂課
❸《主美》**句號**(《主英》full stop).

**per·ish** [ˋpɛrɪʃ] 動 死亡，滅亡，腐爛.

**per·ma·nent** [ˋpɜmənənt] 形 永久的，持久的.
a permanent wave 燙髮

**per·mis·sion** [pɚˋmɪʃən] 名 同意，許可. ➜動詞爲 permit.
**give** permission 允許，同意
**ask for** permission 請求許可
**with** 〔**without**〕 permission 得到許可〔未經許可〕
The students asked their teacher for permission to use the room. 學生請求老師允許他們使用那個房間.

**per·mit** [pɚˋmɪt] 動 允許，許可，准許～做～. ➜名詞爲 permission.
permit him to go 允許他去
◆ **permitted** [pɚˋmɪtɪd] 過去式、過去分詞.
Smoking **is** not permitted in the bus. 公車上不准吸菸.
◆ **permitting** [pɚˋmɪtɪŋ] 現在分詞、動名詞.

**per·pen·dic·u·lar** [ˌpɜpənˋdɪkjələ] 形 垂直的. 反義字 horizontal(水平的).
a perpendicular line 垂直線
The wall should be perpendicular **to** the floor. 牆壁應與地板垂直.

**per·pet·u·al** [pɚˋpɛtʃuəl] 形 ❶永久

的. ❷不斷的，連續的(constant).

**per·plex** [pɚˋplɛks] 動 使爲難，使困惑，使混亂.

**Per·ry** [ˋpɛrɪ] 專有名詞 (**Matthew Calbraith**)培理. ➔於一八五三年由水路航行至日本浦賀，要求日本開放門戶的美國海軍艦隊司令(1794-1858).

**per·se·cute** [ˋpɝsɪˏkjut] 動 迫害，虐待.

**Per·sia** [ˋpɝʒə, ˋpɝʃə] 專有名詞 波斯. ➔即現在的伊朗(Iran).

**Per·sian** [ˋpɝʒən, pɝʃən] 形 波斯的，波斯人〔語〕的.

**the Pérsian Gúlf** 波斯灣.

**—** 名 ❶波斯人. ❷波斯語.

**per·sim·mon** [pɚˋsɪmən] 名《水果》柿子(樹).

**per·sist** [pɚˋsɪst] 動 ❶(**persist in** ～)一直做到底；堅稱.

They persist in thinking that he is still alive. 他們一直認爲他還活著.

❷持續；殘存.

**per·son** [ˋpɝsn̩] 名 ❶人. ➔可用於指男性或女性.

She is a nice person. 她是個好人.

He is a very important person. 他是個很重要的人物.

The air crash killed 60 persons. 這次墜機有六十人死亡. ➔ person的複數是 persons 或者 people；前者適用於正式的文章，後者適用於口語.

❷身體；外貌.

search his person (爲檢查他的攜帶物)搜他的身

❸《文法》人稱.

**the fírst〔sécond, thírd〕pérson** 第一〔二，三〕人稱. ➔說話人在稱自己時的用語爲第一人稱(I, we)；指聽話人時爲第二人稱(you)；除此以外指第三者時稱作第三人稱(he, she, it, they 等).

idiom

***in pérson*** 親自，自己.

He came in person. 他親自來了.

**per·son·al** [ˋpɝsən̩l] 形 ❶個人的，有關個人的(境遇等)，私人的.

for personal reasons 因爲個人的理由

This is my personal opinion. 這是我個人的意見.

**pérsonal compúter** 個人電腦. ➔個人用的小型電腦.

❷本人的，直接的.

❸《美》(信件)親啓的(《英》private).

❹《文法》人稱的.

**pérsonal prónoun** 《文法》人稱代名詞. ➔ I(我), his(他的), them(他們)等.

**per·son·al·i·ty** [ˏpɝsənˋælətɪ] 名(複 **personalities** [ˏpɝsənˋælətɪz]) ❶個性，性格；(爲人所喜愛的)人品.

Her personality, not her beauty, made her popular. 使她受人歡迎的是她的個性，不是她的美貌.

❷才能出眾的人；(某個領域的)名人.

a famous TV personality 有名的電視明星

**per·son·al·ly** [ˋpɝsənəlɪ] 副 ❶親自地，直接地(in person). ❷(別人我不知道)就我個人是～.

**per·suade** [pɚˋswed] 動 說服，勸說.

persuade him to tell the truth 說服他講眞話

persuade him not to go there 勸他不要去那裡

**Pe·ru** [pəˋru] 專有名詞 祕魯. ➔南美西北部的共和國；首都利馬(Lima)；通用語爲西班牙語；正式名稱是 **the Republic of Peru**(祕魯共和國).

**pet** [pɛt] 名 **寵物**；喜歡的人〔物〕.

pet food 寵物食品

Betty has a canary **as**〔**for**〕a pet. 貝蒂養了一隻金絲雀作爲寵物.

That girl is the teacher's pet. 那個女孩很討老師喜歡.

P

Australian children sometimes **make pets of** kangaroos. 澳大利亞的孩子有時養袋鼠當作寵物.

**pét náme** 暱稱. ➜除本名以外, 給人和動物或是交通工具取的小名; 和本名相對應的名字一般叫 nickname, 例如和 Robert 相對的是 Bob.

**—**形 寵愛的, 喜愛的, 喜歡的.

a pet dog 愛犬

**pet·al** [ˋpɛtl̩] 名 花瓣.

**Pe·ter Pan** [ˋpitɚˋpæn] 專有名詞 彼得・潘.

> 參考 英國作家 J. M. Barrie 的兒童劇《小飛俠》中的主角; 他是個精力旺盛, 喜歡惡作劇, 有一顆純眞的心的少年, 居住在倫敦肯森頓公園; 他永遠年輕, 能飛翔於空中; 故事描寫他帶著少女溫蒂和她的弟弟到夢想地去冒險.

P

**pet·rol** [ˋpɛtrəl] 名《英》汽油(《美》gasoline).

**pétrol stàtion** 《英》(汽車的)加油站(《美》filling〔gas〕station).

**pe·tro·le·um** [pəˋtrolɪəm] 名 石油.

**pet·ti·coat** [ˋpɛtɪˏkot] 名 襯裙.

**pet·ty** [ˋpɛtɪ] 形 ❶小的, 細小的, 微不足道的. ❷心胸狹窄的, 卑劣的.

◆ **pettier** [ˋpɛtɪɚ] 比較級.

◆ **pettiest** [ˋpɛtɪɪst] 最高級.

**phar·ma·cist** [ˋfɑrməsɪst] 名 藥劑師(《美》druggist, 《英》chemist).

**phar·ma·cy** [ˋfɑrməsɪ] 名(複 **pharmacies** [ˋfɑrməsɪz]) 藥局.

**phase** [fez] 名 ❶(變化、發展的)階段, 時期, 局面. ❷(問題等的)面, 方面.

**pheas·ant** [ˋfɛzn̩t] 名 雉.

> 印象 西方自古以來一直爲人們所喜愛的一種鳥, 作爲獵物; 羽毛顏色很漂亮, 所以一直是「美」和「奢華」的象徵; 肉能食用, 非常珍貴.

**phe·nom·e·non** [fəˋnɑmənən] 名(複 **phenomena** [fəˋnɑmənə]) 現象.

A rainbow is a beautiful natural phenomenon. 虹是一種美麗的自然現象.

**Phil·a·del·phi·a** [ˏfɪləˋdɛlfjə] 專有名詞 費城. ➜位於賓夕法尼亞州, 爲美國第四大城市; → Pennsylvania.

**Phil·ip·pines** [ˋfɪləˏpinz] 專有名詞 ❶(**the Philippines**) 菲律賓共和國. ➜正式名稱是 **the Republic of the Philippines**; 首都馬尼拉(Manila); 通用語是以他加祿語爲基礎的菲律賓語(Pilipino), 英語、西班牙語也很普遍; 作單數. ❷菲律賓群島(the Philippine Islands). ➜作複數.

**phi·los·o·pher** [fəˋlɑsəfɚ] 名 哲學家.

**phi·los·o·phy** [fəˋlɑsəfɪ] 名(複 **philosophies** [fəˋlɑsəfɪz]) ❶哲學. ❷人生觀, 人生哲學; 原理.

My father's philosophy is to work hard and be kind to others. 我父親的人生觀是努力工作和親切對待他人.

**phone** [fon] 名《口》電話; 電話機, (尤指)電話聽筒(receiver). ➜ **telephone** 的縮寫.

a phone call 電話〔打來的電話〕 ➜也可僅用 a call.

**by** phone 用電話 ➜不用 ×by *a* phone.

talk **on**〔**over**〕the phone = talk by phone 用電話通話

**make** a phone call to her 打電話給她

**give** him a phone call 打電話給他

**get**〔**have**〕a phone call from him 接〔有〕一通他打來的電話

**pick up**〔**take up, lift**〕the phone and dial a number 拿起聽筒撥電話號碼

**hang up** (the phone) 掛斷電話

a phone book 〔number〕 電話簿〔號碼〕
a pay 〔public〕 phone 公用電話
a phone booth 《美》公用電話亭(《英》call box, phonebox)
會話 What's your phone number? 〔May I have your phone number?〕—My phone number is 305-2213 (讀法: three, O〔zero〕, five, two, two, one, three 或 three, O〔zero〕, five, double two, one, three). 你的電話號碼是多少? 〔你能告訴我你的電話號碼嗎?〕—我的電話號碼是305-2213.
The phone is ringing. Please **answer** it. 電話在響, 請接一下.
Can I **use** your phone? 我能借用你的電話嗎? ➡不用 ×*borrow* ~.

idiom

***on the phóne*** 用電話; 接電話; 來電話.
Don't make a noise—Mother's on the phone. 不要吵, 媽媽在接電話.
He is on the other phone. Will you hold on a moment? 他在接另一個電話, 你稍等一會好嗎?
You are wanted on 〔at〕 the phone. (=Phone **for** you.) 你的電話.
**—**動 打電話(給~); 在電話中說〔傳達〕. ➡是比較正式的說法, 一般在《口》裡用《美》call (up), 《英》ring (up)等.
phone home 打電話回家 ➡home 是副詞, 爲「往家中」之意.
I will phone you tomorrow. 明天我打電話給你.
Can I phone New York from here? 我能從這裡打電話到紐約嗎?

**phone·box** [ˋfon͵bɑks] 名 《英》公用電話亭(call box) (《美》phone booth).

**phone·card** [ˋfon͵kɑrd] 名 電話卡.

**pho·to** [ˋfoto] 名 (複 **photos** [ˋfotoz]) 《口》照片. ➡ photograph 的縮寫.
a photo studio (攝影)照相館, 攝影工作室.

**pho·to·graph** [ˋfoto͵græf] 名 照片 (photo, picture).
your photograph 你(持有〔所拍〕)的照片
a photograph **of** my family 我家人的照片
**take** a photograph of a friend 給朋友拍照
I **had** 〔**got**〕 my photograph **taken** in front of the White House. 我在白宮前請人幫我拍了一張照片. ➡have 〔get〕+O+過去分詞(請人把O~)的句型.

**pho·tog·ra·pher** [fəˋtɑgrəfɚ] ➡注意重音的位置. 名 攝影師; 拍照的人.

**pho·tog·ra·phy** [fəˋtɑgrəfɪ] 名 攝影(術).
a photography shop (沖印照片等的)照相館
My only hobby is photography. 我唯一的嗜好就是攝影.

**pho·to·jour·nal·ist** [͵fotoˋdʒɝnəlɪst] 名 新聞攝影記者.

**phrase** [frez] 名 ❶《文法》片語. ➡不包括主詞與述詞關係, 但有某種完整的意義; 如 in the hand(在手中), all day(一整天)等. ❷詞句, 片語; 成語, 慣用語. ❸措詞, 說法.

**phys·i·cal** [ˋfɪzɪkḷ] 形 ❶身體的, 肉體的.
physical exercise 體操, 運動
a physical checkup 健康檢查
**phýsical educátion** 體育. ➡略作 **PE** 或 **P.E.**
❷物質(界)的, 自然(界)的; 物理(學)的.
physical science 自然科學, 物理學

**phy·si·cian** [fɪˋzɪʃən] 名 醫生(doctor); (特指)內科醫生. 相關語 surgeon(外科醫生).

**phys·i·cist** [ˋfɪzəsɪst] 名 物理學家.

P

**phys·ics** [ˋfɪzɪks] 名 物理學. ➔作單數.

**pi·an·ist** [pɪˋænɪst] 名 演奏鋼琴的人；鋼琴師，鋼琴家.

**pi·an·o** [pɪˋæno] ➔注意重音的位置.
名 (複 **pianos** [pɪˋænoz]) 鋼琴.
play the piano 彈鋼琴
play a tune **on** the piano 用鋼琴演奏樂曲
accompany her on the piano 用鋼琴為她伴奏
**gránd piáno** 大鋼琴，平臺鋼琴.
**úpright piáno** (家庭用的)立式鋼琴.

**Pi·cas·so** [pɪˋkɑso] 專有名詞 (**Pablo Picasso**) 畢卡索. ➔西班牙畫家、雕刻家(1881-1973)；活躍於法國的近代繪畫巨匠.

**Pic·ca·dil·ly** [ˌpɪkəˋdɪlɪ] 專有名詞 皮卡迪利. ➔倫敦的一條大街，商店、俱樂部等林立.
**Píccadilly Círcus** 皮卡迪利廣場. ➔位於皮卡迪利大街東端的廣場，數條街道從這裡呈放射狀分布；注意 Piccadilly 的重音位置.

**pic·co·lo** [ˋpɪkəˌlo] 名 (複 **piccolos** [ˋpɪkəˌloz]) 短笛. ➔小型長笛，音色比長笛高.

**pick** [pɪk] 動 ❶摘(花、果實等)，採.
pick flowers 採花
pick apples 摘蘋果
❷(從幾個中)選擇(choose, select).
❸戳，啄；剔〔挖〕(齒、鼻等).
Don't **pick your nose**. 不要挖鼻孔.
❹抽取；竊取.
pick his pocket 偷他口袋裡的東西
She picked a card from the deck. 她從一組牌中抽出一張牌.
idiom
***píck at*** 戳，啄，玩弄.
***píck on*** ～ 挑選～；《口》苛待～，欺侮～.
***pìck óut*** 揀出，選出.
***pìck úp*** 拾起；(車輛等)載(人)；開車去接(人)；自然而然地記住(語言、習慣等).
He picked up the receiver. 他拿起了聽筒.
I'll pick you up at nine o'clock. 我九點鐘開車去接你.
He picked up English while he was staying in London. 他在倫敦停留期間學會了英語.

**pick·les** [ˋpɪkl̩z] 名 複 (蔬菜，特指用黃瓜做的)醃菜，泡菜.

**pick·pock·et** [ˋpɪkˌpɑkɪt] 名 扒手.

**pic·nic** [ˋpɪknɪk] 名 野餐. ➔在風景區、公園、家裡的庭院等戶外舉行聚會並用餐.
go on a picnic to the beach 到海邊野餐
a picnic lunch 野餐便當
a picnic table (公園等地的)野餐桌
the picnic area 野餐場地
We often had picnics in the park. 我們時常在公園野餐.
— 動 去野餐.
◆ **picnicked** [ˋpɪknɪkt] 過去式、過去分詞. ➔注意拼法.
◆ **picnicking** [ˋpɪknɪkɪŋ] 現在分詞、動名詞.

**pic·ture** [ˋpɪk tʃ ɚ] ▶畫 ▶照片

名 (複 **pictures** [ˋpɪktʃɚz]) ❶畫. ➔不管是油畫、水彩畫、線條畫、手繪或印刷的畫皆可稱之.
a picture by Picasso 畢卡索的畫
paint a picture in oils 畫油畫
draw a picture of a castle with colored pencils 用彩色鉛筆畫城堡
**pícture bòok** 畫冊.
**pícture càrd** ①(紙牌的)花牌. ②有圖畫或風景的明信片(picture postcard).

**pícture gàllery** 繪畫陳列室，美術館，畫廊.

**pícture póstcard** 有圖畫或風景的明信片.

❷照片(photograph).

**take** a picture **of** her 給她拍照

Dad took some pictures of us. 父親替我們拍了幾張照片.

I **had** 〔**got**〕 my picture **taken**. 我請人幫我拍照. ➡句型：have 〔get〕＋〈O〉＋過去分詞(請人把 O ～).

❸電影(motion picture)；(**the pictures**)《英》電影(上映)，電影院.

go to the pictures 去看電影

❹(電視、電影、鏡子的)映像，畫面；(心中的)印象.

The picture **on** this TV set isn't clear. 這臺電視機的畫面不清楚.

❺(像圖畫一樣生動的)描寫，記述.

The book **gives** a clear picture **of** life in Peru. 這本書生動鮮明地描寫了祕魯的生活.

❻(**the picture of** ～)與～很相像的人，與～酷似的人.

Larry is the picture of his father. 賴利很像他的父親.

She is the picture of health. 她是健康的寫照.

**—**動❶繪(畫)；(生動地)描寫.

❷想像.

**pie** [paɪ] 名 派，餡餅. ➡將肉、蔬菜、水果包在麵皮裡用爐火烘焙而成.

**a piece of** pie 一塊派

bake a pumpkin pie 烤南瓜派

an apple pie 蘋果派

> 參考 蘋果派是美國拓荒時期人們很喜歡吃的食物，爲一種象徵美國的食品，於是英語中出現了這樣一種用法，(as) American as apple pie (極其美國化的).

**píe crùst** 派皮.

**piece** [pis] 名❶(**a piece of** ～)一個～，一張～，一枝～，一片～.

**a piece of** paper 一張紙(與形狀、大小無關) ➡ a piece of 可作爲不可數名詞計算數量時的量詞.

a piece of chalk 一枝粉筆

two pieces of chalk 二枝粉筆

a piece of meat 一塊肉

a large piece of meat 一大塊肉

a piece of land 一塊地

a piece of furniture 一件家具

a piece of baggage 一件手提行李

a useful piece of advice 一個有用的忠告

a piece of news 一則新聞

❷片斷，零碎，碎片. → idiom

She cut the pie in 〔into〕 six pieces. 她把派切成了六塊.

There were pieces of (a) broken plate all over the floor. 地板上滿是碟子的碎片.

❸(詩、音樂、繪畫等的)作品，篇，幅，首.

a piece of poetry 一首詩

a beautiful piece of music 一曲美妙動聽的音樂

I've heard that piece many times. 那首曲子我聽過好幾遍.

❹(成套中的)一個，一件.

This set of china has sixty pieces. 這套瓷器有六十件.

❺(貨幣)一枚.

a five-cent piece 一枚五分的硬幣

ten silver pieces 十枚銀幣

idiom

***to píeces*** 粉碎，分解.

break a cup to (＝into) small pieces 把杯子摔得粉碎

The watchmaker took the watch

to pieces. 鐘錶匠分解了那隻錶.

**Pied Pip·er** [ˋpaɪdˋpaɪpɚ] 專有名詞 花衣魔笛手.

> 參考 傳說他用笛聲誘出德國哈梅倫鎮的老鼠並趕跑了牠們，後來因爲沒得到事先講好的報酬，爲洩憤而用笛聲誘出鎮上的小孩，把他們藏在山裡．因吹笛男子(piper)服裝穿著色彩斑斕(pied)而得名.

**pier** [pɪr] 名(港口的)棧橋，浮橋；碼頭.

**pierce** [pɪrs] 動 刺穿，刺入，貫穿.
A bullet pierced his heart. 子彈貫穿了他的心臟.

**pig** [pɪg] 名 **豬，小豬**. ➜《美》與長成的「食用豬」hog 相比有「小豬」的意思；相關語 pork (豬肉).
a roast pig 烤乳豬
a herd of pigs 一群豬

P

**pi·geon** [ˋpɪdʒɪn] 名 鴿.

**pig·gy** [ˋpɪgɪ] 名(複 **piggies** [ˋpɪgɪz])《兒童語》小豬.

**píggy bànk** (小豬形的)撲滿. ➜現在也有很多不是小豬形.

**pig·gy·back** [ˋpɪgɪbæk] 副 背著，肩背著.
carry a child piggyback (肩)背著小孩走

**pig·tail** [ˋpɪg͵tel] 名 (編垂在腦後的)辮子，髮辮.
She wears pigtails. 她留著辮子.

**pile** [paɪl] 名 疊，堆.
a pile of books 〔schoolwork〕 一堆書〔作業〕
a big pile of letters 一大堆信件
—動(常用 **pile up**)堆成小山，堆積；積累，堆起.
pile (up) the dishes in the sink 把碟子堆滿洗碗槽
Letters piled up on his desk. 信件堆滿了他的桌上.

**pil·grim** [ˋpɪlgrɪm] 名 朝聖者.

**the Pílgrim Fáthers** 清教徒先民. ➜指一六二〇年爲尋求宗教自由，乘坐五月花號從英國移民到美國的一百零二位清教徒；他們開發了普里茅斯殖民地(位於現在的麻薩諸塞州).

**pill** [pɪl] 名 藥丸. 相關語 powder(藥粉)，tablet(藥片)，medicine((內服)藥).

**pil·lar** [ˋpɪlɚ] 名 柱子.

**pil·lar-box** [ˋpɪlɚ͵bɑks] 名《英》(圓柱形的)郵筒(《美》mailbox).

**pil·low** [ˋpɪlo] 名 枕頭.

**pi·lot** [ˋpaɪlət] 名 ❶(飛機的)駕駛員，飛行員. ❷領港員. ➜爲船隻進出港口時導航的人.

**pim·ple** [ˋpɪmpl̩] 名 粉刺，面皰.

**pin** [pɪn] 名 ❶**別針，大頭針**.
a safety 〔tie〕 pin 安全別針〔領帶夾〕
a drawing pin 《英》圖釘(《美》thumbtack)
hair pin 《英》髮夾(《美》bobby pin)
❷飾針，徽章；(保齡球)的球瓶.
Nancy is wearing a pretty pin. 南西戴了一只很漂亮的飾針.
—動 用別針別住，《英》用圖釘釘住.
pin a notice on the bulletin board 用圖釘將告示釘在布告欄上
◆ **pinned** [pɪnd] 過去式、過去分詞.
◆ **pinning** [ˋpɪnɪŋ] 現在分詞、動名詞.

**pin·a·fore** [ˋpɪnə͵fɔr] 名 無袖罩衣，連襯圍裙.

**pin·cers** [ˋpɪnsɚz] 名 複 ❶鉗子，鑷子. ❷(蟹、蝦等的)螯.

**pinch** [pɪntʃ] 動 ❶捏，擰，夾.
pinch a finger **in** the door 手指被門夾住
❷(鞋子、帽子等)太緊，裹得發痛.
These shoes are new and pinch my feet. 這雙鞋是新的，還有點緊.
—名 ❶捏，夾.

give a pinch 捏一下
❷一撮.
a pinch of salt 一小撮鹽
❸困難，危急.
Call me when you are in a pinch. 有困難時打電話給我.

**pínch hítter** 《棒球》代打.

**pínch rúnner** 《棒球》代跑.

**pine** [paɪn] 名 松木；松樹. ➜亦作 **pine tree**.

**pine·ap·ple** [ˋpaɪn,æpl̩] 名 鳳梨.

**pine·cone** [ˋpaɪn,kon] 名 松毬，松果.

**ping-pong** [ˋpɪŋ,pɑŋ] 名 乒乓球. ➜原本是乒乓球製造廠商的商標名；一般用 table tennis (桌球).
play ping-pong 打乒乓球

**pink** [pɪŋk] 名 ❶粉紅色，桃色.
❷《植》石竹；瞿麥.
❸粉紅色的服裝.
—形 桃色的，粉紅色的.

**pi·o·neer** [,paɪəˋnɪr] 名 拓荒者，開拓者；先驅者.
a pioneer in modern medicine 近代醫學的先驅

**pipe** [paɪp] 名 ❶管，導管.

**pípe òrgan** 管風琴. → organ.

❷(裝菸絲的)菸斗(亦作 **tobacco pipe**)；一菸斗(的量).
a pipe of tobacco 一斗菸(菸斗一次所裝的量)
have a pipe 抽一斗菸
Indians smoke a peace pipe to show that they are friends. 印第安人用抽一種象徵和平的菸斗來表示友好.
❸(長笛、單簧管等的)管樂器；(類似豎笛的一種較小的)笛.

**pip·er** [ˋpaɪpɚ] 名 吹笛手；(特指)蘇格蘭的風笛手.

**pi·rate** [ˋpaɪrət] 名 海盜.

**pis·tol** [ˋpɪstl̩] 名 手槍，短槍. ➜亦作 **handgun**.
a water pistol 水槍
fire a pistol 射擊手槍

**pis·ton** [ˋpɪstn̩] 名 (發動機、幫浦等的)活塞.

**pit** [pɪt] 名 ❶(在地上挖的或是自然形成的)坑；陷阱(pitfall). ❷(腋下等軀體上的)凹部；痘痕. ❸《美》(劇場等的)樂隊席.

**pit-a-pat** [ˋpɪtə,pæt] 名 副 =pitter-patter.

**pitch**[1] [pɪtʃ] 名 ❶(聲音高低的)調子.
❷(船、飛機的)前後顛簸，上下起伏.
❸投，擲.
—動 ❶搭(帳篷).
pitch a tent 搭帳篷
❷投(球).
Jack pitched fast balls in the game. 傑克在比賽中投快速球.
He is going to pitch in the final game of the World Series. 他將在全美職棒聯賽的決賽中擔任投手.
❸(船)上下起伏.

**pitch**[2] [pɪtʃ] 名 瀝青. ➜焦油、原油蒸餾後殘存的黑色物質，用於鋪路等.

**pitch·er**[1] [ˋpɪtʃɚ] 名 (棒球的)投手.

**pitch·er**[2] [ˋpɪtʃɚ] 名 (有數個把柄和嘴的)水罐(《英》jug).

**pit·fall** [ˋpɪt,fɔl] 名 陷阱.

**pit·ter-pat·ter** [ˋpɪtɚ,pætɚ] 名 副 劈劈啪啪(地). ➜下雨聲，小孩的腳步聲，心跳聲等.

**pit·y** [ˋpɪtɪ] 名 ❶憐憫，同情.
**feel** pity **for** ～ 憐憫～，同情～
❷(**a pity**)遺憾事，可惜的事.
**It's** a pity **that** you cannot come. 很遺憾你不能來. ➜ It=that ～.
**What a pity!** 眞遺憾!

**pix·ie, pix·y** [ˋpɪksɪ] 名 小精靈，小妖精.

P

> 參考 英格蘭西南部傳說中的小妖精；戴尖帽，穿綠衣，有一對很尖的耳朵，喜歡跳舞，經常隨著昆蟲的叫聲起舞；還喜歡惡作劇，經常給遊人們添麻煩，有時也會幫人們做家事.

**piz·za** [ˋpitsə] 名 比薩.
a pizza pie 比薩
a pizza parlor〔house〕 比薩店
bake a pizza 烤比薩

**pl.** plural(複數)的縮寫.

**plac·ard** [ˋplækɑrd] 名 招貼，布告，海報.

**place** [ples] 名 ❶**地方，**場所.
a place name=the name of a place 地名
a place of amusement (電影院、遊樂園、迪斯可舞廳等)娛樂場所
There is no place like home. 沒有比家更好的地方.
New York is a place I would like to see. There are a lot of places to see in it. 紐約是我想看的地方，那裡有很多地方可以參觀.
This is the place where the treasure is buried. 這兒就是埋藏寶物的地方.
❷**座位，**(固定或指定的)位置.
You may go back to your place. 你可以回到你的座位上去了.
The children sat **in** their places **at** (the) table. 孩子們在餐桌上各就各位.
I **lost** my place in the book when I dropped it. 我掉下那本書就記不得看到甚麼地方了.
❸**住所，**家.
Come round to my place this evening. 今晚到我家來.
❹**職位；**地位；立場.
He has a place in the government. 他是政府公務員.
It's not your place to blame the teacher. 你沒有立場去責怪老師.
❺**名次，**(賽跑的)第～名.
**in the first** place 位於第一
**take**〔**win, get**〕first place in the contest 在比賽中獲得第一名

idiom

***from pláce to pláce*** 到處.
***in plàce of Á*=*in A's pláce*** 代替 A.
Mr. Smith will teach you in my place tomorrow. 明天史密斯先生代替我上你們的課.
***tàke pláce*** 舉行，(事情)發生.
A parade will take place here tomorrow afternoon. 明天下午要在這裡舉行遊行.
***tàke the pláce of Á*=*tàke A's pláce*** 代替 A.
Who will take his place while he is away? 他不在時誰要代替他?
—動 安置(到正確位置)，排列，擺置.
Place the napkin beside the plate. 把餐巾放在碟子旁邊.

**plague** [pleg] 名 瘟疫，傳染病；(**the plague**)鼠疫.

**plain** [plen] 形 ❶**明白的**(clear)，清楚的；易理解的，簡單的(easy).
in plain English 用(誰都能理解的)簡單英語
The meaning of this sentence is not plain. 這個句子的意思不清楚.
❷**無裝飾的，**樸素的，素色的；清淡的.
a plain dress 素雅的服裝
a plain hamburger (沒有夾蔬菜、奶酪等，只有肉的)簡便漢堡
I like plain food. 我喜歡清淡的食物.
❸**相貌平凡的，**不好看的.
—名 平原，曠野；(**plains**)大草原.
the (Great) Plains (北美落磯山脈東部的)大草原
the Kanto plain (日本)關東平原

**plain·ly** [ˋplenlɪ] 副 ❶**清楚地，**直率地；明瞭地.
speak plainly 清楚地說；直率地說

❷樸素地，素色地.
She was plainly dressed. 她穿得很樸素.

**plan** [plæn] 名 ❶**計畫，**方案，打算，想法，預定.
a city plan 都市計畫
a master plan 基本計畫
make a plan for a party 爲宴會籌畫
Do you have any plans for the evening? 今晚有甚麼計畫嗎?
❷**設計(圖)，**圖樣.
a plan for life 人生規畫
a floor plan 樓層平面圖
**draw** (**up**) a plan for a new house 替新房子繪製設計圖
—動 ❶**計畫；**打算～.
plan a party 計畫晚會
plan to go abroad 打算出國
◆ **planned** [plænd] 過去式、過去分詞.
We planned a picnic but couldn't go because it rained. 我們計畫野餐，因爲下雨而沒去成.
◆ **planning** [ˋplænɪŋ] 現在分詞、動名詞.
He **is** planning to visit Italy next year. 他打算明年訪問義大利.
❷設計，繪製設計圖.
plan a building 設計一幢大樓

| **plane**[1] [plen] | ▶飛機<br>⊙將 airplane(《英》aeroplane)加以省略而來 |
|---|---|

名 (複 **planes** [plenz]) ❶ 飛機(airplane).
a passenger plane 客機
a fighter plane 戰鬥機
a jet plane 噴射機
a model plane 模型飛機
go **by** plane 搭飛機去 ➜不用 ˣby *a* 〔*the*〕 plane；→ by ❶
**take** a plane **to** ～ 搭飛機去～
**board** a plane **at** Seattle 在西雅圖登機
My uncle went to India by plane. 我叔叔搭飛機到印度去了.
There were a lot of passengers **on** the plane. 這架飛機上有很多乘客.
There are six planes a day to Hong Kong. 一天有六班去香港的飛機.
❷(水)平面；程度，水準.
keep ～ on a high plane 把～保持在高水準

**plane**[2] [plen] 名 刨子.
—動 刨平.

**plan·et** [ˋplænɪt] 名 **行星.** ➜圍繞太陽旋轉的星球，如水星、金星、地球等；「恒星」爲 (fixed) star.
相關語 太陽系的行星：Mercury(水星)，Venus (金星)，Earth (地球)，Mars(火星)，Jupiter(木星)，Saturn(土星)，Uranus(天王星)，Neptune(海王星)，Pluto(冥王星).

**plan·e·tar·i·um** [plænəˋtɛrɪəm] 名 ❶天象儀. ➜用放映機逼眞地將星座圖象映在圓形屋頂的內壁上，以顯示其運行狀況的裝置.
❷天文館，星象室.

**plank** [plæŋk] 名 厚板. ➜比 board 還厚.

**plant** [plænt] 名 ❶**植物，**草木.
a tropical plant 熱帶植物
a water plant 水生植物
a pot plant 盆景，盆栽
❷**工廠**(設施)，設備.
a steel 〔power〕 plant 煉鋼廠〔發電廠〕
—動 **栽種，**栽培；播(種).
plant roses 栽植玫瑰
plant a field 在田間栽種
plant seeds 播種
He planted roses **in** his garden. ＝He planted his garden **with** roses. 他在庭院裡種植玫瑰.
The idea was firmly planted in

P

his mind. 這個想法牢牢地根植於他心中.

**plan·ta·tion** [plæn`teʃən] 名 農場, 農園.

a cotton plantation 棉花農場

a coffee plantation 咖啡園

**plas·ter** [`plæstɚ] 名 ❶灰泥, 石膏. ❷膏藥.

**plas·tic** [`plæstɪk] 形 塑膠(製)的; 可塑的. ➜ vinyl(乙烯基)是專業用語, 平常多用 plastic.

a plastic bag 塑膠袋

a plastic raincoat 〔greenhouse〕 塑膠雨衣〔溫室〕

a plastic toy 塑膠玩具

—名 ❶塑膠. ❷(**plastics**) 塑膠製品.

**plate** [plet] 名 ❶(淺圓的)盤, 西式碟子; 一碟(菜). ➜ 用來盛取餐盤(dish)上的食物.

a soup 〔dessert〕 plate 湯盤〔甜點碟〕

He ate a big plate of vegetables. 他吃了一大盤蔬菜.

❷(金屬、玻璃等製的)板.

a door 〔name〕 plate 門牌〔名牌〕

a license 〔《英》 number〕 plate (汽車的)車牌 ➜亦常僅作 plate.

❸(棒球的)投手板; (**the plate**)本壘.

the pitcher's plate 投手板

He was out **at** the (home) plate. 他在本壘被刺殺出局.

**plat·eau** [plæ`to] 名 臺地, 高原.

**plat·form** [`plæt͵fɔrm] 名 ❶(車站的)月臺. → track ❸

We waited **on** the platform for the train to arrive. 我們在月臺等待火車進站.

The train for Tainan will leave from Platform 3. 往臺南的列車將由三號月臺發車.

❷講臺, 講壇.

P

| **play** [ple] | ▶玩; 參加(體育運動等)<br>▶演奏(樂器)<br>▶遊玩<br>▶戲劇 |
|---|---|

動 ❶(小孩)玩.

**基本** play in the park 在公園裡玩 ➜ play＋表示場所的副詞(片語).

He always **plays** outdoors on fine days. 天晴時他總是在戶外玩. ➜ plays [plez] 爲第三人稱單數現在式.

◆ **played** [pled] 過去式、過去分詞.

We played all day in the garage. 我們整天都在車庫裡玩.

◆ **playing** [`pleɪŋ] 現在分詞、動名詞.

The children **are** playing in the garden. 孩子們在庭院裡玩耍. ➜現在進行式.

❷參加(體育運動、遊戲等), 玩～遊戲; 參加比賽.

**基本** play baseball 打棒球 ➜play＋名詞〈O〉; play 用於體育運動時, 受詞主要爲一些球類運動.

play catch 練(棒球的)投接球

play sports 《英》運動(《美》take part in sports)

play a good 〔poor〕 game 比賽打得好〔差〕

play cards 玩牌

play tag 〔hide-and-seek〕 玩捉迷藏

play house 〔cowboy(s)〕 玩家家酒〔牛仔遊戲〕

play first base 擔任一壘手

I'm not going to play in the game today. 我今天不參加比賽.

In basketball Japan plays **against** Germany today. 今天的籃球日本隊將和德國隊比賽.

❸演奏(音樂、樂器等), 吹, 拉, 彈; 播放(唱片、錄音帶、收音機、唱機等).

play **the** piano 彈鋼琴 ➜「樂器」的前面要加上 the.

play the flute 吹長笛

play the drums (在爵士樂隊等中)擔任鼓手〔打鼓〕
play a tune **on** the flute 用長笛吹奏一曲
play a CD〔the radio〕 放CD〔收音機〕
play a tape on a tape recorder 用錄放音機放錄音帶
Who is the girl playing the guitar? 正在彈吉他的那個女孩是誰? ➜現在分詞 playing(正在彈的)修飾 girl.

❹演出, 扮演(角色); 上演〔上映〕.
play *Hamlet* 上演「哈姆雷特」
play (the part of) Hamlet 飾演哈姆雷特
Television plays an important role in children's mental development. 電視對孩子的智力發展扮演重要角色.
*The Sound of Music* is now playing at that theater. 「真善美」正在那家戲院上映.

idiom

***pláy at ～*** 玩(扮)～的遊戲; 不認真地做～. →❷
play at (being) cowboys 玩扮牛仔遊戲
***pláy báll*** 玩球; 《美》打棒球; (球賽)比賽開始.
The umpire called, "Play ball." 裁判宣佈「球賽開始」.
***pláy with ～*** 和～玩; 用～玩; 玩弄～.
play with toys 玩玩具
play with a friend 和朋友玩
He had no friends to play with. 他沒有朋友和他玩. ➜不定詞to play with(一起玩～)修飾 friends; 不要漏掉 with.

—名(複 **plays** [plez]) ❶玩樂, 遊戲.
children at play 正在玩的孩子們 ➜不用×*a* play, ×play*s*.
諺語 All work and no play makes Jack a dull boy. 只讀書不遊戲會讓孩子變得遲鈍. ➜「會讀書也要會玩」的意思.
❷(比賽等的)方式〔動作〕; 次序.
fair〔fine, team〕play 公平的〔精彩的, 團隊的〕比賽
He made a lot of fine plays in the game. 他在比賽中有很多精彩的表現.
❸劇, 戲劇; 劇本.

**play·er** [ˋpleɚ] 名 ❶(運動)選手.
a baseball player 棒球運動員
a good tennis player 優秀的網球球員
❷演奏者; 演員.
That guitar player is very good. 那個吉他手彈得非常好.
❸(唱片、CD)唱機. ➜亦作 record〔CD〕player.
put a record on〔CD in〕a player 把唱片〔CD〕放到唱機上去

**play·ful** [ˋplefəl] 形 戲謔的, 開玩笑的, 頑皮的.
Kittens are usually playful. 小貓通常都很愛玩.

**play·ground** [ˋpleˏgraʊnd] 名(學校的)運動場; (公園等的)遊樂場.
We play soccer **on** the school playground on Sundays. 星期天我們在學校運動場踢足球.

**play·house** [ˋpleˏhaʊs] 名 (孩子能在裡面玩的)玩具房子; 娃娃屋(dollhouse).

**play·ing card** [ˋpleɪŋˏkɑrd] 名(一張)紙牌. ➜常僅用 card.

**play·mate** [ˋpleˏmet] 名 遊伴, 玩伴.

P

**play·off** [ˋpleˏɔf] 名(雙方平手、得分相同時的)延長賽.

**play·pen** [ˋpleˏpɛn] 名 供幼兒在裡面玩的圍欄 ➜亦可僅用 pen.

**play·thing** [ˋpleˏθɪŋ] 名 玩具(toy).

**play·time** [ˋpleˏtaɪm] 名 遊戲時間, 休息時間.
at playtime 在遊戲時間

**pla·za** [ˋplæzə] 名 (城市中的)廣場.

**plead** [plid] 動 懇求, 祈求.
◆ **pleaded** [ˋplidɪd], **pled** [plɛd] 過去式、過去分詞.

**pleas·ant** [ˋplɛzn̩t] 形 **心情舒暢的, 高興的,** 愉快的; 有趣的, 適意的; 給人好感的.
a pleasant season 令人心情舒暢的季節
a pleasant walk 愉快的散步
have a pleasant time 度過愉快的時光
She is a pleasant person; **it is** very pleasant **for** me **to** be with her. 她是個討人喜歡的人, 我跟她在一起非常愉快. ➜ pleasant 有「給人喜悅, 讓人感到快樂」之意, 「我做～很愉快」不用 ×*I am pleasant* to *do*.
It was a pleasant surprise to see him again. 能與他再會面眞令我又驚奇又高興〔雖然吃驚, 但卻很高興〕.
She is **the most pleasant** 〔**the pleasantest**〕 person in our class. 她是我們班上最討人喜歡的人.

**pleas·ant·ly** [ˋplɛzn̩tlɪ] 副 心情愉快地, 高興地; 熱情地.

| **please**[1] [pl i z] | ▶請<br>⊙用於催促或請求、拜託別人的時候 |
|---|---|

副 **請.**
基本 Please come in. = Come in, please. 請進. ➜在命令句中可置於句子的前或後; 若置於句尾, 通常在 please 之前會加逗號(,).
會話 Shall I open the windows? —Yes, please. 我把窗子打開好嗎? —好的, 請.
Two coffees, please. 請給我兩杯咖啡. ➜用於句尾.
Will 〔Would〕 you please come in? 請您進來好嗎? ➜在疑問句中置於主詞之後或是句尾.
Please don't speak so fast. 請不要說得那麼快.

**please**[2] [pliz] 動 **❶滿足, 取悅,** 中意.
I hope this present will please you. 我希望這件禮品能合你的意.
❷(自己)**滿意,** 想做.
You may do as you please. 你想怎麼做就怎麼做.

idiom

***if you pléase*** 如果你願意, 請.

**pleased** [plizd] 形 ❶ 欣喜的, 愉快的, 感到滿足的.
with a pleased look 帶著喜悅的表情
look pleased 看起來很滿意
He was very pleased **with** the gift. 他對那禮品非常滿意.
We are all pleased **at** his success. 我們都爲他的成功感到高興.
❷(**be pleased to** *do*)做～很高興, 愉快地做～.
(I am) Pleased to meet you. 我很高興能見到你. ➜不定詞 to meet 是「見到」的意思; 作爲初次見面的寒暄話, 有時可代替 How do you do? 使用, 有時接在 How do you do? 後面使用; 比起(I'm) Glad to meet you. 和(It's) Nice to meet you. 語氣要稍稍正式些.
I'll be pleased to come. 我很樂意去.

**pleas·ure** [ˋplɛʒɚ] 名 快樂, 愉快, 喜悅.
會話 Thank you for helping me. —It was a pleasure. 謝謝你幫助我.

一不客氣. ➡「能這樣我很高興」之意; 亦可僅用 My pleasure.

It is a great pleasure to hear from you. 收到你的消息非常高興. ➡It＝不定詞 to ～.

**pléasure bòat** 遊覽船, 遊艇.

idiom

***for pléasure*** 爲了取樂, 作爲消遣.

***with pléasure*** 愉快地, 高興地.

會話 Will you help me? —Yes, with pleasure. 你願意幫我忙嗎? —是的, 非常樂意.

**pled** [plɛd] plead 的過去式、過去分詞.

**plen·ti·ful** [ˋplɛntɪfəl] 形 大量的, 豐富的, 富裕的.

**plen·ty** [ˋplɛntɪ] 名 **大量,** (近於過剩的)充足.

會話 Do you have **enough** sugar? —Yes, we have **plenty**. 你們有足夠的糖嗎? —是的, 我們有很多. ◁相關語

idiom

***plénty of ～*** 充足的～, 大量的～. ➡可用於可數、不可數名詞.

plenty of books 很多書

plenty of food 充足的食物

There are plenty of apples on the tree. 樹上有許多蘋果. ➡通常只能用於肯定句, 否定句中要用 many, much, 疑問句中要用 enough; 後接單數名詞時, 動詞用單數, 接複數名詞時, 動詞用複數.

There is plenty of time before the train arrives. 離火車到站還有充足的時間.

**pli·ers** [ˋplaɪɚz] 名 複 鉗子.

three pairs of pliers 三把鉗子

**plop** [plɑp] 名 複 啪噠(聲). ➡小而平的東西掉入水中的聲音; 通常不會濺起太多水花.

**plot** [plɑt] 名 ❶陰謀, 密謀. ❷(小說、劇本等的)情節, 劇情.

—動 策劃(做壞事).

◆ **plotted** [ˋplɑtɪd] 過去式、過去分詞.

◆ **plotting** [ˋplɑtɪŋ] 現在分詞、動名詞.

They are plotting the death of the King. 他們正密謀暗殺國王.

**plough** [plaʊ] 名 《英》＝plow.

**plow** [plaʊ] 名 ❶犁, 犁形器具. ➡現代農場多將許多犁組合起來用拖拉機牽引著使用. ❷(類似犁形的)剷雪機.

—動 ❶犁, 耕. ❷(分開積雪等)前進; 奮力前進.

**pluck** [plʌk] 動 拔(鳥等的)毛; 採摘(花、果等); 扯拔(雜草等); 拉.

The child plucked (at) her mother's skirt. 孩子拉母親的裙子.

**plug** [plʌg] 名 ❶(孔的)塞子.

I forgot to put the plug in the bathtub. 我忘了在浴池塞上塞子.

❷(電氣用品的)插頭; (發動機的)火星塞; 消防栓.

—動 塞上; 塞住(孔穴).

◆ **plugged** [plʌgd] 過去式、過去分詞.

I plugged (up) a hole in the wall. 我把牆上的洞堵住了.

◆ **plugging** [ˋplʌgɪŋ] 現在分詞、動名詞.

idiom

***plúg ín*** 把(～的)插頭插進插座裡去.

Will you plug in the toaster? 請把烤麵包機的插頭插上好嗎?

**plum** [plʌm] 名❶李(樹), 梅(樹). ➡除生吃以外也可製成果凍、果醬或是加入糖曬乾製成李子乾、梅子乾(prune)食用.

❷(點心裡的)葡萄乾.

(a) plum cake 葡萄乾蛋糕

(a) plum pudding 葡萄乾布丁 ➡英國過聖誕節時很多人吃這種糕點.

**plump** [plʌmp] 形(健康型的)豐滿.

P

**plunge** [plʌndʒ] 動 投入(水中)；(頭朝下)跳進.
He plunged **into** the icy water. 他跳進冰冷的水中.
— 名 跳進，猛衝.
**take**〔**make**〕a plunge into ～ 跳進～
idiom
***tàke the plúnge*** (預做失敗的心理準備而)冒險一試.

**plu·ral** [ˋplʊrəl] 名 形 《文法》複數(的)，複數形(的). ➜略作 **pl.**；「單數(的)」爲 singular.

**plus** [plʌs] 介 加～，加上～. 反義字 minus(減去～).
One plus ten is eleven. 一加十等於十一(1+10=11).
— 形 正〔陽〕的；(同成績等級中)上的.
a plus sign 加號，正號 ➜亦可僅用 plus.
get an A plus〔$A^+$〕in history 歷史得 A 加的成績
— 名 正號(plus sign)；正數.
— 連 加上，而且.
They arrived late at night, plus they were wet through. 他們晚上很晚才到，而且渾身溼透.

**Plu·to** [ˋpluto] 專有名詞 ❶ 普魯托. ➜希臘神話中的陰間〔冥府〕之王. ❷《天文》冥王星.

**p.m., P.M.** [ˋpiˋɛm] 《略》午後. ➜拉丁語 post meridiem (=afternoon) 的縮寫；→ a.m., A.M.(上午).
3:30 p.m. (讀法：three thirty p.m.) 下午三點三十分 ➜必須跟在數字的後面，不能單獨使用.
the 5:15 p.m. train 下午五點十五分的火車

**pneu·mo·nia** [njuˋmonjə, nuˋmonjə] ➜ p 不發音. 名《醫》肺炎.

**P.O.** post office(郵局)的縮寫.

**poach** [potʃ] 動 熱水輕煮(蛋等).
a poached egg 水煮蛋

**P.O.B., P.O.BOX** post-office box (郵政信箱)的縮寫.

**pock·et** [ˋpɑkɪt] 名(西裝、皮包等的)口袋.
Don't **put** your hands **in** your pockets. 不要把手插在口袋裡.
He **took** a coin **out of** his pocket. 他從口袋裡拿出一枚硬幣.
**pócket mòney** ①零錢. ②《英》(每週給小孩的)零用錢(《美》allowance).
— 形 (可放入口袋)袖珍的.
a pocket dictionary 袖珍辭典

**pock·et·book** [ˋpɑkɪtˏbʊk] 名 ❶(可放紙鈔等的)錢包(wallet). ❷《美》(婦女用的小型)手提包(handbag). ❸《英》小型記事本(pocket notebook). ❹袖珍書.

**pod** [pɑd] 名(豌豆等的)豆莢.

**poem** [ˋpoɪm] 名 (一首)詩. →poetry.

**po·et** [ˋpoɪt] 名 詩人.
**Pòets' Córner** 詩人角. → Westminster Abbey 參考

**po·et·ic** [poˋɛtɪk] 形 詩的，詩人的；詩一般的.

**po·et·ry** [ˋpoɪtrɪ] 名《集合》詩(poems). 相關語 poem((一首)詩)，prose(散文).

**point** [pɔɪnt] 名 ❶(尖狀物的)前端，尖端.
the point of a needle 針尖
I like a pencil **with** a sharp point. 我喜歡筆芯尖的鉛筆.
❷(小小的)點；(小數)點；(地點、時間、刻度等的)一點.
three point six 3.6
the starting point 出發點
a decimal point 小數點
the boiling〔freezing〕point 沸點〔冰點〕
We are now **at** this point **on** the map. 我們現在在地圖的這點上.

❸(比賽、成績的)**分數**，得分.
**score** a point 得了一分
I got good points in math. 我數學得了好分數.
❹**特徵**，特點，(優、缺)點.
a strong〔good〕point 優點，長處
a weak point 缺點，短處
Honesty is one of her good points. 誠實是她的優點之一.
❺**要點**；要害；論點；意義.
His speech was brief and **to the point**. 他的演說簡潔扼要.
Did you **get the point of** my speech? 你明白我演講中的論點〔重點〕嗎?
**What's the point of doing it?** 你做那事有甚麼意義呢?

idiom

***on the póint of ～*** 即將～之時，正要～的時候.
I was on the point of call**ing** you when you came. 我正要打電話給你時，你就來了.
***póint of víew*** 見解，觀點，想法，意見.
from this point of view 從這個觀點來看
**—**動 指出；指向.
He pointed **at**〔**to**〕the door and shouted, "Get out!" 他指著門叫道:「滾出去!」
The policeman pointed his gun at the robber. 警察把手槍對著強盜.

idiom

***póint óut*** 指出.
Point out the errors in the following sentences. 指出下列句中錯誤之處.

**point·ed** [ˋpɔɪntɪd] 形 尖的；尖銳的.

**poi·son** [ˋpɔɪzn̩] 名 毒藥，毒物.
poison gas 毒瓦斯，毒氣
take poison 服毒
**—**動 ❶摻毒，毒死. ❷毒害(人的心靈等)，敗壞；污染(空氣、水質等).

**poi·son·ing** [ˋpɔɪzn̩ɪŋ] 名 中毒.
food〔gas〕poisoning 食物〔瓦斯〕中毒

**poi·son·ous** [ˋpɔɪzn̩əs] 形 有毒的，有害的.

**poke** [pok] 動 戳，輕碰，捅，推，插進.
poke her in the ribs (爲了提醒注意而)輕輕碰了一下她的肋骨
Don't poke your nose into my affairs. 你別管我的事.
**—**名 撥，推，戳，刺.

**pok·er** [ˋpokɚ] 名 ❶(火爐等的)撥火棒. ❷(紙牌的)撲克牌.
**póker fàce** 無表情的臉〔人〕.

**Po·land** [ˋpolənd] 專有名詞 波蘭. ➡位於中歐的共和國；首都華沙(Warsaw)；通用語爲波蘭語.

**po·lar** [ˋpolɚ] 形(南、北)極的，極地的.
**pólar bèar** 北極熊.

**Pole** [pol] 名 波蘭人.

**pole**[1] [pol] 名 桿，竿，柱.
a flag〔fishing〕pole 旗〔釣魚〕竿
a telephone pole 電話線竿
**the póle vàult** 撐竿跳高.

**pole**[2] [pol] 名 極；電極.
**the Nórth〔Sóuth〕Póle** 北〔南〕極.

**pole·star** [ˋpolˏstɑr] 名(**the polestar**)北極星.

**po·lice** [pəˋlis] 名 (**the police**)警察；《集合》警察(policemen).
five police 五名警察 ➡不用ˣpolice*s*.
Call the police! 快叫警察!
The police are looking for the mysterious woman. 警察正在搜尋那個神祕的女人.
He has a long police record. 他有很多前科.
**políce bòx** (日本的)警察哨.
**políce càr** 巡邏警車(patrol car).
**políce òfficer** 警官，警察. ➡因使

P

用上沒有男女的區別，故常代替policeman 和 policewoman 使用.

**políce stàtion** 警察局.

**po·lice·man** [pə`lismən] 名 (複 **policemen** [pə`lismən]) (男) 警察.

**po·lice·wom·an** [pə`lis͵wumən] 名 (複 **policewomen** [pə`lis͵wɪmɪn]) 女警察.

**pol·i·cy** [`pɑləsɪ] 名 (複 **policies** [`pɑləsɪz]) ❶政策，方針.
❷做法，手段.
It's my policy to buy things with cash. 我一向用現金買東西. ➜ It＝不定詞 to buy (買) ～.
諺語 Honesty is the best policy. 誠實爲最上策.

**po·li·o** [`polɪo] 名 小兒麻痺症.

**Po·lish** [`polɪʃ] 形 波蘭的，波蘭人〔語〕的. → Poland.
—名 波蘭語.

**pol·ish** [`pɑlɪʃ] 動 磨光，擦亮，使精練，潤飾.
polish shoes 擦鞋子
I have to polish my paper before I turn it in. 在我交出報告前須先將其潤飾.
idiom
***pólish úp*** 改善，修飾；重新復習 (逐漸遺忘的學業等).
I'm going to Poland to polish up my Polish. 我要去波蘭重新學習波蘭語.
—名 ❶ 亮光劑，上光劑，磨光粉.
shoe polish 鞋油
nail polish 指甲油
❷光亮，光澤.
She gave the floor a good polish. 她把地板擦得發亮.

**po·lite** [pə`laɪt] 形 有禮貌的，客氣的.
a polite answer 有禮貌的回答
She is polite **to** everybody. 她對每個人都很客氣.

**po·lite·ly** [pə`laɪtlɪ] 副 有禮貌地，客氣地.

**po·lit·i·cal** [pə`lɪtɪkl̩] 形 政治(上)的，有關政治的.
a political party 政黨

**pol·i·ti·cian** [͵pɑlə`tɪʃən] 名 ❶政治人物. ❷《美》(把黨和自己的利益放在第一位考量的) 政客. → statesman.

**pol·i·tics** [`pɑlə͵tɪks] 名 複 ❶政治；政治學. ➜作單數.
study politics 研究政治學
**go into politics** 進入政界
❷政治的意見，政見.

**pol·ka** [`polkə] 名 波爾卡舞(曲). ➜ 一種二拍子的輕快舞蹈〔曲〕.

**pol·ka dot** [`polkə͵dɑt] 名 圓點花樣.
a dress with white polka dots 白圓點花樣的洋裝

**poll** [pol] 名 ❶(選舉的) 投票(數).
a heavy 〔light〕 poll 高〔低〕投票率
❷(**polls**) 投票處.
❸輿論調查，民意調查.
**conduct** a public opinion poll 進行民意調查

**pol·len** [`pɑlən] 名 花粉.

**pol·lute** [pə`lut] 動 弄髒，污染.

**pol·lu·tion** [pə`luʃən] 名 污染.
air 〔water〕 pollution 空氣〔水〕污染
environmental pollution 環境污染

**po·lo** [`polo] 名 馬球. ➜隊員四人一組，騎在馬上，用長柄球棍將球擊入對方球門內的一種體育運動.

**pólo nèck** 《英》翻摺高領(衫) (《美》turtle neck).

**pólo shìrt** 圓領或翻領式套頭運動衫，polo 衫.

**pol·ter·geist** [`poltɚ͵gaɪst] 名 吵鬧鬼. ➜德國民間傳說中一種頑皮吵鬧的幽靈；經常移動家具，摔碎碗碟等發出吵鬧的聲音；人看不見它的模樣.

**pome·gran·ate** [`pʌm͵grænɪt] 名 石榴(樹).

P

**pond** [pɑnd] 名 池塘.

**po·ny** [ˋponɪ] 名(複 **ponies** [ˋponɪz]) 小馬. ➜體高1⅓公尺左右的小型馬；不是「幼馬」(colt).

**po·ny·tail** [ˋponɪˏtel] 名 馬尾. ➜一種束髮懸在腦後的髮型.
She wears her hair in a ponytail. 她把頭髮梳成馬尾.

**pool** [pul] 名 ❶水坑；(天然形成的)小水池.
There were pools of water all over the road after the rain. 雨後路上到處是積水坑.
❷游泳池. ➜除了從前後文來判斷是游泳池外，通常還可用 swimming pool.

| **poor** [pʊr] | ▶貧窮的<br>▶可憐的<br>▶差勁的 |
|---|---|

形 ❶**貧窮的**，貧困的. ➜名詞爲 poverty.
基本 a poor man (一個)窮人 ➜ poor＋(代表人的)名詞.
基本 He is poor. 他很窮. ➜ be 動詞＋poor 〈C〉.
a very poor family 非常貧困的家庭
poor people 窮人
Robin Hood stole money from the **rich** and gave it to the **poor**. 羅賓漢刼富濟貧. ◁反義字 ➜the poor＝poor people.
◆ **poorer** [ˋpʊrɚ] 〖比較級〗較爲貧窮的.
You shouldn't complain; there are poorer people **than** you. 你不該抱怨，有人比你還窮.
◆ **poorest** [ˋpʊrɪst] 〖最高級〗最窮的.
The rich man was born in **the** poorest family in this neighborhood. 那個富翁原是出生於這一帶最貧窮的家庭.
❷**可憐的，不幸的.**
The poor little boy began to cry. 那個可憐的小男孩開始哭了起來. ➜只能用於名詞前.
Poor Jane! She lost her memory. 可憐的珍，她失去了記憶.
❸**差勁的，不好的.**
a poor tennis player 差勁的網球選手 ➜因爲其語氣重，通常採用較委婉的說法，如「不高明」(not good).
a poor speaker 不會講話的人
a poor joke 無聊的笑話
He painted his house, but he did a very poor job. 他粉刷他的屋子，但漆得很糟.
She is poor **at** ball games. 她的球技差.
❹貧乏的，粗劣的；缺少的；不好的.
poor grades 成績差
poor soil 貧瘠的土地
poor health 健康不佳，多病
a poor crop of potatoes 馬鈴薯收成不好
Our country is poor in natural resources. 我國的天然資源貧乏.

**poor·ly** [ˋpʊrlɪ] 副 ❶貧窮地，寒酸地.
She was poorly dressed. 她穿得很破舊.
❷拙劣地，差勁地，不足地.
He did poorly on 〔in〕 the test. 他考試考得糟.

**pop**[1] [pɑp] 動 發出砰聲響，爆裂；使發出砰聲，使爆裂.
◆ **popped** [pɑpt] 過去式、過去分詞.
The balloon popped when Mary

P

touched it with a pin. 瑪麗用大頭針戳了一下，汽球就爆破了.

◆ **popping** [ˋpɑpɪŋ] 現在分詞、動名詞.

—名 ❶砰地一聲響.

**with** a pop 砰地一聲

❷(汽水、香檳等)碳酸泡沫飲料. ➜ 因爲開瓶時會發出砰的一聲.

**pop²** [pɑp] 形 流行音樂的；大眾的，流行的. ➜ popular 的縮寫.

pop music 流行音樂

pop culture 大眾文化

a pop singer〔song〕 流行歌手〔歌曲〕

a pop group 流行樂團 ➜演奏 pop music 的團體.

—名《口》流行音樂.

**pop·corn** [ˋpɑp͵kɔrn] 名 爆玉米花.

**pope** [pop] 名(常用 **Pope**)教宗，教皇. ➜天主教會的最高聖職者.

Pope John Paul II (讀法：the second) 教宗約翰・保羅二世

**Pop·eye** [ˋpɑp͵aɪ] 專有名詞 卜派. ➜ 美國漫畫裡的人物；動不動就和人吵架，是個愛管閒事、老好人型的水手；有一個長得很瘦的女朋友，名叫奧麗薇・奧伊爾(Olive Oyl)；卜派吃了菠菜就會擁有奇異的力量.

**pop·lar** [ˋpɑplɚ] 名 白楊樹.

**pop·py** [ˋpɑpɪ] 名(複 **poppies** [ˋpɑpɪz])《植》罌粟.

**Pop·si·cle** [ˋpɑpsɪkl]《美商標名》冰棒(《英》ice lolly).

| **pop·u·lar** [ˋpɑp jə l ɚ] | ▶受歡迎的<br>▶大衆的<br>⊙用於受眾人歡迎、喜好，或有此意圖的人事物 |
| --- | --- |

形❶受歡迎的，有名氣的；流行的.

基本 a popular singer 受歡迎的歌手 ➜ popular＋名詞.

基本 Mr. Wang is very popular **with**〔**among**〕the students. 王先生在學生中很受歡迎. ➜ be 動詞＋popular 〈C〉.

◆ **more popular** 〔比較級〕更受歡迎的.

Jack is much more popular with girls **than** John. 傑克比約翰更受女孩子歡迎.

◆ **most popular** 〔最高級〕最受歡迎的.

He is probably **the** most popular rock singer in the U.S. 他大概是美國最受歡迎的搖滾歌手.

❷大衆的；普及的. → pop².

a popular novel 通俗小說

popular music 流行音樂

It is a popular belief that the fox is a sly animal. 一般的觀念認爲狐狸是狡猾的動物.

**pop·u·lar·i·ty** [͵pɑpjəˋlærətɪ] 名 受歡迎，名望；流行.

**pop·u·la·tion** [͵pɑpjəˋleʃən] 名 ❶人口.

a large population 龐大的人口 ➜ 不用 ×*many*〔×*a lot of*〕population.

What is the population of this city? 這個城市的人口有多少? ➜不用 ×*How many* is the population ～?

The population of Taiwan is about 21 million. ＝ Taiwan has a population of about 21 million. 臺灣的人口大約有二千一百萬.

❷(某地區的)所有居民.

The entire population was forced to leave the village after the flood. 洪水後所有村民們都被迫棄村而去. ➜原則上作單數處理，但考慮居民中的個人時也可作複數.

**porch** [pɔrtʃ] 名❶(家門口外突出的)門廊. ❷《美》遊廊，陽臺(《英》veranda).

**por·cu·pine** [ˋpɔrkjə͵paɪn] 名 豪豬.

**pork** [pɔrk] 名 豬肉.

**a slice**〔**a piece**〕**of** pork 一塊豬

肉 ➡不用×*a* pork.

Muslims don't eat pork. 回教徒不吃豬肉.

相關語 beef (牛肉), mutton (羊肉), chicken (雞肉).

**por·ridge** [ˋpɔrɪdʒ] 名《英》麥片粥. ➡用麥片和水或牛奶煮成粥；早餐時食用.

**port** [pɔrt] 名 **港口**；港口城市.

come into port 進港

a port town 港口城市

the port of Keelung 基隆港

同義字 **port** 是指附有人工港灣設備的貿易港，大多包括附近的城鎮；**harbor** 是指船舶能夠停靠的天然或人工港.

**port·a·ble** [ˋpɔrtəbl̩] 形 可移動的，可攜帶的，手提式的.

a portable radio 手提式收音機

Is your computer portable? 你的電腦是手提式的嗎?

**por·ter** [ˋpɔrtɚ] 名 ❶(火車站、旅館等處的)行李搬運工，腳夫，挑夫；《美》(火車上的)服務生.

❷《英》看門人.

**por·tion** [ˋpɔrʃən] 名 部分 (part)，(分配時的)一份；(食物的)分量.

Mom gave me **a large portion of** roast beef. 媽媽給我很多烤牛肉.

**por·trait** [ˋpɔrtrɪt] 名 肖像畫，人物照片.

**Por·tu·gal** [ˋpɔrtʃəgl̩] 專有名詞 葡萄牙. ➡歐洲西部的共和國；首都里斯本 (Lisbon).

**Por·tu·guese** [ˋpɔrtʃə͵giz] 形 葡萄牙的，葡萄牙人〔語〕的.

— 名 ❶葡萄牙人. ➡複數也是 **Portuguese**. ❷葡萄牙語. ➡巴西也使用這種語言.

**pose** [poz] 名 ❶(模特兒和舞者的)姿勢.

"Hold that pose," said the photographer. 「保持那個姿勢」，攝影師說.

❷姿態.

— 動 ❶(模特兒)擺姿勢. ❷裝腔作勢.

**Po·sei·don** [pəˋsaɪdn̩] 專有名詞 波賽頓. ➡希臘神話中的海神；相當於羅馬神話中的 Neptune.

**po·si·tion** [pəˋzɪʃən] 名 ❶位置；姿勢；(比賽、競技等的)位置.

From his position, he couldn't see her well. 從他這個位置，他不能清楚地看見她.

The runners are in position. 跑者就位了.

❷想法，態度；立場.

What is your position on this problem? 你對此問題的立場如何?

Just put yourself in my position. 你設身處地替我考慮一下吧.

❸(主要是白領階層的)職業，職務；(高的)地位.

He got a position **with** a bank. 他找到了一份銀行的工作.

She has a high position in the government. 她在政府中任居高位.

**pos·i·tive** [ˋpɑzətɪv] 形 ❶積極的；肯定的.

a positive answer 肯定的回答

a positive suggestion 建設性的提議

❷明確的，確實的；確信的.

positive proof 確鑿的證據，確證

I'm positive about 〔of〕 it. 我確信如此.

**pos·i·tive·ly** [ˋpɑzətɪvlɪ] 副 積極地；明確地，確定地.

**pos·sess** [pəˋzɛs] 動 ❶擁有.

She possesses great wealth. 她擁有龐大的財產.

❷(妖魔、想法)迷住，纏住.

He **was possessed with** the idea of going to Africa. 他著魔般地想去非洲.

P

**pos·ses·sion** [pə`zɛʃən] 名 所有；(常用 **possessions**)所有物，持有物；財產.

**pos·si·bil·i·ty** [ˌpɑsə`bɪlətɪ] 名(複 **possibilities** [ˌpɑsə`bɪlətɪz])可能性，可能；可能的事.

**pos·si·ble** [`pɑsəbl̩] 形 ❶可能的，可實施的.
a possible task 能付諸實施的工作
The plan is possible. 這個計畫是可行的.
**It is** possible **for** man **to** live in peace. 人類有可能和平地生活. ➡不用×*Man is possible* to live in peace.
❷可能發生的，可能存在的.
the only possible chance 唯一可能的一次機會
Rain is quite possible tonight. 今晚很可能會下雨.
idiom
***as ～ as póssible*** 盡可能～.
I'll come back as soon as possible. 我盡量早點回來.
***if póssible*** 如果可能，如果行的話.
Come at once if possible. 如果行的話請馬上過來.

**pos·si·bly** [`pɑsəblɪ] 副 ❶說不定，或許，也許.
I may possibly go to Europe this summer. 我今年夏天說不定要到歐洲去.
會話 Will it rain tomorrow? —Possibly. 明天會下雨嗎? —也許會吧.
❷(**cannot possibly**)無論如何(不行)，不管怎樣(都不行).
I cannot possibly go. 我不管怎樣也去不了.
❸(**Can ～ possibly?**)不管怎樣，設法，果眞.
Can you possibly lend me ten dollars? 你能否設法借我十美元?

**post**[1] [post] 名 ❶《英》郵政(《主美》mail)；(常用 **the post**)郵寄物(《美》mail).
Has the post come yet? 郵件到了沒有?
**póst òffice** 郵局. → post office.
❷《英》郵政信箱，信箱(《美》mailbox).
idiom
***by póst*** 《英》以郵寄(《美》by mail).
—動《英》投寄(信等).
post a letter 寄信

**post**[2] [post] 名 樁，柱；支柱.
a telephone post 電話線桿
a gate post 門柱
—動 張貼，公布，揭示.

**post**[3] [post] 名 ❶地位，職務.
get a post **as** (a) teacher 謀得教師一職
❷(哨兵站崗的)崗位，駐地.

**post·age** [`postɪdʒ] 名 郵資，郵費.
What is the postage **for** a letter to Canada? 寄往加拿大的信件郵資多少?
**póstage stàmp** 郵票. ➡常僅用 stamp.

**post·al** [`postl̩] 形 郵政的.
**póstal càrd** 《美》(政府印製的)明信片. ➡英國政府印製的明信片並未加印郵票；→ postcard.

**post·bag** [`postˌbæg] 名《主英》郵件包(《美》mailbag).

**post·box** [`postˌbɑks] 名《英》郵筒(《美》mailbox).

**post·card** [`postˌkɑrd] 名 明信片. ➡可用於指政府印製的明信片、民間印製的明信片、風景明信片；→ postal card.

**post·code** [`postˌkod] 名 (英國等的)郵遞區號(《美》zip code).

**post·er** [`postɚ] 名 海報，廣告單.

**post·man** [`postmən] 名(複 **postmen** [`postmən]) 郵差(《美》mail-

P

man).

**post·mas·ter** [\`post,mæstɚ] 名 郵局局長.

**post of·fice** [\`post,ɔfɪs] 名 郵局.
➔略作 **P.O.**

**post-of·fice box** [\`post,ɔfɪsbɑks] 名 郵政信箱. ➔設在郵局內的信箱; 略作 **P.O.B.** 或 **P.O.Box**.

**post·pone** [post\`pon] 動 延期(put off).
postpone the party until next week 把聚會延到下週

**post·script** [\`pos·skrɪpt, \`postskrɪpt] 名 (信中的)附筆, 附言. ➔略作**P.S.**
Aunt Helen told me that in a postscript **to** her letter. 海倫姑姑在信中附言裡把那件事告訴了我.

**pot** [pɑt] 名 ❶(大小不同的圓形)罐, 壺; (深)鍋.
a cooking pot 烹調用鍋
pots and pans 炊事用具
a plant pot 盆景用盆
諺語 A little pot is soon hot. (壺小易熱⇨)量小易怒.
❷一壺〔罐〕的量.
a small pot of beans 一小罐的豆子, 裝著豆子的小罐子
We made two pots of jam. 我們做了兩瓶果醬.

**po·ta·to** [pə\`teto] 名(複 **potatoes** [pə\`tetoz]) 馬鈴薯.
a baked potato 烤馬鈴薯
a boiled potato 水煮馬鈴薯
mashed potato 馬鈴薯泥
potato salad 馬鈴薯沙拉
We grow potatoes in our back yard. 我們在後院種馬鈴薯.

**potáto chìps** 〔《英》**crìsps**〕 洋芋片.

**swéet potáto** 紅薯.

**Po·to·mac** [pə\`tomək] 專有名詞 (**the Potomac** (**River**)) 波多馬克河. ➔流經美國首都華盛頓市區的河流, 以河畔的櫻花聞名.

**pot·ter·y** [\`pɑtərɪ] 名《集合》陶器.

**poul·try** [\`poltrɪ] 名 ❶(雞、火雞、鴨等)家禽. ➔作複數.
❷雞肉.

**pound**[1] [paʊnd] 名 ❶磅. ➔重量單位; 1磅＝16盎斯(ounces)＝約453g.
a pound of sugar 一磅糖
He weighs a hundred pounds 〔100 lbs.〕 他體重一百磅. ➔與數字一起使用時略作 **lb.** (複數爲 **lbs.**) (源於表示「重量」的拉丁語 Libra).
❷鎊. ➔英國等國的貨幣單位.
twenty pounds ＝ £20 二十鎊 ➔與數字一起使用時常略作£(源於拉丁語 Libra).
£7.45 (讀法: seven pounds forty-five (pence)) 七鎊四十五便士

**pound**[2] [paʊnd] 動 猛烈敲打; 擊碎; (心臟等)怦怦地跳動.
pound at the door 砰砰地敲門

**pour** [pɔr] 動 ❶倒入, 注入; 澆.
pour (out) tea 倒茶
She poured me a cup of coffee. 她給我倒了一杯咖啡. ➔V (poured) ＋O′ (me) ＋O (a cup of coffee) 的句型.

❷(水等)流出, 注入; (雨等)傾盆而下; (人等)蜂湧而來.
He went out in the pouring rain. 他在大雨中外出.
It is pouring outside. 外面下著傾盆大雨.
It is pouring **with** rain. 大雨傾盆而下.

P

The people poured out of the theater. 人們從戲院蜂湧而出.

**pout** [paut] 動 噘著嘴.

**pov·er·ty** [ˋpɑvətɪ] 名 貧窮，貧乏. ➜形容詞爲 poor.
The old man lives **in** extreme poverty. 那個老人過著非常貧困的生活.

**POW** prisoner of war(戰俘)的縮寫.

**pow·der** [ˋpaudə] 名 ❶粉，粉末；藥粉；撲粉.
baking powder 發酵粉
❷火藥(gunpowder).
—動 ❶磨成粉，撒粉.
powdered milk 奶粉
❷(往臉上等)擦粉.
powder *one's* face 在臉上擦粉

**pow·er** [ˋpauə] 名 ❶力，能力.
human〔magic〕power 人的力量〔魔力〕
Man has the power of speech. 人有語言能力.
I will do everything in my power. 我將盡我所能去做.
It is within〔beyond〕my power to help you. 我有〔沒有〕能力幫助你.
Knowledge is power. 知識就是力量. ➜「有了知識就神通廣大」的意思.
❷(常用 **powers**)體力，智力.
His powers are failing. 他的體力〔智力〕日益衰退.
❸權力；權限；掌權者；強〔大〕國.
rise to power 掌權
the Great Powers (世界上的)強權國家，列強
Japan is now one of the big economic powers. 日本現在是經濟大國之一.
❹(物理上的)能量，動力；電力(➜亦作 **electric power**).
water power 水力
power failure 停電
power plant〔《英》station〕 發電廠

**pow·er·ful** [ˋpauəfəl] 形 有力的，強大的；有勢力的.
a powerful engine 馬力大的引擎
a powerful nation 強大的國家
The nation was once very powerful. 該國家曾經十分強大.

**pow·er·less** [ˋpauəlɪs] 形 無力的.

**pp.** pages (page(頁數)的複數)的縮寫. → p.

**P.R., PR** public relations(公共關係)的縮寫.

**prac·ti·cal** [ˋpræktɪkl̩] 形 ❶(非觀念、非理論的)實際的；現實的，實踐的.
a practical person 講求實際的人
His plan is possible, but it is not practical. 他的計畫可行，但不實際.
Don't be a dreamer. Be more practical. 不要作夢，實際一點.
**práctical jóke** 調皮搗蛋，惡作劇.
❷實用的；(實際上)高明的.
practical English 實用英語
a practical book on cooking 實用的烹飪書
It's not very practical to study all night. 開夜車讀書並不聰明.

**prac·ti·cal·ly** [ˋpræktɪkl̩ɪ] 副 ❶(不管名稱如何)實質上，事實上(really)；幾乎的(almost).
He is practically the leader in our class. 他是我們班上實質的班長.
❷實際上；實用地.

**prac·tice** [ˋpræktɪs] 名 ❶練習，學習.
I do my piano practice every day. 我每天練習彈鋼琴.
You need more practice to be a good tennis player. 要成爲好的網球選手，你需要多加練習.
諺語 Practice makes perfect. 熟能生巧. ➜相當於「工多藝熟」.
He was **out of** practice at batting. 他疏於練習擊球.
❷實行，實踐.
It's a good idea, but will it work

**in** practice? 這是個好主意，但行得通嗎?
You'd better **put** the plan **into** practice. 你最好把計畫付諸實行.
**—**動 ❶練習，學習.
practice batting 練習擊球
practice (on) the piano 練習彈鋼琴
He practices (speaking) English every day. 他每天練習(說)英語.
The team is practicing for the match on Sunday. 這支隊伍正在為星期天的比賽做練習.
❷開業(當醫生、律師).
His father practices (law) in Taipei. 他的父親在臺北開業(做律師).

**prac·tise** [ˋpræktɪs] 動《英》=practice.

**prai·rie** [ˋprɛrɪ] 名(特指美國中西部的)大草原.

**praise** [prez] 名 稱讚，讚美.
The movie **received** a lot of praise. 那部電影得到許多讚賞.
The President gave the soldier a medal **in** praise **of** his brave deed. 總統授予士兵一枚勳章以表揚他的勇敢行為.
**—**動 稱讚，讚美.
Everyone praised the team **for** its fair play. 每個人都稱讚那支隊伍的精彩表演.

**pram** [præm] 名《英口》(手推的)嬰兒車，童車.

**prawn** [prɔn] 名 斑節蝦. ➜比 lobster 小，比 shrimp 大.

**pray** [pre] 動 祈禱. ➜名詞為prayer.
pray **to** God 向上帝祈禱
pray **for** God's help 祈求上帝的幫助
I prayed to God to help me. 我祈求上帝幫助我.

**prayer**[1] [prɛr] ➜注意和prayer[2]的發音不同. 名 禱告，祈禱；(常用**prayers**)祈禱文.
say *one's* prayers 做禱告

**pray·er**[2] [ˋpreɚ] ➜注意和prayer[1]的發音不同. 名 祈禱人. ➜通常用worshipper(禮拜者).

**preach** [pritʃ] 動(牧師等)說教；宣講(教義等).

**preach·er** [ˋprɪtʃɚ] 名 說教者，牧師.

**pre·cious** [ˋprɛʃəs] 形 高貴的，貴重的，珍貴的，重要的，可愛的.
a precious stone 寶石(jewel)
a precious jewel 貴重的珠寶
Nothing is more precious than peace. 沒有比和平更珍貴的東西了.
**précious métal** 貴金屬.

**pre·cise** [prɪˋsaɪs] 形 ❶正確的，明確的.
❷規規矩矩的.

**pre·cise·ly** [prɪˋsaɪslɪ] 副 正確地，明確地.

**pref·ace** [ˋprɛfɪs] ➜注意發音. 名 序文，序言.

**pre·fec·ture** [ˋprifɛktʃɚ] 名(日本等的)縣，府.
Mie〔Osaka〕Prefecture (日本的)三重縣〔大阪府〕

**pre·fer** [prɪˋfɝ] ➜注意重音的位置. 動 喜歡～甚於～，寧願～.
prefer *O* **to** *O'* 比起O'來，更喜歡O
會話 Which do you prefer, tea or coffee? —I prefer coffee to tea. 你喜歡喝茶，還是咖啡? —我喜歡喝咖啡甚於喝茶.
◆ **preferred** [prɪˋfɝd] 過去式、過去分詞.
I offered to go with her, but she preferred to go alone. 我提議和她一起去，但她寧願一個人去.
◆ **preferring** [prɪˋfɝɪŋ] 現在分詞、動名詞.

**pre·fix** [ˋpri͵fɪks] 名 字首. ➜接在其

P

他字前形成新字；例如在 lucky(幸運的)的前面加上字首 un- 表示「相反」的意思 unlucky(不幸的).

**preg·nant** [ˋprɛgnənt] 形 懷孕的.
She is pregnant 〔three months pregnant〕. 她懷孕了〔已有三個月的身孕〕.

**pre·his·tor·ic** [ˏprihɪsˋtɔrɪk] 形 史前的，史前時代的.

**prej·u·dice** [ˋprɛdʒədɪs] 名 偏見，成見.
racial prejudice 種族偏見
He has a prejudice (=is prejudiced) **against** rock music. 他對搖滾樂有成見〔他討厭搖滾樂〕.
—動 使存有偏見.
be prejudiced against 〔in favor of〕 ～ 討厭〔偏愛〕～

**prem·i·er** [ˋprimɪɚ] 名 首相(prime minister).

P

**prep.** preposition(介系詞)的縮寫.

**prep·a·ra·tion** [ˏprɛpəˋreʃən] 名 準備，預備；(學業的)預習.
make preparations for ～ 爲～而準備
We studied all night **in** preparation **for** the exam. 我們整夜讀書準備考試.

**pre·par·a·to·ry** [prɪˋpærəˏtorɪ] 形 預備的，準備的.
**prepáratory schòol** 預備學校. ➜在美國是爲考大學而設立的私立高中；在英國是爲考中學(public school)而設立的私立小學.

**pre·pare** [prɪˋpɛr] 動 ❶預備，準備.
prepare a meal 準備一餐
prepare a room **for** a party 爲晚會準備房間
prepare **for** a travel 〔an examination〕 爲旅行〔考試〕做準備
She is preparing **to** go on a trip tomorrow. 她正在準備明天的旅行.
❷讓～做(～的)準備.
The teacher prepared us for our examination. 老師讓我們準備考試.
Ken prepared himself for the game by practicing every day. 肯爲了比賽每天練習.
❸(**be prepared**)有準備，有心理準備.
Be prepared. 隨時準備好. ➜童子軍的口號.
I am prepared **for** the worst 〔**to** do that task〕. 我已經做了最壞的打算〔有心理準備去做那個工作〕.

**prep·o·si·tion** [ˏprɛpəˋzɪʃən] 名《文法》介系詞. ➜ at, by, in, on 等.

**pres·ence** [ˋprɛzn̩s] 名 ❶在場，存在，出席.
I didn't notice her presence in the audience. 我沒有注意到她在聽眾中.
❷(～)所在之處，眼前.
Men used to remove their hats **in** the presence **of** women. 男士過去習慣在女士面前脫下帽子. ➜used to *do*＝過去經常～.

**pres·ent**[1] [ˋprɛzn̩t] 形 ❶**出席的，在場的.** ➜不用於名詞前.
He is present at the meeting. 他出席了那次會議.
There were fifty people present. 有五十人出席. ➜ present 修飾 people；修飾名詞時置於名詞後.
會話 John? —Present, sir. 約翰?—有. ➜點名時的應答；也可以說Here 或 Yes.
❷**現在的，**現存的. ➜只用於名詞前.
the present captain 現任船長
at the present time 現在
the present tense 《文法》現在式
What is your present address? 你現在的住址在哪裡?
—名 **現在.** 相關語 past(過去(的))，future(未來(的)).
諺語 (There is) No time like the present. 沒有像現在這麼好的時機了. ➜「事不宜遲，打鐵趁熱」之意.

idiom

***at présent*** 現在，如今.
She lives in France at present. 她現在住在法國.
***for the présent*** 目前，暫且.
You must stay in bed for the present. 你目前必須留在床上.

**pres·ent²** [ˋprɛznt] ㊔贈品，禮物. → gift.
a birthday present 生日禮物
She gave me an album **as** 〔**for**〕 a present. 她送我一本相簿當作禮物.
Della wanted to buy a present **for** Jim. 狄拉想爲吉姆買一件禮物.
會話 This is a present for you. — Oh, thank you. May I open it? 這是給你的禮物. —啊，謝謝. 我能打開嗎? ➡在歐美通常習慣接受禮物後當場打開.
Here is your birthday present. I hope you like it. 這是送你的生日禮物. 我希望你會喜歡. ➡在歐美送禮物時不說「區區薄禮，請笑納」之類的客套話.
I had nice presents on my birthday. 我在生日那天收到了許多很棒的禮物.
—[prɪˋzɛnt] ㊍❶送給，贈予. ➡注意和名詞的重音位置不同.
present a medal **to** him = present him (**with**) a medal 贈予他勳章 ➡比 give 更正式.
❷呈現；上演.
❸在正式場合引見，介紹. ➡比 introduce 更正式.

idiom

***presént onesèlf*** (人正式)出現，出席；(物體)出現.
He presented himself at the police station. 他出現在警察局.

**pres·ent-day** [ˋprɛzntˋde] ㊎現代的，現今的. ➡只用於名詞前.
present-day English 現代英語

**pres·ent·ly** [ˋprɛzntlɪ] ㊓ ❶不久，馬上(soon). ❷《美》眼前，現在(now).

**pre·serve** [prɪˋzɜv] ㊍❶防護，保護. ❷保存，保持(文件、某種狀態等). ❸保存(罐頭製食物等).
—㊔(**preserves**)果醬，蜜餞.

**pres·i·dent** [ˋprɛzədənt] ㊔❶(常用 **President**)總統.
President Clinton 柯林頓總統
the President of the United States of America 美國總統
❷總裁，總經理，校長，會長，董事長.

**press** [prɛs] ㊍❶推，壓；蜂湧而來.
press the button 按鈕
Don't press your opinions on 〔upon〕 me. 別強迫我接受你的意見.
❷緊抱，緊握.
The mother pressed her baby close to her. 母親緊抱著嬰兒. ➡ close to ～ = 靠近～.
❸(用熨斗)燙平(衣服等)，熨平.
❹敦促，催逼，催促.
He pressed me for an answer. 他催促我回答.
❺(一般用 **be pressed**)(因缺乏～而)爲難.
We are pressed **for** money 〔time〕. 我們苦於沒有錢〔時間〕.
—㊔❶按，握. ❷擠壓器；印刷機. ❸(**the press**)《集合》出版物，(特指)報紙、雜誌；新聞報導機關，新聞界，記者團；出版界.
a press conference 記者招待會
The Japanese press hasn't mentioned that problem. 日本的新聞報

P

導沒有提及這個問題.

**pres·sure** [ˋprɛʃɚ] 名 ❶壓, 壓力.
blood pressure 血壓
❷強迫, 壓迫, 強制; 沈重負擔.
the pressure of necessity 〔poverty〕 迫於需要〔貧困〕
He resigned **under** pressure **of** work. 他無法忍受工作的重擔而辭職了.

**pre·tend** [prɪˋtɛnd] 動 假裝成~, 偽裝成~.
Pretend you are happy when you're blue. 憂鬱時要裝出高興的樣子.
The children pretended **to be** cowboys.＝The children pretended **that** they were cowboys. 孩子們打扮成牛仔.

**pret·ti·er** [ˋprɪtɪɚ] 形 pretty 的比較級.

**pret·ti·est** [ˋprɪtɪɪst] 形 pretty 的最高級.

P

| **pret·ty** [ˋprɪ t ɪ] | ▶可愛的 ▶相當的 |
|---|---|

形(小巧)**可愛的, 漂亮的.**
基本 a pretty girl 可愛的女孩 ➜ pretty＋名詞; 不用於男孩.
a pretty little bird 可愛的小鳥
a pretty dress 〔tune〕 漂亮的衣服〔優美的樂曲〕
基本 This flower is very pretty. 這朵花非常漂亮. ➜ be 動詞＋pretty 〈C〉.
She is not beautiful, but (she) is pretty. 她不漂亮, 但很可愛.
同義字 **beautiful** 表示「完美的漂亮」, **pretty** 表示「可愛」.

◆ **prettier** [ˋprɪtɪɚ] 《比較級》**更可愛的.**
This doll is prettier **than** mine. 這個洋娃娃比我的可愛.

◆ **prettiest** [ˋprɪtɪɪst] 《最高級》**最可愛的.**
These flowers are **the** prettiest in the garden. 這些花是園裡最漂亮的.

**—** 副 **相當地.**
a pretty big box 相當大的箱子
It's pretty cold this morning. 今天早上非常冷.
He can speak English pretty well. 他英語說得相當好.

**pret·zel** [ˋprɛtsl̩] 名 鬆脆的椒鹽餅乾. ➜一種做成結扣狀且帶鹹味的小餅乾.

**pre·vent** [prɪˋvɛnt] 動 ❶妨礙, 阻止.
Rain prevented the baseball game. 下雨阻止了棒球賽(的進行).
The heavy rain prevented him (**from**) com**ing**. 大雨使他不能來. ➜《口》常省略 from.
❷防止, 預防.
prevent illness 預防疾病
prevent the disease from spreading 預防疾病擴散

**pre·ven·tion** [prɪˋvɛnʃən] 名 防止, 預防; 預防物, 防護方法.
Prevention is better than cure. 預防勝於治療.

**pre·vi·ous** [ˋpriviəs] 形 (時間或順序上)早先的, 在前的. ➜只用於名詞前.
on the previous day 在前一天
I'm sorry, I have a previous appointment on that day. 對不起, 那天我已有約會.

**prey** [pre] 名 ❶(特指肉食動物的)捕食的對象; 犧牲品, (~的)俘虜, 食物.
❷捕食其他生物的習性.
a beast 〔a bird〕 of prey 肉食獸〔鳥〕, 猛獸〔禽〕 ➜如獅子、老鷹等.
**—** 動 (**prey on** 〔**upon**〕 ~)以~爲餌食; 爲~所苦惱.
Cats prey on mice. 貓捕食老鼠.

**price** [praɪs] 名 ❶ **價格, 價錢;** (**prices**)**物價.**
at a high 〔low〕 price 以高〔低〕價
What's the price of this camera? 這臺照相機多少錢? ➜不用ˣ*How*

*much* is the price of ～?
He bought the painting **at** the price **of** 200,000（讀法：two hundred thousand）dollars. 他以二十萬美元(的價錢)買下了那幅畫.
Prices are going up〔down〕. 物價正在上漲〔下跌〕.
❷《比喻》代價，賠償.

idiom

***at ány prìce*** 不惜任何代價.

**price·less** [ˋpraɪslɪs] 形 無價的，貴重的.

**prick** [prɪk] 動(用針等)扎，刺，刺穿(小洞).
prick a finger on〔with〕a pin 用大頭針刺手指

idiom

***príck úp*** *one's* ***éars*** (動物)豎起耳朵；《口》(人)豎耳傾聽.
—名 刺痛；針扎似的痛.

**pride** [praɪd] 名 ❶自豪，自尊心；驕傲. ➜形容詞爲 proud.
He is very poor, but he hasn't lost his pride. 他很窮，但沒有失去自尊.
His sons are his pride. 兒子們是他的驕傲.
❷驕傲自大，自負.
諺語 Pride goes before a fall. 驕者必敗.

idiom

***hàve*** 〔***tàke***〕 ***príde in*** ～ 以～自豪；以～爲傲.
The old lady takes a lot of pride in her rose garden. 那個老婦人以她的玫瑰園自豪.
—動(**pride** *one***self on** 〔**upon**〕 ～) 以～自豪，誇耀.
He prides himself on his record collection. 他對自己收集的唱片感到自豪.

**priest** [prist] 名(天主教會等的)教士，神父，(舉行宗教儀式的)祭司，僧侶，神職人員.
a Buddhist priest 佛教僧侶

**pri·ma·ry** [ˋpraɪˏmɛrɪ] 形 基本的，初步的；第一的，主要的.
The primary colors are red, yellow, and blue. 三原色是紅，黃，藍.
**prímary schòol** 小學. ➜五～十一歲的孩子接受初等教育的公立學校；在美國亦作 elementary school.

**prime** [praɪm] 形 第一的，最重要的，主要的.
**príme mínister** 總理，首相.
—名 鼎盛期，盛年.
The singer is in his prime. 那名歌手正處於巔峯期.

**prim·i·tive** [ˋprɪmətɪv] 形 ❶原始(時代)的.
primitive men〔people〕 原始人
❷原始的，簡單的.
a primitive method 原始的方法

**prim·rose** [ˋprɪmˏroz] 名 櫻草(花).

**prince** [prɪns] 名 王子.
Prince Edward 愛德華王子
the Crown Prince 皇太子
the Prince of Wales 威爾斯王子 ➜英國王子的封號.

**prin·cess** [ˋprɪnsɪs] 名 公主；王妃(prince 的妻子).
Princess Diana 戴安娜王妃
the Princess of Wales 威爾斯王妃 ➜英國王妃的封號.

**prin·ci·pal** [ˋprɪnsəp!] 名(小學、中學、高中的)**校長**；《英》(特定的大學的)校長.
The principal of our school is a woman. 我們學校的校長是女的.
—形 主要的；重要的.

**prin·ci·ple** [ˋprɪnsəp!] 名 ❶(事物的)原理，原則.
the principle of democracy 民主政治的原理
❷(常用 **principles**)(人的想法、行爲等的)方針，主義，信條.
It is against my principles to lie. 說謊有違我的信條.

P

idiom

***in príncíple*** 原則上的，大體上的.
***on príncíple*** 按道理，按原則.

**print** [prɪnt] 動 ❶印刷，出版；沖印(相片).
print a book in color 把書印刷成彩色的
He **develops** and **prints** his own photos. 他自己沖印自己的照片. ◁ 相關語
This book is very nicely printed. 這本書印刷得非常漂亮.
❷用印刷體寫.
Print your name. Do not write it in script. 用印刷體寫你的名字，不要用書寫體.

idiom

***prìnt óut*** (電腦將結果)列印出來.
—名 ❶ 印跡，痕跡.
Robinson Crusoe saw the print of a human foot in the sand. 魯賓遜・克魯索在沙灘上發現了人的足跡.
❷印刷(的文字)；版畫；(印出來的)照片.
a book **with** small 〔large〕 print 用小〔大〕字體印刷的書
**make** color prints of a film 沖印彩色照片
a Japanese wood block print 日本的木版畫
This book has clear print. 這本書印得非常清晰.

**prínted màtter** 印刷品. ➜信封上印的「印刷品」.

idiom

***in prínt*** 印好的，已出版的.
***òut of prínt*** 絕版.

**print·er** [ˋprɪntɚ] 名 ❶印刷工人，印刷廠，印刷業者. ❷印刷機，(電腦、文書處理器等的)印表機.

**print·ing** [ˋprɪntɪŋ] 名 ❶印刷；印刷術. ❷(照片的)沖印.

**prism** [ˋprɪzəm] 名 三稜鏡，稜鏡.

**pris·on** [ˋprɪzn̩] 名 監獄，牢房.
escape from prison 越獄 ➜除了指特定的監獄以外，一般不加冠詞.
He is in prison. 他正在坐牢.
He was sent to prison for murder. 他因為殺人罪而被捕入獄.

**príson càmp** 囚犯集中營.

**pris·on·er** [ˋprɪzn̩ɚ] 名 囚犯；俘虜.
a **prisoner of war** (戰爭的)俘虜 ➜略作 **POW**.
**take** 〔**make**〕 ～ prisoner 俘虜～

**pri·va·cy** [ˋpraɪvəsɪ] 名(不受干擾)獨處，私生活；隱私權.

**pri·vate** [ˋpraɪvɪt] 形 ❶(非公家的)個人的，私有的；私人的；私立的.
a private opinion 個人意見
for private reasons 因個人的理由
a private detective 私家偵探
**Private** schools are usually more expensive than **public** schools. 私立學校的學費通常比公立學校貴. ◁ 反義字
She never talks about her private life. 她從不談及自己的私生活.
This lake is private, and no fishing is allowed. 這個湖是私人的，禁止釣魚.
❷非公開的，祕密的.
a private meeting 祕密集會
❸《英》親啓的(《美》personal). ➜不願由別人開啓而在信封上註明的詞語.

idiom

***in prívate*** 祕密地；非公開地.

**priv·i·lege** [ˋprɪvlɪdʒ] 名 特權.

**prize** [praɪz] 名 獎品，贈品.
the first prize 首獎
**win** (the) first 〔second, third〕 prize in a contest 獲得比賽的首獎〔二獎，三獎〕
She won the prize of a round-the-world trip on a TV quiz show. 她在電視臺的問答比賽節目中獲得環球旅行獎.

**pro** [pro] 名 形 《口》職業(的)，職業選手(的)，專業人員(的). ➜profession-

P

al的縮寫; 名詞的複數爲**pros** [proz].
a pro golfer 職業高爾夫球選手

**prob·a·ble** [ˋprɑbəbḷ] 形 (十之八九)有可能的, 很可能的.
A big earthquake is probable in the near future. 在不久的將來很可能發生大地震.
Nuclear war is **possible**, but not **probable**. 核子戰爭有可能發生, 但實際發生的可能性不大. 同義字 依possible, likely, probable, certain 的順序, 實現的可能性愈來愈大.
**It is** probable **that** he will win. (=He will probably win). 他很有可能會贏. ➜ It=that ～; 不用 ×*He is probable* to win.

**prob·a·bly** [ˋprɑbəblɪ] 副 大概, 十之八九.
He will probably win. 他大概會贏. (=It is probable that he will win.)
會話 Will he pass the exam? —Probably 〔Probably not〕. 他考試會及格嗎? —也許會吧〔也許不會〕.

**prob·lem** [ˋprɑbləm] 名 ❶(有必要解決的社會、個人的)**問題, 課題.**
a social problem 社會問題
solve 〔work out〕 a problem 解決問題
The problem is **that** he can't swim at all. 問題是他完全不會游泳.
There is a problem **with** his carelessness. 他的粗心大意會出問題.
❷(數學、理科等的)**問題.**
**solve** 〔**do, work out**〕 **a math problem** 解數學題 相關語 英語、歷史等的「問題」稱爲 **question**, 這類問題的「回答」稱爲 **answer**.
idiom
***nó próblem*** 沒有問題, 不要緊.
會話 Can I keep this till tomorrow? —No problem. 這個我可以借到明天嗎? —沒問題.

**pro·cess** [ˋprɑsɛs] 名 ❶過程, 經過.
in (the) process of time 隨著時間流逝, 不久
The training of astronauts is a long process. 太空人的養成是個漫長的過程.
❷(製作)方法, 操作(步驟).
**prócess(ed) chéese** 加工乳酪. ➜將生乾酪殺菌處理後使其能貯藏.
—動 (用化學方法將食品等)加工處理; (用電腦對資訊等)進行處理.

**pro·ces·sion** [prəˋsɛʃən] 名 行列, 隊伍.

**proc·es·sor** [ˋprɑsɛsɚ] 名 ❶加工〔處理〕業者.
❷(電腦的)處理裝置.
a word processor 文書處理器

**pro·duce** [prəˋdjus] 動 ❶**出產, 生產,** 製造.
Only a few countries produce oil. 只有少數國家產石油.
Eight hundred cars are produced a week in this factory. 這個工廠一星期生產八百輛汽車.
❷取出, 提出, 呈現出.
The magician produced a bird from his hat. 魔術師從帽子裡取出一隻鳥.
❸演出〔上演, 製作〕(戲劇等).
Our school produces a musical every year. 我們學校每年上演一齣音樂劇.
—[ˋprɑdjus] 名 《集合》農產品, 蔬菜和水果. ➜注意重音位置與動詞不同.
farm produce 農產品 ➜不用 ×*a* produce, ×produce*s*.
The produce from our garden is mainly potatoes and tomatoes. 我們菜園的作物主要是馬鈴薯和番茄.

**pro·duc·er** [prəˋdjusɚ] 名 ❶生產者, 產地, 產品.
Brazil is the main producer of coffee. 巴西是咖啡的主要產地.

P

❷《美》(戲劇、電影等的)製作人；《英》演員，製片人.

**prod·uct** [ˋprɑdəkt] 名 ❶產品；製成品.
farm〔factory〕products 農產品〔工廠製品〕
❷(努力等的)成果，結果.
His success is a product of hard work. 他的成功是努力工作的結果.

**pro·duc·tion** [prəˋdʌkʃən] 名 ❶製作；生產，製造. ❷成品；產品，作品；產量.

**Prof.** [prɑf] Professor(教授)的縮寫.
Prof. A.C. Hill A.C.希爾教授

**pro·fes·sion** [prəˋfɛʃən] 名 (醫生、教師、律師等專業性的)職業.

**pro·fes·sion·al** [prəˋfɛʃənl̩] 形 職業上的，專門的；專業的，職業的. → pro.
a professional baseball player 職業棒球選手
— 名 職業(選手)，行家，專業，專家.

**pro·fes·sor** [prəˋfɛsɚ] 名(大學)教授. → Prof.
Professor Hill 希爾教授
He is a professor of mathematics at Harvard University. 他是哈佛大學的數學教授.

**pro·file** [ˋprofaɪl] 名 ❶側面，側面像. ❷(報紙等的)人物簡介.

**prof·it** [ˋprɑfɪt] 名 利益，好處.
make a profit of 15,000 (讀法：fifteen thousand) dollars by selling old books 賣舊書得到一萬五千美元
There is a lot of profit in reading classics. 閱讀古典作品好處非常多.
— 動 得益，得到好處.
We profit **from**〔**by**〕reading. 我們從讀書中獲益.

**prof·it·a·ble** [ˋprɑfɪtəbl̩] 形 有利的，賺錢的；有好處的.

**pro·gram** [ˋprogræm] 名 ❶節目(表)，程序.
a concert〔theater〕program 音樂會〔戲劇〕的節目表
a TV English conversation program 電視上的英語會話節目
What programs are **on** now? 現在是甚麼節目?
❷預定(表)，計畫；(輸入電腦的)程式.
a school program 學校活動計畫
a space program 太空(開發)計畫
make a program of a computer game on a personal computer 利用個人電腦製作電腦遊戲程式
What's the program for tomorrow? 明天有甚麼安排?

**pro·gramme** [ˋprogræm] 名《英》= program.

**pro·gram·mer** [ˋprogræmɚ] 名 ❶電腦程式設計師. ❷(電視、廣播等的)節目製作人.

**prog·ress** [ˋprɑgrɛs] 名 前進，進行；進步，發達，發展.
**make** progress 前進，進行；進步 ➜不用 ×*a* progress, ×progress*es*.
the progress of science 科學的進步
make a lot of progress at school 在學校成績有很大的進步
We made little progress through the heavy traffic. 我們在擁擠的交通中幾乎停步不前.
He has made good progress **in** English. 他的英語有很大的進步.

idiom

***in prógress*** 正在進行中〔的〕.
The project is in progress according to (the) schedule. 那個計畫正按進度進行著.
— [prəˋgrɛs] 動 前進；進步，好轉. ➜注意名詞和動詞的重音位置不同.

**prog·res·sive** [prəˋgrɛsɪv] 形 進步的；向前的，前進的.
**the progréssive fórm** 《文法》進行

式. ➡即be動詞＋現在分詞(～ing).

**proj·ect** [ˋprɑdʒɛkt] 名 ❶計畫；(大規模的)事業.

a project for a new airport 新機場的興建計畫

❷(以學生的自主性活動爲主的)研究課題.

do a project on ～ 做關於～的研究

—[prəˋdʒɛkt] 動 ❶計畫. ➡注意名詞和動詞的重音位置不同.

❷發射；投射(光線、陰影、映像等)，放映.

project color slides onto a screen 將彩色幻燈片放映於銀幕上

❸突出，挺出.

**pro·jec·tor** [prəˋdʒɛktɚ] 名 放映機.

**prom·ise** [ˋprɑmɪs] 名 ❶**約會，約定.**

**make** a promise 承諾

**keep** 〔**break**〕 *one's* promise 守約〔毀約〕

make a promise to do so 〔not to do so〕 承諾這樣做〔不這樣做〕

❷**將來的希望，**有希望.

She **shows** great promise as a singer. 她非常有希望成爲歌手.

—動 約定，答應.

He promised to do so 〔not to do so〕. 他答應這樣做〔不這樣做〕.

He promised her to pick her up at seven. 他約好七點開車去接她.

He promised his son a new bicycle. 他答應給他兒子(買)一輛新的腳踏車.

He promised her his help. 他答應幫助她.

Dad promised (me) **that** he would raise my monthly allowance. 父親答應增加我每月的零用錢.

會話 Will you speak for me? —Yes, I promise. 你會爲我說話嗎? 一會的，我向你保證.

**prom·is·ing** [ˋprɑmɪsɪŋ] 形 有前途的，有希望的.

**pro·mote** [prəˋmot] 動 ❶擢升，晉級.

Everyone in our class was promoted from second to third grade. 我們班上每個人都從二年級升上三年級.

❷促進，推動(計畫、運動等).

**pro·mo·tion** [prəˋmoʃən] 名 ❶擢升，晉級. ❷促進，推動，助長.

**prompt** [prɑmpt] 形 敏捷的，機敏的；立刻的.

**prompt·ly** [ˋprɑmptlɪ] 副 敏捷地，俐落地；馬上，立刻.

**prompt·ness** [ˋprɑmptnɪs] 名 敏捷，機敏；立刻.

**pron.** pronoun(代名詞)的縮寫.

**pro·noun** [ˋpronaʊn] 名《文法》代名詞.

**pro·nounce** [prəˋnaʊns] 動 發音.

How do you pronounce this word? 這個字怎麼發音?

**pro·nun·ci·a·tion** [prə͵nʌnsɪˋeʃən] 名 發音.

**proof** [pruf] 名 證據；證明. ➡動詞爲 prove.

—形 堅固的，耐～的.

This building is proof **against** earthquakes. 這棟大樓是防震建築.

**-proof** 接在其他字後面，構成「不透～的」「耐～的」「防～的」之意的複合字.

fireproof 防火的，耐火的

waterproof 防水的

**prop** [prɑp] 動 (常用 **prop up**)支撑，支持；豎起來.

prop a ladder against the wall 把梯子靠著牆豎起來

◆ **propped** [prɑpt] 過去式、過去分詞.

◆ **propping** [ˋprɑpɪŋ] 現在分詞、動名詞.

—名 支持物，支柱.

**pro·pel·ler** [prəˋpɛlɚ] 名 (船的)螺旋

P

槳；(飛機的)推進器.

**pro·pel·ling pen·cil** [prə`pɛlɪŋ`pɛnsḷ] 名《英》自動鉛筆(《美》mechanical pencil).

**prop·er** [`prɑpɚ] 形 ❶適合的，適當的，正確的.
Is this dress proper **for** the wedding? 這件禮服適合在婚禮上穿嗎?
That is not the proper way to kick a ball. 那不是踢球的正確方法.
❷獨特的，特有的；原來的.
This attitude is proper **to** a bank clerk. 這是銀行職員特有的態度.
Return the books to their proper places. (在圖書館等處時)把這些書放回原處.

**próper nóun** 《文法》專有名詞. → Bob, Japan, London 等.

**prop·er·ly** [`prɑpɚlɪ] 副 正確地；嚴密地；理所當然地.

**prop·er·ty** [`prɑpɚtɪ] 名(複 **prop-erties** [`prɑpɚtɪz]) ❶《集合》資產；財產；(擁有的)房地產.
That red bicycle is my property. 那輛紅色自行車是我的.
❷特性，特徵.
Softness is a property of lead. 柔軟是鉛的特性.

**proph·et** [`prɑfɪt] 名(神的)預言者；先知；(一般的)預言家.

**pro·por·tion** [prə`pɔrʃən] 名 ❶比，比率；部分，配額.
The proportion **of** boys **to** girls in our class is two to one. 我們班上男女生的比率是二比一.
❷均衡，平衡.
The living standard in Japan is not **in** proportion **to** its GNP. 日本的生活水準和國民生產毛額不相稱.
Her body is **out of** proportion. 她的體型不勻稱.

**pro·pos·al** [prə`pozḷ] 名 ❶提議，計畫. ❷求婚.

**pro·pose** [prə`poz] 動 ❶提議.
The President proposed a new law to Congress. 總統向國會提出新法案.
I propose **to** do away with that rule. 我主張廢除這項規定.
❷求婚.
He proposed (marriage) to Jane on their first date. 他在第一次約會時就向珍求婚了.

**prose** [proz] 名 散文，散文體. 相關語 verse(韻文)，poetry(詩).

**pros·pect** [`prɑspɛkt] 名(常用 **pros-pects**)(對於將來的)預測，(對於成功的)期望.

**pros·per** [`prɑspɚ] 動 興隆，昌盛，成功.

**pros·per·i·ty** [prɑs`pɛrətɪ] 名 繁榮，成功.

**pros·per·ous** [`prɑspərəs] 形 興隆的，成功的，富裕的.

**pro·tect** [prə`tɛkt] 動 保護，守護，防禦.
We protected ourselves **from** wild animals. 我們防禦野獸.
We must protect the crops **against** frost. 我們必須保護作物不受霜害.
Football players wear helmets to protect their heads. 足球運動員戴頭盔以保護頭部.

**pro·tec·tion** [prə`tɛkʃən] 名 保護；保護物〔者〕.
Sunglasses are a protection **from** 〔**against**〕 the sun's rays. 太陽眼鏡保護眼睛不受陽光直射.

**pro·test** [prə`tɛst] 動 ❶(強烈)反對，提出異議，抗議.
The students protested **against** the new rule. 學生們反對新規定.
The players protested **about** the referee's decision. 選手們對裁判的判決表示抗議.

❷主張，堅決聲明.
He protested **that** he was not guilty. 他堅決聲明自己無罪.
— [ˋprotɛst] 名 抗議，異議，反對. ➜注意重音的位置與動詞不同.
The prisoners **made** a protest **against** poor food. 囚犯們對粗糙的伙食表示抗議.

**Prot·es·tant** [ˋprɑtɪstənt] 名 (相對於天主教徒)新教徒，基督教徒. ➜十六世紀宗教改革時期，由於反對(protest)羅馬天主教而分離出來的新教派；→ Catholic.

**proud** [praʊd] 形 ❶(褒義)引以為傲的，自豪的，有自尊心的.
a proud girl 自尊心強的女孩
We are proud **of** our mother. 我們以母親為榮.
I am proud **to** say that you are my son. 我很自豪地說你是我的兒子. ➜不定詞 to say 意為「能夠說」.
❷(貶義)妄自尊大的，自高自大的，傲慢的；洋洋自得的.
I don't like proud people. 我討厭驕傲自大的人.
He is proud **that** his father is a rich man. 他因為自己的父親是富翁而顯得傲慢.

**proud·ly** [ˋpraʊdlɪ] 副 ❶自豪地，得意地. ❷妄自尊大地，傲慢地.

**prove** [pruv] 動 ➜注意發音. ❶證明，表示. ➜名詞為 proof.
prove its truth=prove **that** it is true 證明那是真的
❷(**prove** (**to be**) ～)證明是～，表明是～.
This book proved interesting. 結果顯示這本書趣味盎然.
He proved (to be) a good man. 他表現出是個好人.

**prov·erb** [ˋprɑvɝb] 名 諺語.
as the proverb goes〔says〕 俗話說，常言道

**pro·vide** [prəˋvaɪd] 動 準備；提供；防備(將來、危險等). ➜名詞為 provision.
provide a meal 準備飯菜
provide each guest **with** a car= provide a car **for** each guest 為每位客人準備一輛汽車
provide **for** old age 防老
Sheep provide (us with) wool. 羊提供羊毛(給我們).
This house is provided with central heating. 這間房子裝有中央暖氣設備.

**prov·ince** [ˋprɑvɪns] 名 ❶(加拿大等的)省. ❷(**the provinces**)(與都市相對的)鄉間，地方.

**pro·vi·sion** [prəˋvɪʒən] 名 ❶預備，準備；提供. ➜動詞為 provide.
**make** provision **for** old age 防老
❷(**provisions**)糧食.

**prune** [prun] 名 李子乾，梅子乾. → plum.

**P.S.** postscript(附言)的縮寫.

**psalm** [sɑm] ➜ p, l 不發音. 名 讚美詩.

**psy·chol·o·gist** [saɪˋkɑlədʒɪst] 名 心理學家.

**psy·chol·o·gy** [saɪˋkɑlədʒɪ] ➜ p 不發音. 名 心理學；心理(狀態).

**P.T.A.** [ˋpiˋtiˋe] 名 家長教師聯合會. ➜ **P**arent-**T**eacher **A**ssociation 的縮寫.

**pub** [pʌb] 名《英口》小酒館. ➜public house 的縮寫.

**pub·lic** [ˋpʌblɪk] 形 公有的，公眾(用)的，公共的；公立的.
a public hall 公共會堂
a public telephone 公用電話
a public library (公立的)公共圖書館

**públic hóuse** 《英》小酒館. ➜館內客人邊喝酒邊聊天或玩擲鏢遊戲(darts)；也有許多人喝啤酒吃三明治作午餐，其中有不少是與家人一起來

P

的；口語中略說成 pub.

**públic opínion** 輿論，民意.

**públic relátions** 公共關係，宣傳(活動). ➜略作 **P.R.，PR**；→ PR.

**públic schòol** ①(英國的)公學. ➜寄宿制的私立中學，旨在對十三～十八歲的上流階級子弟施與典型紳士(gentleman)教育；畢業生大半都進入牛津大學、劍橋大學；著名的有伊頓公學(Eton College)，哈羅公學(Harrow School)，拉格比公學(Rugby School)，溫徹斯特公學(Winchester College)等.
②《美》公立中學〔小學〕.

**públic spéaking 〔spéaker〕** 演說(術)〔演說家〕.

**públic spírit** 熱心公益的精神.

idiom

***màke públic*** 公布，發表，公開出版. ➜常用被動語態(被公佈).
The information hasn't been made public. 這個消息還沒有公開.

—名(**the public**)(一般的)人們，大眾；國民.
the Chinese public 中國人民
the reading public 讀者大眾
The museum is open to the public. 這個博物館對大眾開放.

idiom

***in públic*** 當眾；公開地.
Don't shout in public. 不要當眾大聲叫喊.

**pub·li·ca·tion** [ˏpʌblɪˋkeʃən] 名 出版，發行；出版物.

**pub·lish** [ˋpʌblɪʃ] 動 ❶出版，發行. ❷發表，公布.
The news of the kidnapping was not published for three days. 綁架事件的消息三天未發表.

**pub·lish·er** [ˋpʌblɪʃɚ] 名 出版社，出版商，發行者.

**pud·ding** [ˋpudɪŋ] 名 布丁. ➜麵粉中加入果實、牛奶、雞蛋等經煮或蒸或烤而製成的點心，香嫩可口.

**pud·dle** [ˋpʌdḷ] 名(因下雨等而在路面形成的)水坑.

**puff** [pʌf] 名 ❶(風、煙、蒸氣)噗地一吹，吹一下.
a puff of wind 〔smoke〕 一陣風〔一團煙〕
❷鬆軟的點心.
a cream puff 奶油泡芙
—動 噗噗地吹.

**Pu·litz·er Prize** [ˋpjulɪtsɚˋpraɪz] 專有名詞 普立茲獎. ➜遵照出生於匈牙利的美國新聞從業者 J. Pulitzer (1847-1911)之遺囑所設立的獎，每年頒發給對新聞報導、藝文、音樂等有貢獻的美國人.

**pull** [pul] 動 ❶拉，拖；拔出.
pull a sled 拉雪橇
pull his ear＝pull him **by** the ear 扯他的耳朵
pull a chair up to the table 把椅子拉向桌子 ➜ up to ～＝至～.
pull (**at**) a sleeve 拉袖子
pull (**on**) a rope 拉繩子
pull a door open 拉開門 ➜ V (pull)＋O (a door)＋C (open)(拉 O 使成爲 C 的狀態)的句型；open 爲形容詞.
Don't **pull! Push!** 不要拉！用推的！ ◁反義字
He **pulled** the wounded soldier to the nearby bush. 他把傷兵拖往附近的矮樹叢中.
The horse was **pulling** the cart along the road. 馬拉著運貨車沿路而行.
Stop pulling! You're hurting my arm! 別再拉了！你弄痛了我的手臂！ ➜ pulling(拉)爲動名詞，當 Stop 的受詞.
❷(船、火車等)前進；(使)(汽車等)(朝某一方向)行駛，靠近，逼近. → idiom pull in, pull out, pull over.

idiom

***púll dówn*** 拉下；拆毀(房屋等).

They pulled down the old house. 他們拆毀了那棟舊房子.

***púll ín*** 縮回; (火車等)進站.

***púll óff*** 拔出; (拉)脫(長統靴、襪子、手套等).

***púll ón*** 穿, 戴(毛衣、襪子等).

***púll óut*** 拔出(牙齒、軟木塞等); (從口袋等中把東西)拿出; (火車、船)駛出.

I had my bad tooth pulled out. 我拔掉了蛀牙. ➡ have＋名詞〈O〉＋過去分詞(請人把 O ～)的句型.

The train pulled out of the station. 火車駛出車站.

***púll óver*** (把車等)開到路邊.

***púll thróugh*** 擺脫(困難), 闖過.

The patient won't pull through. 這病人沒有復原的希望.

***púll togéther*** 齊心協力.

***púll úp*** 吊起, 拔起; 停下(車等).

pull up weeds 拔掉雜草

A taxi pulled up and the driver asked me the way. 計程車停了下來, 司機向我問路.

—名 ❶拉, 拉力, 引力.

give a pull on 〔at〕 a rope 拉一下繩子

❷(費力)爬高, 努力.

It was a hard pull to the top of the mountain. 費了好大的勁才爬到山頂.

**pull·o·ver** [ˋpulˏovɚ] 名 套頭毛衣. ➡從頭上套入的毛衣〔襯衫〕.

**pulp** [pʌlp] 名 ❶(桃子、葡萄等柔軟的)果肉. ❷紙漿. ➡把木材搗成漿狀作爲造紙原料.

**pulse** [pʌls] 名 脈搏.

**feel** 〔**take**〕 his pulse 爲他把脈

**pu·ma** [ˋpjumə] 名 美洲獅(cougar).

**pump** [pʌmp] 名 唧筒, 抽(水)機.

— 動 (亦作 **pump up**)用幫浦抽(液體); 用打氣筒打(氣).

**pump·kin** [ˋpʌmpkɪn] 名 南瓜.

three pumpkins 三個南瓜

eat pumpkin 吃南瓜

**púmpkin píe** 南瓜派. ➡感恩節食品.

**punch**[1] [pʌntʃ] 名 ❶打孔器, 剪票夾. ❷拳打.

give him a punch **on** the cheek 在他的臉頰上打一拳

—動 ❶(用打孔器)打孔, 剪(票). ❷用拳打.

**punch**[2] [pʌntʃ] 名 混合甜飲料. ➡果汁中加入糖、蘇打水等混合而成的飲料.

fruit punch 綜合果汁飲料

**punc·tu·al** [ˋpʌŋktʃuəl] 形 謹守時刻的, 準時的, 不誤期的.

a punctual person 守時的人

Be punctual **for** your appointment. 約會要準時.

**punc·tu·a·tion** [ˏpʌŋktʃuˋeʃən] 名 標點; 標點法.

**punctuátion màrk** 標點符號. ➡ comma(,), colon(:), semicolon(;), period(.), exclamation mark(!), question mark(?), dash(—)等.

**punc·ture** [ˋpʌŋktʃɚ] 名(被尖銳之物戳破的)小孔, (輪胎的)刺孔. ➡「爆胎」爲 have a flat tire.

—動(用尖物)刺穿; 輪胎被刺破.

**pun·ish** [ˋpʌnɪʃ] 動 處罰.

punish him **for** being late 處罰他遲到

**pun·ish·ment** [ˋpʌnɪʃmənt] 名 罰, 刑罰; 處罰, 受處罰.

**punk (rock)** [ˋpʌŋk(ˏrɑk)] 名 龐克搖滾樂. ➡一種反體制的搖滾樂, 於一九七〇年代後期開始在年輕人之間流行.

**punt** [pʌnt] 名 平底船. ➡不用槳划船, 而是用篙(pole)撐船.

— 動 用篙撐動(平底船).

go punting on the river 在河中撐平底船而行

P

**pu·pil**[1] [ˋpjupḷ] 名(中、小學的)學生；(接受個別指導的)弟子，門生. ➜《美》指小學生，《英》指中、小學生.
He〔She〕is a pupil in〔of〕K elementary school. 他〔她〕是K小學的學生.
How many pupils are there in your school? 你們學校有多少學生?
相關語 student(《美》中學以上，《英》大學、專科學校的)學生，teacher(老師).

**pu·pil**[2] [ˋpjupḷ] 名 瞳孔.

**pup·pet** [ˋpʌpɪt] 名(用手指、細繩操縱的)木偶.
a hand〔glove, finger〕puppet 套在手上表演的玩偶
**púppet shòw〔plày〕** 木偶戲.

**pup·py** [ˋpʌpɪ] 名 (複 **puppies** [ˋpʌpɪz])小狗，幼犬.

P

**pur·chase** [ˋpɜtʃəs] ➜注意發音. 動 購買，買(buy).
—名 購買，購物；所買之物.

**pure** [pjur] 形 ❶沒有雜質的，純粹的.
pure gold 純金
pure wool 純羊毛
❷無垢的，潔淨的，純潔的.
a pure life 純潔的生活
pure air〔water〕 潔淨的空氣〔水〕
Happy are the pure in heart; they will see God! 心地純潔的人是幸福的，他們將看見上帝. ➜《聖經》中的話；the pure=pure people.

**pure·ly** [ˋpjurlɪ] 副 純粹地；完全；只是.

**Pu·ri·tan** [ˋpjurətṇ] 名 清教徒.

> 參考 十六～十七世紀在英國興起的基督教新教教派，提倡簡化英國國教的天主教儀式和簡樸的生活，成爲清教徒革命的中心勢力；一部分清教徒在一六二〇年移居美洲；→ the Pilgrim Fathers.

**pur·ple** [ˋpɜpḷ] 形 紫色的. ➜比violet更接近紅色的顏色.
—名 紫色；紫色的服裝.

**pur·pose** [ˋpɜpəs] 名 目的，打算，意圖.
for this purpose 爲這個目的
What is your purpose in going to Paris? 你去巴黎的目的是甚麼?
idiom
***on púrpose*** 有意地，故意的.
It was an accident—I didn't do it on purpose. 那是個意外，我不是故意的.
***to the púrpose*** 合乎目標，得要領的.
His answer was not to the purpose. 他的回答不得要領.

**pur·pose·ly** [ˋpɜpəslɪ] 副 故意地.

**purse** [pɜs] 名 ❶(放硬幣的)錢包，錢袋. → wallet.

purse

wallet

❷《美》(婦女用)手提包(handbag).

**purs·er** [ˋpɜsɚ] 名 (客機、客輪等的)事務長. ➜掌管會計及庶務，並負責旅客服務及安全.

**pur·sue** [pɚˋsu, pɚˋsju] 動 ❶追捕，追趕. ❷追求(知識、快樂等).

**pur·suit** [pɚˋsut, pɚˋsjut] 名 ❶追趕，追蹤；追求.
The police are **in** pursuit **of** the bank robbers. 警察正在追蹤銀行搶犯.
❷工作；興趣，嗜好(hobby).

**push** [puʃ] 動 ❶推.
push a button 按鈕
push a stroller 推嬰兒車

push everything into a bag 把所有東西都塞進袋子

push a door open 推開門 ➜ V (push)＋O (a door)＋C (open) (推O使其成爲C的狀態)的句型; open 爲形容詞.

**Push** the door; don't **pull**. 推門, 不要拉. ◁反義字

The car broke down, so we pushed it to a garage. 汽車故障了, 所以我們把它推到修理廠.

❷(推開人群)前進.

The movie star pushed (his **way**) **through** his fans. 電影明星擠開影迷向前走.

❸推進(計畫等); 強加(意見、商品等); (**push** O **to** *do*)逼迫O做～.

My parents pushed me to quit the baseball club. 我父母逼我退出棒球社.

***púsh asíde*** 〔***awáy***〕 推開.

The crowd pushed the police aside 〔away〕. 群眾推開警察.

***púsh dówn*** 按下; 推倒.

Push the lever down in case of emergency. 緊急情況時將操縱桿往下推.

***púsh óut*** 推出.

***púsh úp*** 推上去. → push-up.

**—** 名 推, 推一下.

give (him) a push 推(他)一下 ➜ 不用×give a push *to him*.

**push-up** [ˋpuʃˏʌp] 名 伏地挺身.

**do** thirty push-ups 做三十次伏地挺身

**puss·y** [ˋpusɪ] 名 (複 **pussies** [ˋpusɪz]) 貓(cat), 貓咪. ➜ cat 的兒童用語; 可用於呼喚貓, 或作故事中貓的名字.

| **put** [put] | ▶放, 擺<br>▶裝 |
|---|---|

動 ❶放, 擺; 裝.

**基本** put a book **on** the table 把書放在桌上 ➜ put＋名詞〈O〉＋表示場所的副詞(片語).

put water **in** the bottle 把水裝到瓶子裡

put a coat **on** a hanger 把外套掛在掛鉤上

put a stamp on the envelope 在信封上貼郵票

Don't put your head **out of** the window. 不要把頭伸出窗外.

Let's put the tape in the tape recorder. 把錄音帶放進錄音機吧.

He **puts** his money in the bank every month. 他每個月把錢存入銀行. ➜ puts [puts] 爲第三人稱單數現在式.

◆ **put** 過去式、過去分詞. ➜ 原形、過去式、過去分詞都相同.

He put his ear to the wall. 他把耳朵貼在牆上. ➜現在式爲 He put*s* ～.

會話 Where did you put the newspaper? —I put it on the side table. 你把報紙放哪兒了? —我把它放在茶几上了.

He **was** caught by the police and **put** in prison. 他被警察抓起來關進了監獄. ➜被動語態.

◆ **putting** [ˋputɪŋ] 現在分詞、動名詞.

I'**m** putting a new lock on the door. 我正在安裝門的新鎖. ➜現在進行式.

P

❷使～處於(某種狀態).
put a room in order 整理房間
put a baby to bed 讓嬰兒睡覺
❸表達，說；標上，寫上.
Put your question clearly. 把你的問題表達清楚.
Put this sentence **into** English. 把這個句子譯成英語.
Put your name at the top of the sheet. 把你的名字寫在紙的上方.
Put the right words in the blanks. 在空白處填上正確的字.

idiom

***pùt awáy*** 〔***asíde***〕 收拾；儲備.
Put your toys away. 把玩具放好.
He put the cash away in the safe. 他把現金保存在保險箱裡.

***pùt báck*** 放回(原處)，(向後)退.
Put this toy back. 把玩具放回原處.

P

***pùt dówn*** 放下，取下；(用力)壓住；記下.
Put all these books down. 把這些書全部放下來.
Please put down your pens and listen to me. 請放下筆聽我說.
He put down all the names of the guests. 他記下了所有客人的名字.

***pùt ín*** 把～放進，插進(話語).
put in the plug 插入插頭
Put in the right words. 填入正確的字.

***pùt óff*** 拖延，延期.
諺語 Don't put off till tomorrow what you can do today. 今天可以做的事不要拖到明天去做. ➜關係代名詞 what 所引導的子句(「～的事〔物〕」)作爲 put off 的受詞.
The game has been put off till next Friday. 比賽延期到下星期五.

***pùt ón*** 穿上，戴上；上演(戲劇)；打開(電燈等)；(體重等)增加，增長.
put on a sweater＝put a sweater on 穿上毛衣

put on wear

put on a musical 上演歌舞劇
Put all the lights on. 把所有的燈打開.
I easily put on weight if I don't exercise. 我一不運動，體重馬上就會增加.

***pùt óut*** 拿到外面；熄滅(電燈、火等).
put out a *futon* 鋪被褥
put out the light 關掉電燈
Put this stray cat out right now. 馬上把這隻野貓弄到外面去.
The firemen soon put the fire out. 消防隊員很快地把火撲滅了.

***pùt togéther*** 合在一起，使成爲整體.
put the broken pieces together 把碎片組合起來
He is stronger than all of us put together. 他比我們所有人聯合在一起還要強. ➜過去分詞 put(被合在一起的)修飾 all of us.

***pùt úp*** 舉起，抬起；拿出來(出售)；搭起(帳篷)，打開(傘)，升起(旗)，搭建(小板房).
put ～ up for sale 把～拿出來出售
put up *one's* umbrella 撐起傘
put up a tent 搭帳篷
put up a notice 張貼告示
If you know the answer, put your hand up. 如果你知道答案就舉手.

***pùt úp at ～*** 在～住宿.
We put up at a small inn in Tainan. 我們住宿在臺南的一家小旅館裡.

***pùt úp with ～*** 忍受～，容忍～.

I can't put up with such nonsense. 我不能容忍那種廢話.

**puz·zle** [ˋpʌzḷ] 名 ❶謎.

a jigsaw puzzle　拼圖遊戲

**do** a crossword puzzle　做填字遊戲

**work out** 〔**solve**〕 a puzzle　解謎語

❷莫名其妙的事, 難題, 謎.

Her behavior was a puzzle **to** me. 她的行爲對我來說是個謎.

—動 使爲難, 使迷惑; 左思右想.

Her strange behavior puzzles me. 她奇怪的行爲使我迷惑不解.

He puzzled **over** his math problem for an hour. 他爲解數學問題苦想了一小時.

I'm puzzled about what to say. 我不知道說甚麼好.

**py·ja·mas** [pəˋdʒæməz] 名 複 《英》=pajamas(睡衣).

**pyr·a·mid** [ˋpɪrəmɪd] ➡注意重音的位置. 名 ❶(常用 **Pyramid**)金字塔. ➡古代埃及埋葬國王的巨大角錐形石頭建築.

the Pyramids　(位於埃及吉薩的)三大金字塔

❷金字塔形的物體; 《數學》角錐.

The acrobats formed a human pyramid. 特技演員排成一個人體金字塔.

P

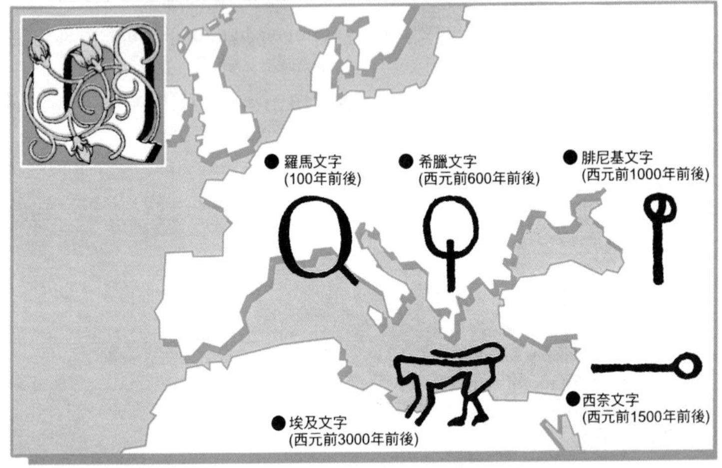


**Q, q** [kju] 名(複 **Q's, q's** [kjuz]) 英文字母的第十七個字母.

**quack** [kwæk] 動 (鴨子(duck)等)嘎嘎地叫.
—名 鴨子的叫聲，嘎嘎的叫聲. ➜也可以寫成 quack-quack.

**quack-quack** [ˋkwækˋkwæk] 名
❶嘎嘎. ➜鴨子(duck)的叫聲.
❷《幼兒語》鴨子.

**quake** [kwek] 動 ❶(因恐怖等)顫抖.
❷(因地震等使地面)搖動.
—名 ❶震動，搖動.
❷《口》=earthquake(地震).

**Quak·er** [ˋkwekɚ] 專有名詞 教友派教徒. ➜外人對基督教新教教友派(the Religious Society of Friends)教徒的稱呼；他們以「朋友(Friend)」互稱，主張廢除形式主義的宗教儀式而與上帝直接交往，提倡樸素的生活和絕對的和平.

**qual·i·fi·ca·tion** [ˏkwɑləfəˋkeʃən] 名 ❶ (常用**qualifications**) (～的)資格，素質，能力.
She has the qualifications **for** an interpreter. 她有當翻譯員的資格.
❷限制條件，附帶條件.
**without** qualification 無條件地

**qual·i·fy** [ˋkwɑləˏfaɪ] 動 給與資格；取得資格.
qualify O **as** O′ 使O具有O′的資格
qualify O **to** *do* 給予O做～的資格
qualify as ～ 有～資格，取得～資格
You must pass the state examination to qualify as a doctor. 你必須通過國家考試才能獲得行醫的資格.
His license **qualifies** him as 〔to be〕 a driver. = His license **qualifies** him to drive 〔for driving〕 a car. 他的駕駛執照使他有開車的資格.
➜ qualifies [ˋkwɑləˏfaɪz] 爲第三人稱單數現在式.
◆ **qualified** [ˋkwɑləˏfaɪd] 過去式、過去分詞.
He **is** qualified to teach at junior high school. 他有在國中任教的資格.

**qual·i·ty** [ˋkwɑlətɪ] 名(複 **qualities** [ˋkwɑlətɪz]) 質，品質，優良品質；性質，特性.
prefer **quality** to **quantity** 重質不重量 ◁相關語
paper of poor quality 品質低劣的紙張
He has a lot of good qualities. 他有很多優點.

**quan·ti·ty** [ˋkwɑntətɪ] 名(複 **quan-**

tities [ˋkwɑntətɪz]) ❶量，數量.
a large〔small〕quantity of water 大量〔少量〕的水
prefer **quality** to **quantity** 重質不重量 ◁相關語
❷(常用 **quantities**)很多.
quantities **of** books 很多書
quantities of money 很多錢

idiom

***in quántity = in*** (***grèat***〔***làrge***〕) ***quántities*** 大量地，很多.

**quar·rel** [ˋkwɔrəl] 名 吵架，口角，爭吵；吵架的原因，怨言.
a quarrel **between** Father and Mother 父母間的爭吵
**have** a quarrel **with** ～ 與～吵架
**pick** a quarrel **with** ～ 向～尋釁
—動 吵架，爭吵；埋怨.
quarrel with *A* **over**〔**about**〕*B* 因 B 與 A 吵架

**quar·rel·some** [ˋkwɔrəlsəm] 形 喜歡吵架的，易怒的.

**quar·ter** [ˋkwɔrtɚ] 名 ❶四分之一；一刻鐘，十五分鐘. 相關語 half(一半).
a quarter of an hour 一小時的四分之一(二十五分鐘，一刻鐘)
(a) quarter **past**〔**to**〕six 六點(過)十五分〔差十五分六點鐘〕
three quarters 四分之三
the first quarter of the year 這年的最初四分之一〔第一季〕
Mother divided the pie into quarters. 媽媽把派分成四等份.

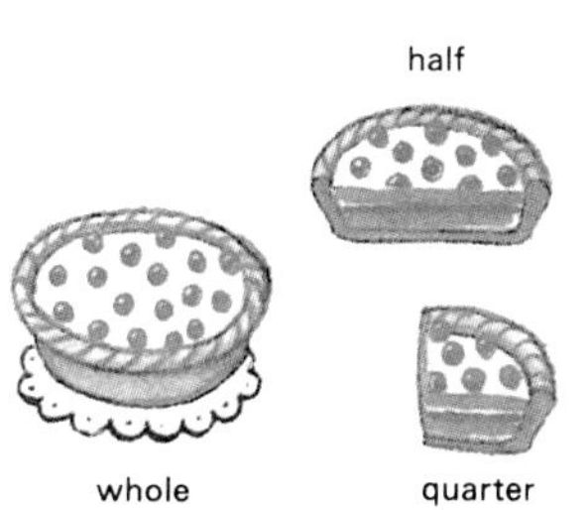


❷《美、加拿大》(一美元的四分之一)二角五分(硬幣).
I left three quarters as a tip. 我留下三枚二角五分的硬幣作爲小費.
❸《美》(每學年分爲四學期制度的)學期.
❹(東西南北的)方位；地域，地區.
the Chinese quarter in San Francisco 舊金山的華人區

**quar·tet** [kwɔrˋtɛt] 名 四重奏〔唱〕曲，四重奏〔唱〕樂團.

**quay** [ki] 名(港口的)靠岸處，碼頭.

**queen** [kwin] 名 ❶女王，王妃；女王般的人、物.
Queen Elizabeth II (讀法：the second) 女王伊莉莎白二世 ➜現任英國女王.
the queen of the cherry blossom festival 櫻花祭女王
❷蜂王，蟻王.
❸(撲克牌、西洋棋的)王后.
the queen of hearts 紅心皇后

**queer** [kwɪr] 形 奇怪的，古怪的，奇特的，不尋常的.

**ques·tion** [ˋkwɛs tʃ ə n] ▶疑問，問題 ▶疑問句

名(複 **questions** [ˋkwɛstʃənz]) ❶質問，疑問，問，(考試的)問題；《文法》疑問句.
**questions** and **answers** 問題與回答 ◁反義字
**answer** a question 回答問題
**ask** him a question 問他問題 ➜也可以說成 ask a question of him，但這種說法給人生硬的感覺，所以一般用 ask him a question.
That's a good question. 那是個好問題. ➜常用來應付困難問題的巧妙回答.
I have a question **about** your school. 我有一個關於你們學校的問題.

Q

May I ask you a question, Miss Smith? 史密斯小姐，我可以問妳一個問題嗎?
I could answer only one question on the history test. 我在歷史考試中只會答一題.
There were thirty questions in today's English test. 今天的英語考試有三十道題.
**quéstion màrk** 問號(?).
❷疑點，疑問.
**There is no question** about his honesty. = His honesty is **beyond question**. 他的誠實是毫無疑問的.
❸(必須解決的)問題(problem).
the question of the pollution of air and water 空氣和水污染的問題
It's not a question of money; it's a question of time. 這不是錢的問題，而是時間的問題.
We talked about the question of bullying. 我們討論了恃強凌弱的問題.
To be, or not to be; that is the question. 生存還是死亡，那才是問題的所在. ➜莎士比亞戲劇《哈姆雷特》中的名句.
The question is how to do it. 問題是怎樣去做.
The question is whether he will come or not. 問題是他來不來.
idiom
***òut of the quéstion*** 不可能的，不必談的.
I have no money, so a new bicycle is out of the question. 我沒有錢，所以根本不可能買新自行車.
—動 ❶質問，詢問.
He often **questions** me about my brother studying abroad. 他時常問我有關出國留學的哥哥的情況. ➜ questions [ˋkwɛstʃənz] 爲第三人稱單數現在式.
◆ **questioned** [ˋkwɛstʃənd] 過去式、過去分詞.
He **was** questioned by a policeman. 他受到警察盤問. ➜被動語態.
❷起疑，懷疑.
I question his honesty. 我懷疑他的誠實.

**queue** [kju] 名《英》(排隊等候的人或汽車的)行列(line).
wait **in** a bus queue 排隊等候公車
**make** 〔**form**〕 a queue 排隊
**jump** the 〔a〕 queue 插隊
There is a long queue outside the theatre. 戲院外面排著很長的隊.
—動《英》(**queue up**)排隊，排列(成一行).
We queued up for two hours to get into the theater. 我們排隊等二小時才進入戲院.

**quick** [kwɪk] 形 ❶快的，迅速的，短時間的，瞬間的. 反義字 slow(慢的).
a quick walker 走路快的人
have a quick bath 〔breakfast〕 迅速地洗澡〔吃早餐〕
Quick! 快點！趕快！
Be quick **about** your work. 趕緊工作.
She made a quick trip to the supermarket. 她匆匆去了一趟超市.
This is the quickest way to the station. 這是去火車站最快的路.
❷敏捷的，伶俐的.
My little sister has a very quick mind. 我小妹聰明伶俐.
❸性急的，急性子的.
My father has a quick temper. 我的父親是個急性子.
—副 迅速地，快，趕快.
Come quick! 快來！

**quick·en** [ˋkwɪkən] 動 加快；變快；激起(興趣等).

| **quick·ly** [ˋkwɪk lɪ] | ▶迅速地<br>⊙用極短的時間做某件事 |
|---|---|

副 迅速地，快，趕快，馬上. 反義字 slowly (慢地).
We walked quickly. 我們快步前進.
Doctor, come quickly. 醫生，趕快來.
He quickly finished his meal. 他迅速地吃完飯.
◆ **more quickly** 《比較級》更快地.
◆ **most quickly** 《最高級》最快地.

**qui·et** [ˋkwaɪət] 形 ❶ 寂靜的，不出聲的；平靜的. 反義字 noisy (吵鬧的).
a quiet night 靜夜
keep quiet 保持安靜；保守祕密
You must be quiet in the library. 你在圖書館裡要保持安靜.
❷ 平穩的，平和的，平靜的；溫順的，寡言的，文靜的.
a quiet man 文靜的人
a quiet life 平靜的生活
The family spent a quiet evening at home. 一家人在家裡度過一個寧靜的夜晚.
The sea is quiet today after yesterday's storm. 經過昨天的風暴之後，今天大海風平浪靜.
❸ (顏色等)素淨的，樸素的.
a quiet tie 素雅的領帶
The color grey is too quiet for Vicky. 灰色對維琪來說太素淨了.
— 名 寂靜；平靜.
the quiet of the night 夜的寂靜
— 動 使平靜，安慰；平靜下來.

**qui·et·ly** [ˋkwaɪətlɪ] 副 平靜地.

**quill** [kwɪl] 名 ❶ (大而粗管的)羽毛. ❷ 鵝毛筆.

**quilt** [kwɪlt] 名 床罩，羽毛被. ➡ 把羽毛、羊毛等塞在裡面密縫的被子.

**quin·tet** [kwɪnˋtɛt] 名 五重奏〔唱〕曲，五重奏〔唱〕樂團.

**quit** [kwɪt] 動 停止，中止；離開.
quit *one's* job 辭職
quit reading 停止閱讀
quit school 退學
You always quit when you are losing; that's not fair. 你總是要輸時就放棄，那是不公平的.
◆ **quit, quitted** [ˋkwɪtɪd] 過去式、過去分詞.
◆ **quitting** [ˋkwɪtɪŋ] 現在分詞、動名詞.

**quite** [kwaɪt] 副 ❶ (客觀地表示)完全，十分，徹底. ➡ 放在被修飾語之前.
It is quite impossible. 這完全不可能.
The cat is quite dead. 這隻貓確實死了.
She is quite well now. 她完全恢復健康.
I quite agree with you. 我完全同意你.
It is not quite dark. 天還沒完全黑. ➡ It 籠統地表示「明暗」.
I haven't quite finished eating. 我還沒完全吃完.
❷ 《主觀強調》眞正，頗；相當. ➡ 放在被修飾語之前；但要注意 quite 放在 a(n) 之前(在《美》有時放在 a 之後)；the＋形容詞＋名詞時不用 quite；根據前後關係而表現出不同的強弱程度.
quite often 經常
quite an event 很棒的〔完美的〕活動
quite a crowd 非常多的人群
quite a long time 相當長的時間
It is quite cold for spring. 就春天來說，這天氣頗爲寒冷. ➡ It 籠統地表示「氣溫」.
It was quite a good dinner. His wife is quite a cook. 眞是一餐美味佳肴. 他的妻子眞是個高明的廚子.
idiom
***quìte a féw*** 相當多(的).
There are quite a few foreigners in my neighborhood. 我的住所附近有相當多的外國人.

**quiz** [kwɪz] 名 (複 **quizzes** [ˋkwɪzɪz])

Q

(簡單的)考試，測驗(test)；猜謎，問答比賽.

a spelling quiz 拼字測驗

a quiz show〔program〕(廣播、電視中的)猜謎節目

Each week the teacher gives us a quiz in spelling. 老師每星期都考我們一次拼字.

**quo·ta·tion** [kwo`teʃən] 名引用；引文，引語.

**quotátion màrks** 引號. →‘ ’或“ ”；用於引用他人的話語.

**quote** [kwot] 動引用(他人的話、文章).

The President quoted a passage **from** the Bible in his speech. 總統在演說中引用了《聖經》的一段話.

Q

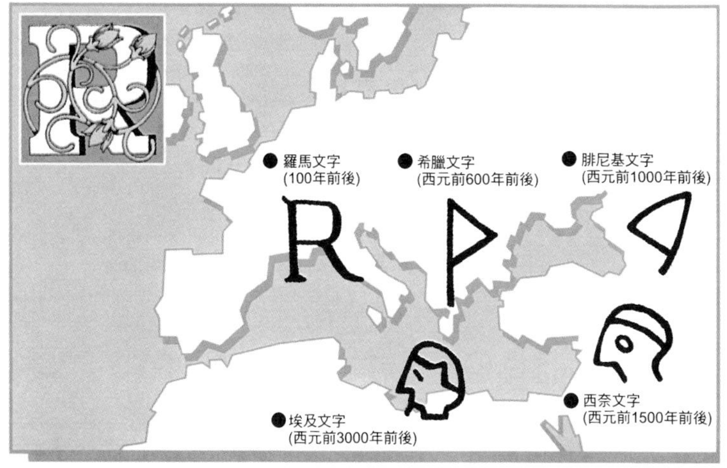


**R, r** [ɑr] 名(複 **R's, r's** [ɑrz]) 英文字母的第十八個字母.

There is **an** r in the word 'bird.' bird(鳥)這個單字中有字母 r.

**the thrée Ŕ's** (基礎教育的)讀寫算. ➜「三 R」爲 **r**eading, w**r**iting, and a**r**ithmetic.

**rab·bit** [ˋræbɪt] 名 兔子, (尤指)野兔.

keep a rabbit 養兔子

> 印象 兔子多產, 一年生產數次, 每次產四～五隻小兔, 因此 breed like rabbits 表示「(像兔子產子一樣)生很多孩子」.
> 同義字 耳朵比 rabbit 大的「大野兔」稱 **hare**, 小的則稱 **rabbit**.

**rac·coon** [ræˋkun] 名 浣熊.

**rac·coon dog** [ræˋkunˏdɔg] 名 狸貓.

**race**[1] [res] 名 ❶賽跑; 比賽.

a horse race (一次的)賽馬

a boat race (一次的)賽舟

a mile race 一英里賽跑

**run** 〔**have**〕 a race 賽跑

**win** 〔**lose**〕 a race 競爭〔賽跑〕獲勝〔失敗〕

諺語 Slow and steady wins the race. 慢而穩能贏得勝利. ➜相當於「欲速則不達」.

❷(**the races**)＝horse racing(賽馬).

—動 賽跑; 快速奔跑, 跑.

I'll race you **to** the bus stop. 我和你比賽誰先跑到公車站牌.

The car raced down the highway. 汽車飛速駛過高速公路.

Bob and Ken were racing (**against**) each other. 鮑勃和肯在賽跑.

**race**[2] [res] 名 種族; (動物界分類之)族類.

the white race 白種人

the human race 人類

people of different races 不同人種的人們

**ra·cial** [ˋreʃəl] 形 人種的, 種族的.

racial prejudice 種族偏見

**rack** [ræk] 名(放置或掛東西用的)架子, 行李架, ～架.

a hat rack 帽架

a towel rack 毛巾架

a magazine rack 雜誌架

a baggage 〔luggage〕 rack (電車等的)行李架
Hang your hat **on** the rack. 把帽子掛在帽架上.

**rack·et** [ˋrækɪt] 名(網球、羽毛球等的)球拍. ➜常指有網子的球拍; → bat[1].

**ra·dar** [ˋredɑr] 名 電波探測(法); 電波探測儀, 雷達.

**ra·di·ant** [ˋredɪənt] 形 ❶光輝燦爛的, 光芒四射的; 明亮的.
The new bride was radiant. 新娘容光煥發.
❷輻射的.

**ra·di·ate** [ˋredɪ͵et] 動 發射(光、熱等); (道路等)向各方伸展.

**ra·di·a·tor** [ˋredɪ͵etɚ] 名 散熱器. ➜暖氣爐的散熱器; 或發動機的冷卻裝置.

**ra·di·i** [ˋredɪ͵aɪ] 名 radius(半徑)的複數.

R

**ra·di·o** [ˋredɪ͵o] 名 (複 **radios** [ˋredɪ͵oz]) ❶無線電(廣播).
a radio program 廣播節目
a radio station 廣播電臺
radio English programs 英語廣播節目
listen to **the** radio 聽廣播
listen to music **on** 〔**over**〕 the radio 透過廣播收聽音樂
turn the radio down 〔up〕 調低〔高〕廣播音量
I heard the news on 〔over〕 the radio. 我在廣播中聽到這消息.
Ships send messages to each other **by** radio. 船舶用無線電相互傳訊.
❷無線電收音機, 收音機. ➜亦作 **radio set**.
a transistor radio 電晶體收音機
a radio cassette recorder 收錄音機
**turn on** 〔**off**〕 the radio 開〔關〕收音機

**ra·di·o·ac·tive** [͵redɪoˋæktɪv] 形 含放射能的, 放射性的.
radioactive elements 放射性物質

**ra·di·o·ac·tiv·i·ty** [ˋredɪ͵oækˋtɪvətɪ] 名 放射能.

**rad·ish** [ˋrædɪʃ] 名(一種做生菜用的)蘿蔔.

**ra·di·um** [ˋredɪəm] 名 鐳. ➜居禮夫婦發現的放射性金屬元素.

**ra·di·us** [ˋredɪəs] 名 (複 **radii** [ˋredɪ͵aɪ] *or* **radiuses** [-ɪz]) 半徑.
**within** a radius **of** two miles 半徑二英里之內

**raft** [ræft] 名 木排, 筏.

**rag** [ræg] 名 破布; (**rags**) 破舊衣服.
clean a bicycle with a rag 用破布擦自行車
a beggar **in** rags 一身破衣服的乞丐
**rág dòll** 破布縫製的娃娃玩偶.

**rage** [redʒ] 名 盛怒; (風、浪等的)狂暴, 猛烈.
**in a rage** 勃然大怒
become red **with** rage 氣得面紅耳赤
—動 ❶勃然大怒, 盛怒.
He raged **at** me **for** my rudeness. 他因為我的無禮而勃然大怒.
❷(風暴、疾病等)肆虐, 蔓延, 傳布.

**rag·ged** [ˋrægɪd] 形 ❶(布、衣服等)破爛的; 衣衫襤褸的.
a ragged old sweater 一件破毛衣
❷參差不齊的, 凹凸不平的; (頭髮、草等)凌亂的.

**raid** [red] 名 襲擊, 突襲.
an air raid 空襲
—動 襲擊, 突襲.

**rail** [rel] 名 ❶(柵欄、樓梯等的)橫木, 扶手, 欄杆; (**rails**) 圍欄, 柵欄.
❷(鐵路的)鐵軌; 鐵路(railroad).
A train runs on rails. 火車在鐵軌上行駛.

idiom

***by ráil*** 以鐵路，搭火車.
It is quicker to travel **by rail** than **by road**. 坐火車旅行比坐汽車快.
◁相關語

**rail·road** [ˋrelˏrod] 名《美》鐵路；鐵道.
a railroad accident 鐵路事故
a railroad crossing 鐵路平交道
a railroad station 火車站

**rail·way** [ˋrelˏwe] 名《英》=railroad.

---

**rain** [r e n]
▶雨
▶下雨

名 雨.
a drop of rain 一滴雨，雨滴. ➡不用×*a* rain.
a heavy rain 大雨
walk **in the rain** 在雨中漫步
The ground is dry. We need some rain. 大地乾涸，我們需要雨水. ➡不用×rain*s*.
My coat is wet because I was out in the rain. 因爲站在外面淋雨，所以我的外套濕了.
It looks like rain. 好像要下雨的樣子. ➡It 籠統地表示「天氣」.
We have had a lot of 〔little〕 rain this summer. 今年夏天的雨水很多〔少〕. ➡現在完成式.
諺語 After the rain comes the sun. 雨過天晴. ➡主詞爲 the sun.

**ráin fòrest** 熱帶雨林. ➡分佈在多雨的熱帶地方，常綠樹林十分茂盛.

idiom

***a ráin of*** ～ 如雨般的～，～的雨.
a rain of kisses 〔bullets〕 一陣狂吻〔槍林彈雨〕

***ráin or shíne*** 不論晴雨；無論如何.

**—** 動 ❶下雨. ➡主詞用 it，籠統地表示「天氣」.
It began to rain. 開始下雨了.
In Japan it **rains** a lot in June. 在日本六月多雨. ➡rains [renz] 爲第三人稱單數現在式.
◆ **rained** [rend] 過去式、過去分詞.
It rained hard all night. 下了整晚大雨.
◆ **raining** [ˋrenɪŋ] 現在分詞、動名詞.
It **is** raining. 正在下雨. ➡現在進行式.
It will stop raining before evening. 到傍晚雨就會停. ➡raining (下雨)是動名詞，作 stop 的受詞.
❷(如雨般)傾注；(如雨般)施加於(～).
Bombs rained (**down**) **on** the village. 炸彈如驟雨般朝村莊傾瀉而來.

**rain·bow** [ˋrenˏbo] 名 彩虹.
The rainbow has seven colors; red, orange, yellow, green, blue, indigo, and violet. 彩虹有七色，即紅、橙、黃、綠、藍、靛、紫.

> 參考「彩虹七色」英文字首的簡記法：**R**ead **O**ver **Y**our **G**ood **B**ook **I**n **V**ain.

**rain·coat** [ˋrenˏkot] 名 雨衣.

**rain·drop** [ˋrenˏdrɑp] 名 雨滴，雨點 (a drop of rain).

**rain·fall** [ˋrenˏfɔl] 名 降雨，雨；(包括雪、霙等在內的)降雨量.
the annual rainfall 年降雨量

**rain·storm** [ˋrenˏstɔrm] 名 暴風雨 (a storm with a heavy rain).

**rain·y** [ˋrenɪ] 形 ❶下雨的，多雨的.
a rainy day 雨天；(比喻)將來可能的苦日子，萬一
the rainy season 多雨季節，雨季，梅雨季
We had rainy weather last month. 上個月天氣多雨.
On rainy Sundays I stay home and watch television. 下雨的星期天我就留在家裡看電視.
The day was cold and rainy. 那天

R

很冷而且下雨.
Put money aside **for a rainy day**. 儲蓄以備不時之需〔未雨綢繆〕.
◆ **rainier** [ˋrenɪɚ] 比較級.
◆ **rainiest** [ˋrenɪɪst] 最高級.
❷被雨淋濕的.
rainy streets　被雨淋濕的街道

**raise** [rez] 動 ❶升起, 舉起, 引起, 升高; 建(房屋、碑等).
raise *one's* hand　舉手
raise an allowance　提高津貼〔零用錢〕數額
raise *one's* voice　提高聲音, 提高嗓音; 出聲
raise *one's* eyebrows　揚了揚眉毛 → eyebrow idiom
Raise your hand if you have a question.　如果有問題請舉手.
That railroad company raises the fares every year.　該鐵路公司每年都提高運費.
The old man raised his hat to the lady.　那位老人向女士舉帽打招呼.
❷飼養(家畜), 撫育(子女), 培植(農作物).
raise ten children　撫養十個孩子
raise cattle　養牛
raise roses　栽植玫瑰花
❸籌集(資金等).
raise money for people starving in Africa　爲非洲飢民募款
—名 漲工資; 漲價(《英》rise).
I got a raise **in** my allowance.　我的津貼增加了.

**rai·sin** [ˋreznฺ] 名 葡萄乾.

**rake** [rek] 名 耙子.
—動 用耙子耙.

**ral·ly** [ˋrælɪ] 名(複 **rallies** [ˋrælɪz])
❶集會.
a peace rally　和平集會
a pep rally　(爲運動員舉行的)鼓舞士氣的集會
❷長途賽車. ➡於公路上比賽駕駛技術的長距離賽車.

**ram** [ræm] 名 公羊.

**ram·ble** [ˋræmbḷ] 動 漫步.

**ramp** [ræmp] 名(連結高度不同的兩條道路或地面的)斜坡, 坡道, (立體交叉道路的)匝道; (飛機的)登機梯.

**ran** [ræn] run 的過去式.

**ranch** [ræntʃ] 名(美國西部、南部的)大牧場.

**ran·dom** [ˋrændəm] 形 無目的或目標的, 隨意的.
a random guess　胡亂猜測
a random choice　隨意挑選
idiom
***at rándom***　隨便地, 胡亂地, 任意地.

**rang** [ræŋ] ring 的過去式.

**range** [rendʒ] 名 ❶(人、物的)排, 行, 系列; 山脈.
a mountain range = a range of mountains　山脈, 羣山
❷(變動的)幅度, 範圍; (槍彈等的)射程距離.
There's a wide range in the price(s) of television sets.　電視機的價格差距很大.
❸(帶爐心和點火器的烹飪用)爐灶.
—動 ❶排列成行; 排列.
❷(範圍)涉及～.
Our discussion ranged **over** a number of subjects.　我們的討論涉及許多主題.

**rank** [ræŋk] 名 ❶階級, 地位; (高貴的)身分.
a writer **of** the first rank　第一流作家
people of all ranks　各階層的人
❷(人、物之)列(row); (士兵之)橫列.
—動 ❶(以順位)排列, 列屬某等級.
The critics rank this movie **among** the best.　評論家把這部電影排列爲第一流.

❷佔有一席之地，居於.
He ranks among the top ten tennis players in the world. 他是世界網球十強之一.
I rank high〔low〕in my class. 我的成績在班上名列前茅〔吊車尾〕.

**ran·som** [ˋrænsəm] 名(俘虜、綁票的)付贖金贖回，贖金.
**demand** a ransom of a million dollars 要求一百萬美元的贖金

**rap·id** [ˋræpɪd] 形 迅速的，急速的.
make rapid progress 進步快速
—名(**rapids**)急流，湍流，急灘.

**rap·id·ly** [ˋræpɪdlɪ] 副 迅速地，急速地，急促地.

**rare**[1] [rɛr] 形 罕有的，稀罕的.
Snow is rare in Florida. 佛羅里達很少下雪.
This is a **rare** stamp. It **rarely** appears at auction. 這是很珍貴的郵票，很少拍賣. ◁相關語

**rare**[2] [rɛr] 形 (指肉)未煮熟的，半熟的.
My mother likes her meat **well-done**, but my father likes his meat **rare**. 我母親喜歡吃熟透的肉，但父親喜歡半熟的. ◁相關語

**rare·ly** [ˋrɛrlɪ] 副 罕有地；不常發生地.
He rarely comes here. 他很少來這裡.

**ras·cal** [ˋræskḷ] 名 流氓，惡棍，無賴；小淘氣.

**rash**[1] [ræʃ] 形 急躁的，鹵莽的，輕率的.

**rash**[2] [ræʃ] 名 疹子，發疹.

**rasp·ber·ry** [ˋræz͵bɛrɪ] ➔ p 不發音.
名(複 **raspberries** [ˋræz͵bɛrɪz])覆盆子植物，木莓.

**rat** [ræt] 名 鼠. ➔較 mouse 大，mouse 的體積，還不到 rat 的一半.

> 印象 因偷食、毀壞穀物，傳播病菌而被視爲有害的動物；另外，傳說 rat 在船將沈沒時總是最先逃跑，故被視爲「叛徒」. He is a rat. 表示「他是個變節分子」，smell a rat (有老鼠的氣味) 表示「懷疑其中有詐」.

**rate** [ret] 名 ❶比率，率.
the birth〔death〕rate 出生〔死亡〕率
❷速度.
**at** a fast rate 以高速
**at the rate of** 60 miles an hour 以一小時六十英里的速度 ➔ an hour 表示「平均每小時」.
❸費用，價格.
telephone rates 電話費
the parking rate 停車費
❹等級(rank).
a first-rate movie 最棒的電影
idiom
***at ány ràte*** 無論如何.
—動 ❶視爲，認爲.
❷評價，評估.

**rath·er** [ˋræðɚ] 副 ❶(主用 A **rather than** B)(比起 B 來)還是(A)，(與其 B)寧願(A).
The color is blue rather than green. 說這顏色是綠色，還不如說是藍色.
❷**相當地**(quite)；**多多少少**(a little).
➔根據前後關係，程度會略有變化，雖然沒有 very 那麼強烈，但表示較高的程度.
It is rather cold today. 今天相當冷.
It's rather a good idea. = It's a rather good idea. 這想法很好.
Our baby can walk rather well. 我們的孩子走得相當不錯.
❸((**or**) **rather**)《口》說得更確切些.
❹《英》《用於回答時》當然(如此).
idiom
***would ráther*** *dó* (***than*** *dó*) 寧願做～(而不願做～).

R

I would rather go with you than stay at home. 我寧願和你一起去也不願留在家裡.

**rat·tle** [ˋrætḷ] 動 ❶發嘎嘎聲；(馬車等)發出嘎嘎聲地駛過；使嘎嘎作響.
The old bus rattled down a country road. 那輛破舊的公車在鄉間小道上嘎嘎作響地行駛.
The wind rattled the windows. 風把窗子吹得嘎嘎作響.
❷喋喋不休.
—名 ❶嘎嘎〔喋喋〕聲. ❷(嬰兒用的)撥浪鼓.

**rat·tle·snake** [ˋrætḷˏsnek] 名 響尾蛇.

**ra·ven** [ˋrevən] 名 烏鴉.

> 印象 棲息在北半球的一種大烏鴉，嘴呈直線形而尖銳，叫聲嘶啞；一般被視為不祥之鳥.

**raw** [rɔ] 形 ❶生的，未煮過的；未經加工的.
raw meat 生肉
a raw egg 生雞蛋
eat fish raw 吃生魚
raw materials 原料
Radishes are eaten raw. 蘿蔔是生吃的.
❷不熟練的，經驗不足的.
❸陰寒的，濕冷的(cold and damp).
one raw morning in November 十一月的一個陰冷的早晨
❹脫皮的，磨破的，刺痛的.
New shoes often make my heels raw. 穿新鞋常使我磨破腳跟.

**ray** [re] 名 光線；放射線.
X rays X光
the direct rays of the sun 直射的陽光

**ra·zor** [ˋrezɚ] 名 刮鬍刀.
a safety razor 安全刮鬍刀

**Rd.** Road(…路)的縮寫.

**re-** 字首 表示「再」「回復原狀」「重新」等的意思.
reuse(再利用)；retake(拿回)；rename(改名)

**reach** [ritʃ] 動 ❶抵達～，到達～(arrive at 〔in〕, get to)；(手、力之)所及，搆得著(～).
reach the top 到頂
reach the shore 抵岸
reach home at six 六點到家
reach a decision 得出結論
I can reach the book on the shelf. 我搆得著書架上的書.
This string is too short. It won't reach. 這根繩子太短了，大概搆不著.
This train reaches New York at 6:30 (讀法：six thirty) p.m. 這班火車下午六點三十分駛抵紐約.
No sound reached my ear. 我沒有聽到任何聲音.
❷(**reach out**) (將手等)伸出，伸長；伸手去取.
reach out *one's* hand **for** ～ 伸手去取～
I reached to pick an apple from the tree. 我伸手想從樹上摘下蘋果.
He reached out for the fly ball but couldn't catch it. 他伸手想接住高飛球，但沒接住.
❸(以電話等)聯絡.
會話 How can I reach you? —You can reach me at this (phone) number. 怎樣和你聯絡？—你可以用這個電話號碼和我聯絡.
—名 伸出(手等)；所及範圍，(力量所及之)範圍；能力.
a boxer with a long reach 擊拳距離很長的拳擊手

idiom

***beyònd the réach of*** ～ = ***beyònd*** *one's* ***réach*** ～之力所不能及，手搆不著的地方；不可理解(之處).
The grapes were beyond his reach. 他手搆不著葡萄.
That math problem was beyond my reach. 我難以理解那道數學題.

***òut of réach of ～＝òut of*** *one's* ***réach*** ～的手搆不著的地方.

Keep the matches out of reach of the children. 請把火柴放在孩子拿不著的地方.

***withìn*** (*one's*) ***réach＝withìn*** (***the***) ***réach of*** ～ 手所能及, 力所能及.

The apples were within my reach. 蘋果在我手搆得著的地方.

The seaside resort is within easy reach of Tokyo. 這個海濱浴場距東京很近.

**re·act** [rɪ`ækt] 動 (對～)有反應, 起作用; 反抗.

He reacted strongly against her way of thinking. 他對她的思考方式很反感.

**re·ac·tion** [rɪ`ækʃən] 名 反應; 反抗, 反響.

---

| read [r i d] | ▶讀 ⊙發出聲音讀或用於默讀 |
|---|---|

動 ❶閱讀, 讀書; 朗讀.

**基本** I read. 我閱讀. ➡(代)名詞 〈S〉+read 〈V〉.

My little brother can't read yet. 我弟弟還不識字.

Don't read in bed. 別在床上看書.

**基本** I read a book. 我讀書. ➡(代)名詞〈S〉+read〈V〉+(代)名詞〈O〉.

Mr. Smith can **speak** Japanese but he can't **read** or **write** it. 史密斯先生會說日語, 但不會讀和寫. ◁相關語

She **reads** poetry very well. 她詩朗誦得很好. ➡reads [ridz] 爲第三人稱單數現在式.

Read this sentence **aloud**. 請大聲唸出這個句子.

◆ **read** [rɛd] 過去式、過去分詞. ➡注意拼法和現在式一樣, 但發音不同.

She read the story **to** her children. = She read her children the story. 她唸故事給孩子們聽. ➡句型爲V (read) +O′ (her children) +O (the story); 如爲現在式則用 read*s*.

I read **about** his death in the newspaper yesterday. 昨天我看了報紙才得知他的死訊.

**Have** you read the book before? 你以前讀過這本書嗎? ➡read 爲過去分詞; 現在完成式.

The Bible **is** read all over the world. 《聖經》廣爲全世界閱讀. ➡read 爲過去分詞; 被動語態.

◆ **reading** [`ridɪŋ] 現在分詞、動名詞. → reading.

Susie **is** reading in her room. 蘇西在自己的房間裡讀書. ➡現在進行式.

He is very fond of reading comics. 他非常喜歡看漫畫. ➡reading 爲動名詞(閱讀), 作爲介系詞 of 的受詞.

❷讀, 看懂.

read music 讀樂譜

read the clock 會看時鐘

read her palm 看她的手相

Mother can read my thoughts. 媽媽知道我在想甚麼.

❸(指儀器)顯示; 寫著～.

The thermometer reads 30°C (讀法: thirty degrees centigrade). 溫度計顯示攝氏三十度.

Her letter reads as follows. 她的信這樣寫道.

idiom

***réad betwèen the línes*** 找出字裡行間的言外之意.

***réad from cóver to cóver*** 將書從頭讀到尾.

***réad ～ thróugh*** 把～讀完.

***réad to*** *oneself* 不出聲地讀, 默唸(read silently).

**read·er** [`ridɚ] 名 ❶讀者, 讀書的人.

a fast reader 書讀得快的人

a great reader 書讀得很多的人

R

a palm reader 看手相的人，看相者

❷讀本. ➜幫助學習用的課本.

an English reader 英語讀本

**read·i·ly** [ˋrɛdɪlɪ] 副 ❶欣然地；迅速地，立即.

He readily helped me. 他欣然助我一臂之力.

❷容易地，簡單地(easily).

**read·ing** [ˋridɪŋ] read的現在分詞、動名詞.

—名 ❶**讀書**；讀法；(詩等的)朗讀(會).

reading and writing 閱讀和寫作

**réading ròom** (圖書館等的)閱覽室.

❷讀物.

| **read·y** [ˋrɛ d ɪ] | ▶準備就緒的<br>⊙用來表示對於某件事，無論精神或生理方面都已準備好的狀態 |
|---|---|

R

形 ❶**準備就緒的**，處於準備使用之狀態的.

基本 Breakfast is ready. 早飯準備好了. ➜動詞〈V〉+ready〈C〉；除❸以外，不用於名詞之前.

Your bath is ready. 你的洗澡水準備好了.

Is everything ready **for** the party? 晚會都準備好了嗎?

The fields are ready for harvesting. 農田已經可以收割了.

I'm ready **to** go to school. 我準備好要上學了.

We were getting the room ready for the party. 我們正在準備房間作爲晚會之用.

❷(常用 **be ready to** *do*) 樂意做～的，自願做～的；就要～的，易於～的.

He is always ready to help others. 他總是樂於助人.

I'm ready to listen to his idea. 我樂意聽他的想法.

The baby is ready to cry. 嬰兒就要哭出來了.

❸立即的，手邊的，現成的.

a ready answer 立即的回答

ready cash〔money〕 手頭的現款

He has a ready wit. 他有急智.

idiom

***Réady, sét, gó!*** 《英》就位，準備，跑! (On your mark(s), get set, go!)

ready set go

**read·y-made** [ˋrɛdɪˋmed] 形 現成的，做好的.

**re·al** [ˋriəl] 形 **眞實的**；眞正的.

a real friend 眞正的朋友

a real pearl 眞正的珍珠

It is not fiction. It is a real story. 這不是虛構，是眞實的事.

The picture looks quite real. 這幅畫看起來很逼眞.

**re·al·i·ty** [rɪˋælətɪ] 名(複 **realities** [rɪˋælətɪz]) 眞實(性)，現實，實在.

His dream of owning his own house became a reality. 他想擁有自己房子的夢想實現了.

idiom

***in reálity*** 實際上，事實上.

He looks very old, but in reality he is still in his fifties. 他看起來很老，但實際上只有五十多歲.

**re·al·ize** [ˋriə͵laɪz] 動 ❶(完全)認知，瞭解.

He realized the importance of the news. 他知道這消息的重要性.

❷實現.
realize *one's* ambition 實現雄心壯志
At last his dreams were realized. 他的夢想終於實現了.

**re·al·ly** [ˋri ə l ɪ] ▶眞正地 ▶實際上

副 ❶**眞正地**, 眞實地(truly); 事實上, **實際上**(in fact).
John's father was a really great man. 約翰的父親眞是個了不起的人.
Do you really want to go? 你眞的想去嗎?
He looks a little foolish, but is really very wise. 他看起來有點愚蠢, 但實際上很機靈.
❷《作感嘆詞》嗳, 啊, 是嗎? ➡用以附和對方的話, 表示興趣、驚訝、懷疑等.
會話 She doesn't like ice cream. —Really! 她不喜歡吃冰淇淋. —眞的嗎!

**reap** [rip] 動 收割, 收穫. ➡現大多用 harvest.
reap *one's* crops 收割農作物
Farmers **sow** seeds in the spring and **reap** in the autumn. 農夫春天播種, 秋天收割. ◁**相關語**

**reap·er** [ˋripɚ] 名 收割者; 收割機.

**rear**[1] [rɪr] 名 後部; 背面.
Father sat in the front of the car and I sat **in** the rear. 爸爸坐在車的前座, 我坐在後座.
**—**形 後部的.
a rear seat 後座
the rear door of a bus 公車的後門
the rear lights of a car 汽車的尾燈

**rear**[2] [rɪr] 動 ❶養育(bring up); 飼養, 栽培.
My grandparents reared eight children. 我的祖父母養育了八個孩子.
❷抬起, 舉起.

**rear·view mir·ror** [ˋrɪrvjuˋmɪrɚ] 名(汽車、腳踏車的)後視鏡.

**rea·son** [ˋrizn̩] 名 ❶**理由**, 原因.
**for** this reason 由於這個原因
I want to know the reason **for** his absence. 我想知道他缺席的理由.
What is the reason for his absence? (=Why is he absent?) 他缺席的理由是甚麼?
There is no reason **to** doubt his word. 沒有理由懷疑他的話.
She had a bad cold. **That is the reason (why)** she was absent from school yesterday. 她得了重感冒, 這就是她昨天沒來上學的原因. ➡why 是修飾 reason 的關係副詞, 常常省略; 亦可省略 the reason, 僅作 That is why she was ～.
❷**理性**, 理智; 正常心智.
Only man has reason; animals do not. 只有人類有理性, 動物沒有. ➡不用×*a* reason, ×reason*s*.
He loved his wife dearly and he **lost** his reason when she died. 他非常愛他的妻子, 所以她死後他便發瘋了.
❸道理; 常識.
It's **against all reason** to start in this weather. 這樣的天氣出去, 簡直是沒道理. ➡不用×reason*s*.

**rea·son·a·ble** [ˋriznəbl] 形 合理的, 通情達理的; 合乎道理的; 適度的; (價錢)公道的.
a reasonable argument 合理的主張
a reasonable price 公道的價格
會話 I can't do it, Mike. —Be reasonable. 麥克, 我不能做. —你講理點.
The price of strawberries is **reasonable** in June. They are not **expensive**. 六月時草莓價格公道, 不會太貴. ◁**相關語**

R

**reb·el** [ˋrɛbl̩] 名 叛徒，叛逆者.

—形 叛徒的，反叛的.

—[rɪˋbɛl] 動 造反，反叛；強烈抗議. ➜注意和名詞的發音不同.

rebel **against** the king　反叛國王

◆ **rebelled** [rɪˋbɛld] 過去式、過去分詞.

◆ **rebelling** [rɪˋbɛlɪŋ] 現在分詞、動名詞.

**re·bel·lion** [rɪˋbɛljən] 名 反叛，叛亂；反抗.

**re·bus** [ˋribəs] 名 謎語，畫謎. ➜用記號和圖畫表示單字或單字中音節(syllable)的發音，並輪流猜測的遊戲.

**re·but·tal** [rɪˋbʌtl̩] 名 反證，反駁.

**re·call** [rɪˋkɔl] 動 ❶記起，憶起(remember).

I couldn't recall his name.　我記不起他的名字.

❷(從其駐在地)召回(大使等).

❸撤銷，取消(訂單等)，回收(瑕疵品等)；《美》(根據市民投票對市長等公務員)罷免.

**re·ceipt** [rɪˋsit] ➜ p 不發音. 名 收據，收條.

May I **have** a receipt, please?　請開張收據給我.

He gave me a receipt **for** the money.　他給了我那筆錢的收據.

**re·ceive** [rɪˋsiv] 動 ❶接受，接收，領取. → accept.

receive a letter **from** him　接到他的信

I received your letter this morning.　我今天早晨收到你的來信.

My plan was received with great interest.　我的提案很吸引人地被接受了.

Giving is better than receiving.　施勝於受. ➜receiving爲動名詞(接受).

❷迎接，迎進(家中).

receive the guests at the door　在門口迎接客人

The class received the newcomer warmly.　全班同學熱情歡迎新同學.

**re·ceiv·er** [rɪˋsivɚ] 名 ❶接受者；(網球等的)接球者. ❷～的容器；(電話的)聽筒，(收音機、電視的)接收機.

**re·cent** [ˋrisn̩t] 形 不久前的，最近的.

a recent film　最近(上映)的電影

in recent years　近年

**re·cent·ly** [ˋrisn̩tlɪ] 副 最近，近來. ➜通常與完成式、過去式連用.

會話 Have you seen John recently? —Yes, I saw him yesterday.　你最近有看到約翰嗎? —嗯，我昨天見過他.

**re·cep·tion** [rɪˋsɛpʃən] 名 ❶接受，(被)接待.

We **got** a warm reception at her house.　我們在她家受到熱情的款待.

❷歡迎會，招待會.

a reception desk　(旅館、公司等的)接待處

a wedding reception　結婚宴會

❸(收音機、電視的)信號接收，接收能力.

**re·cep·tion·ist** [rɪˋsɛpʃənɪst] 名 (旅館、醫院等之)接待員，招待員.

**re·cess** [rɪˋsɛs] 名 ❶(學校等的)休息時間.

**during** the noon recess　在(學校的)午休時間

a ten-minute recess **between** lessons 課間十分鐘的休息時間
❷(室內的)凹處. ➡用於放置床，椅子，碗櫥等.

**rec·i·pe** [ˋrɛsəpɪ] 名 烹飪法；(成功之)祕訣.

**re·cit·al** [rɪˋsaɪtl̩] 名 獨奏會，獨唱會，個人作品發表會.

**rec·i·ta·tion** [ˏrɛsəˋteʃən] 名(在聽眾前將詩等)吟誦，背誦，朗讀；《美》學生向老師背書.
**do** a recitation 背誦

**re·cite** [rɪˋsaɪt] 動(當眾)背誦；(學生向老師)背書.
The teacher recited a poem by Byron **to** the class. 老師對全班同學吟誦拜倫的詩.

**reck·less** [ˋrɛklɪs] 形 鹵莽的，不考慮後果的.
reckless driving 鹵莽駕駛

**reck·on** [ˋrɛkən] 動 ❶計算(count).
❷視作～；認爲～(think).

**rec·og·nise** [ˋrɛkəgˏnaɪz] 動 《英》=recognize.

**rec·og·ni·tion** [ˏrɛkəgˋnɪʃən] 名 ❶認出(以前認識的人、知道的事).
She has changed **beyond recognition**. 她變得教人認不出來了.
❷承認，(被)認可.
recognition **of** women's rights 對女權的承認

**rec·og·nize** [ˋrɛkəgˏnaɪz] 動 ❶認識，認出.
I didn't recognize his voice over the telephone. 我在電話裡認不出他的聲音.
I recognized him by the way he walked. 我從他走路的樣子認出是他. ➡ the way he walked 表示「他走路的樣子」.
❷承認，認同.
Other nations didn't recognize the new government. 其他國家不承認這個新政府.

**rec·ol·lect** [ˏrɛkəˋlɛkt] 動 記起，憶起.

**rec·ol·lec·tion** [ˏrɛkəˋlɛkʃən] 名 回憶；記憶.

**rec·om·mend** [ˏrɛkəˋmɛnd] 動 推薦，介紹.
recommend him **for** the job 推薦他擔任這項工作
The teacher recommended this dictionary to us. = The teacher recommended us this dictionary. 老師向我們推薦這本字典. ➡後面的句子爲V (recommended) + O′ (us) +O (this dictionary)的句型.

**rec·on·cile** [ˋrɛkənˏsaɪl] 動 和解；調停，使一致.
be reconciled 言歸於好
The children quarreled but were soon reconciled. 孩子們吵架了，不過馬上又和好了.

**rec·ord** [ˋrɛkɚd] ➡注意重音的位置.
名 ❶**記錄**；(學校的)成績；(競技等的)最佳記錄.
**keep** a record of ～ 記載、保留～的記錄
**have** a fine record at school 在學校成績優秀
**break** 〔**hold**〕 the record (在比賽中)打破〔保持〕記錄
I keep a record of every important event. 我保存著所有重大事件的記錄.
His record at school is excellent. 他在學校成績優秀.
Who holds the record **for** the high jump? 誰保持跳高記錄?
He **set** a new school record for the 100 meters. 他締造了一百公尺賽跑的學校新記錄.
❷(音樂等的)**唱片**.
an Elvis Presley record=a record by Elvis Presley 埃維斯・普萊斯里〔貓王〕的唱片

R

**play** 〔**put on**〕 a record 放唱片
We played some records and danced. 我們放唱片跳舞.
**récord plàyer** 唱機.
— (**re·cord**) [rɪˋkɔrd] 動 ❶記錄, 記下. ➜注意和名詞的重音位置不同.
❷錄音, 錄影, 錄製.
record the music on a tape recorder 將音樂錄進錄音機裡

**re·cord·er** [rɪˋkɔrdɚ] 名 ❶錄音機; (各種)記錄裝置.
a tape recorder 卡式錄音機
❷記錄員.
❸籬笛. ➜一種豎笛.

**re·cord·ing** [rɪˋkɔrdɪŋ] 名 記錄; 錄音.

**re·cov·er** [rɪˋkʌvɚ] 動 尋回(失落之物); (病症等)恢復, 復元.
recover a stolen watch 尋回遭竊的手錶
recover *one's* eyesight 恢復視力
recover **from** (an) illness 病後復元, 康復

R

**re·cov·er·y** [rɪˋkʌvərɪ] 名(複 **recov-eries** [rɪˋkʌvərɪz])復元, 恢復; 回收.
the recovery **of** a space capsule 太空艙的回收
**make** a fast recovery 迅速復元〔恢復〕

**rec·re·a·tion** [ˏrɛkrɪˋeʃən] 名 (工作之餘的)消遣活動; (身心的)休閒; 娛樂.
I play chess **for** recreation. 我下西洋棋消遣.

**re·cruit** [rɪˋkrut] 動 徵募新兵; 吸收(新分子), 補充.
We recruited five new members **for** our tennis club. 我們吸收五名新成員加入網球俱樂部.
—名 新兵; 新成員, 新會員, 新職員.

**rec·tan·gle** [ˋrɛktæŋgl] 名 長方形.
相關語 square(正方形).

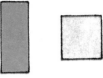

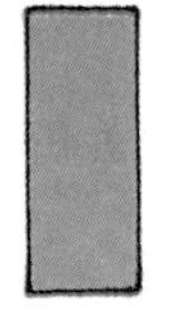
rectangle

square

**re·cy·cle** [riˋsaɪkḷ] 動 (廢物等)再生, 再利用.

**re·cy·cling** [ˏriˋsaɪkḷɪŋ] 名 (廢物等的)再生, 再利用.

**red** [rɛd] ▶紅色的 ▶紅色

形 紅色的.
基本 a red rose 紅玫瑰 ➜red+名詞.
基本 This rose is red. 這玫瑰是紅色的. ➜be 動詞+red 〈C〉.
He turned red with anger. 他氣得面紅耳赤.
**the Réd Cróss** 紅十字會. ➜在瑞士銀行家杜南的倡議下於一八六四年建立的國際醫療機構; 紅十字會標誌為白底紅十字, 與瑞士國旗圖案紅底白十字恰好相反.
**réd pépper** 紅辣椒; 辣椒粉.
**the Réd Séa** 紅海. ➜介於非洲與阿拉伯半島間的海域, 以蘇伊士運河與地中海連結;《舊約聖經》中記載, 古代被埃及征服的以色列人在摩西(Moses)率領下, 渡過此海至阿拉伯半島建立以色列國.
—名 紅色; 紅衣服.
Santa Claus is dressed in red. 聖誕老人身著紅衣. ➜不用 ×*a* red, ×red*s*.
idiom
***in the réd*** 負債, 赤字.
The company is in the red. 這家公司負債累累.

> 印象 紅色是血的顏色，常被聯想為「熱情，有活力」的顏色；法國大革命以來，紅旗又被視為是「革命」的象徵；紅色還給人「高貴」的印象，因而自古以來「紅地毯(red carpet)」象徵著對貴賓的隆重歡迎；roll out the red carpet(鋪紅地毯)為「盛大隆重地歡迎」之意.

**red·breast** [ˋrɛdˏbrɛst] 名 知更鳥，紅襟鳥(robin). ➔因胸部呈紅色而得名.

**re·duce** [rɪˋdjus] 動 ❶使(尺寸、數量、程度)縮小，降低，減少；減低.
reduce speed〔*one's* weight〕 減低速度〔減輕體重〕
This medicine will reduce the pain. 這藥可減輕疼痛.
❷變成(不太好的狀態)，使變成～.

**re·duc·tion** [rɪˋdʌkʃən] 名 減縮(尺寸、數量、程度)，減低，減價(的數額).

**red·wood** [ˋrɛdˏwʊd] 名 紅杉. ➔美國加利福尼亞產的一種常青樹，可長到 100 m 以上.

**reed** [rid] 名《植》蘆葦(桿).

**reed or·gan** [ˋridˏɔrgən] 名 簧風琴. → organ.

**reef** [rif] 名(水面下或水面附近的)礁，暗礁.
a coral reef 珊瑚礁

**reel** [ril] 名 線軸；(影片、釣線、錄音帶等的)捲軸；(電影影片等的)一捲.

**re·fer** [rɪˋfɝ] 動 ❶(**refer to** ～)言及～，提及～，談及～.
◆ **referred** [rɪˋfɝd] 過去式、過去分詞.
She referred to her private life in the speech. 她在演講中談及自己的私生活.
◆ **referring** [rɪˋfɝɪŋ] 現在分詞、動名詞.
When the teacher said "the brightest girl in the class," he **was** referring to you. 當老師說「班上最聰明的女孩子」時，他指的就是妳.
❷(**refer to** ～)參考～，諮詢～，調查～，看～.
Please refer to page 15. 請參照第十五頁.
You can't refer to your notebook when you are taking the exam. 考試時不許看筆記.
❸(**refer** O **to** O′)(為得到情報、幫助)吩咐 O 去 O′，吩咐 O 調查 O′.
He referred me to a good doctor. 他給我介紹了一位好醫生.
When I asked my teacher how to spell a word, he referred me to the dictionary. 當我問老師某個單字的拼法時，老師要我去查字典. ➔ how to *do* 為「做～的方法」.
❹(**refer** O **to** O′)將 O 提交〔交付〕O′處理.
The problems between the two countries were referred to the United Nations. 將兩國的糾紛提交聯合國解決.

**ref·er·ee** [ˏrɛfəˋri] 名(足球、拳擊比賽等的)裁判. ➔棒球等的裁判稱為 umpire.

**ref·er·ence** [ˋrɛfərəns] ➔注意重音的位置. 名 ❶(對～的)言及，提及之處.
The book has many references **to** Japan. 本書多處提及日本.
❷調查，參照，參考(圖書).
a reference book (字典、地圖等)

R

參考書
❸(身分等的)證明；保證人.

idiom

***in* 〔*with*〕 *réference to* ～** 關於～(的)，有關～(的).

**re·fill** [ri`fɪl] 動 再充滿，再注滿.
— [`ri͵fɪl] 名 用以再充滿之附加物.
➜注意重音的位置與動詞不同.
a refill for a ball-point pen 原子筆用的替換筆芯

**re·fine** [rɪ`faɪn] 動 ❶(除去雜質)淨化，使純淨，精製. ❷琢磨，精煉.

**re·flect** [rɪ`flɛkt] 動 ❶反射；反映；(鏡子、水面等)反映.
A mirror reflects light. 鏡子反射光線.
The lake reflected the trees along its banks. 湖水倒映著兩岸的樹影.
❷考慮，思考.
I reflected **on** the problem before I decided. 我在下決心前考慮了這個問題.

**re·flec·tion** [rɪ`flɛkʃən] 名 ❶反射；反映，(映在鏡子裡的)影像.
The cat was looking at her reflection in the mirror. 貓看著自己在鏡中的影像.
❷思考，深思熟慮.

**re·form** [rɪ`fɔrm] 動 改革，改良，改善；改變(惡習等).
—名 改良，改善，改革.

**ref·or·ma·tion** [͵rɛfɚ`meʃən] 名 ❶改正，改良，改革. ❷(**the Reformation**)宗教革命. ➜十六世紀初天主教會內部掀起的改革運動，結果促成了新教徒(Protestants)的興盛.

**re·form·er** [rɪ`fɔrmɚ] 名 改革者.

**re·frain**[1] [rɪ`fren] 動(**refrain from** ～)抑制～，克制～.
Please refrain from smoking in the bus. 請勿在公車內吸菸.

**re·frain**[2] [rɪ`fren] 名(詩、歌的)反覆句，(歌曲)重複唱詞的部分.

**re·fresh** [rɪ`frɛʃ] 動 使精神爽快，給予新力量，提神.
A short nap always refreshes me. 睡一會兒午覺總能使我神清氣爽.
He **refresh**ed **himself** with a cup of tea. 他喝了一杯茶提神.

**re·fresh·ment** [rɪ`frɛʃmənt] 名 ❶精神爽快，心曠神怡；休養；提神之物. ❷(**refreshments**)點心，飲料，(晚會等的)茶點.
You can buy refreshments on the train. 在火車上能買到食物和飲料.
The refreshments at the party were Cokes and potato chips. 晚會上的點心是可口可樂和洋芋片.

**re·frig·er·a·tor** [rɪ`frɪdʒə͵retɚ] 名 冰箱；冷凍庫. → fridge.

**ref·uge** [`rɛfjudʒ] 名 避難(所).
We **took** refuge **from** the storm **in** a hut. 我們在小屋裡躲避暴風雨.

**ref·u·gee** [͵rɛfjʊ`dʒi] 名 避難者，難民.

**re·fu·sal** [rɪ`fjuzḷ] 名 拒絕，謝絕.
My offer **met with** a flat refusal. 我的要求被斷然拒絕.

**re·fuse** [rɪ`fjuz] 動 拒絕，推卻，不接受.
She refuses **to** tell her age. 她不願說出自己的年齡.
Bob refused my offer of help. 鮑勃拒絕我對他的幫助.

**re·gain** [rɪ`gen] 動 ❶恢復(健康等)(recover).
❷重回，再次回到(某地方或某位置)(get back to).

**re·gard** [rɪ`gɑrd] 動 ❶視爲，認爲(consider).
They regard him **as** a good leader. 他們認爲他是個好領導人.
❷注重(某種感情、評價)；尊重；考慮.
—名 ❶注意，顧慮，關心.
He has 〔shows〕 no regard for

R

other people. 他對別人漠不關心.
❷尊敬(respect), 敬意; 好感.
He has a high regard for his friends. 他很尊重朋友.
❸(**regards**)問候, 致意.
Please **give** my kindest regards **to** your parents. 請代我問候你的父母親.
**My best regards** to your mother. 謹向你母親問候. ➜用於信末.
Jenny **sends** her best regards to you. 珍妮向你問候.

idiom

***in* 〔*with*〕 *regárd to* ～＝*as regárds* ～** 關於～(about).

**re·gard·less** [rɪˋgɑrdlɪs] 形 不注意的, 不顧的.

idiom

***regárdless of* ～** 不顧～, 不管～.

**re·gion** [ˋridʒən] 名(廣濶, 具有特徵的)地方, 區域, 地帶.
Eskimos live in a cold region. 愛斯基摩人住在寒冷地帶.

**reg·is·ter** [ˋrɛdʒɪstɚ] 名 ❶記錄(簿), 登記(簿), ～名册.
a hotel register 旅館登記簿
❷自動記錄器; 收銀機(＝**cash register**). ➜超級市場出口處的結帳臺稱 checkout 或 checkout counter.
—動 ❶記錄, 登記, 註册.
register the birth of *one's* child 登記小孩的出生
register at a hotel 在旅館登記住宿
❷表示(感情等); (儀器上刻畫的)指示爲～.
The thermometer registers 30°C. (讀法: thirty degrees centigrade). 溫度計顯示爲攝氏三十度.
❸掛號郵寄(信或包裹).
I want this package registered. 我想用掛號寄這包裹. ➜ want＋O＋過去分詞表示「希望把 O ～處理」.

**re·gret** [rɪˋgrɛt] 動 後悔; 爲～感到遺憾或抱歉.
regret *one's* mistake 爲錯誤而懊悔
I regret **that** I did not study hard at school. 我後悔唸書時沒有用功.
I regret **to** say that I cannot help you. (我很抱歉對你說不能幫你⇨)很抱歉, 我不能幫你. ➜比I'm sorry to say that ～. 更爲正式的說法.
—名 懊悔; 遺憾.
I **felt** regret **for** not taking him. 我後悔沒帶他來.

idiom

***to À's regrét*** (對 A 來說)遺憾的是.
Much to my regret, I didn't watch the game. 很遺憾, 我沒看這場比賽.

**reg·u·lar** [ˋrɛgjəlɚ] 形 ❶有規律的; 整齊的.
a regular life 規律的生活
regular teeth 整齊的牙齒
at regular intervals 以規律的間隔
"Walk" is a regular verb, but "run" is not. walk 是規則動詞, 但 run 不是.
❷定期的; 不變的, 習慣性的; 正規的.
a regular customer at that store 那家店的常客
*one's* regular seat in class 在班上的固定座位
a regular player 正式選手
at regular hours 按時地
There is a regular bus service between the station and the museum. 車站和博物館間有定時班車行駛.
You must have regular meals. 你必須按時用餐.
He has no regular job. 他沒有固定的職業.
—名 正式職員; (運動的)正式選手, 正式球員(regular player).

**reg·u·lar·ly** [ˋrɛgjəlɚlɪ] 副 有規律地; 定期地.

R

**reg·u·late** [ˋrɛgjəˏlet] 動❶(用規則)管束，限制. ❷調節〔調整〕.

**reg·u·la·tion** [ˏrɛgjəˋleʃən] 名❶規則，規定.
our school regulations 我們學校的校規
❷調節，調整；節制.

**re·hears·al** [rɪˋhɝsl̩] 名(公演前的)排演，練習，彩排.

**re·hearse** [rɪˋhɝs] 動(公演前)排演，彩排.

**reign** [ren] ➔和 rain(雨)發音相同.
名統治；(國王、女王的)在位期間，統治時代.
Queen Victoria's reign lasted 64 years. 維多利亞女王的統治持續了六十四年.
—動在位，當朝；統治.

**rein** [ren] 名 ➔和rain(雨)發音相同.
❶(常用 **reins**)韁繩. ❷控制手段，操縱.

R

**rein·deer** [ˋrenˏdɪr] 名馴鹿. ➔複數亦作 **reindeer**.
The reindeer pull Santa Claus's sled. 馴鹿拉著聖誕老人的雪橇.

**re·ject** [rɪˋdʒɛkt] 動拒絕，不接受(refuse).
He rejected our help. 他拒絕我們的幫助.

**re·jec·tion** [rɪˋdʒɛkʃən] 名拒絕，否決；不承認，不採用.

**re·joice** [rɪˋdʒɔɪs] 動欣喜，快樂；使快樂，使高興.
We rejoiced at the news. 我們聽到這個消息都很高興.

**re·late** [rɪˋlet] 動❶講(故事等)，敘述. ❷連結，使有關聯；與～有關聯；有關係.

**re·la·tion** [rɪˋleʃən] 名❶關係.
our foreign relations 我國的外交關係
❷親戚(relative).

**rel·a·tive** [ˋrɛlətɪv] 名親屬，親戚.
➔相互有血緣關係或婚姻關係的人.
a relative on my mother's side 母系親屬
He has no relatives in this town. 他在這個鎮上沒有親人.
—形❶有關係的，有關聯的.
a discussion relative **to** education 關於教育的討論
**rélative prónoun** 《文法》關係代名詞.
❷相對的；比較的，比較上的.
Beauty is a relative thing. 美是相對的東西.

**rel·a·tive·ly** [ˋrɛlətɪvlɪ] 副比較地，比較上地，相對地.

**re·lax** [rɪˋlæks] 動鬆弛(肌肉)，鬆懈(紀律等)，使(心情、氣氛等)放鬆.
relax the regulations 鬆懈紀律
Listening to jazz relaxes me. 聽爵士樂使我心情輕鬆.
I like to relax after supper by listening to music. 我喜歡在晚飯後聽音樂放鬆一下.

**re·lay** [ˋrile] 名❶接替；接替者.
❷接力賽跑. ➔亦作 **rélay ràce**.
idiom
***in rélays*** 輪流.
—動轉達(留言等)；轉播.
relay a message **to** Joan 傳話給瓊恩
The game was relayed by satellite **from** Atlanta. 那場比賽從亞特蘭大經通信衛星轉播.

**re·lease** [rɪˋlis] 動❶釋放；放開.
The hostages were released. 人質被釋放了.
❷發表(新聞、聲明等)；發售(CD等)；(電影)首映，上映.
—名❶釋放，免除. ❷(CD等的)發售；(電影的)首映.

**re·li·a·ble** [rɪˋlaɪəbl̩] 形可信賴的，可靠的，確實的.
He is a reliable goalkeeper. 他是

位盡責的守門員.

**rel·ic** [ˋrɛlɪk] 名(過去的)遺物，遺跡；紀念物.

**re·lief** [rɪˋlif] 名❶放心，安心；解除(疼痛等).
breathe a sigh of relief 鬆了口氣
❷救助，救援(物資).
❸替換；調劑；接替者.

**re·lieve** [rɪˋliv] 動❶減輕或解除(痛苦、憂慮等)；使安心.
be relieved 安心，放心 ➡被動語態，譯作「安心」.
relieve *O* of *O′* 從 O 處去除 O′，把 O 從 O′那裡解放出來
These pills will relieve your cough〔you of your cough〕. 這藥能治癒你的咳嗽〔使你不再咳嗽〕.
We were relieved **to** hear that you were safe. 聽說你平安無事，我們才鬆了一口氣.
❷救助，援救.
❸替換，使休息.

**re·li·gion** [rɪˋlɪdʒən] 名宗教，～教；信仰.
the Christian religion 基督教

**re·li·gious** [rɪˋlɪdʒəs] 形宗教的，宗教上的；信仰(虔誠)的.

**re·luc·tant** [rɪˋlʌktənt] 形不願(做～)的；勉強的.
a reluctant answer 勉強的回答
He is reluctant **to** say yes. 他不願說「是」.

**re·ly** [rɪˋlaɪ] 動(**rely on**〔**upon**〕～)信賴～，依賴～.
rely on others〔*one*self〕 依賴他人〔自己〕
I cannot rely on my watch. 我的手錶不準.
Hong Kong's prosperity **relies** on foreign businesses. 香港的繁榮仰賴著外國企業. ➡relies [rɪˋlaɪz]爲第三人稱單數現在式.
◆**relied** [rɪˋlaɪd] 過去式、過去分詞.
He relied too much on their advice. 他太依賴他們的建議.

**re·main** [rɪˋmen] 動❶停留；剩下，遺留.
Only one day remains before school begins again. 離學校開學只剩下一天了.
If you take 3 from 5, 2 remains. 五減三等於二.
Cinderella remained **at** home while her two sisters went to the ball. 兩個姐姐去參加舞會，而灰姑娘卻留在家裡.
❷(繼續)～狀態，仍然是～. ➡remain 後接形容詞、現在分詞、過去分詞、名詞等作補語.
He remained silent. 他保持沈默.
It will remain cold for a few days. 寒冷的天氣會持續二、三天.
The train was very crowded and I had to remain standing all the way. 火車太擁擠了，所以我必需一路站著.
We remained friends in spite of our quarrel. 我們雖然吵過架，但仍然是朋友.
—名(**remains**)❶剩餘物.
the remains **of** a meal 殘羹剩飯
❷遺跡(ruins).
the remains of a Greek temple 希臘神殿遺址

**re·main·der** [rɪˋmendɚ] 名剩餘物；剩下的人或物；(減法、除法之)餘數.

**re·main·ing** [rɪˋmenɪŋ] 形剩下的，餘留的.

**re·mark** [rɪˋmɑrk] 名(簡單的)感想，意見，短評.
**make** a few remarks **about** ～ 談談關於～的意見〔感想〕
—動❶(將思想等簡單地)述說，敍述.
He remarked on the weather. 他簡單地報告了天氣的狀況.
❷留意(notice).

R

**re·mark·a·ble** [rɪ`mɑrkəbḷ] 形 值得注意的，顯著的；不平常的，少有的.

**re·mark·a·bly** [rɪ`mɑrkəblɪ] 副 顯著地，顯眼地，特別地.

**rem·e·dy** [`rɛmədɪ] 名 (複 **remedies** [`rɛmədɪz]) 治療方法；藥.
a remedy **for** headaches 頭痛藥

**re·mem·ber** [rɪ`mɛmbɚ] ▶記得 ▶憶起

動 ❶記得，未忘；憶起.
if I remember right 如果我沒有記錯的話
I remember her phone number. 我記得她的電話號碼.
Remember **that** you must go to the dentist today. 記住今天你必須去看牙醫.
Remember, at first you must jog slowly. 記住！一開始要慢慢跑.
I remember see**ing** this movie on TV. 我記得在電視上看過這部片子. ➡ remember＋～ing 表示「記得(過去)曾做過某事」；→❷第一個例句.
Now I remember. 我終於想起來.
I always **remember** faces, but I **forget** names. 我總是記得臉孔不記得名字. ◁反義字；➡ remember 常可譯作 can remember (想得起).
A cat **remembers** people who are kind to it. 貓記得對牠親切的人. ➡ remembers [rɪ`mɛmbɚz] 爲第三人稱單數現在式.
◆ **remembered** [rɪ`mɛmbɚd] 過去式、過去分詞.
After a while I remembered where I was. 過了一會兒我記起自己在哪兒了.
His name will **be** remembered forever. 他的名字將永遠記憶在人們心中. ➡被動語態.
◆ **remembering** [rɪ`mɛmbərɪŋ] 現在分詞、動名詞. ➡ remember 本身即表示「記憶中」的「狀態」，所以一般不用進行式.
❷ (**remember to** *do*) 記住去做～，一定要～.
Remember to mail the letter. 別忘了寄信. (＝Don't forget to mail the letter.) ➡ remember to *do* 表示「沒有忘記要去做～，記住去做～」；→❶第五個例句.
Remember to look both ways before crossing. 過馬路前一定要看看左右兩邊.
會話 Did you remember to bring your dictionary? —Oh, I forgot. 你沒忘記帶字典來吧？—哦，我忘了.
❸問候，致意.
Remember me **to** all your family. 請代我向你全家人問候.

**re·mind** [rɪ`maɪnd] 動 使想起，使發覺.
remind him **of** ～ 使他想起～
remind him **to** *do* 提醒他不要忘記去做～
This picture reminds me of the days I spent with you last summer. 這張畫〔照片〕使我想起去年夏天和你共度的日子.
Remind me to call him tomorrow. 提醒我明天打電話給他.

**re·mote** [rɪ`mot] 形 (距離、時間、關係)遠的，距離很大的；遠離人煙的.
a remote island 遙遠的島
a remote relative 遠親
in the remote past 〔future〕 遙遠的過去〔將來〕
His stories are remote **from** everyday life. 他的故事離眞實生活很遙遠〔脫離現實〕.
**remóte contról** 遙控器. ➡用電波等從遠處操縱機械裝置.

**re·move** [rɪ`muv] 動 (自某處)移去(蓋子等物)；消除，去除(疑惑、不安等)；收拾(飯桌上的碗盤)；脫去(衣服等).

R

remove the plates **from** the table 收拾飯桌上的碟子、盤子
remove the seat covers 拿掉椅套
remove all doubts 消除所有疑惑
We removed his name from the list. 我們把他的名字從名册上除去.

**ren·ais·sance** [ˌrɛnəˋzɑns, rɪˋnesn̩s] 名 ❶復興，復活. ❷(**the Renaissance**)文藝復興. ➜十四～十六世紀由義大利興起，並傳遍歐洲的古希臘、羅馬古典藝術及學問的復興運動.

**re·new** [rɪˋnju] 動 ❶使變新；重訂(契約等)；換新.
He renewed his driver's license. 他換了新的駕照.
❷回復，恢復(青春等)；重新開始；重複.

**rent** [rɛnt] 名 租金，房租，房間使用費，地租. ➜出租一方的「租金收入」，借方的「租金」.
How much rent do you pay for your apartment? 這公寓你付多少錢房租?

idiom

***For Rént*** 《美》(廣告)待租〔有空房〕. ➜英國用 To Let.

**—**動 租用；出租(土地、建築物等)；(以～的金額)出租.
This house rents **for** 1,000 (讀法：a thousand) dollars a month. 這房子以每月一千美元出租〔月租一千美元〕.

**re·pair** [rɪˋpɛr] 動 修理(尤指複雜的機械裝置). → mend.
repair a TV set 修理電視機
have 〔get〕 a TV set repaired 請人修理電視機 ➜「have 〔get〕+O+過去分詞」表示「讓 O 被～」.
I want this watch repaired. 我想請人修理這隻手錶. ➜「want+O+過去分詞」表示「想要 O 被～」.

**—**名 修理，保養.

idiom

***ùnder repáir*** 修理中.
This road is under repair. 這條路正在修補中.

**re·pay** [rɪˋpe] 動 還(錢、好意等)；報答.
repay him money 還錢給他 ➜ V (repay)+O′ (him)+O (money)的句型.
◆ **repaid** [rɪˋped] 過去式、過去分詞.

**re·peat** [rɪˋpit] 動 重複，重說.
repeat a word over and over 一句話重複說好幾遍
Repeat (the sentence) **after** me. 跟着我唸(這個句子).
Will you repeat the question, please? 你能把問題再說一遍嗎?
Try not to repeat the same mistake. 盡量不要重複犯同樣的錯誤. ➜ not 否定 to repeat.
History repeats **itself**. 歷史重演.

**re·peat·ed·ly** [rɪˋpitɪdlɪ] 副 反覆地，再三地.

**re·pent** [rɪˋpɛnt] 動 懊悔，痛悔，後悔.

**rep·e·ti·tion** [ˌrɛpɪˋtɪʃən] 名 反覆，重複. ➜動詞爲 repeat.

**re·place** [rɪˋples] 動 ❶放回，置於原處.
I replaced the book on the shelf. 我把書放回書架.
❷替換；取代.
replace an old calendar **with** 〔**by**〕 a new one 用新日曆取代舊日曆

→ one=calendar.
The salesman said, "We'll replace it if you have any problems (with it)." 「如果有任何問題我們負責更換」, 那推銷員說.
John replaced Bob **as** pitcher. 約翰接替鮑勃擔任投手.

**re·ply** [rɪˋplaɪ] 動 (用口頭、文章、動作)**回答**. →比 answer 更正式.
reply **to** him 回答他 →不用×*reply him.*
He readily **replies** to any question. 他對任何問題都迅速作答. → replies [rɪˋplaɪz] 爲第三人稱單數現在式.
◆ **replied** [rɪˋplaɪd] 過去式、過去分詞.
"No, thank you," she replied. 「不, 謝謝」, 她回答說.
He replied **that** he liked the movie very much. 他回答說他很喜歡那部電影.
The audience replied **with** shouts and cheers. 聽眾用歡呼和掌聲回應.
— 名 (複 **replies**) (用口頭、文章、行動)**回答**.
**make** a 〔no〕 reply 回答〔不回答〕
idiom
***in replý*** 答覆, 作爲回答.

**re·port** [rɪˋport] 動 ❶**報告**; **報導**.
report an accident **to** the police 向警察報告事故
report **on** the result of the election 報告選舉結果
The radio reports the news. 收音機報導新聞.
The accident was reported in the newspaper. 報紙報導了那件事故.
❷告發(不良行爲等), 呈報.
I must report your bad behavior to your teacher. 我一定要向老師報告你的惡劣行爲.
❸報到.
report **to** the police 向警方報到
Report **for** the examination at eight o'clock tomorrow morning. 明天早晨八點來參加考試.
— 名 ❶**報告, 報告書**; **報導**. →「論文」稱爲 paper.
a book report 關於某書的報導
a newspaper report 新聞報導
the weather report 天氣預報
a sheet of report paper 一張報告紙
**write** a report **about** 〔**on**〕 ~ 寫一篇關於~的報告
❷(學校的)**成績, 成績單**.
a school report=a report card (學校的)成績通知單
get a good report card 領到好成績的通知單

**re·port·er** [rɪˋportɚ] 名 發表人; (報刊、雜誌、廣播之)報導記者, 報告人.

**rep·re·sent** [ˏrɛprɪˋzɛnt] 動 ❶表示, 意味, 象徵.
The dove represents peace. 鴿子象徵和平.
This red line on the map represents a bus route. 地圖上的這條紅線代表公車路線.
❷(作品的)表現; 演出(戲劇等).
❸代表, 作~的代表者〔代理人〕.
An ambassador represents his or her country abroad. 大使在國外代表自己的國家.

**rep·re·sent·a·tive** [ˏrɛprɪˋzɛntətɪv] 名 ❶代表者; 議員; 代理人. ❷代表之物, 典型, 樣本.
**the Hóuse of Represéntatives** (美國)眾議院, (日本)眾議院. → senate.

**re·pro·duce** [ˏriprəˋdjus] 動 ❶ 再生, 再現. ❷複製, 複寫.

**re·pro·duc·tion** [ˏriprəˋdʌkʃən] 名 ❶再生, 再現. ❷複製, 複寫.

**re·pub·lic** [rɪˋpʌblɪk] 名 共和國. → 元首由國民選出的國體; 元首是king, queen, emperor(皇帝, 天皇)的世襲

R

君主制國家稱 monarchy [ˋmɑnɚkɪ].

**re·pub·li·can** [rɪˋpʌblɪkən] 形 ❶ 共和國的.
❷ (**Republican**)《美》共和黨的.
**the Repúblican Párty** 共和黨. ➜ 美國二大政黨之一; → Democratic Party.

**rep·u·ta·tion** [ˏrɛpjəˋteʃən] 名 風評; 好評; 聲譽, 聲望.
She **has** a good 〔bad〕 reputation. 她名聲很好〔不好〕.

**re·quest** [rɪˋkwɛst] 名 請求, 需要; 點播(曲).
**on** request 提出請求; 索取時
**by** request 依照要求
**at** the request **of** *A* = **at** *A's* request 應 A 的請求
He **made** a request **for** a larger allowance. 他要求更多的津貼.
And our next request is **from** Mr. Lee in Taipei. 下面這首歌是由臺北的李先生所點播.
—動 請求, 要求, 懇求.
Joe requested permission to leave school early. 喬伊請求容許他提早離校.
You are requested not **to** smoke in the theater. 劇場內不許抽菸.

**re·quire** [rɪˋkwaɪr] 動 要求, 需要.
Man requires food and water to live. 人需要食物和水以維持生命.
The law requires all children **to** attend school. 法律要求所有兒童必須上學.

**res·cue** [ˋrɛskju] ➜注意重音的位置.
動 救出, 救助(save).
The firemen rescued a baby **from** the burning house. 消防隊員從燃燒中的房子裡救出嬰兒.
—名 救助, 救援.
**go** 〔**come**〕 **to** his rescue 去〔來〕救援他

**re·search** [rɪˋsɝtʃ] 名 調查, 研究.
cancer research 癌症的研究
do researches into ～ 研究～

**re·sem·blance** [rɪˋzɛmbləns] 名 相似之處, 相似(點).

**re·sem·ble** [rɪˋzɛmbl̩] 動 相似. ➜不用進行式和被動語態.
John resembles his father. 約翰像他父親.

**res·er·va·tion** [ˏrɛzɚˋveʃən] 名 ❶保留.
❷《美》(座位等之)預定. ➜常用複數 (**reservations**).
**make** reservations at a hotel 預定旅館房間
have a reservation at a hotel 已預定了旅館
❸(在美國給印第安人的)指定保留地. ➜通常爲廣大的山林地帶.

**re·serve** [rɪˋzɝv] 動 ❶保留; 貯備.
reserve Saturday afternoons **for** tennis 空出週六下午來打網球
I'll reserve a seat for you if you are late. 如果你來晚了, 我會給你留個座位.
❷《美》預定(座位、房間等)(《英》book).
Have you reserved a room at the hotel? 你已經訂好旅館房間了嗎?
—名 ❶貯備.
large oil reserves 龐大的石油貯藏量
keep some money **in** reserve 儲存一些錢
❷拘謹, 寡言, 冷淡.
**without** reserve 毫無保留地, 無條件地

**re·served** [rɪˋzɝvd] 形 ❶預約的; 包租的; 預備的; 保留的.
reserved seats 預訂的席位
❷言行過分自制的, 緘默的, 冷淡的.

**res·i·dence** [ˋrɛzədəns] 名 ❶ 住宅, 宅邸. ❷居住; 居留〔期間〕.

**res·i·dent** [ˋrɛzədənt] 名 住民, 居住者.
He is a resident of this town. 他

R

是本城居民.

**re·sign** [ˌrɪˋzaɪn] ➜g不發音. 動 ❶辭職.
He resigned his post as baseball manager. 他辭去棒球隊教練的職務.
I resigned **from** the committee. 我辭去委員會的職務.
❷(**resign** *one***self to** ~, 或 **be resigned to** ~)聽任~, 順從~.

**res·ig·na·tion** [ˌrɛzɪgˋneʃən] 名 ❶辭職; 辭呈. ❷放棄.

**re·sist** [rɪˋzɪst] 動 ❶抵抗, 反抗.
resist temptation 〔the enemy〕 抵制誘惑〔敵人〕
❷忍住; 耐得住; 不受侵害或影響.
resist heat 耐熱
I can't resist chocolates. 我一看見巧克力糖就忍不住要吃.

**re·sist·ance** [rɪˋzɪstəns] 名 抵抗, 反抗; 抵抗力; (常用 **Resistance**)(對抗占領軍的)地下反抗運動.

**res·o·lu·tion** [ˌrɛzəˋljuʃən] 名 ❶決心, 決意, 果斷.
a New Year's resolution 新年的抱負
❷決議; 決議案.
❸(問題等之)解決.

**re·solve** [rɪˋzɑlv] 動 ❶決心; 決定, 決議.
He resolved **to** study harder in the future. 他決心以後更加努力讀書.
❷解決(問題等), 作了結; 解除(疑惑等).
Your letter resolved all our doubts. 你的來信解除了我們所有的疑慮.

**re·sort** [rɪˋzɔrt] 名 ❶人們常去的地方.
a holiday resort 假日遊樂勝地
a seaside resort 海濱勝地
a summer 〔winter〕 resort 避暑〔寒〕勝地(山、海、天然滑雪場、天然溜冰場等)
❷所憑藉的人或物, 最後的手段.
Friends are the best resort when you are in trouble. 朋友是困難時的最好依靠.
—動 憑藉, 使用(手段、方法).
resort **to** force 訴諸武力

**re·source** [rɪˋsors] 名 ❶(**resources**)資源, 資產; 源泉.
natural resources 天然資源
❷手段, 方法, 憑藉的人〔物〕.

**re·spect** [rɪˋspɛkt] 動 **尊敬; 尊重.**
I respect an honest person. 我尊重誠實的人.
I respect your opinion, but I don't agree with it. 我尊重你的意見, 但我並不贊成.
—名 ❶**尊敬; 尊重.**
**have** respect **for** ~ 尊敬〔尊重〕~
❷點, 方面(point).
**in** this respect 關於這方面
I agree with you in some respects, but on the whole I don't agree. 在某些方面我贊成你的意見, 但整體說來我不贊成.

**re·spect·a·ble** [rɪˋspɛktəbl̩] 形 ❶被尊敬的, 可敬的, 評價好的, 高尚的.
He is a respectable man. 他是個可敬的人. → respectful 的例句.
❷相當的(質、量、數).
His record in school is respectable, but not brilliant. 他在學校的成績一直都不錯, 但談不上優秀.
❸(指衣服、外表等)端正的, 體面的.
Your everyday clothes are not respectable enough for school. 你上學穿便服不太體面.

**re·spect·ed** [rɪˋspɛktɪd] 形 受尊敬的.
a respected citizen 受大家尊敬的市民

**re·spect·ful** [rɪˋspɛktfəl] 形(對人)表示尊敬的, 有禮貌的.
He is always respectful **to** older people. 他對年長者總是很有禮貌.

**re·spec·tive** [rɪˋspɛktɪv] 形 個別的,

R

各自的.

**re·spec·tive·ly** [rɪˋspɛktɪvlɪ] 副 個別地, 各自地.

**re·spond** [rɪˋspɑnd] 動 回答(reply); 有反應(react).

How did he respond **to** your question? 他怎麼回答你的問題?

**re·sponse** [rɪˋspɑns] 名 回答(reply); 反應(reaction).

He **made** no response **to** my question. 他對我的問題沒作任何回答.

**re·spon·si·bil·i·ty** [rɪˏspɑnsəˋbɪlətɪ] 名 (複 **responsibilities** [rɪˏspɑnsəˋbɪlətɪz]) ❶責任, 義務.

a sense of responsibility 責任感

He has no sense of responsibility. 他沒有責任感.

❷職責, 任務.

Feeding the cat is my responsibility. 餵貓是我的職責.

**re·spon·si·ble** [rɪˋspɑnsəbḷ] 形 ❶有責任的, 應負責的; (地位、工作等)責任重大的.

a very responsible job 責任重大的工作

A bus driver is responsible **for** the safety of the passengers. 公車司機對乘客的安全負有責任.

Who is responsible for breaking this window? 誰把窗戶打破的?

❷是～的原因.

The cold weather is responsible for the poor crop. 寒冷的天氣是收成不好的原因.

❸可信賴的, 可靠的(reliable).

**rest**[1] [rɛst] 名 休息, 休養, 睡眠; (工作後的)休憩.

**have** 〔**take**〕 a rest 休息一下

We stopped **for** a rest. 我們停下來休息一下.

I had a good night's rest. 我好好地睡了一夜.

We took a week's rest after our hard work. 辛苦工作後我們休息了一週.

**rést ròom** 《美》(百貨公司、劇場等的)公用盥洗室. ➜也可以拼成**restroom**.

idiom

***at rést*** 休息.

The soldiers were at rest. 士兵們在休息.

***còme to rést*** 停止.

—動 ❶休息, 睡眠; 使休息.

rest **from** work 放下工作休息

rest *one's* horse 〔eyes〕 讓馬〔眼睛〕休息

Lie down and rest. 躺下來休息.

We worked three hours and rested half an hour. 我們工作三小時休息三十分鐘.

❷靜止, 停止, 在～; 放置, 停靠.

His eyes rested **on** 〔**upon**〕 a pretty girl. 他凝視著美麗的少女.

He rested the ladder **against** the wall. 他把梯子靠在牆上.

**rest**[2] [rɛst] 名 (**the rest**)餘留者; 剩餘, 其他(人).

The rest of his life was spent in Spain. 他在西班牙度過餘生. ➜這種意義的 rest 作單數使用.

Only three of the apples were good. The rest were rotten. 這些蘋果裡只有三個是好的, 其他的都爛了. ➜這種意義的 rest 作複數使用.

**res·tau·rant** [ˋrɛstərənt] ➜原爲法語; 注意英語中最後一個 t 要發音. 名 **餐廳**, 飯店, 餐館. ➜既包括規模小的餐館, 也包括規模大的飯店.

**run** a small restaurant 經營小餐館

work **in** a restaurant 在餐廳工作

have lunch **at** an Italian restaurant 在義大利餐館吃午餐

**rest·less** [ˋrɛstlɪs] 形 ❶不安的; 難以入眠的.

a restless night 不安的〔難以入眠的〕夜晚

R

❷不能靜下來的，好動的.
a restless child　一個好動的孩子

**re·store** [rɪˋstor] 動 使恢復(以前的位置、地位、狀態、形狀)，歸還；恢復(健康等)；修復(建築等).
restore an old castle　修復古城堡
The stolen jewels were restored **to** their owner.　被盜的寶石物歸原主.

**re·strain** [rɪˋstren] 動 抑制，克制.

**re·straint** [rɪˋstrent] 名 克制，抑制.

**re·strict** [rɪˋstrɪkt] 動 限制(limit).
Playing ball is restricted **to** this part of the park.　棒球只能在公園的這一帶玩.

**rest·room** [ˋrɛstrum] 名 ＝rest room (→ rest¹).

**re·sult** [rɪˋzʌlt] 名 結果；(考試、比賽的)成績；(計算的)答案.
**as a result**　(其)結果
as a result of ～　是～的結果
The accident was the result of drunk driving.　事故是因酒後駕車而造成的.
—動 ❶(**result from** ～)因～引起，起因於～.
Sickness often results from eating too much.　疾病常因暴食而起.
❷(**result in** ～)致使～，造成～結果，導致.
Eating too much often results in sickness.　吃太多常會導致疾病.

**re·sume** [rɪˋzum] 動 再開始，(停頓一段時間後)再繼續.
We resumed work after lunch.　午飯後我們繼續工作.

**re·tain** [rɪˋten] 動 ❶保持，保有.
❷記住.

**re·tire** [rɪˋtaɪr] 動 退下，退出；退休.
He retired **from** the game because he was hurt.　他因傷退出比賽.
My father will retire at the age of sixty.　我父親將在六十歲時退休.

**re·treat** [rɪˋtrit] 動 撤退，退却.
—名 ❶撤退(信號). ❷休息場所.

**re·turn** [rɪˋtɝn] 動 ❶回來，歸來(go back, come back).
return **from** ～　從～回來，歸來
return **to** ～　回去～，歸去
return home　回家　➜home當副詞.
Return to your seat immediately.　馬上回到你的座位去.
I slept well, but the pain returned this morning.　我睡得很好，但今天早晨又痛了起來.
❷歸還，償還.
return a book **to** the library　把書還給圖書館
Juliet returned Romeo's love.　茱麗葉對羅密歐以愛還愛〔茱麗葉也愛羅密歐〕.
I returned the blow.　我還之以拳.
—名 回來；歸還.
his return **from** America　他自美國歸來
He died **on** his return **to** Japan.　他回日本不久就死了.
**I wish you many happy returns of the day.** ＝ **Many happy returns!**　祝你長命百歲！ ➜生日祝辭.

idiom

***in retúrn* (*for* ～)**　以(～)回報，以(～)報答.
I'd like to give him some present in return for his kindness.　我想送他一些禮物以報答他的好意.
—形 歸去的；回來的；《英》往返的.
a return ticket　《美》回程票；《英》來回票　➜美國人稱「來回票」爲a round-trip ticket；→ one-way.
a return match 〔game〕　雪恥之戰

**re·veal** [rɪˋvil] 動 洩露，透露(秘密等)；顯示，顯出(隱藏物等).
reveal a secret　洩露秘密
At last the truth was revealed **to** us.　終於眞相大白.

**re·venge** [rɪˋvɛndʒ] 名 報仇，報復.

R

**have** 〔**take**〕 *one's* revenge **on** ～ 向～報仇
**—**動 報仇；報復.

**rev·e·nue** [ˋrɛvə͵nju] 名(國家的)稅收；(公司、個人之)(總)收益，(總)收入.

**rev·er·ence** [ˋrɛvərəns] 名 敬愛，尊敬.

**re·verse** [rɪˋvɝs] 形 相反的，相對的；反面的.
in reverse order 以相反的順序
in the reverse direction 朝著相反的方向
on the reverse side of the page 在這一頁的反面
**—**名 相反，相對；反面.
**—**動 翻轉，顚倒；推翻.

**re·view** [rɪˋvju] 名 ❶ 再考量，再檢查；回顧；《美》復習.
a review of past events 回顧往事
review exercises 復習題
❷批評，評論.
a book review 書評
Reviews of new books appear in the Monday newspapers. 新書的書評登載在星期一的報紙上.
**—**動 ❶再考量，檢討；回顧；《美》復習(《英》 revise).
I reviewed my notes for the test. 我爲了考試而復習筆記.
❷評論，批評.

**re·vise** [rɪˋvaɪz] 動 ❶修訂，修改(作品、法律等)；改變(意見等)，變更.
a revised edition 修訂版
❷《英》復習(《美》 review).

**re·viv·al** [rɪˋvaɪvl̩] 名 復活，復甦；(劇、電影之)再演.

**re·vive** [rɪˋvaɪv] 動 復活，復甦.

**re·volt** [rɪˋvolt] 動 反叛，背叛；反抗.
revolt **against** ～ 反抗～
**—**名 叛亂，暴亂.

**rev·o·lu·tion** [͵rɛvəˋluʃən] 名 ❶ 革命，大革命.
the Industrial 〔French〕 Revolution 工業〔法國〕革命
❷(天體等之)運行.
the revolution **of** the moon **around** the earth 月球圍繞地球的運行

**rev·o·lu·tion·a·ry** [͵rɛvəˋluʃən͵ɛrɪ] 形 革命的，革命性的.

**re·volve** [rɪˋvɑlv] 動 旋轉.

**re·volv·er** [rɪˋvɑlvɚ] 名 連發手槍，左輪手槍.

**re·ward** [rɪˋwɔrd] 名(對善行或惡事的)回報，報酬，酬勞；賞金，謝禮.
**—**動 報答，給與獎勵.
reward him **for** his services 回報他的服務
His efforts were rewarded **with** success. 他的努力得到成功的報償.

**re·write** [riˋraɪt] 動 重寫；再寫.
◆ **rewrote** [riˋrot] 過去式.
◆ **rewritten** [riˋrɪtn̩] 過去分詞.

**rheu·ma·tism** [ˋrumə͵tɪzəm] 名 風濕症.

**Rhine** [raɪn] 專有名詞 (**the Rhine**)萊茵河. ➡發源於阿爾卑斯山脈的河流，流經德國西部，注入北海(長約1,300 km).

**rhi·no** [ˋraɪno] 名(複 **rhinos** [ˋraɪnoz]) 《口》=rhinoceros.

**rhi·noc·er·os** [raɪˋnɑsərəs] 名 犀牛.

**Rhode Is·land** [rodˋaɪlənd] 專有名詞 羅德島. ➡位於美國新英格蘭地區的州；簡稱 **R.I.**，**RI**(郵政用).

**rhythm** [ˋrɪðəm] 名 拍子，律動，調子.
**rhýthm and blúes** 節奏藍調. ➡一種美國黑人音樂，在藍調中加入獨特的、強烈的拍子；搖滾樂便是由此而生的.

**rhyth·mic** [ˋrɪðmɪk] 形 =rhythmical.

**rhyth·mi·cal** [ˋrɪðmɪkl̩] 形 有節拍的，節奏的，律動的.

R

**RI** Rhode Island 的縮寫.

**rib** [rɪb] 名 ❶肋骨.

poke a person in the ribs (為了使其注意)輕碰某人的肋骨

❷傘骨, (船舶、飛機等之)肋材, 框架.

**rib·(b)it** [ˋrɪbɪt] 名 感 (青蛙的) 呱呱(叫聲) (croak).

**rib·bon** [ˋrɪbən] 名 ❶絲帶.

She wore a yellow ribbon in her hair. 她在頭髮上紮了一條黃絲帶.

❷細長之帶狀物.

a typewriter ribbon 打字色帶

| **rice** [raɪs] | ▶米<br>▶飯 |
|---|---|

名 米; 米飯; 稻.

cook 〔boil〕 rice 煮飯 ➜不用 ˣa rice, ˣrices.

a rice ball 飯糰

(a) rice cake 米製的糕餅(如年糕)

rice pudding 米飯布丁 ➜牛奶加米飯和糖作成的甜點心, 餐前食用.

**ríce fìeld** 稻田. → paddy.

> 印象 以一粒米可以生長出許多粒米來象徵多產, 歐美國家有在婚禮後向新郎新娘灑米的風俗.

| **rich** [rɪ tʃ] | ▶有錢的<br>▶豐饒的 |
|---|---|

形 ❶有錢的, 富裕的.

基本 a rich man 富翁 ➜rich+名詞.

a rich merchant 富商

a rich country 富國

the rich=rich people 有錢人 ➜「the+形容詞」表示「～人」.

基本 He is rich. 他很富有. ➜ be 動詞+rich 〈C〉.

He became rich. 他變得富有.

Some people are **rich** and some people are **poor**. 有人有錢也有人貧窮. ◁反義字

◆**richer** [ˋrɪtʃɚ] 《比較級》更有錢的.

He is much richer **than** his brother. 他比他哥哥〔弟弟〕更有錢.

◆**richest** [ˋrɪtʃɪst] 《最高級》最有錢的.

He was **the** richest man in the village. 他是村裡最有錢的人.

❷豐富的; (土地)肥沃的.

a rich harvest 豐收

rich soil 肥沃的土地

Australia is rich **in** natural resources. 澳洲天然資源豐富.

Tomatoes are rich in vitamin C. 番茄中維他命 C 含量豐富.

❸昂貴的, 豪華的, 奢侈的.

rich jewels 昂貴的寶石

❹營養豐富的; (顏色)深的, 強烈的; (聲音)宏亮的.

**rich·es** [ˋrɪtʃɪz] 名 複 財富 (wealth).

**rick·shaw** [ˋrɪkʃɔ] 名 人力車.

**rid** [rɪd] 動 除去, 消除(嫌惡的東西).

rid *O* **of** *O′* 從 O 處除去 O′

"I can rid your town of rats," said the piper. 「我能把老鼠從你們鎮上趕走,」吹笛人說.

◆**rid, ridded** [ˋrɪdɪd] 過去式、過去分詞. ➜注意有與原形相同的過去式.

◆**ridding** [ˋrɪdɪŋ] 現在分詞、動名詞.

idiom

***gèt ríd of ～*** 擺脫～, 解除～, 除去～. ➜ rid 為過去分詞作形容詞, 是 get 的補語.

I can't get rid of this headache. 我無法消除頭痛.

**rid·den** [ˋrɪdn̩] ride 的過去分詞.

**rid·dle** [ˋrɪdl̩] 名 謎, 謎語.

ask a riddle 出謎題

answer a riddle 回答謎題

**solve** a riddle 解謎

The answer to the riddle, "What closely follows, but is difficult to see on a cloudly day?" is "a shadow." 「緊跟在後，但不易在陰天看見」的謎底是「影子」.

## ride [raɪd]

▶騎，乘

動 騎，乘；騎馬.

**基本** ride a horse 〔a bicycle, a motorbike〕 騎馬〔腳踏車，摩托車〕 ➡ ride＋名詞〈O〉.

ride a bus 〔a train, a taxi, a boat〕 乘坐公車〔火車、計程車、船〕 ➡ 《英》除了「馬、自行車」等跨騎的乘坐物以外，都可以用 take.

ride **on** 〔**in**〕 a bus 搭公車

ride away (騎馬或坐車等)離去

Will you **ride** back or **walk** back? 你騎車回去還是走路回去? ◁**相關語** ➡ ride back 通常表示「騎摩托車〔腳踏車〕回去」之意.

Usually Mary **drive**s the car and Sam **ride**s beside her. 通常瑪麗開車而山姆坐在旁邊. ◁**相關語** ➡ rides [raɪdz] 爲第三人稱單數現在

Mother rides the bus to work. 媽媽搭公車上班.

◆ **rode** [rod] 過去式.

The children rode their bicycles home. 孩子們騎單車回家了. ➡ home 當副詞.

◆ **ridden** [ˋrɪdn̩] 過去分詞.

**Have** you ever ridden a camel? 你騎過駱駝嗎? ➡現在完成式.

◆ **riding** [ˋraɪdɪŋ] 現在分詞、動名詞. → riding.

Surfers **are** riding the waves toward the shore. 衝浪手們向岸邊乘浪而來. ➡現在進行式.

Riding a horse is fun. 騎馬很有趣. ➡ Riding 爲動名詞(乘坐)當句子的主詞.

— 名 騎，乘(馬、自行車、公車等)，搭乘；乘車旅行.

a bus ride 搭乘巴士旅行

**go for** a ride 乘車〔騎馬〕去兜風

**have** 〔**take**〕 a ride **on** a camel 騎駱駝

**give** ～ a ride 讓～搭車，載～一程 ➡《英》用 give ～ a lift.

Thank you for the ride. 謝謝你讓我搭你的車.

I took a ride on a sightseeing bus. 我搭乘遊覽車.

Father gave me a ride **to** school this morning. 父親今天早晨用車送我到學校.

會話 How far is it? —It's about a two-hour train ride **from** Taipei. 有多遠? —從臺北坐火車大約要兩小時.

Give me a ride on your shoulders, Daddy. 讓我騎在你肩上，爸爸.

**rid·er** [ˋraɪdɚ] 名 騎乘者；騎師.

a good 〔poor〕 rider 擅〔不擅〕於騎馬的人

**ridge** [rɪdʒ] 名 細長隆起部分；(動物的)脊背，屋脊，山脊，分水嶺，(田地等的)壟.

**ri·dic·u·lous** [rɪˋdɪkjələs] 形 可笑的，奇怪的，滑稽的，荒謬的.

**rid·ing** [ˋraɪdɪŋ] ride 的現在分詞、動名詞.

— 名 騎馬. ➡也可用 **hórse rìding**.

**ri·fle** [ˋraɪfl̩] 名 來福槍，步槍.

## right [raɪt]

▶正當的
▶權利
▶右邊的，右方的

R

形 ❶**正確的，**沒錯的；合適的.

**基本** the right answer　正確的答案 ➜ right＋名詞.

the right dress **for** a dance　適合參加舞會的服裝

the right man for the job　適合這項工作的人選

**基本** He is right.　他(講的)是正確的. ➜ be 動詞＋right 〈C〉.

That's right.　正是如此！

You are **right** and I'm **wrong**.　你對我錯. ◁**反義字**

Can you tell me the right time?　你能告訴我正確的時間嗎?

Is this the right road to the museum?　這是去博物館的正確道路嗎?

Learn to say the right thing at the right time.　學習在適當的時候說適當的話.

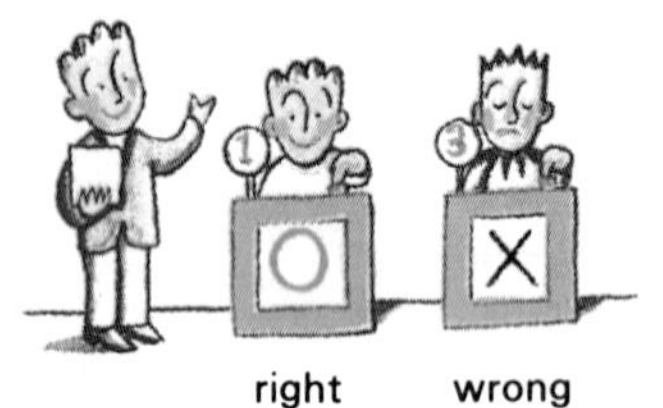


**ríght ángle**　直角，90°.

❷**右邊的，**右方的.

a right fielder　(棒球的)右外野手

on the right side　在右方

We made a right turn at the corner.　我們在轉角處右轉.

In Japan traffic keeps to the **left**, not the **right**, side of the road.　在日本汽車不是靠右行而是靠左行. ◁**反義字** ➜ left 和 right 都是和 side 連用.

❸**健康的，**狀況好的(well).

My right leg doesn't feel right.　我的右腳不太舒服.

❹(紙、布的)表面的，正面的.

Which is the right side of this paper?　這張紙哪一面是正面?

idiom

***àll ríght***　①(回答)好，OK!

會話 I'm ready. —All right.　Let's go.　我準備好了！—好，走吧！

②無可指責的，可以的，不錯的.

Everything is all right at home.　家裡一切安好.

③健康的，平安無事的.

Are you all right?　你沒事吧?

④沒錯；必定.

He'll come all right.　他一定會來.

***〜, ríght?***　是嗎? 對嗎? ➜確定自己所說的話或叮囑時使用，爲〜, is that right? 的簡略說法.

You're Bob's sister, right?　你是鮑勃的妹妹〔姊姊〕，對嗎?

**—**副 ❶**正確地，**無誤地；順利地.

I answered right.　我正確地作答.

Did you guess **right** or **wrong**?　你猜對了還是猜錯了? ◁**反義字**

Our baby can't hold his spoon right.　我們的寶寶還不能抓牢湯匙.

❷**筆直地；恰好，**正是〜. ➜加強後面連結字句的語氣.

right here　就在這裡，當場

right now　馬上，立即

right in the middle　正當中，正中

right over *one's* head　頭頂正上方

go right home　直接回家

Come right in.　請直走進來.

Jack stood right in front of the goal.　傑克站在球門正前方. ➜ in front of 〜 表示「在〜前面」.

We left right after dinner.　飯後我們馬上離開了. ➜ left 是 leave 的過去式.

❸**向右.**

Turn right at the next corner.　下一個轉角處右轉.

Look **right** and **left** before you cross the road.　過馬路前先看看左右. ◁**反義字**

***rìght awáy***　馬上.

—名(複 **rights** [raɪts]) ❶正確的事情; 正義.
know **right** from **wrong** 區分正邪〔善惡〕 ◁反義字
❷(正當的)權利.
the right **to** vote 投票權〔選舉權〕
civil rights 公民權
women's rights (與男性平等的)女權
You have no right to read my letters. 你沒有權利看我的信.
❸右, 右側; (棒球的)右外野.
**to** the right 向右方
**on** the right 在右側
sit on his right 坐在他的右邊
turn to the right 向右轉
from **right** to **left** 從右至左 ◁反義字
告示 Keep to the right. 靠右行駛!

**right-hand** [`raɪt`hænd] 形 右手(用)的, (向)右側的.
my right-hand glove 我的右手手套

**right-hand·ed** [`raɪt`hændɪd] 形 慣用右手的; 右手用的; 向右轉的.
Are you **right-handed** or **left-handed**? 你慣用右手還是左手? ◁反義字

**right·ly** [`raɪtlɪ] 副 ❶正確地.
I can't rightly answer. 我無法正確地回答.
❷《修飾全句》正當地, 當然.

**rig·id** [`rɪdʒɪd] 形 ❶僵硬的; 堅挺的, 不易彎曲的(stiff); 無柔軟性的.
❷嚴格的(very strict).

**rim** [rɪm] 名 (圓形物的)邊緣; 帽(杯、輪)邊.

**ring**[1] [rɪŋ] 名 ❶圓, 環; 輪; 戒指, 指環.
a wedding ring 結婚戒指
a key ring 鑰匙環
the rings around Saturn 土星環
the rings of a tree 樹的年輪
dance in a ring 圍成一個圓圈跳舞
She has a gold ring **on** her finger. 她手上戴著金戒指.
The circus tiger jumped through a ring of fire. 馬戲團老虎跳過火圈.
❷(相撲、馬戲團之圓形)競技場, 摔角場, 表演場, 拳擊場.

**ring**[2] [rɪŋ] 動 ❶鈴響; 按鈴.
ring the doorbell 按門鈴
Begin the exam when the bell rings. 鈴響就開始考試.
The telephone is ringing. 電話鈴響了.
My ears are ringing. 我耳鳴.
◆ **rang** [ræŋ] 過去式.
She rang **for** the maid 〔**for** tea〕. 她按鈴叫女佣〔叫人端茶來〕.
◆ **rung** [rʌŋ] 過去分詞.
The alarm clock **has** rung, and I must get up. 鬧鐘響了, 我得起來.
❷《英》(亦作 **ring up**)打電話(《美》**call** (**up**)).
ring home 打電話回家 ➜home 當副詞.
ring **off** 掛電話(《美》**hang up**)
Ring him up tomorrow. 明天打個電話給他.
—名 ❶按鈴; 鈴聲.
❷《英》(打)電話(《美》call).
I'll **give** you a ring tonight. 我今晚會打電話給你.

**rink** [rɪŋk] 名 溜冰場.

**rinse** [rɪns] 動 以清水沖洗; 清洗.
rinse the shampoo **out of** *one's* hair 沖去頭髮上的洗髮精
—名 洗滌, 清洗.

**Rio de Ja·nei·ro** [`riodədʒə`nɪro] 專有名詞 里約熱內盧. ➜巴西(Brazil)舊首都; → Brasilia.

**ri·ot** [`raɪət] 名 暴動, 騷動.

**ripe** [raɪp] 形 ❶(指水果、穀物等)成熟的, 正好吃的.
ripe grapes 成熟的葡萄
The corn was ripe in the fields. 玉蜀黍在田裡成熟了.
❷圓熟的, 熟練的; 時機成熟的.

R

a ripe mind　成熟的思想
The time is ripe **for** action.　我們行動的時機成熟了.

**ri·pen** [ˋraɪpən] 動 使成熟；成熟.

**rip·ple** [ˋrɪpl̩] 名 水面上被微風吹起的微波，漣漪；潺潺的流水聲；(人等的)大聲談笑聲.
—動(使)起微波，(使)輕輕起伏.

**Rip van Win·kle** [ˏrɪpvænˋwɪŋkl̩] 專有名詞 李伯・凡・文克.

參考 美國民間傳說中最有名的人物之一；W. 歐文作 *The Sketch Book*《見聞札記》中的故事及其主角名；李伯是一個討厭到田裡工作的懶漢，一天進山打獵，喝酒後在山中睡了二十年，回村後囉嗦的潑辣妻子已死，世間也變得人事全非.

**rise** [raɪz]　▶升起，上升　▶上昇

動 ❶ 升起(go up, come up).
基本 rise **high** above the earth　高高升上地面　➡ rise＋副詞(片語).
The sun will rise at around five tomorrow.　太陽明天大約五時左右會升起來.
The sun **rise**s in the east and **set**s in the west.　太陽從東方升起西方落下.　◁反義字　➡ rises [ˋraɪzɪz] 爲第三人稱單數現在式.
The river rises after a heavy rain.　大雨以後，河水上漲.
◆ **rose** [roz] 過去式.
The sun rose **over** the mountain.　太陽升上山頭.
The fog rose at last.　霧終於散去.
◆ **risen** [ˋrɪzn̩] 過去分詞.
The moon **has** not risen yet.　月亮還未升起.　➡現在完成式.
◆ **rising** [ˋraɪzɪŋ] 現在分詞、動名詞.
→ rising.
The curtain **is** rising slowly.　布幕正慢慢地升起.　➡現在進行式.
Smoke is rising **from** the chimney.　煙從煙囪裊裊升起.
❷(程度、分量、地位等)上升，提高，增加.
Prices are **rising** but they will soon **fall**.　物價正在上升，但不久就會下跌.　◁反義字
The wind rose rapidly.　風驟起.
The temperature that day rose to 35°C (讀法：thirty-five degrees centigrade).　那天氣溫升至攝氏三十五度.
Their voices rose in〔with〕excitement.　他們由於興奮而提高嗓子.
The cakes in the oven have risen.　烤箱裡的蛋糕發起來了.
He rose to become a branch manager. = He rose to the position of branch manager.　他晉陞爲分店經理.
❸ 起床(get up)；起立(stand up).
➡較正式的說法.
**rise to** *one's* **feet**　站起來
He rises very early.　他起得非常早.
Please rise **from** your seat when you speak.　發言時請從座位上站起來.
❹突出，聳立.
The mountain rises **above** the clouds.　那座山聳立在雲端.
The hills rise sharply **from** the shore.　山丘矗立在海岸邊.
❺產生，發生.
Tears rose to her eyes.　她的眼眶中湧出淚水.
—名 ❶(價格、地位、工資、狀況等)上升，增加，提高.
a rise **in** wages　《英》加薪(《美》a raise in wages)
❷上坡.　❸起源.

idiom
***give ríse to*** ～　引起～(bring about)，導致～(cause).
***on the ríse***　正在上升.

**ris·en** [ˋrɪzn̩] rise 的過去分詞.

**ris·er** [ˋraɪzɚ] ㊔起床者. ➜前面加形容詞.
an early riser 早起的人
a late riser 晚起的人

**ris·ing** [ˋraɪzɪŋ] rise 的現在分詞、動名詞.
—㊒上升的.
the rising sun (冉冉上升的)旭日
—㊔上升.
the rising of the sun 日出

**risk** [rɪsk] ㊔危險, 危險性, 風險.
**run** 〔**take**〕 a risk 冒險
If you go out in this cold weather, there is a risk **of** catching cold. 你若在這樣寒冷的天氣外出, 可是有著涼的危險.
idiom
***at ány rísk*** 無論冒多大危險, 不顧一切.
***at the rísk of*** ~ 冒~之險.
The boy tried to save the old man at the risk of his own life. 男孩冒著自己生命的危險試著去救老人.
—㊍冒(生命之)險, 處於險境.

**ri·val** [ˋraɪvl̩] ㊔競爭對手, 敵手; 可匹敵的人〔物〕.
Susie and Jenny are rivals **for** (the) first place in the class. 蘇西和珍妮競爭班上的第一名.
—㊒競爭對手的, 相互競爭的.
a rival team 對手隊

| **ri·ver** [ˋrɪvɚ] | ▶河<br>⊙擁有某種廣闊程度的自然水流 |
|---|---|

㊔(複 **rivers** [ˋrɪvɚz]) 河. ➜河名, 如美國的 the Hudson River (哈得遜河), 英國的 the River Thames (泰晤士河); 兩者都可省略 River, 僅稱 the Hudson, the Thames; 河名前須加 the; 相關語 stream ((比 river 小的)河流), brook ((從泉水流出的)小溪), canal (運河).
fish **in** a river 在河邊釣魚
go fishing in a river 去河邊釣魚
➜不用×*to* a river.
The River Thames **flows** 〔**runs**〕 through London. 泰晤士河流經倫敦.
A river of lava flowed from the volcano. 滾滾熔岩從火山流出.

**riv·er·side** [ˋrɪvɚˌsaɪd] ㊔河岸, 河畔.
—㊒河岸的, 河畔的.
a riverside inn 河畔旅店

**riv·et** [ˋrɪvɪt] ㊔圖釘, 鉚釘. ➜用來接合鐵板或補強工作服等.

**road** [rod] ㊔❶道路, 街道.
make 〔build, construct〕 a road 修建道路
ride away **along** the road (乘車、騎馬)駛過街道
There is heavy traffic **on** the road. 那條道路交通擁擠.
**róad sìgn** 路標.
❷《比喻》(通往~的)途徑, ~之路; 方法, 手段.
The road **to** success is paved with hard work. 努力是通向成功的道路.
idiom
***by róad*** 經由陸路. ➜不是指「搭火車」(by rail) 而是指「搭汽車或徒步」之意.
send the goods by road 貨物由陸路運送

**road·side** [ˋrodˌsaɪd] ㊔路邊, 路旁.
**by** 〔**on**〕 the roadside 在路邊
—㊒路旁的, 路邊的.
a roadside restaurant 路邊的餐館

**road·way** [ˋrodˌwe] ㊔(道路的)車道.

**roam** [rom] ㊍閒逛.

**roar** [rɔr] ㊍(獅等之)吼叫, 咆哮; (風、浪等)呼嘯; (引擎)轟隆作響; (觀眾等)高聲大笑.

R

The dog barks but the lion roars. 狗汪汪叫但獅子用吼叫.

**—**名 咆哮聲，哭叫(聲)，隆隆聲；狂笑聲.

**roast** [rost] 動 (指肉)烤，炙；烘，焙(豆等).

roast a turkey 〔chestnuts〕 烤火雞〔栗子〕

**—**名 烤肉；烤肉用的肉.

a roast of beef = (a) beef roast 烤牛肉

**—**形 燒的，烤的.

roast beef 烤牛肉

**rob** [rɑb] 動 剝奪，奪取，搶奪.

rob *O* ***of*** *O′* 從O(人、場所)處搶奪O′.

◆**robbed** [rɑbd] 過去式、過去分詞.

He robbed me of my watch. 他搶了我的手錶.

I **was** robbed of my watch. 我的手錶被搶了.

Two armed men robbed the bank. 兩名持槍男子搶劫銀行. ➜ rob 受詞爲「(放置錢財之)場所」或「人」，不可直接用「錢財」作受詞；不用×rob *money*.

Robin Hood robbed the rich to help the poor. 羅賓漢劫富濟貧.

◆**robbing** [ˋrɑbɪŋ] 現在分詞、動名詞.

**rob·ber** [ˋrɑbɚ] 名 強盜，盜賊.

a bank robber 銀行搶劫犯

They played "Cops and Robbers." 他們玩「官兵捉強盜」的遊戲.

**rob·ber·y** [ˋrɑbərɪ] 名(複 **robberies** [ˋrɑbərɪz]) (竭盡全力)搶奪，剝奪；搶案.

**robe** [rob] 名 ❶寬鬆衣物，浴衣，晨衣.

❷(常用 **robes**)表示階級或職位的長袍. ➜如主教、法官所穿的長袍.

a judge's robes 法官的長袍，法服

**rob·in** [ˋrɑbɪn] 名 紅襟鳥，知更鳥. ➜美國種的American robin體形比歐洲種的大；是一種畫眉鳥(thrush).

> **印象** 在英國常棲習在居家附近，整年都能聽到這種鳥的叫聲；是英國人最熟悉的鳥，並被選爲國鳥；在北美從早春開始便能聽到其美妙的叫聲，因此以報春鳥聞名.

**Rob·in Hood** [ˋrɑbɪn͵hud] 專有名詞 羅賓漢. ➜中世紀英國傳說中的英雄；和夥伴一起住在Sherwood森林，搶劫貪官污吏等的錢財來救濟窮人.

**Rob·in·son Cru·soe** [ˋrɑbɪnsn̩ˋkruso] 專有名詞 魯賓遜・克魯索. ➜英國小說家 D. Defoe 小說《魯賓遜飄流記》中的主角；航海中船因意外沈沒，飄流至無人島，在那裡用盡各種方法度過二十八年自給自足的艱苦生活.

**ro·bot** [ˋrobət] 名 機器人.

**rock**[1] [rɑk] 名 ❶岩，岩石.

It is as hard as (a) rock. 它像岩石般堅硬.

We climbed up among the rocks. 我們在岩石間攀爬.

**róck cándy** 《美》硬糖，冰糖(《英》(sugar) candy).

❷(常用 **rocks**)礁岩，暗礁.

The ship went on the rocks and sank. 那艘船觸礁沈沒了.

❸《美》石，小石(stone).

I threw a rock into the pond. 我把石子扔進池中.

**rock**[2] [rɑk] 動 (左右或前後)擺動，搖動.

R

rock a cradle　推動搖籃
An earthquake rocked the city. 地震搖撼了這座城市.
The boat rocked in the waves. 小船在波浪中搖晃.
—[名]《音樂》搖滾樂. ➜亦作 **rock and roll** 或 **rock-'n'-roll**.

**rock-climb·ing** [ˋrak͵klaımıŋ] [名] 攀岩.

**rock·et** [ˋrakıt] [名] ❶(用來推進太空船等的)火箭; 飛彈. ❷(煙火中的)沖天砲, 信號彈.

**Rock·ies** [ˋrakız] [名] [複] (**the Rockies**) 落磯山脈 (the Rocky Mountains).

**rock·ing chair** [ˋrakıŋ͵tʃɛr] [名] 搖椅.

**rock·ing horse** [ˋrakıŋ͵hɔrs] [名] (小孩騎乘的)搖搖木馬.

**rock-'n'-roll** [ˋrakənˋrol] [名] 搖滾樂. ➜ **rock and roll** 的縮寫; 亦可僅稱 **rock**; → rock[2] [名]

**rock·y** [ˋrakı] [形] ❶岩石般的, 滿是石頭的, 多石的; 堅硬如石的. ❷動搖的, 不穩的.
◆ **rockier** [ˋrakıɚ] 比較級.
◆ **rockiest** [ˋrakııst] 最高級.
**the Rócky Móuntains**　落磯山脈. ➜北美西部呈南北走向的大山脈.

**rod** [rad] [名] (木、竹質或金屬等的)細而直的桿, 竿; (刑罰用)笞鞭.
a fishing rod　釣魚竿
a lightning rod　避雷針
[諺語] Spare the rod and spoil the child. 孩子不打不成器.

**rode** [rod] ride 的過去式.

**rogue** [rog] [名] ❶歹徒, 流氓 (rascal). ❷搗蛋鬼.

**role** [rol] [名] (劇中演員之)角色; (一個人在某事業中之)職分, 責任.
the leading role　主角
**play** an important role in a school play　在學校話劇中扮演重要角色
a mother's role　母親的職責

**roll** [rol] [動] ❶**滾動, 轉動; 使滾動, 使轉動.**
The coin rolled under the table. 硬幣在桌下滾動.
The ball rolled **to** my feet. 球向我的腳這兒滾來.
The tears rolled **down** her cheeks. 淚水從她的臉頰流下.
John rolled his eyes in surprise. 約翰吃驚得眼睛直打轉.
Several men were rolling a big log **along** the road. 幾個男子沿路滾動著大圓木.
❷(車輪)行進; (時間等)流逝.
The train rolled **into** Cairo Station. 火車駛進開羅站.
❸捲; 搓.
He rolled the clay **into** a ball. 他把黏土搓成一個球.
❹(用滾筒等)壓平, 碾平.
❺(船)搖晃, 擺動.
The ship rolled in the waves. 船隨波擺動.
❻(雷、鼓等)發出隆隆聲.
In the distance we could hear the thunder rolling. 遠處能聽到雷聲隆隆. ➜ hear+O+現在分詞(rolling)爲「可以聽到 O 在～」.
[idiom]
***róll óver***　滾動; 使滾動.
***róll úp***　捲起; 將～繞成球形或圓柱形.
roll up *one's* sleeves　將袖子捲起
He took down the map from the wall and rolled it up. 他從牆上取下地圖並將它捲起來.
—[名] ❶捲形物; 一捲.
**a roll of** toilet paper　一捲衛生紙
❷名單, 點名簿.
**call** the roll　點名
❸小圓麵包, 麵包捲.
❹(船)搖晃, 擺動.
❺(雷、鼓等的)隆隆聲.

**roll·er** [ˋrolɚ] 名 ❶滾筒. ➜用於平整土地、刷漆、印刷等.
❷捲軸. ➜地圖或百葉窗之捲軸.
❸(移動重物時置於下方的)滾木; 附有如溜冰鞋般輪子的小車子.
❹(起伏的)大浪.

**róller còaster** (遊樂場內的)雲霄飛車.
a ride on a roller coaster 乘坐雲霄飛車

**róller skàte** 輪式溜冰鞋.

**roll·er·skate** [ˋrolɚˏsket] 動 用輪式溜冰鞋溜冰.

**Ro·man** [ˋromən] 形 (古代、現代)羅馬的; 羅馬人的.

**Róman Cátholic** 形名(羅馬)天主教的; (羅馬)天主教徒. ➜(羅馬)天主教會(the Roman Catholic Church)是以羅馬教宗(Pope)爲首的基督教教派.

**Róman númerals** 羅馬數字. ➜如 I, V(=5), X(=10)等用羅馬字表示的數字; → numeral.
—名 (古代、現代的)羅馬人, 羅馬市民.
諺語 When (you are) in Rome, do as the Romans do. 入境隨俗.

**ro·mance** [roˋmæns] 名❶戀, 戀愛, 愛情故事.
the romance of Romeo and Juliet 羅密歐與茱麗葉的愛情故事
❷冒險〔幻想〕故事; 浪漫的氣氛; (中世紀)騎士故事.

**Ro·mansh** [roˋmænʃ] 名 羅曼斯方言. ➜瑞士使用的四種方言之一; → Switzerland.

**ro·man·tic** [roˋmæntɪk] 形像(冒險、傳奇)故事般的, 幻想的, 如夢幻般的, 浪漫的.

**Rom·a·ny** [ˋrɑmənɪ] 名 (複 **Rom-anies** [ˋrɑmənɪz]) ❶吉普賽(Gypsy).
❷羅曼語. ➜吉普賽的方言.

**Rome** [rom] 專有名詞 羅馬. ➜義大利首都.
諺語 Rome was not built in a day. 羅馬不是一天造成的.
All roads lead to Rome. 條條大路通羅馬.

**Ro·me·o** [ˋromɪˏo] 專有名詞 羅密歐. ➜莎士比亞名劇 *Romeo and Juliet* 中男主角的名字.

**roof** [ruf] 名(複 **roofs** [rufs]) 頂, 屋頂.
the roof of a car 車頂
She burned the roof of her mouth with hot chocolate. 她的上顎被熱巧克力燙傷了.
Some houses have flat roofs. 有些房子的屋頂是平的.

**róof gàrden** 屋頂花園; 《美》屋頂餐廳.

---

**room** [r u m]
▶房間
▶空間

名(複 **rooms** [rumz]) ❶**房間**, 室.
a living room 起居室, 客廳
We eat in the dining room. 我們在飯廳吃飯.
Our house has five rooms. 我們家有五間房間.
There was a sign in the window, "Room and board." 窗上貼著一張告示:「房間出租、供膳宿」.
❷(**the room**)在房間裡的人們. ➜作單數.
The whole room laughed 〔was silent〕. 滿屋子的人哄堂大笑〔緘默不語〕.
❸(人或物所佔的)**空間, 空位, 餘地.** ➜不用 ×*a* room, ×room*s*.
This desk takes up too **much** room. 這張桌子所佔的空間太大.
Is there room **for** me in the car, or is it full? 車裡容我坐得下還是已經擠滿了?
There is room for improvement in your work. 你的作品還有需要改進

的地方.

No one **made room for** the old man to sit down. 沒有人讓座給那位老人坐.

**room·mate** [ˋrumˏmet] 名 (宿舍等的)室友，同居人.

**Roo·se·velt** [ˋrozəˏvɛlt] 專有名詞 (**Franklin Delano Roosevelt**)富蘭克林・D・羅斯福. →美國第三十二任總統(1882-1945)；於經濟大恐慌時期至第二次世界大戰期間，擔任總統長達十二年以上.

**roost·er** [ˋrustɚ] 名《美》公雞(《英》cock).

**root**[1] [rut] 名 ❶根.

the root of a plant 植物的根

the root of a tooth 牙根

This tree has deep roots. 這棵樹的根很深.

❷(常用 **the root**)根本，原因.

The love of money is the root of all evil. 貪財是萬惡之源.

idiom

***by the róots*** 連根一起.

***tàke* 〔*strìke*〕 *róot*** 生根，開始生長；固定.

—動 (使)生根並開始生長；使根深蒂固；固定.

idiom

***róot úp* 〔*óut*〕** 根絕；根除.

**root**[2] [rut] 動《美》鼓舞；支持.

Let's go and root **for** our school baseball team. 我們去爲本校棒球隊加油吧.

**rope** [rop] 名 ❶(粗的)纜繩，繩索，金屬纜.

**jump** 〔**skip**〕 rope 跳繩

❷被扭、穿或串在一起的東西.

a rope of onions 一把洋葱

相關語 由細到粗的順序：thread(線)，string(細繩)，cord(繩)，rope(索).

**rope·way** [ˋropˏwe] 名 空中纜車，運送索道.

**rose**[1] [roz] rise 的過去式.

**rose**[2] [roz] 名 ❶薔薇花，玫瑰花.

a wild rose 野薔薇

諺語 No rose without a thorn. 沒有無刺的玫瑰. →「世上沒有十全十美的幸福」的意思.

❷玫瑰色.

> 印象 玫瑰由於其美麗的外形、芬芳的香氣而被譽爲「花之女王」(queen of flowers)，也是英國的國花；此外亦被視爲「愛與快樂」的象徵，故有 Life is not all roses.「人生並非總是幸福的」及 gather roses(收集玫瑰)「追求快樂」等說法.

**rose·bud** [ˋrozbʌd] 名 玫瑰花苞.

**rose·bush** [ˋrozbuʃ] 名 薔薇灌木.

**ros·y** [ˋrozɪ] 形 玫瑰紅的，淡紅色的；充滿希望的.

◆ **rosier** [ˋrozɪɚ] 比較級.

◆ **rosiest** [ˋrozɪɪst] 最高級.

**rot** [rɑt] 動 腐爛；腐朽；使腐爛，使變爲無用.

◆ **rotted** [ˋrɑtɪd] 過去式、過去分詞.

◆ **rotting** [ˋrɑtɪŋ] 現在分詞、動名詞.

—名 腐爛，腐敗.

**ro·ta·ry** [ˋrotərɪ] 形 旋轉的，旋轉式的.

—名(複 **rotaries** [ˋrotərɪz])《美》道路交叉處的圓環.

**ro·tate** [ˋrotet] 動(使)旋轉；(使)輪流，更迭.

**ro·tor** [ˋrotɚ] 名 (馬達等的)旋轉部分；(直升機的)水平旋翼.

**rot·ten** [ˋrɑtn̩] 形 腐爛的，已變壞的.

rotten apples 〔meat, wood〕 爛蘋果〔腐肉，朽木〕

**rough** [rʌf] →gh 發音爲[f]. 形 ❶(表面)粗糙不平的，不光滑的，凹凸不平的；(毛髮)亂蓬蓬的.

R

a rough road 崎嶇不平的道路
Silk is **smooth**, but wool is **rough**. 絲綢很光滑但羊毛很粗糙. ◁反義字
Her hands are rough with hard work. 由於做粗活使她的手變粗糙.
❷粗魯的, 粗暴的; 劇烈的.
rough play 粗野的比賽
rough manners 粗暴的態度
a rough sea 波濤洶湧的海
Football is a rough game. (美式)足球是劇烈的體育活動.
Don't be rough **to** the girls. 別對女孩子粗魯.
❸約略的, 概略的; 未完成的.
a rough guess 約略的猜測
draw a rough sketch 畫草圖
a rough diamond (未經琢磨的)鑽石

**rough·ly** [ˋrʌflɪ] 副 ❶粗暴地. ❷約略地, 大約(about).
idiom
***róughly spéaking*** 約略地說, 概略地說.

R

**round** [raʊnd] 形 ❶圓的.
a round face 圓臉
round cheeks 圓鼓鼓的臉頰
round shoulders 圓肩
The earth is round. 地球是圓的.
**róund nùmber** 〔**fìgure**〕 (不算零頭的)整數. ➡ 82 → 80, 480 → 500, 9,888 → 10,000 等用 10, 100, 1,000 的倍數表示的數; 表示「金額」時用 figure.
**róund tàble** ①圓桌會議; 圓桌會議的參加者. ➡圍繞著桌子, 相互交換意見的非正式會議. ②(**the Round Table**)亞瑟王和他的圓桌武士. → Arthur.
❷旋轉的, 一周的.
a round dance 圓舞(曲)
a round trip 《美》雙程〔來回〕旅行, 《英》環遊, 周遊 → round-trip.
—介 圍繞, 環繞; 到處. ➡在美國常用 around.
sail round the world 駕船航行世界, 航行世界一周
go round the moon 環繞月球運行
look round the room 環視房間
a trip round the world 環遊世界的旅行
The earth goes round the sun. 地球環繞太陽運行.
We sat round the table. 我們圍桌而坐.
idiom
***ròund the córner*** 在轉角處; 即將到來的.
a store round the corner 轉角處的商店
I met him just round the corner. 我恰巧在街角碰到他.
—副 在周圍; 旋轉地, 循環地. ➡在美國常用 around.
look round 環視周圍; 回頭看
turn round 轉過來, 轉向
He looked round at his audience. 他環視了一下聽眾.
Pass these pictures round. 把這些照片傳給大家看.
The tree is five feet round. 這棵樹樹圍五英尺.
idiom
***áll róund*** (在～)周圍, 四處.
***áll (the) yéar róund*** 整年.
***còme róund*** 轉回來, 再度來到. → around 副 idiom
***gò róund*** 四處走動; 繞道走; (食物等)輪到(每個人). → around 副 idiom
***róund and róund*** 團團轉; 一層層地纏繞.
The merry-go-round went round and round. 旋轉木馬一圈圈轉個不停.
—名 ❶圓, 球, 圓形物.
dance **in a round** 圍成圓圈跳舞
❷回轉, 旋轉; (相同的事)反覆地做.
a round of parties 一連串的宴會
❸(常用 **rounds**)巡迴, 巡迴區域.
**make** 〔**go**〕 *one's* rounds 巡視, 巡

迴
The policeman made his rounds in the village. 警察在村裡巡視自己的管區.
❹(拳擊比賽或高爾夫球等的)一局, 一回合.
fight fifteen rounds 打十五回合
—動 ❶(使)成爲圓形.
❷繞行; 繞過(轉角).
The car rounded the corner at high speed. 汽車以高速繞過轉角.

**round·a·bout** [ˋraundəˏbaut] 形 繞遠道的; (說法、方法等)委婉的, 迂迴的.
—名《英》❶旋轉木馬 (merry-go-round).
❷道路交叉處的圓環(《美》rotary).

**round-trip** [ˋraundˏtrɪp] 形《美》雙程(旅行)的; 《英》周遊(旅行)的.
a round-trip ticket 雙程〔來回〕票
➡在英國,「來回票」的說法爲a return ticket.

**rouse** [rauz] 動 喚醒.

**route** [rut] 名 (旅行的)路途, 路線, 路程, 航線, 第～號公路; (高速公路等之)號線.
Route 66 (美國的)第六十六號公路

**rou·tine** [ruˋtin] 名 例行公事, 例行手續; 常規, 慣例.
my daily routine 我每天必做的事

**row**[1] [ro] 名(人或物的)一行, 一列, 一排.
a row of trees 一排樹
a row of teeth 一排牙齒
We sat in the front row at the theater. 我們坐在劇場的最前排.
Corn is planted **in rows**. 玉蜀黍種成一行一行的.

idiom

***in a rów*** 排成行地; 連續地.
The boys stood in a row. 男孩們站成一排.
He won the contest three years in a row. 他連續三年比賽獲勝.

**row**[2] [ro] 動 ❶(以槳)划(船).
row a boat 划船
row **across** the lake 划船過湖
❷划船載(人或物).
Get in and I'll row you across the lake. 請上船, 我划船載你渡湖.
—名 划船; 划行的距離.
**go for** a row 去划船

**row·boat** [ˋroˏbot] 名(以槳(oar)划之)小船, 划艇.

**roy·al** [ˋrɔɪəl] 形 王的; 王位的.
a royal palace 王宮
a royal family 皇家, 王室
a royal library 皇家圖書館

**rub** [rʌb] 動 擦, 搓.
rub cream **into** *one's* hands 把潤膚霜擦在手上
This shoe rubs my heel. 這隻鞋磨痛我的腳跟.
◆ **rubbed** [rʌbd] 過去式、過去分詞.
Mother rubbed the baby with a towel. 母親用毛巾擦拭嬰兒.
The cat rubbed **against** my leg. 貓把身體靠在我腿上來回摩擦.
◆ **rubbing** [ˋrʌbɪŋ] 現在分詞、動名詞.
Your chair **is** rubbing against the wall. 你的椅子擦到牆了.

idiom

***rúb óut*** 擦掉.

**rub·ber** [ˋrʌbɚ] 名 ❶橡皮; 橡皮筋.
❷《英》橡皮擦.
—形 橡皮(製)的.
rubber boots 〔gloves〕 橡皮靴〔手套〕
a rubber band 橡皮筋
a rubber plantation 橡膠園

**rub·bish** [ˋrʌbɪʃ] 名 ❶廢物, 垃圾.
Put all that rubbish in the dustbin. 把垃圾全放進垃圾箱裡. ➡不用 ×*a* rubbish, ×rubbish*es*.
❷無意義的話, 荒謬的想法(nonsense).

R

talk rubbish　一派胡言

**ru·by** [ˋrubɪ] 名(複 **rubies** [ˋrubɪz])
❶紅寶石，紅玉.
❷深紅色(deep red).

**rude** [rud] 形❶粗魯無禮的，粗野的.
a rude waitress　無禮的女服務員
a rude reply　無禮的答覆
rude manners　粗魯的態度
Don't be rude **to** the guests.　不可對客人無禮.
It is rude **of** him not to thank you.　他沒對你表示感謝眞是沒禮貌.
❷未加工的；未開化的，原始的.

**rug** [rʌg] 名 地毯，厚(毛)毯.
相關語 carpet(鋪滿整片地板的地毯).
There was a small rug in front of the fireplace.　壁爐前鋪著塊小地毯.

**Rug·by, rug·by** [ˋrʌgbɪ] 名 橄欖球.
→ 亦稱 **Rugby football** 或 **rugger**；因起源於英國中部小城市 Rugby 的著名學府 **Rugby School** 而得名；→ football.

R

**rug·ged** [ˋrʌgɪd] 形　→ 注意發音.
❶粗的，不平的，崎嶇的；多岩石的.
❷嚴酷的.

**ru·in** [ˋruɪn] 名❶破壞，毀滅；毀滅、敗壞的原因.
**come to** ruin　毀滅，敗壞
❷(**ruins**)遺跡，廢墟.
the ruins of an old castle　古城遺跡
—動 破壞；使毀滅.
Rain ruined the picnic.　郊遊計畫因下雨而泡湯了.

**rule** [rul] 名❶規則，法則.
follow a strict rule　遵守嚴格的規則
the rules of the game　遊戲規則
"Keeping the rules" is the most important thing in England.「遵守規則」是在英國最重要的事情.
❷支配，統治；支配權.
India was once **under** British rule.
印度曾經受英國統治.
❸習慣；常有的事.

idiom

***as a (géneral) rúle***　通常，多半(usually).
***màke it a rúle to*** *dó*　保持～的習慣，有～的習慣.
My father makes it a rule not to smoke before breakfast.　父親維持早飯前不抽菸的習慣.
—動 ❶支配；控制(感情等).
Queen Elizabeth I (讀法：the first) ruled (her country) for many years.　伊莉莎白女王一世統治了(國家)好多年.
❷決定，判決.
❸(用尺)畫線，畫平行線.

**rul·er** [ˋrulɚ] 名❶支配者，統治者，君主.　❷尺，直尺.

**rum** [rʌm] 名 蘭姆酒.

**ru·mor** [ˋrumɚ] 名 傳聞，閒談，謠言.
**spread** a rumor that ～　傳播～謠言
**There is a rumor that** he is going to sell his house.　謠傳他要賣掉房子.
Rumor **says** that he will come to Taiwan this fall.　據說他今秋會來臺灣.
—動 謠傳.
It is rumored that he did it.　謠傳那是他幹的. → It＝that ～.

**ru·mour** [ˋrumɚ] 名 動《英》＝rumor.

| **run** [rʌn] | ▶跑<br>▶(河水)流動<br>▶經營 |
|---|---|

動❶(人或動物)跑，跑去，跑來.
基本 run fast　快跑　→ run＋副詞(片語).
run **to** school　跑去上學
run **out** 〔**in**〕　跑出〔入〕
run home　跑回家　→ home 是副詞，表示「回家」.
run **around**　到處跑

run **up** (the steps) 跑上(樓梯)
run **down** (the hill) 跑下(山)
run a mile 跑一英里
He can run fast. 他跑得快.
Don't run in the corridors. 不可在走廊裡奔跑.
My father **runs** before breakfast. 父親在早飯前跑步. ➡ runs [rʌnz] 爲第三人稱單數現在式.

◆ **ran** [ræn] 過去式.
I **walked** down the hill, but the boys **ran** down. 我走下山坡但男孩們用跑的. ◁相關語

The dog ran **about** in the snow. 狗在雪中東奔西跑.
We **ran and ran** to the bus stop. 我們一直向公車站牌跑去. ➡～ and ～ 表示反覆或強調.

◆ **run** 過去分詞. ➡注意與原形相同.
I've just run home from school. 我剛從學校跑回家. ➡現在完成式.

◆ **running** [ˋrʌnɪŋ] 現在分詞、動名詞. ➡注意拼法; → running.
Bob **is** running with his dog. 鮑勃和他的狗一起跑著. ➡現在進行式.

❷(電車、公車等)運行; 行駛.
The bus runs every hour **from** Taipei **to** Taichung. 從臺北到臺中每小時有一班巴士.
Our bus ran **along** the highway. 我們的巴士沿高速公路行駛.
The trains aren't running today because of the strike. 由於罷工, 今天火車不開.

❸(線路、道路等)通行; (河流)流過; (水等)流出; (指編織物)脫線.
The main road runs north and south. 大路貫通南北.
A big river runs **through** the city. 大河流經城市. ➡「河流流經某地」通常不用進行式(×*is running*).
Tears were running down her face. 淚水從她的臉頰流下.
Your nose is running. 你流鼻涕了.
Her stocking ran when she caught it on a chair. 她的襪子勾到椅子而脫了線.

❹(使)跑; 驅動; 轉動.
run a motor 驅動馬達
run *one's* fingers **over** the keys of a piano 手指在鋼琴鍵上滑動
He ran his eyes over the letter. 他瀏覽了那封信.

❺經營.
run a bakery 經營麵包店
My uncle runs a drugstore downtown. 我的伯伯在城裡經營藥房.

❻賽跑; 跑腿.
run a race 參加賽跑
run an errand (替人)跑腿辦事

❼競選.
run **for** the president of the club 競選社團主席

❽(時間)延續, 跨越.
The play ran for a year. 那齣戲持續上演了一年.

❾進入, 變成(～狀態). ➡用於不佳狀態.
run short 缺乏, 用盡
If you run **into** any trouble, please call me. 如果有甚麼困難, 請打電話給我.

idiom

***rún acròss*** ～ 跑步橫過～; 與～不期而遇(meet by chance).
run across an old friend in New York 在紐約與老朋友不期而遇

***rún àfter*** ～ 追逐～; 緊追～後.
The cat is running after a mouse.

R

貓追老鼠.
***rún agàinst*** ~ 撞上～；和～不期而遇.
***rùn awáy*** 逃走.
The boy ran away **from** home. 這男孩離家出走.
***rùn báck*** 跑回去.
***rùn dówn*** (指人或健康狀況)因過度工作、精神緊張等而疲憊或虛弱；(機械裝置)停止；(車等)撞倒.
***rún ìnto*** ~ 陷入～；流入～；偶遇～(run across)；(車輛等)撞到～.
We ran into each other at New York Station. 我們在紐約車站不期而遇.
***rùn óff*** 跑掉，逃走.
***rún ònto*** ~ (指船)撞上～.
run onto a rock (船)撞到礁石上
***rùn óut*** (***of*** ~) 跑出(～)；用盡(～).
We're running out of time. 我們快要耗盡時間了.
***rùn óver*** ~ 跑過～；(車輛等)輾過～；流出.
A child was run over by a car. 一個小孩被汽車輾過.
***rùn thróugh*** ~ 耗盡，浪費(金錢等)；瀏覽.
***rùn úp to*** ~ 跑到～，到達～.
—名 ❶跑；賽跑.
a mile run 一英里賽跑
**at a run** 以跑步
**go for** a run 去跑步
go to the park for a run 到公園跑步
John took his dog for a run. 約翰去遛狗了.
❷連續，繼續；(戲劇、電影的)連續上演.
The play had a long run in New York, but only a short run in Taipei. 那齣戲在紐約連續上演很長一段時間，但在臺北卻沒有演很久.
❸(棒球、板球之)得分.
a three-run homer 三分全壘打
❹《美》襪子抽絲，脫針處(《英》ladder).

idiom

***in the lóng rùn*** 最終；早晚；最後.

**rung** [rʌŋ] ring 的過去分詞.

**run·ner** [ˋrʌnɚ] 名 **奔跑的人**；善跑的馬；(棒球、賽跑等的)跑者.
a good runner 跑得快的人
a long-distance runner 長跑選手
That horse is the fastest runner in the race. 那匹馬是那次賽馬會上跑得最快的馬.

**run·ning** [ˋrʌnɪŋ] run 的現在分詞、動名詞.
—名 ❶跑，跑步；(指水等)流出.
a pair of running shoes 一雙賽跑鞋
❷經營，運轉.
—形 ❶跑的，跑著的；流動的.
a running dog 跑著的狗
running water 流動的水；一扭開水龍頭就流出的水，自來水
❷連續不斷的；(字體)草寫的.

**run·way** [ˋrʌn͵we] 名 (機場的)跑道.

**ru·pee** [ruˋpi] 名 盧比. ➜印度、巴基斯坦、錫蘭等的貨幣單位.

**ru·ral** [ˋrurəl] 形 鄉村的，田園的，農村的.

**rush** [rʌʃ] 動 ❶**衝進**，突進.
rush **in** 跑進，衝進
The ambulance rushed to the burning house. 救護車向那戶著火的人家急駛而去.
Water was rushing **out of** the broken pipe. 水從破裂的水管中噴出來.
❷急忙地做；迅速地搬運；催促.
Don't rush me when I'm eating. 我吃東西時別催我.
He was rushed to hospital. 他被緊急送進醫院.
—名 ❶急促地跑〔流動、吹動〕；突進，衝進.
a rush of water 〔wind〕 激流〔疾風〕

R

❷(人)蜂湧而至；急促.

There was a great rush **to** California when gold was found there. 當加利福尼亞發現黃金時，人潮蜂湧而至.

What is your rush? 你急甚麼?

**góld rùsh** → gold.

**rúsh hòur(s)** (上下班的)交通擁擠時刻，尖峰時刻.

**Rush·more** [ˋrʌʃmor] 專有名詞 (**Mount Rushmore**)拉什莫爾山. ➜位於美國南達科他州；因山峰側面刻有 Washington, Jefferson, Lincoln, Theodore Roosevelt 四位總統的肖像而著名.

**Rus·sia** [ˋrʌʃə] 專有名詞 俄羅斯聯邦. ➜正式名稱 Russian Federation；首都莫斯科.

**Rus·sian** [ˋrʌʃən] 形 俄國的；俄國人的；俄語的.

—名 ❶俄國人. ❷俄語.

**rust** [rʌst] 名 銹；赤褐色.

—動 生銹.

**rus·tic** [ˋrʌstɪk] 形(在好的意義方面)鄉村的，有鄉村特色的，純樸的；(在壞的意義方面)土裡土氣的，粗野的.

**rus·tle** [ˋrʌsl̩] ➜ t 不發音. 動 發出瑟瑟聲.

The leaves rustled in the breeze. 微風中樹葉發出瑟瑟聲.

—名 瑟瑟聲.

**rust·y** [ˋrʌstɪ] 形 生銹的；(能力)生疏的. → rust.

◆ **rustier** [ˋrʌstɪɚ] 比較級.

◆ **rustiest** [ˋrʌstɪɪst] 最高級.

**rye** [raɪ] 名 裸麥，黑麥.

**rýe bréad** (用裸麥粉做的)黑麵包.

R

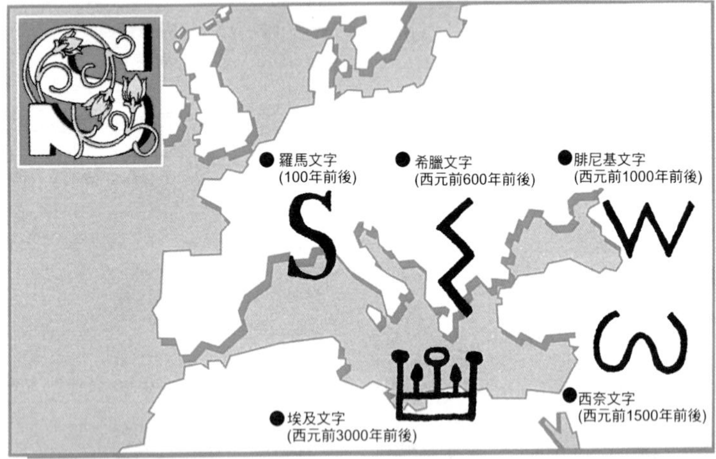


**S, s** [ɛs] 名(複 **S's, s's** [ɛsz]) 英文字母的第十九個字母.

**S.** south(南); Sunday(星期日)的縮寫.

**-'s** ❶(構成名詞所有格)～的.
Bob's book　鮑勃的書
❷ is, has, us 的縮寫. → he's, let's.
❸構成文字、數字、略語等之複數.

**$, $** [ˋdɑlɚ] dollar(s)(《美》元)的表示符號.

**sack** [sæk] 名大袋子(放麵粉、煤、郵件等的麻布袋); 一(大)袋之量.
a sack of potatoes　一袋馬鈴薯
three sacks of coal　三袋煤

**sa·cred** [ˋsekrɪd] 形神聖的.
a sacred song　聖歌
In India, cows are regarded as sacred.　在印度, 牛被視爲神聖的動物.

**sac·ri·fice** [ˋsækrə͵faɪs] 名供品; 犧牲.
He made a great sacrifice **of** time and money to help us.　他爲了幫助我們犧牲了大量的時間和金錢.
He was out on a sacrifice fly.　他因高飛犧牲打而出局.
—動供奉, 犧牲.

| **sad** [sæd] | ▶悲傷的<br>⊙悲傷的消息或故事, 或因此而感到悲傷的人、表情都可稱之 |
|---|---|

形悲傷的.
基本 a sad story　悲傷的故事 → sad＋名詞.
sad news　令人悲傷的消息
a sad look　悲傷的表情
基本 I am sad.　我很悲傷. → be動詞＋sad 〈C〉.
She is still sad **about** her young brother's death.　她至今依然傷痛弟弟的死.
She **looks sad**. I'm afraid **something sad** happened to her.　她看起來很憂傷, 想必是發生了什麼悲傷的事.
Don't be sad.　別悲傷!

◆ **sadder** [ˋsædɚ] 《比較級》更悲傷的.
I've never seen a sadder movie **than** this.　我從沒看過比這更悲傷的電影.

◆ **saddest** [ˋsædɪst] 《最高級》最悲傷

的.

This is **the** saddest story (that) I have ever read. 這是我讀過最悲傷的故事.

**sad·dle** [ˋsædl̩] 名 (馬)鞍, 鞍座; (腳踏車的)車座.

**sad·ly** [ˋsædlɪ] 副 悲傷地, 憂愁地; 《修飾全句》悲傷地.

**sad·ness** [ˋsædnɪs] 名 悲傷, 憂愁.

**sa·fa·ri** [səˋfɑrɪ] 名 至非洲等地作的狩獵遠征, 探險旅行.

go on (a) safari 去狩獵旅行

**safári pàrk** 野生動物園.

**safe** [sef] 形 ❶安全的, 安心的.

a safe place 安全的場所

a safe driver 可靠的駕駛員, 謹慎的駕駛員

We are safe here. 我們在這裡很安全.

The dog is safe **with** children. 這狗不咬孩子.

Is this dog safe to touch? 摸一摸這隻狗不會有事吧?

**It is** not safe **to** skate on thin ice. 在薄冰上溜冰不安全.

We are **safe** from **dangerous** animals here. 我們在這裡不用擔心危險動物的襲擊. ◁反義字

❷(接於 be 動詞, come, arrive 等動詞之後)平安地 (safely). ➡亦作 **safe and sound**.

He came home safe (and sound) after the war. 戰爭結束後他平安回家.

❸《棒球》(跑者)安全上壘的.

He was safe at second base. 他安全上二壘.

—名 保險箱.

keep the ring in a safe 把戒指放在保險箱中

**safe·ly** [ˋseflɪ] 副 安全地, 平安地.

**safe·ty** [ˋseftɪ] 名 安全, 平安.

Safety First 安全第一 ➡預防事故的標語.

**sáfety bèlt** 安全帶; (飛機、汽車之)座位安全帶. ➡亦作 **seat belt**.

**sáfety pìn** 安全別針.

**sáfety ràzor** 安全剃刀.

idiom

***in sáfety*** 平安地, 安全地(safely).

***with sáfety*** 無危險地, 安全地.

**Sa·ha·ra** [səˋhɑrə] 專有名詞 (**the Sahara**)撒哈拉大沙漠.

**said** [sɛd] say 的過去式、過去分詞.

**sail** [sel] 名 ❶帆.

put up 〔lower〕 a sail 張〔下〕帆

❷坐船(尤指帶帆的船), 航行; 乘船遊玩, 坐船旅行; 航海.

go for a sail 去航海; 坐船去遊玩

idiom

***sèt sáil*** 啓航, 開船.

They'll set sail for New York next week. 他們下週啓航去紐約.

—動 ❶航行, 張帆航行; 坐船去航海.

sail **away** (船)出航

sail (**across**) the Pacific 坐船橫渡太平洋

We sailed **up** 〔**down**〕 the river for six days. 我們沿河而上〔下〕航行了六天.

He showed us how to sail a yacht. 他教我們如何操縱帆船.

❷啓航; 坐船旅行.

sail on a ship 去航海

The ship 〔We〕 sailed **from** Hong Kong **for** London. 船〔我們〕從香港啓航去倫敦.

❸(雲、飛艇等平穩似帆船地)移動, 飛行.

The airship sailed slowly overhead. 一艘飛艇從我們頭上慢慢飛過.

**sail·boat** [ˋsel͵bot] 名 《美》小帆船 (《英》 sailing boat). → yacht.

**sail·ing** [ˋselɪŋ] 名 揚帆, 出航; 坐帆船遊覽.

S

**sáiling bòat** 《英》(小型)帆船(《美》sailboat).

**sáiling shìp** (大型)帆船.

**sail·or** [ˋselɚ] 名 ❶船員，海員，水手；水兵.
❷(搭配good, bad等形容詞)不大〔常〕會暈船的人.
a good sailor　不大會暈船的人
a bad〔poor〕sailor　容易暈船的人

**saint** [sent] 名 ❶聖者，聖人，聖徒. ➜天主教會對生前特別虔誠者或殉教者的尊稱；聖者姓名前加的「聖～」常略作 **St.**
St. Christopher is the patron saint of travelers. 聖克里斯多福是旅行者的守護聖人.
❷像聖者般的人.

**Sàint Válentine's Dày** → valentine.

**sake** [sek] 名 爲～之好處，緣故，利益，目的.
idiom
***for Gód's*** 〔***góodness'***〕 ***sàke***　看在上帝的面上，求求您.
***for the sàke of Á＝for Á's sàke***　爲了A的緣故.
He stopped smoking for the sake of his health. 他爲了健康而戒菸.
He drove slowly for our sake. 他爲了我們把車開得很慢.

**sal·ad** [ˋsæləd] 名 生菜，沙拉.
**make**〔**prepare**〕salad　做沙拉
**have** a salad of salmon and eggs for lunch　午餐吃鮭魚雞蛋沙拉

**sal·a·ried** [ˋsælərɪd] 形 領薪水(salary)的.
a salaried man〔worker〕 靠薪水生活的人〔工人〕

**sal·a·ry** [ˋsælərɪ] 名(複 **salaries** [ˋsælərɪz])薪水，俸給. ➜通常指公司職員、公務人員的月薪、週薪；→ wage.
He gets a high salary. 他的薪水很高.
Our salaries are paid into the bank. 我們的薪水以匯入銀行的方式支付.

**sale** [sel] 名 ❶販賣，出售. ➜動詞爲sell.
the sale **of** tickets　票的銷售
❷(常用 **sales**)銷售量，銷路.
This dictionary enjoys large sales. 這本字典銷路很好.
❸廉售，賤賣.
I bought this shirt **in**〔**at**〕a sale. 我在廉價特賣時買了這件襯衫.
The store is **having** a sale **on**〔**of**〕jeans. 那家商店正在拍賣牛仔褲.
idiom
***for sále***　(私人的房屋、物品等)待售.
House For Sale　此屋待售　➜廣告.
This lamp is not for sale. 這個燈是非賣品.
***on sále***　(指商店的貨物)出售；《美》大拍賣，特賣.
New calendars are now on sale. 新的日曆正在特賣中.

**sales·clerk** [ˋselzˏklɝk] 名《美》(小賣店的)店員(《英》shop assistant).

**sales·man** [ˋselzmən] 名(複 **salesmen** [ˋselzmən])店員；售貨員；推銷員.

**sales·wom·an** [ˋselzˏwʊmən] 名(複 **saleswomen** [ˋselzˏwɪmɪn])女店員.

**salm·on** [ˋsæmən] ➜l不發音. 名 ❶鮭魚. ➜複數亦作 **salmon**.
catch a〔a lot of〕salmon　捉到一條〔很多〕鮭魚
❷鮭魚肉；鮭魚肉色，淡紅色. ➜亦作 **salmon pink**.
smoked〔canned〕salmon　燻〔罐頭〕鮭魚

**sa·lon** [sæ`lɔŋ] 名 (美容、服飾等的)店.
a beauty salon　美容院

**sa·loon** [sə`lun] 名 ❶(旅館、輪船的)大廳，交誼廳.
❷《美》(大)酒館，酒吧.

**salt** [sɔlt] 名 鹽，食鹽.
put salt on the salad　在沙拉上灑鹽
Pass me the salt, please.　(餐桌上)請把鹽遞給我.　→ pass 動 ❹
— 形 含鹽的；鹹的；醃的.
salt water〔cod〕　鹽水〔醃鱈魚〕
a salt breeze　海風

**Salt Lake City** [`sɔlt͵lek`sɪtɪ] 專有名詞 鹽湖城. ➜ 美國猶他州(Utah)的首府；摩門教的本部便位於此地.

**salt·y** [`sɔltɪ] 形 鹹的；含鹽的，有鹽味的.
◆ **saltier** [`sɔltɪɚ] 比較級.
The stew is salty enough. Don't make it saltier.　燉肉已經夠鹹了，別把它弄得更鹹了.
◆ **saltiest** [`sɔltɪɪst] 最高級.

**sa·lute** [sə`lut] 名 敬禮；致意，招呼.
— 動 打招呼，致意；行禮；迎接.

| **same** [sem] | ▶相同的<br>▶相同的事〔物〕 |
|---|---|

形 (常用 **the same**) 同一的；相同的.
基本 the same name　相同的名字　➜ the＋same＋名詞.
on the same day　在同一天
at the same time　在同一時間；同時
in the same place　在同一場所
in the same way　同樣地
His office is on the same floor as ours.　他的辦公室和我們的在同一層樓.
Bob and I are in the same class.　鮑勃和我在同一班.
基本 Our first names are the same.　我們的名字相同.　➜ be 動詞＋the same 〈C〉.
Their coats are (of) the same color.　他們的外衣顏色一樣.
Bob and his cousin are the same age.　鮑勃和他堂兄弟同年.
Ann's hat and my hat are **the same**, but our coats are **different**.　安的帽子和我的一樣，但外衣不同.
◁ 反義字

— 代 (常用 **the same**) 相同的事〔物〕.
He may believe me if you say the same to him.　如果你同樣這樣告訴他，他便可能相信我.

idiom

***àll*** 〔***jùst***〕 ***the sáme***　①完全相同.
They look just the same.　它們看起來完全相同.
We can meet on Sunday or on Monday. It is all the same to me.　我們可以在星期日或星期一見面，這對我來說都一樣.
②即使～仍然～.
He is careless, but I like him just the same.　他粗心大意，但即使這樣我還是愛他.
會話 Would you like me to help? —No, I can do it myself. But thank you all the same.　要我幫忙嗎？—不，我自己能做，但還是要謝謝你.

***mùch*** 〔***abòut, almòst***〕 ***the sáme***　大致相同.

S

It's about the same as the winter in Taipei. (那兒的冬天)和臺北的冬天大致相同.

***the sáme Á as* 〔*that*〕 *B*** 和 B 一樣的 A.

I am the same age as she (is) 〔《口》 as her〕. 我和她同年.

I use the same English textbook as 〔that〕 you do. 我和你使用同樣的英語教科書. ➡ the same A as B 大多表示「A 和 B 是同樣的物、人」, the same A that B 則表示「A 和 B 是同一物、人」, 但實際上兩者並無嚴格的區別.

I have the same dictionary (that) my father gave me ten years ago. 我還保存著父親十年前給我的那本字典. ➡ the same 強調 dictionary, 表示「那本相同的字典」.

(***The***) ***Sáme to yòu!*** 你也一樣!

會話 Merry Christmas! —The same to you! 聖誕節愉快! —你也一樣!

**sam·ple** [`sæmpḷ] 名 樣品, 標本, 貨樣.

This book is a sample copy. 這本書是樣本.

**sand** [sænd] 名 ❶沙.

play in the sand 玩沙子

❷(**sands**)沙地, 沙洲; 沙漠.

**san·dal** [`sændḷ] 名 涼鞋.

**wear** sandals 穿涼鞋

a new **pair of** sandals 一雙新涼鞋

**sand·box** [`sænd͵bɑks] 名 《美》沙箱, 沙盒(《主英》 sandpit). ➡ 孩子玩沙時用.

**sand·glass** [`sænd͵glæs] 名 沙漏, 沙鐘(hourglass). ➡ 煮蛋時用的小型沙漏稱爲 **egg timer**.

**sand·pa·per** [`sænd͵pepɚ] 名 砂紙.

**sand·pit** [`sænd͵pɪt] 名 《主英》沙箱(《美》 sandbox).

**sand·wich** [`sændwɪtʃ] 名 三明治.

make sandwiches for a picnic 做野餐吃的三明治

I ate cheese sandwiches for lunch. 我午飯吃乳酪三明治.

字源 十八世紀中期, 英國三明治市出身的約翰・蒙塔古伯爵嗜好賭博, 由於討厭因吃飯而使遊戲中斷, 故發明了可以邊賭邊吃的「三明治」.

**sand·y** [`sændɪ] 形 ❶沙的, 沙地的; 沙質的; 全是沙的. ❷沙色的, 淺茶色的.

**sane** [sen] 形 心智健全的; 神志清楚的. 反義字 insane(發瘋的).

**San Fran·cis·co** [͵sænfrən`sɪsko] 專有名詞 舊金山, 三藩市. ➡ 美國加州太平洋岸之港口城市, 美國西海岸文化中心.

**sang** [sæŋ] sing 的過去式.

**sank** [sæŋk] sink 的過去式.

**San·ta Claus** [`sæntə͵klɔz] 專有名詞 聖誕老人. ➡ 四世紀時西亞的教士, 被認爲是兒童的守護神, 其稱呼源於 Saint Nicholas(聖尼古拉斯).

**sap** [sæp] 名 樹汁.

**sap·phire** [`sæfaɪr] 名 青玉, 藍寶石; 青玉色, 蔚藍色.

**Sa·ra·wak** [sə`rɑwɑk] 專有名詞 沙勞越. ➡ 馬來西亞(Malaysia)的一部分, 包含婆羅洲西北部.

**sar·dine** [sɑr`din] 名 沙丁魚.

canned sardine(s) 罐頭沙丁魚

**sash** [sæʃ] 名 窗框.

**sat** [sæt] sit 的過去式、過去分詞.

**Sat.** Saturday (星期六)的縮寫.

**Sa·tan** [`setṇ] 名 惡魔, 魔鬼, 撒旦.

**sat·el·lite** [`sætḷ͵aɪt] 名 ❶衛星.

an artificial satellite 人造衛星

The moon is a satellite of the earth. 月球是地球的衛星.

❷(大國之)附庸國; 跟班, 諂媚之人.

**sat·ire** [ˋsætaɪr] 名 挖苦，諷刺；諷刺文學.

**sat·is·fac·tion** [ˏsætɪsˋfækʃən] 名 ❶滿足.
She smiled with satisfaction. 她滿足地一笑.
❷令人滿足之事物；喜悅.

**sat·is·fac·to·ry** [ˏsætɪsˋfæktrɪ] 形 令人滿意的，圓滿的.

**sat·is·fy** [ˋsætɪsˏfaɪ] 動 使滿意.
Nothing **satisfies** him. He is always complaining. 沒有任何事物能滿足他，他總是抱怨. ➡ satisfies [ˋsætɪsˏfaɪz] 爲第三人稱單數現在式.
◆ **satisfied** [ˋsætɪsˏfaɪd] 過去式、過去分詞.
He satisfied his hunger **with** a sandwich and milk. 他用三明治和牛奶塡飽肚子.
He **is** satisfied with the result. 他對結果感到滿意.

| **Sat·ur·day** [ˋsætɚdɪ] [ˋsætɚde] | ▶星期六 ⊙「Saturn(羅馬神話中農業之神)的日子」(Saturn's day)之意 |
|---|---|

名 星期六. ➡略作 Sat.；用法請參見 Tuesday.
**on** Saturday 在星期六
on Saturday afternoon 星期六下午
every Saturday 每星期六 ➡加形容詞時，不用 ×*on* ～.
last〔next, this〕Saturday 上週〔下週，本週〕六
from Monday through〔to〕Saturday 從星期一到星期六
Saturday is the last day of the week. 星期六是一週的最後一天.
We enjoy playing tennis on **Saturdays**. 我們喜歡在週六打網球.

**Sat·urn** [ˋsætɚn] 專有名詞 ❶羅馬神話中的農業之神. ❷《天文》土星.

**sauce** [sɔs] 名 調味汁，醬汁. ➡淋在炸豬排上的調味汁稱爲 Worcester sauce.
諺語 Hunger is the best sauce. 飢餓是最好的調味品. ➡相當於「飢不擇食」.

**sauce·pan** [ˋsɔsˏpæn] 名 深的金屬鍋.

**sau·cer** [ˋsɔsɚ] 名 茶杯碟，茶托. ➡盛放茶杯等的托盤；原本爲「盛調味醬(sauce)的小碟子」的意思.
a cup and saucer 一組茶杯與茶碟，→ cup.
**flýing sáucer** 飛碟. → UFO.

**Sa·u·di A·ra·bia** [ˋsaudɪəˋrebɪə] 專有名詞 沙烏地阿拉伯. ➡位於阿拉伯半島的王國；首都利雅德；通用語爲阿拉伯語.

**Sa·u·di A·ra·bi·an** [ˋsaudɪəˋrebɪən] 形 沙烏地阿拉伯(人)的.

**sau·sage** [ˋsɔsɪdʒ] 名 臘腸，香腸.

**sav·age** [ˋsævɪdʒ] 形 ❶野蠻的，未開化的. ❷野生的(wild)；兇猛的；殘酷的(cruel).
— 名 野蠻人.

**save** [sev] 動 ❶援救，救助；保全.
save his life 救他的命
The firemen saved the child **from** the burning house. 消防人員把孩子從著火的房子裡救出來.
The child was saved from the burning house. 那孩子從著火的房子裡被救出來.
❷儲存，儲蓄；保留.
save (money) **for** a vacation 存錢度假
He saved a dollar a week to buy a camera. 他爲了買照相機一週存一美元. ➡ a week 意爲「一週內」.
Save some chocolate for me. ＝ Save me some chocolate. 留點巧克力給我. ➡後者爲 V (Save)＋O′ (me)＋O (some chocolate)的句型.

S

❸省去，節省.
This machine saves us a lot of time and trouble. 這臺機器爲我們省去許多時間和麻煩.
If you walk to school, you will save 100 dollars a month **on** bus fares. 如果你走路上學，一個月可以節省一百美元車費. ➜ a month 意爲「一個月內」.

**sav·ing** [ˋsevɪŋ] 名 ❶救助，救援.
❷節約；(**savings**) 儲蓄.
a saving of time and money 時間和金錢的節約
I put all my savings in the bank. 我把所有的儲蓄存入銀行.

**saw**[1] [sɔ] see 的過去式.

**saw**[2] [sɔ] 名 鋸子. → plane².
—動 用鋸子切割；使用鋸子.
saw wood 鋸木材
◆ **sawed** [sɔd] 過去式.
◆ **sawed,** 《主英》**sawn** [sɔn] 過去分詞.

**saw·dust** [ˋsɔˏdʌst] 名 鋸屑，木屑.

**saw·mill** [ˋsɔˏmɪl] 名 鋸木廠，製材廠.

S

**sax** [sæks] 名《口》＝saxophone.

**Sax·on** [ˋsæksn̩] 名 撒克遜人；(**the Saxons**) 撒克遜族. ➜五～六世紀時由德意志北部向不列顛入侵，屬日耳曼民族之一；→ Angle.

**sax·o·phone** [ˋsæksəˏfon] 名 薩克管. ➜一種金屬製的管樂器.

| **say** [s e ] | ▶說，講<br>▶寫著～ |
|---|---|

動 ❶說，講.
基本 say "good morning" 說：「早安」 ➜ say＋名詞(片語)〈O〉.
say good-by **to** him 向他說再見
Say it again. 再說一遍.
Say your prayers every night. 要每晚祈禱.
Don't say such a thing to girls. 不能對女孩子說這種話.
I say "good night" to my parents before I go to bed. 我睡覺前對父母說「晚安」.
I have something to say to you. 我有話要對你說. ➜不定詞 to say 修飾 something.
I did not know what to say. 我不知說甚麼才好. ➜ what to say 意爲「應當說甚麼」.
It is hard to say which blouse is nicer. 很難說哪件襯衫比較好. ➜It ＝to say ～.
I cannot hear what you **say**, please **speak** louder. 我聽不到你在說甚麼，請說大聲一點. 同義字 **say** 表示「用語言表達自己的想法、心情或傳達他人的話」；**speak** 表示「開口說話」，重點在「說」這個動作上.
What did he **say** about me? **Tell** me, please. 他怎麼說我的? 請告訴我. 同義字 **tell** 表示「傳達說話內容」「告訴～」「命令做～」.
I've come to say good-bye. 我來告別. ➜不定詞 to say 表示「爲了說～」.
I'm sorry to say (**that**) I cannot go with you. 很抱歉我不能和你一起去.
He **says** that he can speak French. ＝He **says**, "I can speak French." 他說他會講法語. ➜ says [sɛz] 爲第三人稱單數現在式；注意發音.
◆ **said** [sɛd] 過去式、過去分詞. ➜注意發音；不可唸成 [sed].
He said nothing. 他甚麼也沒說.
I said to my uncle, "I've never seen such a thing." 我對我叔叔說：「我從沒見過那樣的東西」.
會話 Did you say "books"? —No, I didn't. —What did you say? —I said "box." 你是說"books"嗎? —不，不是. —那你說了甚麼? —我說"box".

John said in his letter that he would visit us next month. 約翰在來信中說他下個月要來看我們.
"How wonderful!" said Jane. 珍說:「多麼美妙!」 ➡在傳達他人的話時, say 的位置通常放在句首或句尾, 當傳達內容較長時也可放在句中.
He **is said to be** very rich. = **It is said that** he is very rich. (=People say that he is very rich. → idiom) 據說他很有錢. ➡被動語態.
◆ **saying** [ˋseɪŋ] 現在分詞、動名詞. → saying.
What **is** he saying? I can't hear him. 他在說甚麼? 我聽不見. ➡現在進行式.
She went out without saying a word. 她一句話也不說就走了出去. ➡saying 爲動名詞, 當作介系詞 (without) 的受詞.
Saying is one thing and doing (is) another. 說是一回事, 做又是另一回事. → one 形 idiom
❷(書籍、信、告示等)寫著~.
The sign says, "Danger." 牌子上寫著:「危險」.
Her letter says she'll arrive on Sunday. 她信中寫著她星期天會到.
An old story says, "A hare is making rice cakes on the moon." 傳說中說:「兔子在月亮上搗年糕.」
There is a notice saying, "Please stand on the right." 告示牌上寫著:「請站在右邊」. ➡saying 爲現在分詞(寫著~), 修飾 notice.
❸欸, 如果說(也可用 **let's say**); 《美》《感嘆詞用法》「喂」之類引起注意的感嘆詞(《英》I say).
If we go to, say New York, will you come with us? 如果說我們去紐約, 你會和我們一起去嗎?

idiom

***I sáy!*** 《英》天啊! 哎呀! ➡表示輕微的驚訝、惱怒等.
***Péople* 〔*They*〕 *sày* (*that*) ~.** 據說~(用於傳聞、謠言之引述).
People say that he is a good singer. (=He is said to be a good singer.) 據說他歌唱得好.
***sáy to onesèlf*** 自言自語, 對自己說; 心想~.
"I'll do my best," he said to himself. 「我要全力以赴」, 他對自己說.
***thàt is to sày*** 卽; 也就是.
My grandfather left all his wealth to his youngest son, that is to say, to my father. 我祖父把他所有的財產都留給他的小兒子, 也就是給我的父親.
***You can sày thát again!*** = You said it!
***You sáid it!*** 《口》正如你所說!
***Whát do you sáy to ~?*** 你想不想~? 你認爲~如何?
What do you say to (taking) a walk in the park? 去公園散步如何? ➡介系詞 to+動名詞 taking(去(散步)).
—名 意見, 理由; 表達意見、觀點的機會〔權利〕.
We all have our say. 我們都可以發表自己的意見.
Let me have my say. 讓我也說幾句.

**say·ing** [ˋseɪŋ] say 的現在分詞、動名詞.
—名 ❶說的話. ❷諺語, 格言.

**SC** South Carolina 的縮寫.

**scald** [skɔld] 名(熱水、蒸氣等的)燙傷. → burn.
—動 (被熱水、蒸氣等)燙傷; 燒傷.

**scale**[1] [skel] 名 ❶(尺、秤等的)刻度. ❷天平盤; (**scales**)天平, 秤; 體重計. ❸(地圖等之)縮尺, 比例. ❹階段; 規模.
on a large 〔small〕 scale 大〔小〕規模地

**scale**[2] [skel] 名(魚及爬蟲的)鱗.

S

**scan·dal** [ˋskændl̩] 名 ❶引起公憤或令人反感的行爲；醜聞．❷恥辱，不名譽．❸(社會對於醜聞的)反感，公憤．❹(傷害他人名譽的)誹謗，詆毀．

**Scan·di·na·vi·a** [ˏskændəˋnevɪə] 專有名詞 ❶斯堪的那維亞．→包括挪威、瑞典、丹麥，有時也包含冰島地區．❷斯堪的那維亞半島．→亦稱 **the Scandinavian Peninsula**.

**scar** [skɑr] 名 傷痕，燒燙傷的疤痕．

**scarce** [skɛrs] 形 不充足的，缺乏的，稀少的，供不應求的．
Water is scarce in the desert. 沙漠中缺水．

**scarce·ly** [ˋskɛrslɪ] 副 ❶僅僅，剛剛，勉強．
He is scarcely ten. 他將近十歲．
❷幾乎沒有(hardly)．
There were scarcely any people on the streets at five o'clock. (早晨)五點時街道上幾乎沒有甚麼人．
She was so frightened that she could scarcely speak. 她嚇得幾乎說不出話來．

S

**scare** [skɛr] 動 恐嚇，驚嚇．
The children were scared and ran away. 孩子們被嚇跑了．
—名 驚恐，恐慌．

**scare·crow** [ˋskɛrˏkro] 名 稻草人．

**scarf** [skɑrf] 名 (複 **scarfs** [skɑrfs], **scarves** [skɑrvz]) 圍巾，披肩．

**scar·let** [ˋskɑrlɪt] 名 形 深紅色(的)，緋色(的)．

**scar·y** [ˋskɛrɪ] 形 《口》(人)膽小的，害怕的；(事物)可怕的，恐怖的．

**scat·ter** [ˋskætɚ] 動 散播，撒布；驅散；使離散．
The wind scattered the leaves. 風吹散了樹葉．
His clothes were scattered on the floor. 他的衣服散落在地板上．

**scene** [sin] 名 ❶(事件等之)現場．
the scene of the accident 事故現場
An ambulance arrived **on** the scene. 救護車到達現場．
❷(戲劇、小說之)**舞臺，場面**，一場；(舞臺之)佈景，道具佈置．
*Hamlet,* Act I, Scene ii 《哈姆雷特》第一幕第二場 →I, ii 分別讀做 one, two.
This is an interesting book. The scene is Paris in the 1850s. 這是本有趣的書，背景爲一八五〇年代的巴黎．
❸風景，景象． → scenery.
I enjoyed the changing scene from the window of the train. 我透過火車車窗欣賞外面變化的景色．
idiom
***màke a scéne*** 大吵大鬧．

**scen·er·y** [ˋsinərɪ] 名 (某地區的整片)景色，風景．→小範圍的「景色」稱 scene, view.

**scent** [sɛnt] 名 ❶氣味，香味．
the scent of roses 玫瑰的香味
❷(動物所留下的)臭跡；線索．
❸(狗的)嗅覺；(人的)直覺．
Dogs have a keen scent. 狗有敏銳的嗅覺．

**sched·ule** [ˋskɛdʒul] 名 (工作等的)工作表，計劃表；《美》時間表(timetable)．
a class schedule 課程表
a train schedule 火車時刻表
a television schedule 電視節目表
I have a **full** 〔**heavy, tight**〕 schedule for next week. 我下週的日程排得滿滿的．
idiom
***accòrding to schédule*** 按照計畫．
***behìnd schédule*** 比預定進度慢．
The airplane was an hour behind schedule. 飛機誤點一小時．
***on schédule*** 準時，照進度進行．
The airplane reached Paris on schedule. 飛機準時到達巴黎．

— 動 決定(日期等), 設計時間表; 預定.
The match is scheduled for Sunday afternoon. 這場比賽預定於星期天下午舉行.

**scheme** [skim] 名 ❶ 計畫, 方案(plan); 陰謀. ❷(色彩等的)調配, 配合.

**schol·ar** [ˋskɑlɚ] 名(通常指人文學科的)學者; 有學問的人, 博學者.

**schol·ar·ship** [ˋskɑlɚ͵ʃɪp] 名 ❶獎學金. ❷學識, 學問.

| **school**[1] [s k u l] | ▶學校<br>⊙稱爲學校的「設施」或是可以「上課」的地方 |
|---|---|

名(複 **schools** [skulz]) ❶學校.
an elementary school 小學
a junior high school 初中〔國中〕
a senior high school 高中
a public 〔private〕 school 公立〔私立〕學校
a night school 夜校
a boarding school 寄宿學校
a boys' 〔girls'〕 school 男〔女〕校
a drivers' school 駕駛學校
an English conversation school 英語會話學校
**go to** school 去學校上學; 入學 ➡ school 表示其原來的目的(教育、學習)時, 前面不加ˣ*a* 或ˣ*the*.
**after** school 放學以後
**at** 〔**in**〕 school 在學校; 上課中
**leave** school 畢業; 退學
**leave for** school 去上學
The principal lives near **the** school. 校長住在學校附近. ➡這裡的 school 表示「校舍」, 前面要加 the.
He walks to school. 他走路上學.
School is over. 放學了〔下課了〕.
We will **have** no school tomorrow. 明天學校不上課.
I am a first-year student at a junior high school. 我是國中一年級的學生.
She **attends** Sunday school every week. 她每週都去上主日學.
We are learning English at 〔in〕 school. 我們在學校學習英語.
會話 What time does school begin? —It begins at eight. 學校幾點開始上課? —八點開始上課.
會話 Where do you go to school? —I go to Chung Cheng Junior High School. 你就讀哪所學校? —我就讀中正國中.
會話 How do you go to school? —(I go to school) By bus. 你怎麼去上學的? —(我)搭公車(上學).
Their school and ours are **sister** schools. 他們學校和我們學校是姊妹校.

**schóol bùs** 校車.

**schóol dàys** 學生時代.

**schóol fèstival** 校慶.

**schóol hòur(s)** 上課時間.

**schóol lìfe** 學校生活.

**schóol lùnch** 學校午餐.

**schóol nèwspaper** 校刊.

**schóol òffice** 學校辦公室.

**schóol repòrt** 《英》成績單(《美》report card).

**schóol sòng** 校歌.

**schóol ùniform** 校服.

**schóol yéar** 學年. ➡一年中學校上課及活動的時間, 在英美通常是從九月至第二年的六月.

❷全校學生. ➡單複數同形.
The principal speaks to the whole school every Monday. 校長每週一對全校學生講話.

❸(大學的)學院; 《美口》大學. ➡「學院」是指如「法學」、「醫學」等特殊的專門學院.
Does your university have a medical school? 你們大學有醫學院嗎?

S

❹學派，流派.
paintings of the Dutch school 荷蘭畫派

**school**[2] [skul] 名 (魚、鯨、海狗)群.
a school of fish 魚群

**school·bag** [ˋskulˏbæg] 名(通常是布製的)書包.

**school·book** [ˋskulˏbʊk] 名 教科書 (textbook).

**school·boy** [ˋskulˏbɔɪ] 名 男學生.

**school·fel·low** [ˋskulˏfɛlo] 名 校友，同學.

**school·girl** [ˋskulˏgɝl] 名 女學生.

**school·house** [ˋskulˏhaʊs] 名(複 **schoolhouses** [ˋskulˏhaʊzɪz]) ➜注意發音. 校舍(尤指鄉村的小學).

**school·ing** [ˋskulɪŋ] 名(正規的)學校教育；(函授教育的)教室授課，課堂授課.

**school·mas·ter** [ˋskulˏmæstɚ] 名《主英》男教師；校長.

**school·mate** [ˋskulˏmet] 名 校友，同學.

**school·room** [ˋskulˏrum] 名 教室 (classroom).

**school·teach·er** [ˋskulˏtitʃɚ] 名(中小學)教師.

**school·work** [ˋskulˏwɝk] 名 學業. ➜包括課內與課外作業.

**school·yard** [ˋskulˏjɑrd] 名《美》校園，運動場(playground).

**Schweit·zer** [ˋʃwaɪtsɚ] 專有名詞 (**Albert Schweitzer**)史懷哲. ➜法國的醫生、哲學家、神學家、風琴演奏家(1875-1965)；一生奉獻於非洲原住民的醫療.

**sci·ence** [ˋsaɪəns] 名 ❶理科，自然科學. ➜亦作 **natural science**；包括物理學、化學、生物學等.
a science teacher＝a teacher of science 理科教師
❷(廣義上的)科學，學問，～學.
social science 社會科學 ➜社會學、經濟學、歷史學、心理學等.

**scíence fíction** 科幻小說. ➜略作 **SF** 或 **sf**.

**sci·en·tif·ic** [ˏsaɪənˋtɪfɪk] 形(自然)科學的，理科的；科學性的.
a scientific experiment 科學〔理科〕實驗
a scientific method 科學方法

**sci·en·tist** [ˋsaɪəntɪst] 名 科學家，(特指)自然科學家.

**scis·sors** [ˋsɪzɚz] 名 複 剪刀.
a pair of scissors 一把剪刀
cut a ribbon with scissors 用剪刀剪緞帶
The scissors are not sharp. 這把剪刀不鋒利.

**scold** [skold] 動 罵，叱責，責備.
Mother scolded me **for** coming home late. 媽媽責備我晚歸.

**scoop** [skup] 名 ❶舀物的器具；(長柄的)杓子；(小型)鏟子，鐵鍬.
❷(報紙等的)獨家新聞.
— 動 ❶剷，舀. ❷搶先獲得(新聞、利潤等).

**scoot·er** [ˋskutɚ] 名 ❶(小孩坐在上面以單腳踢地面滑行的)滑行車；踏板車. ❷速克達機車. ➜亦作 **motor scooter**.

**scope** [skop] 名(理解力、能力、活動之)範圍，視野；餘地.

**scorch** [skɔrtʃ] 動 烘焦；燒焦.

**score** [skor] 名 ❶(競賽、考試之)得分，分數.
What's the score now? 現在比數多少?
The score is 5 to 4. 比數是五比四.
Her score on the test was 93. 她測驗得了九十三分.
❷二十；(**scores**)很多，多數.
a score of people 二十人
scores of people 很多人

S

❸(音樂的)樂譜；(電影等的)背景音樂.
—動(在比賽、考試中)得分；記錄比賽分數.
score a point　得一分
score a goal　(足球比賽等)得分，進一球
score two runs in the third inning　(棒球)第三局得二分

**score·board** [ˋskor͵bord] 名 記分板.

**score·book** [ˋskor͵buk] 名 記分簿.

**scorn** [skɔrn] 動 輕蔑，蔑視，嘲笑.
—名 輕蔑，嘲笑；輕蔑、嘲笑的對象.

**scor·pi·on** [ˋskɔrpɪən] 名 蠍子.

**Scot** [skɑt] 名 蘇格蘭人. → Scotchman.
the Scots　(全體)蘇格蘭人
Mac is a Scot.　馬克是蘇格蘭人.

**Scotch** [skɑtʃ] 形 蘇格蘭的，蘇格蘭人〔語〕的. ➜除了修飾物產時用 Scotch 以外，常用 Scots 和 Scottish.
Scotch whisky　蘇格蘭威士忌酒
—名 ❶(the Scotch)(全體)蘇格蘭人. ❷《英》蘇格蘭語. ➜在蘇格蘭稱 Scots.

**Scotch·man** [ˋskɑtʃmən] 名 (複 **Scotchmen** [ˋskɑtʃmən]) 蘇格蘭人. ➜在蘇格蘭，常用 Scot, Scotsman.

**Scot·land** [ˋskɑtlənd] 專有名詞 蘇格蘭. ➜英國本土(Britain島)的北部地區；十八世紀初與英格蘭(England)合併；首都愛丁堡(Edinburgh).

**Scots** [skɑts] 形 蘇格蘭人的，蘇格蘭語的.
—名 蘇格蘭語.

**Scots·man** [ˋskɑtsmən] 名 (複 **Scotsmen** [ˋskɑtsmən]) 蘇格蘭人. ➜尤指蘇格蘭人對自己的稱呼.

**Scot·tish** [ˋskɑtɪʃ] 形 蘇格蘭的，蘇格蘭人〔語〕的.
—名 ❶(the Scottish)(全體)蘇格蘭人. ❷《美》蘇格蘭語. ➜在蘇格蘭稱 Scots.

**scout** [skaut] 名 ❶偵察兵，斥候，偵察艦〔機〕. ❷物色人才(如球星、影星)的人. ❸男〔女〕童子軍. → boy scout.

**scram·ble** [ˋskræmbl̩] 動 ❶炒；打亂，打散.
scramble the pieces of a jigsaw puzzle　把拼圖打散
scrambled eggs　炒蛋　➜將蛋打散加入奶油、牛奶烹煮的菜.
❷爬，攀登，匍匐前進.
❸搶，爭奪.

**scrap** [skræp] 名 ❶小片，碎屑.
on a scrap of paper　在一小紙片上
❷(原料回收之)鐵屑，廢棄物.

**scrap·book** [ˋskræp͵buk] 名 (報紙等的)剪貼簿.

**scrape** [skrep] 動 ❶刮，削，擦，使平滑；擦去；擦傷.
scrape the paint off a fence　刮去牆上的油漆
He fell off his bicycle and scraped his knee.　他從自行車上摔下來，擦傷了膝蓋.
❷設法得到，盡量聚集.

**scratch** [skrætʃ] 動 抓，搔，刮傷；搔(癢處)；刪除.
—名 抓傷，擦傷；抓搔聲，摩擦或緊急剎車時所發出的聲音.

**scream** [skrim] 動 尖聲叫；悲鳴.
scream **with** pain〔fear〕　疼〔怕〕得尖叫
She screamed **for** help.　她尖叫求救.
—名 尖叫聲；悲鳴.
give a little scream　發出短促的尖叫聲

**screech** [skritʃ] 名 尖銳聲，尖叫聲.
—動 發出尖銳的聲音.

S

**screen** [skrin] 名 ❶屏風，(避免被看到的)遮擋物；(防蟲的)紗門，紗窗.
a window screen 紗窗
❷(電影、電視的)銀幕，螢光幕，畫面.
—動 ❶遮蔽；掩護. ❷(爲了決定適合與否的)審查.

**screw** [skru] 名 ❶螺絲，螺絲釘，螺旋釘.
❷(船或飛機的)螺旋槳，推進器.
—動 用螺絲釘鎖住，用螺絲鎖緊，鎖緊(電燈泡等).

**screw·driv·er** [ˋskru͵draɪvɚ] 名 螺絲起子.

**script** [skrɪpt] 名 ❶(相對於印刷品而言的)手跡，筆跡，手稿. ❷(戲劇、電影等的)腳本原稿，廣播原稿.

**scrub** [skrʌb] 動 用力擦洗.
◆ **scrubbed** [skrʌbd] 過去式、過去分詞.
◆ **scrubbing** [ˋskrʌbɪŋ] 現在分詞、動名詞.

**scu·ba** [ˋskubə] 名 水肺；水中呼吸器. ➜潛水者裝在背部附有吸氣管的呼吸用壓縮空氣筒；→ aqualung.

S

**sculp·tor** [ˋskʌlptɚ] 名 雕刻家.

**sculp·ture** [ˋskʌlptʃɚ] 名 雕刻；雕像，雕塑品.
a fine piece of sculpture 一座精緻的雕像

**SD** South Dakota 的縮寫.

| **sea** [s i ] | ▶海<br>⊙和 see(看見)發音相同 |
|---|---|

名 (複 **seas** [siz]) 海.
sea water 海水
a sea plant 海中植物
go to **the** sea 去海邊(海水浴或避暑等) ➜注意加 **the**；→ idiom
swim in the sea 在海裡游泳
sail on the sea 在海上航行
live **by** the sea 住在海邊
a calm 〔rough〕 sea 平靜的〔波濤洶湧的〕大海 ➜表示「處於某種狀態的大海」時，常用「a＋形容詞＋sea」.
the Red Sea 紅海 ➜用於被陸地包圍的海域；→ ocean.
the Sea of Japan 日本海
the Seven Seas 七大洋 ➜北極海，南極海，南、北太平洋，南、北大西洋，印度洋.
The boat was struck by heavy seas. 該船被巨浪沖擊. ➜表示「特定狀態下的海，波浪」時，sea 常用複數.

**séa gùll** 海鷗.

**séa hòrse** ①海馬. ②海象.

**séa lèvel** 海(平)面.
3,000 ft. above sea level 海拔三千英尺

**séa lìon** 海獅.

**séa màil** 船運.
by sea mail 利用船運

idiom

***at séa*** 在海上；航海中. ➜ at the sea 表示「在海邊」.
a ship at sea 航海中的船
a long way out at sea 遙遠的海上
There was a storm at sea. 海上有風暴.

***by séa*** 由海路，坐船.
Do you go there by sea or by air? 你坐船還是坐飛機去那裡?

***gò to séa*** 當船員〔水手〕(become a sailor)；出航. ➜ go to the sea 表示「去海邊」.

**sea·coast** [ˋsi͵kost] 名 海岸，沿岸.

**seal**[1] [sil] 名 海豹，海狗，海獅. ➜「海狗」亦稱 **fur seal**.

**seal**[2] [sil] 名 ❶(刻有徽章、文字的)印鑑，(用印章蓋的)印；(文件上所蓋的)印章. ➜在歐美除重要公文以外，日常生活中一般不使用印章，而以簽名替代.
❷(書信等的)封條；(貼在信封背面

的)貼條.
❸(～的)印記；標誌.
A handshake is a seal of friendship. 握手是友誼的表示.
—動 ❶封緘. ❷蓋章；確認；簽字.

**seam** [sim] 名 縫，接縫；(縫合後的)傷痕，皺紋.
—動 縫合，接縫.

**sea·man** [ˋsimən] 名(複 **seamen** [ˋsimən]) 水手，船員(sailor)；海軍士兵.

**sea·port** [ˋsi͵port] 名 海埠；海港. ➜亦可僅稱 port.

**search** [sɝtʃ] 動 搜尋，查究；搜查；探查.
search the house 搜查房屋
search the bag 搜查手提包
search **for** the bag 尋找手提包(＝look for the bag)
I searched my pockets for the ticket. 我搜口袋找票.

**search·light** [ˋsɝtʃ͵laɪt] 名 探照燈.

**sea·shell** [ˋsi͵ʃɛl] 名 (海產、貝類的)貝殼，螺殼.
She sells seashells on the seashore. 她在海邊賣貝殼. ➜繞口令.

**sea·shore** [ˋsi͵ʃor] 名 海岸，海邊.

**sea·sick** [ˋsi͵sɪk] 形(會)暈船的.
get seasick 暈船

**sea·sick·ness** [ˋsi͵sɪknɪs] 名 暈船.

**sea·side** [ˋsi͵saɪd] 名 **海岸，海邊.** ➜指海水浴場、海岸休養地.
a seaside hotel 海濱旅館
a seaside resort 海水浴場
I go to the seaside for my holidays. 我去海邊度假.

| **sea·son** [ˋsizn̩] | ▶季節<br>▶時期 |
|---|---|

名 (複 **seasons** [ˋsizn̩z]) ❶季節.
my favorite season 我最喜歡的季節
Autumn is the best season for reading. 秋天是讀書最好的季節.
會話 What season is it now in Australia? —It's winter there. 澳洲現在是甚麼季節? —那裡是冬天.
會話 How many seasons are there in a year? —There are four. 一年有幾個季節? —有四季.
The tropics have only a wet season and a dry season. 熱帶地區只有雨季和乾季.
❷(某事物慣常發生或盛行的)**時期**；(作物之)盛產時期.
the football season 足球賽季
the skiing season 滑雪季節
the strawberry season 草莓盛產季
Children eagerly wait for the Christmas season. 孩子們急切地等待聖誕節的到來.

**séason tìcket** ①(劇場、比賽場等的)季票，定期入場券. ②定期車票.

idiom

***in séason*** 正當季節，正合時令；時機正好.
Strawberries are now in season. 現在草莓正當時令.

***òut of séason*** 過時的，不合時令的；失去時機的.
Oysters are now out of season. 蠔的盛產季節已過.

—動 (食物)調味.
season steak **with** salt and pepper 用鹽和胡椒給牛排調味

**seat** [sit] 名 ❶座，座位. ➜具體上包含所有用來坐著的東西，如 chair(椅子)，bench(長凳)，stool(腳凳)等.
**take** 〔**have**〕 a seat 坐
sit in the front seat of the car 坐在車的前座
Take a seat, please. 請坐.
Go back to your seat. 回到自己的座位上去.
I couldn't get a seat on the bus. 在公車上我沒位子坐.

Bring two more chairs. Then we will have enough seats for everyone. 再拿兩把椅子來，這樣我們每個人都能有座位了.

**séat bèlt** (飛機、汽車等的)安全帶 (safety belt).

❷(椅、凳等之)座部；(人體或褲子之)臀部.

The seat of his jeans is patched. 他牛仔褲的臀部有補釘.

❸所在地；中心.

Washington, D.C. is the seat of the US Government. 華盛頓特區是美國政府所在地.

—動 ❶(使)坐下.

be seated 坐下 ➜雖然是被動語態，但仍譯成「坐下」.

seat *one*self 坐下

Please be seated. 請坐. ➜較爲恭敬的說法；通常用 Please sit down.

They were seated〔seated themselves〕around the table. 他們圍著桌子坐.

❷座位可容納～人.

This theater seats 500 people. 這座劇場有五百個座位.

S

**Se·at·tle** [siˋætl̩] 專有名詞 西雅圖. ➜美國西北部華盛頓州的海港城市.

**sea·weed** [ˋsiˏwid] 名 海藻，海草.

People eat seaweed in Japan and Wales. 在日本和威爾斯人們食用海帶.

| **sec·ond**[1] [ˋsɛkənd] | ▶第二(的)<br>▶第二天，二號 |
|---|---|

名(複 **seconds** [ˋsɛkəndz]) ❶(**the second**)第二位；(一個月的)第二天，二號. ➜表示日期時可略作 **2nd**；用法請參見 third.

on the 2nd of May＝on May 2 (讀法：(the) second) 在五月二日

Elizabeth the Second＝Elizabeth II 伊莉莎白二世

My house is the second from the corner. 我的家在轉角第二家.

Paul was the second to come to the party. 保羅是第二個到晚會的人. ➜不定詞 to come 修飾 second；這裡的 to come 有過去式的意味.

❷決鬬者的幫手，拳擊者的助手.

❸(**seconds**)(食物)再一份.

Can I have seconds? 我可以再要一份嗎?

—形 ❶第二位的.

基本 the second base (棒球的)二壘 ➜ the＋second＋名詞.

the second half (足球比賽等的)下半場

the second day of the week 一週的第二天(星期一)

the second best hat 次好的帽子

on the second floor 《美》二樓，《英》三樓 → floor.

Ken is our second son. 肯是我們第二個兒子.

He won second prize in the contest. 他贏得比賽的第二名.

Canada is the second biggest country in the world. 加拿大是世界第二大國.

❷(**a second** ～)再一個的，另一個的 (another).

May I have a second cup of coffee, please? 我能再來一杯咖啡嗎? ➜針對第二杯而言.

I think he is a second Byron. 我認爲他是拜倫第二.

**sécond lánguage** (母語以外的)第二語言.

—副 第二地；次等地.

Maria finished the test first, and I finished second. 瑪麗亞第一個完成測驗，我第二個.

**sec·ond**[2] [ˋsɛkənd] 名 ❶(時間的)秒.

There are sixty seconds in a minute. 一分鐘有六十秒.

**sécond hànd** 秒針. → hour hand, minute hand.

❷片刻，很短的時間. → minute[1]❷

**in** a second　立刻
Wait a second.　稍等片刻.
I'll be back in a second.　我馬上就回來.

**sec·on·dar·y** [ˋsɛkən͵dɛrɪ] 形 第二(位)的；第二次的；次要的.
Arriving quickly is secondary to arriving safely.　快速到達沒有安全到達那麼重要.

**sécondary schòol**　中學.　➜小學和大學之間的初中和高中；如美國的 high school，英國的 public school 等.

**sec·ond·hand** [ˋsɛkəndˋhænd] 形 舊的，二手的；(想法等)已有所聞的.
a secondhand book〔car〕　舊書〔二手車〕

**sec·ond·ly** [ˋsɛkəndlɪ] 副 第二，其次.　➜通常用來列舉事物.

**se·cret** [ˋsikrɪt] 形 秘密的.
a secret place　秘密場所
a secret agent　情報人員
—名 秘密；秘訣；(自然界之)神秘.
**keep** a secret　保守秘密
the secret of his success　他的成功秘訣
Don't tell anyone about our plan. Keep it a secret.　別告訴任何人我們的計畫，要保守秘密.

idiom

***in sécret***　秘密地.

**sec·re·tar·y** [ˋsɛkrə͵tɛrɪ] 名 (複 **secretaries** [ˋsɛkrə͵tɛrɪz]) ❶秘書. ❷《美》(主管政府一部門的)部長；《英》(國務)大臣.
The foreign minister is called 'the Secretary of State' in the United States.　外交部長一職在美國稱爲「國務卿」.
❸(上面是書櫃，下面有抽屜的)書桌.

**se·cret·ly** [ˋsikrɪtlɪ] 副 秘密地，保密地，偷偷地.

**sec·tion** [ˋsɛkʃən] 名 ❶斷片，切片，部分；(政府機關、公司之)部門，～科；(百貨公司之)～櫃；(城市之)區域.
cut a pie into six equal sections　把派分成六等分
❷(報刊的)欄目；(文章之)章節.
the sports section of a newspaper　報紙的體育欄
❸截面圖.

**se·cure** [sɪˋkjʊr] 形 ❶安全的.
a secure hiding place　安全的隱蔽場所
❷(鎖、結等)牢固的，緊閉的.
The lock is not secure.　鎖沒鎖緊.
❸確定的，可靠的，安心的.
I don't feel secure when I'm alone in the house.　我一個人在家覺得不安全.
—動 ❶使安全，保護. ❷使(門、窗等)鎖妥，緊閉. ❸獲得，確保.

**se·cu·ri·ty** [sɪˋkjʊrətɪ] 名 (複 **securities** [sɪˋkjʊrətɪz]) ❶安全(safety)；安心. ❷安全措施〔警衛〕，防衛手段.

S

| **see** [s i ] | ▶看，見，視<br>▶會見<br>▶了解，領會 |
|---|---|

動 ❶看，見；遊覽，參觀.
基本 see a movie　看電影　➜ see＋名詞〈O〉.
See page 10.　請見第十頁.
I see two birds.　我看見兩隻鳥.
You see his house over there.　你看他家在那裡.
We cannot see Mt. Fuji from here.　我們從這兒看不到富士山.
We went to see a movie about Helen Keller.　我們去看了一部關於海倫凱勒的電影.　➜不定詞 to see 表示「爲了看～」.
基本 He can't see well.　他的視力不好.　➜ see＋副詞(片語).

We **hear** with our ears, and **see** with our eyes. 我們用耳朶聽，用眼睛看. ◁相關語

My brother is short-sighted, but he **sees** well with his glasses. 我哥哥〔弟弟〕近視，但戴眼鏡就能看得清楚. ➡ sees [siz] 爲第三人稱單數現在式.

◆ **saw** [sɔ] 過去式.

I saw that movie last week. 我上週看了那部電影.

I saw her in a dream last night. 昨晚我夢見了她.

We **looked** at the sky and **saw** millions of stars. 我們凝望天空，看到了無數的星星. 同義字 **see** 表示並非有意識地想看卻自然地進入視野；而 **look** 表示注意地看.

I saw him swim across the river. 我看見他游過河. ➡ **see**＋O＋*do* 表示「看見O做～」；被動語態用 He was seen to swim across the river (by me)；注意 to swim 要加 to.

I saw him walking down the street. 我看見他順著街道走去. ➡ **see**＋O＋～ing 表示「看見O正在做～」.

◆ **seen** [sin] 過去分詞.

Many boats **are** seen **on** the lake. 湖上有很多小船. ➡被動語態.

He was seen running away. 有人看見他逃跑了.

I **have** never seen such a beautiful flower. 我從未見過這麼美的花. ➡ 現在完成式.

This is the most elegant car that I have ever seen. 這是我見過最高級的車. ➡ that 爲關係代名詞.

◆ **seeing** [ˋsiɪŋ] 現在分詞、動名詞. ➡「看，看見」通常不用進行式.

諺語 Seeing is believing. 眼見爲信. ➡動名詞 Seeing 是句子的主詞；其意義相當於「百聞不如一見」.

❷**會見，**訪問.

Come and see me some day. 有空請來玩.

Lucy came to see me yesterday. 露西昨天來看我.

I went to the hospital to see my uncle. 我去醫院看我叔叔.

I'm very glad to see you. 見到你我很高興. ➡不定詞 to see 表示「能見到」.

I have not seen him for a long time. 我好久沒見到他了.

I'll see you again tomorrow. 明天見！

Good-bye! **See you later.** 再見！待會兒見！

(I'll) **See you!**＝(I'll be) **Seeing you!** 再見！

See you then. 到時候見.

I stopped seeing May, because she started dating Sam. 我不再和玫交往了，因爲她開始和山姆約會. ➡ seeing 爲動名詞(見面)，作 stopped 的受詞.

❸(醫生)診斷；看醫生.

The doctor will see you soon. 醫生馬上就爲你診斷.

You had better go and see a doctor. 你最好去看醫生.

❹**目送，**送別. → idiom see off.

I will see you home. 我送你回家.

Always see your guests to the door. 一定要把客人送到門口.

The whole family saw Grandmother to the station. 全家送祖母到車站.

❺**思考；**看看，調查；留心.

**Let me see,** where does he live? 讓我想想，他住在哪兒？ → let.

會話 May Kate come to tea? —Well, **I will see**. 可以叫凱特來喝茶嗎？ —嗯，讓我想想. ➡委婉地表示「不行」的說法.

Someone is knocking at the door. **Go and see** who it is. 有人敲門，去看看是誰？

See that you behave yourself. 注

意你的舉止.

❻領會，理解(understand).

I see your point. 我懂你的意思.

**I see**, it's very interesting. 我明白了，非常有趣!

會話 Do you see what I mean? —Yes, I do. 你明白我的意思嗎? —是的，明白.

會話 Which horse will win? —We'll see. 哪匹馬會贏? —我們就會知道的.

idiom

***sèe ~ óff*** 送(某人).

Let's go to the airport to see them off. 我們去機場送他們吧.

***sée to ~*** 負責(工作等)；照料～.

You wash the dishes, and I'll see to the ironing. 你洗碗，我來燙衣服.

(***I'll***) ***Sée you aróund.*** 再見，回頭見.

***you sée*** 你也知道的，如你所知. ➡加於句首、句中、句末以引起對方注意.

You see, I'm very hungry. 你知道，我很餓.

You mustn't tell him about it, you see. 這事你不能告訴他，你也知道.

**seed** [sid] 名 (蔬菜、花等的)種子. → stone ❸

**sow** 〔**plant**〕 seeds 播種

**—**動 播種.

seed the field with wheat 在田裡播下小麥的種子

**seek** [sik] 動 ❶(亦作 **seek for**)尋覓，尋找；尋求，追求.

seek advice 〔help〕 請教意見〔請求幫助〕

❷(**seek to** *do*)試圖～，企圖～. 同義詞 比 try to *do* 更正式的說法.

◆ **sought** [sɔt] 過去式、過去分詞.

**seem** [sim] 動 看似，似乎是，好像. → appear.

These books seem easy to read. 這些書似乎很容易讀.

He seems (to be) happy. 他看起來很高興.

She **seems** (to be) sick, because she **looks** pale. 她好像生病了，因爲她的臉色看起來很蒼白. ◁相關語

The magician takes coins from behind your ear. But it only seems that way. 魔術師從你耳朵後面取出硬幣，但這只是看起來如此罷了.

The policeman seemed (to be) a strong man. 那位警察看起來很強壯.

idiom

***it séems that ~*** 似乎～，看起來～. ➡ it 籠統地表示「狀況」.

It seems that he is happy. (=He seems (to be) happy.) 他看起來很高興.

**seen** [sin] see 的過去分詞.

**see·saw** [ˋsiˏsɔ] 名 蹺蹺板.

ride a seesaw 玩蹺蹺板

The children are playing on the seesaw. 孩子們正在玩蹺蹺板.

**séesaw gáme** 〔**mátch**〕 拉鋸戰(難分勝負).

**seize** [siz] 動 ❶(突然用力地)攫取，強取；抓住.

He seized my bag and ran away. 他搶了我的手提袋後逃走了.

I seized the man by the arm. 我抓住那男子的手臂.

❷採納意見；理解(含意等).

**sel·dom** [ˋsɛldəm] 副 很少，不常，罕. ➡ seldom 的位置在 be 動詞或助動詞之後，在一般動詞之前.

My father is very busy and he is seldom at home. 我父親很忙，很少在家.

It seldom snows here in Taiwan. 臺灣很少下雪.

**se·lect** [səˋlɛkt] 動 選擇，挑選. → choose.

I selected the book (that) I wanted to read. 我挑選自己想讀的書.

S

He was selected for the team. 他被選爲隊員.
—形 精選的，上等的.

**se·lec·tion** [sə`lɛkʃən] 名 ❶ 選擇，選拔，挑選.
I **made** a selection from the many sweaters in the store. 我從店裡許許多多的毛衣中挑選一件.
❷被選拔出的人〔物〕；精選品，選集.
The store has a large selection of hats. 那間店有很多帽子可供選擇.

**self** [sɛlf] 名 自身，自己；自己的事.
I know my own self best. 我自己最了解自己.

**self-help** [`sɛlf`hɛlp] 名 自助，自立. ➜不借助他人之力，而靠自己生活或奮鬥.
諺語 Self-help is the best help. 求人不如求己.

**self·ish** [`sɛlfɪʃ] 形 自私的，自利的，不顧他人的.
Don't be so selfish! Give some to your sister. 別那麼自私自利！給你妹妹一些.



**self·ish·ness** [`sɛlfɪʃnɪs] 名 自私自利，自我本位，利己主義.

**self-serv·ice** [`sɛlf`sɝvɪs] 名 形 (餐館、商店的)自助(的).
a self-service gas station 自助加油站

**sell** [sɛl]
▶販賣，販售，銷售
▶暢銷

動 ❶販賣，販售，銷售.
基本 sell a car 賣車 ➜ sell＋名詞〈O〉.
sell an old bicycle **for** 50 dollars 以五十美元賣一部舊單車
They sell T-shirts **at** 30 dollars. 他們以每件三十美元的價格出售T恤. ➜通常金額前用介系詞 for，但強調「每(一件)」時用 at.
Merchants **buy** and **sell** (things). 商人買賣(貨物). ◁反義字
They sell jeans **at** a low price at that store. 那家商店廉價出售牛仔褲. ➜ price 的前面用 at.
Do you sell postage stamps? 你這裡有賣郵票嗎?
基本 sell her an old piano＝sell an old piano **to** her 賣給她舊鋼琴 ➜ sell＋名詞〈O′〉＋名詞〈O〉＝sell＋名詞〈O〉＋to＋名詞〈O′〉.
He will sell you a ticket. ＝ He will sell a ticket to you. 他會賣票給你.
Our country has a lot of things to sell to other countries. 我國有很多東西可以賣給其他國家. ➜不定詞 to sell 修飾 a lot of things.
That store **sells** dresses made in Paris. 那家商店出售巴黎製的女裝. ➜sells [sɛlz] 爲第三人稱單數現在式.

◆ **sold** [sold] 過去式、過去分詞.
We **sold** our old house and **bought** a new one. 我們賣掉舊房子然後買了新房子. ◁反義字

sell buy

Magazines **are** sold at the supermarket. 超級市場有賣雜誌. ➜被動語態.

◆ **selling** [`sɛlɪŋ] 現在分詞、動名詞.
An old man **was** selling balloons at the corner of the street. 有一個老翁在街角賣氣球. ➜過去進行式.
❷銷售. ➜以「貨物」做主詞.
Cold drinks sell well in hot weather. 熱天冷飲銷路好.
These bags sell (＝are sold) at 30

dollars. 這些手提包以每件三十美元出售.

idiom

***sèll óut*** (商品等)賣光.

The tickets will be sold out before Tuesday. 星期二以前這些票會賣完.

Sorry, we are sold out. (在售票處等)對不起，已經賣完了.

**sell·er** [ˋsɛlɚ] 名 ❶ 賣者，出售人. 反義字 buyer(購買人).

❷供不應求之商品.

a best seller 暢銷的商品 ➡主要指書、CD 等.

This CD is a good seller. 這張 CD 賣得很好.

**se·mes·ter** [səˋmɛstɚ] 名(上、下兩學期制的)學期，半學年. ➡德、美、日等國大學採用的學制.

**sem·i·cir·cle** [ˋsɛmə͵sɝkl̩] 名 半圓(形). ➡ semi-(半)+circle(圓).

**sem·i·co·lon** [ˋsɛmə͵kolən] 名 分號. ➡即「;」; 表示句子的停頓或用來區隔並列的句子.

**sen·ate** [ˋsɛnɪt] 名 ❶(**the Senate**)(美國、加拿大等二院制議會國家的)上議院，參議院(the Upper House). → congress ❷

❷(古羅馬之)元老院.

**sen·a·tor** [ˋsɛnətɚ] 名 ❶(美國、加拿大等的)參議員.

❷(古羅馬的)元老院議員.

| **send** [s ɛ n d] | ▶送，寄，遣，派<br>▶使(人)到達～ |
|---|---|

動 ❶送，寄(信等)，拍(電報).

基本 send a message by radio 用無線電傳送消息 ➡ send+名詞〈O〉.

基本 send him a Christmas card = send a Christmas card **to** him 寄給他聖誕卡 ➡ send+名詞〈O′〉+名詞〈O〉= send+名詞〈O〉+to+名詞〈O′〉.

My uncle **sends** me a present for my birthday every year. 每年生日叔叔都送禮物給我. ➡ sends [sɛndz] 爲第三人稱單數現在式.

◆ **sent** [sɛnt] 過去式、過去分詞.

I sent him a telegram of congratulations. 我拍賀電給他.

These cherry trees **were** sent from Japan early this century. 這些櫻桃樹是本世紀初從日本送來的. ➡被動語態.

**Have** you sent a thank-you letter to your uncle? 你給叔叔寄謝函了嗎? ➡現在完成式.

◆ **sending** [ˋsɛndɪŋ] 現在分詞、動名詞.

Thank you for sending me a nice present. 謝謝你送給我一份好禮物. ➡介系詞(for)+動名詞(sending).

❷使(人)到達～.

send the child to school〔bed〕 送孩子上學〔上床睡覺〕

send him on an errand 派他去辦事

John's mother sent him to the store. 約翰的母親叫他去商店辦事(買東西).

The teacher sent him home because he was ill. 老師叫他回家，因爲他病了. ➡ home 是副詞，表示「回家」.

❸投(球); 發射(火箭等); 放出(光、熱等).

The batter sent the ball into the stands for a home run. 打者把球打到看臺上，擊出一支全壘打.

idiom

***sènd awáy*** 解雇; 派遣.

***sènd báck*** 送還，送回.

The letter was sent back to him. 那封信被送還給他.

***sénd fòr ～*** 派人去叫～; 遣人去拿～.

You are sick. I'll send for the doctor at once. 你病了，我馬上派人去

叫醫生.
***sènd fórth*** 放出(香味等); 發出, 送出.
***sènd ín*** (以郵寄的方式)提出(文件、申請表等); 帶某人進入.
send in an application 提出申請書
Please send him in. 請帶他進來.
***sènd óff*** 發送(貨物等).
***sènd óut*** 散發; 分發, 發出, 寄送.
Have you sent out your wedding invitations yet? 你們的結婚請帖已發出了嗎?
***sènd úp*** 使上升.
send up a rocket 發射火箭

**se·ni·or** [ˋsinjɚ] 形 **年長的.** ➔父子同名時, 加在父親名之後以便與子區別; 略作 **Sr.**或 **sr.**
John Brown, **Senior** is the father of John Brown, **Junior**. 老約翰·布朗是小約翰·布朗的父親. ◁**相關語**
He is ten years senior **to** me. 他比我大十歲.

**sénior hígh schòol** 《美》高中. ➔ 亦可僅用 senior high; → high school.

S

— 名 ❶**年長者; 前輩.**
He is ten years my senior. 他比我大十歲.
❷《美》高中或大學最高年級的學生; → junior.

**sen·sa·tion** [sɛnˋseʃən] 名 ❶(五官的)感覺; 感受.
❷煽情或轟動的事物〔人物〕.
The batter caused 〔made〕 a sensation when he hit the winning home run. 那位打者擊出一支決勝的全壘打, 引起全場轟動.

**sense** [sɛns] 名 ❶(肉體的)**感覺.**
**the five senses** 五官的感覺 ➔視覺、聽覺、嗅覺、味覺、觸覺.
A dog has a keen sense of smell. 狗的嗅覺很靈敏.
❷(由五官感受到的)**辨識, ～感.**
When you do your job well, you have a sense of satisfaction. 當你執行工作順利成功, 便會有一種滿足感.
❸**感受;** (精神層面的)**感覺, 觀念.**
a sense of beauty 美感, 審美觀
a sense of duty 責任感
He has a sense of humor. 他有幽默感.
❹**思考力, 判斷力.**
common sense 常識 ➔不用 ˣ*a* sense, ˣsense*s*.
If you have any sense, you will not start in this rain. 如果你還有點判斷力的話, 你就不會在這麼大的雨勢中出發了.
❺(**senses**) (正常的)**意識, 理智.**
lose one's senses 昏迷, 神智不清
be out of one's senses 神智不清, 精神錯亂
come to one's senses 回復意識, 甦醒
His senses were clear to the last. 他一直到最後始終神智清醒.
❻**意味; 意義.**
**in a sense** 在某種意義、程度上
**in this sense** 在這種意義上
What is the sense **of** starting while it's raining? 下雨時外出究竟是爲甚麼?

idiom

***màke sénse*** 有意義.
This sentence doesn't make sense. 這個句子沒有意義.
***màke sénse of ～*** 懂～, 了解～的含意. ➔通常用於疑問句、否定句.
Can you make sense of what he says? 你懂他說的話嗎?

**sen·si·ble** [ˋsɛnsəbḷ] 形 ❶**有判斷力的, 明智的, 明理的; 切實的.**
sensible advice 明智的建議
Be more sensible, Ken. 明理一點, 肯.
❷**感覺得到的, 顯著的, 察覺得到的.**

**sen·si·tive** [ˋsɛnsətɪv] 形 ❶**敏感的, 易感的.**
The eye is sensitive **to** light. 眼睛

對光線敏感.
❷感受敏銳的，易受傷害的.

**sent** [sɛnt] send 的過去式、過去分詞.

**sen·tence** [`sɛntəns] 名 ❶《文法》句.
➡由幾個單字(word)組成，而有一定語意內容的語法結構單位.
You put a period at the end of a sentence. 你必須在句尾標上句點.
❷判決.
**pass** sentence **on** 〔**upon**〕~ 判決~
The judge gave a sentence of ten years in prison to him. 法官判了他十年監禁.
—動 判決，宣判.
He was sentenced **to** death. 他被判死刑.

**sen·ti·ment** [`sɛntəmənt] 名 ❶感情，情緒，(纖細的)情感.
Music appeals to people's sentiments. 音樂能打動人的感情.
❷傷感，多愁善感，感情脆弱.
❸(常用 **sentiments**) (感情的)意見，觀感.

**sen·ti·men·tal** [ˌsɛntə`mɛntḷ] 形 感情的；感情脆弱的；感傷的，多愁善感的.

**Seoul** [sol] 專有名詞 首爾. ➡大韓民國(South Korea)首都.

**Sep.** September (九月)的縮寫.

**sep·a·rate** [`sɛpəˌret] 動 使分離，分開；分手，解散.
separate good apples **from** bad ones 把好蘋果和壞蘋果分開
The two gardens are separated by a wall. 這兩座花園由一堵牆隔開.
We separated at the station. 我們在車站分手.
—[`sɛpərɪt] 形 分離的，分開的，個別的. ➡注意與動詞的發音不同.
The children sleep in separate rooms. 孩子們分房而睡.

**sep·a·rate·ly** [`sɛpərɪtlɪ] 副 分離地，個別地.
Did they go **together** or **separately**? 他們是一起去的還是分別去的? ◁反義字

**sep·a·ra·tion** [ˌsɛpə`reʃən] 名 分居；分開；分離(點).

**Sept.** September (九月)的縮寫.

| **Sep·tem·ber** [sɛp`tɛmbɚ] | ▶九月<br>⊙拉丁語「第七個月」的意思；古代羅馬曆一年只有十個月，從三月開始 |
|---|---|

名 九月. ➡略作 **Sept.** 或 **Sep.**；用法請參見 June.
**in** September 在九月
**on** September 20 (讀法：(the) twentieth) 在九月二十日

**ser·e·nade** [ˌsɛrə`ned] 名 夜曲，小夜曲. ➡夜晚時男子在戀人家窗臺下彈奏的情歌.

**ser·geant** [`sɑrdʒənt] 名 士官，中士；警官，巡佐.

**se·ries** [`sɪrɪz] 名 (同樣的東西)連貫，連續，系列；(出版、廣播電視、比賽的)系列. ➡複數亦作 **series**.
a series of hot days 連續高溫的天氣
a new television series 新的電視連續劇
The World Series is over. 全美職業棒球賽結束了.

**se·ri·ous** [`sɪrɪəs] 形 ❶嚴肅的，莊重的；深思的；認真的，非開玩笑的.
look serious 表情嚴肅
Are you **serious** or **joking**? 你是說正經的，還是開玩笑? ◁反義字
Are you serious **about** going to Africa? 你真的要去非洲嗎?
❷(問題等)重大的；(病情等)嚴重的.

S

a serious illness 重病，危及生命的病
make a serious mistake 犯嚴重的錯誤
I hope his illness is not serious. 我希望他的病不嚴重.

**se·ri·ous·ly** [ˋsɪrɪəslɪ] 副 ❶ 嚴肅地，莊重地，認眞地.
❷嚴重地，重大地.
He is seriously ill. 他得了重病.

**ser·mon** [ˋsɝmən] 名(牧師在教堂所作的)講道；(父母親等的)說教，訓誡.

**ser·pent** [ˋsɝpənt] 名《文》蛇 (snake)；(尤指)大蛇，蟒蛇.

**ser·vant** [ˋsɝvənt] 名 ❶僕人，佣人. ➜ 男女皆可用；要區別時用 manservant, maidservant 表示.
❷官吏，公僕，公務員.
Policemen and firemen are public servants. 警察和消防隊員是公務員.

**serve** [sɝv] 動 ❶爲～工作，服(勤務、刑)，任職；(店員爲顧客)服務.
serve *one's* master 服侍主人
serve **in** the army 在陸軍服役
serve a customer 服務顧客
There was no one to serve me in the store. 那家商店沒人〔店員〕來招呼我.
Mr. Smith serves **as** mayor of this city. 史密斯先生擔任該市市長. ➜ 也可用 is serving 來表示，意思大致相同.
He served as a bridge across the Pacific. 他扮演的角色就像是橫跨太平洋的橋樑.
❷(對～)有用，滿足(需要)，適合(目的).
This sofa will serve **as** a bed. 這張沙發可當床用.
I'll be glad if I can serve you. 我很樂意爲您服務.
One pie will serve six people. 一個派可供六人吃.
❸上(菜等)，開(飯等)；供給.
serve him with tea＝serve him tea 給他上茶 ➜ 後者爲 V (serve)＋O′ (him)＋O (tea)的句型.
Mother served ice cream to us. ＝ Mother served us ice cream. 媽媽給我們吃冰淇淋.
Soup was served first. 首先上的是湯.
❹(網球、桌球等)發球.
It's my turn to serve. 這次輪到我發球.

**serv·ice** [ˋsɝvɪs] 名 ❶(爲了～的)服務，貢獻；幫助，效勞；對～有幫助.
social service 社會服務
We are always at your service. 我們隨時爲你效勞.
George Washington did many services **for** his country. 喬治・華盛頓爲他的國家作出很大貢獻.
❷公共事務，設施；(交通的)班次；(對顧客的)服務.
(a) train 〔bus〕 service 火車〔公車〕之班次
a regular air service 定期航次
mail service in this city 該城市的郵政業務
The service in the restaurant was good. 該餐廳服務品質佳.

**sérvice stàtion** ①＝gas station (加油站). ②(電器產品等廠商售後服務的)服務站，維修處.
❸(宗教)禮拜，崇拜儀式.
a church service 教會的禮拜
❹(網球、桌球等)發球，發球的方式；輪到發球.
It's your service. (＝It's your turn to serve.) 輪到你發球.

**ses·a·me** [ˋsɛsəmɪ] 名 芝麻.

***Ópen sésame!*** 芝麻開門. ➜《天方夜譚》中〈阿里巴巴和四十大盜〉裡的開門咒語；→ Ali Baba.

**ses·sion** [ˋsɛʃən] 名 ❶(法庭之)開庭，(議會之)開會；開庭期，開會期.
❷《美》(學校的)授課(時間)，大學的學期.

**set**[1] [sɛt] 動 ❶(太陽、月亮)沈落. → sink ❶
The sun **rise**s in the east and **set**s in the west. 太陽東升西落. ◁反義字
◆ **set** [sɛt] 過去式、過去分詞. ➜注意原形、過去式、過去分詞都相同.
The sun set about an hour ago. 太陽約一小時前就下山了. ➜現在式則爲 set*s*.
◆ **setting** [ˋsɛtɪŋ] 現在分詞、動名詞. → setting.
The sun **is** setting below the horizon. 太陽即將西落至地平線之下.
❷擺放，放置，擱；貼近，裝上，鑲入. 同義字 比 **put** 正式的講法，根據受詞的不同而有不同的意義.
set the television in the corner 將電視放在角落
set a picture in the frame 將畫裝入畫框中
set a violin under *one's* chin 將小提琴頂在下巴
set fire to a house 點火燒房子
❸調整(於正確的位置上)，準備；擺設，決定；創(記錄).
set a table for dinner 整理餐桌準備吃晚飯 ➜鋪桌布、放杯盤等.
set chairs for guests 爲客人擺好椅子
set *one's* hair 做頭髮
set a poem **to music** 爲詩譜曲
set the time (爲了錄影等)設定時間
set a clock by the radio 按收音機之報時信號對時
set the alarm for five 將鬧鐘定在五點
set a day for the meeting 決定會議日期
A day is set for the planting of trees. 植樹的日期已決定了. ➜ set 爲過去分詞；被動語態.
Our team set a new record. 我們隊創下了新記錄. ➜ set 爲過去式.
❹(**set** O **~ing** 〔形容詞(片語)等〕) 使 O 處於某種狀態.
set a machine going 發動機器
set a slave free 解放奴隸
set a house on fire 點火燒房子
set him **to** work 使他工作 ➜ work 爲名詞.
The slaves were set free. 奴隸們被解放了. ➜ set 爲過去分詞；被動語態.
❺僵硬，凝固.
Jelly sets as it cools. 果凍冷卻後就會凝結.

idiom

***sét abòut ~*** 開始~，著手做~.
***sèt asíde*** 擱置；儲存.
***sèt ín*** (雨季等)開始.
The rainy season sets in about the middle of June. 雨季約從六月中旬開始.
***sèt óff*** 出發；爆發，發射；襯托.
***sèt óut*** 出發.
set out on a trip 〔for London〕 出發旅行(去倫敦)
***sét to ~*** 開始做~.
***sèt úp*** 設立，建立，創立；豎起(帳篷等)；開始(營業等).

— 形 ❶預先準備好的，預先計畫好的.
a set phrase 成語，慣用語(idiom)
❷不動的，僵硬的；頑固的.
❸準備好的.
On your mark(s), get set, go! (賽跑時)各就各位，預備，跑!

**set**[2] [sɛt] 名 ❶(無線電或電視)接收機.
a television set 電視機
❷一套，一組，一副；伙伴，一群志趣相投的人.
a tea set 一套茶具
a chess set 一副象棋
a set of tools 一套工具

S

❸(網球等)一局，一盤.
win 〔lose〕 the first set　贏得〔輸掉〕第一盤
❹(戲劇、電影中的)佈景，場景.

**set·ting** [ˋsɛtɪŋ] set[1]的現在分詞、動名詞.
—[形] (太陽、月亮)西沈的.
the setting sun　落日
—[名] ❶(太陽、月亮的)西沈. ❷(小說、舞臺等的)場景，佈景.

**set·tle** [ˋsɛtl̩] [動] ❶解決；決定；處理.
settle a question　解決問題
settle a debt　淸償借款
That settles the matter.　事情就這樣解決了.
Talking won't settle anything.　爭論不能解決任何事情.
❷(使)安居，(使)落戶；(鳥等之)棲身；移民.
Many Englishmen settled in America about 400 years ago.　許多英國人在大約四百年前定居〔移民〕美洲.
A butterfly settled on a flower.　一隻蝴蝶停在花上.
❸使(心情、天氣等)鎮定；平靜，穩定.
He is now married and settled.　他已經結了婚，而且也安定下來.
The rain will settle the dust.　雨水將塵埃落定.
idiom
***séttle dówn***　(使)鎮定，(使)平靜.
Settle down and study.　安靜下來讀書.

**set·tle·ment** [ˋsɛtl̩mənt] [名] ❶(問題的)解決；決定；淸償. ❷移民；殖民地；(邊境的)村，鎮. ❸從事社會福利工作的團體. ➜定居在貧民區等處，專門從事改善貧民生活的社會福利工作團體.

**sev·en**
[ˋsɛv ə n]
▶七(的)
▶七時〔點〕
▶七歲(的)

[名] **七**；**七時**，七分；**七歲**；七個，七人. ➜用法請參見 three.
Lesson **Seven**　第七課(＝The **Seventh** Lesson)　◁相關語
It is seven past seven.　七點過七分.
Seven is a lucky number.　七是個吉利的數字.
—[形] **七的**；七人的，七個的；七歲的.
seven dwarfs　七個小矮人
It is seven minutes to seven.　差七分七點. ➜ It 籠統地表示「時間」.
He is just seven.　他剛滿七歲.

**sev·en·teen**
[ˌsɛv ən ˋt i n]
▶十七(的)
▶十七歲(的)

[名] **十七**；十七分；十七歲；十七個，十七人. ➜用法請參見 three.
Lesson **Seventeen**　第十七課(＝The **Seventeenth** Lesson)　◁相關語
Look at the picture on page seventeen.　見第十七頁的插圖.
—[形] **十七的**；十七個的，十七人的；十七歲的.
seventeen boys　十七位男孩
He will be seventeen next week.　下週他就滿十七歲了.

**sev·en·teenth** [ˌsɛvənˋtinθ] [名] [形] 第十七(的)；(一個月的)十七號. ➜略作 **17th**；用法請參見 third.
in the seventeenth century　在十七

世紀
on the 17th of October＝on October 17 (讀法: (the) seventeenth) 在十月十七日

**sev·enth** [ˋsɛvənθ] ▶第七(的) ▶第七天，七號

名形(複 **sevenths** [ˋsɛvənθs]) ❶ 第七(的)；(一個月的)七號. ➜略作 **7th**；用法請參見 third.
the seventh century 第七世紀
on the 7th of January＝on January 7 (讀法: (the) seventh) 在一月七日
The seventh day of the week is Saturday. 一週的第七天是星期六.
❷七分之一(的).
a seventh part＝one seventh 七分之一
two sevenths 七分之二

**sev·en·ti·eth** [ˋsɛvəntɪɪθ] 名形 第七十(的). ➜略作 **70th**；用法請參見 third.

**sev·en·ty** [ˋsɛvəntɪ] ▶七十(的) ▶七十歲(的)

名(複 **seventies** [ˋsɛvəntɪz]) ❶ 七十；七十歲. ➜用法請參見 three.
Open the book to page seventy. 把書翻到第七十頁.
He died at seventy. 他七十歲時去世.
**seventy-one, seventy-two, ～** 七十一，七十二，～.
❷ (**seventies**) (年齡的)七十多歲；(世紀的)七〇年代. ➜從 seventy 至 seventy-nine.
Grandpa is in his seventies. 爺爺七十多歲.
He was a rock superstar in the seventies. 他是七〇年代的搖滾樂超級巨星.
—形 七十的；七十歲的；七十個的，七十人的. ➜用法請參見 three.
seventy apples 七十個蘋果
She will be seventy next year. 她明年七十歲.

**sev·er·al** [ˋsɛvrəl] 形 幾個的，數個的，幾個人的. ➜表示二、三個以上，但並不到 many (多數的)的數量.
several books 幾本書
several times 數次
several children 幾個孩子
several years later 幾年以後
I have several pairs of socks. 我有好幾雙襪子.
—代 幾人，幾個.
several **of** them 他們之中的幾個〔幾人〕

**se·vere** [səˋvɪr] 形 ❶ (天氣、病情等)嚴重的，劇烈的，猛烈的.
severe cold 嚴寒
a severe headache 劇烈的頭痛
The cold is very severe this winter. 今年冬天極冷.
❷ (處理方法)嚴肅的，嚴格的.

**se·vere·ly** [səˋvɪrlɪ] 副 嚴重地；劇烈地；嚴格地.

**sew** [so] 動 縫紉，縫合；縫(衣服).
sew a dress 縫製衣服
sew on a button 縫上鈕子
She sews very well. 她擅長縫紉.
◆ **sewed** [sod] 過去式、過去分詞.
A button came off my coat, and she sewed it (back) on for me. 我的外衣鈕釦掉了，她幫我縫上.
◆ **sewn** [son] 過去分詞.

**sew·ing machine** [ˋsoɪŋməˌʃin] 名 縫紉機.
sew a dress **on** a sewing machine 用縫紉機縫製衣服

**sewn** [son] sew 的過去分詞.

**sex** [sɛks] 名(男女的)性，性別.
the male〔female〕sex 男〔女〕性
會話 What sex is your kitten?

S

—It's a male. 你的小貓是公的還是母的? —公的.

**SF, sf** [ˋɛsˋɛf] science fiction 的縮寫.

**sh** [ʃ] 感 噓—, 安靜. ➜也可拼成 **shh**.

**shab·by** [ˋʃæbɪ] 形 破舊的, 襤褸的, 衣著寒酸的.
a shabby old coat 破舊的外衣
◆ **shabbier** [ˋʃæbɪɚ] 比較級.
◆ **shabbiest** [ˋʃæbɪɪst] 最高級.

**shade** [ʃed] 名 ❶ 陰影, 陰涼處.
同義字 **shade** 是「背光處, 陽光照不到而形成的陰暗處」; **shadow** 是「(有輪廓的)影子」.
**light** and **shade** 光和影, 明暗 ◁反義字
the shade of a tree 樹蔭 → shadow.
The children are playing in the shade. 孩子們在陰涼處玩耍.

shade shadow

❷(顏色之)色度, 深淺.
a deep 〔light〕 shade of blue 深〔淡〕藍色
What shade of red is your dress? 你的衣服是哪種紅色?
❸(電燈類的)燈罩; 窗簾, 遮光物, 百葉窗. ➜常用複合字形式表現, 如 a lampshade(燈罩), a window shade(窗簾).
—動 遮蔽; 遮(光、燈等).
The streets are shaded **by** 〔**with**〕 trees. 街道林蔭密佈.
May shaded her eyes with her hand. 玫用手遮在眼睛上面擋光.

**shad·ow** [ˋʃædo] 名 影子; 陰影. → shade 同義字
the shadow of a tree 映在地上的樹影
The dog barked at his own shadow in the water. 那條狗向自己映在水裡的影子吠叫.

**shad·y** [ˋʃedɪ] 形 多蔭的, 在陰涼處的, 蔭蔽的.
a shady garden 多蔭的庭園

**shaft** [ʃæft] 名 ❶(矛的)柄; (機械的)回轉軸. ❷箭, 矛. ❸(礦區、電梯用的)豎坑, 電梯通道或通風道.

**shake** [ʃek] 動 (使)搖動; 揮動, 震動.
shake *one's* head 搖頭 ➜表示否定、懷疑、困惑、感嘆等; → nod.
shake a tree **for** nuts 搖樹使堅果掉落
Shake the bottle before you take the medicine. 喝藥水以前先搖一搖瓶子.
Take off your coat and shake the snow **from** it. 脫下外套把雪抖掉.
My house shakes when the trains go by. 火車經過時我的房子會震動.
He was shaking with fear 〔cold〕. 他嚇得〔冷得〕渾身打顫.
◆ **shook** [ʃuk] 過去式.
He shook the dust from the rug. 他抖落地毯上的塵埃.
During the earthquake the building shook. 地震時建築物震動.
◆ **shaken** [ˋʃekən] 過去分詞.
He was badly shaken by the news. 那消息使他大為震驚.

idiom

***sháke dówn*** 抖落, 搖落.
***sháke hánds*** (***with*** ~) (與~)握手.
Let's shake hands and be friends. 我們握手做個朋友吧.
I shook hands with each of them. 我和他們每一個人握手.

*sháke óff* 擺脫，抖去，抖落，除去(疾病、惡習等).

—名 搖動，振動.

**shak·en** [ˋʃekən] shake 的過去分詞.

**Shake·speare** [ˋʃekˏspɪr] 專有名詞 (**William Shakespeare**) 莎士比亞. ➡英國的大劇作家、詩人(1564-1616)；著有《威尼斯商人》《羅密歐與茱麗葉》《哈姆雷特》《奧賽羅》《馬克白》《李爾王》等三十七部劇作.

| **shall** [ʃ ə l] 弱 [ʃ æ l] 強 | ▶將會～ ▶要～嗎? ⊙表示「單純的預料」，或想聽「對方的意見或感受」時使用 |
|---|---|

助動 ❶(**I** 〔**We**〕 **shall** *do*) (我(們)) 將會～. ➡用於「簡單未來式」；《美》通常用 will.

I shall die if I drink this. 如果喝下這個我便會死.

I shall be fifteen years old next week. 我下週就滿十五歲了.

We shall overcome some day. 我們總有一天會勝利的.

❷(**Shall I** 〔**we**〕 *do*?) (我(們)) 會不會～；要不要～；～好不好. ➡「簡單未來」的疑問句(《美》通常用 will)，此外，也是「詢問對方心情、意見」的疑問句(此時重讀為 [ʃæl]).

Shall I die if I drink this? 如果喝下這個我會死嗎?

會話 Shall I open the window? —Yes, please (do)./No, thank you. 要開窗嗎? —好的，請!/不，謝謝.

What shall I do next? 接下來我該做甚麼?

會話 Shall we sing this song? —(we 中包含被問者時) Yes, let's./No, let's not. 〔(we 中不包含被問者時) Yes, please (do)./No, please don't.〕 我們唱這首歌好嗎? —好的，唱吧!/不，不唱.〔好，請唱吧!/不，請別唱.〕

會話 **Let's** play tennis, **shall we**? —Yes, let's./No, let's not. 我們一起去打網球，好不好? —好，我們去打吧!/不，我們別去打吧. ➡Let's *do*, shall we? 表示「我們～，好不好?」

❸(**You** 〔**He, She, They**〕 **shall** *do*) 我就給你〔他、她、他們〕～，我就讓你〔他、她、他們〕～. ➡表示說話者的意志；重讀為 [ʃæl]；這種說法聽來較傲慢，因此除非是大人對小孩說話，否則一般不用.

If you are a good boy, you shall have a cake. 如果你是個好孩子的話，我就給你蛋糕吃. (=I will give you a cake.)

◆ **should** [ʃʊd] 過去式.

**shal·low** [ˋʃælo] 形 淺的. 反義字 deep(深的).

a shallow stream 淺溪

**shame** [ʃem] 名 ❶羞愧，羞恥，羞恥心.

blush with shame 羞愧得滿臉通紅

❷恥辱，不名譽.

Don't do anything that will bring shame to your family. 別做使家族蒙羞的事.

❸(**a shame**) 可恥的事〔人〕；引起羞恥的事；憾事(a pity).

What a shame! 太可惜了!

It is a shame that it rained on her wedding day. 她結婚那天下雨，真是可惜啊.

**sham·poo** [ʃæmˋpu] 動 洗頭髮.

—名 洗髮精.

two bottles of shampoo 兩瓶洗髮精

**shan't** [ʃænt] shall not 的縮寫.

I shan't be long. 我不會去太久的〔馬上就回來〕.

**shape** [ʃep] 名 ❶外形，形狀，樣子.

The shape of an apple is round. 蘋果的形狀是圓的.

S

The earth is like an orange **in** shape. 地球的形狀就像一個橘子.
❷狀況，情況.
I am **in** good〔bad〕shape. 我的身體狀況良好〔不好〕.

**share** [ʃɛr] 名 ❶(共有、分得、貢獻等的)分配，(責任、工作等的)分擔.
have a share **in** the profits 分得一份利潤
do *one's* share **of** the work 做自己所分擔的那部分工作
❷《主英》(公司的)股份，股. → stock ❸
—動 ❶共用；參與(意見).
share the expenses 分攤費用
share joys and sorrows with her 與她悲喜與共
The brothers share the same room. 兄弟們共用同一間房間.
❷分給，分享，分配.
Please share your lunch with your little brother. 請和你弟弟分享午餐.

**shark** [ʃɑrk] 名 鮫，鯊魚.

**sharp** [ʃɑrp] 形 ❶**鋒利的，尖銳的.**
a sharp knife 銳利的刀
a sharp pencil (筆頭)尖的鉛筆
a sharp curve 急轉彎
sharp eyes 敏銳的眼睛
a sharp pain 劇痛
a sharp cry 尖叫
John is very sharp. 約翰非常伶俐.
❷清晰的；嚴厲的，強烈的；(味道)辛辣的.
This photo is sharp. 這張照片很清楚.
—副 (時間)正好，整；恰好.
at eight o'clock sharp 八點整
—名《音》升半音；升記號(♯).

**sharp·en** [ˋʃɑrpən] 動 磨利，變尖銳，削尖(鉛筆等)；研磨(刀刃)；變銳利，使尖銳.
sharpen a pencil 削鉛筆

**sharp·en·er** [ˋʃɑrpənɚ] 名 使尖銳之人或物，磨具，使削尖的工具.
a pencil sharpener 削鉛筆刀〔機〕

**sharp·ly** [ˋʃɑrplɪ] 副 急速地；鋒利地；尖銳地；清晰地；苛刻地.

**shat·ter** [ˋʃætɚ] 動 使粉碎，損毀，破壞.
The ball hit the window and shattered the glass. 球打到窗戶，把玻璃砸碎了.

**shave** [ʃev] 動 ❶刮(鬍子). ❷刮去薄薄一層，刨，削.
◆ **shaved** [ʃevd] 過去式、過去分詞.
◆ **shaven** [ˋʃevən] 過去分詞.
—名 修(臉)；刮鬍刀.
have a shave 修臉

**shav·en** [ˋʃevən] shave 的過去分詞.

**shawl** [ʃɔl] 名 (婦女或嬰兒用之)披肩，圍巾.

**she** [ʃ i]
▶她
⊙用來指除自己(I)和對方(you)以外的另一位女性

代 她. 相關語「她的」用 her 表示；受格的「她」也用 her 表示；「她的東西」用 hers 表示；「她們」用 they 表示.
That is my sister. She is a college student. 那是我姐姐，她是一位大學生.
My mother has an older sister. She lives in Hong Kong. 我母親有個姐姐，她住在香港.
會話 How old is this baby? —She is three months old. 這嬰兒多大了？ —她三個月大.

**shear** [ʃɪr] 名(用於剪羊毛、修剪樹枝等的)大剪刀，剪切機. 同義字 普通剪刀用 **scissors**.
**a pair of** shears 一把大剪刀
—動(用剪刀)修剪；剪(羊)毛.
shear (wool from) a sheep 剪羊毛
◆ **sheared** [ʃɪrd] 過去式、過去分詞.
◆ **shorn** [ʃorn] 過去分詞.

**She·ba** [ˋʃibə] 專有名詞 (**the Queen**

**of Sheba**)席巴女王. ➡阿拉伯西南方的席巴族女王；根據舊約的記載，她曾拜訪所羅門王以測驗其智慧.

**shed**[1] [ʃɛd] 名 棚，小屋，倉庫；(腳踏車的)車棚.

**shed**[2] [ʃɛd] 動 ❶流出(眼淚等)；脫落(樹葉等).
shed tears 流淚，哭泣
◆ **shed** 過去式、過去分詞. ➡注意原形、過去式、過去分詞均爲同形.
◆ **shedding** [ˋʃɛdɪŋ] 現在分詞、動名詞.
❷散發(光、熱等)，放射.

**she'd** [ʃid] she had; she would 的縮寫. ➡ had, would 都是助動詞，與動詞搭配使用時方可略作 'd; She had a bag. 不可略作×*She'd* a bag.

**sheep** [ʃip] 名 羊，綿羊. ➡複數亦作**sheep**.
a flock of sheep 一群羊
All the sheep are out in the pasture. 所有的羊都在牧場上.

**shéep dòg** 牧羊犬.

> **印象** sheep 是一種溫馴的動物，順從於牧羊人，羊乳、羊肉、羊毛全都可以利用，因此有「單純、純潔、順從、善良、有用」的形象. 另外，「Christ(基督)與人類」或「牧師和教徒」的關係常被比作「shepherd(牧羊人)與sheep」的關係.
> **相關語** lamb(小羊(的肉))，wool(羊毛)，mutton(羊肉).

**sheet** [ʃit] 名 ❶床單，被單，褥單.
a clean sheet 乾淨的床單
❷薄板；(紙、薄板之)一片，一張.
a large sheet of report paper 一大張報告紙
two sheets of test paper 兩張考卷
a sheet of glass 一片(薄)玻璃
Can I have another sheet of paper? 再給我一張紙好嗎?
Write your answer on the back of the sheet. 把答案寫在紙的背面.

**shéet mùsic** 散頁樂譜 ➡通常指印刷在厚紙上的單張樂譜.

**shelf** [ʃɛlf] 名 (複 **shelves** [ʃɛlvz])架子.
the top shelf of a bookcase 書架的最上層

**shell** [ʃɛl] 名 貝殼；(胡桃、雞蛋等之)殼；豆莢.

**she'll** [ʃil] she will 的縮寫.

**shell·fish** [ˋʃɛlˏfɪʃ] 名 貝類；甲殼類(如蟹、蝦等). ➡複數亦作**shellfish**.
Clams and lobsters are shellfish. 蚌和龍蝦是甲殼類動物.

**shel·ter** [ˋʃɛltɚ] 名 ❶(使不受風雨、危險等侵害的)遮蔽物，避難所.
The old barn was a good shelter **from** the rain. 這個舊穀倉是避雨的好地方.
❷保護；避難.
**give** shelter (**to** ~) 保護(~)
We **took** shelter **from** the storm in a barn. 我們到穀倉躲避暴風雨.
—動 保護，庇護；避難.
The big tree sheltered us **from** the rain. 這棵大樹爲我們擋雨.

**shelves** [ʃɛlvz] 名 shelf 的複數.

**shep·herd** [ˋʃɛpɚd] ➡-herd 的 h 不發音. 名 牧羊人. → sheep 印象

**sher·iff** [ˋʃɛrɪf] 名 ❶(美國的郡的)郡法律執行官，治安官. ➡由郡民選出的郡最高司法長官. ❷《原英》州長，行政司法長官.

**Sher·lock Holmes** [ˋʃɝlɑkˋhomz] 專有名詞 福爾摩斯. ➡英國作家柯南・道爾(1859-1930)創造的名偵探；住在倫敦貝克街(Baker Street)，擅以縝密的推理解決眾多疑案.

**she's** [ʃiz] she is; she has 的縮寫. ➡ she has 只有在 has 爲助動詞時方能略作 she's; She has a book. 不能說成×*She's* a book.
She's (=She is) very kind. 她很和善.

S

She's (=She has) been to Paris. 她去過巴黎.

**shh** [ʃ] 感 =sh.

**shield** [ʃild] 名 盾; 保護之人或物.

**shift** [ʃɪft] 動 改變(位置等), 移動; 變化.
—名 ❶變化, 變更, 移動. ❷輪班; 輪班時間, 輪班工作制.

**shil·ling** [ˋʃɪlɪŋ] 名 先令. ➜原爲英國貨幣單位或同價值的鎳幣, 相當於現在的 5 pence.

**shin** [ʃɪn] 名 脛骨(從膝蓋至足踝的部分).
kick him in the shin 踢他的脛骨

**shine** [ʃaɪn] 動 ❶發光, 照耀.
The moon shines at night. 月亮在夜晚生輝.
The sun was shining bright, but the wind was cold. 陽光燦爛, 但風卻很冷.
◆ **shone** [ʃon] ❶❷的過去式、過去分詞; ❸的意思爲 **shined**.
Her face shone with joy. 她因喜悅而容光煥發.
The sun hasn't shone in three days. 三天沒見到太陽了.
❷(在學問、體育等方面)大放異彩, 卓越, 出眾.
❸磨光, 擦亮.
I shine my shoes once a week. 我一週擦一次皮鞋.
I shined all the knives and forks. 我把刀叉全擦過了.
—名 光, 光輝, 光澤.
idiom
***ráin or shíne*** 不論晴雨; 無論如何.

**shin·y** [ˋʃaɪnɪ] 形 ❶亮的, 發光的.
◆ **shinier** [ˋʃaɪnɪɚ] 比較級.
◆ **shiniest** [ˋʃaɪnɪɪst] 最高級.
❷晴的.

**ship** [ʃɪp] 名 船. ➜指航海的大船; → boat.
a model ship 模型船
a cargo ship 貨輪
About one hundred people were on the ship. 船上約有一百名乘客.

idiom
***by shíp*** 坐船, 走海路.
***tàke shíp*** 乘船.
—動(將貨物)裝上船; 用船運; (用卡車、火車等)運送.
ship products by rail 用火車運送貨物
◆ **shipped** [ʃɪpt] 過去式、過去分詞.
The cargo **was** shipped from New York. 貨物從紐約船運而來.
◆ **shipping** [ˋʃɪpɪŋ] 現在分詞、動名詞.

**ship·yard** [ˋʃɪp͵jɑrd] 名 造船場.

**shirt** [ʃɝt] 名 (男用的)襯衫; (女性的)襯衫型上衣. ➜「白襯衫」用 white shirt; 「貼身穿的汗衫」通常用 undershirt.
**put on** 〔**take off**〕 a shirt 穿上〔脫掉〕襯衫

**shiv·er** [ˋʃɪvɚ] 動 顫抖.
shiver with cold 冷得全身顫抖
—名 顫抖.

**shock** [ʃɑk] 名 ❶(爆炸物等引發的)衝擊, 震動; 電擊.
the shock of an explosion 爆炸引起的衝擊
If you touch an electric wire, you will get a shock. 如果你觸碰電線, 就會遭到電擊.
❷(精神上的)震驚, 打擊.
His death was a great shock **to**

S

us. 他的死對我們來說是個很大的打擊.

**—**動 使震驚，使驚異.

She **was** shocked to hear the news of his death. 聽到他的死訊她很震驚.

**shock·ing** [ˋʃɑkɪŋ] 形 令人震驚的，可怕的；壞的，不好的.

The news was too shocking to believe. 那消息太令人震驚了，簡直難以相信.

**shoe** [ʃu] 名 鞋(尤指鞋面未及腳踝者). ➡《美》亦指長及腳踝的長靴；《英》長靴稱 boot；→ boot.

a shoe store 鞋店

**a pair of** shoes 一雙鞋

two pairs of shoes 兩雙鞋

**with** *one's* shoes **on** 穿著鞋

**put on** 〔**take off**〕 *one's* shoes 穿〔脫〕鞋

He **wore** no shoes. 他沒有穿鞋.

**shoe·lace** [ˋʃu͵les] 名 鞋帶.

**shoe·mak·er** [ˋʃu͵mekɚ] 名 鞋店，鞋匠.

**shoe·string** [ˋʃu͵strɪŋ] 名《美》＝ shoelace.

**shone** [ʃon] shine 的過去式、過去分詞.

**shook** [ʃuk] shake 的過去式.

**shoot** [ʃut] 動 ❶開(槍)，射(箭)，射擊；射殺(動物等).

shoot an arrow 射箭

shoot a gun 開槍

shoot a tiger 射殺老虎

shoot *one*self (自己射擊自己⇨)舉槍自殺

shoot **at** a tiger 向老虎射擊

He shoots well. 他擅長射擊.

He was shooting arrows at the target. 他向著靶子射箭.

◆ **shot** [ʃɑt] 過去式、過去分詞. → shot²(詞條).

He shot at a deer but missed it. 他射鹿，但沒有命中.

The deer **was** shot in the leg. 那頭鹿的腿被射中了.

❷提出(問題)，投以(視線)；迅速通過，像箭一般疾馳；突然飛快地移動.

shoot questions **at** ～ 連續向～提問題

The car shot past us. 汽車從我們身邊一掠而過.

❸(指花草、灌木)發芽，生枝；伸展.

❹(足球、籃球等)射門，投籃.

He shot five times and scored twice. 他射門五次並得了兩分.

idiom

***gò shóoting*** 去狩獵.

**—**名 ❶射擊會，狩獵旅行.

❷新芽，新枝.

a bamboo shoot 竹筍芽

| **shop** [ʃɑp] | ▶店鋪<br>▶工作場所<br>▶買東西<br>⊙美國人通常用store這個字表示「店鋪」 |
|---|---|

名(複 **shops** [ʃɑps]) ❶**店鋪**，商店.

a flower shop 花店

a pet 〔jeans, sports〕 shop 寵物〔牛仔褲，體育用品〕店

keep a shop 開店

**shóp assìstant** 《英》(店鋪的)店員(《美》salesclerk).

❷(各式各樣的)**工作場所**；工廠.

a carpenter's shop 木工工廠

a repair shop 修理廠

**—**動 **購物**.

shop **at** a grocer's 在雜貨店購物

She **shops** every Saturday afternoon. 她經常在週六下午購物. ➡ shops [ʃɑps] 爲第三人稱單數現在式.

◆ **shopped** [ʃɑpt] 過去式、過去分詞.

He shopped around in downtown Taipei to buy a stereo. 他逛臺北鬧區想買一臺立體音響.

◆ **shopping** [ˋʃapɪŋ] 現在分詞、動名詞. → shopping.
Mother **is** out shopping for Christmas presents. 媽媽出去採購聖誕節禮物. ➡現在進行式.

idiom

***gò shópping*** 購物.
Mother has gone shopping. 媽媽外出購物.

**shop·keep·er** [ˋʃap͵kipɚ] 名《英》店主(《美》storekeeper).

**shop·per** [ˋʃapɚ] 名 購物的人.

**shop·ping** [ˋʃapɪŋ] shop 的現在分詞、動名詞.
**—**名 **購物.**
a shopping bag 購物袋
a shopping center 購物中心
I often **do** my shopping at the grocer's. 我時常在雜貨店買東西.
I **have** some shopping to do this afternoon. 今天下午我要買些東西.

**shop·win·dow** [ˋʃapˋwɪndo] 名 商店櫥窗(show window).

S

**shore** [ʃor] 名❶(海、湖、河流的)岸, 濱; 海岸.
swim to (the) shore 游向岸邊
play **on** the shore 在海邊玩
❷(相對於河流、海洋的)陸(地)(land).
**come** 〔**go**〕 **on** shore 上岸, 登陸

**shorn** [ʃorn] shear 的過去分詞.

| **short** [ʃ ɔrt] | ▶短的<br>▶矮的<br>▶不足的 |
|---|---|

形 ❶**短的; 矮的.**
基本 a short pencil 一枝短鉛筆 ➡ short＋名詞.
a short story 短篇故事〔小說〕
a short speech 簡短的演說
a short visit to London 到倫敦的短期訪問
a short time ago 不久以前
This skirt is too **long**. I want a **short** one (＝skirt). 這件裙子太長了, 我要件短的. ◁**反義字**
基本 I am **short** but my brother is **tall**. 我個子矮, 但我哥哥個子高. ◁**反義字** ➡ be 動詞＋short 〈C〉.

Mozart's life was very short. 莫札特的一生十分短暫.

◆ **shorter** [ˋʃɔrtɚ] 《比較級》**更短的.**
The days are growing shorter. 白天愈來愈短. ➡現在進行式.
I am (three inches) shorter **than** Bob. 我比鮑勃矮(三英寸).

◆ **shortest** [ˋʃɔrtɪst] 《最高級》**最矮的, 最短的.**
This is **the** shortest way to Bob's house. 這是去鮑勃家最近的路.

❷**簡潔的; 唐突的; 無禮的.**
a short answer 簡短的回答
She was very short with me on the phone. 講電話時她對我甚爲無禮.

❸**不足的, 缺少的.** → idiom
He gave me short change. 他少找我零錢了.
Our team is two players short. 我們隊缺兩名選手.

idiom

***be shórt of ～*** 短少～, 無足夠的～.
I couldn't buy the dictionary because I was short of money. 我沒法子買那本字典, 因爲我錢不夠.
***còme*** 〔***fàll***〕 ***shórt of ～*** 未達到～(要求、標準), 不足～.
***cùt shórt ～*** 中止; 使變短, 使簡

短.
We cut short our holiday. 我們提早結束假期.
I had my hair cut short. 我把頭髮剪短了.
***for shórt*** 簡稱.
His name is Benjamin, but we call him Ben for short. 他名叫班傑明, 但我們簡稱他爲班.
***in shórt*** 簡言之, 總結.
***rùn shórt*** (***of*** ~) 短缺(~), 不足(~).
The drinks ran short at the picnic. 野餐時飲料不夠了.
We are running short of funds. 我們資金快要不夠了.
***to be shórt*** = ***to màke a lóng stòry shórt*** 長話短說.
—副 突然地(suddenly), 唐突地.
stop short 突然停止
—名(複 **shorts** [ʃɔrts]) (**shorts**) ❶(戶外活動時穿著的)短褲. ❷《美》男內褲(《英》pants).

**short·age** [ˋʃɔrtɪdʒ] 名 不足, 缺乏.

**short·cut** [ˋʃɔrtˏkʌt] 名 近路, 捷徑.

**short·en** [ˋʃɔrtn̩] 動 使變短, 縮短.
The sleeves are too long. Can you shorten them? 袖子太長了, 你能把它們改短嗎?

**short·hand** [ˋʃɔrtˏhænd] 名 速記.

**short·ly** [ˋʃɔrtlɪ] 副 ❶即刻, 不久(soon). ❷唐突地; 簡單地.

**short·sight·ed** [ˋʃɔrtˋsaɪtɪd] 形 近視的(near-sighted); 眼光短淺的.

**short·stop** [ˋʃɔrtˏstɑp] 名 (棒球的)游擊手.

**shot**[1] [ʃɑt] shoot的過去式、過去分詞.

**shot**[2] [ʃɑt] 名 ❶發射; 開槍聲; 射程.
❷砲彈, 子彈; 鉛球.
the shot put 推鉛球
❸射手.
a good shot 好射手
❹(籃球、足球等的)投, 射, (高爾夫球等的)揮桿.
**make** a good shot 投〔射〕得準
❺皮下注射(injection).
❻(快照)照片.

**shot·gun** [ˋʃɑtˏgʌn] 名 散彈槍, 獵槍.

| **should** [ʃ ʊ d] 強 [ʃ ə d] 弱 | ▶shall 的過去式 ▶應該~ ▶該~, 一定會~ ⊙l 不發音 |
|---|---|

助動 ❶按照「時態一致」的原理, 作shall 的過去式.
I thought I should not see him again. 我想我不會再見到他了. ➡ I think I shall not see him again. 的過去式; → shall ❶
I asked if I should open the window. (=I said, "Shall I open the window?") 我問是否要打開窗戶. → shall ❷
❷《表示「義務、理所當然」》應該~, 理應~. ➡此時要發成 [ʃʊd]; 強制的語氣由弱漸強分別爲 should → ought to → must.
You should study harder. 你應該更用功一點.
You should be more careful. 你該更仔細一點.
There should be no more wars. 不該再發生戰爭了.
You shouldn't speak like that to your mother. 你不可以對母親那樣說話.
會話 Can I have beer? —No. You should have Coke. 我可以喝啤酒嗎? —不行, 你應該喝可樂.
What should we do? 我們到底該如何做. ➡比 What shall we do? 表示更強烈的驚訝、爲難.
❸《表示「可能性、推測」》該~, 一定會~.
They should be home by now. 他們現在應該到家了.
❹(**It** ~ **that** *A* **should** *do*) A 做~顯得~.

S

It is strange that he should say such a thing. 他那麼說很奇怪. ➜ It＝that ～; 用 should 比僅用 he says ～包含更多「驚訝、意外」的感覺.

idiom

***if ~ should*** *do* 萬一～的話. ➜ 表示可能性非常小; should 此時發重音.

if it should rain tomorrow 萬一明天下雨

***I should lìke to*** *dő* 我想做～(I would like to *do*). ➜正式的說法; 口語中常略作 I'd like to *do*; → like 動 idiom

**shoul·der** [ˋʃoldɚ] 名 肩.

tap him on the shoulder (爲了提醒注意而)拍拍他的肩

carry a pair of skis **on** *one's* shoulder 肩上扛著一雙滑雪板

shrug *one's* shoulders 聳肩 → shrug.

Father is carrying the baby on his shoulders. 父親讓孩子騎在肩膀上.

**shóulder bàg** (掛在肩上的)背包.

S

**should·n't** [ˋʃʊdn̩t] should not 的縮寫.

---

**shout** [ʃ aʊ t]
▶叫喊
▶大聲說話

---

動 大叫, 呼喊.

shout **back** 回叫

shout **for** help 大聲求救

shout **for** 〔**with**〕 joy 歡呼

shout **to** him 大聲喊他

shout him **down** 大聲叫他閉嘴

He often **shouts at** me for my mistakes. 他時常大聲怒斥我的錯誤. ➜ shouts [ʃaʊts] 爲第三人稱單數現在式.

There was lots of wind, and we had to shout to be heard. 風太強了, 我們必須大聲叫喊才聽得到.

◆ **shouted** [ˋʃaʊtɪd] 過去式、過去分詞.

"Shane! Come back!" shouted the boy. 「席恩! 回來!」男孩大聲喊道.

◆ **shouting** [ˋʃaʊtɪŋ] 現在分詞、動名詞.

I can hear you very well, so stop shouting. 你的話我聽得很清楚, 別大聲嚷叫. ➜shouting 爲動名詞, 做 stop 的受詞.

—名(複 **shouts** [ʃaʊts]) 叫, 喊, 叫聲.

with a shout 大叫一聲

give a shout of joy 歡呼

**shov·el** [ˋʃʌvl̩] 名 鏟, 鍬.

—動 鏟起, 鏟動.

shovel snow off the path 鏟去小徑上的雪

---

**show** [ʃ o]
▶展示, 顯露
▶說明, 表明
▶引導, 引領

---

動 ❶展示, 出示; 上演, 放映.

基本 show a necklace 拿出項鍊給人看 ➜ show＋名詞〈O〉.

基本 show her my new necklace＝show my new necklace **to** her 給她看我的新項鍊 ➜ show＋名詞〈O'〉＋名詞〈O〉＝show＋名詞〈O〉＋to＋名詞〈O'〉.

Show your tickets, please. 請出示你的票.

She always **shows** kindness to animals. 她一向對動物很和善. ➜ shows [ʃoz] 爲第三人稱單數現在式.

His cough shows that he smokes too much. 從他的咳嗽可看出他菸抽得太多了.

◆ **showed** [ʃod] 過去式.

He showed his friends his new bicycle. ＝ He showed his new bicycle to his friends. 他給朋友看他的新腳踏車.

◆ **shown** [ʃon] 過去分詞.

Show me your marks in math. I

**have** shown you mine. 給我看看你的數學成績，我的已經給你看過了. ➡現在完成式.

◆ **showing** [ˋʃoɪŋ] 現在分詞、動名詞.

The theater **is** showing *Hamlet* now. 戲院現在正上演「哈姆雷特」.

❷可看出，顯露.

Stars began to show in the sky. 星星開始在天空中顯露.

Only a part of an iceberg shows above the water. 只有一部分冰山露出水面.

Ann's slip showed below her dress. 安的襯裙從衣服底下露了出來.

❸說明，表明；顯出.

I'll show you how to play chess. 我來教你怎麼下棋.

Please show me the way to the station. 請教我去車站的路〔請帶我到車站 →❹〕. ➡show ～ the way to ～ 表示在地圖上標出路線或帶領某人至目的地；而tell ～ the way to ～ 則表示「口頭說明路線」.

❹引導，引領.

show him into the room 帶他進房間

Show him in. 帶他進來.

show him around 帶他參觀

show him around downtown Tokyo 帶他參觀東京的商業區

idiom

***shów óff*** 顯示，使顯眼；炫耀，賣弄.

She showed off her new pearl ring. 她炫耀她的新珍珠戒指.

***shów úp*** 露面，出現；揭露，拆穿.

We waited for an hour, but she didn't show up. 我們等了一小時，但她沒露面.

—名(複 **shows** [ʃoz]) ❶表現，表示，展示.

a show window (商店)櫥窗

vote by **a show of hands** 舉手表決

❷展覽會；(戲劇、電影、馬戲等的)表演；(廣播、電視的)節目.

a dog 〔flower〕 show 狗〔花〕展

a quiz show (電視的)猜謎節目

watch a TV show about ～ 看有關～的電視節目

❸炫耀，誇示；外觀，印象.

His friendship is all show. 他的友誼全都是假象.

She wears her jewels for show. 她穿金戴銀只為了炫耀.

**show·case** [ˋʃoˏkes] 名 (商店、博物館等的)玻璃櫥櫃，陳列櫥.

**show·er** [ˋʃauɚ] 名 ❶陣雨；陣雪. ➡亦可分別用a **rain** 〔**snow**〕 **shower** 來表示.

**be caught in a shower** 被陣雨困住

April showers bring May flowers. 四月雨帶來五月花.

❷大量湧到的事物，接踵而來之事物；～的雨.

a shower of tears 〔blows, sparks〕 一陣眼淚〔毆打，火花〕

❸淋浴. ➡亦稱 **shower bath**.

**take** 〔**have**〕 a shower 淋個浴

Many people take a shower every morning. 許多人每天早晨淋浴.

❹《美》送禮會. ➡好友們送禮給即將做新娘或生孩子的女性.

—動 ❶《it 作主詞》下陣雨；似陣雨般降落；大量地給與.

It showered on and off. 陣雨時落時停.

The guests showered rice on the bride and bridegroom. 客人們紛紛向新郎新娘灑米.

❷淋浴.

**shown** [ʃon] show 的過去分詞.

**show·room** [ˋʃoˏrum] 名 (商品)陳列室，展示場.

**shrank** [ʃræŋk] shrink 的過去式.

**shrewd** [ʃrud] 形(對自己的利益)精明的，機靈的.

S

**shriek** [ʃrik] 動 尖叫，喊叫；(警笛等的)尖鳴.
shriek with laughter〔pain〕 尖聲大笑〔疼痛而尖叫〕
—名 尖叫聲，喊叫聲；(警笛等的)尖鳴聲.

**shrill** [ʃrɪl] 形 尖銳的，刺耳的.
a shrill voice〔whistle〕 尖銳的聲音〔汽笛聲〕

**shrimp** [ʃrɪmp] 名 小蝦. → lobster.

**shrine** [ʃraɪn] 名 (藏置聖徒遺骨、遺物之)聖堂，聖祠，靈廟；(日本之)神社，神宮.
the shrine of St. Thomas 聖托馬斯聖堂
Kyoto has a lot of **shrines** and **temples**. 京都有很多神社和寺廟. ◁相關語

**shrink** [ʃrɪŋk] 動 ❶(使布等)縮縮；(身體因寒冷而)收縮.
Wool shrinks in hot water. 毛織品在熱水中會收縮.
◆ **shrank** [ʃræŋk] 過去式.
◆ **shrunk** [ʃrʌŋk] 過去分詞.
❷退縮，廻避.
She is very shy and shrinks **from** meeting strangers. 她非常害羞怕見生人.

**shrub** [ʃrʌb] 名 灌木，矮樹. ➡較喬木矮，通常自根部叢生樹葉及小樹枝，成灌木叢(bush)；如杜鵑或薔薇.

**shrug** [ʃrʌg] 動 聳(肩).
shrug *one's* shoulders 聳肩

> 參考 口中說出「咦」，歪著頭，聳肩，兩手攤平等動作；以上動作全做，或是一部份(甚至只做一種)；表示冷淡、懷疑、猶豫、不贊成、驚訝、羞怯等情緒.

◆ **shrugged** [ʃrʌgd] 過去式、過去分詞.
I asked him for his advice, but he just shrugged. 我徵求他的建議，但他只是聳聳肩.
◆ **shrugging** [ˋʃrʌgɪŋ] 現在分詞、動名詞.
—名 聳肩.
with a shrug (of the shoulders) 聳聳肩

**shrunk** [ʃrʌŋk] shrink 的過去分詞.

**shuck** [ʃʌk] 名 (豆、玉米等的)莢，皮；(**shucks**)《美口》沒用的東西.
—感 (**shucks**)哼！ ➡表示失望、不滿意等.

**shud·der** [ˋʃʌdɚ] 動 (因恐懼或寒冷而)發抖，戰慄.
—名 發抖；令人毛骨悚然的感覺，戰慄.
She gave a shudder when she saw a snake. 她看見蛇就發抖.
The snake gave her the shudders. 蛇使她害怕極了.

**shut** [ʃʌt] 動 關；閉(close).
shut the door 關門
Shut your eyes and go to sleep. 閉上你的眼睛睡覺.
This window won't shut. 這扇窗子關不起來.
This store **shuts** at six. 這家商店六點打烊.
◆ **shut** 過去式、過去分詞. ➡注意原形、過去式、過去分詞同形.
He **shut** the book and **closed** his eyes. 他合上書，閉起眼睛. ◁同義字 ➡現在式則用 He shuts ～.
The gate **was** shut at once. 門馬上被關上了. ➡ shut 為過去分詞；被動語態.
Keep your mouth shut. 閉上你的嘴. ➡過去分詞 shut 當形容詞使用.
◆ **shutting** [ˋʃʌtɪŋ] 現在分詞、動名詞.
He **was** shutting the windows. 他正在關窗. ➡過去進行式.

idiom

***shút ín*** 圍住；監禁.

***shút óff*** 關閉，停止供應(水、電、瓦斯、光線、影音等).

***shút óut*** 將～關在外面，排除，遮住；(棒球比賽等)使對方以零分慘敗，完全封鎖對方的攻擊.
John shut out the Giants on three hits. 約翰使巨人隊只擊出三支安打，以零分慘敗.
***shút úp*** 妥藏；關閉，關緊(門、窗等)；《口》(使)住口.
Helen Keller was shut up in a dark, silent world. 海倫凱勒被隔離在一個黑暗、沈默的世界裡〔眼睛看不到，耳朵也聽不見〕.

**shut·ter** [ˋʃʌtɚ] 名 ❶百葉窗，遮雨板，(商店等的)捲門. ❷(照相機的)光閘，快門.

**shut·tle** [ˋʃʌtl̩] 名❶梭. ➡織布時用以使緯線左右穿織於經線的船形器具. ❷(定期作短距離穿梭往返的)火車〔巴士、飛機〕. ➡亦作 a **shuttle train** 〔**bus**〕等.
a space shuttle 太空梭

**shut·tle·cock** [ˋʃʌtl̩ˏkɑk] 名 羽毛球，毽球.

**shy** [ʃaɪ] 形 怕羞的，內向的，害臊的.
a shy smile 羞怯的一笑
At the party she was very shy and didn't say a word. 在晚會上，她非常害羞，一句話也沒說.
◆ **shyer** [ˋʃaɪɚ], **shier** [ˋʃaɪɚ] 比較級.
◆ **shyest** [ˋʃaɪɪst], **shiest** [ˋʃaɪɪst] 最高級.

**Shy·lock** [ˋʃaɪlɑk] 專有名詞 夏洛克. ➡莎士比亞名劇《威尼斯商人》中的主角，是個殘酷的放高利貸者.

**sick** [sɪk]
▶不適的，患病的
▶翻胃，作嘔

形 ❶不適的；患病的. ➡置於動詞後，英國人通常用 ill, unwell.
基本 a sick child 生病的孩子 ➡sick＋名詞.
**the sick** = sick people 病人
基本 She is sick in bed. 她臥病在床. ➡ be 動詞＋sick 〈C〉.
He **looks** sick. 他看起來好像生病了.
I **became** 〔**got**〕 sick. 我生病了. ➡ sick 亦可解釋爲❷「翻胃，作嘔」.
She has been sick since last Friday. 她從上週五起就一直病到現在. ➡現在完成式.

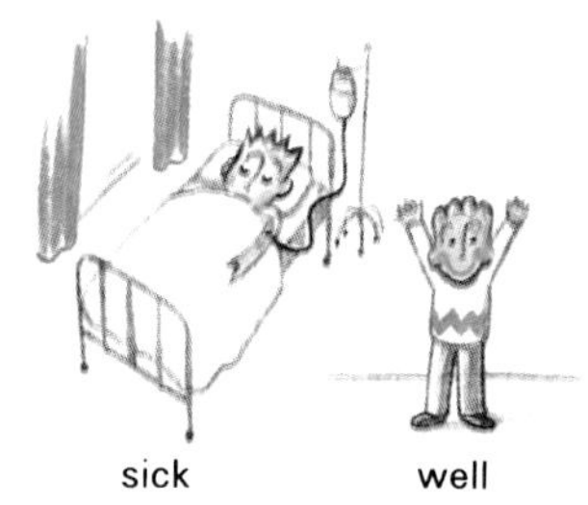
sick well

❷翻胃，作嘔.
feel 〔get〕 sick 欲嘔，想吐
I feel sick in buses. 我坐公車會暈車.
The sea was rough and I felt sick on the boat. 大海波濤洶湧，我暈船了.
❸厭倦，厭惡.
I am sick **of** school. 我厭倦學校了.

**sick·le** [ˋsɪkl̩] 名 鐮刀.

**sick·ly** [ˋsɪklɪ] 形 多病的，不健康的；虛弱無力的.
◆ **sicklier** [ˋsɪklɪɚ] 比較級.
◆ **sickliest** [ˋsɪklɪɪst] 最高級.

**sick·ness** [ˋsɪknɪs] 名 ❶疾病(illness). ❷嘔吐.

**side** [saɪd] 名 ❶(左右、上下的)邊，(表裡、內外的)面.
the right 〔left〕 side of the road 馬路的右〔左〕邊
the under side of the bridge 橋的下側
the right 〔wrong〕 side of the cloth 布的正〔反〕面
the west 〔east〕 side of the city

S

城市的西〔東〕區
this 〔the other〕 side of the river 河的這〔對〕邊
From the earth we see only one side of the moon. 從地球上我們只能看見月球的一面.
There is printing on both sides of the paper. 紙的兩面都印有文字.
❷(敵對的)**一方; 我方.**
the other side 對方
Our side won the football game. 我方在足球比賽中獲勝.
會話 Which side are you on? —I'm on Ken's side, because he is always on the side of the weak. 你贊成那一方? —我贊成肯, 因爲他總是站在弱勢的一方.
❸**側面, 旁邊; 身體的兩邊; 脇.**
a door at the side of the house 房子的側門
sit by the side of the road 坐在路旁
sit by his side 坐在他旁邊
I have a pain in my left side. 我的左脇痛.
I slept on my side. 我側著身子睡.
❹(人、事、物等不同的)**方面或觀點, 側面;** (數學的)**邊,** (側)**面.**
consider the question from all sides 從各方面考慮這個問題
I always try to look on the bright side of things. 我總是盡力去看事物的光明面.
A box has six sides. 盒子有六個面.

idiom

***from síde to síde*** 左右地.
move *one's* head from side to side 左右搖頭
***síde by síde*** 並排, 並肩.
They were sitting side by side on the bench. 他們並排坐在長凳上.
***wróng sìde óut*** 反過來(inside out), 把錯的一面朝外.
—形(從)側面的, (從)旁邊的.
a side door 邊門, 側門
a side street 小路, 小巷
a side pocket (上衣腰部的)側袋

**side·walk** [ˋsaɪdˏwɔk] 名 (道路的)人行道. ➜在英國通常用 pavement.

**sigh** [saɪ] 動 歎息, 嘆氣; (指風、樹葉等)沙沙作響.
sigh with relief 放心地鬆了口氣
—名 歎息; 沙沙作響聲.
with a sigh 歎息

**sight** [saɪt] 名 ❶**看見; 視力; 視野.**
**have** good 〔poor〕 sight 視力好〔差〕 ➜不用 ×*a* sight, ×sight*s*.
**catch** 〔**lose**〕 sight **of** ～ 發現～, 看到〔看不見〕～
**lose** *one's* sight 失明
Birds have better sight than dogs. 鳥的視力比狗好.
I fell in love with her **at first** sight. 我對她一見鍾情.
❷**情景, 景象;** (**the sights**)**名勝.**
**see** 〔**do**〕 the sights of Tainan 參觀臺南的名勝
We enjoyed seeing the sights of Paris. 我們愉快地遊覽了巴黎的名勝.
The Grand Canyon is a wonderful sight. 大峽谷是一處美景.

idiom

***at the síght*** (***of*** ～) 一看見(～)就.
They ran away at the sight of a policeman. (=They ran away as soon as they saw a policeman.) 他們一看到警察就逃走了.
***in síght*** (***of*** ～) 看見(～).
There is not a ship in sight. 一艘船都看不見.
We are 〔came〕 in sight of the island. 我們能看見島了.
***òut of síght*** 看不見.
The ship is 〔went〕 out of sight. 那艘船看不見了.
諺語 Out of sight, out of mind. 離久情疏.

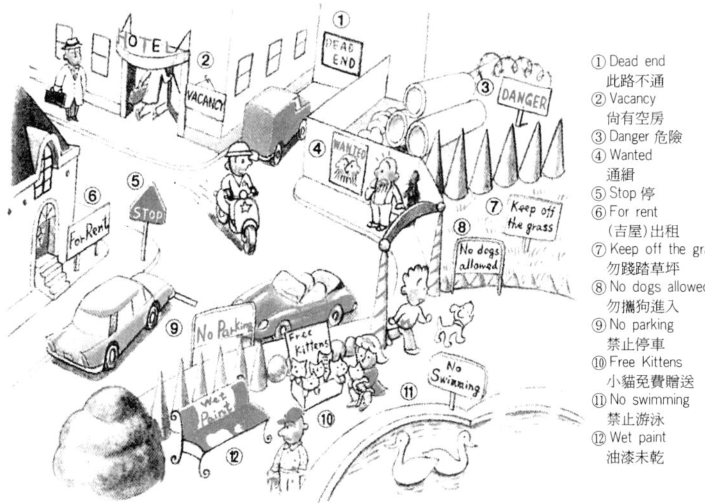


**sight·see·ing** [ˋsaɪtˏsiɪŋ] 名形 觀光(的)，遊覽(的).

a sightseeing bus　遊覽車

go on a sightseeing tour of London by bus　搭乘巴士在倫敦觀光

**go** sightseeing (in ～)　去(～)觀光

**sign** [saɪn] 名 ❶符號，記號，標誌；招牌；告示牌.

the plus sign　加號(+)

an inn sign　旅館招牌

The traffic sign says, "No right turn."　交通標誌上寫著「禁止右轉」.

❷手勢，信號.

make a sign　打手勢

The policeman made a sign to stop.　警察打手勢示意停車.

**síɡn lànguage**　(聾啞者間相互使用的)手語.

❸標誌，跡象，徵兆.

a sign of spring　春的徵兆

as a sign of my love　作爲我愛的象徵

Shaking hands is a sign of friendship.　握手是友誼的象徵.

—動 ❶簽字(於書信、文件等)，簽名.

sign the receipt　在收據上簽字

> 參考「簽字」的動詞用 sign 表示，但「簽名」的名詞不可用 ×*sign*；棒球比賽用的「暗號」是 signal；書信、文件上的「簽名」用 signature；演員或作家爲影迷、書迷所簽的名用 autograph.

❷做手勢，打信號.

sign (to) him to come here　做手勢叫他來這兒

**sig·nal** [ˋsɪgnl̩] 名 信號，暗號；(棒球的)暗號.

send a signal for help by radio　用無線電發出求救信號

A red traffic light is a stop signal.　紅燈是停止信號.

—動 向～發信號，發信號；(棒球比賽)打暗號；以信號報知.

signal for help　發信號求救

signal (to) the pitcher to throw a curve　打暗號示意投手投曲球

◆ **signal(l)ed** [ˋsɪgnl̩d] 過去式、過去分詞.

The policeman signal(l)ed (to) the driver to stop.　警官做手勢要駕駛

人停車.

◆ **signal(l)ing** [ˋsɪgnl̩ɪŋ] 現在分詞、動名詞.

**sig·na·ture** [ˋsɪgnətʃɚ] 名(書信、文件等的)署名，簽名. → sign 參考

**sign·board** [ˋsaɪn͵bord] 名 招牌，告示牌.

**sig·nif·i·cance** [sɪgˋnɪfəkəns] 名 意義，含意；重要性.

**sig·nif·i·cant** [sɪgˋnɪfəkənt] 形 ❶有特殊意義的，重要的. ❷含意深刻的.

**sig·ni·fy** [ˋsɪgnə͵faɪ] 動 ❶(用語言、手勢、姿態、暗號等)表明，表示.
A P in a circle **signifies** a car park. Ⓟ代表停車場的標記. ➜ signifies [ˋsɪgnə͵faɪz] 爲第三人稱單數現在式.

◆ **signified** [ˋsɪgnə͵faɪd] 過去式、過去分詞.

❷意味著(mean)，表示.

**si·lence** [ˋsaɪləns] 名 不說話，沈默，無言，寂靜，無聲.
Silence, please! 請安靜!
There was a short silence between them. 兩人沈默片刻.
諺語 Speech is silver, silence is golden. 雄辯是銀，沈默是金.

idiom

***in sílence*** 沈默地，無言地，無聲地.
They listened to his words in complete silence. 他們默默地聽他說話.

**si·lent** [ˋsaɪlənt] 形 ❶沈默的，無言的，靜靜的，悄悄的.
silent reading 默讀
a silent night 靜夜
sing “Silent Night” 唱「平安夜」
a silent film 〔picture〕 默片
a shy, silent boy 一個害羞的、寡言的男孩
keep silent 保持沈默
Be silent, please. 請安靜.
You must be silent while others are speaking. 別人講話時你應該保持安靜.

❷(母)寫出但不發音的.
The “k” in “know” is silent. “know”字中的“k”不發音.

**si·lent·ly** [ˋsaɪləntlɪ] 副 沈默地，寂靜地.

**silk** [sɪlk] 名 絲；絲織品；綢.

**the Sílk Ròad** 絲路. ➜古代由中國經印度、阿富汗、希臘到達羅馬的通商路線；中國輸出絹織品，而西方則輸出羊毛、金銀等物品.

—形 絲製的，綢〔絹〕做的.
a silk tie 絲質領帶

**sílk hát** 絲帽. ➜男用禮服帽.

**silk·worm** [ˋsɪlk͵wɝm] 名 蠶.

**sil·ly** [ˋsɪlɪ] 形 愚蠢的，低能的，呆的.
If you ask a silly question, you'll get a silly answer. 無聊的問題得到無聊的答案.
Don't be silly. You can't drive home in this snowstorm. 別傻了! 這樣的大雪天你不能開車回家.

◆ **sillier** [ˋsɪlɪɚ] 比較級.

◆ **silliest** [ˋsɪlɪɪst] 最高級.

That's **the** silliest joke I've ever heard. 這是我所聽過最愚蠢的笑話.

**si·lo** [ˋsaɪlo] 名(複 **silos** [ˋsaɪloz])穀倉. ➜貯藏牧草、穀物等的圓柱形建築.

**silt** [sɪlt] 名 (河底等的)軟泥，淤泥.

**sil·ver** [ˋsɪlvɚ] 名 銀；《集合》銀幣(silver coins)；銀製餐具；銀色.

—形 銀的，銀製的；銀色的.
a silver spoon 〔coin〕 銀湯匙〔銀幣〕
silver hair 銀髮，白髮

**sílver wédding** 銀婚. ➜結婚二十五週年的慶祝儀式.

**sim·i·lar** [ˋsɪmələɚ] 形 類似的，同樣的.
similar dresses 同樣的衣服
be similar **to** ～ 與～類似的，與～

S

同樣的

Your blouse is **similar** to mine, and our scarfs are **alike** too. 你的短衫和我的很相似，圍巾也很像. ◁同義字

**sim·ple** [ˋsɪmpl̩] 形 ❶簡單的，易理解的，容易的(easy).

a simple question 簡單的問題

It's a simple job—anyone can do it. 這是件容易的工作，誰都能做.

❷樸實的，無裝飾的.

We eat simple food, wear simple clothes and lead a simple life. 我們吃簡單的食物，穿樸素的服裝，過著簡樸的生活.

❸天眞的，率直的；老實的.

He is as simple as a child. 他像孩子般的純眞.

❹單純的，愚蠢的(foolish).

She was simple enough to believe him. 她單純得連他也相信.

❺純然的，完全的.

the simple truth 純粹的事實

**sim·plic·i·ty** [sɪmˋplɪsətɪ] 名 ❶簡單，平易. ❷樸素，樸質；率眞，純眞；單純.

**sim·ply** [ˋsɪmplɪ] 副 ❶簡單地，平易地；樸素地.

The story is written very simply. 這故事寫得十分通俗易懂.

❷單單，僅，只(only, just).

It is simply a question of time. 這只是時間問題.

He simply said, "No." 他僅僅說了「不」.

❸完全地，絕對地，實在地，的確地(really).

The party was simply wonderful. 晚會實在精彩.

**sin** [sɪn] 名 ❶(道德、宗教上的)罪，罪惡. → crime. ❷違背情理、習俗之事；過錯.

—動 犯罪.

sin **against** God 違背上帝

◆ **sinned** [sɪnd] 過去式、過去分詞.

◆ **sinning** [ˋsɪnɪŋ] 現在分詞、動名詞.

| **since** [sɪns] | ▶從～(至今)<br>▶自～以後<br>▶因爲～ |
|---|---|

介 從～(至今)，～之後一直.

基本 since yesterday 從昨天起 ➡ since＋表示過去某一時間的名詞(片語).

since 1980 (讀法: nineteen eighty) 自一九八〇年以來

since then 從那以後

since this morning〔last summer〕從今天早晨〔去年夏天〕起

I have lived here since 1980. 自一九八〇年以來我一直住在這裡. ➡ since 通常與現在完成式一起使用.

It has been raining since yesterday. 從昨天起就一直下著雨.

Ten years have passed since then. = It is〔It has been〕ten years since then. 從那時起至今已十年了〔十年過去了〕. ➡ It 籠統地表示「時間」.

—連 ❶自～以後，從～以來.

基本 since I came here 從我來這裡以後 ➡ since＋(代)名詞〈S'〉＋動詞的過去式〈V'〉.

I have lived here since I came to New York. 自從我來紐約後便一直住在這裡.

Ten years have passed since he died. = It is〔It has been〕ten years since he died. 自他死後十年過去了. ➡ It 籠統地表示「時間」.

It's〔It has been〕a long time since we first met. 我們初次見面至今已有好長一段時間了.

❷因爲～. → because.

Since I bought a new radio, I'll give you the old one. 因爲我買了新收音機，所以舊的給你.

—副 以後.

S

ever since 那時以後一直 ➜ ever (一直)強調 since.
He caught cold last Sunday and has been in bed ever since. 他上週日感冒後就一直躺在床上.

**sin·cere** [sɪn`sɪr] 形 真實的, 誠實的, 誠摯的, 直率的.

**sin·cere·ly** [sɪn`sɪrlɪ] 副 真實地, 誠實地, 誠摯地.
idiom
***Sincérely yóurs*** = ***Yóurs sincérely*** 謹啓(用於書信末尾簽名前的客套話). → yours ❸

**sing** [sɪŋ]
▶唱, 歌唱
▶鳴叫

動 ❶ 唱, 歌唱; (小鳥等)鳴叫. ➜ 名詞爲 song.
基本 They sing very well. 他們很會唱歌. ➜ sing＋副詞(片語).
基本 We sing English songs. 我們唱英文歌. ➜ sing＋名詞〈O〉.
Please sing us a song. = Please sing a song for〔to〕us. 請爲我們唱一首歌. ➜ sing＋名詞〈O′〉＋名詞〈O〉＝sing＋名詞〈O〉＋for〔to〕＋名詞〈O′〉.
She **sings** in the church choir. 他在教會的唱詩班唱歌. ➜ sings [sɪŋz] 爲第三人稱單數現在式.
◆ **sang** [sæŋ] 過去式.
We sang "Happy Birthday" to Ann. 我們對安唱「生日快樂」歌.
They sang "Silent Night" to the piano. 他們和著鋼琴唱「平安夜」.
◆ **sung** [sʌŋ] 過去分詞.
This song **is** sung in many countries. 這首歌在許多國家廣爲傳唱. ➜被動語態.
◆ **singing** [`sɪŋɪŋ] 現在分詞、動名詞. → singing.
The birds **are** singing merrily in the trees. 小鳥在枝頭愉快地歌唱. ➜現在進行式.
❷唱歌使～.
sing a baby to sleep 唱歌哄小孩入睡 ➜ sleep 爲名詞(睡眠).
sing *one's* heart out 唱出心中的旋律

**Sin·ga·pore** [`sɪŋgə͵por] 專有名詞 新加坡. ➜正式名稱爲 the Republic of Singapore(新加坡共和國); 馬來半島南端的國家; 首都亦稱新加坡; 通用語爲英語.

**sing·er** [`sɪŋɚ] 名 **歌者, 歌手**; 鳴鳥 (singing bird).
a good singer 好歌手; 唱歌好聽的人; 善鳴之鳥

**sing·ing** [`sɪŋɪŋ] sing 的現在分詞、動名詞.
— 名 歌唱, 歌聲, 唱歌.
— 形 唱歌的; 啼鳴的.
singing birds 鳴鳥, 鳴禽

**sin·gle** [`sɪŋg!] 形 ❶唯一的, 單一的.
He did not say a single word. 他一言不發.
❷(旅館的房間、床等)適於一人的, 一人用的; (比賽等)一對一的; 《英》單程的(車票) (《美》one-way).
a single bed 單人床
a single ticket 單程車票
❸獨身的.
a single man〔woman〕 單身男子〔女子〕
會話 Is she **married** or **single**? —She is still single. 她結婚了還是單身? —她還是單身. ◁相關語
— 名 ❶ (**singles**) (網球的) 單打.
I like to play **singles** rather than **doubles**. 比起雙打我更喜歡單打. ◁相關語
❷(棒球的)一壘(安)打.

**sin·gu·lar** [`sɪŋgjəlɚ] 形 ❶ 特殊的, 奇特的; 奇妙的, 與眾不同的.
❷《文法》單數的.
— 名 《文法》單數(形).

**sink** [sɪŋk] 動 ❶沈下, 沈落; 使沈下,

S

使沈落.
a sinking ship　下沈中的船
Wood **floats** in water, but metal **sinks**. 木頭浮在水面上，但金屬會下沈. ◁反義字
The sun is sinking in the west. 太陽即將西落〔太陽正在西方落下〕.
◆ **sank** [sæŋk] 過去式.
The heavy waves sank the little boat. 大浪打沈了小船.
He sank into the chair and went to sleep. 他窩在椅子上睡著了.
◆ **sunk** [sʌŋk] 過去分詞.
The boat **was** sunk by the heavy waves. 小船被大浪擊沈.
❷變弱，(聲音等)變低；使變弱，使變低.
His voice sank to a whisper. 他放低聲音悄悄說話.
—名 (廚房、浴室的)洗滌槽. ➜英國人稱浴室的盆槽爲 washbasin.

**sin·ner** [ˋsɪnɚ] 名 (道德、宗教上的)犯罪(sin)者，罪人. ➜「罪犯」爲 criminal.

**sip** [sɪp] 動 啜，吸，呷，細飲.
◆ **sipped** [sɪpt] 過去式、過去分詞.
She sipped hot tea. 她啜飲熱茶.
◆ **sipping** [ˋsɪpɪŋ] 現在分詞、動名詞.
—名 啜，一啜之量.
**take** a sip (**of** ～)　啜(～)，啜飲(～)

**sir** [sɜ] 名 ❶先生，君，閣下，足下. ➜對長者、老師、顧客、不認識的人等男子的禮貌稱呼；對婦人用ma'am.
"Good morning, sir," said Bob to his teacher. 「老師早」，鮑勃對老師說.
Can I help you, sir? (店員等招呼顧客)您要甚麼，先生?
❷(**Sir**) 爵士. ➜英國人冠於爵士(knight)或準男爵名字之前的敬稱.
Sir Winston (Churchill)　溫斯頓(•邱吉爾)爵士　➜不說×*Sir Churchill*.

**si·ren** [ˋsaɪrən] 名 警報器，警笛.
a police siren　警車的警報器

**sis·ter** [ˋsɪs t ɚ]
▶姐，妹，姐妹
▶(羅馬舊教會的)修女

名(複 **sisters** [ˋsɪstɚz]) ❶姐，妹，姐妹. ➜不分年長年幼稱 sister；特別加以區別時用 an **older** (《英》**elder**) **sister**(姐)，a **younger sister**(妹)表示；另外，《美》弟弟、妹妹稱「姐姐」爲 a **big sister**，哥哥、姐姐稱「妹妹」爲 a **little sister**.
I have one **brother** and one **sister**. 我有一個兄弟和一個姐妹. ◁相關語
This is my little sister Betty. 這是我妹妹貝蒂.
She was like a sister to the boy. 她就像是這男孩的姐姐〔妹妹〕.
Your school and ours are sister schools. 你們學校和我們學校是姐妹校.
Tokyo and New York are sister cities. 東京和紐約是姐妹市.
會話 Do you have any sisters? —No, I don't. 你有姐妹嗎? 一沒有.
❷(羅馬舊教會的)修女. ➜敬稱時也可以加上名字來稱呼.
Sister Rosemary　羅絲瑪麗修女
Good morning, Sister! 早安，修女.
Some sisters teach in our school. 我們學校有幾位修女在教書.

**sit** [sɪ t]
▶坐
▶坐著

動 ❶坐；坐著. ➜表示「坐下」的「動作」時，常用 **sit down**. 反義字 stand(站立).
基本 sit **on** a chair　坐在椅子上
➜ sit＋表示場地的副詞(片語).
sit **in** an armchair　坐在有扶手的椅子上
sit down **on** a bench　坐到長凳上
sit **by** the fire　坐在火爐邊

sit **at** a desk 坐在書桌前
sit **still** 坐著不動
Sit down, please. = Please sit down. 請坐!
He **sits** beside me in the classroom. 在教室裡他坐在我旁邊. ➜ sits [sɪts] 爲第三人稱單數現在式.

◆ **sat** [sæt] 過去式、過去分詞.
The whole family sat at the table. 全家圍坐在餐桌旁.
The dog sat and looked at me. 這隻狗坐下並看著我.
She sat reading by the fire. 她坐在爐火旁讀書. ➜ sit ~ing 表示「坐著做~」.

◆ **sitting** [ˋsɪtɪŋ] 現在分詞、動名詞.
He **is** sitting at the typewriter. 他坐在打字機前. ➜現在進行式; 進行式表示「狀態」.
I like sitting by the window. 我喜歡坐在窗邊. ➜動名詞sitting爲like的受詞.

**sítting ròom** 起居室, 客廳(living room).

❷使坐.
She sat her baby on the cushion. 她讓孩子坐在坐墊上.
❸(指鳥等)棲息; (指家禽)孵卵.
I saw a bird sitting on a branch. 我看見一隻鳥停棲在樹枝上.
The hens are sitting on their eggs. 母雞正在孵卵.

idiom
***sít (for) ~*** ①《主英》參加(筆試).
sit (for) an examination (=take an examination) 參加考試
②坐著讓人畫像, 讓人拍照.
The class will sit for a photo today. 今天班上要拍照.
***sìt úp*** ①(挺直背脊)坐正; (從躺的姿勢而)坐起, (狗)舉起前腿坐起來.
sit up in bed 在床上坐起
Sit up straight. 坐正!
②(超過通常的就寢時間)不睡.
We sat up talking all night. 我們整夜不睡地交談.

**site** [saɪt] 名 位置, 場所.
the site for a new airport 新機場的(興建)地點
Gettysburg was the site of a Civil War battle. 蓋茨堡是美國南北戰爭的一個戰場.

**sit·u·at·ed** [ˋsɪtʃuˏetɪd] 形 位於~的, 座落在~的.
My village is situated at the foot of the mountain. 我的村莊位於山腳下.

**sit·u·a·tion** [ˏsɪtʃuˋeʃən] 名 ❶狀態, 立場; 事態, 形勢.
❷位置(position), 場所.

| **six** [sɪks] | ▶六(的)<br>▶六點<br>▶六歲(的) |
|---|---|

名 六; 六點; 六分; 六歲; 六人, 六個. ➜用法請參見 three.
Lesson **Six** 第六課(=The **Sixth** Lesson) ◁相關語
at six past six 六點過六分
a child of six 六歲的孩子
—形 六的; 六人的, 六個的; 六歲的.
six oranges 六個橘子
It is six minutes past six. 六點過六分. ➜ It 籠統地表示「時間」.
He is just six. 他正好六歲.

**six·teen** [sɪks`t i n]
▶十六(的)
▶十六歲(的)

名十六；十六分；十六歲；十六人，十六個．➡用法請參見 three.
Lesson **Sixteen** 第十六課(＝The **Sixteenth** Lesson) ◁相關語
It is sixteen to four. 三點四十四分.
—形 十六的；十六人的，十六個的；十六歲的.
sixteen girls 十六位女孩
He will be sixteen next week. 他下週就滿十六歲了.

**six·teenth** [sɪks`tinθ] 名 形 第十六(的)；(一個月的)十六號．➡略作 **16th**；用法請參見 third.
on the 16th of October＝October 16 (讀法：(the) sixteenth) 在十月十六日

**sixth** [sɪks θ]
▶第六(的)
▶第六天，六號

名 形 (複 **sixths** [sɪksθ]) ❶第六(的)；(一個月的)六號．➡略作 **6th**；用法請參見 third.
the sixth period 第六節課
on the 6th of January ＝ January 6 (讀法：(the) sixth) 在一月六日
❷六分之一(的).
a sixth part ＝ one sixth 六分之一
five sixths 六分之五

**six·ti·eth** [`sɪkstɪɪθ] 名 形 第六十(的)．➡略作**60th**；用法請參見third.

**six·ty** [`sɪkstɪ]
▶六十(的)
▶六十歲(的)

名(複 **sixties** [`sɪkstɪz]) ❶六十；六十歲．➡用法請參見 three.
**sixty-one, sixty-two,** ～ 六十一，六十二，～.
❷(**sixties**) (年齡的)六十至六十九歲；(世紀的)六〇年代．➡從 sixty 至 sixty-nine.
She is in her early sixties. 她六十出頭.
My father was a college student in the late sixties. 六〇年代末時，我父親仍是個大學生.
—形 六十的；六十歲的.
sixty cars 六十輛車
My grandfather is sixty. 我祖父六十歲.

**size** [saɪz] 名 大小，尺寸；(帽子、手套、鞋等的)號碼.
the size of a living room 起居室的大小
It's the size of a tennis ball. 這是網球的大小.
This house is the same size as that one. 這幢房子和那幢一樣大小.
What size shoes do you take? 你穿幾號的鞋子?
This store has three sizes of oranges; small, medium, and large. 這家店有大、中、小三種柳橙.

**skate** [sket] 名 (常用 **skates**) 溜冰鞋(ice skates)；輪式溜冰鞋(roller skates).
**a pair of** skates 一雙溜冰鞋
—動 溜冰，滑冰.
Jack skates very well. 傑克很會溜冰.
Some boys and girls are skating on the ice. 幾個男孩和女孩在溜冰場上溜冰.
idiom
***gò skáting*** 去溜冰.

**skate·board** [`sket͵bɔrd] 名 動 (玩)滑板.

**skat·er** [`sketɚ] 名 溜冰者.
a good 〔poor〕 skater 優秀〔不優秀〕的溜冰者

**skat·ing** [`sketɪŋ] skate 的現在分詞、動名詞.

S

—名 溜冰.

**skáting rìnk** 溜冰場. ➜亦可僅用 rink.

**skel·e·ton** [ˋskɛlətn̩] 名 骨骼；骨架；(建築物等的)結構.

**sketch** [skɛtʃ] 名 ❶ 素描，寫生畫；速寫；略圖.

**make** a sketch **of** Mt. Fuji 畫富士山的素描

❷(計畫、事件等的)概略，大綱.

❸(小說、戲劇、音樂等的)小品，短文.

—動 繪略圖；作素描，寫生.

**sketch·book** [ˋskɛtʃˏbʊk] 名 素描簿，寫生簿.

**ski** [ski] 名 (常用複數 **skis**) (在雪地或水上使用的)滑雪〔水〕板.

**a pair of** skis 一副雪橇

glide down a slope on skis 以滑雪板滑下斜坡

I have never been on skis. 我從未滑過雪.

**skí jùmp** 滑雪跳躍；滑雪跳臺.

**skí lìft** 運送滑雪者上下山坡的簡易式纜車. ➜也可僅用 lift.

—動 滑雪，滑水.

Let's ski. 一起滑雪去！

I like **to ski**. (=I like skiing.) 我喜歡滑雪.

Mary **skis** very well. 瑪麗很會滑雪.

We **skied** down the hill. 我們滑下山坡.

Many boys and girls are skiing at the foot of the hill. 許多男孩女孩在山腳下滑雪.

idiom

***gò skíing*** 去滑雪.

Let's go skiing in Switzerland. 我們去瑞士滑雪吧.

**ski·er** [ˋskiɚ] 名 滑雪者.

**ski·ing** [ˋskiɪŋ] ski 的現在分詞、動名詞.

—名 滑雪.

I like skiing very much. 我非常喜愛滑雪.

**skil·ful** [ˋskɪlfəl] 形《英》=skillful.

**skil·ful·ly** [ˋskɪlfəlɪ] 副《英》= skillfully.

**skill** [skɪl] 名 熟練的技術，技巧，技能；技藝.

He **has** great skill **in** teaching English to children. 他對於兒童英語的教學很有一套.

She plays the piano **with** skill. 她熟練地彈奏鋼琴.

**skilled** [skɪld] 形 ❶ 熟練的，有訓練的，有技巧的(skillful). ❷(工作等)需要技能的.

**skill·ful** [ˋskɪlfəl] 形 有技巧的；巧妙的；熟練的.

**skill·ful·ly** [ˋskɪlfəlɪ] 副 巧妙地，熟練地.

**skim** [skɪm] 動 ❶ 撈取(牛奶上的奶油、湯表面的)飄浮物.

◆ **skimmed** [skɪmd] 過去式、過去分詞.

◆ **skimming** [ˋskɪmɪŋ] 現在分詞、動名詞.

❷(使)輕輕掠過(水面、地面等)，輕輕擦過. ❸略讀，快讀.

**skin** [skɪn] 名 **皮，皮膚**；(動物的)毛皮.

a banana skin = the skin of a banana 香蕉皮

a bear's skin 熊皮

Babies have soft skin. 嬰兒有柔嫩的皮膚.

We **got wet to the skin**. 我們渾身濕透了.

Peaches have thin skins. 桃子皮薄.

**skín dìver** 浮潛者.

**skín dìving** 浮潛.

**skin·ny** [ˋskɪnɪ] 形 (瘦成)皮包骨的.

S

→ skin.

**skip** [skɪp] 動 ❶輕快地跳，跳躍；蹦跳；《英》跳繩(《美》jump rope).
skip (over) a brook 跳過小河
◆ **skipped** [skɪpt] 過去式、過去分詞.
The lambs skipped about. 小羊跳來跳去.
◆ **skipping** [`skɪpɪŋ] 現在分詞、動名詞.
The children **are** skipping in the playground. 孩子們在運動場上蹦蹦跳跳.
❷漏看(書等的)某部分，略過，遺漏.
skip a difficult math problem 跳過一題數學難題
"Don't skip your breakfast," said Mother. 「別不吃早飯」，媽媽說.
Hotel rooms sometimes skip the number 13. 旅館房間有時會跳過十三號.

**skirt** [skɝt] 名 裙.
**wear** 〔**put on**〕 a skirt 穿著〔穿〕裙子
You look pretty **in** a skirt. 你穿裙子很漂亮.
She usually wears jeans, but she's wearing a skirt today. 她通常穿牛仔褲，但今天穿了條裙子. ➜ be wearing 表示「狀態」.

**skit** [skɪt] 名 幽默之短文或短劇，諷刺短劇.

**skunk** [skʌŋk] 名 臭鼬. ➜產於北美洲的夜行性哺乳動物；遇敵時放出惡臭以自衛.

| **sky** [skaɪ] | ▶天，天空<br>⊙人的視界可見之天空 |
|---|---|

名 天，天空.
in **the** sky 空中 ➜ sky 前面沒加形容詞時，一定要加 the.
**a** blue sky 藍天 ➜ sky 與形容詞一起使用時要加 a.
a cloudy sky 多雲的天空
White clouds sail across the sky. 白雲飄過天空.
Skylarks are singing high up in the sky. 雲雀在高空中啼鳴.

**sky·div·er** [`skaɪˏdaɪvɚ] 名 跳傘運動員. → skydiving.

**sky·div·ing** [`skaɪˏdaɪvɪŋ] 名 特技跳傘. ➜在打開降落傘以前控制身體降落路線，作出各種姿勢的跳傘運動.

**sky·lark** [`skaɪˏlɑrk] 名 雲雀.

**sky·line** [`skaɪˏlaɪn] 名 ❶地平線(horizon). ❷天際線(山、建築物等以天空爲背景所映出的輪廓).

**sky·scrap·er** [`skaɪˏskrepɚ] 名 摩天大樓，高樓.

**slack** [slæk] 形 ❶緩慢的，遲滯的(slow).
❷鬆弛的，不緊的(loose).
a slack rope 鬆弛的繩子

**slacks** [slæks] 名 複 寬鬆的褲子. ➜與上衣不成套的長褲；男女皆可穿.

**slam** [slæm] 動 砰地關閉；猛力投擲；砰地放下.
slam a door 砰地關門
slam a book down 砰地將書放下
◆ **slammed** [slæmd] 過去式、過去分詞.
◆ **slamming** [`slæmɪŋ] 現在分詞、動名詞.

**slang** [slæŋ] 名 ❶俚語.
❷(僅在某團體或朋友間)通用的語言.
schoolboy slang 學生俚語

**slant** [slænt] 動 (使)傾斜；(使)歪斜.
His handwriting slants to the left. 他寫的字向左歪.
—名 傾斜(slope).
on the 〔a〕 slant 傾斜著

**slap** [slæp] 動 ❶(以手掌或扁平物)拍擊.

◆ **slapped** [slæpt] 過去式、過去分詞.

◆ **slapping** [ˋslæpɪŋ] 現在分詞、動名詞.

❷啪地一聲放下某物.

—名 掌擊，摑，拍，耳光，巴掌.

**slate** [slet] 名 (鋪屋頂的)石板，石板瓦；(古時學童書寫用的)石板.

**slave** [slev] 名 奴隸.

**slave·hold·er** [ˋslevˏholdɚ] 名 蓄奴者.

**slav·er·y** [ˋslevərɪ] 名 奴隸制；奴隸的身分〔狀態〕.

live in slavery 過著奴隸的生活

**sled** [slɛd] 名 雪橇；(小孩玩雪用的)小型雪橇.

**sledge** [slɛdʒ] 名《英》=sled.

| **sleep** [sl i p] | ▶睡著<br>▶睡眠 |
|---|---|

動 睡，睡眠.

基本 sleep well 睡得好 ➜ sleep+副詞(片語).

Did you sleep well last night? 昨晚睡得好嗎?

Most bears sleep through the winter. 大多數熊會冬眠.

She **sleeps** (for) eight hours every night. 她每晚睡八小時. ➜ sleeps [slips] 爲第三人稱單數現在式.

I usually **go to bed** at ten and **wake up** at six in the morning. So I **sleep** for eight hours. 我通常十點上床睡覺，早晨六點起床，因此，我睡八小時. ◁相關語

◆ **slept** [slɛpt] 過去式、過去分詞.

We slept in a log cabin for the night. 那天晚上我們睡在一間小木屋裡.

He **hasn't** slept at all for two days. 他兩天以來根本沒睡過覺. ➜ 現在完成式.

◆ **sleeping** [ˋslipɪŋ] 現在分詞、動名詞.

a sleeping dog 睡著的狗

a dog sleeping in a doghouse 一條睡在狗屋裡的狗

A lion **was** sleeping in the cage. 獅子睡在籠子裡. ➜過去進行式.

**sléeping bàg** (露營、登山時使用的)睡袋.

**sléeping càr** (鐵路的)臥車(sleeper).

—名 睡眠.

a deep〔sound〕sleep 熟睡

winter sleep 冬眠

**have a** good sleep 沈睡，酣睡

get three hours' sleep 睡三小時

sing a baby **to** sleep 唱歌哄小孩入睡

My father often talks in his sleep. 我父親經常說夢話.

Get some **sleep** while the baby is **asleep**. 趁嬰兒睡著時你也睡一會兒. ◁相關語

idiom

***gèt to sléep*** 睡著，就寢.

I went to bed early, but I couldn't get to sleep till late. 我很早就上床了，但很晚才睡著. ◁相關語

***gò to sléep*** 入睡；《口》(手等)麻木.

I went to sleep as I was reading. 我看著書就睡著了.

When I sit on my legs, they soon go to sleep. 我一跪坐腳就麻掉了.

**sleep·er** [ˋslipɚ] 名 ❶睡眠者.

a heavy sleeper 沈睡者，熟睡者

a light sleeper 淺睡者

❷臥車，臥舖(sleeping car).

**sleep·less** [ˋsliplɪs] 形 不睡的，睡不著的，失眠的.

spend a sleepless night 度過一個失眠的夜晚

**sleep·y** [ˋslipɪ] 形 想睡的，睏的.

a sleepy child 很睏的小孩

feel sleepy 覺得想睡

S

look sleepy　看起來想睡
I am very sleepy.　我很睏.

**sleep·y·head** [ˋslipɪˏhɛd] 名 (尤指小孩)貪眠的人, 愛睡懶覺的人.

**sleeve** [sliv] 名 衣袖.
roll up *one's* sleeves　捲起衣袖

**sleigh** [sle] 名 雪車, 雪橇. ➡尤指用馬拖曳的.

**slen·der** [ˋslɛndɚ] 形 細長的, 纖細的.
a slender waist　細腰
My father is **slender**, but my mother is **stout**.　我父親身材高瘦, 但母親身材矮胖. ◁反義字

**slept** [slɛpt] sleep 的過去式、過去分詞.

**slice** [slaɪs] 名 薄片, 一片.
a slice of bread　一片麵包
—動 (將麵包、火腿等)切成薄片.

**slid** [slɪd] slide 的過去式、過去分詞.

**slide** [slaɪd] 動 滑動, 滑行; (棒球)滑壘.
slide on ice　滑冰
slide into second base　滑進二壘
The children were sliding on the ice.　孩子們在冰上滑行.
◆ **slid** [slɪd] 過去式、過去分詞.
We slid down the hill on a sled.　我們坐雪橇滑下山丘.
—名 ❶滑, 滑行; (棒球的)滑壘.
make a hard slide into home plate　猛然滑進本壘
❷(兒童的)滑梯.
slide down a slide　溜下滑梯
❸幻燈片; (顯微鏡的)載玻片.
color slides of Japanese scenery　日本風景的彩色幻燈片

**slight** [slaɪt] 形 細小的, 輕微的.
have a slight cold　得了輕微的感冒
會話 Do you know where he is? —No, I don't have the slightest idea.　你知道他在哪兒嗎? —不, 我一點兒也不知道.

**slight·ly** [ˋslaɪtlɪ] 副 少許, 稍稍.

**slim** [slɪm] 形 苗條的, 細長的, 纖細的(slender).
◆ **slimmer** [ˋslɪmɚ] 比較級.
◆ **slimmest** [ˋslɪmɪst] 最高級.

**slip** [slɪp] 動 ❶(不留神)滑, 滑倒; (像溜滑般)迅速地行動.
slip on a banana skin　踩到香蕉皮滑了一跤
◆ **slipped** [slɪpt] 過去式、過去分詞.
The knife slipped and cut my hand.　小刀滑落把我的手割破了.
She slipped **out of** the room while the others were talking.　當別人在說話的時候, 她悄悄從房間裡溜走.
◆ **slipping** [ˋslɪpɪŋ] 現在分詞、動名詞.
❷迅速俐落地穿〔脫〕(衣服、鞋等).
slip **on** 〔**off**〕 *one's* shoes　迅速穿上〔脫下〕鞋子
—名 ❶滑, 溜, 滑倒.
**have** a slip　滑; 滑倒
❷(不留神而造成的)失誤, 小疏忽.
**make** a slip　失誤, 犯小錯
by a slip of the pen　筆誤
by a slip of the tongue　口誤, 說溜了嘴
❸枕頭套; (婦女的)貼身襯衣, 長襯裙.

**slip·per** [ˋslɪpɚ] 名 拖鞋, 室內便鞋.
**a pair of** slippers　一雙拖鞋

**slip·per·y** [ˋslɪpərɪ] 形 光滑的; 易滑倒的; 滑溜得難以抓住的.

**slope** [slop] 名 山坡, 傾斜面, 斜坡.
a gentle slope　緩坡
—動 有斜度, 傾斜.

**slot** [slɑt] 名 (公共電話、自動販賣機上的)投幣孔.
**slót machìne**　吃角子老虎機; 自動販賣機. ➡投入錢幣後便會自行啓動的機器, 可作爲自動販賣機或賭博用的遊樂機.

**slow** [slo] 形 ❶慢的, 緩慢的.

S

反義字 fast (快的).
a slow runner 跑得慢的人
a slow worker 工作做得慢的人
a slow pupil 學得慢的學生
He was slow in everything. 他做任何事情都拖拖拉拉.
He is slow to learn English.＝He is slow in learning English. 他學英語學得很慢.
諺語 Slow and steady wins the race. 欲速則不達. ➜ slow, steady 雖是兩個形容詞，但視作單一語義，共同作句子的主詞.
❷ (鐘錶)慢的. ➜ 通常不放在名詞前面；反義字 fast (快).
Your watch is slow. 你的錶慢了.
My watch is three minutes slow. 我的錶慢了三分鐘. ➜ 亦可用 lose three minutes.
—副 緩慢地(slowly).
Walk slow in the school hall. 在大禮堂裡請慢行.
◆ **slower** 《比較級》更慢地.
◆ **slowest** 《最高級》最慢地.
—動 (亦作 **slow down** 〔**up**〕) 減速；使(行進、效果)變慢.
The driver slowed down at a red light. 駕駛員看見紅燈時減速.

S

## slow·ly
[ˋslo lɪ]
▶ 緩慢地
⊙ fast (快地), quickly (敏捷地) 的反義字

副 緩慢地.
基本 walk slowly 緩慢地走 ➜ 動詞＋slowly.
speak slowly and clearly 緩慢、清楚地說話
◆ **more slowly** 《比較級》更慢地.
Read a little more slowly. 讀得更慢一點兒.
◆ **most slowly** 《最高級》最慢地.

**slump** [slʌmp] 名 不景氣，蕭條；不順，低潮；暴跌.
The Giants are now **in** a slump. 巨人隊現在陷入低潮.

**sly** [slaɪ] 形 狡詐的，詭譎的；淘氣的.
◆ **slyer** [ˋslaɪɚ], **slier** [ˋslaɪɚ] 比較級.
◆ **slyest** [ˋslaɪɪst], **sliest** [ˋslaɪɪst] 最高級.

## small
[sm ɔ l]
▶ 小的
⊙ 客觀地表示大小、數量、價值等小於平常的標準

形 小的. → little.
基本 a small room 狹小的房間 ➜ small＋名詞.
a small shop 小店
in a small voice 小〔低〕聲
a small income 少的〔微薄的〕收入
a small matter 小問題
This book is for small children. 這本書是幼兒讀物.
基本 The kitten is **small**. The cat is **large**. 小貓小，母貓大. ◁ 反義字 ➜ be 動詞＋small 〈C〉.

large small

The boy is very small **for** his age. 這男孩以他的年紀來說長得很矮小.
My little brother is too small to ride a bicycle. 我弟弟還小不能騎腳踏車.
◆ **smaller** [ˋsmɔlɚ] 《比較級》更小的.
It grew smaller and smaller. 這(東西)變得愈來愈小.
◆ **smallest** [ˋsmɔlɪst] 《最高級》最小的.
Mary is **smaller than** her younger brother, but their mother is **the**

**smallest** in the family. 瑪麗比她弟弟矮小，但他們的母親是全家最矮小的.

**smáll létter** 小寫字母. → letter.

**smart** [smɑrt] 形 ❶聰明的，精明機靈的(bright)；伶俐的；自大的.
a smart boy〔dog〕聰明的男孩〔狗〕
Pat is smart **in** math. 派特數學很好.
❷整潔的(neat)；衣冠楚楚的，瀟灑的；時髦的(fashionable).
Ann looked smart in her new dress. 安穿著新衣服看起來眞漂亮.
❸(疼痛等)強烈的，劇烈的.
— 動 劇烈地痛.

**smell** [smɛl] 動 **發出氣味；發出難聞的氣味；嗅，聞.**
smell good 聞起來不錯
smell **of** gas 有瓦斯味
smell roses 聞玫瑰的香味
This rose smells sweet. 這玫瑰花氣味芬芳.
This fish smells. = This fish smells bad. 這魚發出腐臭味. ➜ smell 單獨使用時通常表示「發出惡臭」.
I can smell rubber burning. 我聞到橡膠燃燒的氣味.
◆ **smelled** [smɛld], **smelt** [smɛlt] 過去式、過去分詞.
The air smelled **of** pine trees. 空氣中有松樹的香味.
— 名 ❶氣味；難聞的氣味.
a sweet〔bad〕smell 好聞的〔難聞的〕氣味
There is a smell **of** fried chicken in this room. 這房間裡有一股炸雞的香味.
❷聞，嗅.
❸嗅覺.

**smelt** [smɛlt] smell 的過去式、過去分詞.

**smile** [smaɪl] ▶微笑

動 微笑. → laugh 相關語
smile **at** a child 對孩子微笑
He never **smiles**. 他從來不笑. ➜ smiles [ˋsmaɪlz] 爲第三人稱單數現在式.

◆ **smiled** [smaɪld] 過去式、過去分詞.
They smiled at each other. 他們相視而笑. ➜ each other 表示「互相」.
I smiled at the girl and she smiled **back**. 我向那位少女微笑，而她也對我微笑.
Fortune smiled **on**〔**upon**〕him. 幸運女神對他微笑.
◆ **smiling** [ˋsmaɪlɪŋ] 現在分詞、動名詞.
Jane **is** always smiling. 珍總是面帶微笑. ➜現在進行式，表示一直不斷地「微笑」.
— 名(複 **smiles** [smaɪlz]) 微笑.
with a smile 帶著微笑
"Good morning," he said with a friendly smile. 「早安」，他帶著友好的微笑說.
She had a smile on her face. 她微笑著.
The Mona Lisa is famous for her mysterious smile. 蒙娜麗莎以其神秘的微笑而著名.

**smog** [smɑg] 名 煙霧. ➜有煙的濃霧.

字源 由 **sm**oke(煙)與 f**og**(濃霧)組合而成.

**smoke** [smok] 名 ❶煙.
Smoke was rising from the top of volcano. 煙從火山頂端升起. ➜不用×*a* smoke, ×smoke*s*.
諺語 There is no smoke without fire. 無火不生煙, 無風不起浪.
❷(**a smoke**)抽一支菸.
—動 ❶冒煙; 燻, 用煙燻製. → smoked.
❷抽菸.
smoke a cigarette 抽菸
smoke a pipe 抽菸斗
My father doesn't smoke. 我父親不吸菸.

**smoked** [smokt] 形 燻製的.
smoked herring 燻鯡魚

**smok·er** [\`smokɚ] 名 吸菸者, 癮君子.
a heavy smoker 菸癮大的人

**smok·ing** [\`smokɪŋ] 名 吸菸.
Smoking is not good for your health. 吸菸對健康無益.
告示 No smoking. 禁止吸菸.

**smooth** [smuð] ➜注意th發音為[ð].
形 ❶平滑的, 光滑的. 反義字 rough (粗糙的, 凹凸不平的).
a smooth road 平坦的路
❷(海面等)平靜的; (動作等)順暢的, 平穩的.
The sea was as smooth as glass. 海面平靜如鏡.
The airplane made a smooth landing. 飛機平穩著陸.
—動 使光滑, 使平滑; 使平靜.
smooth out wrinkles with an iron 用熨斗熨平皺紋

**smooth·ly** [\`smuðlɪ] 副 平滑地, 光滑地; 順暢地.

**snack** [snæk] 名 (正餐時間以外所吃的)小吃, 點心.
a snack bar 小吃店, 快餐店
eat 〔have〕 a snack before going to bed 睡前吃點心

**snail** [snel] 名 蝸牛.
at a snail's pace (以蝸牛似的步調⇨)非常緩慢地

**snake** [snek] 名 蛇. → serpent.
Snakes coil up 〔hiss〕. 蛇把身體盤繞起來〔發出嘶嘶聲〕.

印象《聖經》中有蛇在伊甸園(Eden)唆使夏娃偷食禁果的記載, 因此蛇被認為是「誘惑者」「惡魔」「叛徒」的化身.

**snap** [snæp] 動 ❶發出啪的聲音.
◆ **snapped** [snæpt] 過去式、過去分詞.
He snapped his fingers and his dog came running. 他啪地彈指, 他的狗就跑來了.
◆ **snapping** [\`snæpɪŋ] 現在分詞、動名詞.
❷發出破裂聲而折斷.
❸(門、蓋子等)啪的一聲關閉或打開.
The lid of the box snapped open 〔shut〕. 那盒子的蓋子啪噠一聲開了〔關了〕. ➜ open 是形容詞, shut 是過去分詞作形容詞使用.
❹拍快照.
—名 ❶折斷聲; 破裂聲.
❷快照(snapshot).
❸(衣服、手套等的)鈎, 按扣.

**snap·shot** [\`snæp,ʃɑt] 名 快照.
take a snapshot 拍快照

**snare** [snɛr] 名(尤指有索套, 用以捕捉小動物及鳥類的) 羅網, 陷阱. → trap.
set a snare for rabbits 設捕兔子的羅網

**snatch** [snætʃ] 動 搶奪; (**snatch at** ~)奪取~.

**sneak** [snik] 動 偷偷摸摸行動〔逃走〕.

**sneak·ers** [\`snikɚz] 名 複 膠底運動

S

鞋，軟底鞋.

**sneeze** [sniz] 名 噴嚏.
**—**動 打噴嚏.

**sniff** [snɪf] 動 ❶以鼻吸氣(發出聲音). ❷用鼻子聞，嗅.
The dog sniffed **at** the stranger. 那隻狗嗅陌生人的氣味.

**Snoop·y** [ˋsnupɪ] 專有名詞 史奴比. ➜美國漫畫家 C. 舒爾茲的作品 Peanut 中喜歡冒險的短腿小狗.

**snore** [snor] 名動 打鼾(聲).

**snor·kel** [ˋsnɔrkl̩] 名 換氣裝置. ➜潛水時管口伸出水面的換氣裝置.

| **snow** [sno] | ▶雪<br>▶降雪 |
|---|---|

名 雪，降雪.
a heavy snow 大雪
walk in the snow 在雪中行走
We will **have** snow in the afternoon. 下午會下雪. ➜不用 ×*a* snow, ×snow*s*.
We have a lot of snow in February. 二月多雪.
There is still some snow on the ground even in May. 即使進入五月地面上還有些積雪.
Her wedding dress is as white as snow. 她的結婚禮服像雪一般潔白.
When the snow **falls**, we can have a snowball fight. 一下雪，我們就能打雪仗了.
**—**動 下雪. ➜主詞用 it 籠統地表示「天氣」；→ rain.
It **snows** in winter. 冬天下雪. ➜ snows [snoz] 爲第三人稱單數現在式.
◆ **snowed** [snod] 過去式、過去分詞.
It snowed ten inches. 雪下了十英寸.
◆ **snowing** [ˋsnoɪŋ] 現在分詞、動名詞.
It **is** snowing hard. 雪下得很大. ➜現在進行式.

**snow·ball** [ˋsno͵bɔl] 名 (打雪仗用的)雪球.
have a snowball fight 打雪仗

**snow-covered** [ˋsno͵kʌvɚd] 形 《文》被雪覆蓋的.
a snow-covered mountain peak 被雪覆蓋的山峰

**snow·fall** [ˋsno͵fɔl] 名 降雪；降雪量.
a heavy snowfall 大雪

**snow·flake** [ˋsno͵flek] 名 雪花，雪片.

**snow·man** [ˋsno͵mæn] 名 (複 **snowmen** [ˋsnomən]) 雪人.
make a snowman 堆雪人

**snow·mo·bile** [ˋsno͵mobil] 名 在冰雪上行走的履帶車.

**snow·shoe** [ˋsno͵ʃu] 名 雪鞋.

**snow·storm** [ˋsno͵stɔrm] 名 大風雪，暴風雪.

**snow-white** [ˋsnoˋhwaɪt] 形 如雪般白的，雪白的，純白的.

**snow·y** [ˋsnoɪ] 形 ❶下雪的；多雪的；積雪的，被雪所覆蓋的.
a snowy day 〔season〕 下雪的天氣〔季節〕
❷雪白的，純白的(snow-white).

| **so** [so] | ▶這樣，非常<br>▶那樣，如此<br>▶所以，因此 |
|---|---|

副 ❶這樣，那樣；非常，很.
基本 Don't be so angry. 別發那麼大脾氣. ➜ so＋形容詞.
He is not so tall. 他個子並不那麼高.
基本 會話 Don't walk so fast. —Don't walk so slow. 別走得那麼快. —別走得那麼慢. ➜ so＋副詞.
Do you learn so many subjects? 你學那麼多課程嗎?
I've never seen **so big a cat**. 我從

S

未見過那樣大的貓. ➡注意 so big a cat 的語序(不用×*a so big* cat).

I'm so happy. 我很高興〔很幸福〕. ➡表示「很, 非常」之意的 so 多爲女性所使用.

❷**那樣, 如此.** ➡代替前述語句的一部分.

會話 Will it rain tomorrow? —**I think so.** 明天會下雨嗎? —我想會吧.

會話 Are you coming to the party? —**I hope so.** 你會來參加晚會嗎? —我希望能來.

會話 That's my father's car. —**Is that so?** 那是我父親的車. —是嗎? ➡表示強烈的「驚訝、疑問」時用上升語調, 僅表示「搭話」時用下降語調.

I hear you lived in that town once. If so, you must know Mr. Smith. 我聽說從前你住在那個鎮上, 那麼你應該認識史密斯先生.

會話 She is happy. —**Só** she **ís**. 她很幸福. —的確如此. ➡粗體字需重讀, So+S+V 的語序時, 主詞與前句爲同一人物.

會話 She is happy. —**Só** is **hé**. 她很幸福. —他也是如此. ➡粗體字需重讀, So+V+S 的語序時, 主詞與前句不同.

My mother loves lilies, and so do I. 我母親喜歡百合花, 我也喜歡.

會話 I saw Ken yesterday. —So did I. 我昨天看見肯了. —我也看見他了.

**—**連 所以, 因此. ➡也可用 **and so**.

It was raining, (and) so I didn't go for a walk. 外面下雨, 所以我沒去散步.

idiom

***and só òn* 〔*fòrth*〕** ～等等. ➡ and idiom

***nòt so ∼ as Á*** (與 A 相比)不如 A～.

He is not so tall as you. 他個子沒你高.

***∼ or sò*** ～左右, 大約～.

an hour or so 一小時左右

in a week or so 大約一星期

***sò as to dó*** 爲了～, 以便～.

Arrange the words so as to make a complete sentence. 把單字排列成完整的句子.

***sò A as to dó*** 如此地 A 以致於～.

He was so kind as to show me around Tokyo. 他非常親切, 帶我參觀了東京.

I am not so stupid as to believe that. 我還不至於蠢到連那也相信.

***só fàr*** 到目前爲止.

I can agree with you so far. 到目前爲止我可以贊成你.

So far we have been quite successful. 到目前爲止我們非常成功.

***so* 〔*as*〕 *fár as ∼*** 就～而論; 至某種限度或程度.

So 〔As〕 far as I know, Ken is an honest boy. 就我所知, 肯是一個誠實的男孩.

***Sò lóng*** 《口》再見. ➡用於關係親密的人, 不能對上司或長輩使用.

***so* 〔*as*〕 *lóng as ∼*** 只要～.

I am happy so 〔as〕 long as you are with me. 只要你和我在一起, 我就很幸福了.

***so múch for ∼*** ～只不過這樣, ～就此結束.

It's raining, and it seems it will continue (raining) all day. So, so much for the picnic. 下雨了, 而且似乎會下一整天, 所以野餐就到此爲止.

***sò* (*that*) *∼*** 因此～, 所以～. ➡通常 so 的前面有逗號(,); 口語中通常省略 that.

I took my coat off, so 〔that〕 I could move more freely. 我脫下外套, 所以活動更方便.

***só A that ∼*** 如此地 A 以致於～.

It is so hot that I cannot work. 天氣太熱, 我無法工作. (= It is very hot, so I cannot work.) ➡可

改寫成 It is **too** hot **to** work.

This book is so difficult that I can't read it. 這本書太難了，我看不懂. ➔可改寫成 This book is **too** difficult **for me to** read.

He was so rich that he could buy a Cadillac. 他非常有錢，買得起凱廸拉克轎車. ➔可改寫成 He was rich **enough to** buy a Cadillac.

***sò (that) A will 〔can, may〕 dó*** 爲的是 A 能夠～. ➔在口語中通常省略 that.

Hurry up so (that) you will be in time. 快一點你才來得及. ➔注意 so that ～ 的譯法.

He ran so (that) he wouldn't miss the first train. 他用跑的，這樣才不會錯過頭班火車. ➔主要子句動詞 (ran) 是過去式，根據「時態一致」規則，that 之後的動詞也用過去式 (would).

***so to sày 〔spèak〕*** 可以說；好比，如同.

**soak** [sok] 動 ❶(在水裡)浸，泡；使浸透，使沾濕.

Soak the bread in milk. 把麵包泡在牛奶裡.

❷浸；淋濕，使濕透.

idiom

***sóak úp*** 吸收.

**so-and-so** [ˋsoən͵so] 名 (複 **so-and-sos** [ˋsoən͵soz]) 某某，某人，某事物. ➔忘記其名或不願說出其名時的代用語.

Mr. So-and-so from the bank called today. You know, the one with a Kwangtung accent. 今天有個銀行的人打電話來，你知道，就是那個說話帶廣東腔的人.

**soap** [sop] 名 肥皂.

**a cake 〔bar〕 of** soap 一塊肥皂 ➔不用 ×*a* soap, ×soap*s*.

Wash your hands well with soap (and water). 用肥皂(和水)把手洗乾淨.

**soar** [sor] 動 高飛(fly high)，飛高(fly upward)；急升.

**sob** [sɑb] 動 嗚咽，啜泣.

◆ **sobbed** [sɑbd] 過去式、過去分詞.

◆ **sobbing** [ˋsɑbɪŋ] 現在分詞、動名詞.

**so·ber** [ˋsobɚ] 形 ❶未醉的，淸醒的. ❷認眞的；冷靜的；(顏色)樸素的.

**so-called** [ˋsoˋkɔld] 形 所謂的，號稱的. ➔通常含有「名不副實」的語氣，只能置於名詞前.

his so-called friends 他那所謂的朋友

**soc·cer** [ˋsɑkɚ] 名 足球. →football.

a soccer match 〔team〕 足球比賽〔隊〕

play soccer 踢足球

**so·cial** [ˋsoʃəl] 形 ❶社會的，社會上的.

social life 〔problems〕 社會生活〔問題〕

the social pages of a newspaper 報紙的社會版

**sócial stúdies** (中小學的)社會科.

our social studies teacher 我們的社會科老師

❷群居的；社會生活的.

❸社交的，聯誼的.

Our school has a lot of social events. 我們學校有很多聯誼活動.

**so·ci·e·ty** [səˋsaɪətɪ] 名 (複 **societies** [səˋsaɪətɪz]) ❶社會.

a member of society 社會的一員

Western society 西方社會

the progress of human society 人類社會的進步

❷(爲某種目的而結合起來的)會，協會，社，團，學會.

the English Speaking Society 英語會話社(ESS)

a film society 電影協會

S

the Red Cross Society 紅十字會

❸交際，交往.

I enjoy his society. 我以和他交往爲樂.

**sock** [sɑk] 名 短襪. 相關語 stocking (長襪).

**a pair of** socks 一雙短襪

**wear** socks 穿著襪子

**sock·et** [ˋsɑkɪt] 名 (插入物體的)孔，(電燈的)插座. → outlet.

**Soc·ra·tes** [ˋsɑkrəˏtiz] 專有名詞 蘇格拉底. ➜古希臘哲學家(470?-399 B.C.)；柏拉圖(Plato)的老師.

**so·da** [ˋsodə] 名 ❶蘇打. ❷蘇打汽水. ➜亦稱 **soda water**. ❸蘇打冷飲. ➜蘇打水中加入水果、糖、冰淇淋等.

**so·fa** [ˋsofə] 名 沙發，長椅.

**soft** [sɔft] 形 ❶柔軟的，平滑的.

a soft pillow 軟枕頭

soft clay 軟黏土

A baby has very soft skin. 嬰兒有細嫩的皮膚.

Do you like a **soft** bed or a **hard** one? 你喜歡軟床還是硬床? ◁反義字

❷溫和的；軟弱的.

in a soft voice 以溫和的聲音

soft muscles 鬆軟的肌肉

**sóft drínk** (不含酒精的)清涼飲料.

**soft·ball** [ˋsɔftˏbɔl] 名 壘球；壘球用的球.

**sof·ten** [ˋsɔfən] ➜t 不發音. 動 (使)變軟，(使)變溫和.

**soft·ly** [ˋsɔftlɪ] 副 柔和地，溫和地；柔軟地；靜靜地，輕輕地.

**soft·ness** [ˋsɔftnɪs] 名 柔軟；溫和，溫柔.

**soft·ware** [ˋsɔftˏwɛr] 名 軟體. ➜電腦作業系統，包括資料、程式等，不含計算機之機件；→ hardware.

**soil** [sɔɪl] 名 ❶土地，土壤，地表層. ➜植物、樹木等生長之處.

rich〔poor〕soil 沃土〔瘠土〕

sandy soil 沙地

❷故土，故國(country).

my native soil 我的祖國

—動 (用泥土等)弄髒；被玷污.

**so·lar** [ˋsolɚ] 形 太陽的，與太陽有關的. → lunar.

solar energy〔heat〕 太陽能〔熱〕

a solar eclipse 日蝕

**the sólar sỳstem** 太陽系.

**sold** [sold] sell 的過去式、過去分詞.

**sol·dier** [ˋsoldʒɚ] 名 (陸軍)士兵；軍人.

**sole**[1] [sol] 形 ❶唯一的，獨一無二的，僅有的(only).

❷(權利等)獨佔的.

**sole**[2] [sol] 名 (腳的)底部，腳掌；鞋底.

**sol·emn** [ˋsɑləm] ➜n 不發音. 形 沈重的；神聖的，莊嚴的，嚴肅的.

solemn music 肅穆的音樂

**sol·id** [ˋsɑlɪd] 形 ❶固體的；硬的，結實的；可靠的.

a solid body 固體(非液體或氣體)

a solid building 堅固的建築物

a solid man 可靠的人；體格結實的人

solid food 固體食物

Water is **liquid**, but it turns **solid** when it freezes. 水是液體，但結冰時變成固體. ◁相關語

❷實心的，無孔的，無空隙的.

A tennis ball is **hollow**, but a golf ball is **solid**. 網球是空心的，但高

爾夫球是實心的. ◁反義字

❸純的，全部爲同一物質〔顏色〕的.

solid gold 純金

—[名] 固體. [相關語] liquid(液體)，gas(氣體).

**sol·i·ta·ry** [ˋsɑlə͵tɛrɪ] [形] 獨居的，孤獨的，無伴的；唯一的；偏僻的.

a solitary traveler 單獨的旅行者

**sol·i·tude** [ˋsɑlə͵tjud] [名] ❶獨居，孤獨.

live **in** solitude 獨居

❷人跡罕至之處.

**so·lo** [ˋsolo] [名]([複] **solos** [ˋsoloz]) 獨唱(曲)，獨奏(曲).

play a violin solo 小提琴獨奏

**Sol·o·mon** [ˋsɑləmən] [專有名詞] 所羅門. ➜西元前十世紀左右的以色列國王；以智慧和財富而聞名；→ David.

**so·lu·tion** [səˋluʃən] [名] ❶(問題的)解答，答案.

The solutions **to** the problems are at the end of the book. 問題的解答在書末.

❷(物質的)溶解；溶液.

**solve** [sɑlv] [動] 解答(問題等)，解決.

solve the problem 〔the mystery〕 解答問題〔那個謎〕

| **some** | |
|---|---|
| [sʌm] 強<br>[səm] 弱 | ▶一些<br>▶某些<br>▶幾個 |

[形] ❶一些，幾個. ➜輕讀爲 [səm]；一般用於肯定敘述句中，疑問句、否定句則用 any 代替；→ several.

**基本** some apples 一些蘋果 ➜ some＋複數名詞；[形] 全部(包括❷❸)都只能置於名詞(片語)前.

some books 幾本書

some girls 幾位少女

some years ago 幾年前

Bring me some clean towels. 請拿給我幾條乾淨的毛巾.

**基本** some money 一些錢 ➜ some＋不可數名詞.

some milk 〔bread〕 一些牛奶〔麵包〕

There is still some snow on the ground. 地面上還有些積雪.

Go to the supermarket and buy some tomatoes and milk. 去超級市場買幾個番茄和一些牛奶.

There are **some** lions in the zoo, but there aren't **any** cats. 那家動物園有幾頭獅子，但一隻貓也沒有. ◁相關語

There is **some** sugar, but there isn't **any** milk. 有一些糖，但一點兒牛奶也沒有.

[會話] Do you have any brothers and sisters? —I have some brothers, but I don't have any sisters. 你有兄弟姊妹嗎? —我有兄弟，但沒有姊妹.

Will you have some coffee? 要咖啡嗎? ➜期待或預料對方回答 yes 的疑問句中，不用ˣ*any* 而用 some.

May I have some more cake? 我能再來點蛋糕嗎?

❷某些(一部分). ➜重讀爲 [sʌm].

Some birds can't fly. 有某些鳥不會飛.

In Canada some people speak English and some people speak French. 在加拿大有些人說英語，有些人說法語.

❸(some＋單數名詞)某個，某處. ➜重讀爲 [sʌm]；→ certain.

He came from some small town in Brazil. 他來自巴西某個小鎮.

Let's have lunch in some cool place. 我們找個涼爽的地方吃午飯吧.

[idiom]

***for sóme tíme*** 一會兒，片刻.

***sóme dày*** (未來的)某一時刻，有朝一日. ➜亦可拼寫爲 **someday**；→ one day (→ one [形] ❷).

S

He will be a great singer some day. 他總有一天會成為一名偉大的歌手.

***sóme tìme*** (未來的)某一時刻，於某時；一會兒的時間. → sometime.

some time in June 六月的某時

—副 約～，大約(about).

I visited Shanghai some ten years ago. 大約十年前我去過上海.

—代❶**幾個，一些**，幾人. ➜重讀為 [sʌm].

some **of** the Beatles' songs 披頭四合唱團的幾首歌

some of that cloth 一些布

Don't eat all the cake. Leave some for Mary. 別把蛋糕全吃了，留一些給瑪麗.

會話 Do you want any milk? —Yes, give me some. 要牛奶嗎? —好的，給我一點.

❷(全體中的)某些人，某物. ➜重讀為 [sʌm]；常用 **some..., and others....**或 **some..., and some....**的句型.

**Some** say "yes," and **others** say "no." 一些人說「是」，而一些人說「不」.

Some study French and some study Spanish. 有人學法語，也有人學西班牙語.

**some·bod·y** [ˋsʌm͵bɑdɪ] 代 某人. ➜通常用於肯定的陳述句中；比 someone 更口語化；疑問句、否定句中由 anybody 代替.

Somebody is at the door. 門口有人.

Somebody loves me. I wonder who he is. 有人愛我，但到底是誰?

**some·day** [ˋsʌm͵de] 副 (未來的)某一天. ➜亦可拼寫為 **some day**；→ one day (→ one 形❷).

**some·how** [ˋsʌm͵haʊ] 副❶(亦作 **somehow or other**)以某種方式，設法(in some way).

I passed the math test somehow (or other). 我總算通過數學考試.

❷說不上甚麼理由，反正(for some reason).

Somehow I don't like him. 反正我不喜歡他.

| **some·one** [ˋsʌm ͵wʌn] | ▶某人<br>⊙通常用於肯定的陳述句中；疑問句、否定句則用 anyone 代替 |
|---|---|

代 某人(somebody). → anyone.

someone else 另外某一個人

Someone called you yesterday. I didn't ask who he was. 昨天有人打電話給你，我沒問他是誰.

**som·er·sault** [ˋsʌmɚ͵sɔlt] 名 筋斗.

**do** 〔**turn**〕 a somersault 翻筋斗

| **some·thing** [ˋsʌm θɪŋ] | ▶某物，某事<br>⊙用於肯定的陳述句中；疑問句、否定句用 anything 代替 |
|---|---|

代 **某事，某物**. → anything.

基本 something white 〔strange〕 某種白色的〔奇怪的〕東西 ➜something＋形容詞；something, anything, nothing 加形容詞時，形容詞置於其後.

something **to** eat 〔to drink〕 吃的〔喝的〕東西 ➜不定詞 to eat 修飾 something.

There is something in the box. 盒

子裡有東西.

**Here's something for you.** 有些東西要給你.

He may know something about it. 那件事他可能知道了一些.

I have something to tell you. 我有些事要告訴你.

The boys are always playing cowboys **or something like that**. 男孩子總是玩些牛仔遊戲甚麼的. ➜ or something like that 表示「諸如此類的東西」.

idiom

***sómething of a ～*** 有些像～，相當於～.

Dr. Smith is something of a musician. 史密斯博士是位略懂音樂的人.

**some·time** [ˋsʌm͵taɪm] 副 某時，在某一時間. ➜亦可作 some time，注意勿與 sometimes 混淆.

| **some·times** [ˋsʌm͵taɪmz] | ▶有時，不時，偶爾<br>⊙頻率比 now and then (有時) 多，比 often (時常) 少 |
|---|---|

副 有時，不時，偶爾. ➜ sometimes 位於句首、句末或一般動詞前及 be 動詞、助動詞之後.

I go to the movies **sometimes**, but not **often**. 我有時去看電影，但並不經常看. ◁相關語

Sometimes my sister makes cookies for us. 姐姐〔妹妹〕有時做餅乾給我們吃.

She sometimes plays tennis with us. 她有時和我們打網球.

He is sometimes late for school. 他有時上學遲到.

**some·what** [ˋsʌm͵hwɑt] 副 頗為，稍稍，有幾分，有一點.

It is somewhat cold today. 今天有點兒冷.

**some·where** [ˋsʌm͵hwɛr] 副 在某處，到某處. → anywhere.

I have left my umbrella somewhere. 我把雨傘忘在某個地方了.

He lives somewhere in this neighborhood. 他住在附近某處.

| **son** [sʌn] | ▶兒子<br>⊙與 sun (太陽) 發音相同 |
|---|---|

名 (複 **sons** [sʌnz]) 兒子.

a rich man's son 富翁的兒子

my eldest〔oldest〕son 我的長子

my youngest son 我的小兒子

The farmer had two **sons** and a **daughter**. 農夫有兩個兒子和一個女兒. ◁相關語

**so·na·ta** [səˋnɑtə] 名 奏鳴曲. ➜ 通常有三、四個樂章.

**song** [sɔŋ] 名 ❶歌曲. ➜動詞為 sing.

an old English song 一首古老的英國歌曲

a Christmas song 聖誕歌曲 (Christmas carol)

**sing** a song 唱首歌

sing some of the Beatles' songs 唱幾首披頭四的歌

❷鳴囀.

the song of a lark 雲雀的鳴囀

| **soon** [sun] | ▶不久，即刻<br>▶快 |
|---|---|

副 ❶不久，即刻.

Come back soon. 馬上回來.

Soon it will be dark. 不久就要天黑了.

We'll soon be home. 我們馬上就會到家.

Dinner will be ready very soon. 晚飯馬上就準備好.

They started soon after sunrise. 日出不久他們就出發了.

❷快，早 (early).

S

會話 Well, I must be going now. —So soon? 好了，我必須走了. —這麼快就走嗎?

◆ **sooner** [ˋsunɚ] 《❷的比較級》**更早，更快.**

He finished his homework sooner **than** I expected. 他比我預料更早完成家庭作業.

The sooner, the better. 愈早愈好，愈快愈好. → the 副❶

◆ **soonest** [ˋsunɪst] 《❷ 的最高級》**最早，最快.**

I can't finish the homework until eight o'clock **at the soonest**. 我最快也要八點才能做完家庭作業.

idiom

***as sóon as*** ~ **一～就，當～.**

As soon as he saw a policeman, he ran away. 他一看見警察就逃走了.

***as sóon as ~ cán＝as sóon as póssible*** **儘量，儘早.**

Come as soon as you can. 儘量早點來.

I want to see you as soon as possible. 我想儘早見到你.

***sóoner or láter*** 遲早，早晚.

**so·pran·o** [səˋpræno] 名(複 **sopranos** [səˋprænoz]) ❶最高音部. ❷女高音.

**sore** [sor] 形 ❶痛的，疼痛的.

have a sore throat 喉嚨痛

❷充滿哀傷的，傷心的；惱怒的.

**sor·row** [ˋsɑro] 名 悲哀，悲嘆. 反義字 joy (喜悅).

be **in** great 〔deep〕 sorrow 非常悲哀

**feel** sorrow (**for** ~) (為～)感到悲傷

His sorrow for 〔at〕 her death was deep. 她的死使他非常悲傷.

**sor·row·ful** [ˋsɑrofəl] 形 悲哀的；悲慘的.

S

| **sor·ry** [ˋsɔ rɪ] | ▶感到抱歉<br>▶感到難過<br>⊙用來表示「抱歉、遺憾」的心情，或表示「對他人的同情」 |
|---|---|

形 ❶**感到抱歉的；感到遺憾的.** →不用於名詞前.

基本 I'm sorry.＝Sorry! 對不起! → be 動詞＋sorry 〈C〉；因不慎踩到別人的腳時使用的抱歉語，在英美等國和 Thank you (謝謝)一樣被視為重要的日常用語.

會話 I'm sorry (that) I'm late. —That's all right 〔Never mind./Don't worry about it.〕 對不起，我遲到了. —沒關係.

I'm sorry (that) I cannot help you. 對不起沒能幫你忙!

I couldn't help you very much. I'm sorry **about** that. 沒能幫你甚麼忙，很對不起.

會話 Can you lend me 5,000 dollars? —Sorry, but I can't. 你能借給我五千美元嗎? —對不起，不能.

I'm sorry **to trouble** you. 對不起打攪您了. → be sorry to *do* 表示「因某種行為而感到抱歉」.

I am sorry **to say** (that) I cannot come to your party. 對不起，我不能參加你的晚會.

You will be sorry **for** this some day. 總有一天你會後悔的.

*I'm sorry.*

❷**感到難過的；可憐的；悲傷的.**

feel 〔be〕 sorry **for** him 為他感到

難過

I am sorry **about** your accident. 我很難過你出了意外.

She was sorry for the little lost dog. 她爲迷路的小狗感到難過.

I'm sorry **to** hear that you are sick. 聽說你生病了，我很難過.

idiom

***Sórry?*** 《英》(尾音上揚)請再說一次，甚麼? (I beg your pardon?)

Sorry (, what did you say)? (你說)甚麼?

**sort** [sɔrt] 名 種類(kind)，類型.

a new sort **of** medicine 新藥

this sort of apple＝apples of this sort 這種蘋果

There are all sorts of books in the library. 圖書館裡有各種各樣的書.

What sort of music do you like? 你喜歡哪種音樂?

**SOS** [ˋɛsˏoˋɛs] 名 求救信號，求救電碼.

**send** an SOS by radio 用無線電發求救信號

**sought** [sɔt] seek 的過去式、過去分詞.

**soul** [sol] 名 ❶ 靈魂；精神，心靈 (spirit).

Only the **body** dies, but the **soul** lives forever. 只有肉體會死亡，靈魂是不朽的. ◁反義字

He put his (heart and) soul into his work. 他傾注了全部的心力在工作上.

The soul of the music was lost through careless performance. 由於馬虎的演奏，這首曲子失去了精髓.

❷人(person).

There was **not a soul** in the hall. 大廳裡沒有一個人.

**sound**[1] [saʊnd] 名 聲音，響聲. 相關語 noise(噪音).

a loud sound 大聲

the sound of the church bells 教堂的鐘聲

**make** a sound 發出聲音

the sounds in that factory 那家工廠的各種聲響

Sound **travel**s through the air. 聲音透過空氣傳播.

We heard a terrific sound in the next room. 我們聽到隔壁房間發出很可怕的聲音.

**sóund wàve** 聲波.

—動 ❶(使)響，(使)發聲.

The driver sounded the horn. 駕駛員按喇叭.

His voice sounded **like** thunder. 他的聲音聽起來像打雷.

❷聽起來，似乎(seem).

sound true〔nice, strange〕 聽起來像眞的〔很好，很奇怪〕 ➡ sound＋形容詞<C>.

That sounds great! 那聽起來不錯!

He sounded worried. (從語氣聽來)他似乎很擔心.

That sounds **like** fun. 那好像很有趣.

**sound**[2] [saʊnd] 形 ❶ 健全的，健康的；妥當的，正確的，可靠的，高明的；(睡眠)充分的，酣睡的.

sound judgment 正確的判斷

The boy is sound **in** body and mind. 這男孩身心健康.

諺語 A sound mind in a sound body. 健全的心智育於健康的身體.

❷未受損傷的，無缺陷的，未腐敗的.

—副 酣睡地，熟睡地，充分地.

The baby is sound asleep. 嬰兒睡得好熟.

**sound·proof** [ˋsaʊndpruf] 形 隔音的. →-proof.

a soundproof studio 有隔音裝置的錄音室

**soup** [sup] 名 湯.

**eat** soup 喝湯

**drink** soup from a cup 用杯子喝湯

S

I have soup every day. 我每天都喝湯.
Do you want some soup? 你要湯嗎?

**sour** [saʊr] 形 酸的，有酸味的.
sour fruit 有酸味的水果
sour milk 酸腐的牛奶
**go** 〔**turn**〕 sour (腐敗而)變酸
Melons are **sweet**, but lemons are **sour**. 香瓜甜，檸檬酸. ◁反義字

**sóur grápes** 酸葡萄，嘴硬，不服輸. ➜源於《伊索寓言》故事中，一隻摘不到葡萄的狐狸說:「反正那串葡萄是酸的」，比喻自己得不到卻反說不願得到的心理.

S

**source** [sɔrs] 名 ❶水源(地)，源頭，發源地；(消息等的)來源，出處.
the source of the river 那條河的源頭，發源地
a news source 消息的來源
energy sources 能源
A newspaper gets news from many sources. 報紙從許多來源收集新聞.
❷(事物的)原因，起因.
Heavy drinking is the source of many problems. 飲酒過多是許多問題的起因.

**south** [saʊθ] 名 ❶(**the south**)南，南方；南部(地區).
**in** 〔**to**〕 the south **of** the U.S.A. 在美國南部〔南方〕
Mexico is in the south of North America. 墨西哥在北美南部.
Africa is to the south of Western Europe. 非洲在西歐的南方.
The **south** of England is warmer than the **north**. 英格蘭的南部比北部暖和. ◁相關語
❷(**the South**)(美國)南部(地區)，南部各州. ➜俄亥俄河以南各州.
The South fought the North in the Civil War. (美國)內戰中，南部和北部征戰.
—形 南的，南部的；向南的；(風)從南面吹來的.
a south wind 南風
a south window 向南的窗
on the south side 在南側
—副 向〔在〕南，向〔在〕南方.
sail south 向南航海
The lake is (ten miles) south **of** the town. 該湖位於鎮的南面(十英里處).
The wild geese fly **south** in the winter and **north** in the summer. 野雁冬季南飛，夏季北飛. ◁相關語

**South Af·ri·ca** [ˌsaʊθˋæfrɪkə] 專有名詞 南非共和國. ➜正式名稱是 **the Republic of South Africa**；非洲大陸南端的共和國；首都分別在開普敦(Cape Town(立法))、普勒多利亞(Pretoria(行政))和布隆方丹(Bloemfontein(司法))三地；通用語爲英語和南非荷蘭語.

**South A·mer·i·ca** [ˋsaʊθ əˋmɛrɪkə] 專有名詞 南美.

**South Ca·ro·li·na** [ˌsaʊθ kærəˋlaɪnə] 專有名詞 南卡羅來納州. ➜美國東南部的州；簡稱 **S.C.**, **SC**(郵政用).

**South Da·ko·ta** [ˌsaʊθ dəˋkotə] 專有名詞 南達科塔州. ➜美國中西部的州；簡稱 **S. Dak.**, **SD**(郵政用).

**south·east** [ˌsaʊθˋist] 名 東南，東南部〔地區〕.
—形(向)東南的；東南地方的；(風)從東南吹來的.
—副 向〔在〕東南；從東南而來.

**South·east A·sia** [ˋsaʊθistˋeʒə] 專有名詞 東南亞.

**south·east·ern** [ˏsaʊθˋistən] 形 東南的，東南地區的；從東南來的.

**south·ern** [ˋsʌðən] ➡注意 ou 發音成[ʌ]；不是×[aʊ]. 形 南的，南方的；南部的；從南來的.
in the southern part of the country 國家的南部
**the Sóuthern Hémisphere** 南半球.

**South Pole** [ˋsaʊθˋpol] 專有名詞 (**the South Pole**) 南極.

**South Seas** [ˋsaʊθˋsiz] 專有名詞 複 (**the South Seas**) 南太平洋.

**south·ward** [ˋsaʊθwəd] 形 (去)南方的；向南的.
—副 向南方.

**south·wards** [ˋsaʊθwədz] 副 = southward.

**south·west** [ˏsaʊθˋwɛst] 名 西南，西南部〔地區〕.
—形 西南的，向西南的；(風)從西南來的.
—副 向〔在〕西南；從西南來.

**south·west·ern** [saʊθˋwɛstən] 形 西南的，西南地區的；從西南來的.

**sou·ve·nir** [ˏsuvəˋnɪr] 名 紀念品，土產.
a souvenir shop 紀念品商店
buy a cowboy hat **as** a souvenir of America 買一頂牛仔帽作爲美國的紀念品

**sov·er·eign** [ˋsɑvrɪn] ➡g 不發音. 名 君主. ➡king, queen, emperor 等.
—形 擁有至高無上權力的；獨立的.
a sovereign nation 獨立國家

**So·vi·et U·nion** [ˋsovɪɪtˋjunjən] 專有名詞 (**the Soviet Union**) 蘇維埃聯邦，蘇聯. ➡由十五個共和國組成，爲世界上最早的社會主義國家；一九九一年由於政治、經濟方面陷入僵局而解體.

**sow** [so] 動 播(種等)；播種.
sow wheat in the field = sow the field **with** wheat 在田裡播麥種
◆ **sowed** [sod] 過去式、過去分詞.
◆ **sown** [son] 過去分詞.

**soy·bean** [ˋsɔɪˋbin] 名 大豆，黃豆.

**soy sauce** [ˋsɔɪˏsɔs] 名 醬油. ➡亦可僅稱 **soy**.

**space** [spes] 名 ❶(一定的)空間，場所；空位(room)；間隔.
an open space 空地，廣場
Park your car in that space over there. 請把你的車停在那邊的空地上.
This table takes up a lot of space. 這張桌子很佔地方.
Is there space in the car **for** another person? 車上能再坐一個人嗎?
When you write English, you must leave a space **between** the words. 寫英文時，字和字之間必須留空.
❷(大氣圈外的)宇宙，外太空(outer space)；(無限的)空間.
space travel 太空旅行
a space rocket 〔shuttle〕 太空火箭〔梭〕
The rocket was launched into space. 火箭發射到太空中.
**the Spáce Àge** 太空時代.
**spáce stàtion** 太空站.
**spáce sùit** 太空衣.
**spáce wàlk** 太空漫步.

**space·craft** [ˋspesˏkræft] 名 = spaceship.

**space·man** [ˋspesmən] 名 (複 **spacemen** [ˋspesmən]) 太空人. ➡通常稱作 astronaut.

**space·ship** [ˋspesʃɪp] 名 太空船.

**spade** [sped] 名 ❶鏟，鍬，鋤. ➡一種翻土農具，刃平柄直.

S

❷(撲克牌的)黑桃.
the king of spades　黑桃老K

**spa·ghet·ti** [spəˋgɛtɪ] 名 義大利麵條.

**Spain** [spen] 專有名詞 西班牙. ➜歐洲西南端的王國；首都馬德里(Madrid)；通用語爲西班牙語.

**span** [spæn] 名 ❶指距，手掌張開時拇指與小指間的距離. ➜一般約23 cm；用作量度單位.
❷(短)時間；長度；距離.
A dog's life span is about fifteen years.　狗的壽命大約十五年.
❸(橋、拱門的)墩距，跨度，架徑. ➜拱架兩支柱間的部分(的距離).
—動 ❶以指距量；(一般)測量.
◆ **spanned** [spænd] 過去式、過去分詞.
◆ **spanning** [ˋspænɪŋ] 現在分詞、動名詞.
❷跨過；架(橋).
Many fine bridges span the river.　這條河上架設著許多美麗的橋樑.
The rainbow spans the lake.　彩虹跨過湖面.

S

**Span·iard** [ˋspænjɚd] 名 西班牙人.

**Span·ish** [ˋspænɪʃ] 形 西班牙的；西班牙人的，西班牙語的.
Spanish people　西班牙人
**the Spánish Armáda**　西班牙無敵艦隊. → armada ❷
—名 西班牙語；(**the Spanish**)(全體)西班牙人.
Spanish is also spoken in Central and South America.　中南美也說西班牙語.

**span·ner** [ˋspænɚ] 名 《美》扳手(《英》wrench). ➜用來轉緊、轉鬆螺絲釘的工具.

**spare** [spɛr] 動 ❶不傷害；赦免，寬恕.
The hunter spared the deer.　獵人放過〔沒有傷害〕那頭鹿.
❷省卻；撥出，勻出，分出，騰出.
Can you spare me a few minutes 〔a few minutes **for** me〕?　我能耽擱你幾分鐘嗎?　➜句型爲 V (spare) + O′ (me) + O (a few minutes).
Can you spare me 2,000 dollars till tomorrow?　你先借〔撥〕給我二千美元，到明天再還你好嗎?
I have no time to spare.　我抽不出時間來.
❸(開支、勞力等)少量使用，愛惜；節省. ➜通常用於否定句.
He didn't spare time or effort **on** that work.　他不惜時間和努力去做那件工作.
諺語 Spare the rod and spoil the child.　省了棒子，壞了孩子. ➜相當於「不打不成器」.
—形 備用的；多餘的；空暇的. ➜只能置於名詞前.
spare parts　備用零件
a spare tire　(汽車)備胎
spare time　多餘的時間，餘暇

**spark** [spɑrk] 名 火星，火花.

**spar·kle** [ˋspɑrkḷ] 動 ❶閃閃發光.
❷(香檳等)起泡沫.

**spar·row** [ˋspæro] 名 麻雀.

**spat** [spæt] spit的過去式、過去分詞.

| **speak** [sp　i　k] | ▶說話<br>▶演說<br>⊙可單指說話，也可用來表示將事情的內容整理之後表達出來，使用範圍很廣 |
|---|---|

動 ❶說話. → say.
基本 speak **to** him　向〔和〕他說話，向他搭話　➜speak＋介系詞＋(代)名詞.
speak **with** him　(主《美》)和他說話，和他談話
speak **about** ～　談論～
speak **of** ～　說到～，提到～
基本 speak English　說英語　➜speak＋名詞〈O〉.

This child cannot speak yet. 這孩子還不會說話.
I'll speak to him about it. 我將和他談論此事.
Don't speak so fast. 別說得那麼快!
She was so sad that she did not want to speak to anyone. 她是那樣悲傷以至於不想和任何人說話.
會話 Do you speak English? —Yes, I do. Can I help you? 你會講英語嗎? —是的, 我會. 我能幫你忙嗎?

Do you speak English?

Mrs. White often **speaks** of her sons. 懷特夫人常談起自己的兒子.
➡ speaks [spiks] 爲第三人稱單數現在式.

◆ **spoke** [spok] 過去式.
會話 What did he speak about? —He spoke about his trip. 他談了些甚麼? —他談了他旅行的事情.
I said nothing to you. I just spoke to the parrot. 我對你甚麼也沒說, 我只是對鸚鵡說. → say.

◆ **spoken** [ˋspokən] 過去分詞. → spoken.
I **have** seen Mr. White, but I'**ve** never spoken to him. 我見過懷特先生, 但從沒和他說過話. ➡現在完成式.
English **is** spoken in Australia. 在澳洲說英語. ➡被動語態.
I was spoken to by a lady on the street. 路上有位婦人向我搭話.

◆ **speaking** [ˋspikıŋ] 現在分詞、動名詞.
He **is** speaking to Miss Green **in** English. 他對格林小姐說英語. ➡現在進行式.
會話 **Hello, (this is)** Mr. West **speaking. May I speak to** Sam, **please? —Speaking.** (電話中)喂, 我是威斯特, 我想和山姆通話. —我是山姆.
Do you like speaking English? 你喜歡說英語嗎? ➡動名詞 speaking 是 like 的受詞.
Speaking English is a lot of fun. 說英語是一件非常愉快的事. ➡動名詞 speaking 是句子的主詞.

❷**演說, 講話.** ➡名詞爲 speech.
The President will speak tonight on TV. 總統今晚將發表電視演說.
The chairman spoke for half an hour at the meeting. 主席在會議上講了三十分鐘的話.

idiom

***génerally* 〔*róughly, stríctly*〕 *spéaking*** 一般〔大致, 嚴格〕說來.
***nòt to spéak of ~*** 更不用說~, 更不待言.
***sò to spéak*** 可以說, 可謂.
***spéak for ~*** 作~的發言人; 爲~辯護.
***spéak íll* 〔*wéll*〕 *of ~*** 說~的壞話〔好話〕.
Don't speak ill of others. 不要說別人的壞話!
***spéak óut* 〔*úp*〕** 大聲說; 鼓起勇氣說出.
You should speak out yourself. 你應該大聲說出心中的話.
Speak up! I can't hear you. 大聲點! 我聽不見.

**speak·er** [ˋspikɚ] 名 ❶**說話人; 演說者.**
a good 〔poor〕 speaker 會〔不會〕說話的人
a good speaker of English 擅長說英語的人
❷(**the Speaker**) (英美下〔眾〕議院

S

的)議長. ❸擴音器.

**Speak·ers' Cor·ner** [ˋspikɚz ˏkɔrnɚ] 名 演說廣場. ➜倫敦海德公園(Hyde Park)內一角, 常在此舉行自發的討論會、演講會.

**spear** [spɪr] 名 矛.

**spe·cial** [ˋspɛʃəl] 形 (與普通的不同)特別的, 特殊的.
a special friend of mine 我的密友
special shoes for jogging 慢跑專用鞋
a special plane for the President 總統專機
What's so special about the year 2000? 西元二千年有甚麼特殊意義嗎?

**spe·cial·ist** [ˋspɛʃəlɪst] 名 專家; 專科醫生.
a specialist **in** art history 美術史專家

**spe·ci·al·i·ty** [ˏspɛʃɪˋælətɪ] 名 《英》=specialty.

**spe·cial·ize** [ˋspɛʃəlˏaɪz] 動 專攻, 專門研究.
specialize **in** mathematics 專攻數學

**spe·cial·ly** [ˋspɛʃəlɪ] 副 特別地; 特意地.

**spe·cial·ty** [ˋspɛʃəltɪ] 名 (複 **spe-cialties** [ˋspɛʃəltɪz]) ❶專業(的研究、工作), 專攻, 專長.
Mother's specialty is chocolate cake. 母親的專長是做巧克力蛋糕.
❷(土地的)特產, 名產; (商店的)特製品, 招牌物.
Italian food is the specialty of this restaurant. 義大利菜是這家餐館的招牌菜.

**spe·cies** [ˋspiʃɪz] 名(生物學的)種. ➜生物學最小的分類單位, 同種生物可以互相交配; 複數亦作 **species**.
the human species 人類
The lion and the tiger are two different species of cat. 獅子和老虎是貓科的兩個不同種.

**spec·i·men** [ˋspɛsəmən] 名 樣品, 標本.

**spec·ta·cle** [ˋspɛktəkḷ] 名 ❶景象, 光景; 奇觀, 壯觀; (精采的)表演.
❷(**spectacles**)眼鏡. ➜古語; 通常用 eyeglasses 表示.
**a pair of** spectacles 一副眼鏡

**spec·ta·tor** [ˋspɛktetɚ] 名 圍觀者; 觀眾.

**sped** [spɛd] speed ❶的過去式、過去分詞.

**speech** [spitʃ] 名 ❶演說, 演講, 致詞. ➜注意拼法, 不是ˣ*speach*; 動詞爲 speak.
**make** 〔**give**〕 a speech 發表演說
a speech contest 演講比賽
At Speakers' Corner you can make a speech **on** any subject. 在(海德公園)演說廣場, 你可以對任何主題發表演講.
The headmaster made 〔gave〕 a speech **about** good manners **to** the whole school. 校長對全校師生發表關於禮貌的演講.
❷說話; 語言能力; 講話方式.
freedom of speech 言論自由 ➜不用ˣ*a* speech, ˣspeech*es*.
Children learn speech before they learn writing. 孩子在學會寫字之前先學會說話.
His speech shows that he comes from China. 從他的講話方式可以看出他是中國人.
諺語 Speech is silver, silence is golden. 雄辯是銀, 沈默是金.

**speech·less** [ˋspitʃlɪs] 形 說不出話來的. ➜尤指由於吃驚、憤怒、高興而說不出話來的狀態.

**speed** [spid] 名 速度.
**with** (**great**) **speed** (非常)快速地
**gather** 〔**gain**〕 speed 增加速度
**at full** 〔**top**〕 **speed** 以全速

**at** a speed **of** sixty kilometers an hour 以每小時六十公里的速度，時速六十公里 ➜ an hour 表示「每小時」.
The speed limit on this road is 50 miles an hour. 這條道路的速限是時速五十英里.
[諺語] More haste, less speed. 欲速則不達.
**—**[動] ❶快速前進，急行，加快.
Don't **slow down**. **Speed up.** 別減速，加速. ◁反義字
◆**sped** [spɛd] ❶的過去式、過去分詞.
◆ **speeded** [ˋspidɪd] ❶，❷的過去式、過去分詞.
❷(車子)超速.
He got a ticket because he was speeding. 他因爲超速被開罰單.

**speed·y** [ˋspidɪ] [形] 快速的，迅速的，即刻的，馬上的.

**spell**[1] [spɛl] [動] 拼寫(文字)，說出拼法.
Please spell your name. 請說出你名字的拼法.
That word is difficult to spell. 那個字很難拼.
◆ **spelt** [spɛlt], **spelled** [spɛld] 過去式、過去分詞.
How do you spell "bird"? —It's spelt b-i-r-d. "bird"這個字怎麼拼? —拼法爲 b-i-r-d.
Some words are not read as they are spelt. 有些字不照拼法發音.

**spell**[2] [spɛl] [名] ❶(工作、生病、天氣等持續)一段時間，時期；短暫的時間.
We had a long spell of cold weather. 寒冷天氣持續了很長的一段時間.
❷符咒，咒語，魔法；魅力，魔力.
The witch **cast** a spell **over** the princess. 女巫對公主施魔法.

**spell·ing** [ˋspɛlɪŋ] [名] (單字的)拼法；拼字.

**spelt** [spɛlt] spell 的過去式、過去分詞.

| **spend** [sp ɛ n d] | ▶花費(金錢)<br>▶度過(時間) |
|---|---|

[動] ❶花費(金錢等).
[基本] spend a lot of money 花很多錢 ➜ spend＋名詞〈O〉.
Never **spend** more than you **earn**. 別花的比賺的還多. ◁相關語
She **spends** a lot of money **on** 〔**for**〕 food. 她花許多錢在吃的方面. ➜ spends [spɛndz] 爲第三人稱單數現在式.
◆ **spent** [spɛnt] 過去式、過去分詞.
We spent $300 on the fare. 我們花了三百美元旅費.
A lot of money **was** spent on repairs for this car. 修理這輛汽車花了很多錢. ➜被動語態.
◆ **spending** [ˋspɛndɪŋ] 現在分詞、動名詞.
**spénding mòney** 零用錢(pocket money).
❷花費(時間)，度過，消磨.
spend a sleepless night 度過失眠之夜
I'll spend this summer in the country. 我將在鄉下度過今年夏天.
How did you spend your Christmas vacation? 你的聖誕節假期是怎樣度過的?
He came back to his hometown to spend the rest of his life there. 他回故鄉以度餘生. ➜不定詞 to spend 表示「爲了度過」.
I spent an hour read**ing**. 我花一小時讀書. ➜～ing 表示一整段時間都在做某事.
Don't spend such a lot of time dressing yourself. 別在(衣著)打扮上花費那麼多時間.

**spent** [spɛnt] spend 的過去式、過去分詞.

**sphere** [sfɪr] ➜ ph 發音爲 [f]. [名]

S

球，球體(globe)． → hemisphere.

**Sphinx** [sfɪŋks] 名(the Sphinx) ❶斯芬克斯.

> 參考 希臘神話中身體為獅，頭部為女人，且有翅的怪物；蹲踞於岩石上，叫過路人猜謎語：「早晨四條腿，中午二條腿，晚上三條腿，但腿愈多時愈軟弱的東西是甚麼?(答案＝人類)」回答不出者便被殺.

❷(埃及的)人面獅身雕像.

**spice** [spaɪs] 名 佐料，香料，調味品.

**spi·der** [ˋspaɪdɚ] 名 蜘蛛.
a spider's thread　蜘蛛絲
a spider's web　蜘蛛網(cobweb)

**spike** [spaɪk] 名(釘於鞋底之)金屬尖釘；(固定鐵軌之)大釘.

**spill** [spɪl] 動 溢出；潑出.
spill tea **on** the carpet　把茶潑在地毯上
◆ **spilt** [spɪlt], **spilled** [spɪld] 過去式、過去分詞.
cry over spilt milk　悔恨無益，為無可挽回的事後悔　→ cry 諺語
She spilled salt **all over** the table. 她把鹽撒了一桌子.

**spilt** [spɪlt] spill 的過去式、過去分詞.

**spin** [spɪn] 動 ❶紡，紡織；(蜘蛛等)吐絲；(吐絲)結(網等).
People spin cotton **into** thread. 人們紡棉成線.
◆ **spun** [spʌn] 過去式、過去分詞.
Cotton **is** spun into thread. 棉被紡成線. ➡被動語態.
◆ **spinning** [ˋspɪnɪŋ] 現在分詞、動名詞.
A spider **was** spinning a beautiful web on the leaves. 蜘蛛在樹葉上結了美麗的網. ➡過去進行式.
❷轉(陀螺等)；旋轉.
spin a top　打陀螺

**spin·ach** [ˋspɪnɪtʃ] 名 菠菜.

**spir·it** [ˋspɪrɪt] 名 ❶精神，心靈；靈魂.
a spirit of adventure　冒險精神，冒險心
public〔school〕spirit　公益心〔愛校心〕
Lafcadio Hearn understood the spirit of Japan. 拉夫卡狄奧•赫恩深諳日本精神.
❷元氣，生氣；勇氣；心情.
the fighting spirit　鬥志
He played the game **with** spirit. 他志氣昂揚地比賽.
The happy girl was **in good**〔**high**〕**spirits**. 這個快樂的女孩興高采烈.
❸(常用 **spirits**)烈酒(如威士忌等).

**spir·i·tu·al** [ˋspɪrɪtʃuəl] 形 心靈的；精神的；宗教上的，信仰的.
—名 靈歌，黑人靈歌.

**spit** [spɪt] 動 吐口水，吐痰；吐出.
◆ **spat** [spæt] 過去式、過去分詞.
◆ **spitting** [ˋspɪtɪŋ] 現在分詞、動名詞.
告示 No spitting.　勿隨地吐痰.

**spite** [spaɪt] 名 惡意，怨恨.
idiom
***in spíte of*** ～　雖然～，儘管～仍.
The children went to school in spite of the heavy rain. 雖然下大雨，孩子們仍去上學.

**splash** [splæʃ] 動 濺(水或泥等)；飛濺，潑濕(某人或某物).
The passing car splashed mud **over** me〔splashed me **with** mud〕. 奔馳的汽車把泥水濺到我身上.
The children were happily splashing in the pool. 孩子們在水池裡興高采烈地潑水.
—名 濺，飛濺的泥水；飛濺聲，噗通聲.
**make** a splash　濺水
**with** a splash　噗通一聲

**splen·did** [ˋsplɛndɪd] 形 華麗的，壯麗的，堂皇的，輝煌的，極佳的，絕妙的.
a splendid palace 美麗的宮殿
a splendid idea〔dinner〕 絕妙的主意〔豐美的大餐〕

**splen·did·ly** [ˋsplɛndɪdlɪ] 副 華麗地，極佳地，絕妙地；挑不出毛病地.

**splen·dor** [ˋsplɛndɚ] 名 光輝，光亮；華麗，壯麗，堂皇.

**splen·dour** [ˋsplɛndɚ] 名《英》＝splendor.

**split** [splɪt] 動 裂開，分開；使分裂，使分開.
split the bill 分攤費用
Here the river splits **into** two. 這條河在此分爲兩條支流.
◆ **split** 過去式、過去分詞. ➡注意原形、過去式、過去分詞均同形.
— 名 裂縫；分裂，分開，不和.

**spoil** [spɔɪl] 動 ❶損壞，破壞；(食物)變壞，腐壞.
The meat will spoil if you leave it in the sun. 如果把肉任其置放在陽光下是會腐壞的.
◆ **spoilt** [spɔɪlt], **spoiled** [spɔɪld] 過去式、過去分詞.
The rain spoilt the picnic. 下雨破壞了野餐.
❷寵壞，溺愛，姑息.
They spoilt their son by giving him everything he wanted. 孩子想要甚麼就給甚麼，他們把他寵壞了.
Their son is a spoilt child. 他們的兒子是個被寵壞的小孩.

**spoilt** [spɔɪlt] spoil 的過去式、過去分詞.

**spoke** [spok] speak 的過去式.

**spo·ken** [ˋspokən] speak 的過去分詞.
— 形 口語的. → colloquial.
spoken language 口語

**sponge** [spʌndʒ] 名 海綿，海綿體.
**spónge càke** 軟蛋糕，海綿蛋糕.

**spoon** [spun] 名 ❶匙，調羹.
You eat soup with a spoon. 你用湯匙喝湯.
❷一匙之量(spoonful).
two spoons of sugar 二匙糖

**spoon·ful** [ˋspunˏfʊl] 名 一匙之量.
mix one spoonful of sugar and two spoonfuls of flour 把一匙糖與二匙麵粉混合

| **sport** [spɔrt] | ▶運動<br>⊙不僅表示依規則爭勝敗的競技性運動，還包含慢跑、騎馬等活動身體的娛樂性運動 |
|---|---|

名 (複 **sports** [spɔrts]) ❶ 運動，活動，體育運動.
a popular sport 大眾的運動
winter sports 冬季運動
indoor〔outdoor〕 sports 室內〔戶外〕運動
a sport(s) shirt〔car〕 運動衫〔跑車〕 ➡通常用 sports；sport 爲美式用法.
Tennis is my favorite sport. 網球是我最喜愛的運動.
Mary doesn't **do** any sport. 瑪麗不做任何運動.
會話 What sport do you play? —I play football. 你從事甚麼體育運動? —我踢足球.
❷《英》(**sports**)運動會.
the school sports day 學校運動會
❸趣事，娛樂(fun).
**in**〔**for**〕 sport 戲言，開玩笑 ➡不用 ×*a* sport, ×sport*s*.
❹運動員，愛好運動者；有運動精神的人.
Ann is always a good sport when she plays cards. 安打牌時總是輸得起.

**sports·man** [ˋspɔrtsmən] 名 (複

S

**sportsmen** [ˋspɔrtsmən]) ❶運動員. ➜尤指有公平競爭精神，勝不驕敗不餒的人. ❷(男性)愛好運動者. ➜尤指從事狩獵、騎馬、釣魚等運動者.

**sports·man·ship** [ˋspɔrtsmənʃɪp] 名 運動精神；公平競爭，失敗而不氣餒的運動精神、態度.

**sports·wom·an** [ˋspɔrts,wumən] 名 (複 **sportswomen** [ˋspɔrts,wɪmɪn]) 女性運動員.

**spot** [spɑt] 名 ❶斑點，小點；污點，污漬；缺點；青春痘；紅斑，痣.
A tiger has stripes and a leopard has spots. 虎有條紋，豹有斑點.
❷場所，地點.
The cat is sitting in a sunny spot. 那隻貓正坐在有陽光的地方.

idiom

***on the spót*** 當場，在現場，即刻.
—動 ❶加斑點〔污點〕於，弄污；變得有斑點〔污點〕.
◆ **spotted** [ˋspɑtɪd] 過去式、過去分詞.
◆ **spotting** [ˋspɑtɪŋ] 現在分詞、動名詞.
❷看出，認出.

S

**spot·light** [ˋspɑt,laɪt] 名 聚光燈.

**sprain** [spren] 動 扭傷(手腕、腳、脖子等).

**sprang** [spræŋ] spring 的過去式.

**spray** [spre] 名 ❶水霧，水花，浪花. ❷(油漆、消毒藥水、香水等的)噴霧；噴霧器，噴槍.
—動 噴(油漆、消毒藥水、香水等).
spray paint **on** a door 在門上噴油漆

**spread** [sprɛd] 動 ❶展開，鋪開，攤開；塗敷，塗佈；(使)傳布，(使)流傳；伸展.
spread (**out**) the map **on** the table 在桌上攤開地圖
spread butter on the bread = spread the bread **with** butter 在麵包上塗奶油
This paint spreads easily. 這油漆好塗.
諺語 Bad news spreads fast. 壞事傳千里.
The cherry trees are spreading their branches toward the river. 櫻花的樹枝向河伸展.
◆ **spread** 過去式、過去分詞. ➜注意原形、過去式、過去分詞均同形.
The bird spread its wings and flew away. 那隻鳥展開翅膀飛走了. ➜現在式爲 The bird spread*s* ～.
His name spread **all over** Europe. 他的名字流傳於整個歐洲.
The flu spread rapidly in the school. 流行性感冒很快傳遍全校.
❷(在桌子上)鋪擺(食物).
The table was spread with wonderful dishes. 桌上擺滿了美味佳餚.
—名 散佈，普及；(疾病的)流行.

**spring** [sprɪŋ]
▶春季
▶泉水

名 (複 **springs** [sprɪŋz]) ❶春季. → season.
**in** (the) spring 在春季，在春天
early in spring 早春
late in spring 晚春
in the spring of 1990 一九九〇年春天
last spring 去年春天 ➜不用 ×*in* last spring.
Spring is here. 春天來了.
September, October, and November are the spring months in Australia. 澳洲的九月、十月、十一月是春天的月份.
❷泉水.
a spring in the woods 森林中的泉水
a hot spring 溫泉
❸跳，跳躍.
**give** a spring 跳躍

❹發條，彈簧.
the spring of a watch　手錶的發條
There are no springs in this bed. 這張床沒有彈簧.
—動❶跳，跳躍. ➜通常用 jump.
**spring to** *one's* **feet**　突然跳起
Push this button and the lid of the box **springs** open.　一按這個鈕，盒蓋就會立刻打開. ➜springs [sprɪŋz] 為第三人稱單數現在式；open 為形容詞(打開的).
◆ **sprang** [spræŋ] 過去式.
The fox suddenly sprang **at** the rabbit.　狐狸突然向兔子撲去.
◆**sprung** [sprʌŋ] 過去式、過去分詞.
❷(常用 **spring up**)突然出現，發生，成長；(水、淚)湧出.
Grass springs up in April.　四月草萌芽.

**spring·board** [ˋsprɪŋˏbord] 名(游泳的)跳板，(體操的)彈板.

**sprin·kle** [ˋsprɪŋkḷ] 動❶撒，灑.
sprinkle salt **on** 〔**over**〕 an egg＝sprinkle an egg **with** salt　在雞蛋上撒鹽
sprinkle a flower bed with water　給花圃灑水
❷下小雨.

**sprin·kler** [ˋsprɪŋklɚ] 名灑水器，灑水裝置.

**sprung** [sprʌŋ] spring 的過去式、過去分詞.

**spun** [spʌn] spin的過去式、過去分詞.

**spur** [spɝ] 名馬刺，馬靴刺. ➜馬靴後跟處的金屬零件；帶齒，用於踢馬腹.
**put** 〔**set**〕 spurs **to** ～　以馬刺踢～
—動以馬刺踢；驅策，激勵.
◆ **spurred** [spɝd] 過去式、過去分詞.
◆ **spurring** [ˋspɝrɪŋ] 現在分詞、動名詞.

**spy** [spaɪ] 名(複 **spies** [spaɪz])間諜.
—動作偵探，偵察，窺探.
My boss spies **on** me from his office.　老板從他辦公室監視我. ➜spies 為第三人稱單數現在式.
◆ **spied** [spaɪd] 過去式、過去分詞.

**square** [skwɛr] 名❶正方形，方形物；(象棋盤、西洋棋盤等的)方格.
Graph paper is divided into squares.　方格紙被裁成正方形.
❷廣場. ➜城鎮裡四周由建築、街道包圍的廣濶區域，也作為小公園.
Trafalgar Square　(倫敦的)特拉法加廣場
❸《數學》平方.
3 meters square　三公尺平方
The square of five is twenty-five. 五的平方是二十五.
—形❶正方形的，四角的；直角的.
a square box　方盒子
a square corner　方隅
a square jaw　方形下顎
square shoulders　方肩
a square piece of paper　方塊紙
**squáre dànce**　方塊舞. ➜一種舞蹈；四組男女圍成一個正方形跳舞.
❷平方的.
9 square meters (＝3 meters square)　九平方公尺
a square root　平方根

**squeak** [skwik] 動(老鼠等)發吱吱聲.
—名吱吱聲.

**squeeze** [skwiz] 動❶壓，擠，榨；緊握，緊抱.
squeeze juice **from** 〔**out of**〕 an orange　從柳橙中榨出汁
He squeezed toothpaste onto his toothbrush.　他把牙膏擠在牙刷上.
She squeezed her child.　她緊緊抱住她的孩子.
❷(勉強地)推擠，擠入，擠過.
She squeezed all her clothes **into** one suitcase.　她把她所有的衣服塞進一只衣箱中.

S

**squid** [skwɪd] 名 烏賊. ➜複數爲 **squids**, 或與單數同爲 **squid**.

**squir·rel** [ˋskwɝəl] 名 松鼠.

**Sr., sr.** senior 的縮寫.

**Sri Lan·ka** [ˋsriˋlɑŋkə] 專有名詞 斯里蘭卡. ➜印度南端的共和制島國; 舊時稱爲「錫蘭」.

**St.** ❶ Street (～街, ～道) 的縮寫.
29 Fifth St., Columbus, Ohio 俄亥俄州哥倫布市第五街二十九號
❷ Saint (聖～) 的縮寫. ➜加在基督教聖人 (saint) 的姓名前; 也可用作寺院、宗教節日、地名等.

**stab** [stæb] 動 (以尖器) 刺; 刺傷.
stab him **with** a knife 用刀刺他
◆ **stabbed** [ˋstæbɪd] 過去式、過去分詞.
He **was** stabbed **to** death. 他被刺身亡.
◆ **stabbing** [ˋstæbɪŋ] 現在分詞、動名詞.

**sta·ble**[1] [ˋstebḷ] 形 堅固的, 穩定的, 安定的, 不動搖的.
a stable condition 安定的狀態

**sta·ble**[2] [ˋstebḷ] 名 廐, 馬房.

**stack** [stæk] 名 ❶ 堆 (乾草, 麥桿, 稻桿等的圓形或長方形堆); 積物而成的堆 (pile).
a stack of books 〔newspapers〕 一堆書〔報紙〕
❷稻草堆, 乾草堆.
—動 (常用 **stack up**) 使成堆, 堆起.

**sta·di·um** [ˋstedɪəm] 名 (周圍有觀眾席的) 體育場, 運動場.

**staff** [stæf] 名 ❶《集合》職員, 幹部, 工作人員; 幕僚.
the teaching staff of a school 學校的 (全體) 教職員
He is a member of (the) staff 〔a staff member〕. 他是工作人員之一.
➜不用ˣHe is *a* staff.
I am **on** the staff of the school paper. 我是校刊編輯人員之一.
❷棍, 棒; 拐杖.

**stage** [stedʒ] 名 ❶ (劇場的) 舞臺; (**the stage**) 戲劇.
appear **on** the stage 登臺
**go on** the stage 登臺, 成爲演員
He chose the stage as a career. 他選擇了演戲作爲職業.
❷ (事件、活動等的) 舞臺, 背景.
Europe was the stage of World War I (讀法: one). 歐洲是第一次世界大戰的舞臺.
❸ (成長、發達的) 階段, 時期.
The baby is now **at** the talking stage, but he can't walk yet. 嬰兒現在已達到學話階段, 但還不會走.
❹多節火箭中的一節.
a three-stage rocket 三節式火箭

**stage·coach** [ˋstedʒˏkotʃ] 名 驛馬車. ➜火車發明前的主要交通工具; 由四至六匹馬拉的大型運客馬車, 在各站換馬.

**stag·ger** [ˋstægɚ] 動 蹣跚; 搖擺.

**stain** [sten] 名 染污之處, 污點, 污漬.
an ink stain 墨水漬
Don't spill juice on your dress, or it will make a stain. 別把果汁潑到衣服上, 否則會成污漬的.
—動 污染, 沾污.
stain *one's* fingers **with** ink 用墨水染污手指

**stained glass** [ˋstendˋglæs] 名 (教堂等處的) 彩色玻璃窗.

**stain·less** [ˋstenlɪs] 形 無污點的, 無瑕疵的; 不銹的.
**stáinless stéel** 不銹鋼.

**stair** [stɛr] 名 ❶ (常用 **stairs**) (屋內的) 樓梯, 階梯. → upstairs, downstairs.
**go up** 〔**down**〕 the stairs 上〔下〕樓梯
a narrow 〔winding〕 stair 狹窄的樓梯〔螺旋梯〕

S

❷(樓梯的)一級.
the top stair　樓梯最頂端一級

**stair·case** [ˋstɛr͵kes] 名=stairway.

**stair·way** [ˋstɛr͵we] 名 樓梯. ➜包括扶手的全部構造.

**stake** [stek] 名❶樁，棒，柱.
❷賭注，賭金.

**stale** [stel] 形 不新鮮的；陳舊的，陳腐的，用舊的.
stale bread　不新鮮、變硬的麵包
stale beer　變苦的、無泡沫的啤酒
a stale joke　老掉牙的笑話

**stalk** [stɔk] 名(植物的)柄，梗，莖.
the stalk of a lily　百合花莖
We eat stalks of celery.　我們吃芹菜的莖.

**stall** [stɔl] 名 ❶(馬廐或牛舍中的)一間或一欄.
❷(車站、市場等的)攤位，售貨臺，貨品陳列臺. ➜能簡易組裝、拆卸的小攤子.
I bought a newspaper at the stall in the station.　我在車站報攤買了一份報紙.

**stam·mer** [ˋstæmɚ] 動 口吃，結結巴巴地說.

**stamp** [stæmp] 名 ❶**郵票**，印花.
a postage stamp　郵票
**put** a stamp **on** the letter　在信封上貼郵票
collect stamps　集郵
Can I have an one dollar stamp, please?　請給我一張一美元的郵票好嗎?

**stámp àlbum**　集郵册.
**stámp collècting**　集郵.
**stámp collèctor**　集郵家；集郵者.

❷印章，圖章；印記，郵戳. → seal².
a rubber stamp　橡皮圖章

**—**動 ❶貼郵票.
Stamp the letter and then mail it.　信上貼好郵票後投寄.
❷蓋印.
stamp "Urgent" **on** the letter　在信上蓋「急件」
❸跺腳，頓足；用力踏或踩.
stamp **out** a fire　把火踩滅
He stamped his foot in anger.　他發怒跺腳.

| **stand** [stænd] | ▶**站，立**<br>▶**置物架** |
|---|---|

動 ❶**站；立.**
**基本** stand **up**　站起來，起立 ➜ stand＋副詞(片語).
stand still　站著不動(still是形容詞) ➜ still stand表示「還站著」，still是副詞.
stand in line　站成一排
stand **on** *one's* hands　倒立
Please stand up.　請站起來!
Our baby can't stand yet.　我們的孩子還不會站.
No seats left. We have to stand.　沒有剩餘座位，我們不得不站著.
Don't **stand**. **Sit** down.　別站著，坐下! ◁反義字

stand　sit　kneel

An old castle **stands** on the cliff.　古堡立於懸崖上. ➜stands [stændz] 爲第三人稱單數現在式.

◆ **stood** [stʊd] 過去式、過去分詞.
He stood up when he was introduced.　他在被介紹時站起來.
We stood waiting for a bus.　我們站著等車. ➜ stand ～ing 爲「站著做～」.

S

◆ **standing** [ˋstændɪŋ] 現在分詞、動名詞. → standing.

The bird **is** standing on one leg. 那隻鳥單腳站立. ➜現在進行式; 主詞爲人、動物時, be standing 強調「站著的狀態」; 表示「物體豎立的狀態」時, 通常不用 stand 的進行式.

I know the boy standing under the tree. 我認識那個站在樹下的男孩. ➜現在分詞 standing 修飾 boy.

❷使直立, 豎起.

stand books up **on** a shelf 將書直放在書架上

stand a ladder **against** the wall 把梯子靠著牆放

❸處於某種狀態. ➜意義與 be 大致相同.

The door stood open. 門開著. ➜ open爲形容詞(開著的); V (stood) +C (open)的句型.

The thermometer stands at 20°C. (讀法: twenty degrees centigrade) 溫度計顯示爲攝氏二十度.

The basketball player stands seven feet! 那位籃球運動員身高七英尺!

❹忍耐, 忍受. ➜通常與 can, can't 搭配, 於否定句或疑問句中使用.

I can't stand that noise. 我受不了那噪音.

idiom

***stànd báck*** 退後, 向後站.

"Stand back!" called the policeman to the crowd. 「退後!」警官向人群喊道.

***stànd bý*** 袖手旁觀; 待命, 做好準備.

Why are you all standing by? Come and help me. 你們爲甚麼都袖手旁觀? 來幫幫我.

***stánd by*** ~ 站在~旁; 援助~, 支持~; 遵守~.

***stánd for*** ~ 代表~; 代替~; 贊同~, 支持~.

The sign £ stands for pound. 符號£表示「英鎊」.

***stànd óut*** 顯著; 傑出; 顯眼. → outstanding.

He is very tall and stands out in a crowd. 他個子很高, 在人群中很顯眼.

—名(複 **stands** [stændz]) ❶置物臺, 架; 售貨臺, 攤(stall).

an umbrella stand 傘架

a newsstand 報攤

a popcorn stand 販售爆玉米花的攤子

❷(**the stands**)觀眾席, 看臺.

We watched the parade from the stands. 我們從看臺上觀看遊行.

❸站立, 停止; (站立的)位置, 地點; 立場.

**stand·ard** [ˋstændɚd] 名 ❶標準, 水準.

a **high** standard of living 高生活水準

**below** 〔**up to**〕 standard 在標準以下〔達到標準〕

These apples are not up to standard. 這些蘋果不合標準.

❷旗幟(flag).

the army's standard 軍旗

—形 標準的; 高水準的, 極佳的.

standard English 標準英語 ➜美國中西部地區教育水準較高者所說、寫的英語; 在英國則是以倫敦爲中心的南部地區教育水準較高者所使用的英語.

a standard dictionary for beginners 初學者使用的標準字典

**stándard tìme** 標準時間. ➜各國、各地區正式採用的時間; 時間劃分以各地所處的經線爲基準.

**stand·ing** [ˋstændɪŋ] stand 的現在分詞、動名詞.

—形 ❶站立的; 用站立姿勢進行的.

a standing start 立式起跑

❷永久的, 固定的; 持續的; (委員會等)常備的.

a standing committee 常務委員會

—名 ❶地位，身分；名聲.
❷(持續的)期間，繼續.
a friendship of long standing 持久的友情

**stand·point** [ˋstænd͵pɔɪnt] 名(判斷事物時的)立場，見解，觀點.
**from** my standpoint 從我的立場來說

**sta·ple** [ˋstepl̩] 名(某國的、某地的)主要產品或商品.
—形 主要的.
Coffee is the staple product of Brazil. 咖啡是巴西的主要產品.

**sta·pler** [ˋsteplɚ] 名 訂書機.

| **star** [stɑr] | ▶星<br>▶(電影、運動等的)明星 |
|---|---|

名(複 **stars** [stɑrz]) ❶星，恒星.
相關語 planet(行星)，comet(彗星).
a falling 〔shooting〕 star 流星
the first star of the evening 晚上最早升起的星星
Our sun is one of the stars. 我們的太陽是恒星之一.
The stars are shining in the sky. 星星在空中閃爍. ➜現在進行式.
Little stars were twinkling over the woods. 小星星在森林上空熠熠閃亮.

**the évening stár** 晚星. ➜日落後西面天空中的金星(Venus).

**the mórning stár** 晨星. ➜日出前東面天空中的金星.

❷星標，星符，星狀物.
There are fifty stars in the American flag. 美國國旗上有五十顆星.

**the Stárs and Strípes** 星條旗.
➜美國國旗；橫向十三條紅白條紋表示獨立戰爭時的十三州，五十顆白星在藍色旗面上表示現有的五十個州；→見封面裏.

❸(電影、歌唱、運動等的)明星，名人.
a film 〔movie〕 star 電影明星
a baseball star 棒球明星
—形 ❶星的.
a star map 星座圖
❷明星的，名人的；出色的.
a star player (電影)明星演員，(棒球等的)明星球員

**star·dust** [ˋstɑr͵dʌst] 名 星塵.

**stare** [stɛr] 動 凝視，盯著看，瞪.
You mustn't stare **at** people. It's very rude. 你不可以盯著人看，這樣不禮貌.
Ken stared at the sports car in the showroom window. 肯張大眼睛盯著展示場櫥窗裡的跑車看.

**star·fish** [ˋstɑr͵fɪʃ] 名 (動物)海星.

**star·gaz·ing** [ˋstɑr͵gezɪŋ] 名 凝視星辰，觀星.

**star·ry** [ˋstɑrɪ] 形 多星的；星光照耀的，閃爍如星的.
a starry night 繁星之夜
watch with starry eyes 明眸凝視

| **start** [stɑrt] | ▶出發<br>▶開始<br>▶著手 |
|---|---|

動 ❶出發，啓程，動身.
**基本** start **from** Paris 從巴黎出發
➜start＋介系詞＋名詞.
start **for** school 動身去學校，上學
start from Paris for Rome 從巴黎出發去羅馬(＝leave Paris for Rome)
start **on** a trip 動身旅行
start down a road 啓程
He **starts** for school at eight in the morning. 他早晨八點去上學.
➜starts [stɑrts] 爲第三人稱單數現在式.

◆ **started** [ˋstɑrtɪd] 過去式、過去分詞.
On July 16, 1969, Apollo 11 started for the moon. 一九六九年七月十六日阿波羅十一號飛往月球.

S

The train **has** just started. 火車剛剛離站. ➜現在完成式.

◆ **starting** [ˋstartɪŋ] 現在分詞、動名詞.

❷開始；著手.

基本 start a race 開始賽跑 ➜ start＋名詞〈O〉.

start runn**ing** 〔**to** run〕 開始跑 (begin running 〔to run〕) ➜動名詞 running, 不定詞 to run 作 start 的受詞.

It started raining 〔to rain〕. 開始下雨了. ➜ It 籠統地表示「天氣」.

She **start**s work at nine and **finish**es at five. 她九點上班五點下班. ◁反義字

The game was started at 6:30 (讀法: six thirty) in the evening. 比賽傍晚六點半開始. ➜被動語態.

When you press this button, the music starts. 按這個按鈕，音樂就會開始.

會話 What time does school start? —It starts at eight. 學校幾點開始(上課)? —八點.

❸發動(機械)；使產生，使開始(事業).

start an engine 發動引擎

start a car 發動汽車

start a school newspaper 開始發行校刊

The car won't start. 汽車發動不起來.

idiom

***stárt óff*** 〔***óut***〕 出發.

***stárt with ～*** 由～開始.

The dictionary starts with the letter A. 字典從 A 開始.

***to stárt with*** (＝to begin with) 首先，第一.

— 名 (複 **starts** [starts]) ❶出發(點)，起點；開始.

**make** a start 出發，開始

**from** the start 從頭開始

He was ahead **at the start**, but last **at the finish**. 他起初在前頭，但最後落到末位. ◁反義字

We made an early start in the morning. 我們一早出發.

❷驚起，驚跳.

idiom

***from stárt to fínish*** 從頭到尾.

**star·tle** [ˋstartḷ] 動使驚訝，使吃驚.

The ring of the telephone startled me. 電話鈴聲把我嚇一跳.

**starve** [starv] 動飢餓，餓死；使餓死.

starving people 飢餓的人們

save people from starving 拯救人們遠離飢餓

There was no food and many people starved **to death**. 沒有食物，許多人餓死了.

idiom

***be stárving*** 《口》肚子很餓.

Is supper ready? I'**m starving**. 晚飯好了嗎? 我餓死了. (I'm very hungry.)

**state** [stet] 名 ❶國，國家.

an independent state 獨立國

This TV station is run by the state. 這家電視臺是國營的.

❷(常用 **State**) (美國、澳洲的) 州. → county.

a state college 州立大學

Ohio State＝the State of Ohio 俄亥俄州

There are fifty states in the United States. 美國有五十個州.

會話 What state are you from? —I'm from New York. 你是從哪個州來的? —我來自紐約州.

**Státe flówer** 州花. ➜由美國各州制定，象徵該州的花.

❸(**the States**) 美國. ➜通常美國人在國外稱本國時使用.

❹狀態，樣子.

my state of health 我的健康狀況

My house is very old and is **in a**

bad state. 我家屋子很老舊，情況很糟糕.
—動(以文字、語言正式)陳述.

**state·ment** [ˋstetmənt] 名 陳述，聲明(書).

**states·man** [ˋstetsmən] 名(複 **statesmen** [ˋstetsmən]) 政治家. → politician.

## sta·tion [ˋsteʃən]

▶站，所，臺
▶～局，～署

名(複 **stations** [ˋsteʃənz]) ❶(火車、公車)站.
a railroad〔railway〕station 火車站 ➡通常僅用 station 或 train station.
a subway station 地下鐵車站
Taipei Station 臺北車站 ➡站名前不加× *the*.
a bus station 公車站
get off〔change trains〕**at** the next station 下一站下車〔換車〕
This train stops at every station. 本列車停靠各站.
Is there a **bus stop** or a **bus station** near here? 這一帶有公車的站牌或車站嗎? ◁相關語

bus stop bus station

❷～署，～局，～所.
a space station 太空站
a TV〔radio〕station 電視臺〔廣播電臺〕
a fire〔police〕station 消防隊〔警察局〕
a weather station 氣象站
a gas station 加油站
a power station 發電廠

**sta·tion·er** [ˋsteʃənɚ] 名 文具商.
at a stationer's 在文具店

**sta·tion·er·y** [ˋsteʃən͵ɛrɪ] 名 文具.

**sta·tion·mas·ter** [ˋsteʃən͵mæstɚ] 名(鐵路的)站長.

**stat·ue** [ˋstætʃu] 名 雕像，塑像. ➡尤指與眞人同樣大小或更大者.
a marble〔bronze〕statue 大理石〔銅〕像
**the Státue of Líberty** 自由女神像. ➡位於紐約灣內島上，是世界上最大的塑像，高 91 m.

## stay [ste]

▶停留，逗留

動 ❶停留，逗留；住宿.
基本 stay (**at**) home 待在家裡 ➡ stay＋副詞(片語)；home 可作爲「在家」之意的副詞.
stay **in**＝stay (at) home
stay **behind** 留下來(不走)；在後頭
stay **with** *one's* uncle 住在叔叔家裡 ➡ stay＋with＋人.
stay at a hotel〔*one's* uncle's (house)〕住在旅館裡〔叔叔家〕 ➡ stay＋at＋場所.
**Stay** here. Don't **go away**. 待在這裡，別走開! ◁反義字
On Sundays he usually **stays** at home. 星期天他大都待在家裡. ➡ stays [stez] 爲第三人稱單數現在式.
Please come and stay with us for a few days. 請來和我們住幾天.
Let's stay to the end of the movie. 我們待到電影結束吧.
Stay **on** this road until you come to the first intersection. 沿這條路走，一直到第一個交叉路口.
◆ **stayed** [sted] 過去式、過去分詞.
He had a bad cold and stayed in bed for a week. 他得了重感冒，在

S

床上躺了一星期.
They came for tea and stayed till late at night. 他們來喝茶，一直待到深夜才離開.

◆ **staying** [`steɪŋ] 現在分詞、動名詞.
She **is** staying with her aunt. 她住在舅媽家裡. ➜現在進行式.
She **has been** stay**ing** with her aunt since last Sunday. 她從上星期天起一直住在舅媽家. ➜現在完成進行式.

❷維持，保持(remain). ➜stay後接形容詞或名詞作C(補語).
stay young 保持青春
stay still 靜止不動
stay awake 保持清醒
I hope the weather will stay fine. 我希望一直是晴天.
We stayed friends for many years. 好多年來我們一直是朋友.

idiom

***stày awáy*** (***from*** ~) 離開(～)；(～)缺席.
He sometimes stays away from school. 他有時沒來上學.

***stày úp*** 不就寢，熬夜(sit up).
We stayed up very late last night. 我們昨夜很晚才睡覺.

**—**名 **停留(期間).**
**during** my stay **in** Canada 在我停留加拿大的期間
After a week's stay in Italy, I went to France. 在義大利停留一週後，我去了法國.
How did you enjoy your stay there? 你在那裡停留期間還愉快嗎?

**stead·i·ly** [`stɛdəlɪ] 副 堅固地；穩定地；不懈地；穩健地. → steady.
work steadily 不懈地工作

**stead·y** [`stɛdɪ] 形 ❶堅固的，牢靠的；穩健的.
a steady ladder 牢固的梯子
The old man's step is still steady. 老人的步履依然穩健.
Please hold the ladder steady while I climb up. 我爬梯子時請替我扶穩. → hold ❷

◆ **steadier** [`stɛdɪə] 比較級.

◆ **steadiest** [`stɛdɪɪst] 最高級.

❷不變的，規律的，穩定的.
a steady pace 穩定的速度
make steady progress 穩定地進步
There was a steady northwest wind. 一直颳著西北風.

idiom

***gò stéady*** 《口》與異性固定交往.

**steak** [stek] ➜注意拼法與發音. 名 ❶肉排，牛排(beefsteak)，烤肉.
會話 How would you like your steak? —Rare 〔Medium, Well-done〕, please. 你的牛排要幾分熟? —五分〔八分，全熟〕.
❷(牛肉、魚的)厚切片.

**steal** [stil] 動 ❶偷，竊取. → rob.
steal money **from** the safe 〔his friend〕 從保險箱〔朋友處〕偷錢
This cat often steals our dog's food. 這隻貓經常偷我家的狗食吃.

◆ **stole** [stol] 過去式.
He stole a camera from the store. 他從這家商店偷走一臺照相機.

◆ **stolen** [`stolən] 過去分詞.
Our bicycle **was** stolen last night. 我們家的自行車昨晚被偷了.
I had my money stolen. 我的錢被偷了. ➜have+O+過去分詞表示「O被～」.

❷偷偷地做～事；(棒球)盜壘.
steal **into** 〔**out of**〕 the room 偷偷地潛入〔溜出〕房間
steal a glance **at** ～ 偷看～，窺視～
Scott stole second. 史考特盜上了二壘.

**steam** [stim] 名 蒸氣，水氣.
**clouds of** steam 煙霧瀰漫的水蒸氣
Steam is coming out of the kettle.

水壺裡冒出蒸氣.
The house is heated by steam. 這棟房子用蒸氣取暖.

**stéam èngine** 蒸氣機；蒸氣火車頭.

**stéam locomòtive** 蒸氣火車頭.

—動 ❶蒸發，冒蒸氣.
The hot spring is steaming. 溫泉冒著蒸氣.
❷藉蒸氣力量推動行駛、運轉等.
❸蒸，蒸軟.

**steam·boat** [ˋstim͵bot] 名 小型汽船，蒸氣船.

**steam·er** [ˋstimɚ] 名 ❶汽船(steamship). ❷(烹飪用)蒸鍋，蒸籠.

**steam·ship** [ˋstim͵ʃɪp] 名 (大型)汽船.

**steel** [stil] 名 鋼，鋼鐵.
—形 鋼鐵製的.
a steel helmet 鋼盔

**steep** [stip] 形 陡峭的，險峻的.
go up a steep hill 爬陡坡

**stee·ple** [ˋstipl̩] 名(教堂等的)尖閣或尖塔. ➜屋頂呈尖形的塔，裡面安裝著時鐘.

**steer** [stɪr] 動 掌舵，駕駛(船、車、飛機等)；(掌舵)前進.
steer a ship 〔a car〕 駕船〔開車〕
The pilot is steering for Paris. 駕駛員駕飛機飛向巴黎.

**steer·ing wheel** [ˋstɪrɪŋ͵hwil] 名 (船、車、飛機等的)舵輪，方向盤，駕駛盤. ➜也可僅用 **wheel**；→ handle.

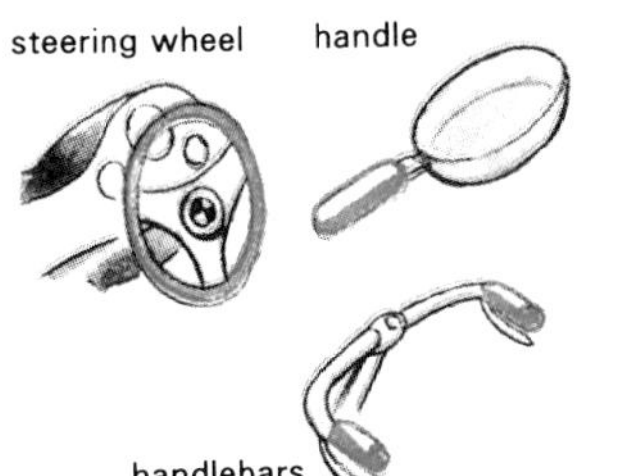


**stem** [stɛm] 名 ❶(植物的)莖，幹，葉柄，花梗. ❷(高腳杯的)腳，(煙斗的)柄. ❸船首，船頭. → stern[1], bow[3].

**step** [stɛp] 名 ❶(行走、跑步、跳舞時的)腳步，一步；步調，步伐.
**take** a step forward 上前一步
If you move a step, I'll shoot! 你再動一步我就開槍！
His step was fast and light. 他的步伐輕快.
**Watch** your step. 注意腳下.
That's one small step for a man, one giant leap for mankind. 這是我的一小步，卻是人類的一大步. ➜美國阿波羅十一號船長 Neil A. Armstrong 代表人類初次登陸月球時說的第一句話.
She stood a few steps away **from** us. 她站在離我們幾步遠的地方.
He walked with quick steps. 他快步行走.
❷腳步聲(footstep)；足跡(footprint).
I heard some steps on the stairs. 我聽到樓梯上有腳步聲.
❸臺階，踏腳處；(**steps**)梯級，階梯. → stair.
a stair of ten steps 十級臺階的樓梯
go up the steps to the door 登上樓梯到門口去
go down the steps into the cellar 走下樓梯到地下室去
Mind the step. (有臺階哦)注意臺階. ➜ Mind your step. 表示「注意腳下」.
She came down the steps of the jet plane. 她從噴射機的階梯走下來.

idiom

***kèep stép with ~*** 與～步調一致地前進或行動.

***stép by stép*** 逐漸地，一步一步地，踏實地.
learn English step by step 逐步學習英語

S

—動 走，舉步；踏，踩.
step **aside** 讓路，讓開
step **on** the brake 踩煞車
step **over** a puddle 跨過水窪
When your name is called, step forward. 被喊到名字的上前一步.
**Step in**, please. 請進.
Sorry! Did I step on your foot? 對不起！我踩到你的腳了嗎?
◆ **stepped** [stɛpt] 過去式、過去分詞.
They stepped **into** a boat. 他們乘上船.
◆ **stepping** [ˋstɛpɪŋ] 現在分詞、動名詞.

**step·lad·der** [ˋstɛpˏlædɚ] 名 摺梯.

**ster·e·o** [ˋstɛrɪo] 名(複 **stereos** [ˋstɛrɪoz])立體音響設備；立體音響效果.

**stern**[1] [stɝn] 名 船尾. →「船首」用 bow[3] 或 stem.

**stern**[2] [stɝn] 形 嚴苛的，嚴格的 (strict, severe).
He gave me a stern look. 他用嚴厲的目光注視我.

S

**Ste·ven·son** [ˋstivənsn̩] 專有名詞 (**Robert Louis Stevenson**)史蒂文生. → 英國小說家、童謠詩人(1850-1894)；著作有《金銀島》、《化身博士》等.

**stew** [stju] 名 燉肉，燉煮的菜肴. → 用微火燉煮的肉或蔬菜.
We had beef stew for dinner. 我們晚飯吃燉牛肉.

**stew·ard** [ˋstjuwɚd] 名 (輪船、飛機、火車上的男的)服務員. → flight attendant.

**stew·ard·ess** [ˋstjuwɚdɪs] 名(輪船、飛機、火車上的)女服務員. → flight attendant.

**stick** [stɪk] 名 ❶短木棒；(掉落或剪下來的)小樹枝，柴枝；(棒棒糖等的)棒狀物.
a stick of candy 一根棒棒糖
a bundle of sticks 一束柴枝
gather sticks for a fire 拾乾柴枝生火
❷杖，拐杖(→亦作 **walking stick**)；(曲棍球的)球棒；指揮棒.
walk with a stick 拄拐杖走路
—動 ❶插入；刺，戳.
stick *one's* finger with a needle 用針刺指頭
◆ **stuck** [stʌk] 過去式、過去分詞.
He stuck his fork **into** a potato. 他把叉子插入馬鈴薯.
There is a fish bone stuck **in** my throat. 魚刺刺到我的喉嚨.
A thorn stuck in my foot. 刺扎到我的腳.
❷(用漿糊等)黏貼，黏合，附著，黏住.
Stick a stamp **on** the envelope. 在信封上貼郵票.
❸(如被黏住般)動彈不得，卡住，陷入.
Our car stuck in the mud. 我們的汽車陷進泥裡動彈不得.

idiom

***stíck óut*** 突出；伸出；忍耐到底.
stick out *one's* tongue 伸舌頭
Don't stick your head out of the train window. 別把頭伸出火車車窗.
***stíck to*** ~ 纏住~；堅持~，堅守~，忠於~.
stick to *one's* promise 堅守諾言
stick to *one's* work 忠於工作

**stick·pin** [ˋstɪkˏpɪn] 名《美》領帶夾，裝飾用的別針(《英》tie-pin).

**stick·y** [ˋstɪkɪ] 形 黏的，具黏性的，黏糊糊的.
◆ **stickier** [ˋstɪkɪɚ] 比較級.
◆ **stickiest** [ˋstɪkɪɪst] 最高級.

**stiff** [stɪf] 形 ❶硬的，堅硬的，僵直的.
stiff cardboard 硬紙板

My neck is very stiff; I can't turn my head. 我的脖子很僵硬，頭不能轉動.
❷死板的，拘謹的；(問題等)棘手的，困難的；嚴厲的.

**still**[1] [stɪl] ▶仍，尚，還 ▶更，愈

副 ❶仍，尚，還. → yet.
基本 He is still asleep. 他還在睡. ➡ be 動詞＋still.
It's still dark outside. 外面仍然很黑. ➡ It's already dark. 表示「已經天黑了」.
It is still raining. 還下著雨.
Is he still angry? 他還在生氣嗎?
The ground is still covered with snow. 地面依然被雪覆蓋著.
The light of his room was still on. 他房間裡的燈還亮著.
基本 I still love you. 我仍然愛你. ➡ still＋一般動詞.
❷更，愈. ➡強調形容詞、副詞的比較級.
Bob is tall, but Lucy is still taller. 鮑勃個子高，但露西更高.
❸然而，可是.
I knocked harder. Still there was no answer. 我更用力地敲門，但仍無回應.

**still**[2] [stɪl] 形 寂靜的；靜止的.
a still night〔lake〕 寂靜的夜晚〔湖面〕
keep still 不動；不出聲
stand still 站著不動
sit still 坐著不動
The sea was calm and still. 海面平靜，微波不興.

**stilt** [stɪlt] 名 高蹺.
walk **on** stilts 踩高蹺

**sting** [stɪŋ] 名 ❶(蜜蜂等的)針；(植物的)刺. ❷刺，螫；刺傷，螫傷.
相關語 bite(蚊子)叮咬，(蚊子的)咬傷.
—動 ❶(用針)刺. ❷刺痛，刺傷；刺激；使傷心.
◆ **stung** [stʌŋ] 過去式、過去分詞.

**stir** [stɜ] 動 ❶(微微地)搖動；攪拌；擾動.
stir coffee with a spoon 用湯匙攪動咖啡
stir the fire 撥火
◆ **stirred** [stɜd] 過去式、過去分詞.
The soft wind stirred the leaves. 微風吹動樹葉.
◆ **stirring** [ˋstɜɪŋ] 現在分詞、動名詞.
No one **was** stirring in the house. 沒有人在屋子裡走動.
❷使激動，使感動；惹起，煽動.

**stitch** [stɪtʃ] 名 縫，一縫，一針；針腳；針法.
mend the coat with a few stitches 在外套上縫補幾針
諺語 A stitch in time saves nine. 及時一針省九針. ➡意爲「及時行事則事半功倍」.

**stock** [stɑk] 名 ❶儲藏；(商品的)庫存，庫存品.
**in**〔**out of**〕 stock 有〔無〕現貨、存貨
This store has〔keeps〕 a large stock **of** boy's shoes. 這家店裡有很多男鞋存貨.
❷《集合》家畜.
❸《美》(公司的)股份(《主英》share).
—動 供應，購置，採購.

**Stock·holm** [ˋstɑkˏhom] 專有名詞

S

斯德哥爾摩. ➜瑞典(Sweden)首都.

**stock·ing** [ˋstɑkɪŋ] 名 長(統)襪.
相關語 sock (短襪).
a Christmas stocking 聖誕長統襪 ➜聖誕老人放禮物的地方, 孩子們在聖誕夜將它掛於壁爐旁等處.
a **pair of** stockings 一雙長襪

**stole** [stol] steal 的過去式.

**sto·len** [ˋstolən] steal 的過去分詞.

**stom·ach** [ˋstʌmək] ➜注意 ch 發 [k] 音. 名 胃; (俗)腹. → belly.
I have a pain in my stomach. 我胃痛. (I have a stomachache.)

**stom·ach·ache** [ˋstʌməkˏek] 名 腹痛; 胃痛. → ache.
I **have** a stomachache. 我胃痛.
John is absent from school **with** a stomachache. 約翰因為肚子痛沒去上學.

**stone** [ston] 名 ❶石, 石頭, 碎石; 石材, 墓石, 磨刀石.
as hard as stone 堅硬如石 ➜表示石頭的性質, 作物質名詞, 不用 ×*a* stone.
a bridge of stone = a stone bridge 石橋 ➜作石材之意時不用×*a* stone.
The house is built of stone. 石砌的房子.
I've got a stone in my shoe. 我的鞋子裡有石子.
Don't **throw** stones at the birds. 不要用石頭丟鳥.
**the Stóne Àge** 石器時代.
❷寶石(jewel).
A diamond is a precious stone. 金剛鑽是寶石.
❸ (梅或櫻桃等的)硬果核. → seed.
Cherries and peaches have stones. 櫻桃和桃子有核.

**ston·y** [ˋstonɪ] 形 多石的, 石頭的; 鐵石心腸的, 冷淡的.
◆ **stonier** [ˋstonɪɚ] 比較級.
◆ **stoniest** [ˋstonɪɪst] 最高級.

**stood** [stʊd] stand 的過去式、過去分詞.

**stool** [stul] 名 ❶(沒有椅背的)椅子, 凳子. ❷腳凳. ➜放在椅子前面放腳的矮凳; 亦作 **footstool**.

**stoop** [stup] 動 屈身, 彎腰; 俯首, 低頭.
stoop from old age 因年老而駝背
Don't stoop. Stand straight. 別彎腰, 要站直.

| **stop** [stɑp] | ▶停止<br>▶使停止<br>▶車站 |
|---|---|

動 ❶停止; 中止; 使停止.
基本 stop a car 停車 ➜ stop + 名詞〈O〉.
stop a tape 〔a fight〕 停止放錄音帶〔吵架〕
stop *do***ing** 停止做～ ➜ doing 是動名詞, 作 stop 的受詞.
stop **to** *do* 停下來去做～ ➜不定詞 to do 不是 stop 的受詞.
stop him (**from**) *do*ing 阻止他做～〔不讓他做～〕
Stop talking, please. 請不要講話!
Stop, thief! 站住, 小偷!
Stop him! He's stolen my bag! 攔住他! 他偷了我的手提包!
We stop work at five o'clock. 我們五點下班.
基本 The bus **stops** in front of the zoo. 公車在動物園前面停下. ➜ stop + 表場所的副詞(片語); stops [stɑps] 為第三人稱單數現在式.
◆ **stopped** [stɑpt] 過去式、過去分詞.
It stopped raining. = The rain stopped. 雨停了. ➜ It 籠統地表示「天氣」.
He stopped reading the notice and went away. 他停止看告示, 然後走了.
He stopped to read the notice. =

He stopped and read (過去式 [rɛd]) the notice. 他停下來看告示.
The rain **has** stopped and the sun is shining. 雨停了，陽光普照. ➜ has stopped 是現在完成式.
I **was** stopped by a policeman. 我被警察叫住. ➜被動語態.

◆ **stopping** [ˋstɑpɪŋ] 現在分詞、動名詞.
The rain **is** stopping. 雨漸漸停下來. ➜現在進行式.
Our train ran all night without stopping at any station. 我們搭的火車整夜行駛，沒有停靠任何一站. ➜動名詞 stopping 是 without 的受詞.
❷堵塞(流出物、出入口等)，阻塞，塞住.
stop water 〔gas〕 關水〔瓦斯〕
stop (up) a hole in the pipe 堵住管子的漏洞
stop (up) a bottle 塞住瓶口
She stopped her ears with her fingers. 她用手指堵住耳朵.
❸停留，逗留，住(stay).
I'll stop at this hotel for the night. 我要在這家旅館過夜.

idiom

***stóp bý*** 〔***ín***〕 《美》(在途中)順道拜訪.
Won't you stop by for a coffee? 順便到我家喝杯咖啡好嗎?
***stóp óver*** 〔***óff***〕 (旅行)中途停留，中途下車.
We stopped over in Boston for the night. 我們中途在波士頓停留過夜.

—名(複 **stops** [stɑps]) ❶停止，中止.
**come to** a stop 停止
**put** a stop **to** ～ 停止～，結束～，制止～
The train came to a sudden stop. 火車突然停了下來.
We'll have a short stop here, and you can get off the bus. 我們在此暫停片刻，你們可以下車.
❷(公車等的)站牌.
a bus stop 公車站
I get off at the next stop. 我在下一站下車.

**stop·watch** [ˋstɑp͵wɑtʃ] 名 馬錶，跑錶，秒錶.

**store** [stor] ▶商店 ▶貯藏

名(複 **stores** [storz]) ❶《美》店，商店. ➜英國通常用 shop.
a bookstore 書店
a fruit store 水果店
**keep** a store 經營商店 → storekeeper.
**play store** (孩子們)玩開店遊戲
We buy clothing **at** this store. 我們在這家店買衣服.
❷貯藏，儲蓄；很多，大量.
have a good store of food 有豐富的食物儲備

idiom

***in stóre*** 儲藏著，預備著.
We have a lot of food in store. 我們準備了豐富的食物.

—動 貯藏，儲備；收藏.

**store·house** [ˋstor͵haus] 名 ❶倉庫. ❷(知識等的)寶庫.

**store·keep·er** [ˋstor͵kipɚ] 名 《美》商店主人，小商販(《英》shopkeeper).

**store·room** [ˋstor͵rum] 名 貯藏室，置物間.

**sto·rey** [ˋstorɪ] 名 《英》＝story².

**sto·ried** [ˋstorɪd] 形 有～層樓的. ➜在英國也拼作 **storeyed**；→ story².
a three-storied house 三層樓的房屋

**stork** [stɔrk] 名 鸛.

印象 常築巢於屋頂煙囪上，據說能帶來幸運或是象徵家中將添寶寶.

S

**storm** [stɔrm] 名 ❶風暴，暴風雨. → snowstorm.
Their boat sank in the storm. 他們的船在暴風雨中沈沒了.
We're going to have a storm tonight. 今晚將有暴風雨. ➜ be going to *do* 表示「將發生～」.
❷暴風雨般的東西；暴動.
a storm **of** cheers 熱烈的喝采

**storm·y** [ˋstɔrmɪ] 形 有暴風雨的；激烈的，狂怒的.
a stormy night 〔sea〕 暴風雨之夜〔有大風浪的海〕
a stormy discussion 激烈的討論

| **story**[1] [ˋstorɪ] | ▶故事，傳說，小說，說法<br>⊙既可表示眞實情況，也可表示虛構的故事；既可表示書寫成文的，也可表示口述的，使用範圍廣泛 |
|---|---|

名(複 **stories** [ˋstorɪz]) ❶故事，傳說，小說，說法.
a fairy story 神話故事，童話
a story **of** adventure 冒險故事
a short story 短篇小說
a newspaper story 報紙的報導
a story book 故事書
**Tell** us a story, Grandma. 奶奶，給我們講個故事吧.
There's an old Japanese story **about** the moon. 有個關於月亮的古老日本傳說.
She told them the story of her life. 她告訴他們自己的生平事蹟.
Grandpa told us stories about his childhood. 爺爺講他童年的故事給我們聽.
❷謊言，假話(lie). ➜通常在孩子間相互使用或者對孩子使用.
Don't tell stories! 不要說謊！

**story**[2] [ˋstorɪ] 名 (複 **stories** [ˋstorɪz]) (建築物的)層，樓. ➜在英國拼作 **storey**；重點在表示建築物的高度；→ floor ❷
a two-story house 二層樓的家
a house of three stories 三層樓的房屋
The Empire State Building is one hundred two stories high. (紐約)帝國大廈有一百零二層高.

**sto·ry·book** [ˋstorɪˏbʊk] 名 兒童故事書，童話書.

**stout** [staʊt] 形 ❶粗壯的；堅固的，結實的；勇敢的，堅決的. ❷胖的. ➜ fat 的委婉說法.

**stove** [stov] 名 ❶爐，火爐，暖爐. ❷廚房用爐，瓦斯爐. ➜爲與暖爐區別，亦作 **cooking stove**.
Mother cooks on a gas stove. 媽媽在瓦斯爐上做飯.

**St. Paul's (Ca·the·dral)** [sentˋpɔlz(kəˋθidrəl)] 專有名詞 (倫敦)聖保羅大教堂.

**St. Pe·ter's** [sentˋpitɚz] 專有名詞 聖彼得大教堂. ➜位於羅馬梵諦岡，爲羅馬天主教教廷所在地.

**straight** [stret] 形 ❶直的，筆直的.
a straight road 筆直的路
a straight line 直線
❷誠實的，正直的，直率的.
I'll give you a straight answer. 我會明白給你回答.
— 副 ❶直地，筆直地.
go straight up 〔on〕 筆直上升〔前進〕
go straight home 直接回家
❷正直地，直率地.
❸連續地，持續不斷地.
for three weeks straight 持續三週

**straight·en** [ˋstretn̩] 動 (使)變直；(使)變平整.
straighten (*one*self) up 挺直身體

**strain** [stren] 動 ❶拉緊，扯緊，張緊. ❷(肉體等)作最高限度〔過度〕使用；(由於過度使用而)受傷，扭到筋，挫傷. ❸濾，過濾.

**strait** [stret] 名 海峽.

the Straits of Dover 多佛海峽 ➡地名通常用複數; → Dover.

**strange** [strendʒ] 形 ❶未見〔未聽〕過的; 陌生的.
There is a strange cat in our garden. 園子裡有隻陌生的貓.
❷奇怪的, 奇異的; 奇妙的; 奇特的.
A strange thing happened. 發生了一件離奇的事.
There is something strange about him. 他有點怪.
**It is** strange **that** John is not here. He always comes at this time. 約翰不在這裡可怪了, 他總是這個時候來的. ➡ It=that ～.
諺語 Fact is stranger than fiction. 事實比虛構更離奇.
idiom
***fèel stránge*** 感到身體不太舒服; 覺得(和平常)不同, 覺得怪怪的.
I feel strange on the first day at school after a long vacation. 放完長假後開學第一天, 我感到有點定不下心來.
***stránge to sáy*** 說來奇怪.
Strange to say, this bird cannot fly. 說來奇怪, 這隻鳥不會飛.

**strange·ly** [ˋstrendʒlɪ] 副 奇怪地; 奇妙地, 不可思議地.

**stran·ger** [ˋstrendʒɚ] 名 ❶陌生人, 旁人, 他人.
He is a 〔no〕 stranger **to** me. 他對我來說〔不〕是個陌生人.
We were strangers to each other. 我們互不認識.
❷外地人, 異鄉人.
I am a stranger here. 我第一次來這裡(所以不認得此地的路).

**strap** [stræp] 名 皮繩; 皮帶; (電車上的)吊環. ➡錶帶、背包帶、學生用的捆書帶等.

**straw** [strɔ] 名 ❶稻草, 麥稈.
a straw hat 〔mat〕 草帽〔蓆〕
❷(飲料用的)吸管.
drink milk **through** a straw 用吸管喝牛奶

**straw·ber·ry** [ˋstrɔˏbɛrɪ] 名 (複 **strawberries** [ˋstrɔˏbɛrɪz]) 草莓.
eat strawberries for dessert 飯後點心吃草莓

**stray** [stre] 動 走失, 迷路, 徬徨, 徘徊.
— 形 迷失的, 迷路的.
a stray dog 迷失的狗, 流浪狗
a stray sheep 迷路的羊

**stream** [strim] 名 ❶小河, (河川、液體等的)流向.
a small stream 小溪
a stream of tears 一行淚水
swim against 〔with〕 the stream 逆〔順〕流而游
❷(人、車等的)流動.
There is a long stream of cars on the road. 路上有一條長長的車流.
— 動 流動, (光)流入.
The moonlight streamed **into** the room. 月光流入房間.
Tears were streaming down her cheeks. 眼淚沿著她的臉頰流下.

| **street** [str i t] | ▶街, 街道<br>⊙一側或兩側有建築物的街道 |
|---|---|

名 (複 **streets** [strits]) 街, 街道. ➡書寫地址時常略作 **St.**
walk **along** 〔**up, down**〕 a street 沿著街走
**cross** a street 穿越街道
Madison Street 麥迪遜街
a shopping street 商店街
I met Bob **on** 〔**in**〕 the street. 我在街上遇見鮑勃. ➡美國通常用 on, 而英國用 in.
會話 On 〔In〕 what street do you live? —I live on 〔in〕 Park Street. 你住在哪條街? —我住在公園街.
The streets are busy now. 現在街道很擁擠.

S

**street·car** [ˋstritˏkɑr] 名《美》市區電車(《英》tram(car)).

**strength** [strɛŋθ] 名 力量，體力；強度. ➜形容詞爲 strong.
the strength of a rope　繩子的強度
a man of great strength　力氣非常大的人
I pulled the rope with all my strength.　我用盡全力拉繩索.

**strength·en** [ˋstrɛŋθən] 動 變得強壯〔堅強〕；加強，強化.

**stress** [strɛs] 名 ❶壓迫，壓力；(精神的)緊張，壓力.
❷強調，重點.
❸重音，重讀(accent).
In the word "tomorrow," the stress is **on** the second syllable. "tomorrow"的重音在第二音節(to·mór·row).
—動 ❶強調，極力主張. ❷重讀.

**stretch** [strɛtʃ] 動 (亦作**stretch out**) 伸展，張開，擴展，延伸.
stretch *one*self　伸懶腰，伸展手腳；睡成大字形
He stretched **out** his hand and took a book from the shelf.　他伸出手從書架上拿了一本書.
He stretched himself out on the grass.　他伸展手腳躺在草地上.
The forest stretches for miles.　這座森林連綿幾英里.
—名 ❶伸展，擴展，延伸. ❷廣大的一片；(時間、工作等的)一段落.

**stretch·er** [ˋstrɛtʃɚ] 名 擔架.

**strict** [strɪkt] 形 ❶嚴厲的，嚴格的.
strict rules　嚴格的規則
Our teacher is strict but fair.　我們老師雖嚴厲但公正.
❷嚴密的，正確的.

**strict·ly** [ˋstrɪktlɪ] 副 嚴厲地，嚴格地；嚴密地.
idiom
***stríctly spéaking***　嚴格地說.

**strid·den** [ˋstrɪdn̩] stride的過去分詞.

**stride** [straɪd] 動 大步行走；跨過.
◆ **strode** [strod] 過去式.
◆ **stridden** [ˋstrɪdn̩] 過去分詞.
—名 大步，闊步；一大步的距離.
**at** a stride　以一大步
walk **with** rapid strides　大步急行

**strife** [straɪf] 名 爭奪，鬥爭，爭吵.

**strike** [straɪk] 動 ❶打(hit)，擊；揍；(時鐘)敲. → beat.
strike a ball **with** a bat　用棒擊球
strike him **on** the head 〔**in** the face〕　打他的頭〔臉〕
諺語 Strike while the iron is hot.　打鐵趁熱. ➜意爲「不要失去機會」.
The clock is now striking twelve.　時鐘正在敲第十二下.
◆ **struck** [strʌk] 過去式、過去分詞.
A stone struck me on the head.　石子擊中我的頭.
His head struck the floor when he fell.　他倒下時頭撞在地板上.
The tree **was** struck by lightning.　樹被閃電擊中.
❷劃(火柴)，擦(而點火)，產生火花.
strike a match　劃火柴
strike a light　(擦燃火柴)點火
❸想到，(想法)浮現；使想起～.
A good idea just struck me.　我突然想到一個好主意.
❹罷工.
The workers are **striking for** more money.　工人們罷工要求提高工資.
idiom
***stríke óut***　(棒球)三振出局；刪除，劃去，塗去(文字等).
He struck out three batters in a row.　他連續把三位打擊者三振出局.
—名 ❶(棒球的)好球. → ball[1]❸
Three strikes and you're out.　三好球你就三振出局.
❷罷工.

**go on** strike 舉行罷工
The workers are **on** strike for more money. 工人們罷工要求提高工資.

**strik·ing** [ˋstraɪkɪŋ] 形 顯目的，引人注目的.

**string** [ˋstrɪŋ] 名 ❶細繩，帶子. 同義字 比 thread 粗，但比 cord 細；→ cord.
**a piece of** string 一根細繩
He tied the books together with string. 他用細繩繫書.
**stríng bèan** 菜豆.
❷(穿在細繩上的)一串東西，連成一串，一連串.
a string **of** pearls (穿線的)一串珍珠，一條珍珠項鍊
❸琴弦，弓弦；(**the strings**)弦樂器〔部〕.

**strip** [strɪp] 動 脫去，剝(皮等)，除去；(使)裸露.
◆ **stripped** [strɪpt] 過去式、過去分詞.
The monkey stripped the skin **from** a banana. 猴子剝去香蕉皮.
◆ **stripping** [ˋstrɪpɪŋ] 現在分詞、動名詞.
—名 狹長的一塊或一片.
a strip of paper 一條紙條
a comic strip (報紙或雜誌的)連環圖畫，連環漫畫

**stripe** [straɪp] 名 條紋，紋帶.
The zebra has black and white stripes. 斑馬有黑白的斑紋.

**striped** [straɪpt] 形 帶有條紋的，條紋的.
striped trousers 有條紋的褲子

**strode** [strod] stride 的過去式.

**stroke** [strok] 名 ❶打擊，一擊；(時鐘、鐘的)敲擊聲.
with one stroke of an ax 用斧頭一擊
❷(游泳或划船時的)一划，一動，(網球等的)一擊；一筆. ➜一連串有規律的反覆動作中的一次.
swim〔row〕with quick strokes 快速游動〔划槳〕
❸沒料到的事；(病的)發作；中風，腦溢血.
**a stroke of** good luck 未料到的幸運事
He died of a stroke. 他患腦溢血而死.
—動 撫摸，摩擦.

**stroll** [strol] 動 漫步，閒逛，散步.
stroll along the streets 在街上漫步
—名 漫步，閒逛，散步.

**stroll·er** [ˋstrolɚ] 名 ❶漫步者，閒逛者. ❷《美》嬰兒推車.

| **strong** [strɔŋ] | ▶強大的<br>▶強壯的<br>⊙廣泛使用於人、動物、自然現象、意志、能力等方面 |
|---|---|

形 ❶強大的，強壯的，堅強的.
基本 a strong wind 強風 ➜ strong＋名詞.
a strong man 強而有力的人，強壯的人
基本 He is very strong. 他強壯有力. ➜ be 動詞＋strong 〈C〉.
He may have a **weak** body, but his mind is **strong**. 他身體雖然虛弱，但意志堅強. ◁反義字
◆ **stronger** [ˋstrɔŋgɚ] 《比較級》更強壯的.
會話 Which is stronger, a lion or a tiger? —A lion is (stronger **than** a tiger). 獅子和老虎哪個比較強壯? —獅子.
◆ **strongest** [ˋstrɔŋgɪst] 《最高級》最強壯的.
I think a lion is **the** strongest of all the animals. 我認為獅子是所有動物中最強壯的.

S

❷(味道、氣味等)濃烈的.
Strong coffee keeps you awake. 喝濃咖啡會睡不著的.
There's a strong smell of gas. 有強烈的瓦斯味.
❸擅長的，優異的.
Speaking English is his strong point. 說英語是他的長處.

**strong·ly** [`strɔŋlɪ] 副 堅持地，堅決地，強烈地，極力地.

**struck** [strʌk] strike的過去式、過去分詞.

**struc·ture** [`strʌktʃɚ] 名 ❶結構，構造. ❷建築物(building).

S

**strug·gle** [`strʌgl̩] 動 抗爭，奮鬥，努力，掙扎.
struggle **for** ～ 爲～而奮鬥
struggle **with**〔**against**〕～ 與～奮戰
—名 抗爭，奮鬥.

**stub·born** [`stʌbɚn] 形 頑固的，固執的；難應付的，難對付的.
A donkey is a stubborn animal. 驢子是倔強的動物.

**stuck** [stʌk] stick 的過去式、過去分詞.

| **stu·dent** [`stju d n̩t] | ▶學生<br>⊙在美國指中學以上，在英國指大學生 |
|---|---|

名(複 **students** [`stjudn̩ts]) ❶學生. → pupil[1].
a high school student 中學生
a college student 大學生
I'm a second year student. 我是二年級學生.
There are 1,200 (讀法：one thousand two hundred) students in our school. 我們學校有一千二百名學生.
❷學者，研究人員.
a student of Shakespeare 研究莎士比亞的學者

**stúdent téacher** 實習教師.

**stud·ied** [`stʌdɪd] study 的過去式、過去分詞.

**stud·ies** [`stʌdɪz] study 的第三人稱單數現在式；study 的複數.

**stu·di·o** [`stjudɪˏo] 名(複 **studios** [`stjudɪˏoz]) (藝術家的)工作場合，工作室，畫室；電影攝影棚，電臺廣播室，(CD 等的)錄音間.

| **stud·y** [`stʌ d ɪ] | ▶讀書，用功<br>▶學習，研究<br>▶書房 |
|---|---|

動 ❶讀書，用功，學習，研究. → learn.
**基本** study for a test 爲考試而讀書 ➜ study＋副詞(片語).
study abroad 海外留學
**基本** We study English at school. 我們在學校學習英語. ➜ study＋名詞〈O〉.
My sister **studies** French **on** television. 我姐姐看電視學法語. ➜ studies [`stʌdɪz] 爲第三人稱單數現在式.
She wants to go to America to study English. 她想去美國學英語. ➜不定詞 to study 表示「爲了學習」.
◆ **studied** [`stʌdɪd] 過去式、過去分詞.
Pat **studied** Chinese at university, but didn't **learn** to write Chinese characters. 派特在大學學過中文，但沒學會寫中文字. ◁**相關語**
She **has** studied Spanish for two

years. 她學了兩年西班牙語. ➜現在完成式.
English **is** studied all over the world. 英語爲全世界所學習. ➜被動語態.

◆ **studying** [ˋstʌdɪŋ] 現在分詞、動名詞.
He **is** studying at his desk. 他正在自己書桌前讀書. ➜現在進行式.
My brother **has been** studying English for six years. 我的哥哥學了六年英語. ➜現在完成進行式.
❷檢查, 調查(examine).
We'd better study the map before we go driving. 駕車出遊前最好先查看一下地圖.

— 名(複 **studies** [ˋstʌdɪz]) ❶學習, 研究; 學問, 學科.
social studies 社會學科

**stúdy hàll** 《美》(學校的)自習室.

**stúdy pèriod** (課表中安排的)自習時間.

❷書房.
Father uses this room as his study. 爸爸把這間房間當作自己的書房.

**stuff** [stʌf] 名 ❶材料, 原料; 素材. ❷(泛指)東西; 物.
old stuff 舊貨, 舊破爛 ➜不用×*a* stuff, stuff*s*.
What is that red stuff? 那紅色東西是甚麼?
—動 塞, 塡.
stuff a cushion **with** feathers 用羽毛塞墊子

**stum·ble** [ˋstʌmbl̩] 動 ❶絆跌, 蹣跚而行.
stumble **over** a stone 被石頭絆倒
❷結結巴巴地說, 口吃.

**stump** [stʌmp] 名 樹樁, 殘幹, 殘株; (一般的)斷片. ➜表示鉛筆、蠟燭等用剩的殘餘部分.

**stun** [stʌn] 動 打昏; 使嚇昏, 使吃驚.

◆ **stunned** [stʌnd] 過去式、過去分詞.
He was stunned by the news of her death 〔to hear that she had been killed in an accident〕. 得知她死去〔因意外事故喪生〕的消息令他大吃一驚. ➜ was stunned 是被動語態(受驚嚇), 但要譯爲「大吃一驚」.

◆ **stunning** [ˋstʌnɪŋ] 現在分詞、動名詞.

**stung** [stʌŋ] sting 的過去式、過去分詞.

**stu·pid** [ˋstjupɪd] 形 魯鈍的, 愚蠢的 (foolish); 無聊的, 無趣的.
a stupid boy 愚蠢的男孩
a stupid answer 愚蠢的回答
Don't be stupid! You can't drive home in this snowstorm. 別說蠢話! 這樣大的風雪, 你不能駕車回去.

**St. Val·en·tine's Day** [sentˋvæləntaɪnz͵de] 專有名詞 聖華倫泰節(二月十四日情人節). → valentine.

**style** [staɪl] 名 ❶(生活、行動、藝術等的)方式, 類型, 風格.
the American style of life 美式生活
a church **in** Gothic style 哥德式教堂
❷(服裝等的)式樣, 流行款式.
Mary's blouse is the latest style. 瑪麗的襯衫是最新款式的.
This style of skirt is now in 〔out of〕 fashion. 這種禮服式樣現在很流行〔不流行〕.
❸文體, 表現方法.

idiom

***in stýle*** 時髦的, 流行的; 華麗的, 高尙的.

**sub·ject** [ˋsʌbdʒɪkt] 名 ❶學科, 科目.
English is my favorite subject. 英語是我最喜歡的科目.
I like English best of all my sub-

S

jects. 在全部科目中我最喜歡英語.
What subjects do you have on Monday? 星期一你有甚麼課?
❷(論文、研究、講話等的)**主題，**題目，話題.
**change** the subject 改變話題
The subject **for** our composition is “My Dream.” 我們的作文題目是「我的夢想」.
❸《文法》(句子的)**主詞.**
In the sentence “I love you,” the subject is “I”. 「我愛你」(I love you)這個句子的主詞是「我」(I).

**sub·ma·rine** [ˋsʌbməˏrin] 名 潛水艇.

**sub·scribe** [səbˋskraɪb] 動 訂閱(報紙、雜誌等).
My father subscribes **to** “The Times.” 父親訂閱《泰晤士報》.

**sub·stance** [ˋsʌbstəns] 名 物質，(泛指)東西.

**sub·sti·tute** [ˋsʌbstəˏtjut] 名 代替之物或人，代用品，代理人.
use honey as a substitute **for** sugar 用蜂蜜代替糖
—動 ❶代替，替換，代用.
substitute *A* **for** *B* 用A代替B
❷代理，代表.
Sam will substitute **for** Bob as goalkeeper. 山姆將代替鮑勃當守門員.

**sub·tract** [səbˋtrækt] 動 減去，扣除. 反義字 add(加上).
If you subtract 4 from 10, you have 6. 十減四得六(10－4＝6).

**sub·trac·tion** [səbˋtrækʃən] 名 減法. 反義字 addition(加法).

**sub·urb** [ˋsʌbɝb] 名(常用 **the suburbs**)郊外，郊外住宅區.
a quiet suburb of London 倫敦寧靜的郊外
We live **in** the suburbs. 我們住在郊外.

**sub·way** [ˋsʌbˏwe] 名 ❶《美》**地下鐵**(《英》underground). → tube ❷
a subway station 地下鐵車站
go **by** subway 乘地下鐵去 ➡不用 ×by *a* 〔*the*〕 subway; → by ❶
You can easily get there by subway. 乘地下鐵到那裡很方便.
❷《英》地下隧道(《美》underpass).

**suc·ceed** [səkˋsid] 動 ❶**成功，**順利完成～. ➡名詞爲 success; 反義字 fail(失敗).
succeed **in** an examination 通過考試
succeed **in** winn**ing** the championship 成功獲得冠軍
I hope you will succeed in life. 我希望你在人生的道路上成功.
Our efforts succeeded. 我們的努力終於獲得成果.
❷**繼承；繼續.** ➡名詞爲 succession.
The storm **was** succeeded by calm. 風暴過後是平靜.
When the king died, his son succeeded him 〔**to** the throne〕. 國王死後，王子繼承了王位. ➡succeed＋「人」; succeed＋to＋「稱號，財產，職業」; 注意這兩種形式.

**suc·cess** [səkˋsɛs] 名 ➡注意重音的位置. ❶**成功，**成就. ➡動詞爲 succeed.
have 〔achieve〕 success 成功 ➡不用 ×*a* success, ×success*es*.
success **in** life 人生的成就
He tried to open the safe without success. 他想打開保險箱但沒成功.
Her success in school comes from hard work. 她在學校成績優秀是因爲努力用功.
❷成功之事；成功之人，成功者.
The party was **a** success. 晚會很成功.
She is a great success as a singer. 她是一個非常成功的歌手.

**suc·cess·ful** [səkˋsɛsfəl] 形 成功的，

S

得到成功的.
the first successful moon rocket 首次(任務)成功的月球火箭
The party was very successful. 晚會很成功.
He was successful **in** the examination. 他通過了考試.

**suc·cess·ful·ly** [sək`sɛsfəlɪ] 副 成功地, 圓滿地, 順利地.

**suc·ces·sion** [sək`sɛʃən] 名 連續; 繼承, 相繼. → succeed ❷
**in** succession 連續地
the succession **to** the throne 王位繼承

**suc·ces·sor** [sək`sɛsɚ] 名 後繼者, 繼承者, 繼任者.
the successor **to** the throne 王位繼承人

**such** [sʌ tʃ]
▶這樣的, 如此的
▶非常地〔的〕

形 ❶這樣的, 如此的.
**基本** such a thing 這樣的事情 ➜ such+a+單數名詞; 不用×*a* such thing.
such a book 這樣的書
I have never read such an interesting book. 我從來沒讀過這麼有趣的書. ➜現在完成式.
All such books are useful. 這樣的書都是有用的. ➜ all, some, no, any, many 等詞加在 such 前.
I said no such thing. 我從沒說過這樣的話.
I don't like tea and coffee and such drinks. 我不喜歡茶和咖啡之類的飲料.
❷《修飾「形容詞+名詞」》非常地, 很, 極; 《直接加在「名詞」前》非常的.
He is such a nice person. 他是個很好的人. ➜ such+a+形容詞+名詞.
We've had such a fine time. 我們玩得非常愉快. ➜現在完成式.
He left in such a hurry. 他急急忙忙地走了.
The firemen showed such courage! 消防隊員們顯示了非凡的勇氣!

idiom

***súch*** *A* ***as*** *B*=*A*(,) ***sùch as*** *B* 像 B 那樣的 A
such a book as this=a book such as this 像這樣的書
We study such subjects as English, mathematics, and social studies. 我們學習英語、數學、社會等學科.
Autumn gives us fruits, such as pears, apples, and grapes. 秋天爲我們帶來水果, 例如梨、蘋果、葡萄等.

***súch*** *A* ***that*** (*S′*+*V′*) 如此之 A, 以致 S′+V′.
He is such a good boy that everybody likes him. 他是個非常好的孩子, 以致大家都喜歡他. (=He is so good (a boy) that everybody likes him.)
I was in such a hurry that I forgot to lock the door. 我如此匆忙, 以致忘了鎖門.

**suck** [sʌk] 動 ❶吸(汁、蜜、空氣等), 啜.
suck *one's* mother's breast 吸母乳
❷吮食(糖果、手指等).

**Su·dan** [su`dæn] 專有名詞 (**the Sudan**)蘇丹民主共和國. ➜位於非洲東北部, 埃及南方的國家; 首都喀土木(Khartoum); 通用語爲阿拉伯語.

**Su·da·nese** [ˌsudə`niz] 形 蘇丹的; 蘇丹人的.
— 專有名詞 蘇丹人. ➜複數亦爲**Sudanese**.

**sud·den** [`sʌdn̩] 形 突然的.
There was a sudden change in the weather. 天氣突然起變化.

S

idiom

***áll of a súdden*** 突然地，忽然地，冷不防地.

**sud·den·ly** [ˋsʌdn̩lɪ] 副 突然地.

**suf·fer** [ˋsʌfɚ] 動 ❶受苦，受害，受損失. ➜受詞用 pain(痛苦)，loss(損失)，grief(悲痛)等表示「痛苦、不快」的詞.

suffer pain 受痛苦

suffer a great loss 蒙受巨大損失

❷(常用 **suffer from** ～)苦於(～)，苦惱；患病. ➜ from 之後常用「疾病、貧困、飢餓」等表示「痛苦」原因的詞.

suffer from a headache 頭痛

He was suffering from hunger and cold. 他受飢寒交迫之苦.

**suf·fer·ing** [ˋsʌfərɪŋ] 名 痛苦；(常用 **sufferings**)苦難，辛苦，苦惱.

**suf·fi·cient** [səˋfɪʃənt] 形 充分的，足夠的. → enough.

**suf·fix** [ˋsʌfɪks] 名 接尾詞. ➜接在其他字的後面使之成爲新字；如 teacher(教師)由 teach(教)加上接尾詞-er(～人)而成.

S

**su·gar** [ˋʃugɚ] 名 糖，砂糖.

**a lump** 〔**a cube**〕 **of** sugar 一塊方糖

two spoonfuls of sugar 二匙糖 ➜口語中常用 two sugars；→最後例句.

I put some sugar in my coffee. 我在咖啡裡加了一些糖.

會話 How many sugars? —Two, please. 要加幾匙糖？—兩匙.

**súgar cándy** 《英》冰糖(《美》rock candy).

**súgar càne** 甘蔗.

**sug·gest** [səˋdʒɛst] 動 ❶提案，提議.

suggest a plan 提出計畫

suggest tak**ing** a walk 提議去散步

He suggested a swim, and we all agreed. 他提議去游泳，我們都贊成了.

He suggested **that** we (**should**) go on a picnic. 他提議去野餐. (＝He said, "Let's go on a picnic.")

❷暗示，隱約透露；使聯想.

Her look suggested she was happy. 她的樣子表明她很幸福.

**sug·ges·tion** [səˋdʒɛstʃən] 名 提議，建議.

**make** a suggestion 提議

I have a suggestion. 我有一個提議.

Do you have any suggestions? 你有甚麼提議嗎？

I made a suggestion **that** we (**should**) go on a picnic next Sunday. 我提議下星期天去野餐.

**su·i·cide** [ˋsuəˏsaɪd] 名 自殺.

**commit** suicide 自殺

**suit** [sut] 名 ❶一套衣服，(男子的)西裝，(女子的)套裝.

a man's suit 男西服 ➜包括同質料的外套和褲子，有時亦包括背心.

Mr. Smith is wearing a blue suit. 史密斯先生穿著藍色的西裝.

She had a new suit on. 她穿著新套裝.

❷～服，～裝.

a bathing suit 泳裝

a space suit 太空衣

—動 適合；使滿意；相配，合適.

會話 What time suits you best? —Five o'clock (suits me best). 你甚麼時候最方便？—五點鐘.

Long hair doesn't suit him. 他不適合留長髮.

**suit·a·ble** [ˋsutəbl̩] 形 適當的，合適的，恰當的.

This dress is suitable **for** traveling. 這套服裝適合旅行時穿.

**suit·case** [ˋsutˏkes] 名 手提衣箱，小型旅行箱. → trunk ❸

**sum** [sʌm] 名 ❶總計，合計.
The sum of 7 and 3 is 10. 七與三的和是十.
❷金額.
a large sum (of money) 一大筆錢
❸(常用 **sums**) (算術的)計算.
**do** simple sums 做簡單的計算
—動(常用 **sum up**) ❶合計.
◆ **summed** [sʌmd] 過去式、過去分詞.
◆ **summing** [ˋsʌmɪŋ] 現在分詞、動名詞.
❷敍述要點，概要.

**sum·ma·ry** [ˋsʌmərɪ] 名(複 **sum-maries** [ˋsʌmərɪz]) 摘要，概略.

| **sum·mer** [ˋsʌ m ɚ] | ▶夏天<br>▶夏天的 |
|---|---|

名 夏天. → season.
**in** (the) summer 在夏天
**this** summer 今年夏天 ➜不用 ×*in* this summer.
**last** summer 去年夏天
**next** summer 明年夏天
all summer 整個夏天
—形 夏天的.
the summer vacation 〔holidays〕暑假
a summer resort 避暑勝地
In Australia December, January, and February are the summer months. 在澳洲，十二月、一月、二月是夏天的月份.

**sum·mit** [ˋsʌmɪt] 名 ❶(山等的)頂點 (top). ❷(政府的)層峰；高層官員會議，高峯會議.

| **sun** [s ʌ n] | ▶太陽<br>▶太陽光<br>⊙和 son(兒子)發音相同 |
|---|---|

名 ❶太陽. 相關語 solar(太陽的)；moon(月亮)，earth(地球).
The sun is rising. 太陽漸漸升起.
Our sun is one of the stars. 我們的太陽是恆星之一.
❷日光，陽光；太陽能；陽光照到的地方.
sit **in** the sun 曬太陽
It's too hot **in the sun**. Let's sit **in the shade**. 陽光下太熱，我們坐在陰涼處吧！ ◁相關語
The sun is in my eyes; I cannot see you. 陽光刺眼，我看不見你.
Don't get too much sun at the beach. 別在海灘上曬太久的太陽.

**Sun.** Sunday(星期日)的縮寫.

**sun·burnt** [ˋsʌn͵bɝnt] 形 曬傷的. → suntanned.

**sun·dae** [ˋsʌnde] 名 聖代. ➜上面放有水果等，並淋上糖漿的冰淇淋.

| **Sun·day** [ˋsʌn d ɪ ] [ˋsʌn d e ] | ▶星期日<br>⊙「太陽日」(the day of the sun)的意思 |
|---|---|

名 星期日. ➜一週的第一天. 用法請參見 Tuesday.
**on** Sunday 在星期日
**next** Sunday 下星期天 ➜不用 ×*on* next Sunday.
**last** Sunday 上星期天
**every** Sunday 每星期日
on **Sundays** 每星期天，常在星期天

**sun·flow·er** [ˋsʌn͵flauɚ] 名 向日葵.

**sung** [sʌŋ] sing 的過去分詞.

**sunk** [sʌŋk] sink 的過去分詞.

**sun·light** [ˋsʌn͵laɪt] 名 太陽光.

**sun·ny** [ˋsʌnɪ] 形 ❶晴朗的，陽光燦爛的；陽光充足的.
a sunny day 晴天
a sunny room 陽光充足的房間
I hope it will be sunny tomorrow. 我希望明天是晴天.
❷開朗的，愉快的.
a child's sunny smile 孩子愉快的

S

微笑

**sun·ny-side up** [ˋsʌnɪsaɪdˋʌp] 形 《美》(雞蛋)僅煎一面的.
I want my eggs sunny-side up. 我要煎單面的荷包蛋.

**sun·rise** [ˋsʌn͵raɪz] 名 日出, 日出的景象, 朝霞; 日出時.
**at** sunrise 日出時
There was a beautiful sunrise this morning. 今天早晨日出很美.

**sun·set** [ˋsʌn͵sɛt] 名 日落, 日落的景象, 晚霞; 日暮之時.
after sunset 日落以後
**at** sunset 傍晚

**sun·shine** [ˋsʌn͵ʃaɪn] 名 (直射的)陽光, 日光; 陽光下, 日照處.
enjoy the sunshine 享受陽光, 曬太陽, 做日光浴
**in** the sunshine 在陽光下
諺語 After rain comes sunshine. 雨過天晴. ➜意爲「壞事過後好事來臨」; 主詞爲 sunshine.
You are my sunshine. 你是我的陽光〔帶給我光亮的人〕.

S

**sun·tanned** [ˋsʌn͵tænd] 形 曬黑的. → sunburnt.

suntanned sunburnt

**su·per** [ˋsupɚ] 形 《口》超級的, 卓越的.

**su·per·high·way** [͵supɚˋhaɪ͵we] 名 高速公路(expressway).

**su·pe·ri·or** [səˋpɪrɪɚ] 形 優良的, 卓越的, 上等的, 超過一般水準的; (等級等)較高的. 反義字 inferior(下等的).
My dictionary is superior **to** (= better than) yours. 我的字典比你的好.
— 名 上司, 長官.

**Su·per·man** [ˋsupɚ͵mæn] 專有名詞 超人. ➜連環漫畫中的英雄人物; 從宇宙中的行星庫林普頓來到地球, 能在空中飛翔, 展現超人的力量, 並與惡勢力對抗.

**su·per·mar·ket** [ˋsupɚ͵mɑrkɪt] 名 超級市場.

**su·per·star** [ˋsupɚ͵stɑr] 名 (電影、音樂、運動界等的)大明星.

**su·per·sti·tion** [͵supɚˋstɪʃən] 名 迷信.
It is an old superstition that 13 is an unlucky number. 古老的迷信認爲十三是不吉利的數字. ➜ It = that ～.

**sup·per** [ˋsʌpɚ] 名 **晚餐; 宵夜**(→ 參考).
**have** 〔**eat**〕 supper 吃晚餐
**at** supper 晚飯時
after supper 晚餐後
**have** ～ **for** supper 晚飯〔宵夜〕吃～

> 參考 一日中菜肴最豐盛的一餐稱爲 dinner, 美國人稱一天的用餐分別爲 breakfast—lunch—dinner; 在英國有些家庭也以同樣方式區分, 但一般勞工階級的家庭用 breakfast—dinner—tea—supper 表示, supper 是指晚上八點至九點左右所吃如「餅乾和牛奶」之類的簡便餐點.

**sup·ple·ment** [ˋsʌpləmənt] 名 附錄, 增刊, (書的)補遺, 補編; (一般的)補充物.

**sup·ply** [səˋplaɪ] 動 供給, 給與(必要物品、不足之物).
supply *O* **to** 〔**for**〕 *O′* 供給 O 給 O′

supply *O* **with** *O′* 供給O′給O
This company **supplies** paper to printing companies. 這家公司供應紙張給印刷廠. ➜supplies [sə`plaɪz] 爲第三人稱單數現在式.

◆ **supplied** [sə`plaɪd] 過去式、過去分詞.
We supplied food and a home for the lost dog. 我們供給這隻走失的狗食物和住處.
The lake supplied the village with water. 這個湖爲村裡提供了水源.

—名 ❶(被)供給.
**supply** and **demand** 供與求. ◁反義字
the water supply **to** our town 我們鎭的供水
Japan gets its supply of cotton from America. 日本從美國獲得棉花供應.
❷供給物, (爲供給而)準備的物品, 庫存品, 存貨.
a large supply of food 大量食品的儲備

**sup·port** [sə`pɔrt] 動 ❶支持, 支撐.
This chair won't support his weight. 這把椅子無法支撐他的體重.
❷扶養(家庭); 維持(生命等).
support a large family 扶養一個大家庭
❸支持, 支援, 幫助, 擁護.
We supported his plan. 我們支持他的計畫.
—名❶支柱, 支撐物. ❷支持, 支援.

**sup·pose** [sə`poz] 動 ❶認爲, 推測, 猜想, 想像.
I suppose you are right. 我想你是對的.
You are Mr. Jones, I suppose. 我想你就是瓊斯先生.
I suppose (**that**) he is over eighty. =I suppose him **to** be over eighty. 我猜想他大概過八十歲了吧.
會話 Is he right? —I suppose so 〔I suppose not〕. 他是對的嗎? —我想對吧〔我想不對〕.
❷假定. → idiom

idiom

***be suppósed to*** *do* 《約定、義務、規則等》應該～, 應當～.
He is supposed to be here at seven. 他應該七點到這裡.
You are not supposed to play baseball here. 你們不該在這裡打棒球.

***Suppóse*** (*S′*＋*V′*) 如果(S′＋V′)的話(if); (***Suppóse we*** ～)讓我們～(let's).
Suppose our teacher finds us, what shall we do? 如果老師發現了我們, 那該怎麼辦?
Suppose we go for a walk. 我們去散步吧!

***Suppósing*** (*S′*＋*V′*) 如果(S′＋V′)的話(if).

**su·preme** [sə`prim] 形 最高的, 最大的, 無上的, 無以復加的.
**the Supréme Cóurt** 《美》(國家及各州的)最高法院.

**sure** [ʃur]
▶確定的, 確信的
▶(答話中)當然

形 ❶《置於動詞之後》**確信的, 確知的, 確定的.**
基本 I think it's true, but I'm not sure. 我想是眞的, 但不太敢確定.
➜ be 動詞＋sure 〈C〉.
I'm sure **of** his honesty. 我確信他是誠實的.
I think she lives on May Street, but I'm not sure **about** the number. 我想她是住在五月街, 但門牌號碼不太確定.
I'm not sure if I can come tomorrow. 我不確定明天能不能來.
會話 Are you sure (**that**) you locked the door? —No, I'm not quite sure. 你確定門鎖了嗎? —不, 不太敢確定.

S

❷《置於名詞前》靠得住的，有把握的.
He has a sure eye for color. 他對於色彩極具鑑別力.
Thunder is a sure sign of rain. 雷鳴是下雨的確切前兆.
idiom
***be súre to** do* 務必～，一定要～.
He is sure to come. (=I am sure he will come.) 他一定會來.
Be sure to come. 務必要來.
***màke súre*** 確認.
Make sure (**that**) you have the key. 確認一下你是不是帶著鑰匙.
Are you sure Bob will come tomorrow? Ask him to make sure. 你確定鮑勃明天會來嗎？再問問他，確定一下.
***to be súre*** 的確，確實. ➜通常用於語氣有所保留的情況.
To be sure, she is not beautiful, but she is pretty. 她的確不是美人，但她很可愛.
—副 確實地(surely)；(在答話中)當然，是的.
會話 Do you like it? —Sure, I do. 你喜歡這個嗎？—當然.
會話 Will you open the window? —Sure. 請打開窗戶好嗎？—好的.
idiom
***sùre enóugh*** 如預期的，果然，一定.

**sure·ly** [ˋʃurlɪ] 副 ❶確實地；無誤地，必然地.
Jim will surely come here. 吉姆必然會來這裡.
❷《否定句中》難道是，總不會，不至於.
Surely you're not going alone. 你總不會一個人去吧！

**surf** [sɝf] 名 拍打海岸的浪.
—動 衝浪. → surfing.
go surfing 去衝浪

**sur·face** [ˋsɝfɪs] ➜注意發音. 名 表面，面.
the surface of the moon 月球表面
**On** the surface he was calm, but he was really very angry. 他看起來很平靜，但實際上非常憤怒.

**surf·board** [ˋsɝf͵bɔrd] 名 衝浪板.
**ride** a surfboard 乘在衝浪板上

**surf·ing** [ˋsɝfɪŋ] 名 衝浪.

**surf-rid·ing** [ˋsɝf͵raɪdɪŋ] 名 =surfing.

**sur·geon** [ˋsɝdʒən] 名 外科醫生. → physician.

**sur·name** [ˋsɝ͵nem] 名 姓. ➜亦稱 family 〔last〕 name; → name.

**sur·prise** [səˋpraɪz] 動 **使驚訝，使驚愕.**
Don't tell Bob that I'm here. I'll surprise him. 別告訴鮑勃我在這裡，我要嚇他.
The news surprised us. 那消息使我們震驚不已.
We were surprised **at** the news. 我們對這消息感到震驚. ➜雖是被動語態，但可譯為「感到吃驚」.
I'm surprised **to** see you here. 在這裡碰到你，我感到很意外. ➜不定詞 to see 表示「碰到～」.
I was very (much) surprised to hear of his sudden death. 聽到他突然死亡的消息，我很震驚. ➜用 very 或 very much 強調 surprised.

be surprised
surprise

—名 ❶吃驚.
a look of surprise 驚訝的表情
**show** no surprise 不露驚奇的神色
❷令人驚奇的事〔物〕，出乎意料的事.

S

Don't tell him about the present. It's a surprise. 別告訴他禮物的事，讓他驚奇一下.
I have a surprise for you. 我有出乎你意料的話〔禮物〕要告訴你〔要送給你〕. ➡用於贈送禮物或告知令人驚訝的消息時.
Your visit is a pleasant surprise. 你的來訪令人又驚又喜.
We'll give Mary a surprise party on her birthday. 我們準備在瑪麗生日時開一個出乎她意料的晚會.

idiom

***in surpríse*** 吃驚地.
She stared at me in surprise. 她吃驚地盯著我看.
***to À's surpríse*** 令A驚奇的是～.
To our surprise, the dog stood up and walked on its hind legs. 令我們驚奇的是，這隻狗站起來用牠的後腿走路.

**sur·pris·ing** [sə`praɪzɪŋ] 形 令人吃驚的，意外的，不可思議的.
surprising news 令人吃驚的消息
**It is** surprising **that** she can speak so many languages. 令人吃驚的是她居然能說那麼多種語言.

**sur·ren·der** [sə`rɛndɚ] 動 ❶投降.
surrender **to** the enemy 向敵人投降
❷讓與，放棄(give up).
surrender a fort **to** the enemy 將要塞撤防，讓給敵人

**sur·round** [sə`raʊnd] 動 包圍，環繞.
A high wall surrounds the prison. 一堵高牆圍繞著監獄.
Taiwan is surrounded **by** the sea. 臺灣四周臨海.
Give up! You're surrounded! 投降吧！你被包圍了！

**sur·round·ing** [sə`raʊndɪŋ] 名 (**surroundings**) 周圍的狀況，環境.

**sur·vey** [sɚ`ve] 動 ❶眺望；綜覽；概觀. ❷(實地)調查；測量，勘查.
— [`sɝve] 名 ❶瞭望，概觀，審視. ➡注意與動詞的重音位置不同. ❷調查；測量.
**conduct** 〔**make**〕 a survey **of** ～ 對～做調查

**sur·viv·al** [sɚ`vaɪvl̩] 名 倖存，生存.

**sur·vive** [sɚ`vaɪv] 動 殘存，繼續生存；生命較～長久. ➡名詞爲survival.
Only a few houses survived the earthquake. 地震中只有幾戶人家倖存.

**sus·pect** [sə`spɛkt] 動 ❶懷疑，覺得可疑.
I suspect his honesty. 我懷疑他的誠實.
The police suspected him **of** murder. 警察懷疑他殺人.
❷猜想，認爲(think)，覺得. ➡「懷疑～的眞實性」時用 doubt.
I suspect **that** she is ill, but I'm not sure. 我覺得她生病了，但不敢肯定.
— [`sʌspɛkt] 名 嫌疑犯. ➡注意與動詞的重音位置不同.

**sus·pend** [sə`spɛnd] 動 ❶懸掛，吊起(hang).
suspend a lamp **from** the ceiling 把燈懸掛在天花板上
❷暫停，延緩；使停學.

**sus·pen·ders** [sə`spɛndɚz] 名 複 ❶《美》吊褲帶，吊帶裙的吊帶，背帶. ❷《英》吊襪帶.

**sus·pense** [sə`spɛns] 名 懸而未決，不確定，掛念，擔心，懸疑，焦慮.
That mystery book kept me **in** suspense till the end. 這本推理小說讓我一直處於緊張懸疑的狀態中，直到最後結局.

**sus·pen·sion** [sə`spɛnʃən] 名 ❶懸掛，懸浮. → suspend.
**suspénsion brìdge** 吊橋.
❷暫停；停學.

**sus·pi·cion** [sə`spɪʃən] 名 猜疑，懷

S

疑. → suspect.

**sus·pi·cious** [sə`spɪʃəs] 形 ❶懷疑的, 多疑的.
I am suspicious **of** his promise. 我懷疑他的許諾.
❷可疑的, 令人懷疑的.
suspicious actions 可疑的行爲
look suspicious 看來可疑

**Swa·hi·li** [swɑ`hilɪ] 專有名詞 (複 **Swahili(s)** [swɑ`hilɪ(z)]) ❶史瓦希里族的人. ➡住在非洲坦尚尼亞及鄰近地區的種族. ❷史瓦希里語. ➡中非東部使用的語言.

**swal·low**[1] [`swɑlo] 名 燕子.

**swal·low**[2] [`swɑlo] 動 吞, 嚥.
swallow **up** (完全)嚥下; 吞沒
A snake swallowed the frog. 蛇吞下了青蛙.
—名 吞, 嚥.

**swam** [swæm] swim 的過去式.

**swamp** [swɑmp] 名 沼澤, 濕地.

**swan** [swɑn] 名 **天鵝**.

S

**swarm** [swɔrm] 名 (蜜蜂、昆蟲、鳥、人等的)大群.
a swarm of bees 一群蜜蜂
in a swarm 成群地
—動 群集, 蜂擁.

**sway** [swe] 動 ❶搖動, 擺動. ❷使(意見、計畫等)改變; (使)動搖, (使)擺動.
—名 動搖.

**swear** [swɛr] 動 ❶宣誓, 發誓.
swear **on** the Bible 將手放在《聖經》上發誓
swear **to** tell the truth 發誓講眞話
swear on *one's* honor **that** it is true 以名譽發誓這是眞的
◆ **swore** [swɔr] 過去式.
◆ **sworn** [swɔrn] 過去分詞.
❷咒罵, 詛咒(curse).
swear **at** ～ 咒罵～

**sweat** [swɛt] 名 汗.
The sweat was running down his face. 汗從他的臉上流下來.
I was **in** a cold sweat with 〔from〕 fear. 我害怕得直冒冷汗.
—動 出汗; 使出汗.

**swéat pànts** 運動褲.

**swéat shìrt** 運動衫.

**sweat·er** [`swɛtɚ] 名 **厚運動衫, 毛線衣**.
put on a sweater 穿毛線衣
字源 sweat(使出汗)＋-er(構成「～之物」之意的字尾); 原來是指北方水手穿的厚衛生衣, 後來轉爲指運動員爲了能出汗以減輕體重而穿的運動衣.

**Swede** [swid] 名 瑞典人.

**Swe·den** [`swidn̩] 專有名詞 瑞典. ➡歐洲北部斯堪的那維亞半島東部的王國; 首都斯德哥爾摩(Stockholm); 通用語爲瑞典語.

**Swed·ish** [`swidɪʃ] 形 瑞典的; 瑞典人〔語〕的.
—名 ❶瑞典語. ❷(**the Swedish**)(全體)瑞典人.

**sweep** [swip] 動 ❶掃, 掃除; 打掃.
sweep the floor 掃地
sweep the floor clean 把地板掃乾淨 ➡V (sweep)＋O (the floor)＋C (clean＝乾淨的)的句型.
sweep **out** dust 掃掉灰塵
sweep **up** fallen leaves 掃除落葉
◆ **swept** [swɛpt] 過去式、過去分詞.
I swept the porch steps this morning. 今天早晨我掃了門廊的階梯.
❷(似用掃帚淸掃般)掃蕩, 沖走, 吹跑; 掠過, 刮過.
The flood swept **away** the bridge. 洪水將橋沖走了.
The tornado swept **through** the State. 龍捲風掠過該州.
—名 掃, 掃除; 掃蕩.

**sweep·er** [`swipɚ] 名 ❶打掃者; 掃除器. ❷《足球》自由中衛. ➡位於守

備陣式中最後面位置的球員.

**sweet** [swit] 形 ❶甜的, 甘的.
相關語 bitter(苦的), sour(酸的).
sweet cakes 甜糕點
taste sweet 味道甜
I like sweet things very much. 我非常喜歡甜食.

**swéet potáto** 甘薯.
❷(香味、聲音等)令人愉快的, 美妙的; (性格)溫和的; (姿態)可愛的. ➜用於所有給人愉快感覺的情況.
a sweet smell (甜美)芬芳的香味
a sweet voice (女性的)甜美的嗓音
sweet music 美妙的音樂
smell sweet 聞起來芳香
sound sweet 聽起來悅耳
That's very sweet **of** you. 你眞親切.

**swéet pèa** 麝香豌豆. ➜花朵芳香的豆科植物.
—名 ❶《英》(常用 **sweets**) 甜食. ➜如牛奶糖、巧克力、水果糖等用糖製成的食品; 美國用 candy. ❷《英》飯後甜點. ➜布丁、果凍、奶油水果派等.

**sweet·heart** [ˋswit͵hɑrt] 名 戀人; (稱呼)愛人, 情人, 親愛的. ➜對男性、女性都適用.

**sweet·ly** [ˋswitlɪ] 副 令人愉快地, 美妙地; 甜美地, 可愛地.

**sweet·ness** [ˋswitnɪs] 名 甜味; 芬芳; 甜美, 可愛.

**swell** [swɛl] 動 鼓起, 腫起來; 增加; (使)脹大; 增強.
The river swells when the snow melts. 河水因冰雪融化而上漲.
Her face swelled **up** from toothache. 她的臉因牙痛而腫起來.
◆ **swelled** [swɛld] 過去式、過去分詞.
◆ **swollen** [ˋswolən] 過去分詞.
His hand **was** swollen 〔swelled〕 **from** insect bites. 他的手因被蟲咬而腫起來.
—名 隆起, 鼓脹, 腫脹; (波濤)洶湧.

**swept** [swɛpt] sweep 的過去式、過去分詞.

**swift** [swɪft] 形 快的, 迅速的, 敏捷的(fast, quick).

**swift·ly** [ˋswɪftlɪ] 副 快地, 迅速地, 敏捷地, 即刻地.

| **swim** [swɪm] | ▶游<br>▶游泳 |
|---|---|

動 ❶游; 游過～.
**基本** swim across the river 游過河 ➜ swim＋介系詞＋名詞.
swim to the other side of the river 游到河對岸
swim on *one's* back 〔side〕 仰泳〔側泳〕
swim three miles 游三英里
**基本** swim the river 游過河流 ➜ swim＋名詞〈O〉.
Bob **swims** very well. 鮑勃擅長游泳. (Bob is a very good swimmer.)
➜ swims [swɪmz] 爲第三人稱單數現在式.
◆ **swam** [swæm] 過去式.
Bob swam across the lake. 鮑勃游泳橫越這座湖.
◆ **swum** [swʌm] 過去分詞.
Some men and women **have** swum the English Channel—twenty miles of cold rough water! (迄今爲止)已有好幾位男女游過英吉利海峽——長二十英里, 波濤洶湧的冰冷

S

大海! ➜現在完成式.

◆ **swimming** [ˋswɪmɪŋ] 現在分詞、動名詞. → swimming.

go swimming　去游泳　➜ go ～ing 表示「去做～」.

The children **are** swimming in the river. 孩子們在河裡游泳. ➜現在進行式.

What's that black thing swimming in the water? 在水中游的黑色東西是甚麼? ➜ swimming 是現在分詞(正在游的～)修飾 thing.

Swimming in the river is dangerous. 在河裡游泳是危險的. ➜動名詞 Swimming (游泳) 爲句子的主詞.

❷頭暈眼花.

My head is swimming from the heat. 我熱得頭暈眼花.

—名 游泳, 游水.

**go for** a swim　去游泳

**have** 〔**take**〕 a swim　游個泳, 游泳

**swim·mer** [ˋswɪmɚ] 名 游泳者, 游泳選手.

a good 〔poor〕 swimmer　擅長〔不擅長〕游泳的人

Bob is a very good swimmer. 鮑勃是個游泳好手. (Bob swims very well.)

**swim·ming** [ˋswɪmɪŋ] swim 的現在分詞、動名詞.

—名 游泳.

swimming trunks　游泳褲

a swimming club　游泳俱樂部

He is good 〔poor〕 at swimming. 他擅長〔不擅長〕游泳.

**swímming pòol**　游泳池. ➜亦可僅用 **pool**.

**swing** [swɪŋ] 動 ❶(使)搖擺, (使)搖動, 搖晃; 盪鞦韆. ➜指一端固定, 另一端搖動.

swing a bat　揮棒

The monkey is swinging by his tail. 猴子用尾巴倒掛著盪來盪去.

Children like to swing. 孩子們喜歡盪鞦韆.

◆ **swung** [swʌŋ] 過去式、過去分詞.

He swung his bat **at** the ball, and missed it. 他看準球揮棒, 但沒打著.

❷(使)迴轉, (使)迴旋.

swing open 〔shut〕 (門等)轉開〔閉〕 ➜ open 是形容詞, shut 是過去分詞作形容詞使用; 兩者都是 swing 的補語.

The door swung open. 門打開了.

He swung the door shut. 他把門關上了.

—名 ❶揮動, 擺動; 晃動, 搖動.

❷鞦韆; 盪鞦韆.

Mary is swinging on a swing. 瑪麗在盪鞦韆.

**Swiss** [swɪs] 形 瑞士的, 瑞士人的. → Switzerland.

—名 ❶瑞士人. ➜複數亦作 **Swiss**.

two Swiss　兩個瑞士人

❷(**the Swiss**) (全體)瑞士人, 瑞士人民(the people of Switzerland).

**switch** [swɪtʃ] 名 ❶(電流)開關.

❷調換, 轉換.

The manager **made** a switch **to** a new pitcher in the eighth inning. 教練在第八局換上了新投手.

—動 ❶轉動開關; (**switch on** 〔**off**〕)打開〔關閉〕.

switch **to** Channel 3　調到第三頻道

Please switch **on** 〔**off**〕 the TV. 請打開〔關掉〕電視機.

The radio is on—switch it off. 收音機開著, 請關掉它.

❷調換; 更換.

Jack and Betty switched seats. 傑克和貝蒂調換座位.

**Switz·er·land** [ˋswɪtsɚlənd] 專有名詞 瑞士. ➜西歐中部的共和國; 十九世紀以來被公認爲永久中立國; 首都伯恩(Bern); 依地域不同使用法語、德語、義大利語(以上均爲通用語), 以及羅曼什語; → Swiss.

**swol·len** [ˋswolən] swell的過去分詞.

**sword** [sɔrd] →w不發音. 名 刀，劍.
**draw** a sword 拔劍

**swore** [swor] swear 的過去式.

**sworn** [sworn] swear 的過去分詞.

**swum** [swʌm] swim 的過去分詞.

**swung** [swʌŋ] swing 的過去式、過去分詞.

**Syd·ney** [ˋsɪdnɪ] 專有名詞 雪梨. →澳洲東岸的第一大城市.

**syl·la·ble** [ˋsɪləbḷ] 名 音節. →發音分節的單位，在字典中以·來表示；如 syllable 爲三個音節的字.

**sym·bol** [ˋsɪmbḷ] 名 ❶象徵.
The dove is a symbol of peace. 鴿子是和平的象徵.
❷符號，記號，標誌.
a chemical symbol 化學符號
The mark + is the symbol **for** addition. +是加法運算的符號.

**sym·pa·thet·ic** [ˏsɪmpəˋθɛtɪk] 形 ❶富於同情心的，體貼的.
❷(想法、心情)一致的，贊成的；合得來的.
The teacher was sympathetic **to** 〔**toward**〕 our plan. 老師贊成我們的計畫.

**sym·pa·thize** [ˋsɪmpəˏθaɪz] 動 ❶同情，惋惜，覺得可憐.
We sympathized **with** the sick child. 我們同情那個生病的孩子.
❷理解(他人的心情)，共鳴；贊成.

**sym·pa·thy** [ˋsɪmpəθɪ] 名 ❶同情心，體貼，憐憫.
**have** 〔**feel**〕 sympathy **for** ～ 同情～
We all felt sympathy for Susie when her brother was killed in a traffic accident. 當蘇西的哥哥死於車禍時，我們都很同情她.
❷共鳴，同感，贊成.
be **in** sympathy **with** ～ 對～產生共鳴〔贊成〕
I have no sympathy with those people. 我對那些人不表同感.

**sym·pho·ny** [ˋsɪmfənɪ] 名(複 **sym-phonies** [ˋsɪmfənɪz]) 交響曲.
a symphony orchestra 交響樂團

**symp·tom** [ˋsɪmptəm] 名(病情的)徵候，症狀；(一般的)表徵，預兆.
A sore throat is a symptom **of** a cold. 喉嚨痛是感冒的前兆.

**syn·o·nym** [ˋsɪnəˏnɪm] 名 同義字.
相關語 antonym(反義字，相對語).

**syr·up** [ˋsɪrəp] 名 糖漿.

**sys·tem** [ˋsɪstəm] 名 ❶組織，系統，～網.
the solar system 太陽系
Our country has a very good railroad system. 我國有非常完善的鐵路網.
❷制度，機構.
the postal system 郵政制度
a system of education 〔government〕 教育〔政治〕制度
❸(體系化的)方式，～法；一貫的順序.
a central heating system 中央暖氣系統
Mother has a system for doing her housework. 媽媽做家務有一套方法.

**sys·tem·at·ic** [ˏsɪstəˋmætɪk] 形 有組織的，有系統的.

S

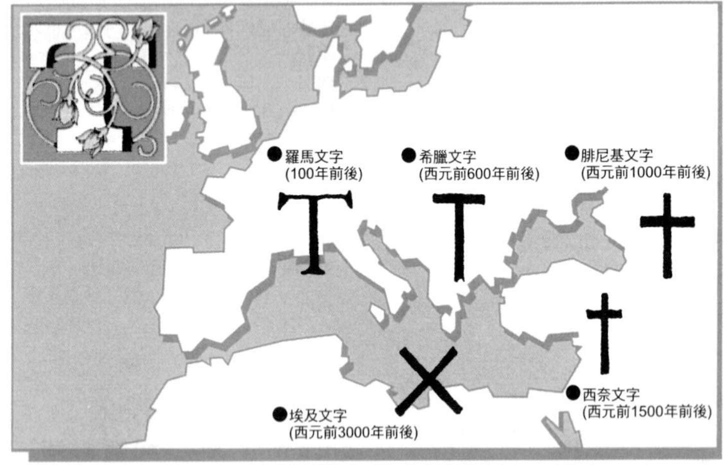


**T, t** [ti] 名(複 **T's, t's** [tiz]) ❶英文字母的第二十個字母.
❷(**T**) T 字形的物體.
a T-shirt T 恤

**tab** [tæb] 名(釘於衣服、帳簿、卡片等上，作爲記號、標識或掛環的)垂片，標籤，懸垂牌；(防寒帽的)護耳；(罐頭等的)拉環.

| **ta·ble** [ˋte bl̩ ] | ▶餐桌<br>▶表 |
|---|---|

名(複 **tables** [ˋtebl̩z]) ❶桌，檯，餐桌.

a dining table 飯桌
a coffee〔card〕table 咖啡〔牌〕桌
a table lamp 檯燈
Put all the plates **on** the table. 把所有的盤子放到桌上.
We eat supper **at** the kitchen table. 我們在廚房的桌子吃晚飯.
**táble mànners** 用餐禮節.
❷(各類的)表.
a railroad timetable 火車時刻表
a table of contents (書的)目錄

idiom

***at (the) táble*** 在桌前(→❶)；正在吃飯.
They looked happy at table. 他們吃飯時看起來很愉快.
We were at the supper table when the telephone rang. 電話鈴響時我們正在吃晚飯.
***clèar the táble*** (飯後)收拾餐桌.
***sét〔láy, spréad〕the táble*** 準備餐桌，在餐桌上擺餐具. → set〔lay〕the table 是飯前準備餐桌，或擺餐具、菜肴準備開飯；spread the table 則只有後者的意思.

**ta·ble·cloth** [ˋtebl̩ˏklɔθ] 名 桌布.
**put**〔**spread**〕a tablecloth **on** the table 把桌布鋪在桌上

**ta·ble·spoon** [ˋtebl̩ˏspun] 名 大調

羹，湯匙．➔用來從大盤子裡取食物或將菜肴分至小盤時或計量時用；相當於茶匙(teaspoon)的三匙分量．
Mother served the vegetables **with** a tablespoon. 媽媽用湯匙分蔬菜．

**tab·let** [ˋtæblɪt] 名 ❶(可撕下的)信紙簿，筆記簿． ❷藥片，錠劑． ❸碑，牌，匾額．➔在木、石、金屬板上刻上文字後，嵌在紀念碑上或固定於牆壁以紀念某事或某人者．

**ta·ble ten·nis** [ˋtebḷˏtɛnɪs] 名 桌球，乒乓球．➔比 ping-pong 常用．
play table tennis 打桌球

**ta·boo** [təˋbu] 名(複 **taboos** [təˋbuz]) ❶禁忌，忌諱．➔把人或物等視爲神聖或不淨而禁止接觸的習慣或事物．
❷(一般的)避諱的事，禁止．
There is a taboo **against** using certain words on TV. 在電視節目中禁止使用某些詞彙．
—形 禁忌的，忌諱的．
Eating eggs is taboo in this tribe. 在這個部落吃蛋是項忌諱．

**tack** [tæk] 名 大頭釘，平頭釘．➔ thumbtack.
—動 以平頭釘固定；用針線暫時固定．
tack a poster **to** the wall 用平頭釘把海報釘在牆上
Father tacked **down** the carpet. 爸爸用平頭釘固定地毯．

**tack·le** [ˋtækḷ] 名 ❶《集合》(釣魚、運動)用具． ❷(橄欖球、美式足球中的)擒抱．
—動 ❶處理，解決，應付(問題、工作)． ❷捉住(賊等)；擒抱．

**tact** [tækt] 名 機智，老練，圓通，圓滑，臨機應變的才能．

**tad·pole** [ˋtædˏpol] 名 蝌蚪．
A **tadpole** grows into a **frog**. 蝌蚪長大後變成青蛙． ◁相關語

**tag**[1] [tæg] 名(價格、名字、號碼的)牌子，標籤．
a price 〔name〕 tag 定價標籤〔名牌〕
There was a tag **on** my Christmas present. 我的聖誕禮物上有一張小卡片．➔上面寫著「爸爸、媽媽送給肯」等話語．

**tag**[2] [tæg] 名 ❶小孩子玩的捉人遊戲，捉迷藏．
Let's play **tag** in the playground. I'll be **it**. 我們到運動場上去玩捉迷藏吧，我當鬼(我來捉)． ◁相關語
❷《棒球》觸殺．

**Ta·ga·log** [ˋtægəˏlɑg] 名 ❶達加洛人．➔自古以來便居住在菲律賓的馬尼拉及其附近一帶的原住民． ❷達加洛語．➔菲律賓的通用語之一．

**tail** [tel] 名 ❶(動物的)尾巴．
The dog has a long 〔short, curly, bushy〕 tail. 這條狗的尾巴長〔短，彎曲，蓬鬆〕．
❷尾狀物，(襯衫等的)下襬；尾部．
the tail of a kite 〔a comet〕 風箏〔彗星〕的尾巴
Tuck in your shirt tail(s). 把襯衫下襬塞入(褲內)．
❸(**tails**)硬幣的反面．
"**Heads** or **tails**?" he called, tossing a coin. 「正面還是反面?」他邊拋硬幣邊嚷道． ◁反義字

**tail·light** [ˋtelˏlaɪt] 名(汽車等的)尾燈．➔「頭燈」用 headlight.

**tai·lor** [ˋtelɚ] 名(男裝的)裁縫師．➔「女裝裁縫師」用 dressmaker.

**Taj Ma·hal** [ˋtɑdʒməˋhɑl] 專有名詞 (**the Taj Mahal**)泰姬瑪哈陵．➔位於印度亞格拉市的一座陵墓，以白色大理石建造而成，是世界上最優美的建築物之一．

| **take** [tek] | ▶取<br>▶拿〔帶〕走<br>▶乘坐(交通工具)<br>▶花費(時間) |
|---|---|

T

動 ❶取，抽，拿，抓；拿走，帶走. 反義字 bring(拿來，帶來).

基本 take a card 抽一張牌 → take＋名詞〈O〉.

take **up** the receiver 拿起電話聽筒

Take my hand. We'll cross the street together. 拉我的手，我們一起過馬路.

take lunch **to** school 帶便當去學校

Daddy will take us to the ball game. 爸爸要帶我們去看棒球賽.

Take an umbrella with you. 帶把傘去.

He **takes** his dog for a walk every morning. 他每天早上帶狗去散步. → takes [teks] 爲第三人稱單數現在式.

◆ **took** [tʊk] 過去式.

The mother took the baby **in** her arms. 母親雙手抱起嬰兒.

The teacher took the comic book **away from** me. 老師把我的漫畫書收走了.

He took me home in his car. 他開車送我回家.

◆ **taken** [ˋtekən] 過去分詞.

When African people **were** taken to America, they took their songs and dances with them. 當非洲人被帶進美洲時，他們將自己的歌謠和舞蹈一併帶去了. → were taken 是被動語態.

Who **has** taken my bicycle? 誰牽走了我的腳踏車〔誰偷走了我的腳踏車〕? →現在完成式.

◆ **taking** [ˋtekɪŋ] 現在分詞、動名詞.

We **are** taking some sandwiches and Coke on our picnic. 我們要帶些三明治和可樂去野餐. →表示「不久的未來」的現在進行式.

❷收到，接受；贏得，(憑暴力)奪取. →都表示「變成自己的東西」.

He **give**s me money and **take**s the cloth. 他把錢給我，拿走了布. ◁反義字

He didn't take my advice. 他沒有接受我的忠告.

He took first prize in the flower show. 他在花展上獲得首獎.

Our team **took** the first game and **lost** the second. 我們隊贏得第一局，輸了第二局. ◁反義字

❸《交通》乘坐，乘～去；取(道).

take a bus 〔a taxi, a train〕 搭公車〔計程車，火車〕

I always take a bus **to** school. 我總是坐公車去學校.

He took a short cut home. 他抄近路回家. → home 爲副詞，「回家」之意.

❹花費(時間、勞力等)，需要(need).

Take your time. 慢慢來.

The game took us two hours. 那場比賽花了我們兩小時. → take＋(代)名詞〈O'〉＋名詞〈O〉.

**It** takes five eggs **to** make this cake. 做這個蛋糕需要五個雞蛋. → It＝to make ～.

It took four men to carry the stone. 需要四名男子才能搬動那塊石頭.

It took us two hours to play the game. 那場比賽花了我們兩小時. →與 We took two hours to play the game. 同義.

How long does it take to get to school by bus? 搭公車去學校要花多少時間?

❺訂(報紙等), 預約(座位等), 短期租借(房間等); 選購(物品); (作爲例子)舉出.
We take two newspapers. 我們訂了兩份報紙.
We took a cottage at the beach for the summer. 我們租了一間海邊別墅過夏天.
**I'll take** this one. 《商店》我買這個.
Take the population, for example. 舉人口爲例.
❻**拍攝照片, 影印, 記錄,** 記下, 量(溫度、尺寸、脈搏).
take a picture〔a photo(graph)〕of ～ 拍一張～的照片
take a Xerox copy of ～ 用影印機影印～
Take my picture with this camera. 用這臺照相機幫我拍照.
This is a famous picture **taken** in the Meiji era. 這是張拍攝於明治時代的著名照片. ➡過去分詞 taken(被拍攝的～)修飾 picture.
The policeman took (**down**) the number of our car. 警察記下了我們的車牌號碼.
take his temperature 量他的體溫
❼ **選 修**(課 程); **參 加**(考 試); 帶(班), 負(責).
take piano lessons 上鋼琴課
How many subjects are you taking this year? 今年你選幾門課?
I have to take a history test today. 我今天必須參加歷史考試.
Mr. Smith takes this class **for** English. 史密斯先生負責這班的英語教學.
take responsibility 負責
❽《口》(**take a**＋表示動作的名詞)**從事某一行動**. ➡ take 本身沒有明顯含意, 而需搭配後面所接的名詞或表示動作的名詞, 才會表示出明確的意義; 也可用 have 代替 take.
take a **walk** 去散步
take a **rest** 休息一會兒
take a **bath**〔a **shower**〕 洗個澡〔淋個浴〕
take a **drive**〔a **trip**〕 開車兜風〔去旅行〕
take a **look** (at ～) 看(～)
❾(物)佔(地 方), (人)就(座 位、地位等).
This bed takes (**up**) too much room. 這張牀太佔地方了.
Ben took a seat in the front〔the rear〕of the bus. 班坐在公車前〔後〕面的座位.
❿服用(藥等), 攝取(鹽分), 呼吸(空氣).
Don't forget to take your cold medicine. 別忘了吃感冒藥. ➡即使是服用液體藥劑也不用 ×*drink* ～.
The Chinese take too much salt. 中國人攝取過多的鹽分.
take a deep breath 深呼吸
⓫(**take** O **from** O′)從 O′取出〔扣除〕O, 自 O′去掉 O; (**take** O **off** O′)從 O′卸下〔取下〕O.
If you take 4 (**away**) from 10, you have〔get〕6. 從十扣除四得六.
The book takes its title from the Bible. 這本書的書名取自《聖經》.
take the camera off its tripod 從三腳架上卸下照相機 ➡ tripod＝三腳架.
⓬(把人所說的話等)認爲, 當作是(壞的〔好的〕); 接受(～); 懷有(某種感情), 感到, 覺得.
take his words badly〔well, seriously〕 把他的話當作壞話〔好話, 眞話〕

idiom

***be tàken íll*** 得病, 患病.
Ben was taken ill at school today. 班今天在學校感到不舒服.
***táke àfter*** ～ 相似, 像(特指像父母).
She takes after her mother. 她長得像她母親.
***tàke awáy*** ①拿走, 帶走(→❶), 奪走. ②《英》(從速食店等)帶走(點

T

用的飲料和食物)(《美》take out). ③減(數)(→⓫).

***tàke báck*** ①取回，帶回. ②放回(原處)；退貨；接收退貨.

***tàke cáre (of ～)*** 注意(～)，照顧(～). → care idiom

***tàke dówn*** ①放下. ②毀壞. ③寫下(→❻).

***táke O for O′*** 把O想成O′，把O誤認爲O′.

I took him for his brother. 我誤認他是他的哥哥〔弟弟〕.

***tàke ín*** ①拿進，帶進；吸收. ②《口》欺騙.

***tàke it éasy*** 《口》放鬆，輕鬆，慢慢來.

Take it easy. The roads are icy. 慢慢來，馬路結冰了.

會話 What are you doing now? —Just taking it easy. 你現在在做什麼? —放鬆一下自己.

***tàke óff*** ①脫；剝取；取走，帶走.

take off *one's* shoes=take *one's* shoes off 脫鞋

②(飛機等)起飛. → takeoff.

Flight 123 to Paris will take off in five minutes. 往巴黎的123班機再過五分鐘起飛.

***tàke ón*** ①雇用；擔任，承當. ②呈現，具有(～的樣子).

***tàke óut*** ①取出，帶出；拔去，除去(牙齒、污點等). ②《美》(把在速食店等處點用的食物、飲料)帶回(家)(《英》take away).

***tàke óver*** 繼承，接管(工作)，掌管(經營等)；攻佔，攻取；(輪流加以)接管.

***tàke pláce*** 發生. → place idiom

***táke to ～*** ①喜歡～.

The children soon took to their new teacher. 孩子們很快就喜歡上他們的新老師.

②～成爲習慣；開始從事～.

***tàke úp*** ①取走，拿起，吸起，(向上)拿走，帶走. ②重新開始. ③佔(時間、空間)(→❾).

**tak·en** [ˋtekən] take 的過去分詞.

**take·off** [ˋtekˏɔf] 名(飛機)起飛. → take idiom

The spaceship made a smooth takeoff. 太空船順利升空.

**tale** [tel] 名 ❶故事(story).

a fairy tale 神話，童話

❷謊話.

His story about his past is only a tale. 他對過去的陳述只不過是謊言.

idiom

***téll táles*** 搬弄是非，講壞話，洩露他人的祕密，揭人短處.

**tal·ent** [ˋtælənt] 名 ❶(天生的)才能，天才，天賦.

a man **with**〔**of**〕many talents 有多種才能的人

Ann **has** a great talent **for** music, but her brother has a lot of talent **in** sports. 安很有音樂天賦，而她哥哥很有運動天賦.

You have a talent for mak**ing** friends. 你很會交朋友.

❷有才能的人，人才；藝人. ➜可當集合名詞或單數名詞；→ personality ❷

There is a great deal of talent on the soccer team this year, and he is the biggest talent. 今年足球隊中有許多天才球員，他是其中最出色的.

**tal·ent·ed** [ˋtæləntɪd] 形 有才能的.

| **talk** [tɔk] | ▶說話，談話<br>▶談話<br>⊙l 不發音 |
|---|---|

動 ❶談話，說話.

基本 talk together 一起談話 ➜ talk+副詞(片語).

talk **in** English 用英語交談

talk **with**〔**to**〕him on the telephone 用電話和他交談 ➜《美》用

with, 《英》多用 to.

talk **about** *one's* hobby 談自己的興趣、愛好

talk **with** *one's* fingers 〔hands〕用手語交談

He often **talks** in his sleep. 他常說夢話. ➡ talks [tɔks] 爲第三人稱單數現在式.

Who did you talk with? 你和誰談了?

They have a lot of things to talk about, but they have no one to talk to. 他們有很多事想談, 但沒有人可以講. ➡ 不定詞 to talk about(談論～), to talk to(和～談) 分別修飾它們前面的 a lot of things, no one.

You mustn't **talk** while the principal is **speak**ing. 校長在講話時你不能說話. 同義字 talk 是「說話」; speak 是「透過說話傳達歸納過的內容」.

Let's talk **over** a cup of coffee. 我們邊喝咖啡邊談話吧.

Hello, this is Ken. Can I talk to Mary, please? 喂, 我是肯, 我可以和瑪麗通話嗎?

◆ **talked** [tɔkt] 過去式、過去分詞.

We talked about our plans for the summer. 我們討論了夏天的計畫.

◆ **talking** [ˋtɔkɪŋ] 現在分詞、動名詞.

Ann **is** now talking with her boyfriend on the phone. 安正在和男友講電話. ➡現在進行式.

告示 No talking in the library. 在圖書館內不得交談. ➡ talking 爲動名詞(說話).

❷談～.

The men at the party were talking politics 〔baseball, business, cars〕 all night. 派對上的男人談了一個晚上的政治〔棒球, 工作, 汽車〕.

idiom

***tálk báck*** 《口》回嘴, 頂嘴 (answer back).

Don't talk back **to** your father like that! 不能這樣和你父親頂嘴!

***tálk bíg*** 《口》吹牛, 說大話.

***tálk*** *O* ***ìnto*** 〔***òut of***〕 ～ 說服O做〔不做〕～.

We talked her into joining the club. 我們說服她參加俱樂部.

My parents tried to talk my sister out of marrying that man. 父母親試圖說服我姊姊不要和那個男人結婚.

***Tálking of*** ～ 《口》說到～, 講到～, 談到～.

Talking of movies, have you seen "Jaws"? 說到電影, 你看過「大白鯊」嗎?

***tálk of*** ～ 談及～

諺語 Talk of the devil, and he is sure to appear. 說曹操, 曹操到.

We talked of going shopping, but neither of us had much money. 我們談起去購物, 但我倆都沒什麼錢(所以沒去成). ➡常用來暗示「雖然談了但沒做」.

***tálk óver*** 商量～.

Let's talk it over this evening. 我們今晚來商量這件事吧.

I have something to talk over **with** you. 我有件事要和你商量.

***tálk to*** *oneself* 自言自語.

— 名 (複 **talks** [tɔks]) ❶談話, 會談; 會議.

peace 〔summit〕 talks in Paris 在巴黎的和平〔高峯〕會議

I **had** a nice long talk **with** my cousin on the phone. 我在電話裡和表弟愉快地聊了好久.

The astronaut **gave** an interesting talk **on** space travel. 太空人作了一次有關太空旅行的有趣演講.

❷話題, 傳言, 風聲.

Ben's new bicycle is the talk of all his friends. 班的新腳踏車成了

T

他所有朋友的話題.

**talk·a·tive** [ˋtɔkətɪv] 形 多話的，多嘴的.

**tall** [tɔl] ▶個子高的 ▶高度是～

形 ❶個子高的，(細長而)高的.

基本 a tall boy 高個子的男孩 ➜ tall＋名詞；不說ˣa *high* boy.

a tall tree〔building〕 高高的樹〔大樓〕

基本 My father is very **tall**. I am **short**. 父親個子很高，我個子矮. ◁反義字 ➜ be 動詞＋tall 〈C〉.

My brother is **as** tall **as** Dad. 我哥哥和爸爸一樣高.

tall short

❷身高是～的. ➜不分個子高矮同樣使用.

會話 **How** tall are you? —I am 5 feet 3 (inches) tall. 你身高多少?—我(身高)五呎三吋. ➜ be 動詞＋數字＋tall.

◆ **taller** [ˋtɔlɚ] 《比較級》更高的.

I am taller **than** my little sister, but Dad is a lot〔much〕taller than I (am)〔《口》than me〕. 我個子比妹妹高，但爸爸比我還高許多.

◆ **tallest** [ˋtɔlɪst] 《最高級》最高的.

Ken is **the** tallest **in** the class〔**of** us all〕. 肯是全班〔我們之中〕個子最高的.

❸誇張的，無法相信的.

a tall tale〔story〕 荒誕不經的故事

**tam·bou·rine** [ˌtæmbəˋrin] 名《樂器》鈴鼓.

**tame** [tem] 形(動物)馴服的，與人熟稔的，溫順的. 反義字 wild(野生的).

a tame bear 馴服的熊

—動 馴服(動物).

The cowboy's job was to tame wild horses. 牛仔的工作是馴服野馬.

**Tam·il** [ˋtæml̩, ˋtæmɪl] 名 ❶坦米爾人. ➜居住在印度南部及斯里蘭卡的民族. ❷坦米爾語.

**tan** [tæn] 動 ❶(日光等將皮膚)曬成深色. → suntanned.

◆ **tanned** [tænd] 過去式、過去分詞.

◆ **tanning** [ˋtænɪŋ] 現在分詞、動名詞.

❷硝(皮)，鞣(皮).

—名 曬黑的皮膚顏色；黃褐色.

Yesterday she went to the beach and **got** a beautiful tan. 昨天她去海邊把皮膚曬成漂亮的棕褐色.

**tan·dem** [ˋtændəm] 名(兩人(以上)乘坐的)協力車；雙輪馬車.

**tan·ge·rine** [ˌtændʒəˋrin] 名 紅橘. ➜丹吉爾(Tangier)爲位於北非摩洛哥的港口城市，柑橘便是從這裡傳入歐洲.

**tan·gle** [ˋtæŋgl̩] 動(使)糾結，(使)纏結.

**tank** [tæŋk] 名 ❶儲存液體或氣體的大容器；桶，槽，箱.

an oil tank 油箱，油槽

❷戰車，坦克.

**tank·er** [ˋtæŋkɚ] 名 油輪，送油船；空中加油機；(運送石油等的)卡車.

**Tan·za·ni·a** [ˌtænzəˋniə] 專有名詞 坦尙尼亞. ➜位於非洲東部，屬於大英國協的共和國；首都達萊撒蘭；通用語爲英語和史瓦希里語.

**tap**[1] [tæp] 動 輕敲；輕拍；(用手指、腳、鉛筆)敲.

tap **on** 〔**at**〕 the door 輕輕敲門
**tap** him **on the** shoulder＝tap his shoulder 輕拍他的肩膀
tap a hole in a tree (啄木鳥等)啄樹洞
tap time 〔a rhythm〕 with *one's* hands 用手打拍子

◆ **tapped** [tæpt] 過去式、過去分詞.
The teacher tapped the blackboard **with** the chalk.＝The teacher tapped the chalk **on** 〔**against**〕 the blackboard. 老師用粉筆敲著黑板.

◆ **tapping** [ˋtæpɪŋ] 現在分詞、動名詞.

—名 輕輕敲擊；敲擊聲.
I heard a tap on the window. 我聽見輕敲窗戶的聲音.

**tap**[2] [tæp] 名《英》(自來水、瓦斯等的)龍頭，活嘴(《美》faucet)；(酒桶等的)栓，塞子.
**turn on** 〔**off**〕 the tap＝turn the tap on 〔off〕 打開〔關閉〕龍頭
Which is the cold 〔hot〕 water tap? 哪一個是冷〔熱〕水的龍頭?

**tape** [tep] 名 ❶錄音帶，錄影帶，膠帶，紮帶；終點線.
adhesive tape 膠帶
seal a letter **with** Scotch tape 用透明膠帶把信封口封起來
record the program **on** (a) tape 把這個節目錄音〔錄影〕起來
I will **play** you the latest tape of your favorite singer. 我放你最喜歡的歌手最新發行的錄音帶給你聽.
Carl was the first to **reach** the tape. 卡爾第一個衝過終點線.

**tápe recòrder** 錄音機.
record 〔play〕 ～ **on** a cassette tape recorder 用卡式錄音機錄〔放〕～

❷卷尺. ➜亦作 **tápe mèasure, méasuring tâpe**.

—動 ❶用膠布〔帶子〕紮緊，用膠布貼〔固定〕，貼〔卷〕膠布〔繃帶〕於～.
❷錄音〔錄影〕.
I taped the FM program on my tape recorder. 我用錄音機錄下了調頻的節目.

**tape-re·cord** [ˋteprɪˋkɔrd] 動 錄～(於錄音帶、錄影帶上).

**tar** [tɑr] 名 焦油，瀝青. ➜由煤和木材乾餾而成的黑色黏稠液體，用於保護木材、鋪路等.

**tar·get** [ˋtɑrgɪt] 名 ❶目標，標的.
**aim at** the target 瞄準目標
**hit** 〔**miss**〕 the target 命中〔未中〕目標
❷(工作、生產的)目標，欲達到的總額度.

**tart** [tɑrt] 名 水果塔. ➜通常將水果、果醬塗在表面或夾在裡面.
an apple tart 蘋果塔

**tar·tan** [ˋtɑrtn̩] 名 蘇格蘭格子呢. ➜帶格子條紋的毛織物；蘇格蘭高地上各部族都有各自的花樣，用來作褶裙(kilt).
wear a tartan skirt 穿著格子呢裙

**task** [tæsk] 名(雙親、老師、上司所指派的)任務，工作.

**taste** [test] 名 ❶味道；味覺.
a sweet 〔bitter〕 taste 甜〔苦〕味
This cake **has** a sweet taste 〔is sweet **to** the taste〕. 這蛋糕味道甜.
❷趣味，愛好；鑑賞力.
**have** a taste **for** ～ 喜歡～，愛好～
Diana has good taste **in** clothes. 戴安娜對衣著有很好的鑑賞力.
諺語 There is no accounting for tastes. 人的嗜好是無法解釋的. ➜There is no ～＝無法～；account for＝說明；「鐘鼎山林，各有天性」之意.
❸(**a taste of** ～)小量的～，少量的～，一口的～.
**have** a taste of a pie 吃一口派
My sister **gave** me a taste of her

pudding. 姊姊分給我一口布丁.

idiom

***in góod 〔bád〕 táste*** 品味好〔差〕，格調高〔低〕.

The furniture in their house is in good taste. 他們家的家具風格高雅.

***to À's táste*** 合乎A的愛好、興趣、口味.

This sweater is not to my taste. 這件毛線衣不合我意.

—動 ❶嚐，品嚐；吃〔喝〕少量東西.

Taste this soup to see if it is good. 嚐一嚐這湯的味道好不好.

❷(食物)有～的味道；(人)嚐出～味道.

This candy tastes good 〔sweet〕. 這糖果好吃〔好甜〕.

This soup tastes **of** garlic. 這湯有大蒜味.

**What** does it taste **like**? 這嚐起來是甚麼味道?

I can taste the pepper in this stew. 我能嚐出燉品裡的胡椒味.

**tast·y** [ˋtestɪ] 形(食物)味美的，可口的.

◆ **tastier** [ˋtestɪɚ] 比較級.

◆ **tastiest** [ˋtestɪɪst] 最高級.

**tat·too** [tæˋtu] 名 (複 **tattoos** [tæˋtuz]) 刺青，紋身.

**taught** [tɔt] teach(教)的過去式、過去分詞.

**tax** [tæks] 名 稅金，稅額.

a heavy tax 高稅額

**pay** a lot of income tax 付高額所得稅

There is a 10% tax **on** this article. 這商品含百分之十的稅金.

—動 課稅於(人、收入、貨品)，徵稅.

The peasants were heavily taxed. 農民被課以重稅.

**tax·i** [ˋtæksɪ] 名 (複 **taxi(e)s** [ˋtæksɪz]) 計程車.

go **by** taxi 搭計程車去 ➜不用×by *a* 〔*the*〕 taxi; → by ❶

**take** 〔**call**〕 a taxi 搭〔叫〕計程車

a taxi driver 計程車司機

a taxi stand 《美》計程車招呼站 ➜《英》a taxi rank.

I took a taxi from the airport to the hotel. 我搭計程車從機場到旅館.

—動 《美》搭計程車前往.

**tax·man** [ˋtæksˏmæn] 名 (複 **tax-men** [ˋtæksˏmɛn]) 稅務員.

**tea** [ti] 名 ❶茶，(尤指)紅茶；茶葉，茶樹. ➜通常指紅茶(**black tea**)；綠茶稱 **green tea**.

**a cup** 〔**two cups**〕 **of** tea 一杯〔兩杯〕茶 ➜《口》亦單用 a tea, two teas; →最後的例句.

tea **with** milk 〔lemon〕 奶茶〔檸檬茶〕 ➜不用×*milk* 〔*lemon*〕 *tea*.

**have** 〔**drink**〕 tea at teatime 下午茶時間喝紅茶

**make** tea 沏茶

**serve** him herb tea 給他喝花草茶

Won't you have a cup of tea? 你要來杯茶嗎?

Let's have a **tea break**. 我們喝杯茶休息一下吧!

Put **some tea** into the **teapot** and add boiling water. 在茶壺中放入茶葉倒入沸水. ◁相關語

Two teas and two coffees, please. 請來兩杯茶和兩杯咖啡.

**téa bàg** 茶包，茶袋.

**téa cèremony** (日本的)茶道.

**téa sèt** 〔**sèrvice**〕 一套茶具.

❷喝(下午)茶時間；《主英》下午茶. ➜英國許多家庭下午四～五點有邊吃三明治等點心邊喝茶的習慣，是介於午飯和晚飯間的茶點；亦稱 **after-noon** 〔**five-o'clock**〕 **tea**.

Come and **have tea with** us tomorrow. 明天來我家喝茶.

I was invited **to** 〔**for**〕 Mrs. Smith's tea. 我被邀請到史密斯夫人家喝下午茶.

**teach** [ti tʃ] ▶教
⊙使某人學會學問或技術

動 教(人、知識或技術). 同義字 tell (透過言語說明情報來告知), show (藉顯示、引導具體例子來告知).
基本 teach English 教英語 ➜ teach+(代)名詞〈O〉.
teach him 教他
基本 teach him English=teach English **to** him 教他英語 ➜ teach+(代)名詞〈O′〉+名詞〈O〉=teach+名詞〈O〉+to+(代)名詞〈O′〉.
teach him (**how**) **to** cook 教他做菜
I teach my dog a new trick every day. 我每天教我的狗一種新把戲.
teach at a junior high school 在國中教書
My sister wants **to** teach (elementary school). 我的姊姊想做(小學)老師.
Our English **teacher teach**es very well. 我們的英語老師教得很好. ◁相關語 ➜ teaches [ˋtitʃɪz] 爲第三人稱單數現在式.
Miss White teaches us English.=Miss White teaches English to us. 懷特小姐教我們英語.

◆ **taught** [tɔt] 過去式、過去分詞.
My father taught me how to swim. 爸爸教我游泳.
We **are** taught French **by** Miss Green. 我們跟格林小姐學法語. ➜ 被動語態.
Is French taught **at** your school? 你們學校教法語嗎?
◆ **teaching** [ˋtitʃɪŋ] 現在分詞、動名詞. → teaching.
He **is** teaching his dog to shake hands. 他教他的狗握手. ➜現在進行式.
She likes teaching children. 她喜歡教小孩子們. ➜ teaching 爲動名詞(教), likes 的受詞.
idiom
***téach oneself*** 自學, 靠自修學習.
I taught myself English. 我自修英語. (=I learned English for〔by〕myself.)

**teach·er** [ˋti tʃ ɚ] ▶老師, 教師
⊙從幼稚園到大學的老師, 使用上無男女之別

名(複 **teachers** [ˋtitʃɚz])老師, 教師.
a class teacher 班導師
an Énglish teacher=a teacher of English 英語老師 ➜若重音在後面單字 an English téacher 則爲「英國籍老師」之意.
會話 Mr.〔Ms.〕White, who is that teacher? —He is Mr. Smith. 懷特老師, 那位老師是誰? —他是史密斯老師. ➜「懷特老師」不用×*White teacher*; 另外打招呼時也不用×*Teacher!* 而是用 Mr.〔Ms.〕White.
**téachers còllege** 《美》師範學院(《英》training college).

**teach·ing** [ˋtitʃɪŋ] teach 的現在分詞、動名詞.
— 名 ❶教, 教授; 教職.
Our English **teacher** is very good at **teaching**. 我們英語老師教得很好. ◁相關語
❷(常用 **teachings**)教誨, 教訓.
the teachings of Christ〔in the Bible〕基督〔《聖經》〕的教訓

T

**tea·cup** [ˋtiˏkʌp] 名 茶杯.

**tea·ket·tle** [ˋtiˏkɛtl̩] 名 茶壺, 開水壺.

**team** [tim] 名 ❶(棒球等的)隊, (一起進行活動的)團, 組.
He is 〔plays〕 **on** 〔《英》**in**〕 our school soccer team. 他是我們學校足球隊的隊員.
She is the only girl on 〔in〕 our team. 她是我們隊中唯一的女生.
A team **of** doctors is looking after the sick baby. 一組醫生正在看護生病的嬰兒.
❷一群拉車或雪橇的牛、狗等.
a dog team 一群(拉雪橇的)狗
The stagecoach was pulled by a team of four horses. 驛馬車由四匹馬拉著.

**team·mate** [ˋtimˏmet] 名 隊友.

**team·work** [ˋtimˏwɝk] 名 團隊工作, 集體作業.

**tea·pot** [ˋtiˏpɑt] 名(沏茶用)茶壺.

**tear**[1] [tɪr] 名(常用 **tears**)眼淚.
**with** tears in *one's* eyes 眼裡含著淚水
**dry** 〔**wipe** (**away**)〕 *one's* tears 擦眼淚
**shed** tears 流淚
Her eyes were full of tears. 她眼中充滿淚水.
Tears **ran** 〔**rolled**〕 **down** her cheeks. 淚水從她的雙頰流下.
Tears **came to my eyes** when I heard the sad news. 聽到這個悲傷的消息我眼淚盈眶.

idiom

***búrst*** 〔***bréak***〕 ***ìnto téars*** 突然哭起來.
***in téars*** 哭著, 流著淚.
She ran out of the room in tears. 她哭著跑出房間.

**tear**[2] [tɛr] ➜注意與 tear[1]發音不同.
動 ❶撕開, 扯破, 撕裂.
tear the paper **in** two 〔half〕 把紙撕成兩半
tear a letter **to** 〔**in**〕 **pieces**＝tear **up** a letter 把信撕成碎片
◆ **tore** [tɔr] 過去式.
She tore her skirt **on** a nail. 她的裙子被釘子鉤破了.
I 〔The nail〕 tore a hole **in** my jacket. 我〔釘子〕把我的夾克鉤了個洞.
◆ **torn** [tɔrn] 過去分詞.
Her skirt was torn on a nail. 她的裙子被釘子鉤破了.
❷撕下, 撕掉, 扯去.
tear the poster **off** the wall 把海報從牆上撕下來
tear *one's* hair (因憤怒、悲傷而)扯頭髮

idiom

***téar dówn*** 撕下, 扯下; 拆除(建築物等).
**tear down** the old building and **put up** a new one 拆除舊大樓建造新大樓 ◁反義字
—名 破處, 裂縫, 綻線.
You have a big tear **in** your jeans. 你的牛仔褲上有個大洞.

**tea·room** [ˋtiˏrum] 名 茶館. ➜販賣茶及點心的地方; 《英》亦作 **teashop**.

**tease** [tiz] 動(開玩笑地)取笑, 揶揄, 嘲弄, 逗弄.

**tea·spoon** [ˋtiˏspun] 名 茶匙. ➜三匙 teaspoon 與一匙 tablespoon 等量.
eat ice cream **with** a teaspoon 用小湯匙吃冰淇淋
Put two teaspoons of sugar in my tea, please. 請在我的茶裡放兩小匙糖.

**tea·time** [ˋtiˏtaɪm] 名 下午茶時間. → tea ❷

**tech·ni·cal** [ˋtɛknɪkl̩] 形 ❶技術的, 技術性的, 工業(技術)的.
technical training 技術訓練

T

a technical school 技術專科學校 ➜機械、電子、工藝、農業、商業等傳授專門技術的職業訓練學校.
❷專門的，專業的.
technical terms 專門用語，術語

**tech·nique** [tɛk`nik] 名(科學、藝術、運動等的)技術，技巧.

**tech·nol·o·gy** [tɛk`nɑlədʒɪ] 名應用科學，技術工學，科學技術.

**ted·dy bear** [`tɛdɪ͵bɛr] 名玩具熊，泰迪熊. ➜在美國最受人們喜愛的玩具；據說第二十六任總統西奧多(Theodore，暱稱 Teddy)•羅斯福曾在狩獵中不忍射殺一隻小熊，從此玩具熊銷售量大增.
Everybody grows up loving a teddy bear of his or her own. 每個人在成長的過程中，都有自己心愛的玩具熊.

**teen·age** [`tin͵edʒ] 形十幾歲的. → teens.
teenage boys and girls 十幾歲的少男少女

**teen·ag·er** [`tin͵edʒɚ] 名十幾歲的男孩〔女孩〕.

**teens** [tinz] 名 複(年齡)十幾歲. ➜ thirteen 至 nineteen 的年齡.
boys and girls **in** their teens 十幾歲的少男少女
When I was still in my teens, our family moved to Taipei. 我還十幾歲時，我們家就搬到臺北了.

**teeth** [tiθ] 名 tooth 的複數. ❶牙齒.
**brush** 〔**clean**〕 *one's* teeth 刷牙
You have **a** fine **set of** teeth. 你有一口好牙齒.
❷(梳子、鋸子或齒輪的)齒狀部分.
the teeth of a comb 〔a saw〕 梳子〔鋸子〕的齒

**tele·cast** [`tɛlə͵kæst] 名電視廣播〔節目〕.

**tel·e·gram** [`tɛlə͵græm] 名**電報**. ➜指由 telegraph 發出的信息.
**send** (him) a telegram 拍電報(給他)
send a message **by** telegram 用電報傳訊

**tel·e·graph** [`tɛlə͵græf] 名電報(機). ➜指拍發 telegram 的整個系統.
a telegraph office 〔station〕 電報局，電信局

**tel·e·phone** [`tɛlə͵fon] 名**電話；電話機，**(尤指)聽筒. ➜口語中常用 phone 表示；→ phone.
**télephone bòok 〔dirèctory〕** 電話簿.
**télephone bòoth** 〔《英》**bòx**〕 公用電話亭.
**télephone càrd** 電話卡.
**télephone nùmber** 電話號碼.

idiom

***on the télephone*** 用電話；打電話，接電話；在電話中.

—動打電話給某人；通電話. ➜恭敬的說法；通常口語中《美》用 call (up)，《英》用 ring (up).

**tel·e·scope** [`tɛlə͵skop] 名**望遠鏡**.
I looked at the moon **through** a telescope. 我用望遠鏡看月亮.

**tel·e·vi·sion** [`tɛlə͵vɪʒən] 名**電視**(廣播)；(**television set**)電視機. ➜略作 **TV**.
**watch** television 看電視 ➜這裡的 television 表示「電視廣播」，因此不用 ×*a* 〔*the*〕 television.
buy a new television 買了一臺新電視機 ➜這裡的 television 表示「電視機」，因此加 a.
**turn on** 〔**off**〕 the television (set) 開〔關〕電視
watch a baseball game **on** television 觀看電視轉播的棒球比賽
study English **on** 〔**by**〕 television 看電視學英語
appear on television 上電視〔演出〕

T

What's on television tonight? 今晚有甚麼電視節目?

## tell [tɛl]

▶講述，說
▶告知

動 ❶講述，說.
基本 tell a fairy tale 講童話故事 ➜ tell＋名詞〈O〉.
tell a lie〔the truth〕 說謊〔實話〕
基本 tell him 告訴他 ➜不用 ×tell *to* him.
基本 tell them a story＝tell a story **to** them 告訴他們一個故事 ➜ tell＋(代)名詞〈O′〉＋名詞〈O〉＝tell＋名詞〈O〉＋to＋(代)名詞〈O′〉.
tell the children **about** fishing 告訴孩子們釣魚的事
My uncle often **tells** me about UFOs. 我叔叔經常告訴我幽浮的事情. ➜tells [tɛlz] 爲第三人稱單數現在式.
◆ **told** [told] 過去式、過去分詞.
He told me (that) he was a spy. 他告訴我他是間諜. ➜《口》中省略 that，但不能省略 me；若用 say 代替 tell，即成 He said (**to** me that) ～.
Many stories **are** told **of**〔**about**〕his courage. 有許多傳聞都有關他勇敢的事蹟. ➜被動語態，told 爲過去分詞.
◆ **telling** [ˋtɛlıŋ] 現在分詞、動名詞.
**Is** he telling the truth? 他說的是眞話嗎? ➜現在進行式.
❷通知，告訴(對方不知道的事情). → teach 同義字
tell (him) *one's* name〔address〕告訴(他)～的名字〔住址〕 ➜ **say** *one's* name 表示「說出某人的名字」.
Don't tell anyone. It's a secret. 別告訴任何人，這是個秘密.
Please tell me the way to the post office. 請告訴我去郵局的路. ➜指口頭告訴；以地圖或希望對方帶路時用 **show** me the way 表示；不用 ×*teach* me the way ～.
Can you tell me the time, please? 你能告訴我幾點了嗎?
❸(**tell** O **to** *do*) 叫，命令 O 做某事.
Tell him to come at once. 叫他馬上來.
Mother told me **not to** go with him. 媽媽叫我別和他一起去. (Mother said to me, "Don't go with him.")
I was told not to go there with him. 有人告訴我別和他一起去那裡.
Do as I tell you.＝Do as you are told. 我怎麼說你就怎麼做. ➜兩句句尾都省略 to do.
❹(**can tell**) 理解，辨清，區別.
Can you tell the difference between margarine and butter? 你能區別人造奶油和乳製奶油嗎?

idiom

***I* (*can*) *têll you.*** 眞的，千眞萬確，絕對.
It's boiling hot outside, I can tell you! 外面熱得要命，眞的!
(***I'll***〔***I***〕) ***Têll you whàt*** 讓我告訴你事情的眞相，聽我說.
Tell you what, let's go to see a movie. 聽我說，我們看電影去吧.
***I'm not têlling you.*** 《口》我不告訴你，恕不奉告.
***I tóld you so.*** → told idiom
***têll A from B*** 區別 A 與 B，能區分 A 和 B.
I can't tell Tom from John —they're twins. 我分不清湯姆和約翰，他們是雙胞胎.
***têll on ～*** ①告狀，告發.
If you hit me, I'll tell on you to Mother. 如果你打我，我就告訴媽媽.
②給～壞的〔大的〕影響.
***têll tâles*** → tale idiom
***to têll (you) the trûth*** 說眞話，老實說.
***Yòu're têlling mé!*** 《口》如你所言！不說我也知道!

[會話] You are late today. —You're telling me! 你今天來晚了. —的確如此啊!

**tell·er** [ˋtɛlɚ] [名] ❶說話者. ❷(銀行的)出納員. ❸(投票、選舉的)統計員.

**tem·per** [ˋtɛmpɚ] [名] ❶氣質, 性情.
**have a gentle** 〔**violent, short**〕 temper 性情平和〔粗暴, 急躁〕
❷心情; (尤指)壞心情, 易怒, 性急.
be **in** a bad 〔good〕 temper 心情不好〔好〕
**fly into** a temper 發怒
❸平靜的心情, 鎮靜, 自制力.
**lose** 〔**keep**〕 *one's* temper 失去平靜〔保持平靜〕, 發怒〔忍住怒氣〕
The teacher lost his temper **with** the noisy student. 老師對這個吵吵鬧鬧的學生發脾氣.

**tem·per·ate** [ˋtɛmprɪt] [形] (氣候)溫暖的, 溫和的.
Taiwan has a temperate climate. 臺灣氣候溫暖.
**the Témperate Zòne** 溫帶.

**tem·per·a·ture** [ˋtɛmprətʃɚ] [名] ❶溫度, 氣溫.
**The** temperature outside is very high today. 今天外面的氣溫很高.
[會話] **What's** the temperature today? —It's 30°C (讀法: thirty degrees centigrade). 今天氣溫幾度? —(攝氏)30度.
❷體溫; (比正常體溫高的)發熱 (fever).
My sister **had** 〔**ran**〕 a (high) temperature. 妹妹發(高)燒了.
Her temperature is 〔She has a temperature of〕 101 degrees. 她的體溫是華氏101度. ➜英美等國的體溫計通常爲華氏; 華氏98.6度(=攝氏37度)是正常體溫.
Take your **temperature** with this **thermometer** and see if you have a **fever**. 用這個體溫計量一量你的體溫, 看看你有沒有發燒. ◁相關語

**tem·pest** [ˋtɛmpɪst] [名] 大風暴, 狂風暴雨.

**tem·ple**[1] [ˋtɛmpḷ] [名] 神殿, 寺院.

> [參考] 古希臘、羅馬、埃及、現代印度教、佛教、猶太教等的禮拜場所; 基督教稱作 church 或 chapel, 伊斯蘭教稱 mosque; 日本稱佛教寺院爲 temple, 神社爲 shrine.

the temple of Apollo 阿波羅神殿
the Lungshan Temple 龍山寺

**tem·ple**[2] [ˋtɛmpḷ] [名] 太陽穴.

**tem·po** [ˋtɛmpo] [名] ([複] **tempos** [ˋtɛmpoz]) ❶(音樂的)拍子.
❷(一般的)速度.
the fast tempo of city life 都市生活的快節奏

**tem·po·rar·y** [ˋtɛmpəˏrɛrɪ] [形] 臨時的, 暫時的.

**tempt** [tɛmpt] [動] ❶誘惑, 引誘; (**tempt** O **to** *do*)唆使, 引誘O做~.
Eve was tempted by the serpent. 夏娃被蛇所引誘.
Bad friends **tempt**ed him to steal money, but he resisted the **temptation**. 壞朋友唆使他偷錢, 但他抗拒了誘惑. ◁相關語
❷引起(食欲、興趣等); 迷惑(~的心).

**temp·ta·tion** [tɛmpˋteʃən] [名] 誘惑; 誘惑物. ➜動詞爲 tempt.

| **ten** [tɛn] | ▶十(的)<br>▶十點<br>▶十歲(的) |
|---|---|

[形] 十的, 十人〔個〕的; 十歲的.
[基本] ten fingers and ten toes 十根手指和腳趾 ➜ ten+複數名詞.
[基本] My sister is ten (years old). 我妹妹十歲. ➜ be 動詞+ten <C>.
—[名] 十, 十人〔個〕; 十歲; 十點〔分, 元, 鎊等〕. ➜用法請參見 three.
Lesson **Ten** 第十課 (The **Tenth**

Lesson) ◁相關語
It's ten past ten. 現在十點十分.
a girl of ten 十歲的少女
會話 How many are there? —There **are** ten. 有幾個人〔有幾個〕? 一有十人〔有十個〕. ➜作複數.
idiom
***tén to óne*** 十之八九. ➜表示機率高.

**tend** [tɛnd] 動(**tend to** *do*)傾向～, 趨於～, 有～趨勢.
Mary tends to eat too much. That's why she is so fat. 瑪麗很容易吃得過量, 因此那麼胖.
Fruits tend to decay. 水果易腐爛.

**ten·der** [ˋtɛndɚ] 形 ❶(肉等)嫩的; 脆弱的, 纖弱的, 敏感的.
This steak is very tender. 這牛排很嫩.
Babies have tender skin. 嬰兒的皮膚嬌嫩.
❷溫和的, 親切的, 仁慈的.
Mother Teresa has a tender heart. 泰瑞莎修女有一顆仁慈的心.
❸觸及即感疼痛的(傷口或話題等).
Yesterday's baseball game is a tender subject with Ken because he played so badly. 因爲肯在昨天的棒球比賽中表現不佳, 所以他不願提及這個話題.

**ten·der·ly** [ˋtɛndɚlɪ] 副溫柔地, 親切地.

**ten·der·ness** [ˋtɛndɚnɪs] 名柔軟; 溫柔.

**Ten·nes·see** [ˏtɛnəˋsi] 專有名詞 田納西州. ➜美國東南部的州; 簡稱 **Tenn., TN**(郵政用).

**ten·nis** [ˋtɛnɪs] 名 網球.
**play** tennis 打網球 ➜運動名稱前不加冠詞, 因此不用×play *a* 〔*the*〕 tennis.
a good 〔poor〕 tennis player 擅長〔不擅長〕打網球的人
a tennis ball 〔racket〕 網球〔網球拍〕
**ténnis còurt** 網球場.

**ten·or** [ˋtɛnɚ] 名《音樂》男高音; 次中音歌手〔樂器〕.
Our music teacher sings tenor. He is a well-known tenor. 我們的音樂老師唱男高音, 他是有名的男高音歌唱家.

**tense**[1] [tɛns] 名《文法》動詞的時態.
➜用動詞的各種變化來表示句中動作、狀態發生的時間.
"I go" is in the **present tense**; "I went" is in the **past tense**; "I will go" is in the **future tense**. I go 是現在式, I went 是過去式, I will go 是未來式.

**tense**[2] [tɛns] 形 (神經等)緊張的, 緇緊的; (繩索等)拉緊的.
in a tense voice 以緊張的聲音
I am always tense before a test. 考試前我總是很緊張.

**tent** [tɛnt] 名 **帳篷**.
pitch 〔put up〕 a tent 搭帳篷
strike a tent 拆帳篷
We are camping. Tonight we will sleep **in** a tent. 我們正在露營, 今晚我們睡帳篷.

| **tenth** [tɛnθ] | ▶第十(的)<br>▶第十天, 十號 |
|---|---|

形 ❶第十的. ➜用法請參見 third.
The Tenth Lesson 第十課
the tenth floor 《美》十樓, 《英》十一樓
❷十分之一的.
a tenth part 十分之一(one tenth)
**—**名(複 **tenths** [tɛnθs]) ❶(**the tenth**)第十個人〔物〕, (一個月的)第十天, 十號. ➜略作 **10th**.
the tenth of May 五月十日 ➜信中日期的寫法《美》May 10(th) (讀法: May (the) tenth, 《口》May ten), 《英》通常用 10th May (讀法:

the tenth of May, May the tenth).
❷十分之一.
three tenths　十分之三
There were **ten** of us, so each of us was given a **tenth** of the cake. 我們有十個人, 因此每人分到十分之一的蛋糕. ◁相關語

**term** [tɜm] 名 ❶(固定的)期間; (學校的)學期.
for a term of one year　一年的期間
the first 〔autumn〕 term　第一〔秋季〕學期 ➡歐美學校的新學期從九月開始, 期末是七月; 美國是二或三學期制, 英國多爲三學期制. →semester.
term exams　期末考
**Next** term, I'm starting to learn French. 下學期我要開始學法語.
❷(專門)用語, 術語; (**terms**)說法, 言辭, 措辭.
medical 〔sports〕 terms　醫學〔體育〕用語
technical terms　術語, 專門用語
'Noun', 'verb' and 'subject' are grammatical terms. 「名詞」、「動詞」和「主詞」是文法用語.
❸(**terms**)(人與人的)關係, (人際)關係.
He is **on** good terms **with** everyone in his class. 他和班上每個人的關係都好.
❹(**terms**)(支付的)條件, 費用.

**ter·mi·nal** [ˋtɜmənḷ] 名(鐵路、公車等的)終點, 終站, 起站, 發車站.
—形 ❶終點的. ❷每期的; 學期末的. ❸(疾病)末期的.

**ter·race** [ˋtɛrɪs] 名 ❶陽臺, 平臺.
➡住家院子或咖啡廳門前伸出街道, 由磚塊或石子鋪成的部分, 放有桌椅, 供顧客喝茶聊天; 另外也指公寓的陽臺.
We sat **on** the terrace and looked at the sunset. 我們坐在陽臺(的椅子)上看夕陽.
❷(如梯田的)階梯狀土地, (頂端爲平的)高臺, 臺地; 《英》(**the terraces**)(球場上觀眾站著看的)階梯席.
The people here grow rice on terraces. 這裡的人們在梯田上種稻.

**ter·ri·ble** [ˋtɛrəbḷ] 形 ❶可怕的, 可怖的, 令人恐懼的.
a terrible war　可怕的戰爭
❷《口》嚴重的, 極壞的(very bad).
terrible weather　惡劣的天氣
I had a terrible time at the party. 晚會上我過得非常不愉快.
That film was terrible. 那部電影眞爛.

**ter·ri·bly** [ˋtɛrəblɪ] 副《口》極端地, 非常地(very).

**ter·rif·ic** [təˋrɪfɪk] 形 ❶可怕的, 令人恐怖的; 《口》非常的, 極端的, 恐怖的, 厲害的.
a terrific earthquake　可怕的地震
❷《口》非常好的, 了不起的(very good).
I had a terrific time at the party. 晚會上我玩得非常愉快.
The Beatles are just terrific. 披頭四太了不起了.

T

**ter·ri·fy** [ˋtɛrəˏfaɪ] 動 使恐怖, 驚嚇. → terror.
Thunder **terrifies** our dog very much. 雷聲使我們的狗嚇得半死.
➡ terrifies [ˋtɛrəˏfaɪz] 爲第三人稱單數現在式.
◆ **terrified** [ˋtɛrəˏfaɪd] 過去式、過去分詞.
The hiker **was** terrified by the sight of the bear. 徒步旅行者看見熊而受到驚嚇. ➡ was terrified 爲被動語態.

**ter·ri·to·ry** [ˋtɛrəˏtɔrɪ] 名(複 **territories** [ˋtɛrəˏtɔrɪz]) ❶(廣闊的)地域; 地方.
❷(一國的)領土; (美國的)準州, 屬地(➡指尙未成爲州(state)的地區).

Hawaii was a territory **of** the United States until it became a state in 1959. 在一九五九年之前，夏威夷是美國屬地，不是美國的一州.
❸(動物等的)地盤，領地；(推銷員等的)負責地區.

**ter·ror** [ˋtɛrɚ] 名 恐怖，恐怖的原因；恐怖的物〔人〕.

**test** [tɛst] 名 考試，檢查，測驗.
a history test＝a test **in** history 歷史考試
**do** a blood〔an eye〕test 驗血〔檢查視力〕
do certain tests **with** ～ 舉行某些關於～的考試
**take**〔**give**〕a test 參加〔舉行〕考試〔考核〕
**pass**〔**fail**〕a driving test 通過〔未通過〕駕駛執照考試
He did very well **on**〔**in**〕the English test. 他英語考試成績很好.
I will **have** an English test tomorrow. 我明天有英語考試.
There were twenty problems on〔in〕the math test. 數學考試有二十道試題.
—動 考試，檢查，檢驗，試驗.
Our teacher tested us **in** history〔**on** our homework〕. 老師考我們歷史〔家庭作業〕.
I want to test the motorbike before I buy it. 在買之前我想先試一試這輛摩托車.
He tested his ideas **with** some goose eggs. 他用一些鵝蛋測試自己的想法(是否正確).

**tes·ta·ment** [ˋtɛstəmənt] 名 ❶《法律》遺囑，遺書. ❷(神與人的)誓約.
**the Nèw〔Òld〕Téstament** 《新〔舊〕約聖經》. ➡《聖經》(the Bible)包括新約和舊約兩部分.

**Tex·as** [ˋtɛksəs] 專有名詞 德克薩斯州.
➡位於美國西南部，次於阿拉斯加的第二大州；州首府爲奧斯汀(Austin)；簡稱 **Tex.**, **TX**(郵政用).

**text** [tɛkst] 名 ❶(注釋、插圖以外的)正文，本文.
This history book has 100 pages of text and 20 pages of maps and pictures. 這本歷史書有一百頁的正文和二十頁的地圖和圖片.
❷(與翻譯相對之)原文，原版.
❸教科書(textbook).

**text·book** [ˋtɛkstˏbʊk] 名 教科書.
my English〔Chinese〕textbook 我的英語〔國文〕教科書

**tex·tile** [ˋtɛkstaɪl] 名(常用 **textiles**)紡織品，料子，布(料). ➡比 cloth 正式的說法.
—形 紡織品的.
My father works in the textile industry. 父親從事紡織業的工作.

**Thai** [taɪ] 名 形 泰國人(的)；泰語(的)；泰國的. ➡「泰國」爲 Thailand.

**Thai·land** [ˋtaɪlənd] 專有名詞 泰國.
➡亞洲東南部的王國；首都曼谷(Bangkok)；通用語爲泰語(Thai).

**Thames** [tɛmz] 專有名詞 (**the Thames**)泰晤士河. ➡流經英國南部，貫穿倫敦，最後注入北海.

| **than** [ð æn] | ▶比～<br>⊙兩物比較時，表示其中比較一方的基準 |
|---|---|

連 比～.
基本 I am tall**er** than my father (is). 我比我父親個子高. ➡形容詞的比較級＋than.
基本 Carl runs faster than I (do). 卡爾跑得比我快. ➡副詞的比較級＋than.
You are **more** beautiful than my wife. 妳比我太太更美麗.
I like coffee **better** than tea. 比起紅茶來我較喜歡咖啡.
My girlfriend is a little bigger than I〔《口》me〕. 我的女友(年紀)

比我大一點. ➜《口》than 視爲介系詞, 常接像 me 那樣的代名詞受格; 但請注意在下列情形時意思會不同.
I love you more than he (loves you). 我比他更愛你.
I love you more than (I love) him. 我愛你勝過愛他.
It is **less** hot in September than in August. 九月沒有八月熱.
There are **more than** twenty people in the room. 這房間裡有二十多人.
I have no **other** friend **than** you. 我除了你以外沒有別的朋友.

**thank** [θæŋk]
▶感謝
⊙常用Thank you (for ～). 的句型, 表示「謝謝你(～)」之意

動 感謝, 謝謝.
基本 **Thank you.** 謝謝你. ➜主詞 I, We 通常省略, 但在演說及其他正式場合時也說 I thank you.
會話 How are you? —Very well, thank you. And you? —Very well, thank you. 你好嗎? —很好, 謝謝. 你呢? —我也很好, 謝謝.
會話 I'll help you. —Oh, thank you **very** (**so**) **much**. —You're welcome (《英》Not at all). 我來幫你. —啊, 非常謝謝你. —不客氣.
會話 Would you like a cookie? —Thank you (**No, thank you**). 你要不要餅乾? —謝謝你(不, 謝謝).
會話 Thank you very much, Mr. Smith. —Thank yóu. 太謝謝你了, 史密斯先生. —也謝謝你.
會話 Would you like to stop at a coffee shop? —No, I'm in a hurry, **but thank you all the same** (Thank you, but I'm in a hurry). 去不去咖啡店? —不, 我正有急事, 但還是謝謝你(謝謝, 但我有急事).
基本 Thank you very much **for** your nice present. 謝謝你送的好禮. ➜thank *O* for *O'*「向 O 感謝 O'」.
Susie **thanks** you very much for sending her such a pretty doll. 蘇西很感謝你送她一個這麼漂亮的洋娃娃. ➜thanks [θæŋks] 爲第三人稱單數現在式.
◆ **thanked** [θæŋkt] 過去式、過去分詞.
People thanked God for their harvest. 人們感謝上帝賜給人們的豐收.
◆ **thanking** [ˋθæŋkɪŋ] 現在分詞、動名詞.

idiom
***Thánk Gód!*** 感謝上帝! 謝天謝地!
Thank God, my father is safe. 感謝上帝, 我父親安然無恙.

— 名 (複 **thanks** [θæŋks]) (**thanks**) 感謝.
會話 Have another cake. —**Thanks** (**No, thanks**). 再來一塊蛋糕. —謝謝(不, 謝謝).
Thanks **very much**.＝Thanks **a lot**.＝**Many** thanks. 太感謝了.
Thanks **for** your letter. 謝謝你的來信.
They **gave** thanks **to** God for their harvest. 他們感謝上帝賜給人們的豐收.

idiom
***thánks to*** ～ 因爲～, 由於～, 幸虧～.
Thanks to the doctor, I'm well again. 由於醫生的治療, 我身體又好了.

**thank·ful** [ˋθæŋkfəl] 形 感謝的, 感激的, 欣慰的.
He was thankful **to** Mary **for** her kindness. 他感謝瑪麗的好意.

**Thanks·giv·ing (Day)** [͵θæŋksˋgɪvɪŋ(͵de)] 名 感恩節.

T

參考 在美國，十一月的第四個星期四爲感恩節，在加拿大則是十月的第二個星期一．這是爲過去的一年，對上帝的恩惠表示感謝的節日，學校放假到下一個星期一．全家人團聚到父母親身邊，吃火雞和南瓜派等以示慶祝；乘五月花號船來到美國的清敎徒在一六二一年十月爲第一次的豐收擧行慶祝活動以感謝上帝，這便是感恩節的由來．

**thank-you** [ˋθæŋkju] 形 感謝的．→只用於名詞前．

a thank-you letter 謝函

— 名 感謝的話〔禮物，行爲〕．

Did you say thank-you to your aunt for the present? 姑媽給你禮物你說謝謝了嗎?

**that** [ðæt]

▶那
▶那個
⊙指在較遠處的人、物、動物，或不久前所見所聞的人、事、物，或對方所說的事情等

代 (複 **those** [ðoz]) ❶那．

基本 **That is** the morning star. 那是晨星．→ That 是句子的主詞．

Look! That is 〔**That's**〕 a mushroom. 瞧! 那是蘑菇．

**This** is my umbrella and **that** is yours. 這是我的雨傘，那是你的．

相關語 指較近的事物用 this.

會話 What is **that**? Is that a bird or a plane? —**It**'s Superman. 那是甚麼? 是鳥還是飛機? —那是超人．

相關語 不特指「那是甚麼東西」，只是指前文提過的話題時，用 it.

會話 Let's play cards. —Yes. **That'll** (=That will) be fun! 我們來打撲克牌吧! —好吧，那一定會很有趣．

會話 I'm sorry. I broke your glass. —**That's all right.** 對不起，我打破了你的玻璃杯．—沒關係．

**That's all** for today. 今天就到此結束．→不用 ˣ*This* is ～．

**That's it.** 這就是；對啦．

❷那個，那．→不用來指人．

基本 Give me that. 給我那個．→ Give ⟨V⟩+me ⟨O′⟩+that ⟨O⟩, that 爲 Give 的(直接)受詞．

I'm sorry. I don't understand. Please say that again. 對不起，我聽不懂，請再說一遍．

He died last year? I didn't know that. 他去年死了? 我不知道那件事．

We played baseball and **after** that we went home. 我們打棒球然後回家．→介系詞+that.

❸(**that of** ～) ～的那個．→用來代替前面出現過的「the+名詞」．

The story is like that (=the story) of Robinson Crusoe. 這個故事很像魯賓遜的故事．

The population of Tokyo is larger than that of New York. 東京的人口比紐約多．

❹(N+**that**+(S′+)V′) S′+V′的N. →**關係代名詞用法**，修飾前面的 N (名詞)．

This is the boy **that** loves Mary. 這就是愛著瑪麗的男孩．→爲了將 This is the boy. He loves Mary. 兩句合併爲一，於是用 that 代替 He；因爲 that 不僅可使兩句產生**關係**，同時還具有 He (the boy 的**代名詞**)的功能，所以 that 稱爲**關係代名詞**；因爲 that 指的就是 He，所以相當於 loves 的主詞；此時 the boy 稱爲關係代名詞的**先行詞**；關係代名詞 that 在先行詞是「人」、「動物」、「物」時均可使用；→ who ❸, which ❸

This is the dog **that** bit me. 這就是咬我的那隻狗．

This is the boy (**that**) Mary loves. 這就是瑪麗所愛的男孩．→將 This is the boy. Mary loves him. 兩句合併後的句子；把 him 改成 that，接在 the boy 之後，便成爲上列的句子；因爲 that 指的就是

him, 所以 that 是 loves 的受詞; 當作受格的關係代名詞可以省略.
This is the letter (**that**) she gave me. 這就是她交給我的那封信.
This is the cat that ate the mice that lived in the house that Jack built. 這就是那隻吃掉住在傑克造的房子裡的老鼠的貓. ➡這種句子並不自然, 一般宜避免.
This is **the best** movie (that) I have ever seen. 這是我迄今所看過最好的電影. ➡形容詞的**最高級**或 **first, only, all, every** 等字修飾先行詞時, 無論先行詞是人、物, 都慣用 that.
This is **all** (that) I can do for you. 這是我能爲你做的全部事情.

idiom

***and thát*** 而且.
He can speak English, and that very well. 他會說英語, 而且說得很好.
***thàt is*** (***to sáy***) 即, 也就是說.
He died the next year, that is, in 1990. 他是第二年, 即一九九〇年死的.

—形 **那個的.**
**基本** that star 那顆星星 ➡ that＋單數名詞; that 比 the 更爲明確.
**that** cat and **those** kittens 那隻貓和那些小貓 ➡複數名詞前 that 變爲 those.
that day〔night, year〕 那天〔那夜, 那年〕 ➡不加介系詞 on 也可表示「在那天」等的意思.
**that** bag **of yours** 你的那隻手提包 ➡不用 ×*your that* bag, ×*that your* bag.
That boy over there is Ken. 在那裡的男孩是肯.
Look at that falling star! 瞧那顆流星!

—[ðət] 連 ❶(**that**＋S′＋V′)**表示某動作的內容爲 S′＋V′.**
**Say** (that) you love me. 說你愛我. ➡ that 後接部份的作用相當於名詞, 作及物動詞 say 的受詞; 口語中常省略 that.
I **think** (that) she will come soon. 我想她馬上會來.
I **know** (that) he lives in New York. 我知道他住在紐約.
I knew (that) he lived in New York. 我早就知道他住在紐約. ➡配合主要子句的動詞(knew)爲過去式, that 以後的動詞也要變成過去式(lived); 不譯作×「我過去知道他住在紐約」.
**It is** true **that** he did it. 那的確是他幹的. ➡ It＝that ～.
❷(be＋形容詞＋**that**＋S′＋V′)**因爲, 由於.**
I **am glad** (that) you came. 我很高興你來了.
I **am sorry** (that) you can't come. 你不能來我覺得好可惜.
❸(N＋**that**＋S′＋V′) **(S′＋V′)的(N).** ➡ that 以後的部分用來敍述 N 的內容, that 之後的詞句與 N 同格.
the fact that the earth is round 地球是圓的這一事實
There is a rumor that our teacher is leaving. 傳聞說我們老師要辭職.
❹(**so**〔**such**〕～ **that**＋S′＋V′)**如此～以致於.**
She is **so** kind **that** everybody likes her. ＝ She is **such** a kind girl **that** everybody likes her. 她非常善良, 所以人人都喜歡她. ➡ so＋形容詞〔副詞〕, such＋(形容詞＋)名詞.
He is so busy that he can't come to the party. 他如此之忙, 以致於不能出席晚會. (He is **too** busy **to** come to the party.)
It rained so hard that the game was put off. 雨下得那麼大, 所以比賽延期了.
❺(**so that** A **will**〔**can, may**〕*do*) **爲了 A 可以～.** → so idiom
❻(**so that** (＋S′＋V′)) **以致於(S′＋**

V′), 因此. ➡通常so之前加逗號(,).
He got up very late, so that he missed the train. 他很晚才起床, 以致於〔因此〕沒有搭上火車.
—副《口》那樣地(so), 那麼地.
The test wasn't that hard. 考試並沒有那麼難.

**thatch** [θætʃ] 名 茅草屋頂; 用來鋪設屋頂的茅草.
—動 以茅草鋪〔蓋〕(屋頂等).
a thatched roof 茅草屋頂

**that'll** [ˋðætl̩] that will 的縮寫. → that 代 ❶

**that's** [ðæts] that is 的縮寫. → that 代 ❶

| **the**<br>[ðə]+子音<br>[ðɪ]+母音 | ▶這個, 那個<br>⊙在說話中指特定的人、事、物; 程度較 that 爲輕 |
|---|---|

冠 ❶這個, 那個.
**基本** the dog 這隻狗 ➡ the+單數名詞; 聽話者〔讀者〕已經知道是哪條狗, 或說話者欲向對方暗示是哪條狗時的用語; 也可用 **that** dog 來強調是「那條狗」.
**基本** the cats 那幾隻貓 ➡ the+複數名詞; 表示特定某些貓的全部; 不加 the 而僅用 cats 則表示「所有的貓, 貓這種動物」.
**基本** the old dog 這隻年老的狗 ➡ the+形容詞+名詞; 不用×*old the dog*; the 在母音前發 [ðɪ] 音.
I have **a** dog and three cats. **The** dog is white and **the** cats are black. 我養了一條狗和三隻貓, 狗是白的, 貓是黑的. ➡從世界上所有的狗中選出某一隻, 第一次向對方提及時用 a dog, 對方已知是哪條狗後用 the dog.
Please shut the door. 請關上門.
The school is over there. 學校在那裡.
❷名詞由前後說明詞句限定時, the 多不譯出.
the cat **on the roof** 屋頂上的貓
**the tallest** boy in our class 我們班上個子最高的男孩
**the most** beautiful flower in this garden 這院子裡最美的花
**the first** train 頭班火車
The principal **of our school** is Mr. White. 我們學校校長是懷特先生.
The January **of 1998** was very cold. 一九九八年一月非常冷. ➡星期、假日、月份前通常不加×*a*, ×*the*, 但特定的星期、月份前也可加 the.
❸(**the**+單數名詞)表示全體. ➡動植物、機械、樂器等, 代表同種類的全部.
The horse is a beautiful animal. 馬是一種漂亮的動物. ➡較形式化的說法, 通常口語中用 Horses are beautiful animals. 或 A horse is a beautiful animal.; → a ❷
I can play the piano. 我會彈鋼琴. ➡「彈樂器」的樂器名稱前要加 the.
I like to listen to the radio. 我喜歡聽收音機. ➡「看電視」用 watch television, 不加×*the*.
❹ **the**+**唯一存在的事物, 自然現象, 方位等.**
the sun 〔moon〕 太陽〔月亮〕
the sky 〔sea〕 天空〔海洋〕
the earth 〔world〕 地球〔世界〕
the east 〔west〕 東〔西〕
the left 〔right〕 左〔右〕
in the morning 〔afternoon, evening〕 早晨〔下午, 晚上〕
The sun rises in the east and sets in the west. 太陽東升西落.
❺ **the**+**專有名詞.** ➡人名、地名等專有名詞前通常不加×*the*, 但下列用法要加 the.
the Mississippi 密西西比河 ➡ the+河流名; 不加 the 就成了「密西西比州」的意思.
the Pacific (Ocean) 太平洋 ➡ the+海洋名.
the West (相對於東方的)西方;

(美國的)西部地區 ➜the+地域名.
the Alps 阿爾卑斯山 ➜the+山脈或群島等複數形的專有名詞.
the Sahara 撒哈拉沙漠 ➜the+沙漠名.
the White House 白宮 ➜the+公共建築，特別是政府機關、美術館、博物館、圖書館、電影院、旅館、動物園等名稱.
the United States of America 美利堅合眾國 ➜專有名詞的國名，如用 America 則不加×*the*.
the University of Oxford 牛津大學 ➜**A of** B 形成的專有名詞前需加 the；Oxford University 時不加×*the*.
the Queen Elizabeth 伊莉莎白女王號 ➜the+船名；不加 the 則成了「伊莉莎白女王」的意思.
the New York Times《紐約時報》➜the+報名.
the Chinese (全體)中國人 ➜「一個〔兩個〕中國人」用 a〔two〕Chinese 表示.
the Americans (全體)美國人 ➜the+複數形的國民名；「一個〔兩個〕美國人」用 an American〔two Americans〕表示.
the Browns 布朗一家 ➜the+複數形的家族名；「一個布朗家的人」用 a Brown 表示.
the Beatles 披頭四樂團
❻介系詞+**the**+表示身體部位的名詞.
She hit me **on the** head. 她打我的頭. ➜將重點放在被打者身上；She hit my head. 則將重點放在被打的部位上.
❼(**the**+形容詞)～的人們. ➜表示複數，「全體～的人」，作複數；能用於這類形式的形容詞大體固定，並非所有形容詞加上 the 即成「～的人們」的意思，如「幸福的人們」就不能用×*the happy* 表示，而應說成 happy people.
the poor (=poor people) 窮人 ➜「一個窮人」用 a〔the〕poor person.
the rich (=rich people) 富人
❽(**by the**+表示數量單位的詞語)按～單位.
hire a car by the hour 按小時付租金借車
In this job, I am paid by the day. 做這個工作我按日拿工資.
—副❶(**the**+比較級，**the**+比較級)愈～愈～.
**The more** she eats, **the fatter** she gets. 她愈吃愈胖.
會話 When do you want this work done? —**The sooner, the better.** 你希望這項工作何時完成？—愈快愈好.
❷((**all**) **the**+比較級)更加.
His speech was **the better for** being short. 他的演講簡單扼要，因此更顯得精彩.

**the·a·ter,** 《英》**the·a·tre** [ˋθɪətɚ]
名 ❶劇場；《美》電影院.
a movie theater 《美》電影院 ➜《英》用 a cinema.
go to **the** theater (to see ～) 去劇場(看電影、歌劇等)
We saw a play **at** the new theater. 我們在新劇場看戲.
❷(**the theater**)戲劇，話劇.
I am interested in the theater. 我對戲劇有興趣.

**their** [ðɛr]
▶他們的
▶她們的
▶它們的，牠們的

代 他們的，她們的；它們的，牠們的.
相關語 they(他們)，them(他們).
their car 他們的車 ➜不用×*a*〔*the*〕their car.
their cars 他們的車 ➜後面即使是複數，their 的形式仍舊不變.
their book 他們的書；他們寫的書 ➜除表示「所有」外，也可表示「作者」.

that car of their father's 他們父親的那輛車 ➡不用×*that their father's* car, ×*their father's that* car.

We have two dogs. Their names are Blackie and Fido. 我們養了兩隻狗，牠們名叫 Blackie 和 Fido.

**theirs** [ðɛrz] 代 ❶**他們的東西，她們的東西；它們的東西，牠們的東西.** ➡既表示單數，也可作爲複數；相關語 his (他的東西)，hers(她的東西).

This dog is theirs. (=This is their dog.) 這條狗是他們的.

Our school is older than theirs. 我們的學校比他們的(學校)歷史悠久.

Your hands are big, but theirs (=their hands) are small. 你的手大，但他們的小.

❷(~ **of theirs**) 他們的~.

a friend **of theirs** (=one of their friends) 他們的(一位)朋友 ➡不用×*a their* friend.

Look at that house of theirs! 瞧他們的家! ➡不用×*that their* house, ×*their that* house.

T

**them** [ðɛm] ▶他們，她們，它們

代(動詞+**them**)；(介系詞+**them**) **他們，她們，它們.**

相關語 they (他們)，their (他們的).

Ken and John love their mother. She loves them (=Ken and John), too. 肯和約翰愛他們的母親，她也愛他們.

I gave them two apples.=I gave two apples **to** them. 我給他們兩個蘋果. ➡第一句的 them 爲動詞(gave)的間接受詞；後面的 them 爲介系詞(to)的受詞.

**theme** [θim] 名 ❶(藝術作品、研究、討論等的)主題(subject)，中心〔基本〕思想.

The theme **of** this book is love. 這本書的主題是愛.

**théme sòng** 〔**tùne, mùsic**〕 (電影、音樂劇、廣播、電視等的)主題音樂，主題曲.

❷《美》(學校規定的)作文.

We must write one theme a week in school. 我們在學校每星期得寫一篇作文.

**them·selves** [ðəm`sɛlvz] 代 ➡ himself (他自己)，herself (她自己)，itself (它自己)的複數.

❶**他們自己，她們自己；它們本身.**

Bob and Becky hid themselves in the cave. 鮑勃和貝姬藏在洞穴裡.

諺語 Heaven helps those who help themselves. 天助自助者.

**They** dressed quickly and looked at **themselves** in the mirror. 他們急忙地穿好衣服，然後照了照鏡子. ◁相關語

The children kept all the ice cream for themselves. 孩子們把冰淇淋全部留給自己享用.

❷**他們〔她們〕自己.**

In the camp the children made a meal themselves. 在野營地，孩子們自己做了頓飯. ➡與 the children themselves made ~ 同義，但較生硬.

❸平時的他們〔她們〕，原來的他們〔她們〕.

The players on the losing team were not themselves today. 輸隊的選手今天表現失常.

idiom

***by themsélves*** 無他人援助地，孤獨地，無伴地(alone)；獨力地.

The family live in a large castle **all** by themselves. 這戶人家獨居在巨大的城堡裡.

***for themsélves*** 自力，靠自己，獨力地；爲自己. →❶

## then [ð ɛ n]

▶那時
▶從那以後，然後
▶那麼

副 名 ❶那時(at that time)，當時.
**by** then 到那時候
**from** then **on** 從那時候起
I first met Meg in 1985. I was nine then. 我在一九八五年初遇梅格，那時我九歲.
We lived in Keelung **then**, but **now** we live in Taipei. 那時我們住在基隆而現在住在臺北. ◁相關語
He went out of the room. **Just** then the telephone rang. 他剛走出房間，電話鈴就響了.
We will meet next week. **Until** then, good-bye. 我們下星期再碰面. 到時再見.
❷(**and then**)從那以後，然後，以後，接著. ➡分「緊隨其後」和「過了片刻以後」兩種情形.
The seesaw goes up and then it goes down. 蹺蹺板上去又下來.

I had a bath and then went to bed. 我洗了個澡然後上床睡覺.
Standing beside John is Paul, then Ringo, and then George. 站在約翰身邊的是保羅，接下來的是林格還有喬治. ➡ Paul是句子的主詞(S)，is是述語動詞(V)；在英語中有時候會將欲強調的語詞置於句首，這時候便常用V+S的形式.
❸《口》那麼，如此一來.
會話 It is not an animal, a plant, or a mineral. —What is it, then? 那既不是動物，也不是植物或礦物. —那麼是甚麼?
會話 I'm very busy today. —Well, then, come some other day. 我今天很忙. —嗯，那麼改天再來.

idiom
(*èvery*) *nów and thén* 有時，偶爾.
I don't jog every day, just now and then. 我不是每天都跑步，只是有時跑跑.

**the·o·ry** [ˋθɪərɪ] 名(複 **theories** [ˋθɪərɪz])學說；(相對於實際的)理論.

## there [ð ɛ r]

▶在那裡
▶(there is ～)有～

副 ❶那裡.
**基本** go there 去那裡 ➡動詞+there；不用ˣgo *to* there.
live there 住在那裡
**over there** 在那裡〔那邊〕，那裡〔那邊〕
Sit **there**, not **here**. 別坐在這裡，坐到那兒去. ◁相關語
會話 Where is Bob? —(He is) Up there, on the roof. 鮑勃在哪裡? —在上面，在屋頂上.

Put the books over there on the shelf. 把這些書放到那邊的書架上去.
**Are you there**, Paul? (對隔壁房間詢問)保羅，你在那兒嗎? (電話中)保羅，你還在聽嗎?
Our teacher read to page 50 and

T

there he stopped. 我們老師讀到五十頁就停下來了.

He will go to London first and **from** there to Paris. 他將先去倫敦, 然後從倫敦去巴黎.

I like Taipei; the people there are very kind. 我喜歡臺北, 那裡的人們很親切. ➡名詞+there 爲形容詞性用法.

❷ (**There is** 〔**are**〕 S) 有 S 存在. ➡ 表示話題中初次出現的 S 存在或不存在; There 處於主詞位置, 但不是主詞, S 才是主詞; 這裡的 There 不表示「那裡, 那兒」的含意.

**基本** **There is** a cat on the roof. 屋頂上有隻貓. ➡ S 是一隻〔一個〕時, 用 There is+單數的主詞+表示場所的詞語; 若要表示特定物體的「存在」時, 「那隻貓〔你的貓〕在～」, 用 The 〔Your〕 cat is on the roof. 的形式表示; 不用×There is *the* cat on the roof.

There is 〔《口》 **There's**〕 a man 〔someone〕 at the door. 門口有人.

There's a hole in the bucket. 水桶有一個洞.

There's a good camp there! 那裡有個很好的露營地! ➡句尾的 there 表示「在那裡」.

會話> **Is there** a coffee shop near here? —Yes, there is 〔No, **there isn't**〕. 這附近有咖啡店嗎? —是的, 有〔不, 沒有〕. ➡ There is *S*. 變爲疑問句時用 Is there *S*?; 否定句用 There is not *S*./There isn't *S*.

There is not a cloud in the sky. 天空中沒有一絲雲彩.

**基本** **There are** 〔《口》 **There're**〕 two books on the desk. 桌上有兩本書. ➡ S 爲兩個〔兩人〕以上時, 用 There are+複數的主詞+表示場所的語詞.

**There are not any** books on the desk. = **There are no** books on the desk. 桌上沒有書.

**Are there any** books on the desk? 桌上有書嗎?

會話> What is in the box? —There are **some** kittens. —**How many** kittens **are there**? —(There are) Three. 那個盒子裡有甚麼? —有一些小貓. —有幾隻小貓? —有三隻.

There was a big fire last night. 昨天晚上有一場大火.

There were ten candles on my birthday cake. 我的生日蛋糕上有十支蠟燭.

There will 〔《口》 **There'll**〕 **be** a concert by Madonna next month. 下個月有瑪丹娜的演唱會.

**There's** a big dog barking in front of the door. 門前有條大狗在叫. ➡ 與 A big dog is barking ～. 同義.

❸ (**there**+**be** 以外的動詞+S) S 做～. ➡ ❷ 的 There is 〔are〕 S. 的變形, is 〔are〕換成 live (居住), come (來) 等表示存在或到達之意的動詞.

Once upon a time **there lived** an old man and his old wife. 從前有個老爺爺和老奶奶.

The witch waved her hand and **there appeared** a frog. 巫婆手一揮, 一隻青蛙就出現了.

❹ (引起對方注意) 喂, 啊, 瞧, 你看.

There comes the bus. 瞧, 公車來了. ➡ There+〈V〉+名詞〈S〉.

會話> The bus is late. —There it comes. 公車誤點了. —啊, 來了. ➡ There+代名詞〈S〉+〈V〉.

There goes Ken on his new bicycle. 你看, 肯騎著他的新腳踏車走了.

**Hi** 〔**Hello**〕 **there!** How are you today? 嗨! 你今天好嗎? ➡用法類似於感歎詞, 代替對親朋好友的稱謂.

會話> Mother, I cut my finger. —**There, there**, I'll kiss it and make it better. 媽媽, 我的手指割破了. —噢喲喲, 我親一下讓它快一點好.

idiom

***hére and thére*** 到處，處處. → here idiom

***there is nó ~ing*** 《口》很難~.

There is no telling which side will win. 很難說哪一方會贏.

***Thére's a góod bóy*** 〔***gírl***〕. 乖孩子.

***Thére you àre!*** 好，給你！你要的東西在這裡！➡給對方想要的東西時的說法.

There you are! A nice cup of coffee. 好，請吧！一杯香濃的咖啡.

**there·fore** [ˋðɛr,fɔr] 副 因此，於是. ➡比(and) so 生硬的說法.

Mary had a bad cold, and therefore could not go to school. 瑪麗得了重感冒，因此沒能上學.

I think, therefore I am. 我思故我在. ➡法國哲學家笛卡兒的名言；連接詞的用法.

**there'll** [ðɛrl] there will 的縮寫. → there ❷

**there're** [ˋðɛrɚ] there are 的縮寫. → there ❷

**there's** [ðɛrz] there is; there has 的縮寫；→ there ❷

**ther·mom·e·ter** [θəˋmɑmətɚ] 名 體溫計；溫度計，寒暑表.

Mother took the baby's temperature **with** a thermometer. 母親用體溫計給嬰兒量了體溫.

The thermometer **shows** 〔**reads**, **stands at**〕 20°C (讀法：twenty degrees centigrade). = The temperature is 20°C **on** the thermometer. 溫度計顯示爲 20°C.

**ther·mos** [ˋθɜməs] 名 熱水瓶，保溫瓶. ➡亦作 **thermos bottle** 〔《英》**flask**〕原來都是商標名；一般稱作 **vacuum bottle** 〔《英》**flask**〕.

We took a thermos (bottle) **of** hot tea on our hike. 遠足時我們帶著裝有熱茶的熱水瓶.

## these [ðiz]

▶這些
▶這些的

代 ❶這些，這些人. ➡ these 是 this 的複數.

基本 **This is** my mother and **these are** my sisters. 這是我母親，這些是我的姊妹.

會話 What are these? —They are compact discs. 這些是甚麼？—這些是雷射唱片. ➡除要特別指示「這些」外，一般用 they.

**These** are hens; **those** are crows. 這些是母雞；那些是烏鴉. 相關語 表示較遠處的兩個或兩個以上的物體用 those.

❷(動詞+**these**)這些；(介系詞+**these**)這些.

Read these—they are very interesting. 讀一讀這些，很有意思.

He knows about these. 他知道這些. ➡介系詞(about)+these.

—形 ❶這些的.

基本 **this** dog and **these** puppies 這隻狗和這些小狗 ➡ these+複數名詞. ◁相關語

I like these shoes better than those. 比起那雙鞋來我較喜歡這雙. ➡ these shoes 指「一雙鞋」.

These friends of mine are very kind. 我的這些朋友很親切. ➡不用 ×*my these* friends, ×*these my* friends.

❷近來的，最近的.

It's cold **these days**. 近來天氣很冷.

→不用×*in* these days; 「當時」用 **in** those days.
My father is busy these days. 父親最近很忙.

idiom

***òne of thèse dáys*** 近期內.

**they** [ðe]
▶他們
▶她們
▶它們

代 ❶他們, 她們; 它們. → he(他), she(她), it(它)的複數形.

基本 Ken and Amy are friends. **He** is Chinese and **she** is American. **They** (=Ken and Amy) play together. 肯和艾美是朋友. 他是中國人, 她是美國人. 他們在一起玩耍. ◁相關語

會話 I put three books here; where are they (=three books)? —**They're** (=**They are**) on your desk. 我在這裡放了三本書; 它們到哪兒去了? 一它們在你的桌子上.

**Their** purses were stolen and **they** have no money with **them**. 他們的錢包被偷了, 他們身上沒錢. ◁相關語

❷(籠統地表示)人們, 世上的人們; (某地區、場所的)人們.

They sell wine at that store. 那家商店出售葡萄酒.

**They say** (**that**) Eric will marry. 人們傳說艾瑞克要結婚了.

They speak English in Canada. 在加拿大人們說英語.

會話 Do they have snow in Hawaii? —No, they have no snow there. 夏威夷下雪嗎? 一不, 那兒不下雪.

**they'd** [ðed] they had, they would 的縮寫; 只有在had是助動詞時 they had才能縮寫成they'd; 例如 They had a car. 不可用×*They'd* a car.

**they'll** [ðel] they will 的縮寫.

**they're** [ðer] they are 的縮寫.

**they've** [ðev] they have 的縮寫; 只有在 have 是助動詞時 they have 才能縮寫成 they've; 例如 They have a car. 不可用×*They've* a car.

**thick** [θɪk] 形 ❶厚的, (表示數量的詞+**thick**)厚度有~. 反義字 thin (薄的).

a thick dictionary 厚字典
a thick carpet 厚地毯
a thick sweater 厚毛衣
a thick slice of bread 厚厚的一片麵包

Is the ice thick enough for skating? 冰厚到能在上面滑冰了嗎?

This wood is 30 cm **long**, 20 cm **wide**, and 2 cm **thick**. 這塊木材長三十公分, 寬二十公分, 厚二公分. ◁相關語

會話 **How thick** is the dictionary? —It is two inches thick. 這字典有多厚? 一它有二英寸厚.

Snow lay thick on the ground. 地面的雪積得很厚.

This paper is too **thin**. I want some **thicker** paper. 這紙太薄, 我要更厚一點的. ◁反義字

thick thin

❷粗的.
a thick rope 粗繩索
a thick waist〔neck〕 粗腰〔脖子〕
→「身體肥胖的」用 fat.

❸叢生的, 密集的, (樹木、毛髮等)密生的; (液體等)濃稠的.
a thick forest 密林
thick hair 濃密的頭髮
a thick fog 濃霧
thick pea soup 濃豆子湯

T

—副 厚地.
Slice the cheese thick. 把乳酪切得厚一點.

**thick·en** [ˋθɪkən] 動 使加厚〔加粗、加濃〕; 變厚〔粗、濃〕.

**thief** [θif] 名 (複 **thieves** [θivz]) 小偷, 竊賊. 相關語 robber (強盜).
Stop, thief! 站住, 小偷!
Who's the thief? 誰是小偷?
A thief stole my bicycle from the yard. 小偷從院子裡偷走我的腳踏車.
Ali Baba and the forty thieves 阿里巴巴與四十大盜

**thigh** [θaɪ] 名 大腿.

**thin** [θɪn] 形 ❶**薄的.** 反義字 thick (厚的).
thin ice 薄冰
a thin slice of bread 薄薄的一片麵包
The ice on the pond is too thin for skating. 池子裡的冰還太薄, 不能滑冰.
◆ **thinner** [ˋθɪnɚ] 比較級.
◆ **thinnest** [ˋθɪnɪst] 最高級.
❷**細的,** 細長的; 瘦弱的. 反義字 thick (粗的), fat (胖的).
a thin needle 〔voice〕 細細的針〔柔細的聲音〕
She's not **slim**; she's **thin**. 她不是苗條; 是瘦弱. ◁**同義字** ➡通常slim是指健康而「苗條的」, thin 則是令人覺得病弱而「削瘦的」.

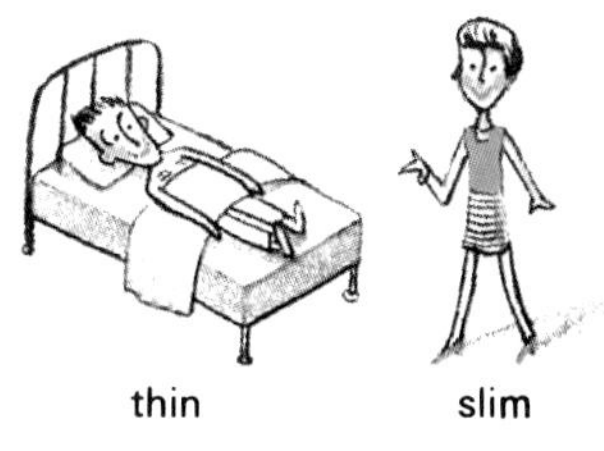


❸(液體等)稀薄的, (毛髮、聽眾等)稀少的.
thin soup (味道)淡的湯
a thin mist 薄霧
Father's hair is **get**ting very thin on top. 父親頭頂上的頭髮愈來愈稀疏.
—副 薄地.
Slice the ham thin. 把火腿切得薄一點.

**thing** [θɪŋ] 名 ❶**物; 事.**
an interesting thing 有趣的東西, 有趣的事情
living things 生物, 活的東西
that red thing on the desk 桌上那個紅色的東西
buy a lot of things at the supermarket 在超級市場買很多東西
There are books, pencils, crayons, and many other things on Ken's desk. 肯的桌子上有書、鉛筆、蠟筆和其他許多東西.
She has bad teeth, because she likes sweet things. 她有蛀牙, 因爲她喜歡甜食.
The teacher taught us many things in class, but I don't remember a thing. 老師上課時教給我們許多事情, 可是我一件也不記得了.
That's a very bad thing to do. 那是件很不該做的事.
❷(*one's* **things**) (～的)隨身所帶之物; (～ **things**) ～用品.
Take your things with you. Don't leave them in this classroom. 帶走你隨身所帶之物, 別把它們留在這間教室裡.
Don't forget to bring your tennis things with you. 別忘了把你的網球用具帶來.
❸(**things**) 事物; 樣子; 狀況.
**How are things (going)** at school? 學校情況如何?
He takes things too seriously. 他把事情看得過於認眞.
❹(表示憐惜和愛惜)人, 物.
A young kitten is a soft little thing. 小貓軟蓬蓬的非常可愛.

T

## think
[θɪŋk]

▶思考
▶想

動 ❶ 認爲，想.

基本 I think so. 我這樣認爲. ➡ think＋副詞.

I don't think so. 我不這樣認爲，我認爲不是這樣.

基本 I think (**that**) Ken is nice. = Ken is nice, I think. 我認爲肯很棒. ➡ think＋that 子句；that 常被省略.

He **thinks** he is right. 他認爲自己(所說的)是對的. ➡ thinks [θɪŋks] 爲第三人稱單數現在式.

I don't think Ken will come today. 我認爲肯今天不會來. ➡英語裡「認爲不會做～」通常用「不認爲會做～」形式來表示.

會話 Do you think this is a monster? —No, I don't think so. —Then, **what** do you think this is? —I think it's a kind of shark. 你認爲這是個怪物嗎? —不，我不這樣認爲. —那麼，你認爲這是甚麼? —我認爲這是一種鯊魚. ➡像「你認爲這是甚麼?」這一類不能用 Yes, No 回答的疑問句，do you think 會接在疑問詞(what 等)的後面；這時候要注意 S (this)＋V (is)的位置.

**Where** do you think she lives? 你想她住在哪兒?

◆ **thought** [θɔt] 過去式、過去分詞. → thought.

"Ken is nice," she thought. 「肯眞棒」，她想.

She thought (that) Ken was nice. 她認爲肯眞棒. ➡因爲主要子句的動詞(thought)是過去式，所以從屬子句的動詞也跟著用過去式 was；不可譯作「認爲肯以前很棒」.

He thought and thought, and at last he made up his mind to do it. 他想了又想，最後決定去做. ➡～ and ～ 表示「反覆或強調」.

◆ **thinking** [ˋθɪŋkɪŋ] 現在分詞、動名詞. ➡進行式主要用於❷的意思.

I **was** thinking that the plan would go well. 我認爲那項計畫會進行得很順利. ➡強調 think 的形式，爲過去進行式的句子.

❷ (用腦反覆)思索，思考.

think carefully 〔hard〕 仔細思考〔拚命思考〕

think **about** the question 考慮這個問題

I think, therefore I am. 我思故我在. → therefore.

May Jimmy come to our party? —I'll think **about** it. 吉米也可以出席我們的晚會嗎? —我會考慮看看. ➡表示委婉地拒絕.

Ann is thinking about Ken all the time. 安一直在想著肯. ➡現在進行式.

He did it without thinking. 他甚麼也不考慮便做了那件事. ➡介系詞＋動名詞 thinking(考慮).

idiom

***thínk abòut ～*** 考慮～，想～. →❷

***thínk of ～*** ①想～，考慮～(think about).

I thought of you all day. 我整天想你.

**What do you think of** Madonna's new album? 你認爲瑪丹娜的新唱片怎麼樣? ➡不用 ×*How* do you think of ～.

We **are thinking of** going on a picnic. 我們正考慮去野餐.

②想起～，想出～.

think of a good plan 想到一個好計畫

I remember his face, but I cannot think of his name. 我記得他的臉，但想不起他的名字.

③(***not*** 〔***never***〕 ***think of ～ing***) 做夢也沒想到會～.

I never thought of seeing you again. 我做夢也沒想到會再見到你.

***thínk ∼ of A*** 認爲A～，對A的評價是～.
think **well**〔**highly**〕of him 對他評價很高
think **ill**〔**badly**〕of him 對他評價很差
think **little** of his work 對他的作品評價很低，輕視他的作品
My father thinks nothing of walk**ing** one hour to work. 父親對於每天步行一小時上班不以爲意〔認爲不算甚麼〕.
***thínk óver ∼*** 反覆考慮～，好好考慮～.
I must think it over. 我必須好好考慮一下.
***thínk to oneself*** 在心中悄悄想.
"He's not telling the truth," I thought to myself. 「他沒有說眞話」，我在心中暗想.

| **third** [θɜd] | ▶第三(的)<br>▶第三天，三號 |
|---|---|

形 ❶第三的，第三位的.
基本 The **Third** Lesson 第三課(＝Lesson **Three**) ◁相關語 ➜third＋名詞.
the third floor 《美》三樓，《英》四樓
**third** base (棒球的)三壘 ➜「三壘打」稱作 a three-base hit.
Today is my sister's third birthday. 今天是我妹妹的三歲生日.
I am in (the) third grade. 我是三年級學生.
Bob is the third boy from the left. 鮑勃是從左邊算起第三個男孩子.
基本 I am **third** in the class this term. Ken is **first** and John (is) **second**. 我本學期是班上第三名. 肯第一名，約翰第二名. ◁相關語 ➜be動詞＋third 〈C〉.
❷三分之一的.
a third part 三分之一(的部分)
— 名 (複 **thirds** [θɜdz]) ❶ (**the third**) 第三位的人〔物〕；(一個月的)第三天，三號. ➜略作 **3rd**.
the third of May 五月三日 ➜書寫書信的日期時，《美》常用 May 3 (讀法：May (the) third〔three〕)，《英》常用 3(rd) May (讀法：the third of May, May the third).
He came **on** the third. 他本月三號來過了.
Richard III 理查三世 ➜讀作 Richard the Third.
❷三分之一.
a〔one〕third of the money 錢的三分之一
two thirds 三分之二
Divide the cake into thirds〔three parts〕and take one third each. 把蛋糕分作三份，各自拿三分之一.
— 副 第三位.
Bob came in third in the race. 鮑勃賽跑得第三.
Chicago is the third largest city in the United States. 芝加哥是美國第三大城市.

**third·ly** [ˋθɜdlɪ] 副 第三，第三位.

**thirst** [θɜst] 名 口渴.
I **have** a great thirst. Give me a glass of water. 我口很渴，給我一杯水.

**thirst·y** [ˋθɜstɪ] 形 ❶口渴的.
I **am**〔**feel**〕very thirsty. Give me something to drink. 我口很渴，給我一點兒喝的吧！
◆ **thirstier** [ˋθɜstɪɚ] 比較級.
◆ **thirstiest** [ˋθɜstɪɪst] 最高級.
❷使口渴的.
Digging is thirsty work. 挖洞是一種使人口渴的工作.

| **thir·teen** [θɜˋtin] | ▶十三(的)<br>▶十三歲(的) |
|---|---|

形 名 十三(的)，十三人〔個〕(的)；十三歲(的)；十三分〔美元，鎊等〕. ➜

T

用法請參見 three.
thirteen boys 十三個男孩子
He is thirteen (years old). 他十三歲.
Some people think thirteen is an unlucky number. 有人認爲十三是個不吉利的數字.

**thir·teenth** [ˋθɜˋtinθ] 形 名 第十三的(人、物), 十三位(的); (一個月的)十三號. ➡略作 **13th**; 用法請參見 third.
the 13th of May 五月十三日
Friday the 13th is said to be very unlucky. 據說十三號星期五是非常不吉利的日子.
It's Ken's thirteenth birthday on Sunday. 星期天是肯的十三歲生日.

**thir·ti·eth** [ˋθɜtɪɪθ] 形 名 第三十的(人、物), 三十位(的); (一個月的)三十號. ➡略作 **30th**; 用法請參見 third.
the 30th of May 五月三十號
It was his thirtieth birthday last week. 上週是他的三十歲生日.

| **thir·ty** [ˋθɜ tɪ] | ▶三十(的)<br>▶三十歲(的) |
|---|---|

形 三十的, 三十人〔個〕的; 三十歲的. ➡用法請參見 three.
In thirty minutes we'll be there. 我們三十分鐘後到那裡.
My brother is thirty (years old). 我的哥哥三十歲.
—名(複 **thirties** [ˋθɜtɪz]) ❶ 三十, 三十人〔個〕; 三十歲; 三十分〔美元, 鎊等〕.
It's two thirty. 現在是兩點三十分.
**thirty-one, thirty-two,** ～ 三十一, 三十二, ～.
❷(**thirties**)(年齡的)三十幾歲; (世紀的)三〇年代.
He is in his late thirties. 他快四十歲.
in the 1930s〔1930's〕=in the nineteen thirties 十九世紀三〇年代

| **this** [ð ɪs] | ▶這<br>▶這個 |
|---|---|

代(複 **these** [ðiz]) ❶這, 這個.
基本 **This is** my coat and **that** is yours. 這是我的外衣, 那是你的.
➡ This 爲句子的主詞; 相關語 指與自己有一段距離的人或物時用 that.

會話 What is this? —It's a CD player. 這是甚麼? —這是 CD 唱盤.
➡回答時, 不特別表示「這是」, 僅單純接前文的場合用 it.
Mother, this is Mary. Mary, this is my mother. 媽媽, 這是瑪麗. 瑪麗, 這是我母親. ➡介紹他人時的說法; 不用 ×*she*〔*he*〕is ～.
會話 Who is this 〔《英》 that〕, please? —Hello. This is Ken (speaking). Is this 〔《英》 that〕 Paul? (電話中)請問您是誰? —喂, 我是肯, 你是保羅嗎?
❷(動詞+**this**)這, (介系詞+**this**)這.
Read this—you'll like it. 讀一讀這個, 你會喜歡的. ➡ this 是 read 的受詞.
Now hear this! 喂, 聽好了!
**At** this, he left the room. 一說完〔聽完〕他離開了房間. ➡ this 是介系詞(at)的受詞.
❸現在, 這時, 今天; 這裡, 這個地方.
This is my sixteenth birthday. 今

天是我十六歲的生日.
This is a nice place. 這是個好地方.
This is my first visit to London. 這是我第一次來倫敦.
—形 ❶這個的, 這邊的.
**基本** this dog 這隻狗 ➡ this+單數名詞; 不用 ×*a* 〔*the*〕 this dog.
**this** dog and **these** puppies 這隻狗和這些小狗 ➡在複數名詞前 this 變化爲 these.
This boy is Bob's brother. 這男孩是鮑勃的兄弟.
**This** coat is mine and **that** (one) is yours. 這件外衣是我的, 那件是你的.
Come 〔Do〕 **this way**. 往這邊走〔照這樣做〕.
This bag of mine is too small. 我的這只手提包太小了. ➡不用 ×*my this* bag, ×*this my* bag.
❷現在的, 今日的, 這個.
this morning 今天早晨 ➡即使不加 in 等介系詞, 也有「在今天早晨」的意思.
this week 〔month, year〕 本週〔本月, 今年〕
this Friday 本週五
this time 這次, 現在這個時間
I'm going to Hawaii this summer. 今年夏天我要去夏威夷.

**this·tle** [ˋθɪsḷ] 名 薊, 薊花.
The purple thistle is the national flower of Scotland. 紫色的薊花是蘇格蘭的國花. ➡據說古時候丹麥人企圖夜襲蘇格蘭的城堡, 赤腳的丹麥偵察兵踩到了帶刺的薊花, 因而叫了起來, 蘇格蘭也因此得救了.

**thorn** [θɔrn] 名 ❶(植物的)刺, 針.
諺語 Roses have thorns.=(There is) No rose without a thorn. 玫瑰皆有刺〔快樂之中也會有痛苦〕.
❷荊棘, 有刺的樹; 山楂(hawthorn).

**thor·ough** [ˋθɜo] ➡ gh 不發音. 形 ❶(工作態度等)徹底的, 完全的; (人)非常嚴謹的. ❷完完全全的.

**thor·ough·ly** [ˋθɜolɪ] 副 徹底地, 完完全全地.

**those** [ðoz] ▶那些 ▶那些的

代 ❶那些, 那些人. ➡ those 是 that 的複數.
**基本** **That is** the morning star, but **those are** UFOs. 那是晨星, 可是那些是飛碟. ➡those是句子的主詞.
會話 What are those? —They are UFOs! 那些是甚麼? —(那些是)飛碟! ➡不特別表示「那些是～」時就用 they 代替.
Those were my happiest days. 那是我最幸福的日子.
❷(動詞+**those**)那些, (介系詞+**those**)那些.
I like **those** better than **these**. 比起這些我更喜歡那些. ◁相關語 ➡ those 是 like 的受詞.
He knows about those. 他知道那些. ➡those是介系詞(about)的受詞.
❸(**those of** ～)那些～. →that 代 ❸
Her eyes are like those (=the eyes) of a cat. 她的眼睛就像貓眼.
❹(**those who** ～)(～的)人們(people).
those (who are 〔were〕) present 那些出席〔在場〕的人們 ➡ present 爲形容詞.
諺語 Heaven helps those who help themselves. 天助自助者. → themselves ❶
—形 那些的.
**基本** those stars 那些星星 ➡ those+複數名詞.
those shoes of yours 你的那雙鞋 ➡不用 ×*your those* shoes, ×*those your* shoes; those shoes 指的是「一雙鞋子」.
**Those** birds over there are crows and **these** birds here are hens. 那

T

裡的那些鳥是烏鴉，這裡的這些是母雞. ◁相關語
**In those days** there was no television. 那時沒有電視機.

**though** [ðo] ➡gh不發音. 連❶雖然 (although). ➡《口》中though比although 更常用.
I'm happy, though I'm poor. = Though I'm poor, I'm happy. 我雖然沒錢但很幸福. ➡ I'm poor, **but** I'm happy. 大致同義.
I did poorly on the test, though I studied very hard. 我雖然用功讀書，但考試沒考好.
Though (it is) cold, it's a nice day for playing tennis. 今天雖然冷，卻是打網球的好日子.
❷儘管.
Helen is a pretty girl, though I don't like her. 海倫是個可愛的女孩，儘管我不喜歡她.
idiom
***as thòugh*** ～ 就像～一樣(as if).
He talks as though he knew everything. 他說起話來就像甚麼都懂一樣. ➡ as though ～用過去式.
***èven thóugh*** ～ ①雖然～，縱使～. ➡ even只是用來強調though的意思. ②即使～(even if ～).
—副《口》可是，但是.
Helen is a pretty girl. I don't like her, though. 海倫是個可愛的女孩，可是我不喜歡她.

**thought** [θɔt] ➡gh不發音. think 的過去式、過去分詞.
—名 ❶思考(thinking)，考慮.
**at the thought of** ～ 一想起～
Father can't hear now. He is deep **in** 〔in deep〕 thought. 父親現在甚麼也聽不見，他正陷入沈思中.
❷想法，主意(idea)，意見；思想.
A thought came into his head. 一個想法浮現在他的腦海中.
諺語 Second thoughts are best. 三思而後行.
❸體諒，關心.
He **shows** no thought **for** others. 他對他人不體諒.
idiom
***on sécond thóught*** 〔《英》 ***thóughts***〕 (考慮再三後)仍然；還是.
會話 Why don't you go to the movie with us? —No. I'd rather stay home. No, on second thought I'll go with you. 和我們一起去看電影吧? —不，我寧願待在家裡. 不，還是和你們一起去吧.

**thought·ful** [ˋθɔtfəl] 形 ❶深思的；思索的.
a thoughtful look 沈思的表情
❷體諒的，體貼的.
a kind and thoughtful man 善良體貼的男子
She is always thoughtful **to** 〔**of**〕 her parents. 她對父母總是很體貼.
**It is thoughtful of you to** remember my birthday. 你真體貼，還能記得我的生日.

**thought·less** [ˋθɔtlɪs] 形 ❶欠考慮的，粗心的，疏忽輕率的.
a thoughtless driver 粗心的駕駛員
❷自私的，不顧及別人的，不體貼的.
**It is thoughtless of you** 〔**You are thoughtless**〕 **to** forget my birthday. 你真是不體貼，把我的生日忘了.

| **thou·sand** [ˋθ au z ṇ d] | ▶一千，千<br>▶成千的 |
|---|---|

形 ❶一千的，成千的，一千人〔個〕的.
a 〔one〕 thousand students 一千名學生 ➡ a thousand＋複數名詞.
two thousand dollars 〔pounds〕 二千美元〔鎊〕 ➡不用×two thousands ～.
❷無數的，非常多的.
A thousand kisses. 給你無數個吻. ➡用於書信結尾處.

T

**The Thóusand and Óne Níghts** 《一千零一夜》. ➡阿拉伯民間故事集；也稱爲 the Arabian Nights.
—名 一千，千；一千人〔個〕；一千美元〔鎊等〕.
a 〔one〕 thousand 一千 ➡ one thousand 是表示正確無誤或強調時使用.
two thousand 二千 ➡不用×two thousand*s*；thousands 僅只用於下列片語的情況.
ten thousand (1,000×10) 一萬，10,000 ➡英語中沒有表示「萬」單位的詞語，而用這種方法表示.
a 〔one〕 hundred thousand (1,000×100) 十萬，100,000

idiom

***thóusands of*** ～ 數千的～，很多的～.
thousands of people 幾千人
That island is thousands of miles away. 那個島在幾千英里之外.

**thread** [θrɛd] 名 線，縫紉線.
**put** thread **through** a needle 以線穿針 ➡不用×*a* thread, ×thread*s*.
Here is some red thread to sew your dress (with). 這裏有一些紅線可以用來縫你的衣服〔用這紅線縫你的衣服〕.
—動 穿線(過針孔)；以線穿(珠等)；縫進.
thread beads **on** a string 用線穿小珠子
thread *one's* way through ～ 穿過～前進
Can you thread this needle for me, please? 你能幫我把線穿進針孔嗎?

**threat** [θrɛt] 名 ❶恐嚇，威脅；威脅～的物〔人〕.
**make** threats (**against** ～) 恐嚇，威脅
❷惡兆，壞兆頭，不祥之兆.
There is **a threat of** rain in the air. 恐怕要下雨了.

**threat·en** [ˋθrɛtn̩] 動 恐嚇，威脅；對～構成威脅. ➡名詞爲 threat.
threaten (him **with**) death 恐嚇說要殺了他
The robber threatened **to** kill me if I didn't give him money. 強盜威脅我如果不交出錢來就要殺了我.

**three** [θri]
▶三(的)
▶三點
▶三歲(的)

形 三的，三人〔個〕的；三歲的.
**基本** three sisters 三個姊妹 ➡ three+複數名詞.
Tricycles have three wheels. 三輪車有三個輪子. → tricycle.
**基本** Our baby is three (years old). 我們的小孩三歲. ➡在 three years old 中 old 爲補語〈C〉，three years 是 old 的修飾語；若省略 years old 則爲 be 動詞+three 〈C〉.
Let's give three cheers for the champion. 讓我們爲冠軍歡呼三次. ➡重複三次 Hip, hip, hooray 〔hurray〕!
—名 三，三人〔個〕；三歲；三點〔分，美元，鎊等〕.
Lesson **Three** 第三課
It's three minutes past three now. 現在是三點零三分. ➡第一個 three 爲形容詞.
Come to tea **at** three (o'clock). 三點來(我家)喝茶.
a child of three 三歲的孩子
The map is on page three. 地圖在第三頁.
Three and three is 〔are, make(s)〕 six. 三加三等於六.
There were three (**of** us) in the room. 這間房間有(我們)三個人.
It cost three 50. 這東西要三元五十分〔三鎊五十便士〕.

**threw** [θru] throw 的過去式.

**thrill** [θrɪl] 動(快樂、興奮、恐怖等)

T

使激動；震顫，使生震顫感；令人毛骨悚然.
The roller coaster always thrills me. 雲霄飛車總是令我興奮不已〔毛骨悚然〕.
The children were thrilled **by** the tightrope walker. 走鋼絲藝人(的表演)使孩子們極感興奮.
—名(快樂、興奮、恐怖等的)激動，震顫，刺激，顫慄.
The roller coaster always **gives** me a thrill. 雲霄飛車總令我興奮不已〔毛骨悚然〕.
The visit to the circus was a big thrill **for** the children. 對孩子們來說看馬戲是很興奮的事.

**throat** [θrot] 名 喉嚨. ➜指脖子(neck)的前面或是內部.
I **have** a cold and **a sore** throat. 我得了感冒和喉嚨痛.
A fishbone stuck **in** my throat. 魚骨頭哽在我的喉嚨裡.
He **clear**ed his throat and began to talk. 他清了清嗓子然後開始講話.

**throne** [θron] 名 ❶王座，御座. ➜國王、女王等在正式場合的座席.
❷(**the throne**)王位，王權.
**come to** the throne 登王位，即位

T

| **through** [θru] | ▶通過，穿過<br>▶貫穿，遍及<br>⊙ gh 不發音 |
|---|---|

介 ❶(由這一端到那一端)通過～，穿過～.
基本 **go** through a tunnel 穿過隧道 ➜動詞+through+名詞.
**put** thread through the eye of a needle 用線穿過針孔
**look** through a hole 從洞眼裡看
The train is going through a tunnel. 列車正通過隧道.
We **walk**ed through the tall sunflowers. 我們步行穿過高大的向日葵花叢. 相關語 **through** 表示穿過立體空間(如森林、城市等)，而 **across** 則表示穿過平面(如沙漠、曠野等)(We walked across the desert. 我們步行穿過沙漠).
The Seine **flows** through Paris. 塞納河流經巴黎.
The burglar **came in** through the window. 夜盜者破窗而入.
He **was shot** through the heart. 他被射穿了心臟. ➜被動語態.
Her arms **can be seen** through her thin dress. 透過薄薄的洋裝能看見她的手臂.
❷《期間、場所》自始至終，到處；《主美》((**from**) *A* **through** *B*)從A到B.
through the years 這幾年間
(**all**) **through** the winter 整個冬天 ➜ all 表示強調.
The baby cried all through the night. 嬰兒整晚都在哭.
They traveled through Europe. 他們周遊歐洲.
The shop is open (from) Monday through Saturday. 這家店星期一到星期六營業.
❸《終了》結束～.
We are through school at 3:30 (讀法：three thirty). 學校三點半下課.
❹《手段、原因》透過～，由於～(by)，經由～.
I heard the news through Ken. 我從肯那兒得知這個消息.
Through his kindness I got some pen pals. 由於他的好意〔托他的福〕我結交了幾位筆友.
—副 ❶通過；穿過.
基本 go through 通過 ➜動詞+through.
Please let me through. 請讓我過去.
I opened the door, and the cat went through. 我一打開門，那隻貓就出去了.
Can I **get** through by this road? 這條路走得通嗎?

❷(自始)至終，一直；全部.
The baby cried **all night through**. 嬰兒整晚都在哭.
This train goes through **to** New York. 這輛火車直達紐約.
I walked home in the rain and I **was wet through** (**and through**). 我在雨中步行回家，全身都淋濕了.
❸《英》電話接通.
會話 Will you **put** me **through to** Mr. Smith? —Certainly, ...you are through. 請接史密斯先生. —好的，…電話接通了.
—形 ❶直達的；(車票等)通用的；(路)能走通的，可通行的. ➜只能放在名詞前面.
a through ticket 聯票，轉乘券
You needn't change; this is a through train **to** New York. 你不必中途換車，這列火車直達紐約.
❷結束，完成. ➜不能放在名詞前面.
Wait a minute. I'll soon be through. 請等一會兒，我馬上就好.
Are you through **with** your homework yet? 你作業做好了嗎?
Mary and I are through. 瑪麗和我已經吹了.

**through·out** [θru`aut] 介 遍及，全～；在全部期間，整個.
throughout the year 〔the world〕 整整一年〔整個世界〕
—副 完全；自始至終，一直.

**throw** [θro] 動 ❶投，扔；投出，投擲，把～摔落.

**Throw** a ball to me 〔me a ball〕, and I'll **catch** it. 投球給我，我來接. ◁相關語
Don't throw stones **at** the dog. 別向狗扔石頭.
會話 How far can you throw this baseball? —I can throw it eighty meters. 這棒球你能投多遠? —我能投八十公尺.
Ken **throws with** his left hand. 肯用左手投擲.
◆ **threw** [θru] 過去式.
The horse stopped suddenly and threw its rider. 馬突然停下把騎師摔了下來.
◆ **thrown** [θron] 過去分詞.
I **was** thrown **from** my bicycle when it hit a rock. 我的腳踏車撞到大石頭上，我被摔了下來.
Ken is **throwing** stones **into** the water. 肯正在往水裡扔石頭.
❷投(影、視線等).
throw an angry look at him=throw him an angry look 憤怒地看了他一眼
throw a kiss to 〔at〕 her=throw her a kiss 給她一個飛吻
The trees threw long shadows on the ground. 樹在地上投射出長長的影子.
❸(**throw ～ on** 〔**off**〕)急匆匆地穿〔脫〕.
Alice threw a coat on 〔threw on a coat〕 and ran out to play. 愛麗絲急匆匆地穿上外套跑出去玩了.
He threw off his clothes and jumped into the river. 他急匆匆地脫下衣服跳進河裡.
She threw her shawl **over** her shoulders. 她把披肩披到肩上.

idiom

***thrŏw awáy*** 丟掉(無用之物)；放棄(機會等).
***thrŏw dówn*** 丟下；丟棄.
***thrŏw ín*** 扔進，投入；《口》額外贈送；插嘴.

T

***thrȍw óff*** 急匆匆地脫(→❸)；(輕易地)擺脫(討厭的人或物)，除去，甩掉(追兵)，自(傷風等)痊癒.
I've had a cold for weeks and just can't throw it off. 我已經感冒幾週了，還是不能痊癒.
***thrȍw ópen*** 啪地(把門、窗等)打開；(向一般人)開放〔公開〕. ➜ open 是形容詞.
***thrȍw óut*** 投出，拋出，扔掉(無用之物)；丟到外面；(棒球、板球等)傳球(使跑壘者)出局.
***thrȍw úp*** 啪地扔上去；《口》嘔吐；(國家等)產生〔孕育出〕(偉人)；《口》放棄(工作等).
I was sick at the stomach and felt like throwing up. 我胃不舒服想嘔吐.
—名 ❶投球，投擲.
a throw **of** dice 擲骰子
the discus 〔hammer〕 throw 擲鐵餅〔鏈球〕
Let me **have** a throw. 讓我投一下吧.
Ken **made** a bad throw to first base and the runner was safe. 肯向一壘投了一個暴傳，對方跑壘者安全上壘.
❷投擲距離.
My school is only **a stone's throw from** 〔**of**〕 the station. 我的學校就在車站附近.

**thrown** [θron] throw 的過去分詞.

**thrush** [θrʌʃ] 名《鳥》畫眉鳥，鶇(類). ➜以美妙的鳴聲聞名；robin(歐鴝)、bluebird(藍鶇)、blackbird(黑鸝)等也是 thrush 的一種.

**thrust** [θrʌst] 動 ❶ 用力推，擠，插入；推開而前進.
◆ **thrust** 過去式、過去分詞. ➜現在式、過去式、過去分詞均同形.
❷刺，戳.
He thrust his sword **into** the monster and killed it. 他把刀刺向怪物並把牠殺死了.
—名 ❶刺，推. ❷(火箭等的)推力，推進力.

**thumb** [θʌm] ➜ b 不發音. 名(手、手套的)拇指.
push in a thumbtack **with** *one's* thumb 用拇指按圖釘
We have one **thumb** and four **fingers** on each hand. 一隻手有一根大拇指和四根手指. ➜英語中有時把拇指和其他四指分開講，也有時不分開講，如 We have five fingers on each hand.
**Tom Thumb** was very tiny. 拇指湯姆長得非常小. ➜英國童話裡的迷你小人.
I have a hole in the thumb of my glove. 我手套拇指的地方有個破洞.

idiom

***be áll thúmbs*** 《口》(手指像全是拇指似的)十分笨拙，笨手笨腳.
***thùmbs dówn*** 《口》《大拇指朝下》(表示)拒絕〔不贊成〕.
***thùmbs úp*** 《口》《大拇指朝上》(表示)同意〔贊成，滿足〕.

贊成　　反對

**thumb·tack** [ˋθʌm͵tæk] 名 圖釘(《英》drawing pin).
fasten a calendar to the wall **with** thumbtacks 用圖釘把日曆固定在牆上

**thun·der** [ˋθʌndɚ] 名 ❶雷，雷鳴.
hear **thunder** and see **lightning** 聽到雷鳴看見閃電 ◁相關語 ➜不用×*a* thunder, ×thunder*s*；「一次雷鳴」請參見下例.
**a clap of** thunder 一次雷鳴
When there's thunder, the cat

hides under the bed. 一打雷，那隻貓就藏到床底下去.
We **have** had **a lot of** thunder this summer. 今年夏天常打雷.
❷似雷的聲響，轟隆聲.
the thunder of a freight train 貨車通過的聲音，如雷巨響
—動 ❶(以 it 爲主詞)雷鳴.
Outside it was raining and thundering. 外面雷雨交加.
❷發出如雷之聲；大叫，喊叫.
The express train thundered through the station. 特快列車隆隆地駛過車站.

**thun·der·storm** [ˋθʌndɚ͵stɔrm] 名 雷雨.

**Thurs.** Thursday(星期四)的縮寫.

| **Thurs·day** [ˋθ ɜ z d ɪ] [ˋθ ɜ z d e] | ▶星期四 ⊙「雷神索爾(Thor=thunder)的日子」的意思 |
|---|---|

名 **星期四**. ➜一週的第五天；用法請參見 Tuesday.
Today is Thursday.=It's Thursday today. 今天是星期四. ➜不用 ×*a*〔*the*〕Thursday；It 籠統地表示「星期」.
I saw Ken **last** Thursday〔on Thursday last〕. 我上星期四遇到肯. ➜不用×*on* last Thursday；下句的 next Thursday 亦同.
I will see Ken **next** Thursday〔on Thursday next〕. 我下週四要見肯.
See you (on) Thursday morning. 星期四早上再見.

**thus** [ðʌs] 副 如此，這樣；因此，於是. ➜正式的用語.

**tick** [tɪk] 名 ❶(鐘錶等的)滴答聲.
The clock goes, "Tick-tock." 鐘「滴答滴答」地響.
❷(核對、檢查的)記號，勾號(√等)(check).
The teacher **put**s a tick **next to** right answers and a cross next to wrong ones. 老師在正確答案的旁邊打勾，在錯誤處打叉.
—動 ❶發出滴答聲.
The clock is ticking. 鐘滴答滴答作響.
❷(**tick off**)打上核對記號(check off).

**tick·et** [ˋtɪkɪt] 名 ❶**票，車票，入場券.**
a bus〔train〕ticket 公車〔火車〕票
a concert ticket=a ticket **for** a concert 演奏會的入場券
a season ticket 定期票
"Tickets, please," called the inspector. 「查票了!」查票員叫道.
Buy a ticket at the **ticket office**. 請在售票處買票.
Two **return tickets to** Rome, please. 買兩張到羅馬的來回票.
❷(表示定價、尺碼等的)牌子(tag)，標籤.
a price ticket 價格標籤
❸《口》交通違規通知單，罰款單.
a parking ticket 違規停車通知單
My brother **got** a ticket **for** speeding. 哥哥因超速行駛被開罰單.

**tick·le** [ˋtɪkḷ] 動 呵癢，搔癢；惹人發噱.
tickle the baby's foot 搔嬰兒的腳
I tickled him under the arms. 我搔他的胳肢窩.

**tick·lish** [ˋtɪklɪʃ] 形 (指人)怕癢的，易癢的.

**tide** [taɪd] 名 潮，潮汐.
at **high**〔**low**〕tide 在漲〔退〕潮 ◁反義字
諺語 Time and tide wait for no man. 歲月不待人. ➜本句的 tide 在古英文中是「時期，良機」的意思.

**tid·ings** [ˋtaɪdɪŋz] 名 複 《文》消息，音信，通知. ➜單複數同形.

**ti·dy** [ˋtaɪdɪ] 形 ❶安排得或排列得整潔的，整齊的.

T

a tidy room　整潔的房間
Is your room tidy?　你的房間整潔嗎?
**Keep** Britain tidy.　保持一個整潔的英國. ➔呼籲美化城市的標語.
◆ **tidier** [ˋtaɪdɪɚ] 比較級.
◆ **tidiest** [ˋtaɪdɪɪst] 最高級.
❷有整潔習慣的, 愛整潔的.
a very tidy girl　很愛整潔的女孩

**tie** [taɪ] 動 ❶繫, 捆, 結, 縛, 綁, 拴.
tie *one's* necktie　打領帶
tie *one's* hair **with** a ribbon　用絲帶紮頭髮
tip up ～　用繩子等綁～, 拴(狗、馬等)
tie a dog up **to** the gate　把狗拴在門上
Tie your shoes 〔shoelaces〕.　繫好鞋帶.
◆ **tied** [taɪd] 過去式、過去分詞.
A boat was tied up to a pile on the shore.　小船被拴在岸邊的樁上.
◆ **tying** [ˋtaɪɪŋ] 現在分詞、動名詞.
Ken **is** tying (**up**) his Christmas gift with a red ribbon.　肯正用紅色緞帶繫他的聖誕禮物.
❷(與對手)得分相同, (比賽、記錄、得分)不分勝負, 平手.
The two teams were **tied at** 2 all.　兩隊二比二, 不分勝負.
—名 ❶領帶(《美》 necktie).
He is **wear**ing a blue tie today.　他今天戴了條藍領帶.
❷(比賽的)得分相同, 不分勝負, 平手.
The game was 〔**ended in**〕 a tie.　那次比賽平手〔以和局收場〕.

**tie-pin** [ˋtaɪˌpɪn] 名 領帶夾, 裝飾別針(《美》 stickpin).

**tier** [tɪr] 名(階梯式座位的)排, 列, (蛋糕等的)層.
the top tier of seats　(棒球場等的)階梯式座位的最上層
This wedding cake has three tiers.　這個結婚蛋糕有三層.

**ti·ger** [ˋtaɪgɚ] 名(雄)虎.
The tiger is **roar**ing.　老虎在吼叫.

**tight** [taɪt] 形 緊的, 緊密的.
a tight skirt　(穿起來)緊的裙子; 緊身裙
a tight knot　紮得很牢的結
a tight doorknob　緊的門把
a tight rope　繃得緊緊的繩索
a tight schedule　排得滿滿的行程
These shoes are too **tight** for me. Those shoes are **loose**.　這雙鞋對我來說太緊了, 那雙鬆一點. ◁反義字
—副 緊緊地, 牢牢地, 緊密地.
Hold me tight.　抱緊我.
Hold (on) tight (to the railing).　抓緊(扶手).
Please shut the door tight.　請把門關緊.
—名(**tights**) (體操選手等的)緊身衣褲; 《英》女用褲襪(panty hose).

**tight·en** [ˋtaɪtn̩] 動(使)變緊, 拉緊.
tighten a screw　旋緊螺絲
tighten a rope　拉緊繩索

**tight·ly** [ˋtaɪtlɪ] 副 緊緊地, 緊密地.

**tight·rope** [ˋtaɪtˌrop] 名(表演走鋼索用的)拉緊的繩索.
**walk** (**on**) a tightrope　走鋼索
a tightrope walker　走鋼索的特技演員

**ti·gress** [ˋtaɪgrɪs] 名 雌虎.
The tigress bore four cubs.　雌虎生了四隻小老虎.

**tile** [taɪl] 名 屋瓦; 瓷磚.
—動 貼瓷磚; 用瓦蓋.
a **tiled** kitchen floor　鋪瓷磚的廚房地板

| **till**[1] [tɪl] | ▶直到～<br>⊙表示到某個時間為止, 動作、狀態一直持續進行 |
|---|---|

介 直到(～). ➔同義、同用法的還有 **until**; 在句首及《美》常用 until; →

until.

**基本** wait till tomorrow　等到明天 ➜ till＋名詞(片語).

I will come here **by** four, so please wait **till** then.　我四點之前會來這裡，因此請等到那時. 相關語 **by** 表示「到某一時間或在這一時間以前會發生〔完了〕的動作、狀態」，**till** 表示「直到～爲止，動作、狀態一直持續」.

**—** 連 **直到(做～).**

**基本** Let's wait till the rain stops. 我們等到雨停吧. ➜ till＋句子(S'＋V').

He was lonely till he met her.　他在遇到她之前一直很孤獨.

The baby cried and cried, **till** (**at last**) she went to sleep.　嬰兒哭了又哭，最後終於睡著了. ➜ till 的前面有逗點(,)時要從前面開始翻譯，寫成「～最後終於」；特別是 till at last 的時候，更應如此翻譯.

**till**[2] [tɪl] 名 ＝cash register(收銀機)；→ register ❷

**tim·ber** [ˋtɪmbɚ] 名 ❶《英》(建築用)木材.

❷ (木材用)森林地.

| **time** [taɪm] | ▶ **時間**<br>▶ **～次**<br>▶ **～倍** |
|---|---|

名 (複 **times** [taɪmz]) ❶ **時刻，時間；時期，時候.**

The time is now 7:10 (讀法：seven ten) a.m.　現在是早晨七點十分.

The time **of** his arrival is eight o'clock in the morning.　他到達的時間是早晨八點.

Can you tell me the time please? 你能告訴我幾點了嗎?

會話 **What** time is **it**? 〔What is the time?〕 —It's three (o'clock). It's tea time.　現在幾點了? —三點，是下午茶的時間了. ➜ it 籠統地表示「時間」.

What time do you have?＝《美口》Do you have the time (on you)? 現在幾點了?

會話 What time do you get up every day? —(I get up) At six.　你每天幾點起床? —(我)六點(起床).

➜ 也可以說 *At* what time ～.

It is time **for** lunch 〔bed〕.　是吃午飯〔睡覺〕的時間了.

It's time **to** go.　是該走的時候了. ➜ 不定詞 to go(走)修飾 time.

**at** Christmas time　在聖誕節時

at that time　在那時候

**tíme càpsule**　時間膠囊. ➜ 爲了要把當時的文化或生活情形傳給後世的人，置入文件或物品深埋在地下的容器.

**tíme màchine**　時間機器. ➜ 搭乘這種想像中的時光機，就能隨心所欲地到過去或未來.

**tíme zòne**　時區. ➜ 15°經度的間隔把地球區分爲二十四個時區；同一個時區內使用共同的標準時間(standard time).

❷ (流逝的)**時間**；(做～的)**時間，餘暇.**

the passing of time　時光的流逝〔經過〕

諺語 Time is money.　時間就是金錢.

諺語 Time flies.　時間飛逝. ➜ 相當於「光陰似箭」.

Don't **waste** (your) time.　別浪費(你的)時間.

We live in **time** and **space**.　我們生存於時空之中. ◁ **相關語**

Do you **have time for** a cup of tea 〔**to** help me〕?　你有沒有空喝杯茶〔幫忙我〕? ➜ Do you have **the** time? →❶

I'm busy and I have no 〔little〕 time for reading.　我很忙，沒有〔幾乎沒有〕時間讀書.

There is 〔We have〕 **no time to**



T

**lose**. (沒有時間可以浪費⇨)刻不容緩.
The runner's time for the mile was four minutes. 這位選手跑一英里的時間是四分鐘.
❸(一段)**時間, 期間**; (快樂、痛苦的)**時間**.
**for a** 〔**some**〕 time 暫時, 一會兒
**after** a (short) time 過了一會兒
Ten years **is** a long time. 十年是一段漫長的歲月.
We waited (**for**) a long time. 我們等了很長的時間.
**A long time ago** dinosaurs lived on the earth. 很久以前恐龍生存在地球上.
**It is a long time since** I saw you last. (最後一次見你之後過了好久⇨)好久不見.
會話 **How much time** do you need? —That will **take** (a long) time. 你需要多少時間? —那很花時間〔要花很多時間〕. ➡ How many times ~ 表示「幾回~, 幾次~」; → ❺
**have a** good **time** 度過愉快的時間, 有一段愉快的回憶
have a hard time 度過痛苦的時間, 有一段痛苦的回憶, 辛苦
It was raining and I had a hard time catch**ing** a taxi. 因爲下雨, 我費了好大的勁才找到一輛計程車.
❹(常用 **times**)**時代**; (世界的)**局勢, 情勢**.
**in** Roman times 在羅馬時代
modern 〔ancient〕 times 現代〔古代〕
*The New York Times* 《紐約時報》 ➡常作爲報紙名稱.
Times have changed. 時代改變了.
Millet was the most famous painter of his time. 米勒是他那個時代最有名的畫家.
❺~次, ~回.
three times 三回, 三次, 三度 ➡次數用「數字+times」表示, 但「一次, 二次」不用 ×*one time*, ×*two times*, 而用 once, twice.
many times 好幾次, 好多回
會話 **How many times** (=How often) have you seen that movie? —Ten times. 那部電影你看了幾遍? —十遍.
**last** time 上次
**for** the first 〔third〕 time 頭一次〔第三次〕
for the last time 最後一次
I'm going to catch a big fish **this** time. 這回我要釣條大魚.
It's a long way. I'll go by bus **next** time. 好遠呀, 下回我要坐公車去.
You can borrow three books **at a time**. 你一次能借三本書.
❻~倍.
Cinderella is a hundred times prett**ier** than her sisters. 灰姑娘比她的姐姐們漂亮一百倍.
會話 How large is your country? —It is about twenty **times as** large **as** 〔larg**er than**〕 Japan. 你的國家有多大? —大約是日本的二十倍大.
3 times 4 is 〔are, make(s), equal(s)〕 12. 四的三倍是十二. ➡ times 通常用×符號表示; 3×4=12 在英美被視爲「四的三倍是十二」, 而不是「三的四倍是十二」; 另外也有人把 times ~ 視爲「乘以~」的介系詞.

idiom

***ahèad of tíme*** 早於預定時間, 提早.
***àll the tíme*** (從頭至尾)一直; 總是.
The baby kept crying all the time. 嬰兒一直哭個不停.
***at áll tímes*** 任何時候, 無論何時, 總是(always).
(***at***) ***ány tìme*** ①無論何時.
Come and see me at any time. 隨

時都可以來見我.
②現在馬上.
***at óne tìme*** ①曾經，一度.
At one time they were friends. 他們曾經是朋友.
②一下子，同時.
***at the sáme tìme*** 同時.
***at thìs tìme of ~*** 在～的這個時候.
At this time of the year we have a lot of snow. (每年的)這個時候都會下很多雪.
***at tímes*** 不時，有時 (sometimes).
***behìnd the tímes*** 落後於時代，落伍.
***behìnd*** (*one's*) ***tíme*** 比預定時間晚，遲到.
***by thís tíme*** 如今；這時候已經.
***èach*** 〔***èvery***〕 ***tíme*** ①每次.
②(***each*** 〔***every***〕 ***time*** + *S'* + *V'*)每次(S'做 V')時. → every idiom
***for the tíme*** (***béing***) 目前，暫時.
***from tìme to tíme*** 有時，偶爾 (now and then).
***in nó tìme*** (***at áll***) 轉眼之間，立即.
***in tíme*** ①及時，趕上.
You're just in time. 你剛好趕上.
I ran fast and got to the station in time **for** 〔**to** catch〕 the last train. 我快跑到車站，及時趕上了末班火車.
②不久，到時候.
You'll understand me in time. 到時候你就明白我說的話.
***kèep gòod*** 〔***bàd***〕 ***tíme*** (鐘錶的)時間準〔不準〕.
My watch keeps good time. 我的手錶走得準.
***ónce upòn a tíme*** 很久以前 → once 副 idiom
***on tíme*** 準時.
The train was 〔arrived〕 on time. 列車準點到達.
Our teacher is always on time. 我們老師總是很準時.
***sòme tíme*** ①總有一天.
②一段時間.
***tàke*** *one's* ***tíme*** 慢慢來.
會話 Wait a minute. I'll come soon. —OK. Take your time. 稍等一下，我馬上就到. 一好，你慢慢來.
***tíme àfter tíme*** 一次又一次，屢次.

**time·ly** [ˋtaɪmlɪ] 形 適時的，合時宜的.
a timely hit (棒球的)適時的安打

**time·ta·ble** [ˋtaɪm͵tebl̩] 名 時間表，時刻表；(工作等的)計畫表.
a railroad 〔school〕 timetable 火車時刻表〔學校的課程表〕
There are 〔We have〕 two English lessons **on** the timetable today. 今天的課程表上有兩節英語課.

**tim·id** [ˋtɪmɪd] 形 膽怯的，羞怯的，怯懦的，沒自信的.

**tin** [tɪn] 名 ❶錫；白鐵皮，馬口鐵.
❷《英》馬口鐵罐；罐頭(《美》can).
a tin of peaches 一罐桃子
— 動 《英》製成罐頭.
◆ **tinned** [tɪnd] 過去式、過去分詞.
tinned fruit 罐頭水果
◆ **tinning** [ˋtɪnɪŋ] 現在分詞、動名詞.

**tin·kle** [ˋtɪŋkl̩] 動 (鈴等)發叮噹聲，(使)發叮鈴聲.
A wind bell is tinkling. 風鈴叮噹地響.
— 名 叮鈴聲，叮噹聲.
the tinkle of sleigh bells 叮鈴叮鈴的雪橇鈴聲

**ti·ny** [ˋtaɪnɪ] 形 微小的(very small)，極小的.
◆ **tinier** [ˋtaɪnɪɚ] 比較級.
◆ **tiniest** [ˋtaɪnɪɪst] 最高級.

**tip**[1] [tɪp] 名(細長物體的)頭，端；接〔蓋〕在頂端之物.

T

the tip of *one's* finger 〔nose, tongue〕 指〔鼻, 舌〕尖

idiom

***on* 〔*at*〕 *the tìp of* one's *tóngue*** (話)到嘴邊.

會話 What's his name? —It is 〔I have it〕 on the tip of my tongue. 他叫甚麼名字? —話到嘴邊, 但卻想不起來.

**tip**[2] [tɪp] 名 ❶(給服務生等的)小費.

Here's a tip **for** you. 這是給你的小費.

I gave the waiter a £1 (讀法: one pound) tip. 我給服務生一英鎊的小費.

❷(有用的)情報; 祕訣, 竅門.

He gave me some tips **about** 〔**on**〕 gardening. 他教了我幾個關於園藝的竅門.

—動 給～小費.

◆ **tipped** [tɪpt] 過去式、過去分詞.

I tipped the waiter £1. 我給服務生一英鎊的小費.

◆ **tipping** [tɪpɪŋ] 現在分詞、動名詞.

T

**tip·toe** [ˋtɪp͵to] 名 腳尖.

walk **on** tiptoe 踮著腳走路

—動 踮著腳走路, 悄悄地走.

**tire**[1] [taɪr] 名 輪胎.

I **have a flat tire on** my bicycle 〔My bicycle has a flat tire〕. 我的腳踏車車胎漏氣了.

**tire**[2] [taɪr] 動 ❶使疲倦; 疲倦. → make ～ tired(使～疲倦); get 〔be〕 tired(疲倦); → tired. ❷使厭倦; 厭倦.

**tired** [taɪrd] 形 ❶疲倦的, 疲乏的.

**be** 〔**feel**〕 tired 疲倦

**get** 〔**grow**〕 tired 感到疲倦

**look** tired 看起來疲倦

I am tired. I'll go to bed. 我累了, 我要上床睡覺了.

We were very tired **with** walking 〔**from** 〔**after**〕 the long drive〕. 我們走累了〔長途開車累了〕.

The tired and sleepy child fell asleep at once. 這個倦睏的孩子馬上就睡著了.

Digging in the garden **made** us all tired **out**. 在院子裡挖坑把我們全都累倒了.

❷(**be tired of**)厭倦～.

Let's play another game. I'm tired of this one. 我們玩另一種遊戲吧, 我已經玩厭了這種遊戲.

I am tired of go**ing** to school every day. 我厭倦了每天上學.

**tis·sue** [ˋtɪʃʊ] 名 ❶面紙, 衛生紙. → 作此義時英語不說 ˣ*tissue paper*; → ❷

She used tissues to blow her nose. 她用面紙擤鼻涕.

❷(**tissue paper**)薄紙, 棉紙. →包美術品等易碎物品的輕薄棉紙.

The children wrapped their gifts **in** tissue paper. 孩子們用棉紙包禮物.

**ti·tle** [ˋtaɪtl̩] 名 ❶標題, 題名, 書名. ❷頭銜, 稱號. → Mr. (～先生), Doctor(～博士), Professor(～教授), Captain(～船長)等, 加於姓名前表明地位、身分、資格、職業等. ❸冠軍(championship).

| **to** [tu] | ▶向～, 對～, 到～<br>⊙表示行爲、動作方向的語詞 |
|---|---|

介 ❶《目的地》向～, 朝～, 到～; 《方向》朝～方向.

基本 go to Taipei 去臺北 → 動詞+to+名詞.

get to Taipei 到達臺北

go to school 〔church〕 上學〔教堂〕

run **to** the door 跑到門口 相關語 run **for** 〔**toward**〕 the door 表示「向門口跑去」.

throw a ball **to** him 投球給他 相關語 throw a ball **at** him 表示「朝他身上投球」.

**基本** a trip to Tokyo 東京之旅 ➜名詞＋to＋名詞.
**the way to** the station 通往車站的路
會話 Where are you going (《口》to)? —I'm going to Tokyo. 你要去哪裡? —我正要去東京.
She wrote a fan letter to Paul. 她寫了一封慕名信給保羅.
Come **to** our house **on** Sunday **at** 3. 星期天三點到我家來. ◁**相關語**
Is this the way to Disneyland? 這是到迪士尼樂園的路嗎?
My father drives me to school on his way to work. 父親上班順道開車送我到學校.
Turn to the left. 向左轉.
My room looks to the south. 我的房間朝南.
❷《對象》**向～；對～；對於～.**
**基本** **listen** to the music 聽音樂
Give it to me. It's mine. 把它給我，這是我的.
Ken is kind 〔good〕 to his dog. 肯對他的狗很好.
You are everything to me. 你是我的一切.
❸《時間、程度的終點》**直至～；(～分)前.**
**基本** count (**from** one) **to** ten (從一)數到十
We go to school from Monday to Friday. 我們星期一到星期五上學.
I read the book **from beginning to end** 〔**from cover to cover**〕. 我把這本書從頭讀到尾. ➜ cover 不表示「包在書上的書皮」；〔 〕內的含意是「從封面到封底」.
**基本** It is ten (minutes) to six. 差十分六點. ➜ It 籠統地表示「時間」；美國人常用 of.
❹《最終的結果》**直至～爲止；令人感到～.**
She tore the letter **to pieces**. 她把那封信撕得粉碎.
Mother sang 〔rocked〕 the baby **to sleep**. 媽媽唱歌〔搖搖籃〕哄嬰兒入睡.
The poor cat was frozen **to death**. 可憐的貓凍死了.
These trees **grow to** a hundred feet. 這些樹長到一百英尺高.
**To my joy** 〔**surprise**〕, he won! 令我高興〔驚訝〕的是，他贏了!
❺《所屬、附屬》**屬於～.**
I **belong to** the tennis club. 我屬於網球俱樂部.
In this class there are 35 pupils to one teacher. 這一班一位老師有三十五個學生.
Is this the key to the door? 這是那扇門的鑰匙嗎?
❻《接觸》**～上；**《附加》**到～(之上).**
The two lovers were dancing **cheek to cheek**. 那兩位戀人臉貼著臉在跳舞.
She **put** her ear **to** the door. 她把耳朵貼在門上.
**Add** 30 **to** 20. 二十加上三十.
❼《一致》**和著～；合～.**
sing to the piano 和著鋼琴唱歌
They skated to the music very well. 他們和著音樂溜冰，相當精彩.
His new album is not **to my taste** 〔**liking**〕. 他的新唱片不合我的口味.
❽《對比》**對～；**《比較》**比～.**
Our class won the game (by the score of) 11 to 7. 我們班以十一比七(的比數)贏了那場比賽.
I **prefer** tea **to** coffee. 比起咖啡我較喜歡茶.
❾《目的》**爲了～.**
When the fire started, he **came to**

T

our rescue. 著火時他來救我們.
**Here's to your health.** 為你的健康乾杯!
❿ **to**＋*do*(原形動詞)＝不定詞的用法. ➜「不定詞」既有著動詞的性質,也有下述各類詞語的作用.
①做～. ➜作句子主詞、補語、受詞的名詞性用法.
To swim is fun. 游泳很有趣. ➜不定詞 To swim 是句子的主詞.
I **like to** swim. 我喜歡游泳. ➜ to swim 為 like 的受詞.
To see is to believe. 眼見為憑. ➜ To see 是句子的主詞, to believe 是 is 的補語; 相當於「百聞不如一見」.
**It** is easy **for** me **to** swim across the river. 游過那條河對我來說很簡單. ➜ It＝to swim; 「游泳」的是「我」, 因此用 for me; 也可譯成「我輕易便能游過那條河」.
會話 **I want to** be an actress. —**I want** you **to** be a good actress. 我想成為一名女演員. —我希望妳成為一名好的女演員. ➜注意兩者的區別; 前句成為演員的是主詞 I, 後句是受詞 you.
Please **tell** 〔**ask**〕 them **to** be quiet. 請叫他們安靜一點.
會話 Do you want to go? —No, I don't want to. 你想去嗎? —不, 我不想去. ➜從前後文關係可明顯看出兩者為相同的原形動詞(go)時可省略.
②(N＋**to** *do*)為～的(N), 應做～的(N), 做～的(N). ➜修飾前面名詞(N)的形容詞性用法.
a good place to swim 游泳的好地方 ➜to swim修飾前面的名詞place.
something to eat 〔drink〕 吃〔喝〕的東西
many things to do 很多該做的事
I have something to do 〔say〕. 我有些事要做〔說〕.
Ken was the first 〔the last〕 to come. 肯最早〔最晚〕來. ➜不定詞接the first, the last 等時, 最好譯成過去的形式.
The children have no toys to play with. 那些孩子沒玩具玩. ➜不要漏掉 with.
③(S＋V＋**to** *do*) 為做～(S 做 V), (S 做 V)結果是～. ➜修飾前面動詞(V)的副詞性用法.
go to Hawaii to swim 去夏威夷游泳 ➜不定詞 to swim 表示「目的」, 修飾前面的動詞 go.
會話 Why are you going to America? —To study music. 你為甚麼要去美國? —為了學習音樂.
You must be careful not to make such a mistake again. 你要小心別再犯這種錯誤了. ➜否定不定詞的 not 要放在 to 的前面; 不作×*to not* make.
He stopped to smoke. 他停下來吸菸. ➜注意與 He stopped smoking. (他戒了菸)的區別.
He **grew** up **to** be a good pianist. 他長大成為一位優秀的鋼琴家. ➜ to be 是 grew 的結果「成為～」.
④(S＋V＋C＋**to** *do*)做～(S 為 C); 為做～(S 為 C). ➜修飾前面形容詞(C)的副詞性用法.
基本 會話 Hello, Ken. **Nice to meet you.** —Hello, Mary. Nice to meet you too. 你好, 肯, 很高興見到你. —你好, 瑪麗, 我也很高興見到你. ➜ to meet 表示「原因、理由」.
基本 會話 My dog is dead. —I'm **sorry** to hear that. 我的狗死了. —我很遺憾聽到這個消息.
He was **surprised** to hear the news. 他聽到這個消息很吃驚.
Swimming is easy to learn. 游泳很容易學.
This river is dangerous to swim in. 在這條河裡游泳很危險.
Today it is **too** cold **to** swim. 今天太冷了, 不能游泳. → too ❷
Alan is not tall **enough to** ring

the doorbell. 亞倫不夠高，還按不著門鈴. → enough 副
⑤(疑問詞+to *do*)做～才好. ➡屬於①的名詞性用法.
**how to** swim 怎樣游泳
**where** 〔**when**〕 **to** go 去哪裡〔何時去〕
I am learning how to swim. 我正在學習如何游泳.
I don't know **what** to do 〔say〕. 我不知做〔說〕甚麼才好.
⑥《句首》～的話. ➡修飾後面整句，有許多是固定用法.
**To tell** (**you**) **the truth**, I don't really like him. 老實告訴你，我並不是眞的喜歡他.

**toad** [tod] 名 蟾蜍，癩蛤蟆.

**toad·stool** [ˋtod͵stul] 名 毒蕈. → mushroom.

**toast** [tost] 名 ❶吐司，烤麵包片.
**eat** 〔**have**〕 toast for breakfast 早餐吃吐司 ➡toast與bread(麵包)一樣是物質名詞，不用×*a* toast, ×toast*s*.
make **toast** in a **toaster** 用烤麵包機烤麵包 ◁相關語
**a slice** 〔**a piece**〕 **of** toast 一片吐司
Give me some more 〔two slices of〕 toast. 再給我一些〔二片〕吐司.
❷舉杯慶祝，乾杯.
drink a toast to ～ 爲～而乾杯
—動 ❶烤，烘. ❷(爲～)乾杯.

**toast·er** [ˋtostɚ] 名 烤麵包機.

**to·bac·co** [təˋbæko] 名 菸草，菸葉，(菸斗用的)菸絲.
**smoke** 〔**chew**〕 tobacco 吸菸〔嚼菸草〕
**Cigarettes** and **cigars** are made from 〔with〕 **tobacco**. 香菸和雪茄是用菸草製成的. ◁相關語

**to·day** [təˋde] ▶今天 ▶(在)今天

名 ❶今天.
會話 **What day is today?** —Today is Monday. 今天是星期幾? —今天是星期一. ➡只說what day時，對方會認爲是在問「星期幾」; → date.
Have you read **today's** paper? 你看了今天的報紙嗎? ➡「今天早晨」用 **this** morning.
That's all **for** today. 今天就到此爲止.
❷今日，現代.
the teenagers of today 今日的青少年
—副 ❶(在)今天. 相關語 tomorrow (明天)，yesterday(昨天).
會話 **What day is it today?** —It is Monday (today). 今天是星期幾? —星期一. ➡it籠統地表示「時間」.
I'm busy today. 今天我很忙.
I'll meet Ken today. 今天我要見肯.
I met Ken today. 今天我遇到肯.
❷目前，當今，最近.
Many people use computers today. 目前有許多人使用電腦.
Children today do not play such games. 現在的孩子不玩那種遊戲.

**tod·dle** [ˋtɑdl̩] 動 (嬰兒等)搖搖晃晃地行走.

**toe** [to] 名 ❶腳趾. 相關語 finger(手指).
a big 〔little〕 toe 腳拇趾〔小趾〕
Please don't **tread on** my **toes**. 請別踩我的腳.
Can you stand **on** your toes? 你能用腳尖站立嗎?
❷(襪、鞋等的)趾部.

**to·geth·er** [təˋgɛðɚ] ▶一起 ▶同時

副 ❶一起；一同，合起來.
基本 play together 一起玩 ➡動詞+together.
**come** 〔**get**〕 together (一起來⇨)聚集

T

**mix** butter and sugar together 把奶油和糖混合在一起
**tie** the ends of the rope together 把繩索兩端紮起來〔綁在一起〕
I love you. We will be together forever. 我愛你，我們要永遠在一起.
Robin Hood **call**ed his men together. 羅賓漢召集部下.
We have had two sandwiches and two coffees—how much is it all together? 我們吃了兩份三明治和兩杯咖啡，一共要多少錢? ➜不要和altogether(全然)弄混淆了.
Ken has **more** CDs **than** all of us (**put**) **together**. 肯的CD比我們全部加起來的還要多. ➜ put是過去分詞; all of us put together是指「包含我們的全部」.
❷同時(at the same time)，一齊.
**All together**, hip, hip, hip, hurray! 大家一齊叫，加油，加油，加油!
idiom
***togéther with*** ~ 和~一起，加上~.
He sent me a letter together with a photograph of his family. 他把信連同全家合照寄給我.

**toil** [tɔɪl] 動 辛苦工作(work hard).
—名 辛勞，辛苦的工作(hard work).

**toi·let** [ˋtɔɪlɪt] 名(旅館、劇場等的)盥洗室，洗手間，化粧室，廁所；抽水馬桶. ➜英美的家庭裡廁所浴室共用，因此家中的"toilet"也婉轉地稱爲bathroom.
I want to go to the toilet. 我想上廁所.
Excuse me, where is the (gentle-) men's〔ladies'〕toilet? 對不起，男〔女〕廁所在哪裡?
**tóilet pàper** 衛生紙.
a roll of toilet paper 一捲衛生紙
**tóilet wàter** 化粧水.

**to·ken** [ˋtokən] 名 ❶表徵；記號，紀念品.
**as a token of** our friendship 作爲我們友情的象徵
❷代用幣；《英》商品(兌換)券. ➜地下鐵、游泳池等處發行以代替現金.
a subway〔bus〕token 地下鐵〔公車〕代用幣
a book token 圖書券

**told** [told] tell的過去式、過去分詞.
idiom
***I tóld you so.*** 我告訴過你的.

**toll** [tol] 名(道路、橋樑、隧道、港口等的)通行費〔稅〕，使用費.
**tóll ròad** 收費道路. → turnpike.

**toll-free** [ˋtolˋfri] 形 副 免付費的〔地〕.
a toll-free phone number 免付費電話號碼
call toll-free to M Information Office 打免付費電話到M服務處

**toll·gate** [ˋtolˏget] 名(位於收費道路、橋樑等的)收費站.

**to·ma·to** [təˋmeto] 名(複 **tomatoes** [təˋmetoz]) 番茄.
**eat**〔**slice**〕a tomato 吃番茄〔把番茄切成薄片〕
tomato salad〔juice〕番茄沙拉〔汁〕
We grow tomatoes in our garden. 我們在院子裡種番茄.

**tomb** [tum] ➜b不發音. 名 墓(grave).

**tom·boy** [ˋtɑmˏbɔɪ] 名 野丫頭，頑皮的女孩子.

| **to·mor·row** [təˋmɑro] | ▶明天<br>▶(在)明天 |
| --- | --- |

名 ❶明天.
**Today** is Sunday, so **tomorrow** is Monday. 今天是星期天，所以明天是星期一. ◁相關語
I'll call you tomorrow morning. 明天早上我會打電話給你. ➜不用 ×*on* tomorrow morning.

Tomorrow will be fine. 明天會天晴.
The news will be in **tomorrow's** newspaper. 這條新聞明天會上報.
**the dáy àfter tomórrow** (明天的次日⇨)後天.
❷(不久的)將來, 明日(表示未來的時代).
The electric car is called the car of tomorrow. 電動汽車被稱作明日之車.
—副 (在)明天.
(I'll) See you tomorrow. 明天見.
It will be fine tomorrow. 明天會天晴. ➜It 籠統地表示「天氣」.
Tomorrow I will be free. 明天我有空. ➜tomorrow 當副詞時可出現在句首.

**ton** [tʌn] 名 噸. ➜重量、船的容積等的單位; 一噸在美國、加拿大約爲907 kg, 在英國爲1,016 kg, 在中國爲1,000 kg.
five ton(s) **of** coal 五噸煤
a 60,000 ton tanker 六萬噸的油輪
How many tons does the truck weigh? 這輛卡車重幾噸?

**tone** [ton] 名(音樂、聲音、顏色等的)調子, 音色, 語調; 色調(shade).
speak **in** an angry 〔a soft〕 tone 用憤怒的〔柔和的〕語調說話
the dial tone (公用電話等投錢後發出的)可以撥號的聲音
The time **at** the tone is ten o'clock. 鐘敲響了十點.

**tongs** [tɔŋz] 名 複 鉗, 夾具.
pick up a sugar cube **with** (**a pair of**) sugar tongs 用糖夾子夾一塊方糖

**tongue** [tʌŋ] 名 ❶舌, 舌頭. ➜gue 中的 ue 不發音.
**put** 〔**stick**〕 *one's* tongue **out** 伸舌頭 ➜接受診察或表示輕視對方等時伸出舌頭.
**hold** *one's* tongue 保持緘默
lick a stamp **with** *one's* tongue 用舌頭舔郵票
His name is **on the tip of** my **tongue**, but I can't remember it. 他的名字就在我嘴邊卻又想不起來.
**tóngue twìster** 繞口令. ➜如 She sells seashells on the seashore. (她在海邊賣貝殼)等.
❷語言能力; 說話方式, 措辭.
Ann has a **sharp** tongue. 安說話刻薄.
❸《文》語言(language).
My **mother** 〔**native**〕 **tongue** is Chinese. 我的母語是中文.

**to·night** [tə`naɪt] 名 今晚, 今夜.
Tonight is Christmas Eve. 今晚是聖誕夜.
**Tonight's** programs are very boring. 今晚的節目非常無聊.
—副 (在)今晚.
I'm going to a party tonight.= Tonight I'm going to a party. 今晚我要去參加宴會.
**Last night** we went to the theater, **tonight** we're going to the movies and **tomorrow night** we'll go to a concert. 昨晚我們去劇場看戲, 今晚我們要去看電影, 明晚會去聽音樂會. ◁相關語

| **too** [tu] | ▶也, 還<br>▶太 |
|---|---|

副 ❶也, 而且, 還.
**基本** We have a dog, and (we have) a cát, too. 我們有一條狗, 還有一隻貓. ➜too 一般置於句末; too 之前可加逗點(,)也可不加; too 前面的字要重讀.
She likes cats, and Í do, too. 她喜歡貓, 我也喜歡貓. ➜too 用於肯定句、疑問句; 相關語 否定句「～也不」要用 **either**, 如 I don't like cats either. (我也不喜歡貓.)

T

She is beautiful, and kínd, too. 她既漂亮又溫柔.
會話 Ann is very nice. —I think so too. 安眞好. —我也這麼認爲.
會話 I'm sleepy. —《口》**Me too**〔I am too〕. 我很睏. —我也是.
I can speak French too. (I 重讀時強調「我」)我也會說法語; (French 重讀時強調「法語」)法語我也會說.
同義字 I can **also** speak French. 意思相同, 但 too 更爲口語化.
❷太.
基本 too big 太大 ➜too+形容詞.
基本 drive too fast 開得太快 ➜ too+副詞.
基本 **too** hot **to** drink 太燙沒辦法喝 ➜ too+形容詞〔副詞〕+to *do*.
These shoes are too big **for** me. 這雙鞋對我來說太大了.
You are too beautiful for words. 你美得難以用言語形容.
There are too many people in this small car. 這輛小車上擠太多人了.
You talk too much. 你說得太多了.
This tea is too hot; I can't drink it.=This tea is **too** hot (**for** me) **to** drink. 這茶太燙了, 我沒辦法喝. ➜亦作 This tea is **so** hot **that** I can't drink it.
會話 You're too young to be in love. —I'm old enough! 你談戀愛還太年輕. —我年紀夠大了!
The doctor came at last, but it was too late. 醫生總算來了, 但已太晚了.
諺語 It is never too late to learn. 活到老, 學到老.
會話 I have a cold. —**That's too bad.** 我得了感冒. —那可太糟糕了.
idiom
***cannòt*** *dò*〔***be***〕***tòo*** ~ 再~怎麼也不會過分.
I cannot thank you too much. 我實在無法表達對你的感激之情.
You cannot be too careful of your health. 你再怎麼注意健康也不爲過.

**took** [tʊk] take 的過去式.

**tool** [tul] 名(用手操作的)工具.
the carpenter's〔garden(ing)〕tools 木工〔園藝〕工具

**tooth** [tuθ] 名(複 **teeth** [tiθ]) ❶ 牙齒.
Our baby has only one tooth. 我們的嬰兒只有一顆牙齒.
My **front**〔**back**〕tooth **came out**. 我掉了顆門牙〔臼齒〕.
I went to the dentist('s) yesterday and **had** my **bad tooth pulled**〔**out**〕. 我昨天去牙醫那裡把蛀牙拔掉.
**clean**〔**brush**〕*one's* teeth with a **toothbrush** and **toothpaste** 用牙刷和牙膏刷牙 ◁相關語
❷(齒輪、鋸子等的)齒.
This comb has lost two of its teeth. 這梳子缺兩個齒.

**tooth·ache** [ˋtuθˏek] 名 牙痛.
I **have** a bad toothache. 我牙痛得厲害.

**tooth·brush** [ˋtuθˏbrʌʃ] 名 牙刷.

**tooth·paste** [ˋtuθˏpest] 名 牙膏.
Here's **a tube of** toothpaste. 這裡有支牙膏.

**tooth·pick** [ˋtuθˏpɪk] 名 牙籤.

**top**[1] [tɑp] 名 ❶**最高處, 頂點.**
the top of a mountain=a mountaintop 山頂
She climbed to the top of the jungle gym. 她爬上了方格鐵架的頂端.
You'll see Beijing at the **top** of the map and Hong Kong at the **bottom**. 你可以看到地圖的頂端是北京, 底部是香港. ◁反義字
❷(桌子等的)**表面,** 上面; (瓶子等的)蓋子.
wipe the top of a table 擦桌面
a bottle top 瓶蓋, 瓶塞
The cake has a cherry **on** top. 蛋糕上有一顆櫻桃.

Please **take** the top **off** 〔**put** the top **on**〕 the catchup bottle. 打開〔蓋上〕番茄醬瓶的蓋子.

❸首席, 最上位, 上座; (成績等的)最優秀(者).

Ken is (**at**) the top of his class. 肯在班上成績最好.

Grandfather is sitting at the top of the table. 爺爺坐在桌子的上位.

❹(毛衣、襯衫等)上衣; (常用 **tops**)(胡蘿蔔等露出地面的)葉子部分.

She is wearing blue jeans and a matching top. 她穿著藍色牛仔褲和相配的上衣.

❺(棒球的)上半局. ➡「下半局」爲 bottom.

the top of the ninth inning 九局上半

***at the tóp of** one's **vóice*** 扯開嗓門, 以最大的聲音.

***from tóp to tóe*** 〔***bóttom***〕 從頭到腳〔(物的)從上到下〕.

***on*** (***the***) ***tóp of*** ～ 在～之上; 加於～之上.

Put your paper on top of the others. 把你的答案卷放在其他答案卷的上面.

—形 最上的; 最高(位)的, 頂尖的.

the top floor 最高層

the top shelf 架子的最上層

the top boy in the class 班上第一名的男孩子

a top soccer player 頂尖的足球選手

run at top speed 以最快速度跑

Ken **came** top in the exam. 肯考試得第一.

**top**[2] [tap] 名 陀螺.

spin a top 打陀螺

The top is spinning round and round. 陀螺不停地轉.

**top·ic** [ˋtapɪk] 名 話題(subject); (演講、散文等的)主題, 題目.

Let's **change** the topic (of conversation). 我們換個話題吧.

**torch** [tɔrtʃ] 名 ❶火炬, 火把.

The Statue of Liberty holds a torch. 自由女神像舉著火炬.

❷《英》手電筒(《美》flashlight). ➡ 亦作 an **electric torch**.

**shine** a torch into the cellar 用手電筒照地下室

**tore** [tɔr] tear[2] 的過去式.

**torn** [tɔrn] tear[2] 的過去分詞.

**tor·na·do** [tɔrˋnedo] 名(複 **torna-do(e)s** [tɔrˋnedoz]) 龍捲風, 旋風.

**To·ron·to** [təˋrɑnto] 專有名詞 多倫多. ➡加拿大安大略省(Ontario)的首府.

**tor·rent** [ˋtɔrənt] 名 ❶急流, 激流.

❷(**torrents**)傾注; (**a torrent of** ～)洪水般的～.

rain falling **in** torrents 大雨傾盆, 大雨如注, 豪雨

a torrent of tears 淚流如注

**tor·toise** [ˋtɔrtəs] 名 龜. ➡生活於陸地、河流、湖泊等的龜; 「海龜」稱爲 turtle.

**tor·ture** [ˋtɔrtʃɚ] 名 拷問; 劇烈的痛苦, 折磨.

—動 拷問; 折磨, 使(受劇烈的)痛苦.

**toss** [tɔs] 動 ❶投, 擲, 輕拋.

Ken tossed the ball **to** Ben. = Ken tossed Ben the ball. 肯把球拋給班. ➡後面例句的句型爲 V (tossed) + O′ (Ben) + O (the ball).

Father tossed the baby **up** in the air. 爸爸把孩子輕拋到空中.

❷擲硬幣(以決定先後順序等). ➡ Heads or tails?(正面還是反面?)確定後再拋擲.

會話 Who will play first? —**Let's toss** (**up**) **a coin** 〔**toss up, toss for it**〕. 誰先來? —我們擲硬幣決定吧!

❸(上下左右)搖擺; 輾轉反側, 翻身; (輕蔑地)把頭一揚.

The waves tossed the little boat.

T

波浪使小船顛簸不定.
He often tosses (**about**) in his sleep. 他睡覺時常常翻身.
—[名] ❶輕輕(上)拋; 擲銅板. ❷揚頭; 搖蕩.

**to·tal** [ˋtotl̩] [名] 合計, 全部, 總數, 總額.
The total **of** two and three is five. 二加三合計爲五.
My savings came to a total of 20,000 dollars. 我的儲蓄總額爲二萬美元.
—[形] ❶總計的, 全部的.
What is the total number of students in your school? 你們學校的學生總數是多少?
❷完全的.
The lights went out and we were in total darkness. 燈熄滅了, 我們在一片黑暗之中.
—[動] 總計; 總數達～.
[會話] Please total this bill for me. —Your bill totals twenty dollars. 請替我算一下帳單. —你的帳單總計二十美元.

T

**touch** [tʌtʃ] [動] ❶觸, 摸, 接觸; 觸及.
touch a hot iron 觸摸熱熨斗
touch the wet paint **with** *one's* finger 用手指摸剛漆好的油漆
touch the keys of a piano 觸摸鋼琴琴鍵
[告示] Please don't touch. 請勿觸摸! →用於展覽會、商店等處.

**touch** him **on the** shoulder 觸摸他的肩膀, 輕拍他的肩膀 →重點放在被觸摸的人上; touch his shoulder(觸摸他的肩膀)則把重點放在被觸摸的部位上.
Can you touch your toes? 你能碰到腳尖嗎?
Your jeans are touching the ground. 你的牛仔褲拖到地上了.
❷感動, 觸動.
Her sad story touched us deeply 〔We were deeply touched by her sad story〕. 她的悲傷的故事深深地感動了我們.

idiom

***tóuch dówn*** (美式足球、橄欖球等)球觸地得分, 達陣; (飛機)著陸.
***tóuch on*** 〔***upòn***〕 ～ (談話中)稍微談及.
The principal touched on the subject of the new school building, but he didn't say very much about it. 校長在談話中稍微提到新校舍的事情, 但沒多說.
—[名] ❶觸摸, 接觸; 手感, 觸感.
I **felt** a touch **on** my shoulder and turned around. 我感覺有人輕觸我的肩膀, 於是轉過身去.
Blind people read **by** touch. 盲人靠觸摸閱讀.
Velvet has a soft touch.＝Velvet is soft **to** the touch. 天鵝絨觸感柔軟.
❷(使用樂器的)指法, (書寫的)筆法.
She plays the piano **with** a light touch. 她用輕柔的指法演奏鋼琴.
❸《口》(常用 **a touch**)一點點, 稍微.
Add **a touch of** salt to the soup. 在湯裡放一點點鹽.
He is in bed with a touch of flu. 他有點感冒, 躺在床上.

idiom

***in tóuch*** (***with*** ～) 與～聯繫, 與～保持接觸.
I'll **be** 〔**get**〕 in touch with you next week. 我下週會和你聯繫.

**Keep** in touch with me while you are gone. 離開後請和我保持聯繫.

***òut of tóuch*** (***with*** ～) (與～)失去聯絡.

**touch·down** [ˋtʌtʃˏdaʊn] 名 ❶(橄欖球、美式足球等)達陣(得分).

score three touchdowns in one game 一場比賽達陣三次

❷(飛機)著陸.

**touch·ing** [ˋtʌtʃɪŋ] 形 感人的, 感傷的, 悲慘的, 引人憐憫或同情的.

**tough** [tʌf] 形 ❶(肉等)堅韌的, 咬〔切、折〕不斷的.

**tough** meat 難咬的肉

This steak is tough. I can't cut it. 這塊牛排太硬, 我切不動.

❷(人)堅強的, 頑強的, 強健的; (物)強韌的.

a tough boxer (不易敗的)健壯的拳擊手

Canvas is a tough cloth. 帆布是一種強韌的布料.

You need tough shoes for climbing. 你登山需要強韌的鞋子.

❸(工作等)難以執行的, 困難的.

We were faced with a tough problem. 我們面臨一個難題.

**tour** [tʊr] 名 ❶(觀光)旅行, 遊覽; (樂團、劇團等的)巡迴演出. ➡指巡迴許多地方, 最後返回出發地點的周遊旅行.

**go on** a tour 去(觀光)旅行

My brother is now **making** a cycling tour **of** 〔**through, in**〕 Canada. 我哥哥現正騎單車在加拿大旅行. ➡ tour 可以指團體旅行, 也可以指一個人的旅行.

The band is **on** tour in America. 該樂隊正在美國巡迴演出.

❷(短期的)訪問, 參觀.

make 〔take〕 a tour of ～ 參觀～, 繞～一遊

Our class made a tour of the museum. 我們班參觀了博物館.

—動(觀光)旅行.

tour (**around** 〔**in, through**〕) Europe 旅遊歐洲

**tour·ist** [ˋtʊrɪst] 名 遊客, 觀光客, 旅行者.

**tóurist bùreau** 觀光局, 旅遊局.

**tóurist clàss** (船、飛機等的)二等艙, 經濟艙.

**tóurist (informátion) òffice** 旅遊(諮詢)處.

—副 坐二等艙地, 以二等艙的費用.

travel tourist 坐二等艙旅行

**tour·na·ment** [ˋtʊrnəmənt] 名(與循環賽相對的)淘汰賽, 比賽.

**take part in** a tennis tournament 參加網球比賽

**to·ward(s)** [təˋwɔrd(z)] 介 ❶ 朝向～, 對著～.

**go** toward town 朝鎮上去 相關語 **toward** 只表示大致的方向, 並不明確表示是否去了鎮上; go **to** town 則表示「去到鎮上」.

The house **faces** toward the south. 這房子朝南.

She stood with her back toward me. 她背對我站著.

❷(指時間)接近～, 大約～.

The rain stopped toward morning. 將近拂曉時雨停了.

Can we meet toward the end of this month? 我們本月底能見面嗎?

❸對於～, 關於～.

What is your feeling toward her? 你對她的感覺如何?

**tow·el** [ˋtaʊəl] 名 毛巾, 手巾.

a bath 〔hand, face〕 towel 浴巾〔手巾, 擦臉毛巾〕

a dish 〔《英》 tea〕 towel (擦盤子用的)抹布

a roll of paper kitchen towel 一卷廚房用紙巾

dry ～ **with** a towel 用毛巾擦～

**tówel ràck** 毛巾架.

**tow·er** [ˋtaʊɚ] 名 塔, 高樓.

T

Tokyo Tower 東京鐵塔
a control tower (航空)塔臺，管制塔
a television〔clock〕tower 電視塔〔鐘塔〕

**the Tówer (of Lóndon)** 倫敦塔. ➜倫敦市內泰晤士河畔的一座古城堡；古時候爲王宮，後改爲監獄，現爲博物館.

| **town** [t aʊ n] | ▶城鎭 ▶都市 |
|---|---|

名(複 **towns** [taʊnz]) ❶(相對於村、市的)鎭.
a small〔large〕town 小〔大〕鎭
I live **in** a town near Tainan. 我住在臺南附近的一個鎭上.
New York is a wonderful town. 紐約是一個美好的城市. ➜即使實際上是城市(city)，但在平常的會話中(尤其是住在該城市裡的市民們)，通常僅用 town 稱呼.
A **town** is bigger than a **village** and smaller than a **city**. 鎭比村大，比市小. ◁相關語

**tówn háll** 鎭公所，市政府；(城鎭裡的)鎭民〔市民〕會館.

❷(相對於鄉下的)城鎭，都市.
town life〔girls〕 都市生活〔城市女孩〕
Do you live in a **town** or in the **country**? 你住在城裡還是住在鄉下? ◁反義字

❸(相對於郊外、市外的)市中心區，鬧區；《英》倫敦.
go **to** town 去市中心，《英》去倫敦 ➜不用ˣgo to *a*〔*the*〕town；「去市〔村〕裡」用 go to the city〔the village〕.
Let's go to town for dinner. 我們去城裡吃晚飯吧.
He works **in town** and lives in the **suburbs**. 他在市中心工作，住在郊外. ◁反義字

❹(**the town**)鎭民.
The whole town is talking about the news. 全鎭的人都在談論這個消息. ➜把全體鎭民看作一個整體，作單數.

**toy** [tɔɪ] 名 玩具.
The baby is **playing with** a toy (car). 小寶寶正在玩玩具(車).

**toy·shop** [ˋtɔɪˏʃɑp] 名 玩具店.

**trace** [tres] 名(動物等留下的)蹤跡，足跡；痕跡，形跡.
**find** traces **of** a bear〔an ancient city〕 發現熊的足跡〔古代都市的遺跡〕
—動 ❶追蹤；追溯，探索(由來等).
trace a river **to** its source 溯河而上直至水源處
❷描摹.
Put **tracing paper** over the map and **trace** it. 在地圖上覆上描圖紙把地圖描摹下來. ◁相關語

**track** [træk] 名❶(動物等經過後留下的)蹤跡，痕跡，足跡；(被踏出的)小路.
rabbit tracks in〔on〕the snow 雪地上的兔子足跡

❷(比賽的橢圓形)跑道；徑賽，(包含田賽的)田徑賽.
run **on** a (running) track 在跑道上跑
The cars raced (**a**)**round** the race track. 汽車繞著跑道賽車.

**tráck and fíeld** 田徑賽.

❸(火車、電車等的)軌道.

railroad 〔《英》 railway〕 tracks 鐵路線，鐵軌

**trac·tor** [ˋtræktɚ] 名 拖拉機，牽引車. ➡農夫用來拖曳耕作田地的犁(plow)或拖曳笨重貨物時用.

**trade** [tred] 名 ❶買賣，交易；貿易；商業.
foreign trade 對外貿易
Taiwan **does much** 〔**a lot of**〕 trade **with** foreign countries. 臺灣對外貿易甚多. ➡不用 ˣ*a* trade, ˣ*many* trade*s*.

**tráde wìnd(s)** 信風，貿易風. ➡由東南或東北方經常向赤道吹的風，古時商船常藉此風航行.

❷《美》交換(exchange).
Let's **make a trade of** my knife **for** your baseball. 用我的刀換你的棒球吧.
❸(特別需要手藝的技術性)職業，工作.
**Jack of all trades** 萬事通(暗喻樣樣手藝都不精者)
會話 What's your father's trade? —He is a carpenter 〔an electrician, a mechanic, a dressmaker, a baker〕. 你父親的職業是甚麼? —他是木匠〔電工，機械工，裁縫師，麵包師〕.

**tráde(s) únion** 《英》工會(《美》labor union).

idiom
***by tráde*** 職業是～，工作是～.
I am a mason by trade. 我的職業是石匠〔泥瓦匠〕.

**—**動 ❶做生意，買賣，貿易.
trade **with** foreign countries 與外國貿易
My father trades **in** coffee. 我父親做咖啡豆的生意.
❷《美口》(在特定的商店)購物.
We trade **at** the corner grocery 〔**with** the corner grocer〕. 我們在轉角那家食品店〔和轉角那家食品店老闆〕買東西.
❸交換(exchange).
trade seats **with** him 和他換座位
Won't you trade your top for my tennis ball? 你願不願意用陀螺換我的網球?

**trade·mark** [ˋtred͵mɑrk] 名 商標.

**trad·er** [ˋtredɚ] 名 貿易商，商人，～商.
a fur trader＝a trader **in** furs 毛皮商(人)

**tra·di·tion** [trəˋdɪʃən] 名 ❶傳統，慣例，習慣，習俗.
It's a tradition to eat turkey at Thanksgiving. 在感恩節吃火雞是傳統.
Our school has a long tradition. 我們的學校有悠久的傳統.
❷傳說.
according to tradition 據說，根據傳說

**tra·di·tion·al** [trəˋdɪʃənl̩] 形 ❶傳統的，慣例的.
Sumo is a traditional Japanese sport. 相撲是日本的傳統運動.
❷傳說的.

**traf·fic** [ˋtræfɪk] 名(車、人等的)交通(量)，往來.
one-way traffic 單向通行 ➡「單行道」爲 a one-way street.
**control** 〔**direct**〕 traffic 指揮交通
a traffic accident 交通事故
a traffic jam 交通壅塞
告示 No traffic. 禁止通行.
The city streets are full of traffic. 城市街道擠滿了來往的車輛和行人.
There is **a lot of** 〔**much, heavy**〕 traffic today.＝The traffic is heavy today. 今天交通流量大. ➡不用 ˣ*many* traffic*s*.
There is very little traffic 〔The traffic is light〕 on this road. 這條路的交通流量很小.
Air traffic is heaviest in the early

T

evening. 接近傍晚的時候飛機的起降〔往返〕最爲頻繁.

**tráffic lìghts 〔sìgnals〕** 紅綠燈〔交通號誌〕.

**trag·e·dy** [ˋtrædʒədɪ] 名 (複 **trag-edies** [ˋtrædʒədɪz]) ❶悲劇. 相關語 comedy (喜劇). ❷悲劇之事, 傷心的事情.

**trail** [trel] 動 ❶拖, 曳; (蔓草、蛇等)蔓延, 爬行; (煙等)繚繞.
The bride's veil trailed **on** 〔**along**〕 the floor. 新娘的頭紗拖地.
❷尾隨, 追蹤; 慢吞吞地(跟著～)走.
—名 ❶(動物等通過的)蹤跡; (動物的)嗅跡.
The dogs followed the trail of a bear. 狗追蹤熊的足跡.
❷(荒野、山地裡)踩踏出的路, 小徑.
❸長長地拖引在後面的東西. ➜開走的汽車後面拖曳的煙塵, 船和飛機的航跡等.
The jet plane left a trail of smoke. 噴射機飛去留下一縷長長的白煙.

**trail·er** [ˋtrelɚ] 名 ❶(卡車、拖拉機等載貨用的)拖車. ❷《美》(用汽車拖著的)活動房屋, 露營車(《英》cara-van). ➜配備簡易生活設施、能宿營周遊各地的巴士型的車; 亦作 **house trailer**.

**train** [tren] 名 ❶**列車, 火車,** (連結)電車. ➜指由火車頭牽引的數輛客車、貨車, 或者是數輛連結在一起的整列電車. 相關語 火車的車廂《美》爲 car, 《英》爲 carriage 或 coach.
go to school **by** train 坐火車上學 ➜不用×by *a* 〔*the*〕 train.
**get on** 〔**off**〕 a train 上〔下〕火車
**take** 〔**catch, miss**〕 the last train 搭乘〔趕上, 錯過〕末班火車
**change trains** at New York Station 在紐約站換搭火車 ➜用複數.
Is this the (right) train **for** Taipei? 〔Does this train go to Taipei?〕 這是開往臺北的火車嗎? 〔這列火車開往臺北嗎?〕
I'll get on the 5:30 p.m. (讀法: five thirty p.m.) train at Taipei Station. 我將在臺北車站乘下午五點三十分的火車.
❷(成隊行進的動物、馬車的)長列, 行列.
Wagon trains crossed the plains. 一長列篷馬車隊駛過了大草原.
—動 ❶訓練(動物、人); 受訓練.
I have trained my dog **to** stand up and beg. 我訓練我的狗站起來拜拜.
❷(準備比賽)練習, 訓練; 使練習〔受訓〕.
I am training hard **for** the race. 爲了比賽我正努力練習.

**train·er** [ˋtrenɚ] 名 訓練者, 教練, 技術指導; (動物的)馴獸師.
a seal trainer 海豹訓練師

**train·ing** [ˋtrenɪŋ] 名 ❶訓練, 練習; 教育.
go into training 開始訓練

**tráining còllege** 《英》師範學院 (《美》teachers college).
❷(運動員的)體能狀況.
be **in** 〔**out of**〕 training 體能狀況良好〔不佳〕

**trai·tor** [ˋtretɚ] 名 賣國賊, 背叛者.

**tram(·car)** [ˋtræm(ˏkɑr)] 名 《英》市區電車, 街車(《美》streetcar).

**tramp** [træmp] 名 流浪者.

**tram·po·line** [ˋtræmpəlɪn] 名 彈床, 健身用的彈簧墊.

**trans·fer** [trænsˋfɝ] 動 ❶移送(人), 移動(東西); 轉學, 調任.
◆ **transferred** [trænsˋfɝd] 過去式、過去分詞.
Bob transferred **from** a public school **to** a private one. 鮑勃從公立學校轉學到私立學校.
◆ **transferring** [trænsˋfɝrɪŋ] 現在分詞、動名詞.

❷轉乘(電車等)(change).
❸描繪(畫、模樣), 謄寫.
— [ˋtrænsfɝ] 名 ❶移動, 調任, 轉校; 轉學生, 調任者.
❷《美》換車用的車票, 轉乘券. ➡在美國乘市內公車若持有這種車票, 轉乘其他車時不必再另外付錢.
The conductor gave me a transfer **to** another bus. 車掌給了我轉乘其他公車用的轉乘券.

**trans·form** [trænsˋfɔrm] 動 改變(形狀、樣子等), 使變化. ➡比 change 的語感更爲正式.

**tran·sis·tor** [trænˋzɪstɚ] 名 電晶體; 電晶體收音機(➡亦稱 **transistor radio**).

**trans·late** [trænsˋlet] 動 翻譯; 口譯. ➡可用於對文字的翻譯, 也可用於對口語的翻譯(口譯); → interpret.
translate a poem **from** English **into** 〔**to**〕 Chinese 把一首詩從英文譯成中文
I can't read this English letter. Will you translate it for me? 我看不懂這封英文信, 你能爲我翻譯嗎?

**trans·la·tion** [trænsˋleʃən] 名 ❶翻譯; 口譯.
I have read this English novel **in** Chinese translation. 我曾讀過這本英文小說的中譯版.
❷翻譯過來的東西, 譯本〔文〕.
an English translation of the Bible 英譯本的《聖經》

**trans·la·tor** [trænsˋletɚ] 名 翻譯者; 口譯(者).

**trans·par·ent** [trænsˋpærənt] 形 透明的; (謊言、意圖等)易看透的, 易看穿的, 明顯的.
transparent glass 透明玻璃
a transparent lie 明顯的謊言

**trans·port** [trænsˋport] 動 輸送(乘客、貨物), 運送, 搬運. ➡比carry, take 意思更爲正式.
— [ˋtrænsport] 名《主英》(乘客、貨物的)輸送, 運送; 運輸〔交通〕工具; 《英口》交通工具(《美》transportation). ➡注意重音的位置與動詞不同.
Trucks are often used **for** transport. 卡車常用來運輸貨物.
Does the city have an underground transport system? 這座城市有地下運輸系統嗎?

**trans·por·ta·tion** [ˌtrænspɚˋteʃən] 名《主美》(乘客、貨物的)輸送, 運送; 運輸〔交通〕工具, 《美口》交通工具(《英》transport).
My wife is using my car, so I have no transportation. 我太太正在用我的汽車, 所以我沒有交通工具.

**trap** [træp] 名 圈套, 陷阱.
**fall into** a trap=**be caught in** a trap 中計, 落入陷阱
**set** 〔**lay**〕 a trap **for** ～ 設陷阱捕捉～
—動 誘入圈套, 設陷阱捕捉.
◆ **trapped** [træpt] 過去式、過去分詞.
◆ **trapping** [ˋtræpɪŋ] 現在分詞、動名詞.

**trash** [træʃ] 名 垃圾, 碎屑, 廢物.
a trash can 垃圾箱(《英》dustbin)
The attic is full of trash such as broken furniture and old magazines. 閣樓堆滿了壞掉的家具和舊雜誌等廢物.

**trav·el** [ˋtrævḷ] 動 ❶旅行; (利用交通工具)去(遠方).
travel **abroad** 去外國旅行
travel **in** 〔**to, around, all over**〕 Europe 在〔去〕歐洲旅行〔遊遍歐洲〕
travel **by** airplane 〔**on** the train〕 坐飛機〔坐火車〕旅行
My father travels to work by car. 我父親開車去工作.
◆ **travel(l)ed** [ˋtrævḷd] 過去式、過去分詞.
◆ **travel(l)ing** [ˋtrævḷɪŋ] 現在分詞、

T

動名詞.
My brother **is** travel(l)ing around the world this summer. 我哥哥今年夏季將作環球旅行.
I like travel(l)ing. 我喜歡旅行.
❷**前進**, 進行; (光、聲音等)傳導.
Light travels faster than sound. 光比聲音傳得快.
—名 ❶旅行, 旅遊; (**travels**) (去國外各地)長途旅行.
My grandmother loves travel. 我的祖母喜歡旅行. ➡不用 ×*a* travel.
Did you enjoy your travels **in** Europe? 你到歐洲各地旅行玩得愉快嗎?
**trável àgency** 〔**bùreau**〕 旅行社〔觀光局〕.
❷(**travels**)遊記.
*Gulliver's Travels* 《格列佛遊記》

**trav·el·(l)er** [ˋtrævlɚ] 名 ❶旅行者, 旅客; 喜愛旅行的人. ❷吉普賽人(Gypsy). ➡由於 Gypsy 爲歧視用語, 因此最好使用 traveler.
**trável(l)er's chèck** 〔《英》 **chèque**〕 旅行支票. ➡銀行發行的支票, 旅行者可以此支票購物並兌換現金.

T

**trav·el·(l)ing** [ˋtrævl̩ɪŋ] 形 旅行的, 旅行用的; 移動的, 遷徙的; (劇團等)巡迴的, 巡迴演出的.
a traveling bag 旅行袋
a traveling library 《美》流動〔巡迴〕圖書館
—名 旅行, 巡迴演出.

**tray** [tre] 名 盆, 淺盤, 托盤.
bring in the tea on a tray 把茶放在茶盤上端進來

**tread** [trɛd] 動 踏, 踩.
◆ **trod** [trɑd] 過去式、過去分詞.
◆ **trodden** [ˋtrɑdn̩] 過去分詞.

**treas·ure** [ˋtrɛʒɚ] 名 財寶, 財富; 寶物, 貴重物品.
go on a treasure hunt 去尋寶

**treat** [trit] 動 ❶對待, 待遇; 款待.
Please don't treat me like a child. 請別把我當小孩看待.
❷治療.
❸請客.
I'll treat you **to** dinner 〔the movie〕. 我請你吃晚飯〔看電影〕.
—名 請客(吃東西、看電影等), 輪到請客的人; 十分快樂的事情.
This is my treat. 這次我請客.
A visit to Disneyland is a great treat even for adults. 去迪士尼樂園對成人來說也是件快樂的事情.

**treat·ment** [ˋtritmənt] 名 對待(方法), 待遇; 治療, 處置.
be **under** treatment 接受治療

**trea·ty** [ˋtritɪ] 名 (複 **treaties** [ˋtritɪz]) (國家之間的)條約.
a peace treaty 和平條約

| **tree** [tri] | ▶樹<br>⊙指具有枝幹的樹木 |
|---|---|

名 (複 **trees** [triz]) ❶樹木. → wood.
**climb** (**up**) a tree 爬樹
There is a big oak tree in our garden. 在我家院子裡有一棵大橡樹.
Trees have **branch**es and **leaves**. We get **wood** from tree **trunk**s. 樹有枝和葉, 我們從樹幹取得木材.
◁相關語

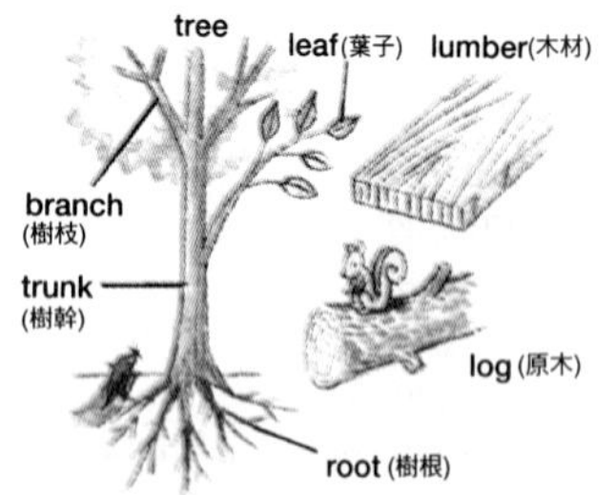


❷樹形之物, 由木頭製成的東西.
a clothes tree 衣架 ➡猶如樹枝伸出的托架, 可掛大衣之類衣物的家具.

a family tree 家譜
a shoe tree (爲保持鞋子不走樣的)鞋楦

**trem·ble** [ˋtrɛmbḷ] 動 發抖, 搖晃.
tremble **for** fear 〔**with** cold〕 害怕得〔冷得〕發抖
The leaves are trembling in the wind. 樹葉在風中搖動.
in a trembling voice 用顫抖的聲音

**tre·men·dous** [trɪˋmɛndəs] 形 巨大的, 驚人的, 可怕的.

**trench** [trɛntʃ] 名 (深而長的)溝; 戰壕.
**trénch còat** 戰壕雨衣. ➡有雙重腰帶的大衣; 始於第一次世界大戰時英國士兵在戰壕中穿著.

**trend** [trɛnd] 名 傾向, 方向, 趨勢.
the trend of business 商業趨勢

**tri·al** [ˋtraɪəl] 名 ❶試驗, 試, 測驗. ➡動詞爲 try.
**give** a new car a trial 試開新車
**make** a trial **of** ～ 試驗～, 試～
❷考驗, 鍛鍊, 苦難; 麻煩, 難對付的人〔東西〕.
To the parents, the death of their only son was a great trial. 獨生子之死對那對父母而言是極大的苦難.
❸審判, 公審.
**put** ～ **on** trial 審判～
idiom
***on tríal*** 在試驗中, 在試用中; 在公審中.
— 形 試驗的, 嘗試的.
a trial run 試轉

**tri·an·gle** [ˋtraɪˏæŋgḷ] 名 ❶三角形. ❷《樂器》三角鐵.

**tribe** [traɪb] 名 部族, 種族.
the chief of the Indian tribe 印第安部族的酋長

**trick** [trɪk] 名 ❶計謀, 詭計; 惡作劇.
**play** a trick **on** ～ 跟～開玩笑
**Trick or treat!** 《美》不請客就搗蛋! ➡萬聖節前夕, 孩子們挨家挨戶要糖時說的話; → Halloween.
❷戲法, 魔術; (動物的)把戲, 特技.
— 動 欺騙(cheat).

**trick·y** [ˋtrɪki] 形 詭計(trick)多端的, 狡猾的.
That's tricky! 那太狡猾了!

**tri·cy·cle** [ˋtraɪsɪkḷ] 名 三輪車. ➡ tri- 是「三個的」, cycle 是「輪子」.
Ken rides a **bicycle** and his younger brother rides a **tricycle**. 肯騎自行車, 他弟弟騎三輪車. ◁相關語

**tried** [traɪd] try 的過去式、過去分詞.

**tries** [traɪz] try 的第三人稱單數現在式; try 名 的複數.

**tri·fle** [ˋtraɪfḷ] 名 ❶瑣事, 無聊的事物.
waste time **on** trifles 把時間浪費在瑣事上
❷(**a trifle**)一點, 稍微.

**tri·fling** [ˋtraɪflɪŋ] 形 無聊的, 瑣碎的; 少許的; 玩笑的.
a trifling matter 瑣碎的事情
a trifling amount of money 數量小的一筆錢

**trig·ger** [ˋtrɪgɚ] 名 (槍的)扳機.
**pull** the trigger 扣扳機

**trim** [trɪm] 形 整齊的.
— 動 ❶(切割)整形, 使整潔、漂亮, (用剪刀等)修剪.
You need to trim your hair. 你需要修剪頭髮.
◆ **trimmed** [trɪmd] 過去式、過去分詞.
◆ **trimming** [ˋtrɪmɪŋ] 現在分詞、動名詞.
❷(在～的邊緣上)加上裝飾, 裝飾.

**tri·o** [ˋtrio] 名 (複 **trios** [ˋtrioz]) ❶三重奏〔唱〕; 三重奏〔唱〕樂團. ❷三人小組; 三個一套.

**trip** [trɪp] 名 ❶旅行(journey), 《英》

T

短途旅行.
a class 〔school〕 trip 班級〔學校〕旅行
**a** bus 〔boat〕 trip 乘車〔乘船〕旅行
**go to** Kaohsiung **on** a school trip 學校的高雄之旅
**go on** a honeymoon 〔sightseeing〕 trip **to** Hawaii 到夏威夷度蜜月〔觀光〕
My brother is going to **take** 〔**make**〕 a trip to Japan. 我哥哥準備去日本旅行.
會話 **Have a nice trip.** —Thank you. 祝你旅途愉快. —謝謝.
❷(到附近)去, 外出.
a trip **to** the movies 去看電影
go on a shopping trip to town 上街購物
I'll have to **make** a trip to the supermarket. 我必須去一下超級市場.
—動 絆倒; 使絆倒.
trip **over** a stone 〔**on** the rope〕 被石頭〔繩子〕絆倒
◆ **tripped** [trɪpt] 過去式、過去分詞.
Ken put out his foot and tripped me (**up**). 肯伸出腳把我絆倒.
◆ **tripping** [ˋtrɪpɪŋ] 現在分詞、動名詞.

**tri·umph** [ˋtraɪəmf] 名 ❶大勝利, 大成功.
❷勝利〔成功〕的喜悅, 勝利〔滿足〕感, 耀武揚威〔得意〕的表情.
**in** triumph 獲得勝利地; 耀武揚威地, 意氣風發地

**triv·i·al** [ˋtrɪvɪəl] 形 無價值的, 瑣碎的, 不足取的, 微不足道的.

**trod** [trɑd] tread 的過去式、過去分詞.

**trod·den** [ˋtrɑdn̩] tread 的過去分詞.

**trol·ley** [ˋtrɑlɪ] 名 ❶(通常是兩輪的)手推車. ❷(電車觸電桿前端的)觸輪, 集電輪; 無軌電車(**trolley bus**), 有軌電車(**trolley car**).
❸《英》(運送餐具或食物的)餐車(《美》wagon).

**trom·bone** [trɑmˋbon] 名 伸縮喇叭. ➜大型金屬管樂器.

**troop** [trup] 名 ❶(人、動物的)一群, 一隊, 一團.
**in** troops 成群地
**a** troop **of** deer 一群鹿
❷(**troops**)軍隊, 士兵.
—動(成群結隊地)走, 集合.

**tro·phy** [ˋtrofɪ] 名(複 **trophies** [ˋtrofɪz])(比賽的)優勝紀念品, 獎品, 戰利品.

**trop·ic** [ˋtrɑpɪk] 名 ❶(**the tropics**)熱帶(地區). ❷回歸線.
—形 熱帶的(tropical).

**trop·i·cal** [ˋtrɑpɪkl̩] 形 熱帶的.
tropical countries 熱帶國家
a tropical plant 〔fish〕 熱帶植物〔魚〕

**trot** [trɑt] 名 ❶(馬)快步走. ➜介於一般步伐(walk)和跑步(run, gallop)之間的步調.
**at** a trot (馬)快步走地
❷(人)小跑, 碎步疾行.
—動(使)快步走; (人)小跑著去, 急匆匆地走.
◆ **trotted** [ˋtrɑtɪd] 過去式、過去分詞.
◆ **trotting** [ˋtrɑtɪŋ] 現在分詞、動名詞.

**trou·ble** [ˋtrʌbl̩] 名 ❶ 擔心(事), 煩惱(的原因), 麻煩事; 辛苦.
His life was full of trouble. 他一生受盡辛苦.
His son is a great trouble **to** him. 他的兒子使他煩惱透頂.
**What's the trouble** (**with** you)? 你遇到了甚麼麻煩事?
**The trouble is** (**that**) I can't understand the math lesson. 麻煩的是我聽不懂數學課.

❷困惱〔麻煩〕的事態；(常用 **troubles**)紛爭，糾紛.
family troubles　家庭紛爭
get into trouble　發生糾紛〔問題〕
He is **in** great trouble.　他麻煩大了.
A mouse saw a lion in trouble.　一隻老鼠看見一頭陷入困境的獅子.
He is in trouble **with** the police.　警察正在找他的麻煩.
❸麻煩，辛勞.
I'm **having** trouble (**in**) mov**ing** this heavy box.　我費了好大的勁去搬動這只重箱子.
Thank you for all your trouble.　謝謝您費神了.
會話 I'm sorry to **give** you 〔**put** you **to**〕 so much trouble. —**No trouble at all.**　給您添了這麼多麻煩，實在對不起. — 一點也不麻煩.
Telephoning **saves** the trouble of writing.　打電話省去寫信的麻煩.
❹～病；(機器的)故障.
heart trouble　心臟病
The car had engine trouble.　這輛車的引擎出了毛病.

idiom

***gò to tróuble to dó***　不辭勞苦地做～，費力做～.
I went to a lot of trouble to find the right birthday present for my mother.　我費了好大的勁才找到適合媽媽的生日禮物.
***màke*** 〔***càuse***〕 ***tróuble***　惹麻煩，製造麻煩.
The monkeys are causing a lot of trouble **to** the villagers.　猴子(糟蹋農作物)給村民添了很多麻煩.
***tàke tróuble***　不辭勞苦；費力，費心.
Some people make trouble, and some people take trouble.　(這世上)有人製造麻煩，也有人逆來順受.
***tàke the tróuble to dó***　不怕麻煩去做～，不辭勞苦做～，特地做～.
The policeman took the trouble to walk me home.　那位警察不怕麻煩，一直把我送到家.
***withòut*** (***àny***) ***tróuble***　輕而易舉地，不費力地.
—動 ❶令～苦惱，令～擔心；受(疾病的)折磨.
He **troubles** his parents by his poor work in school.　他的學業成績很差，令他父母擔心.
The old woman was **troubled** by aches and pains.　那位老婦人受各種痛苦的折磨.
What is **troubling** you?　甚麼事令你煩惱?
❷使苦惱，添麻煩；特意做～，擔心.
**I am sorry to trouble you**, but can you tell me the way to the station?　非常抱歉麻煩你，你能告訴我去車站的路嗎?
**May I trouble you for** 〔**to** pass〕 the salt?　可以麻煩你把鹽遞給我嗎? ➜餐桌上對鄰座人說的話.
會話 Shall I make coffee for you? —Oh, **don't trouble** (**yourself**), **thanks**.　我爲你煮咖啡好嗎? —哦！不必麻煩了，謝謝.
**Don't trouble to** come if you are busy.　如果你忙的話，就別特意趕來了.
諺語 Never trouble trouble till trouble troubles you.　麻煩事找上你之前，別自找麻煩. ➜「別自尋煩惱」的意思；第二、三個 trouble 是名詞.

**trou·bled** [ˋtrʌbl̩d] 形 ❶擔心的，不安的. ❷《文》紛亂的，多難的；(海等)洶湧的.

**trou·ble·some** [ˋtrʌbl̩səm] 形 討厭的，麻煩的.

**trou·sers** [ˋtrauzɚz] 名 複 (男用)長褲. ➜因爲有兩隻褲管(trouser)，所以用複數；《美口》**pants**.
**a pair of** trousers　一條褲子　➜計數時不用 ×*a* trousers.

T

**put on** 〔**take off**〕 *one's* trousers 穿〔脫〕褲子
These trousers **are** too big 〔tight〕 for me. 這條褲子對我來說太大〔緊〕了. ➜「一條褲子」也用複數.

**trout** [traʊt] 名 鱒魚. ➜複數亦作 **trout**.

**Troy** [trɔɪ] 專有名詞 特洛伊. ➜小亞細亞(現土耳其附近)西北部的古代城市; 據說西元前一二〇〇年左右這裡爆發了希臘人和特洛伊人之間的特洛伊戰爭.

**truck** [trʌk] 名 ❶**貨車, 卡車.** ➜ 《英》 **lorry**; 指四輪以上的運貨卡車, 還包括運油車、拖車、混凝土攪拌車、鏟車等.
a dump 〔《英》 dumper〕 truck 傾卸卡車
a fire truck 消防車
a truck driver 卡車司機
His **car** was hit by a **truck**. 他的汽車被一輛卡車撞到了. 相關語 在英語中 truck 不是 car.
❷《英》(鐵路上的)無頂貨車.
❸手推車, 臺車.

**true** [tru] 形 ❶**眞的, 眞實的.** ➜名詞爲 truth.
a true story 眞實故事, 實話
true love 眞實的愛
The starfish is not a true fish. 海星不是眞的魚.
Is the news **true** or **false**? 那則消息是眞的還是假的? ◁反義字
**It is true that** I saw a flying saucer. 我眞的見過飛碟. ➜ It＝that ～.
❷眞心的, 誠實的; 忠實的.
a true friend 眞正的朋友, 誠實的朋友
I'll be always true **to** you. 我會永遠對你忠實.
She is true to her promise. 她信守自己的諾言.
❸按實物的, 正確的; 純正的, 逼眞的.
a true copy of his will 他遺囑的眞正拷貝
idiom
***còme trúe*** (希望、預言等)實現, 應驗.
His dream 〔wish〕 came true. 他的夢想實現了.

**tru·ly** [ˋtrulɪ] 副 眞正地; 誠實地; 不虛假地.
idiom
***Yóurs trúly＝Trúly yóurs*** (寫在信末表示敬意)敬上, 謹上. ➜ yours ❸

**trum·pet** [ˋtrʌmpɪt] 名 ❶喇叭.
**play** the trumpet 吹奏喇叭
**blow** a trumpet (尖銳地)吹響喇叭 ➜進軍的信號等.
a trumpet player 喇叭吹奏者
❷(如喇叭聲音般的)象的吼聲.
The elephant **gave** a loud trumpet. 象大吼一聲.

**trunk** [trʌŋk] 名 ❶樹幹; (人、動物的)軀體.
The **tree trunk** is 5 meters around. 這棵樹幹的周長是五公尺.
The owl lived in the hollow trunk of an old oak. 貓頭鷹住在一棵老橡樹的空樹幹裡.
❷(如同樹幹般的)象鼻.
Elephants have long trunks. 象有長鼻子.
❸(旅行用等的)行李箱, 大衣箱. ➜英語中的 trunk 是指以一個人的力量無法手提搬運的大箱子; 據說從前是用樹幹挖空製成的.
I'm **pack**ing my trunk. 我正在把行李裝箱.
Mother put our winter clothes **in** two trunks. 媽媽把我們冬天的衣服放進兩只衣箱裡. ➜爲了保管.
❹《美》(汽車後部的)行李箱.
❺(**trunks**) (游泳、拳擊等穿著的)游泳〔運動〕褲.
swimming trunks 游泳褲

**trust** [trʌst] 名 ❶信賴，信用；信賴的人〔物〕.
I **have** 〔**put**〕 complete trust **in** him, so I tell him all my secrets. 我完全相信他，所以我把我的秘密全部告訴他.
❷(信賴而)託付，信託，照顧.
—動 ❶信賴，相信.
Don't trust him. He is a liar. 別相信他，他是個騙子.
❷(信賴而)託付，信託，委託.
I'll trust my money **to** him.＝I'll trust him **with** my money. 我會把錢託付給他.

**truth** [truθ] 名 ❶**眞實的事，事實**；眞實性.
**speak** 〔**tell**〕 the truth 說實話
會話 Is it **true** that you saw a flying saucer? —Yes, it's the **truth**. 你眞的看見飛碟了嗎? —是的，是眞實的事. ◁相關語
❷眞理.
the scientific truth **that** the earth is round 地球是圓的這一科學眞理
idiom
***to téll (you) the trúth*** 說實話，實際上. → to ❿ ⑥
To tell the truth, I don't like this work. 說實話，我不喜歡這項工作.

**truth·ful** [ˋtruθfəl] 形 眞實的；誠實的，正直的.

**truth·ful·ness** [ˋtruθfəlnɪs] 名 眞實(性)；誠實.

| **try** [traɪ] | ▶嘗試<br>▶試圖～ |
|---|---|

動 ❶**嘗試，試，試吃〔喝，穿，用〕.**
基本 try the brakes 試剎車(是否靈敏) ➡ try＋名詞〈O〉.
try him as goalkeeper 試他當守門員
try the door 試試門(是否鎖好)
He **tries** the front door before he goes to bed. 他就寢前試試前門(是否鎖好). ➡ tries [traɪz] 爲第三人稱單數現在式.
Please try some 'sashimi', Lily. 莉莉，請嚐生魚片.
Would you like to try my new bicycle? 你想不想試騎我的新自行車?
You must try the rope before you use it. 在使用之前你必須試試這繩子(是否結實).
Try **using** an English-English dictionary. 試著使用英英辭典. ➡ using 爲動名詞，作 Try 的受詞.
◆ **tried** [traɪd] 過去式、過去分詞.
John tried eating sliced raw fish and liked it. 約翰試嚐生魚片後便喜歡上它. ➡ try **to** eat 是「想要吃(但是沒吃)」；→❷
◆ **trying** [ˋtraɪɪŋ] 現在分詞、動名詞.
She **is** trying washing her hair with a new shampoo. 她嘗試用新的洗髮精洗頭. ➡現在進行式.
❷(**try to** *do*)**想要做～，嘗試做～，努力做～.**
會話 Can you do it? —**I'll** 〔**Let me**〕 **try.** 你會嗎? —我試試看〔讓我試試〕.
Try to do your best. 盡你最大的努力去做.
Try to be more careful. 試著更小心一些.
Please try **not to** be late. 請儘量別遲到.
Don't try to do such a thing again. 別再做這種事了.
Tommy is trying to catch a butterfly. 湯米正試圖捉住蝴蝶.
John tried to eat raw fish, but couldn't. 約翰想嘗試吃生魚片，但是做不到.
❸審問(人)，審理(事件).
The judge tried the case. 法官審理這件案子.

T

He **was** tried **for** murder. 他因殺人罪而受審. ➜被動語態.

idiom

***trý and dó*** 《口》儘量做～, 努力做～(try to *do*). ➜一般用於命令句.

***trý ón*** 試穿.

Anne is trying on a dress. She has already tried on three. 安正在試穿衣服, 她已經試了三件了.

***trý óut*** (機器、計畫等)測試; (選手、演員等)選拔.

—名(複 **tries** [traɪz]) ❶嘗試, 試驗(trial).

Come on. Just **have** a try. You can do it. 來, 試試看, 你會做的.

She made a successful jump **on** her third try. 她在第三次試跳時成功了.

❷(橄欖球)球觸地得分, 達陣.

Our team **scored** two tries. 我們隊兩次達陣成功.

**T-shirt** [ˋtiˌʃɜt] 名 T 恤, 短袖汗衫.

**tub** [tʌb] 名 ❶盆, 桶. ➜洗滌盆、存放奶油和豬油的容器等; 原來是木製的, 現在也有金屬或塑膠的.

❷澡盆, 浴缸; 洗澡.

**tube** [tjub] 名 ❶(細長的)管子, 筒, (繪畫顏料、牙膏的)管子; 眞空管.

a rubber tube 橡皮管

a tube of toothpaste 一條牙膏

a test tube 試管

❷(地下鐵等的)地下隧道; (倫敦的)地下鐵. ➜「地下鐵」一般《美》爲 **subway**, 《英》爲 **underground**.

go by tube 乘地下鐵去 ➜不用×by *a* 〔*the*〕 tube; → by ❶

take 〔catch〕 **the** tube 搭乘地下鐵

**tuck** [tʌk] 動 ❶捲起(袖子等); (將襯衫的邊等)塞進.

❷(**tuck up**)(用毯子等)圍裹, 覆蓋.

❸硬塞(入狹小的地方); 隱藏.

**Tue(s).** Tuesday(星期二)的縮寫.

| **Tues·day** [ˋtjuzdɪ] [ˋtjuzde] | ▶星期二 ⊙「蒂烏(Tiu)之日」的意思; Tiu 是北歐神話中的戰神, 相當於羅馬神話的瑪爾斯(Mars) |
|---|---|

名 星期二. ➜一週的第三天.

基本 **on** Tuesday 在星期二

基本 Today is Tuesday.=It's Tuesday today. 今天是星期二. ➜不用×*a* 〔*the*〕 Tuesday.

I saw Ken on Tuesday 〔**last** Tuesday〕. 星期二〔上星期二〕我看見肯. ➜不用×*on* last Tuesday; 以下相同.

I will see Ken on Tuesday 〔**next** Tuesday〕. 星期二〔下星期二〕我將見到肯.

We meet every Tuesday. 我們每星期二見面.

See you (**on**) Tuesday morning 〔afternoon, evening〕. 星期二早上〔下午, 晚上〕見.

We meet on **Tuesdays**. 我們每〔常在〕星期二見面.

**tug** [tʌg] 動 用力拉, 拖.

◆ **tugged** [tʌgd] 過去式、過去分詞.

◆ **tugging** [ˋtʌgɪŋ] 現在分詞、動名詞.

—名 用力拉, 拖.

**give** ～ a tug=give a tug **at** ～ 使勁拉～

**feel** a tug on a fishing line 感到釣魚線被用力拉了一下

***túg of wár*** 拔河.

**tu·lip** [ˋtjulɪp] 名 鬱金香〔花, 球根〕.

**tum·ble** [ˋtʌmbl̩] 動 跌倒, 滾下, 倒塌, 翻滾; 弄倒, 使倒塌.

**tum·bler** [ˋtʌmblɚ] 名 大玻璃杯; 翻筋斗的雜技演員. ➜從前若不把杯中之酒喝乾就不放下酒杯, 而把杯底做成容易翻倒的圓狀體, 所以稱作tumbler(翻倒物).

**tum·my** [ˋtʌmɪ] 名(複 **tummies** [ˋtʌmɪz])《兒童語》肚子(stomach).

**tu·na** [ˋtunə] 名 鮪魚. ➜複數亦作 **tuna**.

tuna fish 鮪魚肉

a tuna sandwich 鮪魚三明治

**tune** [tjun] 名 ❶(音樂的)旋律, 曲子.

sing〔play〕a merry tune 唱〔演奏〕一首快樂的曲子

a popular tune 流行曲子

I knew the tune of the song, but I didn't know the words (to it). 我知道這首歌的旋律, 可是不知道它的歌詞.

❷(聲音、樂器的)音高, 音調.

sing **in**〔**out of**〕tune 唱得準〔走調〕

—動 調整(樂器、聲音的)音調; 調(廣播、電視的)頻道.

tune a piano 調鋼琴音

tune the radio to catch the news 調收音機聽新聞

idiom

***túne ín*** 調(收音機、電視臺的)頻道.

tune in **to** NHK 調到 NHK 的頻道

***túne úp*** (樂隊)調整各種樂器成同一音調; (機器等)調整.

**tun·nel** [ˋtʌn!] 名 隧道, 地道.

**tur·ban** [ˋtɜbən] 名 (印度人或回教徒男子頭上裹的)包頭巾.

**turf** [tɜf] 名 長著草的土地, 草坪; (鋪草坪用的)草皮.

make a **lawn** by laying **turfs** (不撒草的種子)鋪上草皮種植草坪

**Turk** [tɜk] 名 土耳其人.

**Tur·key** [ˋtɜkɪ] 專有名詞 土耳其. ➜亞洲西部的共和國; 首都安卡拉(Ankara).

**tur·key** [ˋtɜkɪ] 名 火雞, 火雞肉.

**Turk·ish** [ˋtɜkɪʃ] 形 土耳其的; 土耳其人〔語〕的.

—名 土耳其語.

| **turn** [tɜn] | ▶轉動, 旋轉<br>▶翻倒<br>▶變成(～), 改變 |
|---|---|

動 ❶旋轉, 運轉; 轉動.

基本 turn slowly 慢慢地轉 ➜ turn＋副詞(片語).

turn **around** the sun 繞著太陽旋轉

基本 turn the wheel 轉動方向盤 ➜ turn＋名詞〈O〉.

turn a doorknob 轉動門把

The earth **turns** around the sun. 地球繞著太陽旋轉. ➜ turns [tɜnz] 爲第三人稱單數現在式.

◆ **turned** [tɜnd] 過去式、過去分詞.

I turned the key and opened the door. 我轉動鑰匙打開門.

◆ **turning** [ˋtɜnɪŋ] 現在分詞、動名詞.

My head **is** turning. 我頭暈. ➜現在進行式.

❷改變(～的)方向, 轉彎; 朝向.

turn **to** the right＝turn right 向右轉

turn (**a**)**round** 旋轉, 回頭

turn **back** 折回

turn a corner 轉角

He turned (round) **to** his wife and waved good-bye. 他轉向妻子, 揮手道別.

The flower turns **towards** the sun. 這種花朝向太陽.

Turn this to the left, and the machine will start. Turn it back, and the machine will stop. 將這個向左旋轉, 機器就會啓動, 把它往回旋, 機器就會停止.

She turned her eyes to the sky. 她把視線移向天空.

❸(上下)翻轉, 翻(書頁).

turn a pancake 翻煎餅

turn a page 翻書頁

The boat turned **upside down**. 小

T

船翻了. ➡ upside down 是「顚倒」.
Ken turned a somersault. 肯翻了個筋斗.
Ken turned (**over** and over) in bed. 肯在床上翻來覆去.
❹改變成～；變成～.
**基本** turn pale 發青，變蒼白 ➡ turn＋形容詞〈C〉.
He turned red when she kissed him. 當她吻他時，他的臉紅了.
**基本** turn **into** ～ 轉變成～
The rain turned into snow. 雨變成了雪.
The little girl turned into a tall, beautiful woman. 這個小女孩長成了一位高䠷美麗的女人.
**基本** turn A **into** B 把A變成B ➡ turn＋名詞〈O〉＋into＋名詞〈O′〉.
We'll turn this field into a tennis court. 我們將把這塊地改建成網球場.
The prince was turned into a frog by the witch. 王子被女巫變成了一隻青蛙. ➡被動語態.
❺(年齡、時刻等)超越，逾，達到.
Ken will turn twelve on his next birthday. 肯在下一個生日時將滿十二歲.
It has just turned 10 o'clock. 剛過十點鐘.

idiom

***tùrn asíde*** 轉過臉去；轉變方向；避開.
***tùrn awáy*** 離開；趕走；轉過(臉)去.
***tùrn dówn*** 調小(音量、火焰等)；摺(書頁的一角)，折(牀罩等)；拒絕(申請等).
Please turn down the TV—it's too loud. 請把電視機的音量調小，太大聲了.
***tùrn ín*** 交出，提交(答案等)，歸還(不用之物)；《口》上床睡覺；(改變方向)進入.
***tùrn óff*** 關閉(瓦斯、自來水、電燈等).
Please turn off the gas〔the light, the television〕before you go out. 在外出之前請關掉瓦斯〔電燈，電視機〕.
***tùrn ón*** 打開(瓦斯、自來水、電燈等).
Please turn on the gas〔the light, the television〕. 請打開瓦斯〔電燈、電視機〕.
***tùrn óut*** (電燈等)熄滅(turn off)；驅逐；生產；出來；(結果)變成～.
The weather turned out fine. 結果天氣變晴了.
**It turned out that** Jim was right. 結果吉姆是正確的.
***tùrn óver*** 翻(書頁等)(→❸)；翻轉；移交；仔細考慮.
***tùrn úp*** 向上；掘起；調大(音量、火焰等)；出現，到來.
—名(複 **turns** [tɜnz]) ❶轉動，運轉.
❷轉彎，改變方向.
make a left turn 向左轉
❸拐角，曲線.
a sharp turn in the road 道路的急彎
❹輪班，順次.
**Wait** your turn. 等著輪到你〔請排隊〕.
I washed the dishes yesterday; **it's** your turn today. 昨天我洗盤子，今天該輪到你.
It is your turn to sing. 輪到你唱歌了. ➡It籠統地表示「狀況」；to sing (唱)修飾 turn.

idiom

***by túrns*** 輪流地，交替地.
***in túrn*** 依次地，輪流地.
***tàke túrns ～ing*** 輪流做～，交替做～.
They took turns driving the car. 他們輪流開車.

**tur·nip** [ˋtɜnɪp] 名 蕪菁.
**turn·pike** [ˋtɜn͵paɪk] 名《美》收費高

速公路.

**turn·stile** [ˋtɝn͵staɪl] 名 旋轉出入口，自動剪票口. ➡放入硬幣或車票就能轉動，只容一人通過；設於車站、劇場等出入口.

**tur·tle** [ˋtɝtl̩] 名 龜，海龜. → tortoise.

**tur·tle·neck** [ˋtɝtl̩͵nɛk] 名 套頭翻領(的毛衣).

**tusk** [tʌsk] 名 長牙. ➡象、野豬等向口外突出的牙齒；→ fang.

**tu·tor** [ˋtjutɚ] 名 家庭教師. ➡也包括住在雇主家裡的.
I **have** a tutor **in** math. 我請了一位數學家庭教師.

**tu-whoo** [tυˋhwu] 感 名 貓頭鷹的叫聲；亦作 **tu-whu**.

**TV** [ˋtiˋvi] 名 ((口))電視，電視機. ➡ **television** 的縮寫；用法請參見 television.
**watch** TV 看電視
**turn on** 〔**off**〕 the TV 打開〔關掉〕電視
buy a new TV 買一臺新電視機
a TV station 電視臺

| **twelfth** [ˋtwɛlfθ] | ▶第十二(的)<br>▶第十二天 |
|---|---|

形 名 ❶第十二(的)；(月的)十二號. ➡略作 **12th**；用法請參見 third.
the 12th of May 五月十二日
It's Ken's twelfth birthday on Sunday. 星期日是肯的十二歲生日.
❷十二分之一(的).

| **twelve** [twɛlv] | ▶十二(的)<br>▶十二點<br>▶十二歲(的) |
|---|---|

形 名 十二(的)，十二人〔個〕(的)；十二歲(的)；十二點〔分、美元、英鎊等〕. ➡用法請參見 three.
twelve months 十二個月
I am twelve (years old). 我十二歲.
It is twelve (o'clock) noon 〔midnight〕. 現在是中午〔夜晚〕十二點.

**twen·ti·eth** [ˋtwɛntɪɪθ] 名 形 ❶第二十(的)；(月的)二十號. ➡略作 **20th**；用法請參見 third.
the twentieth century 二十世紀
the 20th of last month 上個月的二十號
❷二十分之一(的).

| **twen·ty** [ˋtwɛntɪ] | ▶二十(的)<br>▶二十歲(的) |
|---|---|

形 二十的，二十人〔個〕的；二十歲的. ➡用法請參見 three.
He is twenty (years old). 他二十歲.
—名 (複 **twenties** [ˋtwɛntɪz]) ❶二十，二十人〔個〕；二十歲；二十分〔美元、英鎊等〕.
It's twenty past ten. 現在是十點二十分.
**twenty-one, twenty-two,** ～ 二十一，二十二，～.
❷(**twenties**) (年齡的)二十幾歲；(世紀的)二〇年代.
She is **in** her early twenties. 她大約二十歲出頭.

**twice** [twaɪs] 副 ❶兩次，兩回. ➡比 two times 常用；→ time ❺
I have been there **once** or **twice**. 我去過那裡一、兩次. ◁相關語
We have English twice a week.

我們每週上兩次英語課.
❷兩倍. → time ❻
Twice two is four. 二的兩倍是四 (2×2=4).
The tower is twice **as** high **as** the church. 這座塔是教堂的兩倍高.

**twig** [twɪg] 名 小枝. → branch.

**twi·light** [ˋtwaɪˏlaɪt] 名 (日落後, 日出前的)微明; 黃昏, 薄暮.
at twilight 在黃昏時
Reading in the twilight hurts your eyes. 在微亮的光線下看書會傷眼睛.

**twin** [twɪn] 名(人、動物的)雙胞胎之一; (**twins**)雙胞胎, 孿生子.
Tom and Tim are twins. Tom is Tim's twin and Tim is Tom's twin. 湯姆和提姆是雙胞胎, 湯姆是提姆的孿生哥哥〔弟弟〕, 提姆是湯姆的孿生弟弟〔哥哥〕.
—形 孿生的, 成對的.
twin brothers 孿生兄弟
Do you know my twin brother? 你認識我的孿生哥哥〔弟弟〕嗎?
There are **twin beds** in my bedroom. 我的臥室裡有一對單人床.

T

**twine** [twaɪn] 名 捻線、麻繩.
— 動 捻攏, 纏繞.
The ivy twined (itself) around the tree. 常春藤纏繞在那棵樹上.

**twin·kle** [ˋtwɪŋkl] 動(星星等)閃爍, 閃耀, 發光.
Twinkle, twinkle, little star. 一閃一閃亮晶晶. ➡童謠《小星星》的第一句.
The stars are twinkling. 星星在閃爍.
The boy's eyes twinkled with laughter. 這個男孩笑了, 眼裡閃著光芒.
—名 閃爍, 閃耀.

**twirl** [twɜl] 動 (使)轉動.
— 名 轉動, 旋轉.

**twirl·er** [ˋtwɜlɚ] 名 樂隊指揮. ➡在行進中站在樂隊前面揮舞著指揮棒的人; 通常用 **baton twirler**.

**twist** [twɪst] 動 ❶捻, 搓; 纏, 繞.
twist threads into a rope 把線搓成繩
A vine twisted itself around a tree. 一條藤纏在樹上.
❷(用力)扭曲, 扭; 扭傷.
twist a wire 扭彎一根鐵絲
twist his arm 扭他的手臂
twist one's leg 扭傷腳
have a twisted ankle 足踝扭傷
twist *one's* face with pain 因痛苦而扭曲了臉
twist a wet towel 擰乾濕毛巾
Don't twist my words. I didn't say that. 別曲解我的話, 我沒說那件事.
❸曲折; 轉身; 掙扎.
The river twists **across** the plain. 這條河蜿蜒流過平原.
—名 捻, 搓; 捻線〔繩〕; 扭曲, 扭傷; (道路的)彎曲.
**give** a rope a few twists 把繩子搓幾下
**undo** the twist of a rope 解開繩子的糾結
a twist in a road 道路的彎曲處

**twit·ter** [ˋtwɪtɚ] 動 (小鳥)吱吱叫.
—名(小鳥)鳴囀.

| **two** [tu] | ▶二(的), 二人(的), 二個(的)<br>▶二點<br>▶二歲(的) |
|---|---|

形 二的, 二人〔個〕的; 二歲的. ➡用法請參見 three.
two eyes 二隻眼睛
I have **one** brother and **two** sisters. 我有一個兄弟, 二個姊妹.
Our baby is two (years old). 我們的孩子二歲.
—名 二, 二人, 二個; 二歲; 二點〔分、美元、英鎊等〕. ➡用法請參見 three.

Lesson **Two** 第二課
**It's** two minutes to two. 現在差二分二點. ➡第一個 two 是形容詞.
School is over **at** two (o'clock). 學校二點放學.
Please cut the apple **in** two. 請把蘋果切成兩半.

**two-sto·ried** [ˋtuˋstɔrɪd] 形 二層(樓)的. → storied.

**TX** Texas 的縮寫.

**ty·ing** [ˋtaɪɪŋ] tie 的現在分詞、動名詞.

**type** [taɪp] 名 ❶型, 類型, 種類; 典型(model).
a new type (**of**) car 新型的汽車 ➡《美 口》會省略 of; 不用 ˣa new type of *a* car.
I like Italian-type ice cream. 我喜歡義大利口味的冰淇淋.
You are not the teacher type. 你不是當老師那類型的人.
He is **my** type. 他是我(喜歡)的類型.
She is the type of person I like—kind and friendly. 她是我喜歡的那一型人——和善又友好.
❷鉛字; (印刷的)文字.
Children's books are usually printed **in** large type. 兒童書通常用大號的字體印刷.
—動 用打字機打(字).
type a letter 用打字機打一封信
a typed letter 用打字機打的信
She types well. 她打字打得很好.

**type·writ·er** [ˋtaɪp,raɪtɚ] 名 打字機.
She wrote her story **on** [**with**] a typewriter. 她用打字機寫她的故事.

**ty·phoon** [taɪˋfun] 名 颱風.
Many typhoons **hit** Taiwan during summer. 夏天有很多颱風侵襲臺灣.

**typ·i·cal** [ˋtɪpɪkḷ] 形 典型的, 有代表性的; (**be typical of** ~)是～的典型, 是～特有的.
a typical Japanese 典型的日本人
a typical spring day 典型的春日
We had a typical English breakfast—bacon, eggs, toast, and tea. 我們吃了典型的英國式早餐——燻肉、雞蛋、吐司和紅茶.
The church is typical of Gothic style. 這座教堂是典型的哥德式建築.
The blunt answer was very typical of him. 這種直率的回答就是他的特點.

**typ·i·cal·ly** [ˋtɪpɪkḷɪ] 副 典型地, 獨特地.

**typ·ist** [ˋtaɪpɪst] 名 打字員.
She is a good typist. 她是一名優秀的打字員.

**tyr·an·ny** [ˋtɪrənɪ] 名 (複 **tyrannies** [ˋtɪrənɪz]) 暴政; 暴虐(行為).

**ty·rant** [ˋtaɪrənt] 名 暴君; 專制君主.

**tyre** [taɪr] 名 《英》=tire[1].

T

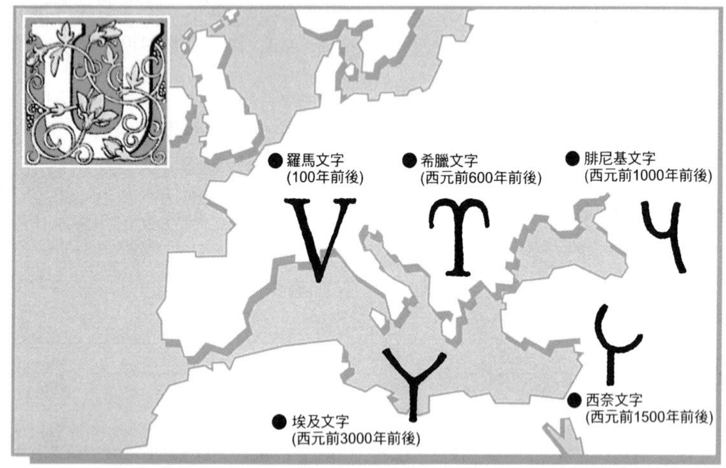


**U, u** [ju] 名 (複 **U's, u's** [juz]) ❶英文字母的第二十一個字母. ❷(U) U 字形的東西.

**Ú-turn** U 形轉彎.

make a U-turn 做迴轉

告示 No U-turn. 禁止 U 形轉彎, 禁止迴轉.

❸(U)《口》=you (你(們)).

I.O.U. $4,000, Tom. 我欠你四千元, 湯姆. ➜借條中 I owe you. (我欠你錢) 發音的縮寫.

**UFO** [ˋjufo, ˏjuɛfˋo] 名 不明飛行物體, 幽浮. ➜飛碟 (flying saucer) 等; **u**nidentified (不明的) **f**lying **o**bject 的縮寫.

Have you ever seen **a** UFO? 你曾經見過幽浮嗎?

**ug·ly** [ˋʌglɪ] 形 ❶**醜陋的, 難看的.**

**an** ugly toad 醜陋的蟾蜍

Our school building is old and ugly. 我們的校舍又舊又醜.

Our teacher told us the story of *The Ugly Duckling*. 老師講了《醜小鴨》的故事給我們聽.

◆ **uglier** [ˋʌglɪɚ] 比較級.

◆ **ugliest** [ˋʌglɪɪst] 最高級.

❷不愉快的, 討厭的, 險惡的;《美口》不高興的.

an ugly scene 討厭的場面

ugly weather 陰沈的〔惡劣的〕天氣, 看似會轉壞的天氣

Our teacher is in an ugly mood today. 我們老師今天心情不好.

**uh-oh** [ˋʌo] 感《出差錯、倒霉的時候》唉呀! 糟糕了!

**uh-uh** [ˋʌˋʌ] 感《表示否定、不贊成》哼! 不!

**U.K.** [ˋjuˋke]《略》(**the U.K.**) 英國, 聯合王國 (the United Kingdom). → united ❷

**u·ku·le·le** [ˏjukəˋlelɪ] 名《樂器》尤克里里琴 (夏威夷四絃琴).

字源 夏威夷語是「跳躍的跳蚤」的意思；因爲彈奏時手指在琴絃上如同跳蚤一樣飛快地跳躍滑動，故得此名.

**um, umm** [ʌm, əm] 感 嗯. ➡想說又猶豫不決，或說話停頓時所發的聲音.

**um·brel·la** [ʌm`brɛlə] 名 傘；雨傘.

**put up** 〔**open**〕 **an** umbrella 撐傘，打開傘

**put down** 〔**shut, fold**〕 an umbrella 收傘，合上傘

put *one's* wet **umbrella** in an **umbrella stand** 把溼的傘放進傘架

◁相關語

a beach 〔garden〕 umbrella 海灘傘〔庭院中使用的大遮陽傘〕→parasol.

Come **under** my umbrella. 到我的傘下來.

**um·pire** [`ʌmpaɪr] ➡注意重音的位置. 名 裁判. ➡指棒球、網球、乒乓球、羽毛球、排球、板球等的裁判；同義字 籃球、足球、橄欖球、摔角、拳擊等的裁判稱爲 **referee**.

—動 擔任裁判.

The principal umpired our baseball game. 校長擔任我們棒球比賽的裁判.

**UN, U.N.** [`ju`ɛn] 《略》(常用 **the U.N.**) 聯合國(the United Nations). → united ❷

**un·a·ble** [ʌn`ebḷ] 形 (**be unable to** *do*) 不能做～(cannot *do*). → able.

Mary is unable to reach the top shelf. 瑪麗的手搆不到最上面的架子.

Bill was unable to read Chinese two years ago. 比爾兩年前看不懂中文.

He will be unable to come tomorrow. 他明天不能來.

**u·nan·i·mous** [ju`nænəməs] 形 意見一致的，全體一致的.

Betty was elected class president by **a** unanimous vote. 全班一致通過貝蒂當選爲班長.

Our class members were unanimous **in** putting on a play at the school festival. 我們班全體一致同意在校慶時表演一齣話劇.

**un·be·liev·a·ble** [ˌʌnbɪ`livəbḷ] 形 難以相信的. → believe.

**un·cer·tain** [ʌn`sɜtṇ] 形 不確信的，不確定的；無常的，不安定的，不可靠的. → certain.

I am uncertain **of** the answer to the question. 我不確定這個問題的答案.

I'm uncertain **about** going to the party. 我不確定去不去參加聚會.

The weather was uncertain, so we called off the picnic. 天氣不穩定，所以我們取消了野餐.

**un·changed** [ʌn`tʃendʒd] 形 未改變的，照舊的. → change.

| **un·cle** [`ʌŋ kḷ ] | ▶叔叔，伯伯，舅舅，姑〔姨〕丈<br>⊙指父母的兄弟；姨〔姑〕媽(aunt)的丈夫 |
|---|---|

名 (複 **uncles** [`ʌŋkḷz]) ❶ 叔叔，伯伯，舅舅，姑〔姨〕丈.

This is my uncle Tommy. He is my father's 〔mother's〕 brother. 這位是我的叔叔〔舅舅〕湯米，他是我父親〔母親〕的兄弟.

Let's go fishing, Uncle (Jim)! (吉姆)叔叔，我們去釣魚吧!

I'm going to stay at my **uncle's**. 我打算去叔叔家住. ➡my uncle's＝my uncle's house.

I have four uncles **on** my father's **side**. 我有四個叔叔.

When **Aunt** Mary got married, we got a new **uncle**. 瑪麗阿姨結婚後，我們多了一個新姨丈. ◁相關語

Sam has become an uncle. 山姆(因哥哥〔姊姊〕生了孩子)當了叔叔〔舅舅〕.

❷ (對外人的稱呼)叔叔，伯伯.

Uncle Joe is a friend of the neigh-

U

borhood children. 喬叔叔是附近孩子們的朋友.

**Úncle Sám** 山姆大叔. ➜表示典型的美國人或美國政府，出現在漫畫等處；是用 the United States 的第一個字母設計出來的；→ John Bull.

Uncle Sam John Bull

idiom

***sày* 〔*crỳ*〕 *úncle*** 《美口》認輸，投降.

The bully twisted Ben's arm and said, "Cry uncle." "Uncle! Uncle!" Ben cried. 那個淘氣的孩子扭住班的胳膊，喊道:「快認輸!」班叫道:「投降! 投降!」

**un·com·fort·a·ble** [ʌnˋkʌmfɚtəbl̩] 形 不舒服的，心情〔坐，睡，住，穿得〕不安適的；不安心的，不自在的. → comfortable.

an uncomfortable chair 〔bed〕 使人不舒適的椅子〔床〕

**un·com·mon** [ʌnˋkɑmən] 形 罕見的，不平凡的，傑出的，稀少的 (rare). → common.

**un·con·scious** [ʌnˋkɑnʃəs] 形 ❶ 不省人事的，失去知覺的，昏厥的. → conscious.

❷未發覺的，不知道的；無意識的.

be unconscious **of** ～ 未發覺～

**un·cov·er** [ʌnˋkʌvɚ] 動 ❶移去遮蓋物〔蓋子〕. ❷揭穿，揭露(秘密等)；發掘(遺跡). → cover.

| **un·der** [ˋʌn dɚ] | ▶《位置》在～下面<br>▶《數量》未達～的，～以下的 |
|---|---|

介 ❶《位置》在～下面，往～下面；～的下面的.

基本 under the table 在桌子底下，桌子下的 ➜ under＋名詞.

hide under the table 躲在桌子底下

a cat under the table 桌子底下的貓

The cat is **under** the table, not **on** it. 貓在桌下，不在桌上. ◁反義字

The dog jumped **over** the fence, and the cat crawled **under** it. 狗躍過柵欄，貓從柵欄下面鑽過去. ◁反義字

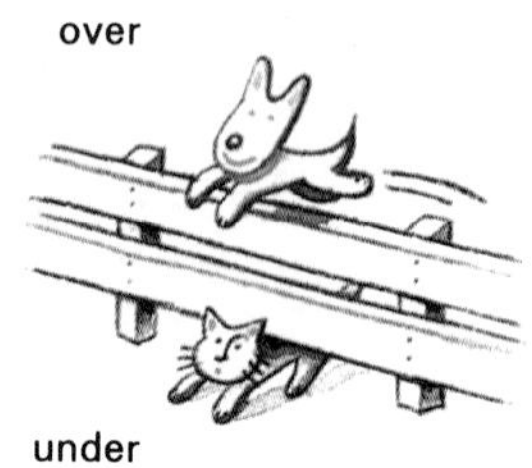


John played the guitar under Annie's window. 約翰在安妮的窗下彈吉他.

He has a book under his arm. 他胳膊下夾著一本書.

She is wearing a blue shirt under her sweater. 她在毛衣裡穿著一件藍襯衫.

They went under water to catch fish. 他們鑽到水底下去捉魚.

Our cat is now hiding under the table, but she will soon come out **from** under it. 我們的貓正躲在桌子底下，不過牠很快就會從裡面出來.

❷《數量》少於～，未滿～，～以下(的). 反義字 over(～以上(的)).

children under six (years old) 未滿六歲的小孩

He is still under fifty. 他還不到五十歲.

His salary is under 30,000 (讀法: thirty thousand) NT dollars. 他的

月薪在三萬臺幣以下.
He can run 100 meters in under 12 seconds. 他能在十二秒以內跑完一百公尺.
❸《指導、影響等》在～之下;《修理等》在接受著～, 在～中.
The children worked well under the kind teacher. 孩子們在這和藹的老師指導下, 學習得很好.
My sister is under the care of a doctor. 我妹妹正在接受醫生的治療.
Our school library is **under construction**. 我們學校的圖書館正在興建中.
—副 往下, 在下方.
**go** under 往下面走, 沈沒; 失敗
The boat〔The business〕went under. 那艘船沈了〔那筆生意失敗了〕.

**un·der·clothes** [ˋʌndɚˏkloðz] 名 複 《集合》內衣褲(類) (underwear).

**un·der·ground** [ˋʌndɚˏgraund] 形
❶地下的.
an underground railroad 〔《英》railway〕 地下鐵
❷秘密的, 非公開的, 非法的.
an underground organization 地下秘密組織
—名 ❶ (**the underground**)《英》地下鐵(《美》subway); (**the Underground**) 倫敦市的地鐵. → tube.
go **by** underground 乘地鐵去 ➜不用 ×by *an* underground, ×by underground*s*.
❷《美》地下, 地下道(《英》subway).
❸地下反抗組織.
—[ˏʌndɚˋgraund] 副 ➜注意和形容詞、名詞重音的位置不同.
❶在地下.
Moles live underground. 鼴鼠住在地下.
❷(轉入)地下, 隱藏地, 秘密地.
go underground (罪犯等)轉爲秘密

**un·der·line** [ˏʌndɚˋlaɪn] 動 在～之下畫線.
underline the word 在單字下畫線
In writing, we underline titles of books. 寫作時, 我們會在書名下面畫線. ➜英文中, 除上述之外, 也會在電影、戲劇、船、飛機等的名字、外來語、要特別強調的詞等下面畫線.

**un·der·neath** [ˏʌndɚˋniθ] 介 副 在(～的)下面, 在(～的)正下方.
We found a small snail underneath the log. 我們在圓木底下發現一隻小蝸牛.

**un·der·shirt** [ˋʌndɚˋʃɝt] 名《美》(男用)貼身內衣, 汗衫(《英》vest).

| **un·der·stand** [ˏʌndɚˋstænd] | ▶理解 ▶明白 |
|---|---|

動 ❶理解, 明白, 熟悉, 通曉.
**基本** understand English 懂英語
➜ understand + 名詞〈O〉.
understand him 理解他, 了解他說的話〔做的事〕
understand the question 明白問題的含意
understand each other 互相理解〔了解〕
Fred **understands** Japanese very well. 弗雷德通曉日語. ➜ understands [ˏʌndɚˋstændz] 爲第三人稱單數現在式.
會話 Don't be late so often, Ken. —Yes, sir. I understand. 別這樣經常遲到, 肯. —是, 老師, 我明白了.
Why are you angry with me? I don't 〔can't〕 understand. 你爲甚麼生我的氣? 我不明白.
My parents don't understand me. 我父母不瞭解我.
I cannot understand **why** you are angry with me. 我不明白爲甚麼你要生我的氣.
◆ **understood** [ˏʌndɚˋstud] 過去式、過去分詞.
He spoke quickly, but I understood **what** he said. 他說得很快,

U

但我明白他說甚麼.
**Have** you understood the lesson? 你們聽懂這一課了嗎? ➡現在完成式.
Can you **make yourself understood** in English? 你能(讓自己想說的話被理解⇨)用英語表達嗎? ➡ understood 爲過去分詞.
◆ **understanding** [ˌʌndɚˋstændɪŋ] 動名詞、現在分詞. ➡ understand 不用進行式; → understanding.
You will understand **that** differences in language often work against understanding between nations. 你會明白語言的不同常常會阻礙國與國之間的相互瞭解. ➡understanding 是動名詞(理解); work against ～=阻礙～.
❷(**I** 〔**We**〕 **understand** (**that**) ～) 聽說～. ➡有禮貌的說法.
I understand (that) you like fishing. 我聽說你喜歡釣魚.

**un·der·stand·ing** [ˌʌndɚˋstændɪŋ] understand 的現在分詞、動名詞.
— 名 ❶理解, 明白; 理解力.
a book **beyond** 〔**within**〕 a child's understanding 超出小孩子理解能力的書〔在小孩子理解範圍內的書〕
Ben **has a** good understanding **of** mathematics. 班在數學方面有良好的理解力〔很懂數學〕.
❷相互理解, 相知, 了解.
We **came to** 〔**reached**〕 an understanding after our long discussion. 在長時間討論之後, 我們取得了一致的意見〔達到了相互的諒解〕.
— 形 通情達理的, 能體諒別人的.
an understanding parent 通情達理的父〔母〕親

**un·der·stood** [ˌʌndɚˋstʊd] understand 的過去式、過去分詞.

**un·der·wa·ter** [ˌʌndɚˋwɑtɚ] 形 (在)水下的, 水中的, 在水中使用的.
underwater plants 水中植物
underwater swimming 潛泳
— 副 在水面下, 在水中.
I can swim underwater. 我可以在水面下游泳.

**un·der·wear** [ˋʌndɚˌwɛr] 名 《集合》 襯衣, 內衣褲(underclothes).
**put on** 〔**wear**〕 clean underwear 穿上〔穿着〕清潔的內衣褲 ➡不用×*a* clean underwear.
I change my underwear every day. 我每天換內衣褲. ➡不用×underwear*s*.

**un·do** [ʌnˋdu] 動 ❶解開(鈕釦、繩結等), 打開(包裹), 脫去(衣服), 解開(領帶).
undo *one's* shoelaces 解開鞋帶
Please undo the buttons in the back. 請解開背後的釦子.
◆ **undid** [ʌnˋdɪd] 過去式.
◆ **undone** [ʌnˋdʌn] 過去分詞.
❷使恢復原狀; 取消, 銷帳, 廢棄.
He **undoes** all our hard work by his lack of patience. 由於他的缺乏耐心使我們的努力全都化爲泡影. ➡ undoes [ʌnˋdʌz] 爲第三人稱單數現在式.

**un·done** [ʌnˋdʌn] 形 ❶原封不動的, 未做完的.
I **left** the last problem on the test undone. 我剩下最後一個測驗題沒做完.
❷解開的; 放鬆的.
Your shoelaces are undone. 你的鞋帶鬆開了.

**un·doubt·ed·ly** [ʌnˋdaʊtɪdlɪ] 副 無疑問地, 確實地, 肯定地(certainly).

**un·dress** [ʌnˋdrɛs] 動(使)脫去衣服. → dress.
Mother undressed the baby for his bath. 媽媽脫下嬰兒的衣服幫他洗澡.
idiom
***undréss onesèlf = gèt undréssed*** 脫衣服.
It is late, so undress (yourself) quickly and go to bed. 已經很晚

了，快脫掉衣服上床睡覺.

**un·eas·y** [ʌn`izɪ] 形 不安的，憂慮的；不舒服的. → easy.
spend an uneasy night 度過一個不安的夜晚
I **feel** very uneasy **about** the test. 我很擔心考試的事.
◆ **uneasier** [ʌn`izɪɚ] 比較級.
◆ **uneasiest** [ʌn`izɪɪst] 最高級.

**UNESCO** [ju`nɛsko] 名 聯合國教科文組織. ➡ 聯合國所屬的組織，是 the **U**nited **N**ations **E**ducational, **S**cientific, and **C**ultural **O**rganization (聯合國教育、科學及文化組織) 的字首字母縮寫.

**un·even** [ʌn`ivən] 形 ❶不平坦的，凹凸不平的(rough). → even.
The car bumped up and down on the uneven road. 車子在凹凸不平的路面上顛簸著.
❷(水準)不同的，不一致的，不均勻的.
Your work is very uneven; sometimes it is good; sometimes it is bad. 你的工作很不穩定，時好時壞.

**un·ex·pect·ed** [ˌʌnɪk`spɛktɪd] 形 預料不到的，意外的，突然的.
We had an unexpected, but welcome, visit from our uncle yesterday. 出乎意料，昨天叔叔來拜訪我們，但我們很高興.

**un·ex·pect·ed·ly** [ˌʌnɪk`spɛktɪdlɪ] 副 未料到地，意外地，突然地.

**un·fair** [ʌn`fɛr] 形 不公平的，不恰當的；不正直的，狡猾的. → fair ❶
**It's unfair of you to** eat all the cake yourself. 你眞狡猾，自個兒把蛋糕全部吃光.

**un·fa·mil·iar** [ˌʌnfə`mɪljɚ] 形 不熟知的；不熟悉的；陌生的.
That man's face is unfamiliar **to** me. 我不熟悉那個男人的臉孔.
I am unfamiliar **with** French. 我不太懂法語.

**un·fas·ten** [ʌn`fæsn̩] 動 打開，解開(皮帶、鈕釦等)，鬆開(打結之物)；解開(衣服的)鈕釦；使解開，使鬆開. → fasten.
Unfasten your seat belts, please. 請鬆開您座位上的安全帶.

**un·fold** [ʌn`fold] 動 打開，展開(折疊的東西). → fold.
unfold a napkin 〔a map, a newspaper〕 打開餐巾〔地圖，報紙〕

**un·for·tu·nate** [ʌn`fɔrtʃənɪt] 形 運氣不好的，不幸的. → fortunate；➡ 名詞爲 misfortune.
You were unfortunate **in** losing your new watch. 你眞是運氣不好，掉了新手錶.

**un·for·tu·nate·ly** [ʌn`fɔrtʃənɪtlɪ] 副 不幸地，倒楣地，不巧.

**un·friend·ly** [ʌn`frɛndlɪ] 形 不友好的，不熱情的，不親切的，冷淡的，難以接近〔打交道〕的.
She has been unfriendly **to** 〔**toward**〕 me since we quarreled. 自從我們吵了架，她一直對我很冷淡.

**un·hap·pi·ly** [ʌn`hæpɪlɪ] 副 不幸地，悲慘地；悲傷地. → happily.

**un·hap·py** [ʌn`hæpɪ] 形 不幸的，悲慘的；悲傷的(sad)，不快樂的. → happy.
an unhappy orphan 不幸的孤兒
**feel** 〔**look**〕 unhappy 感到〔看起來〕悲傷
I am very unhappy. My dog died. 我很悲傷，我的狗死了.
Mother is unhappy **about** my poor grades. 媽媽不高興看到我的爛成績.
◆ **unhappier** [ʌn`hæpɪɚ] 比較級.
◆ **unhappiest** [ʌn`hæpɪɪst] 最高級.

**uni-** 表示「一個的」「單一的」之意.

**u·ni·corn** [`junɪˌkɔrn] 名 獨角獸. ➡ 傳說中額頭有一獨角，身體似馬的動物.

U

**u·ni·cy·cle** [ˋjunɪˏsaɪkḷ] 名 獨輪車.

**u·ni·form** [ˋjunəˏfɔrm] 名 制服, 軍服.
a school uniform 學校制服
a woman **in** nurse's uniform 穿護士服的婦女

**un·im·por·tant** [ˏʌnɪmˋpɔrtṇt] 形 不重要的. → important.

**un·ion** [ˋjunjən] 名 ❶結合, 聯合, 合併; 團結.
諺語 Union is strength. 團結就是力量.
The new school was formed by the union of two small schools. 這所新學校是由兩所小學校合併而成的.
❷工會. →《美》亦作 **labor union,** 《英》亦作 **trade union.**
❸同盟國, 聯邦; (**the Union**) 美利堅合衆國.
The United States is a union of 50 states. 美國是一個五十個州的聯邦國家.
**the Únion Jáck** 英國國旗或國徽. →蘇格蘭於十七世紀, 愛爾蘭於十九世紀分別合併於英格蘭, 由這三面國旗(jack)組成英國國旗; 見封底裡.

**u·nique** [juˋnik] 形 ❶《口》珍奇的, 極好的; 出色的.
❷唯一的, 獨一無二的, 無與倫比的.
This is a unique fossil. 這是世界上獨一無二的化石.

**u·nit** [ˋjunɪt] 名 ❶(構成全體的)單位; (作爲一個完整的內容來學習的)單元; (從全體劃分出來的)部門, 小組
Let's study Book 3, Unit 5 today. 今天我們學習第三册的第五單元.
The family is a basic social unit. 家庭是構成社會的一個基本單位.
❷(測量長度、重量等的標準)單位.
A second is the smallest unit of time. 秒是時間的最小單位.
❸(幾個單件物品組裝成一套家具、機器的)一套, 一部.
a kitchen unit 一套廚房用具 → 餐具櫥、洗物槽、烤箱等.
unit furniture 組合式家具, 成套家具

**u·nite** [juˋnaɪt] 動 結合, 合成一體, (使)團結.

**u·nit·ed** [juˋnaɪtɪd] 形 ❶一體同心的, 合力的; 友愛的.
a very united family 非常團結友愛的家庭
❷(政治上)聯合的.
**the Uníted Kíngdom** 聯合王國, 英國.

> 參考 由大不列顛島的英格蘭、威爾斯、蘇格蘭及愛爾蘭島的北愛爾蘭所組成; 正式名稱爲 **The United Kingdom of Great Britain and Northern Ireland** (大不列顛及北愛爾蘭聯合王國); 略作 **the U.K.**; 原爲地名的 (**Great**) **Britain** 也和 the U.K. 一樣, 常作爲國名使用; 首都倫敦(London); 通用語除英語之外, 在蘇格蘭使用蓋爾語, 在威爾斯使用威爾斯語.

**the Uníted Nátions** 聯合國. →一九四五年時以維持世界和平及安全, 促進文化交流等爲目的而建立的國際組織; 略作 **the UN, the U.N.**
The United Nations **is** working for world peace. 聯合國正在爲世界和平而努力. →複數作單數使用.
**the Uníted Státes** 美利堅合衆國, 美國.

U

參考 由五十個州(States)加上首都華盛頓特區(Washington, D.C.)聯合而成的共和國; 正式名稱為 **the United States of America**(美利堅合眾國);略作 **the US(A)**, 或 **the U.S.(A.)**;《口》亦常僅用 **America**, 可是因為這字也指南北美洲大陸, 所以美國人多用 **the (United) States**; 通用語為英語, 因是多民族國家,故除英語之外也使用西班牙語及義大利語.

The United States **is** one of the largest countries in the world. 美國是世界上最大的國家之一. ➡複數作單數使用.

**u·ni·ver·sal** [ˌjunəˋvɝsḷ] 形 大眾的, 世界性的, 全世界的; 宇宙的, 普遍的, 到處可見的.

work for universal peace 為世界和平而工作

Esperanto as a universal language 作為全球(共通)語言的世界語

Sickness and poverty are universal problems. 疾病和貧困是世界性的問題.

**u·ni·verse** [ˋjunəˌvɝs] 名 (常用 **the universe**)宇宙(cosmos). 同義字 space((大氣層之外的)宇宙).

Somewhere **in** the universe there must be another world like ours. 在宇宙的某處一定也有一個和我們相同的世界.

**u·ni·ver·si·ty** [ˌjunəˋvɝsətɪ] 名 (複 **universities** [ˌjunəˋvɝsətɪz]) (擁有許多學院(college)的綜合性)**大學**. → college.

Yale University 耶魯大學

the University of California at Berkeley 加州大學柏克萊分校

go to a 〔the〕 university 上大學 ➡《英》一般省略 a, the; 《美》亦作 go to college.

My brother is a university student. 我哥哥是一名大學生.

He's studying history **at** the 〔a〕 university. 他在大學裡研讀歷史.

會話 Where do you go to college? —I go to Taiwan University. 你在哪個大學念書? —我在臺灣大學念書.

**un·just** [ʌnˋdʒʌst] 形 不公平的(unfair), 不當的; 非法的, 不正當的. → just.

**un·kind** [ʌnˋkaɪnd] 形 **不親切的**, 不體諒的, 不和善的. → kind[2].

The ugly sisters were unkind **to** Cinderella. 那兩個醜姐姐對灰姑娘很刻薄.

**un·known** [ʌnˋnon] 形 不知道的, 未知的; 無名的. → known.

The suspect's whereabouts are unknown **to** the police. 警察不知道那嫌犯的下落.

James Dean was almost unknown before he played that part. 詹姆斯・狄恩在扮演那個角色之前幾乎是沒沒無聞.

**un·less** [ənˋlɛs] 連 若不; 除非.

Unless you go (=**If** you do **not** go) at once, you will be late. 除非你立刻去, 否則你會遲到的.

I won't go unless you do (=go). 如果你不去, 我也不去.

Our baby never cries unless she is hungry. 我家的嬰兒從來不哭, 除非她餓了.

**un·like** [ʌnˋlaɪk] 形 介 不像(～的), 和～不同(的). ➡ unlike 之後接(代)名詞(片語)(也就是受詞)時, unlike 為介系詞; → like.

The twins are quite unlike (each other). 這一對雙胞胎完全不(相)像.

Unlike his brother, he is kind. 和他的哥哥〔弟弟〕不同, 他為人善良.

**It's unlike** him **to** be so late. 遲到這麼久, 這不像他的為人.

**un·like·ly** [ʌnˋlaɪklɪ] 形 不像是真的, 出乎意料的, 不太可能的; 沒(成功)

U

希望的. → likely.
an unlikely story 不像是眞的故事
Since the weather is so bad, she **is unlikely to** come 〔**it is unlikely that** she will come〕. 天氣如此惡劣，她不太可能會來.

**un·lock** [ʌnˋlɑk] 動 開～的鎖，用鑰匙開啓. → lock.
I've lost my key and can't unlock the front door. 我丟了鑰匙，沒辦法打開大門.

**un·luck·y** [ʌnˋlʌkɪ] 形 ❶不幸的，倒楣的. → lucky.
◆ **unluckier** [ʌnˋlʌkɪɚ] 比較級.
◆ **unluckiest** [ʌnˋlʌkɪɪst] 最高級.
❷不吉利的，不祥的.

**un·nec·es·sa·ry** [ʌnˋnɛsəˏsɛrɪ] 形 不必要的，無用的. → necessary.
unnecessary expenses 不必要的支出
**It's unnecessary to** wake the children yet. 還不必叫孩子起床.

**un·pleas·ant** [ʌnˋplɛzn̩t] 形 不快的，討厭的. → pleasant.

**un·pop·u·lar** [ʌnˋpɑpjələ˞] 形 不受歡迎的；不流行的；名聲不好的. → popular.

U

**un·rea·son·a·ble** [ʌnˋrizn̩əbl̩] 形 不合理的，超出常情的，不講理的；不當的，非法的.

**un·tie** [ʌnˋtaɪ] 動 解開；放開(綁著的狗等)，解除(束縛). → tie.

| **un·til** [ən ˋtɪl] | ▶直到～<br>⊙表示某個動作、狀態一直持續到某個階段才結束 |
|---|---|

介 直到～. ➡有相同含義、用法的字是 **till**；置於句首時《美》多用 until；注意拼法，until 是一個 l，till 有二個 l.
基本 until three o'clock 直到三點鐘 ➡ until＋名詞.
**from** morning **until** night 從早到晚
Good-bye until tomorrow. 明天見.
My sister did **not** come back **until** midnight. 我姐姐〔妹妹〕直到半夜才回來.
I will come here **by** four, so please wait **until** then. 我會在四點之前來這裡，因此請等到那時. → by ❺ 同義字

**—** 連 直到～的時候.
基本 Good-bye until I see you next. 下次再見. ➡ until＋句子(S′＋V′).
Let's wait until he comes. 我們一直等到他來吧!
He was lonely until he met her. 在遇見她之前，他一直是孤獨的.
We will **not** start **until** he comes. 在他來之前，我們不出發〔他一到，我們就出發〕.
The baby cried and cried, until (at last) she went to sleep. 嬰兒哭了又哭，最後終於睡著了. ➡ until 之前有逗號(,)時，要從前面開始翻譯成「～最後終於」；尤其是 until at last 更應這樣翻譯.

**un·true** [ʌnˋtru] 形 不眞實的，虛偽的，不誠實的.

**un·u·su·al** [ʌnˋjuʒʊəl] 形 不平常的，稀有的，珍奇的. → usual.

**un·u·su·al·ly** [ʌnˋjuʒʊəlɪ] 副 異常地，與眾不同地，珍奇地；非常地.

**un·will·ing** [ʌnˋwɪlɪŋ] 形 不願意的，厭惡的；(**be unwilling to** *do*)不情願做～，討厭做～. → willing.
an unwilling bride 勉強結婚的新娘
I was unwilling to go to the dentist. 我不願意去看牙醫.

**un·wise** [ʌnˋwaɪz] 形 愚蠢的，輕率的.

**un·wise·ly** [ʌnˋwaɪzlɪ] 副 愚蠢地，輕率地.

**up** [ʌp] ▶向上，在上方 ▶起來

副 ❶向上(方)，在上(方的).

基本 **go** up 到上面去，攀登 ➜動詞＋up.

**look** up 向上看，抬頭看

基本 **toss** a ball up 向上拋球 ➜動詞＋名詞〈O〉＋up.

**turn** up the volume on the stereo＝turn the stereo up 把立體音響的音量開大

基本 up in the sky 在上空 ➜up＋表示場所的副詞片語；用 up 表示大致的方向，用 in the sky 則表示更具體的場所.

up there 在上面那邊，在那高處

The sun is up. 太陽升起來了.

The rocket is going up in the sky. 火箭向高空飛去.

When I go **up**, you go **down**. 我上去時，你下來. ◁反義字

The balloon went up and up and up. 氣球一直向上飛去.

**Speak** up! I can't hear you. 大聲點！我聽不見呀.

**This Side Up**. 這面向上. ➜裝物用的厚紙箱上寫的警語.

**Pull** your socks up. 把你的襪子往上拉(襪子滑落了喲). /《英口》振作精神，下定決心.

What is that white thing up there? 上面那兒白色物體是甚麼?

❷起床，起來；直立著.

**get** up 起床，起來

**stand** up 站起來，起立

**sit** up 坐起來；(從床上)起來；起身；還未上床睡覺

I get up at six in the morning. 我早晨六點起床.

會話 Is he up yet? —Yes, he's up but not down yet. 他起床了嗎? —是的，他起來了，但是還沒有下來. ➜歐美通常將臥房設在二樓.

**Wake** up! It's eight o'clock. 快醒醒！已經八點了.

She was〔**stayed**, sat〕up all night, reading a book. 她一晚上沒睡在看書.

❸向(中心地點、說話人等)的方向，向～. ➜由南到北，從工商業區到住宅區，從遠處到話題核心等心理層面的上升；並非指實際位置在上面.

Come up, children. 孩子們，到這兒來.

He walked up to me and said, "Hello." 他走到我這裡來，說了聲：「哈囉」.

❹完全，～光了. ➜表示某種狀態、動作一直進行到完結.

**eat** up 全部吃光

**tie** him up with a rope 用繩子把他綁起來

**Drink** up, Ben. 全部喝光，班.

Who ate up all the pudding? 是誰把布丁全吃完的?

He **tore** up her letter. 他把她的信撕碎了.

(Your) Time is up. (你的)時間到了(請停止).

❺《美》《棒球》輪到打擊，站在打擊區 (at bat).

"You're up next," said the coach. 「下一棒輪到你」，教練說.

idiom

***be úp to ～*** ①《口》適於～，勝任～，有～能力.

Mother is still sick and isn't up to going out. 媽媽仍在生病，不能出去.

②《口》正在忙於〔從事於〕做(壞事).

That child is up to something. 那

U

孩子正在幹壞事.
③是～的責任〔義務〕；全憑～.
**It's up to you to** get to school on time. 準時到校是你(們)的義務.
***úp and dówn*** 上下地，上上下下；來來回回.
walk up and down (in) the room 在房間裡走來走去
***úp to*** ～ (頂多)直到～.
up to that time 直到那時
run 〔walk〕 up to him 跑〔走〕到他那邊
The water came up to my chin. 水漫升到我的下巴.
This car will hold up to five people. 這輛車最多可乘五人.
***Whát's úp?*** 《口》(發生了)甚麼事？怎麼了？
I heard a shout—what's up? 我聽到了喊叫，怎麼了？
—介 ❶向～的上面，爬上～.
基本 run up the stairs 跑上樓梯
→ up＋名詞.
climb up a tree 爬上樹
sail up a river 逆流而上
Jack and Jill went up the hill. 傑克和吉爾爬上小山. →英國《鵝媽媽童謠集》中的詩句.
Carp swam up the waterfall. 鯉魚逆著瀑布向上游.
He rowed his boat up the river. 他划著小船逆流而上〔向上游去〕.
An elevator carries you up the tower. 電梯把你送至塔頂.
❷沿著(道路等)，沿(along).
Go up the street to the bank and turn left. 沿著這條街一直走到銀行，再往左轉.
—形 向上的. →只能置於名詞前.
反義字 down(向下的).
an up train 上行列車
The child tried to go down the up escalator. 那孩子試圖從向上的電扶梯走下來.

**up·on** [ə`pɑn] 介＝on(在～的上面). →比 on 更常作為書面用語，也用於口語中強調 on；另外如 once *upon* a time(從前)，come *upon* ～ (偶然遇見～)，*on* Sunday (在星期天)，*on* television(在電視上)等，on 或 upon 之使用是固定的，不能隨意替換.
idiom
***ónce upòn a tíme*** 從前. → once 副 idiom

**up·per** [`ʌpɚ] 形 上方的，上面的；上流的；在上位的.
the upper lip 上唇 → lip.
the upper room 上面的房間
the upper class(es) 上流階層
She is in the upper half of the class. 她的成績在班上是中等以上的.
**the Úpper Hóuse** (二院制議會的)上院. 相關語 the Lower House(下院).

**up·right** [`ʌp͵raɪt] 形 筆直的，直立的；垂直的.
stand upright 站得筆直
We put the pole upright in the sand. 我們把竿子筆直地豎在沙地上.
**úpright piáno** 立式鋼琴. → grand piano.

**up·set** [ʌp`sɛt] 動 ❶打翻，傾覆(knock over).
Don't stand up; you'll upset the boat. 別站起來，你會弄翻小船的.
◆ **upset** 過去式、過去分詞. →注意原形、過去式、過去分詞均為同形.
The cat upset the goldfish bowl. 貓打翻了金魚缸. →現在式為 The cat upset*s* ～.
◆ **upsetting** [ʌp`sɛtɪŋ] 現在分詞、動名詞.
❷推翻，攪亂(已定的計畫等)；(壞了的食物使胃)不適，把情況弄糟.
Rain upset our plan for a picnic. 雨使我們的野餐計畫告吹了.
Eating all that candy will upset your stomach. 把這糖果全部吃了會使你的胃不舒服的.

❸使慌亂，使心煩意亂.
The news of his friend's death upset him greatly. 朋友去世的消息使他非常難受.
❹《美》出人意外地打敗～.
The young tennis player upset the champion. 這位年輕的網球選手出乎意料地擊敗了冠軍選手.

**up·side down** [ˋʌpˏsaɪdˋdaʊn] 副 顛倒，混亂；天翻地覆地.
**turn** a box upside down 把箱子顛倒過來
This ɯ is upside down. 這個 ɯ 字顛倒了.
Can you **stand** upside down? 你會倒立嗎?

**up·stairs** [ˋʌpˋstɛrz] 副 **上樓去，到二樓**，到樓上；**在二樓**，在樓上〔房間〕.
**go** upstairs 上樓去，到二樓去 ➜歐美國家臥室、浴室多在二樓，也可指「到臥室〔廁所〕去」的意思.
Go upstairs to your bedroom. 到樓上〔二樓〕你的臥室去. ➜upstairs 表示大致的方向，接著用 to your bedroom 表示明確的場所.
We cook and eat **downstairs** and sleep **upstairs**. 我們在樓下做飯、進餐，在樓上睡覺. ◁反義字
My room is on the third floor and his is upstairs from that. 我的房間在三樓，他的在我的樓上〔四樓〕.

—形 二樓的，樓上的. ➜只能置於名詞前.
an upstairs bedroom 二樓的臥室
—名 二樓，樓上.
Does your new house have **an** upstairs? 你的新居有二樓嗎?

**up-to-date** [ˋʌptəˋdet] 形 (取得)最新(資訊)的；現代的，流行的，領先的.
Do you have an up-to-date railroad timetable? 你有最新的火車時刻表嗎?
Fashion models always wear the most up-to-date clothes. 時裝模特兒總是穿著最新款式的服裝.

**up·ward** [ˋʌpwɚd] 副 ❶向上地，往上地.
The rocket flew upward. The people were all looking upward. 火箭向空中飛去，人們都抬頭仰望.
❷(**from** *A* **upward**)從 A 起一直，A 以上〔以來〕，(*A* **and upward**) A (及其)以上.
children of five years and upward 五歲以上的小孩
From seven years upward, Mike has played baseball. 從七歲起，麥克一直打棒球.
—形 朝上的，向上的.
give an upward glance 往上看一眼

**up·wards** [ˋʌpwɚdz] 副 ＝upward.

**u·ra·ni·um** [jʊˋrenɪəm] 名 鈾. ➜放射性元素.
字源 以在發現鈾之前不久才發現的天王星(Uranus)來命名.

**U·ra·nus** [ˋjʊrənəs] 名 ❶天王星.
❷尤拉納斯神. ➜希臘神話中，給與大地熱、光、雨的天神.

**ur·ban** [ˋɝbən] 形 都市的；(相對於鄉下的)大城市(風格)的.
Some people like **rural** life. Others prefer **urban** life. 有些人喜歡田園生活，而另一些人則喜歡都市生活. ◁反義字

**urge** [ɝdʒ] 動 ❶推進，驅策，催促.
The jockey urged his horse **on**

U

with the whip. 騎士揚鞭策馬.
❷力勸；央求.
We urged Dad **to** buy a new car. 我們央求爸爸買輛新車.

**ur·gent** [`ɜdʒənt] 形 急迫的，緊急的.
There's an urgent message for you. 這裡有一個你的緊急口信.
Mr. Brown is busy right now. Is it urgent? 布朗先生現在很忙，是急事嗎?

**US, U.S.** [͵ju`ɛs] 《略》 (**the US** 〔**U.S.**〕) 美利堅合眾國(the United States).
My father is going to the US on business. 我爸爸因公要到美國去.
the US team 美國隊

**us** [ʌs] ▶我們

代(動詞＋**us**)(介系詞＋**us**)我們.
**基本** Please help us. 請幫助我們. ➜動詞＋us 〈O〉; us 是 help 的直接受詞.
**We** love **our** parents, and they love **us**, too. 我們愛我們的父母，他們也愛我們. ◁**相關語**
Please come and see us tomorrow. (請明天來看我們⇨)請明天來我家玩.
會話 **Let's** (＝Let us) sing (, shall we?) —Yes, let's. 我們來唱歌(好嗎?)—好的，我們唱吧！ ➜本例句的 us 包括說話的人.
**基本** Our aunt gave us a present.＝Our aunt gave a present **to** us. 我們的阿姨給我們一件禮物. ➜動詞＋us 〈O′〉＋名詞 〈O〉＝動詞＋名詞 〈O〉＋介系詞＋us 〈O′〉; 前句的 us 是 gave 的間接受詞; 後句的 us 是介系詞的受詞.
Will you come with us? 你和我們一起來嗎?
**All** 〔**Many**, **Some**〕 **of** us will go to high school. 我們所有〔中的很多，中的一些〕人將進入高中.

**USA, U.S.A.** [͵juɛs`e] 《略》 (**the USA** 〔**U.S.A.**〕) 美利堅合眾國(the United States of America).

**use** [juz] ▶使用，用

動 使用，利用.
**基本** use a knife 用刀子 ➜use＋名詞〈O〉.
use his dictionary (借)用他的字典 ➜「借用別人的東西」也用 use.
use a bus 使用〔利用〕公車
I always use a pen **for** writing. 我總是用鋼筆書寫.
Do you use the school library often? 你經常利用學校的圖書館嗎?
Use your head. 用用〔動動〕腦子！
Do you know **how to use** a typewriter? 你知道如何使用打字機嗎?
He **uses** too much sugar in his tea. 他在茶裡放了過多的糖. ➜uses [`juzɪz] 爲第三人稱單數現在式.

◆ **used** [juzd] 過去式、過去分詞. ➜不要和 used[1] 混淆; →used[2].
Ken used a carrot for the snowman's nose. 肯用胡蘿蔔作雪人的鼻子.
**Have** we used all the writing paper? 我們用完了所有的信紙了嗎? ➜現在完成式.
English and French **are** both used in Canada. 在加拿大英語和法語兩種語言都被使用. ➜被動語態.

◆ **using** [`juzɪŋ] 現在分詞、動名詞.
**Are** you using my dictionary? 你在用我的字典嗎? ➜現在進行式.

idiom

***úse úp*** 用完.
I used up all my allowance for this month. 我用完了這個月全部的零用錢.

—[jus] 名(複 **uses** [`jusɪz]) ➜注意

發音和動詞不同.

❶使用；使用法.

the use **of** a typewriter 打字機的〔用法〕使用 ➡請和下例比較.

**for** the use **of** students 供學生使用(的)

We climbed up to the roof **with** the use of a ladder. 我們利用梯子爬上屋頂.

The use of your dictionary during the test is forbidden. 在考試中禁止使用辭典.

This playground is for the use of children only. 這個運動場是兒童專用的.

❷有用處，效用；用法，用途.

The tape recorder has many **uses**. 這臺卡式錄音機有很多用途.

**What's the use of** hav**ing** a car if you can't drive? 如果你不會駕駛，有車有甚麼用呢?

❸使用的許可，使用的自由〔權利、機會〕；(手足等的)靈敏，功能.

My brother lets me have the use of his bicycle when he doesn't use it. 我哥讓我在他不用時使用他的自行車.

He lost the use of his left eye in the fight. 在鬥毆中他的左眼失去了功能〔瞎〕了.

idiom

***be of úse*** 有益，有用(be useful).

be (of) no use 無用(be useless)，徒勞 ➡no, any 前面的 of 常省略.

Your advice was of great use **to** me. 你的忠告對我非常有益.

***còme ìnto úse*** 開始被使用.

***hàve nó úse for ～*** 不需要～，用不著～.

I have no use for this old sweater. 我不需要這件舊毛線衣了.

***in úse*** 被使用，使用中.

This car has been in daily use for ten years. 這輛車已經連續十年每天被使用.

***It is nó úse ～ing*** 〔***to*** *do*〕= ***There is nó úse*** (***in***) ***～ing*** 做～是徒勞無益的.

Forget about your stolen money. It is no use crying over spilt milk. 忘掉錢被偷的事吧，覆水難收啊!

There is no use (in) cramming for exams. 爲了應付考試而死記硬背是沒有用的.

***màke úse of ～*** 利用〔使用〕～.

You should make more use of your dictionary. 你們應該更常利用字典.

***òut of úse*** 沒人用，現在不用，廢棄.

Gas lamps are generally out of use now. 現在一般已經不用煤氣燈了.

***pùt ～ to*** (***góod***) ***úse*** 利用〔善用〕～.

Put your dictionary to (good) use. 利用〔善用〕你(們)的字典.

**used**[1] [just] 形 (**be used to ～**) 習慣於～；(**get** 〔**become**〕 **used to ～**) 變得習慣於～. ➡這個 to 是介系詞，所以接名詞(片語)或動名詞.

Penguins are used to cold weather. 企鵝習慣寒冷的氣候.

The boy from the city was not used to life on the farm. 這個從城裡來的男孩不習慣農場的生活.

Grandfather is used to gett**ing** up early. 祖父習慣早起.

**—**動(**used to** *do*) 過去是～；過去常常做～. → would ❺

Jim used to be small, but he is very tall now. 吉姆過去是矮個子，但現在他很高大.

Grandfather used to have lots of hair. Now he doesn't. 爺爺過去有很多頭髮，但現在變少了.

My father didn't use(d) to smoke, but now he does. 我爸爸過去不抽菸，但現在抽了.

U

Did he use(d) to go to work on his bike? 他過去常騎自行車〔摩托車〕去上班嗎?

There used to be a green field here—now there's a supermarket. 過去這裡是一片綠色的田野，現在是一家超級市場.

**used**[2] [juzd] use 的過去式、過去分詞.

—形 用舊了的，中古的，二手的 (second hand)；用過的. ➜只能放在名詞前.

a used car 中古車

a used stamp 用過的郵票

| **use·ful** [ˋjus fəl] | ▶有用的<br>⊙use(效用)＋-ful(有～的性質的，充滿～的) |
|---|---|

形 有用的，便利的，有益的.

**基本** a useful tool 有用的工具 ➜ useful＋名詞.

a useful dictionary **to** 〔**for**〕 students 〔**for** studying English〕 一本對學生〔學習英語〕有益的字典

**基本** A pocket knife is very useful on a camping trip. 一把隨身攜帶的小折刀在露營旅行中是非常有用的. ➜ be 動詞＋useful <C>.

He is very useful in the kitchen; he is a good cook. 他在廚房裡是非常有用的；他是位好廚師.

◆**more useful** 〘比較級〙更加有用的.

A helicopter is sometimes more useful **than** an airplane. 直升機有時比(一般的)飛機更有用.

◆**most useful** 〘最高級〙最有用的.

A flashlight is one of **the** most useful things when camping. 手電筒是露營時最有用的東西之一.

idiom

***màke onesèlf úseful*** 幫忙，(對某人)有用.

She made herself useful around the house. 她幫忙做家事.

U

**use·less** [ˋjuslɪs] 形 無用的；無益的，無效的.

a useless book 〔effort〕 沒用的書〔徒勞的努力〕

This dictionary is now useless **to** me; I'm going to use *The New Crown English-Chinese Dictionary*. 這本辭典對我已經沒用了；我準備用《新皇冠英漢辭典》.

He is useless in the kitchen because he can't cook. 他在廚房中沒有用，因爲他不會烹飪.

**It's useless** running 〔**to** run〕 away. 逃跑是沒有用的.

**ush·er** [ˋʌʃɚ] 名(戲院、教堂等公共場所的)領人入座的服務員，帶位員.

—動 把人領入(座位或房間).

**u·su·al** [ˋjuʒʊəl] 形 通常的，常見的，普通的.

by the usual route 依往常的道路；以平時的路線

Let's meet at the usual time at the usual place. 我們在老時間、老地方見面吧!

會話 What is your **usual** bedtime? —(It is) Ten o'clock, unless something **unusual** happens. 你平時睡覺時間是幾點? —十點，除非有特別的事. ◁反義字

**It's usual for** children **to** like sweets. 孩子們喜歡甜的東西是很平常的.

idiom

***as úsual*** 像往常一樣，照常.

He went to bed at ten as usual. 他像往常一樣十點就睡了.

***than úsual*** 比平時更.

He went to bed **earlier** than usual. 他比平常早睡.

| **u·su·al·ly** [ˋjuʒʊ ə lɪ] | ▶通常<br>⊙並非always(總是)，但表示比often(常常)更高的頻率 |
|---|---|

副 大抵，平常，通常.

I usually go to bed at ten. 我通常十點上床睡覺.

My brother is usually at home on Sunday but today he is out. 我哥哥星期天通常都在家，但今天他出去了.

> 參考 usually 的位置是「usually＋一般動詞」，或如上例「be 動詞＋usually」；但爲了強調有時也置於句首.

**UT** Utah 的縮寫.

**U·tah** [ˋjutɔ, ˋjutɑ] 專有名詞 猶他州. ➜美國西部的州；摩門教的總部位於首府 Salt Lake City；簡稱 **UT.**, **UT**(郵政用).

**u·ten·sil** [juˋtɛnsḷ] 名 (家庭用的小型)用具，工具，器具. → tool.

cooking utensils 炊具，廚房用具

writing utensils 文具，書寫用具

**U·to·pi·a** [juˋtopɪə] 名 烏托邦，理想境界.

字源 出現於英國政治家湯瑪斯·摩爾一五一六年所發表的《烏托邦》中，是一座一切都呈理想狀態的島嶼名稱；源於希臘語，意爲「不存在的地方」.

**ut·ter** [ˋʌtɚ] 形 完全的，十足的，絕對的. ➜僅置於名詞前.

utter darkness 漆黑

That's utter nonsense. 那實在是胡說八道.

U

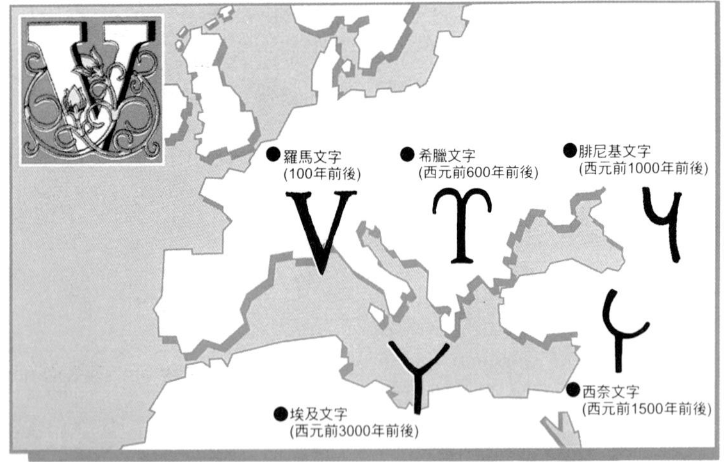


**V, v** [vi] 名(複 **V's, v's** [viz]) ❶英文字母的第二十二個字母.

❷(**V**) V 字形之物.

a V-neck(ed) sweater　V字領的毛衣

**V́-sign**　(手心向對方)做 V 狀表示勝利(victory)的手勢；《英》(手心向自己)是愚弄對方的手勢.

❸(**V**)羅馬數字的五.

VII (V＋II)＝7

IV (V－I)＝4

**v.**　versus(～對～)的縮寫.

**VA**　Virginia 的縮寫.

**va·cant** [ˋvekənt] 形(家、房間、座位、地位、時間等)空的(empty)，無人的；空位的，空缺的；(心情等)空虛的.

a vacant seat　空位

a vacant position　缺額，空缺

a vacant smile　茫然的微笑

The house next door is vacant. Next to the vacant house is a vacant lot.　隔壁房子是空著的，那間空房子的旁邊是一片空地.

| **va·ca·tion**<br>[veˋkeʃən]<br>[vəˋkeʃən] | ▶休假<br>⊙《美》指學校的暑〔春〕假及公司等個人的數天假期，《英》指大學的假期 |
|---|---|

名《主美》休假，假期，假日(《主英》holiday).

the Christmas〔summer〕vacation　聖誕節假期〔暑假〕

**take**〔**get**〕ten day's vacation　休假十天　➜即使是好幾天的休假也不會用×vacation*s*.

Our summer vacation is from July 1 to August 31.　我們的暑假從七月一日到八月三十一日.

We are going to the beach when my father **has** his vacation.　爸爸休假時我們將去海邊.

idiom

***on vacátion***　休假中，假期中的.

go to France on vacation　去法國度假

The school is〔We are〕on summer vacation.　學校〔我們〕正在放

暑假.
The bus was carrying a party on vacation. 巴士載著一批在度假的人.

**vac·u·um** [ˋvækjuəm] 名 ❶眞空.
Animals can't live **in** a vacuum. 動物無法在眞空的狀態下生存.
❷《口》吸塵器. ➔亦可稱作 **vacuum cleaner**.

**vácuum bòttle** 〔《英》**flàsk**〕 保溫瓶. ➔亦可稱作 **thermos (bottle 〔flask〕)**.
—動《口》用吸塵器清掃.

**vague** [veg] ➔-gue 與單獨一個 g 的發音相同, 皆發成 [g]. 形(物體的形狀、想法等)含糊的, 不清楚的, 不明確的.
a vague answer 含糊其詞的答覆
I saw a vague shape coming toward me through the fog. 我看到一個模糊的人影自霧中向我走來.
I have only a vague idea where I left my umbrella. 我只模糊地記得把傘放在哪裡.

**vain** [ven] 形 ❶自負的, 愛虛榮的.
The actress is very vain **about** her good looks. 那位女演員對自己的美貌感到非常的自負.
❷徒勞的.
Ken made a vain attempt to catch the ball. 肯企圖去接球, 但卻徒勞無功〔接不到〕.

idiom

***in váin*** 徒勞, 枉然, 進行不順利.
Ken's efforts to catch the ball were in vain. 肯雖然奮力去接球, 但仍然沒接住.
She tried to save the drowning boy, but in vain.=She tried in vain to save the drowning boy. 她嘗試去救那個溺水的男孩, 但卻徒勞無功〔卻無法將他救起〕.

**val·en·tine** [ˋvælən͵taın] 名 ❶聖華倫泰節〔情人節〕賀卡〔禮物〕.

參考 二月十四日聖華倫泰節(**(Saint) Valentine's Day**)時, 人們會向友人、家人、老師、情人等贈送表達愛意的賀卡(**Valentine card**)、點心、花等禮物; 孩子們在學校學習做聖華倫泰賀卡, 用許多紅心圖案裝飾教室, 舉行班級舞會, 年輕人舉辦舞會慶祝這一天; 也有贈送不寫名字而寫上"Guess Who"(猜猜我是誰)的賀卡.

Mary will give her mother a valentine. 瑪麗要送給她媽媽一件聖華倫泰節的禮物.
❷(特別在此一節日選定的)情人. ➔傳說在古羅馬二月十五日是情人節, 年輕人們打開放在盒內寫有名字的賀卡來決定這一天的舞伴.
Will you be my valentine? 你做我的情人好嗎?

**val·ley** [ˋvælı] 名 ❶山谷, 溪谷, 山溝.
❷(河川的)流域.
the Mississippi (River) Valley 密西西比河流域

**val·u·a·ble** [ˋvæljuəbḷ] 形 高價的, 貴重的, 寶貴的; 重要的, 珍貴的.
He is a valuable player on the team. 他是隊裡一名重要的選手.
Thanks for your help—it was very valuable. 謝謝你的幫助, 它非常寶貴.
—名(一般用 **valuables**)貴重物品.
She keeps her jewels, money, and other valuables in the bank. 她將她的珠寶、錢財及其它貴重物品存放在銀行保管.

**val·ue** [ˋvælju] 名 價值(worth); 價格; 估價額.
Your rusty, old car has little value. 你這輛生銹、老舊的車子不值錢.
I paid 100 dollars for this book, but its value is much higher. 我付了一百美元買這本書, 但它的價值比這個價錢更高.

V

People have started to realize the value of clean air and water. 人們開始意識到清潔的空氣和水的價值了.

idiom

***of válue*** 貴重的, 有價值的(valuable).

a book of great value 一本很珍貴的書

The library is of great value to us. 圖書館對我們很有價值.

—動 ❶評價, 估~的價.

value the diamond **at** one million NT 估計這顆鑽石價值一百萬臺幣

❷尊重, 珍惜.

Jim values Joe's friendship. 吉姆珍惜喬的友誼.

**valve** [vælv] 名 (調節水、瓦斯的流量的)活栓, 閥門, (心臟的)瓣膜.

**vam·pire** [ˋvæmpaɪr] 名 吸血鬼, 吸血蝙蝠. ➜夜間離開墓穴, 吸食熟睡中年輕人的血使自己復活的幽靈; 《德古拉》(Dracula)即是以吸血鬼傳說所寫成的小說.

**van** [væn] 名 ❶(大型的)廂型運貨車, 輕型客貨兩用車.

a mail 〔furniture〕 van 郵政〔家具搬運〕車

❷《英》有棚的(鐵路)貨車.

字源 caravan 的縮寫.

**vane** [ven] 名 風向標(weather vane).

**van Gogh** [vænˋgo] 專有名詞 (**Vincent** [ˋvɪnsn̩t] **van Gogh**)梵谷. ➜印象派後期的荷蘭畫家(1853-90).

**va·nil·la** [vəˋnɪlə] 名 香茳蘭〔香草〕, 香草精. ➜從熱帶蘭科蔓藤植物中提取的香料, 可用來做冰淇淋、點心等.

I like vanilla ice cream. 我喜歡香草冰淇淋.

**van·ish** [ˋvænɪʃ] 動 (突然)消失(disappear), (完全)消散得無影無踪.

Mammoths vanished **from** the earth during the ice age. 長毛象在冰河時期從地球上消失了.

All hope of winning the game vanished when our star player was injured. 當我們的明星球員受傷時, 贏得比賽的希望便化爲烏有了.

**van·i·ty** [ˋvænətɪ] 名 ❶虛榮心; 自負. → vain. ❷無用.

**va·po(u)r** [ˋvepɚ] 名 (水)蒸氣, 霧, 煙霧(steam).

**va·ri·e·ty** [vəˋraɪətɪ] 名 (複 **varieties** [vəˋraɪətɪz]) ❶富於變化的事, 變化, 多樣性.

I don't like my job, because there is not much variety in it. 我不喜歡我的工作, 因爲它沒甚麼變化〔太單調〕.

諺語 Variety is the spice of life. 變化是生活的調味料.

❷種類(kind); (**a variety of ~**) 各式各樣的(種類的)~.

A new variety of butterfly was found on an island in the Pacific. 一種新品種的蝴蝶在太平洋的島上被發現.

Mother bought **a variety of** foods at the supermarket. 媽媽在超級市場買了各式各樣的食物.

They grow ten different varieties of rose here. 他們在這裡栽培了十種不同品種的玫瑰.

❸《英》綜藝節目. ➜結合歌舞、魔術、滑稽短劇等各種表演的節目; 亦稱 **varíety shôw**.

**var·i·ous** [ˋvɛrɪəs] 形 各式各樣的; 多個的.

shoes of various sizes 各種尺碼的鞋子

various kinds of animals 各種動物

She got various gifts on her birthday. 她生日時收到了各式各樣的禮物.

**var·y** [ˋvɛrɪ] 動 (多樣地)改變, 變化, 不同; 使變化.



V

These stars vary in brightness. 這些星星在亮度上各不相同.
The value of gold **varies** from day to day. 黃金的價格每天不同.
➡ varies [ˋvɛrɪz] 爲第三人稱單數現在式.
◆ **varied** [ˋvɛrɪd] 過去式、過去分詞.

**vase** [ves, vez] 名 花瓶，罐.
There are some beautiful roses **in** the vase. 花瓶裡有一些美麗的玫瑰花.

**vast** [væst] 形 巨大的；廣濶的，博大的.

**Vat·i·can** [ˋvætɪkən] 名 (**the Vatican**) 梵蒂岡宮殿. ➡位於羅馬西部梵蒂岡丘陵上的雄偉建築；該建築內設有教皇廳；教宗(Pope)居住於此，統轄全世界的天主教教會.
**the Vàtican Cíty** 梵蒂岡. ➡涵蓋梵蒂岡宮殿(the Vatican)的全部地區(約一百零九英畝)，以教宗爲元首，是全世界最小的獨立國家.

**vault**[1] [vɔlt] 名 ❶(銀行的)貴重物品地下保管庫；(酒等的)地下貯藏室，(教堂的)地下墓穴. ❷拱形頂棚，圓頂棚.

**vault**[2] [vɔlt] 動 (以手支撐或撐竿)跳躍.
vault (**over**) a fence 躍過柵欄
—名(以手撐物或撐竿)跳躍.
**the póle vàult** 撐竿跳.

**veg·e·ta·ble** [ˋvɛdʒətəbl̩] 名 形 ❶蔬菜(的).
a vegetable garden 菜園
vegetable soup 蔬菜湯
green **vegetables** 青菜類
We **grow** vegetables in our backyard. 我們在後院裡種蔬菜.
會話 What vegetables do you want with your meat? —Peas and carrots, please. 你想在肉裡配甚麼蔬菜? —請配豌豆和胡蘿蔔.

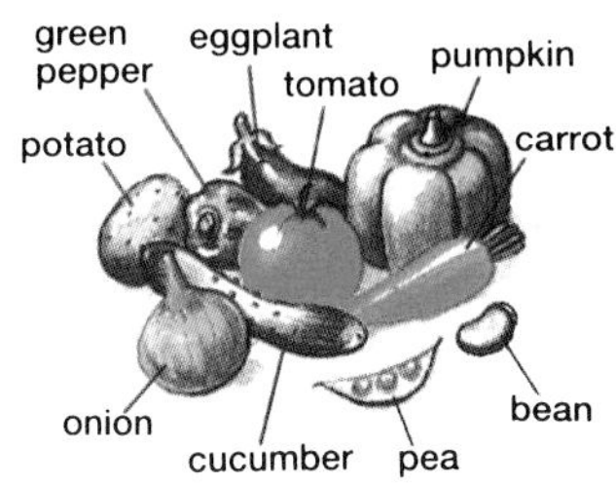


**végetable stòre** 《美》果菜店(《英》greengrocer's (shop)). ➡英美很少只有賣蔬菜的店，通常果菜和其它食品一起在 grocery(食品雜貨店)或 supermarket(超級市場)出售.
❷植物(性的).
vegetable oil 植物油

**ve·hi·cle** [ˋviɪkl̩] ➡ h 不發音. 名 交通工具. ➡《英》除汽車、火車之外，也包括自行車、載貨車、雪橇等陸上交通工具；《美》除此之外還包括飛機、船等各式各樣的交通工具.

**veil** [vel] 名(女性蒙在臉上的)面紗，面罩.
a wedding 〔bridal〕 veil 新娘的頭紗
In many Muslim countries, women wear veils in public. 在很多回教國家，婦女在公眾場合戴著面紗.
a veil of mist 〔secrecy〕 一層霧幕〔神秘的面紗〕

**vein** [ven] 名 ❶靜脈，血管.
❷(樹葉的)葉脈；(昆蟲的)翅脈；(大理石等的)紋理；(木材的)木紋；(礦山的)礦脈.
The miner struck a rich vein of gold. 礦工挖到一座豐富的金礦脈.

**vel·vet** [ˋvɛlvɪt] 名 天鵝絨，絲絨.

**vend·er, ven·dor** [ˋvɛndɚ] 名 ❶小販.
a hot dog vendor 賣熱狗的小販
❷自動販賣機(vending machine).

**vend·ing ma·chine** [ˋvɛndɪŋ məˋʃin] 名 自動販賣機.

V

buy ～ **from** a vending machine 從自動販賣機裡買～

**Ven·ice** [ˋvɛnɪs] 專有名詞 威尼斯. ➡義大利東北部的沿海城市，城內環流著運河(canal)，用平底船(gondola)或汽艇作交通工具；是一座有著聖馬可教堂等許多中世紀建築的美麗城市，被稱爲「亞得里亞海的女王都市」.

**ven·ti·la·tor** [ˋvɛntḷˏetɚ] 名 通風裝置. ➡通風機、通氣孔等.

**ven·ture** [ˋvɛntʃɚ] 名(特指危險的)冒險，冒險的事業，危險的企圖.

**Ve·nus** [ˋvinəs] 名 ❶維納斯. ➡羅馬神話中愛和美的女神；相當於希臘神話中的女神愛芙羅黛蒂(Aphrodite).
the Venus of Milo 米羅的維納斯 ➡在希臘米羅島發現的維納斯雕像.
❷《天文》金星.

**ve·ran·da(h)** [vəˋrændə] 名 陽臺. ➡西式建築的一樓前面或在其周圍設置的平臺式場地，有遮陽光的頂棚；在美國也說 **porch**.

**verb** [vɝb] 名 動詞. ➡表示人、動物、物體等動作、狀態的字；如 play(玩)，love(愛)，have(有)，be(是)等.

**Ver·mont** [vɚˋmɑnt] 專有名詞 佛蒙特州. ➡美國東北部的州；簡稱 **Vt.**, **VT**(郵政用).

V

**ver·sa·tile** [ˋvɝsətaɪl] 形 多才多藝的，萬能的.
She is very versatile. She is a good player of the piano, the violin and the guitar as well as a good player of tennis. 她非常多才多藝，她的鋼琴、小提琴、吉他都彈得很好，同時她也是個網球好手.

**verse** [vɝs] 名 ❶(詩、歌詞的)節，行. ❷韻文；詩. ➡在每行行末設置同音(＝韻)的字詞，有韻律節奏的詩.

**ver·sion** [ˋvɝʒən] 名 ❶翻譯；版本，～版.
a Chinese version of *Hamlet* 中文版的《哈姆雷特》
a movie version of *Hamlet* 根據《哈姆雷特》改編的電影，電影版的《哈姆雷特》
❷(個人的)見解，描述，解釋.
His version of the accident is different from yours. 他對這個事故的說法與你不同.

**ver·sus** [ˋvɝsəs] 介 (訴訟、比賽等)～對～. ➡略作 **v.** 或 **vs.**
the England VS. Scotland rugby match 英格蘭隊對蘇格蘭隊的橄欖球賽

**ver·ti·cal** [ˋvɝtɪkḷ] 形 垂直的;直立的；豎的.
a vertical line 垂直線
The walls of a room are **vertical**, the floor **horizontal**. 房間的牆壁是垂直的，地板是水平的. ◁反義字

| **ver·y** [ˋvɛr ɪ] | ▶很，非常地<br>▶(否定句中)不太～ |
|---|---|

副 ❶很，非常，十分.
基本 a very nice boy 一個很好的男孩 ➡very＋形容詞；very 修飾後面的形容詞(nice)，強調其含意.
會話 Were the movies interesting? —Yes, very. 電影有趣嗎?—是的，非常有趣.
This is an interesting, and very good, dictionary. 這是一部有趣的、非常好的辭典.
基本 run very fast 跑得很快 ➡very＋副詞；very 修飾後面的副詞(fast)，強調其含意.
會話 How are you? —I'm **very well**, thank you. 你好嗎? —我很好，謝謝.
She can play the piano very well. 她彈了一手好鋼琴.
I think this dictionary is **very** good, but my father says that one is **much** better. 我認爲這本辭典很好，但我爸爸說那本更好. ➡形容詞

變比較級時，不用 very 而用 much 強調.
Ken is a very nice boy and I like him **very much**. 肯是一個很好的男孩，我很喜歡他. ➜修飾動詞用 (very) much.
**Thank you very much**. 非常感謝你.
I'm very tired. 我很累. ➜過去分詞一般用 much 修飾，但如 tired(疲倦的)已經形容詞化的過去分詞則用 very 強調.
I was very (much) surprised〔interested, excited, pleased〕. 我非常吃驚〔有興趣，興奮，高興〕. ➜用 be＋過去分詞(被動語態)表示心情的狀態時，能感覺到過去分詞變成了形容詞，特別是《口》中用 very 來強調.
❷(否定句中)不太，不很.
會話 Are you very busy now? —No, not very. 你現在很忙嗎? —不，不太忙.
It isn't very cold this morning. 今天早晨不太冷.
She can't play the piano very well. 她鋼琴彈得不太好.
— 形 ❶正是那個～，恰好是那個～.
基本 This is **the** very dictionary (that) I wanted. 這正是我要的那本辭典〔我想要的恰好是這樣的辭典〕. ➜ the 〔this, my 等〕＋very＋名詞；very 強調名詞.
I need something hard and round. Oh, here's a round stone. That's the very thing. 我需要又硬又圓的東西，噢，這裡有一塊圓石頭. 那正是我想要的東西.
John was killed on **this** very spot. 約翰正是在這裡被殺害的.
❷僅僅～；只～.
His very son does not understand him. 就是他的兒子也不瞭解他.
The very thought of his family made him homesick. 只要一想到家人，他就患思鄉病.

**Ves·puc·ci** [vɛsˋputʃɪ] 專有名詞 (**Amerigo Vespucci**)維斯浦奇. ➜義大利商人及探險家(1454-1512)；曾航海至美洲大陸二次；美洲的名字 America 即是源自他的名字.

**ves·sel** [ˋvɛsl̩] 名 ❶容器，器皿. ➜鉢、瓶、碗、桶等.
❷(比較大的)船，船舶. ➜一般用 ship, boat.
❸(生物體內的)管，導管.
blood vessels 血管

**vest** [vɛst] 名 ❶《美》西裝背心，背心(《英》 waistcoat). ❷《英》(內衣的)汗衫(《美》 undershirt).

**vet** [vɛt] 名《口》獸醫(animal doctor). → veterinarian.

**vet·er·an** [ˋvɛtərən] 名 ❶老手，經驗豐富的人. ❷《美》退役軍人. ➜與年齡無關. ❸《英》(有實戰經驗的)老兵.
— 形 老練的，經驗豐富的.

**vet·er·i·nar·i·an** [ˏvɛtərəˋnɛrɪən] 名《美》獸醫. ➜亦作 veterinary surgeon 或 vet.

**vet·er·i·nar·y** [ˋvɛtərəˏnɛrɪ] 形 有關治療家畜疾病的.
**vèterinary súrgeon** 獸醫.

**vi·a** [ˋvaɪə] 介 經由～，取道～(by way of)；藉～.
fly to London via Rome 搭飛機經羅馬到倫敦
send ～ via airmail (＝by airmail) 以航空郵寄
He went home via the shopping center. 他經由購物中心回家.
字源 拉丁語「路」的意思.

**vi·brate** [ˋvaɪbret] 動 震動，搖晃.

**vice** [vaɪs] 名 ❶(賣淫、吸毒等的)罪惡，不道德行爲，不正當行爲.
**virtue** and **vice** 美德與罪惡，善與惡 ◁反義字
There is a great deal of vice in that section of the city. 城裡的那

V

個地區充斥著惡行.
❷壞的〔不好的〕癖性；毛病，缺點.
Her laziness is so great that it is almost a vice. 她懶得厲害，幾乎成了一種毛病.

**vice-** [vaɪs] 構成「副的～，代理的～」之意的名詞.
vice-captain 副隊長，代理隊長
vice-president 副總統，副會長，副董事長

**vi·cious** [ˋvɪʃəs] 形 惡意的，心腸不好的；(動物)有惡習的.
a vicious dog 惡犬，兇狗

**vic·tim** [ˋvɪktɪm] 名 (在戰爭中死去的)犧牲者，(災害等的)受害者.
the victims **of** war 戰爭的犧牲者
help the victims of the earthquake 〔the fire, the typhoon, the avalanche〕 救助地震〔火災、颱風、雪崩〕的受害者
A few years ago, Susan was the victim of a car accident. 數年前，蘇珊曾是一場車禍的受害者.

**vic·tor** [ˋvɪktɚ] 名 勝利者，優勝者.
→正式而誇張的用法；通常用 **winner**.

**Vic·to·ri·a** [vɪkˋtorɪə] 名 (**Queen Victoria**) 維多利亞女王. →英國女王(1819-1901).

**vic·to·ry** [ˋvɪktərɪ] 名 (複 **victories** [ˋvɪktərɪz]) 勝利，優勝.
**win** 〔**gain**〕 a victory **over** ～ 戰勝～，擊敗～
Napoleon had many **victories** before his **defeat** at Waterloo. 拿破崙在滑鐵盧敗戰之前獲得多次勝利.
◁反義字

**vid·e·o** [ˋvɪdɪ͵o] 名 (複 **videos** [ˋvɪdɪ͵oz]) ❶(和電視的聲音相對的)圖像，電視影像. ❷錄影帶(videotape)；卡式錄影帶(videocassette).
❸《美》電視(television).
— 形 電視(用)的；電視影像的.
a video camera 攝影機
a video game 電玩遊戲
a video recorder 錄影機 →亦稱 a videotape recorder.

**vid·e·o·cas·sette** [ˋvɪdɪokəˋsɛt] 名 卡式錄影帶.
a videocassette recorder 卡式錄影機 →亦稱 a videotape recorder.

**vid·e·o·tape** [ˋvɪdɪo͵tep] 名 錄影帶.
his performance on videotape 他在錄影帶中的表演〔演奏〕

**vídeotape recòrder** 錄影機. →略作**VTR**；亦作**video recorder, videocassette recorder**.
— 動 用錄影帶錄影.

**Vi·en·na** [vɪˋɛnə] 專有名詞 維也納.
→奧地利(Austria)首都.

**Vi·et·nam** [͵viɛtˋnɑm] 專有名詞 越南. →位於東南亞的社會主義共和國；首都河內；通用語為越南語.

**view** [vju] 名 ❶《能見之物》景色，風景.
The view **from** the hilltop is beautiful. 從山頂上看下去的風景很美.
I'd like a room with a view, please. 請給我一間看得見風景的房間.
You can **get** 〔**have**〕 a wonderful **view of** the lake from the window. 從窗口你可以看見湖的美景.
❷《可見範圍》視野，視域.
**come into** view 進入視野
go **out of** view 從視野中消失
The airplane soon went 〔passed〕 out of view. 飛機很快就從眼前消失.
❸看法，想法，見解(opinion).
Tell me your view(s) **on** 〔**about**〕 this matter. 告訴我你對這件事的看法.
**In** my view, smoking is very bad for the health. 我認為吸菸對健康非常不好.

idiom

***in víew*** (***of*** ～) 看得見(～)的地方.

At last we came in view of the mountaintop. 終於，我們來到看得見山頂的地方.
The magician did some wonderful tricks in full view of all the children. 那個魔術師在所有孩子面前表演了幾個精彩的戲法.
***on víew*** 展覽，公開.
His new paintings are on view in the art gallery. 他新創作的畫在畫廊展覽.
***póint of víew*** 觀點，見解.
**from** my point of view 我的觀點是，我的看法是

**view·er** [ˋvjuɚ] 名 (電視的)觀眾. ➜「收音機聽眾」是 listener.

**Vi·king, vi·king** [ˋvaɪkɪŋ] 名 維京海盜. ➜八～十世紀左右在歐洲北部、西部海岸搶劫的斯堪的那維亞人.

**vil·lage** [ˋvɪlɪdʒ] ▶村莊 ⊙比 town(城鎮)小

名(複 **villages** [ˋvɪlɪdʒɪz]) ❶村，村落.
a fishing village 漁村
a village church 村裡的教堂
a village school 村裡的學校
I lived **in** a little mountain village in Sichuan. 我住在四川的一個小山村裡.
A **town** is bigger than a **village** and smaller than a **city**. 鎮比村大，比市小. ◁相關語
❷(**the village**)村民們.
All the village welcomed him. 所有的村民們都歡迎他.

**vil·lag·er** [ˋvɪlɪdʒɚ] 名 村人，村民.

**vil·lain** [ˋvɪlən] 名 (電影、故事中的)惡棍，壞人.

**vine** [vaɪn] 名 ❶葡萄藤. ➜亦作 **grapevine**；vine 的果實為 grape.
Beautiful bunches of **grape**s are hanging from the **vine**s. 好看的葡萄串從葡萄藤上垂下來. ◁相關語
❷藤，蔓，有藤蔓的植物.
The castle walls were covered with a thick growth of vines. 城堡的牆上覆蓋著茂密的藤蔓.
字源 拉丁語中和 wine(葡萄酒)同一字源.

**vin·e·gar** [ˋvɪnɪgɚ] 名 醋.

**vine·yard** [ˋvɪnjɚd] ➜注意發音. 名 葡萄園.

**vi·o·la** [vɪˋolə] 名 中提琴. ➜介於小提琴和大提琴之間的大型弦樂器.
play the viola 拉中提琴

**vi·o·lence** [ˋvaɪələns] 名 暴力，猛烈；粗野，強烈，凶猛.
**use** violence 使用暴力
the violence of the storm 暴風雨的猛烈
He knocked on the door **with** great violence. 他粗暴地敲門.

**vi·o·lent** [ˋvaɪələnt] 形 激烈的，猛烈的，粗暴的.
a violent storm 猛烈的暴風雨
a violent temper 火爆的脾氣
The football game was very violent—several players were hurt. 那次的足球賽很激烈，有幾個球員受了傷.

**vi·o·lent·ly** [ˋvaɪələntlɪ] 副 劇烈地，猛烈地，暴烈地，兇暴地.

**vi·o·let** [ˋvaɪəlɪt] 名 堇菜，紫羅蘭；紫羅蘭色，藍紫色.
her violet eyes 她那藍紫色的眼睛
We **gather**ed violets near the brook. 我們在小河旁摘紫羅蘭.

印象 由於花朵小，並開在石頭邊和草叢中不顯眼的地方，所以被人用來表示「謹慎」「忠誠的愛」；因有這種形象，所以自古以來 violet 被許多詩人所讚頌，野生的 violet 經過不斷地改良而培育出 pansy(三色堇).

**vi·o·lin** [ˌvaɪəˋlɪn] ➜注意重音的位置.

V

名 小提琴.
play〔practice〕the violin 拉〔練習〕小提琴
相關語 violinist(小提琴手), string(琴弦), bow(琴弓).

**vi·o·lin·ist** [ˌvaɪəˋlɪnɪst] 名 小提琴手, 小提琴家.

**VIP** [ˌviaɪˋpi] 《略》重要人物. ➜由**v**ery **i**mportant **p**erson 這三個字的字首字母所組成的單字.

**vir·gin** [ˋvɝdʒɪn] 名 ❶ 處女, 貞女, 沒有性經驗的人.
❷(**the Virgin** (**Mary**)) 處女〔聖母〕瑪利亞. ➜耶穌基督的母親; 源於聖母生基督時爲處女之說.
— 形 ❶處女的, 純潔的.
❷未經使用的, 未曾有人踐踏〔碰〕過的; 第一次的.
a virgin forest 原始林
The hill was covered with virgin snow. There were no footprints on it. 山上覆蓋著未曾有人踐踏的潔淨白雪. 那裡沒有一個足跡.

**Vir·gin·ia** [vɚˋdʒɪnjə] 專有名詞 維吉尼亞州. ➜美國東部的一州; 簡稱 **Va., VA**(郵政用).

**Vir·gin·i·an** [vɚˋdʒɪnjən] 名 (美國)維吉尼亞州人.
— 形 維吉尼亞州的.

V

**vir·tue** [ˋvɝtʃu] 名 ❶(道德上的)美德, 德行. ➜正直、熱誠、公正、勇氣、忍耐等.
a person of virtue 品德高尚的人, 有品德的人, 有道德的人
**virtue** and **vice** 美德與罪惡, 善與惡 ◁反義字
❷優點, 長處; (藥等的)功效, 效力.
One of his virtues is that he never gets angry. 他的優點之一就是從不生氣.

**vi·rus** [ˋvaɪrəs] 名 濾過性病毒, 病原體.

**vi·sa** [ˋvizə] 名 簽證. ➜去國外旅行時, 出發前到所去國的大使館, 在所持的護照(passport)上接受簽註、蓋印的一種入境許可證.
**get**〔**apply for**〕a visa **for** Russia 取得〔申請〕去俄羅斯的簽證

**vis·i·ble** [ˋvɪzəbl̩] 形 看得見的.
Most stars are only visible at night. 大部分星星僅能在夜裡看得見.

**vi·sion** [ˋvɪʒən] 名 ❶《以目視物的能力》視力, 視覺.
have good〔poor, weak〕vision 視力好〔不好〕
lose *one's* vision in a traffic accident 在交通事故中喪失了視力
❷《以內心之眼觀看的能力》(敏銳的)想像力, 先見之明; 眼光.
He is incapable of looking ahead. He lacks vision. 他不能預測將來的事, 他缺乏先見之明.
Statesmen should be men of great vision. 政治家必須有遠見.
❸《在心中想像的東西》(未來的)理想, (將來的)夢想; (朦朧的)幻想, 幻影.
When I was a boy, I had visions of becoming a famous pop star. 少年時代, 我曾夢想成爲一個有名的流行歌星.

| **vis·it** [ˋvɪz ɪt] | ▶**訪問, 前往參觀**<br>▶**拜訪, 參觀** |
|---|---|

動 ❶ 拜訪(人), 探望; 去〔來〕會見~; 去〔來〕訪問~.
基本 visit a friend 拜訪朋友, 到朋友那裡去玩 ➜ visit＋名詞 ⟨O⟩.
visit a sick friend 探望生病的朋友
visit a dentist 去看牙醫
會話 I would like to visit a patient. —What's the patient's name? —Bill Smith. He came in yesterday. 我想探望病人. —病人叫甚麼名字? —比爾・史密司, 昨天入院的.

Aunt Polly usually **visits** us for two weeks in the spring. 波莉姑媽春天時通常會到我們家住上二週. ➡visits [ˋvɪzɪts] 爲第三人稱單數現在式.

◆ **visited** [ˋvɪzɪtɪd] 過去式、過去分詞.

He visited his doctor for a check-up. 他去常替他看病的醫生那裡檢查身體.

We **were** visited by our old friend yesterday. 昨天老朋友來拜訪我們. ➡被動語態.

◆ **visiting** [ˋvɪzɪtɪŋ] 現在分詞、動名詞.

I **am** visiting my cousin for two weeks. 我將在表哥家裡玩兩個星期. ➡現在進行式.

❷**訪問**(某地), **去〔來〕參觀〔遊覽〕**.

visit Kyoto 訪問京都, 去〔來〕京都遊覽

visit a museum 去參觀博物館

visit a circus 去看馬戲團

The museum is visited by a lot of foreign people every year. 那博物館每年都有很多外國人去參觀.

Where did you visit last summer? 去年夏天你去了哪裡?

I **have** never visited Japan. 我從沒有去過日本. ➡現在完成式.

The principal is coming to visit our class today. 今天校長要來參觀我們班上課. ➡不定詞 to visit 表示目的.

There are many famous places **to** visit near this town. 這個鎮附近有很多可遊覽的名勝. ➡不定詞 to visit 修飾前面的 places.

— 名 (複 **visits** [ˋvɪzɪts]) **訪問, 探望; 遊覽,** 參觀.

**during** my visit **to** Paris 我訪問〔遊覽〕巴黎時

a visit to a sick friend 探望生病的朋友

a doctor's visit 醫生的出診

This is my first visit to London. 這是我首次去倫敦訪問〔我來倫敦這是第一次〕.

We **had** a visit **from** your teacher. 你的老師來家庭訪問過了.

idiom

***on a vísit*** (***to*** ~) 訪問(~).

We went on a visit to the hot spring. 我們去那溫泉玩.

He is on a one-week visit to his aunt in Taipei. 他去臺北拜訪伯母一個星期.

***pày*** 〔***màke***〕 ***a vísit to*** ~=***pày*** 〔***màke***〕 ~ ***a vísit*** 去參觀~.

Yesterday I paid a visit to the dentist. 昨天我去看牙醫.

**vis·it·ing** [ˋvɪzɪtɪŋ] visit 的現在分詞、動名詞.

— 形 名 訪問(的), 視察(的).

visiting hours 會客時間

a visiting day 會客日

a visiting card 《英》名片(《美》calling card) ➡亦可僅用 card.

a visiting team 遠征隊

**vis·i·tor** [ˋvɪzɪtɚ] 名 **訪問者, 來賓;** 探問者, 遊客, 參觀者; (旅館等的)房客.

We **had** two visitors **at** 〔**to**〕 our house this afternoon. 今天下午家裡來了兩位客人.

The museum is full of student visitors. 博物館裡擠滿了參觀的學生.

會話 Do you live here? —No, we are just visitors. 你們是本地人嗎? —不, 我們是觀光客.

**vis·u·al** [ˋvɪʒuəl] 形 視覺的, 有關視覺的; 看得見的.

a visual organ 視覺器官

visual flying (不依賴飛機上的儀器的)目視飛行

visual aids 視覺教具 ➡電影、幻燈片、照片、圖片等.

**vi·tal** [ˋvaɪtl̩] 形 ❶生命的, 維持生命的, 與生命有關的; 致命的.

a vital wound 致命傷
The heart is a vital organ. 心臟是人維持生命不可缺少的器官.
❷極其重要〔需要〕的.
That star player is vital **to** 〔**for**〕 our baseball team. 那位明星球員是我們棒球隊不可缺少的.
❸生動的，有生命力的.

**vi·ta·min** [ˋvaɪtəmɪn] 名 維他命，維生素.
Oranges, lemons, and grapefruits have vitamin C. 柳橙、檸檬、和葡萄柚含有維他命 C.

**viv·id** [ˋvɪvɪd] 形 (色彩、印象、描寫等)鮮明的，清晰的；生動的.
I have a vivid memory of my first day at school. 我還清清楚楚地記得第一天上學的事.
She gave the police a vivid description of the accident. 她向警察逼眞地敘述了那件事故.

**vo·cab·u·la·ry** [vəˋkæbjə͵lɛrɪ] 名 (複 **vocabularies** [vəˋkæbjə͵lɛrɪz])
❶字彙，語彙，用詞範圍. ➡某種語言、社會、個人等所使用的.
The writer has a large 〔A young child has a small〕 vocabulary. 那位作家詞彙豐富〔小孩詞彙貧乏〕，那位作家知道很多詞彙〔小孩知道的詞彙少〕.
You can increase your English vocabulary by reading many English books. 多看英文書可以增加你的英語字彙.
❷詞彙表，單字表.
Our English textbook has a vocabulary in the back. 我們的英語教科書後面附有詞彙表.

**vo·cal** [ˋvokḷ] 形 聲音的，有聲的；《音樂》聲樂(作品)的.
vocal music 聲樂，聲樂作品
vocal cords 聲帶

**voice** [vɔɪs] 名 ❶聲音.
a good 〔husky, low〕 voice 嗓子好〔嘶啞，低沈〕
**in** a loud 〔small〕 voice 大〔小〕聲地
會話 Can you **hear** my voice? —No, your voice is too small. Please speak in a louder voice. 你聽得到我的聲音嗎? —不，你的聲音太小了，請說大聲一點.
I shouted so much at the football game that I **lost** my voice. 我在足球比賽時高聲喊叫，所以嗓子啞了.
❷《文法》語態. →active❷, passive.

**vol·ca·no** [vɑlˋkeno] 名 (複 **volcano(e)s** [vɑlˋkenoz]) 火山.
The village was destroyed when the volcano **erupt**ed. 那村莊毀於火山爆發的時候.

**vol·ley·ball** [ˋvɑlɪ͵bɔl] 名 排球運動；排球. ➡ volley 指球尚未接觸地面或地板時便擊〔踢〕回.
play volleyball 打排球
a volleyball court 排球場

**vol·ume** [ˋvɑljəm] 名 ❶(全集中的一)卷，册.
The encyclopedia has ten volumes. 那套百科全書共十册.
Where is the first volume 〔volume one〕 of the encyclopedia? 百科全書第一册在哪兒?
❷容積，體積；音量，響度.
Please **turn down** 〔**up**〕 the volume **on** 〔of〕 your stereo. 請把立體音響的音量開小〔大〕一些.
會話 What is the volume **of** this box? —The sides of the box are 3 cm, so its volume is 27 cubic centimeters. 這箱子的容積是多少? —這箱子每邊長三公分，所以容積是二十七立方公分.
❸量，大量，多量，多.
a great **volume of** water 大量的水
**volumes of** smoke 大量的煙

**vol·un·tar·y** [ˋvɑlən͵tɛrɪ] 形 (不強

V

制)自發的，自願的，義務的.
Ken gave voluntary help. 肯自動地幫忙.

**vol·un·teer** [ˌvɑlən`tɪr] ➜注意重音在最後音節. 名 自願者，志願者，義務參加者；志願兵，義勇兵.
Are there any volunteers **for** cleaning the blackboard? 有人自願把黑板擦乾淨嗎?
A group of young people began doing volunteer work. 一群年輕人開始從事志願工作.
There are many volunteer workers in that old people's home. 那養老院裡有許多義工.
—動 自願提出；自願提供(效勞等)；自願做；當志願兵.
Bill's father volunteered to coach the boy's baseball team. 比爾的父親自願當那少年棒球隊的教練.

**vom·it** [`vɑmɪt] 動 嘔吐，吐出(吃下的食物). ➜《口》throw up.
— 名 嘔吐；吐出物，嘔吐物.

**vote** [vot] 動 投票(給～)；投票表決〔選舉〕.
vote **for** him 投票給他
the right to vote 投票的權利〔選舉權〕
For whom did you vote in the election? 選舉時你投票給誰?
They voted Ben class president. 他們選班為班長. ➜ V (voted)＋O (Ben)＋C (class president)的句型；表示職位的字當補語〈C〉時前面不加 ×*a*, ×*the*.
—名 ❶投票；(以投票、聲音、舉手、起立等方式)表決.
**give** a vote to ～ 投～一票〔投～的票〕
decide ～ **by** a vote 投票決定～
❷選舉權.
會話 Do you have the right to vote? —We are too young to **have** a vote. 你們有選舉權嗎? —我們還太小，沒有選舉權.
❸(投票時投的)票；(**the vote**)投票總數〔結果〕，得票數.
He **had** 15 votes. 他得了十五票.
He was elected captain **with** 〔**by**〕 20 votes. 他以二十票的票數〔之差〕當選為隊長.
After the election, Nancy and I counted the votes. 選舉後，南西和我點票.
Because of rainy weather, the vote was small. 因為下雨，所以投票總數變少.

idiom
***tàke a vóte*** 投票決定，表決.
Our baseball team took a vote to elect the captain. 我們棒球隊以投票選舉隊長.

**vot·er** [`votɚ] 名 投票人，有投票權者.

**vow** [vaʊ] 名 誓言，誓約.
We **made** 〔**took**〕 a vow **to** stay friends forever. 我們立誓我們永遠是朋友.
—動 起誓，立誓，發誓.
The bride and groom vowed **to** love and be faithful to each other. 新娘和新郎立誓彼此相愛及忠貞.

**vow·el** [`vaʊəl] 名 母音. ➜不運用舌、唇、齒等發出的聲音.

**voy·age** [`vɔɪɪdʒ] 名 **航海，**航行；太空旅行.
a voyage **around** the world 環遊世界的航行
a voyage **from** Yokohama **to** New York 從橫濱到紐約的航行
a voyage **to** the moon in a spaceship 乘太空船去月球的旅行
**go on** a voyage 航海去
**make** 〔**take**〕 a voyage **across** the Pacific Ocean 航海橫渡太平洋
**Have a nice** 〔**pleasant**〕 **voyage.** 祝旅程愉快.
Columbus arrived at South America **on** his third voyage in 1498.

V

哥倫布在一四九八年第三次航行時抵達南美.

**vs.** versus(～對～)的縮寫.

**V-sign** → V.

**VTR** videotape recorder 的縮寫.

**vul·gar** [ˋvʌlgɚ] 形 下流的，粗俗的.

vulgar manners 粗俗的行為

use vulgar language 使用粗俗的語言.

**vul·ture** [ˋvʌltʃɚ] 名 禿鷹.

V

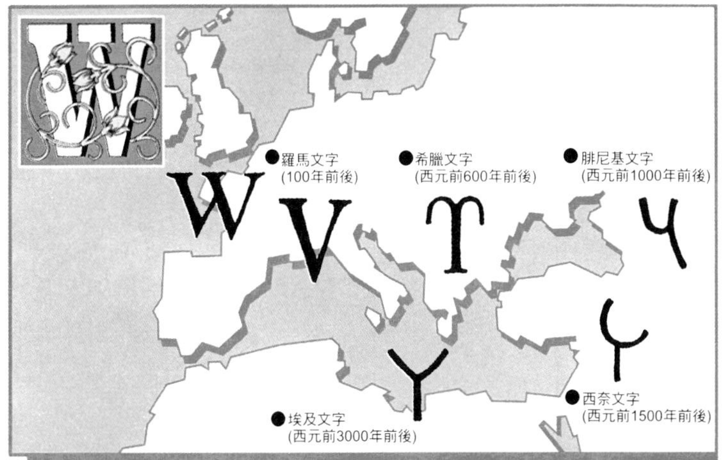


**W, w** [ˋdʌblʝu] 名(複 **W's, w's** [ˋdʌblʝuz]) ❶英文字母的第二十三個字母. ❷瓦, 瓦特(watt(s))的縮寫.

**W.** west(ern)(西(的))的縮寫.

**WA** Washington(州)的縮寫.

**wad** [wɑd] 名 (把柔軟的東西揉成的)團, 小塊; 填塞物.
a wad of cotton 小塊棉花, 棉團

**wad·dle** [ˋwɑdḷ] 動 (像鴨子般)搖搖擺擺地走.

**wade** [wed] 動 跋涉(水、雪、泥等); 費力地前進.
wade **across** the river 涉水過河
wade **through** a dull book 很吃力地讀完一本枯燥乏味的書

**wa·fer** [ˋwefɚ] 名 威化餅, 薄脆餅. ➔加在冰淇淋上給病人、幼兒等食用的餅乾.

**waf·fle** [ˋwɑfḷ] 名 鬆餅, 雞蛋餅. ➔將麵粉、牛奶、雞蛋等和在一起後, 用特製的模具(**waffle iron**)烘烤出來的點心; 中間不包餡, 食用時淋上蜂蜜或糖漿.

**wag** [wæg] 動 擺動(尾巴等); 搖動, 搖晃.

◆**wagged** [wægd] 過去式、過去分詞.
The puppy wagged its tail at the visitors. 小狗對著客人搖尾巴.

◆ **wagging** [ˋwægɪŋ] 現在分詞、動名詞.
My dog likes you. His tail **is** wagging. 我的狗喜歡你. 牠在搖尾巴.

**wage** [wedʒ] 名 (常用 **wages**)工資. ➔通常指支付給體力勞動者的工錢, 以週或日爲計薪單位; → salary.
a weekly 〔daily〕 wage 週薪〔日薪〕
**get** high 〔low〕 wages 拿高〔低〕工資
會話 What is his weekly wage? —His wages are $300 a week. 他每週的工資多少? —他每週的工資是三百美元.

**wag·(g)on** [ˋwægən] 名 ❶(用馬拉的四輪)運貨車.
a covered wagon 篷馬車
❷(小孩的)玩具手推車.
Ben pulled his brother **in** his wagon. 班讓弟弟坐在玩具推車上拉著他走.
❸小型運輸車, 載貨車.
a milk 〔bread〕 wagon 牛奶〔麵

包〕運輸車
❹《英》無篷貨車(《美》freight car).
goods waggon 貨車
❺《美》(運餐具或食物的)小型手推車(《英》trolley). ➡亦作 **tea** 〔**dinner**〕 **wagon**.

**wag·tail** [ˋwæg͵tel] 名《鳥》鶺鴒. ➡在地上行走時尾巴會不斷上下振動.

**waist** [west] 名 腰, 腰部. →hip.
She **has a narrow** 〔**thick**〕 waist. 她腰細〔粗〕.
**How large** is your waist? 你的腰圍多大?
She has a red belt **around** her waist. 她腰間束著一條紅腰帶.
She measures 24 inches around the waist. 她的腰圍是二十四英寸.

**waist·coat** [ˋwest͵kot] 名《英》背心(《美》vest).

| **wait** [wet] | ▶等待<br>⊙在某人來〔某事發生〕之前一直等待 |
|---|---|

動 ❶等, (**wait for** ~)等待~.
**基本** wait (for) one hour 等一小時 ➡wait+(for+)表示時間長短的詞.
Wait a minute 〔a moment〕. 等一下.
Please wait here **till** I come back. 請在這裡等我回來.
**基本** wait **for** Ken 等候肯 ➡wait for+表示人、物的名詞; 不用 ×*wait Ken*.
I'll wait for you **at** the school gate. 我會在校門口等你.
I can't wait for the summer vacation. 我等不及暑假了〔急切地盼望著暑假的來臨〕.

◆**waited** [ˋwetɪd] 過去式、過去分詞.
I waited for her letter for weeks.=I waited (for) weeks for her letter. 我等她的來信好幾個星期了.
At the crossing, we waited for the train to pass. 我們在平交道口等火車通過. ➡wait for *A* to *do* 是「等A做~」.

◆**waiting** [ˋwetɪŋ] 現在分詞、動名詞.
She **is** anxiously waiting for his return. 她不安地等候著他的歸來. ➡現在進行式.
Hurry up, Ken! Breakfast is waiting for you. 肯, 快一點, 早餐在等著你呢. ➡主詞爲事物(亦即表示「某事物正在等著~」)時, 一般用進行式.
I'm sorry I've **kept** you **waiting** so long. 對不起, 讓您久等了.
❷等待(順序、機會等), 期待; 《口》(爲等人而)延遲(用餐).
Wait your turn. 等著輪到你.
Don't wait supper for me. I will be very late tonight. 我今晚會很晚回家, 不用等我吃晚飯了.

**wáiting lìst** 等候名單, 候補名單.
be on the waiting list 在等候名單〔候補名單〕上
There is a long waiting list for the new apartments. 有很多人排隊等著住進新公寓.

**wáiting ròom** 等候室.

idiom

***wáit and sée*** 等待見到狀況〔結果〕, 《命令句》等著瞧.
會話 What's for supper, darling? —Wait and see. 親愛的, 晚飯吃甚麼呢? —等著瞧吧.
***wáit on*** ~ (店裡)服務客人; 服侍~, 照顧~.
We **wait**ed for the **waiter** to **wait** on us. 我們等服務生來爲我們服務.
◁相關語
***wáit úp for*** ~ 《口》不睡覺等~.

—名 等候, 等候的時間.
We **had** a long wait **for** the bus. 我們等公車等了好久.

idiom

***líe in wáit for*** ~ 埋伏以待~.
The cat lay in wait for the bird. 貓埋伏著等鳥.

**wait·er** [ˋwetɚ] 名 (男的)侍者, 服務

W

生. 相關語 waitress(女服務生).

會話 Waiter! What is this fly doing in my soup? —He is doing the backstroke, sir. 服務生！這隻蒼蠅在我的湯裡做甚麼啊? —牠正在仰泳，先生. ➡呼叫人的時候不加 ×*a*, ×*the*.

**wait·ress** [\`wetrɪs] 名 女侍者，女服務生. → waiter.

**wake** [wek] 動 (亦作 **wake up**)醒；弄醒，喚醒.

Wake up, Bob. 起床了，鮑勃.

Don't wake him (up). He is tired. 不要叫醒他，他很疲倦.

I wake (up) at seven every morning. 我每天早晨七點醒來. 相關語 **get up** 是「醒來後起床」.

◆ **woke** [wok] 過去式.

◆ **waked** [wekt] 過去式、《主美》過去分詞.

He **was** waked by the bell of the alarm clock. 他被鬧鐘的鈴聲吵醒了.

◆ **woken** [\`wokn̩] 《主英》過去分詞.

**wak·en** [\`wekən] 動 醒；弄醒，喚醒. ➡ wake 較為常用.

**Wales** [welz] 專有名詞 威爾斯.

參考 在大不列顛島(Great Britain)西南部；以前農牧業較發達，現在其南部為工業中心，是英國最大的煤炭產地；自古以來凱爾特系不列顛人居住於此，但在十六世紀被盎格魯撒克遜人合併；目前通用語為英語，但至今仍然有許多居民使用威爾斯語(Welsh).

**the Prínce of Wáles** 威爾斯王子. ➡從十四世紀初英格蘭國王愛德華一世賜與出生在威爾斯的長子這個稱號以來，至今一直以這個名稱稱呼英國的王儲；「威爾斯王妃」為 **the Princess of Wales**.

## walk [wɔk]

▶走，步行；散步

動 ❶走，步行；散步.

基本 walk fast 快步走 ➡ walk＋副詞.

walk **about** 走來走去，散步

walk **away** 走向別處，走開

Don't **run**. **Walk** slowly. 不要跑，慢慢走. ◁相關語

基本 walk **to** school 步行去學校，走路上學 ➡ walk＋介系詞＋表示場所的名詞.

walk **along** the street 沿著馬路走

walk **from** my house **to** the station 從我家走到車站

He **walks** with his dog every day. 他每天帶狗一起散步. ➡ walks [wɔks] 為第三人稱單數現在式.

◆ **walked** [wɔkt] 過去式、過去分詞.

We walked (for) three hours 〔miles〕. 我們走了三個小時〔英里〕.

◆ **walking** [\`wɔkɪŋ] 現在分詞、動名詞. → walking.

Mr. Jones and his wife **are** walking **around** the pond. 瓊斯先生和他太太在池邊散步. ➡現在進行式.

Kay and Bob came walking toward us. 凱伊和鮑勃朝我們走來. ➡walking是現在分詞；come ～ing 為「邊走邊～，邊～邊過來」.

❷陪著走，步送，遛(狗等).

I'll walk you **home** 〔**to** the bus stop〕. 我會陪你走到家裡〔車站〕.

Ken is walking his dog Sandy. 肯正在遛他的狗山迪.

❸《棒球》(因四個壞球打擊者)保送(上一壘)，(投手讓打擊者)保送上壘.

W

idiom

***gò wálking*** 徒步旅行.

—名 (複 **walks** [wɔks]) ❶ 步行，散步，徒步旅行.

基本 **go for** 〔**take, have**〕 a walk 去散步，散步

take a dog **for** a walk 帶狗散步

I often go to the park for a walk. 我常去公園散步.

Let's take a walk **in** the park 〔**on** the beach〕. 我們到公園〔海邊〕散步吧.

❷走的路程，走的距離.

My house is ten minutes' 〔a ten-minute〕 walk **from** the station. 從車站到我家要走十分鐘(的距離).

❸人行道；(特指公園等的)步道.

There are many beautiful walks in the park. 公園裡有很多漂亮的步道.

❹走路的姿勢.

❺《棒球》(四壞球)保送上壘.

give ～ a walk 給～(四壞球)保送，保送～上壘

**walk·er** [ˋwɔkɚ] 名 ❶行人，步行者；喜愛散步的人.

a tightrope walker (馬戲團裡)走鋼絲的人

❷《美》(嬰兒用的)學步車.

W

**walk·ie-talk·ie** [ˋwɔkɪˏtɔkɪ] 名 攜帶式無線電對講機.

**walk·ing** [ˋwɔkɪŋ] walk 的現在分詞、動名詞.

—名 走，步行.

go on a walking trip 去徒步旅行

**wálking stìck** 手杖(cane)，拐杖.

—形 活(動)的. ➜只放在名詞前面.

He is a walking dictionary 〔encyclopedia〕. 他是一本活字典〔百科全書〕.

| **wall** [wɔl] | ▶牆壁 ▶圍牆 |
|---|---|

名 (複 **walls** [wɔlz]) ❶ 牆壁；壁狀的東西.

hang a picture **on** the wall 把畫掛在牆上

A wall **of** fire stood before the firemen. 一片火牆矗立在消防隊員面前.

諺語 Walls have ears. 隔牆有耳. ➜意為「秘密容易洩露，要提高警覺」.

❷(石頭、磚、板等的)圍牆.

a stone 〔brick〕 wall 石〔磚〕牆

He **climbed over** the wall into the garden. 他翻過牆進入花園.

**wal·let** [ˋwɑlɪt] 名 皮夾，錢包. ➜折疊式、有隔層的設計；《美》亦作 **billfold**；→ purse.

**wall·pa·per** [ˋwɔlˏpepɚ] 名 壁紙.

**put** wallpaper **on** the wall 在牆上貼壁紙 ➜不用 ×*a* wallpaper, ×wallpaper*s*.

—動 貼壁紙.

Mother wants to wallpaper the kitchen. 母親想在廚房貼壁紙.

**Wall Street** [ˋwɔlˏstrit] 專有名詞 華爾街. ➜位於紐約市南部的重要街道，股票交易所、銀行、證券公司等金融機構集中於此，是美國金融中心；十七世紀中葉，荷蘭殖民者為了不讓英國等敵人侵入，在此築起一道屏障(wall)，因而得名.

**wal·nut** [ˋwɔlnət] 名 胡桃；胡桃樹；胡桃木.

**wal·rus** [ˋwɔlrəs] 名 海象. ➜生長在北極海裡的一種巨大海獸；比海豹(seal)大，有兩隻長牙(tusk).

**waltz** [wɔlts] 名 華爾滋舞；華爾滋舞曲，圓舞曲. ➜三拍子的舞(曲).

dance a waltz 跳華爾滋舞

—動 跳華爾滋舞.

**wand** [wɑnd] 名 (魔法師、魔術師等使用的)杖，棒.

**wan·der** [ˋwɑndɚ] 動 ❶(無目標地)漫步，閒逛；徘徊，流浪.

wander **about** 漫遊，徬徨
Handel and Green wandered **through** the woods. 韓德爾和格林在森林中徘徊.
❷迷路，走散；(話等)離開正題.
The child wandered **off from** his mother in the crowd. 那小孩在人群中與他媽媽走散了.

**want** [wɑnt]
▶想要～
▶想要做～
▶想請～做～
▶不足

動 ❶想要，要，需要，希望.
基本 I want a friend. 我想有個朋友. ➜ want＋(代)名詞〈O〉.
Everyone **wants** peace. 每個人都希望和平. ➜ wants [wɑnts] 爲第三人稱單數現在式；通常 want 沒有進行式，所以「希望」不用ˣ*is wanting*.
I don't want any more cake. 我不要蛋糕了.
會話 What do you want **for** your birthday? —I want a new bicycle. 你生日想要甚麼？—我想要一輛新的自行車.
◆ **wanted** [ˋwɑntɪd] 過去式、過去分詞.
They wanted something to eat. 他們想要吃點東西.
◆ **wanting** [ˋwɑntɪŋ] 現在分詞、動名詞. ➜ 通常不用進行式.
❷(**want to** *do*)希望做～，想要做～.
基本 I want to marry him. 我想和他結婚. ➜ want＋to *do* 〈O〉.
I don't want to be a soldier. 我不想當軍人.
會話 Where do you want to go? —I want to go to Disneyland. 你想去哪裡？—我想去迪士尼樂園.
You can go there if you **want to** (go). 如果你想去那裡你就去吧.
I wanted to be a professional skier when I was a child. 我小時候想成爲一個職業滑雪運動員.
I've wanted to buy that guitar for two years. 兩年前我就想買那把吉他了. ➜ 現在完成式.
❸(**want** O **to** *do*)希望 O 做～，要求 O 做～.
I want you to come and help me. 我想請你來幫我. ➜ 不用ˣ*I want that you come* ～.
She wanted her son to be an artist. 她希望她的兒子成爲一個藝術家.
What do you want me to do? 你想要我做甚麼嗎〔有甚麼事要我做嗎〕？
❹(**want** O C)希望 O 是 C，希望 O 被 C. ➜ C 爲形容詞、過去分詞、現在分詞等.
I want my lemonade very cold. 我要一杯很冰的檸檬水.
I want this letter mailed at once. 我要這封信馬上寄出去.
❺有事找(～)，需求；《主英》需要(need).
The teacher wants you. 老師有事找你.
You are wanted in the office. 辦公室裡的人在叫你. ➜ 被動語態.
The murderer is wanted by the police. 那殺人犯正被警方通緝中.
告示 Wanted: a typist. 招聘打字員. ➜ 招聘廣告；也可以用 A typist wanted. (＝A typist is wanted.)
This plant wants water. 這株植物需要水〔必須澆水〕.
— 名 不足，欠缺(lack)；需要(need). ➜ want 原意是「需要的東西不足」，引申爲「需要缺少的東西」⇨「想要」.
I'm sick **for** 〔**from**〕 **want of** sleep. 由於睡眠不足，我有點不舒服.
People in Africa are **in want of** food. 非洲的人民需要糧食.

**war** [wɔr] 名 戰爭.
**war** and **peace** 戰爭與和平 ◁相

W

關語
a nuclear war 核戰
A war **broke out** between the two nations. 兩國之間爆發了戰爭.
Her son was killed **in** the war. 她的兒子死於戰爭〔戰死〕.
Soldiers fight many **battles** in a **war**. 士兵在一次戰爭中要打好幾回戰役. 同義字 **war** 是指「整個戰爭期間」, **battle** 是指「各別戰役」.
Many citizens and groups are **carrying on** a war **against** pollution. 很多市民及團體正在進行一項反公害的抗爭.

**Wórld Wár** 世界大戰. → World War I〔II〕; → world ❶

idiom

***be at wár*** (***with*** ~) (與~)交戰中.
The two countries were at war for five years. 那兩國交戰了五年.
***gò to wár*** (***with*** 〔***against***〕 ~) (國家)(與~)開始戰爭; (人們)參加戰爭.

**ward** [wɔrd] 名 ❶(醫院的)一般病房; 病房.
a children's ward 小兒科病房
❷(城市行政劃分的)區.
Taipei city government is located in Hsin Yi Ward. 臺北市政府坐落在信義區.

W

**ward·robe** [ˋwɔrd͵rob] 名 ❶(高的)衣櫃, 衣櫥.
❷(個人的)全部服裝, 擁有的衣服.
That actress has a large wardrobe. 那位女演員有很多衣服.

**ware** [wɛr] 名《集合》製品, 商品. → 常用於複合字.
kitchenware 廚房用品
hardware 五金用品 → 刀、鈎、釘、廚房用品等.
tableware 餐具
silverware 銀製品, 銀器

**ware·house** [ˋwɛr͵haus] 名 (複 **warehouses** [ˋwɛr͵hauzɪz]) 倉庫.

**warm** [wɔr m]
▶(溫度)暖和的
▶熱情的
▶使~溫暖

形 ❶(溫度)暖和的, 溫暖的. 相關語 cool(涼快的), hot(熱的).
基本 a warm day 暖和的日子 → warm+名詞; 英國的夏天並不太熱, 所以不使用 hot, 有時用 a (very) warm summer's day(熱的夏天).
a warm winter coat 暖和的冬天大衣
基本 Winter is **cold**. Spring is **warm**. (=**It** is **warm** in spring.) 冬天寒冷, 春天暖和. ◁反義字 → be 動詞+warm 〈C〉; It 籠統地指「溫度」; 「冬天暖和」不用 warm, 而用 This winter is *mild*.
**get** warm 變暖和, (身體)暖和起來
My cheeks are warm **from** the fever. 我的雙頰因爲發燒而發熱.
Please open the window. I'm too warm! 請把窗戶打開, 我好熱! → very 〔too〕 warm=hot.

◆**warmer** [ˋwɔrmɚ] 《比較級》更暖和的.
Florida is much warmer **than** New York. 佛羅里達比紐約要暖和得多.

◆ **warmest** [ˋwɔrmɪst] 《最高級》最暖和的.
Put your warmest clothes on. It's snowing outside. 穿上你最暖和的衣服, 外面正在下雪.

❷熱情的; (顏色等)暖色的.
a warm heart 熱心
a warm person 熱心的人
a warm welcome 熱烈的歡迎
warm colors (紅、橙、黃等)暖色

— 動 使暖和; 變暖和.
warm the baby's milk 把嬰兒的牛奶加溫
warm a room 使房間暖和

Come near the fire and warm yourself. 靠近火來取暖.
The mother rabbit **warms** her babies **with** her own body. 母兔用自己的身體暖和小兔. ➡ warms [wɔrmz] 爲第三人稱單數現在式.

◆ **warmed** [wɔrmd] 過去式、過去分詞.
He warmed his hands **by**〔**at**〕the fire. 他靠在爐邊暖手.
His kind words warmed her heart. 他那親切的話溫暖了她的心.

◆ **warming** [ˋwɔrmɪŋ] 現在分詞、動名詞.

idiom

***wárm úp*** 使暖和，變熱；(比賽等前)作暖身運動.
The room is warming up. 房間漸漸暖和起來了.

**warm·ly** [ˋwɔrmlɪ] 副 溫暖地；衷心地.

**warmth** [wɔrmθ] 名 暖和；熱情，溫情.

**warn** [wɔrn] 動 警告，提醒；預先通知.
He warned me **of** the danger. 他警告我有危險.
The teacher warned him **to** study harder. 老師提醒他要更努力讀書.
The teacher warned his students **not to** cut〔**against** cutting〕classes. 老師警告學生不要蹺課.
I **warn you** (**that** there is a pickpocket in the train). 我提醒你(火車上有扒手).

**warn·ing** [ˋwɔrnɪŋ] 名 警告，警報，注意.
**give**〔**receive**〕a warning 給與〔收到〕警告
a storm warning 暴風雨警報
**without** warning 未預警地，突然地

**warp** [wɔrp] 名 (紡織物的)經線，縱線. 相關語 weft, woof[1] (緯線，橫線).
— 動 (板子等)翹曲；使彎翹，弄彎.

**war·ri·or** [ˋwɔrɪɚ] 名《文》戰士，武士，勇士.

**war·ship** [ˋwɔrˏʃɪp] 名 軍艦.

**was** [弱 wəz, 強 wɑz] ➡ be 動詞 am, is 的過去式. 動 ❶ **以前是，曾經是.**
**I**〔**He**〕**was** a little child then; I **am**〔He **is**〕now twenty. 那時我〔他〕還是個小孩子. 如今我〔他〕已經二十歲了. ➡〈S〉+was〈V〉+〈C〉的句型；主詞〈S〉爲單數名詞 I, he, she, it.
會話 **Was he** sick yesterday? —Yes, he wás. 他昨天病了嗎? —是的，他病了. ➡ Was+〈S〉+～? 爲疑問句；was 在句末時要重讀.
He **was not**〔《口》**wasn't**〕rich, but he was happy. 他以前並不富有，但很快樂. ➡〈S〉+was not〔wasn't〕+～ 爲否定句.
❷ **以前在，曾經在.**
He was in New York last month, but he is now in London. 他上個月在紐約，但現在在倫敦. ➡〈S〉+was+表示場所的副詞(片語).
He wasn't there, was he? 他沒在那裡，是嗎? ➡～, was he? 爲附加問句的說法.
會話 **There was** an earthquake last night. —Was there? I didn't notice it. 昨晚有地震. —是嗎? 我沒感覺到.
— 助動 ❶ (**was**+現在分詞) **正在～；正要～.** ➡過去進行式.
I **was** study**ing** in the library when the earthquake occurred. 發生地震時我正在圖書館念書.
會話 Was May playing the piano? —Yes, she was. (當時)玫在彈鋼琴嗎? —是的，她在彈鋼琴.
Where was Mr. James going? (當時)詹姆斯先生正要去甚麼地方?
❷ (**was**+過去分詞) **被～.** ➡過去被

W

動語態.
She **was** lov**ed** by everyone. 她曾被大家所愛.
His brother was killed in the war. 他的哥哥〔弟弟〕死於那場戰爭. ➜因事故、戰爭等「死亡」時, 用被動語態表示.

## wash [wɑʃ]

▶洗, 洗滌
▶洗手〔臉、身體〕
▶洗衣服

動 ❶洗, 洗滌; 洗手〔臉, 身體〕.
**基本** wash the dishes (飯後)洗餐具 ➜ wash+(代)名詞〈O〉.
wash the clothes in a washing machine 用洗衣機洗衣服
wash *one's* face clean 把臉洗乾淨 ➜ wash+(代)名詞〈O〉+形容詞〈C〉為「把O洗得C」.
**wash** *one*self 洗澡, 洗手, 洗臉
He usually **washes** the clothes on Monday. 他通常星期一洗衣服. (=He usually does the wash(ing) on Monday.) ➜ washes [ˋwɑʃɪz] 為第三人稱單數現在式; → washday.
You must wash (your hands) before meals. 飯前要洗手.
Where can I wash my hands? 我可以在哪裡洗手? ➜在別人家裡詢問是表示「廁所在哪裡」的意思.

◆ **washed** [wɑʃt] 過去式、過去分詞.
**Have** you washed your dirty shirt? 你洗過你的髒襯衫了嗎? ➜現在完成式.

◆ **washing** [ˋwɑʃɪŋ] 現在分詞、動名詞.
Mother **is** washing the dishes in the kitchen. 媽媽正在廚房洗碗盤. ➜現在進行式.

❷(人把髒東西等)洗掉; (浪)沖刷(海岸), 拍打; 沖走.
wash the stain **off** 〔**out of**〕 the carpet 洗掉地毯的污跡
The waves washed (**upon**) the shore. 海浪沖刷海岸〔海浪拍打著海岸〕.
The bridge was washed **away** by the flood. 橋被洪水沖走了. ➜被動語態.

❸(質地等)耐洗.
Does this sweater wash? 這件毛衣耐洗嗎?

idiom

***wásh úp*** 《美》(飯前)洗手(臉); 《英》洗(使用過的所有餐具), 洗碗盤; (浪濤)拍打.
Who washes up after dinner? 飯後誰洗碗盤?

— 名 ❶洗, 洗滌.
**have** a wash 洗臉和手
We **do** our wash on Monday. 我們星期一洗衣服. → washday.
**Give** your car a good wash. 好好洗一下你的汽車.

❷《集合》洗的衣物.
a large 〔big〕 wash 一大堆要洗的衣物 ➜不用 ×*many* wash*es*.
**hang** the wash on the line 把洗好的衣物晾在繩子上

❸(眼藥水、漱口藥水等的)洗藥, 洗劑. ➜多用於複合字.
(an) eyewash 眼藥水
(a) mouthwash 漱口藥水

❹(**the wash**)波濤的拍岸聲; 拍岸的浪.

**wash·ba·sin** [ˋwɑʃ,besn̩] 名《英》洗臉盆〔臺〕(《美》washbowl).

**wash·bowl** [ˋwɑʃ,bol] 名《美》盥洗盆, 洗臉盆〔臺〕(《英》washbasin). ➜特指安裝在 bathroom 的盥洗盆; 亦作 sink.

**wash·cloth** [ˋwɑʃ,klɔθ] 名《美》(洗澡用的)小毛巾.

**wash·day** [ˋwɑʃ,de] 名 (家庭中固定的)洗衣日. ➜《英》亦作 **washing day**.

**wash·er** [ˋwɑʃɚ] 名 ❶洗(〜)的人.
a window washer 清洗〔擦〕窗子的

人

❷洗衣機(washing machine); 洗碗機.

**wash·ing** [ˋwɑʃɪŋ] 名 ❶洗滌.

**do** *one's* 〔the〕 washing 洗滌

**wáshing machìne** 洗衣機.

❷(**the washing**)《集合》洗的衣物.

**hang out** the washing on the line 把洗好的衣物晾在繩子上

**Wash·ing·ton** [ˋwɑʃɪŋtən] 專有名詞 ❶華盛頓.

> 參考 美國首都; 位於馬里蘭州(Maryland)和維吉尼亞州(Virginia)之間, 臨波多馬克河(the Potomac), 因是不屬於任何州的特別行政區(the District of Columbia), 故加上縮寫D.C., 成爲 **Washington, D.C.,** 以與華盛頓州區別.

❷華盛頓州. ➜美國西北部的州; 簡稱 **Wash., WA**(郵政用).

❸(**George Washington**) 喬治・華盛頓. ➜爲美國獨立戰爭的總司令; 美國第一任總統(1732-1799).

**wasn't** [ˋwɑzn̩t] was not 的縮寫. → was.

會話 Was she homesick? —No, she wasn't. 她想家嗎? —不, 沒有.

**wasp** [wɑsp] 名 黃蜂. ➜一種蜂(bee); 體型大腰細.

**waste** [west] 動 ❶濫用, 浪費.

Don't waste money: save! 不要亂花錢, 要存起來!

My brother wastes time and money **on** billiards. 我哥哥把時間和金錢浪費在撞球上.

❷(疾病)消耗(體力); (常用 **waste away**)衰弱, 消瘦.

waste *one's* strength 消耗體力

The homeless kitten wasted away **from** lack of food. 那隻無家可歸的小貓因爲沒食物而消瘦了.

**—** 名 ❶濫用, 浪費.

It's a waste of money to take a taxi. Let's walk. 坐計程車浪費錢. 我們用走的吧!

❷垃圾, 廢物.

kitchen waste 廚房垃圾

Factory waste pollutes our rivers. 工廠廢棄物污染我們的河流.

**—** 形 ❶無用的, 廢棄的, 不用的, 多餘的.

waste water 廢水, 污水

❷荒蕪的, 不毛的, 未開墾的.

waste ground (雜草叢生到處是垃圾的)荒地

**waste·bas·ket** [ˋwest͵bæskɪt] 名《美》廢紙簍(《英》wastepaper basket).

**waste·pa·per** [ˋwest͵pepɚ] 名 廢紙.

**Put** that wastepaper **in** this wastebasket. 把那些廢紙扔進這個廢紙簍裡.

**wástepaper bàsket** 《英》=wastebasket.

**watch** [wɑtʃ]
▶手錶
▶看守, 警戒
▶注視

名(複 **watches** [ˋwɑtʃɪz]) ❶(攜帶式的)錶, 手錶, 懷錶. 相關語 clock (掛鐘, 座鐘).

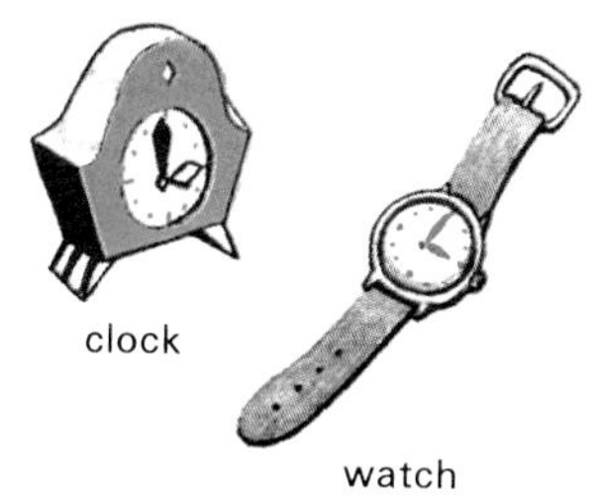


a wrist watch 手錶

a digital watch 數字型手錶

It is two o'clock **by** my watch. 我的錶是兩點.

My watch is two minutes **slow** 〔**fast**〕. 我的錶慢〔快〕二分鐘.

W

My father **wears** a Swiss watch. 我父親戴著一個瑞士錶.

My watch **keeps good time.**＝My watch is **correct**. 我的錶很準.

My watch **gains**〔**loses**〕a little. 我的錶稍快〔慢〕了一點.

❷看守，留神，戒備；看守者，警衛，警衛隊.

idiom

***be on the wátch for ～*** 看守，對～警戒留神，對～留神.

***kèep*** (***a***) ***wátch on ～*** 看守～，注意〔戒備〕～.

The anxious villagers are keeping a watch on the level of the river. 不安的村民正注意著河川的水位.

一動❶觀看，注視. ➜通常是指注視活動中的物體. → look ❶ 同義字

基本 watch television 看電視 ➜ watch＋(代)名詞<O>；是「用眼睛觀看畫面的變化」.

watch a baseball game (on TV) 看(電視轉播的)棒球比賽

He usually **watches** television after supper. 他通常在晚飯後看電視. ➜ watches [ˋwɑtʃɪz] 爲第三人稱單數現在式.

If you **watch** carefully, you might **see** a falling star. 假如你注意看的話，也許可以看到流星.

Watch me do it. 注意看我做. ➜ watch O *do* 是「注視 O 做～」.

◆ **watched** [wɑtʃt] 過去式、過去分詞.

We watched the sun go**ing** down. 我們注視著太陽下山. ➜ watch O ～ing 是「注視 O 在做～」.

◆ **watching** [ˋwɑtʃɪŋ] 現在分詞、動名詞.

He **was** watching her carefully. (當時)他仔細地注視著她. ➜過去進行式.

Watching birds is a popular hobby among Englishmen. 觀察野鳥是英國人一種頗爲流行的嗜好. ➜動名詞 Watching(觀看)是主詞.

❷看守，値班，留神；看護(病人等).

watch the sheep 看顧羊群

watch a baby 照顧嬰兒

Watch your step! 留神腳下！

Will you watch my clothes while I have a swim? 你能否在我游泳時，幫我看管一下衣服?

idiom

***wátch for ～*** 守候～.

Could you watch for the postman? 你能不能等候郵差來?

***wátch óut*** (***for ～***) 密切注意〔提防〕(～).

Watch out! A car is coming. 注意！車子過來了.

**watch·dog** [ˋwɑtʃ,dɔg] 名 看門狗.

**watch·ful** [ˋwɑtʃfəl] 形 警戒的，提防的，注意的.

**watch·ma·ker** [ˋwɑtʃ,mekɚ] 名 鐘錶匠；鐘錶商.

**watch·man** [ˋwɑtʃmən] 名 (複 **watchmen** [ˋwɑtʃmən]) 警衛員，値班員；看守人.

| **wa·ter** [ˋwɑtɚ] | ▶水<br>▶水中 |
|---|---|

名 ❶水.

fresh water 新鮮水，淡水

hot〔cold〕water 熱〔冷〕水

sea〔rain〕water 海水〔雨水〕

**a glass of** water 一杯水 ➜ water 爲物質名詞，沒有具體的形狀，所以不能計數，不用 ×*a* water, ×*two* water*s* 等；說「一杯水，二杯水」時，要用盛水容器的名詞，像 a glass of water(一杯水), two glasses of water(二杯水).

**a drink of** water 一杯水

**some**〔**much**〕water 一些〔很多〕水 ➜不用 ×*many* water*s*.

drinking water＝water to drink 飲用水

W

May I **have** a glass〔a drink〕of water? 能給我一杯水喝嗎?

**wáter bìrd** 水鳥. ➜天鵝、企鵝、鴨等.

**wáter bòttle** 《英》水壺.

**wáter bùffalo** 水牛. ➜亦可僅用 **buffalo**.

**wáter chùte** (遊樂園裡的)滑水道.

**wáter lìly** 睡蓮. ➜似荷(lotus)的水生植物.

**wáter pòlo** 水球. ➜分成兩隊比賽, 每隊各七人, 邊游泳邊把球投進對方球門的一種體育運動.

**wáter pòwer** 水力.

**wáter ràil** 水雞. ➜在濕地或水邊草叢中活動的涉禽鳥類.

❷(**the water**)(相對於天空、陸地的)水中, 水面; ((**the**) **waters**)河(水), 湖(水), 海(水).

He fell **into** the water. 他掉進水中.

It's fun to ski **on** the water. 滑水運動很有趣.

The Titanic went down **under** the water. 鐵達尼號沈入了海中.

From the plane we saw the blue waters of the Pacific. 從飛機上我們看見太平洋藍色的海水.

諺語 Still waters run deep. 靜水深流. ➜「深藏若虛」的意思.

idiom

***by wáter*** 由水路, 坐船(by ship).

Are you going by water or by air? 你坐船還是坐飛機去?

***màke*** 〔***páss***〕 ***wáter*** 小便. ➜是一種直截了當的說法, 通常婉轉地說成 go to the bathroom.

—動 ❶澆水, 灑水; 摻水; 供水.

water a horse 給馬飲水

water the street 在街道上灑水

water **down** the juice 稀釋果汁

Mr. White is watering the flowers in the garden. 懷特先生正在院子裡澆花.

❷流眼淚, 流口水.

My mouth watered when I saw the cake. 我看到那個蛋糕就流口水.

**wa·ter·col·o(u)r** [ˋwɔtɚˏkʌlɚ] 名 (**watercolo(u)rs**)水彩顏料; 水彩畫.

**wa·ter·fall** [ˋwɔtɚˏfɔl] 名 瀑布. ➜亦可僅用 fall.

**wa·ter·ing can** [ˋwɔtərɪŋˏkæn] 名 (灑水用的)灑水壺, 澆水筒. ➜《美》亦作 **watering pot**.

**wa·ter·mel·on** [ˋwɔtɚˏmɛlən] 名 西瓜.

eat **a slice of** watermelon 吃一片西瓜

a watermelon patch 西瓜田

字源「含水分(water)多的瓜(melon)」的意思; 原產於西非, 由探險家利文斯敦發現.

**wa·ter·proof** [ˋwɔtɚˏpruf] 形 不透水的, 防水的. →-proof.

a waterproof raincoat 防水雨衣

**water-ski** [ˋwɔtɚˏski] 動 滑水.

**water-skiing** [ˋwɔtɚˏskiɪŋ] 名 滑水運動. ➜「滑水屐(二塊一組)」爲(**water**) **skis**.

**wa·ter·way** [ˋwɔtɚˏwe] 名 (船可航行的河流、湖等天然的)水路, 航路.

**wa·ter·wheel** [ˋwɔtɚˏ(h)wil] 名 水車. ➜在十八世紀發明蒸氣機之前, 與風車(windmill)同爲當時的動力來源, 用來碾粉、轉動機器等.

**watt** [wɑt] 名 瓦(特). ➜電力的單位; 略作**W**或**w**; 源於Watt的名字.

a 60-watt bulb 六十瓦的燈泡

My lamp uses 100 watts. 我的檯燈是一百瓦的.

**Watt** [wɑt] 專有名詞 (**James Watt**) 詹姆斯・瓦特. ➜蘇格蘭的工程師; 蒸氣機的發明人(1736-1819).

**wave** [wev] 名 ❶波, 波浪.

sound〔light, electric〕waves 音波〔光波, 電波〕

W

The big waves were **breaking** against the rocks. 大浪拍打著岩石.
You can't swim here today because the waves are too **high**. 今天浪太大了，你不能在這裡游泳.
Ken likes to **ride** the waves in the ocean. 肯喜歡在海上沖浪.
❷(頭髮的)鬈曲，波浪.
His hair has a **natural** wave. 他的頭髮是自然鬈.
She **has** beautiful waves in her hair. 她的頭髮鬈曲得很漂亮.
❸ 揮手，招手.
She **gave a wave of** her hand from across the street. 她在馬路對面揮手示意.
—動 ❶ 揮動；揮手(示意)，揮舞；(像浪一樣)起伏，(旗等)飄動.
wave *one's* hand 〔handkerchief〕 揮手〔手帕〕(告別)
The flag is waving in the wind. 旗幟正在風中飄揚.
He is waving **to** us. 他正向我們招手.
He waved good-bye **to** me. = He waved me good-bye. 他揮手向我們告別. ➡ 第二句是 V (wave)+O′(me)+O (good-bye)的句型，「向 O′ 揮手作 O 的示意」.
❷(頭髮)成波浪狀；使鬈曲.
Does your hair wave naturally, or do you have it waved? 你的頭髮是自然鬈還是燙的? ➡ have+O+過去分詞表示「讓 O 被～」.

**wav·y** [ˋwevɪ] 形 成波浪形的，波狀的，起伏的；有波紋的.
My hair is **wavy**, but my sister's hair is **straight**. 我的頭髮是鬈的，但我姊姊〔妹妹〕的頭髮是直的. ◁反義字
◆ **wavier** [ˋwevɪɚ] 比較級.
◆ **waviest** [ˋwevɪɪst] 最高級.

**wax** [wæks] 名 蠟；(蜜蜂的)蜂蠟；(床、家具等的)蠟.
a wax doll 蠟玩偶
**Candles** are made of **wax**. 蠟燭是用蠟製成的. ◁**相關語**
—動 給～上蠟.
Wax your car 〔skis〕. 給汽車〔滑雪屐〕上蠟.

| **way** [we] | ▶道路<br>▶方向<br>▶方法 |
|---|---|

名(複 **ways** [wez]) ❶(去～的)道路. ➡不一定指具體的路；表示具體的路時，用highway(幹道)之類的複合字.
the way **to** the station 去車站的路
the way **home** 〔**back**〕 歸途
Please **tell** me the way to your house. 請你告訴我去你家的路.
That road is the shortest way to the station. 那條路是去車站最近的一條路.
The plane **took** the shortest way to London by flying over the North Pole. 飛機飛越北極上空，取道最短的航線去倫敦.
The children **lost** their way in the wood, but soon they **found** a way **through** it. 孩子們在森林中迷路，但不久便找到走出森林的路.
Bob and Jim said good-bye to each other and **went** their separate ways home. 鮑勃和吉姆互道再見後各自回家.
❷路程(distance)，距離.

a long way 長程;《副詞》遠地
**It is** a long〔short〕way from here to our school. 從這裡到我們學校很遠〔近〕. ➡It 籠統地指「距離」.
會話 Do you live a long way **from** here? —No, my house is a little way **off** this road. 你住離這裡很遠嗎? —不, 我家離這條路不遠.
I'll go part of the way with you, but I don't have time to go the whole way. 我會陪你走一段路, 但沒有時間陪你走完整段路程.
❸方向(direction), 方位.
告示 One way. 單行道. ➡道路標誌.
(**Come**) **This way, please.** 這邊請. ➡不用×*to* this way.
The post office isn't this way, it's that way. 郵局不在這邊, 在那邊.
Which way did he run away? 他往哪個方向逃的?
If you are going our way, please get into our car. 如果你要去我們去的方向, 請上車.
❹方法(method), 手段, 方式; 習慣, 慣例.
in a friendly way 親切地〔和藹地, 和藹可親地〕
the best way **to** learn〔**of** learn**ing**〕English 學習英語最好的方法
the American way of life〔living〕美國人的生活方式
Do it (in) **this way**〔**that way**〕. 這樣〔那樣〕做.
In that way he became very rich in a few years. 就那樣他在幾年內變得很富有.
You're putting in the cassette (in) the wrong way. 你把錄音帶放反了.
**This is the way** I solve the puzzle. 這就是我解開那難題的方法.
I love the way she smiles〔walks〕. 我很喜歡她笑的模樣〔走路的姿勢〕.
諺語 Where there's a will, there's a way. 有志者事竟成.
❺方面, 點.
This is better than that **in** many ways. 這個在各方面都比那個好.
❻(*do one's* **way**)邊~前進.
I **felt** my way **to** the door in the dark. 我在黑暗中摸索著走到門邊.
He **push**ed his way **through** the crowd. 他推開人羣前進.
The worm **eat**s its way through the wood. 蟲邊咬木頭邊往前蠕動.
idiom
***àll the wáy*** 一路上, 從頭到尾; 老遠地.
He ran all the way to school. 他一路跑到學校.
He came all the way **from** Africa. 他從非洲遠道而來.
***by the wáy*** ①順便, 順便一提. ②在途中, 在路旁.
***by wáy of ~*** ①經由~, 經過~(via).
Ben came to Japan by way of Hawaii. 班經由夏威夷來日本.
②作爲~, 意爲~.
He said so by way of a joke. 他那樣說是開玩笑的.
***gìve wáy*** (***to*** ~) ①讓路(給~); (向~)讓步.
The boy gave way to an old lady at the door. 那男孩在門口讓路給老太太.
②倒塌, 垮掉.
The old bridge finally gave way. 那座舊橋終於坍塌了.
***gò*** *one's* (***ówn***) ***wáy*** 獨自行動, 一意孤行.
***gò òut of*** *one's* ***wáy*** 繞道; 特地.
***hàve***〔***gèt***〕*one's* (***ówn***) ***wáy*** 以自己的方式做, 隨心所欲.
***in a wáy*** 有點, 在某種意義上.
***in the***〔*À's*〕***wáy*** 擋(A 的)路. → out of the way.
Don't leave your bicycle there; it will **get** in the way. 不要把腳踏車

放在那裡，會擋路的.
A mailman tried to get to the mailbox, but a big dog was in his way. 郵差想到郵筒那裡，但一隻大狗擋住了他的路.
***léad the wáy*** 帶路，引路.
You lead the way, and we'll follow. 你帶路，我們跟在後面.
***màke*** *one's* ***wáy*** 前進，行進(go). ➡有時用其它的動詞代替make，表示「各種各樣的前進方法」. →❻
He made his way through the crowd. 他擠過人群向前進.
***màke wáy (for ～)*** 讓路(給～).
Make way for the fire truck! 讓路給消防車!
***on the*** 〔*one's*〕 ***wáy*** 在途中，在路上；往～，向著～方向.
on the way **to** Los Angeles 在去洛杉磯途中〔朝洛杉磯的方向〕
on my way to school 在我去學校的途中
on the way home 在回家途中
會話 Tell me the way to the Disneyland. —Come with me; I am on my way there. 請告訴我去迪士尼樂園的路. —跟我走，我正要去那裡.
The train left and Bill was on his way to London. 火車已經出發，比爾在去倫敦的途中.
***òut of the wáy*** ①不礙人的地方，靠邊.
**Get** out of the way. 讓開!
②遠離的地方，偏僻；繞道.
***thís wày and thát*** 這裡那裡(的各個方向)，到處.

**WC** [ˋdʌblju̧ˋsi] 《英》water closet ((抽水馬桶式的)廁所)的縮寫. ➡英國用於房屋設計圖或廣告上，作指示標誌時不用WC，而用Gentlemen (男用)，Ladies(女用)；→ toilet.

| **we** [wi] | ▶我們<br>⊙包含自己(I)和他人在內的代名詞 |
|---|---|

代 ❶**我們**，咱們. 相關語 our(我們的)，us(我們)，ours(我們的東西).
基本 Jack and I are friends. **We** (=Jack and I) **are** always together. 傑克和我是朋友，我們(=傑克和我)總是在一起. ➡ We是句子的主詞.
We are 〔《口》**We're**〕 brothers. 我們是兄弟.
We **have** five children. 我們(=妻子和我)有五個孩子.
會話 **Do we have** an English test today, Mr. Green? —Yes, you do. 格林老師，我們今天要考英文嗎? —是的，(你們)要. ➡這裡的we不包括說話的對象格林老師，所以回答時用you.
會話 Do we have an English test today, Bob? —No, we don't. 鮑勃，我們今天要考英文嗎? —不，不用. ➡這裡的we包括說話的對象鮑勃，所以回答時用we.
**Our** purses were stolen and **we** have no money with **us**. 我們的錢包被偷了，我們身上都沒錢了. ◁相關語
❷我們. ➡指「包括自己在內的同一國家、地區、公司、商店等的人」；→ you ❹
We Chinese are fond of hot baths. 我們中國人愛洗熱水澡. ➡ We和Chinese爲同位語.
In Taiwan, we have a lot of rain in February. 在臺灣，二月份雨水很豐沛.
We serve only the best in this restaurant. 我們餐館只供應最好的菜肴.
❸我們都，人們. ➡指「包括自己在內的一般人」；→ one 代 ❷, you ❸
We should know more about

Asia. 我們應該知道更多有關亞洲的事.

**weak** [wik] 形 ❶弱的，無力的.
a weak point 弱點
a weak old man 衰弱的老人
weak eyes〔sight〕 弱視，視力差
a man of weak character 意志薄弱〔軟弱〕的人
**get**〔**grow**〕weak 變弱，虛弱
The baseball team of our school is very weak; it lost every game. 我們學校的棒球隊太弱了，每場比賽都輸.
He has a weak heart〔will〕. 他心臟〔意志〕衰〔薄〕弱.
Science is my weak subject. 理科是我較弱的〔不擅長的〕科目.
She is **good** at〔**strong** in〕math but **weak in** English. 她數學強，但英文弱. ◁**反義字**
The strong should protect the weak. 強者應該保護弱者. → the ❼
Mr. Strong was getting〔becoming〕**weaker** and **weaker** every day.「強壯」先生一天比一天虛弱.
❷(液體等)淡薄的.
weak tea 淡茶
This coffee is too weak. 這咖啡太淡了.

**weak·en** [ˋwikən] 動 使～虛弱；削弱，減〔變〕弱.
a weakened child 虛弱的小孩
My strength has weakened. 我的體力減弱了.

**weak·ly** [ˋwiklɪ] 形 病弱的，虛弱的.
**—**副 軟弱地，柔弱地，無力地.

**weak·ness** [ˋwiknɪs] 名 ❶弱，虛弱，(體力)衰弱；弱點，缺點.
❷特別喜歡(的東西).
My little sister **has a weakness for** chocolates. 我妹妹特別喜歡巧克力.

**wealth** [wɛlθ] 名 ❶財富(riches)，財產.
a man of (great) wealth 有錢人，富翁
諺語 Health is better than wealth. 健康勝過財富.
❷(**a**〔**the**〕**wealth of** ～)豐富的～，大量的～.
There is a wealth of information in the encyclopedia. 百科全書中有豐富的資訊.

**wealth·y** [ˋwɛlθɪ] 形 富裕的(rich)，有錢的；豐富的.
Mr. Baker is a wealthy banker. 貝克先生是位有錢的銀行家.
The wealthy seem to get richer and richer. 有錢的人似乎愈來愈有錢. → the ❼
◆ **wealthier** [ˋwɛlθɪɚ] 比較級.
◆ **wealthiest** [ˋwɛlθɪɪst] 最高級.

**weap·on** [ˋwɛpən] 名 武器. ➜除手槍、小刀、飛彈等一般的戰鬥用武器外，拳頭、石頭、貓爪、工人罷工、親切的微笑等都可成為 weapon.
nuclear weapons 核子武器
Her smile is her best weapon. 她的微笑是她最好的武器.

**wear** [wɛr] 動 ❶穿戴著，穿著，戴著，佩戴著，蓄留著(鬚、髮). ➜指衣服、帽子、錶、鞋、戒指、眼鏡、鬍鬚等「穿戴在身上的狀態」；相關語 表示「穿戴的動作」時用 **put on**.

wear a new **dress** 穿著一件新洋裝
wear black **shoes** 穿著一雙黑鞋
wear a **ring** 戴著戒指
wear a **brooch**〔a **necklace**〕 戴著

W

胸針〔項鍊〕
wear **glasses** 戴著眼鏡
wear a **beard** 留著鬍子
wear a **smile** 帶著微笑
wear perfume 擦了香水
He always **wears** a dark coat and a blue tie. 他老是穿著深色的上衣，繫著一條藍色的領帶.
She wears her hair short. 她留著短髮. ➡ wear＋名詞〈O〉＋形容詞〈C〉表示「使O成C的狀態(穿戴〔蓄留〕著)」.
She **is wearing** beautiful **jewels** today. 她今天戴著很美的珠寶. ➡ 進行式是「暫時戴在身上」的意思.

◆ **wore** [wor] 過去式.

She wore a yellow **ribbon** in her hair. 她在她頭髮上繫了一條黃色絲帶.

◆ **worn** [worn] 過去分詞.

❷(**wear out** 〔**away, down** 等〕)磨薄，磨損；使(人)疲乏.
I wear **out** four pairs of shoes each year. 我每年穿壞四雙鞋.
My sweater is wearing thin at the elbows. 我毛衣的肘部磨薄了.
Tony **has worn** his socks **into** holes. 湯尼把襪子穿破了.
My school uniform is worn out. 我的校服穿破了.
I'm worn out **from** a long drive. 我因爲長時間駕駛而疲憊不堪.
❸耐用.
This shirt wore very well; it lasted for more than a year. 這襯衫眞耐穿，已經穿了一年多了.
—名 ❶穿，穿戴，使用.
These are clothes for everyday wear. 這些是日常穿的衣服.
❷《集合》衣服(clothing).
children's wear 童裝
*one's* everyday 〔casual〕 wear 日常穿的衣服，便服
❸磨破，穿舊，用舊，磨損.
My shoes are showing signs of wear. 我的鞋子已有磨破的跡象了.

**wea·ry** [ˋwɪrɪ] 形 ❶非常疲倦的(very tired).
She gave a weary sigh. 她極疲倦地嘆口氣.
He was weary **from** a long walk. 走了很長的路，他已經非常疲倦了.

◆ **wearier** [ˋwɪrɪɚ] 比較級.

◆ **weariest** [ˋwɪrɪɪst] 最高級.

❷厭倦的，不耐煩的；單調無聊的.
I **am weary of** waiting for a bus. 我厭倦等公車.
I had a weary wait at the bus stop. 我在公車站等得快煩死了.

**wea·sel** [ˋwizḷ] 名 鼬鼠，黃鼠狼.

**weath·er** [ˋwɛðɚ] 名 天氣，氣象.
相關語 climate(氣候).
**good** 〔**bad**〕 weather 好〔壞〕天氣
**nice** 〔**fine**〕 weather 好天氣，晴天
**rainy** 〔**wet**〕 weather 雨天
The weather was **hot** 〔**cold**〕 yesterday. = We **had** hot 〔cold〕 weather yesterday. 昨天熱〔冷〕.
會話 **What** was the weather **like** 〔**How** was the weather〕 in Chicago? —It was fine, but very windy. 芝加哥的天氣怎麼樣? —天氣好，但風大.
We cannot go out **in** this stormy 〔foggy〕 weather. 這樣的暴風雨〔大霧〕我們無法外出.
If swallows fly low, the weather will be bad. 如果燕子飛得很低，天氣就會變壞. ➡以前的西歐人從生活經驗中得到的天氣預測.

**wéather fòrecast** 天氣預報.
會話 **What's** the weather forecast for today? —It's "Cloudy with occasional rain showers." 今天天氣預報怎麼說? —「陰偶有陣雨」.

**wéather màp** 〔**chàrt**〕 天氣圖.

**wéather repòrt** 天氣預報.

**wéather vàne** 風標，風向計. → weathercock.

W

**weath·er·cock** [ˋwɛðɚ͵kɑk] 名(像公雞(cock)形狀的)風標，風信雞，風向計. ➜也用來形容像風標一樣會隨時變動方向的「喜怒無常之人」.

**weath·er·man** [ˋwɛðɚ͵mæn] 名(複 **weathermen** [ˋwɛðɚmən]) (電視、廣播的)天氣預報員，氣象員.

**weave** [wiv] 動 織；編織.
weave a rug 編織地毯
weave a straw hat 〔weave straw **into** a hat, weave a hat **from** straw〕 編草帽〔把麥稈編成草帽，用麥稈編草帽〕
◆ **wove** [wov] 過去式.
◆ **woven** [ˋwovən] 過去分詞.

**web** [wɛb] 名 ❶蜘蛛網(cobweb).
A spider is **weav**ing 〔**spin**ning〕 a web. 蜘蛛正在結網.
❷(鴨子等水鳥的)蹼.

**Web·ster** [ˋwɛbstɚ] 專有名詞 (**Noah Webster**)韋伯斯特. ➜美國的辭典編纂家(1758-1843)；一八二八年出版當時最大的辭典 *An American Dictionary of the English Language*(《美國英語大辭典》)，成爲以後美國英語辭典的典範.

**Wed.** Wednesday(星期三)的縮寫.

**we'd** [wid] we had; we would, we should 的縮寫.
We'd (=We had) been to Taipei several times before then. 在那之前我們已經去過幾次臺北. ➜ had 只有在當助動詞使用時才能略作 'd；但 We had a car. 便不能用ˣ*We'd* a car.
We'd (=We **would**) **like to** go to the movie. 我們想去看電影.

**wed·ding** [ˋwɛdɪŋ] 名 ❶婚禮. ➜ wedding 通常除了指在教會舉行的儀式外，也包括在新娘家舉行的酒宴；→ marriage.
**the wédding màrch** 結婚進行曲.
**wédding bèlls** 婚禮鐘聲. ➜宣告婚禮開始的鐘聲.
**wédding càke** 結婚蛋糕.
**wédding dày** 婚禮日；結婚紀念日.
**wédding drèss** 結婚禮服.
**wédding rìng** 結婚戒指. ➜戴在左手無名指(ring finger)上.
❷結婚紀念日.
a silver 〔golden〕 wedding 銀〔金〕婚紀念日 ➜結婚二十五週年、五十週年紀念日.
相關語 bride(新娘)，bridegroom(新郎)，engagement(訂婚)，marriage(結婚)，honeymoon(蜜月).

**wedge** [wɛdʒ] 名 楔.
**Put** a wedge **under** the door to hold it open. 把楔放在門下讓門開著.

| **Wednes·day** [ˋwɛnzdɪ] [ˋwɛnzde] | ▶**星期三** ⊙「渥登(Woden)之日」的意思；Woden 為盎格魯撒克遜的主神，相當於北歐神話中的 Odin(奧丁) |
|---|---|

名 **星期三**. ➜一週的第四天；詳細用法請參見 Tuesday.
Today is Wednesday. = It's Wednesday today. 今天是星期三. ➜不用ˣ*a* 〔*the*〕 Wednesday.
I saw Ken **on** Wednesday 〔**last** Wednesday〕. 星期三〔上個星期三〕我見過肯. ➜不用ˣ*on* last Wednesday.
I will see Ken on Wednesday 〔**next** Wednesday〕. 我星期三〔下個星期三〕與肯見面.
See you (**on**) Wednesday morning. 星期三早上見.

**weed** [wid] 名 雜草.
His garden is full of weeds. 他的院子裡滿是雜草.
**—**動 除去～的雜草，除雜草，拔雜草.

W

Grandfather weeds the garden every Sunday. 祖父每個星期日除院子裡的雜草.

**week** [w i k] ▶(從星期日開始的)週，星期 ▶一週，一星期

名(複 **weeks** [wiks]) ❶(從星期日開始的)週，星期；(從某日算起的)一週，一星期，七天. ➜通常一週是從星期日開始算起的，但也有從星期一算起的說法.

**this** week 本週
**next** [**last**] week 下[上]週
**every** week 每週
**for** a week 一星期，七天
**the week before last** 上上個星期
**the week after next** 下下個星期
**day of the week** 一個星期中的一天
a week from [ago] today 下星期[上星期]的今天 ➜《英》說法爲 today week 或 a week today，至於到底指下星期或上星期則要由上下文來判斷.
weeks [two weeks] **ago** 幾個星期[兩個星期]前
Sunday is the first day of the week. 星期日是一個星期的第一天.
會話 What day (of the week) is it today? —It's Monday. 今天星期幾? —今天是星期一. ➜ it 籠統地表示「時間」；如同《聖經》記載，神用七天的時間創造了世界. 歐美人的生活週期也以星期爲單位來計算. 因此，問句：what day(甚麼日子)，並不是問幾月幾號，而是問星期幾.
She went out last week and will come back this week. 她上個星期出門，這個星期回來. ➜說「這[下、上]個星期做～」時，不加介系詞 ˣ*in* this week.

❷(有工作、課的)平日，工作日. ➜星期日(或星期六和星期日)以外的日子.
We go to school during the **week** and play on [《英》at] the **weekend**. 我們平時上學，週末玩. ◁相關語
A school week is five days. 學校每週上課五天.

❸(～ **Week**)～週.
Bird [Book] Week 愛鳥[讀書]週
Traffic Safety Week 交通安全週

idiom

***by the wéek*** 以週爲單位地，一週左右地，一週一週地.
***wéek after wéek*** = ***wèek ín, (and) wèek óut*** 一週接一週.

**week·day** [ˋwik͵de] 名 ❶工作日，平日. ➜星期日(或星期六和星期日)以外的日子.
My father is busy **on** weekdays. 我父親週間很忙.
weekday flights from Tokyo to Paris 東京飛往巴黎的平日班機
❷《美》(**weekdays**)(在)平時每天. ➜作副詞使用.
I get up at seven weekdays. 我平時每天七點起床.

**week·end** [ˋwik͵ɛnd] 名 ❶週末. ➜自星期五的晚上或星期六下午至星期一的早晨之間.
a weekend trip 週末旅行
stay at the seaside **over** the weekend 週末待在海邊
**spend** a weekend at the seaside 在海邊度週末
會話 We are going skiing this weekend. —That's great! Have a nice weekend! 這個週末我們要去滑雪. —太棒了! 祝週末愉快. ➜不用ˣ*on* this weekend 等.
We are going to the country **for** [**on**, 《英》**at**] the weekend. 週末我們要去鄉下.
❷《美》(**weekends**)(在)週末. ➜作副詞使用.

**week·ly** [ˋwiklɪ] 形 每週的；一星期

的；一週一次的，週刊的.
a weekly magazine　週刊
—副 每週(every week)，每週一次(once a week).
—名(複 **weeklies** [ˋwiklɪz])週刊，週報.

**weep** [wip] 動(流淚)哭泣. 相關語 cry((出聲地)哭)，sob(啜泣).
weep bitterly at the news of his death　聽到他死的消息而痛哭
weep **with**〔**for**〕joy　喜極而泣
◆ **wept** [wɛpt] 過去式、過去分詞.

**weft** [wɛft] 名(紡織品的)緯線，橫線. → warp.

**weigh** [we] 動 ❶稱~的重量. ➜名詞爲 weight.
The grocer weighed the potatoes. 食品商稱馬鈴薯的重量.
I **weigh myself** on the bathroom scales once a month. 我每月一次在浴室的體重計上量體重.
❷有~重.
The potatoes weighed 20 pounds. 馬鈴薯重二十磅.
會話 **How much** do you weigh? —I weigh 60 kilograms. I weigh more〔less〕than I used to. 你體重多重？—我體重是六十公斤. 我比以前重〔輕〕. ➜問人家體重時不說 ×*How heavy are you?*

**weight** [wet] 名 ❶**重量，分量，體重.** ➜動詞爲 weigh.
相關語 depth(深度)，height(高度，身高)，width(寬度)，length(長度)，area(面積)，volume(體積).
**lose**〔**put on, gain**〕weight　體重減少〔增加〕，減〔增〕重
會話 **What's your weight?** —**My weight is** 55 kilograms. I've **gain**ed weight a little. 你體重多少？—我體重是五十五公斤，稍微增加了一些.
❷重物；秤砣，砝碼；(舉重的)重量.
a paperweight　紙鎮
**lift** weights　舉重
**wéight lìfting**　舉重運動.

**weird** [wɪrd] 形 怪誕的，奇異的.

---

**wel·come** [ˋwɛl kəm]
▶歡迎
▶受歡迎的
▶歡迎，迎接

---

感 歡迎！
**Welcome home**〔**back, back home**〕! 歡迎回(家)來！➜對長期旅行等的人說的；對每天回家的人不說 welcome，而說 hello, hi.
Welcome **to** Taiwan!　歡迎你(們)來臺灣！
—形 ❶**受歡迎的，**可喜的，令人感到高興的.
a welcome letter〔guest〕　令人高興的信〔受歡迎的客人〕　➜ welcome＋名詞.
You are always welcome **in** my home. 隨時歡迎你來我家. ➜ be 動詞＋welcome 〈C〉.
❷(**be welcome to** *do*)可以自由地〔隨意地〕做~.
You are welcome to use my car. 你可以自由使用我的車.

idiom

***Yòu are***〔***Yòu're***〕***wélcome.*** ①《主美》不客氣. ➜亦可僅用 **Welcome.**；《英》亦用 **Not at all.** 或 **That's all right.**
會話 Thank you very much for your kind help, Mr. Smith. —You are welcome. 史密斯先生，謝謝您親切的協助. —不必客氣.
②歡迎光臨.
—名 歡迎；歡迎詞.
**give** them a warm welcome　給他們熱烈的歡迎
**receive** a hearty〔cold〕welcome　受到誠摯的歡迎〔冷淡的接待〕
—動 歡迎，迎接.
They **welcomed** me warmly. 他們熱烈地迎接我. ➜動詞是規則變化；

W

不要因爲 come 聯想到×*welcame.*

**wel·fare** [`wɛl,fɛr] 名 ❶幸福，福利，福祉.

the welfare state　福利國家

child welfare　兒童福利

He works hard **for the welfare of** the poor.　他爲窮人的福祉而努力.

❷(貧困者、失業者的)福利救濟.

**well**[1] [wɛl]

▶妥善地，好地

▶健康地，有精神地

副 ❶妥善地，好地，順利地；出色地.

基本 You **dance** 〔**swim, sing, drive**〕 well.　你很會跳舞〔游泳，唱歌，開車〕. = 你跳舞跳得〔游泳游得，唱歌唱得，開車開得〕很好. (You are a good dancer 〔swimmer, singer, driver〕.)

Everything is going well.　諸事順利.

Ken is **doing** well this term.　肯本學期表現得很出色.

Your work is **well done**.　你的工作〔作品〕做得很好.　➜被動語態.

◆ **better** [`bɛtɚ] 《比較級》更好地.

He sings better **than** I.　他唱得比我好.

◆ **best** [bɛst] 《最高級》最好地.

會話 Can you speak English **well**? —I speak it pretty well but I speak Japanese **better**. Tom speaks English **best** in our class.　你英語說得流利嗎? —說得相當不錯，但日語說得更好.　湯姆在我們班上英語說得最好.　◁**相關語**

❷(程度)非常地，相當地，完全地，十分地.

會話 Do you know Mr. Green? —Yes, I **know** him very well.　你認識格林先生嗎? —是的，我跟他很熟.

**Mix** the paint well.　把油漆攪拌均匀.

Did you **sleep** well last night?　你昨晚睡得好嗎?

Everybody **speaks well of** him.　每個人都說他好〔讚揚他〕.

idiom

***～ as wèll***　《口》也，又(too).　➜放在句末.

Cindy can dance and sing as well.　辛蒂能跳又能唱.

會話 I'm sleepy. —I am as well.　我睏了. —我也是.　同義字 亦作I am too./So am I./Me too.

***Á as wèll as B́***

①與 B 一樣 A 也；B 當然是而 A 也，既 B 又 A.

He can speak German as well as English.　他不但能說英語也會說德語. (=He can speak **not only** English **but** (**also**) German.)

She is smart as well as beautiful.　她既漂亮又聰明.

You as well as I **are** wrong.　你和我一樣也錯了. (=Not only I but (also) you are wrong.)　➜因爲 You 是主詞所以動詞用 are，不用×*am*；平常用 We are both wrong.

②和 B 同樣好地.

I can swim as well as my brother.　我能和哥哥游得一樣好.

***máy*** 〔***míght***〕 ***as wéll*** *do* (***as*** *do*)　(與其做…)還是做～好.

We may as well go home. He's over an hour late already.　我們(與其一直等他)還是回家好了.　他已經遲到了一個多小時.

You won't listen to me. I might as well talk to a wall (as talk to you).　你根本不想聽我說.　(與其對你說)我還不如對著牆壁說算了.

***mày wéll*** *do*　做～是有理由的.

He may well be proud of his pretty daughter.　他大可爲自己可愛的女兒而感到自豪.

***Wéll dóne!***　幹得好! 做得好! 妙!　➜常用於答案卷上的評語.

I hear you passed the exam. Well

done! 我聽說你通過考試了，做得好！

**—**形 **❶健康的，有精神的，**(精神、心情)好的.

**基本** **am**〔**is, are**〕well 是健康的 ➜ be 動詞〈V〉＋well〈C〉；well 不可以用來修飾名詞，所以「健康的人」應說成 a healthy man.

**get** well (病)治癒，變好

**feel** well 感覺身體舒服，感覺心情舒暢

**look** well 看起來臉色好，看起來健康

Are you still **sick**〔《英》**ill**〕or are you **well**? 你仍然覺得不舒服呢？還是好了？ ◁反義字

會話 How are you? —**I am very well, thank you.** 你好嗎？—謝謝你，我很好.

◆ **better** 〘比較級〙更好的.

He is getting better. 他漸漸好起來了. ➜現在進行式.

I feel better **than** yesterday. 我比昨天感覺好多了.

◆ **best** 〘最高級〙最好的.

I feel best in the morning. 早晨我感到最舒暢.

**❷合適的，良好的.**

All is now well **with** me. 我現在一切都很順利. ➜較爲正式的說法.

諺語 All is well that ends well. 結果好就一切都好. ➜莎士比亞的喜劇劇名(中譯爲「皆大歡喜」)，此諺語也因此而廣受歡迎；後者的 well 爲 副.

idiom

**~ *áll vèry wéll, but...*** ～固然可以，可是….

It's all very well for you to complain, but can you do any better? 你固然可以發牢騷，但你能做得更好嗎？

***Vèry wéll*** ①非常好的〔地〕. → 副 形 ❶

②(贊同)好的，知道了，可以. ➜有積極地同意和勉強地同意兩種情形.

會話 Waiter, two coffees, please. —Very well, sir. 服務生，給我兩杯咖啡. —好的，先生.

Very well, I will do as you say. 好的，我就按你說的去做.

**—**感 **好吧，那麼，對了；噢，喔，嗯.**

會話 Can I see you again? —Well, I'm not sure. 我能再見到你嗎？—嗯，我也不確定.

會話 Did you like the concert? —Well, yes, not bad. 你喜歡這場音樂會嗎？—嗯，還不錯.

會話 How much was it? —Well, let me see, er, .... 這個多少錢？—嗯，讓我看看….

Well, I must go now. 喔，我該走了.

Well! (Well!) What a surprise! 唉呀！眞是驚喜啊！

會話 Dad, may I ask you something? —Well? 爸爸，可以問您一件事嗎？—嗯？

*Well, let me see...*

**well**² [wɛl] 名 (取水、石油、天然氣的)井；泉(spring).

**we'll** [wil] we will 的縮寫.

We'll have an English test tomorrow. 明天我們要考英文.

**well-done** [ˋwɛlˋdʌn] 形 ❶做得出色的，做得好的. → well¹ 副 idiom

❷煮〔烤〕得透的. → rare².

會話 How do you like your steak? —I like it well-done. 你的牛排要幾分熟？—我要全熟的.

**Wel·ling·ton** [ˋwɛlɪŋtən] 專有名詞 威靈頓. ➜紐西蘭(New Zealand)首

W

都.

**well-known** [ˋwɛlˋnon] 形 熟知的, 有名的(famous).
a well-known TV personality 知名的電視明星
The Mona Lisa is well-known all over the world. 蒙娜麗莎的肖像畫聞名全世界.

**well-man·nered** [ˋwɛlˋmænɚd] 形 守禮節的, 有禮貌的.

**Welsh** [wɛlʃ] 形 威爾斯(Wales)的; 威爾斯人的; 威爾斯語的.
—名 ❶(**the Welsh**)(全體)威爾斯人. ❷威爾斯語. → Wales.

**went** [wɛnt] go 的過去式.

**wept** [wɛpt] weep 的過去式、過去分詞.

**were** [弱 wɚ, 強 wɝ] 動 ➜ are 的過去式. ❶(以前)是, (曾經)是.
基本 **We** 〔**They**〕 **were** little children then. We 〔They〕 **are** now over sixty. 那時我們〔他們〕是小孩, 現在我們〔他們〕都年過六十了. ➜〈S〉+were〈V〉+〈C〉的句型; 主詞〈S〉爲 you, we, they 等複數名詞.
會話 **Were you** busy last week? —Yes, we wére. 上個星期你們忙嗎? —是的, 忙. ➜ Were+〈S〉+～? 爲疑問句; were 出現在句末時要重讀.
We **were not** 〔《口》**weren't**〕 rich, but we were happy. (那時)我們雖然不富有, 但很快樂. ➜〈S〉+were not 〔weren't〕+～ 爲否定句.
❷以前在, 曾經在.
We were at home yesterday. 我們昨天在家. ➜〈S〉+were+表示場所的副詞(片語).
You weren't at home, were you? 你不在家, 是不是? ➜～, were you? 爲附加問句用法.
**There were** two fires at the hotel last night. 昨夜飯店裡發生了兩起火災.
—助動 ❶(**were**+現在分詞)正在～; 正要～. ➜過去進行式.
We **were** study**ing** in the library when the earthquake occurred. 地震發生時我們正在圖書館裡念書.
會話 Were Mary and Jane playing tennis? —No, they weren't. (那時)瑪麗和珍在打網球嗎? —不, 她們沒在打.
Where were Mr. and Mrs. James going? (那時)詹姆斯夫婦正要去甚麼地方?
❷(**were**+過去分詞)被～. ➜過去被動語態.
The twins **were** lov**ed** by everyone. 那對雙胞胎被大家喜愛.
Many men were killed in the war. 很多男人死於戰爭. ➜因事故、戰爭等「死亡」時, 用被動語態表示.

**we're** [wɪr] we are 的縮寫.
We're good friends. 我們是好朋友.

**weren't** [wɝnt] were not 的縮寫. → were.
會話 Were you there then? —No, we weren't. 當時你們在那裡嗎? —不, 不在.

**west** [wɛst] 名 ❶(**the west**)西, 西方; 西部(地方).
**in** 〔**to**〕 the west of Tokyo 在東京的西部〔西方, 西邊〕
The sun sets in the west. 太陽從西邊落下.
Our school is in the west of the town. 我們的學校在鎮的西部.
France is to the west of Austria. 法國在奧地利的西面.
❷(**the West**)(對東洋而言的)西洋, 歐美; 西方各國.
**The West** has much to learn from **the East**. 西方有很多東西該向東方學習. ◁反義字
❸《美》(**the West**)(美國)西部. ➜密西西比河以西的地區.
Cowboys live **in** the West. 牛仔住

W

在西部.

—形 **西方的,** 西部的; 朝西的; (風)從西邊吹來的.

a warm west wind 暖和的西風

the west coast (of the United States) (美國)西岸

—副 **向〔在〕西地,** 向〔在〕西方地.

**sail** west 向西航行

My room **faces** west. 我的房間朝西.

The lake **is** (seven miles) west of our town. 那湖泊在我們鎮的西方(七英里處).

**west·ern** [ˋwɛstɚn] 形 ❶西邊的, 西方的, 西部的; 從西方來的. 相關語 eastern(東方的).

western Europe 西歐

❷(**Western**)西洋(式)的, 歐美的.

Western countries 西方〔歐美〕各國

Western civilization 西方文明

Western food 西餐

❸《美》(**Western**)(美國)西部的.

a Western film 西部電影

**cóuntry and wéstern mùsic**＝country music (→ country).

—名 (常用 **Western**)(戲劇、電影、故事等的)西部片, 西部電影.

**watch** a Western on TV 看電視的西部片

**West In·dies** [ˋwɛstˋɪndɪz] (**the West Indies**) 專有名詞 複 西印度群島. ➜古巴、牙買加等散布在美國佛羅里達州和南美之間的島嶼.

**West·min·ster Ab·bey** [ˋwɛst͵mɪnstɚˋæbɪ] 專有名詞 西敏寺.

> 參考 位於英國首都倫敦的哥德式的教堂; 建於十一世紀中葉, 以後就成為代表英國的教堂, 被稱為 **the Abbey**; 歷代國王的加冕典禮都在此舉行, 皇家及有名人物也多葬於此; 以喬叟、渥茲華斯、布朗寧等詩人、作家的墓地所在地——詩人角(Poets' Corner)而聞名.

**West Vir·gin·ia** [ˋwɛstvɚˋdʒɪnjə] 專有名詞 西維吉尼亞. ➜美國中東部的州; 簡稱 **W.Va., WV** (郵政用).

**west·ward** [ˋwɛstwɚd] 形(向)西方的, 向西的.

the westward movement of the pioneers 拓荒者向西部的移動〔西進運動〕

—副 向〔在〕西方.

The wagons traveled westward. 篷馬車向著西方出發旅行了.

**west·wards** [ˋwɛstwɚdz] 副＝westward.

**wet** [wɛt] 形 **濕的, 潮濕的; (下)雨的.** 反義字 dry(乾的; 弄乾).

a wet towel 濕毛巾

her wet cheeks 她那沾滿淚水的面頰

a wet day 雨天

the wet season 雨季

**get wet to the skin**＝get wet **through** 渾身濕透

告示 Wet paint. 油漆未乾.

Her eyes were wet **with** tears. 她的眼裡含著淚水.

The day was wet and cold. 那天又濕又冷.

I will not go if it is wet. 下雨的話我就不去.

◆ **wetter** [ˋwɛtɚ] 比較級.

◆ **wettest** [ˋwɛtɪst] 最高級.

In Japan June is **the** wettest month of the year. 在日本, 六月份是一年中下雨最多的一個月.

—動 弄濕; 使潮濕.

◆ **wet** [wɛt], **wetted** [ˋwɛtɪd] 過去式、過去分詞.

◆ **wetting** [ˋwɛtɪŋ] 現在分詞、動名詞.

**we've** [wiv] we have 的縮寫.

We've done our work. 我們把工作做完了. ➜ have 只有在當助動詞的時候才可省略為 've; 但 We have a car. 不可用 ×*We've* a car.

**whale** [hwel] 名 鯨.

W

**a school** 〔**a herd**〕 **of** whales 鯨魚群，一群鯨魚

When the lookout saw the **spout** of a whale, he cried, "Thar she **blows**! Thar she bl-o-o-o-ws!" 當守望員看到鯨魚噴出的水柱時，喊道：「鯨魚在那裡噴水！她在那裡噴—水—！」 ➜ Thar＝There.

印象 在石油尚未普及以前，鯨油(whale oil)很貴重；鯨骨(whalebone)曾用於婦女緊身胸衣和作爲傘的骨架；十九世紀美國作家赫曼・梅爾維爾所寫的小說《白鯨記》(*Moby Dick*)十分有名，描述埃哈伯船長追捕巨大白鯨的故事.

**wharf** [hwɔrf] 名 (複 **wharves** [hwɔrvz] *or* **wharfs** [-fz])停泊處，碼頭.

I met Mr. and Mrs. Baker **on** the wharf at Keelung. 我在基隆碼頭迎接了貝克夫婦.

**what** [hwɑt] ▶甚麼

代 ❶甚麼，怎樣的東西〔事〕；(價格)多少(how much)《作補語》.

基本 會話 What is this?(↘)—It is a panda. 這是甚麼？—那是貓熊. ➜ What 〈C〉+is 〈V〉+this 〈S〉?；這個用法的 What 固定放在句首.

會話 What is her name? —It's Sylvia. 她的名字叫甚麼？—她叫西維亞.

What is your address 〔phone number〕? 你的住址是甚麼〔電話號碼是多少〕?

會話 What is your father? —He's a teacher. 你父親是做甚麼的？—他是教師. ➜ 詢問「職業、身分」時的一種說法；不過，What is your father's job? 或 What does your father do? 爲較普遍的說法；→ who ❶

What is the time 〔the date〕? 現在幾點鐘〔今天是幾號〕?

What is the price of this dictionary? 這本辭典的價格多少?

會話 What is this? Do you know **what this is**?(↗) —Yes, I do. It's a panda. 這是甚麼？你知道這是甚麼嗎？—是的，我知道，是貓熊. ➜ 如果 What is this? 是一個長句中的一部分，則語序就成爲 what this is.

會話 **What** do you think **this is**? —I think it's a kind of shark. 你認爲這是甚麼？—我認爲是一種鯊魚. ➜ 這種語序時答句不用 Yes, No 開頭；注意與上一例的不同.

❷甚麼《作受詞》.

基本 What do you have? 你有甚麼〔你拿著甚麼〕? ➜ What 〈O〉+do+you 〈S〉+have 〈V〉?；這種用法的 What 也固定放在句首.

會話 What are you doing 〔reading〕, Bob? —Sorry. What did you say? 鮑勃，你在做〔讀〕甚麼？—對不起，你剛才說甚麼？(請再說一遍.) ➜ 熟人之間亦可僅用 What?(↗).

會話 What does your father do? —He works for a bank. 令尊在何處任職？—他在銀行工作.

**What can I do for you?** (店員等「我能爲您做點甚麼?」⇨)您有甚麼事？需要我爲您服務嗎？ ➜ 亦作 Can I help you?

What do you think of this movie? 您認爲這部電影怎樣？ ➜ 不用 ×*How* do you think ～?

會話 I know what you're going to say. —What? —That's what! 我知道你要說甚麼？—甚麼？—就是「甚麼」！ ➜ 小孩子玩的一種詞彙遊戲.

I didn't know **what to do**. 我不知道該怎麼做.

❸甚麼《作主詞》.

基本 What happened? 發生了甚麼事？ ➜ What〈S〉+ happened

<V>?; 這種用法的 What 也固定放在句首.
**What's** (=What is) on the moon? 月亮上有甚麼?
What makes you so sad? 甚麼事使得你那樣悲傷?
What made you think so? (甚麼東西使你那樣想呢? ⇨)你爲甚麼那樣想呢? ➡ make O *do* 爲「使 O 做～」.

❹(**what**+(S′+)V′)所～的人〔事物〕. ➡關係代名詞用法.
what I want 我所要的東西
what he says 他所要說的
what he said 他所說的
what happened after that 後來所發生的事
This is what I want. 這就是我想要的.
I don't believe what he says. 我不相信他所說的.
What I want is freedom. 我需要的是自由.
What he said is true. 他說的話是眞的.
What I like best is fishing. 我最喜歡的是釣魚.
What happened after that was very interesting. 後來所發生的事非常有趣.

idiom

***(and) whàt is móre*** 〔***wórse***〕 而且, 不只如此〔更糟的是〕.
This dictionary is interesting, and **what is more**, very useful. 這本辭典很有趣, 而且很實用.
He may be late. **What is worse**, he may not come at all. 他可能會晚到, 而且弄不好〔更糟的是〕, 他也許不來.

***Sò whát?*** 《口》那又怎麼樣呢? ➡表示對對方說的不感興趣, 認爲不重要, 甚或受責備等時, 不服氣欲強詞奪理時之用語.

***Whát abòut ~?*** 就～你是怎樣認爲的, ～怎麼樣? ➡提建議, 徵求對方意見或問消息時用; 亦作 How about ～?
What about (go**ing** for) a walk with me? 和我一起散散步怎麼樣?
The movies? What about your homework? 看電影? 那你的家庭作業怎麼辦?

***Whát do you sáy to ~?*** 《口》～怎麼樣? ～好嗎?
What do you say **to** (go**ing** for) a walk? 我們去散散步好嗎?

***Whàt*** (~) ***fór?*** 爲何目的? 爲甚麼(why)?
會話 I am going out. —What for? 我要到外面去. —爲甚麼?
會話 What is this box for? —It's for holding cassettes. 這盒子是做甚麼用的? —那是放卡帶的.

***whàt is cálled*** = ***whàt we*** 〔***you, they***〕 ***cáll*** 所謂～.
He is what is called a walking dictionary. 他便是一般人所謂的活字典.

***Whàt is the mátter*** (***with you***)***?*** 怎麼回事? (你)怎麼了?

***Whàt's néw?*** 《口》最近怎樣(, 有甚麼變化沒有)?(最近)有甚麼有趣的事嗎? ➡亦作 Anything new?
會話 Hi, Ken. What's new? —Nothing much. What's new **with** you? 嗨! 肯, 最近怎樣? —老樣子, 你呢?

***Whát's úp?*** 《口》發生了甚麼事? 怎麼啦?

—形 ❶甚麼的, 多麼的, 怎樣的.
**基本** what time 幾點, 甚麼時候 ➡ what+名詞.
what color 〔shape〕 甚麼樣的顏色〔形狀〕
what day of the week 〔the month〕 星期幾〔幾號〕
會話 What time is it?(↘)—It's six thirty. 現在幾點? 一六點半. ➡ it, It 籠統地表示「時間」; what+名

W

詞常放在句首.

會話 What day is today? —Today is Friday. 今天星期幾? —今天星期五. ➡單純用 What day 的時候, 是問今天「星期幾」.

What color 〔shape〕 is it? 那是甚麼顏色〔形狀〕的?

What color do you like best? 你最喜歡甚麼顏色? ➡選擇較少的時候用 which(哪種~); Which color do you like, green, red, or white? (你喜歡哪種顏色, 是綠的, 紅的, 還是白的?)

會話 What kind of dog has no tail? —A hot dog. 甚麼種類的狗沒有尾巴?〔沒有尾巴的狗是甚麼樣的狗?〕—熱狗.

❷《感嘆句》多麼~的~! 何等~的~!

基本 What a fool (you are)! (你這個人)多麼傻啊! ➡ What+a(+形容詞)+名詞(+S+V)!; How foolish (you are)! 也可表示相同的意思; → how ❺

What a big dog! 多麼大的狗啊!

What beautiful flowers they are! 多麼美麗的花啊!

—感《口》甚麼! ➡表示驚訝、氣憤等.

What! More snow?(↗) 甚麼! 又下雪?

What! You're late again? 甚麼!你又遲到了?

**what·ev·er** [hwɑtˋɛvɚ] 代 ❶無論甚麼, 不管甚麼.

whatever you want 無論你要甚麼東西 ➡加強 what you want(你想要的東西 → what 代 ❹)語氣的用法.

Whatever he says is not true. 不管他說甚麼都不是眞的.

Do whatever you like. 你喜歡幹甚麼就幹甚麼吧. (=Do anything that you like.)

❷無論~也, 不管~也.

Whatever happens 〔Whatever you do〕, I'll trust you. 不管發生甚麼事〔不管你做甚麼〕我都相信你. (=**No matter what** happens 〔No matter what you do〕, I'll trust you.)

—形 ❶無論甚麼樣的.

Read whatever book you like. 看你喜歡看的書. (=Read any book you like.)

❷不管甚麼樣的.

Whatever book you read, read it carefully. 不管你看甚麼樣的書, 都要仔細地看.

**what're** [ˋhwɑtɚ] what are 的縮寫.

**what's** [hwɑts] what is, what has 的縮寫.

What's (=What is) that? 那是甚麼?

What's (=What has) happened? 發生了甚麼事? ➡現在完成式.

**wheat** [hwit] 名 小麥. ➡做麵包、麵條等的原料, 爲歐美最重要的穀類; 《英》亦作 **corn**; 《美》的 corn 是指「玉米」.

a wheat field 〔farm〕=a field of wheat 小麥田

a good 〔bad〕 crop of wheat 小麥豐收〔歉收〕 ➡不用 ×*a* wheat, ×wheat*s*.

**a grain of** wheat 麥粒, 一粒麥子

相關語 barley(大麥), rye(黑麥), oats(燕麥), flour(麵粉), rice(米), cereal(穀物), corn(玉米).

**wheel** [hwil] 名 ❶車輪. ❷(汽車等的)方向盤. ➡亦作 **steering wheel**.

idiom

***at the whéel*** 駕駛(汽車、船等), 操控方向盤.

**wheel·bar·row** [ˋhwil͵bæro] 名(一個輪子的)手推車, 獨輪車.

**wheel·chair** [ˋhwilˋtʃɛr] 名 輪椅.

| **when** [hwɛn] | ▶何時<br>▶當~時 |
|---|---|

W

副 ❶何時，甚麼時候.

會話 Madonna will have a concert at the Broadway. —When? 瑪丹娜將在百老滙舉辦演唱會. —甚麼時候?

基本 When is your birthday?(↘) 你的生日是甚麼時候? ➡When+is 〈V〉+your birthday 〈S〉?；這種用法的 When 固定放在句首.

When was that? 那是甚麼時候(的事)?

基本 會話 When do you get up? —I get up at seven. 你甚麼時候〔幾點〕起床? —我七點起床. ➡When+do+you 〈S〉+get up 〈V〉?；when 不只是用於指鐘點，也用於詢問「日子、星期、月、季節、年、籠統的時期」等.

會話 When does school start in Japan? —(It starts) In April. 在日本，學校甚麼時候開學? —四月.

When did you see him? 你甚麼時候見到他的?

When will he come? 他甚麼時候來呢?

Ask him **when he will come**. 你問問他甚麼時候來. ➡when 以後的部分如果是句中的一部分，會變成直述句的語序.

會話 **When** do you think he **will come**? —I think he will come soon. 你認爲他甚麼時候會來? —我想他馬上就會來的. ➡這種語序時答句不用 Yes, No 開頭.

He didn't tell me **when to come**. 他沒有告訴我(應該)何時來.

**Say when.** 好了的話請說. ➡斟酒、拍照等時所用；好了的話說 "When!" "That's enough."(夠了), "Ready"(準備好了).

❷(N+**when**+S′+V′) S′做 V′的 N. ➡修飾前面「表示時間的詞 N(名詞)」的**關係副詞用法**.

the day when Elvis died 艾維斯去世的那天

I can't forget the day when we first met. 我忘不了我們初次見面的那一天.

Autumn is the season when school festivals are held. 秋天是舉行校慶的季節.

❸(～, **when**+S′+V′) 當(S′做 V′)時(and then). ➡對前文進行補充說明的**關係副詞用法**.

He was leaving the room, when the telephone rang. 電話鈴響時，他正要離開房間.

**—** 連 ❶～的時候；如果～；一～就～.

基本 I am happy when I am with you.=When I am with you, I am happy. 和你一起的時候我很幸福. ➡〈S〉+〈V〉+when+〈S′〉+〈V′〉= When+〈S′〉+〈V′〉, 〈S〉+〈V〉.

He was not happy when (he was) a boy. 他小的時候並不幸福. ➡S=S′的時候，when 後面的「S′+be 動詞」有時會被省略.

When angry, count to ten; when very angry, a hundred. 如果生氣就數到十，如果非常生氣就數到一百.

I'll leave when he comes. 他來的話我就離開. ➡「(未來)～的話」用現在時態；不用 ˣwhen he *will come.*

Anne wants to be a pianist when she grows up. 安長大時(她)想成爲一個鋼琴家. ➡如果譯成「她長大時安～」的話，就變成「她≠安」，所以翻譯時要注意.

❷儘管，雖然.

He came to help me when he was very busy. 雖然他非常忙，但他還是來幫忙我.

How can you say that when you know nothing about it? 你甚麼事都不知道，怎麼可以那樣說呢?

**when·ev·er** [hwɛnˋɛvɚ] 連 ❶每當(S′+V′)時總是～；每當. ➡加強 when 連 語氣的用法.

W

I smile whenever I think of her. 每當我想起她時臉上總是會浮出笑容. (=I smile every time I think of her.)
Come whenever you like. 你甚麼時候高興來就來吧. (=Come any time you like.)
❷無論何時.
Whenever you come, you will be welcome. 你無論甚麼時候來都會受到歡迎. (=**No matter when** you come, you will be welcome.)

## where [hwεr ]

▶哪裡
▶在哪裡
▶往哪裡

副 ❶**哪裡, 在哪裡, 往哪裡.**
基本 Where is the bus stop?(↘) 公車站在哪裡? ➡ Where+is 〈V〉+the bus stop 〈S〉?; 這種用法的 Where 固定放在句首.
會話 Where is my cap? —It's on your head! 我的帽子在哪兒? —在你頭上!
會話 Where am I 〔are we〕, officer? —You 〔We〕 are in Oxford Street. (我〔我們〕在哪裡呢? 警官. ⇨)這裡是哪裡呢? 警官. —這裡是牛津大街. ➡不用×*Where is here* 〔*this*〕?
會話 Where is the pain? —In my back. (痛在哪裡⇨)哪裡痛? —在背上.
基本 會話 Where do you live? —I live in Taipei. 你住在哪兒? —我住在臺北. ➡ Where+do+you 〈S〉+live 〈V〉?
會話 Where are you going, Ken? —(I'm going) To the post office. 你上哪兒去, 肯? —去郵局. ➡隨便問別人「去哪兒?」是不禮貌的.
會話 **Where do you come from?** = **Where are you from?** —I come 〔am〕 from Shanghai. 你是哪裡人? —我是上海人. → come from (→ come idiom).
會話 Where do you go to school? —I go to Tokyo Junior High School. 你在哪個學校上學? —我讀東京國中.
I didn't know **where to park** my car. 我不知道該把車停在哪兒〔哪裡可以停車〕.
會話 **Where to**, madam? —To Victoria Station, please. 到哪裡? 夫人. —到維多利亞車站. ➡和計程車司機的對話.
Where is he? Do you know **where he is**?(↗) 他在哪兒? 你知道他在哪兒嗎? ➡ where 以後的部分如果是句中的一部分, 會變成直述的語序.
**Where** do you think **he is**?(↘) 你認爲他在哪裡? ➡這種語序時答句不用 Yes, No 開頭; 注意與上一例的不同.
❷(N+**where**+S′+V′)〜的地方. ➡修飾前面「表示場所的詞 N(名詞)」的**關係副詞用法**.
the house where I live 我住的房子 → which 代 ❸第五個例子.
the company where my father works 我父親工作的公司
This is the house where Jack was born. 這就是傑克誕生的屋子.
That's (the place) where I first met her. 那裡就是我和她初次見面的地方. ➡在《口》裡通常會省略 the place.
❸(〜, **where**+S′+V′)那裡(and there). ➡對前文進行補充說明的**關係副詞用法**.
He came to Taiwan, where he stayed for the rest of his life. 他來到了臺灣, 並在那兒一直居留到去世爲止.
—連 在〜的地方, 到〜的地方.
Stay where you are. 你就待在你原來的地方.
Go where you like. I don't mind.

你喜歡去哪裡就去哪裡，我不在乎.
You had better camp where you can get fresh water. 你們還是在有淡水的地方露營比較好.
[諺語] Where there's smoke there's fire. (有煙的地方就有火⇨)無風不起浪. → smoke.

**where·a·bouts** [ˋhwɛrə͵bauts] [名] 在哪裡，下落. ➡單複數同形.

**where're** [ˋhwɛrɚ] where are 的縮寫.
Where're my children? 我的孩子們在哪兒?

**where's** [hwɛrz] where is, where has 的縮寫.
Where's (＝Where is) Mother? 媽媽在哪兒?
Where's (＝Where has) Mother gone? 媽媽到哪裡去了?

**wher·ev·er** [hwɛrˋɛvɚ] [連] ❶無論到哪裡. ➡加強where [連] 語氣的用法.
My dog goes wherever I go. 我走到哪兒我的狗就跟到哪兒.
❷在〔到〕任何地方.
I'll think of you wherever you go. 無論你到甚麼地方，我都會想念你. (＝I'll think of you, **no matter where** you go.)

**wheth·er** [ˋhwɛðɚ] [連] ❶是否.
Ask your mother whether you can go. 問問你母親你是否可以去. [同義字] 可用 **if** 代替 whether; → if ❸
Please let me know **whether** you can come **or not**. 請通知我你是否能來.
I wondered whether **to** stay **or** to go home. 我在考慮留下來還是回家.
❷(**whether** A **or** B)不管是 A 還是 B.
I must go to school whether it rains or not. 不管是否下雨，我都必須去學校.
It doesn't matter **whether** it rains **or** shines. 不管下雨還是晴天都無關緊要. ➡ It＝whether ～.
Whether sick or well, she is always cheerful. 不管有病還是沒病，她總是很快活.

**which** [hwɪ tʃ]
▶哪一個
▶哪一個的

[代] ❶哪一個《作主詞》.
[基本] Which is your umbrella?(↘) 哪一把是你的傘? ➡ Which 〈S〉＋is 〈V〉＋your ～ 〈C〉?; 這種用法的 Which 在疑問句中固定放在句首.

**Which** is stronger(↘), a lion(↗) **or** a tiger?(↘) 獅子和老虎哪一個比較強壯?
Which of you broke my camera? 你們誰把我的照相機弄壞了? ➡不用× *Who* of you ～?; 如果沒有 of you，表示人時一般多用 who 而不用 which，成爲 Who broke my camera?
[會話] Do you know which is yours?(↗) —Yes, I do. This is mine. 你知道哪一個是你的嗎? —知道，這個就是我的.
**Which** do you think **is yours**?(↘) —I think this is mine. 你認爲哪一個是你的? —我想這一個是我的. ➡ 這種語序時答句不用 Yes, No 開頭; 注意與上一例的不同.
❷哪一個《作受詞》.
[基本] [會話] Which do you like better(↘), dogs(↗) or cats?(↘)—I like cats better. 狗和貓你比較喜歡

W

哪一種? —我比較喜歡貓. ➡ Which 〈O〉+do+you 〈S〉+like 〈V〉+～?; 這種用法的 Which 在疑問句中也固定放在句首.
Which will you buy, this or that? 你買哪一個, 這個還是那個?
❸(N+**which**(+S′)+V′)(S′+)V′的 N《關係代名詞》. ➡修飾前面「表示人以外的東西的詞 N(名詞)」的**關係代名詞用法**; 關係代名詞的詳細用法請參考 that 代 ❹.
the cat which is sleeping 睡著的貓 ➡ which 作 is sleeping 的主詞, 爲主格.
the cat which I like best 我最喜歡的貓 ➡ which作like的受詞, 爲受格; 作爲受格的which可以省略.
the house which stands on the hill 在山丘上的房子
the house (which) we built 我們建的房子
the house (which) we live in=the house in which we live 我們居住的房子 → where 副 ❷
Paris is a beautiful city which is full of parks. There are a lot of parks which are really beautiful and clean. 巴黎是一個有很多公園的美麗城市. 那裡有許多很美麗、乾淨的公園.
The songs (which) Paul wrote are really beautiful. 保羅寫的歌的確很美.
That is the house in which we lived ten years ago. 那就是我們十年前居住過的房子.
❹(～, **which** (+S′)+V′)而那個, 而那是. ➡對前文進行補充說明的**關係代名詞用法**; 通常在 which 前有逗號.
That's Mt. Fuji, which is the highest mountain in Japan. 那就是富士山, 是日本最高的山.
I bought a watch, which I lost the next day. 我買了個錶, 但第二天就把它弄丟了.

**—**形 **哪一個, 哪些.**
**基本** which book 哪一本書 ➡ which+名詞; 這種用法的 which 在疑問句中也固定放在句首.
**Which** book is yours, this **or** that? 哪一本書是你的, 這本還是那本?
Which watch will you buy, this one or that one? 你要買哪隻錶, 這隻還是那隻? ➡ one=watch.
Which girl is your sister? 哪一位女孩是你的妹妹? ➡形容詞的 which 也可用來指人.
Please tell me which watch **to** buy. 請告訴我該買哪隻錶?

**which·ev·er** [hwɪtʃˋɛvɚ] 代 形 ➡ 如果 whichever 後面接名詞(如例句中的 book), 則爲 形, 單獨時爲 代.
❶無論哪個, 任何一個. ➡加強 which ❸語氣的詞.
Here are two books—take whichever (book) you like. 這裡有兩本書, 你喜歡哪一本就拿哪一本.
❷無論哪個, 任何一個.
Whichever (book) you take, you will like it. 無論你拿哪個(一本書)你都會喜歡的. (=**No matter which** (book) you take, you will like it.)

**while** [hwaɪl] 連 **❶在～的時候, 在～的期間.**
Please sit down while you wait. 您請坐下來等. ➡ S+V+while+S′+V′.
While Mother was cooking in the kitchen, Father was washing the car. 母親在廚房做菜, 而父親在洗車. ➡ While+S′+V′, S+V.
You don't bow while (you are) shaking hands. 你們不必一邊握手一邊鞠躬. ➡ S′=S 的時候, 有時省略 while 後面的「S′+be 動詞」.
諺語 Work while you work, play while you play. 工作時工作, 遊戲時遊戲.
❷雖然(although), 儘管.

W

While she doesn't love me, I love her very much. 儘管她不愛我，我還是非常愛她.

❸(～, **while**＋S′＋V′)但是(but).

He is very poor, while his brother is the richest man in the village. 他很窮，但他哥哥〔弟弟〕卻是村內的首富.

—名 **期間，**時間；**一會兒.**

**for** a (little) while 一會兒

for a long while 長時間，好久

**in** a (little) while 不久，馬上

**after** a while 過一會兒

a little 〔long〕 while **ago** 方才〔很久以前〕

We waited for a bus (for) quite a while. 我們等公車等了好長的時間. ➡有時不加 for 而當作副詞使用.

My parents were away on a trip for a week. I was alone at my house **all the while**. 我父母親去旅行一個星期，那期間我一個人待在家.

會話 Where were you? I was looking for you. —I've been here **all this while**. 你到哪裡去了？我在找你. —我一直在這裡啊.

idiom

***be wórth*** (*A's*) ***whíle*** 值得((A)花時間)的. → worth idiom

***ònce in a whíle*** 有時，偶爾.

**whin·ny** [ˋhwɪnɪ] 名 馬嘶聲.

—動 (馬)嘶叫.

**whip** [hwɪp] 名 鞭子.

—動 ❶用鞭子抽打，揮鞭.

◆ **whipped** [hwɪpt] 過去式、過去分詞.

◆ **whipping** [ˋhwɪpɪŋ] 現在分詞、動名詞.

❷攪打(雞蛋或奶油)使起泡沫.

**whirl** [hwɝl] 動(使)迴旋，旋轉.

—名(急)轉，旋轉.

**whisk·er** [ˋhwɪskɚ] 名 ❶(**whiskers**) 頰髭，腮鬚.

He **wears** 〔**has**〕 beautiful whiskers. 他蓄著很美的頰髭.

❷(狗、貓、老鼠等的)鬚.

**whis·k(e)y** [ˋhwɪskɪ] 名 威士忌酒.

a glass of whiskey 一杯威士忌酒

**whis·per** [ˋhwɪspɚ] 動 低語，小聲說話；私語.

He whispered (something) **to** his wife. 他在他太太耳邊竊竊私語.

—名 低語(聲)；私語，悄悄話.

speak **in** a whisper 〔in whispers〕 低聲悄悄地說

**whis·tle** [ˋhwɪsl̩] ➡ t 不發音. 動 吹口哨，吹哨子，鳴笛；(風)呼嘯.

Bob whistled **to** his dog. 鮑勃對他的狗吹口哨.

Can you whistle that tune for me? 你能為我用口哨吹奏那首曲子嗎?

—名 口哨；(發信號用的)哨子，笛；汽笛.

**blow** a whistle 吹哨子〔鳴汽笛〕

**give** a whistle 吹口哨

| **white** [hwaɪt] | ▶白的<br>▶白 |
|---|---|

形 ❶**白的，**白色的.

基本 white snow 白雪 ➡ white＋名詞.

a white bear 〔lily〕 白熊〔百合花〕

white people 白人

基本 Snow is white. 雪是白的. ➡ be 動詞＋white 〈C〉.

**a whíte Chrístmas** 有雪的〔白色的〕聖誕節. → Christmas.

❷(臉色)蒼白的.

She **went** 〔**turned**〕 white **with** fear. 她因恐懼而臉色(變得)蒼白.

idiom

(*as*) ***whíte as snów*** 〔***mílk***〕 白如雪〔牛奶〕.

Grandmother's hair is (as) white as snow. 老奶奶的頭髮像雪一樣白.

(*as*) ***whíte as a shéet*** (像白床單那樣的)蒼白，面無血色.

W

—名(複 **whites** [hwaɪts])❶白，白色.
❷《白色的東西》白衣服，白衣；白漆；白人.
The nurse was (dressed) **in** white. 護士穿著白衣. ➜不用 ˣ*a* white, ˣwhite*s*.
There were both **blacks** and **whites** at the meeting. 黑人和白人雙方都參加了那個集會. ◁**相關語**
❸《物的白色部分》蛋白；(眼睛的)眼白.
A fried egg has its **white** around the **yolk** 〔《美》**yellow**〕. 荷包蛋蛋黃周圍是蛋白. ◁**相關語**

**white-col·lar** [ˋhwaɪtˋkɑlɚ] 形 白領階級的. → blue-collar.

**White House** [ˋhwaɪt,haʊs] 專有名詞 (**the White House**) 白宮. ➜在華盛頓，是美國總統府所在地；外牆皆漆成白色；如果發音爲 a whíte hóuse，就成了「白色房子」的意思.

**who** [h u] ▶誰

代 ❶誰《作主格》.
基本 Who is he?(↘) —He is Elvis. 他是誰? —他是艾維斯. ➜ Who 〈C〉+is 〈V〉+he 〈S〉?；Who 在疑問句中固定放在句首；是一種詢問「姓名、關係」時的說法；直接面對對方時說 Who are you?(你是誰?)是不禮貌的，應說 What is your name, please? 或 May I have 〔ask〕 your name, please? 等.
會話 **Who's** (=Who is) Ken? —He is my brother. 肯是誰呀? —他是我的兄弟.
會話 Do you know **who he is**? (↗) —Yes, I do. He is Paul. 你知道他是誰嗎? —是的，我知道. 他叫保羅. ➜ who 以後的部分如果位於句中會變爲直述語序.
會話 **Who** do you think **he is**? (↘) —I think he is your father. 你認爲他是誰? —我想他是你父親. ➜這種語序時答句不用 Yes, No 開頭；注意與上一例的不同.
基本 會話 Who plays the guitar? (↘) —Paul does. 誰來彈吉他呢? —保羅. ➜ Who 〈S〉+plays 〈V〉(+～)?；主詞和動詞的語序與直述句一樣.
會話 Who teaches you English? —Mr. Smith does. 誰教你們英語? —是史密斯老師.
Who can skate better(↘), Bob (↗) or Ken?(↘) 誰溜冰溜得比較好? 是鮑勃還是肯? ➜不用ˣ *Which* can ～?；Which **of** you can skate better?(你們之中誰溜冰溜得比較好?).
Who is calling, please? 請問你是誰? ➜電話用語.
Who's there? Oh, it's you! 誰在那裡? 唷，是你呀!
**Who knows?** 誰知道?(沒人知道.)
❷《口》誰《作受格》. → whom ❶
基本 Who do you like best?(↘) 你最喜歡誰? ➜ Who 〈O〉+do+you 〈S〉+like 〈V〉?；這種用法的 Who 在疑問句中也固定放在句首.
Who did you see yesterday? 昨天你見到了誰?
Who were you talking with? 你在和誰講話?
❸(N+**who**+V′)～的人. ➜是修飾前面「表示人的詞 N(名詞)」的**關係代名詞用法**. 關係代名詞的詳細說明請參考 that 代 ❹.
the boy who is playing the guitar 正在彈吉他的少年 ➜ who 作 is playing 的主詞，爲主格.
The boy who is playing the guitar now is my brother. 現在正在彈吉他的男孩是我的哥哥〔弟弟〕.
Do you know the boy who is playing the guitar over there? 你認識

在那裡彈吉他的男孩嗎?
He is a person who can do anything. 他是一個甚麼都會做的人.
❹(~, **who**+V′)那個人. ➡對前面句子進行補充說明的**關係代名詞用法**; 通常 who 的前面有逗號.
This is Mr. Smith, who is the principal of our school. 這位是史密斯先生, 他是我們學校的校長.

**who·ev·er** [hu`ɛvɚ] 代 ❶無論是誰, 不管甚麼人. ➡加強 who ❸語氣的用法.
Whoever comes here will be welcome. 無論是誰來到這裡都會受到歡迎.
❷不管甚麼人, 無論誰.
Don't open the door, whoever comes. 不管甚麼人來, 你都不要開門. (=Don't open the door, **no matter who** comes.)
Don't open the door, whoever it is. (來的人)不管是誰都不能開門.

**whole** [hol] 形 ❶(**the** 〔*one's*〕 **whole**+單數名詞)**全部的, 全體的**, 全~. 同義字 **whole** 指被視爲一個整體的「全部」, **all** 則指不論整體也好, 或是由各零散部分聚合而成的「全部」.
the whole school 整個學校, 全校
the whole world 全世界(all the world)
his whole life 他的一生(all his life)
The **whole** class **is** (=**All** the class **are**) in favor of the plan. 全班都贊成那個計畫. ◁**相關語**
Tell me the whole story. 把一切都告訴我〔原原本本地告訴我〕.
❷(時間等)**全部的, 整整的**.
the whole afternoon 〔morning〕 整個下午〔上午〕
a 〔the〕 whole day 整整一天〔那天整整一天〕
for a whole year 整整一年
It snowed for two whole days. 下了整整兩天的雪.
❸((代)名詞+**whole**)整個的, 全部的.
He ate the cake whole. 他一口把那蛋糕吃了. ➡注意與 He ate the whole cake. (把那蛋糕全都吃了)的意思不同.
**—**名 **全體, 全部, 整個**.
She put the whole of her money into the bank. 她把她全部的錢都存入了銀行.

idiom

***as a whóle*** 整體而論, 作爲整體.
I want to consider these problems **as a whole**, not **one by one**. 我想從整體上來考慮這個問題, 而不是一個一個地考慮. ◁**反義字**

***on the whóle*** 整體看來, 大體上.
There are a few mistakes, but on the whole your essay is quite good. 雖然有幾處錯誤, 但整體看來你的論文寫得相當好.

**who'll** [hul] who will 的縮寫.
Who'll try next? 下一個是誰來試?

**whol·ly** [`holɪ] 副 全部, 統統, 完全地.

**whom** [hum] 代 ❶《文》**誰**. ➡ who 的受格.
Whom do you like best? (↘) 你最喜歡誰? ➡是很正式的說法; 在口語中常用 Who 代替位於句首的 Whom; → who ❷
會話 With whom will you go? (=《口》Who will you go with?) —I'll go with Lucy. 你和誰(一起)去? —我和露西去.
會話 I am going to buy a necklace. —For whom? —For my wife. 我要去買項鍊. —(買)給誰? —給我太太.
❷《文》(N+**whom**+S′+V′)~的人. ➡是修飾前面「表示人的詞 N(名詞)」的**關係代名詞用法**; 是 who 的受格, 常被省略, 或用 that 代替; 關係代名

W

詞的詳細說明請參考 that 代 ❹.

the girl (whom) he loves 他所愛的女孩

That is the girl (whom) Bob loves. 那就是鮑勃所愛的女孩.

The girl (whom) Bob loves is Alice. 鮑勃所愛的女孩是愛麗絲.

The boy with whom I went to the movies (=《口》 who I went to the movies with) is Jimmy. 和我一起去看電影的男孩是吉米.

❸(～, **whom**+S′+V′)而那人. ➜對前文進行補充說明的**關係代名詞用法**; 通常在 whom 前面有逗號; 這時的 whom 不能省略, 也不能用 that 代替.

My brother, whom (=《口》 who) you met yesterday, is a doctor. 我的哥哥, 昨天你所見到的那位, 是醫生.

I introduced him to Jane, whom (=《口》 who) he fell in love with at first sight. 我把他介紹給珍認識, 他一見到她就愛上了她.

**who's** [huz] who is, who has 的縮寫. → who.

Who's (=Who is) that gentleman? 那位男士是誰?

Who's (=Who has) done it? 那是誰幹的? ➜現在完成式; 只有在 has 是助動詞的時候, who has 才可以縮寫成 who's; Who has the key? 便不能用×*Who's* the key?

W

| **whose** [huz] | ▶誰的<br>▶誰的東西 |
|---|---|

代 ❶誰的. ➜ who, which 的所有格.

基本 會話 Whose book is this?(↘) —It's mine 〔my book〕. 這是誰的書? —那是我的(書). ➜ Whose+名詞〈C〉+is〈V〉+this〈S〉?; Whose 在疑問句中固定放在句首.

會話 Whose shoes are those? —They're mine 〔my shoes〕. 那是誰的鞋? —那是我的(鞋).

基本 Whose book is missing? 誰的書不見了? ➜ Whose book〈S〉+is〈V〉+missing〈C〉?

基本 Whose umbrella did you borrow? 你借了誰的傘? ➜ Whose umbrella〈O〉+did+you〈S〉+borrow〈V〉?

Do you know **whose book this is**? (↗) 你知道這是誰的書嗎? ➜ whose 以後的部分若位於句中, 便會改爲直述語序.

會話 Whose book do you think this is?(↘) —I think it's Bob's. 你想這是誰的書? —我想是鮑勃的(書). ➜這種語序時回答不用 Yes, No 開頭; 注意與上一例的不同.

❷誰的東西.

基本 Whose is this? —It's Ann's. 這是誰的(東西)? —那是安的. ➜ Whose〈C〉+is〈V〉+this〈S〉?; 這種用法的 Whose 在疑問句中也固定放在句首.

Whose is that car outside? 外面那輛汽車是誰的?

❸(N+**whose**+S′+V′); (N+**whose**+O′+S′+V′)～的; ～的東西. ➜爲修飾前面「表示人或物的詞 N(名詞)」的**關係代名詞用法**; 關係代名詞的詳細說明請參考 that 代 ❹.

a boy whose hair is very long (那個)頭髮很長的男孩 ➜ whose hair 是 is 的主詞.

a book whose cover is red 封面是紅色的書 ➜雖然也可說 a book the cover of which is red, 但是此種說法較爲生硬; 最常說的是 a book with a red cover.

a friend whose sister I like very much 我有一個朋友, 我非常喜歡他的妹妹 ➜ whose sister 是 like 的受詞.

I have a friend whose father is a doctor. 我有一個朋友, 他父親是醫生.

Once there lived a king whose name was Solomon. 從前有個名叫所羅門的國王.
❹(～, **whose** ～ (+S′)+V′)那個〔些〕人的, 他〔她〕們的, 他〔她〕的. ➡附加說明前文的**關係代名詞用法**.
My brother, whose hair is gray, is younger than I. 我弟弟, 頭髮灰白的那一個, 其實比我年輕.
This is Jack, whose brother Ike you met yesterday. 這位是傑克, 昨天你和他弟弟艾克見過面的.

**Who's Who** [ˋhuzˋhu] 名《名人錄》. ➡「誰是誰」的意思; 人名辭典, 記錄當前世上重要人物的簡歷.

## why [hwaɪ]

▶爲何, 爲甚麼
▶《感嘆詞》哎呀

副 ❶爲甚麼, 爲何原因.
基本 Why are you late?(↘) 你爲甚麼遲到? ➡ Why+are 〈V=be 動詞〉+you 〈S〉+late 〈C〉?; Why 在疑問句中固定放在句首.
會話 **Why** is he absent? —**Because** he is sick. 他爲甚麼缺席? —因爲他生病. ➡ 回答**理由**時用 Because ～.
會話 I'm very happy now. —Why? 我現在很高興. —爲甚麼?
基本 會話 Why do birds fly south? —Because it is too far to walk. 鳥爲甚麼往南飛? —因爲用走的話太遠了. ➡ Why+do+birds 〈S〉+fly 〈V〉?
You didn't do your homework. **Why not?** 你沒做作業. 爲甚麼沒做? → idiom
會話 Excuse me, sir! You mustn't park your car here. —**Why not?** 對不起, 先生! 你不可以把車停在這裡. —爲甚麼不能停? → idiom
會話 Why is he absent this morning? —I don't know **why he is** absent. 爲甚麼他上午沒來? —我不知道他爲甚麼沒來. ➡ why ～ 爲 know 的受詞; 注意子句中的語序.
會話 **Why** do you think **he is** absent? —I think he is sick. 你認爲他爲甚麼缺席? —我想他生病了. ➡ 這種問句的回答不以 Yes, No 開頭; 注意與上一例的不同.
❷(**the reason why**+S′+V′) S′做 V′的原因、理由. ➡修飾前面**reason**(理由)的**關係副詞用法**; 通常省略 why 或 reason.
This is the reason why he is absent. 這就是他缺席的原因.
I want to know the reason (why) you were absent yesterday. 我想知道你昨天缺席的原因.
That's (the reason) why everyone likes him. 那就是大家都喜歡他的原因.

idiom

***Whŷ dòn't you dó?*** = ***Whŷ nòt dó?*** = ***Whŷ nòt ～?*** ～怎麼樣? 爲甚麼不～? ➡向熟悉的人提議時使用, 是一種較口語的說法.
Why don't you 〔Why not〕 come and see us some day? 你甚麼時候到我家來玩玩啊?
會話 When shall we go to the movie? —Why not sometime next week? 我們甚麼時候去看電影? —下週找個時間去, 怎麼樣?
***Whŷ nót?*** (爲甚麼不行⇨)不是很好嗎? 爲甚麼不? 當然囉.
會話 May I invite Kay? —Why not? She is a nice girl. 我可以邀請凱嗎? —當然囉. 她是個好女孩.

— 感 哎呀, 啊唷, 噢, 嗨; 不過. ➡表示驚奇、抗議、贊成等時使用.
Why, look, it's Kathy. 哎呀! 看, 是凱西.
Going out? Why, it's already dark. 要出去? 不過, 外面已經很黑了.
會話 Do you want to come, too, Bob? —Why, yes! 鮑勃, 你也想來嗎? —嗯, 當然囉!

W

**wick** [wɪk] 名 (蠟燭、燈油取暖器等的)芯.

**wick·ed** [ˋwɪkɪd] ➜注意發音. 形 非常壞的(very bad), 狡猾的, 邪惡的; 搗蛋的.
a wicked witch 邪惡的巫婆

**wide** [waɪd] 形 **寬濶的, 廣濶的; 有～寬的.** ➜名詞爲 width; 反義字 narrow(窄的).
a wide river 寬濶的河流
the wide world 廣濶的世界
a wide knowledge of music 淵博的音樂知識
The Mississippi is very wide. 密西西比河非常寬濶.

a table 2 meters **long** and 1 meter **wide** 長二公尺寬一公尺的桌子 ◁相關語
會話 **How wide** is this street? —It is twenty meters wide. 這條馬路有多寬? 一有二十公尺寬.
His eyes were wide **with** surprise. 他驚訝地睜大著眼睛.
The main road is **wider than** this street. 主要街道比這條街寬.
**—**副 **廣大地,** 廣寬地; 張得很大地.
The sleepy boy opened his mouth wide and yawned. 那睏倦的男孩把嘴張得大大地打了個呵欠.
The window was wide open because it was very hot. 窗戶敞開著, 因爲很熱.
The baby is wide awake. 嬰兒把眼睛睜得大大的〔醒了, 一點也沒有睡意〕.

idiom
***fár and wíde*** 寬濶地, 四面八方地; 到處.

**wide·ly** [ˋwaɪdlɪ] 副 廣, 廣泛; 大大地.
The Beatles are widely known throughout the world. 披頭四合唱團聞名全世界.

**wid·en** [ˋwaɪdn̩] 動 加寬, 擴大; 變寬, 變濶.

**wid·ow** [ˋwɪdo] 名 未亡人, 寡婦.
相關語 widower(鰥夫).

**wid·ow·er** [ˋwɪdəwɚ] 名 鰥夫.
相關語 widow(寡婦).

**width** [wɪdθ] 名 寬濶, 廣濶; 寬度, 廣度.
a table two meters in **length** and one meter **in width** 長二公尺寬一公尺的桌子 ◁**相關語**
The **width of** this river is 50 feet. = This river is 50 feet in width. 這條河寬五十英尺. (=This river is 50 feet **wide**.) ◁**相關語**

**wife** [waɪf] 名 (複 **wives** [waɪvz]) 妻子, 太太, 夫人. 相關語 husband (丈夫).

**wig** [wɪg] 名 假髮, (部分的)假髮.
**wear** a wig 戴假髮

**wild** [waɪld] 形 ❶(動植物)**野生的, 野的.**
wild animals〔flowers〕 野生動物〔花〕
wild birds〔roses〕 野鳥〔玫瑰〕
There are wild horses on that island. 那島上有野馬.
Strawberries **grow** wild on that hill. 那小山上生長著野生的草莓.
❷(土地、人)野蠻的, 未開化的, 原始的; 荒蕪的.
They traveled through the wild Amazon jungle. 他們在原始的亞馬遜河叢林中行走.
❸(氣候、海洋等)暴風雨的, 狂野

的；(人、行動等)粗暴的；任性的.
a wild sea〔wind〕 激濤怒海〔狂風〕
a wild horse 狂野的馬
The storm grew **wilder** and **wilder**. 暴風雨愈來愈猛烈.
❹不切實際的，輕率的，胡亂的.
a wild idea 不切實際的想法
❺瘋狂的，狂熱的，熱中的；《英口》發怒的.
He was wild with hunger. 他餓得要命.

idiom
***gò wíld*** (人)瘋狂；發狂.
***rùn wíld*** (植物)蔓延.
— 名 ❶(通常用 **wilds**)荒野，荒地.
❷(**the wild**)野生(的狀態).
koalas in the wild 野生的無尾熊

**wild·cat** [ˋwaɪld͵kæt] 名 山貓.
**wild·life** [ˋwaɪld͵laɪf] 名《集合》野生動物.

**will**[1] [wɪl]
▶將要～
▶打算，要～
▶願意～嗎
⊙表示「未來」、「說話者的意志」或是尋問「對方意願」時使用

助動 ❶將～. ➡用於未來式.
**I will**〔《口》**I'll**〕be fifteen on my next birthday. 下次生日我就十五歲了. ➡ I 〈S〉+will+be(原形動詞)+～.
**You will** 〔《口》**You'll**〕 see a shooting star tonight. 今晚你將會看到流星.
**He will** 〔《口》 **He'll**〕 soon get well. 他(的病)馬上就會好的.
Perhaps it will〔《口》**it'll**〕snow tomorrow. 明天可能會下雪. 同義字 與 It's **going to** snow tomorrow. 意思幾乎相同，但後者是更有把握的推測，如「(這樣冷的天氣)明天一定下雪」等；It 籠統地表示「天氣」.
He **will not**〔《口》**won't**〕come to the party. 他不會來參加聚會.
**There will be** a school play next week. 下週有學生自己創作的話劇.
會話 **Will you** be free next Sunday? —Yes, I will. 下個星期天你有空嗎? —有，我有空. ➡ Will+you 〈S〉+原形動詞〈V〉是疑問句.
會話 Will Paul come tomorrow? —No, he won't. —Then when will he come? —He will come on Sunday. 保羅明天會來嗎? —不，他不會來. —那他甚麼時候來呢? —他星期天會來.
❷(**I**〔**We**〕**will** *do*)(我〔我們〕)打算，意欲，決心要. ➡表示「自己(一方)的意志」.
**I will** stop smoking. I promise I will not〔won't〕smoke again. 我打算戒菸. 我保證再也不抽菸了.
I will love you forever. 我會永遠地愛你.
**We will**〔**We'll**〕do our best. 我們決心要竭盡全力.
會話 Will you play tennis with us? —Yes, I will. 請你和我們打網球好嗎? —好，打吧. ➡第一個 will 是❸
❸(**Will you** *do*?)(你)願～嗎? 能否幫我～嗎? ➡詢問對方的「意願」，或請求對方時使用；更有禮貌的說法是 Would you *do*?
Will you have some cake? 你要吃些蛋糕嗎?
Won't you come in? (你不進來嗎? ⇨)請進! ➡ won't=will not；比 Will you come in? 更爲強烈的勸誘說法.
會話 Will you please lend me the book? —All right. 請你把那本書借給我好嗎? —好的.
Pass (me) the salt, **will you**? 你能不能把鹽遞給我? ➡放在命令句的後面；～, will you?(↗)是請求對方的說法，而～, will you(↘)是一

W

種表示輕微命令的說法.

❹(反覆地)慣於; 總是. ➜表示目前的習慣、主張、拒絕等; →would❸❺

She will read comics for hours. 她常常接連看上幾個小時的漫畫.

This door will nót open. 這門老是打不開.

◆ **would** [wʊd] 過去式. → would.

**will**[2] [wɪl] 名 ❶意志(力), 決心; 意願. → willing.

**against** *one's* will 違背意願地, 違心地, 勉強地

a person **with** a strong will 有堅強意志的人, 意志堅強的人

He bought a motorbike against the will of his parents. 他違背了父母的意願, 買了一輛摩托車.

諺語 Where there's a will there's a way. 有志者事竟成.

❷遺言, 遺囑.

He left the house to his wife **in** his will. 遺囑中, 他把房子留給了他的妻子.

idiom

***at wíll*** 任意, 隨意.

***of*** *one's* ***ówn*** (***frée***) ***wíll*** 出於自願, 自動地.

**will·ing** [ˋwɪlɪŋ] 形 (**be willing to** *do*)樂意的; 自願的, 心甘情願的.

I am quite willing to help you. 我很樂意幫助你.

He is willing to work on Sunday. 他心甘情願在星期天工作.

He is a willing student. 他是個自動自發的學生.

**will·ing·ly** [ˋwɪlɪŋlɪ] 副 樂意地, 主動地, 心甘情願地.

**wil·low** [ˋwɪlo] 名 柳, 柳樹.

**win** [wɪn] 動 ❶(戰爭、比賽等的)獲勝, 贏. 反義字 lose(輸).

win a race 〔a battle, a bet, an election〕 比賽〔戰鬥, 打賭, 選舉〕獲勝

諺語 Slow and steady **wins** the race. 緩慢而穩健可獲勝; 欲速則不達. (如同《伊索寓言》〈龜兔賽跑〉中的烏龜, 速度雖慢但踏實穩健仍能取勝).

lose　　win

◆ **won** [wʌn] 過去式、過去分詞.

Which team won? 哪個隊獲勝?

Our team won the baseball game (by) 10 to 1. 我隊以十比一的比數贏得棒球比賽.

◆ **winning** [ˋwɪnɪŋ] 現在分詞、動名詞. → winning.

❷贏得(勝利、名聲等); 獲得(獎金、獎品等).

win a victory 〔a prize〕 獲得勝利〔獎〕

win fame 獲得名聲, 成名

win her love 贏得她的愛

He won (the) second prize in the contest. 他在比賽中獲得了亞軍.

— 名 勝利, 贏.

Our school baseball team had ten **win**s and two **loss**es 〔**defeat**s〕 this season. 我校棒球隊在這季比賽中是十勝兩負.

| **wind**[1] [wɪnd] | ▶風<br>▶氣息 |
|---|---|

名(複 **winds** [wɪndz])❶風. 相關語 breeze(微風), gale(大風), storm(暴風), typhoon(颱風).

a cold wind 冷風, 寒風

the wind of an electric fan 電風扇的風

**The** wind is strong 〔**A** strong

wind is blowing〕today. 今天風很大〔颳著大風〕. ➔如果「風」前面沒有修飾語時則通常說 the wind, 如果有形容詞, 如「強風」, 則用 a(n)＋形容詞＋wind.

There is **no**〔**little**〕wind today. 今天沒有風〔幾乎沒有風〕. ➔不用 ×*many* winds.

❷**氣息, 呼吸**(breath).

**lose** *one's* wind 喘不過氣

The boy was out of wind **from** running home. 那男孩因跑步回家所以上氣不接下氣.

**wínd ìnstrument** 管樂器, 吹奏樂器.

❸屁; 打嗝.

**break** wind 放屁〔打嗝〕

**wind**[2] [waɪnd] ➔注意與 wind[1]發音的不同. 動 ❶捲緊(手錶的發條、繃帶等), 纏繞; 捲住.

wind (**up**) a watch 給錶上發條

wind a scarf **around** *one's* neck 把圍巾圍在脖子上

wind (up) the wool **into** a ball 把毛線捲成球

◆**wound** [waʊnd] 過去式、過去分詞.

❷(道路、河流等)彎曲前進, 蜿蜒而行, 迂迴.

The river winds **through** the plain. 那條河在平原上蜿蜒地流著.

**wind·mill** [ˋwɪnd͵mɪl] 名 ❶風車, 風車房. ➔用於帶動製粉廠裡的磨, 抽水灌溉耕地等. ❷《英》風車. ➔兒童的玩具; 《美》**pinwheel**.

| **win·dow** [ˋwɪn d o ] | ▶窗<br>▶窗玻璃 |
|---|---|

名(複 **windows** [ˋwɪndoz]) ❶**窗**.

**open**〔**shut, close**〕the window 開〔關〕窗

**look out** (**of**) the window 從窗口向外看 ➔《美》多不加 of.

Don't throw cans out of the car window. 不要把空罐從汽車〔火車〕窗口扔出去.

I took a window seat in the plane. 我在飛機上坐在靠窗口的座位.

**wíndow bòx** 窗臺花箱. ➔安裝在窗框下沿的細長花箱, 在裡面栽種花草.

❷**窗玻璃**(windowpane).

Who **broke** the window? 誰把窗玻璃打破了?

❸窗口; (商店的)櫥窗(show window).

a ticket window 售票窗口

Please ask **at** window No. 3. 請到三號窗口詢問.

I saw a nice camera in the shop window. 我在商店的櫥窗裡看到一臺很好的照相機.

字源 古斯堪的那維亞語, 意思是「風(wind)之眼」, 即爲了讓風和陽光進入屋裡而在牆上挖的洞.

**win·dow·pane** [ˋwɪndo͵pen] 名(一塊)窗玻璃.

**wind·y** [ˋwɪndɪ] 形 **有風的, 風大的**. ➔是 wind[1](風)的形容詞.

a windy day 有風的日子

**It** was windy all day yesterday. 昨天一整天風都很大.

Chicago's nickname is the *Windy City*. 芝加哥的別稱是「風城」.

◆**windier** [ˋwɪndɪɚ] 比較級.

◆**windiest** [ˋwɪndɪɪst] 最高級.

**wine** [waɪn] 名 **葡萄酒**, 果子酒.

I like red〔white〕wine. 我喜歡紅〔白〕葡萄酒. ➔wine 是表示物質的名詞, 故不用 ×*a* wine, ×wine*s*.

**A glass**〔**A bottle**〕**of** wine, please. 請給我一杯〔瓶〕葡萄酒. ➔wine 的數量用容器來表示.

Let's **have some** wine with dinner. 我們邊吃飯邊喝些葡萄酒吧.

**wing** [wɪŋ] 名 ❶(鳥、昆蟲的)**翅膀**; (飛機的)**機翼**.

A bird's **wing** is covered with **feathers**. 鳥的翅膀覆蓋著羽毛. ◁相關語

W

The bird **spread** its wings and flew away. 鳥展開翅膀飛走了.

❷(從建築物的主房橫出的)邊房, 側廳; (常用 **wings**) (舞臺的)兩側.

the west wing of a hospital 醫院的西側病房

The actors are waiting **in** the wings. 演員在舞臺兩側等著(出場).

idiom

***on the wíng*** 飛行中.

I saw some butterflies on the wing. 我看到了幾隻蝴蝶在飛.

**wink** [wɪŋk] 動❶眨眼, 使眼色, 眨眼示意.

參考 對異性眨眼爲表示「你好棒」的意思, 不只對異性, 對同性也可用 wink, 表示「這是開玩笑的」「這是秘密唷」「加油」「幹得好」「知道了」等意思.

He made a joke and winked **at** me. 他開了個玩笑, 並向我使眼色.

❷(星星或燈光)閃爍, 閃耀.

—名 ❶眨眼, 眨眼示意.

**give** a wink 眨眼示意

"Don't tell anyone," he said **with** a wink. 他擠了個眼說:「不要告訴任何人.」

❷瞬間, 霎時.

I couldn't **sleep a wink** last night. 昨天晚上我一夜沒有闔眼〔沒睡〕.

**win·ner** [ˋwɪnɚ] 名 ❶優勝者, 獲勝者. → win(獲勝).

Who was the winner of the women's singles? 誰是女子單打優勝者?

❷獲獎者, 得獎者.

He was the winner of the Nobel Prize for Peace in 1985. 他是一九八五年諾貝爾和平獎的得主.

**win·ning** [ˋwɪnɪŋ] 形 獲勝的, 贏的; 決勝的. → win(獲勝).

—名 勝利.

Winning is not the most important thing about a debate. 就辯論而言, 勝利〔獲勝〕不是最重要的.

**win·ter** [ˋwɪn t ɚ]

▶冬, 冬季, 冬天

▶冬天的

名 冬天, 冬季. ➜在美國通常十二月到二月爲冬季, 但因國土遼濶, 從嚴寒多雪的北部, 到冬天還能享受海水浴的南部, 各地冬天的景象不盡相同; 英國的冬季很長, 來得早的話從十月中旬開始, 一直持續到三月, 在這期間, 天氣不好的日子很多; 南半球的澳大利亞、紐西蘭等地區, 六月到八月爲冬季.

Winter is over. 冬天過去了. ➜表示「季節」的字前通常不加×*a*, ×*the*.

**It** was a very cold winter. 那是個非常寒冷的冬天. ➜如果有形容詞修飾, 則 a(n)+形容詞+winter; It 籠統地指「時間」, 相當於「那時」的意思.

I go skiing **in** (the) winter every year. 我每年冬天都去滑雪. ➜有時用 in the winter.

**this** winter 今年冬天 ➜句子有 this, last, next 等字時, 不加×*in*, 表示「今年〔去年, 明年〕冬天」的意思.

It wasn't very cold last winter. 去年冬天不太冷.

—形 冬天的, 冬季的.

winter sports〔clothes〕 冬季運動〔冬裝〕

on a cold winter morning 在一個寒冷的冬晨

winter sleep 冬眠

**wipe** [waɪp] 動 揩, 擦, 擦去.

wipe a table 擦桌子

wipe *one's* hands **with**〔**on**〕a towel 用毛巾揩手

wipe a floor clean 把地板擦乾淨 ➜V(wipe)+O (a floor)+C (clean) 的句型.

wipe *one's* eyes 擦去眼淚〔拭淚〕

wipe **off** the stains on〔from〕the glass 把玻璃上的污漬擦乾淨

wipe **up** the milk on 〔from〕 the floor　把地板上的牛奶擦掉
Will you wipe the table with this cloth?　你能否用這塊布把桌子擦一下?

idiom

***wípe óut***　(把內部)擦洗乾淨; 去除; 消滅, 殲滅(敵人等).

**wip·er** [ˋwaɪpɚ] 名 揩擦的人; (毛巾、手帕等)揩擦的東西; 板擦, (汽車玻璃的)雨刷.

**wire** [waɪr] 名 ❶**鐵絲, 金屬線; 電線.**
a wire fence 〔basket〕　鐵絲網柵欄〔筐〕
a telephone wire　電話線
tie ～ with (a piece of) wire　用(一根)鐵絲綁～
❷《口》**電報**(telegram).
**by** wire　用電報　➡不用ˣby *a* wire.
**Send** a wire **to** Aunt Sylvia on her birthday.　拍生日賀電給西維亞姑姑.
—動 ❶《口》打電報, 打電報通知.
He wired me congratulations.　他打電報向我道賀.
He wired me **about** her accident.　他打電報告訴我她發生的事故.
❷用金屬線綁; 配線, (在房屋等)安裝電線.

**Wis·con·sin** [wɪsˋkɑnsn̩] 專有名詞 威斯康辛州.　➡美國中北部的州; 簡稱 **Wis., Wisc., WI**(郵政用).

**wis·dom** [ˋwɪzdəm] 名 明智, 智慧, 知識, 聰明.
a man **of** wisdom　聰明的人, 有智慧的人, 賢人
King Solomon was very famous for his wisdom.　所羅門國王以他的智慧而聞名.

**wise** [waɪz] 形 (有知識、經驗、判斷能力)聰明的, 明智的, **賢明的.**　➡並不單純指「腦筋好」、「記憶力好」這種意思; → clever ❶, bright ❹
a wise man　聰明的人, 有智慧的人, 賢人
a wise choice　明智的選擇
**You are not wise** 〔**It is not wise of you**〕 **to** go swimming if the sea is rough.　你在波濤洶湧的時候去游泳, 一點也不聰明.
Older people are **wiser than** younger ones, because **wisdom** comes with age.　老年人比年輕人有智慧, 因爲智慧是隨著年齡增長的.
◁**相關語**

**wise·ly** [ˋwaɪzlɪ] 副 聰明地, 明智地.

**wish** [wɪʃ] 動 ❶**希望, 願望, 渴望;** (**wish** O′ O)**祝, 祝願**(O′能O).
wish **on** a falling star 〔the first star, a new moon, a load of hay, a white horse, a wishbone〕　對著流星〔第一顆星, 新月, 乾草堆, 白馬, 許願骨〕許願　➡很早以前, 西方人就習慣對著各種各樣的東西許願.
wish for ～　希望～, 想要～
wish for world peace　希望世界和平
I wish you luck 〔success〕.　祝您好運〔成功〕.
I wish you a Merry Christmas.　(我祝你聖誕節快樂⇨)聖誕快樂.　➡寫在聖誕卡上的詞句; 口語中僅用 Merry Christmas!
He **wished** her a happy birthday.　他祝她生日快樂.
Anne wished **that** she could get a new doll.　安希望能得到一個新的洋娃娃.
My sister is **wishing** for a bicycle at Christmas.　妹妹希望聖誕節時能得到一輛腳踏車.
Did you ever wish at **a wishing well**?　你曾在許願井〔泉〕(投硬幣)許過願嗎?　➡ wishing 是動名詞(願望, 祈願).
❷(**wish to** *do*)想要, 希望, 如果可能的話想～.　同義字 比 **want** 更正式且委婉的說法; 一般的情況下通常用

W

want.
I wish to go abroad some day. 我希望將來能到國外去.
He wished to cross the river, but he had no boat. 他想要過河，但沒有船.
You can come with me, **if you wish**. 如果你想和我一起來就來吧.
**How I wish to** see my parents! 我多麼想見到父母親啊!
❸(**wish**+S′+V′(過去式))要是～就好了，但願.
I wish I **were** a bird. I wish to fly to you. 要是我是鳥就好了，我想飛到你那兒. ➜ V′是 be 動詞時無論 S′爲何皆用 were；S′是單數時，《英口》用 was.
I wish I **had** a brother. 要是我有個兄弟就好了.
I can't swim. I wish I **could**. 我不會游泳，要是會游就好了.
How I wish I could fly! 啊，要是我會飛就好了!
—名 ❶希望，願望，祝願；希望的東西.
**My wish is to** be an actress. 我的願望是當女演員.
He finally **got** his wish—a new camera. 他終於得到了想要的東西——一臺嶄新的照相機.
If you **make a wish** when you see a falling star, your wish will **come true**. 如果你在看到流星時許願，你的願望就會實現. → wishbone.
The fairy said, "You may **have** three **wishes**." 小神仙說：「你可以提三個願望〔我可以滿足你三個願望〕」.
❷(**wishes**)祝福，賀詞.
Aunt Betsy **sends** us **good wishes for** a happy new year. 貝琪姑姑祝我們新年快樂.
Please **give** your mother my **best wishes**. = Please **give** my **best wishes to** your mother. 請代我向令堂問好.
**With best wishes**, Bob Smith. 祝好，鮑勃・史密斯. ➜信末結束語.

**wish·bone** [ˋwɪʃ,bon] 名 (在鳥類胸部的Y字形)叉骨，許願骨. ➜傳說兩個人對拉，拉到長的一邊(a lucky break)者願望可以實現.
Many people make wishes **on** wishbones. 很多人向著許願骨許願.

**wit** [wɪt] 名 ❶機智，智力；富於機智的人.
Mark Twain was full of wit. 馬克吐溫充滿機智.
He is quite a wit. 他是個很有機智的人.

> 同義字 **wit** 是急中生智的幽默，有時使人因佩服而發笑(laugh)；**humor**(幽默)是指心中對事物的滑稽之處深有同感，事後想起仍會令人發噱(smile).

❷(**wits**)理智，清醒的頭腦.
He had the wits **to** open the windows as soon as he smelt gas. 他一聞到瓦斯味，便不慌不亂地去打開窗子.

**witch** [wɪtʃ] 名 女巫，魔女. → wizard.

> 參考 被認爲借助惡魔(devil)的力量施展魔法(magic)的婦女；傳說中戴著一頂尖尖大黑帽的老醜婦騎著掃帚柄(broomstick)在夜空中飛來飛去，把黑貓等當作爪牙，做一些詛咒(spell)人、讓作物歉收等的壞事；在中世紀的歐洲，有許多淸白的婦女在搜捕女巫(**witch hunt**)的行動中受到了迫害.

| **with** [wɪð] | ▶和～一起，和～<br>▶用～<br>▶具有～，帶有～ |
|---|---|

介 ❶和～一起，和～.
基本 with a dog 和狗(一起)，帶著狗 ➜ with+名詞.
with him 和他(一起) ➜ with+

W

代名詞受格；不用×with *he*.
go with him 和他一起去 ➡動詞＋with＋(代)名詞.
a boy with a dog 帶著狗的少年 ➡名詞＋with＋(代)名詞.
I go to school with Ben and Joe. 我和班、喬一起去上學.
Jim was not with me yesterday. 昨天吉姆沒和我在一起.
I will send you some pictures with this letter. 我將隨信寄上幾張照片給你.
I will **bring** my brother **with** me. 我會帶著弟弟(和我一起)去.
**Take** an umbrella **with** you. 你帶把傘去.
I **have** no money **with** me. 我現在(身邊)沒有錢. ➡如果不加 with me 就成了「我(這裡，家裡，銀行裡都)沒有錢〔分文皆無〕」的意思.
❷《工具、材料》用(using)～.
study with a computer 運用電腦研讀
cut with a knife 用刀切
eat with (a) knife and fork 用刀叉吃
I took these pictures with this camera. 我用這臺照相機拍了這些照片.
He is eating his soup **with** a spoon, but his brother is eating **without** a spoon. 他用湯匙在喝湯，但他的弟弟喝湯不用湯匙. ◁反義字

The streets were crowded with people. 街上擠滿了人.
❸《和附屬的東西一起》具有～；附上～；帶著～.
a girl with long hair 長髮的女孩
a monster with three eyes 三隻眼睛的怪物
a house with land 附有土地的房屋
a woman with her baby in her arms 手中抱著嬰兒的婦女
a bag with a hole in it 有洞的手提包〔袋子〕
Do you know that big boy with a camera? 你認識那個帶著照相機的大男孩嗎?
With a candle in her hand she went into the dark room. 她手拿著蠟燭走進黑暗的房間.
She said good-bye with tears in her eyes. 她眼裡含著淚水說再見.
❹《說明附帶情況》(**with**＋O′＋C′)讓O′處於C′的狀態.
sleep with the windows open 開著窗睡覺 ➡ open 爲形容詞(開著的).
Don't speak with your mouth full. 嘴巴塞滿東西時不要說話.
❺《和對方一起》和～，對～，跟～.
**talk** with *one's* father 與父親說話，跟父親商量
I often **fight** with my brother. 我經常和哥哥〔弟弟〕打架.
I am **in love** with her. 我愛上了她.
❻對～，就～來說，關於～.
It's **all right** with me. 就我來說那無所謂.
Something is **wrong** with this radio. 這臺收音機壞了.
What's **the matter** with you? 你怎麼啦?
Anne **helps** me with English. 安幫助我學英語.
❼《伴隨著某種感情、態度》以～，帶著～；《原因、理由》因～.
with a smile 帶著微笑，笑瞇瞇地
with joy 高興地，樂意地
with ease 簡單地，容易地(easily)
**with** (**great**) **care** (非常)小心地

W

會話 Will you help me? —Yes, **with pleasure**. 你能幫我一下嗎? —可以, 很樂意.
He was in bed with a cold. 他因感冒在床上躺著.
That place became very dirty with trash and cans. 那個地方因爲垃圾和罐子而變得很髒.
❽《時間上的一起》隨著～.
rise with the lark 跟雲雀一起起床, 早起
With those words, he left. 他說完那些話就走了.
With the coming of spring, the birds returned. 隨著春天的到來, 鳥兒也都回來了.
❾《結合、混合》和～, 與～.
connect *A* with *B* 把A與B連結, 連接A和B
mix blue with red 把藍的和紅的混合在一起
❿《想法相同》贊成～, 和～協調.
Are you **with** me or **against** me? 你贊成我, 還是反對我? ◁反義字
Your tie goes very well with your coat. 你的領帶和你的外套很相配.

idiom

***with áll*** ～ 雖有～, 儘管～.
With all his money, he was not happy at all. 儘管他有那麼多錢, 但一點也不快樂.

**with·draw** [wɪð`drɔ] 動 ❶縮回; 提取(存款); 收回、撤消(許諾、前言等); 使(軍隊等)撤退.
I have to withdraw some money from the bank. 我必須從銀行裡提一些錢出來.
◆ **withdrew** [wɪð`dru] 過去式.
◆ **withdrawn** [wɪð`drɔn] 過去分詞.
❷退出; 縮回; 撤退.

**with·er** [`wɪðɚ] 動 (常用 **wither up** 〔**away**〕)枯萎, 乾枯, 凋謝; 使枯萎, 使凋謝, 使乾枯.
The plants withered up because they had no water. 那些植物因爲沒有水分而枯萎了.

**with·in** [wɪð`ɪn] 介 在～裡面; 在～範圍內, 不超過.
within a week 一週以內
I'll be back within ten minutes. 我十分鐘以內就回來.
I live within ten minutes' walk of the school. 從我住的地方走十分鐘就到學校.

**with·out** [wɪð`aʊt]
▶沒有～, 無～
▶沒有～的, 無～的
▶不～地, 沒有～地

介 ❶沒有～, 沒帶～, 無～.
基本 go out without *one's* hat 〔coat, umbrella〕 不戴帽子〔不穿外衣, 不帶傘〕外出 ➡動詞＋without＋(代)名詞.
I can't live without you. 沒有你我活不下去.
Many days passed without any news from him. 好幾天過去了, 他一點消息也沒有.
Without doubt I say he is my friend. 我可以肯定地說他是我的朋友.
❷沒有～的, 無～的(with no ～).
基本 marriage without love 沒有愛情的婚姻 ➡名詞＋without＋名詞.
I drink coffee without sugar. 我喝沒有放糖的咖啡.
The cowboy in the movie was a man without fear. 那部電影裡的牛仔是一個天不怕地不怕的人.
❸(**without** *do***ing**)不～地, 沒有～地.
speak without thinking 毫不考慮地說
He went out of the room without saying a word. 他一言不發地從房間裡走了出去.

idiom

***dó*** 〔***gó***〕 ***withòut*** ～ 沒有～也行, 沒有～也能應付.

We can't do without the phone in our daily life. 在日常生活中我們不能沒有電話.

***nòt*** 〔***nèver***〕 *dó* ***withòut*** ***~ing*** 不～就不～，如果～就一定～.

I cannot speak English without making mistakes. 我一說英語就會出錯.

***withòut fáil*** 無疑，一定.

**wit·ness** [ˋwɪtnɪs] 名 (事件、案情等的)目擊者，(法庭等的)證人.

There were three witnesses **to** 〔**of**〕 the accident at the trial. 那次審判中有三位事故的目擊者在場.

**—**動 目睹，目擊；作證，證明.

**wives** [waɪvz] 名 wife 的複數.

**wiz·ard** [ˋwɪzɚd] 名 男巫，魔術師. ➜「女巫」是 witch.

*The Wonderful Wizard of Oz* 《奧斯國的神奇魔術師(綠野仙踪)》 ➜美國童話名.

**woke** [wok] wake 的過去式.

**wok·en** [ˋwokən] wake 的過去分詞.

**wolf** [wʊlf] 名 (複 **wolves** [wʊlvz]) 狼.

**a pack of** wolves 狼群

I am **as hungry as a wolf**. 我餓得像隻狼.

The wolves **howl**ed at the moon. 狼向著月亮嚎叫.

**a wólf in shéep's clóthing** 披著羊皮的狼，假裝老實，僞君子. ➜源於《聖經》.

idiom

***crý wólf*** 發假情報引起騷亂，或散發使人混亂的謠言. ➜源於《伊索寓言》，放羊的孩子撒謊說「狼來了!」來騙人，他覺得這有趣，但眞的狼來的時候誰也不相信他了.

| **wom·an** [ˋwʊm ə n] | ▶(成年的)女性<br>⊙注意 o 的發音為 [ʊ] |
|---|---|

名 (複 **women** [ˋwɪmɪn] ➜注意發音)(成年的)女性，婦女.

a young woman and an old lady 一位年輕的女性和一位上了年紀的婦女 ➜說 old lady 比說 old woman 聽起來感覺好.

a woman pilot 女飛行員 ➜複數爲 women pilots；除非要說出男女的區別，否則不加 woman.

the women's room 女厠所 ➜告示時寫爲 WOMEN.

會話 Who is that woman? —She is Ann. 那女人是誰? —她是安.

There were a lot of women on the bargain floor. 拍賣會場裡有很多婦女.

**Women** live longer than **men**. 女性比男性長壽. ◁相關語

**wom·en** [ˋwɪmɪn] ➜注意 o 的發音爲 [ɪ]. 名 woman 的複數.

**won** [wʌn] win 的過去式、過去分詞.

**won·der** [ˋwʌndɚ] 動 ❶(對於不可思議、完美)**感到驚異，感到驚訝，驚嘆；感到不可思議.**

We wondered **at** the beautiful sunset. 我們驚歎那美麗的日落.

I wonder (**that**) he was not killed in the airplane accident. 我很驚訝他沒有在那次飛機失事中喪命.

❷(**wonder if** 〔**who, what,** *etc.*〕+S′+V′等)**對～感到懷疑，想知道是否～.**

I wonder **if** it is true. 我想知道那是不是眞的.

I wonder **who** she is. = Who is she, I wonder? 我想知道她是誰.

I wonder **why** I am so sleepy. 我很奇怪自己爲甚麼這麼睏.

I wonder **when** he will come. 我想知道他甚麼時候來.

She wondered **which** sweater to buy. 她不知道該買哪件毛衣.

I'm just wondering **whether** I should go to the movies. = I'm just wondering **about** going to the movies. 我正在想是否要去看電影.

W

idiom

***I wónder* 〔*I wóndered, I was wóndering*〕 *if* 〔*whèther*〕+S′+V′** 《口》不知能否～. ➜非常客氣地請求對方時的說法.

I wonder **if** you can 〔could〕 help me. 不知您能否幫我的忙.

I was wondering if you were free on Friday night. 我想知道星期五晚上你是否有空. ➜過去式亦表示「現在」之意.

—名 ❶驚異, 驚奇, 驚嘆, 驚訝.

a look of wonder on his face 他臉上驚訝的神情

When I saw Niagara Falls, I was **filled with** wonder.

當我看到尼加拉瀑布時, 心中充滿了驚奇.

Paul looked **in wonder** at the spaceship. It was so **wonderful**. 保羅以驚奇的目光看著那艘太空船, 那實在太神奇了. ◁相關語

❷奇事, 奇蹟, 奇人, 奇異.

The Pyramids are one of the Seven Wonders of the World. 金字塔是世界七大奇景之一.

**It is a wonder that** such a little boy can play the piano so well. 這麼小的男孩鋼琴彈得這麼好, 簡直是奇蹟. ➜ It=that ～.

(**It is**) **No wonder** (**that**) the boy got sick; he ate too much candy. 怪不得那男孩生病了, 他吃了太多糖果.

| **won·der·ful** [ˋwʌn dɚ fəl] | ▶極好的<br>▶驚人的 |
|---|---|

形 ❶極好的, 極妙的, 極其精彩的 (great).

基本 a wonderful present 〔person, dinner〕 極好的禮品〔了不起的人, 豐富的飯菜〕 ➜ wonderful+名詞.

Lucy is a wonderful cook. 露西是位出色的廚師〔很會做菜〕.

基本 You are wonderful. 你太好了. ➜ be 動詞+wonderful 〈C〉.

會話 Let's go on a picnic tomorrow. —That's wonderful. 明天我們去野餐吧. —那太好了.

It is wonderful to hear that she is having a baby. 聽到她有喜, 眞是太棒了.

◆ **more wonderful** 〔比較級〕更棒的.

◆ **most wonderful** 〔最高級〕最棒的.

❷驚人的, 奇妙的.

a wonderful invention 驚人的發明

*Aladdin and the Wonderful Lamp* 「阿拉丁神燈」 ➜《一千零一夜》中的故事名.

It is the most wonderful story that I have ever heard. 那是我迄今所聽過最奇妙的故事.

**won·der·ful·ly** [ˋwʌndɚfəlɪ] 副 驚人地, 非常地, 精彩地.

a wonderfully beautiful sunset 極美的晚霞

**won·der·land** [ˋwʌndɚ͵lænd] 名 (童話裡的) 神奇的地方, 仙境, 奇境; 絕佳之處.

*Alice's Adventures in Wonderland* 《愛麗絲夢遊仙境》 ➜童話的書名.

Sapporo is a winter wonderland for skiers. 札幌是滑雪者冬天的仙境.

**won't** [wʌnt] ➜ will not 的縮寫.

**wood** [wʊd] 名 ❶(已切割的) 木頭, 木材, 木料. ➜並不是樹 (tree), 而是造房子、做家具用的木料.

**a chip** 〔**a piece**〕 **of** wood 一塊木頭, 一根木柴, 一塊木片 ➜不用 ×*a* wood, ×wood*s*.

wood carving 木雕, 木雕術

We get **wood** from **trees** and wood is sawed into **boards**. 我們從樹林中得到木材, 並把它鋸成木板. ◁相關語

My house is made **of** wood. 我的

W

房子是木造的.
❷木柴，柴火.
**chop** (**up**) wood with an ax 用斧頭劈木柴
**gather** wood for a fire 揀拾生火用的木柴
Put some wood on the fire. 添些木柴到爐火裡.
❸(也常用複數的 **woods** [wʊdz]) 小森林，樹林. → forest 同義字
camp **in** the wood(s) 在樹林中露營
walk **through** the wood(s) 穿越樹林
The children lost their way in the wood. 孩子們在樹林中迷了路.

**wood·cut·ter** [ˋwʊdˏkʌtɚ] 名 樵夫，伐木工人.

**wood·en** [ˋwʊdn̩] 形 木製的，木造的.
a wooden box 木箱
wear wooden shoes 穿木鞋
That's not wooden—it's plastic. 那不是木製的，是塑膠製的.

**wood·peck·er** [ˋwʊdˏpɛkɚ] 名 啄木鳥.
A handsome woodpecker is drumming 'rat-a-tat-tat' on a tree. It is pecking a hole to catch insects. 一隻漂亮的啄木鳥正在「篤篤篤」地啄著樹木. 牠爲了捉蟲子而在樹上啄洞.

**wood·work** [ˋwʊdˏwɝk] 名 《英》= woodworking.

**wood·work·ing** [ˋwʊdˏwɝkɪŋ] 名 《美》木工. ➡用木材製作家具等.

**woof**[1] [wuf] 名 (織物的)緯線. → warp.

**woof**[2] [wuf] 感 嗚. ➡狗等的低吠聲.

**wool** [wʊl] 名 ❶羊(和山羊等的)毛，羊毛.
**shear** wool from a sheep 剪羊毛
This jacket is made of 100% wool. 這件夾克是百分之百的純羊毛.
❷毛線；毛(製品)，毛織物.
a wool blanket 羊毛毯
I **wear** wool in winter and cotton in summer. 我冬天穿毛料衣服，夏天穿棉布衣服.

**wool·(l)en** [ˋwʊlɪn] 形 羊毛(製)的，毛線的.
a woolen sweater 毛線衣，羊毛衫

| **word** [wɝd] | ▶字，單字<br>▶話，言詞 |
|---|---|

名(複 **words** [wɝdz]) ❶單字，字.
an English word 英語單字
Our baby's first word was "Mamma." 我們小寶貝最早說的單字是「媽媽」.
What is the English word **for** "tai yang"? 「太陽」的英語單字是甚麼?
The **word** "chair" has five **letter**s. "chair"這個單字有五個字母〔由五個字母構成〕. ◁相關語
The **sentence** "This is a pen." is made up of four **word**s. "This is a pen."這個句子由四個單字組成. ◁相關語

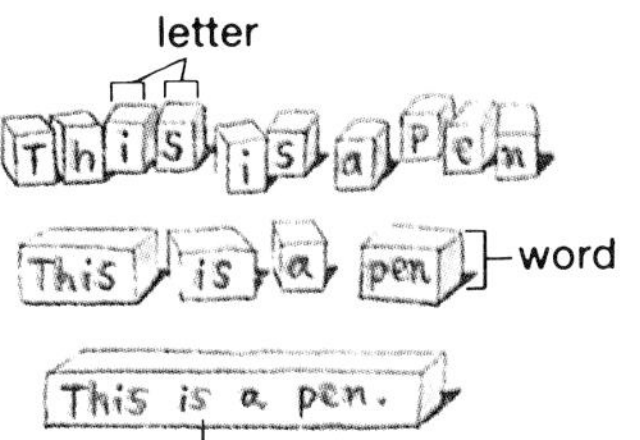


**wórd gàme** 文字遊戲.
**wórd òrder** 字序.
**wórd pròcessor** 文字處理機.
❷話；一句話，簡短的話.
a man of few 〔many〕 words 沈默寡言〔話多〕的人
a word of advice 〔thanks〕 勸告〔感謝〕的話
She didn't say a word about it.

W

對於那件事她一字不提.
May I **have a word with** you? 我可以和你說句話嗎?
Mr. Smith is now going to **say a few words**. 史密斯先生現在要說幾句話.
'I have a dream.' I like these words very much. 「我有一個夢」, 我非常喜歡這句話.
In the beginning was the Word. And the Word was with God. And the Word was God. 太初有道. 道與上帝同在. 道就是上帝. ➜《聖經》中的話.
She is too beautiful **for** words. 她漂亮得難以用言語形容.
Words **fail**ed me. 我無話可說〔找不出詞句來表達〕.
❸(**words**)歌詞, (戲劇的)臺詞.
Do you remember the words of *Yesterday*? 你記得「昨日」的歌詞嗎?
❹(*one's* **word**)諾言, 自己所說的話. ➜不用複數.
a man **of his word** 守信的人
**keep**〔**break**〕*one's* word 遵守〔違背〕諾言
I **give** you my word **that** I will not tell your secret. 我保證不洩漏你的祕密.
❺信息, 消息.
Please **send** me **word** as soon as you get there. 你到那裡請馬上告訴我一聲. ➜不用×*a* word, ×word*s*.

idiom

***by wòrd of móuth*** (不用書面)口頭上的, 口傳的.
***in a wórd*** 一言以蔽之, 總之, 簡而言之.
***in óther wòrds*** 也就是說, 換句話說.

**wore** [wor] wear 的過去式.

| **work** [wɜk] | ▶工作; 用功, 讀書<br>▶工作, 勞動; 作業, 用功, 讀書 |
|---|---|

動 ❶工作, 勞動; 用功, 研究; 奮勉.
基本 work hard 努力工作; 用功讀書; 奮勉 ➜ work＋副詞(片語).
work for world peace 爲世界和平而工作〔努力〕
My sister **works** very hard **at** school. 我妹妹在學校裡非常用功. ➜ works [wɜks] 爲第三人稱單數現在式.
會話 Where do you work? —I work **in**〔**for, at**〕a hospital **as** a nurse. 你在哪裡工作? —我在醫院裡當護士.
諺語 **Work** while you work, **play** while you play. 工作的時候認眞工作, 玩的時候好好玩. ◁反義字
◆**worked** [wɜkt] 過去式、過去分詞.
I worked in the garden all day long. 我在花園工作了一整天.
◆ **working** [ˋwɜkɪŋ] 現在分詞、動名詞. → working.
Some farmers **are** working **on** the farm. 幾個農夫正在農場裡工作. ➜現在進行式.
Mother is busy working in the kitchen. 母親正在廚房裡忙碌地工作. ➜ be busy ～ing 是「因～而忙碌, 忙於～」之意; working 是現在分詞.
Working in a restaurant must be a hard job. 在餐館裡工作一定很辛苦. ➜ working 是動名詞(工作), 當句子的主詞.
❷(機器等)**運轉, 活動**(run), **運作**, (計畫等)**行得通**, (藥等)**起作用**; **開動**(機器等), **轉動**, **使**(人)**工作**.
This machine doesn't work, but that one is working all right. 這部機器無法運作, 但那部機器則運作正常.
A compass does not work at the South Pole. 指南針在南極不起作用〔無用, 無效〕.
This medicine works for heart trouble. 這種藥對心臟病有效.

Please show me how to work this washing machine. 請示範給我看如何操作這臺洗衣機.

idiom

***wórk at*** ~ 在～地方工作; 做～工作, 從事於～.

Bob worked very hard **at** 〔**on**〕 the difficult math problem. 鮑勃非常努力地做這道數學難題.

***wórk on*** ~ 在～地方工作; 做～工作〔功課〕, 從事於～; 影響～, 說服～.

work on a model airplane 從事於模型飛機的製作〔做模型飛機〕

His music worked on the minds of the audience. 他的音樂打動了聽眾的心.

***wórk óut*** 解決(問題); 擬出;(計畫等)順利完成, 產生～的結果.

work out a crossword puzzle 解出縱橫字謎

Everything worked out all right in the end. 最後一切都順利完成.

—名(複 **works** [wɜks]) ❶ **工作, 勞動; 讀書, 用功, 作業.**

easy 〔hard, interesting, boring〕 work 省力的〔費力的, 有趣的, 令人厭煩的〕工作

go to work 去上班 → idiom

his poor work in school 他在學校的成績差

look for 〔find〕 work 找工作

同義字 這個 work 是「職業, 工作崗位, 職位」的意思, 與 **job** 同義; 但用 job 時要加 a 成爲 a job.

**a piece** 〔**a lot**〕 **of** work 一項〔很多〕工作 ➡ 不用 ×*a* work, ×*many* work*s* 等.

會話 What work does he do? 〔What is his work?〕 —His work is teaching. 他做甚麼工作〔他的職業是甚麼〕? —他的職業是教書.

I have a lot of work to do today. 我今天有很多事情要做.

He came home **from** his work in the evening. 他傍晚下班回家.

諺語 All **work** and no **play** makes Jack a dull boy. 只讀書不遊戲使孩子變得遲鈍. ➡「好好地讀書, 好好地玩」之意. ◁反義字

❷**作品, 產品.**

a (beautiful) work of art 一件(精美的)藝術品〔美術品〕

the works of Picasso 〔Mozart〕 畢卡索〔莫札特〕的作品

the most famous play among 〔of〕 Shakespeare's works 莎士比亞作品中最著名的戲劇

❸(**works**)工廠, 製造廠; (鐘錶等的)機械(部分).

an iron works 鋼鐵廠, 鐵工廠

idiom

***at wórk*** 正在工作(working), 工作中; 在工作場所.

Father is at work in the garden now. 父親正在花園裡忙著.

告示 Men at work. 施工〔作業〕中. ➡亦作 Men working.

He is hard at work **on** a big picture. 他正埋首創作一幅大型畫作.

***gò to wórk*** 去上班; 著手工作(set 〔get〕 to work).

***òut of wórk*** 失業(中).

Mary is out of work and she is looking for a job. 瑪麗失業了, 她正在找工作.

***sèt*** 〔***gèt***〕 ***to wórk*** 著手工作.

**work·book** [ˋwɜkˏbuk] 名 (學習用)練習簿, 習題簿.

work on the exercises **in** the workbook 做練習簿上的習題

**work·er** [ˋwɜkɚ] 名 ❶**幹活的人, 工作者, 工人, 職員; 學習者.**

a factory worker 工廠的工人

an office worker 公司職員, 辦公室人員, 上班族

a slow worker 工作慢的人

a hard worker 勤奮用功〔工作〕的人

❷工蜂, 工蟻.

**work·ing** [ˋwɜkɪŋ] work 的現在分

W

詞、動名詞.

—形 正在工作著的，正在勞動著的；作業(用)的；勞動的.

a working woman〔mother〕 工作中的婦女〔母親〕；有工作的婦女〔母親〕

working hours 勞動時間〔工作時間〕

the working class(es) 勞工階級(的人們)

**work·man** [ˋwɝkmən] 名(複 **work-men** [ˋwɝkmən]) 體力勞動者，工人；(特指)工匠.

a good〔bad, skilled〕 workman 巧匠〔拙匠，熟練的工匠〕

**work·shop** [ˋwɝk͵ʃɑp] 名 ❶(工作、修理用的)工作場所，工作室，(小型)工場，工坊. ❷(小組的)研究會，讀書會，講習會.

| **world** [wɝld] | ▶世界，全世界的人<br>▶世間 |
|---|---|

名 ❶(**the world**)世界；全世界的人.

**in** the world 在世界上〔世界的〕，在全世界〔全世界的〕 → idiom

**all over** the world 全世界，在全世界，全世界的

the new world record 新的世界記錄

the world's greatest singer 世界上最偉大的歌星

The Nile is the longest river in the world. 尼羅河是世界上最長的河流.

All the people in the world wish for world peace. 全世界人都希望世界和平.

He traveled around the world in 80 days. 他用八十天的時間環遊世界一周.

**The whole world**〔**All the world**〕 **is** waiting for an end to the war. 全世界(的人)都在等待戰爭的結束. ➜現在進行式；「全世界(的)人」可看作一個整體，作單數.

**the Néw〔Óld〕 Wórld** 新〔舊〕大陸. ➜新發現的美洲大陸爲「新大陸」；與此相對，歐洲(，亞洲，非洲)爲「舊大陸」.

**the Wórld Cúp** 世界盃. ➜足球等的世界錦標賽.

**the Wórld Séries** 世界棒球錦標賽. ➜美國兩大職業棒球聯盟優勝隊伍爭奪冠軍的全美棒球錦標賽.

**Wórld Wár I〔II〕** 第一〔二〕次世界大戰. ➜ I〔II〕讀作 [wʌn〔tu〕]；《英》亦作 **the First〔Second〕 World War**.

❷(特定領域的)世界，～界.

**in** the world **of** pop music 在流行音樂的世界中

He entered the business world after college. 他大學畢業後進入商業界.

❸(**the world**)世上，世間，世人.

He is young and doesn't know the world. 他年輕不諳世事.

idiom

***in the wórld*** 《加強疑問句的語氣》到底，究竟(on earth).

**What** in the world are you doing? 你到底在幹甚麼?

**Who** in the world are you? 你究竟是誰?

***It's a smáll wórld!*** 《口》世界可眞小！ ➜在意想不到的地方遇見朋友、熟人等時所說的話.

**world·wide** [ˋwɝldˋwaɪd] 形 遍及全球的，世界性的.

**worm** [wɝm] 名 蟲. ➜指蚯蚓(earthworm)等無足的蟲和昆蟲的幼蟲等.

**worn** [wɔrn] wear 的過去分詞.

—形 磨損的，磨破的，用舊了的.

**worn-out** [ˋwɔrnˋaʊt] 形 磨損得不能再用的，破舊的；筋疲力竭的.

worn-out trousers 穿得破舊的褲子

My shoes are worn-out. 我的鞋子穿破了.

W

The marathon runner was worn-out when he reached the finish. 這位馬拉松選手到達終點時已經筋疲力盡了.

**wor·ried** [ˋwɜɪd] 形 擔心的，不安的. → worry.

a worried look 擔心〔不安〕的神色

You look worried. Is something wrong? 你顯得有些焦慮不安，有甚麼不對勁嗎?

| **wor·ry** [ˋw ɜ ɪ] | ▶擔心<br>▶使擔心<br>▶使煩惱<br>▶操心，擔心的事 |
|---|---|

動 ❶擔心，焦慮，煩惱；使擔心，使焦慮.

Don't worry. She'll soon come back. 不用擔心，她馬上會回來的.

Mother **worries** when we are late from school. 只要我們晚一點從學校回來，媽媽就會爲我們擔心. ➡ worries [ˋwɜɪz] 爲第三人稱單數現在式.

Don't cry. There's nothing **to** worry about. 別哭，沒甚麼好擔心的.

What worries you? 甚麼事使你擔心〔你擔心甚麼〕?

◆ **worried** [ˋwɜɪd] 過去式、過去分詞. → worried.

The test worried me, but it was very easy. 這次測驗令我擔心，可是沒想到很容易.

I'**m** worried about my baby. He has a bad cold. 我擔心我的寶寶，他得了重感冒. ➡ **be worried** 爲被動語態，但譯爲主動「擔心著」.

◆ **worrying** [ˋwɜɪɪŋ] 現在分詞、動名詞.

He's worrying **about** his exam. 他正在爲考試發愁. ➡現在進行式.

❷使煩惱，使心煩，使爲難.

His bad tooth worries him a great deal. 他的蛀牙令他非常煩惱.

Don't worry your father; he is busy. 不要讓你父親心煩，他很忙.

—名(複 **worries** [ˋwɜɪz]) 擔心，操心；操心的事，擔心的事；煩惱的原因.

My biggest worry is the coming final exam. 我最擔心的事是即將來臨的期末考試.

The lazy boy was a constant worry to his mother. 這個懶惰的男孩是他母親煩惱的根源.

**worse** [wɜs] 形 ❶更壞的，更差的，更糟的. ➡ bad 的比較級；→ worst.

She is a worse singer **than** you. 她比你唱得更糟.

I'm even worse **at** English than at math. 我英語比數學更差.

Nothing is worse than war. 沒有比戰爭更壞的事了〔戰爭最糟糕〕.

❷(病情)更嚴重的. ➡ ill 的比較級.

He was **ill** yesterday, but today he is much **worse**. 他昨天病了，今天病情更嚴重. ◁相關語

During the night the sick man became **worse and worse**. 晚上，病人的病情愈來愈嚴重.

She seemed to be getting **better** yesterday, but today she is **worse**. 她昨天病情似乎有所好轉，但今天又惡化了. ◁反義字

idiom

***whàt is* 〔*was*〕 *wórse* = *to màke mátters wórse*** 更糟的〔難辦的〕是.

Mother is sick and, what is worse, Father is out of work. 媽媽病了，更糟的是爸爸也失業了.

—副 更壞；更糟；(病)更重. ➡ badly, ill 的比較級.

He drives worse than his sister. 他車開得比他妹妹更糟.

**wor·ship** [ˋwɜʃəp] 動 ❶崇拜(神、人、物)，敬慕；熱愛(電影明星等).

❷(在教堂)做禮拜.

—名 ❶崇拜，敬慕. ❷禮拜(儀式).

W

**worst** [wɜst] 形 最糟的，最差的，最壞的；最嚴重的. ➜ bad, ill 的最高級.

Ken is the worst **in** the class **at** swimming. = Ken is the worst swimmer in the class. 肯是班上游泳游得最差的.

Bob is the **best** boy in school; Cal is the **worst**. 鮑勃在學校是最好的孩子，卡爾是最壞的. ◁反義字

This is the worst movie (that) I have ever seen. 這是我所看過最糟糕的電影.

—副 最壞，最差；最嚴重.

Jim and Mary played **badly**, but I played **worst** of all! 吉姆和瑪麗表演得不好，而我在所有人中表演得最差. ◁相關語

Worst of all she is a liar. 最不好的是她說謊.

—名 最壞的事〔物〕，最壞的情況.

The mean boy kept the **best** of the fruit for himself and gave the **worst** to his friends. 這個自私的男孩把最好的水果留給自己，把最壞的給了朋友. ◁反義字

idiom

***at (the) wórst*** 在〔即使在〕最壞的情況下.

**worth** [wɜθ] 形 (**worth** O)有 O 的價值的，相當於 O 的價值的，價格爲 O 的；(**worth ~ing**)值得～的.

會話 How much is this old coin worth? —It is worth 10,000 dollars today. 這枚古幣值多少錢? —今天值一萬美元.

諺語 A bird in the hand is worth two in the bush. 雙鳥在林不如一鳥在手.

That movie is worth seeing. 那部電影值得一看. → idiom

Paris is a city worth visiting. 巴黎是值得一遊的城市.

idiom

***be wórth (A's) whíle*** 值得((A)花時間).

That movie is worth (your) while. = **It** is worth while see**ing** that movie. = **It** is worth your while **to** see that movie. 那部電影值得一看. ➜ It=seeing〔to see〕～；也可省略 while 而作 It is worth seeing that movie.；還可如上例說成 That movie is worth seeing. 但不用×That movie is worth *while* seeing.

—名 價值.

When I was in trouble, I understood the real worth of my friends. 當我陷入困境的時候，我才了解朋友的眞正價值.

**worth·less** [ˋwɜθlɪs] 形 無價值的，無用的，不足道的.

**wor·thy** [ˋwɜðɪ] 形 (**worthy of ~**)與～相稱的，值得～的.

His brave action is worthy of praise〔a medal〕. 他的勇敢行動值得稱讚〔接受動章〕.

◆ **worthier** [ˋwɜðɪɚ] 比較級.

◆ **worthiest** [ˋwɜðɪɪst] 最高級.

**would**

[wəd] 弱
[wʊd] 強

▶(表示推量)大概～吧
▶(表示意志)要，打算
▶(表示請求)請～好嗎
▶(表示強烈意志)無論如何也～
⊙ l 不發音

助動 ❶(表示推量)大概～吧；(表示意志)要，打算. ➜作 will[1]的過去式使用.

I thought (that) it would rain. 我想大概會下雨. ➜因爲主要子句的動詞(thought)爲過去式，所以與此一致，that 以下的(助)動詞也會變爲 will 的過去式 would；不譯作「我想已經下過雨了吧!」

I said I would〔**I'd**〕do my best. (=I said, "I will do my best.") 我說過我要盡力而爲的. ➜《口》I would 略作 I'd.

❷(**Would you** *do*?) (表示請求)請～好嗎? ➡比 Will you *do*? 更有禮貌的說法.

Would you please help me? = Help me, would you (please)? 請你幫助我好嗎?

❸無論如何也～. ➡表示過去的強烈意志.

Mother would not let me go swimming alone. 媽媽怎麼也不讓我一個人去游泳.

The door **wouldn't** 〔would not〕 open. 門怎麼也打不開.

❹(假如～)就會〔就要〕～. ➡對實際上不可能的事進行假設,「～就會～」.

**If I were** rich 〔I **had** a lot of money〕, I would travel around the world. 如果我有很多錢, 我就要去環遊世界(事實上因沒錢而無法實現). ➡不譯作「已經環遊過世界了」.

❺(過去)常常, 總是. ➡表示過去習慣性的行動; → used to *do* (→ used[1] 動).

He would wait for her outside the school gate every day. 他過去總是每天在校門外等她.

idiom

***would lìke Ó*** 想要O (want). ➡客氣的說法.

I would 〔I'd〕 like ice cream, please. 我想要冰淇淋.

會話 Would you like a drink? —Yes, please. 你想要喝一杯(水〔酒〕)嗎? —好的, 請.

***would lìke to dó*** 想～(want to *do*). ➡客氣的說法.

I would 〔I'd〕 like to have a cup of tea. 我想喝杯茶.

Would you like to come in? 你願意進來嗎?

***would ráther** do* (***than** do*) (與其…)寧願～. ➡客氣的說法.

會話 Would you like a cup of tea? —I'd (=I would) rather have coffee, please. 你想要杯茶嗎? —可以的話我倒想喝咖啡.

I'd rather not do the job at all than do it by halves. 與其只做一半, 我寧願完全不做那件工作.

**would·n't** [ˋwʊdn̩t] would not 的縮寫.

**wound**[1] [waʊnd] wind[2](纏繞)的過去式、過去分詞.

**wound**[2] [wund] 名 傷口, 傷, 負傷.

put a bandage **on** the wound 在傷口裏上繃帶

He **had** a knife wound **on** the arm. 他臂上受了刀傷.

**—**動 傷害, 使受傷.

The soldier was wounded **in** the arm by a bullet. 這士兵的手臂被子彈打傷了.

**wound·ed** [ˋwundɪd] 形 負傷的, 受了傷的; 被傷害的.

wounded soldiers 傷兵

**wove** [wov] weave 的過去式.

**wov·en** [ˋwovən] weave 的過去分詞.

**wow** [waʊ] 感《口》哇! 呀! ➡表示吃驚、高興等.

**wrap** [ræp] 動 (常用 **wrap up**)包, 裹, 纏; 包起來.

wrap a present (up) **in** pretty paper 把禮物用精美的紙張包起來

wrap a baby in a blanket 把嬰兒裹在毛毯裡

◆ **wrapped** [ræpt] 過去式、過去分詞.

She wrapped a scarf **around** her head. 她在頭上裹著頭巾.

The town **was** wrapped in fog. 小鎮籠罩在霧中.

◆ **wrapping** [ˋræpɪŋ] 現在分詞、動名詞.

wrapping paper 包裝紙

**wreath** [riθ] 名(複 **wreaths** [riðz] ➡注意發音由 [θ] 變成 [ð])花環, 花冠.

We hung a Christmas wreath on

W

the front door. 我們在前門掛起聖誕節花環.
They **put** 〔**laid**〕 wreaths on the grave. 他們將花圈放在墳墓上.

**wreck** [rɛk] 名 失事的船;(失事的船、墜落的飛機等的)殘骸.
—動 (風暴等)使(船)失事, 毀壞; (**be wrecked**)(船)失事; (船上的乘客)遇難.
a wrecked ship 失事的船隻
The ship was wrecked **in** a heavy storm. 這艘輪船在大風暴中遇難了.

**wrench** [rɛntʃ] 動 ❶ 扭, 擰; 摘取. ❷扭傷, 挫傷.
—名 ❶猛扭; 挫傷. ❷《英》扳手, 扳鉗(《美》spanner). ➜扭緊螺帽(nut)等的工具.

**wres·tle** [ˋrɛsl̩] 動 ➜ t 不發音. ❶摔角, 角力, 扭打.
❷致力於(解決問題等).
Our city is wrestling with pollution problems. 我們的城市正在致力於解決公害問題.

**wres·tler** [ˋrɛsl̩ɚ] 名 摔角選手; (日本、蒙古、韓國等的)力士.
a sumo wrestler 相撲選手, 力士

**wres·tling** [ˋrɛsl̩ɪŋ] 名 摔角, 角力; 相撲(**sumo wrestling**). ➜據說英美男孩最早進行的體育活動即爲摔角; 尤其在美國, 是學校裡受歡迎的體育運動之一.
professional wrestling 職業摔角
arm wrestling 拗手腕, 腕力比賽
a wrestling match 摔角比賽

W

**wring** [rɪŋ] 動 絞(毛巾等); (把水)絞出來.
wring a wet towel 擰乾溼毛巾
◆ **wrung** [rʌŋ] 過去式、過去分詞.

**wrin·kle** [ˋrɪŋkl̩] 名 (皮膚的)皺紋, (布的)皺褶.
Grandfather **has** lots of wrinkles **on** his face. 爺爺臉上有很多皺紋.
—動 起皺紋; 使皺起.
wrinkle *one's* forehead 皺起額頭

**wrist** [rɪst] 名 手腕, 腕. 相關語 ankle (腳踝).
She has a bracelet **on** 〔**around**〕 her wrist. 她手腕上戴著手鐲.

**wrist·watch** [ˋrɪst͵wɑtʃ] 名 手錶.
**wear** a wristwatch 戴手錶

---

| **write** [ raɪt ] | ▶寫<br>▶寫信 |
|---|---|

動 ❶寫, 寫字〔文章〕.
基本 write *one's* name 寫自己的名字 ➜ write＋名詞〈O〉.
write a story 〔a poem, a book, a song〕 編寫故事〔詩, 書, 歌曲〕
write English well 很會寫英文
基本 write a letter **to** him＝write him a letter 寫信給他 ➜後者爲 write＋(代)名詞〈O′〉＋名詞〈O〉.
My brother is six and he can't write very well. 我弟弟六歲, 字還寫得不太好.
Please don't write **on** the walls. 請不要在牆上塗鴉.
Write your answers **with** a pencil, not **in** ink. 答案用鉛筆寫, 不要用墨水寫.
He always **writes** with his left hand. 他總是用左手寫字. ➜ writes [raɪts] 爲第三人稱單數現在式.
Write me a letter soon. 馬上寫信給我.
◆ **wrote** [rot] 過去式.
He wrote a story **for** the school newspaper. 他爲校刊寫了一篇小說.
◆ **written** [ˋrɪtn̩] 過去分詞. → written.
會話 **Have** you written your paper yet? —No, I haven't (written it yet). 你的報告寫好了嗎? —不, 我還沒寫. ➜現在完成式.
This drama **was** written by Shakespeare. 這齣戲劇是莎士比亞所寫的. ➜被動語態.

You're telling a lie. It's written on 〔all over〕 your face. 你在撒謊, 你的表情已經告訴我了.

◆ **writing** [ˋraɪtɪŋ] 現在分詞、動名詞. → writing.

會話 What **is** she writing? —She's writing a letter to her mother. 她在寫甚麼? —她在寫信給她媽媽. → 現在進行式.

❷寫信, 發信.

write (**to**) him 寫信給他 →《英》一般加 to; 《美口》不加.

write home 給家裡寫信 → home 爲副詞, 意爲「給家裡」.

She wrote me **that** everything was going well. 她寫信告訴我說一切都順利.

idiom

***wríte báck*** 回信.

Please write me back soon. 請馬上給我回信.

***wríte dówn*** 寫下, 記下, 記錄.

Write down the answers in your notebook. 把答案寫在筆記本上.

***wríte ín*** ①寫進去.

write in *one's* diary 寫日記

②(向報社等)寫信, 投稿; (**write in for** ~)以信件申請〔要求〕~.

I wrote in to the newspaper and complained about that article. 我向報社投書指責那篇文章.

***wríte óut*** 詳細地(全部)寫出, 寫完; 謄清.

**writ·er** [ˋraɪtɚ] 名 寫的人, 撰稿者; 記者; 作家, 作者.

the writer of this letter 寫這封信的人

the writer of this book 此書的作者

a writer of short stories 短篇小說作家

She is the best writer in our class. 她是我們班上文章寫得最好的人.

**writ·ing** [ˋraɪtɪŋ] write 的現在分詞、動名詞.

—名 ❶寫(句子等), 寫作, 著作.

**reading** and **writing** 讀與寫 ◁相關語

writing paper 信紙; 稿紙

a writing desk 書桌

I like **writing**. I want to be a **writer**. 我喜歡寫作, 我想成爲作家. ◁相關語

❷書寫的文字(等), 筆跡(handwriting).

Your writing is very bad. I can't read it. 你的字太糟糕, 我辨認不出來.

❸書寫出來的東西, 文件, 文書; (**writings**)作品, 著作.

His writings are very popular. 他的著作很受歡迎.

**writ·ten** [ˋrɪtn̩] write 的過去分詞.

—形 寫下的; 書面的.

a written examination 筆試

| **wrong** [ r ɔ ŋ ] | ▶錯誤的<br>▶(道德上)不好的<br>▶(狀況)不好的<br>▶壞事 |
|---|---|

形 ❶錯誤的, 不正確的; 不適當的; 反面的, 相反的.

基本 the wrong answer 錯誤的答案 →(慣例)the+wrong+名詞.

take the wrong train 搭錯火車

dial the wrong number 撥錯(電話)號碼

會話 Hello, is this Mr. Smith? —Sorry, you have the wrong number. 喂, 史密斯先生嗎? —抱歉, 你打錯了.

He always says the wrong thing at the wrong moment. 他總是在不適當的時候說不該說的話.

You are **wear**ing your sweater **wrong side out**. 你把毛衣穿反了.

基本 Your answer is wrong. 你的答案錯了. → be 動詞+wrong 〈C〉.

I was **wrong** and you were **right**. 我錯了, 你是對的. ◁反義字

❷(道德上)不好的, 不正當的.

W

Telling a lie is wrong. = It is wrong to tell a lie. 說謊是不好的. ➜ It=to tell.

**It was wrong of you** 〔**You were wrong**〕 **to** drink and drive. 你酒後開車可不好.

What he did was **wrong**, but he is not a **bad** man. 他做的事不好，但他不是壞人. ◁相關語

❸狀況〔情形〕不好的，故障的.

**Something** 〔**Nothing**〕 **is wrong with** the TV. 這臺電視機有點〔沒甚麼〕毛病.

會話 **What's wrong with** this soup? —**There's nothing wrong with** it; I'm just not hungry. 這湯有甚麼不對勁嗎? —湯沒甚麼不對勁，我只是不餓.

—副 錯，不對.

I did my homework wrong and had to do it again. 我做錯了家庭作業，所以必須重做.

Sally spelled nine words **right** and one (word) **wrong**. 莎莉拼對九個單字，拼錯一個. ◁反義字

idiom

***gò wróng*** ①走錯路，迷路；走入歧途. ②(事情)進展不順利，失敗. ③(機器等)出毛病.

—名(複 **wrongs** [rɔŋz]) 壞事，不正當(的事).

**do** wrong 幹壞事，犯罪

Small children do not **know right from wrong**. 小孩子分不清善惡. ◁反義字

idiom

***be in the wróng*** 錯，錯誤.

You are **in the wrong**. He is **in the right**. 你(說)錯了，他是對的. ◁反義字

**wrote** [rot] write 的過去式.

**wrung** [rʌŋ] wring 的過去式、過去分詞.

**WV** West Virginia 的縮寫.

**WY** Wyoming 的縮寫.

**Wy·o·ming** [waɪˋomɪŋ] 專有名詞 懷俄明州. ➜美國西北部的州；簡稱 **Wyo., Wy., WY** (郵政用).

W

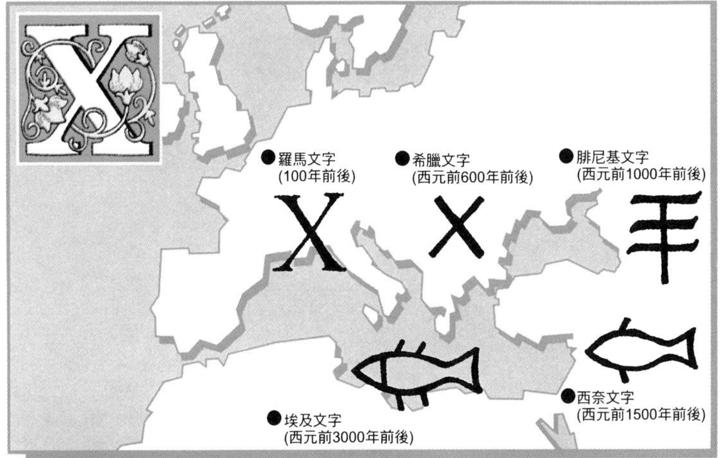


**X, x** [ɛks] 名(複 **X's, x's** [ˋɛksɪz]) ❶ 英文字母的第二十四個字母.
❷ (**X**) 羅馬數字的十.
XII (X＋II)＝12
IX (X－I)＝9
Chapter X 第十章
❸ (數學等中)未知數. → y ❷
❹ X 符號代表的意義如次頁各圖所示.

**Xer·ox** [ˋzɪrɑks] 名 全錄. ➜ 影印機的商標名.
Please **take** 〔**make**〕 two Xerox copies of this page. 請把這一頁影印二份.
**—** 動(常用 **xerox**) 用影印機(等)影印.

**Xmas** [ˋkrɪsməs] 名＝Christmas(聖誕節). ➜ X 爲希臘語「基督」的頭一個大寫字母, mas 爲基督教的「彌撒(mass)」; 特別是寫卡片時經常使用; ×*X'mas* 爲錯誤的寫法.
Merry Xmas! 聖誕快樂!

**X ray** [ˋɛksˋre] 名 ❶ (**X rays**) 倫琴射線, X 光線.
❷ X 光照片.
The doctor **took** an X ray **of** my chest. 醫生爲我照胸部 X 光照片.
字源 X 光線是十九世紀末德國物理學家倫琴發現的輻射線, 當時由於對其本質認識不清, 所以用表示「未知之物」的 X 來命名爲 X 光線.

**X-ray** [ˋɛksˋre] 形 倫琴射線的, X 光線的.
**—** 動 拍攝～的 X 光照片; 用 X 光線治療.
The doctor X-rayed my chest. 醫生爲我照胸部 X 光照片.

**xy·lo·phone** [ˋzaɪlə͵fon] 名 木琴.
play the xylophone 演奏木琴

# X的各種用法

代替簽名
(投票時)選舉此人
BOB
KATE
Bob
Kate
Tom
John
(地圖上的) 位置
錯誤
82
35"
25"
35"X25"
尺寸標示
井字遊戲
未知的人或物
代表吻的記號

X

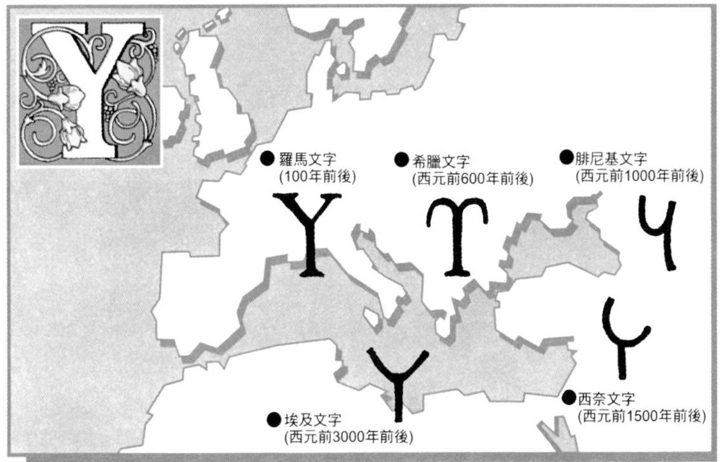


**Y, y** [waɪ] 名(複 **Y's, y's** [waɪz]) ❶英文字母的第二十五個字母. ❷(數學等中)未知數. → x ❸

**¥** [jɛn] 《略》円(yen).

¥500 五百日圓 ➡讀作 five hundred yen; 複數不用ˣyens.

**yacht** [jɑt] ➡ ch 不發音. 名 ❶**快艇,** 帆船. ➡只靠帆行駛的競賽、娛樂用快艇.

a yacht race 帆船比賽

We went for a sail **on** a friend's yacht. 我們坐朋友的快艇去航行.

❷大型遊艇. ➡有客艙、發動機等的豪華船, 供有錢人娛樂用.

— 動 搭快艇, 駕快艇.

**go yachting** 搭快艇出遊

We like to yacht near Kenting. 我們喜歡在墾丁附近駕快艇遊玩.

**yak** [jæk] 名犛牛. ➡西藏山區的一種野牛; 野生的犛牛行動敏捷, 能爬上陡峭的山坡, 游過湍急的河流; 養作家畜的犛牛爲人們提供奶、肉, 長毛還可作織布等的原料.

**yap** [jæp] 動 (小狗)吠叫.

◆ **yapped** [jæpt] 過去式、過去分詞.

The puppy yapped at me. 小狗對著我吠叫.

◆ **yapping** [ˋjæpɪŋ] 現在分詞、動名詞.

— 名 (小狗的)吠叫聲.

**yard**[1] [jɑrd] 名碼. ➡長度單位; 1 yard＝3 feet＝0.914 m.

a yard of cloth 一碼布

A football field is one hundred and twenty yards long. 足球場長一百二十碼.

| **yard**[2] [jɑrd] | ▶院子, 校園<br>▶工作場, 堆置場 |
|---|---|

名(複 **yards** [jɑrdz]) ❶(房屋周圍的)**院子, 中庭, 後院; (學校的)校園, 運動場.** → farmyard, schoolyard.

同義字 《英》通常除了草之外甚麼都不種, 有時亦稱呼鋪混凝土等的院子爲 **yard**, 種植樹木、花卉、蔬菜等的院子爲 **garden**; 《美》兩者都稱 yard, 特指有草坪的後院.

a back〔front〕yard (家的)後院〔前院〕

The children are playing **in** the yard. 孩子們在院子〔校園〕裡玩.

Mother is hanging out the washing in the yard. 媽媽在院子晾衣服.

❷工作場；(圍起的)堆置場. → shipyard.

a lumber yard 堆木場

a railroad yard (鐵路的)調度場，火車站內

The road was lined with builders' yards. 沿路有建築業者的堆置場.

**yarn** [jɑrn] 名 毛線，紗線.

I'm making a sweater **with** woolen yarn for his birthday. 我在為他的生日用毛線編織毛衣.

**yawn** [jɔn] 動 打呵欠；打著呵欠說話.

yawn loudly 打很大的呵欠

The baby is yawning. She may be sleepy. 嬰兒在打呵欠，她大概睏了.

**—**名 呵欠.

**give** a yawn 打呵欠

**yea** [je] 名 贊成；投票贊成(的人).

**—**感《美》加油！好哇！➜對運動選手〔隊伍〕等的聲援聲.

**yeah** [jɛ] 副《口》=yes.

Y

| **year** [jɪr] | ▶年，一年(時間)<br>▶～歲 |
|---|---|

名(複 **years** [jɪrz]) ❶ 年，一年(時間).

**this** year 今年

**last** 〔**next**〕 year 去年〔明年〕

**every** year 每年

**years ago** 數年前，在幾年前 ➜ years 比較籠統的表示「數年」，意思上是指「長的歲月」；但如果說 **many years ago** 的話，則更清楚表達是一段「漫長的歲月」.

**for** years 〔a year〕 數年，一年(的時間)

**the year before last** 前年

**the year after next** 後年

a good 〔bad〕 year 好年〔壞年〕，景氣好的一年〔不景氣的一年〕，豐年〔荒年〕

a leap 〔common〕 year 閏年〔平年〕

A year passed. 一年過去了.

會話 (**A**) **Happy New Year!** —(**The**) **Same to you!** 新年快樂！—新年快樂！

In Japan there are four seasons in a year. 在日本一年有四季〔四季分明〕.

I'm going to Spain this year. 今年我將去西班牙. ➜在說「今年～」的時候不加介系詞，不用ˣ*in* this year.

I was born **in** the year 1985 (讀法：nineteen eighty-five). 我生於一九八五年. ➜不用ˣ1985 *year*.

I'll see you again **a year from today**. 一年後的今天再見.

We moved to our new house **a year ago today**. 我們在一年前的今天搬到了新居.

I have studied English for three years. 我英語學了三年.

Thirty years of our marriage has been a long time. 我們三十年的婚姻生活是一段很長的時間. ➜把 thirty years 看作一個單位，作單數.

❷～歲；(**years**)年紀，年齡(age).

基本 Our baby is one year old. 我們的孩子一歲了. ➜表示數目的語詞+year(s) old.

會話 **How** (**many years**) **old** are you? —I am fifteen (years old). 你幾歲？—我十五歲.

Jack is two years older than I. 傑克比我大兩歲.

a three-year-old child = a child

three years old 三歲的小孩 ➜不用 ×three-years-old ～.

He is a big boy for his years. 他是個看起來比實際年齡大的孩子.

❸學年，年度.

I am in the third year of junior high school. 我是初中三年級學生. ➜不用×*three* years ～.

The new school year begins in September in America. 在美國新學年從九月開始.

idiom

***àll* (*the*) *yèar* (*a*)*róund* = *àll* (*the*) *yéar* = *the yèar* (*a*)*róund*** 一年到頭.

The top of the mountain is covered with snow all the year round. 山頂終年積雪.

***from yéar to yéar* = *yéar àfter* 〔*by*〕 *ýear*** 每年，年年.

**year·book** [ˋjɪrˏbuk] 名 ❶年鑑，年刊. ❷《美》畢業紀念册.

**year-end** [ˋjɪrˋɛnd] 名形 年末(的)；學年末(的).

year-end examinations 學年末的考試

**year·ly** [ˋjɪrlɪ] 形 一年一次的，每年的；一年的.

a yearly income 年收入

—副 一年一度(once a year)；每年(every year).

I like to go abroad yearly. 我希望每年去國外一次.

**yeast** [jist] 名 酵母(菌)，(特指)做麵包用的酵母.

**yell** [jɛl] 動 大聲喊叫(shout loudly)，叫嚷，尖叫；大聲說.

Don't yell **at** me! 不要朝我叫嚷!

—名 ❶尖叫聲，喊叫聲，叫嚷.

**give** a yell **of** pain 〔fear〕 發出痛苦〔害怕〕的叫喊

❷《美》啦啦隊有節奏的加油聲.

The crowd gave a yell of "Go, team, go!" 觀眾發出「加油! 加油!」的叫喊聲.

| **yel·low** [ˋjɛlo] | ▶黃色的<br>▶黃色 |
|---|---|

形 黃色的.

基本 a yellow flower 黃色的花 ➜ yellow＋名詞.

基本 Lemons are yellow. 檸檬是黃色的. ➜ be 動詞＋yellow 〈C〉.

**the yéllow páges** 按行業類別編排的電話簿 ➜紙張爲黃色.

Look under 'Restaurants' **in** the yellow pages. 在(按行業編排的)電話簿上查一下「餐飲業」的部分.

**Yéllow Cáb** 黃色計程車. ➜美國最大的計程車行，而且其計程車車身爲黃色的.

—名 ❶黃色.

> 印象 用以引起人們注意的顏色，如建築工地的黃色安全帽；英語的「黃色」也會使人聯想到「膽怯」「欺騙」等.

❷《美》蛋黃(yolk).

A fried egg has its **white** around the **yellow**. 荷包蛋蛋黃的周圍是蛋白. ◁相關語

❸黃色服裝〔顏料，塗料〕.

**yelp** [jɛlp] 動 (狗因痛而)吠叫.

—名 (短促而尖銳的)吠聲〔叫聲〕.

give a yelp of pain (狗)發出痛苦的吠叫聲.

**yen** [jɛn] 名 円(日圓). ➜日本的貨幣單位；用符號¥表示.

會話 How much is it? —It's 500 yen. 這多少錢? —五百日圓. ➜yen 單複數同形，不用×500 yen*s*.

| **yes** [jɛs] | ▶是，是的<br>▶「是」的回答 |
|---|---|

副 ❶是，是的.

會話 Are you happy? —Yes. 你快樂嗎? —是的.

會話 Would you like a cup of

Y

tea? —Yes, please. 喝一杯茶好嗎? —好的, 謝謝.

會話 She is very beautiful. —Yes, she is. 她很漂亮. —是的, 她很漂亮.

會話 Do you love me? —Yes, I do. 你愛我嗎? —是的, 我愛你.

會話 Don't you love me? —Yes, I dő love you. 你不愛我嗎? —不, 我非常愛你. ➡ do 加強 love 的程度; 在英語中不論一般疑問句還是反問句, 肯定回答時都用 yes; 回答反問句時 yes 和 no 的用法和中文習慣不同.

會話 You don't need to go. —Yes, I must. 你不必去. —不, 我必須去.

❷(應答呼喚)到, 有.

會話 Bob! —Yes, Mother. What do you want? 鮑勃! —噯, 媽, 甚麼事?

❸(**Yes?**(↗)用上揚的語調說)「哦, 是嗎?」;「然後呢?」 ➡ 用於回應對方的話, 催其繼續說下去.

**—**名(複 **yeses** [ˋjɛsɪz])「是」的回答; 投票贊成(的人).

會話 Did you answer **yes** or **no**? —I said yes. 你回答「是」還是「不是」? —我說「是」. ◁反義字

How many yeses were there? 贊成票有幾票呢?

## yes·ter·day [ˋjɛs tɚ de]
▶昨天
▶(於)昨天

名 **昨天**, 昨日; 昨天的.

基本 **Today** is Monday, so **yesterday** was Sunday. 今天是星期一, 所以昨天是星期天. ◁相關語

Yesterday was very cold. (=It was very cold yesterday.) 昨天很冷. ➡後句的 yesterday 爲副詞.

I called him yesterday morning. 我昨天早上打電話給他. ➡在說「昨天早上～」時, 不加介系詞, 不用 ˣ*on* yesterday morning.

The news was in **yesterday's** paper. 這則新聞登載在昨日的報紙上.

It happened **a week ago yesterday**. 這件事發生在一星期前的昨天.

**the dáy befòre yésterday** 前天.

**—**副 (於)昨天.

It was Sunday yesterday. (=Yesterday was Sunday.) 昨天是星期天. ➡ It 籠統地表示「時間」; 後句的 yesterday 爲名詞.

It was very hot yesterday.=Yesterday it was very hot. 昨天很熱. ➡ It 籠統地表示「天氣」.

Kathy was in pigtails only yesterday. 一直到昨天凱西都還是梳著辮子.

## yet [jɛt]
▶還(沒有～), 尚(未～)
▶已經(～了嗎)

副 ❶《否定句》(到現在〔到當時〕爲止)還(沒有～), 尚(未～).

He is **not** here yet. = He is not yet here. 他還沒來這兒. ➡ yet 一般接在句末; 後句是書寫時的用語.

Let's climb some more. We're not at the top yet. 我們再爬一段吧, 還沒到頂上呢.

Don't eat your dessert yet. 你還不能吃甜點.

Bob is **still** playing baseball. He isn't studying **yet**. 鮑勃還在打棒球, 他還沒開始唸書. 相關語 肯定句中的「還(～)」用 **still**.

會話 Hasn't he come yet? —No, **not yet**. 他還沒來嗎? —是的, 還沒來. ➡ not yet是He has *not* come *yet*. 的簡短說法.

❷《肯定的疑問句》已經(～了嗎).

Are you homesick yet? 你想家了嗎?

會話 Is Bob out of bed yet? —No, he isn't awake yet. He is still asleep. 鮑勃已經起床了嗎?

—不，他還沒醒，還在睡覺．➡第二個 yet 爲❶

會話 I haven't combed my hair yet. Have you done yours yet? —No, not yet. 我還沒梳好頭，你已經梳好了嗎？—不，還沒有．

會話 Has the postman come **yet**? —Yes, he has **already** come. 郵差已經來了嗎？—是的，他已經來了．

相關語 肯定直述句中的「已經(～)」用 already.

idiom

***as yét*** 到目前〔到當時〕爲止，還．

**yew** [ju] 名 紫杉．

**yield** [jild] 動 ❶生產出(作物)(produce)，帶來(利益等)；(土地等)生長出作物．

This tree yielded a lot of apples this year. 這棵樹今年結了很多蘋果．

❷讓出，給與；放棄，屈服．

yield to pressure 屈服於壓力

—名 生產(量)；收穫(量)．

The farm **had** a good yield **of** rice this year. 今年田裡的稻米豐收．

**Y.M.C.A.** [ˋwaɪˏɛmˏsiˋe] 名 (**the Y.M.C.A.**)基督教青年會．➡由 the **Y**oung **M**en's **C**hristian **A**ssociation 的字首字母組成；→ Y.W.C.A.

**yo·del** [ˋjodl̩] 名 岳得爾調．➡在瑞士、奧地利等的阿爾卑斯山區，人們混合了常聲與假聲的歌唱方法及其歌曲．

—動 反覆用常聲和假聲唱；用岳得爾調唱(～)．

**yo·ga** [ˋjogə] 名 瑜伽．➡印度教徒的修鍊方法之一，追求精神的統一，以圖達到絕對境界；有些人爲美容與健康而勤練瑜伽．

She **practices** yoga (exercises). 她練習瑜伽．

**yo·g(h)urt** [ˋjogɚt] 名 酸乳酪，優格．

**yolk** [jok] 名 蛋黃(《美》 yellow).

I like only the **yolk** of an egg and my sister likes only the **white**. 我只喜歡蛋黃，而我妹妹只喜歡蛋白．◁相關語

## you [j u] ▶你(們)

代 ❶你，你們．➡主格，用作主詞或補語．

基本 You **are** my sunshine, Diana. 黛安娜，你是我的陽光．➡ You 〈S〉+are 〈V〉+名詞〈C〉，You 爲主詞．

**You and I** are good friends. 我和你是好朋友．◁相關語 ➡不用 ×*I and you*，一般是用 You and ～ 的語序．

You are all my friends. 你們都是我的朋友．

**Are you** Mr. Green? 你是格林先生嗎？

會話 How áre you, Mr. Smith? —Fine, thank you, and how are yóu? 史密斯先生，你好嗎？—我很好，謝謝，你呢？➡ thank you 的 you 爲❷

基本 I love you, but you love him. 我愛你，可是你卻愛他．➡ you 〈S〉+love 〈V＝一般動詞〉+him 〈O〉；I love you. 的 you 爲❷

**Do you** love me? 你愛我嗎？

You don't love me, do you? 你不愛我，是不是？➡～，do you? 爲附加問句，相當於「～是不是？」「～吧！」

會話 Hello, Mary. This is John. —Oh, it's yóu. (電話中)喂，瑪麗，我是約翰．—啊，是你呀．➡這裡的 you 是 is 的補語．

Jim, yóu go away! 吉姆，(你)走開！➡特別指明 you 以引起注意的命令句．

**You yourself** said so. Keep **your** word. 你自己那樣說的，可要信守諾言呀．◁相關語

Y

❷(動詞+**you**)你，你們. ➡受格，作爲動詞、介系詞的受詞.

基本 I love you. 我愛你(們). ➡ I ⟨S⟩+love ⟨V⟩+you ⟨O⟩，you 爲動詞(love)的直接受詞.

基本 I'll give you this book. = I'll give this book to you. 我會把這本書給你. ➡ I ⟨S⟩+give ⟨V⟩+you ⟨O′⟩+this book ⟨O⟩，前一句的 you 爲動詞(give)的間接受詞；後一句的 you 爲介系詞(to)的受詞.

會話 **Thank you.** —**You are welcome.** 謝謝. —不客氣. ➡第二個 You 爲❶

Listen, all of you. 大家聽著.

❸《泛指》一個人，任何人. ➡籠統地指「包括對方在內的人們」; → one 代❷, we ❸

You cannot live without air. 沒有空氣人就無法生存.

❹你們. ➡表示「在同一國度、地區、公司、商店等處包括對方在內的人們」; → we ❷

Do you speak English in Canada? 在加拿大你們說英語嗎?

Do you sell postage stamps? 你們店出售郵票嗎?

idiom

***you knòw*** → know idiom

***you sée*** 你聽我說，你瞧，哎. → see idiom

**you'd** [jud] you had, you would 的縮寫.

You'd (=You had) better go now. 你(們)還是現在就去的好. ➡ you had 縮寫成 you'd 僅限於 had 是助動詞之時；例如 You had a camera. 時不作 ×*You'd* a camera.

It's a nice movie. I'm sure you'd (=you would) like it. 這是一部很不錯的電影，我想你(們)一定會喜歡的.

**you'll** [jul] you will 的縮寫.

You'll know the truth before long. 不久你便會知道眞相.

## young [jʌŋ]

▶年輕的
⊙注意 ou 是發 [ʌ] 的音

形 ❶(人、動物等)**年輕的，幼小的，年齡較小的.**

基本 a young man 小伙子，年輕人；青年 ➡ young+名詞.

a young boy〔girl〕 小男孩〔女孩〕

a young child 幼童

a young apple tree 小蘋果樹

in her young days=when she was young 在她年輕的時候

America is still a young nation. 美國還是個年輕的國家.

Are you talking about Dr. Bill Wood or young Bill? 你在談論比爾・伍德博士還是他的兒子比爾?

**The young** are often rash. 年輕人往往比較性急. ➡「the+形容詞」表示「〜的人們」，作複數；口語中一般用 young people.

基本 Her children are young. 她的孩子都還小. ➡ be 動詞⟨V⟩+young ⟨C⟩.

You are too young to know the meaning of love. 你還太年輕，不懂得愛的眞義.

My grandmother is **old** in years but **young** at heart. 我奶奶人老心不老. ◁反義字

younger young old youngest

◆ **younger** [ˋjʌŋgɚ] ➡加發 [g] 音. 《比較級》**比〜年輕的，年紀較小的.**

my younger brother 我的弟弟

He is (two years) younger **than** you. 他比你小(兩歲).

◆ **youngest** [ˋjʌŋgɪst] 《最高級》**最年**

輕的，年紀最小的.
my youngest sister　我最小的妹妹
Who is **the** youngest **of** them〔**in** the family〕?　他們中〔家裡〕誰年紀最小?
❷朝氣蓬勃的(youthful)，精神飽滿的；年輕人(般)的.
Paul always **looked** young for his age.　保羅總是看起來比他的實際年齡年輕.
How does she **stay** so young?　她是怎麼保養得那麼年輕的?
That tie is too young for you.　你不夠年輕，不適合戴那條領帶.

idiom

***yóung and óld***　老老少少，不分老幼.

—名《集合》(動物、鳥等的)幼雛.
The mother tiger guards her young.　母老虎守護著她的孩子.

**young·ster** [ˋjʌŋstɚ] 名 小孩；(特指)少年，少女.

| **your** [j ʊ r] | ▶你的<br>▶你們的 |
|---|---|

代 你的；你們的.　➡ you(你(們))的所有格.
相關語 you(你(們))，yours(你(們)的東西).
基本 your pen　你的鋼筆　➡your＋名詞；不用×*a*〔*the*〕your pen.
your book　你的書；你寫的書　➡表示「所屬」之外，同時也表示「意思上的主詞(你寫的)」之意.
your brother　你的哥哥〔弟弟〕；你們的哥哥〔弟弟〕　➡何種意義需視前後關係而定.
your brothers　你的兄弟們；你們的兄弟們
that hat of your father's　你爸爸的那頂帽子　➡不用×*that your father's* hat, ×*your father's that* hat.
Ken, may I use your pen?　肯，我可以借一下你的鋼筆嗎?

**you're** [jʊr] you are 的縮寫.

| **yours** [j ʊ r z] | ▶你的東西<br>▶你們的東西<br>⊙指對方的東西一件或二件以上 |
|---|---|

代 ❶你的東西；你們的東西.　➡ you 的所有格代名詞.
基本 This racket is mine and that is yours (=your racket).　這個球拍是我的，那是你的.
Our school is older than yours.　我們學校比你們學校的歷史悠久.
My eyes are blue; yours (=your eyes) are brown.　我的眼睛是藍色的，你的是棕色的.
❷(～ **of yours**) 你(們)的～.
Is Ken a friend of yours?　肯是你的朋友(之一)嗎?　➡不用×*a your* friend.
May I use that camera of yours?　我可以用一下你的那臺照相機嗎?　➡不用×*that your* camera, ×*your that* camera.
❸(**Yours** (**ever**〔**always**〕)) (永遠是)你的.　➡信尾署名前寫的客套話，用於親近的人；此外按親密程度有下列說法.
Yours affectionately＝Affectionately yours　➡致特別親密的家人、親戚等.
Yours sincerely＝Sincerely yours　➡致友人.
Yours truly〔faithfully〕＝Truly〔Faithfully〕yours　➡致初次通信的對方或在公文信函中使用.

**your·self** [jʊrˋsɛlf] 代 (複 **yourselves** [jʊrˋsɛlvz]) ❶你自己.
Ken, please introduce yourself.　肯，請自我介紹一下.　➡及物動詞＋yourself.
Did **you** hurt **yourself** when you fell?　你摔倒時受傷了嗎?　◁相關語　➡ hurt yourself 意爲「(你)使你自己

Y

受傷⇨受傷」.
Dress yourself quickly. Breakfast is ready. 快穿衣服，早餐準備好了. ➡ dress yourself 意爲「(你)使你自己穿上衣服⇨穿衣服」.
Look **at** yourself in the mirror! 照照鏡子看看你自己! ➡介系詞+yourself.
Take care of yourself. 請多保重.
❷你自己，你本人.
Do it yourself. (不借助他人的幫忙)自己動手做.
You said so yourself. = You yourself said so. (不是別人而是)你自己這樣說的. ➡ yourself 放在句尾是口語的說法.
❸往常〔原來〕的你.
You are not yourself tonight. 你今晚有些失常.
Relax. (Just) Be yourself. 放輕鬆些，像平常一樣.

idiom

***by yoursélf*** (你)獨自一人地(alone)；(你)獨力地，全靠(你)自己.
Do you live (all) by yourself? 你(完全)一個人生活嗎? ➡ all 是用來強調的語詞.
***for yoursélf*** 獨自地，一個人；爲了自己.
***hélp yoursèlf*** (***to*** ～) (你不要客氣)自己動手吃〔喝〕(～). → help *one*self (to ～) (→ help idiom)

**your·selves** [jʊr`sɛlvz] 代 ❶你們自己. ➡ yourself 的複數；用法請參見 yourself.
Did you all enjoy yourselves yesterday? 你們昨天都玩得愉快嗎?
❷你們親自，你們本人.
❸往常〔原來〕的你們.

**youth** [juθ] 名(複 **youths** [juðz] ➡《美》也發 [juθs] 的音) ❶朝氣，年輕.
You have both youth and hope. 你既有朝氣又有希望. ➡不用×*a* youth.
❷年輕的時候，青春，青年時期.
**In** his **youth** (=when he was **young**) he was a good runner. 他年輕時是一個優秀的賽跑選手. ◁相關語
❸年輕男子(young man)，(十幾歲的)男孩子.
My father was attacked by two youths in a pub. 我父親在一家小酒店遭到兩名年輕男子的襲擊. ➡《英》多用於指「毛頭小伙子」，爲帶有輕蔑語氣的說法.
❹(**the youth**)《集合》年輕人(young people)，青年男女.
The youth **of** today like dancing very much. 現在的年輕人非常喜歡跳舞. ➡作複數.

**yóuth hòstel** 爲徒步或騎自行車旅行的青年所設的青年旅館.
**stay at** a youth hostel 住宿在青年旅館

**youth·ful** [`juθfəl] 形 朝氣蓬勃的，富於青春活力的；(像)年輕人的.
My grandfather is still youthful at 80. 爺爺八十歲了還像年輕人一樣有朝氣.

**you've** [juv] you have 的縮寫.
You've done your work very well, haven't you? 你(們)工作做得很好，不是嗎? ➡ you have 僅在於 have 是助動詞時才能縮寫成 you've；而 You have a camera. 則不可作 ×*You've* a camera.

**yo·yo** [`jojo] 名(複 **yoyos** [`jojoz]) 溜溜球.
**spin** a yoyo 轉動溜溜球

**Y.W.C.A.** [`waɪ͵dʌbl̩jusi`e] 名(**the Y.W.C.A.**)基督教女青年會. ➡由 the **Y**oung **W**omen's **C**hristian **A**ssociation 的字首字母組成；→ Y.M.C.A.

Y

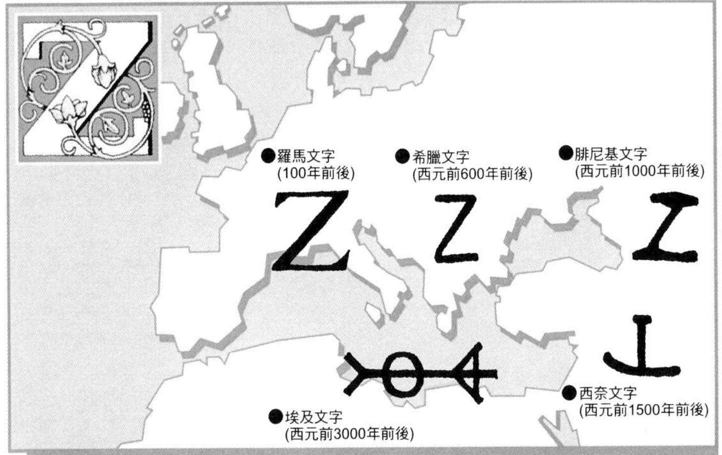


**Z, z** [zi] 名 (複 **Z's, z's** [ziz]) 英文字母的第二十六個字母.

**Za·men·hof** [ˋzæmənhɔf] 專有名詞 (**Ludwik Zamenhof**) 柴門霍甫. ➡ 猶太人，波蘭眼科醫生、語言學家 (1859-1917)，發明了世界語 (Esperanto).

**ze·bra** [ˋzibrə] 名 斑馬.

A zebra has black and white stripes on its body. 斑馬身上有黑白條紋.

Zebras are too wild to tame. 斑馬太野了，無法馴服.

**zébra cróssing** 《英》斑馬線. ➡ 指馬路上塗了白色線條的行人穿越道；在英國除此以外，還有塗成黑白相間、按鈕花紋的 **panda crossing**，但「行人穿越道」一般說成 (**pedestrian**) **crossing**；《美》**crosswalk**.

**ze·ro** [ˋzɪro] 名 形 (複 **zero(e)s** [ˋzɪroz]) 零，零的，0.

ten degrees **above** 〔**below**〕 zero 〔零下〕十度

Two minus two is zero. 二減二等於零〔2 − 2 = 0〕.

I **got** a zero on the English test. 我英語考試得零分.

The temperature was zero (degrees) last night. 昨晚氣溫爲零度. ➡注意，要用複數的 degree*s*.

In the number 1,000, there are three zeros. 1,000 這個數字有三個零.

> **數字 0 的讀法**
> 1.zero：數學或理科等.
> 0.5＝zero point five
> 2.O [o]：電話、房間等的號碼.
> 500-3026＝five O O 〔double O〕-three O two six
> 3.nothing：運動隊伍之間進行比賽的比數等.
> The score is still 0 to 0. ➡《美》也讀作 zero to zero. (比數仍然爲 0 比 0)

**Zeus** [zjus] 專有名詞 宙斯. ➡希臘神話中的眾神之王；居住在奧林匹斯山頂，留鬍鬚，手持閃電之箭；其妻爲 Hera；相當於羅馬神話中的 **Jupiter**.

**zig·zag** [ˋzɪgzæg] 名 形 鋸齒形(的)，Z 形線〔圖案〕(的)，Z 字形(的)；鋸齒形的東西.

walk **in** zigzags 作 Z 字形行走，

搖搖晃晃地走路
a zigzag path (彎曲的)羊腸小徑
—副 彎彎曲曲地.
—動 彎彎曲曲地前進.

◆ **zigzagged** [ˋzɪgzægd] 過去式、過去分詞.
Lightning zigzagged across the sky. 閃電成鋸齒形掠過天空.
◆ **zigzagging** [ˋzɪgzægɪŋ] 現在分詞、動名詞.

**zinc** [zɪŋk] 名 鋅.

**zip** [zɪp] 名 《英》=zipper.

**zíp fástener** 《英》=zipper.
—動 ❶扣上〔拉開〕(～的)拉鏈.
zip a bag (shut) 把手提包的拉鏈拉上 ➔ shut 是 shut 的過去分詞, 做形容詞用(關起來的(狀態)).
zip a bag open 把手提包的拉鏈拉開 ➔ open 是形容詞(打開的(狀態)).
Can you zip me **up**? 你幫我把拉鏈拉上好嗎?
◆ **zipped** [zɪpt] 過去式、過去分詞.
She zipped **up** her jacket before going outside. 她在外出前拉上夾克的拉鏈.
◆ **zipping** [ˋzɪpɪŋ] 現在分詞、動名詞.
❷颼地一聲飛過.
The snowball zipped past my ear. (打雪仗時)雪球颼地一聲從我耳旁飛過.

**zip code** [ˋzɪp͵kod] 名《美》郵遞區號(制度). ➔劃分美國郵區的五位號碼, 寫於地址後面, 如 10006; zip 爲 zoning improvement plan(郵區改善計畫)的縮寫, 同時含有 zip(咻地一聲飛過)之意; 《英》postcode.

**zip·per** [ˋzɪpɚ] 名《美》拉鏈(fastener).
**pull up** 〔**down**〕 a zipper **on** a jacket 拉上〔拉開〕夾克的拉鏈

**zo·di·ac** [ˋzodɪ͵æk] 名(**the zodiac**) 黃道帶; 黃道十二宮圖.

參考 地球一年繞太陽轉一周, 我們從地球上看成太陽一年在天空中移動一圈, 太陽這樣移動的路線叫做「黃道」. 它是天球上假設的一個大圓圈, 即地球軌道在天球上的投影. 黃道兩旁各寬八度的範圍稱作「黃道帶」, 把它分成十二等分, 稱爲「十二宮」(**the signs of the zodiac**), 各有星座名稱(例如「蠍子」、「獅子」等動物名稱); 直到近代, 人們仍相信日、月、星辰的位置與人、國家的命運有著密切的關係, 因而對黃道帶的研究非常盛行; 現在常用星座占卜人的運勢.

字源 源於希臘人把黃道帶稱作「動物們的圓圈」; 與 **zoo**(動物園)的字源相同.

**zone** [zon] 名 ❶地域, 地區, 地帶.
a safety 〔no-parking〕 zone 安全地帶〔禁止停車地帶〕
a hospital zone 醫院區域
Drive slowly **in** school zones. 在學校區域〔文教區〕要放慢車速.
❷(溫帶、熱帶等的)帶.
the Temperate 〔Frigid〕 Zone 溫帶〔寒帶〕

**tíme zòne** 時區. ➔使用同一標準時(standard time)的地區.
There are eight time zones in the United States. 美國有八個時區.

**zoo** [zu] 名(複 **zoos** [zuz]) ❶動物園.
➔ **zoological garden(s)** 的縮寫.
We **went to** 〔**visited**〕 the zoo yesterday. 我們昨天去動物園.
We saw the monkeys and the alli-

gators **at** the zoo. 我們在動物園看到猴子和鱷魚.

❷(**the Zoo**)倫敦動物園.

**zo·o·log·i·cal** [ˌzoəˋlɑdʒɪkl̩] 形 動物的; 動物學的.

**zóological gárden(s)** 動物園. ➜《英》多用複數; 口語中一般略作 **zoo**.

**zo·ol·o·gist** [zoˋɑlədʒɪst] 名 動物學家.

**zo·ol·o·gy** [zoˋɑlədʒɪ] 名 動物學.

study zoology 研究動物學 ➜學科名稱前不加ˣ*a*, ˣ*the*, 且無複數.

**zoom** [zum] 動 ❶(飛機)陡直上升; (汽車等)飇地駛過; 使飛起.

The airplane zoomed into the clouds. 飛機陡直上升飛入雲中.

The cars zoomed past on the wide highway. 汽車呼地駛過寬濶的公路.

❷(攝影機)迅速移向目標拍特寫鏡頭.

The TV camera zoomed **in on** the child's face. 電視攝影機迅速移向這孩子的臉拍特寫鏡頭.

**zóom lèns** 可變焦距鏡頭. ➜可以自由調整焦距和角度以擴大、縮小影像的伸縮鏡頭; 源於從遠景移向特寫時畫面的變化與飛機驟降時視野的變化相似.

**zzz, ZZZ** [z] 感 呼嚕呼嚕. ➜在漫畫等中表示睡眠和打鼾聲.

## ◎當你在字典中「查無此字」，準備放棄前…

如下列結尾的單字，因爲都是有規則的變化形式，所以一般是不會收入辭典的．當你遇到這種情形時，應先把這類單字的字尾去掉，然後再去查字典．在去掉這類單字的字尾時有些地方需要注意一下．

| 字尾 | 例 | 意　義 |
|---|---|---|
| **-ed** | looked → look<br>lived → live<br>stopped → stop<br>studied → study | ❶(動詞過去式)以前～.<br>❷(be＋過去分詞)(被動語態)被～. → am, are, is.<br>❸(have＋過去分詞)(現在完成式)已經～，曾經～；自從～一直～. → have.<br>❹(修飾名詞)被～的. |
| **-er** | longer → long<br>larger → large<br>bigger → big<br>happier → happy | (形容詞、副詞的比較級)更～. |
| **-est** | longest → long<br>largest → large<br>biggest → big<br>happiest → happy | (形容詞、副詞的最高級)最～. |
| **-ing** | playing → play<br>coming → come<br>getting → get | ❶(be＋～ing)(進行式)正在～. → am, are, is.<br>❷(修飾名詞)正在～的.<br>❸(動名詞)動詞的名詞化. |
| **-(e)s** | books → book<br>boxes → box<br>babies → baby<br>plays → play<br>washes → wash<br>studies → study | ❶名詞的複數.<br>❷主詞爲第三人稱單數時，動詞的現在簡單式. |
| **-'s** | boy's → boy<br>Tom's → Tom | (名詞的所有格)～的. |

## ◎不規則動詞變化表(紅色詞語爲本辭典指定的基本詞語)

| 原形 | 第三人稱<br>單數現在式 | 過去式 | 過去分詞 | 現在分詞 |
|---|---|---|---|---|
| am (be)(是) | is | was | been | being |
| are (be)(是) | is | were | been | being |
| **arise**(起) | arises | **arose** | **arisen** | arising |
| awake(喚醒) | awakes | awoke | awaked | awaking |
| **baby-sit**(看顧嬰孩) | baby-sits | **baby-sat** | **baby-sat** | baby-sitting |
| bear(忍耐) | bears | bore | borne | bearing |
| bear(生育) | bears | bore | born(e) | bearing |
| **beat**(打) | beats | **beat** | **beaten** | beating |
| become(成爲) | becomes | became | become | becoming |
| begin(開始) | begins | began | begun | beginning |
| bend(彎曲) | bends | bent | bent | bending |
| **bet**(打賭) | bets | **bet(ted)** | **bet(ted)** | betting |
| **bind**(綁) | binds | **bound** | **bound** | binding |
| bite(咬) | bites | bit | bitten | biting |
| **bleed**(流血) | bleeds | **bled** | **bled** | bleeding |
| blow(吹) | blows | blew | blown | blowing |
| break(打破) | breaks | broke | broken | breaking |
| **breed**(養育) | breeds | **bred** | **bred** | breeding |
| bring(拿來) | brings | brought | brought | bringing |
| **broadcast**(廣播) | broadcasts | **broadcast(ed)** | **broadcast(ed)** | broadcasting |
| build(建築) | builds | built | built | building |
| burn(燃燒) | burns | burned, burnt | burned, burnt | burning |
| **burst**(破裂) | bursts | **burst** | **burst** | bursting |
| buy(買) | buys | bought | bought | buying |
| can(能) | —— | could | —— | —— |
| **cast**(扔) | casts | **cast** | **cast** | casting |
| catch(抓住) | catches | caught | caught | catching |
| choose(選擇) | chooses | chose | chosen | choosing |
| **cling**(纏著) | clings | **clung** | **clung** | clinging |
| come(來) | comes | came | come | coming |
| cost(花費) | costs | cost | cost | costing |
| **creep**(爬行) | creeps | **crept** | **crept** | creeping |
| cut(切開) | cuts | cut | cut | cutting |
| **deal**(交易) | deals | **dealt** | **dealt** | dealing |

| 原形 | 第三人稱<br>單數現在式 | 過去式 | 過去分詞 | 現在分詞 |
|---|---|---|---|---|
| **die**(死亡) | dies | **died** | **died** | dying |
| **dig**(挖掘) | digs | **dug** | **dug** | digging |
| **dive**(跳水) | dives | **dived, dove** | **dived** | diving |
| **do**(做) | does | **did** | **done** | doing |
| **draw**(拉) | draws | **drew** | **drawn** | drawing |
| **dream**(做夢) | dreams | **dreamed, dreamt** | **dreamed, dreamt** | dreaming |
| **drink**(喝) | drinks | **drank** | **drunk** | drinking |
| **drive**(駕駛) | drives | **drove** | **driven** | driving |
| **dwell**(居住) | dwells | **dwelt** | **dwelt** | dwelling |
| **eat**(吃) | eats | **ate** | **eaten** | eating |
| **fall**(落下) | falls | **fell** | **fallen** | falling |
| **feed**(餵) | feeds | **fed** | **fed** | feeding |
| **feel**(感覺) | feels | **felt** | **felt** | feeling |
| **fight**(交戰) | fights | **fought** | **fought** | fighting |
| **find**(發現) | finds | **found** | **found** | finding |
| **flee**(逃跑) | flees | **fled** | **fled** | fleeing |
| **fling**(投擲) | flings | **flung** | **flung** | flinging |
| **fly**(飛) | flies | **flew** | **flown** | flying |
| **forbid**(禁止) | forbids | **forbad(e)** | **forbidden** | forbidding |
| **forecast**(預測) | forecasts | **forecast(ed)** | **forecast(ed)** | forecasting |
| **foretell**(預言) | foretells | **foretold** | **foretold** | foretelling |
| **forget**(忘記) | forgets | **forgot** | **forgotten** | forgetting |
| **forgive**(原諒) | forgives | **forgave** | **forgiven** | forgiving |
| **forsake**(拋棄) | forsakes | **forsook** | **forsaken** | forsaking |
| **freeze**(結凍) | freezes | **froze** | **frozen** | freezing |
| **get**(得到) | gets | **got** | **got(ten)** | getting |
| **give**(給予) | gives | **gave** | **given** | giving |
| **go**(去) | goes | **went** | **gone** | going |
| **grind**(磨) | grinds | **ground** | **ground** | grinding |
| **grow**(成長) | grows | **grew** | **grown** | growing |
| **hang**(懸掛) | hangs | **hung** | **hung** | hanging |
| **hang**(絞死) | hangs | **hanged** | **hanged** | hanging |
| **have**(有) | has | **had** | **had** | having |
| **hear**(聽) | hears | **heard** | **heard** | hearing |
| **hide**(藏) | hides | **hid** | **hid(den)** | hiding |
| **hit**(打) | hits | **hit** | **hit** | hitting |
| **hold**(握) | holds | **held** | **held** | holding |
| **hurt**(傷害) | hurts | **hurt** | **hurt** | hurting |
| **is** (**be**)(是) | is | **was** | **been** | being |

| 原形 | 第三人稱<br>單數現在式 | 過去式 | 過去分詞 | 現在分詞 |
|---|---|---|---|---|
| **keep**(保持) | keeps | **kept** | **kept** | keeping |
| **kneel**(跪) | kneels | **knelt, kneeled** | **knelt, kneeled** | kneeling |
| **knit**(編織) | knits | **knit(ted)** | **knit(ted)** | knitting |
| **know**(知道) | knows | **knew** | **known** | knowing |
| **lay**(放) | lays | **laid** | **laid** | laying |
| **lead**(引導) | leads | **led** | **led** | leading |
| **leap**(跳) | leaps | **leapt, leaped** | **leapt, leaped** | leaping |
| **learn**(學習) | learns | **learned, learnt** | **learned, learnt** | learning |
| **leave**(離開) | leaves | **left** | **left** | leaving |
| **lend**(借出) | lends | **lent** | **lent** | lending |
| **let**(讓) | lets | **let** | **let** | letting |
| **lie**(說謊) | lies | **lied** | **lied** | lying |
| **lie**(躺) | lies | **lay** | **lain** | lying |
| **light**(點燃) | lights | **lighted, lit** | **lighted, lit** | lighting |
| **lose**(失去) | loses | **lost** | **lost** | losing |
| **make**(製造) | makes | **made** | **made** | making |
| **may**(可以) | —— | **might** | —— | —— |
| **mean**(意指) | means | **meant** | **meant** | meaning |
| **meet**(遇見) | meets | **met** | **met** | meeting |
| **mistake**(弄錯) | mistakes | **mistook** | **mistaken** | mistaking |
| **misunder-stand**(誤解) | misunder-stands | **misunder-stood** | **misunder-stood** | misunder-standing |
| **mow**(刈割) | mows | **mowed** | **mowed,mown** | mowing |
| **must**(必須) | —— | **must** | —— | —— |
| **overcome**(擊敗) | overcomes | **overcame** | **overcome** | overcoming |
| **overhear**(無意間聽到) | overhears | **overheard** | **overheard** | overhearing |
| **oversleep**(睡過頭) | oversleeps | **overslept** | **overslept** | oversleeping |
| **overtake**(追上) | overtakes | **overtook** | **overtaken** | overtaking |
| **overthrow**(打倒) | overthrows | **overthrew** | **overthrown** | overthrowing |
| **pay**(支付) | pays | **paid** | **paid** | paying |
| **picnic**(去野餐) | picnics | **picnicked** | **picnicked** | picnicking |
| **plead**(懇求) | pleads | **pleaded, pled** | **pleaded, pled** | pleading |

| 原形 | 第三人稱單數現在式 | 過去式 | 過去分詞 | 現在分詞 |
|---|---|---|---|---|
| **put**(放) | puts | **put** | **put** | putting |
| **quit**(停) | quits | **quit(ted)** | **quit(ted)** | quitting |
| **read**(讀) | reads | **read** [rɛd] | **read** [rɛd] | reading |
| **repay**(還) | repays | **repaid** | **repaid** | repaying |
| **rewrite**(重寫) | rewrites | **rewrote** | **rewritten** | rewriting |
| **rid**(除去) | rids | **rid(ded)** | **rid(ded)** | ridding |
| **ride**(騎) | rides | **rode** | **ridden** | riding |
| **ring**(按鈴) | rings | **rang** | **rung** | ringing |
| **rise**(升起) | rises | **rose** | **risen** | rising |
| **run**(跑) | runs | **ran** | **run** | running |
| **saw**(鋸) | saws | **sawed** | **sawed, sawn** | sawing |
| **say**(說) | says | **said** | **said** | saying |
| **see**(看) | sees | **saw** | **seen** | seeing |
| **seek**(尋找) | seeks | **sought** | **sought** | seeking |
| **sell**(賣) | sells | **sold** | **sold** | selling |
| **send**(送) | sends | **sent** | **sent** | sending |
| **set**(放置) | sets | **set** | **set** | setting |
| **sew**(縫級) | sews | **sewed** | **sewn, sewed** | sewing |
| **shake**(搖) | shakes | **shook** | **shaken** | shaking |
| **shall**(將會) | —— | **should** | —— | —— |
| **shave**(刮) | shaves | **shaved** | **shaved, shaven** | shaving |
| **shear**(修剪) | shears | **sheared** | **sheared, shorn** | shearing |
| **shed**(流) | sheds | **shed** | **shed** | shedding |
| **shine**(發光) | shines | **shone** | **shone** | shining |
| **shine**(擦亮) | shines | **shined** | **shined** | shining |
| **shoot**(射) | shoots | **shot** | **shot** | shooting |
| **show**(出示) | shows | **showed** | **shown** | showing |
| **shrink**(縐縮) | shrinks | **shrank** | **shrunk** | shrinking |
| **shut**(關閉) | shuts | **shut** | **shut** | shutting |
| **sing**(唱) | sings | **sang** | **sung** | singing |
| **sink**(下沈) | sinks | **sank** | **sunk** | sinking |
| **sit**(坐) | sits | **sat** | **sat** | sitting |
| **sleep**(睡) | sleeps | **slept** | **slept** | sleeping |
| **slide**(滑動) | slides | **slid** | **slid** | sliding |
| **smell**(聞氣味) | smells | **smelled, smelt** | **smelled, smelt** | smelling |
| **sow**(播種) | sows | **sowed** | **sown, sowed** | sowing |
| **speak**(說) | speaks | **spoke** | **spoken** | speaking |

| 原形 | 第三人稱單數現在式 | 過去式 | 過去分詞 | 現在分詞 |
|---|---|---|---|---|
| **speed** (加速) | speeds | **sped, speeded** | **sped, speeded** | speeding |
| **spell** (拚) | spells | **spelt, spelled** | **spelt, spelled** | spelling |
| **spend** (花費) | spends | **spent** | **spent** | spending |
| **spill** (溢出) | spills | **spilt, spilled** | **spilt, spilled** | spilling |
| **spin** (紡織) | spins | **spun** | **spun** | spinning |
| **spit** (吐口水) | spits | **spat** | **spat** | spitting |
| **split** (分裂) | splits | **split** | **split** | splitting |
| **spoil** (破壞) | spoils | **spoilt, spoiled** | **spoilt, spoiled** | spoiling |
| **spread** (展開) | spreads | **spread** | **spread** | spreading |
| **spring** (跳躍) | springs | **sprang** | **sprung** | springing |
| **stand** (站立) | stands | **stood** | **stood** | standing |
| **steal** (偷) | steals | **stole** | **stolen** | stealing |
| **stick** (插入) | sticks | **stuck** | **stuck** | sticking |
| **sting** (刺) | stings | **stung** | **stung** | stinging |
| **stride** (大步走) | strides | **strode** | **stridden** | striding |
| **strike** (打) | strikes | **struck** | **struck** | striking |
| **swear** (發誓) | swears | **swore** | **sworn** | swearing |
| **sweat** (出汗) | sweats | **sweat(ed)** | **sweat(ed)** | sweating |
| **sweep** (掃) | sweeps | **swept** | **swept** | sweeping |
| **swell** (增大) | swells | **swelled** | **swelled, swollen** | swelling |
| **swim** (游泳) | swims | **swam** | **swum** | swimming |
| **swing** (搖擺) | swings | **swung** | **swung** | swinging |
| **take** (拿) | takes | **took** | **taken** | taking |
| **teach** (教) | teaches | **taught** | **taught** | teaching |
| **tear** (撕破) | tears | **tore** | **torn** | tearing |
| **tell** (告訴) | tells | **told** | **told** | telling |
| **think** (思考) | thinks | **thought** | **thought** | thinking |
| **throw** (丟擲) | throws | **threw** | **thrown** | throwing |
| **thrust** (刺出) | thrusts | **thrust** | **thrust** | thrusting |
| **tie** (繫捆) | ties | **tied** | **tied** | tying |
| **tread** (踏) | treads | **trod** | **trod(den)** | treading |
| **understand** (了解) | understands | **understood** | **understood** | understanding |
| **undo** (解開) | undoes | **undid** | **undone** | undoing |
| **upset** (打翻) | upsets | **upset** | **upset** | upsetting |
| **wake** (醒來) | wakes | **waked, woke** | **waked, woken** | waking |

| 原形 | 第三人稱<br>單數現在式 | 過去式 | 過去分詞 | 現在分詞 |
|---|---|---|---|---|
| **wear**(穿著) | wears | **wore** | **worn** | wearing |
| **weave**(織) | weaves | **wove** | **woven** | weaving |
| **weep**(哭泣) | weeps | **wept** | **wept** | weeping |
| **will**(將) | —— | **would** | —— | —— |
| **win**(獲勝) | wins | **won** | **won** | winning |
| **wind**(捲緊) | winds | **wound** | **wound** | winding |
| **withdraw**(縮回) | withdraws | **withdrew** | **withdrawn** | withdrawing |
| **wring**(絞) | wrings | **wrung** | **wrung** | wringing |
| **write**(寫) | writes | **wrote** | **written** | writing |

## ◎形容詞、副詞變化表(紅色詞語爲本辭典指定的基本詞語)

| 原　級 | 比較級 | 最高級 |
|---|---|---|
| **bad**(壞的) | **worse** | **worst** |
| **far**(遙遠的) | { **farther**<br>{ **further** | { **farthest**<br>{ **furthest** |
| **good**(好的) | **better** | **best** |
| **ill**(生病的，壞的) | **worse** | **worst** |
| **little**(小的，一點點的) | **less** | **least** |
| **many**(多的) | **more** | **most** |
| **much**(多的) | **more** | **most** |
| **old**(老的，年長的) | { **older**<br>{ **elder** | { **oldest**<br>{ **eldest** |
| **well**(健康地，好地) | **better** | **best** |

# 21 世紀風雲詞彙

**action figure**（依電影等角色塑造的）人偶，公仔
**ad impression view** 廣告曝光程度
**adrenaline television** 現場直擊
**afterparty** 演唱會、首映會等結束後的派對 [酒會]
**air rage** 機上憤怒《在飛機上情緒失控、鬧事等》
**alert box** 警告視窗
**arm candy** 陪伴異性出席社交場合的俊男美女
**autoresponder** 自動回信系統
**awareness bracelet**（慈善義賣的）愛心手環
**backstory**（人物、情節等的）背景介紹
**ballot rigging** 作票
**bandwagon effect** 從眾效應《盲目跟隨潮流》
**banner ad**（網頁上的）横幅廣告
**b-boy** 嘻哈文化愛好者
**belly shirt** 露肚裝
**betel nut beauty** 檳榔西施
**BFF** 永遠的好朋友 (<*b*est *f*riend *f*orever)
**big-box store** 大賣場
**bikini line** 比基尼線
**bird flu** 禽流感《亦作 avian flu》
**BlackBerry** 黑莓機
**bling-bling** 貴氣的，珠光寶氣的
**blond(e) moment** 腦袋一片空白《源自大眾認為金髮女郎美麗但無頭腦的刻版印象》
**blood diamond** 血鑽石《特指在非洲戰區挖掘並走私出原產地的鑽石》
**blook** 部落格文集《集結部落格內容所出版的書籍》
**Blu-ray Disc** 藍光光碟
**body lift**（身體局部的）曲線雕塑手術
**BOF** 同好 (<*b*irds *o*f a *f*eather)
**Bollywood** 寶萊塢《指印度電影產業》
**bookcrossing** 書籍傳閱活動《將自己讀過的好書置於公共場合，任人傳閱、分享》
**booth bunny** 展場女郎
**botnet** 殭屍網路《駭客藉由發放病毒入侵並遠端操控他人電腦所形成的電腦網路》
**Botox** 保妥適，肉毒桿菌素
**bounce message**（電子郵件的）退信通知
**boutique hotel** 精品酒店
**boy band**（流行音樂等的）男孩團體，少男團體
**brain exchange**（跨國的）人才交流
**branding** 品牌行銷
**breadcrumb**（網站等的）路徑導航提示《如：首頁＞分類＞文章標題》
**breast augmentation** 隆乳（手術）
**bricks and mortar** 實體商店
**BRICS** 金磚五國《指巴西、俄羅斯、印度、中國及南非》
**Brokeback** 斷背山（的）《意指男同性戀》
**bromance** 男性之間稱兄道弟的情誼
**butt implant** 隆臀
**bystander effect** 旁觀者效應《指在有群眾圍觀時，伸出援手的機率較低》
**call screening** 來電過濾
**camgirl** 視訊女郎《用網路攝影機自拍並線上實況轉播；亦作 Webcam girl》
**captcha** 自動人機辨識機制，圖形驗證（碼）
**carbon footprint** 碳足跡
**CD-I** 互動式光碟
**cellulitis** 蜂窩性組織炎
**checkbox** 核取方塊《螢幕畫面上供使用者勾選項目的框格》
**chemical peel(ing)** 換膚（手術）
**chip and PIN** 刷卡加密《以晶片卡取代磁條式卡片、並以輸入密碼取代簽名的付款機制》
**citizen journalism** 公民新聞《利用照相手機、部落格等工具，以個人身分發布新聞、文章等》
**civil union** 公民聯姻，民事結合《指法律上承認的同性戀婚姻》
**click fraud** 點閱詐欺《假冒網路訪客大量點閱網頁上的付費廣告，以虛耗該廣告商的行銷經費》
**clickprint** 網路瀏覽的行為模式《不同使用者各有其獨特模式，可用以辨識身分》
**clickstream** 點選流（向）《網路瀏覽的歷程紀錄，可供市場分析等》
**click-through** 點選 [點閱]（率）；供點閱的廣告

**cloud computing** 雲端運算
**combo card** 多功能卡《銀行發行的多卡合一功能的晶片卡》
**comfort food** 療癒系食物《簡單但能安慰人心》
**content farm** 為提高搜尋排名與點閱率而以一堆熱門搜尋關鍵字拼湊出內容的垃圾網站
**cosplay** 角色扮演
**couch surfing** 沙發衝浪《特指背包客寄宿時，若無客房通常就睡沙發》
**crowd surfing** 人體衝浪，空中傳人《特指在演唱會中一群人高舉某人，使其在人群頭頂上移動》
**customer-driven** 顧客導向的，客製化的
**cyberbullying** 網路霸凌
**cybercrime** 網路犯罪
**dark-sky preserve**（可觀星的）無光害保護區
**dashboard dining** 儀表板餐《邊開車邊用餐》
**death care industry** 殯葬業
**destination wedding** 渡假婚禮《辦在渡假勝地》
**docking station**（筆記型電腦的）擴充座
**domain name** 網域名稱
**dot bomb** 經營失敗而倒閉的網路公司
**doujinshi** 同人誌
**down-low** 幕後祕辛，內幕
**drag-and-drop**（用滑鼠）拖放；拖放（式）的
**drama queen** 小題大作 [誇張煽情] 的人
**drop-down menu**（電腦的）下拉式選單
**drunk mouse** 醉滑鼠《滑鼠的感應滾輪髒汙，導致螢幕上的游標胡亂移動》
**DVD burner** [**writer**] 數位影音光碟燒錄機
**dynamic workplace** 動態職場，行動辦公室《透過網路或數位科技等 e 化設備，讓員工與世界各地據點的工作團隊相互觀摩、互動》
**earned media** 免費的媒體報導《本身很熱門、吸引媒體主動報導而得到免費的宣傳效果》
**earset** 耳機麥克風
**e-book** 電子書
**ECMO** 葉克膜（體外維生系統）
**eco-tech** 生態科技《旨在解決環境問題並減少對自然資源的使用》
**elder orphan** 孤苦無依 [遭棄養] 的老人
**e-learning** 線上學習
**emotional labor** 情緒勞務《工作時須隱藏真實 [負面] 情緒並符合他人期待，如服務業等》
**environmental refugee** 環境難民《因氣候變遷、天災等因素被迫離開家園》
**e-pal** 網友
**e-piracy** 非法下載
**e-stalk** 在社群網站上搜尋他人資料
**e-waste** 電子垃圾，電子廢棄物
**exit strategy**（商業、軍事等的）退場策略
**external hard drive**（電腦的）外接式硬碟
**extended financial family** 為節省開銷選擇三代同堂的家庭
**eye candy** 中看（但不中用）的人 [事物]
**eyelid surgery** 眼皮美容手術《如割雙眼皮、除眼袋等》
**Facebook narcissism** 臉書自戀症《過度沉迷在臉書上分享自己的照片、近況等》
**familymoon** 家庭蜜月《新婚夫妻帶著前次婚姻所生的子女一同度蜜月》
**fan base**（某名人的）粉絲團
**fanfic** 影迷依據影集的原劇情背景所創作的小說
**fat camp**（專為肥胖兒童設計的）減重營
**fat tax** 肥胖稅《針對易造成肥胖的食品課徵》
**figure-hugging** 剪裁合身的
**file sharing** 檔案共享
**Financial Tsunami** 金融海嘯
**flame war** 網路論戰
**flatforms** 厚底平底鞋
**flic** 動畫文件格式
**food court**（購物中心等的）美食街
**food miles** 食物里程《某種食物由產地運輸至消費者手中的距離》
**forex market** 外匯市場
**frape** 侵入他人臉書帳號並竄改其個資
**freemale** 選擇單身並樂在其中的女性
**freemium**（軟體公司等）提供新產品免

費試用的基本版，客戶需付費升級才能使用進階功能
**frenemy** 偽裝成朋友的敵人；亦敵亦友的朋友
**froyo** 優格冰淇淋
**frozen zoo** 以冷凍技術保存稀有動植物的細胞組織樣本
**FTP** 檔案傳輸協定
**furkid** 被飼主視為自己小孩的寵物，毛小孩
**fusion cuisine** [**food**] 無國界美食《融合各國食材或烹調法的創意料理》
**FWIW** 無論真偽，不論好壞 (<*f*or *w*hat *i*t's *w*orth)
**FYI** 供你參考 (<*f*or *y*our *i*nformation)
**gamepad** 電玩遊戲搖桿
**gameplay** 電腦遊戲的玩法 [情節設計]
**gastric bypass** 胃繞道手術
**gastropub** 提供精緻美食的酒吧
**gaydar** 能辨認他人是否為同性戀者的直覺
**gay pride** 同性戀尊嚴
**Generation XL** XL 世代《指現代營養過剩、體重超重的兒童或青少年》
**geoengineering** 地球工程《藉由人為手段改變地球生態以對抗全球暖化》
**ghost work** (裁員或人力縮編後) 留任員工所必須額外負擔由離職者留下來的工作
**glamour model** (雜誌、照片上的) 性感女郎
**go bag** (逃難等時用的) 求生包
**golden hour** 黃金一小時《重大傷患的搶救時間》
**green-collar** 參與保護自然環境的，有環保意識的
**green shoots** 景氣回春的跡象
**grey nomad** 退休後開著休旅車遊山玩水的老人
**gripe site** 列舉店家商品或服務的缺失，以供其他消費者參考的網站
**hashtag** 主題標籤《使用於推特等微網誌，方便網友依該標籤關鍵字搜尋貼文；符號 #》
**helicopter parent** 直升機家長《過度保護子女》
**heteroflexible** 不排斥同性戀的異性戀者(的)
**hikikomori** 繭居族《拒絕上學或社交，常指極度內向且自我封閉的青春期少年》
**home truth** (特指由他人點出的) 令人難堪 [覺得刺耳] 的事實
**hot key** (電腦的) 熱鍵，快速鍵
**hotlist** 熱門或重要之人 [事物] 的清單；(網路用戶個人的) 最常造訪網站儲列
**hot swapping** [**plugging**] 熱插拔《在開機狀態下可插入或拔除硬體而不影響系統運作》
**imagineer** 夢想師《電玩、主題樂園等虛擬世界遊戲及相關器材的研發工程師》
**infinity pool** 無邊際泳池《隱藏泳池邊界，使池水看似連接天際、無限延伸》
**infomania** 資訊癖《工作時常分神去留意有無新的電子郵件或簡訊》
**information appliance** 資訊家電《泛指具有微電腦數位功能的智慧型家電；略作 IA》
**instant messaging** (網路) 即時通訊 (服務)
**internal cleansing** 體內淨化，體內環保
**Internet meme** 網路爆紅現象
**iPad** ® (蘋果電腦公司的) 平板電腦
**IP Address** 網路通訊協定位址
**iPod** ® (蘋果電腦公司的) 攜帶型數位多媒體播放器
**It girl** (名模、名媛、女星等帶動時尚風潮的) 風雲女郎
**Japanimation** 日式動漫《常刻畫未來世界及科幻場景等；亦作 anime》
**jeggings** 牛仔緊身褲
**job spill** 被迫在私人時間加班做的超額工作
**jukebox musical** 點唱機音樂劇《劇中穿插過去大眾熟知的流行歌曲集錦》
**keyboard plaque** 累積在電腦鍵盤上的髒垢
**kipper** 啃老族《年過 30 卻還賴在家中靠父母養的成年人》(<*k*ids *i*n *p*arents' *p*ockets *e*roding *r*etirement savings)
**kuso** 以無厘頭的搞笑方式嘲諷或重新詮釋嚴肅的主題《臺灣俗稱惡搞》
**labelmate** 同屬某家唱片公司的藝人

**lad mag** 男性雜誌《以運動、汽車、性等年輕男性感興趣的內容為主》
**laser hair removal** 雷射除毛
**latte factor** 拿鐵因子《看似不起眼的小花費，長期累積下來會是一筆可觀的數目》
**life coach** 人生教練《協助顧客處理難題、達成目標等的諮詢者》
**lip dub**（常由多人共同演出的）對嘴音樂影片
**LMAO** 笑破肚皮 (<*l*aughing *m*y *a*ss off)
**locavore** 僅食用居住地自有物產的人
**locked-in syndrome** 閉鎖症候群《患者全身癱瘓但仍有意識及情緒，唯無法與外界溝通》
**LOHAS** 樂活《重視並實行健康、環保、個人成長等概念的生活方式》
**lookbook** 時裝型錄
**magnetic wood** 磁性木材《其夾層構造可吸收手機等的電波訊號，避免電磁波干擾》
**makeunder** 回歸樸素的裝扮，素顏《不化妝或上淡妝搭配簡單髮型》
**malware** 惡意軟體
**man cave** 男性在家中的私人空間《如車庫等》
**manga** 日本漫畫
**manny** 男性保姆
**mass customization** 大量客製化
**Mediterranean diet** 地中海飲食《多吃蔬果、少吃紅肉、以橄欖油取代動物性脂肪等》
**meet and greet**（藝人等的）見面會；接機服務
**menu bar**（電腦的）功能表列
**message board** 網路論壇
**metalhead** 重金屬樂迷
**metrosexual** 都會美型男《重視形象與時尚品味的異性戀男性》
**microblog** 微網誌《類似推特等部落格，可透過簡訊或電子郵件發表簡短的即時訊息》
**micro-fiction** 極短篇小說
**middle youth** 中青年《25 歲以上至 40 歲出頭，稱不上年輕但又未達中年》
**MOD** 多媒體隨選視訊系統，數位電視
**mother-out-law** 前夫 [前妻] 的母親
**motion capture**（做 3D 動畫的）動作捕捉技術
**mouse pad** 滑鼠墊
**mouse wrist** 滑鼠腕《長期使用滑鼠或姿勢不良而引發的手腕酸痛》
**MP3 player** 數位音樂播放器
**MRT** 大眾捷運系統 (<*M*ass *R*apid *T*ransit)
**muffin top**（穿過緊低腰褲而擠出的）腰部贅肉
**multigym** 多功能健身器材
**music service provider** 提供音樂下載的公司
**mwah** 飛吻的聲音《常用於電子郵件或簡訊》
**mystery shopper** 神祕購物客《受雇偽裝成顧客調查商店服務品質》
**nail bar** 美甲沙龍
**nanny cam** 監視保姆用的隱藏式攝影機
**NAP** 網路存取點 (<*N*etwork *A*ccess *P*oint)
**nature-deficit disorder** 大自然缺乏症《特指現代兒童越來越少至戶外活動》
**NEET** 尼特族《不就業、不升學也不參加職業訓練的年輕人》(<*n*ot in *e*mployment, *e*ducation, or *t*raining)
**nerd bird** 往來於高科技城市的班機
**nerdvana** 沉迷於電腦網路而如痴如醉的境界
**netbook** 小筆電
**Net Generation** 網路世代《在網際網路及數位環境成長的世代》
**news ticker** 新聞跑馬燈
**New Year countdown** 跨年（倒數）活動
**OMG** 我的天啊！(<*O*h *m*y *G*od!)
**online recruitment** 線上徵才
**overleveraged**（企業、國家等）過度舉債的
**overparenting** 過度親職《家長過度保護子女》
**panic buying** 因懼怕物資短缺而造成的瘋狂搶購
**parkour** 跑酷《一種極限運動》
**paywall** 付費牆《阻擋非付費者觀看的網路機制》
**PDA** 個人數位助理，掌上型電腦
**phishing** 網路釣魚
**photobombing** 突兀的入鏡畫面 [行為]

**picture messaging**（手機間的）圖像傳輸
**PIIGS** 歐豬五國《面臨財政危機的歐盟國家》(＜*P*ortugal, *I*taly, *I*reland, *G*reece, and *S*pain)
**Pilates** ® 皮拉提斯《一種健身運動》
**planking** 仆街《全身筆直僵硬地趴在令人匪夷所思的地方，並拍照分享》
**pole dancing** 鋼管舞
**popping** 機械舞
**Potterhead**《哈利波特》的超級書迷
**PPC** 按點擊計費 (＜*p*ay *p*er *c*lick)
**product placement** 產品置入性行銷《廠商付費讓商品在電影或電視節目中曝光》
**qigong** 氣功
**quantitative easing** 量化寬鬆（政策）《增加貨幣發行數量、使借貸環境寬鬆；簡稱QE》
**README file**（電腦的）讀我檔案
**reality show** 真人實境秀
**rescue call** 解圍電話《有約會或飯局時，事先請朋友依約定時間打電話給自己，藉此脫身》
**ringtone** 手機鈴聲
**salary freeze** 薪資凍漲
**same-sex marriage** 同性婚姻
**selfie** 自拍照
**sexting** 利用手機傳送色情簡訊或圖片
**SIM card** 行動電話用戶識別卡
**sky lantern** 天燈
**slumdog**（住在貧民窟的）赤貧階級
**smartphone** 智慧型手機
**social jet lag** 社交時差《收假返工後強迫自己改變睡眠時間而產生的倦怠感》
**social media** 社交媒體《用於社群交流的網站或應用程式》
**speed dating** 極速約會《安排一群互不認識的單身男女聯誼且輪番與多名異性進行短暫交談，藉此快速找到適合交往的對象》
**spyware** 間諜軟體
**staycation** 宅渡假，在家渡假
**stored value card** 儲值卡
**subprime mortgage** 次級房貸《提供給信用額度較低的個人或企業，利率比主要房貸高》
**sudoku** 數獨《一種九宮格形式的填數字遊戲》
**sumo** 相撲
**sunset industry** 夕陽產業《逐漸沒落的產業》
**taskbar**（電腦操作介面上的）工作列
**text message** 手機簡訊
**textspeak** 火星文《在簡訊、網路上發展出的語言，大量使用略語、符號等》
**textual harassment** 手機簡訊騷擾
**tiger mother** 虎媽《教育方式嚴厲、獨裁的母親》
**TTYL** 待會兒再聊 (＜*t*alk *t*o *y*ou *l*ater)
**tweet** 發表於推特的訊息；以推特發布訊息
**Twitter** ® 推特《一種微網誌型態的社群網路》
**unfriend**（在社群網站上）將（某人）從好友名單中刪除
**USB flash drive** 隨身碟
**viral video** 透過網路分享而爆紅的短片
**vlog** 影音部落格
**VOD** 隨選視訊（系統）(＜*v*ideo *o*n *d*emand)
**wardrobe malfunction** 走光，春光外洩
**WCG** 世界電玩大賽 (＜*W*orld *C*yber *G*ames)
**webcam** 網路攝影機
**webcast** 網路直播
**Web Hard disk** 網路硬碟
**webmaster** 網站管理員
**weight loss clinic** 減肥診所 [門診]
**Wikipedia** ® 維基百科《免費且開放使用者編輯的網路百科全書》
**WLAN** 無線區域網路 (＜*w*ireless *l*ocal *a*rea *n*etwork)
**wow factor** 商品、廣告等令人驚歎的特質
**yummy mummy** 辣媽
**ZIP**（電腦的）壓縮格式
**zombie bank** 殭屍銀行《資產淨值為負，但因政府金援而繼續營運的銀行》

# 輕鬆讀出國中必備字彙力

## Build Vocabulary through Reading

Susan M. Swier　著

第一本融合圖像式記憶
與情境式學習的單字書

首創四段式單字記憶法，
讓你輕鬆讀出字彙力！

★ STEP 1 聲音：先看單字表，搭配三民東大學習網線上音檔，跟著音檔將單字大聲唸出來，記住正確發音及拼字。

★ STEP 2 圖像：仔細看圖，搭配單字表找找看圖中隱含的單字。情境式圖像會激發右腦學習，直接加深對字義的印象。

★ STEP 3 情境：閱讀故事，透過上下文來理解單字含意並掌握道地用法，比看例句更有效！故事的情境將促使建立單字的長期記憶。

★ STEP 4 應用：透過每課練習題實際應用單字，驗收學習成效並加強記憶。練習題含仿會考單題，同時提升會考戰力。隨書另附 15 回隨堂評量。

三民網路書店

百萬種中文書、原文書、簡體書
任您悠游書海

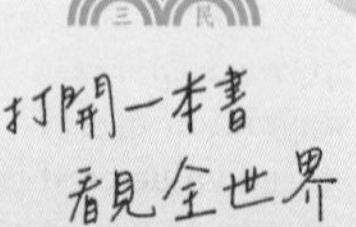


打開一本書
看見全世界

sanmin.com.tw

國家圖書館出版品預行編目資料

三民皇冠英漢辭典／謝國平主編;張寶燕編譯.——革新五版六刷.——臺北市：三民，2024
面；　公分

ISBN 978-957-14-6630-9（精裝）
1. 英語 2. 詞典

805.132　　108006425

# 三民皇冠英漢辭典

主　編｜謝國平
編　譯｜張寶燕

創辦人｜劉振強
發行人｜劉仲傑
出版者｜三民書局股份有限公司(成立於1953年)

三民網路書店
https://www.sanmin.com.tw

地　址｜臺北市復興北路386號　(復北門市)　(02)2500-6600
臺北市重慶南路一段61號(重南門市)　(02)2361-7511

出版日期｜革新五版六刷 2024年6月
書籍編號｜S800772
ISBN｜978-957-14-6630-9

著作財產權人©三民書局股份有限公司
法律顧問　北辰著作權事務所　蕭雄淋律師
著作權所有，侵害必究
※ 本書如有缺頁、破損或裝訂錯誤，請寄回敝局更換。

▼ AUSTRALIA

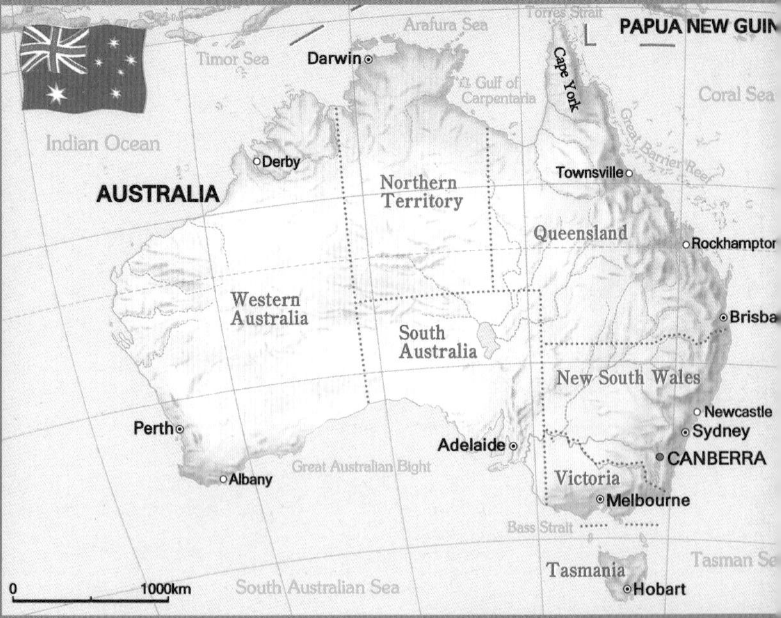

110° 120° 130° 140° 150°

10° 30°

Torres Strait
Arafura Sea
PAPUA NEW GUIN
Timor Sea
Darwin
Gulf of Carpentaria
Cape York
Coral Sea
Great Barrier Reef
Indian Ocean
Derby
Townsville
AUSTRALIA
Northern Territory
Queensland
Rockhampton
Western Australia
South Australia
Brisba
New South Wales
Newcastle
Sydney
Perth
Adelaide
CANBERRA
Great Australian Bight
Albany
Victoria
Melbourne
Bass Strait
Tasman Se
Tasmania
Hobart
South Australian Sea
0 1000km

40°

Whangarei
Auckland
Tasman Sea
North Island
New Plymouth
Palmerston North
Nelson
WELLINGTON
Westport
NEW ZEALAND
South Island
Christchurch
Chatham Is.
Queenstown
Dunedin
Invercargill
Pacific Ocean
Stewart Is.
0 500km

170° 180°

SYDNEY

LONDON

NEW ZEALAND

DUBLIN

◀ NEW ZEALAND